U0926273

邵雪城 著

孤鹰

Solitary Eagle

江苏凤凰文艺出版社
JIANGSU PHOENIX LITERATURE AND ART PUBLISHING, LTD

果麦文化 出品

目录

新版序

这部书从写下第一个字到现在，已经整整七年，我从没回头看过一次，不敢看。也说不清在怕什么，起初以为是怕看到从前的自己那些稚嫩的笔法、直白的描述，就像回顾年少时的轻狂，会有羞耻感。后来发现，是害怕面对现在的自己。彼时我坚定地认为自己能够改变这个世界，此时我在吃力地对抗着世界对我的改变。我怕自己创造出的人物会在纸面上鄙夷地看着我笑，什么也不说，就是鄙夷的笑。笑我收起了耀眼的锋芒，从一个鲜衣怒马的英俊少年，变成了沉默沧桑的帅气大叔。

这部书曾一度为我带来一些名和利，我也因此结识了很多新的朋友。在此之前我觉得他们都是人中龙凤，现在他们经常与我把酒言欢，谈古论今，我以为是因为我长得帅，可他们说是因为我的才华。这让我十分不安，因为一直觉得才华这种东西与我无关。正是这种不承认自己有才华的心态，又让我受到了过去不曾想象的伤害。它像座牌坊一样压在我的心头，会常听到人说我：你是个作家，怎么可以讲粗口？你是个作家，怎么可以以貌取人？你是个作家，怎么可以谈钱？你是个作家，怎么可以…… 我曾无数次希望自己从没有写过这样一部书，做一个庸人，“贪财好色”的庸人。可过去的事没有假设，我也渐渐接受了我是一个有点儿才华的人。如果可以用这点儿才华写一些故事给大家看，让大家能在被生活压得喘不过气时，打开书，暂时逃离现实，稍稍舒一口气。合上书后能多一点儿勇气和力量再去面对现实，也算对得起老天给我的这件小礼物。

今年年初我完成了一部新稿，本以为再出一本就是了。承蒙厚爱，要给我再版，问我原稿需不需要修改。我觉得之前的一些笔误和逻辑上的小错误需要修一修，其他的没必要了。编辑说，原稿中人物对话里的粗口太多，我想反正现在我都得憋着不能讲粗口，那么那些虚构的人物也不能痛快，索性都删了吧。又说，按照规矩，再版的书还是得写个序。我本想厚着脸皮找些场面上的朋友，让他们捏着鼻子帮我吹捧吹捧。想起钱钟书先生曾说“随你怎样把作品奉献给人，作品总是作者自己的。大不了一本书，还不值得这样精巧地不老实，因此罢了。”顿时为自己的想法脸红，也就“罢了”，自己写了这篇序，算是给老读者汇报一下思想工作，给新读者报个到。

邵雪城

2019 年 6 月

第一章

必须一枪毙命

1

1996 年初夏，我即将从军校毕业，学校来了一位神秘的领导。

因为临近毕业，几乎每晚我们都会偷偷聊天到很晚。我还记得那晚卧谈会的主题是卫生队里新来的几个女护士，我们聊到夜里一点才陆续睡去。

刚睡着没多久，一阵尖厉的哨声骤然响起，我的意识还停在美梦里，身体却像触了电似的从床上弹起来。整个宿舍开锅一样嘈杂，窸窸窣窣穿衣服的声音、手忙脚乱扣武装带的声音、蹲在床上找东西的声音掺杂在一起。有人一边打着哈欠一边嘟囔："这都快毕业了，怎么还来这套？"

这些年在军校里，这哨声简直成了我们的噩梦。甭管你是在刷牙还是洗澡，就算上厕所尿到一半，只要哨声响起，就必须在三分钟内武装完毕，打好背包站在楼下。以至于就算是放假回家，窗外有小孩吹哨，浑身都会立刻紧绷起来。

还有三个月就毕业的我们，已经很少有紧急集合的情况了，我们也都在夜里慢慢地放松了神经，没想到今天又来了这么一出。拜这些年所赐，我练出一个绝技：从听到哨声开始，起床，套上裤子，一直到打背包，再到检查着装，最后飞速跑到楼下，全程不用睁眼一气呵成。

我和其他 104 名同学飞快地站到操场上，标准间距三步列队站好后，极不情愿地睁开眼，才注意到教官身边站着一位校领导，还有一位从来没见过的首长，凭借微弱的光线只能看到他肩上的大校军衔。

我隐约感觉到，这一天的紧急集合非比寻常。

党委书记和那位面生的首长低声交谈了几句后，首长微低着头背着手走进队列里，像是在小树林里散步似的，偶尔停下来好像在思考什么事，停不了几秒又继续在队列里穿行。

他从我面前一共路过了四次，每次我都加倍绷直背脊抬着下巴。

他中等身材，我斜眼偷偷瞥过去，只能看到他帽檐下露出的鼻梁。

出什么事了？难道有谁闯了祸，上面派人来彻查？那这得多大的过错啊。我心里七七八八地想着，天色一点点亮起来。

升旗的旗手护着国旗正步从我们队前经过，朝升旗台走去，起床的号声这才响了起来。

那首长走出了队列，打开手里的本子“唰唰”写了一通，撕下来递给校领导，相互行了个军礼后他就低着头离开了。书记看看手里的纸，抬眼看了看我们，大声说道：“我点到的同学出列！一排第一、第四，二排第三、第六……”

我被点到了！

我顿时明白，首长是来挑人的。

站了一个多小时，腿已经有些发木，我正步出列走到队伍前面，跟其他 19 名同学站成一列。我扫了一眼与我一同被挑出来的同学，希望能找出我们的共同点，但很快就死心了。就成绩而言，我们这 20 人可谓遍布上中下三个级别：既有全能型的优等生，也有年年垫底的老末；既有成绩不高不低的中游“砥柱”，也有成绩毫无逻辑上蹿下跳让教官心脏不适的跳跃生。

大家一定都揣着很多疑问，有人已经忍不住互相交换着眼色。但条例明确规定，不该问的不问，不该说的不说。

我只能静等答案，也有可能，永远都得不到答案。

接下来，我们被那位首长不知以什么标准又筛了四次。在这个过程中，文没有理论考试，武没有体能测试，只是挨个找我们聊天。后来我和其他同学聊起，发现他和每个人每次谈话的主题都各不相同，天南海北，甚至上一个问题跟下一个问题完全挨不着边。

聊天过程中，他始终保持着一个表情，就是没有表情，因此根本无从判断什么是正确答案。所以在回答问题时，只能凭着自己的本能迅速地做出回答。以前比武练兵也好，理论考试也好，谁不服谁想较劲也有个明确的指标。这次想创先争优，却根本连分数线都不设。

一周后，我再次来到他在学院的临时办公室，屋里多了两个我的同学：一排的宁志和三排的郑勇。

这位神秘莫测的首长坐在办公桌后，手里拿着几个文件夹，言简意赅地对我们说："我奉命组建特案组，你们三人的各项条件均最符合或最接近我的选拔标准。你们每人有机会问我一个问题，没问题就准备就位。"他说话声音很低，但是很有力。

我心中一阵狂喜，几乎要笑了出来。我终于留到了最后！这几年，我们每个人最担心的就是毕业后会被分配到城市执勤，或是派到边疆哨所去。如今我显然将要提前告别这种担心，心情真是大好。

什么是特案组？有多少人？执行什么任务？……我脑中瞬间涌出无数个问题，可首长说得很明白，每人只能提一个问题。如果想知道这个特案组到底有多重要，最简单的办法就是看看它属谁管。我组织了一下语言，问道："特案组向谁负责？"

首长说："向我负责。"

一时间，我无法判断这个答案的分量。可惜每人只能问一个问题，我只能把希望寄托在宁志和郑勇的问题上了。

宁志的问题是："什么是特案？"

我用余光瞥了他一眼，我们不同班，没怎么打过交道。他的问题很棒，也是我最想知道的问题之一：我们不担心特案太特别，而是担心特案不够特。四年军校上到如今，每天按时出操以及教程上枯燥的训练模式早已满足不了我们，最大的乐趣就是听教官讲稀奇古怪的真实案例。

首长回答说："公安部门处理不了，军方又不便出面，严重危害国家和人民安全的案件。"

宁志的表情显然对这个答案也不够满意，继续追问又是不被允许的，他瞄了一眼郑勇，意思是想让郑勇接着问。结果郑勇问的是："装备是什么级别？"

首长说："特级。"

郑勇一个立正："没问题了。"

我和宁志赶紧也跟着立正挺胸说："没问题了。"

首长递给我们一人一个文件夹，说："这是你们进入特案组前宣誓的誓言，你们仔细看清楚每一个字。如果做不到现在就放弃，绝对不能有丝毫的勉强。"

我默念着纸上的一字一句，心里翻江倒海血脉喷张，我知道他俩跟我一样，恨不得立刻就能得到一个任务来证实我们有决心、有能力兑现这纸上的誓言——其实从进入这所院校穿上这身军装起，我们就已经做好了这种准备。

我们不约而同地立正敬礼，表示已经准备好了。

就这样，1996年初夏的一个下午，我们站在学校小礼堂的主席台上，在校党委书记的见证下，面对着国旗、党旗宣誓："我是中国人民武装警察特案组警员。我宣誓，绝对服从中国共产党的领导；忠于祖国，忠于人民；服从命令、严守纪律、英勇战斗；不怕牺牲、忠于职守；坚决完成任务；在任何情况下，绝不背叛祖国，绝不叛离武警部队。"

首长静静地站在一旁，等我们宣誓完成，走过来站在我们面前，足足盯着我们看了有五分钟，看得我们浑身发毛后才缓缓说："从现在起，你们和我，既是同事，也是战友。我叫徐卫东，是你们的直接上级，你们可以叫我老徐，也可以直接叫我的名字。"

说完，他上前和我们握手。我习惯性地想敬军礼，他狠狠地在我抬起的胳膊上打了一下说："从这里出去以后，你们将脱下军装，我不允许你们身上再有明显的军姿出现。"

从礼堂出来后，徐卫东给我们下了第一个命令：不能和任何人打招呼，十五分钟内收拾好行装。

二十分钟后，我们坐上一辆挂着地方牌照很不起眼的轿车，离开了学院。我们三人不约而同地回头朝越来越远的学校大门眺望，直到车子转了一个弯，再也看不到了，我们才转过头坐正。

2

我们被直接拉到位于密云深山里的一个训练基地，除了吃饭睡觉，所有的时间都用来看幻灯片、录像和卷宗。内容大多是境外毒品、枪支走私和制售的情况资料，还有案件多发地，尤其是西北、西南几省的人文和地理。

开始一段时间还觉得新鲜，尤其是那些重大案件的图像资料，看得我们摩拳擦掌、跃跃欲试，恨不得立刻奔赴第一现场跟犯罪分子真刀真枪地大干一场，然后领功、受奖、鲜花、掌声……可日子一久，慢慢就觉得腻了。面对着四周巍巍的大山，一天天地数着日子，我们甚至开始怀疑领导是不是已经忘了我们这档子事了。

郑勇像个泄了气的皮球，得空就对着我和宁志直呼上当。他是南方人，却长了个五大三粗的骨架，酷爱北方的一切吃食，尤其是羊肉和煎饼。午饭的时候他又在一旁望着窗外唉声叹气，我只好安慰他说："这里伙食比学校好多了，有很正点的内蒙羊腿肉吃。哦，这里没煎饼馃子，回头咱去天津，吃最正宗的。"

郑勇把筷子一蹾，冲我翻白眼道："合着我就是为吃干这个的？"

宁志哈哈一笑，正要说什么，突然撂下碗筷笔挺地站了起来。

徐卫东悄无声息地出现在了我们面前，我和郑勇还没来得及站起来，徐卫东照着宁志的腿上就踹了一脚，指着我们说："来之前我怎么跟你们说的？动不动就立正的毛病怎么还没改？再让我看到一次，就都给我滚回学校去。"他冷冷地瞪了我们一眼，说："跟我走。"

我们赶紧跟在他身后出门，上了他的车。徐卫东把车开得飞快，一路无话狂飙了三个小时，半夜时分到了内蒙古伊克昭盟（鄂尔多斯市的旧称），住进了当地支队的招待所待命。

郑勇兴奋异常，整晚喋喋不休，临睡前在被窝里枕着胳膊看着天花板，嘿嘿地乐着说："看到没？活儿来了！你们猜是什么类型的任务？"

宁志淡淡地说："我估计是演习。"

尽管我对这次任务也一无所知，但直觉告诉我，我等的这一天终于来了，肯定是很重要的任务等我们去完成。我也兴奋，更多的却是不安。

这是一种对于未知事物的惶恐，徐卫东两个月前从 105 个学员里选出我们三个来的时候，我就有过这样惶恐的感觉。我太知道自己的分量了，论体能、论谋略我排不到前三十，宁志和郑勇跟我是半斤对八两。我们到底有什么特别的地方让徐卫东把我们挑出来？我总想从徐卫东的一言一行里找出点逻辑来，但他除了走路带风、老皱着眉、说话声音特别低之外，本身也没什么特别之处。

郑勇和宁志还在漫无边际且毫无根据地猜测着任务，我不想参与，闭着眼又睡不着，不由得想起了两个月前的那个深夜。

那是我们第一次见到徐卫东。

也是在凌晨的这个时间点，他用紧急集合哨把我们集合在操场上，我、宁志和郑勇三人从此就走上了一条注定跟其他同学不一样的道路。

徐卫东敲门叫醒我们时，窗外还是黑漆漆的，我看了眼手表，凌晨四点。

三分钟内收拾利索后，徐卫东开车拉着我们出市区往西，奔了五十公里左右后车子下了公路，感觉是进了一片荒无人烟的沙地。

车停在一个三面都有沙坡的隘口上，徐卫东熄了灯，扔给我们一人一副大墨镜和一个防暴头盔，示意我们戴上。周遭本来就雾蒙蒙的，戴上墨镜和头盔后就更是什么都看不清楚了，我们摸索着下了车。徐卫东掀开后备厢，说：“来，一人一支。”

后备厢里有一个枪架，上面赫然挺立着三支八一式自动步枪，在微弱的天光下泛着幽幽的蓝光。徐卫东说：“上车检查枪支弹药，今天的任务是枪毙死刑犯。”

拿了枪正要抬脚上车的我一个趔趄差点绊倒。人型的靶子我打过，人形的人是真没打过。尽管我们都清楚这是早晚的事，训练时教官也一再提醒要把靶子当罪犯，每次我也会把准星后的靶子想象成一个有血有肉的大活人。但真的听到要荷枪实弹击毙罪犯了，还是大吃一惊——在仅仅两个月前，我们还只是某指挥学院里的普通学员。现在，因为眼前这个叫徐卫东的人，我们就成了死刑执行人，要用手中的枪去结束别人的生命。

尽管那些都是罪大恶极的死刑犯。

但这毕竟是杀人。

一阵汽车引擎的轰鸣声把我拽回现实。我定了定神，见三辆依维柯囚车在八辆越野车的护送下已经到了现场。一个中尉军官跑步到徐卫东面前立正敬礼，递给他一个文件夹。徐卫东“唰唰”签完字，军官接过，转身朝囚车跑步过去。

徐卫东对我们说：“必须一枪一个，而且要保证一枪毙命，否则开除你们。”

我们齐声应道：“是！”

徐卫东一脚踹到我腿上：“是什么是？”我忙改口说：“收到。”徐卫东点点头，“嗯”了一声。

郑勇的肩膀微微地抖了几下，隔着头盔和墨镜，我看不到他的脸，但我知道他是在笑。我压低声音说：“好笑吗？”跟了徐卫东之后，我们都不由得跟着他养成一个说话刻意压低声音的习惯，这样说话老让人有种错觉，总觉得附近有人在偷听你讲话。

郑勇的肩膀抖得更厉害了，还频频点头。

囚车和护卫车的号牌被迷彩布遮挡着，每辆依维柯上押下来三个犯人，一共九人，双手被反绑得结结实实。押运战士将头一批三个按着头快步拖到最大的那个沙坡前，之所以说“拖”，是因为每个犯人的腿都是软的，根本站不住，整个身体不停地朝下出溜，若不是押送的武警左右架着他们，他们一定会瘫在地上。

徐卫东用下巴指了指那个方向：“利索点，一人一个，打完跑步回车里待命。”

郑勇第一个冲下车，边跑边拉枪栓，枪口朝下向犯人快步走去。看得出他的步伐有些凌乱，好几次鞋底都蹭到了地面上凸起的石块。我和宁志忙下车跟在郑勇身后跑步前进。

厚重的头盔将我与外面的世界隔绝开来，只听得见自己越来越急促的呼吸和怦怦的心跳声，渐渐地，觉得连气也喘不上来了。

三辆车雪亮的大灯正正地照在每一个死刑犯身上，几个武警战士手持着枪，面朝外呈半圆形处于警戒状态半包围着现场。

这方圆几百米像是被这世界暂时遗忘了似的，天地间只剩下黑白两种颜色。

郑勇第一个就位，在距离犯人一米的地方抬起枪对准犯人的后脑，没有丝毫的迟疑就开了枪。“嗒”的一声枪响，犯人应声一头朝前栽去，抽搐了几下彻底没了动静。郑勇凑近一步低头确认犯人已死，转身返回。

我只觉得嗓子发干，想咽口口水，却发觉嘴里更干，硬着头皮走到犯人身后抬起枪对着那犯人的后脑，耳朵里开始轰鸣起来。我长出了一口气，死盯着准星，很快我的眼里除了准星和准星对准的目标外，什么也看不到了。我心一横，牙一咬扣动了扳机，身体在后坐力的作用下快速有力地晃了一下，恍惚中仿佛听到了子弹冲出枪膛、穿过犯人头颅打入沙石里的声音。

听着回荡在晨曦空旷野外的枪声，我勉强低头看了一眼栽倒的死刑犯，转过身咬着牙拼命甩了甩头，想晃醒阵阵发昏的大脑。往回走时两条腿像是踩在棉花堆里一样使不上劲，我大口地喘着气，连拖带挪地朝车的方向移动着双腿。没走出两步又听见“嗒”的一声，那是宁志开了枪。我的双脚在那声枪响之后更加发软，无论怎么用力都不听我使唤，好几次若不是用枪撑着地，我几乎就要软倒在地上。

挣扎中一抬头，只见车门内伸出一只戴着白手套的手，正指着我。我知道那是徐卫东的手，他的身体隐没在车厢内的黑暗中，我看不清他的脸，但我知道他是在示意我，如果我真的倒下，那么就会立刻出局。

我拼命把注意力转移开，试着让自己去想学院里那些日复一日的枯燥训练。那不就是为了能够让我早一点丢掉菜鸟的标签去执行任务吗？现在任务来了，执行了一半，总不能因为结果了一个罪大恶极的死刑犯就掉了链子，那以后恐怕连去边境派出所都不够格了。

我一边咒骂着自己这两条不争气的腿，一边调整着呼吸，咬着牙一步步地往车里走去。好容易挪到车跟前，我腾出一只手抓紧车内的把手，生生把自己连人带枪甩到车内。刚坐下，就听见赶到车边扶着门框的宁志的干呕声。

“吐出来你就给我走人。”徐卫东抬头看着车外说，“准备第二个。”

我顺着他的目光望去，见一个身着白大褂、戴着口罩墨镜的法医正在验尸，宁志见状扶着座椅靠背又是一阵干呕，全然没了昨晚的兴奋劲头。倒是郑勇握着枪的手轻微地颤抖着，跃跃欲试地朝外张望，还不忘扭头挖苦宁志：“你怀孕了？”尽管隔着墨镜我完全看不到他的脸，却依然能感觉到那头盔后骇人的杀气。

第二拨犯人因为看到了之前的行刑过程，已然没了之前那一拨的淡定，几乎是被战士们强行拽到行刑点的。有一个哭得上气不接下气，老远就看到他的鼻涕拖出来老长，在微微的晨光下亮闪闪的。还有一个声嘶力竭地求着饶，那凄惨的声音让人汗毛一根根竖起。徐卫东冷冷哼了一声，说：“早知今日，何必当初？这些人随便哪一个都够枪毙八回的。”

徐卫东刚一摆头，郑勇就又第一个冲了出去。这次宁志先我一步下了车，像是想要把刚才丢了的面子再争回来，三步并两步竟然超过了郑勇，端起枪对准其中一个犯人的后脑“嗒”就是一枪，完事扭过头，头也不回地跑回车内。

毙第一个的时候天色暗，我没有很清楚地看到血。这时候天色已经麻麻亮起来，视线渐明的同时嗅觉也跟着灵敏起来，一股奇怪的味道冲进我的鼻腔，或许这就是传说中的血腥味吧。紧接着又是“嗒”的一声，一个犯人倒在了郑勇的枪下。

很显然，我落后了。

我赶了一步，将枪口顶住犯人的后脑，还能听见那人喉咙里绝望的呜咽声。我屏住呼吸扣动了扳机，在犯人栽倒之前，我就迅速转身一路踉跄着朝车奔去。

回到车里坐下后，我突然很想问问这批是些什么性质的死刑犯。如果仅仅因为好奇心而发问，那是违反纪律的事。我与宁志和郑勇无法眼神交流，但我知道他俩此时想提问的冲动不亚于我。

“最后三个。”徐卫东大概是觉出了我们的好奇，轻声又补了一句，

“完事我告诉你们这些人为什么要死。”

当最后三人被押到行刑点时，我们在徐卫东下达命令后，几乎是争抢着往车下跑。并不是我们杀人杀上了瘾，而是只要被别人抢了先，那么死在前面的犯人的血和脑浆就会没遮没拦地糊满你的眼睛，刺鼻的血腥味会立刻弥漫在头盔里让你无法呼吸。而且根据刚才的经验，越往后被处死的犯人一旦近距离看见别人是怎么死的，尽管被堵住了嘴，但那种挣扎着从喉咙里发出的声音会更加令人毛骨悚然。

郑勇眼看跑不到我们前面去，索性在七八米外就瞄准，一枪解决。我一看这情形，停下脚步举起枪在五米外瞄准了一个犯人，还没来得及扣动扳机，我瞄准的犯人却被宁志抢先开枪击毙。我转头狠狠地瞪了宁志一眼，余光瞟到囚车边站着的法医，此刻他也顾不上遮掩自己的脸了，掀起墨镜诧异地看着我们。大概是从没见过像我们这样不按章法行刑的吧。

最后那个犯人挣扎得格外厉害。徐卫东刚说了，必须一枪毙命，不然就滚蛋。为了保险起见，我只能硬起头皮凑到跟前，他剧烈的扭动使得我的枪口总是滑开。我心一横，一脚踩住他肩膀将其压在地上，枪口死死抵住他的后脑扣动了扳机。

这一次，为了在徐卫东面前挽回自己第一次软脚虾的形象，我保持着标准的节奏跑回车边，故作轻松地掀起头盔，一边在沙土上蹭着沾着血的鞋底，一边对徐卫东说：“老徐，有烟吗？”

徐卫东上下打量了我一眼，没吭声。他这不明朗的态度让我有些尴尬，只好悻悻地爬到车内坐好。宁志掀起头盔说：“我有。”摸出烟给大家散了一圈，递给徐卫东时，徐卫东伸手拒绝，宁志刚要收回，徐卫东又一把拦住宁志的手说：“来根吧。”

我赶忙掏出打火机帮他点上。他斜扫了我一眼，说：“德行。”

法医验完尸后，远远地对着我们的车敬了一个军礼。徐卫东坐回驾驶位，说：“任务结束，弹药离枪。”

车很快开出了刑场，驶上公路的时候，一轮红日正好跳出天际。郑勇指着火红的朝阳对宁志说：“看那颜色，眼熟不？”

宁志眯着眼朝外看了一眼，胃里立刻发出翻滚的声音。我一看太阳那夺目的红色，也马上想起血，一胳膊肘朝郑勇砸过去，郑勇闪躲着仰起头哈哈笑起来。

我们没有回招待所，而是直接往北京方向返回。途中，郑勇问徐卫东："头儿，刚才那几个人犯的是什么罪？"

徐卫东从后视镜里看了郑勇一眼，答得极快："不知道。"

郑勇愣了一下："那，你刚才说……"

徐卫东猛地一脚刹车把车停在路边，我们吓了一跳，被晃得东倒西歪却不敢出一点声音。"我下命令让你们把他们击毙的，这个理由行吗？"徐卫东冷冷地说，"你们谁还有什么问题？"

我们连看都不敢看他，低着头小声说："没了。"

没什么理由比服从命令更充分了。

3

最终，我还是没找出自己和宁志以及郑勇之间的共同点，更别说什么特殊的优点。那为什么105个同级同学中单单选了我们？

这个问题恐怕要困扰我一段时间了。

晚上在电教室看资料，趁休息的时候，我又想起那个问题，不禁对着桌面发呆。郑勇点了根烟问我："你没事吧？两眼老发直。"

我想了想，把问题丢给了他。郑勇"嗨"了一声说："这还不简单？越是高尖端的任务，越是需要看似平常的人去执行，这样在人群中很容易隐蔽。为什么要在人群中隐蔽起来呢？那是因为任务已经脱离了简单的是非黑白、打打杀杀。"

我说："就你？枪毙死刑犯的时候就跟打了鸡血似的，数你动作夸张，你往那一站，身上的杀气就把你暴露得淋漓尽致，还谈什么隐蔽在人群中？"

郑勇瞪着我说："老子那是头一回，难免兴奋得过了头，往后别说枪毙死刑犯，就算让我杀你，我都能做到从容不迫。"

"我也是！"宁志站在我们身后悠悠地说。

我和郑勇双双打了个寒战。宁志自从执行完那次任务后就像是变了一个人，回来的路上一句话都没说，从那开始就浑身散发出一种骇人的阴沉劲。郑勇凑到我耳边说："小宁没事吧？你看他眼睛红的，我看着都瘆得慌。"宁志听清了郑勇的嘀咕，慢慢抬起眼皮，两手插在裤袋里，盯着郑勇，一步步地靠近。郑勇梗着脖子，喉头动了动，说："你要干吗？"

宁志一言不发，俯下身子看着座位上的郑勇，脸越凑越近，突然"呔"地大叫一声，吓得郑勇从椅子上出溜下来，说："你疯了吧。"

宁志呵呵地笑了，坐在郑勇的椅子上，说："我一直在想那几个死刑犯挨枪之前是什么心情，听到我们的脚步声时又在想些什么，我越想心越寒，越想越觉得害怕。"

我说："那你还想？"

宁志说："你们说，当时他们是希望我们走慢点，还是走快点赶紧打完了拉倒？"

郑勇说："要是我就希望赶紧挨完算了。"

宁志发了会儿呆，往桌子上一趴，头埋在两只胳膊里瓮声瓮气地说："我有心理阴影了。"

郑勇说："那些人都是罪有应得，我们也算为民除害。你这个人立场有问题，处决那种人还有什么心理阴影？"

我承认，我也时不时想起那些死刑犯垂死挣扎时绝望的呜呜声，但没敢深想，就是因为越想越害怕。经宁志这么一提，积蓄了几天的情绪瞬间就翻涌了上来。我抓着铅笔想在纸上乱画几笔，手指都特别无力。

这时徐卫东走了进来，坐到了我们对面。屋里特别静，只有他低缓的声音在说："以后，你们要对付的罪犯可不会像这次一样背对着你们，乖乖跪在那里等你们开枪。你们会看着他们的眼睛。要么将他们制伏，要么被他们打死。或者，他们会从你们背后开枪，你们死都不会知道敌人是什么样，所以你们脑袋后面都要长眼睛。"

郑勇说："我明白，就是要机警果断。"他显然对自己在刑场上的表现很满意，热切地看着徐卫东，像是在等着徐卫东的夸赞。

徐卫东看着他，说："如果要你击毙的人是个女人呢？是个漂亮的女人，或者是个面目慈祥的老太太，又或者看上去像个女大学生，你还能做到吗？”

郑勇想了一下，哑了。

宁志还趴在桌上，头也没抬说：“只要是任务、是命令，我管他是大姑娘还是小媳妇。”

徐卫东深深看了宁志一眼，点了点头，站起身说：“需要的话，我安排总队的心理医生给你们。”

我说：“我不需要。”

宁志抬起头说：“那心理医生是大姑娘还是小媳妇？”

郑勇说：“还是给我们安排新任务吧。”

徐卫东头也不回地朝外走去，丢下三个字：“待命吧。”

徐卫东没有对我们这次执行的任务做任何评述，既没有祝贺我们成功，也没有批评我们失败。可是这件事对我们而言，是有生以来第一大事了。面对着徐卫东没有表情的脸，我们谁也不敢多嘴去问，只能听从他的命令继续接受训练、待命。

周日的傍晚，我们三人正坐在操场的双杠上抽烟、聊天，徐卫东突然出现在我们面前。我和郑勇“嗖”地从双杠上跳了下来，整了整衣服。宁志像是没看到徐卫东一样，嘴里叼着烟哼着歌，一条腿挂在杠上来回晃悠。

徐卫东看都没看我和郑勇一眼，走过来站在两杠间，将手里的一沓资料丢到宁志怀里，双手按住双杠将身体撑起来轻轻一甩，与宁志坐在一起，眯着眼看着落日，舒了口气说：“挺会挑地方。”

我和郑勇这才意识到，刚才一着急，忘记了徐卫东一再强调的我们不能有明显军姿出现的事，彼此对视了一下，一时不知如何是好。

徐卫东对我们轻轻摆了摆头，示意我们坐上去。我和郑勇赶紧争着抢着往上跳，动作没轻没重，结果我们是坐了上去，却把徐卫东和宁志都晃了下来。我和郑勇看了看站在地上的徐卫东和宁志，僵直地坐在杠上面面相觑。

宁志打开文件夹，刚翻了第一页就惊讶地看着徐卫东：“七大项目？”

我赶紧伸头去看，果然是“七大项目”的训练科目表。以前在学校，我们需要在学习保密条例后，才能在电教室里观摩“七大项目”的录像演示。按教官的话说就是：看看知道怎么回事，知道自己几斤几两就好。言下之意就是我们根本没有资格接触并实践那些训练科目。

郑勇挠挠头，说：“这些科目，一个科目一个月，怎么也得七个月才能轮一遍吧？”

宁志盯着科目表轻轻地摇摇头说：“这上面说下周一开始，现在距离下周一还有三天。我觉得这三天咱们想吃点啥就赶紧吃点啥，有啥未了的心愿都抓紧吧。”

对于我们三人而言，如果几秒后“嘎巴”一声就要死了，问我们有什么未了的心愿的话，那就是没有执行过一次正式的任务，没有跟敌人真刀真枪地干一场（处决人犯那次可不算）。

简单地说，我们唯一遗憾的是，还没有为自己曾经宣读的誓言流一滴血。

徐卫东从宁志手里拿回那沓资料，分成三份，往我们每人怀里丢了一份，说：“在最短的时间内全部给我达标。”

郑勇说：“全部？达标？我们还要再在这里待两年吗？”

徐卫东说：“从明天起，一天一个项目，一周正好一轮，完不成就滚回去。”

我腿一软，从双杠上出溜到地上，不敢相信地看着徐卫东，又看看宁志。宁志撇撇嘴，一耸肩，说：“我早就说没那么简单。”

徐卫东说：“怎么，有问题吗？”

我想，我们一定是没有达到徐卫东的选拔标准，所以他用这样的方式让我们知难而退——“七大项目”里的任何一个，哪怕是最小的单元，都是在挑战人类的生理和心理极限。一天完成一套也许有可能。但连续每天都不间断，别说连着一周，就算是连着两天都不可能，因为那根本就不科学。与其这样，不如主动退出。

我一挺胸，说：“我有问题。”

徐卫东像是看穿了我的心思，冷冷地一笑，低沉地喝道：“执行命令。”他扭头朝教学楼走去，头也不回地说：“去小会议室看你们手里的资料，我一小时后到。”

一直到会议室，我们三人彼此都没有说一句话，低着头心不在焉地翻看训练资料，越看越觉得不可思议：如果把项目简单比作铁人三项的话，那就是每天要来一次，而且每天的项目都不一样。要在徐卫东规定的时间里达标，简直是痴人说梦。最让人绝望的是，“七大项目”要比铁人三项更加严酷。

我又想起“我们三个被徐卫东选中的原因究竟是什么”这个老问题。我们从入校起的各项成绩都记录在案，光看分数就可以判断出我们的实力。换言之，我们三个根本不是玩“七大项目”的料。就算是，也不是连续一两个月不间断地玩。

我把封面盖着“保密”印戳的资料往桌上一摔，说：“这哪里是训练，根本就是自杀。”

宁志说：“你得多恨你自己才用这种方式自杀？这叫虐杀。”

我们看向了一直没怎么说话的郑勇，他摇摇头，说：“打死我，我也做不到，就算勉强做到，也绝对不可能达标，老徐刚才是说不达标就滚的吧？”

我和宁志一起点头。郑勇长长地叹口气，沮丧地瘫坐在椅子上，耷拉着脑袋不再言语。

徐卫东来的时候，我们连和他打招呼的心情也没有了。他冷冷地扫了一眼垂头丧气缩在椅子上的我们，找个位置坐了下来，问我们：“都没有想说的？”

我们三个对视了一眼，又低下了头。

“其他几组都过了，是你们不行，还是我挑人的眼光不行？”徐卫东像是自言自语地点了根烟。

郑勇说：“其他几组？”

“你们不会以为整个特案组就你们三个人吧？”

徐卫东把没抽几口的烟掐灭在烟缸里，起身就要收走我们放在桌上的文件夹。我们三人几乎同时跳起来，揽护住面前的资料。我问徐卫东：

“其他人全过了？有多少人？”

“恐怕你们已经没有资格问特案组的事了。”徐卫东伸手过来要拿走文件。我忙把手背到身后，挺起胸，说：“那我们也行。”说这话的时候我没有多想，在这之前，“七大项目”在我心里是一座不可逾越的高峰，我以为只是因为我们不合格，徐卫东用这种方式赶我们走而已。现在他这么说的话，证明到现在为止我们并没有不合格，只要按训练计划做到达标，我们就是名副其实的特案组探员了。

郑勇将资料夹在腋下，站得笔直，说：“对，他们行，我们为什么不行，都是两个肩膀扛一个脑袋。”徐卫东将目光落在宁志身上。宁志说：“早就想试试这‘七大项目’了。”

徐卫东嘴角微微一翘，说：“其他小组也不是全都达标，你们三个能留下两个就算成功，没事早点休息，明天开始训练。”

看着徐卫东背着手走出会议室的背影，我心里清楚，这个训练项目才是真正的淘汰赛。我们又研究了一阵，发现这个传说中的训练科目除了考验个人体能外，更多的是考验战友间的配合、协作能力，否则以一人之力，是无论如何也不可能完成的。

宁志说：“你在想什么？”

我说：“我在想，不如我们三个全部达标，震他一下怎么样？”

郑勇咬着牙，说：“嗯，震死他。”

我伸出一只手，说：“要留都留下。”

宁志用力握在我的手上，说：“要走，就都走。”

郑勇把手放上来，憋了半天，说：“话都让你们说了，反正我也就这个意思。”

那天，我们三人都有些激动，好像第二天要上的不是训练场，而是战场，彼此许下了同生共死的誓言。

后来，当我们挺着胸，瞪着眼，竖起耳朵，听到宣布我们“七大项目”全部达标的那一刻，三个人一下子瘫倒在了地上。

我们在一间病房里一口气睡了两天两夜，才被徐卫东挨个踹醒，命令我们三十分钟内洗漱着装，准备归队。

当天下午，在一个只有徐卫东和总队一位首长在场的授衔仪式上，我们三人被授予了中尉军衔。

我们很清楚地知道，这个军衔只记在我们的档案里，没有肩章，因为我们不再有军装了。

授衔仪式结束后，我们来不及庆祝，就又被徐卫东叫进办公室。他正式通知我们，我们三人被列为一个单独的行动组，叫特案第九组，简称特九组，主要负责枪支毒品的走私、制造和贩卖的相关案件。

我有些吃惊："我们之前有八个组都达标了'七大项目'？"

徐卫东整理着手中的文件，头也没抬地说："没有，你们是第一拨。"

我说："你说其他组都达标了。"

徐卫东破天荒地一咧嘴有点笑脸。"逗你们玩呢，其他组连人还没招齐。不过现在我知道了，全部达标是可以做到的。"他用手指了指我们说，"你们就是其他人的榜样。"

我扭头看郑勇，见他脸色发红，呼哧呼哧喘着粗气，狠狠地瞪着徐卫东。徐卫东走到郑勇面前，双手插在裤兜里，与郑勇保持着不到二十厘米的距离，盯着郑勇看，一直看到郑勇平息了呼吸，低下了头。

徐卫东把我们领到一间宿舍里，说："从今天起，你们一切的一切都要在一起，目标就是——不管你们谁一撅屁股，其他人必须知道你要放的是什么屁。"

听说还有很多像我们这样的行动组，有负责间谍案的，还有专门负责经济案的——当然，这些只是听说，我听宁志说，宁志听郑勇说，而郑勇是听我说的。

当然，这些不是我们应该问的事。

接下来的日子里，我们三人形影不离，一起吃，一起睡，一起训练，一起看资料，互相熟悉着彼此的一切。日子过得流水一样分外的平静又轻快，这让我们都有些含糊，一切好似又回到了起点，这跟在学院里的日子没什么太大区别啊。

终于有一天，我们被徐卫东叫到了档案室。老习惯，他足足看了我们有五分钟，才说：“你们准备好了吗？”

我们齐刷刷地立正，昂首挺胸：“准备好了。”

徐卫东抄起桌上的一大摞文件就往我们身上丢，声音低沉却差不多是在吼：“你们给老子喊什么？老子耳朵不背，你当你们还是大头兵吗？那么喜欢立正就滚回学校去出操，要不到门口站岗去！”

“准备好了。”我和宁志赶紧小声说，郑勇马上学着我们的样跟着一句：“准备好了。”我们低着头收拾散落一地的文件，集中到我手里后本想毕恭毕敬地放回桌上去。刚抬起头就见徐卫东正盯着我的手，好像在等着我犯错误似的，我赶紧装作随意地将文件放在了手边的柜子上。

徐卫东说：“依我看你们还欠着火候，回去吧。”

郑勇转身就走，走出两步发现我和宁志没动。宁志说：“您还是给我发活吧，再这么待下去就真废了。”

徐卫东说：“搭档就要亲密无间，对方一个动作、一个眼神，甚至呼吸频率的改变，你们都要知道对方想要什么才行。”

我上前一左一右搭着宁志和郑勇的肩膀，说：“我们已经很亲密无间了，他们一撅尾巴，我就知道他们想拉什么、拉多少、是什么颜色。”

宁志也搭上我肩膀，说：“是啊是啊，再这么待下去，我们有人就要怀孕了，那时候怎么办？要请产假谁负责？”

徐卫东站起来说：“少废话，都给我滚回去。”

我们灰溜溜地回了宿舍。宁志认为是郑勇没能和我俩保持统一步调，在徐卫东让我们回去的时候，只有郑勇转身就走，虽然立刻意识到错误，但为时已晚。所以我们应该从这里入手，首先要解决郑勇总是不在状态的问题。

但是郑勇认为，老徐说我们行就行，不行也行，说我们不行，就不行，行也不行。既然命令我们滚回来待命，我们只需服从命令就是，说其他的都是闲扯淡。

他们二人为此争执不下，希望我能表个态。我实在没心思跟他们斗嘴，有气无力地说：“看这意思，无论你们谁说得对，我们都要继续熬一段日子了。”见他们眼神黯淡下来，我又补了一句：“既然他费那么大劲把我们招募来，一定比我们更着急要我们出去执行任务。”

宁志说：“话虽这么说，可这什么时候是个头？”

郑勇一拍桌子站起身，说：“走，练格斗去，那个败火。”

第二章

尽量留活口

1

12 月中旬的一天傍晚，我和郑勇、宁志正在射击场打靶，突然接到徐卫东的命令，让我们立即出发前往军用机场，搭夜里一点的飞机去甘肃，配合处理一起私造枪支案件。

有用的信息很少，只知道是在平凉地区一个没有人烟的山坳里，盘踞着一伙亡命徒，利用复杂的地形，躲在一个废弃的矿坑里制售枪支。当地武警中队要铲除这个窝点。

“你们的任务是抓一个人，这个人叫洪古，是个柬埔寨人，他是这些枪支制售团伙最大的买家。这个洪古基本上控制了我国境内贩卖枪支弹药的主要渠道，抓住他对打击这类犯罪非常重要。但对于他的情报，我们掌握得非常有限，除了我说的这些，其他一无所知。得靠你们自己去甄别并把人带回来，你们有没有问题?”

我说：“只知道这人的名字？这个团伙有多少人?”

徐卫东说：“二十多人，我再说一次，只知道他叫洪古，柬埔寨人，其他一无所知。”

我说：“我没问题了。”

宁志说：“二十几人？人数不确切，我怕有漏网的我们都不知道。”

徐卫东说：“具体数字时刻在变化，因为当地武警也在行动，死伤在所难免。”

郑勇说："不知道他长什么样，子弹又没长眼睛，打死怎么办？"

"在能保障自己安全的情况下，尽量留活口。"徐卫东眼里闪着一种令我感到很陌生的光芒，他巡视了我们一圈，见我们没再提问题，抬手指着我说，"秦川，你负责指挥此次你们特九组的行动，直接向我负责。我没有别的特别要求，只有一点，你的这两个搭档，怎么从这里带走的，怎么给我带回来。"

闲了这么久，突然接到正式任务已经让我兴奋得有些不知所措，更没想到的是，居然让我负责指挥。看着徐卫东沉稳坚定的眼神，我意识到此次行动虽然有危险但不会太大，那为什么不派个经验丰富的老手带带我们？我不确定地问："就我们三个吗？"见徐卫东不说话，我只好继续说，"我的意思是，我们第一次执行任务，都没有经验……"

徐卫东哼了一声："你的意思是，还给你派个保姆跟上？"

我忙说："不是那意思，保证完成……不，你等我们的好消息吧。"

徐卫东丢给我一个档案袋，说："资料你们在路上看吧，出发。"

出了办公室，郑勇说："看来我的判断是对的，上面选人永远都是选最普通的，不然无论如何也轮不到你来当这个负责人。"

我停下脚步，说："要不我去跟老大说说，不做这个领导，让你来？"

郑勇说："刚才老大可交代了，你怎么把我们带出去的，怎么带回来。你最好对我客气点，不然我死给你看。"

我正想反驳，背后传来徐卫东的呵斥："郑勇，你刚嘀咕的什么？跑步回来再给我说一次。"我们转身见徐卫东披着外套，正站在办公室门外。

郑勇小跑过去，立正站好说："报告，我刚才开玩笑呢。"

徐卫东一言不发，冷冷地看着郑勇。时间一分一秒地过去，我几乎能听到徐卫东的目光像箭一样穿透郑勇身体的声音，走廊里死一般地沉寂，郑勇的身体开始微微颤抖起来。

"滚！"徐卫东突然大喝一声。

我们从来没听见过徐卫东发出这么大的动静，郑勇一个哆嗦，竟然被这声逼得退了一步，就连我和宁志都浑身一激灵。郑勇满脸通红，低着头经过我面前时，轻声说了声“对不起”。

我心里有些突突跳，徐卫东说让我把人安全无恙带回来的话，也许不是说说而已。不然，他不会对郑勇的玩笑话反应如此激烈，这让我感觉肩上的担子一下沉重起来。从下楼到上车，我们三人一句话都没说。

赶到南苑机场的军用停机坪前，我给警卫看了证件，警卫敬了个礼，说：“正等着你们呢。”

跑道上停着一架老式的俄制螺旋桨飞机，两个战士正往机舱里搬东西。我身后跟着郑勇和宁志，一路小跑到飞机跟前，我问其中一个战士：“需要帮忙吗？”他戴着棉手套的手把盖住眼睛的棉军帽往上推了推，看了看我们，又看了看自己身后堆得像小山一样的箱子，喘着气摇头。我心想还是别假客气了，忙说：“那好吧，需要帮忙别客气，我们先上去了。”

敞开的机舱门前堆了两个木箱子权当是舷梯，门边结着一层薄冰，没法下手抓，我们三人你扶我、我拽他地爬到飞机里。郑勇说：“咱这是搭飞机吗？我怎么觉得是在搭老乡的骡车？”

两侧是用大号铆钉固定在机身上的木头长椅，后舱门敞着，两个战士正往里堆放着箱子，一张尼龙网罩隔开就算货舱了。冷风一个劲地往里灌，我踅摸了一圈，也没找到一个能稍微舒服点的地方。敲了敲驾驶舱门，门从里面“嘎吱”一声拉开，里面的两个飞行员扭过头看我。我问：“什么时候飞？有点吗？”

其中一个说：“带烟了吗？”

“带了，什么时候飞？”

飞行员起身走出驾驶舱，说：“快来根烟。”

我给宁志使了个眼色，宁志摸出烟给了他一根。他缩着脖子竖起衣领，摸出打火机“啪啪”地点不着火。我摸出自己的打火机刚想递给他，一眼看到挂在驾驶舱门上写有禁烟标志的铁牌，又看了眼他手中的烟，递打火机的手犹豫地悬在空中。他走过去把那块铁牌翻扣过去，接过我手中的打火机将烟点着，狠狠地抽了一口，嘴里喷着白气说：“真冷。你们是搭便机那三个吧，什么时候起飞，得看什么时候把外面那些箱子装完。”

郑勇搓搓手说：“要不我去帮他们？”

“首长明确指示，必须他的警卫员亲自搬，就是下面卖力气的那两位。”那飞行员走过去，脚蹬在机舱上，双手拉住把手，用力一拽关上了后机舱门，总算把冷风挡在了外头。我看了看表，已经是夜里一点多钟了。

我们几个抽着烟有一搭没一搭地瞎聊，又等了约莫半个小时，那些箱子才装完，两个战士爬上飞机呼哧呼哧地喘个不停。飞行员检查了一遍机舱，说：“坐好，安全带别绑太紧了，颠得太厉害的话，怕后面的箱子飞过来你们躲不及。”又拍拍宁志的肩膀，“谢谢你的烟啊，你们想抽烟随便，别乱扔烟头就行。”

飞行员“咣”的一声关了驾驶舱门，没有了空气的流通，机油味顿时浓烈起来。随着引擎的轰鸣声，飞机像是云霄飞车一样拔地而起。我咬着牙忍着忽然变换高度后心脏的不适感，只盼着快些到达目的地。

我实在不想在这里多待一分钟了。

2

这架飞机停在停机坪时，除了破旧我们没觉得有什么不妥。当飞行员吊儿郎当地出现在我们面前，带着我们在本来禁烟的机舱里抽烟的时候，除了觉得不靠谱之外，也没觉得有什么不妥。但当这看起来不靠谱的飞行员驾着这架破飞机冲上夜空的时候，我们三个紧张了。

郑勇斜靠在舷窗边，看着黑漆漆的窗外不停地看表。宁志没完没了地翻着出发前徐卫东给的那沓资料。我正在想该找个怎样的话题，来打破这种紧张带来的沉默，宁志用胳膊肘捣了捣我，说：“这地方你去过没？”

他把手里的地图铺在我面前，我接过来一看，不禁有些头大。

那地方位于甘肃与宁夏的交界处，我们曾在档案室里见过，该地区有无数宗枪支制售的案例，从民国初年到现在就没消停过。尤其是地图上这个地方，中华人民共和国成立后，政府开始收缴流落在民间的枪支，这个地方是一朵奇葩，年年缴枪都大丰收，而且年年增产。问题这丰收的不是小麦、高粱或者水稻，而是要人命的枪支弹药。

更夸张的是，这些收缴的就是当年美国支援国民党军队的武器。收缴到现在，还是这些东西，连型号都没变过，就那么几样。鬼才知道此前盘踞于此的国民党军阀马鸿逵到底藏了多少军火。当然，其中也有明显的仿制品出现，后来越仿越像，到现在就真假难辨了。

要知道，这批次型号的军火都是为了战争用的，普通的治安警察怎么会有能与之抗衡的武器？根本就不是一个量级。资料显示，贩售集团正打算把这些枪支通过售卖网销往内地，后果真是不堪设想。

我只觉得肩上的担子越来越重，心里有块石头压得越来越沉，一时有些心烦，把地图往宁志怀里一塞，说："没去过。"

郑勇抢过地图看了看，说道："谁没事跑这种地方去？"

这是我们三个第一次去一个完全陌生的地方执行任务，本来都有些紧张。加上之前徐卫东的那一声狮吼，更让我们心有余悸，到现在都不敢轻易说句稍微轻松的玩笑话，只好默默地坐在自己的位置上，在震耳的引擎声中想着各自的心事。

我翻看着那个矿场的卫星地图，不停地在脑海中架构着地形，想象着可能会遇到的危机，越想越乱，越乱越拼命想。

郑勇烦躁地站起来，使劲拍着舱壁吼："慢死了，还要闷多久？"

刚才抽烟的飞行员打开舱门，探出头说："抓紧了，我们赶赶时间，不舒服就吐到椅子下面的桶里，等下到了地方，自己把自己吐的带走丢外面去。"没等我们细问，"咣"的一声关上了门。

飞机猛然提速，机身不规律地抖动起来。宁志脸色煞白忍着胃里的翻腾。我说："你拿着你的桶找地吐去。"

宁志挣扎着从座位底下摸出一只套着塑料袋的小铁桶，扶着椅子在机舱尾部找了个角落，一头扎到桶里，再也没有出来。

飞机降落在平凉时已经是深夜。舱门刚打开，一个理着平头、扛着少校军衔的军官迎了上来。简单的寒暄之后，我和郑勇搀起宁志，随他上了一辆没挂牌照的越野车。

车窗上贴着深色车膜，一路朝北飞驰着。坐在副驾位上的少校军官扭头对我们说："三位首长，我就不客套了，我叫孙强，我们现在直接去那个矿场。"

我下意识地瞥了眼他的肩章，他叫我们首长，一定是向他下达命令的人特意强调了我们三人的重要性。我问："现在是什么情况？有多严重？"

"二十多号人，躲在一个废弃矿场的生活办公区里，我们还没惊动他们。"他大概看出我们的疑惑，自顾自点了支烟，抽了口说，"哦，说是生活办公区，就是一个将近300平方米的院子，里面围着一圈房子。据可靠的情报，他们已经造出数量惊人的枪械，藏匿在某处，具体流向现在还不清楚。我们请示上级，上级说派专人来帮我们把把关，没想到……你们这么年轻。"

宁志说："我们不是首长，级别……和你差不多，对了，车里能抽烟吗？"

孙强忙给我们让烟，我摆摆手说："我不抽。"孙强帮宁志点了一支烟，接着说："这个团伙是最近几个月才由几个小团伙凑在一起的。以前是各玩各的，凑在一起后，他们整合的不仅是造枪的机器设备，也包括各种势力关系，比以前要难对付得多，不过也好，这样可以一网打尽。"

"这伙人你们交过手没有？有没有活口？"我一直惦记着那个柬埔寨人洪古，希望得到更多关于此人的情报。但在不确定孙强是否知道我们的任务核心前，我不能说太多。

孙强摇摇头说："没有，上面不让打草惊蛇，务必一勺烩。不过你们来之前，北京的一个首长指示我们尽量留活口，唉……这就麻烦了，这个命令一旦传下去，我们的战士手下就会留情，对那伙人留情，就是对自己残忍。"

我见徐卫东已经跟他提过留活口的事，那么不妨告诉他原因，于是说："因为这团伙里面有个很重要的人，如果拿下他，以后这样的案子会少很多，我们会少流血，少牺牲。"

孙强眼睛一亮，大概想问点什么，职业的敏感度使得他还是没有问出口，说："好，好，我们一定配合，我这就传命令下去，希望明年不会再有战斗减员。"

"那你们的计划呢？"我问。

"因为地势比较复杂，我们提前一天就设置了包围圈，等到晚上一网打尽。现在唯一担心的是外围还有人，一旦行动起来可能会有漏网之鱼。"

郑勇问："咱们多少人？"

孙强说："一个县中队，除了留守和执勤的，全都来了，一共三十人。"

郑勇说："算我们三个了吗？"

"没有。"孙强迟疑了一下说，"我直说吧，你们是上面派来的，我必须保证你们的安全，所以你们不能直接参加行动。"

郑勇跳起来一把揪住孙强的胳膊说："你什么意思？"

孙强看了一眼郑勇的手，由他揪着，说："请问哪位是秦川？"

我这才想起从见面到现在，都没有向他介绍过我们三人，忙说："我就是秦川。"我瞪了郑勇一眼，郑勇不服气地松开了孙强的袖子。

孙强整了整衣服说："上面的确是让你们参加行动，但是得听我统一指挥。你们出了事，我担不起，所以请你理解。"

我说："能出什么事？"

孙强抽了口烟说："这一带枪支制售猖獗，打击任务一直由我们中队执行。我们中队编制五十人，每年都补满，每年都得补。这次就算加上你们三个，也只有四十七人。"

他一句话让我们陷入了沉默，按照他说的人数，他们今年到现在已经牺牲了六人。

一直以来，我最担心自己被分配到这种单位，觉得这种县级中队不过是和普通的治安警察差不多：节日期间巡巡逻，维护地方治安，处理几个喝醉闹事的小混混，最多也就是协助刑警追捕个逃犯而已。现在才知道，他们也要面对真正意义的暴徒，也要流血、牺牲。

郑勇有些不好意思，拍拍孙强的胳膊说："刚才真不好意思，你别见怪。”

孙强笑笑没吭声。宁志靠在头枕上闭目养神，时而抽口烟，一言不发。我偷偷用胳膊捣了捣他，他眼都没睁地说：“你们聊你们的，我在听，顺便构地形图。”

两小时后，车子开始减速，关闭了大灯缓缓驶下公路，在几乎看不见路的夜色中又向前行驶了大概五六公里的样子停了下来。下车后发现这是一条年久失修的柏油路，路两旁是直刺夜空的钻天杨。刺骨的寒风直往脖领子里灌，我把衣领竖了起来，双手抱在胸前抵御着北风的侵袭。

孙强往手上哈着热气。“真冷。”他在原地蹦了几下说：“这路是这个矿之前为了运货自己修的。”他冲司机摆摆手，车子无声无息地掉头，消失在夜色中。

郑勇像是被点了穴一般，耸着肩膀、缩着脖子一动不动地戳在地上。

我说：“你没事吧。”

“他一南方人，哪领教过这种天气。”宁志拍拍郑勇的后背说，“长见识吧？”

郑勇用颤抖的声音说：“你别动我，我适应一下就好了。”

我努力适应了一下黑暗，勉强看到脚下的路。宁志拿着夜视望远镜转圈看了一圈，说：“黄土高坡在陕北吧？”

孙强说：“这里地形差不多，地广人稀，深沟很多，很容易藏人藏物。三位跟紧我。”

我们跟着孙强走下公路，穿过一片不知名的灌木，猫着腰高一脚低一脚地走了二百多米后，前面浓墨一般的夜色中听到一个刻意压低的声音骂了一句。

孙强压低声音对那个方向回骂了一句。

那边闻声稍稍嘈杂了起来，吸溜鼻涕和咳嗽声此起彼伏，很明显不止一个人。那个声音说：“队长，接到人了？”

我们又向前摸了几米，见到了埋伏在沟里的数十名荷枪实弹的武警战士。宁志学着之前的孙强骂了一句，然后频频点头赞许：“你们这口令真是性感啊，得把这经验带回去，这种口令有意思多了，还解压。”

孙强笑着说：“让你们见笑了，没办法，这地方的人贼着呢，要是听见有人说‘口令’两个字，人家就明白埋伏了人。”

孙强笑着说：“让你们见笑了，没办法，这地方的人贼着呢，要是听见有人说‘口令’两个字，人家就明白埋伏了人。”

我说：“我们的武器呢？”

孙强丢给我们一人一件防弹衣。“你们先穿上。”然后对身边一个战士说，“去把枪拿来给首长。”

郑勇赶忙接过去一件套上。我把防弹衣穿好说：“你们最近一次大的行动是什么情况？”我想通过以前的作战经验，来判断孙强及其部下以及对手的特点。

孙强说：“半年前在另一个地方，差不多一样的事，我们埋伏的战士发觉有人过来，在对口令的时候被发现，结果对方直接扔过来一颗自制手雷，当场炸死我们一个战士，残了一个。”

这时，一个战士过来递给我们一人一支八一式自动步枪和几个装满子弹的弹夹，轻声对孙强说：“队长，五点了，没动静了。”

我问：“他们几点熄的灯？”

那个战士说：“夜里两点多，现在应该是睡得最沉的时候。”

“有没有哨？”

“据我们观察，没有。”

宁志拿着夜视望远镜看向那个方向：“要是我，不可能不放几个哨。”又看了几分钟后说：“至少有两个地方可以设狙击手，要格外留意。”

“对，还是要提高警惕。”我对宁志说，“把图画出来，尤其是可能埋伏狙击手的地方要标出来，让每个战士都了解位置，千万不能麻痹大意。”

孙强搓着手看着宁志说：“还是你们水平高，这都能构图。”他回头对战士们说：“看到没有？北京来的首长牛不？”

几个战士惊喜地看着宁志，低声说：“牛。”

宁志有些不好意思，干咳了两下收起望远镜，很快画了一张草图出来给大家讲解并传阅着。孙强见时间差不多，说：“准备行动，我们计划是包围，能生擒就生擒，尽量避免火力冲突。”

我检查了下枪械和弹夹，分别与宁志、郑勇确定枪械没有问题后说：“你下命令吧。”

3

孙强见我们的架势，知道终究拗不过我们，只得答应我们随队，但是必须要跟在队伍最后面，否则宁可放弃行动。我想真行动起来，谁还顾得上你在队伍的哪个位置，连连答应。孙强这才发出了“行动”的命令。

我们和其他战士一并，弓下腰尽量放慢速度朝目标靠近。我们三个大多时间都在城市里，即便是深夜也会有光亮。在这种空旷的野外，一时很难适应，前后绊倒了好几次，嘴里都是沙土，怕发出声音，都不敢用力吐，只能不停地用袖子擦着舌头。

北方隆冬的凌晨五点钟，是一天最冷的时候。北风呜呜地掠过地面，虽然风力不大，带来的寒冷却没有半点折扣，无情地吹透了我们的身体。这需要我们不停地活动手指，不然很快就会被冻僵。

在距离目标地只剩不到二百米的地方，孙强下令停止前进，派出三个狙击手提前到位，找好位置埋伏起来，着重监视宁志在草图上标出的可能会埋伏狙击手的地方。这样一来，如果宁志的判断是准确的，我们就不会处于被动挨打的地步。

当我们的包围圈缩小到把整个小院围得水泄不通时，孙强让狙击手利用风声掩护，先把院子里的四条狗全部击毙，而且要保证一枪毙命。

现在的射击环境非常恶劣，射击精度会受到风速、光线以及消音器的影响，孙强强调一枪击毙是非常有必要的：第一，不能让狗在挨完枪后还有命哼哼；第二，不能让子弹落到任何坚硬的东西上。这两点都是为了保证不发出声响，如果对方没有埋伏狙击手，那么我们继续前进就减少了很多被发现的风险。就算对方埋伏有狙击手，这样打草惊蛇，他们必然会反击，可以避免直接往里冲时中埋伏的风险。

我不由得打心眼里佩服孙强丰富的战斗和指挥经验。

趴在地上注视着黑漆漆的前面，一直没有听到宁志和郑勇说话，我有些不习惯，轻声问："你们怎么这么安静?"

"没事。"宁志口齿非常含糊地说。

"你怎么了?"

"你烦不烦?我张开嘴让口水带着嘴里的土都流出去，这土咸点就算了，关键也太牙碜了。"

"管用吗?"郑勇问。

"嗯。"宁志应了声，继续低下头。

我见郑勇也张开嘴，低下了头……

其间孙强不住地提醒我，一定要注意安全，只准后方督战，不可冲锋在前。

大约二十分钟后，孙强示意大家安静，捂着耳机听了一会，一挥手，说："狗都解决了，院子里没有动静，我们上。"

我们由匍匐变为猫腰小跑前进。没了狗，这次比之前的速度要快多了。整个矿场在漆黑的夜色中感觉不到丝毫生气，杀气却浓重得让人透不过气来。我们知道，那些屋里酣睡的都是些亡命之徒，谁也不知道哪个窗口中会射出子弹。

北风还在呜呜地吹着，紧张已经使我忘记了寒冷。那种死寂和黑暗让人不由自主地眯起眼睛，生怕自己眼里的光亮会暴露自己的位置。我握紧手中的枪，慢慢地上膛。大家屏住呼吸，两人一组贴在每所房子的门口，只等孙强一声令下破门而入。

突然一声枪响，我正前方的一个战士应声朝前栽倒在地。刚才还有条不紊的状态立刻被打乱，所有人各自卧倒在原地举枪寻找着枪手的位置。孙强拽着我和宁志就地卧倒，低骂了一句："这帮牲口就没睡觉。"

瞬间枪声从四面八方响起，根本分不清敌我。

我们头顶的一盏大灯陡然亮了起来，把整个院子照得雪亮，我们几乎完全暴露在灯光下。每所屋子里都向外喷射着子弹，又有数名战士倒地。

郑勇骂了句娘，就地躺下，面朝上端起枪瞄准那盏死神之灯，一枪下去整个矿场立刻恢复了黑暗。黑暗第一次让我感觉到如此厚重的安全感。我的眼睛在这一黑一亮再一黑的交替下，什么也看不到了，只听到破门声和战士们呵斥的声音，时而还有枪声传出。孙强在我耳边说："你们不要动，你们不要动，你们出了事我们交代不了，求你们了。"

我压低声音喊："宁志。"

不远处传来宁志的声音："我在，郑勇可能中枪了，我找到那个狙击手的位置了。"

我心头猛然一惊，忙喊："郑勇！"

没有回应。

我的头皮一阵发麻，头发瞬间竖了起来。

尽管在这之前，我经过无数次实弹训练，也亲自击毙过死刑犯，但是当真正的枪声就在耳边响起，子弹就擦着身体飞过时，胆怯还是战胜了一切。我紧紧地贴在地面上，好似每一声枪响，子弹都是冲我飞来一样，每一块溅起的沙石崩到我身上时，我都觉得自己中了弹。时间变得格外的漫长，凌乱的枪声似是催命的鼓点，逼迫我屏住呼吸，生怕一不小心会吸引到子弹的注意。我闭着眼睛像是在等待，又不知道等待的是生的结束，还是死的开始。

"嗖"的一声，一颗子弹擦着我耳朵飞过，我顿时清醒了许多，好似看到徐卫东正对我说：你的两个搭档，怎么带走的，怎么带回来。

我猛然睁开眼睛，在晨曦中仔细分辨着方向，寻找着战友的身影。眼前黑乎乎的什么也看不到，偶尔会从某个角落里传出一两声枪响，完全判断不出是敌是友。我喊了声宁志的名字，脚下很快传来宁志的回应，我一看，他正趴在我的脚边。我问："郑勇在哪儿？"

宁志指着一个方向说："在那边，中弹了。"我刚要动，宁志一把拽住我的脚说："那上面有个狙击手，郑勇是被那个狙击手打中的。"

我抬头朝宁志说的上面看去，黑乎乎的什么也看不到。我一脚蹬开宁志，匍匐着朝郑勇爬去，心中默默地祈祷着那不是郑勇。

宁志见拦我不成，只好端起枪朝有狙击手的方向点射掩护我。我爬到那个人跟前，凑近一看果然是郑勇。他的脖子上中了一枪，手捂在伤口上，中枪后大量的血涌入了他的气管，让他无法呼吸。他张开的嘴和鼻中满是凝固的血，圆睁着眼睛望着漆黑的夜空，眸子上结着一层薄雾般的冰，一动也不动。

我伸手朝他的颈动脉探去，已经没有了跳动，看着他还睁着的眼睛，我不愿意相信他已经死去。我拍拍他的脸说："这回真刀真枪地干了，别装死，赶紧给老子起来。"

可是郑勇没有丝毫动作，我知道已经骗不了自己了，必须得接受和承认郑勇已经牺牲的事实。我胸中的血轰地涌上了头顶，爬起来半蹲在地上握紧枪，猫着腰朝宁志说："掩护我。"向着狙击手的方向快速地"之"字形移动，很快前方被一堵墙拦住了去路。

我贴着墙朝上看，这是一间屋子的外墙，地面距离屋顶有两米五左右高，屋顶有两个并排的烟囱，还在冒着烟。我看了下整个矿场生活区房屋的布局，那上面的确是个中等的狙击点，尽管视野很好，但是容易暴露。

我贴着房屋的外墙，左右观察着希望能找到一个合适的地点干掉上面那个狙击手，否则我们实在太危险了。一个黑影蹿到我旁边，我定睛一看是宁志，他带着哭音低声说："我确定了，郑勇死了，送我上去。"他用力压我的肩膀，想让我托他上房顶。

我说："不行，你这么上去就是送死。"

"这么待着是等死，我们声东击西。"宁志从地上捡起一块砖头说，"用这个吸引他注意，同时你托我上去。我刚才看到他开火了，知道他的具体位置，我上去之后能在他反应之前就把他干掉。"他见我还在犹豫，低声喝道："你还琢磨什么？拖延会要了更多战士的命。"

我做了个深呼吸，迫使自己快速冷静下来。没的选了，我咬牙说："你要是死了，我非弄死你。"

我把枪背在身后，半蹲下身子，双手十指交叉做了一个台阶。他摸了摸我的手，确定了高度后，把手里的砖头朝屋顶另一侧的墙角砸去，在砖头砸到墙角的一瞬间，他一脚蹬上我的手，我借着他的力朝下一缓，猛然一用力将他送上房顶。

几乎就在同时，屋顶响起了两声枪响，全部打到刚才砖头砸到的地方。连续几声枪响后传来一阵扭打声。我背靠着外墙，用力向上一跳，双手正好反抠住屋檐，挂在上面稍微摆动了一下双腿，借力猛地收紧腹部腰部一甩，一个倒挂翻上屋顶。

不知谁丢了一颗闪光弹，夜空和地面顿时亮如白昼。我刚转身还没站稳，就被一人结结实实地撞到怀里，我脚下一空，被生生撞下屋顶。掉下去的那一刻，我看清了撞到我怀里的人是宁志。

就在那一瞬间，敌我都看清了彼此的位置，枪声大作。我重重地摔到了地上，觉得整个胸腔都要炸开似的，喘不上气来，眼前一阵阵发黑。

一个人将我扶起来，我听到孙强的声音："你怎么样？"

我实在上不来气，没法和他对话，只能伸手指指屋顶，两眼一黑，失去了知觉。

4

不知过了多久，我模糊地感到有人在拍我的脸，一下睁开了眼睛。现场明显已经被我方控制住了，每所屋子门口的战士都打开了照明设备。孙强守在我身边，见我睁开眼，长长地松了一口气。

我挣扎着站起身四面看，战斗明显是告一段落了，我忙问孙强："看到我的同事了吗？"

孙强脸色阴沉，说："有一个恐怕不行了。"宁志在身后说："我在这儿，我没事，不过让那个狙击手跑了。"

我说："跑了？不是设了包围圈吗？能往哪里跑？"

孙强说："这里到处都是深沟，矿井里更是跟迷宫一样，藏个人很容易，天又黑，更没法找了。"

我们正说着话，就听到不远处一间房子里发出几声枪响。我们急忙端着枪跑过去。进屋就见一个战士躺在屋子中央的血泊中，胸口中了好几枪。几个战士瞪圆了眼睛用枪紧紧顶着两个歹徒的头，那居然是两个女人。看上去应该就是当地人，皮肤又黑又红，大红大黄色的头巾包着头和脸。

看得出战士们是在极力克制着自己的冲动，我相信这是因为孙强命令过他们，尽量留活口，不然他们早就开枪了。

孙强伸出颤抖的手摸了下那战士的颈动脉，闭上眼骂了句娘，随后站起身举枪对着歹徒，一字一顿地问：“谁开的枪？”见没有人回应，他突然抬起手朝屋顶开了一枪，瞪着血红的眼睛怒喝道：“谁开的枪？”

“我开的。”其中一个女人整了整头上的头巾，淡淡地说。她瞟了我和宁志一眼，冷漠中带着不屑。

这时一个战士跑到门口说：“报告队长，报告队长，我方伤亡七人，其中一人重伤，三人……包括北京来的一位首长。”话没说完，眼泪已经滚落出来。

那女人听到这里“呵呵”笑出了声。宁志上前用枪口指着她的额头，狰狞地说：“你们枪法好啊。”

那女人被枪口顶得往后仰了一下，脸上还在笑着，说：“那当然了，都是我们自己做的东西，反正都是个死，能赚一个算一个。”说完笑得更得意了。

宁志抡起枪，一枪托狠狠捣在她脸上，那女人闷哼了一声窝在了墙角，脸痛得变了形，额角的血滴答滴答地淌了下来。宁志说：“来，再给我笑一个。”那女人狠狠地瞪着宁志，一言不发。宁志抬腿一脚蹬在她脸上，将她的头踩在地上，拉了下枪栓对准了她的头，牙齿咬得咯吱直响，食指在扳机处颤抖个不停。

郑勇的牺牲让宁志悲愤难当，我又何尝不想将这里所有的嫌犯活活打死？但我们是带着任务来的，我们不能这么做。我轻声唤他：“宁志。”

宁志别过脸，用肩膀擦了擦眼泪，爆喝了一声，枪口一抬，在那女人头顶开了一枪，子弹擦着她的头皮飞了过去。那女人顿时裤裆里湿了一大片，眼神中再也找不到刚才的得意和不屑，充满了恐惧后的呆滞。这些亡命徒仗着我们不会开枪滥杀才这么嚣张，真面对死亡还是一样现出了本性。

另外一个女人猛地跳起来，将押着她的战士一头撞开，伸手到床下，摸出一个拳头大黑乎乎的东西。孙强一把将我和宁志揪住，喊了一声

“卧倒”，话音未落，已经把我和宁志推出屋子。

一声巨响带着猛烈的气浪将我和宁志生生掀飞，我不确定到底在空中飞了多久才着的地，耳朵里只有嗡嗡的声音，我再次失去了知觉。那种嗡嗡声一直伴随着我，很久才消失不见。

我慢慢恢复了知觉，才意识到现场有些乱，院子里的战士们叫嚷着，飞奔着。一时间，我忘了身在何处。当视听功能逐渐恢复后，就感到后背和手臂一阵刺痛。我慢慢地坐了起来，整个头颅像是要炸开一样疼痛。

到底发生了什么事？我一边揉着脑袋，一边努力回忆着。

一个年轻的小战士蹲在我身边，扒拉开埋在我身上的砖块，晃着我的肩膀喊着：“首长、首长……”看着他冻得发紫的脸庞和急切的目光，我猛然清醒过来。我是在战斗中，而战斗还没有结束。

宁志呢？我四下疯狂地寻找着宁志，只看到两截被炸得血肉模糊的残腿，我忙扶着那个战士站起来，低头检查自己的身体，当看到自己的躯体完整才长长地舒了口气。

小战士用袖子抹着眼泪说：“队长牺牲了，首长，怎么办……”

队长？牺牲？小战士的哭喊声让我又想起了宁志。

“宁志！”我一边喊一边四下张望，终于在离我不远的那两截残腿下面看到了躺着的宁志。刚才我被那两截残腿吸引了注意力，居然没有注意到残腿下的他。他睁大眼睛望着天空，对我的叫声毫无反应。我像是被一道冰柱一下击中头顶，跌入了无底冰渊似的，脚下一软差点跪倒在地。

我甩开搀扶着我的战士扑上去，将压在宁志身上的东西丢开，拍着他的脸叫：“宁志！宁志！”我一边喊一边朝他的颈动脉摸去，我早已冻得僵硬的手指已经感受不到脉搏那点微弱的颤动了。

宁志的眼珠好像是动了一下。我屏住呼吸，目不转睛地盯着他问身边的战士：“你看到他眼睛动了吧？”小战士什么也不敢说，只是蹲在一旁抽泣。我害怕是自己眼花，死盯着宁志的脸说：“有本事你再动一下。”

但宁志的眼睛再也没动一下，我眼前一阵阵地发黑，几乎无法再支撑自己的身体。我丧失了去验证他是死是活的勇气，宁可像个疯子一样，无论如何都坚信他还活着。我冲身边的战士摆摆手说："你帮我把他扶起来吧。"

小战士抹了把眼泪，一个立正说："是。"上前硬是将宁志扶了起来。

宁志僵硬的身体戳在地上，晃了两下，终于靠自己站在那里了。

他，还活着。

我上前一把将他抱住："你给老子装死！"

宁志推开我，跪在地上一个劲地干呕，伸出一只手指着不远处的那两截残肢，厌恶地摆了摆手。

"首长。"小战士给我敬了一个标准的军礼。这让我想起自己的使命和任务，我看宁志八成是被吓到了，也没什么大事，放下心来，闭上眼平息了一下心绪和呼吸，转过身说："现在什么情况？"

"歹徒除七人被俘外，其他全部击毙，我方四人牺牲，其中包括孙队。"他又用袖口抹了把眼泪，说，"受伤人数还在统计。"

我来到孙强和郑勇的遗体前，抬着头控制着眼眶里的泪水，久久不忍低头。我怕别人看到再次流泪的我，更怕看到之前还生龙活虎的战友，此刻血肉模糊与我生死相隔。

如果不是郑勇果断地打掉那盏暴露我们的灯，伤亡的数字不知还要上升多少。

如果不是孙强在千钧一发之际将我和宁志推开，我怎么可能有命站在这里？

一时间，我陷入了极度的愧疚和悲哀中，不知所措，任由凛冽的北风冷彻我的胸膛。

那个女人引爆的是自制简易手雷，它将宁志右手的无名指第一截炸飞。我的背部也中了三处弹片，手臂多处受伤，所幸都是皮肉伤，并无大碍。但是孙强和屋里的两个战士遇难，另外一个战士的半边脸被弹片撕裂，毁了容。

宁志神情呆滞，坐在车上任由一个战士帮他包扎断指，问他话也没反应。

我带领着其余的战士，在那个废弃的矿场里搜出六台精密车床，其他简易车床十余台。根据简单估算，如果没有外界干扰，原材料供应充足，认真生产，他们半年可以装备一个步兵师。他们仿制的半自动步枪射程达到500米到800米，精度极高。他们仿制的手雷，因为不计危险，所以引爆时间、爆炸半径和爆炸威力完全根据制造者喜好和当日的心情而定。

我和宁志是幸运的，制造者在制造那颗手雷的时候，大概心情不太好，又或许他们喜欢细水长流，装药量比较少，让我和宁志捡了一条命。

而那屋里的战士和救我们的孙强失去了自己年轻的生命。

那个被毁容的战士参军不到两年，还没谈过女朋友。

宁志被定为重伤，第一时间被送回北京。走之前不论问他什么，他都呆呆地看着我，不说一个字，我只好按照上级的指示先让他返京疗伤。

我留在平凉，审问那七个因为我们的战士手下留情才活下来的亡命徒。我只有一个问题，谁是洪古。

最后得到的答案让我半天没回过神来——那天屋顶上，那个我连正脸都没看到的狙击手就是来自柬埔寨的洪古。

活着被捕的这几个歹徒，基本上都是这个组织的喽啰，根本没有机会和洪古打交道。他们说，此人疑心极重，晚上从不在屋里睡觉，没人知道他睡在哪里。

如此一来，找他们画像的想法就宣告破产了。眼下，唯一和这个洪古接触最多的恐怕只有宁志了，我只有赶紧回京和他沟通。

我要赶回北京复命，不能参加一周后孙强的追悼会了。看着那些和我年纪差不多、一直追随在孙强身边的战士，我的心里像是压了一块巨石。

我无法也不敢去回忆那晚如同噩梦一样的场景，却不能回避那些战士眼里的悲伤。他们执意要与我合影留念，我们在中队会议室书有“闪光利剑，忠诚卫士”八个大字的屏风前拍了一张照片。当一个战士把冲洗出来的照片递到我的手中时，我觉得羞愧难当。

他们眼巴巴地看着我。我能说什么呢？难道要对他们说“对不起”或者“节哀顺变”吗？长长的沉默后，我说：“我请你们喝酒吧。”

长这么大，我从没有主动想喝酒。那天不知为何，却出奇地想。后来我回想，这么多年来我一直保留着经常喝酒的习惯，就是从那天养成的。我从来没觉得酒好喝过，我只是留恋在半醉半醒之间那种在现实与虚境之间游离的感觉。

高兴了，喝点酒，会觉得快乐不会那么脆弱；难过了，喝点酒，会觉得痛苦不那么厚重。有人说，喝醉了就什么都不记得了。可惜的是我从来都喝不醉，就算是说不出一句完整的话，走不了一步像样的路，脑子依然保持着清醒。

这，是另一种煎熬。

尽管如此，但每当在深夜带着醉意，独自在马路上漫无目的地游荡时，看到情侣或依偎在一起，或站在那里争吵；看到经营烤串的摊贩趁着城管下班可以悠然自得地为食客烤着肉串；看着趴活的出租车司机相互讲着荤段子等待乘客；看着喝醉的老哥俩相互搀扶着在墙角一边撒尿一边说着豪言壮语；看着张贴小广告的人在电话亭、公交车站贴下一张又一张“牛皮癣”；看着……看着这些，我就觉得所付出的一切都是值得的。

其实，这些就是正常的生活，我们不能让每个人升官发财、无病无灾，却能保证用他们看到或看不到的付出，用一切去捍卫他们能这样正常地生活。

那晚，我代那些不执勤的战士向中队领导请了假。领导只提了一个要求：穿便装。

他们带着我，一行七八个人到了一个烧烤摊。他们说他们喜欢这口，我知道他们是为了帮我省钱。

大把的肉串就着白酒，一口口地往肚子里送，谁也没有含糊，只要有人举杯就大口地喝。吐了，接着来，实在喝不下，就用啤酒送白酒。其他食客吓得躲我们远远的，纷纷结账走人。摊主满脸的迟疑，见我们人多势众，始终没敢说什么。

我站起身问他：“老板，多少钱？”他说：“一百……算了，你给一百吧。”

我摸出三百块钱塞到他手里说："少了你问我要，多了你留着，我们喝够了就走。"

等我再次坐下，坐空了，一屁股坐到了地上，四仰八叉的，上来两个战士扶我，没站稳，也全摔倒了。看着我们几个人狼狈的样子，大家哈哈大笑。我们三个也坐在地上一起笑，笑着笑着，眼泪就像泉水一般涌了出来，怎么也止不住。

笑着，喝着，喝着，哭着，就那么喝到半夜。我们起身要走时，中队的一名副队长不知什么时候出现在我们身后，眼里噙着泪水看着我们。他身后的路边停着两辆车。他说了句"上车吧"，抹了把眼泪钻进了车内，一直到中队也没有说一句话。

临行前，我去看望孙强的妻子。那是一个朴实的农村妇女。见到她时，她的发髻上别着一朵白色的花，把我和中队一名领导让到客厅沙发上，泡了茶，上了烟，然后就不停地在屋子擦家具，擦得很仔细，每个角落都不放过，一遍又一遍。

我说："嫂子，您坐会儿吧。"

她操着河南一带的口音说："我不能停下来，手头没事做就更难受，我得不停地干活，你们可千万别埋怨我啊。"说着开始擦我们面前的茶几，觉得有些不妥，停下来说："对不起，你们别多想，我不是赶客人。"又给我们让烟，并坚持要给我们点上。

我实在不忍再看下去，将那个装着我所有积蓄的大信封放在茶几上，说："这个您收下，我的命是孙强救的，以后我会常来看您。"

相对无言，我起身告辞，刚出门没走出多远，就听到孙强妻子的哭声。我大步朝前走去，将跟我一同来的中队领导远远地甩在了身后。

我想把这一切归咎于自己，却发现卑微的自己怎能承受得起如此重的责任。

我辜负了上级的期望，交给我的任务我一样也没有完成，还拖累了孙强，如果不是我，他怎会屈死在一颗劣质的手雷下，就连我身边的搭档我都没能保护周全。

我宁可那个死在洪古枪下的是我，哪怕替代宁志断掉一根手指也好，偏偏我全须全尾地回来了。我不知该如何面对自己的失败，并不是惧怕应对上级的斥责，而是那浸满战友鲜血和生命的失败，我不知道耗尽我一生，能否把心中的内疚平息万分之一。

回北京的飞机上，望着舷窗外梦幻般的云海，我再一次泪流不止。空乘小姐递给我一包纸巾，柔声问道："先生，您需要帮助吗？"

我看着那张笑脸在投进舷窗的阳光照射下格外灿烂和甜美，不禁心有感慨，也许这就是我们生命的意义所在——付出我们的一切，只为他们能在这阳光下灿烂地微笑。

我想，如果孙强和郑勇看到此情此景，也一定会赞同我的想法，那么我能做到的，就是用实际行动去诠释我们曾在国旗下宣读的誓词。只有这样，才能告慰九泉之下的战友，你们的牺牲将永远激励我用全部生命去战斗！

第三章

退回社会你能干什么

1

我准备了两套说辞来应对徐卫东，但当我走到他虚掩的办公室门口时，我犹豫了，或者说，是胆怯。不管我怎么说，都是多余，检讨只会让我显得虚伪，而照实陈述会显得我无能，无论哪一种结果对我而言都是不能承受的。

隔着一道虚掩的门，能清晰地听到徐卫东翻阅纸张和掀开茶杯喝水的声音。我站在门外，大气也不敢出，积攒着敲门的勇气。

勇气还没有攒够，就听到他说："你就算是在外面补妆，也不用这么久吧。"

原来他早就知道我来了，而我还像个傻瓜一样在门外踌躇不定。突然听到他的声音，居然觉得有些委屈。整了整手中写好的报告，抬手敲门。

他依旧声音低沉着说："进。"推开门，发现他并没有像往常一样坐在办公桌后，而是端着茶杯坐在会客区的沙发上，面前的茶几上放着厚厚的几摞文件。

我杵在门口，屏住呼吸等待着暴风骤雨的降临。来之前我已经做好了接受一切处分的心理准备，包括被他踢出特案组，甚至连重返学校都觉得是个奢望。

徐卫东快速上下打量了我一下，看上去有些吃惊地说："站那干吗？

伤好利索了？”

我说：“都是皮外伤，小意思，我是来复命的。”

他放下茶杯说：“你确定是皮外伤？里边没事吗？”说着，他用大拇指指了指自己的胸口。

我刚要说没事，可转念一想，他这么问一定是另有所指，一时间我百感交集，呆在了那里。他用下巴指了指旁边的沙发说：“坐。”然后拿起面前的一摞文件翻看起来。

我小心翼翼地走过去，刚坐下，他就将茶几上一包拆开的香烟丢给我，说：“自己拿。”

我木讷地点了一支烟，机械地一口接一口抽着。他抬起眼皮说：“这烟挺贵的，你好歹稍微品品可以吗？”

我“哦”了一声，才注意到他丢给我的是一包软中华。想仔细抽一口“品品”时，才发现刚才抽得又快又猛，烟已经燃到了过滤嘴。

徐卫东有些不耐烦地叹了口气，咂了下嘴说：“你要是来复命的，就开始吧。你要是来扯别的，就别浪费我的时间和烟。”

“我是来复命的。”我把手里的报告递给他。

他二话没说打开就看。此时，我像一个交了考卷等待成绩的孩子，屏住呼吸不停地用余光瞟他的脸色。显然，又是徒劳，我还是没有从他的脸色上，猜测出他心思的万分之一。

“嗯。”他认真地看完后，说，“你的报告比我了解的情况更加详尽。”见他如此冷静，没有丝毫我所预计的狂风暴雨的影子，我几乎不敢相信自己的眼睛和耳朵。

“我的总结是，你们在这次任务中勇敢、果断，不怕牺牲。尤其是郑勇，献出了自己的生命。”他顿了一顿，接着说，“这次你们吃亏吃在经验上，这也有我的责任在里面，对形势预估不够，希望你能在这次任务中总结经验教训，今后不要再吃同样的亏。”他低头想了想，问：“我的意见就这些了，你还有什么问题？”

我呆呆地看着眼前这个变得陌生的徐卫东，就像是第一次见到他。若不是他低沉的声音和眼神中的锐利，我会怀疑，眼前这人只是长得像徐卫东的另外一个人而已。他是不是话里有话？可仔细回味了一遍那番话之后，又找不到任何挖苦或讽刺我的痕迹。

他似乎看出我的疑惑，递给我一支烟，看着我点燃，语重心长地说："还有很多任务等着你去执行，没有任何一个人，尤其是那些和你并肩作战并牺牲的战友，会愿意看到你一跟头栽在这里，就再也起不来。你将要面对的敌人也会越来越凶险，但你最大的敌人永远是你自己，为此你可能会穷尽一生的勇气和智慧。"

我沉默了好久，说："我没有把我的搭档全部带回来，郑勇的牺牲我有很大的责任。"

徐卫东说："责任你有，但是仅靠你的内疚和自责是担不起的。要么你继续这么自责下去，要么总结战友牺牲的经验教训投入将来的任务中去战斗。郑勇的牺牲大家都很痛心，但是我们应该把它变成一种力量，而不是累赘，你应该明白这里面的道理，希望你还能做到。"

徐卫东的话几乎字字戳到我的心里。在这之前我的确真切地思考过，并得出这些结论。这些道理仅靠我自己想通是没用的，我需要别人来证实我的这些想法的正确，更需要上级的肯定和鼓励。现在他的一席话将我心里所有的顾虑全部消除，一股暖流从心里涌出，湿润了我的眼睛。"我是不是给你丢脸了？是不是让你为难了？"

徐卫东说："我的任务就是在两难时做出决定，而你的任务是照我说的去做。不该考虑的问题，你不用想。"

我点点头，说："洪古跑了，只有宁志和他打过照面，我想继续一追到底。"

徐卫东说："这个任务已经结束，也是成功的，这次行动，对该团伙的打击是致命的。另外，洪古的线索太少，不值得耗费太多精力，特案组的人力应该用到更关键的任务上去。你回去待命，顺便抽空去看看宁志。"

次日，特案组内部专门为郑勇举行了追悼会。宁志还在医院，到场的人只有我和徐卫东，还有几个不认识的领导。

整个追悼会很简短，领导介绍完郑勇的生平后，全场默哀。从头到尾徐卫东都没有说过一句话，紧锁着眉头。末了，他朝郑勇的遗像敬了个很长的军礼，然后低着头离开了。

出了总部的大门，我漫无目的地走着，不知不觉走到了一条胡同里，狭窄的道路两边净是各种小店。想起郑勇特爱吃煎饼馃子，我们还说过什么时候休假一起去趟天津，去尝尝最正宗的。我走到一个煎饼摊前，要了一套煎饼，咬到嘴里的那一刻，再次泪流满面。

2

从徐卫东办公室复命出来的当天下午，我就去了医院看望宁志。他的气色明显好了很多，不再像那晚废弃矿场中失魂落魄的样子。我本想向他询问有关洪古的事，但想起徐卫东说这个任务已经结束，况且我不确定宁志的“内伤”到底有多严重，就忍住了。

待命的这段时间，我有空就去医院陪宁志，还给他起了一个外号，叫作“九指琴魔”。原因有二：

一、他在平凉一战中牺牲了右手无名指，只剩下九个指头；

二、他从前没事喜欢摆弄吉他，少了一个指头，弹吉他的功夫居然一点没落下，不过风格完全变了，变得神神道道的。

休养的这些天，宁志添了些新的毛病。比如在冬日午后，让护士帮他泡一杯茶，坐在病房的床前怀抱着吉他，轻轻地抚弄琴弦。他拨弄得很轻，若不是凑近根本听不到声音，若不是仔细看他，根本不知道他每到此时都会闭着眼。意到浓时，他总会轻叹一声，睁开眼，目光透过窗户，望向辽远的天际。

我想了想，还是决定问问：“你，没事吧？”

他看都懒得看我一眼，说：“说了，你也不懂。”

起初我以为是他心理有了创伤，所以变得这般多愁善感。他好像也明白我的困惑，再次弹完一首在我看来毫无旋律的曲子后，轻叹口气，才放下吉他，面对着我，目光悠远而深邃，又不乏真诚地说：“小川，我知道你担心我，我真的没事，而且从来没有这么透彻过，反而你自己才更值得担心。”

我正要说话，一个护士推开门对宁志说："体温计给我。"

宁志从腋下摸出体温计递过去，护士看了看说："烧完全退了，等下把药吃了。"说着将一个药盒放到床头柜上。

我问："他真的不烧？"

护士白了我一眼，甩着体温计说："你别勾着他抽烟啊。"

宁志站起身。"放心，不抽。"然后冲我摆摆手说，"咱出去走走。"

护士问："你没吃药呢，干吗去？"

宁志说："出去抽根烟。"

我和宁志第一次出现了分歧。我认为需要激情和热血去迎接未来的挑战，宁志却认为要泰然处之。我终于没忍住，嘲笑他因为一次任务就变得消极。他并没有生气，冲我微微一笑。反倒让我不知说什么好。

第二天我去接宁志出院的时候，他的病房里多了一个人，正和他聊着什么。见到我进来，他们的谈话戛然而止，看上去极不自然。这让我对此人的第一印象很不好。或许我只是不太习惯一个陌生人和一个与我出生入死的战友聊一些不愿意我听到的话题吧。

宁志对他说："这就是秦川。"

他眼里明显亮了一下，站了起来，对着我立正站好说："你好，我叫齐林。"

我冲他点点头，朝宁志投去疑惑的一瞥。宁志清了清嗓子说："来不及了，边走边聊吧。"说着提起打好的包，对齐林说："你帮我拿着我的吉他。"

齐林中等身材，白白净净的脸，动作很利索，提起吉他就往外走，路过的时候微笑着冲我点了点头。

我跟在他们后面出了住院部大楼。齐林小跑了两步，将停在住院部门口的一辆轿车后备厢打开，接过宁志的行李与吉他一并小心码放好，就坐到副驾上，车内等候的司机随后发动了车子。

我只当他是派来接宁志出院的，也没多问，拉开车门与宁志坐到后座上。

车子并没有朝总部方向走，而是一路向东上了机场高速。我问道：

“这是去哪儿？”

宁志说：“不知道，人家手里有命令。”

我心中顿时有些不悦。大家都是平级，我没在的时候你们鬼鬼祟祟地谈话，见我来就不吭声，现在突然告诉我有新任务，搞得我像个外人。我看着副驾上的齐林心想：老子和宁志出生入死的时候，你不知道在哪儿转筋，这会儿神秘兮兮地装什么孙子。

没等我再问，齐林将一张盖着红戳的纸竖在我的眼前说：“紧急调动，去机场找个人，目标人物下午六点飞乌鲁木齐，找到后直接拿下。”说完不由分说又递过来一张照片。照片上的女人让人眼前豁然一亮，拍照的背景应该是某家酒店的大堂，她穿着身套裙，姿态优雅地坐在沙发上，气质既高雅，模样又清纯漂亮，约莫二十二三岁的样子，像是个刚毕业的大学生。我说：“这也太可惜了。”

“嗯，手上四条人命，全是边防武警。”齐林坐在副驾头也没回地说，“她叫刘亚男，32 岁，籍贯杭州，学历高中，自幼父母离异，她判给了父亲。父女俩一直在中俄口岸做服装生意。去年，她父亲在俄罗斯死于车祸。她改行开始做棉花生意，在新疆产棉区收购棉花销售到内地。具体什么时候跟贩毒组织勾结上还不清楚。只知道她利用正当的棉花生意做掩饰，帮俄罗斯贩毒组织跟金三角一带的组织牵线搭桥。一旦这个毒品网络在内地架构成熟，中国将成为毒品重灾区。除此之外，她旗下的公司还帮境外一些非法组织洗钱。”

“三十二了？完全看不出来，确实牛。”我对齐林一副严阵以待的样子很是不屑，于是看着照片里的人满不在乎地说。又看了眼宁志说：“这上面没老徐的命令啊？”

宁志说：“他可能不知道这事，我接到的是总部另一个领导的命令。”

我心里更加不悦，潜意识里我已经默认自己是徐卫东的兵，只接受他一个人的调遣。我心甘情愿为徐卫东下达的任务指令拼命，这莫名其妙地来一个我还不知道见没见过的领导，就这么给我下命令，这在情理上也不合适。

我说：“要不要跟老徐打声招呼？”

不等宁志说话，齐林抢着说："这次行动我们三个只向部里一位领导负责，对其他人全部保密，另外此次行动由宁志领导。"我看了一眼开车的司机。齐林忙说："我们的司机都是聋子、哑巴。"

我冷笑了一声："你刚说什么部？"我翻了下那纸命令，其实我早看清楚了那上面的红戳是公安部的，我故意问齐林："公安部？你是公安部的？"

齐林"嗯"了一声算是回应。

我笑笑说："我不归你们管。"

齐林有些尴尬，回头看看我，见我没有丝毫好脸，于是说："你们上级知道，这次行动由宁志负责，一些问题，还是他给你解释比较好。"

我嘴角一抽，像看叛徒一样看着宁志说："首长吉祥。"

"跪安。"宁志没理我这茬，异常严肃地看着我说，"没什么好解释的，命令是咱们上级直接下达给我的，至于为什么不是老徐，我想这不是我们该问的。你还有问题吗？"他看了下手表，又看看我，像是在做什么决定，最后从口袋里摸出一部军线手机丢给我："要不？你自己给老徐打个电话？"

看到那部手机，我傻了。这种军线手机只有领导级别的人才有，我见过徐卫东有一部，而此时宁志居然也配备了一部。我突然觉得自己像是一个置身于某件事之外的傻子，具体发生了什么，所有的人，包括邻居家的那条狗都明白，只有我还蒙在鼓里。

我拨通了徐卫东的内线电话，响了两声对方接通，是我熟悉的低沉声音："嗯，说。"一时间我哑了，徐卫东的语气不耐烦起来："说话。"

我只好硬着头皮说："是我，秦川。"

徐卫东迟疑了一下。"嗯，这个案子由宁志领导，有什么话回来再说。"他好像还想说些什么，沉默了一下又说："先这样吧。"一下挂了机。

交还了电话，我又盯着宁志看了一会儿，说："我没问题了，您尽管吩咐。"说这话时，心里和鼻子都在发酸。我知道一定发生了什么事，而且远在我想象之外。我像是在特案组高速运转的离心力下被甩开的一颗可有可无的螺丝钉一般，被抛弃在空中，不知道将要落向何方——这一切就发生在我热血澎湃地想要做出一番轰轰烈烈的事业之后。

这种从九天到深渊、从炽热到寒冷的转换，像极了小时候的一个噩梦，梦中我和母亲被陌生的人群冲散，我想大声哭泣，却怎么也发不出声，明明周围好像全是熟悉的脸孔，可那些脸孔只是冷漠地看着我。

我觉得好冷、好饿，孤独如同一头猛兽在阴暗处觊觎着我的血肉。

宁志手搭上我的肩膀，叹了口气说："和以前的任务一样，面对的都是穷凶极恶之徒，我们的价值是铲除这些人。我不知道这次是害你还是帮你，无论如何，我只希望咱俩能并肩作战，至于谁领导并不重要。"

我突然明白了一件事，就是不论我怎么安慰自己，不论徐卫东怎么为我开脱，在上一个任务中，我的确失败得很惨。既然失败，就一定要为此付出代价。

冷静地想想，此刻我就是一个配合公安部门围歼逃犯的普通战士。我只是接受不了因自己的无能，才从特案组探员到一个普通战士的变化。

我做了一个深呼吸，给宁志挤出一个微笑说："提要求吧。"

宁志说："活着。"

车内再没人说话，我觉得气氛被我内心的疙瘩搞得有些别扭，于是开玩笑地说："那我活着回来有什么好处？"

宁志冷冷看着我说："我升官呗。"说完转过头哈哈大笑起来，笑声分外刺耳。我狠狠在他肚子上来了一拳，刺耳的笑声戛然而止。宁志忍着疼挺起腰，缓了缓说："别闹，我说真的，上面说人员伤亡率不能超过一点五个。"

"一点五？"

这次车内彻底安静了。这句话的真正含义是说：这次行动，我们三个，有一个人回不来是正常的。

我们坐在行李传送台后巨大的监视屏前，守候着这个身上背着四条边防武警的命，估计还会再加上我们其中一条命的姑娘。身边蹲坐着我们的三个同行：三条个头不大、不知道是什么品种的警犬。

按照指令，警犬们开始挨个嗅着传送带上缓缓吐出的行李，摇头摆尾还伸着舌头，怎么看都觉得它们是在对你笑，这种工作态度让我觉得这很不靠谱。

一条警犬对着一个暗红色的小皮箱吱吱呜呜叫个不停，最后索性两只前爪全部扒了上去。牵着它的警察顿时紧张起来，将那个包拿了下来。看着倒是有点意思，我说："我倒要看看这狗能搜出什么来。"牵那警犬的年轻小警察看了我一眼，表情显得很不服气。

宁志说："你猜是什么？"

我说："肯定不是易燃易爆的。"

宁志说："你怎么知道，你闻过了？"

"不是，因为那狗的制服跟你现在的一样，上面写着'缉毒'呢。我看这狗岁数不小，搞不好是你师兄也不一定。"我有意无意地挖苦着宁志。

宁志笑着拉开架势说："你找练呢？"

齐林咂了下嘴说："咱先别逗了，咱是干吗来的？"

我对齐林一个立正说："是。"

齐林表情无奈地张了张嘴，又没说出什么来，只好向宁志投去求助的目光。宁志白了我一眼。我也觉得自己有些过分，曾几何时自己居然会酸溜溜地讽刺挖苦别人，怎么看都不像一个战士，倒像个怨妇。

警察带过来一个二十一二岁的小姑娘，指着那个暗红色小箱子问她："箱子是你的吗？箱子里装的是什么？"

那小姑娘扭头看了我们几个一眼，又扫了一眼我们面前的屏幕，眼神再次落在我们身上。我和宁志不约而同地交换了一个眼神。按常理，遇到这种情况一般人都会紧张，可这个小姑娘异常镇静，眼神中没有丝毫慌乱，好像早就知道自己要来这里，而且是事先计划好的。

"问你呢，里面装的是什么？"警察追问着。

小姑娘收回目光，脸上出现了迟到的惊讶表情，说："是，是我的，里面没什么啊，是狗粮。"

缉毒犬还挣着绳子要往箱子上扑，带它的警察伸腿把缉毒犬拨开，掩饰着脸上的尴尬说："打开。"

箱子里的确都是还未拆包的狗粮。我觉得有些不对，但又说不出是哪里不对，见那警察要动手拆包，忙上前一步说："等等。"

小警察看了我一眼，想了想站了起来。我用脚把那个箱子踢到一边，一直看着那小姑娘的眼睛。她起初有些不服，跟我对视了几秒，低下头说："真的是狗粮，到底怎么了吗？不然，你们可以打开检查啊。"

经过训练的警犬不会对任何外来的食物感兴趣，这点常识我是有的。我眼睛始终盯着她，对小警察说："你拆开拿几颗给我。"

小警察拆开包装抓了一把放在我摊开的手掌上，我送到宁志嘴边说："来，尝尝。"

宁志二话没说拿过一颗闻了闻，又舔了一下，真丢进嘴里咂摸了几下，才说："应该是狗粮。"

"喂！"小警察突然喊了一嗓子。只见三条警犬都疯了一样扑到皮箱边上，埋头大吃特吃狗粮。而我一直死盯着的人脸上，居然露出一丝难以觉察的笑容，那种笑容我再熟悉不过，那是亡命徒得逞后的笑。我一把掐住她猛地一搂，在她失去重心的瞬间狠狠地将人摔在了地上。

如果说从前我还有些怜香惜玉的话，那么自从平凉那件事以后，我已不会对任何可能会给我或我的战友造成伤害的人有丝毫手软，不论对方是耄耋之年的老人，还是如花似玉的姑娘。

宁志也扑了过来，揪着头发在她后脑上顶了一膝盖，那小姑娘哼都没哼一声就晕了过去。我转身朝那个皮箱跑去，飞起一脚将正在吃狗粮的一条警犬踢飞。一个警察冲我喝道："干什么？"就想上来拦我。宁志抬腿一脚把那警察踹得窝在地上一动不动，不等我再踢第二只警犬，那些警犬都冲我们龇起牙，瞪着血红的眼睛，喉咙里发着低低的吼声。

宁志说："狗粮有毒，狗吃了会疯。"

齐林抄着一把椅子冲了过来。缉毒犬通常比较温驯，没有攻击人时咬喉咙或手腕的功夫，但特殊的毒素使它们发了疯，有两条冲过来贴着地面就朝齐林的脚脖子咬去。齐林脚下没了退路，索性将手中的椅子往地上一蹾，挡住疯狗的来路，身体在两只手的支撑下腾空而起，躲过了第一次的袭击。我就势将撞在椅子腿上的另一条疯狗一脚踢飞。剩下一条朝宁志扑去，宁志摸出手铐当作铁鞭狠狠朝疯狗的鼻子一抽，那狗甩了甩头，原地晃了晃倒在地上，鼻子里涌出的血糊了满地。之前被宁志踹了一脚的小警察当时就哭出了声，捂着肚子，用膝盖当脚爬了过来，抱着狗哭得上气不接下气。

宁志说："行不行？三个人连三条狗都制不住？"

事情发生得太突然，另外两条警犬的主人才回过神来，冲过来抱起自己的狗，不停地叫着狗的名字，带着哭声越叫越凄惨。我想上前劝慰两句，又觉得实在多余。宁志走到被他抽死的那条警犬的主人身边，拍了拍那年轻小警察的肩膀，想说点什么，喉头动了动，还是咽了回去。

终究还得做事，宁志对那警察说："麻烦你把人找个地方先控制起来，完事带回去。"然后又对齐林说："你在这儿盯监控，我和秦川去外面。"

齐林可能并不想窝在屋里看监控，看着宁志想说什么，见我在一旁斜眼看他，不情愿地点了点头。

我正要出门，一个警察放下自己的狗猛地冲过来，一把揪住我的衣领，另一只手攥着拳头拉开了架势正对着我的面门。宁志正要上前阻拦，我伸手将他拦住。如果臭揍我一顿，能少许弥补他痛失爱犬的伤痛，就让他揍吧。他的眼里喷射着愤怒的火焰，似乎随时能将我化为一团灰烬，但转眼间，那团火焰就被他眼里的泪水熄灭了，嘴唇颤抖着半天没有说出一个字，也没有挥出早已对准了我的拳头，最终还是放开了我。宁志想了想说："这样吧，那个女的你来看，我自己去外面。"

我说："这还用我看？"

宁志凑近我耳朵低声说："我怕她被这几位给活撕了，这狗对他们来说，比媳妇亲。"

我向机场民警借了一间办公室，屋子里间有个库房，装着老式的防盗门。我用一杯水把那小姑娘泼醒，故意在防盗门上找了一根不高不低的横栏，将她反手铐住。她站也不是，蹲也不是，索性叉着腿，屁股抵在防盗门上，看起来十分不雅。

她随身的包里除了一张身份证和一张飞往上海的机票外，连包纸巾都没有。行李箱中除了那几包狗粮外，就是几件皱巴巴的旧衣服。我更加确定她此行的目的不是飞上海，而是在机场用毒狗粮制造混乱。如果她的行动跟我们的目标人物刘亚男有关的话，八成就是刘亚男的侦察兵。

我想起她被带进监控室时打量我们时的神情，以及得逞后露出的那丝笑容，如果我的判断是正确的，那么刘亚男应该已经得到风声跑了。我正想是不是有必要提醒宁志这一点时，宁志推开门与齐林一起走了进来。

宁志翻看着桌上的物件，正要说话，就被齐林用胳膊肘悄悄捣了捣。他的这个动作很小，却没能逃过我的眼睛。我假装没看到，等着看宁志要说什么。齐林的小动作让宁志愣了一下，看似把嘴边的话又咽了回去，拿着那姑娘的身份证有些心不在焉，突然将那证件往桌上一丢，嘴里骂了句，扭头走到门口对我使了个眼色，我起身随他出去。他关门的时候对齐林说："你审吧。"

3

我跟在宁志身后出了候机楼，他在一个僻静的地方停了下来，摸出烟丢给我一支。我们各自点着烟，我见他还是一副欲言又止的样子，想起今天他的种种表现，料定他必然有些话想对我说，不知是什么话如此难以启齿。刚才应该是下定了决心，可现在看到我，他又有些犹豫。

我说："有什么话直说吧，咱俩要是也这样，就没劲了。"

宁志狠狠地抽了几口烟，冲我晃了晃他的断指说："平凉那趟，后来的一些事你应该不知道。"

我看着他，示意他继续。

宁志说："洪古漏网，任务就是失败的，而失败就意味着所有的牺牲都是白费，这是现实。"

我强按住心里的慌乱，说："我懂，也服，你说事。"宁志这么说已经算给我留足了脸面，郑勇和孙强的牺牲就是我的责任。想到这里我心里刀割似的疼，只能咬着牙忍着不让自己情绪失控。

"老徐因为这件事肯定受了牵连，我们自然也不会没事……嗯……"

他这后半句说得吞吞吐吐。我继续压抑着自己悲伤外加委屈的情绪，抽了口烟说："你直说吧，再这样我真跟你急了。"我隐约意识到些什么，此时我宁愿自己揣测也不愿从他口中听到。事情到了这一步，我只想早点接到判决，死也死个踏踏实实。

他像是横下了心一般，将抽剩的半支烟往地上一摔说："老徐那边具体背了什么，我不知道。但我已被特案组甩了，现在配合他们干这个。"他用下巴指了指候机楼的出口。我知道他指的"他们"就是齐林。

"缉毒警？"我替他补充。

他极不情愿地点点头。我明白了，这是降级留用。看宁志的这份不乐意，那我肯定比他不堪得多。该来的总要来，我说："现在该说我了。"

"我听说……上面是要把你退回去。"他咬着嘴唇，话说一句停一下，低着头两只手在身上几个口袋外乱摸，"也许……退回学校，也许……退回社会。"

我摸出烟递给他。他接烟的时候还是没抬起头来。我帮他点烟时，拿着打火机的手背上一热。是一滴水，准确地说，是宁志的眼泪。他也看到了自己的那滴眼泪，慌乱中想用他颤抖的手去擦拭我的手背，手里的烟头却碰到了我的手。看着他捧着我的手又拍又吹，像一个做错了事后拼命想弥补的孩子。"宁志，我没事。"我扬起头，不想让眼泪流出来。

"我……我求老徐，想再和你一起执行一次任务，什么任务都行。"宁志哭了出来，始终不愿抬起头让我看到他的脸，"本来……本来老徐今天就要你去，和你谈……谈，我说……"他终于再也说不出一句完整的话了。

见他这个样子，我明白自己的未来正在向我最不愿意的方向发展。我吸了吸鼻子，故作轻松地说："不管我以后去了哪里，咱不都是好兄弟吗？你好好的，没任务的时候，来找我喝喝酒。"拍着他的肩膀又说："我看我在这里你们也不方便，你也为难，我懂你的意思，你还有正事，先去忙你的，我先走。"

宁志点了点头，依然低着头说："这次任务回去后，我一定在报告里把你写得漂漂亮亮的，我不会放弃任何一个和你一起执行任务的机会，我一定尽我的全力。如果这次不行，我就等，总有我上去的一天，不论你那时候在干什么，我都一定会把你揪回来。”

我说：“嗯，你就想祸害我，见不得我过太平日子。”

宁志破涕为笑，终于抬起头，抹了把眼泪说：“嗯，都是一起出来的，我太平不了，你也甭想。”

我在他的胸口狠狠地捶了一拳。他龇着牙回了我一拳。

“我走了，你自己小心。”我深深地看了他一眼，转身出了机场，一直到上了出租车，我都不敢再回一次头。

在离总部大楼还有两三公里的时候，我叫司机停了车。下了车，坐在马路边围着草坪的铁栏杆上，看着路上熙熙攘攘的人流和车流发呆。巨大的失落和茫然笼罩着我，我像是一个一直匆忙赶路的苦行僧，突然失去了继续前行的力量；又像是一个被世界抛弃的孤儿，无依无靠。我苦笑着告诉自己，我自由了，从此不再背负比旁人更多的责任，也不再那么单纯、黑白分明地生活了。只是，这自由来得太过生硬，快得让我手足无措。

“起来起来，这是坐人的地方吗？你瞧那小栏杆儿细的，能撑得住你这大小伙子吗？人人都这么没素质，这北京还叫首都吗？”

我有点发蒙，抬头才看见一个戴着红袖箍的老太太居高临下地正在冲我训话。她身后还站着一个戴着红袖标的保安，正斜眼看着我。

我四下看了看，忙站起身来说：“不好意思。”

老太太不依不饶地指着地上的几个烟头嚷嚷：“地上的烟头是你扔的吧？”

“啊？”我看着地上，想不起自己刚才是不是抽过烟，“我不记得了。”

“跟这儿臭贫什么啊？”老太太身后站着的保安发话了，斜瞪着我说，“是不是你扔的你不知道？这么大个子这点事敢做不敢认？”

我像是被打开了身体里的什么开关，一下绷紧了后背，迅速收拢涣散的目光，死死盯向他的眼睛。那保安眼中露出一丝胆怯，退了一步的同时手向腰间摸去。要不是及时发现他腰间只别着一根橡胶警棍的话，我就要出手将他制住了。这是无数次对抗训练的结果。

正在这时，不远处有汽车在鸣笛。幸好这么一声将我惊醒，我陡然回过神意识到自己的失态，忙松开紧握的双拳，对那保安摊开双手以证明自己没有敌意。我从口袋里摸出自己的烟，又从地上捡起一个烟头对比了一下，发现并不是一个牌子，于是拿到他们面前说："你看，和我的烟不一样，不是我抽的。"

那保安也有点泄气，又不甘似的正色说："身份证。"

"我没有。"

保安又说："暂住证。"

我说："我什么证件也没带。"

保安拽着老太太退到一边，拿出对讲机不知低声说着什么。就听见刚才那汽车笛声又响了两声，我这才注意到马路边不知何时停了一辆黑色的车，车窗已经降下，徐卫东坐在后座上看着我。保安看了眼徐卫东的车，走过去挥舞手臂比画着说："这是停车的地儿吗？这是长安街！"徐卫东车上的警报器猛然响了两声，那保安一惊，愣在了那里。

徐卫东冲我甩了下头，我赶紧跨过隔离带几步过去拉开车门，徐卫东朝里挪了挪，我低头钻进车内。本以为他会呵斥我几句，不料他上下打量了我一下，扑哧一声乐了，笑得前所未有的夸张。我一时摸不着头脑，只能眼巴巴地看着他。等他笑够了，又板起脸来，对着我叹了口气，摇摇头，那样子像是对我失望至极。

怎能不让他失望呢？我在社会上就像一个弱智，这样一件简单的事，我竟然什么都没做就搞得那保安如临大敌。

跟在徐卫东身后进了他的办公室，他脱了外套挂在衣架上，搓了搓脸问道："看这样子，都知道了？"

"嗯。"为了确定宁志的传达没有误，我又补充，"退回社会呗。"

徐卫东坐到会客区的沙发上，对我说："坐吧。"

我站着没动，看着他，只觉得特别愧疚。我小声说："给你添的麻烦很大吧。"

他一边泡茶一边说："那和你没关系，你呢？什么想法？"

我忍住内心的憋屈，低头说："服从组织分配。"

“屁话！”徐卫东停下手中的事瞪着我说，“就你这样的到社会上，不就是社会的负担吗？你告诉我你能干什么？连个巡逻的保安和老太太你都应付不了。”

“那当初还不是你把我选出来的。”我低声嘟囔着。

“放屁！”徐卫东喝了一声，站起身指着我的鼻子说，“我选你出来是干吗的？是我眼瞎还是你心瞎？我是选你出来当包的吗？天塌下来了吗？服从组织分配，组织让你去吃屎，你去不去？”

我被他爆发的样子搞得有点蒙，随口说：“组织怎么可能让我去吃屎？”

徐卫东牙齿咬得咯吱直响，狠狠地瞪了我半天说：“你怎么知道……”他拿手指点着我，想说什么又像是生生憋了回去，忍了忍气：“别说我，连宁志都想方设法为你扭转局势，当大家都为你努力的时候，你自己却先放弃了。还服从组织分配，你在我跟前唱什么高调？”他调节了一下情绪，许久，才恢复了过去那种低沉的语气说：“我看跟你说也是白搭，我最后问你一次，你什么想法？”

我硬着头皮说：“我想留下来。”

徐卫东说：“任何岗位吗？”

我着实愣住了。我真没仔细想过这个可能，再说我如果答应，是不是会被调去某个单位当警卫，每天执勤站岗？

徐卫东说：“你有什么问题就直接问。”

我本想问问任何岗位的概念是什么，话到嘴边就知道这个问题有些过分。一个饥肠辘辘的乞丐，有什么资格点菜？于是问了一个困惑了我很久的问题：“当时为什么选中我们？我们并不是最优秀的。”

徐卫东端起茶杯吹了吹浮在水面的茶叶，嘬了两口茶，说：“因为，你们简单。”

我本以为他会说些“我有我的考虑”或者长篇大论一番，没想到只是这么简单的一句。我不确定这个答案我是不是满意，因为我意识到现在的我根本难以将其参透。用句现在时髦的话说就是：虽然不太明白是什么意思，还是觉得好厉害啊。

我无言以对。过了好一阵，只听他说："让你退伍，你干不干？"

犹如当头一棒，打得我耳朵里"嗡"的一声。我喃喃地问："都退伍了，还干什么？"

徐卫东说："能干的更多。"

我似乎隐约感觉到了什么，又不敢确定，只好小心地说："我不太明白。"

他看着手里的烟头，缓缓地说："之前你们只是脱下了军装，现在我要连你的档案都销掉，你还愿不愿意干？"

"愿意！"这次我好像闻到了一丝蕴藏在自己灵魂深处的某种气味，这种气味竟然让我莫名地兴奋起来。

徐卫东终于抬起眼皮，看了我一眼。

最后他让我回去待命。听到这个熟悉的词，我简直是心花怒放——既然是待命，那就是说一定会有新的任务给我，那就是证明我并没有被抛弃。可当我走到他的办公室门口时，他又叫住我说，不是待命，是回去等他消息。一个"待命"，一个"等消息"，对此时的我而言，犹如亲历一次冰火九重天。

1996 年在我复杂的心情中就要过去了。大街上张灯结彩，到处是庆祝新年的人们高兴的笑脸。而我像是一个高考完等待发榜分数的学生，又像是产房门口等待妻子生产的丈夫，在焦急、等待、猜测的各种不安情绪中煎熬着。

新年到来的前一天清晨，我接到了徐卫东要求我火速赶往他的办公室的命令。

我知道，决定我命运的时刻来了。

徐卫东从桌上拿起一沓文件丢给我说："给你找了个接收单位，待遇不错，你签个字，过两天就能去报到了。"

打开文件翻了翻，那是一家国有大型企业。我忐忑地问："你说的，所谓退了伍能干的更多，就是这个？"

徐卫东把头从茶缸子上抬起来说："不好吗？多少人削尖了脑袋都进不去。"

我说："我不需要，就算去了能干什么？跟人谈买卖还是坐在办公室里做企划案？"

徐卫东说："不会可以慢慢学。"

"我学了！我学的是怎么闭着眼把一堆零件几秒内组装成枪然后对着靶子把弹夹里的子弹全部射中靶心；我学了全副武装翻山蹚河连着一天一夜连吃饭喝水都不歇脚；我学了没吃没喝只身一人在丛林里活下去；我还学了怎么赤手空拳把围攻的三五个敌人放倒；我学了怎么连着枪毙三个死刑犯还能没事人一样抽烟聊天；我甚至学了怎么用一双空手就把敌人杀死；我也学会了怎么在失去战友后从无止境的痛苦中摆脱出来……"我使劲抹了把脸说，"现在，你让我西装领带地坐在空调房里喝着咖啡考虑怎么为公司多赚点钱？"

徐卫东静静地看着我，我没有避开他的眼神，与他对视着，办公室里静得出奇。不知过去了多长时间，他拿起文件当着我的面撕了，将碎片丢进垃圾桶说："跟我来。"

第四章

杀人？不是说抢劫吗？

1

在总部的多功能厅里，我看着幻灯片，听徐卫东介绍情况。“这是一个活跃在缅甸、泰国和老挝三国交界处的贩毒组织，也就是传说中的金三角地区。”

我若有所思地点点头说：“金三角？电影里见过，是一回事吗？”

“以前，咱们国家的毒品犯罪基本为零，在全球都是最干净的。”他顿了顿，说，“我是说中华人民共和国成立后，改革开放之前，你再借他们几个胆子，他们也不敢惦记内地。后来，那些贩毒组织都坐不住了，毕竟，咱们内地可是有十多亿人口，这在他们眼里是全球最大的市场。他们曾先后通过云南边境多次偷运海洛因试水，大部分被咱们边防武警截获，但也有部分漏了网。目前，广东、河南、陕西、甘肃等地区都出现了大量贩卖和吸食毒品的案件。经过一系列侦破，现在我们已经确定这些内地的毒品正是来自金三角。”

看着幻灯片上那一张张被毒品摧残得人不像人鬼不像鬼的吸毒者的照片，我的头皮不禁一阵阵地发麻。徐卫东说：“这还不是最严重的。毒品的利润与军火的利润一直不相上下，在这种巨大利益的驱使下，必然会有更多的非法组织和个人加入这个网络中来分一杯羹。如今这个网络已经覆盖到内蒙古之类的地区，内蒙古地广人稀，他们通过这条线把毒品贩卖的网络延伸到了东三省。”说着，他用手在屏幕上的中国地图里将内蒙古东部和整个东三省画了一个圈，在黑龙江和俄罗斯接壤处用力点了点：“有证据表明，这个贩毒网络已经在中俄边境与俄罗斯贩毒组织接洽了，一旦他们达成一致，那么中国必将成为毒品的重灾区，后果将不堪设想。”

“想要摧毁这个网络，光靠咱们境内的缉毒力量是远远不够的，太被动，所以上面的意思是，在金三角内部截获他们的运毒路线和计划，然后见机行事。”说着“嗵”的一拳捣在地图下方。

我欠起身，伸着脖子尽量凑近地图看他拳下的“金三角”地区。徐卫东说：“你的桌子上有详细地图，等下仔细看。咱们曾先后派遣过几次特勤人员前往这一地区寻找机会，毕竟是在异国他乡，各方面支援都非常有限。而且为了避免打草惊蛇，所有行动都是在秘密的情况下进行，还要顾及邻国的面子，不敢有大的动作，这些因素更增加了办案难度，降低了效率，以至于这么多年来都没有取得任何实质性的进展。”

徐卫东说到这里停了下来，看着早已被幻灯片和简报惊得目瞪口呆的我。

我茫然地看着他，若不是他开口说话，我真担心自己会脱口而出：这跟我有什么关系啊?!

徐卫东说：“你有问题可以随时发问。”

我咽了口唾沫说：“你是要派我去捣毁金三角的贩毒组织吗?”我已经想好了，如果他的回答是肯定的，那我就告诉他，不如直接派我去维护世界和平更合适。

徐卫东微微皱起眉，说：“要你配合你的新搭档，去接近贩毒集团里的一个人。”

我坐直身子，前后左右看了一圈，这屋里没有其他人啊。我问：“什么新搭档？宁志呢?”我知道，宁志已经去配合公安部做缉毒的工作了，现在有这样一个机会，为什么不让我和他搭档？毕竟我们彼此更熟悉。

徐卫东没有回答关于宁志的问题，手一按换了一张幻灯片。“你的新搭档叫程建邦。”屏幕上显示出一个男人的照片，年龄在二十到三十岁之间，很难分辨出具体的年龄，又瘦又高，留着平头。徐卫东指着照片说：

“他已经为这个任务在泰国北部美塞镇独自工作了两个月，实际相貌应该会和照片中有所差异。”

说话间又换了一张幻灯片，是金三角地区的地图，上面重点标注了美塞镇。这个镇子位于泰国和缅甸交界处，非常接近所谓的金三角，看上去也是泰国北部重要的交通要道，更是前往缅甸的必经之路。

我不甘心地接着问：“宁志呢？”

徐卫东说：“宁志另有任务。你这次先飞曼谷，会有我们使馆的工作人员接应你，然后送你到美塞镇。你的任务是协助程建邦，接近一个叫周亚迪的毒枭，让周亚迪信任他，然后为我们在国内部署的缉毒警力提供情报。”

我走到幻灯机前，放回程建邦的照片仔细端详着，心中有些五味杂陈。上一次，是跟自己熟悉的战友去执行一个陌生的任务，这一次是去一个陌生的国家，和一个陌生的搭档，执行一个更加陌生的任务。“程建邦。”我看着照片默念着他的名字，心中七上八下起来，这是一个怎样的人？我一边琢磨着，一边翻那堆幻灯片，问：“周亚迪的照片呢？”

徐卫东说：“没有。”

我想起了洪古，当初也是没有任何资料。现在一听这种没有详细资料的，心里就不由得咯噔一下。

徐卫东说：“程建邦的工作经验非常丰富，到了那里，他就是你的上级，你要做的就是配合好他，你听明白了吗？”

我点头说：“我懂，就是给他打下手。”

徐卫东说：“这个任务比较特殊，也是最近才由我们部门接手，具体情况程建邦要比我了解得多。你要快速地与陌生的搭档形成默契，尽快进入状态。”

经过平凉一役，我有了自知之明。就算这次的任务并不危险或者难度不大，我也只配做个副手了，更不要提这次行动的难度，简直不是我可以想象的。不管怎么说，这是我的一次机会，哪怕从曾经的任务小组领导人变成现在的别人的助手，也无所谓。我甚至觉得这个程建邦可能根本不需要搭档，或者说不需要我这样的搭档，一定是徐卫东为我争取来的这个机会。

我轻声说：“谢谢。”

徐卫东收拾着幻灯片，好像没听见似的。

我问：“什么时候出发？”

徐卫东抬腕看了一眼表说：“差不多了。有车送你去机场，你有什么问题尽快问。”

我没时间也没理由去问徐卫东，为什么每次都不尊重别人的时间。因为这只是一句牢骚而已，在这种时间和场合发牢骚，只会连自己都觉得可笑。

等我详细询问并再三确认了到达泰国与使馆人员以及程建邦的接头方式之后，徐卫东坐到我身旁，递过一支烟来，说：“有没有觉得不爽？别人都在过新年，而你呢，连属于自己的时间也没有。”

其实，我本来是这么想的，奇怪的是当他主动说出来后，我却不那么认为了。我摇摇头说：“不觉得。我想，你也好不到哪里去。”

徐卫东难得地笑了，居然破天荒地拍拍我的肩膀说：“有一天你会觉得，这非常值得。”

我看到他笑，觉得好别扭，说：“你还是别笑了。”

徐卫东看了一眼手表，站起身一本正经地说：“时间差不多了。”

我跟着也站了起来，他伸出手要与我握手，我愣了一下后，与他握了握。

“我不送你了，注意安全。”说完这句话，徐卫东突然一个立正，朝我敬了一个军礼。我再次愣住，我记得他一再反对我们有任何军姿出现。不等我回礼，他收起手说：“楼下有车等你。”说完就转身独自走上讲台收拾文件，雪白的屏幕上，他身形的剪影格外高大，在昏暗的多功能厅里十分醒目。

我默默走到门口，心想还没有给他回礼，转过身一个立正，给他敬了一个标准的军礼。

正在埋头收拾东西的徐卫东停了一下，他没有抬头，只是那么停顿了两三秒，接着继续忙碌起来。

走出多功能厅时，不觉眼中有些模糊，我也说不清是为什么。

2

客机降落在曼谷廊曼机场，等待开舱门的时候，机上的旅客纷纷脱掉大衣羽绒服，露出里面的短袖来，而我还穿着应对北京严寒的厚冬衣。刚走出机舱就感觉一股热带气息扑面而来，没走两步，就已经大汗淋漓了，脱掉外套也无济于事。

到达 VIP 通道出口时，不等我寻觅接我的使馆工作人员，一个四十多岁的中年男子迎了上来，伸出手说："秦川吧，我是来接你的老刘。"

老刘穿着短袖衬衣和西裤，和蔼可亲，看上去就像个邻家的大叔。我随他走出机场大厅，路边停着一辆挂着普通牌照的灰色轿车。老刘打开后座车门说："上车再聊。"

我低头上车，见后座放着一个装得鼓鼓囊囊的背包。老刘坐在副驾上示意司机开车，车子启动后，他说："包里的衣服是按照你的尺码准备的，换上吧。"

包里是几件 T 恤和休闲裤，我随便选出两件在车内换好。"换下来的衣服就放车里吧。"老刘递给我一个牛皮纸袋，"这里是一些现金，包现金的纸上有几个地址和电话号码。上面有说明，你记在脑子里。"他又递过来一瓶矿泉水说："来，喝点水。"

我将现金装在口袋里，一边看那张纸上的资料，一边喝了口水说："谢谢，路有多远？"

老刘说："不用客气，路不远，但是曼谷城内堵车很严重，所以我们稍微绕一下，大概需要三个小时。我负责送你上船，然后船会送你到达目的地，水路可能需要一个小时。"

我扫了一眼车上的电子钟，估计到地方得下午五六点了。想起刚才还穿着棉衣，在北京与徐卫东在多功能厅里告别，眼下却一身夏装，身处异国他乡，不觉有些恍惚。

我问老刘："你会泰语吗？"

老刘笑着说："别担心，你去的地方基本上都是华人在那里做生意，游客也大部分是华人，当地人一般都懂汉语，不会存在什么语言问题的。”

在来之前，我听徐卫东也是这么讲，可徐卫东本身也从来没来过这里，我不知该怎么理解他所谓的没有语言问题的定义。现在听到在这里工作的老刘也这么说，应该跟我理解的程度差不多。

“第一次来泰国？”老刘看我放松了一些，笑着问我。不等我回答，他忙一摆手说：“不好意思，我不该问。”他转过头对司机说：“尽量快一些，他需要在天黑前赶到目的地。”

见扶手箱上放着一包烟，我问：“能抽根烟吗？”

“当然，没问题。”老刘将烟递过来，并帮我点上，“刚才那张纸上有我的两个号码，需要的时候，可以随时打给我。我们会尽最大努力，动用一切可以动用的资源为你提供最大帮助。”他说这话时收起笑容，非常严肃地看着我，直到我点点头说“谢谢”他才恢复了之前的微笑。

我能看得出，一路上他很想跟我聊聊天，但每次转过头都欲言又止的样子，最终只是冲我笑笑。我想，他并不知道我的情况，就像我也不知道他在使馆的具体职务和身份一样。我们默契地按照纪律保持着彼此间的距离，有一句没一句地抱怨这里又潮又闷的天气和糟糕的路况，一直驶到一条河边停了下来。

老刘指着那条河说：“这就是美塞河，岸边那条船会送你去美塞镇，船夫是本地人，我们都已经安排好了。只是到了那边，一切就都靠你自己了。”

我点点头，打开车门正要下去，看到自己换下来的衣服还堆在后座上。老刘说：“我会帮你送去干洗，保存好，以后交还给你。”

我冲他笑笑，说：“谢谢。”下了车朝那条船走去。

刚走出两步，听到老刘说：“等一下。”

我站住转过身，见老刘坐在副驾上，四下看了看，表情慢慢凝重起来，举起手给我敬了一个标准的军礼。

我心头一热，但在这里我不能给他回礼，看着他的眼睛，用力点了点头。

我背起背包，跨过河边的几个泥坑，上了那条破旧的机动船。船夫拿出一块塑料布裹着的垫子递给我，指了指船头示意我找地方坐。见我坐下，船夫拿起摇把发动起船尾的柴油机，几声老人咳嗽一般的声音后，浑身颤抖的柴油机“突突”冒着黑烟启动了，推动着船身朝河中心驶去。

远远朝岸上望去，老刘还坐在车里看着我，见船开动了，才掉转车头，三拐两拐消失在树林中。

船夫坐在船尾掌舵，嘴里哼唱着些难听的曲调，而我则一直盯着那台颤颤巍巍的柴油机，生怕它一口气上不来熄了火。河上各式各样的船渐渐多起来，偶尔有一艘拉着西方游客的私人游船驶过，船上的游客隔着十几米的水面冲我挥手，兴奋地喊着：“Hello！”我一一报以微笑，我现在的样子可不就十足像个游客吗？

发绿的水面上漂浮的垃圾和死鱼越来越多，潮闷的空气中弥漫着一股难闻的腥臭味，船渐渐减了速，朝岸边一个小码头靠去。岸上胡乱地搭着各种颜色的遮阳棚，小贩们用熟练的中文或英文向旅客兜售着手中的货物，偶尔会有一两个当地的小孩嬉闹着跑过……

这混乱的场景让我有些烦躁，我想尽快找到素未谋面的程建邦，而且最好是在他认出我之前认出他来。如果我站在岸上像个傻子似的左顾右盼，最后被不知从哪钻出来的他拍下我的肩膀，那么第一面，我就输了。

虽然我是他的助手，但我不想一开始就被他看不起，那会让我平等地与他相处变得更加困难。

可是当船靠了岸，我告别船夫下了船，还是没找到他。

我佯装游客一边在摊位前转悠，一边继续在人群中搜索着程建邦。突然感觉有人把手伸进了我的口袋，我一把按住那只手，只觉得像是抓住了一只涂满油的鸡爪子，又瘦又小滑腻腻得抓不住。我转过身，一个十来岁的小男孩泥鳅一样在人群中钻来钻去，很快就不见了。

我赶紧检查口袋，老刘给的那沓现金和字条还在，我松了一口气的同时也紧张起来，堂堂特案组探员被小偷给掏了包，再让我的那位新搭档知道，恐怕我这辈子都抬不起头来了。

我正暗自庆幸，只觉后脑一阵风，我来不及躲闪，肩膀就被重重地拍了一下。我扭头定睛一看，果然是程建邦。

他比照片中黑了许多，笑起来显得牙齿白得刺眼，穿着件廉价的 T 恤和牛仔短裤，脚上趿着一双橡胶人字拖，嘴角叼着半支烟咧嘴冲我笑着，张开双臂做拥抱状大声说：“你怎么才来，怎么着？差点被偷了吧，哈哈哈。”

不知为何，他的笑声在我听来有些刺耳，连他雪白的牙齿都让我觉得扎眼，这明摆着是在嘲笑我是个菜鸟。但我还是马上装作一副老相识的样子，张开双臂与他拥抱。“偷我哪那么容易？对了，你怎么都黑得没样了？我都不敢认了，是不是混不下去了？”

我们相互拍打着后背，我压低声音在他耳边说：“我是秦川，幸会。”

他低声说：“我，就是传说中的程建邦。”

3

当初徐卫东跟我说程建邦经验丰富的时候，我已经猜到这个人多少会有些难缠，或者会有些怪癖。我想，做这行做久了多少都会有些不正常的地方，我只执行过一次任务，身边的两个搭档就没了一个半，那半个是宁志，到现在我都不知道他怎么样了。

而眼前这个程建邦，不知执行过多少次任务，更不晓得都经历过什么，单单是上级能将他独自委派到这里，就足以证明他得到的信任绝非一般探员所能得到的。而且，我怀疑，他原先的搭档可能已经牺牲或者受伤，不然为什么会派另外一个人——也就是我，来做他的搭档呢？

这些问题在我的脑海里上下翻飞，但我并不是特别想知道答案。我现在唯一希望的就是埋头干活，竭尽全力伺候这位不可一世的、传说中的程建邦，让他赶紧接近那个周亚迪，我好早些完成我的任务，尽早离开这个鬼地方。

我突然十分想念宁志和郑勇，还有徐卫东。

我背着背包一言不发，跟着他穿过了这个叫作美塞镇的几条巷子。这里的确没什么身在异国的感觉，道路狭窄，路边的店铺贴着白瓷砖，全是“正宗广西米粉”“黄金珠宝”“温州皮鞋”之类的中文字招牌，跟国内同等规模大小的城镇一样一样的。程建邦在前头走着，絮絮叨叨地抱怨着糟糕的天气和食物，一直走到一家小旅馆前。旅馆十分破旧，木质的楼梯已经朽烂，踩在上面咯吱直响，到处散发着一股霉味。上到二楼一个房间门口，他摸出钥匙打开门，一股更加浓烈的霉味扑面而来，我下意识地揉了揉鼻子。

程建邦把门一关，指着一张空床说：“你睡那儿。”

“谢谢。”我强挤出一个笑脸给他。

刚才还絮絮叨叨的程建邦突然像是变了个人似的，冷冷地扫了我一眼，鼻子哼了一声。“这老徐没事吧，这是给我添帮手还是给我添乱啊，不帮忙就算了，居然……”他完全不理会我的感受，自顾自地嘟囔着，将自己重重地扔在床上，伸出手在烟缸里摸到一根相对较长的烟头叼在嘴上，眯着一只眼睛点着，深深地抽了一口，徐徐地将烟雾喷向油腻腻的天花板。

见他并不打算搭理我，我也没理会他，将背包放在床上，起身打量起房间来。这间屋子很简陋，两张床，一张桌子，两把椅子，还有一个衣橱。我打开卫生间里的喷头，流了半天也不见出热水，心想反正这地方热，也不需要什么热水了。所有的家具、卧具虽然简陋，倒是很整洁，当然，除了他的床和他方圆几米的地方。

我推开临街的窗户，看了看外面的环境后回过头，见他躺在那里把半支烟抽完，又伸手从床头的破柜子上，摸到小半瓶不知什么时候打开的啤酒，晃了晃，扬起脖子将瓶中的残酒一股脑倒进嘴里。然后像是做出了什么决定似的，猛地坐起来看着我说：“就这么着吧，也没别的办法了，就你了，秦……川，是吧？”

我坐了下来说：“对，秦川。”

“我不管你是秦川还是秦腔，休息好了就准备跟我去抢劫。”他走到桌子前坐下，从抽屉里拿出一张纸和一支笔，背对着我说，“我画一张地图，比你之前看到的更容易懂，一会儿你一边看我一边跟你说。”

“抢劫？”我失声喊道。

他惊讶地瞥了我一眼，眼神中有着很明显的鄙夷，低下头“嗯”了一声，又埋头画图。我走过去，他抬起头说：“楼下有家便利店，买几包烟和啤酒上来。”

我心想，也许抢劫是什么暗语吧，不过他还真把我当成打下手的了。我忍着气问：“要什么牌子的？”

他回过头轻蔑地打量了我一番说：“哦对不起，我在这种鬼地方待久了，已经不会认牌子了，烟冒烟就成，啤酒冒泡就成。”

我说：“还要别的吗？”

他头也没回地说：“我刚才说得不够明确吗？”

要知道这么久以来，除了徐卫东和那天在长安街上训我话的老太太，就没人和我这么说过话。我强压住心里隐隐燃起的怒火，跑下楼买了几包烟和几瓶啤酒。回来时他已经将地图画完，看了眼我买来的东西，说：“你可真会选，那么多烟你选了个最难抽的，还有这种啤酒是最淡的，一点味都没有。”

我没理他，看着地图冷冷地说：“说吧，怎么抢？抢哪里？”

他愣了一下，很快又恢复了常态，说：“我抢，你在这儿待着。”

我脑中滑过一个念头：是否有人冒充了程建邦？虽然这个念头稍纵即逝，可眼下这种情况，我不能盲目地听从，他的安排，至少我得知道为什么，我得独立判断正确与否，甚至在必要的时候我得联系徐卫东确认此次任务才行。想到这里我侧身一条腿坐在桌上，打开瓶啤酒喝了一口说：“为什么？你什么计划？这跟周亚迪有什么关系？”

程建邦冷笑一下，说：“你来跟我碰头的事，老徐是怎么和你交代的？”

我说：“一切行动听你指挥。”

“那你哪儿那么多为什么？”他大概发觉我的脸色已经很不好看了，脸上挂了点笑拍拍他对面的椅子，示意我坐过去，“目标人物周亚迪，在你来的四天前，因为杀人被关进了监狱。”

“啊？”这个消息不亚于一声晴天霹雳，我一下站起身说，“那得被关多久？会不会被判死刑？上级有没有更新任务内容？”周亚迪是我此行任务的目标人物，我的任务就是要配合程建邦接近他，取得他的信任。如今目标人物周亚迪竟然被抓进了监狱，一切的一切仿佛回到了一个奇怪的起点。

程建邦说："死刑不至于，但一时半会儿肯定出不来了。"

我说："那还是向上级报告请求新的指示吧。"

程建邦本来正给我递一支烟，听到这话，冷冷地瞥了我一眼，自己点上烟，说："给你的任务有没有附录说目标人物不会在监狱？"

我说："没有，可是……"

程建邦打断我说："那你还可是什么？我们的任务是接近周亚迪，既然他进了监狱，那么我就要去监狱里接近他，那里的环境应该更适合这项任务。"

我的脑子一时没跟上这一连串的信息爆炸，像是一个电压不稳状态下的电灯泡，忽明忽暗。冷静一下，我才说："他是因为杀人进去的，就算不死，在里面蹲个几十年也没什么稀奇，任务是接近他没错，可你在里面陪他坐牢算怎么回事？你死脑筋吗？接近他的目的……"我意识到自己的声音有些大，压低了音量说："接近他的目的是为了获取情报，不是让你跟他交朋友，那样就算得到再多的情报又有什么用？"

程建邦一拍桌子站起身说："你说谁死脑筋？我进去不能获取情报吗？难道你是死人？你如果连传递情报这点事都做不了，趁早滚回去，老子自己也办得到。"

听到这我实在忍不下去了，老资格摆一摆，意思意思得了，这程建邦自打见了面就阴阳怪气的，这算哪门子搭档，这种态度还过什么命？我一巴掌恨不得把桌子拍散，站在他对面瞪着他说："你有话好好说，还没完没了了？我来这里不是来看你脸色、听你耍嘴皮子的，有能耐咱就在事上真刀真枪地比画，不见得谁比谁怂。什么搭档，你瞧不上我，你当我把你当回事了吗？不满意现在就去跟上面汇报，随你怎么说我都认了，回去背处分也比在这里看你这张脸强。"

我气冲冲地夺过他手里的烟，抽出一支叼在嘴里，一把将他嘴上的烟头揪下来，对着了火，又塞回他嘴里。他的嘴唇和烟粘在了一起，被我猛然扯下来疼得他直咧嘴吸凉气。我的骤然爆发让程建邦一愣一愣的，直到眼睛被烟熏着才回过神来，急忙把嘴里的烟头吐到地上，揉了半天眼睛，擦了擦被烟熏出的眼泪。“你看你，还真急了。”他呵呵笑起来，“老子，哦不对，是我，我在这破地方都待了俩月了，好不容易见到自己人能敞开了说话，你让我发发牢骚怎么了？”他居然满眼委屈地看了我一眼，又说：“我知道你，秦川嘛，西北最大枪械制售那案子就是你办的，还捡了一条命回来。”拍拍我的肩膀，满脸敬意地说，“说起来，你也算是我心目中的传奇人物。”

看着他在短短几分钟内转变得如此之快，我不禁有些佩服，更深刻地明白了徐卫东说他经验丰富的含义。我想，刚才他说的那些关于我的事，也一定是徐卫东告诉他的，我不由得有些感激老徐，他这么跟程建邦说，无非是为了避免我在一个老探员面前太过卑微。至少现在，我与程建邦之间似乎有了正常而相对平等的位置，接下来我只需要用自己的实力维系住这种平衡就好。

外面天色已经昏暗。“别废话了，你什么计划？”我坐了下来正色说。

程建邦收起笑脸，也坐了下来，拿起一瓶啤酒跟我碰了一下。“我打算混进监狱，那种环境反而更容易接近目标，搞不好就能事半功倍。你在外面负责接应我，帮我传递消息，就算他出不来，至少也可以帮我引见其他的大毒贩。所谓条条大道通罗马，只要掌握了足够的情报，再找一个合适的时机，我再出来，就算做个毒枭恐怕也不是什么难事了。”

听到他这番不切实际的话，我觉得很不可思议，在我听来这就像是一个讲了一半的故事，我接着他的故事说：“嗯，对，然后你我联手，不出三年就能称霸金三角，然后带着全部毒品和兄弟回国一自首，这案子就算结了，从此世界上最大的毒品生产基地就不复存在了，对不对？”我不顾他满脸惊讶，语气一转说：“这是泰国，你当监狱是你家开的，想进就进，想出就出？泰国国王是你大爷？”

程建邦看了我好一会儿。“你这个想法很有想象力，但是实施起来变数太大，不可取。”他诡异地一笑，说，“至于进出监狱，这事其实很简单，用不着麻烦泰国国王，需要出来的时候，你给送你来的那个老刘说一声就行。”

老刘在送我来的车上说过，只要有需要就联系他，他会尽最大努力动用一切可以动用的资源提供最大的帮助。如此看来，他随时出狱这个问题应该是可行的，之前我也想过一些可能出现的会用到老刘的状况，最多就是可能会在和泰国警方发生误会时需要他的协助，却从没往这方面想过。我说：“你跟他确定过吗？确定来去自如？如果他能帮忙，为什么非要……抢劫？”

程建邦说：“这是个小镇，当地的警察跟周亚迪这样的人多少会有些瓜葛，我担心万一泄了密或者引起周亚迪的怀疑，反而搞砸了，所以一定要自然。”

“那你出来的时候不怕泄密打草惊蛇吗？”

“这当然不一样，那时候我已经得到了我想要的，换句话说，我的任务已经完成，谁还在乎蛇惊不惊呢？”他做了个抹脖子的动作，“实在不行就在里面把他干掉。”

我不禁在心底对程建邦由衷地敬佩，能在周亚迪入狱的短短几天内想出如此胆大的计划，果然有勇气。我接着问：“所以你打算抢劫？你确定你就一定会和周亚迪关进同一座监狱？”

程建邦说：“这个地方只有两座监狱，一个关刚才摸你钱包的那种小角色，另外一座专门关重刑犯。杀人放火的事我不能干，抢劫总没问题吧？”

我想了想说：“抢劫多少还是危险了点，万一你被警察击毙怎么办？不如强奸吧！”

程建邦脸色一变，骂道：“滚！”

我忍着笑看着他的脸，我绷不住笑了出来。

程建邦本来板着的脸也笑了。

那晚我们开始喝酒以后就没有说一句正事了，天南海北、荤素搭配地聊到很晚。我们知道，这样的机会在将来很长一段时间都可能不会有了。

因为不久后，我们这对仅仅相识不到一天的搭档，即将展开一个计划，而这个计划的成功与否，将影响着几十公里外那片中外驰名的金三角的存亡。

窗外那看似安详的夜色，无法让我们真正地忘记可能面临的危险。好在在这一切发生之前，还有这样一个夜晚。

4

我和程建邦一致认为，既然是为了获得重罪，就一定要抢泰国本地人的买卖，也省得外国人看华人的笑话。他的目标是镇子最繁华街道中心的一家大珠宝行，那里以售卖缅甸上等玉石为主，兼营些黄金和钻石制品。

还有个重要原因，那家店铺对面就是警察局，便于被逮捕。免得太入戏，一不小心跑过的话，难免被警察敞开了追缉，那会是很危险的事。搞不好还得回来主动投案自首，万一落个宽大处理，就真是偷鸡不成蚀把米了。

我的意思是等我稍微熟悉一下情况他再行动，可程建邦认为事不宜迟，今天晚上处理完手头一件事，第二天中午就动手。我问是什么事，他笑而不答。我说，既然那么着急，为何是中午而不是早上动手。他说，太早怕警察没上班。

我对程建邦说，我对这里的情况还不熟悉，尤其是当地人文，况且我对整个计划还没有完全吃透，不想贸然开始，那样不仅是对任务的不负责，更是对他的不负责，所以希望再给我几天时间。

程建邦考虑了一下，决定最多再延迟一天。看着他坚定的目光，我知道，这是他的极限了，只好答应。

上午我们出去随便吃了点东西，在镇子里瞎转了一圈，然后爬上镇子最北边的一座小山顶。他指着北边郁郁葱葱、云雾笼罩的群山说："金三角就在那边。"

顺着他手指的方向望去，云山雾罩的也看不出那边有何不同。潮闷的空气让人浑身黏黏的难受，我抹了抹脸上的汗水，揪起领口的衣服扇着凉说："看不出，这个镇离金三角这么近，居然还这么太平。"

程建邦放完水打了个冷战说："太平？这种地方，周亚迪这号人物杀个人不算新闻，但是他居然被抓，而且还被判入狱，这就是新闻了。发生这样不寻常的事，一定是这个集团内部出了问题。"

想起之前接触到的关于这边毒枭与政界、军界错综复杂的关系的资料，经程建邦如此一说感觉的确不寻常。因为在这种三不管的地方，一个有钱有势的毒枭怎么会亲手去杀人？就算杀了人，也有无数手下排着队替他顶罪。周亚迪既然是我们的重点目标人物，那么手中的势力自然非比寻常，怎么会在自己家门口翻船……我一时没了头绪，说："那你的判断是什么？"

程建邦说："具体发生了什么我不知道，有一点可以肯定，有人要搞他。"

我忙问："什么人？"

程建邦有些不耐烦地白了我一眼说："我只知道一点，但我担心自己了解得不全面，所以我才急着进去，免得他因为内部斗争而被人搞掉，那我们就前功尽弃了。"

我觉得他说得有道理，心里反而不再像之前那么七上八下。反正现在和以后很长一段时间，我都要听从他的指挥，他越强，我越踏实。我说："他死了，不能换一个同量级的接触吗？听上去，你好像对这里很熟悉。"

程建邦深深看了我一眼，缓缓地说："我们接到的任务是接触周亚迪，上级选择他为目标人物，自然有上级的考量。我们不知道上级为了这个选择耗费了多少人力和物力，我们要做的，就是把这个接到的任务执行好。"

听他这么说，我突然觉得有些羞愧。服从命令本来是一个军人的基本素质，我却因为一些还没有看到的困难就琢磨着投机取巧。我有些不好意思地干咳了几下，说："你说得对，我错了。对了，你见过这个周亚迪吗？"

程建邦说："见过，通过另外一个毒枭见过一次。"

我说："也是金三角的？比起周亚迪如何？"

程建邦找了块稍微干燥的地方坐了下来说：“差不多，或者比他势力还大点，我差点就跟了他，呵呵。”他不知想起了什么，笑了起来。

“那我们为什么一定要盯着周亚迪？你有这么好的机会去接近一个比周亚迪还厉害的毒枭，为什么不就势……”我说着做了个切入的动作。

程建邦扭头像是看陌生人一样看着我，叹了口气摇摇头，不再吭声。

我说：“你别误会，我的意思是从他们集团内部接近他是不是更有把握？”

他站起身面对着我，神情很严肃。“因为我们要服从命令，上级让我们必须从周亚迪入手。”他又叹了口气说，“我是真没想到你能接二连三地问出这样的混账问题，我再重复一次，上级怎么做，自然有上级的考量，他们负责在两难时做出抉择，而你我只负责执行命令。”

他说的这话是来之前徐卫东曾对我说过的。此刻听他这么说，我意识到刚才有些被自己的小聪明冲昏了头。面对着程建邦，我很惭愧，他的确高了我不止一步半步。我想，我所在的机构里，一定流传着很多他的传奇，只不过我初来乍到，不曾了解而已。

我抓抓头，尴尬地随手摸出烟递给他一支说：“这下我真的认识到自己的错误了，有些自作聪明了，幸亏你提醒我。”

程建邦点着烟抽了口，眼神有些飘忽，幽幽地说：“这一点对做我们这行的至关重要，能在你最艰难的时候不至于绝望，有时候就是那么一星点希望，能让你坚持下去，否则就全完了。”他呆呆地望着远山，轻声说：“必须相信上级的决策，你记住我的话。”他忽然一笑：“其实我早看出来了，你就是一菜鸟，老徐跟我说的你的那些丰功伟绩，我看八成都是水分。不过我相信上级，他既然派你来，说明你自然有你的长处。”

我正想解释几句，他却一摆手说：“时间差不多了，跟我去找个人。”

“谁？”

“周亚迪的冤家。”他将烟头丢在脚下踩灭，拍拍手，四下看了看，对我说：“注意警戒。”

不知他葫芦里卖的是什么药，也只能按他说的做，找到个凸起的石块站了上去，一边四下张望，一边看他搞什么鬼。他蹲下身子，双手在地上摸索着，居然生生从草地上抠起一块木板来，从那下面拎出一个箱子。他拍了拍手提箱上面的土，平放在我脚下的石头上，打开皮箱，里面竟然是几把六四式手枪，还有一堆压满子弹的弹夹。

他取出一把凌空抛给我，我就手一接糊了我一手枪油，推开枪膛一看，果然是全新的。他又丢过来几个弹夹说："擦干净，一会儿干活。"

我好奇地问："干什么活？"

他把箱子放回去，隐蔽好后说："杀人。"

我大惊失色："杀人？不是抢劫吗？"

他一脚踹过来。"你小声点，怎么基础素质这么差？你老实说，你是不是老徐刚从学校里挑出来的雏儿？"神色紧张地四下看了看，喃喃道，"我怎么觉得老徐这次把我坑了……"

他叼着烟，坐在一旁的大树杈上观察着周围，时不时疑惑地看我一眼。我生怕他继续追问，尽管我们有不得相互打听经历的纪律，但现在这种境地，他问了，我还能不说吗？而且，先前徐卫东给我贴的光环，也是我自己一点点熄灭的，现在暴露出来，我丢的不仅是自己的面子，更丢了徐卫东的脸面。万一他再知道我是哪个学校的，我岂不是丢了整个学校的脸？

幸好擦枪这种事就算闭上眼我也做得来，为打断他的思路，我说："周亚迪那冤家是怎么回事？你打算什么时候告诉我？"

"我就等着看你什么时候问。"他跳下树来说，"周亚迪有个死对头叫胡经，势力与他不相上下，招了几个杀手准备趁着周亚迪坐牢的机会杀了他，我们必须赶在杀手进入监狱之前把事办了。要不事情就失控得太严重了。不论怎么说，我在这里也是外国人。犯罪、被抓、审判再坐牢所花的时间会比他们本地人长一些，现在只能走这条路，为我赢取更多的时间，争取在他招募到下一个杀手前先进去。"

我将擦好的一把枪丢给他，继续擦第二把。

"一会儿你会看到负责为胡经找杀手的那个经纪人，认准这个人。"他摆弄着手中的枪说，"我进监狱后，你要盯住他，发现他招到新的杀手以后，第一时间先告诉我这杀手的特点，我好在里面提前准备应付。你自己不能贸然动手，以免出什么纰漏，你可不能有什么好歹，不然我没法跟老徐交代。”

我一听就来气了，正想说什么时候我的安全需要他来对徐卫东负责了？他又接着说：“你不用废话了，我知道你在想什么，现在不是赌气逞强的时候，以后有你威风的机会，但不是这次。”

我转而好奇地想，他得到的这些信息来源是哪里？难道因为他级别比我高，就能得到更多的情报支持？为什么我来之前，别说什么胡经，就连目标人物周亚迪的资料都少得可怜。徐卫东说过程建邦掌握的情况更多，那他不是应该向上级汇报的吗？

我说：“你说的那杀手经纪人，还有胡经，还有有人买凶杀周亚迪的情报都是哪里来的？”

“你一定是还没毕业就被选出来了，老徐选人的本事是出了名的，也许你的确有两下子，不过……”程建邦摸着自己下巴上的胡茬子，看着我，缓缓地说，“你吸引老徐的到底是什么呢？”他挨着我坐下，拍拍我，“不过，我一看你就不是个小气的人，所以我有什么就敢跟你说什么。”

听到他怀疑我的能力和徐卫东眼光的话时，我非常愤怒，都打算要发飙了。最后他冒出来这么一句，把我已经快要涌出胸口的火又生生地压了回去。他说：“我来过这里很多次，这次待的时间最长，有两个多月。这里是距离金三角最近的一个镇子，也是他们和外面沟通的最佳地点，两个多月的时间可以认识很多人，做很多事，刚跟你说的那些人和事，都是在这两个月里知道的，不是我卖关子，实在没时间跟你解释这么多了。”他看了看天色说，“时间差不多了，下山干活去。”

5

程建邦带着我在街上晃悠，像两个游客似的闲逛，时而蹲下拿起小摊上的工艺品把玩，时而还会一脸淫笑地朝路边的妓女询价。

我只当他是在消磨时间，也没多想，心不在焉地跟在他旁边。哪知一直转到夜里都不见他有要行动的样子，我正要发问，他用胳膊捣了我一下说：“不能用枪了，找机会在没人的地方下手吧。不过这家伙看上去练过，一定要下死手，速战速决。”

我茫然地看着他说：“哪个家伙？”

他看外星人一样盯着我说：“你跟着我这半天在干吗？逛街吗？”

我顿时明白他一直在跟踪什么人，可悲的是，我不仅不知道他跟的是谁，连他在执行跟踪这件事都不知道。我不禁有些沮丧，开始怀疑自己是否能够胜任他的助手，也明白了他最初见到我时失望的原因。看来，我很有可能会是他的一个累赘。

可眼下不是反省的时候，我必须振作起来，不再去关注所谓的面子问题，打起精神竭尽全力去协助他。我说：“我大意了。”

他无奈地叹了口气，手指在太阳穴上揉了揉说：“你九点钟方向，那个穿浅绿色短袖衬衫的。”

我尽量自然地转过身，一眼看到了目标人物。那是一个看似十八九岁的少年，神色举止中还透露着几分稚气，无论如何我也无法将他与杀手联系起来。我心里这么一走神的工夫，那少年扭过了脸正好与我打了个照面，我一紧张急忙把脸转开，随即就意识到这个动作太过刻意，赶紧又转过头看他。这一连串的举动使我跟那少年都紧张起来，他瞬间绷紧了身体，不等我有所反应，“噌”的一下朝人流中钻去。

程建邦低声骂了一句，快步跟了上去。

我懊恼不已，只能紧随其后。那少年的动作十分灵巧，闪避着街上的行人，几乎就要脱离我的视线。我加快步伐，仔细辨认着他的身影，但还是跟丢了。我立刻盯准程建邦，相信他一定不会犯我这样的低级错误，好在他的个头在这种地方显得很大，目标还算明显。

拐出那条街，就见程建邦闪身进了一条小巷，眼前的路上几乎没什么人了。我迈开步伐快步追进那条巷子，就见程建邦已经用枪把那少年逼到了一堵墙前。

那少年一边后退，一边还回头寻找退路，可惜，那是条死胡同。

程建邦见我赶到，低声说：“动手。”趁那少年的注意力都在他的枪上，我上前一脚踹到那少年肚子上，直接把人踹到了墙角。我心想自己不能一事无成，便冲了上去，只想三下五除二将其制伏再说。眼看就要到那人跟前了，他居然从怀中摸出了一把手枪。我根本没有时间去害怕或者犹豫，伸出手一把攥住枪管，连枪带他的手一起扭到了他后背，将无名指就势塞到扳机后面，防止他扣动扳机。

那少年的胳膊被扭到了身后，整个人正面贴在墙上动弹不得，为防万一，我使足劲一膝盖朝他胳膊肘顶去，只听到“嘎巴”一声，我扭着他胳膊的手顿时觉得轻松了。他那只拿着枪的手带着整条胳膊被我从他肩膀的关节上生生“摘”了下来。

我担心他疼得叫出声，另一手捂住他的嘴，顺势掰着他的头把他放倒趴在地上。我骑在他后背上，一手揪着他后脑的头发，一手将他下巴尽量往上托，使他既不能动弹，也无法出声，能听见他喉咙里隐隐发出痛苦的呼噜声，但无论如何也无法按住他身体的颤抖。

此时，我只消用开瓶啤酒的力气就能扭断他的颈椎。

我长长地呼了口气，托着他下巴的手不知道是跟着他在抖，还是我自己在抖，一直不停地哆嗦着。程建邦收起枪，扭头朝巷口看了眼，对我点点头，转过去背对着我盯着巷口。

我知道，他点头的意思不是为了称赞我之前那一整套动作的连贯且完整，而是要我即刻扭断这少年的脖子。我喘着气，低下头见他脖子上的汗大滴大滴地往下淌，从这个角度看去，他长长的睫毛随着眼睛快速地扇动着。

我还是不愿意相信他是个杀手，甚至怀疑程建邦认错了人。我的神经越绷越紧，像极了第一次在刑场枪毙死刑犯时的感觉，只不过这次不是用枪，而是用手，我能清晰地感觉到这少年颈部动脉剧烈的跳动。

我手下犹豫着，眼睛不由地朝程建邦瞟去，我担心因为此时自己的不果断，再次惹来他的嘲笑。极度的紧张，使得我浑身的力气都积攒到扳着少年下巴和后脑的双手上。

程建邦转过身来，大概想看看进展。就在他转身的一瞬间，不知是我太过紧张，还是被突然转身的程建邦吓到，手下竟然一松。那少年趁着这个空当立刻挣脱双手，腰一拱一翻，将我从身上翻下，他就地滚了半圈，就手摸向刚被我踢开的手枪。我喊了一声，飞身扑过去，正好压在他身上，他已经捡到了枪，伸直胳膊瞄向程建邦，情急之下，我见夺枪已经来不及，又怕程建邦躲闪不及，索性扳着他的下巴和后脑，双手骤然发力。清脆的一声骨节断裂声后，只觉得他整个身体猛地一顿，停止了颤抖，瘫软了下来。

我的手还紧紧地掰着那颗颈椎已经断裂、只连着皮肉的头颅，指甲几乎要嵌到皮肉里面去了。我用力挺直脊背抬起头，活动了一下脖子，仰起头深深吸了一口潮闷的空气，终于放松了肌肉，松开了双手。

我想装作若无其事地起身，腿上居然一点力气也没有，只好抹了把脸上的汗水，扶着身边的墙站了起来，靠在墙上大口地喘气。

程建邦看了一眼地上的少年，问我："你没事吧？"

我摇摇头说："没事，有点热。"

他叹了口气，拍拍我的肩膀："先离开这里，回去再说。"

我应了一声，整了整衣服，随他往回走，一路上他一句话都没说。

我本想赶紧回去把自己扔到床上躺一会儿，但很快就打消了这个念头，进卫生间洗了把脸，看着镜子中略显疲惫和苍白的自己，不禁发起呆来——我不能每次做完这样的事都像是被抽了筋一样。况且，也不是每次做完这样的事都有时间让我去整理自己。

"躲里面补妆呐？"程建邦在外面喊了一声。这句话好熟悉，一定在哪里听到过。

"太热，洗把脸。"我赶紧用水泼了把脸，走出卫生间。

桌上摆满了啤酒，程建邦跷着二郎腿叼着烟，手里拿着一瓶打开的酒。想起来了，刚才他那句话是上次我从甘肃执行完任务回去后，在徐卫东办公室门口徘徊时徐卫东说过的。也许他们都喜欢用"补妆"这种幽默来给一个内心挣扎的战友台阶下。或者，他们都曾经历过"补妆"的过程，才一步步成长为一个真正的战士。

程建邦举举酒瓶，笑着说："来，喝，就当给我送行了，下次见面就得在探监的时候了。"

我不知道换作我，是否还笑得出来。我坐下说："你别怪我多嘴，难道真的没有别的办法吗？监狱里面情形太复杂，而且，值得吗？"

程建邦收起笑容，把酒瓶放到桌上，低着头半天没有言语。我想起他之前提到的那个杀手经纪人，于是问道："那个杀手经纪人在哪儿？你不是说要我盯住他吗？"

程建邦想了想说："我改主意了。"

"为什么？"

"说实话，你的表现让我有点失望，我担心你盯人不成反被人发现，我可不想你在这种事上没了命。"他按住想站起来与他争执的我，说，"你别激动，我没空和你争论，你自己回忆一下你今天的表现。"

我彻底没了底气，今天的确是我掉了链子。我说："既然如此，为什么不索性把那个经纪人干掉，一了百了？"

程建邦叹了口气说："你能成熟点吗？第一，那是我的资源，我有我的利用模式，不需要别人来掺和。第二，天下就他一个杀手经纪人吗？至少现在我知道他手里都有什么档次的杀手，一旦把他干掉，对方换一个经纪人，你觉得我们还有时间重新去了解一个杀手经纪人的背景和手里的杀手资源吗？"

他的这番话让我很不痛快，可又找不出一句有力的话反驳。他说得对，总结下来就是我还没有资格共享他手里的资源，或者说，那些资源他交给我也是浪费。

我也无心再谈论，两个人就那么闷着。他先打破沉默，说："你刚才问我是不是值得，对吗？"

我抬起头看着他，认真地点点头。

他说："如果我跟你说我几年前也想过这样的问题，你会不会觉得我在摆老资格？"

我毫不犹豫地说："会。"

他笑了笑说："做事的时候，只要时间允许，就要把情况想复杂些。可你现在还是想简单点好，你只是在完成你当初的承诺而已，这难道不是最好的理由？难道你当初对着国旗说的那些都是违心的？难道你来之前接老徐给你的任务时很不情愿？"见我低着头不作声，他接着说："当初那么豪气干云，怎么现在怂了？"

我脖子一梗，说："谁怂了？"

他看着我，像是鼓励我说下去，我却不知说什么了。也许被他说中了，方才死在我手中那少年稚气未脱的脸，像是一帧出错的画面，时不时在我眼前闪动一下，每一下都让我心中一寒，好几次都没忍住打了个寒战，不知道程建邦是不是注意到了我这些细微的变化。他说："没怂就好，我得提醒你几件事：我进去之后，每个探监日务必去看我，除了给我送些日用品之外，主要是及时把我得到的情报传回去。"

我觉得气氛越来越凝重，就快要喘不上气了。我振作了一下精神，说："你放心好了，保证一次不落，你在里面好好改造，争取早日重返社会。"说完我先笑了起来。

程建邦表情有些诧异地看着我，见他的表情还是那么严肃，我也愣了一下，生生将笑容收了回去。我抽了口烟想掩饰自己的尴尬，他这才哈哈笑起来，拍着我的肩膀频频点头。

或许是因为这个不太恰当的玩笑，又或许是酒精的作用，屋里的气氛渐渐变得轻松起来。而之前彼此间的一些距离，此时似乎也不见了，我们肆意地开着对方的玩笑，就像是很多年的老友。

我本来应该为搭档之间的这种亲密感感到高兴才对，可当这种亲密感出现以后，我又开始为他担心。谁也不知道监狱里会是怎样的情况，尤其是这种专门关押重刑犯的监狱。我不由自主地想起牺牲在我身边的郑勇和孙强，感觉心里有一些酸涩。

我们坐在桌前，仔细分析了好几次整个计划，分析到最后，知道其实根本没有什么是可以完全按照计划走的，一切都需要他随机应变。而我要做的实在太过简单，只是接收和整理他获取的情报按时上报。

那晚我翻来覆去没有睡好，不是行动前的紧张，也不是天气太热的缘故，而是因为程建邦打了一夜的呼噜，我实在是佩服他的淡定。

天蒙蒙亮时，我好不容易昏昏睡去，却被程建邦推醒。他蹲在我的床边，呆呆地看着我说："我想起个事，你帮我分析分析。"

我坐了起来，清醒了一下头脑说："说吧。"

他神色沉重地问："你觉得我长得怎么样？"

今天是关系整个任务进展最关键的一天，主角是他，他既然这么问必然有他的道理。我认真地端详着他说："不错啊，标准帅哥。"程建邦的五官有棱有角，身材高瘦挺拔，如果再换上件像样的衣服，就更称得上英俊潇洒了。

他反而泄了气，皱着眉头说："我担心监狱里的那些性饥渴也是这么认为的，三五个我倒能轻松对付，可万一我是万人迷，他们轮番来袭，我恐怕真的支撑不了多久。"他一屁股坐在地上。"我们再想想，这个计划有没有问题？"

我安慰他说："监狱里都喜欢白的，像我这样的肤色才有诱惑力，你看你现在黑成什么样了？人家的口味没那么重吧。"

虽然这么说，我也不由得担心他的安危。这几次下来，我最怕的事不是流血和死亡，而是失去战友。我更怕的是，一个人往往越怕什么就越来什么。我不得不承认，跟程建邦从碰头到现在才几天时间，无形中已经建立起了情谊，尤其是在这异国他乡，显得弥足珍贵。

中午，我们在一个广西人开的米粉店里，捏着鼻子吃了一碗不知道混合了多少种风味的米粉。临别前，我说："我的意思还是请示一下上面。"我觉得我和他像两个玩耍的孩子，越玩越疯，越跑越远，脱离了父母的掌控范围。四周的环境对我而言，是如此未知和险象环生，我已经不知道是对是错了。

我只能把希望寄托在程建邦身上，希望他至少能记得回家的路。

"你怎么就不信我？好，那边能打电话，我给你十分钟。"他指指不远处的一个公用电话，"你去请示吧。"

我说："我不是不相信你，我是不相信自己。"

拨通徐卫东的专线后，向他大概汇报了一下这边的情况。徐卫东说："我给你们的任务是什么？我有没有在任务附录中说目标人物不会在监狱？以后类似的这种事，你们去抓阄也别来问我的意见。"

我这才意识到原来程建邦之前已经请示过徐卫东了，不然不会和徐卫东说出一样的话来。电话那头的徐卫东放缓语速说："注意安全，需要什么支援随时联系我。这个案子，不到万不得已不要搞出太大动静，不然一旦打草惊蛇，他们的网络我们就永远都摸不清了。”

我挂了电话返回找程建邦时，他已经不在了。我知道，在这泰国北部偏僻的小镇上，即将发生一起抢劫案。

6

本来我应该回旅馆，等着程建邦因抢劫而锒铛入狱的消息，但我实在无法按捺住心中的不安。

站在那家米粉店门口，看着刚才程建邦坐过的椅子，我犹豫了几分钟，还是决定去他的犯罪现场看看事态发展，也许有我能够帮上忙的地方。

毕竟现在是大白天，程建邦要抢劫的那家珠宝店的位置算得上小镇的黄金地段，人来人往的，难免会有什么差池，尤其担心他会被急着立功的警察开枪打到。我伸手拦了一辆 TUTU 车（三轮摩托车），朝那家珠宝店赶去，不停地催促司机开快些，忍不住伸头朝前张望着。我不知道如何形容此刻的心情，难道要祝他行动顺利、成功入狱吗？

这镇子不大，如果有人开了枪，我一定可以听得到。一直到我赶到目的地，都没有发觉有什么异常，街上的游客还是那么悠然自得地闲逛，操着各种语言和小贩们讨价还价，看起来一派繁荣景象。

问题是，程建邦呢？

付了车主钱后，我站在路边朝人群中和各个可能藏匿的角落张望，都没看到他的影子。我慢慢地朝那家店走去，刚到门口就见到了店内程建邦的身影，他看起来很从容，像个真的游客一样，双手抱在胸前站在一节柜台前。店里有四五个售货员和三四个顾客，我扫了一眼他腰部别枪的地方，空荡荡的，看来他已经把枪藏在两臂之间了。

一时间我不知道该何去何从，正在想是不是该离这里远一点时，就见他侧开身子，举起枪对准了一个售货员大声喊：“抢劫！全都给我趴下。”

店里所有人愣了一下之后全部举起双手，惊叫着争先恐后地朝地上趴下去。

“嗒”的一声枪响，程建邦枪口指着的那个售货员胸口中了一枪，倒在血泊中。店内的女人此起彼伏地尖叫了几声，又很快安静了下来。

我几乎不敢相信自己的眼睛，不是说好不杀人的吗?!

程建邦居然也愣在了那里，茫然地看了看倒在地上的售货员，又茫然地看了看自己的枪，猛然转过头看到了我，一脸惊恐地冲我摊开手。

正在这时，他身后的那个顾客不知什么时候用黑布蒙上了脸，不等他反应过来已经把枪抵在他的后脑上。那一刻我的心跳几乎停止，我就差跪下来求那人千万不要开枪了。

幸好那人并没有开枪，只是在他的后脑上砸了一枪托，程建邦像一根柱子似的重重地倒在地上。

蒙面人用脚把程建邦手里的枪踢开，我提到嗓子眼儿的心这才落了回去。蒙面人一手用枪指着店内的人，一手丢给一个女售货员一个袋子，嘴里叽里呱啦地不知嚷些什么。那女售货员哆哆嗦嗦地从地上爬起来，打开货柜往袋子里装金银首饰。

我这才反应过来，程建邦被人截胡了!

蒙面人见装得差不多了，一把夺过袋子，举起枪退了两步，转身跑出店外，钻进路边一辆在这里随处可见的破旧小轿车，绝尘而去。

这一幕发生得太快、太戏剧，根本没有给我任何反应的机会。我傻杵在那里，不知道是该过去还是不该过去。不一会儿警察就赶到了，我只能眼睁睁地看着他们拖起地上还昏迷着的程建邦，戴上手铐丢进警车，然后封锁了现场，赶走了所有围观的人，也包括我。

一直到被警察粗鲁地推搡出警戒圈，我也没能理出头绪。这到底算是成功还是失败?

之前我们计划的只是抢劫，绝不伤及无辜。现在可好，不仅没抢劫成，还出了人命。我担心，这里的警察会不会把杀人的帽子扣到程建邦头上?那样整件事就彻底失控了。

我赶紧回了旅馆，收拾起自己的所有行李匆匆离开。我必须换个地方，免得警察连我一起抓去问话，到时候就算不是同谋，也得被他们驱逐或监控起来。那样的话，这次任务就真的成笑话了，不远万里跑到这鬼地方，什么事都没做成，反倒被警察当作疑犯控制起来。到时候就算徐卫东不处分我，我自己都会抽自己几个大嘴巴。

我在街上转了一圈，深思熟虑之后，还是决定在原先那家旅馆对面开了个房间。第一，那里出口多便于撤退。第二，可以随时观察到之前旅馆的情况，也好做出判断。

开好一个临街的房间后，我坐在正对着街面的窗户边观察着对面的动静，盘算着该如何得知程建邦现在的状况。无奈越想越乱，当一切都在计划外的时候，我彻底晕了。

我像一只惊弓之鸟一样倚在窗户边，过了一夜，直到天亮都不曾看到有警察来，不禁更加担心起程建邦的安危来。而且，问题的关键是——我该怎么办？好不容易挨到路上的行人多了起来，我站起来伸了一个懒腰，舒展了一下身体，随便抹了几把脸，背起背包回到那家珠宝店。

站在那家珠宝店门口，我有点恍惚，眼前的一切让我开始怀疑。这里，昨天，是不是真的发生了我亲眼看见的命案大事？因为一切都正常如昔，珠宝店干净整洁地正常营业，丝毫没有才发生过抢劫而且还死了一个人的迹象。

我走进店内，一个女售货员脸上堆着满脸的笑迎上来说："欢迎光临，请问先生需要什么？我们这里的玉器是缅甸最好的。"

看来这种事在这里，还真算不得什么大事。我埋头看着柜台里的玉器，说："我不太懂这些，听说你们这里的玉器很有名，随便看看。"

售货员满脸笑容地说："好的，玉器柜台在这边，我可以帮你介绍一下。"

听她流利的、带着点南方口音的普通话，我问："你是中国人？"

售货员说："不是，我是缅甸人。"

我说："你的中国话说得真好。"

售货员把我引到一组摆满各种玉器的柜台前。我无心听她的产品介绍，心不在焉地弯着腰朝柜台里左右看，装作随意地问："我听说你们这儿昨天被抢劫了？"

售货员笑靥如花地说："先生请放心，我们已经加强了保安，而且对面就是警察局，我们老板和局长的关系很好的。"

我四下看了看，果然见两个体格健壮的男人抄着手观察着进店的游客。"那人被抓住没有？"我指了指柜台里一个玉制的观音挂件说，"给我拿这个看看。"

"这块玉的成色在这个档次里算中上了。"售货员将挂件拿出来展示，"没有，不过抓了一个抢劫未遂的，两拨人碰到一起了。"

"未遂？"这一下我的惊讶倒不是假装的，压低声音说，"我见报纸上说还死了人，凶手跑了？"

售货员叹了口气："是啊，凶手还没抓到，不过跑不远的。抓住的这个刚把枪拿出来就被别人给抢了先，是个中国人，应该不会判太重的罪。"她抬眼看了我一眼，忙说："不好意思，我不该专门提什么中国人的。中国人很好，买东西很爽快，我们这里全靠中国人来旅游，大家才有钱赚的嘛，昨天那个可能是遇到什么困难了吧。"

我摆弄着手中的挂件说："你多想了，不管是哪国人，犯罪就得服法。这个玉坠多少钱？"

程建邦可能是为了保护我，没有在第一时间交代自己的住处，我在那家旅馆的窗口连续盯了好几天都不见有警察上门。如果那售货员说的是真实情况，那说明警察并没有把杀人的帽子扣到程建邦头上。想到这些，我心里稍稍放松了一些。我所能做的只有等待，等待他被判入狱。我不知道要等多久，也没有人可以问，只能每天去警局门口转一圈，买份当地的中文报纸，希望从中获取有用的信息。时间在我焦急的等待中开始变得格外漫长。

好几次我都想联系徐卫东，希望能够得到他明确的指示，或者有帮助的建议。可每当拿起电话，就想起他上次在电话里对我说的话，每次都没有把号码拨出去。

就这样，我足足等了半个月，几乎耗尽了我全部的耐心。

就在我打算以程建邦亲友的名义去警局去探听一下情况的那天上午，当地报纸上登了程建邦的消息。他犯的是持枪和持枪抢劫未遂罪，本该被判入狱一年零六个月。警察在他的枪里没有发现子弹，法庭减轻了刑期，入狱六个月，在警察局的拘留所里服刑。

看到这则消息，我喜忧参半。喜的是终于有了他的消息，忧的是他服刑的那座监狱并不是关押周亚迪的那座，如此一来，这个计划算是彻底失败，还得搭上他半年的时间。

我赶紧买了些日用品和几条香烟去探监，在登记表格的关系一栏，写上了“朋友”。警察并没有多盘问，只是查了查我带来的东西，就把我带到探监室的一张桌子前坐下，指着手表用中文告诉我，时间只有十分钟，不允许有肢体接触。

十多分钟后，探监室的门打开了。程建邦穿着囚服和拖鞋，被一个警察带了进来。他看上去气色还好，对着我苦笑了一下。警察帮他打开手铐后，站在一边说：“开始计时了，十分钟，不许肢体接触。”

等程建邦坐下后，为了避免警察听懂我们的谈话内容，我用山西口音说：“这下咋办呀？前功尽弃了，真是人算不如天算，他们没有打你吧？这里面待得住吗？”

程建邦操着四川口音说：“他们对中国人还算客气嘛，不敢胡来，这里面都是些小角色，老子没得事。”

我把带给他的东西推给他说：“我不知道你在里面缺些甚，随便买了些，你看看还差甚，下次我给你带来。”

程建邦扫了一眼那堆东西，沉默了一下说：“就这样吧，下次不用了，老子在这里面混好了，啥子都不缺，安逸得很。”

警察将包拿过去打开检查了一通又丢了回来，然后眼巴巴地看着我。我不知是什么意思，求助地看了程建邦一眼。程建邦干咳了一下，悄悄做了个数钱的动作。我顿时明白，原来那警察是在索贿。我赶忙把随身带的现金都摸出来塞进包里，冲警察使了个眼色。警察不动声色地将包里的钱摸走，站到了一边。

我们互相对望了一下，想起这一系列的阴差阳错忍不住都笑了，越笑越大声，直到警察伸手指我们，示意安静，我们才止住笑停了下来。

我说：“这下恐怕你真的得好好改造了，早些出来我们再重新合计。”

程建邦抬起头一言不发地打量我，看得我心里直发毛。我说："你没事吧？"

程建邦说："我能有啥子事嘛，倒是你，到底行不行？"

"甚行不行？"

"我想，这个事情恐怕得你来了，你有没得把握？"

"甚事？你说。"

程建邦抬起眼皮扫了一眼看守的警察，用湖北口音低声一口气说道："时间来不及了，现在只能你想办法进去接触周亚迪，争取在我出来前有实质进展，然后我来负责情报传递工作。"

他说得太快，而且突然变换了口音，我一时没有反应过来，只好等他说完后，将他说的话放在脑子里重新过了一遍。这不过不要紧，一过把我惊得"腾"的一下从椅子上弹了起来，大声说："你跟我开什么玩笑？"

看守警察再次示意我安静。我坐回座位，他压低声音说："我是在给你布置任务，而且要尽快，不然很可能周亚迪会被新派来的杀手干掉，那时候我们的任务就彻底搞砸了，这辈子都不用翻身了。你回去想几个计划出来，我也想一想，三天后你来看我，我们再最后定夺。"他一口气说完这些，坐直身子，打开我带来的那堆东西，恢复了正常的语速："怎么没带几条内裤来？"

我心乱如麻，傻子似的坐在他的对面，看着他像煞有其事地挑剔抱怨着。他看了我一眼问道："你怎么了？脸都白了。"

"今天真是……"我咽了口唾沫说，"我喜欢今天。"

我忘了是怎么从警局出来的，以前看的资料片里从来没介绍过泰国监狱里的情况啊！只要朝那个方向一想，脑子里冒出来的要么是外国电影里的监狱场景，要么就是《红岩》里烈士们坐牢的场景，独独就没泰国监狱的。就在半个多月前，我还在取笑程建邦，说监狱里犯人口味没那么重，不会喜欢皮肤太黑的他。现在，比他的皮肤白几个色号的自己要想方设法地进去，而且我还没有想好怎么进去。总之，抢劫这种事是不能做了，万一出现跟程建邦一样的事，那真是贻笑大方。

这些都不重要，重要的是，真的进去后，我该如何面对里面复杂的形势。我学习过很多技能，懂得如何去驾驶天上、水里和地上的所有交通工具；懂得如何去空手夺取对手手中的武器；懂得如何同时制伏四五个成年男子；懂得如何通过一个人的眼神就判断出对方的心思；懂得如何去杀人，甚至真的杀过不止一个人……但对于坐牢，并且要获取牢里一个金三角毒枭的信任这种事，不要说学，以前就是想都没有想过，如今这一切就摆在了我的面前，而且势在必行。

最滑稽的是，我的搭档此时还在牢里，这一切还必须由我自己去执行。

我觉得这是上天跟我开的一个玩笑。

那晚，不论怎么都睡不着，我开始想念程建邦。我想，如果经验丰富的他在，至少还可以与我一起商议出一个计划。现在，我不仅要独自完成这些，而且，即便真的在监狱里和周亚迪交上了朋友，然后呢？接下去该怎么办？

天快亮的时候，我还是没能理出一个头绪。我再一次想起了徐卫东，但这次不是想请示他或者请教他什么，而是想起了他在学校里选出我的场景。想起曾经在学校里意气风发、一腔热血的自己。我开始怀念学校里的日子。虽然乏味，至少不用想这么多。最多就是想想理想。说到理想，曾经的自己不就是希望有一天能战斗在第一线，做个名副其实的英雄吗？而今这一切似乎已经实现，我确实战斗在了第一线，为什么怯懦了？

看着初升的太阳，我为自己昨晚那些胆怯的想法觉得不齿。我站起身对着朝阳伸着懒腰，做了一个深呼吸，默默对自己说："这次我是真正的主角，徐卫东、程建邦，你们都给我看好了。"

我看了下日历，这天是 1997 年 1 月 20 日，节气，大寒。

第五章

终于坐牢了

1

通常要做一件事，当拍完了脑袋拍过胸脯之后，要么拍屁股走人，要么硬着头皮撑下去。我对着冉冉升起的朝阳拍了胸脯，接下来我没有选择，只能硬着头皮撑下去。

太阳升起后就像往常一样躲到了天边的薄云后，像是蒸笼外的炭火持续不断地向笼内施加着温度。我汗如雨下地步行了近十公里才来到那座关押重刑犯的监狱附近，来之前我是想到这里看看地形的，可到了这里之后，看到那座坐落在山坳中、布满电网的高墙监狱时，顿时觉得两腿无力，一屁股坐到了地上。

我实在无法想象自己该如何在那青色的高墙内生存，尽管看不到里面，可似乎感觉到了里面的暴虐和血腥。在这种三不管的地方，那里面根本就是一个困兽的牢笼。

第一次，我觉得寂寞与无助。但我不能像个摔倒的孩子似的，趴在地上用哭声吸引大人的同情和帮助。我放弃了向徐卫东求援的想法，可我又能怎么样呢？时间本来就不多，我却花了整整一天的时间往返于美塞镇和这座监狱。回来的路上我想，我可能只是想让自己看起来是在为这件事忙碌而已，但实际的所作所为，对整件事毫无帮助。

回到镇子的时候，太阳已经落山了，漫无目的地走在这看似熟悉又陌生的街道上。赶了二十公里路，整整一天都没有吃东西的我，居然丝毫不觉得疲惫。在街边要了一听冰凉的啤酒，站在路边打开，扬起脖子一口气灌到肚子里，打了几个嗝，夸张得引来路人纷纷侧目。正惬意之际，就听到旁边有玻璃破碎的声音，我扭过头去，看见一个男人趴在路边痛苦地扭动着身体，身下一地的碎玻璃。

这时，从一家店面里冲出来两三个人，围着地上的那个男人拳打脚踢。四周行人见状急忙避让开来，留出一片空地。大概是小混混在打架，我仰头一气喝光手中的啤酒，又买了一听打开，索性坐在路边观战。

倒地的那个男人脸上满是鲜血，看不清面容，身子蜷缩得像一只大虾，在雨点般的拳脚下全无招架之力。而那几个人像是越打越起劲，嘴里不停地咒骂着什么，下手非常狠，不太像是一般混混打架，一副要将地上那人置于死地的架势。地上那个男人看来是彻底放弃了抵抗，貌似已经不省人事，而打他的人丝毫没有停手的意思。我想再这么下去那人非得被活活打死不可，下意识地站起身想要去劝阻一下，转念一想，我还有更重要的事，不能因此耽搁。

犹豫了一下，正想转身离去，就听到地上那男人一声绝望的哀号声，似是耗尽了自己身体全部的力量和气息。那绝望的声音，让人心头一寒，头皮发麻。我将手中的啤酒罐捏扁往地上一摔，说："差不多得了，再打就出人命了，多大的仇啊？"

那三个人停了手，都转过身子看我。我意识到自己可能要为刚才的冲动付出代价了，看情形不太妙。我身体绷紧起来准备应战，转念一想，我没时间见义勇为，我来这里有更重要的事，如果因此惹上什么麻烦，可能会对自己的任务造成影响。看那几个人要朝我围过来的架势，我赶忙换了一副笑脸，指了指地上那个剩下半条命的男人说："人都快被打死了，真出了人命也麻烦不是？"这样的斗殴在这种地方一定是家常便饭，我有点后悔下意识的一时冲动。我一边说一边往后退，只想应付几句，最好能平息了他们的杀气。我得赶紧离开这是非之地，还有更重要的事等着我去做。

但他们明显不想放过我，已经围了过来。其中一人说："中国人？"

我赔笑点头说："是，来旅游的。"

那人“哧”地笑了一下，不知和身边的人说了句什么，几个人发出一阵刺耳的大笑。那人一边笑一边朝我逼近，说：“见你们中国人挨打，你看不过去了？”

我迟疑地看了一眼地上倒着的男人说：“他是中国人？”问完我又后悔了，真不知道自己多这句嘴有什么意义。这里遍地都是华人，每天都有各种各样的华人做着各种各样的事，其中还免不了有杀人越货的，那个狱中的大毒枭周亚迪也是个地道的华人。我继续一边后退，一边摊开双手以示自己毫无恶意，说：“不打扰你们了。”

那人说：“你喜欢管闲事吗？”

看着这人充满挑衅又轻蔑的眼神，我心中一动。如果借这个机会打一架，将对面这人打个重伤之类的，或者干脆打死，是不是就可以被判进那座重刑犯监狱了？周亚迪不就是因为杀了人才进去的吗？

想到这里，我活动了一下手指和手腕，慢慢地攥起了拳头，甚至想好了怎样在五秒内将对面这人撂倒在地上使其丧失行动能力。可再一想，我这么做会不会有些鲁莽？我无从判断将此人打死是否能真能如愿进那座监狱服刑，万一程建邦有更好更稳妥的计划怎么办？不行，我不能贸然行动，我需要和程建邦会面后听取他的意见，这样的机会在这里并不难得，又何必逞一时之快误了大事？我做了个深呼吸，强迫自己把眼神从他脸上移开，看了看围观的路人，咬着牙，一扭头说：“你们忙。”我想在对方再次挑衅之前赶紧离开这里，不然我真的不知道自己能否控制住自己的怒火。

转过身刚走了几步，只听“嘣”的一声，愣了一下才意识到是自己被什么东西狠狠地击中了脑袋，碎玻璃碴混着冰凉的液体正从后脑往脖子里流。我一定是被啤酒瓶或者可乐瓶之类的砸中了，眼前一黑，膝盖一软便跪了下来。身后又传来一阵刺耳的笑声，我晃了晃僵硬到不听使唤的脖子，双手努力支撑着地面不让自己的身体彻底倒下去。

恍惚中仿佛看到郑勇一动不动地躺在那里，风声像鬼的笑声一般凄厉，在我耳畔回荡。有个人在不远处用枪瞄准了他的脖子，我想喊郑勇，让他赶紧隐蔽，但无论如何都喊不出声来，又想冲过去用身体护住他，可浑身都不听我的使唤。眼看着那个枪手慢慢地扣动了扳机，自己却站在一边无能为力。

情急之下我使出全身力气大吼了一声，居然站了起来。刚才的枪手和郑勇都消失不见了，现实世界的阳光刺入我的瞳孔。

那一刻，我觉得郑勇和宁志就站在我的身后，正歪着脑袋看着我，像是在等我出丑，好当作笑料在夜谈的时候笑话我。我不敢回头，我知道我转过头就只能看到异国的街道和陌生的路人了。我抹了把头上、脸上混着汗水的血水，黏黏的手感让我确定刚才砸在我头上的是一个可乐瓶。我歪着脑袋、抖着领口的碎玻璃问道："谁扔的？"

之前来问我话的人"嗤"地笑了下，指着自己的鼻子说："我丢的，怎么样？是不是没爽够？"

我说："抓紧时间尽量骂，你那张嘴马上就要废了。"

他不可思议地看了我一眼，嘴里不知用哪里的语言骂骂咧咧着从路边的小摊上又抽出两瓶可乐走了过来，离着我还有几步远就举起了瓶子。我上前一步，一膝盖顶到他的软肋上，他痛苦地张大了嘴，接着手一松，我顺手将他松脱的那瓶可乐接住，照着他张开的嘴塞了进去。或许是塞得深了些，他眼泪一下冒了出来，使劲干呕着。我不等他身后的两个人赶来，抓住他头发，提起他的脑袋，使尽全力一膝盖顶到他的下巴上。只听到他嘴里咯吱吱几声，可乐瓶生生被他的牙齿咬爆了。

我松开手，把已经完全丧失战斗力的他扔到一边。他那两个正赶过来的同伙见到他的惨状，迟疑了一下，不由自主地摸了摸自己的嘴和脖子，相互对视了一眼，手朝身后摸去。我无法确定他们将会摸出的是枪还是刀，只能一个箭步冲上去，瞅准其中一人的膝盖最脆弱的侧面，借着惯性侧踹过去。脚后跟感觉到对方的膝盖处"咯嘣"一声，我知道得手了。刺耳的惨叫声瞬间灌满了我的耳朵。

我无暇去查验他的损伤程度，将另一人伸向后腰的手牢牢扣住，反扭手腕，稍微朝外虚晃一下，他的手腕下意识地朝内使劲，我见他上当，立刻就着他手腕朝内使出的力道，猛地将他的手腕朝内生生掰了一百八十度。又是一声悦耳的"咯嘣"声，他的手腕断在我的掌中。我接受的训练中有明确提示，敌人在损失一只手的情况下至少还有六成的战斗力，也就是说，他在我眼里还是一个威胁。我攥紧右拳收到腋下，对准他的喉咙正中发全力打去，本来还在惨叫的他顿时失了声，捂着脖子翻起白眼，直挺挺地躺在地上抽搐起来。

我再回头去看那个膝盖受伤的，此时还蜷着身子抱着腿在地上来回翻滚，杀猪一样地嘶号着。我反感这声音胜过有人指着我骂娘，于是用脚背在他后脑上狠狠来了一下，他像是死人一样安静了下来。杀猪一样的号叫并没消逝，我循声望去，正是之前那个对着我骂娘，被我在他嘴里塞了可乐瓶打碎的人。我想起我之前说过要废了他的嘴，现在他居然还能喊出声，虽然那声音已经完全不像人类发出的，但还是声音。我走过去，一脚将弓着腰跪在地上的他踹翻，见他脸上满是血污，几乎看不出到底有多少道伤口，隐约能看到几块碎玻璃扎透了脸皮挂着血珠露在外面，在夕阳的余晖下泛着暗红的光泽。

朝四周望去，刚才还在看热闹的路人，此时早已躲在三十多米外，有人捂着惊恐的脸朝这边张望，又做出一副随时逃跑的姿势。空气中那熟悉的血腥味，夹杂着清甜的可乐味闻起来格外地醒脑，我站在马路中央，舒展了一下身体，做了个深呼吸，看着被夕阳拉长的身影，觉得心里数日来积攒的阴霾一扫而光。

最早被这些人打倒在地上的那个男人，此时大概是缓了过来，从地上挣扎着坐了起来，张着满是鲜血的嘴惊讶地看着眼前的一切。这男人是我打这场架的起因，也意识到我可能把一件闲事管成了大事。

那男人晃晃悠悠地站起身子，踉跄地走过来拉着我的胳膊说："快，快跟我走。"

我说："去哪儿？"

那男人说："先离开这里，他们都是有背景的人。警察一定快到了，在这种地方，说不清楚的。"

"警察？"我看了一眼地上三个半死不活的人说，"会判我什么罪？"我心想，我刚才做的事会不会被判入狱？会不会进那座重刑犯监狱？

那男人刚要说什么，朝我身后看了一眼，举起双手蹲在了地上。我转身一看，一辆警车已经飞驰而来，几个黑洞洞的枪口在疾驰的车窗中伸出瞄着我。我连忙学着那男人的样子蹲了下来，趁警察还没到跟前的空当，抓紧时间问那男人："你是游客还是本地人？"

那男人头也没抬，说："我就是这里的人，我叫阿来，人可都是你打的，我刚才真的什么都不知道，我晕过去了。"他居然一头栽倒在地上，紧闭起双眼。

警车"吱"的一声停在我的身后，几个警察冲了过来。其中一人二话不说对着我的后脑就是一枪托。这一次并没有打得很准，但还是很疼，疼痛激起了我的怒火。我猛然站起身反手握住枪管掰到一边，夺过枪对着那警察的面门就是一枪托，骂道："你们能不能换个地方，没见还在流血吗？"

其他警察见我手中有枪，立刻紧张起来，纷纷举起枪对着我。我想，他们要不是担心会误伤到我面前的这个警察的话，一定会开枪将我打成筛子的。我看了眼趴在地上装死的阿来，把枪慢慢地丢在脚边，抱住后脑蹲下身子，叹了口气，心想，看来挨他们打是难免了，不过打哪都好，希望别再打我的头了。

警察慢慢地围了上来，将我丢掉的枪踢远了一些。另外两个警察分别检查那几人的伤势，用本地语言不知在对讲机里说了些什么。一个看似是头目的警察走到我跟前，用熟练的汉语说："那两个都是你打死的吧？"

"死？"我"腾"的一下站了起来看着那两个躺在地上一动不动的人，一个是被我踢断膝盖后又踹过后脑的，另一个是被我掰折手腕又狠击喉咙的。"怎么可能死？休克吧？"我说着想要过去看，那个警察头目上前挥起枪托照我打来。

这次目标不是我的后脑，而是我的面门。鼻梁牵扯着整个脑袋一阵剧痛，心想：鼻梁一定骨折了。眼前一黑，失去了知觉。

2

暖暖的阳光照在身上，闭着眼，眼前还是一片明晃晃耀眼的红色。

我想，睁开眼的话，一定会被阳光刺到。

我听到了徐卫东的声音，就站在床前说：“你真是出息大了，你可真给我长脸，我这庙小，容不下你这么大的佛，我看你还是滚回学校继续出操去吧。”

我躺在病房里，雪白被褥厚厚地盖在身上，有点热，徐卫东背着手逆着光站在窗户边，看不清他的脸，也能感觉到他的愤怒和失望，或者，是绝望。

我依然觉得幸福，想起那个又闷热又潮湿的美塞镇，想起那个看不到尽头的任务如今都已离我那么遥远，我怎能不觉得幸福？

窗外应该就是宽阔的马路，有赶路的行人和汽车，还有亲密的情侣和天真的孩子……对了，还有即将来临的春节。就算接下来要迎来的就是徐卫东的斥责和处分，只要让我在这里，我就会觉得幸福。哪怕我被开除，去找一份工作，洗车，或者去工厂做搬运工，我都愿意。

一身白衣的护士，迈着轻盈的步伐，哼着小曲走进病房给我打针。在我的胳膊上、脖子上、脚上一针又一针地扎，一点都不疼，好痒，又痒又热。到底要打多少针？我实在不能忍受了，猛地坐了起来。

原来一切只是个梦。

阳光不见了，只有头顶一盏高瓦数的大灯照着我；雪白的棉被不见了，四周只有青灰色渗着水的墙壁；窗户边的徐卫东不见了，狭小的窗户上焊着钢筋；护士不见了，只有“嗡嗡”的蚊子趴在我的身上贪婪地吸食着血液。

我想坐起来，才发觉双手被手铐铐在床上，动弹不得，我甚至无法赶走那些正在吸我血的蚊子。现在是什么时间？我睡了多久？只觉得鼻子一热，鼻血淌了出来，滴在胸膛上。我用肩膀蹭了一下鼻子，剧烈的酸疼带着眼泪使得我没忍住哼出了声来。我朝着生锈的铁门喊了声：“有人吗？”喊完这三个字，鼻子撕扯着脑子疼，眼泪带着鼻血和鼻涕一起淌了出来。

声音显得空旷，就好像我被囚禁在一个巨大的犹如迷宫一般的地牢中，而外面已经是世界末日了。即便我听到了脚步声在朝我的房间逼近，我也不认为来的是一个人。

我瞪大了眼睛盯着铁门，开始拼命地想挣脱手铐。我记得我挣脱手铐的最好成绩是五秒多，可这一次不论我用什么方法，都无济于事。此刻，我就像一只被捆绑在案板上的羔羊，任人宰割。

一阵铁链的撞击声，那扇铁门打开了。进来三个警察，我认得领头的那个，就是他给我鼻子上来了一枪托，把我打晕的。他站在我面前看了我几秒钟，对两个手下使了个眼色就转身离开了。那两个警察一人用枪在三米开外对着我，另外一个解开手铐，把我的双手从背后反铐起来。

跟着他们出了这间屋子，每走一步都震得我鼻子生疼，眼泪、鼻血跟着往外涌。穿过了一条长长的走廊，走廊的尽头是一扇弹簧门。他们推开那扇门的时候，刺眼的阳光让我不由自主地退了一步，别过头躲避着强光。背后的警察用枪管戳着推了我一下，我跟着出了门。

应该是要提审我了，我迅速在大脑里开始整理所有的信息，以应对可能将要面对的问题。

大概想了一圈之后，两个问题出现在我心中的案头上：一，我该如何解释我一个人打了三个人，而且可能还死了两个；二，我该认多少罪？

在这个陌生的国度，我无法评估我所犯的罪够得上什么罪名，能够判多少年，在哪里服刑？万一罪名不够，我再跑去跟程建邦成为狱友，那这次任务就真成笑话了。想象着跟程建邦关在同一座监狱里，每天大眼瞪小眼的情形，我忍不住苦笑了一下，面部肌肉随着笑带动了鼻子，又是一阵剧烈的酸痛，逼出了更多的眼泪。

满脸泪痕的我被带到了审讯室，我不知道自己变成了什么样子，特别想洗把脸。扫视了一圈那间审讯室，没有任何能判断是什么时间的日历、挂历或者其他东西，我很自觉地坐到那张一看就是为我准备的椅子上。

对面的桌子上堆着我放在旅馆里的所有行李，早已被他们翻得乱七八糟。好在那些东西没有一件能够说明我的来路，或者说，仅凭那些东西，怀疑我是一个非法越境者都很难。

在问过我的国籍、姓名和年龄之类的基本信息后，审讯进入了主题。从他们口中，我得知被我打的人两死两重伤。

“两死两重伤？”我说，“你们记错了，我只打了三个人。”

他们不允许我说话，接着向我陈述事态的严重性：一共死了两个人，另外两个被鉴定为重伤，其中之一舌头和喉管严重受损，不仅不能再说话，就连咀嚼、吞咽和呼吸都有严重的障碍，还有部分玻璃碴从上颌戳进了鼻腔，具体造成了多大损伤还需要继续观察。另外一个身体多处受伤，中度脑震荡。

我明白了，他们是把阿来的伤也算到了我的头上。那个身体多处受伤、中度脑震荡的就是阿来，那个我救了他的命的人。

不等我辩解，他们又问我来这里做什么。我说是来旅游。我不知道他们对这个回答是否满意，看起来他们对这个根本不在乎。我想，一定是这种地方有太多来路不明的人了。最后，他们让我详细叙述那天的经过。

我想，周亚迪杀了人只是被判刑，而我杀了两个人，还有一个重伤，要比他严重，为了尽量接近他的罪行，我必须得拿见义勇为来说事。不然，我担心万一罪行太过严重，会被关到一座看守更加严密的监狱去，那么就真的麻烦大了。

我说，我只是路过，看到有三个人在下死手打那个阿来，看不过劝了两句。谁知道那个后来口腔严重受损的人，先出手用可乐瓶砸了我的头。说到这里，我低头给他们展示了伤口。另外两个人要上来置我于死地，我出于自卫才还手，没想到出了人命。

我尽可能地表现出了极大的后悔和悲哀。他们听完我的陈词后有些不耐烦，丢给我一份中文的笔录，让我看完赶紧签字。看那意思，根本不想在我身上浪费时间。

我拿过那份笔录一看，傻了眼。根据那份笔录，我是一个喝了酒后寻衅滋事的混混，包括阿来的那一身伤都是我打的。

我说我想见一见阿来，跟他当面对质。因为如果按照这份笔录，我的罪行就不仅是用恶劣来形容了，而是恐怖。根据我对那座监狱的观察，规模不像能关押一个这般危险的罪犯的地方：一个喝醉以后赤手空拳跟四个青壮年动手，用极端残忍的方法打死两人、重伤一人、致残一人的凶徒。

我的恳求获得准许，阿来很快被人用轮椅推了进来，但是从进门后，他就一直不敢看我的眼睛。

看到他的样子，我心里也有了数。我想，对质也许没有必要了，他的架势已经告诉我，我注定要被扣上这顶残忍至极的凶徒的帽子了。如果他都这样，那么那些当时围观的所谓目击者，更不会有人站出来为我说一句话。

我想起当时阿来拽着我，让我赶紧离开，说那些人是有背景的，这不是一句空话。什么样的背景我不关心，我现在最关心的是，这样的罪名到底能将我置于何地。

如果能明确告诉我，我签了字，就可以被判到那座目标监狱里服刑，那我会毫不犹豫地在笔录上写上我的名字。问题是现在不能判断这里面的轻重，犹豫再三，我还是没有在那份笔录上签字。

我目不转睛地看着故意躲避我的视线的阿来，我希望他能看我一眼，希望他能说句公道话。这句公道话影响的并不是我的刑期这么简单，而是国内每年数百公斤毒品的运售网络。但我什么都不能说，我只能希望他的良心能战胜他的胆怯。

接下来的两天，我又被提审了几次，我坚持我是见义勇为并正当防卫的说法。其实我已经做好了刑讯逼供的准备，不过除了那个被我打过的警察过来把我狠狠地揍了一顿之外，没有其他人再来找我。

我的脸被那警察打肿了，嘴巴合不拢，不停地流着口水，好在我自己在牢房里时，他们不再铐住我的手。我可以驱赶成群的饥饿的蚊子，还能摸摸自己的脸，想象自己现在狼狈的模样。我发愁的是和程建邦约好了要见面的，现在他见不到我说不定会怎么想，会不会情急之下暴露身份？那样的话，全盘计划会全部落空，这边的毒枭接到消息后自然会加强防范，今后再走这条路恐怕会难上加难。

不知道还要被关多久才会把我送上法庭，也不知道被法庭审判后的结果是什么，甚至不知道自己这样到底在坚持什么，因为我根本无法确定那份笔录能给我或者整个任务带来什么。

我在努力地与伤痛和蚊虫的叮咬抗争着，试图让自己睡去。我能给予自己的只有尽量休息，不然伤势会加速消耗我的体力和精力，吞噬健康。我不想让我的反应变得迟钝，更不想一旦如愿进入那座监狱后，因不能自保而被活活打死。

我是个战士，我得去战斗。我不能倒下，至少，不能倒在这里。

我不断地在心中默念这句话为自己打气，挨过那些漫长的黑夜。

警察再次将我带出牢房，我发现换了一条路，没有去之前的那间审讯室，而是上了一辆封闭了车窗的囚车。同时我也发现，我的行动开始变得迟缓，每走一步都特别费力，脑袋昏昏沉沉的。我忍住没有去触碰自己的额头，我不想承认自己已经发烧这个现实，因为那说明我的身体出现了严重的炎症。

坐在颠簸的囚车里，我闭着眼，幻想自己指挥着体内亿万的白细胞与病毒殊死搏斗。效果似乎并不太好，我开始呕吐，但吐不出什么东西。不知道过了多久，车子停了下来，车门打开时我没有力气站起身来。我挣扎着抓着车内的把手，刚爬到门口，手一软一头栽了下去，啃了一嘴的腥咸的泥土，才发现自己居然连吐掉嘴里泥土的力气都没有了。

我突然想起那晚，在那个废弃的矿场里，郑勇和宁志张开嘴低着头，用流出的口水带走嘴里的泥沙。我翻转过身体躺在地上，对着天空“哈哈”地笑了两下，就被混浊的口水和泥沙呛住了。

我被抬上担架的时候拼命地侧过身子咳嗽，朦胧间看到了医院的红十字，我想，我有救了，随即舒了一口气，放松了精神。恍恍惚惚中，不知道被人搬来搬去多少次，也不知道挨了多少针，仿佛还有人在喂我食物和水。

我看到了雪白的床单和毯子，咬着牙睁开眼，努力让自己意识清醒，只为了验证这一切是真的。当得知我的确是在医院的病房里，的确有护士在给我打针喂药后，我再一次踏实地睡了过去，什么都没有梦到。

那是一个近乎完美的早晨，如果不是手上戴着手铐，我几乎就要笑出来了。我试着活动了一下全身，虽然还有些酸痛，但那种痛楚很清晰，我清晰地知道那些疼痛的位置和严重与否。

这是一个好兆头，我正在快速地恢复。

在那家医院里治疗休养了两天后，我被送上了法庭。

检察官宣读了我的罪状，我坚持我是见义勇为引来了致命的袭击，才出手防卫。阿来出庭时依旧没有看我一眼，低着头回答完检察官的问题后，低着头指认我，最后低着头退庭。

我知道，在这个法庭上，我唯一能做的只有最后听取宣判结果了，其他都已经跟我无关了。所以，当法官起身宣判时，我闭上了眼睛，我唯一希望的是能够被判进那座监狱服刑。可当听到法官最后的宣判后，我几乎不敢相信自己的耳朵。

我被判处死刑，立即执行！

我蒙了。

被带到一间牢房后，我确定了我听到的是真的。因为那间牢房设施很好，好得让我害怕。我想，我只能告诉他们我的真实来历了，我再一次将任务搞砸了，可能这次搞砸的是一个很大的计划。

可又能怎么样呢？现在，我需要组织带我离开这里，我愿意为此次任务付出我的生命，但不是因为这样的事屈死在异国他乡。

我想起自己曾经枪毙死刑犯的情景，我无法接受自己有一天会被五花大绑，跪在某个偏僻的地方，被人一枪击毙。

我想，程建邦或者徐卫东知道我现在的处境一定会理解我，并且搭救我的吧，他们也会觉得相对而言，我的生命会更重要吧。一定是这样的，就像我希望不惜一切代价换回战友的生命一样，他们一定也是这么想的。

我在这里杀了三个人，被判死刑也不冤。

我不知道，这算不算是我为了保全自己的生命，决定暴露自己放弃任务而找的借口。或许，只是我一厢情愿而已。这样一个计划、这样一个任务就算全盘顺利，也一定会有人流血，有人牺牲。并不是每个人都会死得那么壮烈，凭什么那个人不能是我？凭什么我会比别人特殊？

我再次想起郑勇，我没什么地方比他特殊，他却牺牲在第一次任务中。还有孙强，他比我更出色，却为了掩护自己的战友而牺牲。

我能活下来，难道只是为了活得比他们长？我今天能在这里呼吸，不正是郑勇、孙强这样的战友付出生命换来的吗？如果现在的我不能像他们那样，为了别人而将生死置之度外，我又如何去面对我自己？

程建邦说得对，要相信上级，尤其在恶劣的条件下。我坚信上级为了这个计划所做的工作远远不止我看到的这么简单，一定花费了大把的人力、物力以及时间。或者已经有前辈打入了金三角，如果我此时暴露自己，暴露这个计划，那一定会给整个参与这个计划的人一次惨重的打击。

所以我不能那么做，就当我在这次任务中，为其他战友做了一块垫脚石吧。

我想，当徐卫东知道我在这里被执行死刑的消息，一定会理解我，也会认可并赞许我的做法，还会在我的追悼会上，对着我的遗像敬个军礼吧。

3

他们没有通知我行刑的时间，这令我十分抓狂。我说不清对那一刻的到来，是期盼还是害怕。

每当他们把餐食从门外放进来的时候，我都不敢直接去看，而是屏住呼吸，闭着眼，一点点地睁开眼睛去看那食物是不是忽然变得丰盛起来。如果变得丰盛，我知道那顿饭就叫作断头饭，是我的死亡通知书。

如果和上一顿一样，那么可以断定我还能在这个世上苟延残喘一阵。就像今天的午餐，和昨天的午餐内容没什么变化。我舒了一口气，狼吞虎咽地塞下饭菜，打着饱嗝四仰八叉地躺在床上，等下一顿。

刚躺下不到五分钟，狱警来打开了牢门，给我戴上手铐和脚镣，示意我跟他走。我问：“去哪儿？”

那狱警看了我一眼，没有回答我的问题，用下巴指了指外面，示意我快走。气氛有些不对，难道这地方连顿断头饭也不给吃，就要拉出去枪毙吗？

我说："刚才那顿不算，我还没点菜呢。"我想，如果狱警上来给我一下子就好了，至少能证明这不是去奔赴刑场。人们对将要死的人总会表现出更高的容忍度，会格外同情。而那狱警只是站在门外，拿着枪继续催我。

我说："是你来执行吗？你能离得近一些开枪吗？对准我的后脑，我张开嘴，让子弹穿过我的后脑从张开的嘴里飞出去，那样我的死相会好一点。"我可不想自己的脸上有个枪眼，或者被子弹掀掉头盖骨。见他还是没有反应，我又说，"如果不是你，能不能麻烦你，把我的请求转告行刑的人？连顿好饭都没有，这点要求总不过分吧？"

他只是一个劲地用动作催我，对我的请求表现得无动于衷。我心想完蛋了，这人可能听不懂中国话。

转念一想，觉得再这么耗下去也没意思，除了让人觉得我贪生怕死之外，毫无帮助。将来为我恢复名誉的时候，不知道他们会怎么说。我不想徐卫东听到我临死前有懦弱的表现，我希望档案里能对得起"英勇无畏"四个字。

想到这里，我抬头挺胸迈着稳健的步伐，夹在前后两个狱警当中走着，就像是小说和电影里那些视死如归的革命烈士一样。我想或许应该去最后看一眼这个世界，可又对眼前看到的一切没有丝毫留恋，也许因为这里是异国他乡吧。

这里的一切都不属于我，我也不属于这里。我曾做梦都想离开这里，想不到是用这种方式离去。

他们将我带到一个单间里，只有一张桌子和两把椅子，桌上放着几张白纸和一支笔。我看了看带我进来的狱警，他示意我坐下。

我坐下后，他给我倒了一杯水。看着那杯水我想，在这里这么久从来没有过这种待遇，即便是连续 24 小时疲劳轰炸的审问时，我渴到连嘴巴都闭不住的时候，也没有给我过一滴水喝，突然这么客气，大概也因为我是个将死之人吧。

我端起水喝了一口，又看到桌面上的纸，也许是要我写遗言？

这样的环境下，我能写什么呢？又能写给谁？

这时进来一个看起来级别较高的警察，看了我一眼，坐在我对面用流利的中文说："你的事有新的状况发生，我们需要重新给你做笔录，重审你的案子。"

我小心翼翼地问："那是什么意思？之前判重了还是判轻了？"说完我就为自己问出如此白痴的问题而懊恼，还有比死刑更重的刑罚吗？难不成现在还有凌迟？

那警官说："阿来承认了你是在他的生命受到威胁时帮助他的事实，所以……你不要得意，这不代表你没事，一次杀了两个人，致残一人，也够你在里面蹲半辈子的。"

听到这里，我恨不得越过那张桌子，抱住那警官在他脸上亲一下。

那一刻，我觉得他是这世上最美的人，有着世界上最动听的声音。这样一个人，这样一种声音又给我带来了有生以来最好的消息，除了拥吻他，我想不出别的方式。

我举起那杯水说："谢谢，我先干了。"将那杯水一饮而尽。

那警官嘴角抽搐了一下，摸出烟丢给我一支说："我希望你不要拿这个事添油加醋，不过我料你也没这个本事，你是不是在国内犯过事儿？"

我心想，他大概对我拥有中国国籍这个事实多少有些畏惧。这个时候我怎么会有心情去拿他们的司法体系说事，赶紧说："也没什么大事，还不是打架什么的。"

"那样最好。"他哼了一声，将打火机丢给我，"那好，我们出了一份，你看一看，没问题就签字吧。"说着递过我一沓纸。

我匆匆看了一遍，除了说阿来在这次事件中也有动手之外，再没什么与事实不符的说辞。我欣然签字，对于阿来这样的人，就算把整件事都栽在他头上，我也不会有半点不爽。

很快我被重新送上法庭，被判处二十年监禁，不得假释。最重要的是，我所服刑的监狱正与周亚迪是同一座。

在这个地方，我想要拥吻的人越来越多了，除了那个警官，还有就是宣判我的这个法官了。

我在心里哼着小曲，努力压抑着内心的愉悦，跨上了那辆送我前往监狱的囚车，心情就像是登上了回国的班机。

这真是滑稽。

很快这种滑稽的好心情就消逝了，我将要面对的未来，可能会比死更令人胆寒。我说不清在担心的到底是什么，我只知道一切都不在我的掌控中了，没有人帮我，一切只能靠自己。

囚车在颠簸的公路上走得并不快，我越来越紧张，从小镇到那座监狱区区十公里的路程，没有什么时间让我去做什么心理准备。在这之前的一段时间里，我都是在等死，陡然回到正常轨道上，竟然有些不适应。

明明我很快就要成为一个烈士，一个功成名就的英雄，可现在……我刚想到这里，车子减了速。我朝车窗外望去，见监狱的大门缓缓打开。正前方是一片半个足球场大的空地，除了几个警察外，看不到一个犯人。

空地前面正对着监狱大门的，是一幢看起来陈旧却很坚固的三层楼，没有一扇窗户。坐北朝南矗立在那里，周围围着几栋同样颜色的小楼房。

我环视着监狱里的环境，明白了，这是我全新的战场。

我暗自活动了一下全身，通过这些天的休养，除了脸上有些地方有轻微的疼痛外，其他已经全部康复了。我攥了攥拳头，活动了一下手指。一个警察发现了我的小动作，说："手痒了？那你算来对地方了。"说着和另外几个警察诡异地笑了起来。

我先被带到医务室，填了一张病史表格，然后按要求脱光了衣服，像个马戏团的动物一样按照医生的要求张嘴、抬手、跳跃，最后赤身裸体地趴在床上，任由他戴着橡胶手套在我的下身检查。十多分钟后，他给我建了一个病历。

这期间，我趁他不备从只开了一道缝的抽屉里偷了一把医用剪刀，藏到那沓衣服里。出门穿衣服的时候，我将剪刀别在了腰里。

我跟着狱警，沿着那栋楼的西侧朝前走，前面墙角处有一道小小的裂缝，几块碎落的砖头落在一边。大概估算了一下，应该可以藏住这把剪刀。在经过那个裂缝的时候，我左右脚一绊，一个狗啃泥摔倒在地上，故意将下巴蹭在地上。趁两个警察笑得前仰后合之际，我就势把腰间别的剪刀塞进墙体裂缝里，然后捂着下巴在地上打了个滚，就手抓了把土和碎砖块堵了堵那道缝隙。我检查了一下，已经看不出什么端倪后，扶着墙站了起来，抹了抹脸上的土，冲狱警狼狈地笑笑，一瘸一拐地跟着他们继续走。

领到囚服和鞋子换好后，我抱着配发的日用品跟着狱警进了那栋楼。楼外艳阳高照，楼内又阴又冷，穿过铁门才看到里面的构造，像极了国内二十世纪五六十年代的筒子楼，只不过要大得多。

犯人们纷纷走到自己的铁门前，好奇地围观我这个新人。为了避免不必要的麻烦，我用余光草草地扫了几眼，不想跟任何人发生眼神上的正面接触。昏暗的光线下，连他们的脸都看不清，更不要想从中辨别出谁是周亚迪了。我低着头跟在狱警身后，上了二楼。

看得出这里的管理非常严格——关押的都是重刑犯，自然没有一个省油的灯，此刻居然如此安静。我没有与他们当中的任何一个人对视，但还是能真切地感受到莫名其妙的敌意。

狱警在二层西北角的一个牢房门口停了下来，我抱着自己的东西站住，抬起头一看，这里是整栋监牢中最背的一个角落了。伸头往牢房里一看，不仅空无一人，里面本来简陋的设施看来已经很久没人使用了，到处是顽固的污垢和铁锈。这里的人俨然把这里当成是自己的家了，宁可和其他人去挤，也不愿意住在这样的单间。

狱警在对讲机里喊了一声，牢门“嘎吱”一声打开。狱警的中文很生硬，一字一顿地说：“你就住这里，上下铺随你选。墙上有守则，看清楚，按照那个去做，对你没坏处，明白了吗？”

我点了点头，钻进牢房。

这间牢房大概有十五平方米，支着一张上下铺，床架都是大拇指粗的钢筋焊成的，上面锈迹斑斑，床上铺着早已分不出本来颜色的草垫子。屋子一角有一个蹲位，高处是一个锈得没样子的水龙头。

我按了按床，非常结实，将行李丢在床上，走到角落去检查那个水龙头，没怎么使劲，水龙头的一字开关就被我生生掰了下来，生锈的铁屑扑唰唰落在地上。我把掰下来的开关攥在手里，转身对还在门口的狱警说："这个开关坏了。"

狱警背着手走进牢房，伸脖子看了一眼，说："给你换，看看还有什么问题。"

我按了一下蹲坑的冲水开关，水管里一阵呜咽后冲出一股发红的水，散发着浓重的铁锈味。多按了几次后，水渐渐清了。

"报告警官，没问题了，可以把钥匙给我了。"我说完这句话，就听附近几个牢房的犯人"嗡嗡"地笑起来。

那狱警也哧地笑了下，走过来说："你还挺幽默的。"突然抬手一警棍捅在我肚子上。我的胃部肌肉跟着猛地收缩，痛得蜷下了身子。

狱警啐了口口水，锁上门离开了。

我没去过监狱，更没坐过牢，但我想在这种地方装，只会给自己惹来更多的麻烦。况且，周亚迪是不会注意到一个菜鸟的。来之前，关于我在监狱里要做什么样的人，我想过很多种方案，可我不是个好演员，这个问题一直困扰着我。当走进这里时，我豁然开朗，既然这里关的都是恶棍，那我不妨做一个合格的恶棍。

做出这个决定后，我有一些兴奋。可能每个人心里都藏着一个恶棍的自己，只是有些人用后天的修养和文化，将自己的恶棍形象囚禁了起来，另一些没有管住自己恶棍灵魂的，大多都聚集在这种地方。

现在，我可以光明正大、正义凛然地做一个恶棍，彻底释放自己所有压抑着的阴暗和残暴，必要的时候，甚至需要放大这些才行。

我站起身舒展了一下身体，吹着自编的口哨收拾起了床铺。从头到尾，我没有朝外张望一眼，倒不是说我已经胸有成竹，我只是还没有准备好，该用怎样的姿态和眼神去面对其他人。

没多久，狱警带着个维修工模样的人过来，修好了锈坏的水龙头。等他们离去后，我松开手，那个刚才被我掰下来的水龙头一字开关已经被汗水浸湿了。我仔细打量着手中这个一寸左右长的小金属棒，正琢磨着怎么利用它，就听到一声尖厉的哨声，接着听到狱警在喊："监狱长训话。"

我走到门口，隔着铁栅看到一个大约五十多岁、高大挺拔、身着笔挺警服的男人，被几个狱警簇拥着，站在牢房入口的平台上。我在二楼最偏的角落，看不到他帽檐下的脸。扫了一眼其他牢房的犯人，发现他们通通都在朝我这边张望。我似笑非笑地回了他们一眼，继续看向楼下那个监狱长。

他清了清嗓子，用带点粤语味道的流利中文说："各位大佬，大家好。"他居然很礼貌地欠了欠身子，这让我很诧异，一时分辨不出这到底唱的是哪一出，难道这里的犯人已经嚣张到这个地步了？

"因为最近来了几位新客人，所以我要把老话再说一次了。听过的也别嫌烦，就当是复习了，没听过的就要用心记好了，因为这关系到你在这里的安危。呵呵，大家可千万不要误会，我真的没有吓唬各位的意思。"他顿了顿，语气陡然一变，恶狠狠地说，"我不管你们来之前有多大能耐，在这个地方，你们在我眼里连狗都不算，我说什么，你们就做什么，不然别说你们在这里没好日子过，你们的妻女恐怕……"说到这里他冷笑一声，周围几个狱警一起淫笑起来。

我明白了，情形比我想象的更夸张，如果你是本国本地人，在这里坐牢，你的家人都会被牵连进来。

还好我不是本地人。我正瞎琢磨着，就见监狱长跟着几个警察上了楼，径直朝我这间走来。我一松手，将手里握着的那个小铁棒准确无误地丢到卷起边的裤脚里。

监狱长一行人走到我的牢房门口后，我才看清这人的脸：很白，鼻梁很高，眼睛深陷，即使是微笑着也藏不住眼睛里的寒光。如此近的距离，他比我整整高出半个头，应该有一米九。

隔着铁栅栏，他笑眯眯看着我说："今天刚到的吧？我们这里环境不太好啦，你委屈委屈吧。"

我微微点头，没有吭声。

他问道："中国人？"

这个人阴阳怪气的，我拿捏不准他的脾性，不确定自己怎样会犯到他的忌。于是点了点头，还是没吭声。

他说："那你算来对地方了，这里基本上都是华人，而且我们官方的语言就是汉语，你觉得我的汉语说得怎么样？”

我低下头不去看他，又点了点头。

他示意狱警将门打开，我退开一步给他让出位置。

谁知门刚打开，他一脚就踹了过来，我下意识地想躲闪，又立刻想到躲开必将让他尴尬，那接下来不知道会发生什么事，就生生接了他的这一脚下马威。他的力道很大，那一脚正中我的胸口，名副其实的窝心脚。我的身体像是一个被击出的棒球向后飞了出去，重重地砸在厕所的角落里。

强烈的窒息感使得我眼前阵阵发黑，几乎要昏过去了。胸腔内的肌肉受到强烈冲击而剧烈地收缩，任由我努力着张开嘴呼吸也喘不上一口气。我努力让右腿蜷起来，生怕藏在裤脚的小铁棒掉出来，给我惹来更大的麻烦。

他踱着方步走上前来说：“不好意思，刚才那一下是一个父亲为自己儿子讨个公道。哦，对了，你在外面打的那个警察就是我儿子。”

这时，我才喘上来第一口气，每一次呼吸都伴着胸腔剧烈的胀痛，没忍住竟然咳出一口血来，血点喷到了我胸口的囚服上。

“这下是送给你的见面礼。”说完他又一脚朝我的额头踏来，速度太快，离得太近，我又在墙角，只能硬生生地再挨一下。他的鞋跟使劲踏着我的脑门，我的头向后一仰后脑重重地磕到了墙上，眼前一黑便失去了知觉。

朦胧间，耳边像有无数电钻在墙上钻孔的刺耳噪声，整个脑袋炸裂般地疼痛，可浑身好像被绑住一般，一动也不能动。渐渐地，那些电钻声从我的耳孔拼命往里钻，越钻越深，就要被这痛苦结束生命的时候，我猛地睁开了双眼。

四周黑漆漆的一片，隐约能看到铁栅的影子。耳边刺耳的噪声消失了，剧烈的头疼还在继续着。

我试着活动了一下身体，看来他没在我晕过去之后再动手。我勉强站了起来，凭借着白天对牢房的记忆和微弱的光线，摸索着打开水龙头，却一滴水也没流出来，只能忍着口中的焦渴，摸索着回到床上躺了下来，舔了舔干裂的嘴唇，嘴里满是腥涩。

我摸到牙膏，朝嘴里挤了一点，清凉的薄荷味迅速从口腔充斥到昏沉沉的大脑和憋闷的胸腔。我把牙膏吞了下去，感觉稍微舒服了一点，很快就迷迷糊糊地睡了过去。

第六章

入狱

1

我醒来的时候，其他牢房里的鼾声此起彼伏，天井里透进来的光渐渐地亮了，已经足以让我看清整个牢房。

我贴近墙上的那张守则，看了一遍后，坐在铁栅前一边等候着早饭时间，一边在地上打磨起那根小铁棒。脑袋里不知哪里有一根筋，突突地跳着，扯着大脑深处爆裂般地疼痛。伤痛在黑暗中慢慢滋生出了仇恨，我恨这里的一切。如果可能，我恨不得变身为一个巨无霸，将这里的一切砸得粉碎。

我想，我的身体已经不允许任何人再伤害我哪怕一个小手指头了，忍耐已经到了极限。我不知道还会面临什么，在熟悉这里之后，我将取回藏在这栋楼西边那道裂缝里的医用剪刀。谁再敢让我的后脑受一点伤，我就要谁的命。

我咬着牙忍着头痛，心想：不论我要做什么，我得先保证自己能活着，而且还具备完全的战斗力才行，不然一切都是白费。照这样无休止地忍耐下去，恐怕我还没跟周亚迪认识，就已经废了。所以在不熟悉这里之前，我必须有自己防身的武器，我不想再被动地挨打了，必须在别人朝我动手之前制伏对方，要在别人想干掉我之前干掉对方。哪怕，对方是个警察。我暗暗发誓要找到一个机会，给那个监狱长留下一个深刻的印象。

为了避免磨小铁棒时发出的声响引起任何人的注意，我只能放慢动作，所以成效非常缓慢。我左右换着手，还得不停地换地方，免得被人看出地面石板上的痕迹。忙活了大约两个小时，手指又僵又疼，才勉强磨出一个雏形，距离我想要的效果还差很多，但在大家都赤手空拳的情形下，防身或者取人性命已经不是难事。

我把小铁棒攥在掌中，将攻击的一头从食指和中指的指缝间露出一看，竟然有将近两厘米在指缝外。这个长度足以刺破对手的喉管或是眼球，也可以划破对手的颈部动脉。唯一的缺陷是不能将它稳稳握住。

我想了想，从裤管处撕下条布头，从小铁棒中间的小孔中穿过系牢。将系在小铁棒上的布条在手指上绕了几圈，试了试松紧，虽然不尽如人意，但只要不恋战，就没什么大问题。

早饭的哨声响起时，小铁棒已经被我打磨成一件杀人利器。

至少在我手中是。

牢房的闸门被打开，我拿起塑料的饭盆和勺子，看着其他犯人陆陆续续地走出牢房朝楼下走去。我将小铁棒塞到衣服的袖口里，最后一个从牢房中走出来，跟着其他人下楼。

天空盖着厚厚的云，仿佛沉沉的铅块坠在心头，让每一次心跳都变得吃力。面前的广场不远处放着几个大桶，冒着热气，两个犯人围着油腻腻的白色围裙，手里举着大勺，应付着排队打饭的其他犯人。

院墙的四个角上都有荷枪实弹的警察，墙头围着一圈铁丝网，不管有没有通电，翻墙逃跑的可能性都不大。这里的狱警个个看起来都人高马大，一脸杀气，已经见过的就有十多个，我估计应该在二十人以上。

如此戒备森严，我就放心了。只要我跑不掉，那么周亚迪就跑不掉。

突然背后被人狠狠搡了一把，我一个趔趄，朝前迈了两步稳住身子。回头一看，一个狱警瞪着我说："你不去排队在这里干什么？"

我低着头跟到了队伍后面，一边随着队伍往前走，一边观察着每个打饭的犯人。一直轮到我，也没发现哪个犯人具备所谓毒枭的气质。可毒枭应该是怎样的呢？

我接过装满稀粥的饭盆，找了个没人的墙角蹲下，三口两口将粥扒拉完，抹了抹嘴。按照守则的规定，现在有两个小时的放风时间。通过那个守则，我知道了这座监狱是真正的监狱，只是限制你的自由，不用做工也没有任何事情可以做，就是吃饭、放风和睡觉。

起初我在想，尽量不要惹事，等找到周亚迪后，瞅准机会再接近他。很快就发现这里根本什么事都没有，早饭后放两个小时的风，然后中饭是送到牢房里吃，下午晚饭前又放两个小时的风，然后回牢房吃晚饭，再然后睡觉，每一天都如此。

而犯人们在放风的时候，也只是三五成群地坐在一起，偶尔交头接耳不知聊些什么，更不要说像想象中那样，拉帮结派地打架斗殴了。没有麻烦就没有机会，没有机会，在这么安详平静的监狱环境中，我该怎么找机会去接近一个毒枭呢？作为一个新来的，在这里不认识一个人，就连去打听谁是周亚迪，都会显得不自然。

就这样过了四天，我还是不知道谁是周亚迪。谁会料到最终会是我来到监狱要和周亚迪接触的？当初应该多向程建邦了解一下周亚迪的情况，至少也该问问他什么身材，大概是什么模样吧。

在这 199 个犯人中间，我怎么观察也没看出谁更像一个毒枭。我突然有种不祥的预感，开始怀疑情报是否准确，会不会周亚迪并没有关在这座监狱里？又或者转了监，再或者干脆已经出狱了？

我摸了摸袖口的那根小铁棒，不禁苦笑，看来我把这里想得太凶险了。只是那么一个靠暴力给我个下马威的监狱长和一众狱警，就把这些所谓的重刑犯收拾得服服帖帖，我只能对自己之前对他们过高的评估表示遗憾了。

来到这里的第七天下午，天气格外的好，万里无云的蓝天上出现了久违的太阳。阳光灿烂地照在身上，我坐在墙角闭着眼感受这难得的惬意，同时为不知怎么继续这个任务而发愁。就在这时，一团阴影挡住了我的阳光。

半睡半醒的我以为是天突然转阴了，朦胧间听到有人的咳嗽声，忙手搭凉棚睁开眼睛眯着，才发现哪里是什么阴云，而是有几个人围站在我的面前。因为逆着光，我看不清他们的脸，连日来过于平静的日子已经使我放松了警惕，就连那根小铁棒，我都觉得有些多余而想丢掉了。

我说："闪开，挡住我的阳光了。"

对方一人说："你的头七也过完了，明天起每个月交两条香烟给我。"

我想了想，自己来了正好七天，难不成这里的规矩是头七天就是头七？过了头七就要上贡？这规矩有点意思，颇有几分人情味。

我坐着没动，什么也没说。不是被吓的，这对我来说简直就是个惊喜，这个惊喜快让我笑出来了。第一，证明这里并不是想象中那么平静，也有帮派和利益纷争。第二，有利益冲突就一定会有肢体冲突，有了肢体冲突我就一定会显山露水。

我忙用手捂着嘴，佯装咳嗽盖住自己的笑，然后说："我不是本地人，在这里没熟人，又是刚进来，暂时也不会有人来探我的监，恐怕搞不到你们要的东西。"

我本想用这样的态度惹个是非出来，谁料对方根本没搭理我，丢下一句话说："我已经通知你了。"走出几步又停了下来，转过身抓抓头又说："对了，我姓赵，叫赵振鹏。"

赵振鹏。我在心里默念了一下这个名字，忙起身说："等等，您是这里的老大吗？"

这是个个头不高、四十岁左右的男人，眼睛细长，脸上挂着不怀好意的笑，流利的汉语里带点绵软的南方口音。他旁边一个跟班模样的年轻人说："废话，在这里只有一个老大，就是鹏哥。"

"不能这么说。"赵振鹏用下巴指了指不远处正向这边张望的一伙人说，"还有迪哥。"

我听到"迪哥"二字，浑身触电般地绷紧了，马上又意识到自己可能会失态，急忙放松下来。看对面这几人的反应，他们应该没注意到我的异样，这才松了口气，心中暗自叮嘱自己：切记要喜怒不形于色。

赵振鹏抓着头对我说："我听说你还打过警察，不过没什么好嚣张的，这里谁没打死过一两个警察呢？你也不要耍滑头了，小心聪明反被聪明误。不过我告诉你，这里只能有一个老大。"

我扫了一眼他刚指的"迪哥"那里，距离太远看不清楚，心里还是不禁一阵怦怦乱跳。等赵振鹏走后，我坐回了墙角，一边朝迪哥那边看，一边暗自祈祷，希望这就是目标人物周亚迪。

一直等到回牢房的哨声响起，那个迪哥都没有过来问我要贡品。难道他在这里这么不堪？或者他的规矩不是头七而是要到十五？又或者这个迪哥根本不是周亚迪？我不敢再想下去，我已经付出的精力和时间，注定我不愿意接受我的目标人物是个窝囊废。

我不远不近地跟在迪哥那群人后面进了牢房。这个人看起来也是四十岁上下，中等身材，周围也有四五个人簇拥着他，比起问我要烟的赵振鹏，似乎势单力薄了一些。看着他走进了我斜对面的一间牢房转过身，才看清他的脸，那是一张普通得扔人堆里就找不出来的面孔，无论如何也不像一个毒枭，倒像是个国内随处可见的工薪族。

我有些失望，居然就那么呆呆地看着“迪哥”，愣在了那里。他大概觉察到有人在看他，侧过脸朝我看来。当我和他眼神对视到一起时，我故意没有躲开，硬生生地和他对视了几秒钟。我想，必须开始为接近他展开行动了，我冲他冷冷地笑了一下，朝地上啐了一口。我不能再等下去了，不管他是不是周亚迪，我都要从他这里打开缺口。

我不知道他的仇家什么时候派第二个杀手来杀他，相信这只是个时间问题。我要赶在杀手之前接触到周亚迪，眼下没有别的办法了。

我觉得只要惹起事来就会有血腥，有了血腥就会招来豺狼。我坚信周亚迪不会是一个等闲之辈，只要在这座监狱里，是狼就一定会被血腥吸引出来。

他上下打量了我一眼，冲我微微一笑，并没有做出任何敌视的动作。而我像是讨了个没趣，只能悻悻地回到自己的牢房。当牢门锁好后，我站在铁门前朝他那边张望，只看到他的背影，坐在床上跟自己的室友说着话。

我摸出那根小铁棒，暗自在地面的石板上磨着。不论这个迪哥是否会来找我的麻烦，我都难免遭遇争斗，我站起来瞟了一眼赵振鹏的牢房，他果然正虎视眈眈地看着我。

除了尽快找出周亚迪之外，我最惦记的就是程建邦。我现在太需要有个人在外面接应我了，并在我茫然时给我建议，或者肯定我的做法。我已经耗费了太多的时间，当孤独伴着黑夜再次袭来时，我知道又一天要结束了，而我的任务却处于半停滞状态，心急如焚的我几乎就要放弃压抑内心的狂躁了。我企盼着天快些亮，企盼着冲出这牢笼来一场血腥又痛快的厮杀。

等感觉到两腮酸痛时才反应过来，不知不觉中已经将牙齿咬得咯吱直响。我想自己实在是压抑得太久了。

监牢里的鼾声渐渐响起时，大门突然发出一声巨响，紧接着灯全部亮了起来。我睁开眼用手挡着刺眼的灯光，适应了一阵走到门口朝下看，只见监狱长和几个狱警带着一个犯人站在楼下门口的平台上。我的位置太高太偏，看不清那犯人的样子，但这人八成会和我住在一间牢房，据我观察这里好像已经没有空位了。

果然，两个狱警押着那个犯人上了楼梯，朝我这边走来。那犯人低着头，步履有些蹒跚，大概来之前也挨过打吧。狱警老远就示意我往后退，我识相地坐回到床上。牢房的铁门“咣当”一声开了，背着光，看不清那犯人长什么样。他怀里抱着东西，被狱警搡了一把，一个趔趄进了牢房，站在那里拘谨地一动不动。

我的新室友抱着自己的东西缩在墙角，始终低着头，浑身微微地颤抖着，我还是看不到他的样子。狱警锁了门后下了楼，监狱长用手中的警棍在身边的铁质楼梯上“咣咣”地敲了几下，在夜里，那声音分外空旷且令人烦躁。

监狱长清了清嗓子说：“各位老大。”觉得这话有些耳熟，果然他接着又说：“大家看到了，又来了位新客人，所以，不好意思了，我要把老话再重复一次了。还是那句话，听过的也别嫌烦，没听过的得用心记好了，这关系到你在这里的安危。大家不用误会，我可没有吓唬各位的意思。”

我心想，这套说辞怎么也不换换，我来的那天他就是这么一套。说到这里，他像上次一样顿了顿，接着语气一变说：“我不管你们来这之前有多大能耐，在这里，我说什么，你们就做什么，不然别怪我做事不地道。”

他说完朝我的方向看了一眼，带着两个狱警走了上来。我心想，这新来的小子怕是要挨打了。我这么想着扭头瞥了眼还在发抖的新室友，正和他的目光对上，这人不是别人，正是那个害得我差点被枪毙的阿来。他显然比我更震惊，愣在那里张着嘴巴“啊”了半天没说出一个字来。

不等我说什么，他“扑通”一下跪在我脚下，捣蒜似的磕起头来，带着哭腔说：“大哥，我错了，你饶了我吧，我也是一时害怕，求你了，放过我吧。”

看到这一切，想想最近发生的事，我忍不住“扑哧”一声笑了出来，越笑越大声，索性敞开笑出声来。本来监狱长在往这边走，所有犯人都在往我这边看，再加上阿来这突如其来的一跪和我的开怀大笑，这间牢房瞬间成为焦点的焦点。连本来不紧不慢的监狱长和几个狱警也忍不住加快了脚步，想过来看个究竟。

看着地上这个险些置我于死地、此刻却如此狼狈的阿来，我想我怎么幸灾乐祸都不过分。尤其是按照规矩，很快他还将被揍一顿，我更是难以抑制地高兴，仿佛连日来的阴云都顿时不见了踪影。我是有多久没有如此畅快了？我扭头看了眼匆匆赶来的监狱长和狱警，监狱长正恶狠狠地瞪着我，我心中一凛，忙收起笑脸。整个监狱里瞬间恢复了平静，只有后头几个狱警赶来的脚步声。

我想，我可能得意忘形了，毕竟这里是异国的监狱，而我还是个刚满“头七”的新人。我赶忙轻轻踢了一脚脚下的阿来，咬着后槽牙压低声音说：“赶紧起来，不然我非弄死你。”

阿来迟疑地抬起头看了我一眼，哆嗦着抓着栅栏站了起来，他的左腿不太利索，可能是来之前被打伤了。牢房的门再次打开，监狱长铁青着脸站在门口，冷冷地看着我和阿来。他用橡胶警棍指着我的胸口说：“这么晚不睡觉，你失眠吗？”

我二话没说，扭头上床躺下。

监狱长对站在一旁瑟瑟发抖的阿来说：“你很怕他吗？”

阿来还没来得及反应，就被监狱长抬腿一脚踹到胸口。只听阿来闷哼了一声，整个身体向后飞去，撞到墙上发出“嗵”的一声，窝在墙角蜷起身子一动不动。

监狱长上前一步说：“你知不知道这里谁说了算？”

阿来抬起扭曲的脸说：“知……知道。”

监狱长抽出警棍径直朝阿来的软肋捅去。阿来挨了这一下后，我听到他只有出气没有进气了，身子越蜷越紧。曾经训练的经验使我对阿来此刻身体所遭受的痛苦感同身受，软肋是人体最脆弱的地方，就算用手掌趁对方不备来一下都足以让对方窒息，力道大些甚至会造成内脏损伤，更不要提用橡胶警棍以这样的力度攻击了。我有点同情起阿来来，至少在关键的时刻，他是站出来为我说了公道话的，不然我早就命丧黄泉了。我看了一眼监狱长，发现他并没有停手的意思。

监狱长盯着地上缩成一团的阿来说：“现在告诉我，这里谁说了算？”

我想，这个问题不论阿来怎么回答都会再次受到攻击，此时最好的办法就是装昏。可他接下来的表现，很显然就是个没有经过这种事的老百姓。他说：“是你，监狱长。”

果然不出我所料，阿来肚子上又结结实实地挨了一脚。监狱长说：“知道是我，怎么跪的不是我？”

这次阿来没有回答，看来不用装了，他是真的昏了过去。监狱长用脚踢了阿来几下，见他没有反应，转过身看了我一眼，在我脸上啐了口口水后，带着两个狱警转身锁了牢门离去了。

监狱里很快恢复了黑暗和平静，这种光线下我只能看到他的影子。我翻身下床，摸到阿来，探了探他的鼻息，非常微弱而且很不规律。

这不是一个好兆头，我不知道他之前受过什么伤，但仅是刚才那几下，一般人根本受不了。

我的确没想到，这里最狠的不是监狱里的犯人，也不是警察，而是监狱长。

2

不知道阿来的肋骨是否被打断，我不敢贸然动他，不然万一肋骨骨折，断裂的骨头很容易扎伤内脏造成更严重的伤害。我拍了拍他的脸试图将他唤醒，试了几次他都没反应。我一手端着他的下巴，另一手狠掐他的人中，他好歹慢慢缓了过来，长长地吸了口气。

我忙按着他的肩膀轻声说："别着急，自己慢慢动，告诉我哪里疼。"

阿来按着我的指示，慢慢地伸了伸胳膊和腿，最后活动了一下身子，刚一动就疼得失声叫了出来。这声惨叫在漆黑寂静的牢房中格外凄惨，不知谁叫嚷了一声："要死就快死，瞎叫什么，让不让睡了？"

我一股无明火从脑门喷出，转头对外骂道："你再给老子废话一句，明天就先弄死你，不信咱就天亮见。"

外面居然真的安静了下来，我不禁觉得奇怪，为什么我每次发怒，都是和这个阿来有关呢？我隐约有种不太好的预感。我不是怕与人发生争斗，只是这次连自己得罪的是谁都不知道，明枪易躲暗箭难防，要是我得罪的是一个喜欢玩偷袭的人，那我岂不是为自己平添了危险？

我下意识地摸了摸衣角里藏着的小铁棒，经过我几天的打磨，它的一头已经成锥形。这些天来，我知道了这里并没有搜身的习惯，那么是不是别的犯人也都或多或少地藏些凶器在身上呢？

阿来挣扎着从地上爬起来，我扶着他平躺在我的铺上，说："我帮你检查一下，疼得忍不住，你就吭声。"

他点了点头说："谢谢，你是医生吗？"

我挨个检查着他的胸腹部，幸运的是他的肋骨都没有断。我在他重要脏器的位置按了几下，从他的反应上看应该也没有内伤。我松了口气，说："忍着点吧，尽量睡，有什么话明天再说。"

他大概想说什么，听到我的叮嘱后倒也听话，闭上了眼。我将他的行李丢到上铺，简单铺开，爬上去没多久便睡着了。

监狱里有一个好处，就是晚上大家都被锁在牢房里，没人会出来偷袭你，所有的恩怨都集中在白天放风的时候。而我的室友阿来，怎么看也不像是个敢趁我睡着对我下什么狠手的人。

连日来定时的起床铃声为我建立了一个生物钟，每当起床铃响起前的十分钟左右，我都会自己睁开眼。整个监狱还沉睡着，各种节奏和音频的鼾声此起彼伏。我稍作缓释，猛然想起下铺的阿来，赶忙起身朝下看，见他还在睡梦中均匀地呼吸着，脸色还算正常。我轻轻从床上跳下，舒展了一下全身，背对着铁门，反手紧攥住身后铁门的钢筋，做了两组收腹动作。稍事休息后，转过身做了两组引体向上。

做完最后一个动作时，发现斜对面牢房里的迪哥一直盘腿坐在地上，抽着烟看我。见到我看他，他将烟头掐灭，站起身双臂抱在胸前站在门后。

紧接着起床的铃声响起，所有牢房的铁门"嘎吱"一声打开了。

看来这个迪哥也有自己的一套生物钟，而且比我的更加精确。加上他看我时沉稳的眼神，可以判断此人绝非等闲之辈。

很有可能，他就是周亚迪。

我没有急着走出牢房，因为我不确定昨晚呵斥我又被我反骂回去的人是谁。保险起见，我还是最后出去比较好，在这里，真正势单力薄的人是我。

我扭头看到阿来已经起来，坐在床上活动了一下，挣扎着站起身，冲我谦卑地笑了笑说："早。"

我指了指墙上那张印满字的守则，趁他看那张纸的时候，将小铁棒从衣角取了出来，系好布绳在食指和中指上绕了几圈攥在手里。我不知道出去将面临什么，也不知道昨晚到底得罪的是什么人，换句话说，一切都是未知。我担心的不是会有人来找我的麻烦，而是我不知道到底要做到哪个程度才能既解决眼前的麻烦，又不会让自己卷进更多的麻烦中去。我尤其担心自己在狱警的眼里显得太特别，万一做过火了，被调到别的监狱里就糟了。

这些担心就像无形的绳索束缚着我的手脚，可我已经没了退路。自从程建邦的抢劫被人截胡之后，一切都已失了控。本该推动事情进展的我，却被一个又一个的突发状况推着走，非常被动。

"现在是不是该去吃早饭了？"阿来看完那张纸问我。

我拿起饭盆朝外走，阿来一瘸一拐地紧跟在我后面。我说："你的腿怎么了？"

“膝盖受伤了，这条腿使不上劲。我叫阿来。”他往前赶了两步伸出手想跟我握手。我点了点头。他有些尴尬地收回手说：“秦哥，想跟你说句抱歉。我就是个罪人。见到你本来以为死定了，谁知道你还帮我……”他叹了口气。

他不说那事还好，一提起来，我又想起自己等待执行死刑的那些天几近崩溃的心情，心中不由得燃起了怒火。我反手一把掐住他的脖子按到墙上，他两腿乱蹬，直翻白眼。他越挣扎我越冒火，手下越发狠，掐着他脖子的手不停地加力，眼看他开始抽搐起来，我才缓过神来，忙松开手。他像是一摊泥一样瘫在地上，捂着脖子剧烈地咳嗽着。

看着他的样子，我诧异自己几时变得这般冲动和暴力，刚才如果我晚松手几秒，他可能就会被我活活掐死了。不久之前，我还会因为枪毙了死刑犯而两腿发软、寸步难行，什么时候起生命在我手中变得如此卑微？我松开手愣在一边，呆呆地盯着刚才掐阿来的那只手，暗暗惊叹于自己的变化。我似乎越发难以控制自己的身体和情绪了，这感觉就像我身体里本来就有一头野兽，之前我一直不知道，现在它被唤醒了，我说不清是我在驾驭它，还是它在驾驭我。

我使劲搓了搓脸，试图使自己清醒一些。

阿来的脸憋得通红，一边咳嗽，一边强装着笑脸冲我摆手说：“没……没事，你的手劲……可真……真大。”

吃了早饭后，我挑了个没人的墙角坐下来晒太阳。阿来一直跟在我身边，看得出他总想和我说点什么，每次话到嘴边又生生咽了回去。这么几次后，他像是死了心，放弃了和我聊天的想法，只是一言不发默默地跟在我的左右。

我远远地盯着迪哥，奇怪他为什么不来要我上供呢？虽然我还没想好他要是来找我的麻烦，我是该顺从还是反抗，但至少我可以借此机会问他的名号，确定他是不是我要找的那个周亚迪。

眼下的我，连个靠近他的理由都没有，如果我这么走过去拜码头是否会显得很奇怪？很显然在这里，赵振鹏要比他势力大些，按常理初来乍到拜码头，当然要选势力最大的。不过有一点是可以肯定的，拥簇在迪哥身边的这些人，八成在监狱外就和他有着千丝万缕的关系。

正想到这里，赵振鹏一行人朝我走了过来。我已经懒得去想该如何应对他了，只用手指摸了摸手心里的小铁棒。阿来看了一眼来势汹汹的赵振鹏，紧张地小声说："秦哥，有人过来了。"

赵振鹏走到我面前停了下来，看了眼一旁连头也不敢抬的阿来，说："哟，人缘不错，昨天还说这边没亲戚朋友呢，想不到这么快就结交新朋友了？那就赶紧上贡吧，四条烟，多了我也不要。"

我说："他不是我朋友，昨天不是说两条吗？怎么隔天就涨价了？"

赵振鹏还没说话，他身边的一个手下站出来说："小子，你问题还挺多的！两条是你孝敬鹏哥的，另外两条是换你命的，你昨天晚上吓到我了知不知道？"他佯装害怕地抚了抚胸口："不过算了，鹏哥一直教我，得饶人处且饶人，让你拿两条烟给我压压惊，我就当你昨晚上放了一个响屁。"

我侧过头看了一眼不远处的迪哥，他也正朝这边张望着。我忽然冒出个想法，如果我把这个赵振鹏办了，会不会吸引他的注意？算不算帮他拔了一颗眼中钉肉中刺？根据目前的事态看，他俩多少是有些过节的。

主意一定，我说："我这边没亲友，真拿不出来。"

一旁的阿来突然说："我给，我给，秦哥的烟我给，不过能不能宽限我几天？我家里人很快就来看我了。"

我冷冷地看了阿来一眼。他冲我笑了笑，又对赵振鹏等人说："我老婆最迟明天就会来看我，虽然我没坐过牢，但是规矩我懂，只求几位大哥能宽限我几天。"

赵振鹏说："早几天晚几天的我倒无所谓，可是我这个兄弟恐怕等不及，昨天晚上有人说今天要他的命，晚了怕是没那福分消受了。"

阿来看了我一眼，慢慢扶着墙站起来，脸上堆着谦卑的笑容，对赵振鹏直哈腰，说："我秦哥爱开玩笑，昨天确实是我不争气，没忍住疼，喊了出来，打搅几位大哥睡觉了，这事怪我，我每个月多孝敬几位几条烟吧。"

赵振鹏的一个手下指着阿来说："你是他的经纪人啊？"说着话抬腿

就朝阿来的头踢过去。

这一踢力道十足，就阿来那身体挨上这一下，不定会怎样。我伸出腿一脚踹在那人的膝关节上，帮阿来挡住了那一脚。我不等其他人反应过来，站起身对着那人头上太阳穴处，使出三分力气踢了一脚，那人哼都没哼一声便昏死了过去。我抬眼朝迪哥那边看了一眼，那群人的注意力果然被我吸引了过来。我又朝围墙上的岗楼望去，几个狱警像是发现了什么热闹似的，嘻嘻哈哈地朝这边张望。

我心中有了数，挡在阿来前面对赵振鹏说："要是没人惹我，我也不想惹事，还是那个每天吃饱后在这儿晒太阳的脓包一个。但要是有人惹我，我也不会怕事，逼急了，我杀人不眨眼。"

我说出这番话时，心中居然莫名地兴奋。刚才被我踢晕的人此时醒了过来，从地上爬起来，站在那里晃晃悠悠的，用力揉了揉自己的脸后，猛地从怀中摸出一根一指多长、筷子粗细、一头打磨得很锋利的铁棍，挥舞着朝我脖子刺来。

我向后退了一步，伸手一把抓住他握着凶器的手腕，反手一扭将他制住，那凶器的尖头正好对着他的鼻尖。细看那根铁棍，生生惊出一头冷汗，我以为我手里的小铁棍就算是凶器了，跟他的这个比起来，简直是小巫见大巫。我之前的猜测没错，这里很有可能每个人身上都藏着武器。

阿来惊慌的声音在我身后响起："秦哥小心！"

我余光一扫，一人居然拿着一把匕首朝我后背捅来。距离太近，速度太快，我无法完全躲闪开。只好一咬牙侧过身子，匕首擦着肩膀刺斜了，但还是划破了皮，血一下冒了出来。这一下激起了我的怒火，我一个后蹬，将拿刀的那人踹出五米多远。这一脚踹得我分了神，忘记了手里还扭着一个人的手腕。那人见我注意力不在他那边，一把抓住我的手张嘴朝我手臂上咬来。

肩膀上的伤并不重，倒是手臂被撕咬的疼痛让我红了眼。我一手揪着他的头发，把他的头往下按，收回刚才踹人的腿，一膝盖朝咬我那人的嘴狠狠顶去。

面前的所有人包括赵振鹏都完全被这一幕惊呆了。擒贼先擒王，我习惯性地转过身猫起腰一拳打到赵振鹏的软肋上，接着一脚结结实实地踢到他的下阴。赵振鹏捂着小肚子“扑通”一声跪倒在地上，痛苦地翻滚着、呻吟着。

其余人看到自己老大都倒下了，呼啦一下作鸟兽散状。我一把揪起赵振鹏的头发，使他露出脖子，看着他颤抖的喉结，我攥起拳头就想一拳下去结果了他，手腕却被一人牢牢地抓住。我手腕一翻，将那只手反制住，那人疼得“哎呀”一声跪了下来。我定睛一看，那人正是他们口中的迪哥。

他的手下见他被我制住，正要往上涌，他向那些人喝道：“都别动。”他指着被我扭住的手腕：“兄弟，轻……轻点，我这老骨头不经折腾。”他见我没有松手的意思，又说，“看在我长你几岁的分上，听老哥一句话，别闹出人命，留得青山在，不怕没柴烧，在这种地方……不值得。”

我翻涌的血气经过这一折腾，也平息了许多。我听他说得很诚恳，最重要的是，我来这里不是来打架的，而是要接近周亚迪。现在的情况很显然是最好的机会，唯一需要求证的是这个迪哥是不是我的目标人物周亚迪。我假装还在气头上，瞪着眼睛问：“你是谁？你是不是他们一伙的？”

迪哥忍着手腕被我扭着的疼痛，说：“敝姓周，周亚迪，兄弟你听我的，错不了。”

当然错不了，我找的就是你。

这句话几乎被我从心底喊了出来，我转念一想，做戏就要做全套，于是说：“我必须弄死他，不然他迟早弄死我。”

“你放心，他已经栽了，以后你说你是这里的老大，没人敢说个‘不’字，你相信我。”周亚迪朝围墙的岗楼上看了看，说，“没时间了，已经见了血，再拖延的话等下警察赶来就麻烦了。”

我假装犹豫地盯着周亚迪，又看了一眼正往这边跑的几个狱警，说：“反正已经这样了，警察来了也得打死我，不如我拉个垫背的。”

这时候不等周亚迪说话，赵振鹏说：“兄弟，你别冲动，我们这里有这里的规矩，你没事的。”

周亚迪点了点头说：“他说得没错。”

我这才松开手，放开了周亚迪和赵振鹏。

后来，我亲眼证实了他们所谓的“这里的规矩”。

面对狱警严厉的问话，周亚迪的一个手下指着那个被我一膝盖将铁棍插进鼻孔的人，对狱警说：“这人捡了一根铁棍，正打算交公，自己不小心摔了一跤，就把铁棍摔进鼻子里了。”

那人还在地上打滚，听到这话先是愣了一下，然后不知是疼的还是气的，停止了翻滚晕了过去，由被狱警指挥的两个犯人抬去了医务室。另外一个被我踹飞的人，早不知道把那把匕首藏到了哪里。见他们这么说都能过关，那我也没必要客气了。我指着自己身上的伤对狱警说：“我正在走路，前面那人突然摔了一跤，我一时没防住，被他绊倒在地。不知怎么回事，就摔出一个这样的伤口，我一疼就自己咬了自己一口，然后就有了这个牙印。”

周亚迪几个手下听完我的解释后，茫然地对望了一下，周亚迪假装咳嗽了一下，那几个人才忙忙点头说：“没错，我们亲眼看到的。”

狱警似乎很乐意听到这样的解释，说：“既然不是打架，我就不报告监狱长了，以后走路都小心着点。”

我们连连称是才将狱警打发走，我看了看肩膀上的口子，没大碍。赵振鹏在他的几个手下的搀扶下，踉踉跄跄地离开了。

周亚迪看着赵振鹏的背影，鼻子里“哼”了一声，拍拍我的肩膀说：“兄弟好身手，练过吧？”

我要说没练过也不会有人信，而且刚才用的都是擒拿手，明眼人一眼就能看得出来。我点点头说：“嗯，以前当过兵。”

周亚迪呵呵一笑说：“走，那边阳光好，去抽根烟聊聊天。”他的一个手下给我递过来一支烟，并帮我点上。

我一边跟着周亚迪走一边回头，看到阿来还愣在原地，便招呼他：“愣着干吗？走啊。”阿来咽了口口水，绕过地上的血迹跟了上来。

周亚迪说：“在哪儿当的兵？这身手不像是一般的大头兵啊。”

我低头抽了口烟，偷偷用余光瞥了他一眼，看得出他假装闲聊，实则在套我的话。这种毒枭对西南一定很熟，西北近两年毒品也很猖獗，他们应该也不陌生，东南我自己又不太熟，搞不好会聊出破绽，索性挑个最熟的。我说："北京，侦察兵。"

"哦，御林军啊，怪不得这么好的身手，佩服佩服。"周亚迪打着哈哈，又问，"怎么进来的？"

这个问题我早已准备好了，不论谁问起我，我就说在国内犯了事，怕坐牢跑到这里来的。无意中遇到阿来被人欺负，路见不平拔刀相助，一时失手才落到这般田地。

我正准备拽过阿来说事，转念一想，这么痛快地说出这些准备好的台词，会不会被他怀疑这些都是我事先准备好的呢？要知道，这毒枭过的可都是刀头舔血的日子，什么人没见过？在这种人面前露出破绽再容易不过了。

想到这，我抬起眼皮狠狠地瞪着周亚迪，没有作声。

周亚迪呵呵一笑，假意在自己嘴上打了一下说："你看我这大嘴巴，交到新朋友一高兴就忍不住话多，你别介意。"说话间，他已经把我带到他们平时晒太阳的地方，这里的地面上有一截没拆干净、裸露在地面上的石板地基。

他指着一块较为光滑的石板做了个请的动作说："坐下聊。"在这种地方，这样的"设施"不亚于外面的 VIP 专座。我没客气，一屁股坐到那块石板上。刚才那支烟也抽得差不多了，我将剩下的半截烟递给阿来。阿来接过去蹲在我的旁边，狠狠地嘬着那半支烟。

周亚迪手下又递给我一支烟，我夹到耳朵上说："留着晚上抽。"

周亚迪笑笑冲手下人打了个手势，那人从身上摸出半包烟塞到我手里，又递过来一盒火柴。我冲他点了点头表示谢意，对周亚迪说："你有什么话直说吧。"

周亚迪呵呵一笑说："兄弟多虑了，只是想和兄弟交个朋友。"抬起头看了看被高墙围绕的有限的天空叹了口气，感慨道："这种地方还能有什么事？"顿了一顿，像是突然想起什么，忙问："对了，还不知道兄弟怎么称呼呢。”

“秦川，秦始皇的秦，山川的川。”我不等他废话，又说，“这种地方，大家都喜欢当个老大，欺负个新人吗？”

周亚迪笑着摆摆手。“你也看到了，你把赵振鹏那伙人打得有多惨，正所谓山外有山、人外有人。”他揉着刚才被我扭过的手腕，伸过来说，“你看看，我就是劝劝架，都被你快要扭断了胳膊，你觉得我会在乎什么老大吗？”他不屑地笑笑。

我环视了一圈他的手下说：“那老哥的这些兄弟，不会都是老哥劝架劝来的吧？哈哈哈。”

周亚迪脸色微妙地一变，随即恢复了正常，速度很快几乎不易察觉。他笑着说：“秦老弟真是快人快语，不瞒兄弟，在外面我有些人缘，所以不管到哪，都有朋友愿意帮忙。”

我想了想，觉得我还是继续装二愣子比较好。“我不懂那么多，我就知道能关到这里来的，都不是省油的灯。我不想惹事，但谁也别惹我，”

刚才给我烟的那人一直在旁边听我们说话，这时上前一步，伸手指着我说：“你说话小心一点。”

我看着他的指头说：“冲着这几根烟的面子，我不和你计较，不然你这根指头已经不是你的了。”那人“嗖”的一下把手收了回去。我说：“下次你就没这么好的运气了。”

周亚迪板起脸，瞪着眼睛对那人喝道：“混账东西。”然后换了一副笑脸对我说：“秦老弟，别往心里去，都是年轻人，成天又待在这种地方，唉……大好年华都浪费了。”

我听着他的话，假装也很感慨，抬起头看着高墙和墙上的岗楼，摸了摸下巴嘟囔道：“对啊，总不能半辈子都耗到这里面，难道就没什么办法逃出去吗？”

周亚迪忙大声咳嗽起来，四下张望了一圈，说：“秦老弟，这话要传到监狱长耳朵里，可有的受了。”

想起监狱长在我刚来那夜的“特殊关照”，不由得揉揉自己的胸口，故意低沉着口气说：“他给我那两下，我迟早会要他还的。”

周亚迪赶忙拽着我的胳膊，低声说："秦老弟，强龙不压地头蛇，如今龙困浅滩、虎落平阳，当忍则忍才是。"

这时两个狱警朝我们走来，周亚迪用胳膊肘偷偷捣了我两下，摆出一副懒洋洋的样子。他的手下则各自抓耳挠腮，假装无所事事，晃着四处散开。

阿来紧张得低声问我："怎么办？是不是来找我们麻烦的？"我懒得搭理他，把耳朵上夹的烟拿下来放到鼻子前嗅着。

两个狱警走到离我们还有三四米的地方停了下来，目光在我们身上挨个巡视着。一个狱警喊了声："阿来。"这一声吓得本来蹲着的阿来一屁股坐到地上。那狱警用警棍指着阿来说："站起来。"

阿来浑身哆嗦着从地上爬了起来，点头哈腰地说："警官，什么事？我没干什么，就是在这里晒太阳。"他一边说一边一个劲地看我，好像巴不得要我站出来替他挡一阵似的。

狱警说："你太太来看你了，走吧。"

阿来忙连连点头，兴奋地冲我说："我老婆来看我了，秦哥，我先去，你们先聊。"又冲着周亚迪和他的几个手下一一点点头，才跟在狱警身后往外走。

周亚迪用下巴指了指阿来点头哈腰的背影说："秦老弟真是义薄云天，对坐牢的室友都这么仗义，甚至愿意为他闹出人命来，说实话，这么多年，我都没见过像秦老弟这样豪气干云的好汉了。"他见我有些疑惑地看着他，又补了一句："不瞒秦老弟，刚才一幕幕我都看在眼里的。"

"这么关注我？"我故意顿了顿说，"有什么事吗？"

周亚迪笑笑说："我钦佩英雄，你来的第一天，我就看出你不是个普通人，就想跟你交个朋友。"

我将手里那支烟叼到嘴上，点燃抽了一口说："我不觉得你是想和我做朋友，你总是这么和我说话，我觉得特别别扭。"

周亚迪顿时哑在那里，愣了一下之后，哈哈笑了起来。

一直到收监，周亚迪都在和我虚头巴脑地打哈哈，看得出他的确是想与我结交，但阅历也让他对我满心戒备。这很正常，没有超出我的常识，也就超不过我的应对能力，这样会让我更加踏实且自然地接近他、了解他，直到获取他的信任。

今天的收获太大了，大得像是一个惊喜，我需要不停地压抑自己内心的兴奋才能让自己不笑出来。自然，也就不会再奢求什么。

3

晚上在牢房里，阿来趁着熄灯前的光亮，一遍又一遍地整理着他老婆给他送来的东西，好几次想和我聊天分享他的喜悦。见我一直坐在一边闷头想着白天的事，他也不敢多打搅。

周亚迪给我的印象并不像一个恶贯满盈的毒枭，更像是一个唯利是图的商人，或许是我对毒枭的偏见太大吧。

不管是什么原因，他似乎对我很有兴趣，这让我对自己白天的表现十分满意。

我不信他真心欣赏我这个人，顶多觉得我身手好才想拉拢我，让我充当他的打手而已。

我想，他应该也清楚外面有人正在雇用杀手杀他，所以太需要有一个人能最大限度地保护他的安全。可在这种地方，他选择的范围太小了，我的出现对他而言，无疑也是一个惊喜。

无论如何，我算是和周亚迪正式接触到了，想想这些日子的经历，恍如梦中一般那么不真实。

看着冰冷的铁门和这狭小的空间，呼吸着这潮湿发霉的空气，不禁想起程建邦，此刻我很想对他说，我已经找到了目标人物，任务的成功只是时间问题了。我想，我可以趾高气扬地命令他，让他做一切我想让他做的事。我甚至想象了他接到命令时无奈的样子，我忍不住笑了。

阿来大概看我神情愉快，赶紧呵呵笑着说："厉害吧，我老婆给狱警塞了钱才带进来的，大过年的，得喝点酒。"

见阿来手里正摆弄着一个塑料壶，原来我刚才走神的时候，眼神正好落到那个壶上，而自己却浑然不知。阿来将壶递了过来，那是一个足有 1500 毫升容量的塑料壶，盛满了明黄的液体，听他的意思，里面应该是酒。

阿来拿过我和他的饭盆，往里倒了些酒，将其中一只饭盆递给我，然后毕恭毕敬地站在我面前说：“承蒙秦大哥连救我三次，这杯酒我敬你。”说完举起饭盆一仰脖将酒倒进嘴里，皱着眉头咧着嘴咽了下去，张开嘴发出“啊”的一声。

我看了看手中饭盆里的酒，想起阿来刚说“大过年的”，仔细回忆了一下，好像现在的确是中国的春节了。我说：“现在是过年吗？”

“明天就是年三十了。”阿来晃了晃自己手里的空饭盆说，“那个，我已经干了。”

我看了他一眼，端起饭盆尝了尝，居然是很醇正的白兰地。我一仰脖子，将酒干下。

明天就是年三十了，往年的此时，我们都会去基层部队与战士们一同欢度春节。这个时间应该还在布置联欢的会场，或者溜到伙房以帮厨为名偷吃几口。好久不曾喝酒，有些不适应，当火辣辣的酒滑过喉咙时，我忍不住咳了起来，强忍着没有把酒吐出来，倒是把眼泪给呛了出来。

阿来又递过来一支烟说：“来根，大陆来的红塔山。”他话音刚落，监狱的灯熄了，眼前的整个世界包括阿来的笑脸全部被黑暗瞬间吞没。

“刺啦”一声，阿来划着一根火柴，微弱的火光照着他的笑脸，今天他也格外的高兴。我点燃香烟抽了一口，他借着火光又在两只饭盆里倒了些酒，将快烧到手的火柴棍丢在地上。

黑暗中，听他轻声说：“你是我的贵人，我不知道怎么谢你。不怕你笑话，我本来想以后替你给那些老大上贡来报答你，不过现在看来也用不着了。连迪哥都那么欣赏你，别说在这里，就算是到了外面都吃得开。”

我看不到阿来的神情，听这意思他来之前就知道周亚迪这个人。我问道：“你认识他？”

“这一带谁不知道他？他可是在金三角混的大老板。”阿来压低了声音，凑到我的耳边说，“但是没什么人见过他。”

我说：“什么意思？”

阿来说："他一般不露面的，而且从来不照相。"

我想起电影《赌神》中周润发演的那个就从来不照相，唯一的照片还是个后脑勺，于是笑了笑说："赌神？"

阿来说："他们做的都是见不得光的买卖，赚了钱总不能窝在这深山老林吧？总得出去逍遥快活，要是人家都认得他的脸，还怎么出得去？"

我说："他这么嚣张，怎么还能被关到这里来？"

"这就不是我这种小人物能知道的事了，不过我劝你也别问，多一事不如少一事，知道的太多没什么好处，你看看我……"叹了口气不说了。我的眼睛此时也渐渐适应了黑暗，隐约能看到他举起饭盆喝了口酒。

既然这个阿来对这一带很熟悉，那他就可能有一些我需要的信息。就算是一个国家的情报机关，有时候也需要从小混混之类的线人嘴里找些可用的线索，现在送到我面前了，我得把他知道的东西榨干才行。

我想了想说："对了，那天那些人为什么要打你？"

阿来笑了笑，不作声。

我喝了口酒说："你不说就永远别说，当我多爱听似的，以后你嘎巴一下死在我眼前，我眼都不眨一下。"我把盛着酒的饭盆往他怀里一塞，一副打算睡觉的样子。

阿来见状顿时慌了，忙说："秦哥，你别误会，我是不知从何说起，我嘴笨。"

他把饭盆重新递到我手里，自己坐到地上，长叹了口气说："我想，我应该是无意间听到了不该听的东西，他们才下狠手的，那天要不是你出手救了我，他们真的会要了我的命。"他喝了口酒接着说，"其实我根本不知道他们在说什么，你说我是不是背时？是不是冤得慌？"

我琢磨了一下，心想：这阿来是不是喝多了，说话一点逻辑都没有。我说："你要是不想说就别说，都什么乱七八糟的。"

阿来说："我说的是真的，我是做酒生意的，捎带也开个了小酒吧。那天你帮我的那个地方，就是我开的酒吧门口。我的酒吧里有个地下酒窖，入口就在吧台里边的地上。那天下午，那个时间段一般不会上客，我就在酒窖里干活，听到外面有人喊'老板'，我想说赶紧上去看看，结果刚从出口钻出去，就听到有几个人在说话。他们听到我的动静，一拍桌子跑到吧台里来，其中一人上来揪着我的头发，一把就把我从地窖口里拖了出来，然后就打我，下的都是死手。”

我下意识地问了一句：“他们在说什么，你听见了？”

阿来说：“在说‘洪古’什么什么的，我也没存心要听。”

我一边喝着酒，一边听他说，似乎没有什么有用的信息，可是潜意识又告诉我，这里面有点什么是与我息息相关的。我伸手拍着阿来的肩膀，仔细在记忆里搜索着每一个能与他这段话的内容有关联的线索，就像是蹲在溪边徒手捕捉水中的小鱼一样，每次都觉得就要得手，每次又都被鱼儿从手边溜走。

我若有所思地说：“你刚说，你是做酒生意的？”

不知不觉中可能手劲又有点儿大，阿来大概是被我吓住了，点了点头说：“对，我就是个做酒生意的，跟这边黑白两道都不熟，只是自己开个酒吧。”

我自言自语地说：“你有个地下的酒窖，入口在吧台后面，你在酒窖干活，有客人来了，你出去，他们就打你？”

阿来点点头说：“嗯……不对，应该是他们觉得我听到了他们谈话，所以才打我，可我真的什么都没听到。”

我说：“不对，你听到他们说话了。”

阿来想了想说：“对，就听到什么‘洪古’，我都不知道这是个人名还是地名。”

记忆的大门像是瞬间被洪水冲开了一般，我想起那个废旧的矿场，想起那个打死郑勇的狙击手，也就是那次任务的目标人物，就是叫这个名字！

“秦哥，疼。”阿来痛苦地呻吟着。我忙松开手，歉意地拍了拍他肩膀上被我捏痛的地方。阿来揉着肩膀说：“然后，他们就使劲打我，说我偷听他们说话，要要了我的命。你也知道，我这身体哪受得了那种打，我当时以为我死定了，然后你就出现了。真的，要不是你，我真的死定了。”

我说："这一带叫洪古的人多吗？"

阿来还沉浸在对我的感恩当中，陡然听到我这么问，想了想说："这个名字柬埔寨那边是多，挺常见的。这里离金三角那么近，什么人都有。"他顿了顿又问，"秦哥，你知道这个人的来头？"

我说："不认识，我在帮你分析那些人为什么想要你的小命。"

阿来感激地与我碰了下酒，又说起后面的事，我才知道他是怎么进来的。警察抓了我之后，他怕连累自己，面对警察的询问，也怕那几人的同伙来继续找他麻烦，就咬定说是我跟那几个人在酒吧喝多了，发生了争执，他是劝架被打了的。这么一来，他的伤都是我打的，他成受害者了。后来看报纸说我被判了死刑，终于良心发现，去警察局自首翻供。这样一来，他就成了我打人行凶的共犯，再加上在法庭上陷害我做伪证，就被扔进来了。

说着说着他就涕泪齐下，不知是酒精的作用，还是真心觉得对不起我，总之说得一把鼻涕一把眼泪。

我却没心思听他絮叨，满脑子都是那个洪古。

再次提起洪古这个名字，竟然觉得那么遥远，仿佛是上辈子的事一样。或许是我想多了，这种东南亚小国，名字相同的太多了。也许在柬埔寨叫洪古就像在美国叫汤姆、在英国叫亨利一样，只是一个稀松平常的名字。

我不确定阿来听到的这个洪古是不是我关心的那个洪古，但是这个名字勾起了我的回忆。我也不知道是不是自己入戏太深，时不时总会模糊自己此行的目的。这是一个危险的信号，不论是空间还是时间，我脱离战友和上级都太远了。

我将饭盆里最后一口酒干了，说："周亚迪这个人你知道多少？"

阿来低声说："他啊，传闻可多了，这一带的人都知道他是做毒品生意的，在金三角是有头有脸的人物，听说因为争地盘的事，和那边其他人闹得很厉害。"

说着话，阿来要给我继续倒酒。"不喝了。"我拦住他，将信将疑地问，"这些你都是从哪听来的？"

阿来说：“我那个酒吧，在这一带也算是老店了，本地的各路人或者从山上下来的人，没事都喜欢来喝两杯，有时候多喝几杯，难免嘴一松就会说点什么出来。谁知道是真的还是在吹牛，我也不敢多问。”

“山上下来？什么山？”

“就是大家说的金三角，我们习惯说山上。怎么，秦哥对周亚迪感兴趣？”

“入乡随俗，我看他在牢里有点势力，我已经得罪了那个赵振鹏，没必要连他也得罪了，总得站个队。不是说多一事不如少一事吗？再说我又无所谓，我怕你白天挨了打，晚上回来疼得哼哼，会吵得我睡不好。”

阿来有些不好意思地抓抓头，说：“秦哥，你真是我的贵人，我真不知道该怎么感谢你才是。”

我说：“那还不简单，等出去了把你的钱分我一半。”

阿来一拍胸脯说：“别说分你一半，就是全部奉上我也没二话，只是……”说着叹了口气，低下了头。

我知道他在发愁他的刑期，于是问道：“对了，你被判了多少年？”

他耷拉着脑袋说：“十五年。”

我一拍床边说：“为什么你比我少五年？”

阿来忙说：“你放心，我先出去的话，一定找人花钱让你早些出来。”

我不屑地说：“你有那能耐怎么不现在就想办法把你自己弄出去？”

“太突然了。我老婆正在外面想办法，就是可怜她一个女人……”说着就哽咽了起来。

我不耐烦地说：“对了，那个赵振鹏，你听说过吗？”

他抹了把眼泪摇摇头说：“以前真没听说过这个人，也面生，应该没见过。”

我见他情绪有些低落，再加上没少喝酒，不适合再问他什么。“早点睡吧。”我躺倒在床上转过身背对着他。他应了一声，窸窸窣窣地收拾了几下，爬到上铺。

听到他还在断断续续地抽泣，我有些心烦，抬腿踹了下床板，阿来的哭声立刻停了，我翻了个身闭眼睡去。

4

第二天一早，走出大楼我就发现，所有的犯人见到我都有意无意地避让着，远远见我走来，就让开空当。每个人的眼神与我交会后，都迅速地闪躲开，他们的表现，使得我都能闻到自己身上恐怖的气息。我想，大概是昨天下手有点狠的缘故吧。

我没有主动搭理周亚迪，这个时候需要吊吊他的胃口，就算是将来混作他身边的一个打手，我也得是他最信任、最亲近的金牌打手。

我问阿来要了包烟，坐在墙根下晒太阳。阿来时不时地朝周亚迪那帮人那里张望，最后实在忍不住了，小心地看着我说："秦哥，是不是过去和迪哥打个招呼？"

我叼着烟，眼皮都没抬："你想去你去，我跟他不熟。"

阿来赔着笑脸说："这样吧，我去替你和他们打个招呼吧，你昨晚上也说，没必要和所有人都搞得那么僵。"我点点头。"那，我去去就来。"见阿来就要往那边去，我叫住他："你不是要去给他上贡吧？"

阿来支支吾吾的，半天没说出一句整话。我说："你要上就上你的那份，别和我扯上什么关系，不然让我知道了，我先把你拾掇了。"

阿来说："秦哥，我是为你好……"

我打断他说："不需要，用我再说第二次吗？"

阿来叹了口气说："那好吧。"

我淡淡地说："好，你给他上了贡，以后有什么事就去找你的迪哥。"我说这话，只是想看看这个阿来的忠诚度到底有多少。我太需要帮手了，哪怕是一个不能给我任何实际帮助、只是一个在精神上支持我的人，一个我可以相对比较信任的人。眼下只有阿来最接近这个人选，可他的软弱怕事实在让我难以信任。

阿来说："好。"

他说完这个"好"，我以为他会头也不回地投奔周亚迪去。谁知道他一屁股坐到我旁边，将藏在衣服里的香烟塞到我怀里，说："只要秦哥看得起我，我愿意跟你。"

我转头看他，发现他的目光破天荒地坚毅，这让我一时不敢相信自己身边坐着的，是那个胆小怕事、半夜躲在床上哭鼻子的阿来。“我身上没地方放。”我把烟丢还给他说，“对了，看见赵振鹏了吗？”

阿来眯着眼睛在院子里扫了一圈说：“好像没有。”刚说完就指了指我的身后，然后迅速站了起来，目光中满是惊恐。我转头一看，赵振鹏带着六七个人气势汹汹地朝我走来。

我本来太阳晒得正舒服，实在懒得动，但这种情况要再不动实在是不太明智。我摸出随身的小铁棒，将上面的布条缠紧手指，站起身迎了上去。我不想再被动到非要等对方先出手再还击了。

赵振鹏等人见我站起来，之前气势汹汹的脚步明显顿了一下，等我跨着大步往上迎时，有三四个人开始放慢脚步，走在最前面的感觉到了身后的人的迟疑，也放慢了速度。当冲锋的脚步稍微慢一拍，士气必然所剩无几了。我猜，昨天的场景一定在他们心里留下了深刻印象，毕竟那是血的教训，所以谁也不愿意冲在前面。我见势攥紧双拳，一边走一边活动脖子。

对面算上赵振鹏一共七个人，我并没有百分之百的胜算，能在自己毫发无损的情况下将他们全部击倒。赵振鹏是他们的灵魂，只需将他第一个用最迅速、最残忍的方式击倒在地，其他人的心理自然就会崩溃。而且还有昨天的阴影留在他们心中，这些也是为我加分的砝码。我唯一担心的是，这几个人中藏匿着高手或者更加凶险的武器，到时候给我来个措手不及，后果很难预料。

转眼，我与他们的距离只剩下不到五米，我甚至算准了攻击的方向和方法，只等靠近到一个合适的距离后果断出击了。气氛随着我和赵振鹏之间距离的变短，越来越沉重，我几乎都能闻得到，将要弥漫在空气中那熟悉的血腥味。

当我与赵振鹏的距离只剩下三米的时候，我正准备蹬足飞起一脚，就见周亚迪的身影一晃，挡在了我们之间。我的精神全都集中在赵振鹏身上，居然没注意到他是什么时候赶来的。

他就像一盆冰水泼到了即将引爆的火药里，瞬间让一触即发的火爆气氛缓和了下来。周亚迪脸上堆着笑，摊开双手说：“两位兄弟，难得这么好的天气，一起坐下来抽根烟聊聊天吧。”

赵振鹏慢慢推开周亚迪拦住他的手，对我说：“昨天被你打的那个兄弟，昨晚上死了，我来找你只是想让你给个交代。”

直觉告诉我，此刻我不能露出丝毫的迟疑。我必须做出一副就算是杀了人也满不在乎的样子，只有这样才能让我更加强势，让他们更加惧怕我。眼下的情形逼迫我不能在乎这里的人恨我，只要他们怕我就够了。况且周亚迪就在跟前，我必须得表现得更像样才可以。

主意一定，我也拨开周亚迪的手，对赵振鹏说：“人都死了，说什么都没用，我也不能等着你要我的命，不如你直说，你想要我怎么样。”

赵振鹏冷冷地看着我，额角的青筋跳了几下。他的身手我知道，并不能给我带来致命的伤害。我将目光放到他身边那几个人的脸上，所有与我对视的人全部避开了我的视线。我心里顿时踏实了许多，看来这群人习惯了仗着自己人多，其实没有一个敢跟我硬磕的。

气氛再一次紧张起来，我绷紧了神经，只等对方稍有风吹草动，立刻先下手为强。

周亚迪呵呵一笑说：“人死不能复生，昨天的场面我也见了，拳脚无眼，我相信这位秦兄弟也不是有心要谁的命。鹏哥，咱们坐下来好好谈。”

赵振鹏冷冷地看了周亚迪一眼，说：“怎么？迪哥人缘真不错，这才多久就兄弟长兄弟短的，看这意思，是要替他出头吗？”

周亚迪连连摆手说：“真没这个意思，我也没那么大的面子，我只是觉得大家都落难在此，真的没必要仇上加仇。”

赵振鹏说：“你挺喜欢讲道理的，好，那我就跟你讲道理。你的这个兄弟，杀了我的兄弟，我没有麻烦官家。现在我来向他要个交代，你觉得这哪里不合适了？”

赵振鹏的话说得有理有节，若换我自己面对这样的质问，还真的不知道怎么说。周亚迪呵呵一笑，说：“昨天的事情都知道，是你的兄弟先找这位秦兄弟的麻烦，而且先亮出了家伙，要不是我这秦兄弟反应快，恐怕现在死的就是他了，如果是那样……呵呵，鹏哥，你打算怎么交代？”

赵振鹏被周亚迪这一番话噎到那里，半天没吭声。周亚迪缓和了下口气，一手搭着我一手搭着赵振鹏说：“就当卖我个面子，坐一起好好聊聊，今天的香烟我请客。”

赵振鹏一把甩开周亚迪的手。“迪哥的面子的确大，一条人命，抽根烟聊聊天就解决了。就算我兄弟的命抵不上你迪哥的一根小拇指，但那是我兄弟，我不仅要给九泉之下的他一个交代，也得给其他兄弟一个交代，不然以后怎么混？”他转过眼看着我说，“不过迪哥说得也有些道理，人死不能复生，没必要再多添一条命。我觉得你说得更有道理，不会等着我要你的命，谁会坐等着别人要了自己的命呢？你不是问我怎么办吗？我现在告诉你，既不会伤害你，也不会要了谁的命，你觉得怎么样？”

我有点听不明白赵振鹏的话，兴许是这里的黑话？我瞥了一眼周亚迪，看起来周亚迪也是一脸茫然，我又看了一眼阿来，他比周亚迪更茫然。我说：“你想怎么样？”

赵振鹏冷笑一下说：“很简单，你把他的小拇指割给我，这件事就一笔勾销。”他伸出手指的是周亚迪，周亚迪笑盈盈的脸一下就变了，嘴角抽动了两下，下意识地将两只抱在胸前的手藏了起来。

我听周亚迪一口一个“我秦兄弟”，那是已经把自己当成我的老大了，那我就正好借着这事把这层关系搞再深些。想到这里，我说：“这不可能。第一，迪哥和这件事没关系；第二，也是最重要一条，昨天要不是迪哥，恐怕你现在尸体都硬了。人是我打死的，有什么能耐你冲我来。”我的态度很明确，既然道理说不通，索性狭路相逢勇者胜。玩文的我不行，耍狠斗勇，我相信这里没几个人是我的对手。

看来今天这一战在所难免了，索性趁这个机会一次把赵振鹏打服，一来能给自己换个清净，二来也算帮周亚迪扫清一个对手。

气氛再次凝重了起来。

我拳头刚攥紧，就见一个站在阿来身后的人一把勒住阿来的脖子，另一只手里多了一把乌黑的匕首，正对着阿来跳动的颈动脉。我认得那把匕首，那是军用的，刀刃上含有特殊的合成有毒材料，一旦割破皮肉，伤口很难愈合。

阿来被勒得呼哧呼哧喘着粗气，不知是憋的还是吓的，满脸连脖子都通红。我装作无所谓的样子，白了赵振鹏一眼不屑地说：“鹏哥，你可真给我开眼。先不说这么干多失你鹏哥的身份，就算你真想要挟我，是不是先得搞搞清楚这个人跟我到底什么关系？”看着赵振鹏不太自然的神色，我朝地上啐了一口唾沫，接着说：“要不是这个人，我怎么会沦落到这种地方？谢谢你替我弄死他。”我又转头对那个挟持着阿来的人说：“兄弟，你刀尖指的地方不对，那地方刺下去，血能喷到……那里。”我用手在三米开外的地方比画了一下。“刀尖立在锁骨上，往下刺，省的血喷得到处都是，鹏哥的衣服有人给洗，难道你们每个人的衣服都有人给洗吗？”我指了指赵振鹏的手下们，“记住，洗血衣要用凉水才洗得干净。”

阿来充血的眼睛满是惊恐地看着我，我面无表情地与他对视着，抵抗着内心的慌乱和紧张，生怕这些情绪会通过我的眼神把我出卖了。

赵振鹏冷冷地笑了笑，上前从那手下手里接过匕首，照着我说的位置摆好后，问我：“是这样吗？”仿佛等我确定之后，他就会真的刺下去。

没想到他会出这么一手，我不能用阿来的性命去赌，事情逼到这个份上，也没有多少时间容我去考虑。我在脑海中计算了好几次，都没有把握在阿来不受致命伤之前夺过那柄军用匕首，可是又能怎么样呢？难道真的去割了周亚迪的小拇指？

阿来发出几声“呜呜”的声音，匕首已经慢慢地刺破了阿来的皮肤，鲜血顺着刀尖渗了出来。我只好赶紧说：“一人做事一人当，你不是想要小拇指吗？这事跟迪哥没关系，不如切我的。”

我伸出小拇指向他动了动。我想先答应用一根小拇指换阿来一条命，争取时间和机会，就算没有任何机会让我翻盘，那么用我的一根手指换一条人命来暂时摆平这件事，还是很划算的。

赵振鹏说：“你？你得两根。”

昨天为什么听了周亚迪的劝没把他弄死？我忍不住斜眼瞪了周亚迪

一眼。周亚迪喉头动了动，神色有些尴尬。我点点头说："可以，但有个条件，我自己动手。"

赵振鹏说："好啊，割吧。"

我伸出手说："刀给我。"

赵振鹏笑了笑说："那可不行，我怕你。你空着手都弄死我一个兄弟，还差点要了我的命，我再给你把刀，你还不得把我们都弄死？"

我摊开手说："那你让我怎么割？"

赵振鹏说："用牙啃，用砖块砸，办法有的是。我只说要你的两根手指，我才不管那两根手指是整根的，还是肉酱一样的。"

我看了一眼周亚迪，希望他能给我个像样的工具，一个稍微锋利点的东西，能让我尽量不那么痛苦地满足赵振鹏的要求。我还没有变态到能够自己咬下自己的手指，当然，用石块砸的话太过痛苦，一旦决心不够，可能要砸第二次、第三次。想想都倒吸了一口凉气。

不知怎的，突然间又想到了宁志，如果换作他是我，岂不是更倒霉？本来就少了一根手指，这次再损失掉两根……想到这忍不住笑了，我想宁志应该走不到这一步，前一天那种情况，他才不会像我一样幼稚地听从周亚迪的劝告，他肯定会果断地把赵振鹏干掉。他常背的那句话是对的：对敌人的仁慈，就是对自己的残忍。我想，我错在把敌人的范畴划得太小了，在这里，所有阻碍我任务进行的，都应该是我的敌人。

周亚迪看似有些遗憾地冲我耸了耸肩。我搔搔头发，低头在附近的地面上寻觅，希望能找到一个像样的东西来。我必须拖延一下时间，如果能让赵振鹏放松警惕给我反击的机会，那么我必将使尽浑身解数结果了他。如果确实没有机会，那么只能按照他的要求做了。

可在这监狱的空地上，别说找到切割的工具了，就算是块称手的石块都难寻踪迹。疯狂的是，我居然在找一个切断我的手指的东西，我忍不住苦笑。

抬起头，我的目光落到了监狱大楼顶上，猛地想起我在楼西侧的墙缝里藏了一把医用剪刀，怎么把它给忘了？我顿时兴奋了起来。我得找到那把剪刀，只是那里很少有人去，不知我这样过去会不会引起狱警的怀疑。更重要的是，我无法确定那把剪刀是否还在那里。

从我站的位置到我藏剪刀的地方，应该有六十米左右。墙头岗楼里的狱警都在朝这边张望着，我们太吸引狱警的注意力了。

我走到周亚迪身边说："这里什么都捡不到，我想去那边看看。"

周亚迪看了看岗楼上的狱警，又看了看我，对赵振鹏说："鹏哥，你是不是非要这样？"

赵振鹏说："没错，而且最好快着点，放风时间也快到了，哨子吹响的时候，如果我还没有见到你这位兄弟的两根手指，或者是你的一根手指，那么别怪我手下无情。"

我看了下天色，估计最多还有半个小时。这时阿来挣扎着说："割我的指头吧。"

赵振鹏笑说："你可没那么大面子，要割也不会割你的指头，要么上面的大头，要么下面的小头，你选一个吧。"

"阿来，你闭嘴。"我吼了阿来一句，转头对周亚迪说，"我去那边看看，你要想帮我，就让你的兄弟们散开，不要让狱警盯着我就好。"

周亚迪盯着我的眼睛看了几秒钟说："好吧。"对他身边的一个手下耳语了几句。他那个手下点了点头，与周围几个人一阵交头接耳，就见有人挥拳在另一人脸上打了一拳，被打的人撒腿就跑，打人者紧追而去，其余人起着哄追上去看热闹。

周亚迪说："去吧。"

我看了一眼岗楼上的狱警，果然都被这场混乱吸引了注意力。我顺着墙边往西走，拐过弯，一眼就看到了藏东西的地方，依然残破。我看了一眼狱警，并没有人在注意我。赶紧快步走到墙边，背着坐了下来，反手拨开当初为掩盖剪刀堆上去的灰土和砖块。

当指尖碰到金属那特有的冰凉触感时，我悬着的心放了下来。

5

我坐在墙角，背着手，用指甲生生将固定剪刀的螺丝拧松，分解成两把"匕首"。也顾不上劈裂渗血的指甲，迅速将两把匕首分别藏在裤袋和袜子里，又随手捡了一个砖块塞进口袋。

做完这些，我刚站起来，就见岗楼上的狱警正朝我的方向转身，我忙转过身体对着墙，解开腰带撒尿。岗楼上的狱警大声冲我叫骂，我忙提起裤子，一边系腰带一边往回跑。

赵振鹏等人闲散地站在一起聊天，见我跑来，赶忙重新把匕首比在阿来脖子上。我走到他跟前，摸出口袋里的砖块在手里掂了掂，看着他说："你说话算话吗？"

他看了看我手里的砖块，嘴角露出一丝邪笑说："不如，你赌一赌？"

如果说在摸到那把剪刀时，我还想着只要救下阿来就给这个赵振鹏留条命的话，那么现在赵振鹏的这句话，就等于他给自己判了死刑。我笑了笑，计算着我与赵振鹏之间的距离，回忆着口袋里那半把剪刀的形状，估算出它被我当作飞刀丢向赵振鹏后，在空中将以怎样的姿势扎进他的脖子里。

而且我必须在"飞刀"丢出去后，迅速摸出另外半把剪刀，以最快的速度冲过去。上一次在训练场上丢飞刀已经是半年前的事了，训练时用的是形状对称的匕首或者枫叶镖。现在对口袋里那半把剪刀，我连八成的准头都没有。

为了防止误伤阿来，我还必须尽量往外丢。那么只有两种可能，直接刺中赵振鹏的脖子解除他的战斗力，或者打空。那样势必会激怒他，他会直接将匕首刺进阿来的脖子。

周亚迪等人见我回来，陆续赶了过来，将我团团围住。我说："都闪远点，别溅着血。"众人立刻向外散了散。

我一手插在裤兜里摸索着那半把剪刀，另一只手掂了掂手中的砖块。阿来看了我一眼，闭上眼睛将头撇到一边。他脑袋这一侧留出了更大的空当，将赵振鹏整张脸都暴露了出来。

我要把所有人的注意力都吸引到左手的砖块上，别去注意我裤兜里的右手。"有没有愿意赌赵振鹏说话是不是算话的？"我一下一下地掂着手里的砖块，说，"一注一包烟，麻烦迪哥帮我开个局。"

众人呆了一呆，很快开始交头接耳地下起注来。我心想，别说我的两根手指，就算是我的人头，也远不如几包香烟对他们重要。自己的生命尚且如此，我根本没必要去怜惜这里任何一个人的性命。我看了一眼阿来，心里很矛盾，为了救他而冒这个险，值得吗？

我眼前浮现出一个普通女人的样子，苦苦在异国他乡支撑着一间酒吧，期盼着每一个探监日来见自己丈夫一面，默默地等候着丈夫刑满归来。心里不禁一软，看了一眼手里的砖块，决定还是先救下阿来再说。

赵振鹏被我主动提出的赌局搞得有点蒙，眼神在人群中游离，大概想听听自己的信用赔率是多少吧。我摸出裤兜里的半把剪刀，稍微掂了下分量，呼了一口气，甩出小臂的同时虎口对准目标松开手指。

一闪银光从我手中飞出，直奔赵振鹏的喉咙而去，与此同时我抬起腿，从袜子里抽出另外半把剪刀一个箭步冲了上去。

终究还是不太称手，那道银光没有直接扎进赵振鹏的脖子，而是飞旋着掠过顿了一下掉在离他不远处的地上。赵振鹏被这突如其来的一击惊呆了，在我奔到他面前之前，脖子已经涌出了鲜血，那血随着他的心跳有节奏地往外喷涌着。

周亚迪也惊呆了，和所有人一样呆愣在了那里，大概是没回过神刚才发生了什么。

我见第一击已经成功，忙收起本想刺向他的第二击。趁所有人注意力都在赵振鹏身上，我随手把不明白状况的阿来一把推开，又将手中的半把剪刀藏起，顺势侧过身子，用肩膀将赵振鹏撞出三四米远，从地上捡起那半把剪刀，连同手中这半把，一股脑塞进赵振鹏的衣服里。

我想，我也用不着这些东西了，如果在这种境地下，用这种方式杀了赵振鹏以后，还有人敢跟我玩命的话，我只能认命了。

随着尖厉的哨声响起，狱警们从四面八方围了过来。我撤开赵振鹏几步蹲了下来，却见周亚迪一个箭步冲到赵振鹏身边，瞪着通红的眼睛看着赵振鹏，张张嘴像是要叫喊，又强忍了回去没说话。他转头用十分不可思议的眼神看着我，我冲他撇撇嘴，示意他赶紧蹲下，他居然还愣在那里，直到狱警来一脚将他踹翻在赵振鹏的身边，他还是盯着我在看。

我看着赵振鹏的血一滴滴地从担架上淌下，滴在前往医务室的路上时，开始担心起后果来。连着两天出了两条人命，不论在哪座监狱也不算是小事，问题是这会给我带来多大的麻烦。

赵振鹏被抬走时还没有丧命，但是我想，那只是一个时间问题了。

所有人都蹲在地上，双手抱头拼命将头压到最低，尽力避开狱警的盘问。周亚迪双手抱头趴在地上，死盯着我，全然没了昨天那种无所谓的神情。我意识到情况可能不妙。

这时候，我看到监狱长不知什么时候出现在狱警中，心中陡然一凉，后悔自己刚才意气用事。事情看起来远比我想象的严重。

“谁干的？”监狱长问道。

我屏住呼吸，心想被他打一顿或者给我加刑都无所谓，万一把我调到别的监狱，或者因为赵振鹏的死给我判了死刑，那才是最要命的。

只听一个熟悉的声音说：“我干的，是他问我要香烟，我不给，他就拿出刀想要我的命，我反抗的时候不小心把他弄伤了。”

我抬头一看，说话的竟然是阿来。

监狱长的目光在我们身上扫了一圈，冲身边两个狱警使了个眼色后转身离去。那两个狱警上前用警棍在阿来后脑狠狠来了一下，阿来一头朝前栽倒，被狱警架起来向狱警的办公区拖去。

这一幕来得快，去得更快，快得我完全反应不过来。看来所有人也都不知所措，狱警离去很久，还都抱头蹲在地上。我第一个站了起来，朝阿来被拖走的方向眺望着，看着他被狱警拖进了办公楼。转身见周亚迪还趴在地上瞪着我，我上前想拽他起来，他似乎还在震惊中没回过神来，我连着拉了两下他才从地上爬起来，呆呆地看着我说：“你把他杀了？”

我点点头说：“应该是。”

周亚迪不可思议地说：“就为了那个阿来？”

我说：“是，也不是。”

周亚迪似乎紧张起来，问：“那还为了什么？”

我说：“我看他是不会放过我的，我在这里也不是只待一天两天，与其成天防着，不如一次解决掉好了，踏实。”

“踏实？”周亚迪喃喃地反问着，神情颇为恍惚。

我心里一惊，觉得周亚迪的反应不太对。回想这两天的细节，隐约觉得他与赵振鹏似乎有某种特殊的关系。昨天我对赵振鹏下狠手的瞬间，他突然冒了出来。今天见赵振鹏被我下了死手，反应居然大到失了常态。

难道赵振鹏和他是一伙的？周亚迪还盯着地上赵振鹏留下的血迹在发呆，我确定了这个判断。

其实无论在什么环境下，一伙人凑在一起未必是最安全的，分成看似势不两立的两拨，骗过所有的人，彼此却遥相呼应，基本上就没有什么能瞒得过他们了。

我不禁倒吸一口凉气，如果我的判断是正确的，那么这些毒贩子绝非我想象中那么简单。也就是说，我面对的敌人不仅凶残，而且狡诈。

按照这个推断，无形中我又为自己平添了许多麻烦。

周亚迪对我失去了之前的热情，尽管那种热情原本就是虚假的。直到回牢房的铃声响起，他都没有再和我说一句话，也没有任何眼神的交流。

坐在漆黑又安静的牢房里，心绪却无法安宁。我开始担忧起阿来的命运，不知道狱警会用怎样的手段对付他，也不知道他能否挺得过去。我担心他为我而背负的罪名会要了他的命，搞不好受不了皮肉之苦又供出我来。那样的话，意味着我的任务再一次失败。

不管怎么样，他在整件事里像是一件牺牲品，生死只在我的一念之间。这些想法在我脑中越想越凌乱，很难理出个头绪来。这让我很烦躁，我好像失去了基本的是非观，完全不知道自己的所作所为是对还是错。回想今天的事，好像无论怎样做，我都是错的。

香烟在手中一支接一支地燃尽，而这黑暗中的牢笼就像一头巨兽，正一口口地吞噬着我，我却连挣扎的力气和方向都没有。

我想，我迷失了。

想起程建邦曾对我说，必须相信上级，在绝望的时候这是唯一的信念。可是现在的我，已经将上级交给我的任务执行得偏离了轨道，而且回不去了。

我本想解决掉赵振鹏后，从此高枕无忧，一心一意地跟周亚迪混就好了。从现在的情况来看，一切恰恰相反，我反倒把自己逼到了绝路。就算阿来不供出我来，很可能在天亮以后，整座监狱的人都会坚决地站在我的对面，成为我的敌人。

那晚，我一夜没睡的结果就是做好了任务失败的心理准备。我想再坚持几天，如果周亚迪那边真的因为赵振鹏的死开始对付我，并且无法挽回的话，我必须扔出我人生中的第一面白旗，为自己的职业生涯画一个句号。因为我知道自己终究不能胜任这个任务，继续无谓地坚持下去，只会给全盘计划拖后腿。想起当初在学校那个意气风发的自己，不由得苦笑起来，或许我根本不是这块材料。程建邦对我能力的怀疑是正确的，徐卫东这次真的看走了眼。

早上，若不是狱警用警棍敲我的牢房的铁门，我都不想出去了。外面成了一个我无法面对现实的世界，那个世界有一轮红日，只要一出去，我所有的自尊都将像见不得阳光的僵尸一般，瞬间就会化为乌有。

我活动了一下麻木的脖子，抬起头看着狱警。他说："你朋友来看你，跟我走。"

我盯着他翕动的嘴唇，有点不太相信自己的耳朵，呆呆地看着他："啊？"

狱警没好气地说："跟我去接见室。"

我跟在他后面问："确定是我？不是阿来？"

狱警停下脚步回头上下打量了我一眼，我赶紧跟了出去。我在这里哪来的朋友？会是谁呢？程建邦还在狱中服刑，唯一的可能就是使馆的老刘？我兴奋得差点叫了出来，一定是上级知道了我的境况，来接我回去的。脚步不由得也轻快了起来，不觉中竟然走到了狱警的前面，觉得不对赶忙停下脚步，回头看到狱警瞪我。我对他笑了笑，给他让开路说："对不起对不起，有点兴奋。"

走出大楼，我再也没心思去观察其他犯人的神情。昨晚我最关心的还是天亮以后其他人对我的反应，现在我已经不在乎了。不到一百米的路，怎么那么漫长啊？最要命的是，这狱警似乎是故意要跟我作对似的，走得那么慢。

这个时间段接待室里空荡荡的，一道铁栅隔开了监狱与外面的世界。一个人低着头坐在铁栅外面，听到我进来也没有抬头。得到狱警的首肯后，我三步并作两步走过去，他却只给了我一个头顶。

狱警用警棍敲了敲铁门，示意我坐下。

那人缓缓地抬起了头，我的呼吸连同浑身的血液瞬间凝固了。

6

“怎么样？见到我有没有见到亲爹的感觉？”程建邦一脸贱笑地看着我说。我吃惊地张着嘴巴说不出一句话来，呆呆地看着他。他说：“怎么成这副德行了？看来你们这儿条件不如我那里好嘛。”

我的舌头像是浇筑了水泥，愣是一个字都说不出来。

他标志性地轻蔑地瞥了我一眼：“看你这德行，还是先让你哭一鼻子吧，放心，我肯定不说出去。”

我的眼泪真的就大颗大颗地落了下来，哭得像个受了高年级同学欺负的小屁孩。

“你来真的？”程建邦见我这副样子，显得有些不知所措。

“你死哪去了？”我终于在抽泣的间隙冒出了一句。抹了把眼泪，调整着呼吸让自己尽量平静下来。

程建邦说：“好了好了，差不多得了，我这不是来了嘛。”

我说：“你不是半年吗？怎么这么快出来了？”

程建邦看了一眼我身后的狱警，低声说：“他说半年就半年？那你被判了二十年，难道你还真打算在里面待二十年？”他手上做了个数钱的动作。“花了钱，就提前出来了。行了，时间有限，别扯没用的了。”他突然用陕西口音说，“你现在啥情况嘛？”

我用四川口音说：“见到人了，不过老子惹到麻烦了，恐怕他们要跟老子翻脸。”

程建邦用河南口音说：“啥情况，你说清楚。”

我来回交替着用了好几处的方言把这里的情况大概和他说了下，然后问他周亚迪的详细情况。他摸出香烟拆开包装在上面画了一个人像，的确和我所见到的周亚迪差不多模样。

他想了想，示意我看他的手指，然后一边和我闲聊，一边用手指敲着莫尔斯密码：杀手就在监狱里，具体情况不明，可能随时会动手，其他情况一概不知。

我用手指敲道：请给我指示。

他敲：找出杀手干掉，保护周亚迪，等待进一步指示。

我敲：杀手经纪人难道不知道杀手的情况吗？

他敲：对方找了不止一个经纪人。

我敲：你怎么知道？

他敲：少废话，按我指示行事。

狱警走过来指了指墙上的挂钟，示意时间要到了。程建邦拿出一个袋子递给狱警，悄悄往狱警手里塞了一沓钞票，然后对我说："好好改造，争取宽大处理，早日重返社会做一个有用的人。"

此情此景，我已开不出任何玩笑了。等狱警检查完袋子，我抱着袋子站起身走了两步，又回头看他。程建邦举起右手在自己右边眉毛上一掠而过，戏谑的目光里透着坚毅。我知道，他在用这种方式给我敬礼。我不由自主地挺直了身板，迈着大步走出了接见室。

一个人在什么都看不到的黑暗中摸索，最可怕的就是什么都没有摸到。那种被本来属于自己的世界抛弃的感觉，可以不费吹灰之力地击垮任何一个顽强的灵魂。在见到程建邦之前，我深深地感悟到这一点，并也走到了崩溃的边缘。不夸张地说，他的出现宛如一丝晨曦，给予了我力量和方向。

我在狱警的监视下，把程建邦带来的那包东西放回牢房，随后被带到外面放风。我没有理会任何人的眼神，独自找了个僻静的墙根坐了下来。

我想我得重新审视这里的一切，之前在混乱和盲目的心情下，必然对有些事判断失误或忽略。我扫了一眼，就在周亚迪总待的地方看到了他和他的几个手下。尽管距离足有五十米，我还是能感觉到他在注意着我。其实，以我现在的情况，怎会不被人注意呢？连着两天，一天一条人命，其中一人还是这里的一个老大。嗯，我都有点佩服自己了。

程建邦说杀手已经在这里面了，那是什么时间进来的呢？如果是在我之后进来的，那就只有阿来一个……无论如何我都无法把阿来这样一个懦弱的人与杀手联系到一起。

如果是在我之前进来的，我必须打探出最近入狱者的先后顺序。我估算了一下这事的难度，太大了，无论是时间考量上，还是身为一个杀手的耐心，都不允许我去做这种排查。兴许没等我找到嫌疑的对象，周亚迪已经成为别人的刀下鬼了。既然不能主动出击，那么只能被动防御了。如果我始终伴随在周亚迪左右，以我所接受的安保训练，在监狱这样环境相对简单的地方，保护一个被杀手威胁的人，不是什么困难的事。

我朝那边看了一眼，昨天到现在，他对我的态度转变得有些大，我应该像个正常人一样去搞明白原因。只有继续接近他，我才有机会重新得到他的青睐。我站起身向周亚迪走去。他的手下紧张起来，纷纷站起身看着我，又不停地回头等候周亚迪的吩咐。周亚迪倒是没有任何夸张的反应，也没有给自己手下任何暗示，只是静静地看着我。

为了能够表现出我的善意，在距离他三米左右的地方，我停了下来。这是一个安全的距离。

我们对视了足足一分钟，周亚迪伸手拍了拍他旁边的空地，示意我坐下来。我正要过去，他的几个手下拦在了我的面前。周亚迪说："你们不是他的对手，让开，让他过来。"

那几个人看上去很不服气，极不情愿地让开一条路。我走过去坐在他旁边，开门见山地说："请迪哥指教。"

周亚迪大概还没想好该用怎样的态度迎接我，眼神里各种复杂。我想，作为一个刀头舔血的人，不论怎么谨慎都无可厚非，我不想他的多虑加深我接近他的障碍，索性坦诚一点。我递给他一支烟，他看了看我手里的烟，又看了看我，接了过去。他在这里并不是缺香烟抽的人，能接纳我的烟，表明对我还保留了余地。我心中微微一轻，看来他对我还存有一丝希望。

我划了根火柴，用手掌挡着风，帮他点燃那支烟，借此向他表达了我虚心求教的诚意。他抽了口烟，若有所思地望着远方。我轻声说："迪哥，我是不是哪里做得不对？请明示。"

周亚迪还是沉默着，抽了几口烟后，突然扭头看着我说："你到底是什么人？"他的眼神里显露出我平日不曾见过的锋芒。

我迎着他的眼睛说："我不明白你的意思，不如，你问得直接一点。"

"我是克伦族联盟的。"周亚迪直直跟我对视着，神情坚定地问，"你呢？"

来这里之前，徐卫东给我讲解的资料里提到过。克伦族是缅甸的一个少数民族，所谓克伦联盟实际上就是金三角一带丛林中的一支反政府武装，这个联盟有几个分支，最著名的就是克伦族解放军。我愣了一下，周亚迪为什么要跟我提起这个组织，并主动承认他属于这个组织？我又很快反应过来，作为一个在中国犯了法跑路到这里来又坐了牢的角色，是不需要知道这么多的。我顺着那股傻愣劲，问："什么联盟？什么意思？"

周亚迪问："你犯了什么罪？在那边。"

我说："打架，出手太重，出人命了。"关于我的来历，我早已准备好了说辞。以我在这里的所作所为，失手打死人是顺理成章的事，简直都不用编就很像了。

周亚迪接着问："什么时候的事？打死的什么人？为什么动手？"

他一连问完这三个问题后，大概自己也觉得不太合适，表情有些尴尬，他很快意识到这点，忙强装出一副无所谓的样子。这些虽然都被我看在眼里，但我没有表现出来。我也不能一股脑地回答他问的这些问题，这些问题的答案早就有了，而且每一个都被我斟酌过无数次。我知道，我回答得越痛快，可信度就越低。

"迪哥这话怎么跟那边的警察一样一样的？"我轻轻哼了一声，"我不知道你刚说的那个什么联盟，我也不知道你把我当成是什么人，既然你不信我，不管我说什么你都会怀疑。说什么交朋友，呵呵，都是虚的。"我说这些只想能激到他，让他能够重新接纳我，或者想接纳我。事情到了这一步，我想不出除此之外的方法了。

我给自己点了一支烟，心里热切地盼望着他能说点类似抱歉的话，或是哈哈一笑，表示英雄不问出处。但他没有，依然坐在那里抽着烟，望着远方。这一局大概真的没有办法挽回了，一切只能从长计议。只能在一旁保护他不要被那个杀手干掉。那样虽然难度更大一些，却是目前可知的，唯一可以获取他信任的办法了。

我狠狠抽了几口烟，站起身将烟头丢在地上踩灭，拍了拍身上的灰尘说："看来迪哥是不信任我，我也不想问为什么，就这样吧。"我伸了个懒腰，大摇大摆地朝自己来时的地方走去。

"秦老弟，等等。"周亚迪叫住了我。

我心中一喜，停下来，心中略一思量，装作满不在乎地回过头说："迪哥不用再问了，既然不是朋友不是兄弟的，我的事和你也说不着。就算是朋友或者兄弟，我的事也得我想说的时候才说，而不是为了获取谁的信任而回答问题。"

周亚迪的脸上终于恢复了往日的笑容，笑呵呵地站了起来，走上前拍拍我的肩膀说："秦老弟多虑了，我就是随便问问。我比不了你，你是见过大世面的，我这么多年都窝在深山老林里，突然见了一位你这样的英雄，你得允许我好奇一下吧。"

我没接他的话，只是看着他，希望他能快些把客气话说完，然后说点有用的。与此同时，我不能对他的挽留表现出太大的喜悦。我觉得自己像一个化学实验室里做实验的学生，所有的情绪和表情就像试管中各种颜色、各种属性的液体，我必须按照需要精确地将它们配比、融合或者分离，稍有差池便会前功尽弃，甚至发生爆炸。关键是，我还不能表现出任何紧张和不安，要装作轻车熟路的样子。

"秦老弟，"周亚迪拍拍我的肩膀，伸过右手来，神情严肃地说，"看得起我，以后就是兄弟。"

看着他的手，我明白，我可能赢了。

我用余光扫了一眼他的手下们，那些人的目光中多少有些嫉妒或是羡慕。我说："我还是不明白我到底怎么得罪了你。"

周亚迪将手往前伸了一下，眼神鼓励我与他握手。我想，与他的握手，加上他刚才说“以后就是兄弟”这样的话，应该是一种契约，一种与他成为“自己人”的契约，我与他握了手，就算与他签了这份契约，他自然会告诉我只有自己人才配知道的事。

我伸出手握住了他的手。我知道，这次握手对这个世界而言根本不值一提，就算在这座监狱里，也很快会被人淡忘，但是对我而言意义深刻。为了这一刻，我和我的战友们付出了太多。

周亚迪对他的手下说：“我和我的兄弟聊会儿天，你们不用跟来了。”

我们并肩避开了其余人，沿着监狱大楼的墙根溜达，就像两个老友在散步。他说：“你以前没听过我的名字？”

“你知道的，我跑路到这里没几天。以前在内地真没听过你的名字，进来了才听阿来说过你的一些事，知道你是这里的大哥级的人物。”我看着他略有疑惑的神情，忙补了一句，“就是昨天替我扛事的那个。”

“哦。”他点了点头，“那你知道我是个毒贩子了？”

“我跑来这儿，就是图这里够乱，乱才有我生存的空间。再说，谁不知道什么情况，有名头的有几个不是干这个的？”说着，我递给他一支烟。

周亚迪笑了笑，接过烟点上，说：“秦老弟是个爽快人，那我也不兜圈子了。我看重秦老弟的人品和身手，想和你一起做些事，你知道我指的事是什么。”

我说：“身手嘛，我也不瞎谦虚了，一般人真不是我的对手，说到人品……”

周亚迪笑了笑说：“我看人很准的，不说别的，只看你对那个叫阿来的兄弟，就看得出你是个仗义的人，仗义的人在什么时代都稀有。况且，昨天你还为了保我的手指，不惜去要赵振鹏的命。”

我正要问他为什么对赵振鹏的死那么紧张，他伸手将我拦住，说：“我知道你想问什么，你先回答我，愿不愿意和我一起闯闯。”

我想了想说：“我判了二十年，就算有什么想法，怕也只是想想了。”我抬头看了看拉满电网的高墙，苦笑着摇了摇头。

周亚迪狡黠地一笑："我的刑期和你差不多，不过我打算提前出狱。"

我当然知道他不会真的服满刑期才出狱，只不过不确定他是打算越狱，还是靠外面的力量来劫狱，不论是哪一种，都不会是小动作。这些天我也观察了这座监狱，防守谈不上多么严密，但真想赤手空拳地越狱，简直就是找死。若是有人来劫狱，必定会有枪战，毕竟他们贩毒组织是草头军，万一敌不过警方，周亚迪在这过程中出了意外，那我才是真正的前功尽弃。

周亚迪大概看出我的疑惑，拍拍我的肩膀说："放心吧，我都安排好了。"

我想，这个时候我也不必问太多的问题，他也不想告诉我细节。于是说："能出去当然好，如果能出去，我愿意跟迪哥去见见世面。"

"好。"他再次重重地拍了拍我的肩膀，四下看了看说，"估计不用我说，你也知道干我这行的危险，所谓富贵险中求，以老弟这样的人才，不富贵，老天都不答应。"他指了指天，显得很是高兴。

我说："你之前和我说的那个什么联盟，是什么意思？"

7

周亚迪收起笑容，说："克伦族联盟是缅甸的一个反动武装组织，分好几个派系，不管他们什么目的，不是都得吃饭穿衣吗？就算要去和政府军干，不也得有枪支弹药吗？他们得到的支持毕竟有限，所以就和我们谈起了买卖，他们保护我们的生意，我们给他们上供。"

我想了想说："这和我有什么关系？"

周亚迪干笑了两声说："不瞒秦老弟，我之前本来有怀疑你是仇家的人。"

"仇家？"我嘟囔了一句。

"我做的这行生意利润仅次于军火，多少人盯着，有竞争就有生死。"周亚迪递给我一支烟说，"后来我怎么看都不像，如果你是仇家派来杀我的，以你的身手，我早死好几次了，而且你根本没必要为了那个阿来惹那么多麻烦。"

我说："哦，所以你怀疑我是你说的那个什么联盟的？"

周亚迪说："你别见怪，这些年，牛鬼蛇神遇到太多了，不提防着点，恐怕早就见了阎王。那个联盟是反政府的武装组织，我怀疑你是缅甸政府的人。他们恨我们这些资助克伦联盟的人，恨得要死，现在我在坐牢，是杀我最好的机会。"

我心想，你恐怕不知道你仇家派来的杀手已经来了吧。

"但我从你的眼睛里看得出，你不是他们的人。"周亚迪话锋一转，"至于赵振鹏……"说到这里他停了下来，看了我一眼，抽着烟似是在做什么决定。

我说："要是不方便就别说了，反正我知道打今天起跟着迪哥混就是了，我知道有些事不是我该知道的。"

周亚迪笑笑说："秦老弟别误会，我在想该怎么跟你说。"

我摸出一支烟，自顾自地点上，无所事事地左右看了看，等待他做出一个是不是对我说的决定。

他一咬牙说："其实也不是大事，赵振鹏和我是兄弟，我们是故意分成两派相互掩护的，这里那么多人，你根本没法分出敌友，只有我们分散开，站在彼此的对立面，才能没有死角。"

果然和我猜测的一样。

我装作似懂非懂地低头琢磨，默默地点了点头。好一会儿才一拍大腿说："完了，那我不是犯了大错？"我装作一副后悔莫及的样子，就差直接哭出来了。

周亚迪一手搭在我的后背说："事情已经发生了，也不能全怪你，是我疑神疑鬼才搞成这样。而且，你也是为了保我的手指和你的兄弟才出的狠手。"我装作失魂落魄，一言不发地站在那里。他看了我一阵，才说："秦老弟不必过于自责，鹏哥应该没死。"

我几乎不敢相信自己的耳朵，瞪着眼睛看着他："真的？"

周亚迪慢慢地点了点头："狱警里有我买通的人。"

我心中一寒。如果狱警里有他的人，那么今天程建邦来看我的事迟早会被他知道。那样的话，我该如何解释？我一个逃犯初来乍到，怎么会在这种地方有朋友？只怪自己和程建邦会面的时候大意了，竟然忘记和他统一一下口径。还有一个问题，那我是该主动对周亚迪谈起这事？还是等他知道后来主动问我？或者他根本不会问我，只把这件事当作一个我身上的疑点，有必要的时候会不动声色地去调查我？那是最糟糕的局面。

周亚迪见我半天不作声，又说："放心吧，鹏哥不会责怪你，反而会很欣赏你。"

原来，他以为我担心赵振鹏没死还会来报复我。我索性顺着他的话说："罪还是要赔的，他怎么处置我我都认。毕竟从头到尾都是我处处对他下死手，反倒是他真的没有对我做什么，可能只是试探我。"

周亚迪听我这么说似乎很欣慰，连连含笑点头："秦老弟真是个明朗的人，我真的没看错你，可惜是在这种地方，没酒没肉，不然一定要热闹热闹，尽尽兄长之谊才是，也不枉你叫我一声迪哥。"

我说："那出去以后，迪哥帮我补上。"

周亚迪高兴地连连说好："今天真是高兴，晚上回去，我们喝两杯。"

我说："说起酒，我牢里也有，是阿来的老婆给他送来的，只可惜不能对饮。"

周亚迪笑笑说："是吗？"

看着他一副志在必得的样子，我猜他可能要与阿来换牢房，来跟我同居一室了。说起阿来，我说："对了，我那个阿来兄弟会怎么样？"

周亚迪说："既然鹏哥没事，他又是你的朋友，而你是我的兄弟，你说他能有什么事？"

我放下心来说："虽然我是被他害进来的，但他也是个可怜人。再说了，要不是这么一来，也不会认识到迪哥，我还得单枪匹马地在外头瞎混。昨天他还替我扛了事……这的确让我挺意外的。"

"这么一说，这阿来也算是个有情有义的人。"周亚迪笑着点了点头，"对了，你说你是因为他坐的牢，是怎么回事？"

我重新点了一支烟，与周亚迪在墙根坐了下来，将我和阿来怎么前后进来的大概说了一遍。这事不用编，都是现成的，特别自然。周亚迪听完微微一笑，感慨道："都是缘分。"又皱起眉头低声说，"你说他是听到有人说'洪古'这个名字才被人打的？"

见他对洪古这个名字提起了兴趣，我心头一紧。虽然当初听阿来说起时，我真的希望这个洪古就是压在我心头的那一个，那样如果运气好，我就有可能顺藤摸瓜找到他解决掉，以此告慰郑勇和孙强的英灵。又始终觉得这不可能，毕竟这是两个截然不同的任务，怎么会有那么巧合的事。

我说："嗯，怎么？迪哥认识这个人？"

周亚迪一笑："这边叫这个名字的人多了，谁知道他说的是哪个，我就认识两三个。"

我见他前后表情差距很大，料定他必定认识一个不那么平凡的洪古，但这个时候不便细问，只好把疑惑先压在心底。

今天似乎是个收获的日子，面对着累累的硕果，我几乎有些应接不暇。这些日子蒙蔽在心里的阴霾，一下就云开雾散了，我靠着墙根闭上眼睛，竟觉得有些困了。我想，今晚我能睡个好觉了。

当我意识到我在这满是重刑犯的监狱里，在我目标人物的身边，居然就这么放松了精神的时候，我一激灵睁开了双眼，直起腰来警惕地望了望四周。周亚迪诧异地看着我，显然是被我吓了一跳。

"你的脸色不太好，怎么了？"周亚迪打量着我问道。

我平息着呼吸，编了一个谎："打了个盹，梦见我被枪毙了。"

周亚迪看着我笑了笑说："秦老弟果然是豪气，这种环境下都能睡着。"

"有什么不能睡的？你在我还担心什么？"说着我伸着懒腰打了个哈欠。

周亚迪用胳膊肘捣了捣我说："看，那是谁？"

我顺着他的眼神望去，见医务室的门口，赵振鹏脖子上缠满了纱布，坐在轮椅上正朝这边看着。在他身后，两个狱警抽着烟闲聊着。

我仔细回忆了昨天的情景，心想，自己的手是越来越没准头了，按我的判断，那半把剪刀飞出去，不论从力度到角度，对目标而言都是致命的。如今目标只休息了一天就活生生地坐起来了，我再在这里待下去，可真就废了。

其他人似乎也注意到赵振鹏的出现，纷纷望向他，然后看看我。周亚迪说："那位阿来兄弟应该也快出来了，你放心吧。"

他这副胸有成竹的样子并没有给我带来多少慰藉，反倒让我觉得不安，这让我感觉自己像个不入流的小人物。如果这是一盘棋的话，我应该是那个棋手，眼下的我却像极了周亚迪和赵振鹏手中的一颗棋子。

周亚迪告诉我的一切都很有限，连冰山一角都算不上。我更明白，我在他眼里只配知道这么多。或许我刚才高兴得太早，目前的形势远不是我能够放松的时候。

接近周亚迪，对整个任务而言，只是万里长征的第一步。为了这第一步，我付出得太多太多了。

如果说耍狠、博取眼球获得他的赏识就能接近他也算一种经验的话，那么这种经验每个在校园里争取过老师青睐的学生都有。接下来关于博得他的信任这一点，我的经验值是负数。

仔细想想，我获取过谁的信任呢？徐卫东给予的信任我自己都不知道是怎么得来的。至于宁志，先不提大家知根知底在一所学校那么多年，还一起出生入死过，就算抛开这些都不说，我们有共同的信仰，有着共同的誓言和抱负，足以让任何人摒弃杂念，信任自己的组织、战友和搭档。

可是周亚迪呢？我该如何得到他的信任？现在又多了一个赵振鹏。从昨天赵振鹏被我攻击后周亚迪的表情就看得出，他对赵振鹏这个人有多么看重。我想，如果有一天我死在周亚迪面前，他的迟疑是不会超过三秒钟的。

我不知道周亚迪和赵振鹏之前经历过什么，恐怕我永远也不能替代，那我必须让他比信任赵振鹏更加信任我才行。只不过我现在还不知道该怎么做。

就算徐卫东现在出现在我的面前问我：秦川，你的任务执行得怎么样了？我会说：我已经和目标人物周亚迪结识了。他会继续问：接着你打算怎么办？我也会说：我不知道。

我用余光瞥了一眼身边的周亚迪，他正跟远处的赵振鹏对望着，俩人仿佛在用这种方式交流着什么。我心中更茫然了，如果说之前我打算放弃是因为没有人接应我，而我又寻求不到组织帮助的话，那现在，我没有任何理由或者借口不继续。如果抛开时间的因素，周亚迪不愿跟我说更多，是不是我哪里做得还不够好？我不知道我一味地逃避那些敏感问题，是不是真的有帮助，是否会让周亚迪觉得我在刻意逃避一些问题呢？那样一定会起到反作用。哪些问题是该追问的，哪些问题是该放一放的，我又该怎么评判？

我得冷静下来，把自己所受过的训练、所学过的全部知识都拿出来梳理一遍，选出此时能用得上的。教官们在教我们那些知识的时候说过，如果我们是枪，那么这些知识就是子弹。我现在需要的只是找出口径合适的子弹而已。仅此而已。

那么，首先我得先定好自己的位置。

我是一个在国内误杀了人的逃犯，历经千辛万苦逃到这里是为什么？我得先搞清楚选择这里的理由是什么。

我在脑海中给自己规划了一条路线图：我是在北京当兵，误伤人命之后自然要逃跑，往人口众多而便于隐藏的南方跑。我搭大货车到了河北，然后到了河南，再坐火车跑到了广东，以我的身手和反侦察能力，躲开追查是很容易的事。我本想偷渡到香港，到那里才发现要花很多钱。只能从广东又跑到了广西，广西与越南交界，相对宽松的边境是很容易越过的。我不敢在那里停留，我需要一个更加纷乱的环境，一个乱到中国的追查令永远也到达不了的地方。那么只有缅甸，而且还得是缅甸与泰国的边境，最终最好的结果无疑就是这里。

我来这里还有一个原因，是听说很多年前的一个发小在这里做生意，我打算投奔他，他就是程建邦。这样就说得通了，万一周亚迪问起来监狱探望我的人是谁，我就可以这么告诉他。

这样，起初我来到这里时，没有程建邦的联系方式，只能到处打听，在打听他消息的过程中遇到了阿来那事，然后阴差阳错地坐了牢。程建邦可能是从报纸上看到了我被判重刑的消息，于是前来确认是不是我。那么这一切就说得通了。

接下来，这样的一个我最期盼的是什么呢？一定是自由和财富。我千里迢迢跑路到这里，不是来坐牢的。

当我得知了自己可能有机会提早出去的消息后，我最迫切想知道的，应该是重获自由并发财享福的具体时间了。

我把这一切仔细在脑中重新过了一遍，又完善了一些细节，觉得没什么问题，是主动提问的时候了。我递给周亚迪一支烟，然后自己也点了一支，抽了一口后问道："迪哥，有句话不知该不该问。"

周亚迪把注意力从赵振鹏身上转移到我这里，看了我一眼说："什么话？尽管问。"我假装犹豫着。他似乎比我着急，啧了下嘴说："秦老弟，我印象里你不是这么不痛快的人。"

"你说我们会提前出狱，我想知道是什么时候，我在这里一天也待不下去了。"我顿了顿，不等他说话，接着说，"我知道你有你的计划，要是不方便告诉我，也没关系。"

周亚迪低着头沉思了一会儿，手搭着我的肩膀说："不瞒你说，具体时间我本来是定了的，但是现在鹏哥受了伤，恐怕计划得延后了。"

我叹了口气说："真是过意不去。"

周亚迪呵呵一笑说："能得到秦老弟这样的人才相助，就算再多关两年也值得。"

我心说，别啊，你耽误得起，我还挺忙的呢。我说："迪哥别这么说，我还有一事相求。"

周亚迪看着我的眼睛说："你是想带着你那个阿来兄弟吧？"

这个周亚迪果然不一般，我这点心思居然被他看了出来。我说："就像你刚才说的，出去要补上酒肉，才不枉我叫你一声迪哥。阿来也叫了我几天秦哥，而且还替我扛了事，我不能就这样丢下兄弟自己走，那样我一辈子都睡不好觉的。"

"哈哈哈。"周亚迪笑着拍着我的肩膀说，"真是够义气，你可别忘了，若不是他，你可能也不会被关到这里来。"

我接道："要不是被关到这里来，我也不会认识你。"

"都是命数。"周亚迪叹了口气，双手合十说，"我信佛的，佛家也讲个缘分，你放心，既然你秦老弟开了这个口，我怎么能说不呢？"

我忙说："谢谢迪哥。"

周亚迪抽了口烟，将烟深深地吸进肺里，缓缓地从鼻孔中喷着烟，幽幽地说："不用谢我，真的。以你的本事在这种地方，即便不是我，也会有别人带你出去的。有件事你可能不知道，这座监狱就像是战国时代的客栈，卧虎藏龙，所以很多大老板都愿意派人来这里招募门人。"

他忽然冒出这么一句，着实出乎我的意料，让我一时不知如何作答。

8

当晚我回到牢房还没坐稳，铁门"咣当"一声又打开了，周亚迪抱着一个纸箱站在门外笑眯眯地看着我。等狱警锁好牢门离开后，我自觉地将自己的行李丢到上铺，将下铺让给了他。

周亚迪说："换过来是为了说话方便些，你放心，阿来出来后去我那间，我打过招呼了，都是自己兄弟，不会亏待他的。"

话虽说得这么好听，可我宁愿相信他搬过来只是为了更加近距离地考察我而已。无论如何，我心里一块石头落了地，之前我总担心那个还没有暴露的杀手会在我无法留意的情况下动手。现在我不用担心这个问题了，只要我做到与周亚迪形影不离，我就有信心一直保护他到越狱。

熄灯后，周亚迪居然从他抱来的纸箱里拿出酒和卤肉来。他往我的饭盆里倒满酒，推到我面前说："今天过年，先凑合吧，等到出去后，我通通都给你补上。"

"过年？"我失声叫道。

"嘘。"周亚迪忙示意我收声。

我木讷地端起饭盆与周亚迪碰了一下，喝了口才发觉居然是中国白酒，而且度数不低。烈酒像一团火炙烤过我的食道，落在胃里燃烧着，我脑中只有刚才听到的两个字"过年"。

曾经因为自己的身份，我无数次想象过在各种条件下过年的样子：

或在边防武警哨所里罐头就着脱水的蔬菜；或无酒无肉，一碗热面而已；又或是只身一人，身处异地他乡，遥望漫天烟火。唯独没有想过会像现在这样，在牢房里与一个毒枭“欢度春节”。

要不是周亚迪提起，我几乎要忘记世界上还有“春节”这样一个特殊的日子了。

思绪像苦寒之地的冰雪，沉寂在内心深处，等待着被遗忘。此刻被一口烈酒融化，从涓涓细流渐渐变成汹涌澎湃的浪潮猛烈地冲击着我心房的堤坝。那看似坚固的大坝，在这样的冲击下变得不堪一击，随时都会崩塌。

我努力回忆之前的那些春节的情景，记忆里却是模糊一片，我说不清记忆里那些或温馨或欢乐的场景是真实存在过的，还是根本都只是我的梦境或幻想而已。那一刻，我在现实与梦幻之间迷失了方向，所有真实的记忆和梦中的场景混在一起快速地翻滚着。

一切都像是真的，又都像是假的。

昏暗的牢房中，周亚迪那张熟悉又陌生的脸正对着我，嘴巴一张一合地在说着些什么。我使劲晃了晃昏昏沉沉的脑袋，迫使自己尽快从迷失中醒来。

“秦老弟，你没事吧？”周亚迪凑近我问。

我摇摇头，口舌僵硬，竟说不出一个字来。他疑惑地端起饭盆喝了一口酒，咂咂嘴说：“酒没什么问题啊。”

我知道自己一定失了态，但我无法控制这突如其来的情绪，敷衍道：“我二十三岁了。”

周亚迪愣了一下，呵呵一笑说：“我整整大你二十岁啊，秦老弟真是年轻有为，可谓前途无量。来，我祝你前程似锦。”他举起饭盆在面前晃了一下，扬起脖子灌了两口酒下去，又捏起一片卤肉丢进嘴里嚼着，看着我摇着头说：“想想真是后生可畏啊。”

我见他兴致很浓，很想借着这特殊的日子和这些酒与他多聊聊天，从而获取更多可用的信息。可不论我怎么努力都无法让凌乱起来的心情平顺下来，甚至无法组织出一句逻辑合理的话来，只好端起饭盆一口接一口地喝酒。

周亚迪说："别光喝酒，吃些东西，不然很快就醉了。"

我看了一眼那堆在夜色中看起来黑乎乎的卤肉，没有半点胃口。只是不停地喝酒，好似只有饭盆中这刺激的液体才能勉强按住我狂跳的心脏。

不知过了多久，我倒头睡去，朦胧中周亚迪叫了我两声，我无力应答。他窸窸窣窣地收拾了一下，爬到上铺，没多久便传来均匀的鼾声。我这才想起，我睡的下铺在不久前刚刚让给了他。不过这时我也懒得去纠结这个问题，眼下最让我烦恼的是我这动不动就会失控的情绪。

转眼，我已经二十三岁了，不再是那个十几岁的莽撞少年了。不论我肩负着怎样的任务，我首先得对自己的年龄负责。我以为我已经做到了像个真正的男人那样去思考、去拼搏，像个真正的战士那样去战斗。

直到刚才，当我听说今天是春节，心中那把看似华美坚韧的利剑断裂之后我才明白，我心里的那柄剑只是由我自负的臆想锻造而成，看似坚韧锋利，实则只是虚有其表，经不起真正的撞击。我必须得摒弃所有杂质，重新认识和审度自己，哪怕是以往让我羞于承认和面对的一些东西。从此在心中重铸一柄剑，一柄经得起任何考验的重剑，悬在自己的前方，既能警示自己，又能击溃外敌。

我猛地睁开眼，望着牢房漆黑的四壁，酒气上涌，只觉得整个世界天旋地转起来。我赶忙从床上爬起来，伸着脖子干呕了半天，眼泪汪汪却什么都没吐出来。

周亚迪被我的动静吵醒，坐在床上问："秦老弟，你没事吧？"

我说："没事，空着肚子喝了太多酒。"

周亚迪叹了口气，从上铺跳了下来，倒了一饭盆水递给我说："真是仗着自己年轻就乱来，我跟你讲，身体搞坏了，就什么都不灵了。"

我接过水灌了几口，不等他再说别的，直接说："迪哥，我实在待不住了。"

周亚迪沉默了一下说："想家了吧？"

我蹲在地上一声不吭。

“我理解的，每逢佳节倍思亲。”周亚迪叹了口气，“对了，秦老弟，你家里还有些什么人？”

终于，我还是没有躲开这个我一直有意无意在逃避的话题。并不是我对自己的家庭有什么难以启齿的隐私，而是我的家人已经无形中成为我最后的防线，温暖且脆弱，神圣而不容任何侵犯。我觉得在这种地方根本不配去想念他们。

当周亚迪突然触碰到这个话题时，我忍不住出离愤怒。我无法允许一个毒枭在监狱的牢房里问起我的家人，我恨不得冲上前将他按在地上，一拳接一拳地把他的嘴巴打得稀烂，让他再也说不出一个字来。

我的沉默让周亚迪误以为我想起了什么心事，他拍拍我的肩膀说：“秦老弟，别误会，随便聊天，随便问问的。”

我努力平息了一下心绪，借着夜色掩饰着脸上的表情，说：“父母都在，都是普通工人，还有爷爷奶奶，也不知道他们现在怎么样了。”

周亚迪说：“吉人自有天相，过些年赚够钱，把他们都接到泰国好好孝敬，总比在内地受苦好。”

我只觉得周亚迪的那张脸忽然变得狰狞而龌龊。我不信他能真心为我好，无非是想让我的家人全部在他能够触手可及的地方，随时可以像赵振鹏挟持阿来一样，用我家人的生命安全来要挟我，使我真正成为他的一条狗。我明知道这些他根本做不到，还是无法抑制自己去想，不觉中竟然攥紧了拳头，只等他再说出什么击破我最后的底线，扑上去将他撕扯成碎片。

“来，抽根烟。”周亚迪递给我一支点燃的香烟。

我看了看他，长长地呼了几口气，尽量使自己心情平稳下来，说：“那我们什么时候出去？”

周亚迪说：“不要急，再忍耐几天。”

我说：“几天？”

周亚迪呵呵一笑说：“这个要看天时地利人和的，最主要要看鹏哥的恢复情况。”

我本想借着酒劲逼问出他越狱的具体时间，然后好通知程建邦，好提前做准备。谁知他先是问及我的家人，绕开了话题，又接着说起差点被我弄死的赵振鹏，把皮球踢回给我。如此一来，之所以定不下越狱的具体时间，只是因为我下手太狠，把一个关键人物搞成了重伤。

此时，我除了对赵振鹏的事表示歉意之外，也没什么别的好说，只能作罢。抽完烟，我的心情也恢复了平静，佯装抱歉地对周亚迪说："迪哥，真不好意思，大半夜吵得你没休息好。"

周亚迪拍拍我说："都是自己人，还客套什么？"

"你睡下铺吧，我到上面去。"说完我爬上了上铺。

第二天吃过早饭，周亚迪将我介绍给他的那些手下。我跟他们一一握手，顺便试了试他们每个人的手劲，这些人的腕力都不足以成为一个杀手。刚才周亚迪在给我介绍这些人时，都不忘告诉我这里每个人分别跟了他多少年。最短的是一个叫丹的缅甸人，跟了他四年，最长的是一个叫阿桥的华人，跟了他七年。

看起来周亚迪很信赖这些人，换言之，杀手混在这些人之中的可能性不大。这让我喜忧参半。喜的是周亚迪的危险至少不在身边，忧的是一日不确定谁是杀手，这个杀手就还将继续隐身下去。

我跟这些人坐在一起闲聊着，一边观察着这监狱里的每一个人，希望能发现一些蛛丝马迹，找出藏匿在此的杀手露出的马脚。连着抽了好几根烟后，还是没有半点收获。

这时，不远处一个熟悉的身影朝我走来，那正是阿来。我下意识地扭头朝医务室的方向望去，果然看到赵振鹏扶着轮椅站在医务室的门口朝这边张望。

阿来先是冲周亚迪打了个招呼。周亚迪上前拍拍他的肩说："秦老弟可是很挂念你啊。"

从阿来走路的姿势来看，他应该没有遭到严重的殴打，脸上也没有比较严重的伤痕。看来周亚迪这帮人是讲信誉的，更看得出，他们的确缺人缺得厉害，为了争取我的加入，居然可以忍受我那么对赵振鹏的事。

阿来走到我面前叫了声："秦哥。"

我点了点头。周亚迪走过来说："你们哥俩先聊，我去撒尿。"

厕所距离这里将近一百米，而且一直不停有来来往往的人。我站起身说："我陪你去。"

周亚迪眼里滑过一丝感激，说："不用劳烦秦老弟，让丹跟我去好了。"

我看了一眼那个黑黑瘦瘦的缅甸小伙，心里有些不踏实，说："没关系，正好起来溜达溜达。"

我站起来伸了个懒腰，阿来自觉地走在了我身边，我们跟在周亚迪和丹的身后走到厕所门口。丹先进去看了一眼，赶出来几个人，对周亚迪说："迪哥，里面没人了。"

周亚迪点点头，一边解腰带一边往里走。我和阿来守在门口。丹见周亚迪进了厕所，皱了皱眉头说："我也撒泡尿去。"也钻进厕所。

我双手抱在胸前问阿来："他们没打你？"

阿来笑着说："没怎么打。"

我伸手在阿来胸口捶了两拳，他龇着牙冲我乐，的确如他所说，狱警们没怎么打他。"秦哥。"阿来四下看看低声说，"这下这里没人敢惹你了吧？"

"不一定。"我用下巴指了指医务室门口的赵振鹏。阿来顺着我指的方向望去，脚底下一软，若不是我伸手扶着他，他真的会瘫坐在地上。

"他，没死？"阿来有些不相信自己的眼睛，吃惊地说。

我说："要是死了，你还能没事人似的站在这儿？"

阿来揉了揉眼睛，又看了远处的赵振鹏几眼。"这……这下怎么办？"他把声音压得更低说，"迪哥不会看着他乱来吧？"

我见他吓得脸都白了，不禁有些奇怪当初他替我顶罪时的勇气是哪来的，于是问："你怕什么？又不是你把他打成那样的，你替我顶罪的时候，怎么不怕？"

"我承认自己没出息，可当时你是为了救我，而且不是第一次救我，我要是再当缩头乌龟，还是人吗？"阿来顿了顿又说，"我也不完全是怕，我只想安安稳稳地坐完牢，回去过我的日子，不想招惹那么多是非。"

我说："那我得告诉你，那个赵振鹏和迪哥是一伙的。"

“啊?”阿来大惊失色，意识到声音有些大，忙捂住自己的嘴。他正要问什么，就见丹从厕所里出来，看了我们一眼说：“迪哥要解大的，我去给他找根烟。秦哥，麻烦你守一下。”

丹不等我回话就快步走了，我摸摸口袋说：“我有烟。”

谁知丹听到后非但没有回头，反而加快了脚步。我心说不好，脑袋“嗡”的一声，推开面前的阿来冲进厕所里。就见周亚迪裤子褪在膝盖下，头朝下，直挺挺地趴在地上一动不动。

第七章

越狱

1

我赶紧上前将他翻过身来，他的脖子大幅度地歪向一边，我伸手摸向他的颈动脉，没跳动了。

周亚迪被人大力扭断了脖子，丹居然就是我一直在找的隐藏的杀手！

看着周亚迪毫无生气的脸和发紫的脖子，我一时难以相信眼前发生的一切。这次任务的目标人物居然在我眼皮底下死了，是不是意味着任务以失败结束了？那就是说，我之前所做的一切都是无用功。我懊恼地站了起来，狠狠踢了墙根一脚。一抬头，看到了站在厕所门口目瞪口呆的阿来。

此时厕所外响起嘈杂的脚步声，我意识到还有更要命的麻烦来了——丹是瞅准了这个机会下的手，目的是把杀周亚迪的事栽到我身上。我作为一个新入狱又新入伙的新人，周亚迪的那些手下当然会信丹的指控。最要命的是，赵振鹏和周亚迪是一伙的，那么之前这看似水火不相容的两伙人在得知我是凶手后，必然会义无反顾地站在一起，将矛头一致指向我。

更要命的是阿来，他居然在惊愕之余，脱口问道：“秦哥，你为什么要杀迪哥？”他边说边往后退，眼神里满是惊恐，一直退到厕所门口，“嗖”地窜了出去。

看来无论如何，一场恶战在所难免。我突然有些厌倦这样的事，可越是厌倦，这种事就来得越生猛。厕所外一片嘈杂，估计已经集结了几十号人。他们没有直接冲进来，无非是因为我狠辣的身手让他们心生畏惧。

我摸遍自己衣服的每个角落，没有摸到那根小铁棒，大概是昨晚翻上翻下的时候掉在牢房里了。四周看了一圈，没有任何可以用来攻击的武器。外面那些人跟了周亚迪这么多年，没点能耐周亚迪也不会将他们带到监狱里来，而且他们手里一定会有凶器。我要是手里有个家伙，可能还有一线生机能活着离开这里，否则必定会在这大过年的时候，在异国他乡监狱的厕所，丢了命。

我一边暗骂，一边狠狠地踢了周亚迪的尸体一脚，猛地想到周亚迪的命好歹比较重要，身上应该会带有防身的东西。我忙蹲下身子将他浑身上下摸了个遍，也没找到什么防身的东西。

看着这简陋的厕所和地上毒枭的尸体，我不禁苦笑起来。想不到我一身抱负、大好年华，最后竟然落得这般田地。

我正打算横下心杀出去时，回头看了一眼地上周亚迪的尸体，心中一动，快速在大脑中构思了一个计策，不管有用没用，总得搏一把。我蹲下来，看着他青紫的脸，很诚恳地说："迪哥，为了能给你报仇雪恨，也为了免得我被人冤死，只能得罪你，最后和兄弟演出戏赌一把吧。要是成功了，看在你还算照顾我的分上，以后清明什么的，烟酒纸钱我都包了，要是失败了，呵呵……"我不知道该怎么继续说下去了。我已经沦落到要给死人承诺的地步了吗？

我从地上把周亚迪的尸体架起来，将他的一只胳膊搭在我的肩上，半抱半扛，让他看起来像是一个受了重伤的人，而不是一个死人。我歪头看了一眼他耷拉在我肩头的脑袋，轻声说："要是失败了，我的任务就彻底失败了，我连给上级的承诺都无法兑现，自然也就不能给你承诺什么了。所以，一定要成功。"

人死以后全身每个关节都没有丝毫力量，就像一块软塌塌的肉，死沉死沉的。最轻松的方式应该是拦腰抱着他，可是那样效果会差很多。

为了让他看起来还没有死，只有搀扶着出去是最佳方案。

想到这里，我一用力将周亚迪的尸体往身上扶了扶，他的脑袋跟着惯性甩动着，重重砸在我的腮帮子上。我一边搀扶着尸体往厕所外走，一边默默酝酿情绪。此刻，我应该是愤怒的、心急如焚的。

走出厕所就看到围得里三层外三层的周亚迪和赵振鹏的小弟，我忙喝道："赶紧让开，送迪哥去医务室。"所有人都愣了神，但很快就为我让开一条路。我一边往外走，一边假装对周亚迪大声说："迪哥，你撑住，我一定杀了丹替你报仇。"又扭头对众人说，"丹呢？抓住没有？他杀了迪哥！"

人群顿时嗡嗡响成一片，有几个反应快的已经开始叫嚷起来：

"丹呢？"

"刚才还在！"

"在那边，那小子想跑！"

"抓住他。"

我用余光扫了一眼众人追去的方向，只见丹正疯了似的往警卫身边跑。看来我的判断没错，丹不是职业杀手，心理素质非常差，这一来果然上了当，真的以为周亚迪没死，他这一跑正好暴露了自己。

我低声对周亚迪的尸体说："多谢。"

靠在我肩头的周亚迪发出"嗯"的一声，紧接着我分明感觉负重轻了一些。显然是周亚迪的一些关节开始用力，虽然力量不大，但跟之前死沉的感觉明显不一样了。我大惊失色，侧脸一看，周亚迪的嘴巴正在微弱地颤抖着，喉咙里发出"嗯嗯"的声音。

他居然没死?!

一时间我不知所措。本来这应该是个好消息，我应该为此狂欢。问题在于，我刚才多嘴对着他的"尸体"说了些不该说的话。我无从判断之前自言自语唠叨那些话时，他的神志是否清醒。就算他在意识模糊的时候听到一星半点，也是非常要命的事。

我恨不得狠狠给自己一下。为什么对那个丹的手法那么信任？为什么不再次确认周亚迪的生死？为什么不对周亚迪进行急救？为什么遇到一个所谓的困境，对着一具“尸体”还那么多废话？就因为以上四点，我一样都没有做对，本来已经扭转的局势会再次陷入绝境。

此时，阿桥带着周亚迪的几个得力手下围了过来。他从我身上接下周亚迪，看了我一眼，然后对着还没彻底清醒的周亚迪问道：“迪哥，是不是丹干的？”

看来，这个周亚迪身边资格最老的手下阿桥，还是宁愿怀疑我，也不相信丹会背叛周亚迪。

周亚迪脖子伤得很重，僵直着无法出声，只好眨了眨眼表示肯定。我提到嗓子眼的心总算轻松了一点。周亚迪的眼神在我脸上停留了一下，我的心在那一刻几乎又要从嗓子眼里跳出来了。我死盯着他的喉头，攥紧了拳头，心想，万一他突然能发声说话，想指认我的真实身份，我将使足全力发出致命一击。我宁愿被这几十个人瞬间撕成碎片，也不能暴露他们的金三角毒品基地已经成为中国政府打击目标的事。

万幸，周亚迪很快痛苦地闭上了眼。我不知道他看我的这一眼是不是有意义，不过看得出，此时的他因为伤痛已经说不出什么话了。

阿桥咬着牙说：“迪哥你放心，安心养伤。”他冲我点了点头说：“谢谢你。”

我喘着气说：“别废话了，迪哥脖子受了伤，不能乱动，你们几个抬着他的身子，我来保护他的脖子，赶紧送医务室。”我这么安排只有一个目的，我必须得赶紧干掉周亚迪，此时，他必须得死。

我想好了，即使此次任务以失败告终，将来我还能活着回去向徐卫东复命的话，我无论如何也不会对他坦白，周亚迪之死其实是因为我泄了密，所以杀他灭口。我想不仅是我，就算是徐卫东也无法接受自己千挑万选挑选出来的部下，居然会犯这种低级的错误。

对于这个任务，我坚信上级一定安排了一个很大的局，我这只是其中一条线而已，我决不能因为自己的泄密而让整个局势受影响。

所以，周亚迪一定得死。

我和阿桥等人抬着周亚迪往医务室走去。他们非常焦急，一边加速小跑，一边不停地回头观望周亚迪。医务室也越来越近，一旦周亚迪被活着抬进医务室，我必将犯下一个不可原谅的错误。这几十米的路程是我最后的机会。

我并不确定他刚才是否听到了我的那些话，但我不能冒这个险。如果他将我是被中国政府有计划地委派来此的消息放出去，后果不堪设想。

不能再犹豫。一边想着，我的一只手腕已经横到了周亚迪的颈前。我抬起眼皮看了下四下的情况，阿桥等人个个人高马大，走在我前面，把我的手和周亚迪的上半身挡得严严实实。我正要发力，就觉得手腕被人攥住了。我神经顿时绷紧，低头一看，正是周亚迪伸手按在我的手腕上，眼神中满是祈求。他的举动足以证明，他确实听到了我之前的那番话，只是因为颈部被丹伤得太重无法说话，手上也非常无力，这已经是他目前能使出来的全力了。

我抬起头，避开他的眼睛，紧紧勒住他的脖子，将他的头抵在我的腹部，猛然朝前一顶，找准用力的方向，将他的头朝旁边一掰，只觉得周亚迪微微浑身一挺，随即瘫软了。我见阿桥几人并未留意到周亚迪身体刚才微妙的变化，为了确保他已死透，我将刚才的动作又重复了一次。

我们将周亚迪抬到医务室门口时，见丹在不远处，躲在了两个全副武装的狱警身后，周亚迪其余的手下已经将他们团团围住。阿桥回头看了一眼周亚迪，大概觉出不对，脸色顿时白了，大声喊着："迪哥！迪哥！"

我看了一眼周亚迪，假装大惊失色，忙召唤几人将周亚迪慢慢放在地上，伸手向他的颈部大动脉探去。

这次，周亚迪真的死了。

阿桥眼巴巴地看着我，我冲他摇摇头。赶来的医生推开我们，将周亚迪抬进了医务室。阿桥像一根柱子似的，纹丝不动地戳在原地，斜眼冷冷瞪着躲在狱警身后的丹。

丹并没有因为被这些人包围而表现出畏惧，满脸满不在乎的样子，不与任何人对视，轻轻地晃着脑袋望着监狱外的天空。我见阿桥已经攥紧了双拳，手臂上青筋暴露，一副随时就要冲上去将丹撕碎的样子。我心想，这个丹得我来解决。

周亚迪已经死了，我的任务已经失败了。唯一还能补救的就是获得赵振鹏的信任。在我看来，他的威望似乎并不亚于周亚迪，如果顺利，他必将带着我越狱，我一样可以跟着他走进金三角。到时候再向徐卫东请示，如果他还是认定我失败，任务结束，那我无话好说。万一他认可了我的做法，并愿意为此重新调整布局的话，我的任务就已经成功了一半。

这，还是一场赌博。

我正想着怎么避过那两个狱警，以最快的速度要了丹的命时，医务室里出来了两个狱警，后面跟着赵振鹏。狱警一边挥着手驱散人群，一边示意丹往里走。这时，赵振鹏捂着脖子说："都散开吧，你们迪哥已经死了。"他说话的时候一直看着我。我死死地盯着他的眼睛，也明白了他的意思。

该到我表现的时候了。

我迅速扭开头看阿桥，只见阿桥大喝了一声就朝正往医务室里走的丹冲去。不过他还没冲到跟前，就被两个狱警拦住扑倒在地。我见机会来了，迈开大步，从扑倒在地的狱警身上一跃而过。

我的动作太快，丹的注意力还在被按倒的阿桥身上，等他发觉想躲开时已经来不及了。从他对周亚迪下手的手法来看，他应该不是什么职业杀手，只是个被临时买通又略懂些拳脚的混混而已。

我没有直接出手，只是依靠惯性用肩膀重重地撞在他的胸口。"嗵"的一声，他被我撞飞出好几米，直挺挺地摔倒在地上。我必须将这些之前构思好的动作一气呵成完成，在几秒内要了丹的命，至少，看上去要像是要他命的样子。否则不仅赵振鹏不会相信，关键是狱警会将我拦开。

以我在此表现出的凶猛性格来看，这种情形下，天王老子来拦也没用。这个赌局已经开始了，我赌的只是能让这个任务起死回生，我可以耗费些时间和精力，但没必要送命。如果狱警因为我的动作过于激烈而开枪，那就说什么都没用了。

丹由于胸口受到我的全力撞击，直挺挺地躺在地上只有出气没有进气了，整个脖颈暴露出可以直接攻击的空当。我冲上前揪着他的头发，本想一下解决了他，想起走到这一步全是他坏的事，不禁怒火中烧。我挥起拳结结实实地在他的面门上使足全力捣了下去，嘴里不由自主地咒骂。

怎料这拳头永远不如利器那么见效，你使再大的劲下去，一时间也看不到血。我正心里抱怨没带那根小铁棒，就见他嘴角和鼻子里的血淌了出来。我接着第二拳、第三拳，一拳接一拳地朝着出血的地方砸了下去。

狱警和其余人这时还没有回过神来，瞠目结舌地看着我。阿桥第一个反应过来，感激地看了我一眼，喊着："给迪哥报仇。"带着人冲了过来将我团团围住。

人一多容易乱，正是我的好机会。我趁乱哄哄的，揪住他的头发低吼了一声，将他的脑袋生生扭了一百八十度。只听到"嘎巴"一声，丹已在我手下气绝身亡。

阿桥趁乱把我拽到一边，与众人一起在丹的尸体上乱踹。

我不得不对此人另眼相看，至少他对周亚迪是忠贞不二的，而且知恩图报，见我当着狱警的面解决了丹，第一时间冲上来掩护我。如此一来，就没人说得清丹到底是死于谁手，最终会落个群殴致死的结论。

狱警一看场面混乱到失控，纷纷举着警棍吹响警哨，尖厉的哨音划破监狱上空的嘈杂，灌入我的耳朵。一种久违的感觉从心底被唤醒，我又想起曾经在学校时，听到哨音后的种种焦躁和不安，此时却觉得像是一个在异乡漂泊数十载的游子，听到了乡音一般，心里的五味瓶被打翻，酸甜苦辣混在一起往外涌。

我和其他人一样，双手抱着头就地蹲了下来。

几个狱警将丹的尸体抬进了医务室，安静下来的人群在监视下一个接一个地走出医务室院子的大门。我刚走出来，就觉得身后有人捅我。我猛然转身见居然是赵振鹏，他脸上依旧挂着诡异的笑，见我转身，举起双手以示友好。

我歉意地笑笑，清了清嗓子说："鹏哥，真的不好意思，我听迪哥说了……"

我话还没说完，他就挥手打断了我：“我知道，我找你不是说这个。”

“哦？”

他说：“边走边说。”

我看了一眼他脖子上纱布里渗出的血渍说：“你，没事吧？”

他笑了一下，指了指我说：“你的手可真够狠的，一出手就是要人命。”他捂着脖子，皱起眉头咳嗽了一下。

我四下看了看，说：“要不是我，是不是你们已经出去了？”

他没有回答我的问题，叹了口气说：“好想抽根烟。”

我忙摸口袋，发觉口袋里的烟不知什么时候掉了。想起了阿来，这段时间里都没见到他，忙举目四处张望阿来的身影。一扭头，发现阿来不知从什么时候起就一直跟在我的身后，此时手里正拿着我丢了的那半包烟，递到我面前，小心翼翼地说：“秦哥，对不起。”

我接过烟说：“你一说‘对不起’我就胆寒。”抽出一支烟递给赵振鹏，帮他点上。赵振鹏抽了一口烟，撇着嘴角笑了笑说：“其实医生不让我抽烟，说抽烟伤口好得慢。”

我拿着打火机的手悬在空中，不知所措。

“我也从来不让外人给我点烟，我信不过他们。”他吃力地抬起胳膊拍拍我的肩膀，朝前走去。

2

与周亚迪相比，我更愿意和赵振鹏这样的人打交道。因为他的态度相对要明确很多，会用更加令人信服的方式告诉我，我是自己人。这可能也应了一个老理，越是你想得到的，越是觉得难。

虽然还没有和赵振鹏说过太多的话，但我并不为此犯愁。之前周亚迪倒是喜欢和我聊天，但我能得到的信息很模糊。我想，我可能不太适合与人玩心理战吧。

“秦哥。”阿来在一旁小心翼翼地叫我，我扭头看他，他与我眼睛对了一下，忙把头低下，说，“我没见过什么世面，看到死人就全乱了，当时那种情况……”

我打断他说：“你觉得我是口是心非的人吗？”

阿来忙摇头。

我说：“那你为什么觉得我会杀迪哥？在这之前，你看到我和他的关系是怎样的？”

说完，我头也不回地朝赵振鹏追去。我想，我只是迁怒于阿来而已，周亚迪是我的目标人物，死在我手里，尽管我一厢情愿地认为只要我跟了赵振鹏，必然能将整个局势挽回，事实上心里始终没有底。而且从今天开始，我已经对上级有了自己不可告人的秘密。

阴霾的天空开始下起牛毛细雨，却依然无法驱散空气中的闷热。心中的失落在胸中凝结成一团闷气，压得我透不过气来。有个声音在我脑中提醒我：任务已经失败，要勇于面对，迅速请示上级接收新的命令。另一个声音告诉我：任务又失败了，你必须扭转局势，反败为胜。

“兄弟，想什么呢？”赵振鹏走过来仰着头，似是在享受着细雨。

我摇了摇头不知道说什么好。赵振鹏鼻子里“哼”了一下说：“因为他死了，没人带你越狱出去了，也没人带你去闯一把，挺好的一个转折点不见了？”

赵振鹏说这番话的时候，全然没了之前的那副流氓样子。换言之，我对他的印象就是一个狱霸，嚣张跋扈不可一世。他上次挟持阿来威胁我的做派，还让我觉得他是个草包。现在突然跟变了个人似的，但不知为什么，我觉得这才是真实的他。

我说：“也对，也不全是。既然迪哥跟你说了我全部的事，那我不瞒你说，从跑路出来到现在，我已经对自己的今后不抱什么希望了。我不管迪哥出于什么目的，他是最照顾也是最看得起我的人，所以我打算跟着他混，当他是我大哥。我刚找到一个奔头，他却死了。”说着说着，我一度有些哽咽。我是为周亚迪的死而难过，索性就顺着那股懊恼劲垂头丧气起来。

赵振鹏仔细地看了我好一阵，把烟头丢在地上踩灭，说：“如果我告诉你，是我让他那么对你的，你怎么想？”他说着话，很自然地从我手中把我抽了一半的烟拿了过去，自顾自地抽起来。

什么意思？我没有立刻接话，警惕地看着他。

“你爽快，我也不瞒你，是我想试探你，然后叫他那么做的。”赵振鹏斜了我一眼，指了指自己的脖子说，“你差点要了我的命那次，其实是我和他做的一出戏，可是你的反应完全超出我的意料。”

我说：“迪哥和我说过，你们其实是一起的。”

赵振鹏笑笑，说：“这个不重要，重要的是，他是替我死的。”

他这番话把我脑子搞得有点乱了，我潜意识里觉得他说出了一个天大的秘密。但我分不清这秘密中所含的信息对我而言是喜是忧，混乱之中我伸手打断了他：“等等，什么意思？”

赵振鹏看着我微微一笑，眯起眼睛望着灰蒙蒙的天空，悠悠地问：“想不想听听我的故事？”他的面容恬静得好像这里不是监狱的某个角落，而是某个公园的长椅上。如果不是我给他脸上留下的那些伤痕，根本没人敢相信他居然是一个十恶不赦的毒枭。我不知道他为什么要给我讲这些，此时的他眼里满是真诚，真诚得让人无法去质疑他什么。关键是，他这个样子彻底颠覆了他在我印象中的一切。

“其实，我才是周亚迪。”他看着我的眼睛，笑着说。

一瞬间我彻底茫然了，我不知道该怀疑自己的耳朵还是该怀疑他刚才说的话。除了呆呆地看着他，等着他继续说下去之外，我无所适从。

他微笑着说：“迪哥……哦，不，应该是鹏哥，他有没有跟你说过有人要杀我的事？”

我暗暗咬了下自己的舌头，迫使自己头脑清醒下来。如果他说的是真的，那么他才是真正的周亚迪，而之前被我叫作迪哥的应该叫赵振鹏，他们两人互换了名字和身份，只是为了保护真正的周亚迪不被杀手杀害。所以刚才他说出“他是替我死的”这样的话。

正如阿来所说，没有几个人见过真正的周亚迪，换句话说，就算是见过的，也只是见过真正周亚迪的一个替身而已。包括自称见过周亚迪的程建邦，他来探监时，给我的画像根本就是赵振鹏的样子。而我眼前的这个人，才是真的周亚迪！

这，超出了我的想象太多。如果他说的是真的，那么他是怎么做到一直隐藏在替身背后，操控着数额巨大的毒品生意而从不露出破绽的？……我只觉得背后嗖嗖冒凉气。原来我所面对的敌人远比我想象中更难对付，我甚至怀疑我是否能够应付得了这样一个人。

我真想现在给徐卫东打个电话，告诉他，这个任务我完成不了，我宁可背负各种处分或者被扣上一顶逃兵的帽子，也不能为了逞能而毁了整盘棋。

赵振鹏，哦，不对，应该是周亚迪依然对我微笑着。在他说出那句话之前，我还觉得那笑容是如此亲切和阳光，此时，我只看到了深不可测的阴险。我忍不住打了个冷战。

“迪哥……不，应该是鹏哥和我说过，有人要杀他，不，是杀你的事。”我说不清自己到底是装作混乱还是真的混乱，甚至不知道自己是该高兴还是难过。

不久前，我还在为目标人物死在我手里而彷徨，甚至在那么短的时间内做出一个不知是错是对的计划，并打算不顾一切去实施，只为了弥补自己的过错。谁知道现在又听到这样的事，我觉得我的心脏马上就要罢工了。

我的太阳穴突然剧烈地跳动起来，而且越来越强烈，牵动起整个脑袋像是就要炸开似的痛，跟着眼前一阵阵地发黑，连呼吸都不能自如。我痛苦地低下头，两个手掌紧紧地按住太阳穴，咬着牙不让自己哼出来。

“你怎么了？”他发觉我的异常后问，“脸色怎么这么难看？”

是啊，怎么了？以前从来没有这样的毛病。我疼得说不出话来，只能摇摇头，一边继续撑着这突如其来的头痛，一边用手在头上摸索着。当摸到后脑的时候，我好像找到了疼痛的根源——这疼痛可能来自头部数次外部的重击。有救阿来时那些人在我的后脑打碎的可乐瓶、警察赶来后的那一枪托，还有监狱长的那一脚下马威也曾让我的后脑狠狠地撞在牢房的墙上。

我想，我的头可能留下了某种后遗症。

“老毛病，一会儿就好了。”我敷衍着他，心里却在担心这个头疼的毛病会不会真的从此伴我左右。我再次深切地意识到健康对我，尤其是对此时的我是多么珍贵。我还不知道这种疼痛有没有什么规律，是因为天气，或是其他什么原因才会发作，还是毫无组织纪律性，说来就来。很可能在未来的日子里，我多了一个敌人，就是疼痛。

不觉间，我浑身已经被蒙蒙的细雨和冷汗浸透。赵振鹏，或者是周亚迪不由分说拽过我的胳膊搭在他肩上就往医务室的方向赶。

此时，我已基本丧失了任何反抗的能力，随便来个什么人都能轻易地将我解决掉。

我用余光看着搀扶着我的这个人，看上去他似乎很为我担心，看不出丝毫的虚假，但是，我不相信他。因为用力过猛，他颈部的纱布里渗出了鲜红的血液。不论他是周亚迪还是赵振鹏，他首先是一个彻头彻尾的毒品大亨，这种人可以为了钱丧尽天良，又怎么会为我操心？他看重的只是我的身手对他有用而已。可这个时候，我虚弱得像一只病猫，在他们眼里恐怕连仅存的价值也不复存在，又怎么可能为我担心？

我听到身后传来脚步声，应该不止一个人。我下意识地绷紧了神经，搭在他肩膀上的手不自觉地使劲。他扭头看了一眼我的手，愣了一下，停下脚步对身后的人喝道："这里没你们的事，该干什么接着干什么去。"他的话音一落，身后的脚步声顿时停了。

我努力挣开他的搀扶，在原地站稳，慢慢地回过头，看到他的几个手下正站在不远处发呆。我抹了把脸上的雨水和汗水，长长呼了一口气，装作轻松的样子对他说："谢谢你，我没事。"

我转过身冷冷地瞥了眼身后的那些人。这些人跑来可能是想帮忙，也可能是想要我的命，总之我不愿也不能放松警惕。在我眼里，这些人就是一群狼，而我，此时就像一只受伤的狮子。在我健康的时候，他们其中的一些人没少吃我的亏，他们畏惧我、恨我。现在就连三岁的孩子都能看得出，我不堪一击，我不信他们没有人不想趁这个机会干掉我。

我呼哧呼哧地喘着粗气，紧紧攥着拳头，目光扫过他们每一个人的眼睛。孤独，再一次犹如洪水一般袭来，我却像枯树上的一片枯叶，在秋风中摇摇欲坠。

"秦哥，你没事吧？"人群中出现一个熟悉的声音。我循声望去，看到了阿来。我的意识迟钝得像一只发条松散的古董表，随时都会停下来，只能拼命地在脑海中寻找那些被疼痛蹂躏得支离破碎的信息，拼凑出关于阿来的一切，判断着是敌是友。

阿来试探地朝我迈了一步，我从他的眼中看到了熟悉的怯懦和担心的神色。我伸着脖子咽了口唾沫，对他说："没事，陪我去医务室一趟。"

我想，阿来是我在这里，在此时，唯一可以赋予更多信任的人了。

赵振鹏，或是周亚迪，就暂且当他是周亚迪吧，一手捂着脖子，一手冲他的手下摆了摆手，示意他们退散，然后上前说："我和你一起去，我也该换药了。"他看着医务室又说，"而且，那边还有两条人命等着我去处理。"

我的头疼比之前稍微有些好转，意识和思维渐渐恢复了大半，这才想起刚才有两个人死在我的手里，而我居然一直没事人似的，狱警和犯人都没来找我的麻烦。他做了个请的手势说："有句话我现在必须告诉你，之前他答应你的事我都能做到，因为那本来就是我答应你的，不过现在他出了意外，所以……出去以后你愿意跟我合作我欢迎，不愿意我绝不勉强，我甚至可以给你一笔安家费。"

我一时间无法判断他说这些的目的到底是什么，只能先记下再琢磨了。我手抚额头，皱起眉头吸了几口凉气说："等我缓缓再说。"

进了医务室，我找了个墙角靠着。周亚迪跟里面一个狱警嘀咕了几句后，狱警打量了我几眼，进了里屋的医生办公室。周亚迪看着我笑了笑，站在那扇门前像是在等着什么。阿来偷偷地拽拽我的衣角，我扭头见他一个劲地冲我挤眼，阿来朝周亚迪那里看了看，往我手中塞了一个东西，我将那东西捏在手中摸索了一下，竟然是我丢失的那根小铁棒，连同上面的布条都在。

我不由得冲阿来投去感激的一眼，他嘴角动了动，对我扬了扬眉毛。我不动声色地将小铁棒塞进衣襟里，这时之前那个狱警从里屋出来，对周亚迪甩了下头。周亚迪对阿来说："扶你秦哥过来。"另外一个狱警端着枪跟在我们后面。

我们三人跟着那个狱警拐进医务室侧边的一道不到十米的小走廊。

走廊里没有一扇窗户，比起外面更加潮湿，而且非常阴冷。地上铺着石板，石板上净是潮气结成的密集小水珠和青苔，就连泛着灰色的墙壁上都若隐若现的净是青苔。我不由自主地打了个冷战。

我不知道周亚迪跟那个狱警说了什么，更不知道将要去往哪里，但我没有力气，也没有理由反抗。如果他是赵振鹏，那么他就是我个人的目标人物；如果他是周亚迪，那么他就是我任务的目标人物；就算他什么也不是，我也确信我和阿来的命，他只要想要就随时都能拿去。所以我只能跟着他。

走到走廊的尽头，我们又拐了一个弯，几米开外的尽头处是一扇铁门。狱警拿着钥匙开了铁门，门开处里面漆黑一片，想必也是一扇窗户都没有。狱警在门口的墙壁处摸索了半天，打开了屋里的灯。我走过去站在门外一看，才看清楚这应该是一间病房，只不过这条件也太艰苦了，除了一张足够睡下五六个人的大通铺之外，就只有角落里的一个蹲便器。屋里散发着刺鼻的霉味，站在门外，看着那铺在床上已经分不清本来颜色的卧具，我宁可站着睡，也不想靠近一点点。

周亚迪在屋里转了一圈，对狱警笑着点了点头，轻声耳语了几句，那狱警转身出去了。周亚迪站在屋里对我和阿来说："进来吧。"

阿来看起来吓坏了，这地方也的确阴森了一些，加上如此封闭，让人怀疑如果关上门，我们会不会在这里窒息而亡。阿来迟疑地看着我，就是不愿往里迈一步。

我推开阿来走进去，指了指自己的脑袋说："这里还是疼，医生呢？"

周亚迪看着我身后的阿来说："你不愿意，就回去吧。"他冲外面的狱警使了个眼色，狱警侧开身子给阿来让开了路。阿来看看我，又回头看了看来时的那条走廊，又看看我，最后毅然决然地迈进了这间屋子。我知道，他是为我留下来的，与此同时，我似乎觉察出周亚迪将我们带到这里，有很不一样的意义。

屋子的铁门被"咣"的一声关上了，接着一阵铁锁链的哗啦声，随后是那两个狱警离开的脚步声，当这些声音全部消失后，就剩下死一般的寂静。

我的头好像不像刚才那样痛得难以忍受了，不知道是因为适应了疼痛，还是疼痛真的减弱了。我也不知道周亚迪葫芦里卖的是什么药，可我知道，在这里和我动手，他不是我的对手。

周亚迪将手掌摊开伸到我面前，那是一只白色的药瓶。他收起手指拿着药瓶晃了晃，是正常的药片晃动的声音，才丢给我。我随手接住，药瓶上没有任何标识，拧开瓶盖，见里面是一些白色的药片。我往手心里倒了一颗出来，药片上也没有任何字样。我抬眼看着周亚迪问："什么意思？"

他笑笑说："这里的医务室只是个样子货，你的病这里治不了，这药是止疼的，疼得受不了可以缓解一下，不过长久之计还是找个好医生吧。"他背着手在屋子里踱着方步转了一圈，在那张大床的床角坐了下来，跷着二郎腿说："坐吧。"

他要想算计我，根本不需要耍这些花样。我看得出，在这座监狱里，他的势力远远不是手底下有几个帮手那么简单，就连狱警好像都听从他的吩咐。在进医务室之前，他似乎有什么话要对我说，只是因为我突如其来的头疼才打断了他。

我举了下药瓶表示感谢，问："吃多少？"

"一两颗，别多吃，对身体不好。"他顿了顿又补了一句，"放心吧，我是不会让自己的兄弟沾毒品的。"

我倒出一颗药吞了下去，咂咂嘴说："你真的是周……"想起阿来也在，忙将剩下的半句生生吞了回去。

周亚迪看了一眼阿来，笑笑说："是，我才是周亚迪，本来早该告诉你，可惜我有眼无珠，小看了你的本事，结果……"他笑着摸了摸自己脖子上的纱布，叹了口气："你别往心里去，这算我自找的。"

我坐到他旁边说："那么，我该叫你迪哥？"

他想了想，说："看你了，论年龄你叫我声迪哥不过分，不过得你愿意才行。可能我那个兄弟才是你心目中的迪哥，只可惜……是我们大意了。"

屋子里安静了下来。阿来被刚才我们的几句对话惊呆了，我想他对谁是周亚迪、谁是赵振鹏根本没兴趣，他应该害怕听到了不该听的事情。他在这上面已经吃了太多的亏，不仅差点被人打死，也因此被判了重刑。他惶恐地站在那里，看看我，又看看地板，一副不知所措的样子。

周亚迪低垂着眼皮，我能看出他正在努力压抑着什么。我想，他一定是对替他而死的赵振鹏而难过。按赵振鹏的说法，要不是因为我误伤了周亚迪，他们已经按原定计划越狱了。而正是拖延了这么几天，也正是因为我的出现，赵振鹏才被仇家找到空隙下手杀了。

赵振鹏能冒着随时被暗杀的凶险当周亚迪的替身，那他们之间必然有着过命的交情。我无法想象赵振鹏在听到我的秘密时是怎样的震惊，也无法想象他在临死前一秒是怎样的心境……这些都不重要，我必须时刻提醒自己，周亚迪一旦知道赵振鹏实际上是被我灭的口，我一定会死得很惨，很惨。

就像我听到洪古的名字一样。我曾无数次模拟见到洪古后将他碎尸万段的场景，在想象中，他死得很惨，惨到我不敢继续想下去，甚至每次都会被自己的想法吓到。

如果周亚迪一直就是初见时的样子，那个向我索要供品的狱霸形象，我根本不会将他放在眼里。而眼前的周亚迪尽管很真诚地对我笑，对我说出这么惊人的秘密，给我止痛的药品，还表示为了完成承诺而没有任何附加条件就带我出去……总之，看上去就像一个可以信赖并依托的大哥，可我觉得害怕，打心底里害怕。

或者，相对而言，我不怕彻头彻尾邪恶的人，哪怕这人再强大我也不会胆怯，但是我害怕一个人性里有闪光点的人，哪怕这人正做着无比邪恶的事。

我想劝自己，别傻了，他是一个大毒枭。想想这次任务出征前，在总部听徐卫东讲解的那些资料片，幻灯片上那些人不像人、鬼不像鬼的吸毒者，那些被毒品祸害得家破人亡的家庭吧，不正是拜眼前这个周亚迪所赐吗？

药很有效，头疼明显好了很多，头脑随之也清醒了许多。我说：“为什么跟我说这些？我觉得根本没必要让我知道这么多。你不怕我说出去？”

“你对我，或者说，你对我的兄弟赵振鹏很好，我就应该用同样的方式回报你。至于怕不怕你说出去嘛，呵呵。”他捂着脖子笑了，“既然我敢说，就不怕，换句话说，在这里我不怕敌人，我只怕不知道敌人是谁。”

我发现周亚迪有个特点很像徐卫东，他们每句话都特别准确，没有半句废话。这省得我去揣测，同时也让我根本没有时间去琢磨并及时做出反应——跟徐卫东我不用动心眼。而对周亚迪，我必须随时保持警惕，不能有丝毫马虎。

“对了，出去后你有什么打算？”他话锋一转问道。

我想了想，叹了口气，轻轻地摇摇头没有说话。

“不急，慢慢想。”周亚迪的语气相当的诚恳，诚恳得称得上语重心长了，“记得之前我说的话吗？我特别想你出去后能跟我一起去做点事，但是如果你不愿意我绝不勉强。需要的话，我会给你一笔钱傍身，也不枉我们相识一场。”

我想他只是在强调他之前所有的话都是认真的。真不明白自己何德何能，我抓了抓头说：“为什么？”

周亚迪说：“你可能觉得我只是个毒枭，为了钱丧尽天良，不可能为了一个萍水相逢的人白白做些什么。”我正想反驳，他伸手打断了我，接着说：“你这么想很正常，我能理解，那么按照你的思路好了，就当是你帮了我一个忙，我论功行赏吧。这样，你是不是心安理得了一些？”

帮忙？我想来想去不觉得自己帮过他什么忙。除非赵振鹏才是他的宿敌，他知道其实是我杀了赵振鹏，于是想报答我。这不可能。我下手的时候确定了无数次，根本没有人注意到我。我正想问他我帮了什么忙时，他抢先一步说：“你帮我解决了那个杀手，不然很可能死的人就是我。”

到这里，我突然发现了一个细节：每次，当我想问周亚迪一个问题时，他都会抢在我问出之前告诉我答案，就好像他每次都能看穿我的内心在纠结什么似的。对于我和他本该势不两立的关系而言，这本该是一个让我不寒而栗的事，但我并没有为此觉得惶恐，反而觉得安心。后来我想明白了，并不是他懂得什么读心术，而是他懂得万事站在别人的立场去思考。与其说这是一种技能，不如说是一种品质。这是我从他身上学到的第一点。

他接着说："我刚才说了，在这里我不怕什么敌人，只怕敌人藏起来，我看不到，而那个隐藏在振鹏身边的人，就是我看不到的敌人。我从来不怀疑自己人，所以本来我打算在出去前跟他们说清楚我和振鹏真实身份的事，他们是我这次打算全部带出去的人。多亏半路杀出个你，拖延了时间，才让丹现了形。"

"可……鹏哥还是死了。"我终于插了一句话。

"我不会让他白死的。"周亚迪咬了咬牙。摸了摸口袋说，"你们谁有烟？"

阿来忙给周亚迪递了一支烟，并帮他点着，随后乖乖地退在一旁，毕恭毕敬地站在一旁。周亚迪看了一眼阿来，笑着对我说："你这个兄弟一直这么见外吗？"他不等我回答，又说："你是不是以为我无非是给振鹏家里一些钱，把他们安顿好，就算没让他白死了？"

我接过阿来递给我的烟，只是看着周亚迪。我知道根本不用我废话，他就会解答我的困惑。果然，周亚迪拍着我的肩膀说："你一定不认识吸毒的人，不知道他们的样子有多狼狈，有多恶心。绝大多数吸毒的人，为了一星半点毒品就可以逼良为娼、倾家荡产、坏事干绝。我敢打赌，如果你见过，你绝不会那么痛快地答应振鹏跟着他的。这就是为什么我说出去以后不会勉强你。"他扭头对阿来说，"兄弟，你还是坐着吧，不然我总觉得这里有外人，一有外人我就不爱说话了。"

阿来嘿嘿一笑，挨着我坐了下来。周亚迪对阿来笑了笑说："我不知道你有什么本事能让这位秦兄弟刮目相看，不过既然他提出要带着你出去，那么你自然有你的过人之处，出去后我也不会勉强你什么，不过这个地方你可能就待不了了，毕竟我们不是刑满出狱的。"

阿来张着嘴巴，茫然地看着我。我拍拍他的肩膀说："酒吧哪里都能开。"不觉中我竟然默认了周亚迪所说的一切，我不知道我对他的信任从何而来，我真正跟他开始接触的时间还不到一天。我转头看着周亚迪，等着他下面的话。

周亚迪捂着脖子轻轻咳了一下，说："我只想告诉你，我想做的事，不是制造多少毒品卖出去。我干的事，其实跟缉毒警想做的事差不多。"

听到这里，我不禁浑身一颤，难道周亚迪是真正的自己人？也在执行某项任务？

3

我按捺住内心的惊诧，借着抽烟的动作垂下眼皮，我不能追问，只能静等他继续说。谁知他就此停了下来，双手抱在胸前盯着地板，不知在想些什么。环顾着这令人窒息的密闭空间，我想不论出去后会怎样，任务将朝哪个方向执行下去，都有一个重要的前提，就是得先离开这里。

那现在没必要考虑太多了，必须跟周亚迪出去是最要紧的。眼下我实在不明白的是，他把我和阿来带到这看起来很私密的地方，难道就是为了找个安全无人的地方说这些话？于是我说："我能问个问题吗？"

周亚迪看着我，想了想，然后点点头。

我看看四周墙壁，问："我们在这里干什么？"

周亚迪说："你不如问为什么只有我们三个人在这里。"

这两个问题都是我想知道的，哪个先哪个后无所谓。不妨就直接问了："对啊，为什么我们三个在这里？"

"阿来可是你带来的，刚才他是有个机会不跟着我们的，是他自己选择进这间屋子的。"周亚迪转头看着阿来又说，"我没说错吧？"

阿来看了看我，冲周亚迪愣愣地点点头。

周亚迪说："本来应该有很多人在这个屋子里。包括振鹏和丹，还有阿桥他们。谁知道丹居然把赵振鹏当作是我给杀了。我不知道还有没有人跟丹是一伙的，所以所有人都不值得我信任了。而你，不会杀我。"

这就是周亚迪，基本不说废话，每句话的信息量都是那么巨大，让我不得不随时随地仔细琢磨他话里的意思。这时才想起我刚才头疼的事来，我晃了晃头，果然好了很多。看来周亚迪的药的确管用，我又不得不担心这药里的成分，以及我今后对这种药的依赖性。

我的使命注定了我除了自己，什么都不能依赖，更不要说是药品。就连周亚迪都刻意提醒我这种药吃多对身体不好，那看来副作用肯定不小。我必须得抓紧出去，我不能在这里耗太久，直觉这次头痛并不是偶然，不然一旦头疼无休止地袭来，我将会对这种药物依赖越来越严重。回想起刚才头疼时那手足无措毫无半点防卫能力的自己，我不知道能不能死扛到不向药品屈服的程度。

这是一个严峻的问题。我必须了解自己身体的状态，不能让自己的健康状态成为任务执行时另外一个不可预估的绊脚石。这一路，已经有太多这样的障碍了。

我再一次将目光投向周亚迪，不管他愿不愿意、知不知道，他现在已经成为我和我的任务的根本。

“怎么？还不舒服？”周亚迪有些关切地看着我问道。

我摇摇头说：“不，我在想你的话，我还是不太明白，你不相信其他人，所以我们三个人在这里。那么，我们在这里干什么？”

周亚迪轻轻地说：“等。”然后往里挪了挪，靠在墙上微闭起双眼，似睡非睡地闭着眼，不再理会我和阿来。

见他这样，估计他是不想再被追问下去了，我只得将下面的问题咽了回去。阿来轻轻拽了下我的衣角，凑到我耳边悄声问：“等什么？”

虽然我也很想知道这个问题的答案，但阿来这样和我嘀咕的做法很不明智，至少对周亚迪很不礼貌。他刚刚跟我们坦露了真实身份，明确表示信任我们，转眼我和阿来就背着他嘀咕，这对任何人来说都是种不礼貌的行为。我瞪了阿来一眼，用胳膊肘捣了他一下，低声说：“等等不就知道等的是什么了吗？既然怕，刚才还进来干什么？”

阿来有些尴尬和委屈，小心翼翼地看了看周亚迪，低下头叹了口气，不再言语。

周亚迪本来不动声色地倚在床角闭目养神，慢慢睁开眼看着我。“这些天没有休息好，又被你放了血，容易犯困。”他搓了搓脸说，“你想好出去后的打算了吗？”

他是想问我是不是愿意跟着他。他不知道，我不远万里，赶到这里，历尽千辛万苦找到他，正是为了跟着他的。

我不仅是特案组的探员秦川，还是那个跑路到此的逃犯秦川，这两个角色在我脑中时而携手共进，时而背道而驰，我在这两个角色中不停地互换，就像一个挑战极限的演员。只不过没有导演，没有剧本，没有重拍的机会，甚至经常连搭档都没有。当然，也没有观众。演得好，虽然没有鲜花和掌声以及金钱和地位，但是能挽回无数人的健康、幸福乃至生命。演得不好，随时都会丢掉性命。

我很怕自己在这两个角色中混乱，作为特案组的探员，我需要坚守着内心的信念，以最终剿灭他们为终极目的。作为跑路的逃犯，我的信念又是什么？我贸然答应他，跟他一起奔赴金三角，会不会让他觉得突兀？因为他并没有要求我必须去，而且还答应要给我一笔钱，我相信那笔钱的数目不少，可能是我一辈子也赚不到的数字。我可以拿着那笔钱选个谁也不认识的地方隐姓埋名，从此告别无休止的杀戮。

这一点，不论对哪一个角色的秦川都是个不错的选择，那么我为什么要冒着生命的危险跟他一起去金三角？以周亚迪这样的人，都因为这样或那样的原因跑到监狱里来躲事，还会被身边的隐形杀手追杀，像我这样阅历浅薄的人，去了那个龙潭虎穴一般的地方，又能撑得住多久？

我越发觉得这个任务是一个无底洞，是一个永远走不出的迷宫，我在里面越陷越深、越走越远，一个又一个看似是目的地又不停地出现在不远处的地方，永远都像是海市蜃楼，无论我怎么努力都触碰不到。

原来对于一个赶路的人，最折磨人的不是看不到终点，而是看到了却怎么也走不到。

一个声音在我的脑海中大声对我说：秦川，去问周亚迪要一笔钱，从此过你想要的日子，你还年轻，你应该像个普通人那样去生活，去穿自己喜欢的衣服，吃自己喜欢的东西，交一个自己喜欢的女朋友去谈谈恋爱。不必每天为自己的生死担忧，不必总想着要随身带着可以防身的武器，也不必再为失去最亲密的战友而撕心裂肺地痛苦……

当“战友”这两个字一闪而过时，我禁不住打了一个寒战。那一刻我羞愧得无地自容，惊觉自己是那么渺小和龌龊，像一个卑微的背叛者，背弃了自己的誓言，背弃了自己的信念，背弃了自己的师长，更背弃了那些九泉之下的战友。

如果真的有另外一个世界的话，孙强和郑勇一定就在某个角落看着我，他们一定会为我刚才哪怕是一闪而过的念头而唾弃我。如果真有另外一个世界的话，当我们百年之后，我该如何面对他们？面对那些牺牲的战友，面对平凉那些与我一起醉过的战士，面对徐卫东、宁志以及程建邦。他们一定会相互搭着肩膀，唱着歌说着醉话，与我擦肩而过，像是从来就不认识我。一定会有人指着我对徐卫东说："看，那是你当年选出来的。"嘲笑他，讽刺他，让他再也说不出一句硬话。也会有人指着宁志的鼻子说："听说你们是一期的。"他们会从此抬不起头来……

而这一切，都是因为我开了小差。

想到这里，我压抑不住自己手指的颤抖，只能紧紧地攥成拳头，对阿来说："给我根烟。"

阿来应了一声，忙站起身摸出烟来递给我一支。我连废了三四根火柴才把烟点着，吸了一口烟，扬起头，深深地吸进肺里，转过头对周亚迪说："你刚说过，不会让迪哥，哦不对，是鹏哥，你不会让他白死，对吗？"

周亚迪"嗯"了一声。

我说："只要你看得起我，我跟你走。"

周亚迪愣了一下，马上笑了，用力点了点头。"秦川，既然如此，我必须得向你坦白，一开始我让赵振鹏去试探你，是为了看你是不是我的仇家派来的杀手，后来我欣赏你的本事。"他说着做了个拳击的动作，"不过现在，我看重的是你这个人。"

我想了想，说："我这个人？人品？我可是逃犯。"

周亚迪呵呵一笑说："人品好，不一定不犯法。人品不好，不一定会犯法。人在江湖身不由己，我知道你是失手杀了人。我不想知道为什么，但我确定你的初衷并不是为了杀人，很有可能是救人。"他用下巴指了指阿来，对阿来说："你说呢？"

阿来本来一直愣愣地听着，听周亚迪问他，忙点头说："是是是，秦哥是个好人，是个仗义的人。"

周亚迪轻轻地摇摇头，对我说："他说的这些都不是重点，知道我最欣赏你什么吗？"

我看着他，示意他说下去。

他伸出两根手指说："两个字，简单。"

那两个字像两记重锤重重地砸在我的心坎上，震得我心跳加速——在我来之前，徐卫东也是用这两个字诠释了为什么将我选拔进特案组。

我再次去想他是不是另一条线上，也是一个来执行特殊任务的同行？如果刚才他说自己做的事和缉毒警差不多的那些话，只是为自己的行为开脱，那么为什么在对我的判断上，又说出与徐卫东同样的话来？如果周亚迪只是个毒枭，那么他和徐卫东从根本上就不是一路人。

这些混乱的想法一次又一次地冲击着我的思路和判断。我低下头把脸埋在两只手掌中，闭上眼，把所有关于这个人的印象快速地过了一遍，还是难以做出什么无可挑剔的判断。

"反正你已经决定出去后跟我一起干了，也不用急在这一时把所有疑惑都搞清楚，我们也没多少时间了。"周亚迪又问我，"你的头还疼吗？"

我摇摇头，说："那药真管用。"

周亚迪起身站在床上，伸了一个懒腰说："时间差不多了，准备走吧。"

走？我看了一眼和我同样茫然的阿来，抬起头问站在床上的周亚迪："去哪儿？"

周亚迪说："出狱。"

"出狱？"阿来先我一步脱口而出，"怎么出？"

周亚迪说："坐车，从大门出去。"

我见周亚迪没有半点开玩笑的样子，有些不敢相信。他在这里的势力不是我能想象的，那我也不相信他真能把一个国家设立的监狱当成旅馆，想来就来，想走就走。最重要的是，还带着我和阿来。

看着我们傻愣愣地看他，周亚迪微微一笑，眼中闪出一道凌人的锋芒，他张开双臂俯视着我和阿来，一字一顿地说："我，就是这里的国王。"

他站的高度、他的神情和他的语调所散发出的强大气场，使得我浑身一激灵，起了一身的鸡皮疙瘩。那一刻我终于彻底承认，这个人是我无法掌控的，我甚至怀疑之前与他交手都是他在让着我。我不知道是什么给予了他如此的魄力和勇气，这让我宁愿相信他和我是一路的，不然我真的不知该如何去掌控他。那一瞬间，我觉得自己渺小，我努力对抗着这种莫名其妙的自卑，又不知从何做起。我起身也站到床上，双手抱在胸前看着他。很快我就知道，除了身高，我不知还有什么能胜得过他。我多想我的任务只是简单地结果了他，我喜欢那样简单的事——上级告诉我他是坏人，然后赋予我权力去将他制伏。可惜，这个任务从一开始就超出了我的能力，甚至是想象的范围。这些天发生的事，根本容不得我去整理、去总结、去计划，一切的一切就像是一个玩笑，一个随时能丢掉性命也不知道是为什么的玩笑。

就在这时，紧锁的铁门"哗啦啦"一阵响，"咣当"一声打开了。刚才那两个狱警一左一右站在门外，那分明就是为我们让开一条通道，让我们走出去的姿势。

周亚迪收回一只手臂，冲我做了一个"请"的姿势。我低头看了一眼阿来，他像被点了穴似的，满眼崇拜，张着嘴望着站在床上的我和周亚迪，一动不动。

这一看就是早就安排好的，我只能将计就计。我固然明白自己只是一颗棋子，一个过了河的小卒，目标就是将军，哪怕过程中诸多差池，也只能前进，不能后退。这是让我咬牙坚持不懈走下去的理由，可是现在，我无形中成了我目标人物的棋子，任凭他摆布。

我和阿来跟在周亚迪的身后，穿过来时的那道走廊，拐过来时的那道弯，回到了医务室。我扫了一眼墙上的一个挂钟，我们在那间屋子里居然待了两个小时，还没到收监的时间。

狱警和周亚迪耳语了几句，走到门口冲外面招了招手，不多时进来了六个警察，两人一组抬着三副担架。周亚迪往其中一副担架上一躺，舒服地伸了个懒腰。见我没有动静，他笑着问："舍不得这里吗？"我愣在那里看着担架上的周亚迪，不知所措。他指了指墙上的钟说："抓紧，我们的时间不多。"

我试探着走到一副担架前，看了一眼那几个面无表情的狱警，又朝门外望去，竟然有一辆警用的救护车停在外面。我才明白刚才周亚迪为什么说要从大门出去，他的能耐已经超出我的想象，有本事让他和他想带出去的人如此明目张胆地越狱。

阿来眼巴巴地看着我，在等我的示意。我朝地上啐了一下，躺到一副担架上。阿来见我上了担架，马上也躺了上去。周亚迪说："你好像信不过我？"他手里像是攥着什么东西，伸过来碰了碰我的手。我扫了一眼那几个狱警，其中一个狱警看到了周亚迪的小动作，见我在看他，很快将目光移开。

事情到了这一步，我没有别的选择，我不怕这么出去会有什么危险，只是怕边上这个周亚迪还是假的，我一定会疯掉的。

周亚迪手一松，一个光滑坚硬、一边锋利的东西落在我的手掌上，竟然是当初我差点将他杀掉的那半把剪刀。当初情急之下我塞到了他的怀里，原来他一直留在身边。我握住那半把剪刀，忙翻过手掌贴紧大腿，我的能耐还没有大到在监狱里拿着这样一件凶器招摇的地步。

"你有这个东西，在场这些人的命对你而言，还不是探囊取物？"周亚迪笑着伸手过来拍了拍我的胳膊，说，"安心，出去再说。"

4

我紧紧攥着手中的那半把剪刀，就像攥着我最后的一个筹码。如果赢了，我只是成功了一小步，如果输了，我必定会命丧于此。

我们被抬出医务室的时候，我朝监狱的空地上扫了一眼，奇怪的是，还没到收监的时间，居然没有一个人在外面。高墙上岗楼边，几个狱警背着枪，看上去一副无所事事的样子，不知是有意还是无意，反正没有一个人朝我们这边张望。

狱警抬着担架上的我们，放进停在门外的那辆破旧的救护车上。一上车，周亚迪就一骨碌从担架上爬起来，盘腿坐着，手捂着脖子的伤口处，慢慢地活动了几下，然后冲车外的狱警使了个眼色。那狱警冲他点点头，“砰”的一声救护车的门关上了，巨响带着气压震得我耳膜嗡嗡直响。

“你轻着点。”周亚迪伸出脚对着车厢“咣”的就是一脚。我和阿来被他激烈的动作表情惊呆了，默默地对视了一眼。在我们看来，能从这里安全地出去，还有车相送，已经是难以想象的奢望了，谁还会在乎乘坐环境和舒适性。

车子启动了，缓缓地拐了一个弯朝前驶去，我的心居然随着引擎的轰鸣声激动地跳了起来。周亚迪嘟囔着回头看了我们一眼，突然冲我们吐了吐舌头，淘气地一笑，说：“太兴奋了，难道你们不高兴吗？”

我说：“要出去了，当然高兴。”

周亚迪冲我摆摆手指：“我高兴的不是这个，而是出去后能和你一起做点事。”

我说：“那么，真的不带其他人出去了吗？”

周亚迪点点头，“除了你，我现在谁都信不过，包括阿来。”又扭头对阿来说：“要不是秦川，我是不会带你的，所以如果有一天你背叛他，就相当于背叛我。”他不等阿来说话，笑笑说：“不过我估计你不会，敢替他顶罪，刚才还敢跟着我们进那间屋子，看来你很在乎他。”

阿来说：“谢谢迪哥，我知道我这都是托秦哥的福，他是我的贵人，救过我的命。我曾经对不起他，他没有跟我计较，我再做什么对不起他的事，还算是个人吗？”

周亚迪笑着对我说：“现在知道你的本事了吧？”

不知为何车子停了下来，我紧张地握紧手中的半把剪刀盯着车门。周亚迪说：“别担心，出门得走个程序。”

车子很快又启动了，我放松了神经，有些尴尬地对周亚迪笑笑，感觉车速明显快了起来。我通过自己在车子行进的惯性下晃动的方向，努力辨认着车子行进的方向。

我看了一眼周亚迪，他双手抱在胸前，闭着眼养神。

我不知道这车子最终要把我们带到哪里去，对我来说，不知道自己位置的情况，是最没有安全感的条件之一。我也不知道程建邦现在在做什么，是不是知道我已经离开监狱的消息。如果不知道，我该怎么与他取得联系。这一切变化得太快，程建邦肯定也无法预料到……

“嗒嗒”几声枪响骤然响起，我手臂上随之一麻，来不及查看阿来和周亚迪，就感到车子一歪，整辆车急速地翻滚起来。我们三人像骰盅中的骰子，在这车厢内翻滚着，胡乱碰撞着。我顾不上其他人，车厢内根本找不到可以下手抓稳的地方，我只能蜷起身子用一只手紧握着那半把剪刀，另一只手护着自己的头。在翻滚到第二圈的时候，我终于抓住了座椅下的一根横挡。这期间，我听到了阿来痛苦的闷哼声，却听不到周亚迪的动静。周亚迪可不能死，至少，现在不能死。

车身终于停止了翻滚，我们三人像是空筐里的烂菜叶，贴在车厢不同的角落里。我的手臂上有一处枪伤，试着活动了一下手指，慢慢舒展全身。剧烈的连续撞击后，我最担心的是自己的骨骼或神经受损伤，在这种地方，这种情形下，我宁可死也不愿残。

确认了自己身体没有大伤之后，正想去看看周亚迪和阿来，一阵急促的脚步声从外面传来。本来我的第一反应是狱警冲上来了，很快又否定了自己的想法。一路走来，周亚迪似乎把那座监狱玩弄于股掌，那么来者有可能是周亚迪的仇家。此时我倒宁愿来人是狱警，那样我们都有生还的可能，如果是周亚迪的仇家，今天八成是要把命丢在这里了。

我扫了一眼车厢内一动不动的周亚迪和阿来，用脚踢了踢，毫无反应。我攥紧手中的半把剪刀，叫了两声他们的名字，还是没动静。我不禁有些心凉，长长吐了一口气调整着呼吸，静静等着车门被踹开的瞬间。或者，他们连车门都不会踹开，只消对着车厢一顿乱枪就足以要了我们的命。我的心跳越来越快，几乎要从嗓子眼里蹦出来，我不知道我在等待什么。

耸起肩头擦了擦额角淌下的汗水，摸索着又从衣角取出那根小铁棒，将系在上面的布条在中指上绕了几圈，夹在手指中间，将尖头冲外。我甚至张开嘴活动了几下腮帮子，很有可能，嘴里的牙齿就是我最后的武器了。

我现在的样子像极了一头被关在笼中的愤怒的野兽，不论是谁打开车门看到这个样子，正常反应肯定是攻击。如果我就这么站着，外面的人直接朝里面开枪的话，死都不知道是被谁杀的。秦川，你不能紧张，你的任务还没有完成，你的抱负还没有实现，你的生命已经不属于你，你没有资格去鲁莽地拿自己的生命冒险。

我慢慢蹲下身子，倚靠在车门的地方躺下。这样只要外面的人一开门，我会第一个滚出去。他们一定下意识地让开地方让我着地，幸运的话，他们会以为我已经死了。就算他们往里开枪，也会大大地降低命中率。只要我知道外面冲我们开枪的是什么人、有多少人、谁是头目，我就明白自己该如何去战斗。

车门外的脚步声停了下来，竟然没有一个人说话。只有训练有素的有组织、有纪律的人才会这样，看来来者不善。

有人走过来开门了，车厢经过剧烈翻滚已经严重变形，那人连着扳了好几次，拽得车厢来回晃也没有将车门打开。然后有重物砸门的声音，力道很大，没两下，车门“吱”的一声裂开一道缝，一股凉风从缝隙中灌了进来。我眯着眼平稳着呼吸，准备在车门被拽开后的第一时间着陆。

“咣当”一声，车门被车外的人拉开来。我就势面部向下，整个身体朝外滚了出去。果不其然，车外的人吃了一惊，退了一步给我让出了着陆的地方。我的脸埋在又湿又腥的泥土中，在来人将我翻正的那一瞬间，我决定睁着眼。那样会让我看起来更像是一个死人，也能准确地观察到自己面临的是怎样的状况。

不能眨眼，不然就死。我给自己下了这个命令的同时，就被人翻了过来。我屏住呼吸，清晰地感觉到睫毛上还沾着泥沙。走过来一个人，站在我身边，皮靴就贴着我的脸。他用脚在我脸上踢了几下，将我的头来回拨弄了一下。我彻底放松眼球的神经，任由他摆弄。在我的头侧向外面的一瞬间，我看到了来人居然是狱警，一共有六个人，每个人手里都有枪。

用脚摆弄我脑袋的，就是那个监狱长。

一个狱警跨过我钻进车里，不多时对车外说："这两个还有气。"

我心中一喜，看来阿来和周亚迪都还活着。

监狱长说："解决掉。"

周亚迪不能死，他如果死了，我活着还不如死了。这时候已经容不得仔细考虑了，我猛地伸出手一把将监狱长的双腿紧紧抱住，就势起身用肩膀抵住他的膝盖朝前拱去。在他摔倒的瞬间，我蹿上前一手锁住他的脖子，身子借力垫在他的身下。另一只手将那半把剪刀紧紧地贴在监狱长的颈动脉处，这样一来，他的整个身体躺在我的身上，完全挡住了我的身体。

我大喝一声："都别动。"

在场的所有人被我这突如其来的一连串动作惊呆了，他们不是不敢动，是根本还没反应过来。我将剪刀交换到锁他脖子的手中，空出一只手将监狱长手中的手枪夺过，抵在他的腰眼上说："让他们一个一个慢慢地把枪丢进车里，在前面背朝我站成一排。不然，你挨的下一枪就不是这里了。"说着就对着他的大腿开了一枪。

我的目的是尽快解除威胁，赶紧带周亚迪和阿来离开这里。我不知道自己有多少时间，所以动作必须快。这一枪就是明确告诉他们，我不想跟任何人谈条件，不允许任何人违背我的指令。

监狱长浑身一颤，喉咙里哼了一声，咬着牙对其他狱警说："按他说的做。"

两个狱警一个接一个地将枪丢进车里，轮到第三个时，我明显看到他握枪的手不像是想要把枪丢出去，而是时刻要抬起枪扣动扳机的样子。从他时不时会朝我瞄一眼的情形来看，这也绝不是个省油的灯。他距离车厢还有不到三步，他的小动作一定会在这三步之间完成。我没时间猜测他为什么打算豁出监狱长的命，我只知道我需要在他迈出第二步的时候拔枪朝他射击。第一步，我暗自舒展了手臂和手腕，悄然瞅准他的头部。在他刚要迈出第二步的时候，我猛地伸手将枪口对准他。果然，在我扣动扳机的瞬间，他抬起了枪转身。只可惜，他的枪口还没来得及对准我，我枪里的子弹已经射进了他的头部。

他应声倒地。

“照我说的做，别动小心思，丢了命，不值得。”我用枪口指了指剩余的三个狱警，凑在监狱长的耳边说，“看到没，你的手下有人想要你的命。”

监狱长呻吟了一声：“你现在说什么是什么。”他头上大滴的汗滴在我的脖子上，我知道他腿上的那个枪伤的痛开始发作了。他的身体有节奏地颤抖着，那是肌肉受到重创后的痉挛所致，不是他能控制的。但是他的身体时不时地抽搐，使得我不得不放松手臂，不然很容易将那半把剪刀扎进他的脖子。

就在我稍微松了点劲的同时，他猛地一抬头，后脑重重地砸到了我的面门上，因为我躺着的缘故，鼻血直接从鼻腔往里倒灌，呛得我眼前一黑。第二下很快就来了，正砸中我的脑门，我的后脑再次重重地砸到地面上。瞬间觉出脑袋里像是有一根牵动着我所有神经的筋开始猛烈地抽动，每一下都像是能立刻要了我的命。

我的鼻腔和口腔已经灌进了鼻血，这第二下的攻击使得这些鼻血直接冲向气管，我不得不侧过头将一口血喷了出去。他就势挣脱了控制，朝一旁滚了过去。我忍着汹涌而来的头疼，努力清醒了下头脑，伸出枪朝那边几个人影射去，那三个人纷纷倒地。我咬牙半蹲起来，忍着头疼用枪去找监狱长，他已经绕到我的一侧，摊开双手，驼着背，侧着身子不敢动。

我扭头朝地上又啐了一口血，心想，我必须不顾一切后果地结果了这个人才行。他带着这些人明显不是来抓捕我们的，从他让一个狱警了结还在昏迷中的阿来和周亚迪时，我就知道了，他们是来要我们的命的。如果我没有猜错的话，周亚迪才是他们的目标，我和阿来不过是陪葬的而已。事情走到这一步，已经到了不是你死就是我亡的地步。

剧烈的、难以忍受的头疼迫使我坚定了处决他的决心，只有解决了他，我才能服用周亚迪给我的止疼片。再拖下去，不等监狱长动手，我就被活活疼死了。

我猛地扣动了扳机。

枪没有响，那一刻我的心脏几乎骤停，居然没子弹了。看来，他之前用这枪对着我们的车打过。我咬牙喝了一声，使出浑身力气从地上弹起，将手里的半把剪刀朝他致命的地方刺去。可我的头此时却像灌满了铅似的，将我腾起的身体狠狠地往下拽，拽得我眼前一阵接一阵地发黑。

我只觉手腕上一震，手一松，那半把剪刀飞了出去。监狱长在我放空枪的瞬间已经反应过来，抬脚踢中了我的手腕，接着一脚狠狠地踹到我的头上。我觉得自己像是从树枝上掉落的一片树叶，随着秋风，轻飘飘地飞了出去，慢慢地落在地上。我睁着眼，眼前却白花花一片，似乎看到一个黑影朝我袭来，我却无能为力。我连蜷起身体、护住自己要害的力气都没有了。

老徐、宁志和建邦，对不起，我失败了；我的亲人和朋友，永别了；郑勇、孙强，我来了。我没给你们丢脸，我用我的生命坚持到了最后……

有人揪着衣领把我从地上拎了起来，我听到他在呵斥着什么，那声音遥远又模糊，好像是从另一个时空传来。我的腹部在被人用膝盖一下又一下地撞击，我觉不出疼痛。只想这一切快点再快点结束，让我好好睡一觉，我好累。

我好像没有了呼吸，却也不渴望空气，因为我明白，只要还在呼吸，我就会醒来，我就会疼，就会累。

我被他放倒在地上，面朝着地面，他骑在我的背上，揪着头发把我的脑袋提了起来。那一刻，一口气被我吸入，眼前满是陌生的山和树，灰蒙蒙的云层遮蔽下，我看不到太阳，也看不到蓝色的天空。监狱长嘴里不停地咒骂着，喘着粗气，一手扳住了我的下巴，一手扳住我的后脑。

我知道，一切就要结束了。

我想起了那个被我扭断脖子的少年杀手，想起了死在洪古枪下的郑勇……

5

不，我不能死，九泉之下的郑勇还不曾瞑目，如果他问起我有没有给他报仇，我该怎么说？

我浑身一激灵，瞬间所有的疼痛全部袭来。稍一使劲吸气就发现自己的肋骨断了很多根，如果我用力，那些断裂的肋骨就会像一把把钢刀刺穿我的内脏，那样的话不用监狱长动手，我也会立刻断气。

我不想死，也不能死，我甚至想如果再给我一个机会，我就会跪下来求监狱长放过我。但是现在，别说说话，就算是呼吸都困难。

我知道骑在我身上的敌人正在平稳自己的呼吸，等他喘匀了气，手上就该使劲。我想，这是我在这个世界上最后的几秒了。

郑勇，对不起，原谅我！

这是我对这世界最后的遗言。

我的脖子不能活动，只能把目光落在离我最近的一棵树的树梢上。那一刻整个世界是安静的，安静到忘记耳朵的存在，忘记所有有关声音的记忆，就好像这个世界本来就没有任何声音。我，静静地等待着死亡的来临。

只听“嗵”的一声，我脖子上的压力瞬间就消失了，我背上的人跟着飞了出去，牵连着我也翻过了身子。一个矫健的身影，连拳带脚，连肘带膝，招招致命地将刚才骑在我背上的监狱长打得毫无招架之力，就连摔倒的机会都没有。

浑身的剧痛让我没办法动一下，只能躺在地上看着那人将监狱长打成了一摊烂泥，最后才给了监狱长致命的一击。那人往监狱长的尸体上啐了口唾沫，转身朝我飞奔而来。我才认出，居然是程建邦。

像上次在监狱中见到他一样，我的眼泪夺眶而出，而每一次哽咽都牵动着我浑身剧痛。从来没见过程建邦这副神情，皱着眉头、满脸焦急和内疚的样子。他蹲下身来回打量着我全身，急切地问：“哪里受伤了？”

我说不出一句话，只是看着他。

他眼眶一红，转过脸去抽了几下鼻子，咳嗽了几声，才转过头来：“对不起，我来晚了。”

“你怎么来了？”说完我就后悔了，多么没有意义的一个问题啊。我要抓紧时间跟他汇报情况，我赶紧组织好语言说：“车上那个才是周亚迪，以前那个是他的替身，他应该已经信任了我，带了我越狱的，结果……”

他说：“别说了，我带你去找医生。”

我说：“不行，我们费了这么大劲就是为了今天。我可能断了几根肋骨，我口袋里有止疼药。你帮帮我，我要跟周亚迪上山。”

他终于没有忍住眼泪，一滴泪水滚烫又沉重地坠落在我的脸上。他哭着从我的口袋里摸出药瓶，看了一眼说：“哪来的？这是德国最新的止疼药。”

“周亚迪给的，给我两片。”胸腔痛得几乎不能做吞咽的动作，我将药片硬咽下去说，“你去看看那两个什么情况，不能让他们看到你。”

程建邦点点头，跑了两步钻进车里，约莫两分钟后返了回来说：“放心，一时半会醒不来，也死不了，我帮你检查下伤。”他一边摸着我的肋骨一边观察我的反应，最后说，“你必须得去医院，你动不了，跟我走吧。”他回头看了看那辆车：“我再想办法，一定还有别的办法。”

我千辛万苦付出这么多得到的战果，怎么可能就这么放弃？我顿时急了：“不行，放弃这个机会我宁可死在这儿，他们那里一定有医生的，你在暗处掩护我，让他带我上山，他一定有办法的。你赶快隐蔽起来，我估计接应他的人就快到了。”

程建邦一瞪眼：“你不要命了，我们不差这一个机会，为这事把命搭上，值得吗？”

我说：“值得，我已经为这个机会搭了几条命进去了，不差这一次，帮我！”

程建邦看着我，终于点头了。“理解你，尊重你。”他始终很警觉地在听着四周的动静，既然决定了，他迅速恢复了坚定的表情，利索地捡了一支枪塞到我手里，说：“你用这个叫醒他们吧，我在暗处掩护你。”

他站起身要离开，走了两步又停了下来，对着地上的我敬了一个标准的军礼，扭头三步两步钻进了丛林中。看着他的背影，我的体内突然充满了力量，眼泪大颗大颗地往外滚。

我抬起胳膊抹了抹脸，举起枪瞄向那辆四轮朝天的破车，对准轮毂扣动了扳机。我已经无力握紧那支枪，开枪后的后坐力变得格外强烈，枪托后撞碰到了我的软肋，剧烈的疼痛让我半天没喘过气来。想到战友就在不远处的丛林中掩护着我，我觉得这是莫大的幸福，就好像孤军作战了很久，就快要忘记了战斗的意义，马上就放弃继续战斗时，发现一直有人在身后看着我。那一刻，我觉得自己是真正的英雄，他的目光胜似亿万人的欢呼、掌声和鲜花。

车里还是没动静，我握紧了枪打算再开枪。这时车厢开始晃动起来，我虚弱地喊了声："出来吧，是我，没事了。"

先探出头来的是周亚迪，他一手扒着车门一手捂着头，看来还在犯晕。看着满地的尸体，他很快就反应了过来，快步跑到我的身边说："你怎么样？"

我笑着摇摇头说："迪哥，我不能动了，可能不行了，你快走吧。"我想，如果他真的放弃我自己走了，我就只能听从程建邦的安排回去先养好伤。一旦他依然要带我上山，就证明我留下来的决定是正确的，他已经真的把我当作自己人了。

周亚迪猛地站起身来，跑回车内把还昏迷着的阿来拖了出来。阿来被连拖带拽地一阵折腾，这才清醒了过来，龇牙咧嘴地揉着脑袋，对着眼前的一切发呆。周亚迪指着我对阿来说："在我回来前，照顾好你秦哥，不然我杀你全家！"他对着阿来的屁股踹了一脚，阿来一个趔趄差点摔倒，稳住身形才看见地上躺着的我，急忙踉踉跄跄地跑了过来。周亚迪指着阿来说："等我！"然后抬起头，原地转着圈四下看了看，选了个方向三拐两拐，消失在丛林中。

阿来大概被我浑身的血吓到了，扎着两手想来扶我，带着哭腔说："秦哥，你怎么了？"

"别碰我。"我喝住阿来，"别废话，帮我看看这车是从哪里翻下来的。"

周亚迪很快从树林里钻了出来，一边朝车内跑一边招呼阿来："过来帮忙！"他先钻进车里拖出一副担架来，阿来赶紧上前帮忙。他们将担架放到我身边，周亚迪双手从我腋下穿过钩住我的双臂，又对阿来说："你抬脚，我喊一、二、三，一起用力。你手底下敢给我软一下，我现在就要了你的命。”

阿来忽然安静了下来，看了一眼周亚迪说：“我也很关心秦哥，我说了我欠他太多，而且越来越多，如果可以，我宁愿现在躺在地上的是我。所以我全力救秦哥并不是因为怕你杀我全家或是我。”说完他没有理会愣住的周亚迪，也不等周亚迪回话，低下头双手搂住我的两个膝盖，说：“喊吧。”

周亚迪低下头抓紧我，两人随着号令一起用力，将我放到了担架上。他们抬着我钻进了树林，丛林里各种灌木和植物枝叶繁茂，我能感觉到他们走得很吃力，任何一点颠簸都会让我疼得撕心裂肺。我忍着没有叫出来，那只会让他们更加畏首畏尾。

周亚迪说：“秦川，我欠你一条命，大恩不言谢。这里的地形我熟，你稍微坚持一下，我就能找到接应我们的人，你千万不要睡觉，和我们说话。”

我打起精神说：“刚才那些人是想要了我们的命，为什么？他们是狱警，我们已经没有反抗能力了，他们把我们抓回去不就行了吗？”

周亚迪说：“一言难尽，等回去我慢慢跟你说，现在你知道那些人是多想要我的命了吧。哼，他们可真舍得下血本，不过这次他们赔大了。秦川，你是他们的克星，哈哈哈。”

我的意识越来越模糊，只要一睁眼，耳内就会响起不知哪里来的轰鸣声，吵得我连呼吸都觉得困难。更加沉重的是我的眼皮，我知道，如果我睡着了，可能就再也醒不来了。

更要命的是，寒冷。

我抑制不住地颤抖，连牙齿都开始打架，颤抖带来的钻心的疼痛几乎让我放弃了撑下去的信念。

周亚迪停了下来，警惕地四处张望着，说：“我好像听到了什么动静，阿来，你听到了吗？”

阿来喘着粗气，倒了几口气把气喘匀了说：“没，没有，可能，是猴子吧。”阿来用肩头蹭了蹭脸上的汗，这才注意到我的反常，紧张地问：

"秦哥，你怎么了？迪哥，你快看。"

周亚迪指挥着阿来把担架放到地上，上前用手刚碰到我的脸，触电似的把手抽回。"怎么这么烫？"他拍着我的脸说，"秦川，你不能睡着，你坚持下，很快就到了，我那里有最好的医生。"

我的意识已经模糊了，刚才周亚迪说有什么动静的时候，我知道那是程建邦，我从未在同一时刻距离他们这么近——我挣扎在阴阳两界的边缘，一边是郑勇和孙强，另一边是丛林里一直跟着我保护我的程建邦。是的，我的战友，我的兄弟就在不远处看着我。

担架再次被抬起，继续在丛林里颠簸。

"秦川，坚持住，别睡啊，睡了就是死，这世界好玩得很，你见过什么啊？你有过女人吗？有过几个女人？你知道不同国籍、气质和性子的女人之间有什么区别吗？"他不停地唠叨着，试图用这些刺激我的神经，不让我睡去。

秦川，你要坚持住，你走到这一步是拿命换来的。北边就是你的祖国，那片土地上的人民正面临着毒品的侵蚀，将有成千上万的家庭会因为那些粉末毁灭。那些人可能有你的朋友，有你儿时的玩伴，也可能只是在长安街上查你身份证的大妈的儿子，或是那个保安的哥哥……你的职责是保卫他们。我想着这些，咬紧牙，不停地眨着眼，转动着眼珠驱散困意。

秦川，全靠你了，你不能功亏一篑，我们已经牺牲了很多战友和兄弟，更多战友的兄弟已经整装待发，只等着你的消息，然后将他们一举歼灭。你不能睡着，你得去战斗！那些与我并肩作战的战友的影子不停地在我脑中快速地晃过，不论我如何集中精力都无法看清他们脸上的表情，但我听得到他们对我的叮嘱。

担架猛然一斜，阿来"哎哟"一声一个跟头摔倒在一边，我从倾斜的担架上翻滚到旁边的灌木丛里。腹部一阵钻心的痉挛，一口鲜血翻涌着从嘴里喷了出来。

那一刻，我唯一担心的是程建邦会按捺不住从隐秘处蹿出来。

我再也撑不住了，那口血像是我最后的一口气，飞溅到面前的一丛野草上。一颗颗红艳艳、亮晶晶的血珠滑到草尖，悠悠地坠落在泥土中。

似乎有只无形却无比有力的手，正拽着我的灵魂帮我脱离这令我痛苦的躯壳。隐约中，我听到阿来，或许是周亚迪正嘶喊着我的名字。我最后的意识还是担心程建邦会忍不住跳出来，接着就什么都不知道了。

第八章

我喜欢简单的人

1

如果，生命不止一次，我会选择一次用来享受人生，一次用来保家卫国，一次用来功成名就。但是生命只有一次，我走上了不前不后的中间那条路。

我曾问过自己，如果可以重新选择一次，是否会放弃明媚的阳光、青草的清香和爱人与孩子的笑声？是否会放弃名车豪宅、鲜花掌声和闪光灯？是否还会毅然决然地走上这条满是鲜血与尸体、阴暗与丑恶、死神无处不在的荆棘之路？

我想，我会的。

因为抛却信仰和忠诚之外，我一无是处。

当我从昏迷中第一次醒来时，身边多了好些人，那些人我都不认识，他们相互换着手抬着我，速度明显比之前快了很多，也稳了很多。阿来和周亚迪一左一右扶着担架跟着跑，周亚迪不停地叮嘱着："稳一点儿，稳一点儿。"

阿来第一个发现我睁开了眼，张着嘴巴看着我一句话也说不出来。周亚迪是第二个，他在说着什么，我听不清，继续昏昏沉沉地睡去。

我从来没有赶过那么漫长的路，而且还是被人抬着的情况下，好似那条路永远也走不到头。真的好累。

伤痛掺杂着绝望战胜了我的所有坚持，那一刻我想放弃所有，包括我的生命。

再次恢复意识时，我清晰地听到有金属轻微触碰时发出的声音。头顶有一盏无影灯，强烈的光线亮得眼睛生疼，几个人围着我低声交谈着，紧张地忙碌着。我不知道这是哪里的手术室，也不知道在外头守候的是程建邦还是徐卫东，或者是周亚迪。我只知道，我可能死不了了。

我无力去观察手术室的环境，又睡了过去。不知过了多久，一个人拍着我的脸叫着我的名字，我忍着强烈的睡意睁了睁眼，推着我的车七拐八弯终于进了一间病房，几个人合力将我平移到了病床上。沿途经过的建筑都是竹木结构，被粗大的原木柱支架在地面上。这种建筑让我觉得毫无安全感，即使是一颗步枪子弹，都能轻松穿过几层墙壁，一旦发生枪战根本没有绝对安全的隐蔽点。

等嘈杂的人群终于散开，周亚迪走了过来。他还穿着那身囚服，灰头土脸地看着我，一脸的疲惫。见我能认出他来，眼里掠过一丝光，笑了。

阿来站在他身后龇着牙也冲我笑，说："秦哥，没事了，医生说没事了。"周亚迪有些不耐烦地白了他一眼，阿来抓抓头缩着脖子往后退了一步。

周亚迪不可思议似的摇摇头，啧啧赞道："你身体可真好，医生说换别人早完了。"然后扭头对身后说："他是我的救命恩人，我要你帮我照顾好他。"

我这才看到他身后站着一个个子非常娇小的小女孩，约莫十七八岁的样子，她听了周亚迪的嘱咐，使劲点了点头。"你好好休息，我得去收拾一下。"周亚迪上前轻轻拍了拍我的肩膀，转身给阿来使了个眼色，离开了病房。那女孩对我笑了笑，两手交叉摆在小腹上站在一旁，盯着输液管里的点滴。

医生说可以睡了，我再次昏睡过去。等醒来的时候是被真切的疼疼醒的，窗外已经黑了，病房角落的桌子上亮着一盏台灯，昏黄的灯光恰到好处，既能看到屋里的一切，又不影响睡眠。那个女孩子蜷着身子坐在一张小凳上，头埋在手臂里，长发像匹发光的黑色绸缎盖在她身上，看样子是睡着了。

我口渴得厉害，但微微一动浑身就疼痛难忍。没想到，这么轻微的动作居然惊醒了那个女孩，她猛地抬起头，睁着惺忪的睡眼，将头发捋到耳后，赶紧站起来查看我。

我说：“我想喝水。”

她笑着摇了摇头。

我说：“阿来呢？”

她还是只是看着我笑。

这人可能听不懂中国话，我伸出能活动的那只手比画了一个喝水的动作。她学着我的手势也做了个喝水的动作，笑着摆摆手，站在一边微笑地看着我。

我实在无力跟她费劲比画，自己伸手慢慢掀开被子一角，我身上裹满了纱布，前后都上着夹板。看来我一时半会儿是行动不得了，越是这样越觉得口渴，鼓了半天气，我放大了音量喊：“有人吗？”

她朝门外看了看，又看着我还是一言不发。我想接着喊，可怎么也攒不足一口气，只好作罢，心想挨到天亮总会有个懂我话的人来。我心中暗自骂道：这个周亚迪，找了个白痴照顾我，居然还好意思说我是他的恩人。我冷冷地看了一眼那个女孩，咂了咂干涸的嘴唇，只能闭上眼睛睡了过去。

那一夜我梦到徐卫东办公桌上的那只瓷茶缸，满满一杯水，面上漂着几根茶叶。我站在桌前看着徐卫东埋头看文件，他许久不理我。我渴得实在难受，向他打了个立正说：“报告，我想喝水。”

他头也没抬，指了指那只茶缸，继续看文件。我端起茶杯，谁知烫得下不去嘴，好不容易喝了一点点，还全是茶叶。我连连呸着嘴里的茶叶，一着急，醒了。

一睁眼，天已经麻麻亮了，那女孩还坐在床边，见我醒来对我一笑，端起床头的一杯水插上吸管递到我的嘴边。我一口叼住吸管就是一顿猛嘬，刚没嘬两口，吸管就被她抽走了。我咽下口中的水疑惑地看着她，她伸手在自己的喉咙处轻轻地捋了几下。我明白她是要我慢慢喝，也一下明白过来，万一呛到，我这一身的刀口哪咳嗽得起。也知道了昨晚她为什么不给我水喝，刚做完手术是不能喝水的。我尴尬地对她笑笑算是道歉，错怪她了。慢慢喝完水，女孩又拿过温热的毛巾帮我洗了脸。她的动作特别轻巧，在病房里细碎地忙碌着也不发出一点声音。

外面传来了脚步声，女孩侧着脑袋听了一下，快步走到门口拉开了门。门外站着一个男人，身后跟着一个医生模样的人，还有几个大概是随从。

若不是这人走到我床边开口说话，我一时都没认出来他就是周亚迪。他理着很精神的寸头，穿着件干净宽松的白色休闲衬衫，下身是一条淡蓝的牛仔裤，脚上蹬着一双皮质凉鞋，儒雅得像个大学老师。

他一进门走过来就问："感觉怎么样？"不等我说话扭头又问那个女孩："他昨天休息得好吗？"

女孩笑着点点头，眼睛在清亮的晨曦照耀下闪动着灵气。

"啊？她听得懂中国话？"我问道。

周亚迪呵呵一笑，回头看了一眼那个女孩说："她就是华人。"

周亚迪站到了一边，他身后的医生上前来搭着我的脉搏看着手表，翻翻我的眼皮问："放屁了没？"

"啊？"我以为我听错了。

医生又问："放屁了没有？术后排气。"

我想了想说："没有。"我不记得自己放过屁，而且就算放了，我也不能跟他说啊。

谁知那个女孩拽了拽医生的袖子，点了点头。

那医生确认道："放了？"

那女孩子又点点头。

此时，我意识到两件事：第一，这个女孩是个哑巴；第二，我昨晚睡着后放屁被她听见了。

阿来拄着双拐从人群中挤了进来，跟我打招呼："秦哥。"

我冲他点了点头："你的腿怎么了？"

周亚迪看了一眼阿来，对我说："你放心，我不会亏待他的。"

阿来说："我坐牢之前腿就受了伤，他们没有给我好好治。这次得多谢迪哥，找医生帮我重新治伤。"

我说："你好好养伤吧。"我们说着话，那个女孩上前帮我掖了掖被角。我又想起刚才说放屁的事，顿时不知该用什么样的表情面对她了，一句"谢谢"卡在了喉咙里没说出来。

我正尴尬着，医生跟周亚迪低声说着话，这时屋外又传来一阵闹哄哄的嘈杂声。周亚迪微微皱了一下眉头，门外一个随从快步走了进来对周亚迪低声说："胡经来了。"

周亚迪嘴角微微一撇，眼中闪过一丝杀气，随即转回了招牌式的微笑。

一个四十岁左右、染着黄色头发的男人大步迈进病房。这人脖子上戴着一条粗大的黄金项链，手腕上戴着一串不知什么材质的通体黑亮的大佛珠，扑面而来一股莫名的嚣张气势。他进门来快速地扫了我一眼，很快转头表情夸张地看着周亚迪。"这才是迪哥真身啊？我居然被那小子骗了那么久，我就说，他那个气质怎么看也是个跟班。"他说着又退后一步，上上下下打量了周亚迪一遍，嘴里啧啧地说，"就是不一样，王者风范啊！"说完他弓着腰对周亚迪伸出手："我是胡经，以后多关照啊。"

周亚迪没有握胡经的手，双手抱在胸前微笑着说："久仰。"

胡经悬在空中的手一握，伸出食指指向我说："听说迪哥在回来的路上遇到了麻烦，多亏你，听说你很能打！"

我来之前没有听过胡经这个名字，听他话里的意思，他应该也被赵振鹏假扮的周亚迪糊弄了很久，那么这个胡经很有可能就是周亚迪口中的仇家。我见周亚迪并没有给他好脸，猜想这两人连面和都做不到了，那我也没必要给他好脸，这样做才能显示我对周亚迪的忠诚。

况且这次差点要了我的命的，应该就是这个叫胡经的人。我见他还等着我说话，攒了一股劲，放了一个响屁，转头问医生："可以吗？"

那医生点点头说："好好休息。"冲周亚迪也点点头，离开了病房。

胡经冲我扮了个鬼脸，笑了笑。

周亚迪说："你花了不少钱吧。"

胡经直起身子说：“对啊，为迪哥接风多大的排场我也愿意，我来就是想问迪哥哪天有空，我给你接风！”

周亚迪站在原地没动，还是双手抱在胸前。“你接我出狱，用得着那么大排场吗？花点钱就算了，还损失那么多条人命。”周亚迪顿了顿，不等胡经打哈哈，又说，“这么大场面玩砸了，居然都没影响你的心情，你还真是海量。”

胡经明显尴尬起来，还是强挤着笑说：“迪哥话里有话啊。我不像你在外国上大学，我可没怎么读过书，听不明白。”

周亚迪说：“下回再找人，要找能干的，不然你的面子虽然不算什么，可白花那么多钱，我都替你心疼。”

胡经仰头打了个哈哈，说：“迪哥，你这么说可就不对了，你的意思是我找人去杀你？你看看你，树大招风啊，在自家地盘上混都用替身，瞒了大家这么久。谁知道你在外面还得罪了什么人？可不能把这事栽到我头上。我上个月在澳门还差点被车撞了，我能说那是你迪哥派人干的吗？”

周亚迪一下板起了脸，阴沉地说：“你没说错，还真是我找人干的，所以以后你出门都要小心了。”他抬眼看了看胡经身后的几个手下：“包括你身边的人。”

说完话周亚迪脸上又恢复了笑容，眼神里多了几分轻蔑。胡经忍不住回头扫了自己身后几个手下一眼，抓抓头笑着说：“迪哥真会开玩笑，是不是你们在外国读过书的人都那么幽默？”他走到我床边，用手指戳了戳我的肚子问：“还疼不疼？”

我忍着疼痛，冷冷地看着他，一言不发。

“果然是条汉子。”他凑近我的脸低沉着声音说，“你，不过是他的一条狗。”

我与他对视着，整个病房安静了下来，静得掉根针都能听到声音。突然，我对着他猛一张嘴“汪！”的一声，吓得他浑身一哆嗦，往后退了一步。

周亚迪哈哈笑了起来。

胡经狠狠地剜了我一眼，也笑了。“对了，我差点忘了，我爸爸过几天过大寿，我得去准备准备了。”他大笑着朝外走去，走出门口，又将头探进来对周亚迪说，“还没有问周伯父的身体现在怎么样？”

周亚迪虽然还微笑着，但我清楚地看到他额角的青筋跳了几下。

胡经一拍脑门又说：“哎呀，我怎么忘了，伯父好像刚刚过世，啧啧啧，好惨啊，节哀顺变哦，迪哥！”

胡经哈哈大笑着，带着手下扬长而去，离开很久都还能听到他的笑声。我好像明白了些什么，又不能确定。我能肯定的是，周亚迪加深了对我的信任和依赖。这就足够了，他们之间的恩怨暂时对我并不重要，相信周亚迪会很快告诉我内情。

2

胡经离开十多分钟了，周亚迪都还没有缓过劲来，一动不动地站在窗前，脸上青一阵红一阵的。我从来没见过他这个样子，看来刚才胡经的挑衅着实戳中了他的软肋。

房间里所有的人都悄悄地不敢出声。我猜测周亚迪父亲的死，是不是和胡经有关系？看这两个人水火不容的架势，牵涉的事必然也小不了。来之前，我以为周亚迪就是这里说一不二的老大，只要搞定他成为他的心腹，很快就可以给上级交一份满意的答卷。现在看来，我之前做的那些，不过是一个序幕而已。

周亚迪闭上眼身形一晃，若不是那女孩手疾眼快将他扶住，怕是他会直接摔倒在地上。其他人这才反应过来，赶紧围上去将他扶出病房。临出门他对那女孩子挥挥手，指了指我说：“照顾好他。”女孩点点头，留了下来。

我不禁对这个女孩和周亚迪的关系产生了一丝好奇。要命的是她是个哑巴，沟通起来要比和常人沟通费事很多。她对周亚迪可以说是唯命是从，周亚迪对她也是信任有加，保险起见，我不能直接从她嘴里套什么话。周亚迪自始至终都没有正式跟我介绍过这个女孩，我想他有他的考虑。不管这女孩是真的派来照顾我，还是派来监视我的，我都只能先接着。

接下来半个来月的时间里，我只能那么躺着任人摆布，没有出过这间病房。

周亚迪每天会来看我一次，总不忘带来一罐补汤，亲自看着那女孩喂我喝完，然后跟我说几句闲话。他的形容越来越憔悴，坐在那里都显得心事重重，离开的时候也是步履匆忙，但每次都不忘叮嘱那个女孩好好照顾我。他看我的眼神中偶尔会露出一丝殷切的希望，又转瞬即逝。我想，他一定是遇到了很大的麻烦。

一天上午，医生告诉我可以拄拐下床活动了，兴奋的我在那女孩的帮助下，架起双拐正慢慢地在病房里溜达时，周亚迪来了。他见到站在地上的我，显得比我还高兴，拎着汤煲围着我转了好几圈，扭头问医生：“什么时候能痊愈？”

医生上下打量着我问道：“你感觉怎么样？”

我稍微大幅度地活动了下身体，只觉得体内像是有几股筋揪着似的，动作一大就撕扯着疼。我说：“有点使不上劲，动作不能大，这么走没问题。”

医生对周亚迪说：“再有十多天差不多了。”又转头对我说：“你这次伤得很重，仗着你年轻，底子好，基本上恢复得差不多了。但是，可能不会再像以前那样好了，加上你头部的伤得慢慢恢复，所以……不过你还年轻，注意调养，应该没什么问题。”

我隐约觉得医生的话里隐藏了什么，赶忙追问了一句：“大夫，有话您直说。”

医生想了想，说：“一般的骨折没什么大碍，你最重的伤在内脏。如果是一般人，在家里慢慢调养总会养好。但你应该很清楚你的情况特殊，我们这里的医疗条件也有限，我的意思是，以后要悠着点。”

我还是没有听懂，或者不愿意听懂他的话，我宁愿他简单地告诉我实情。医生和周亚迪点了点头就朝外走去，我伸手想要拦他，却被那个女孩扶住。她冲我慢慢地摇摇头，示意我别激动。

周亚迪上前搭着我的肩膀说：“秦川，这都是我欠你的，等我处理好手头的事，我带你去日本，去美国，看最好的医生，你放心。”

我随口说：“我宁愿去中国。”

周亚迪想了想：“没问题，我会安排。”他把手里的汤煲递给那女孩，“我去和医生聊聊。”不知想起来什么，他一拍脑门说：“我是不是没给你介绍过她？”

我转头见那女孩正腼腆地笑着，点了点头。周亚迪说：“怪我，她叫苏莉亚。你们两个都是我最信任的人，她对这里的情况比较熟，有她照顾你我放心，你有什么需求直接跟她讲。”周亚迪像一个父亲似的笑着摸摸苏莉亚的头顶，说：“我先走了。”

看着周亚迪走出病房，我默默地念了一次：“苏莉亚。”

苏莉亚笑着冲我点点头，我问：“这是哪里的名字？”

她也不说话，只是笑着将我扶到床上，盛出一碗汤来，一手拿碗一手拿着汤匙准备喂我。我说：“我自己来吧。”不等她反应，我就接过汤碗一口倒进嘴里。

那天，除了身上的伤以外，我的嘴里又多了几个泡，烫的。

我很想知道周亚迪跟医生谈话的结果，直到晚上他也没来，这让我很抓狂。如果我的身体出了大问题，在如此复杂的情势下，就算周亚迪再信任我，我也很难有所作为。这些天里，我总会被一些或惊险或悲伤的梦惊醒。来之前所做的那些心理准备，全都被残酷的现实打得支离破碎了。

干净整洁的床，松软没有异味的棉被，阳光明媚、鸟儿叽叽喳喳在窗外鸣叫的早晨，是那么的不真实，好像是一种过分的奢靡。我像是一个瘾君子，依靠毒品在幻境中挥霍着自己的生命。渐渐地，我似乎适应了这里的一切，适应了清晨被牛奶的醇香味和悦耳的鸟鸣唤醒，适应了阳光温暖地照在我的脸上，适应了一睁眼就看到苏莉亚的笑脸。这一切让我再一次有意无意地逃避着自己真实的身份，好想就这么一天接一天地无所事事地过下去。

我开始隐隐地回避起记忆中的一些人和片段，我好希望程建邦对着奄奄一息的我敬礼的那一幕，只是出现在某次噩梦中的场景而已。每当我独自在病房中发呆时，每一点细微的响动，我都担心是程建邦悄然来访。就算是知道自己已经能够丢开双拐自由地活动了，我还是不愿离开这间病房，我好怕外面的世界，好怕外面的那些人和事。我知道自己像极了一只缩头乌龟，但我宁愿被所有人，包括被自己唾弃，也不想走出这间屋子的门。

又是一个清晨，睁开眼，我盯着窗户边树叶上被阳光照得晶莹剔透的露珠，心里突然隐隐地痛，好像自己和那露珠一样见不得阳光，只要暴露在阳光下，就逃不过转瞬消逝的宿命。

我正发着呆胡思乱想，几声刻意的、轻巧的脚步声传入我的耳朵。我的心跟着悬了起来，随着那步步临近的脚步声的节奏跳动。我脸冲着门口眯着眼睛等候来人。

不一会儿，就看到苏莉亚端着早餐蹑手蹑脚地进了门。

我睁开眼说："早。"

她吓了一跳，瞪着圆圆的眼睛随即笑了，指了指我，做了个睡觉的姿势，大意是说她以为我在睡觉，怕吵醒我才故意放轻动作的。

我说："我刚醒。"

吃完早餐，我正准备躺下，她拽着我，指了指外面，示意我出去走走。我看了看她，又看了看外面，想了想说："迪哥应该马上就过来了，我们出去了，他来看不到我们，不太好。"

她笑着比画道：是迪哥让我来带你出去走走的。

从前，不论晚上睡在哪里，我都会把外面的情况摸得一清二楚才会安心。可这一次，我对这间屋子外的认知度几乎为零，而我一点也不想伸出脖子看看，宁愿欺骗自己这里固若金汤。我绷紧身体的每个部位暗自使了使劲，身体的确没什么问题了。我知道我瞒不了她，她和周亚迪对我伤势的了解要胜过我自己。

我找不到什么不出去的借口，只好硬着头皮磨蹭着下床。刚要迈步，低头看到身上穿的衣服，心生一计，拽了拽身上的睡衣对她摇头皱眉。她笑着打开床头柜，拿出一个袋子来打开，里面居然是一套便装。她将那沓衣服摆在床上，退出屋外将门关好。

看着床上的衣服，我不禁苦笑了一下，什么时候我竟然懦弱成了这般德行？

换好衣服，我走出病房，低着头跟在苏莉亚身后，竹制的地板踩上去咯吱作响，透过缝隙可以看到地面上的落叶和杂草。我真不知道这样一栋看似弱不禁风的竹楼到底给了我怎样的安全感，竟然让我不愿走出去。

一出门，强烈的阳光照得我眼睛生疼，我别过脸，闭着眼，把脸躲在自己用来遮阳的手后面，不知道是怕看到刺眼的强光，还是怕面对外面的世界，又或者，我怕被认得我的脸的人看到。苏莉亚引着我走到一辆越野车旁边，车窗开着，车内坐着一个人，逆着强光我看不清他的样子。那人递给我一副墨镜，我抓过墨镜戴上才看清正是周亚迪。他的一个手下坐在副驾上，开车的司机看上去五大三粗，对我笑着点点头。

我上车坐到周亚迪旁边，苏莉亚也上了车将门关好，车子启动朝前驶去。不等我说话，周亚迪说："出来走走，对你身体的复原有好处。"

我点点头。

他又说："现在是最好的时节。"

我敷衍着说："嗯，一年之计在于春。"

周亚迪呵呵一笑，说："这里可不是，这个时节可是这里收获的季节。"

我没明白他的意思，看了他一眼，说："收获什么？"

他说："到了你就知道了。"

我扭头看苏莉亚，她也只是笑。

车子减了速，司机一个劲地按喇叭。我朝前一看才发现这里好像是一个寨子，车正行驶在一条杂乱的街道上，街道两旁到处是叫卖的摊贩。突然看到这么多人，我一下子觉得有些紧张，不自觉地紧紧贴在椅背上，握紧双拳紧张地看着车外经过的每个人。现在，我真不知道自己到底有多少敌人，我连我自己到底得罪了多大的势力，闯了多大的祸都不是很清楚。

有人拍了拍我的手背，我猛地转过头，苏莉亚看着我紧握的拳头，微笑着轻轻摇了摇头。我试着放松了呼吸和紧握的双拳，咽了口唾沫说："怎么这么多人？我以为山上没什么人呢。"

周亚迪说："这是个寨子，附近的农民都来这里做买卖，所以人多点，不过你放心，没有一个外来的人。"

透过车窗大概看了一眼这个寨子，的确不大。我说道："每个人你都认识？"

周亚迪点点头。

我又问："那来了外人又怎么样？"

周亚迪转头看着我，反问道："你说呢？"

我和他都戴着墨镜，我看不到他的眼神，但能感觉到丝丝寒意。

转眼车子驶出寨子，在一条颠簸的盘山路上缓缓行驶了大约半个小时。刚一下山，眼前豁然开朗。周亚迪摇下车窗，空气中满是清甜的气息，放眼望去，田野上是一片壮观的花海。

我仔细一看，发现这并不是野花，而是人工种植的，田埂间还能看到劳作的农民。花色虽然单调，只是红白相间，在明媚的阳光下开得铺天盖地，让这山谷间呈现出一种诡异的妖娆。我不由得倒吸一口凉气，这不就是我在资料中看到的罂粟花吗？

周亚迪望着窗外问道："漂亮吗？"

我的确被震撼了，木讷地点点头，"嗯"了一声。

他说："今年晚了，往年这个时候已经该收了，不过收的时候可就没这么漂亮了，呵呵。"

我呆呆地看着这大片美艳的罂粟花田，无论如何也无法把它和毒品联系起来。不多时，车子在一间简陋的茅草屋旁停了下来。我跟着其他人一起下了车。周亚迪的两个手下先一步走到那间茅草屋门口，弓着身子朝里张望了一圈，然后冲着我们点点头。

刚走到那茅草屋跟前，迎面而来一股又酸又呛的气味。我揉了揉鼻子，忍不住打了个喷嚏。苏莉亚站在一旁捂着嘴笑。我低头弯腰跟着周亚迪钻进那扇窄小的屋门，眼前黑黑一片，什么都看不到。我心中有些不安，赶忙又退了出来。苏莉亚诧异地站在门口看着我，我说："太黑了，什么都看不到。”

苏莉亚指指我，用双手在自己眼前比画了一个眼镜的形状，又捂嘴笑了。我才想起我没有摘墨镜。

再次踏进那间茅草屋，我还是花了点时间适应，才勉强看得清。屋里有张简陋的竹榻，上面躺着一个人，榻前有一张破旧得分不出材质和颜色的小桌，点着一盏油灯。那人手里托着一杆烟枪，一边抽一边用一根小棍摆弄着烟枪。我之前闻到的那酸呛的气味就是从那杆烟枪里散出来的。

竹榻上那人似乎对一次进来这么多人根本不在意，专心地抽着烟。我凑近了几步一看，再一次惊呆在那里：那是一个看起来只有十五六岁、面容姣好的小姑娘，如果不是目光呆滞，几乎就是一个美女。

我扭头看了看周亚迪。他冲一个手下使了个眼色，那人用我听不懂的语言跟那小姑娘说了几句话。小姑娘像是没听到一样，专心地抽着她的烟。周亚迪的手下无奈地清了清嗓子，把那几句话重复了几次。那小姑娘的眼珠微微转了一下，慢慢地扭头看向我们，突然张大嘴巴，打了一个长长的呵欠。我有点担心那个哈欠会将她的嘴巴撕裂。

她呆愣愣地坐了一会儿，胳膊肘撑着身体坐了起来，从身上抓了一个黑乎乎的东西丢到地上。我还没来得及看那是什么，那团东西居然出溜一下从我的两脚之间钻了过去。我吓得蹦起，头顶差点碰到低矮的屋顶。

原来是只老鼠。

苏莉亚和周亚迪都瞪圆了眼睛，张着嘴巴看着惊魂未定的我。我有些尴尬，搔搔头发，说：“吓我一跳，我还以为是手雷呢。”

那女孩抬起眼皮瞥了我一眼，正要说什么又停了下来，指了指门外。

3

一对看上去有七十多岁的老头老太太相互搀扶着，颤颤巍巍地进了门。

他们的眼神跟动作一样迟缓，抬头看了一眼周亚迪和我们，目光最后落在周亚迪那个司机的脸上，忙毕恭毕敬地对司机鞠了一躬。身子还没站直，两人就不约而同地打起了哈欠。

这家人和周亚迪是什么关系？我们跑这里干吗来了？我也不好主动问，又觉得实在太压抑了。竹榻上的女孩站了起来，周亚迪往我手上塞了几张钞票，示意我交给那个女孩。我更加糊涂了，看了看手里攥着的那几张美钞，又看了看周亚迪，愣在那里。周亚迪把我拉到屋外，低声说："那是丹的老婆，就是杀鹏哥那个人。"

"什么？"我惊讶地回头看了一眼那个黑漆漆的门洞，"那么那两个是……"

周亚迪说："是丹的父母，把这钱给他们，算是补偿。毕竟人是跟着我们的时候死的，你不用多想，这跟你没关系。胡经用钱收买他，又用他家人威胁他，丹才走的这一步。他是他家的顶梁柱，他死了，他的父母就得重新种烟，都快五十了，不容易。"

"快五十？你是说刚才那两个人四十多岁？"我不知道我是被自己的耳朵骗了，还是被自己的眼睛骗了，那两个老人看上去分明就是七八十岁的样子。

"嗯。"周亚迪说，"去把钱给他们，完事我们还要去别处。"

我看了看手里的美钞，一共三张，每张面额一百，迟迟挪不动脚步。

我对丹印象不深，甚至已经忘记了他的样子，我只把他当作一个图财害命的杀手。准确地说，只是把他当作我执行任务遇到的一个障碍，或是跳板，我不得不结束了他的生命。我却不曾想过他有这样的一个家庭需要负担，心中瞬间被各种复杂和悲凉的情绪占满了。

那三张美元被我攥得皱巴巴的，已经被手心的汗浸湿了。

周亚迪拍拍我的肩膀说："不关你事，他不死在你的手里也会死在别人手里。而且照规矩，他会死得更惨。我让你去给钱不是为难你，也是这里的规矩。他们信佛的，说明白，会原谅你的。"

"原谅我？"我惊讶地问，"他们知道是我杀了丹吗？"

周亚迪说："早晚有人会告诉他们，放心吧，去吧。"

我点了点头，抬头看看那个黑漆漆的门洞，拖着脚步钻了进去。我不敢看那两个老人的眼睛，低着头走到丹的妻子面前，将钱塞到她手中，冲她欠了欠身子，说了句：“对不起。”说完退了一步，站在苏莉亚身旁。

丹的妻子木讷地看了看手里的钱，抬起头看了我一眼，突然转身从床边竹篮的碎布间摸出一把锥子，嘶吼着朝我胸口刺来。她的速度本来就不快，加上身体虚弱，我轻轻松松就攥住了她的手腕。她的手冰凉柔软，让人觉得只需稍稍用点力就能捏碎。锥子的尖距离我的心脏只有不到五厘米的距离，我能感觉到她是使尽了浑身的力气只想刺进来要了我的命，但是她太虚弱了。她哑着嗓子拼命地嘶喊着，我一句都听不懂，她眼里的仇恨转眼就变成了一种绝望，绝望地看看我，眼睁睁看着自己手里的武器不能再挪动分寸，眼泪像断了线的珠子往下掉。

好几次，我竟然想松开手，让她刺进去，这样她是否能好受一些？我也想在我的心脏上打开一个口子，我想看看里面已经变成怎样。我想让阳光能够照射进去，因为我觉得它已经比那把锥子锐利的尖更加寒冷。

周亚迪的司机上前一脚朝丹的妻子踹去，他动作太快，我阻挡不及。她的手还被我紧紧攥着，挨了那一脚之后，她就像一个瞬间炸裂的气球，轻飘飘地落到地上，痛苦地抽搐着。

我转头看着周亚迪的司机，挥拳朝他软肋打去，谁知那司机身子微微一侧，向前一步张开胳膊将我的胳膊夹在腋下，手腕挑住我的胳膊猛然向上一翻。我心里一惊，我已经很久没遭遇过在我出手时能将我制住的人了，他这一下非把我的胳膊扭折不可。我就势钩住他的胳膊，翻身一个倒挂，膝盖朝他的太阳穴顶去。他急忙用胳膊挡我的膝盖，虽然挡住了我的几成力气，但头上还是挨了我一下。

那一下不重，却也不轻。他摇晃着松开了我，我正要继续发起攻击，就听到周亚迪喝道：“秦川！”

这一声叫醒了我愤怒的冲动。我攥着拳，鼻子里呼哧呼哧喘着气，狠狠地瞪着那个司机。这时苏莉亚跑到我的面前，抓着我的胳膊冲我摇头。我收起手甩了甩，见丹的父母已经将儿媳妇搀了起来坐在地上。她的额发已经被汗水湿透，紧紧地贴在额头上，脸色苍白，咬着嘴唇，长长的睫毛微微地颤抖着，双手捂着被周亚迪司机踹过的地方，手里还紧紧攥着那几张纸币。

我对周亚迪说："能不能多给他们点钱？"我想，这可能是我唯一能为他们做的了。

谁知周亚迪冷冷地说："不行，这是规矩。"

我很吃惊周亚迪是这样的态度。我还以为他是出于怜悯才来看望丹的家人，原来这怜悯也是有限的，而且限度很低——来看丹的家人，并告知实情是他所谓的规矩；要我亲自把钱交给丹的家人，是他所谓的规矩；只给三百美元，也是他所谓的规矩。

周亚迪说了声"走吧"，带着两个手下出了屋子。

我身无分文，甚至都快忘了这世上还有钱这种东西，无力从经济上给予他们任何帮助，只能眼看着这一家三口依偎在破陋的屋子里相拥恸哭。我一咬牙扭头走出丹的家，苏莉亚赶上来拽了拽我的衣袖，我有些烦躁，一把将她的手甩开，她站在那里有些吃惊。我回了一下神转头看她，她动作飞快地往我手里塞了几张美元，指了指丹的家门，又指了指走在前面的周亚迪，食指竖在嘴前，对我做了个噤声的手势。

她竟然明白了我的心思，拿出自己的钱来给丹的家人。我内心一阵感激，想对她说句抱歉又觉得语言太轻了。她又拽了拽我的胳膊，冲我努努嘴。我点点头说："谢谢你。"我钻回茅草屋，双手将钱递到丹的父母面前。丹的父亲目光混浊又游离地落在我手中的钱上，慢慢地抬起头看我，忽然张大嘴打了个呵欠。那满嘴黑黄的牙齿和他张大嘴时扭曲的脸就像一只在泥沼中盘踞了几个世纪的怪物，我身上汗毛不由得全竖了起来，打了个寒战。

我把钱丢在丹的父亲怀里，逃也似的离开了丹的家，直到上了车都没有平复内心的愧疚和恐惧，呼吸依然凌乱着。周亚迪歪着头看着车外，一直没理我。周亚迪是这一带的毒枭，他有多少钱我不知道，可以肯定的是帮助丹这样的家庭根本就是九牛一毛，我不明白他为什么如此吝啬。他还是监狱里那个呼风唤雨的迪哥吗？还是那个站在高处对我说"我是这里的国王"的那个周亚迪吗？我不由得鄙夷地斜眼打量了一下他，微微地"嗤"了一声。

周亚迪看着车窗外大片的罂粟田，嘴角微微地上扬，满目的陶醉，似乎根本没有留意我。正当我沮丧时，他突然说："我是很有钱，我拔根汗毛就能让他们一家从此锦衣玉食，但我不能那么做。"他说这话的时候脸依然对着外面，就连表情都没有变过。"规矩就是规矩，他的确跟过我。可他也背叛了我，如果不是鹏哥，死的就是我。如果我以德报怨，以后人人都像他那样，我恐怕连喘息的机会也没有。"他转过头看着我说，"我有没有和你讲过，我欣赏你的简单？"

我点点头。

他说："你的简单在我这里可以发挥最大的长处，所以我说我们两个合作，天下无敌，如果你只身一人在外面混……头些年混成什么样你应该比我清楚。要知道，你这个岁数的年轻人，这个时候应该是在迪斯科舞厅里喝酒的，你呢？命都丢过几次了？"

他的话真切地触到了我某些脆弱的神经，这种感觉让我一时不知所措。我的身体无力地往后靠去，把头枕在座椅的头枕上，一抬眼正好看到车内后视镜里自己的脸，那是一张熟悉又陌生的脸。熟悉的是我的轮廓，陌生的是我的眼睛。

车子在一片罂粟田边停下。下了车后，我不再觉得罂粟花海有多么惊艳了。在这里的人眼里，这些植物开的不是花，而是钱。而在我眼里，这些植物结的是丹的父母和妻子眼里的绝望和麻木，还有他们的血和生命。

我跟着周亚迪走下田埂，田间有几个形容枯槁、面容黧黑的农民正在劳作。他们见到周亚迪并没有什么反应，看到周亚迪的手下反而露出畏惧的神色，忙停下手中的活，冲刚才与我交手的那个司机行礼。我想大概是他们从前没见过周亚迪的缘故吧，就连胡经都是第一次见到真正的周亚迪。

以前在资料片上见过的种植鸦片的场景，就这么真实地出现在我眼前。我问周亚迪："这东西，他们能卖多少钱？"

周亚迪伸出一根手指："一百。"

"人民币？"

“不，美元。”

“一克一百美元？那这里面还有利润吗？”我喃喃自语。我记得成品的海洛因在市面上也不值这个价。

“不，一公斤。”周亚迪又补充道，“一公斤一百美元。”

我粗略算了一下，一克连一块钱人民币都不到，不禁疑惑：“那他们每年能有多少收入？”

周亚迪笑笑说：“我刚才让你交给丹父母的钱，是他们将近两年的收入。”他拍拍我的肩膀朝前走去。

我呆呆地站在罂粟田边，看着周亚迪像个关心百姓疾苦的圣人一般，仔细查看着田里庄稼的长势，时而与劳作的农民攀谈两句，时而双手叉腰面对着花海指点江山，心中好似打翻了五味瓶，难辨其中滋味。我不知道眼前这片罂粟田每年能制造出多少毒品，又有多少销往国内，我也不知道每年有多少像丹一样的家庭被这片花海毁灭，我只知道我不能让这些魔鬼一般的毒品流向我的祖国，去侵蚀我的亲人和朋友的肉体与灵魂。

就在那一刻，我为自己的使命感到由衷的幸运和骄傲。如果我只是个普通人，看到这一切，该是怎样的无助？我抬起头朝东北方向望去，我的目光被一座高耸入云的山峰阻挡。那是祖国的方向，是家的方向。那座山挡住了我的目光，我势必得化作一座山，挡住这股毒流。

“想家了？”周亚迪不知什么时候走了过来。

我强按住被识破后内心的慌乱，说：“自从跑路出来，好久没有这样自在过了，这里的景色真漂亮。”

周亚迪笑笑，轻轻一跃迈上田埂，向我伸出手，示意要拉我上去。我伸过手，他猛地把我拽上去，一手搭着我的肩膀，一手掠过面前这一眼望不到边的花海说：“这都是我们的。”他的眼中满是骄傲，再想起他在监狱中说自己是这里的国王，我不由得心中一凛。他接着说：“我知道你在想什么，其实抽鸦片的烟农不止丹一家，不夸张地说，这里每一个烟农都抽，鸦片是他们生存下去的唯一理由，可以换来食物和衣服，也给了他们精神上的慰藉，除此之外他们无路可走。”

他这番话中的信息是我刚才就预料到的，看到那些农民一边打着呵欠，一边流着鼻涕在田间劳作，我就猜出八九分了。我能说什么呢？现在的我连给丹的父母多一些钱的资本都没有，更不要提去扭转这个现状。金三角种植鸦片的历史已经上百年，三个国家对此都无能为力，又岂是我能改变的？我暗自叹了口气，一言不发。

周亚迪说："看得出，你对这个生意不是很感兴趣。"

我苦笑了一下："迪哥，你太看得起我了，我只是一个跑路到这里又闯了祸的人，本来以为下半辈子就要在牢里过了，遇到你才能站在这里。你让我做什么，我就做什么，生意的事我不懂，但我这条命是你的。"

周亚迪笑着摇摇头，说："所以说对自由的渴望能让人豪气干云，一旦真的获得自由，反倒开始懦弱了。我认识的秦川不是这样的人。"

我疑惑地扭头看他："我不明白。"

周亚迪说："我跟你说过，我干的事和缉毒警差不多，记得吗？"

我想了想，点点头说："嗯，记得，但是我也不明白，难道你是……"

"哈哈哈。"周亚迪仰头大笑起来，"你刚才看的那个方向是中国，我的父亲就是从中国来的，就算后来入了外籍，他也从来都当自己是中国人，他的规矩就是一点货都不往中国发。"

联想到那天胡经说的话，我大概猜出他们之间的恩怨来。关键的问题是：我到底该不该完全信任周亚迪的话？

他望向远处的群山，叹了口气："我父亲的这一规矩起初很得人心，因为几个大佬大多跟中国有各种各样的渊源。我们的货是什么东西，没有人比我们更清楚。"

我说："你是说因为他们都是中国人，所以他们都不愿意毒品流入中国？"

周亚迪摇摇头说："表面上是的。我觉得只是利益的问题。"

他找了一片稍微干燥的草甸子坐了下来，示意我也坐过去。我回头见他的两个手下和苏莉亚都很自觉地与我们保持着距离，于是坐到他旁边，继续听他说："这个市场离我们那么近，地形又那么复杂，简直就是机会。所以很多人坐不住了，要打破这个规则。我父亲不同意，呵呵，他真是个老顽固。不过，这也是我崇拜他的原因。”

我说：“那天我听胡经说……迪哥，节哀。”

“父亲是被他们害死的。”周亚迪低下头，掩饰着自己的难过，沉默了一会儿才继续说，“他一直很保护我，从小就送我到外国生活，他不想让我再干这行，不想我跟这里有丝毫的关系。四年前，一些人开始挑战那条规则，父亲怕有人动我，就找了最可靠的人来冒充，也顺便协助他做事。”

我恍然大悟：“那个人就是鹏哥？”

周亚迪点点头。

他这么一说，顿时解开了我心里的很多谜团。我之前最大的疑问就是上级为什么认定周亚迪是目标人物，换作是我，他也是最好的人选。那么我是否可以相信他说的话？看起来他的确很崇拜他的父亲，并打算坚持他父亲所坚持的规则：不往中国发货。

看来上级是了解这里的内斗和纷争的。我庆幸自己一直坚持着自己的信念，否则后果真的不堪设想。程建邦说得对，在最危急、最孤独、最绝望的时候，只有相信组织、相信上级才是正确的选择。

4

我挺起胸脯说：“迪哥你说吧，需要我做什么？”

周亚迪拍拍我的肩膀笑着说：“你呀，就是太年轻。我就说我知道你在想什么，你刚才不就是怕这里的货发到你的国家，危害你的亲人和朋友吗？现在放心了？”

我揉了揉鼻子，不知该如何应答。

他说：“父亲是被他们害死的，他们现在的目标就是我，之前我没有准备好，只能去监狱里躲一段时间。现在我准备好了，你要是信得过我，就跟我干着，不然心不甘情不愿的也干不了什么事。所以我说我做的事，其实和缉毒警差不多。他们对毒品只是防，并不能从根本上掐断，因为这里牵扯太多利益集团的利益了。”

我不知道周亚迪叫我出来，是不是就是为了说服我。我想他的确很了解我，如果我真的如我所说的那样，只是一个跑路到此的逃犯，那么我一定会死心塌地地跟着他，为了这个看似崇高的事业抛头颅洒热血，他也的确是值得尊敬的一个人。可惜我已向国旗宣誓，我的灵魂里早已刻上了一个不可磨灭的印记，一个值得我骄傲和为之付出一切的印记。

只是，我开始担心，如果有一天他成为我此次任务中必须处决的人，那么，我是否还会下得了手？毕竟他是个毒枭，就算他所谓的货不销往中国，也会销往别处，谁能保证那些货不会辗转又倒运到中国呢？但这些不是我要跟他讨论的话题，不是一个逃犯应该讨论的话题。

罪恶始终是罪恶，不论它披上怎样的外衣，背负怎样的使命，都改变不了它的本质。我挺起胸，崇拜地看着他说："我听你的。"

他脸上并没有流露出特别的喜悦，说："我知道，所以我才会和你说这些。"

我想了想，问道："丹是被他们收买的吧？"

周亚迪说："准确地说，是威胁。这只能怪他，不信任我，或者说他不信任鹏哥。如果他一开始就跟鹏哥说清楚，我们会有办法帮他解决掉那些麻烦的。所以信任真的是不容易做到，所以我喜欢简单的人。"

我仔细想了一下，如果换成我是丹，我会怎么做？如果有人用我的家人威胁我，要我背叛我的组织，那我当然会毫不犹豫地和上面说明情况，我坚信他们会帮我解决掉一切。如果，只是让我背叛一个唯利是图的毒枭，恐怕我也会踏上丹的那条路。这个道理我想周亚迪应该不会不懂，又或者，他真的把自己当作这个行业内高尚的精神领袖了。的确，他和他父亲所坚持的规则是充满了热血的民族主义，可惜，是狭隘的。

周亚迪站起身，拍了拍屁股上的尘土说："回吧，你也可以出院了，我给你找了个新的住处。"

我说："那我什么时候开始做事？"

周亚迪笑笑说："过两天我去开会，就是说要不要把货往中国运的事。如果我失败了，那我们可又得放一个大假了，到时候我带你出去散散心。"

我心想，别啊，你给我放假满世界游山玩水去了，我的任务怎么办？我说："失败了，他们会怎么样？"

"那我就无能为力了，除非我找到更大更好的市场。"周亚迪停了一下，才说，"那基本不可能。"

一时间我又不知所措了，心不在焉地跟着周亚迪上了车。我想，周亚迪根本就没有把握阻止其他人把大宗毒品运往中国，不然我根本不会接到这样的任务。中国市场对他们而言是势在必得的。

我问他："那我们该怎么做？"我很想知道周亚迪对那条规则的遵守是仅限于自己，还是要坚决支持，从而让这条规则可以在整个金三角通行。

"如果阻止不了他们，只能说明一个问题，就是我们不够强大，所以人家才不把我们的话当回事。要想不被人踩在脚下，想有人听你的话，那就先强大起来。就像你在监狱里一样，一开始谁都想动你，你亮出你的实力后，还有人敢靠近你吗？"他不等我说什么，话锋一转说，"对了，苏莉亚还算细心吧？"

我一时没转过弯来，扭头看了一眼走在我身后的苏莉亚，她垂着睫毛微微地笑。我忙连连点头说："细，细。"

周亚迪"扑哧"一声乐了，摇着头拍了拍我的肩，不再言语。

车子驶到寨子边上一栋小楼边停了下来，周亚迪说："你暂时住在这里，比较安全，苏莉亚也在这里照顾你。"

我打量着眼前的这栋小楼，三层砖瓦结构。我随口说："真不用了，我已经好了，不需要人照顾了。"

周亚迪目光越过我看着苏莉亚。我一转头，看到她依然垂着睫毛，脸上始终挂着的微笑不见了。周亚迪说："怎么？不需要我们苏莉亚了？"

我忙说："不是不是，我是个男人，也不太方便。"

周亚迪略一沉思，凑到我耳边轻声说："别人我信不过，她对这里比较熟，相信我。"

我拒绝苏莉亚跟在我身边，最重要的原因是怕万一程建邦来找我会不方便。根据我的估计，没有意外的话，他应该与我接头了。

但周亚迪把话说到这个份上，我就没有理由再拒绝了，只好点点头。

眼前这栋楼看起来很破旧，而且底下两层是空着的，周亚迪说是因为太潮了住不得人，三层上的房间都布置好了，所需的东西一应俱全。周亚迪临走前，叫过那个在丹的家里跟我交过手的司机，对着我说："你们两个是不是表个态？"

司机倒是满脸的憨厚，抓了抓头，伸出手说："秦哥，对不起。"

我伸出手握了握，点点头。

周亚迪指了指手腕上的手表说："我还有事要处理，你好好休息。"

我想起阿来，于是问："阿来呢？"

周亚迪带着人往外走，说："你放心吧，等下我派人送他过来。"

苏莉亚帮我整理好卧具，又倒了杯水，从包里拿出药分好给我做了个吃药的动作，然后指了指楼梯对面的房间，示意我她住在那里，轻轻关上门走了。我听着她的脚步声判断她回了她自己的房间后，伸了个懒腰，将屋子里的每个角落检查了一遍。没有发现什么可疑的地方。打开窗户往下看去，外面是一片空地，紧靠着墙边停着一辆小货车。车斗上盖着帆布，看起来装得满满的，不知道是什么货物，散发出一阵阵奇怪的味道。我正要关窗户，就听到楼梯处传来一阵脚步声，我习惯性地背靠着墙站到门边，听外面响起"砰砰"的敲门声。

"秦哥，老板让我送东西给你。"门外传来周亚迪司机的声音。

我倚在墙边将门打开，那司机刚一进屋，我就看到他手里拿着一把手枪。我伸手扼住他的手腕，反手一扭，另一只手攥成拳头照着他的太阳穴就抡去。他撇着脸说："秦哥，秦哥，老板让我给你把枪。"

我收起拳头接过来看了一眼，果然关着保险，才松开他的手腕说："不好意思，我有点紧张了。"

他龇着牙，吸着凉气甩着被我扭疼的手腕，摇摇头说："没事，你好好休息吧。"

我听到他下了楼，走到门口正准备关门，余光扫到门口有个人影，我立刻举起枪对准那个人影的同时扳开保险，却看到枪口前是苏莉亚惊慌失措的脸。我垂下双手，冲她尴尬地笑笑说："对不起。"

再次关上屋门，我打开枪检查弹夹，子弹是压满的。正要将弹夹装回去时，突然发觉子弹上有些划痕。我取下最上面那颗子弹仔细端详，见下面的子弹弹体上也有划痕。我将所有子弹全部拆下来，居然每一颗上都有不规则的划痕。这不正常。我拧了一下弹头，并不是很紧，于是走到窗前，用窗户的合页夹住弹头，用力一拧把弹头拆了下来，果然这子弹里根本没有底火——所有的子弹都是哑弹。

我心里一凉，周亚迪对我的信任果然还没到能给我一把枪的地步。

看着手中的那把枪，我顺着墙坐到地上，忍不住无声地笑了。想起周亚迪说的，和我差不多的年轻人，此时都混迹在迪斯科舞厅酒吧里才对。我没去过那种地方，在电视电影里看到过，灯红酒绿和强烈的音乐，年轻的、衣着时尚的男男女女在舞池里尽情地摇摆，宣泄着青春的活力和激情。我拿着枪，想象着迪斯科舞厅的场景，打着拍子，想哼出一首富有节奏感的曲调时，却无论如何也找不到一个音符，最后用只有自己才听得到的声音哼唱出几句《当兵的历史》，这是我此刻能想到的唯一算是节奏稍快的音乐了。

我苦笑着骂了自己一句，继续不成调地哼着歌站起身，想象着跳舞的姿势，像只笨拙的猩猩扭动着身体走到桌前，将桌上的药片丢进嘴里，把那杯清水想象成一杯叫作威士忌或者伏特加的烈酒咂了一口，想连同嘴里的药片一起咽下。结果药片卡在了嗓子眼里，我只能停下扭动，将一杯水一股脑灌下，然后抹了抹嘴，无力地瘫坐在椅子上，发着呆，抚摸着身上的伤痕。

不知过了多久，我像被谁无形中抽了一个耳光，顿时从自己奇怪的臆想中清醒过来。秦川，想想接下来怎么办吧，想想如果是程建邦现在会怎么办吧。我快速地搔搔头皮，好使自己赶紧回到状态。

如果是程建邦，他会怎样办？毕竟我现在执行的本来就是他的任务。

整个白天，除了苏莉亚给我送来饭菜之外，再也没有任何人出现。我就像是一只热锅上的蚂蚁，烦躁地在屋子里从这头走到那头，再从那头走到这头。傍晚时分，我想也许程建邦根本没有机会接近我，那我是不是该出去走走？我带着枪，刚走到楼梯口，苏莉亚房间的门打开了，她站在门边疑惑地看着我。

我说："有点闷，我想自己出去走走。"

她走出来对我摇摇头，对我比了一大堆手势，我一个也看不懂。她急了，指了指墙上的挂钟，我看了一眼，晚上七点了，问道："怎么了？"

她走到挂钟下，踮起脚在表盘上三点钟的位置上指了指。

我问："什么意思？三点？"

她摇头。

我说："十五分？"

她点了点头，又指指七点的位置。

我说："七点十五？"

她这才满意地笑了。

我问："七点十五怎么了？"

她指指门口，又做了个走路的手势，又指指我的屋门。

我说："七点十五有人来找我？迪哥？"

她点点头。

我想起周亚迪说会将阿来送来的事，只能找借口打发她出去。"你帮我买包烟吧。"

她噘着嘴，指指我的伤口摇摇头。我双手合十，说："我快闷死了，求你了。"

她想了想，冲我皱了皱鼻子，朝楼下走去。

我见她就要走出大门，又追了一句："再给我买点酒吧。"

她做了个打我的姿势，出了门。我正准备回屋，就听到大门轻响，一个人影快速地闪了进来。我"嗖"地从腰间摸出枪对着那个人。那人关好门一抬头，竟然是程建邦。

程建邦回头检查了一下门，再看了看我手里的枪说："不错，都混着枪了。"他"噔噔噔"几步上了楼，四处打量一圈，头躲开枪口，皱着眉说："别拿那破玩意对着我。"

我赶忙把枪收起来。程建邦说："你也太菜了，哄个小姑娘出门都得花半天时间。"见我还愣着，又说："愣着干吗？哪间是你屋？难道站这儿聊？"

我木讷地看着他黝黑的脸，指了指我的房门。他叹口气白了我一眼，摇着头进了屋，又拉开门伸出脑袋说："你脑子被打坏了？等等，你现在到底是哪边的？"

我终于反应过来，三步并两步蹿进屋子，将门一关说："你跑哪儿去了？"

程建邦打量着屋子顺便又白了我一眼，说："你怎么每次都这句？今天可没给你哭的空，我赶时间，赶紧说说，什么情况？"

我赶紧把掌握的全部情况尽量简短准确地告诉他。他听完沉思了一下说："我把你的情况跟上面汇报了，想知道老徐的态度吗？"

我抑制不住内心的兴奋，说话都有点结巴了："想……想啊，他……他什么态度？"

程建邦说："跟我吹半天牛，说他是慧眼，你是英雄，就老子是倒霉催的。"

我想象着徐卫东的样子，忍不住嘿嘿一笑说："还有呢？"

程建邦说："我们又有一个人也进来了，具体是谁我不知道，但他会在合适的时候找你，你们两个在他们内部互相帮衬。"

我心中一喜，说："那，我怎么知道哪个是他？"

"我也问老徐了，他说到时候就知道了。"

"那人在哪儿？是在这寨子还是跟着谁？"

"不知道，我得走了。"

"那我们下次怎么联系？我怎么找你？"

程建邦不耐烦地瞪了我一眼说："我找你吧，这事就不用你费心了，你现在是我大爷，亲的，老徐说的。"

我乐了，说："好吧，好好干，你还是很有前途的。"

程建邦眼神一变说："刚才那人是周亚迪发给你的吗？你这福利不错啊？"

我正要顶一句回去，就听见大门响了，我说："来人了，赶紧躲起来。"

“往哪儿躲啊？”程建邦四下看看，他走到窗户边推开窗户朝外张望了一下说，“那车里头装的是什么？”

脚步声已经上楼来了，一定是苏莉亚。脚步声越来越近。我随口说：“水果，跳。”

他压着嗓子说：“什么水果？三层？你怎么不跳？”

我说：“我不用跳，我是这里的红人，你是外人，被抓住就是死。”

程建邦恨恨地剜了我一眼说“好，你等着”，就纵身跳了出去。我赶紧追到窗口，光线这么弱都能看到他瞪圆了的两个眼珠子，像是浑身爬满了毒虫似的扭曲着身体，咬着自己的一条胳膊，另一条胳膊拼命地往背后够着。

他挣扎着爬起来，压着声音指着我骂道：“秦川，榴莲算水果吗？”

我冲他摆摆手，眼见他跳下车，一步一个僵硬的动作，消失在苍茫的夜色中。

“榴莲？什么东西？”我嘟囔着刚关上窗户，敲门声就响起来了。

我打开门放苏莉亚进屋，她递给我一包烟，正要离开，我问：“对了，榴莲是什么？”

她笑了，做了个吃的动作，又指了指我。

我想，榴莲应该是吃的东西，她在问我是不是想吃。我点点头说：“嗯，没吃过，想尝尝。”

5

周亚迪掐着苏莉亚说的那个时间，带着阿来来了。阿来的精气神比之前明显好多了，可能是我从来没见过他健康状况正常时的样子吧，初次见他是被人打得像个猪头，再次见他是刚下病床到了牢房。没想到在这里养了一段时间，倒是养了个红光满面。

他见到我显得很激动，眼里满是兴奋，也许因为周亚迪在场，所以他想扑过来跟我说话又不敢。我明白周亚迪在当地人心目中的分量，那代表着绝对的权威和不可对抗的力量。

我像当初和宁志与郑勇在密云山里集训时一样，殷切地盼望着周亚迪能够赶紧给我布置任务。这种平淡安逸的日子像是一剂迷幻药，麻痹着我的身体和意志，我隐隐觉得自己开始在下意识地逃避此行的目的。若不是去丹的家里看到他的妻子和父母，若不是刚才程建邦的从天而降，相信过不了多久，我曾鼓起的勇气和坚持又会慢慢松懈。我一次次告诫自己，我的职责不允许自己现在就去享受任何安逸平淡的生活，这里不是国内某个山坳里的小村庄，也不是某个慵懒的旅游小镇，这里是金三角，我不能放松哪怕一刻的警惕，对于所看到、听到的一切不能有丝毫懈怠。走到这一步，我已经为之付出太多，艰难险阻没让我放弃，平淡舒适更不能是我松懈的理由。

眼下的状况与其说安逸，不如说像一个鳄鱼潭，表面上看似平静如一面镜子，没有任何波澜，看不到流血和危险，但在这深不见底的潭水中，杀机四伏，就算只是站在岸边观景，也要提防会有鳄鱼突然从水里蹿出来将我咬杀。

周亚迪平静地坐在椅子上，像一个前来拜访的老友，有一句没一句地聊着天，竟然扯到了这里的天气。这很不寻常，他的时间和精力可不是用来闲聊的。整整过去半个小时了，他还没有转入正题的意思。阿来有问有答地跟周亚迪聊着自己的妻子和那家酒吧发生的趣事，我时不时跟着他们的话题假笑。

我正打算主动找周亚迪要事做的时候，苏莉亚推门进来了，手里抱着一个巨大的长满尖刺的东西，一股刺鼻的奇怪味道扑面而来。我捂着鼻子转过脸，这味道好熟悉，不正是窗外楼下那辆货车散发出的味道吗？

我说："什么东西？"

苏莉亚抿嘴笑着将那东西放在桌上，对我做了个吃的手势。周亚迪笑得很开心，说："你是北方人，可能没见过这个东西。这叫榴莲，一种水果，是这边的特产，很棒哦。"

"榴莲？"我端详着这个足有篮球大小，刺猬一样的怪物，用食指摸了摸那骇人的尖刺，嗬，跟锥子尖似的。我缩回手说："这个，能吃？"

怪不得程建邦跳下去之前满脸狐疑的样子。我不由得心生怜悯，窗外那辆货车上居然装的是这玩意，就算铺了层帆布，坐在上面也够惨的，更不要提从这么高的地方跳下去。我走到窗前，推开窗户再次辨认了一下那气味，问阿来："这车上的味道是不是就是榴莲？"

阿来走过来伸出脖子闻了闻，满脸陶醉的表情："没错，是榴莲，不过还没熟好。"说着还咽了口口水。

我遥望着窗外的茫茫夜色，对着程建邦消失的地方在心里真诚地说了句：对不起。我想，他应该很久不能来看我了。

我始终不能接受榴莲的味道，任凭他们怎么劝也没有试一口。周亚迪直到起身告辞也没有说一句有用的话，我见他要走，实在忍不住，说："迪哥，我已经好了，每天这么白吃白住的，心里很不好受，是不是该给我事情做了？"

已经走到门口的周亚迪停下了脚步，背对着我低头沉思了几秒钟。"好好休息，我把你当兄弟。"他说着回过头来，"你是要跟我做大事的。"他转身的时候看见阿来，像是想起什么似的说："阿来，其实，秦川在你的酒吧门口救你那次，打你的，是我的人。"

阿来正笑着等周亚迪吩咐什么，没想到周亚迪冒出这么一句，瞬间愣在了那里，张着嘴巴半天都回不过神来。周亚迪说："他们都是我的人，在你的酒吧里说了些不该说的话，担心被你听到泄了密，危及我的安全，所以他们才对你下了死手。"周亚迪将目光转向我说，"不过都被秦川收拾了，死的死，残的残。"

阿来还是没回过神，眼睛一眨不眨地看着周亚迪。周亚迪说："我想了想，还是告诉你比较好。另外你要是想回家，我随时都可以安全地送你回去。不过我建议你慎重，有警察在盯着你家，你想接你太太来这里，也可以，你自己选吧。"

阿来哆嗦着嘴唇，向前走了两步："迪哥，我老婆好吗？"

迪哥不屑地瞥了阿来一眼说："你把我当成仇人那是你的事，你对我没有什么价值，我跟你也没什么交情，你要觉得我会把你太太怎么样，那你真是小人之心了。我能跟你说这些，说明我根本没把这些放在眼里。我只是问你选择哪条路，我好安排人去办。"

阿来一时没了主意，眼神慌乱地四处乱看，最后落在我身上。而我满脑子都是周亚迪刚才的话，阿来说他只是听到了一个叫洪古的名字。那么，周亚迪身边一定有一个叫洪古的人，而且非常重要。我不知道此洪古是不是彼洪古，但这个名字只要一在我的脑中徘徊，就足以让我心神不宁。

面对阿来恳切的眼神，我不得不停下自己的思路，对他说："这个事还是得你自己决定。"

阿来搓着双手在原地转了几圈，问周亚迪："迪哥，能不能让我想想？"

周亚迪抬腕看了一眼手表，说："给你十分钟。"

阿来踌躇了半晌，说："迪哥，我能留下吗？我回去也会被捉回去坐牢，如果没有你们，我一定会死在牢里的。"

"但是你又不想让你太太来这里，因为你觉得鸡蛋不能装在一个篮子里。"周亚迪接着阿来的话说完。

阿来脸色一红，低下了头。周亚迪笑笑说："没问题，不过我劝你还是不要怨恨我了，因为没有用，不如踏踏实实地帮着秦川一起做事，我不需要你多能干，只要你忠心，我不会亏待你的。"周亚迪朝外走去，关门之前又补了一句："我会托人去给你太太带个口信，说你现在跟着我，很好。"

我拍拍盯着屋门呆若木鸡的阿来的肩膀，说："你明白什么意思了吗？"

阿来一脸茫然地看着我摇摇头。我学着周亚迪的样子笑了笑说："第一，你太太会放心，不用再到处塞钱打听你的消息。第二，当地人知道你已经跟了迪哥，自然没人敢欺负你太太，也不敢贸然在你的酒吧闹事。"说到这里，我不由得佩服周亚迪做事的风格。

阿来紧张的脸上挤出一丝别扭的笑容："是……是吗？那要是胡经知道了怎么办？"

我哈哈一笑。"你也太把自己当回事了，我在他眼里都不过是一条狗而已。"我话锋一转，"不过，他如果用你太太威胁你，让你害我或者迪哥？你会吗？”

阿来低声重复了下我的这句话，大惊失色，连连摆手道：“怎么会？我的命是你给的，我怎么可能害你，再说我也没那本事。”

“所以，你就放心吧，迪哥不会让你太太被任何人威胁的，不然他根本不用跟你说这么多。把你往回一丢，天下太平。”

阿来若有所思地点点头，一拍脑门说：“对啊，秦哥，还是你脑子好使。”

我说：“冷静一点，慌张会要了你的命的。”

阿来想了想，点点头说：“嗯，我记住了。”他感激地看着我，眼眶红红的。

我担心他说出煽情的话来，忙说：“我去问问苏莉亚，看看你住哪间。”

其实，阿来对我到底是感激还是依赖，我说不清。在我眼里，他像是一只小蚂蚁，无意间被卷进了一架高速运转的大机器里，显得那么渺小和不堪一击。即便他一直保持着小心和正确判断，也难免会被不知哪里来的一股气流卷入那些巨大又坚硬的钢铁齿轮内，被吞噬得干干净净，不留一点残渣，哪怕粉身碎骨也丝毫不会影响整部机器的运转，更不会有人注意到这一切。或许我对他更多的是同情，尽管我深知在执行任务时，这种同情只会为我添麻烦，而这随便一个什么麻烦都可能要了我的命。但每当看到他无助懦弱的样子，我总想帮他一下，哪怕只是一句宽心的话。其实我不知道周亚迪会拿他和他的妻子怎么样，我根本不敢随便揣测周亚迪的内心世界——这是我发现自己开始对他产生些许敬佩和信赖之后，逼迫自己必须做到的事。

一路走来我都在选择，每一个选择的基准都是我内心坚持的信念。我生怕有一天会在某个关键的机会面前，同时面临关乎阿来生死性命的选择，我不知道那时候我还会不会为救他而放弃有利于完成任务的机会，还是为了那个机会而看着他送命。不论哪一种选择对我都是残忍的，尤其是在见过丹的家人后，我再也不想随便犯下什么杀戮。我想，在不久的将来，曾经从我手中流逝的生命将陆续登陆到我的睡梦中，游荡。

阿来睡在我的隔壁屋，我知道他很想跟我说说话，但我一直装傻敷衍了过去。临睡前，有几次听到他在我的门口徘徊和叹息，最终还是没有敲门。我不知道该怎么跟这里的每个人相处，他们不是毒贩，不是凶徒，只是普通如阿来和苏莉亚这样的无害的人，我这才发现，我连基本的应酬都不会。

接下来的好几天周亚迪都没有来过，只是派几个衣着暴露的女人送来很多我不认识的雪茄和酒。我固然知道这意味着什么，就像赵振鹏曾经对我说的“出狱后有酒有肉”。周亚迪在兑现着赵振鹏对我的承诺。

我站在敞开的门口，看那些女人把东西放好，道了个谢，就做个“请”的姿势让她们离开。她们的表情在脸上凝固，相互吃惊地对视着，确定我不是在开玩笑后，只好悻悻地往外走。她们经过我面前时，身上浓烈的香水味熏得我不得不将头向后仰去。突然一个女人伸手就朝我的裆部抓来，我下意识地侧过身子，就手将那女人的手腕扣住往身后一拽，她的整个身体随着一声尖叫一头朝前栽去，头“嘭”的一声重重地撞在木质的楼梯扶手上。其他几个女人尖叫着躲在一边，惊恐地看着我。

我才意识到那个女人并不是想攻击我，她的手腕那么柔弱无力，就是个普通的女人而已。我不由为自己的鲁莽感到愧疚。我一抬头，苏莉亚正倚在她房间的门框上，捂着嘴哧哧笑。我本想问问那个女人有没有伤到，谁知我刚往前迈了一步，那几个女人同时发出了更尖厉的叫声。我一时间不知所措，只好一头钻回房间关好了门。不多时，听到那些女人离开了这栋房子，才松了一口气。

第九章

活着再见

1

那天黄昏时分，我看似百无聊赖实际心急如焚地在房间里烦躁地走来走去，心中无比烦闷。周亚迪来了，他说要我跟他去所谓的“里面”熟悉熟悉时，我欣喜若狂。我想我又要开始战斗了。

苏莉亚和阿来站在楼梯口目送着我们出门，阿来面带好奇，又不敢多问。苏莉亚眼神中却满是关切，我不由得想，她要是能说话会跟我说点什么？

我刚上周亚迪的车，他的那个司机就拿出一个头套准备往我头上套。我有些厌恶地闪开，一转头发现周亚迪正在看我。我与他目光交会，对视了很久，他对司机说：“不用，秦川是我的兄弟。”又冲我笑笑说，“你别见怪，这也是规矩。”

他的司机拿着头套并没有收回去的意思，再三用眼神和周亚迪确认后，悻悻地坐了回去。

我一字一顿地说：“我觉得这是最基本的信任，不然我还不如一条狗。”

周亚迪点点头，对司机挥了下手示意出发。车子很快从寨子的北边钻出，开进了一片密林中。司机很熟练地在密林中穿行，我根本看不出他是以什么为标记行驶的，因为我看不到一道车辙或者人行走过的痕迹，心中不由得有些担心。

车非常颠簸，我紧紧抓着车内的把手控制着身体的摇晃。周亚迪对司机说："今天赶时间，为什么不走大路？"

司机从后视镜里看了我一眼，我顿时明白这司机是为了提防我，故意选了一条完全没有明显标记的路。我冷冷地笑笑，望着车窗外淡淡地说："看来是不信任我。"

"洪林，秦川是我的兄弟。"周亚迪看着后视镜，对他的司机说道。

"洪林？"我念了下这个名字，心头一紧。我很想问问周亚迪，这个洪林和洪古是什么关系？马上又想到他曾经因为洪古这个名字差点要了阿来的命，硬把到了嘴边的问题又咽了回去，只是通过车内的后视镜斜了他几眼。

周亚迪接着对我说："一直没顾上给你介绍，这也是我的兄弟，从小就跟着我父亲，你别怪他，我来之前他吃了胡经不少苦头。"

我没说话，现在不是我做老好人的时候，我需要周亚迪赋予我更多的信任，在很多事的判断上就会偏向我这边多一些。对自己在周亚迪心目中的分量，我有一定的自信，除了在时间上不占优势外，我相信他身边没有人能比我更优秀。

我对周亚迪笑着摇摇头，说："我懂，就像在监狱里，刚到的新人都得给人上贡，不过我还是一样，不管在牢里，还是在这里，都没什么贡好上的。"

周亚迪"嗨"了一声说："你多心了。"

我扭过头很严肃地看着周亚迪说："我是来跟着你做事的，我不懂别的，也不想懂，你要我做什么，一句话的事，其他的我不关心。"

周亚迪的手搭在我的肩上，默默地点点头："等下你会见到胡经和另外几个老板，只是定期的碰头会，表面上大家是一起喝喝茶聊聊天，实际上是要为下一次商议大批量往内陆发货的事预热了。"

我说："你要我做什么？"

周亚迪大概以为我会好奇而多问些什么，没想到我来了这么一句，稍稍一愣，哈哈一笑说："我知道你是个喜欢简单直接的人，但是要想简单地做事就得先搞清楚整件事，包括每一个细节，然后我们才能把它简单化，不然只会让事情越来越复杂。”

我想了想，说：“迪哥这么一说，我想起我上学时学的一句古诗。”

周亚迪眼睛一亮，忙说：“说说看。”

我说：“不识庐山真面目，只缘身在此山中。”

周亚迪似乎显得很兴奋：“接着说。”

“迪哥的意思是，我要站在高处，把全盘看分明，才知道哪一条路最好走。”说完我故意问道，“我说得对吗？”

周亚迪频频点头，笑得合不拢嘴。“就是这个意思。”他长舒了一口气，懒懒地靠在椅背上，自语道，“我真是没看错人。”他搭在我肩上的手重重拍了一下，满意地笑着说：“有勇有谋，前途无量！”

我偷偷瞟了一眼后视镜，发觉洪林也正在看着我。如果我避开他的眼神，必然会引起他的怀疑，目前为止我不想让他抓着什么由头在周亚迪那里说我的坏话，索性在后视镜里盯着他，说：“兄弟，你对我有什么不满就直说，别老给我脸色看。”

周亚迪脸色微微一沉，嗓音低沉地叫了声：“洪林。”

洪林无奈地把视线移到了车前方的路上说：“老板，那我们就上大路了。”

周亚迪“嗯”了一声，说：“你们两个应该能成为不错的朋友，不要因为一些莫名其妙的过节伤了和气。”

“放心吧，不会的。”我居然和洪林异口同声地说出了这句话。说完我们两个又在后视镜中对视了一下，这次他的眼神中少了之前的挑衅。

没几分钟，车头突然一仰，猛地往前一蹿，驶上了一条相对开阔平坦的路。眼前豁然开朗，车子也不再那么颠簸，速度明显快了起来。车窗外已是暮色笼罩，道路两旁的树木像一道道屏风，遮挡着背后不为人知的秘密。我松开把手，扭头看到坐在一旁的周亚迪不知什么时候紧锁起了眉头，望着车前被车灯照得发白的路面，不知在想些什么。车内只能听到引擎低沉的轰鸣声和底盘偶尔被飞起的碎石打到的声音。

这种压抑的沉默，仿佛在黑夜中慢慢展开一幅预示未来危险的画面。周亚迪毫不掩饰的忧心忡忡，说明他对即将面临的场面毫无把握。我学着周亚迪由己度人的思考方式，去考虑胡经如果要干掉周亚迪，要做的第一件事是什么？答案很肯定，必须清除的第一个障碍就是我。

从入狱到越狱，到第一次见到胡经，我已经看得很清楚，此人的势力绝不在周亚迪之下。比起周亚迪处处讲规矩的做法，胡经行事更不择手段。指使那座监狱的监狱长不惜一切代价地追杀周亚迪，胡经花了多少钱使了多少手段，稍微展开一下想象就足以让人心惊胆战。胡经的运气是差了点，正如周亚迪所说，我这个半路杀出来的程咬金救了他，不然他要么命丧监狱，要么死在出狱的路上。

一切犹如冥冥中注定的，如果没有这次任务，哪怕时间再晚一些，恐怕周亚迪就真的死在胡经手里了。偏偏是因为这个任务，周亚迪身边才出现了一个我，他才得以活到现在。也许他的生命就是为了金三角的覆灭而延续的吧。

我将脸对着车窗外微微地笑了一下。周亚迪突然说："想什么呢？"

我收起那本来不易觉察的笑容，转过头说："没什么。"

周亚迪说道："对了，我听说你在牢里时有人来看过你，是你的什么人？"

他的语调貌似随意，我的心却"怦"的一下跳到了嗓子眼。尽管我早已为程建邦的出现编了一个很圆满的谎，但这些天来从肉体到精神的颠沛流离让我几乎忘了这档子事。他却在我神游物外、精神最不集中的时候突然问出这样的问题，我怎能不惊心？

又或者他根本已经看穿了我的真实身份，这个时间带我出来只是为了解决我？想起临出门时苏莉亚的眼神，不觉中一股凉气从脚底直涌头顶。

我强装出一副不屑一顾的样子，笑了笑说："是我的一个发小，快十年没见了。我当初跑路来这里，主要就是考虑到有他，有个投奔。谁知道还没找到他就出了事，进了监狱，他看新闻知道有个叫秦川的坐了牢，就来看看是不是我。"说着我叹了口气，低下了头。

我把之前编好的话用最自然的语调说了出来，我不敢看他的眼睛，我担心自己的表情或眼神有丝毫的破绽就会被他识破。我低下头只是为了掩饰自己内心的慌乱，因为我不知道我是否能够做到眼神也会骗人。

“发小是什么？”周亚迪问道。

我说：“哦，就是从小一起长大的意思。”

周亚迪若有所思地点点头：“那你见到小时候的伙伴应该高兴才对呀，为什么好像很不高兴的样子？”

我又叹了口气，说：“我也不知道，可能人总会变的吧。”我把话说得模棱两可，希望这番话能够触动周亚迪的一些记忆，能够顺着我的路子把这个话题聊下去，从他刚才与我讨论“不识庐山真面目”那句诗来看，他很喜欢跟人讲人生道理。

我装作很无辜、很委屈地吸了下鼻子，看向车窗外。

周亚迪并没有上我的钩，而是搭着我的肩膀继续问道：“哦？怎么个变法？”

我想，我不能一味地逃避他的眼睛，必须面对他的眼神把我的谎继续编下去。我迅速地在脑海中回忆了自己最亲的，分别了近十年的一个发小。我想象着自己落了难去找他后被他冷落的场景，并努力使自己入戏。几秒钟后，我调整了表情扭过头看着周亚迪的眼睛，苦笑了一下说：“我举目无亲的，就他一个认识的人，我说让他给我送点东西进来，他满口答应了，但再也没有来过。而且，也找不到过去和他聊天的感觉了，其实看眼睛就能看出来，变了。”我故意显得有些语无伦次。

周亚迪点点头，抿着嘴想了一下说：“也许他也有他的难处。”

我慢慢地摇摇头，垂下眼皮说：“也许吧，不过无所谓，反正我也想通了，到了这里，我也不想跟过去扯上半点关系了。”

“嗯，既来之，则安之，随遇而安。”周亚迪又拍拍我的肩膀，接着问，“你这个朋友叫什么名字？”

这个问题经他的口一出，像是点了我的穴位，瞬间我的大脑停止了运转。程建邦该叫什么呢？他进监狱的时候一定会登记，他登记时用的是真名还是假名？程建邦曾经说起过，他差点跟了周亚迪，现在想来，应该是跟了赵振鹏才对，那么他们对程建邦到底知道多少？

秦川，你要冷静。他为什么突然问及程建邦？如果他想解决你，为什么还要这么多废话？他既然问了，说明只是疑心而已，所以想好你的答案。

突然我醒悟过来，发现从他提第一个问题开始，我就处于一种被动的状态，一切都在跟着他的节奏走。我有必要乖乖地回答每一个问题吗？到这份上，傻子也看得出他是在怀疑我，那我为什么要接受他的盘问？刚才洪林对我的怀疑已经让我不满，现在周亚迪对我的怀疑应该让我愤怒，或者是心寒。

我缓缓抬起头，佯装吃惊地看着周亚迪，不可思议地说：“迪哥？你是不是信不过我？”我用内心的害怕和入戏后的委屈努力将自己眼眶逼红，我必须扭转被动的局面，不等他说什么，又抢着说：“你既然都知道了，为什么还要跟我对质？你要是信不过我，真不如杀了我。”说着，我的眼眶里居然真的渗出了眼泪。

周亚迪果然被这招蒙住了，忙说：“这不是无聊，闲聊天吗？”他对洪林说了句“开快点”，才又转过来对我说：“我怎么可能不信你呢？”

我不能就此罢休，必须趁热打铁。我激动起来：“真的，迪哥，你要是信不过我就直说。我说过，我本来以为自己下半辈子就交待在监狱了，是遇见了你和鹏哥，我才能从里面出来。我也没有一技之长，也不知还能做什么，我想你能看得起我，我就可以把我这条命交给你。”我吸了吸鼻子，接着说：“算了，我没什么好说的了。”我从腰间把他之前托洪林给我的那把满是哑弹的手枪抽出来，二话不说对准了自己的太阳穴，看着他的眼睛，我慢慢地扣动了扳机。

我本想当着他的面扣动扳机，如此一来，我既用生命证实了对他的忠诚，不响的哑弹也保住了我的性命。

周亚迪大惊失色，飞快地从口袋里摸出一把手枪对准了自己的太阳穴说：“秦川，你要开枪，我也开。”

洪林吃惊地喝道：“迪哥！”

我就要被他感动了，但是立刻想到他并不是担心我开枪，他知道我枪里的子弹是哑弹。如果我开了枪更加证明他对我的不信任，而他是不会允许自己的伎俩在手下面前败露的。仅此而已。

周亚迪慢慢伸过手来，握住我的手慢慢地将枪口挪开。我自始至终看着他脸上的表情，如果我不知道枪里全是哑弹的话，恐怕就算我再活二十多年，也会被他骗过。

骗？想到这个字眼我不禁想笑。我和他不都是在骗吗？我们为着不同的目的，各自做着各自的戏，在骗别人的同时，几乎也要把自己骗了。

周亚迪把我的枪拿走后收了起来，看着我说："你怎么那么冲动？怎么能拿自己的命当儿戏？"

我目光呆滞地盯着前方，慢慢地说："我说了，我的命是迪哥的，迪哥信不过我，这条命留着也多余。"

周亚迪重重地叹了口气，在自己嘴上拍了一下说："我就是多嘴，差点害了我兄弟。"

这时，洪林回头说："迪哥，快到了。"

"嗯，知道了。"周亚迪应了一声，把他自己的那把枪塞到我手里说，"这枪是给你对着别人开的，枪口永远别对着自己。"他的手在枪上放了好一会儿才拿开。

我用余光看着他的神情和动作，心中居然泛起一阵阵凄凉和苦涩。

我说不清这感觉从何而来，因何而起，只是觉得一直与我如影随形的孤独，再次将我紧紧拥在它灰暗冰冷的怀中。

2

前方隐约出现了一些若隐若现的光亮，车速也降了下来。一座占地很广的高墙大院出现在我们面前，我想应该是到地方了。车子被几个穿着看不清标识的军装的军人拦了下来，一个军人从车窗外探进头来，看到周亚迪后笑着打个招呼，指示身后的几个警卫把门打开。

高墙里是几栋普通的砖瓦房，窗户外装着空调外机，并不是我想象中的竹楼。下了车，我四下看了看说："这地方还有电？"

周亚迪笑笑说："别乱看，别乱讲话。"他指了指其中一栋房子："走吧。"

我看了一眼那间房子和透出昏黄灯光的窗户，心情又激动起来，忍不住又抬头望了望天，默默地祈祷上天，保佑我快点得到我想要的情报，赶紧结束这已经让我脱了好几层皮的任务。

我低着头跟在周亚迪身后，边走边观察着院子里的情况。这里到处都有背着枪的军人在暗处三三两两地巡逻，守卫不是一般的森严。门口的墙根下坐着两个人，叼着烟打量着我们，用下巴指了指面前的一个纸箱。我看了一眼那纸箱，里面放着六把不同型号的手枪。周亚迪从身后摸出枪丢进去，冲我点点头，我和洪林分别把枪搁了进去。另一人懒洋洋地站起身将我们三人从上到下摸了一遍，然后敲敲门，对我们做了个“请”的手势。

周亚迪第一个进门，我和洪林跟在后面。屋里很空，上首位置摆着一个偌大的茶海，上面摆放着全套的工夫茶具。一个五十多岁的中年男人坐在大茶海后面，穿着半袖衬衫和西裤，脚上穿着一双拖鞋，跷着二郎腿正在泡茶，见我们进来忙说：“辛苦辛苦，来坐，喝茶。”

周亚迪叫了声“包总”，入了座。

不出所料，胡经也在座，他的两个手下站在他身后，其中一个很面熟，正斜着眼看我，应该上次在医院见过。另外一个双手抱在胸前站在靠墙角的地方，低着头像是在想什么事情。落地灯的光亮几乎都集中在茶海周围，他站的地方是个暗处，整张脸正好藏在阴影里，完全看不清模样。

洪林拽了拽我的衣角，对我使了个眼色，站到了周亚迪身后的墙边。我跟着他也站了过去，正好对着胡经的那两个手下。

周亚迪毕恭毕敬地等着那个被称作包总的人给他倒了一杯茶，说了声“谢谢”，端起杯子先放到鼻下闻了闻，呷了一口，点了点头，才将杯中的茶全部嘬到口中，细细品了品，说：“好茶。”

包总哈哈一笑说：“亚迪是见过世面的人，不像小胡，来了先干了我六七杯，还说渴，哈哈哈。”

胡经此时完全没了当日在医院的戾气，干笑着抓抓头说：“让包总见笑了，我是个粗人。”

我顿时明白了，这个包总应该才是这里真正的老大。

“对了。”包总笑呵呵地看着我对周亚迪说，“你这个小兄弟面生得很，我应该是第一次见。”

周亚迪忙皱着眉对我说：“秦川，还不叫人。”

我一时不知该怎么称呼他们口中的这位包总，是和他们一起叫包总，还是该叫包哥？犹豫了一下，叫道：“包……包总好。”

包总看着我点点头说：“嗯，一表人才。”接着对胡经说，“你们两个还真是默契，连添个新兄弟都不分前后。”

胡经呵呵地笑着，回头看了一眼他身后那个一直低着头的手下，说：“我这哪能和迪哥的比，迪哥是见过世面的人。”

周亚迪看着茶海上的酒精炉燃起的蓝色火苗，悠悠地说：“世面见得多也不一定是什么好事，知道得太多了。”他叹了口气，突然话锋一转说：“对了，令尊的大寿办得怎么样？我还备了份大礼，改日一定登门拜访，听说伯父的蒸石斑手艺是一绝，还总亲自去菜场挑鱼，有空我得去跟伯父学学。家父生前最爱吃蒸石斑，他生前我没怎么尽孝道，真是子欲养而亲不待，不过该补的还是得补上。”说完笑着端起茶杯，呷了一口茶，闭上眼回味了一会儿，十分满意地摇摇头说：“真是好茶，这是第二泡吧，下一泡更好。包总，不如让我来？”

包总始终笑呵呵的，点头说：“好啊，你来。”

胡经脸上的肌肉明显抽了几下，又不敢发火，只好抬起头恶狠狠地盯着我。我见包总正兴致勃勃地看着周亚迪泡茶，便对着胡经悄声学着狗对他“汪”了一下。不知为什么，我好希望他们打起来，这种不论真假的平静，总是让我没有机会，再这么下去，日子就像流水一样白白地过去，最重要的是会慢慢洗刷掉我所有的伪装。

胡经眼里几乎要喷出火来了，摸着自己下巴上的胡茬说：“包总，咱是不是先把正事谈了？”

包总说：“好啊，那你试试亚迪泡的这第三泡茶。”

胡经无奈地笑了笑，看得出他在努力地压制着自己的情绪。他低下头不知在想些什么，猛然抬起头，吸了下鼻子说：“包总，你给个痛快话吧，大陆我们进不进？”

“混账！”包总突然喝道，“这么烫的水怎么能直接泡茶？好东西都糟践了。”说完他手一挥，把茶海上的几只茶杯打翻了。

胡经的表情瞬间凝固了，呆呆地看着四处乱淌的茶水。周亚迪神情自若地抓起茶巾擦着台面，说，“想给包总露一手，还给演砸了，唉，还是经验不足。”他叹了口气，又说：“包总千万别生气，我那还有半斤绝世的好茶，下回我捎来，您可千万要教教我。”

包总面色一转，哈哈笑道：“好，经验不足，可以慢慢练，你要不做，这经验从哪里来？”

我似乎明白了什么，他们谈话的实质远远超过了表面的内容。如果我判断得没错的话，周亚迪所谓的经验不足指的正是毒品运进中国内地的事。如此一来，这个包总已经显而易见地表现出想试试水。不做，怎么会有经验？

周亚迪搽桌子的手顿了一顿，说：“那还得是包总大人有大量，要是换个人，把我杀了我都不冤。”

包总抬起头看了眼周亚迪，呵呵一笑，不再言语。

看来周亚迪之前对我说的是真的，他的确是在阻止毒品进入中国内地，不过现在的情形似乎对他很不利。这个包总明显是更倾向于站在胡经那一边，表面上他显得对周亚迪更客气，实际上他应该和胡经走得更近一些才对——只有亲近的人，才不需要多余的客套。

重要的是，这个包总看起来要比周亚迪和胡经势力更大，大到哪一步我不敢随便猜测，我只知道他的手下是穿着军装的。换言之，此人手下可能豢养着军队，只凭这一点，就把周亚迪和胡经甩出去十万八千里。

那么，我的任务怎么办？如果只有周亚迪反对毒品进入大陆，会不会被踢出局？那样，我潜伏在他身边还有什么意义？早知如此，我何必要得罪胡经？不如跟了他？现在胡经一定恨我恨得牙根痒痒。相对而言，胡经似乎更好对付一点，这个人看似凶残，但喜怒哀乐都在脸上，不像周亚迪，像一个万年的老妖，变幻多端，多到你永远摸不透他的真身到底是什么。

我有些沮丧，默默地叹了口气，目光空洞地朝对面看去。这一看不要紧，正好跟对面的一人打了个照面。之前站在胡经身后那个低着头的手下，他的脸正好正对着我，带着浅浅的看似挑衅的微笑。他的样子似是这沉闷的夜里平地响起的一声惊雷，震得我五脏六腑都调了位置。我生生被惊得往后倒了一步，一口气没提上来，赶紧用咳嗽来掩饰失态。

我的异常果然立刻引起了在场所有人的注意。

我只好硬着头皮“咔咔”咳了两声，说：“不好意思，吸进去了个蚊子。”

如果我没有看错的话，对面站着的正是宁志。我终于知道程建邦说的那个上面派来的另一个人是谁了。

我平稳住呼吸和心情，让自己恢复了常态。胡经上下打量了我一眼，冷冷地“哼”了一声，说：“我不喜欢绕弯子，我明确表个态，我的货是一定要进内地的，就算一半被截了，也比被洋鬼子坑划算。事情很明朗，谁先进，规矩谁定，迪哥要是害怕，你的货我全按市价收，怎么样？再不然，你的地都包给我也行，你开价。”

周亚迪笑了笑，说：“怎么？我刚入行，就开始给我安排退休了？”他伸出左手掌摊开：“算命的说我命长，你看看这条命运线，还说我命里小人多，尤其不能占便宜，不然多长的命也没用了。”

胡经猛地站起来指着周亚迪说：“你什么意思？别给脸不要脸。”

我看了一眼包总，老家伙一副事不关己的样子，悠然地泡着茶。我不等洪林有什么反应，上前一步挡在周亚迪面前，胸口对着胡经。胡经不自觉地退了一步，这时一个身影带着风“唰”的一下挡在我的对面。我一抬眼，的确是宁志。

我和他四目相对，内心瞬间翻江倒海般地翻滚起来。

战友，我日思夜想的兄弟，多少次是你把我从鬼门关拉回来，当我在十字路口徘徊犹豫时告诉我方向。多少次在梦里我为你哭泣，就算是醒了，脸上还挂着泪水。多少次我以为今生再也见不到你了……如今，你就站在我的面前，离我如此之近，我只需伸伸手就能在你胸口捶一下，我多想抛开一切与你抱头痛哭，告诉你我都经历了什么，告诉你我没有给战友丢脸，我用我的生命捍卫了我们不屈的尊严。但此时，我能做的只是抑制住满腔滚烫的热血，抑制住我的眼泪，甚至不能有丝毫表情。我要做到就像我的生命中从来不曾有过你出现一样，还要像对待敌人一样怒视着你。

宁志眼眶也明显微微泛红，幸好在这昏黄的灯光下别人离得远注意不到。我生怕他的眼泪淌出，正想说点什么转移他的注意力时，只听胡经说道："你小心别被狗咬了。"

包总还笑呵呵的，说："嗬，这是干什么？斗鸡？"

周亚迪说："秦川，没你事。"

我回头看了一眼周亚迪，他给我使了个眼色，示意我站回去。我假装悻悻地对宁志"哼"了一下，站回自己的位置。

这突如其来的情况震得我耳内嗡嗡直响，好像被一群蜜蜂围着不散似的。宁志是怎么跟到胡经的？又是从什么时候开始这个任务的？当初离开时，我还专门问过徐卫东，他说宁志另有任务，原来是和我一样的任务。他又经历了什么才走到今天这一步的？这些问题争先恐后地蹦出来，好想整个时间能够停止几分钟，就几分钟，让我跟他聊上几句。

可惜，我和他现在是敌对的、陌生的，很可能根本不会有任何友好层面的接触。

至少有一点让我足以感到欣慰，就是我之前的判断是对的，我和我的任务只是整个局面的一条线而已，我保住了自己的线，就保住了整个局面不失控。不久前，我还在为自己孤军奋战而沮丧，现在，我再也不会觉得孤独，不管是程建邦还是宁志，都让我明白，战友一直就在我的身边与我一同战斗，我从来未被抛弃或遗忘过。

九指琴魔宁志现在就在我对面几米的地方，我下意识地扫了一眼宁志的右手，才发觉他右手的所有手指都是完整的。我的头皮一阵发麻，忙将目光挪开，闭了闭眼睛，再次朝他的右手偷偷地瞥去，没错，是完整的。

难道这个宁志是假的？我实在不愿相信这个事实，以至于一有机会眼神就会从他的右手掠过，我希望是我眼花，或是屋内灯光太暗而看错。不可能是假的，怎么会有长得这么像的两个人？

我一抬眼正好看到宁志也在看着我，他大概注意到我在看他的手，嘴角微微一扬，不动声色地将右手的无名指“拔”了下来，放在嘴边哈了口气，用衣角擦了擦又装了回去。

他的这个小动作差点让我尖叫出来。没错，是宁志。他在告诉我，他是货真价实的宁志。我用余光突然留意到胡经正在看我，于是挑衅地瞥了宁志一眼，轻轻朝地上啐了一下。

包总一边喝着茶一边说：“好了，时间也不早了，你们是回去？还是在我这里将就一下？”

胡经说：“来的时候说好晚上要回去的，我得回去，不然他们该着急了。”

周亚迪说：“怎么，不等其他人了吗？”

包总正要说话，胡经就抢着说：“我就是代表其他人来的。”

周亚迪笑着点了点头，站起身说：“看来是我多余了。”

“嗨，别这么说，事情都是聊出来的，我一直很尊重你父亲的，他称得上是德高望重，虽然有时候有点……”包总手指在脑袋边画了几个圈说，“有点老脑筋。”他说着话也站起身来：“记得你答应我的茶叶哦。”

周亚迪点点头说：“那我就回去了。”

包总说：“路上留神，最近这附近不知道什么原因，来了不少熊。”

“可能这里肉多吧。”周亚迪笑笑，整了整衣服说，“包总，告辞了。”

包总说：“不送。”

我跟着周亚迪先胡经一步出了那所房子，一直到上车，我都没有回头再看宁志一眼，但我能感觉到他一直在看着我。

一上车，周亚迪就对洪林说：“走小路，快着点。”

洪林“嗯”了一声，将车缓缓驶出院门，拐了一个弯，猛然加速，在大路上行驶了大概两三公里，从路边一片灌木的空隙中冲下了大路，钻进了茂密的丛林中。我从心底佩服洪林，此人对这里的地形简直了如指掌，也看得出他对周亚迪的忠贞不二，怪不得周亚迪能如此器重他。

3

周亚迪显得很紧张，手紧紧地抓着车内的把手，不时在裤腿上抹去手掌的汗水，而且有意无意地总朝后看。我从没见过他如此惊慌失措过，看来刚才那个包总果然才是这里真正的老大。胡经希望运毒品到内地的事，不仅联合了其他几股势力来跟周亚迪抗衡，还明显已经争得了包总的支持。在这之前，他们几方之间是怎么相互制衡的，我不得而知，但这一次，内地巨大的毒品市场所带来的巨大利益，显然很轻易地打破了这种平衡。

看来，周亚迪跟我说得没错，他的确在阻止这一切的发生，或者是继承了他父亲用生命恪守的那个所谓的规矩。一时间，我又有些恍惚，不论我站在哪个角度，我都该协助周亚迪去阻止这里的毒品涌入内地。但我的任务是要得到他们运送毒品的详细计划，并在他们实施之前将这些情报上报。问题是，眼下周亚迪与包总、胡经他们显然已彻底决裂，我如果继续帮着周亚迪，只能是让我更难获得那个计划。难道费尽心血最终却还是要与成功失之交臂吗？

我想起了在胡经身边的宁志，又是担心，又是慰藉。我担心他的安危，在这里所有生命都变得一文不值，不过想到他会将这项任务执行下去，我又很安慰。这个任务就像一个接力赛，我阴差阳错地接了程建邦的棒，现在看来，下一棒要交给宁志了。

宁志到底是怎么走到胡经身边的？胡经对他的信任度是多少？他到底经历了什么？我接下来该做什么？这一切的一切，宁志和程建邦知道多少？徐卫东又知道多少？……若干问题一个又一个地如同一群苍蝇在我的大脑里“嗡嗡嗡”地盘旋着，我怎么也无法静下心来仔细想。

最要命的是，我把周亚迪对我的信任度预估得过于乐观了。那么之前的很多判断可能根本就是错误的。真是一个好演员，我这么想着，用余光扫了一眼额角满是汗珠的周亚迪。

车子在密林中前行了几公里后，洪林将车刹住，扭头对周亚迪说：“迪哥，前面好走了，一直往南就行，我留在这里断后。”

“断后？”我朝后看了一眼问，“他们会追来？”

洪林看了我一眼没说话，只是看着周亚迪，等待着他的决断。

周亚迪皱着眉头略一沉思，说："你小心。"

洪林对我说："你来开车。"就打开车门跳了出去，走到车后，打开后备厢拿出一支步枪。

我疑惑地看着周亚迪，希望他能给我一个明确的指示，或者告诉我该怎么做。但他好像一直在犹豫着什么，沉默了几秒后，他冲我点点头，用下巴指了指方向盘。我刚要起身，他又冲我摆摆手。"算了，我开吧，路我比你熟。"他下车换到驾驶位，调了下座位和后视镜后摇下车窗，伸出头对车外的洪林说："明天一起吃中饭。"

洪林用力点点头说："快走。"

周亚迪果断地一踩油门，车子冲进了黑暗的密林中。我朝后看看，说："迪哥，用不用我也留下来帮忙？"

周亚迪只顾紧握着方向盘，目光死死地盯着前方，嗓音略带沙哑地说："我今天已经犯了个错误，不想再犯第二个了。"

我本想问个究竟，又觉得多嘴不好，他应该有他的打算。在这里，在此时，我得把他当作自己的上级，只需服从他的命令就好。他快速地看了我一眼，问："你怎么不问我是什么错误？"

我说："该跟我说的，你会说，我初来乍到，不想多嘴，需要我做什么你一句话。"

周亚迪微微一笑："还在为来时候的事生气？"

几声枪响从后面传来，我就手从腰间摸出周亚迪下午给我的那把手枪，上了膛，扭过身，车后窗外黑漆漆一片，什么都看不到。又几下枪声响起，我扭头看了一眼周亚迪，他紧抿着嘴唇，专注地开着车，握着方向盘的手臂上的青筋一根根地凸起。车子在崎岖的密林间又穿行了十多分钟，就再也没有听到枪声。我问："是他们在追杀我们吗？"

"嗯，我不该只带你们两个来，这次我太自负了。"周亚迪懊悔地摇摇头，眉头皱得都快拧到一起去了，"你和洪林都是我的兄弟，我同意他断后是因为他对这一带熟悉，他之前也当过兵，这里就是他最好的战场。不让你跟他一起，一来你不熟悉环境，最主要的是你的身体还没有恢复。”

我点点头说：“我明白。”

周亚迪抽空快速扭头看了我一眼，苦笑了一下说：“是不是很残忍？”

我朝后车窗张望了几眼，说：“枪声停了。”

我和周亚迪都明白，枪声停了说明有两个可能：要么洪林死了，要么洪林把追来的人打死了。哪种可能性更大？不用想也能判断出来，包总手下可是养着军队的，如果想要周亚迪的命，不可能只派出几个人，这么轻松就被洪林搞定。所以很可能是洪林死了，而我和周亚迪已经成为他们猎杀的下一个目标。

换我是包总，如果周亚迪成功逃脱，相当于放虎归山，那为什么刚才不在屋子里解决我们呢？

“准备跳车。”周亚迪的话打断了我的思路。他打开车门，慢慢地松开方向盘，对我使了个眼色说，“放心，现在两边都是草，尽量别伤着。”说完纵身跳下车。

我打开车门的同时扫了眼仪表盘，时速已经超过了三十公里。我将手枪别在腰间，吸了口气跳下车，就地连着四五个前滚翻才缓了下来。我在原地打了几个滚，将身体彻底稳下来，赶紧拔出枪半蹲在原地四下辨认着方向，我们丢弃的车子还在一直朝前行驶。

我活动了一下身体，确定自己没有受伤后，朝周亚迪刚跳车的方向猫着腰跑去。对面一个黑影朝我跑来，我眯起眼睛一看正是周亚迪。他猫着腰跑到我跟前，冲我做了个跟他走的手势，带着我钻进了密林中。我跟着他在黑漆漆的林中狂奔，树枝不停地抽打在身上和脸上，火辣辣地疼。我只能用一只手挡在眼睛前，相是保不住了，怎么也得把眼睛保住才行。

周亚迪突然停了下来。在这又潮又闷的密林中跑起来还觉得有些凉风，骤然停下来顿时觉得像是钻进了火炉，整个人好似一块刚从水里捞出来的海绵，汗水疯了似的往外淌。

我俩不约而同地抹了抹脸上，甩了一把汗。我轻声问：“咱这是往哪走？”周亚迪喘着粗气说：“他们能追来，说明他们知道这条路，开着车再往前的话，会上一条大路，他们一定会派人在那边堵，所以我们必须弃车，我们现在是往相反的地方跑。”他摇了摇头，朝地上吐了口口水，懊恼地说：“这次怪我。”

我说：“迪哥，现在不是说这些的时候，你说接下来我们应该往哪个方向跑？”

周亚迪伸手朝前指了指，说：“我跑不动了，我得歇会儿。”

我头皮一麻，我还以为他停下来是有什么计划呢，原来是因为体力不济跑不动了。现在每停留一秒钟，就会被敌人多追近几米，我一把拽住周亚迪的胳膊说：“走，不能停。”不由分说，拖着他就往前跑。

刚跑出不到三百米，周亚迪脚下一软居然摔倒在地。躺在地上上气不接下气地摆摆手，匀了半天气才说：“应该……应该没问题了，他们，不会……不会追到这儿来的。”

我试着拽了他好几次，也没法将他拉起来。我说：“他们有狗吗？”

周亚迪躺在地上说：“啊？”

我说：“追人的狗，军犬什么的。”

周亚迪想了想说：“狗是有的。是不是军犬就不知道了。”

我说：“那不行，我们必须跑，这附近有没有河？”

周亚迪摇摇头说：“不知道。”

空中一轮圆月无遮无拦地散发着清光，这种能见度对我们来说是很要命的。看着地上疲惫不堪的周亚迪，望着四周黑压压的丛林，我突然想，要不要将他擒住？主动送到包总或者胡经手里去？这个想法在我脑中一晃，我不由得出了一身冷汗。如果这么做，我是不是就能接近包总或者胡经？那样和宁志配合起来岂不是如虎添翼？反正我的任务是拿到他们往内地运送毒品的情报，周亚迪很显然已经被这个集团抛弃了，跟着他对整个任务没什么益处。而且，他在这里的势力看似并没有我想象中的那么强势，想起他在监狱中自称是这里的国王，我不禁冷笑了一下。

为什么不能出卖他？他只是一个毒枭，不论他把毒品运往哪里，都是在坑害人。可是出卖了他，作为一个卖主求荣的人，是否能真的得到包总或者胡经的认可？胡经看似简单，实际是怎样一个人，我连一知半解都谈不上；至于那个包总，我想以自己的资质在他面前要小聪明无疑是主动找死。如果我这条线出了纰漏，不仅帮不到战友，还很可能给宁志添麻烦。

周亚迪突然问："你在想什么？"

像是被人猛地看穿了心意，吓得我浑身一激灵。我忙说："我在想要不然我把他们引开，你先走，回去叫人来接应我。不然咱俩都困在这里，那真是一点机会也没有。"

周亚迪抹了把脸上的汗，坐起来拍拍我的腿说："我真的没有看错你。秦川，今天我可能已经失去了一个兄弟，我不能再失去第二个，不然就算我活着，下半辈子也不会安宁的。"他伸手打断正要说话的我，说，"我来引开他们，你走。"

"啊？"我不敢相信自己的耳朵，他居然说出这样的话来。他手撑着地面站起来说："他们不会直接杀我的，你回去找苏莉亚，告诉她这里的事，听她安排。"

"不行！"我断然拒绝了这个提议。本来刚才我还在为要不要出卖他而迟疑，听他这么一说，我立刻打消了那个念头。"看他们的势头，他们不会对你留情的。"

周亚迪摇摇头说："大不了我先同意他们一起运货到内地，然后再想办法。"

"不行，迪哥，你跑不动，我背着你。"我拖起周亚迪说，"来，上来。"

周亚迪手搭在我的肩上，低头喘了一阵，说："不用了，你走前面，我跟着你。"说完又推了我一把。

我说："迪哥，跑起来不要停下，越休息越跑不动，想想别的事，分散注意力。"

他点了点头。

我说："我觉得我们不能一味地往远跑，很容易迷路的。"

周亚迪抬起头看了看我说："我知道，往前跑就是了。"

我见他目光笃定，已然没了之前的慌张，心想他必然是有了打算。

我拉开步伐，继续在丛林中穿梭，只是越跑我越觉得茫然，我不知道未来等待我的到底是什么。如果他有明确的目标，为什么刚才说要帮我把人引开，让我去找苏莉亚呢？苏莉亚和他到底是怎样的关系？这个问题实际上已经困扰了我很久，只不过在那寨子里，我潜意识里总是逃避去思考这些问题。而现在，当我的生命再次受到威胁的时候，我开始深刻地反省自己之前的松懈。

到底我是在按照自己的计划步步为营，还是只凭着感觉在赌博？我反复地拷问着自己。就像现在我到底往哪里跑，后面追杀我的到底是什么人，或者后面到底有没有人在追我，我都不知道。我猛然醒悟过来：这不是周亚迪是否信任我的问题，而是我太信任周亚迪了。

这是个致命的错误。

秦川，清醒一点！这里没有你的朋友，以前没有，现在没有，以后也不会有，你不能再出错，否则不仅你会失去生命，还有宁志，或许还有你不知名的战友也潜伏在这里。

4

我按照周亚迪指示的方向跑着，其间零星听到了几声狗叫声。

后面的确有人在追我们，我不知道目的地到底有多远，所以不好决定用怎样的速度前行。

我不想在到达前耗尽体力，也不想太慢被后面的人追上，关键是周亚迪明显越来越吃力了，我最担心的是他坚持不住要停下来。

我边跑边说：“迪哥，你给我说实话，还有多远，后面可能有人追来了。”

周亚迪上气不接下气地指着前面说：“就……就在前面，我没跑过，不……不知道。”

我指着前面卧着的一座山说：“要翻那座山吗？”

周亚迪痛苦地摇摇头，喘着气说：“不……不用。”

我接着问：“那地方，离那座山有多远？”

周亚迪抬起头看了一眼：“不……不知道，在那儿，在那儿看着，也是这么远。”

我知道再问也问不出个所以然了，狗吠声已经由之前的零星几下，变成时不时就能听到几声。他们应该已经发现了我们的踪迹，开始召集所有人往我们这边追了。

我说：“迪哥，是不是到了那里就安全了？”

周亚迪点点头。

我知道那一定是个很安全的地方，才能让周亚迪在命悬一线的时候坚定地选择往那边跑。但根据身后的那些狗吠声，二十分钟内如果不能到达目的地，后面的人就会追上我们。他们就算不是训练有素的士兵，也是年轻力壮的小伙子，而我为照顾周亚迪不得不放慢速度。从周亚迪凌乱不堪的呼吸和沉重的脚步来看，他的体力已经逼近上限，随时都可能崩溃。

出卖他的想法再一次出现在我的脑海中。我想，即便我和他平安抵达目的地，继续跟着他，也对我的任务没有任何帮助。问题是现在甩掉他，我也无处可去，而且会成为整个金三角的敌人。又或者像现在这样，跟他一起双双被身后的人追到，更是九死一生。

身后的狗吠声渐渐地变得清晰起来。我也想起周亚迪之前给我的那把填满哑弹的手枪，几小时前，在车上他怀疑我时的神情，在我的脑海中越发清晰，更清晰的是我拿着那把根本不会射出子弹的枪比在自己头上时，他那佯装要与我一同去死的虚伪样子，真是想想都觉得恶心。

我救过他一命，也许是两命。我不欠他什么。我想，我现在只需要考虑要给他们一个活的周亚迪还是死的周亚迪。

我猛地朝前迈了两步，停下来转过身，手里的枪口垂向地面。周亚迪喘得合不上嘴，脸上的汗水混着污渍早已将平日的风度淹没，见我停下，他也停了下来，目光呆滞地看了我一眼，踉踉跄跄地扶在一根树干上，低着头大口地喘气。

我只是个逃犯，是个小角色，我没有任何节操，只有一身杀人的本领而已，我无需为一个只认识几个月的人送命。现在我杀了他，投奔另外一个人，天经地义，就像胡经说的，我就是一条狗，或者狗都不如。

那么，我没有必要再为自己将要做的事而内疚了。我只需开枪将面前这个人打死，枪声能证明是我开的枪，我开枪杀了他们的心腹大患，从此他们可以肆无忌惮地吞并周亚迪的烟田和势力，大摇大摆地把毒品运往内地。而我继续做一条狗，至少我活着，至少可以在暗地里协助宁志。

狗吠声越来越近，我几乎能听到来人喘气大口吐痰的声音。我握了握手里的枪，子弹是上了膛的，目标人物几乎没有丝毫反抗能力地站在一个我闭着眼都能打死的地方。一切只在我抬起手，扣动扳机了。

“秦川，你听我一句，快走，我肯定是跑不了了，不能拖累你。”精疲力竭的他扶着树，垂着头说，“听话。”

我握着枪的手颤抖了。

不是他的话打动了我，而是一闪念意识到自己的思路错了方向。

如果他们根本不想杀他呢？一股势力怎么可能全部由周亚迪一人完全掌握？他一定还有他的团队，如果我杀了他，周亚迪这头的其他人是否会坚持周亚迪维系的那个所谓规矩？如果他们愿意和胡经和包总合作，那我岂不是会被他们生吞活剥了？而且，那个时候很有可能动手杀我的会是苏莉亚，她看周亚迪的眼神就如同一个女儿看着自己的父亲。

我想，我刚才不仅忘记了自己的真实身份，也忘记了还有战友就在我的左右。我怎么能忽略这些最珍贵的东西呢？我之所以能够为了这个任务而不惜一切代价走到今天，正是因为我知道身后有我的祖国在看着我，我最不动摇的就是这一点！

周亚迪得活着回去。有他在，多多少少会对胡经和包总的势力加以制衡。哪怕是拖延他们往内地发货的时间，都可以给宁志争取更多的机会。只要拖住了时间，宁志一定会骗取到他们的运送路线计划，一样是完成了我们的任务。

我没有多少时间再犹豫了，这么耗下去我和周亚迪是九死一生。如果我去引开来人，周亚迪就能活着，而我也未必会死。毕竟我才是受过专业训练的军人，对付几个杂牌军胜算很大。

眼下，我只祈求我的判断是正确的。

“迪哥，你走，我去引开他们，你告诉我，是不是顺着刚才那条路就能到咱们的地盘？”我抹了把额头的汗说，“没时间犹豫了，他们想抓住我没那么容易。”

周亚迪抬起头看着我说：“秦川，我说过了，我不能再丢下自己的兄弟，大不了一起死，我死了，他们一定会后悔。”

我再次问：“是不是顺着那条路就能到咱们的地盘？”

周亚迪抬头看着我，终于点了点头。“走到大路一直往南。”他停了一下，还想接着说什么，我打断了他说：“迪哥，你保重。”

我转身按原路返回，我必须给周亚迪留出足够的时间，所以一定要尽快迎上追兵，把他们引到另外一个方向。

周亚迪在身后压着嗓音叫着我的名字，我没有理他，一头扎进夜色笼罩的密林深处。那一刻我真想抽自己一个耳光，我居然失措到忘记了自己真实的身份：我是一个军人，战斗是我的职责。怎么会被几个杂牌军追得仓皇逃窜？

真是可笑。

这时候，我才是这里的国王。

我一边跑一边舒展着筋骨。我的武器有一把手枪，还有这黑夜中的丛林。我的敌人只是毒贩豢养的几个杂牌军人和几条狗而已。我的任务是带着他们在这丛林里兜风，逮住机会逐一消灭，最后安全返回大本营，也就是周亚迪的地盘。

这么一想，我顿觉轻松了许多。我的任务就是接近周亚迪，是我老把事想复杂了，才把自己搞得这么累。周亚迪凭什么信任我？我又凭什么因为他对我不信任而对他动杀机？我只需走好自己的这一步棋就好，如果之前周亚迪对我还有所怀疑，那么只要这次我成功了，我离他的信任还会远吗？

约莫往回跑了两三公里，迎面的狗吠声已经非常清晰了。又是狗。我想，胡经一定很恨我，就像我现在那么恨对面那些狗一样。此时，对面那些狗就是那些人的眼睛和耳朵，是可以帮他们要了我的命的帮凶。从声音上判断，应该有三条，我枪里的子弹肯定不足以应对此时的情况，相比之下我更想要一把匕首。

我放慢了脚步，仔细观察着左右的地势，希望能从中找到破解危机的方法。突然耳边传来一阵急促的脚步声，飞快地正在向我靠近。情急之下，我举起手枪，屏住呼吸靠在身边的一棵树下。

"秦川！"一个刻意压低的声音从夜色中传来。

我心头一紧，难以置信地压低声音问："谁？"

"邦，程建邦！"

这个熟悉的名字和声音，让我险些失声叫了出来。一阵窸窸窣窣的声音后，一个身影蹿到我的面前，我仔细一看，正是程建邦，他的眼睛在月色下格外明亮。我激动地在他腿上踹了一脚，说："你怎么才来？"

"轻点！"他龇着牙吸了几口凉气，"你怎么每次见我都是这句？"

我说："你怎么这么娇气？"

他瞪着我说："你从三楼跳到一堆榴莲上试试，我跟你没完。"

"你怎么在这儿？"

"少废话，见到咱的人了？"他说着摸出一只瓶子，打开瓶盖，将里面的液体在我们四周的地上浇了几圈。一股刺鼻的气味直钻上脑门，捂着鼻子揉了半天才将一个喷嚏按了回去。

"问你话呢？发什么呆？"程建邦说。

我一时没反应过来，愣了一下想起宁志来，忙说："见到了，我认识。"

他点点头"嗯"了一声说："周亚迪离得有多远？"

我说："不到三公里。"

"我们不能出现在一起，我只能暗中协助你。他们有十二个人、三条狗，配备自动步枪。"他顿了顿又说，"东南方向三十公里是你住的那个寨子。"

短暂的备战间隙，我想起刚才他的自我介绍，不禁乐了："邦？程建邦？我怎么听着耳熟，007吧？"

他低着头从身上摸出两把匕首，递给我一把："帅吧？今天我让你见识下什么叫作搭档。"

我接过匕首在树上试了下刀刃："滚，007的搭档，只要不是女的，全都死了。”

他咧嘴一笑，雪白的牙齿好像会发出“铮”的一声亮光似的，说：“往后撤一百米，我绕到他们后面帮你解决几个，尽量别开枪。”

“狗怎么办？”

他冲地上努努嘴：“放心，闻到这个，狗鼻子全废。”

我问：“什么东西？”

“临时配的，在我眼里，这树林里到处都是食物和武器。怎么？你们学校不教这些？”

我“切”了一声说：“别废话了，周亚迪可能不会往内地运货，看这样子，他也控制不了胡经和包总，你说我继续留在他身边还有意义吗？”

程建邦慢慢地转过脸看着我说：“你的任务是什么？你忘了吗？”

我说：“没有，可是……”

他挥手打断我说：“执行你的任务，就像我，明知你是个饭桶，还得绞尽脑汁地协助你一样，因为那是我的任务。”他朝前方看了看说，“做好战斗准备吧，小心点。”又朝我身后指了指：“一百米。”

程建邦拍了拍我的肩膀，对我点点头，侧身钻进了丛林，很快消失得无影无踪。

看着他骤然消失的身影，我忍不住笑了。这之前还看似张牙舞爪犹如妖魔鬼怪的丛林，此刻好似埋伏着我千万战友的一个关口，一个随时能将任何来敌碾碎的铁关。

我向后撤了一百米左右，在一棵树后紧了紧自己的衣装，就手揪过几片树叶在嘴里嚼碎，和着地上的泥土在脸上抹了几道。然后将枪别在腰间，反攥着匕首，等待着来人和狗。

不知从哪里被惊起的几只飞鸟从我头顶飞过，我缓缓地仰起头，目光穿过树木茂密的枝叶，望向头顶那轮明月，心如止水。

越来越近的脚步声和喘息声使我无暇顾及趴在耳边叮咬的几只蚊虫，我慢慢地扭过头，倚着树干，探出半只眼睛。几束手电的光柱在不远处横七竖八地乱射，三条狗不约而同地将来人引到了之前程建邦洒了干扰液体的地方，在地上嗅了一下，就变得焦躁起来，呜呜乱叫着，在原地晕头转向地乱转起来。

那一队人马在原地相互交流了几句，分别分散成左前、右前、中间三个方向继续朝前行进。中间那队正朝我走来，一共四个人、一条狗。

狗虽然嗅觉失了灵，但正常的听觉也不可小觑。我屏住呼吸，攥紧匕首一动不动地贴在树干上，怎么才能做到逐个解决？现在狗才是敌人最强大的武器，我再细微的声响也逃不过它的耳朵。因此，很可能需要在同一时间应对四个人和一条狗，而且还要在其他人赶来之前解决掉他们，然后隐藏好。

我唯一的优势是我一直没有借助任何人为光源观察地形，而他们一直在用手电筒，对手电筒没有照到的地方没有那么敏感。但谁能保证这帮杂牌军不会拿着枪对着看不清的地方一顿乱扫射呢？这么近的距离，以周围这些树干的直径看，无法完全为我挡住乱飞的步枪子弹。

看来只有一个办法可行，就是先让那条狗丧失行动力，同时必须近距离在这四人之间以最快的速度尽全力使他们丧失战斗力。问题又来了，我不知道这四人的战斗力怎么样。当这些人距离我不到三米的时候，我还是没有一个万无一失的方案，不觉身上又是一层冷汗。

我再次抬头望向茫茫的夜空，我不知该向谁祈求，因为我的愿望是要了这些人的命。当第一个人与我藏身的大树平行时，我的心脏好像为了隐蔽也停止了跳动。正在想再走过去一个人我就冲出去时，第二个人眼看着走过了这棵树。

我咬着牙，心一横正准备冲出去时，后面传来几个人叽里呱啦的叫喊声。一定是程建邦在那边掩护我。我跟前的这四人立即停下脚步，转身就要往回赶。之前第一个越过我的人，此时成为他们这个小队的尾巴。在他走过我藏身的这棵树时，与前面的人拉开了四五米的距离。此时所有人的注意力都在程建邦那边，这是我最好的时机。

十二个人，少一个，就少了一个威胁。我伸出胳膊，使足劲儿一把锁住那人的脖子，不等他有机会出声，一刀刺进他的锁骨中间，并顺势将他拖进我脚下的灌木，等他彻底断了气，将他的枪摘下来背上身。再次抬起头时，却见又有四个人在一条狗的带领下，径直朝我隐身的方向奔来。看来我之前的动作发出的声响还是惊动了他们的狗。

我左右一看，除了灌木，就是身后三米处的几棵大树可以躲藏。而那条狗已经被主人松开了牵绳，疯了似的朝我这里狂奔。他们宁可牺牲这条狗也要找到我，他们的枪口已经在按照狗奔跑的目标瞄准着。

秦川，你要冷静。你开枪击毙狗，必然彻底暴露自己，就会召来四支自动步枪对你的扫射。到时候，就算对方不是训练有素的军人，也会把你打成筛子的。

我仰面躺在地上，举着匕首，刀尖朝上。只等那狗扑来的瞬间一招将其解决掉。这样他们无法准确地判断我的方向，我才有活命的机会。

从现在的形势看，对方大多数人都已被程建邦吸引过去了，只有三分之一冲我而来。就算是这样，我也已经被压得抬不起头来，我不知道程建邦是怎么应付另外那些人的，但有一点可以肯定，他只会比我更危险。我没有时间继续犹豫，必须与程建邦一起战斗，尽快解决压上来的人和狗。

不远处传来几声枪响，一定是程建邦与对方发生了枪战。与此同时，朝我冲来的那条狗也纵身向我扑来。这是我最好的机会了，那些枪声足以吸引所有人的注意。我猛地朝左一滚，一个黑影"嗖"的一声扑向了我翻滚后腾出来的地方。我丢开匕首，举起枪托对准那狗的鼻子，使尽全身力气狠狠砸去。那狗闷闷地"呜"了一声，像一个被大力抛出的沙袋，笨重地在地上滚了几圈，重重地摔到不远处的那棵树干上，一动不动。

5

这时又是连着三声枪响，就从我的头顶处传来，奇怪的是，我并没有觉察到有子弹从我身边飞过。我抱紧枪翻身朝前瞄去，只看到一个人影，难道他们四人分开了？如果是这样，敌人就全部脱离了我的视线，极有可能已经将我包围。情急时，只听那个人影压着嗓音骂了句娘。

那正是我熟悉的宁志的声音。我本来攥着枪，那个身影还在我瞄准的准星内，听到这么一声，忙把枪口移开，回了句当年的暗语。"

恍惚中，一切都好似一个梦，在梦中，我们在时空里穿行，任由梦境将我们带到不同的地方。

宁志左右看了看朝我奔过来，刚迈了一步，一声枪响，他应声中弹倒地。那一刻犹如五雷轰顶，若不是我下意识地将手臂塞进嘴里，我几乎就要喊出来了。我趴在灌木中，在黑暗中搜索着射手。这时又一个黑影跑了过来，一脚踢掉宁志手中的枪，冲我说："出来吧。"

那是程建邦的声音。我疯了似的从灌木中冲了出来，飞奔过去像头野牛一般将程建邦生生撞翻飞出两三米。清白的月光下我看清楚了，的确是宁志，他胸前满是鲜血，一时找不到他中枪的部位，我赶紧拍着他的脸小声地叫着他的名字。

程建邦赶过来，说："你，认识他？"

我随手飞快地拔出手枪对准他的脸。他吃惊地看着我，随即就明白了，顿时像一个泄了气的皮球，一下跪倒在地上，张大了嘴，双眼失神地看着我。

"你瞧你画的迷彩妆，怎么还是那么喜感？你到底是怎么想的？"宁志突然说了话。我和程建邦像是被切换了工作模式的机器，拼抢着凑到宁志脸边。宁志一手捂着伤，伸出一条胳膊说："扶我起来。"

我大大松了口气，说："你没死啊，你没事吧？"

我们想帮宁志检查伤口，宁志挣扎了一下，咬着牙坐了起来，说："能没事吗？你挨一枪试试。"

程建邦把宁志架起来，支支吾吾地说："兄弟，我不知道是你。"

宁志龇着牙笑了下说："没事，幸亏我往前迈了一步，不然你就麻烦了。"

我们扶着宁志让他靠在一棵树上，他四下看了看说："他们人呢？"

程建邦朝西面指了指："我解决了四个，剩下的跑了，朝那个方向。"

宁志点了点头："也好，这我回去就好交代了。"他扭头望向程建邦问道："你是建邦？"

程建邦急忙点头答应："嗯。"

"我叫宁志。"他松开我和程建邦的肩膀，挣扎着依靠自己的力量站住了说，“你们快走。很快就会有人来。”他叹了口气，又说：“很快，他们很快就要开始运货了，可惜其他情况我还没摸到，不过还好。”他对我笑笑：“这次咱算在老大面前立功了……你受了不少苦吧？”

我说：“你怎么到这里来了？”

宁志笑了笑：“记得机场那个跑了的刘亚男吗？他们都是一条线上的。”说着抬手在空中画了一个圈。

我恍然大悟，点点头，看着他的脸，心里翻江倒海，却再说不出一句话，只是对他笑了笑。他冲我们摆摆手说：“走，快走。”他再也无力说话似的，靠回到树上，虚弱地喘着气。

我们三人不约而同地举起了右手，在这异国他乡的丛林中，向彼此敬了一个军礼。

程建邦对宁志说：“兄弟，保重。”然后对我说：“跟着我。”

我看了一眼宁志正要转身离开，宁志说：“等等。”

我回头看他，他指指我的脸说：“擦了吧，跟花猫似的。”他自己先笑了，可能牵扯了伤口，很快疼得笑不出来，不耐烦地冲我们摆摆手：“快走快走。”

我抹了抹脸上的汗水和泪水，跟着程建邦钻进了丛林中。忍不住回头又看了一眼宁志，他顺着树干慢慢地出溜到地上，不住地冲我们摆手，示意我们快点离开。

我看到程建邦跑在前面，用袖口不停地抹着脸，一言不发，只是不停地迈着长腿，隐约能听到吸溜鼻子的声音。也不知道跑了多久，只觉得脚步越来越沉，呼吸越来越困难，我说：“我跑不动了，走一会儿吧。”

程建邦放慢了速度，担心地打量了一下我的全身说：“这还不到三公里，你没事吧？”我上气不接下气地说不出一句完整的话，只是冲他摆摆手。他皱着眉头说：“你上次伤得很重，是不是没恢复好？”

我摇摇头，喘着气说：“你确定，确定不到三……三公里？”

“不确定，应该是四公里左右。”

我抬头看他的眼睛，他很快避开我，看着前面说：“还有挺远的路。”

我想刚才可能真的跑了不到三公里，根据对自己身体的了解，这强度根本不至于疲劳成这样。我的身体可能真如那个医生所说，要悠着点了。“我的身体可能真的不如以前了，看来我得重新评估自己了。”我看了他一眼说，“正好趁这个机会，你帮我测试一下。”

程建邦仔细看了看我的眼睛说：“我记得你以前可是谁也不服的。”

我笑笑说：“测试得准确，我才知道在下一次行动中自己的斤两，以免错误的估计会影响计划，这没什么好逞能的。”

程建邦点点头说：“好，不过，你以前可真不是这样。”

想起初来这里时那个意气风发的自己，是那么幼稚和轻浮，顿时理解了之前他对我所有的担忧和蔑视。因为任务的凶险程度比我想象的更加严重，容不得半点儿戏。我说：“以后，我会一直这样。”

就在刚才，当我丢下受伤的老战友宁志，看着他坐在树下冲我摆手时，我明白了我们的目的只有一个，就是圆满地执行完这次任务。一切都以任务的完成为原则，任何借此证实自己什么或者想表现自己什么的想法，都只会给任务带来障碍，那样，必将造成更大的损失。那，才是我无论如何都不能承受的事。

程建邦递给我一个塑料瓶，说：“喝点水吧。”

我看了一眼那瓶子，跟刚才他往地上洒干扰剂的瓶子一样。我舔舔嘴唇说：“哪来的？也是你自制的？”

“你成天吃喝不愁，都有人给送上门。”程建邦“呲”了一声，说，“还是女的，我觉得长得挺好看的，晚上给你暖被窝吗？”

这次见他，比起上一次的样子又黑瘦了不少，心想这些日子他受了不少苦，心中不由得一阵酸楚。我装作不屑一顾地白了他一眼说：“你想说什么？”

他把那瓶子塞到我手中说：“我跟你没法比，一天到晚都得看着你，没人给我送饭送水，就算出去找点东西吃都得冒风险，身上可不得备着吃的喝的。”他又变魔术似的摸出一个小玻璃瓶问我，“要不要？花露水，这地方的蚊子确实厉害，咬人的有七八种。”

我摇摇头，别过脸看着另外一边，说：“上回，那个榴梿……没事儿吧？”

“你去试试!”我话音未落，屁股上就挨了他一脚，“对了，我后背有个伤口，想抹药水，自己又够不着，你帮帮我。”他撩起衣服用嘴巴叼住，从包里翻出一个小瓶说，“这地方太潮，时间久了我怕化脓。”

我接过那个药瓶，站到他身后，他伤痕累累的后背映入我眼睛的时候，我像是被洋葱呛到，眼泪怎么也止不住地往外流。我抬起肩膀蹭了蹭脸，将药瓶中的药水倒了些在掌心，一股酒精味扑鼻而来。我看了看那个没有任何标签的瓶子，问:“这是什么药?”

“酒精，消消毒就行，没事。”他将衣服又往上拽了拽说，“肩膀下面你帮我看看，有点疼，是不是破了?刚才摔了一个跟头，老子一个前滚翻，直接翻到一堆灌木里了，全是刺!”

我打开他刚给我的那瓶水帮他冲洗了一下伤口，把酒精涂抹在伤口周围，说:“回头我给你弄个药包吧，就丢在那个榴梿车上，你来取。”

“别再和我提榴梿，我现在闻见那味道就想吐。”他叹了口气默默地整好衣服，吸了下鼻子说，“我是不是话有点多了?”

想起刚来时，他对我的种种鄙夷使得我非常不满，跟他对着发火时，他说在这里憋了几个月，好不容易遇到了自己人，只想痛痛快快地发发牢骚而已。那时，我以为他只是跟我斗嘴说出来的气话，现在想来，他说的是真的。

我们第一次见面就身处异国他乡，彼此都背负着生死攸关的任务。我不了解他平时是个怎样的人，一起生死与共这么久，居然没有真正地聊过家常，不禁有些感慨。我不想让他尴尬，拿起水瓶灌了好几口水，说:“我觉得有点少，我这神经绷了这么久，跟谁说句话都得前思后想好几遍才敢说出口，生怕说错什么丢了命。人家跟我说点什么，我得前思后想有没有什么话中话，生怕遗漏什么而丢了命。我都怀疑等咱回了国，可能连正常聊天都不会了。”

他闷着头走路一声也不吭。我又说:“其实我最怕的是成天谎话说惯了，都不会说实话了。”

程建邦从我手中拿过水瓶，扬起脖子灌了一气，抹抹嘴说:“我挺担心宁志的。”

我一时无言以对。他又说："我无所谓，也不跟那帮人打交道。你们不一样，他们的什么争执，你们都避不开。你们就是人家手里的枪，就是为人卖命的角色。这不，宁志就无缘无故地挨了一枪，我是真后怕，刚才我瞄的是他的心脏。"他顿了好一阵才接着说下去："幸亏开枪时他正好在迈步，不然，我真不知道怎么办了。"

我从没见过他这个样子，此时的他和我印象中的程建邦完全是截然不同的两个人。我不知该如何安慰他，所有言语都有点多余，因为除了医生外，可能没有人能比我们更清楚生命有多么脆弱了。

我问他："宁志那边谁来接应？"

程建邦摇摇头说："不知道，他来这里是一个意外，是计划外的事。"

我忙问："什么意思？"

程建邦说："我也问过老徐，老徐说原本没有计划让他接近胡经，他是因为别的案子卷到里面来的。"

"什么？那他在那边是死是活岂不是都没人知道？"

程建邦沉默了一下说："不会的。我定期会跟老徐联系，如果他不指派我去接应宁志，那么肯定是安排了别的人，你要相信上面。"

我有点后悔刚才没有跟宁志多说几句问问清楚，宁志好像也没有多余的话想跟我说。如果如程建邦所说，他是因为别的案子进来的，那么很有可能我们执行的并不是一个任务。

我点点头，说："嗯，我们的目标人物是周亚迪。"

程建邦定定地看着我，说："你变化真的很大，换以前，我估计你早急了。"

我笑了笑，说："你教我的，相信上级。"

程建邦皱起眉头回想："我说过吗？"

我认真地点点头。

"我居然能说出这么肉麻的话？"

我再次点点头说："何止，越狱那次，你还给我特正式地敬礼呢，还哭了呢。"

程建邦咂了下嘴，说："秦川，你有没有觉得你知道得太多了？"

“还好吧，如果算上跳到榴梿车上那次，还真不少。”我故意轻描淡写地说起那事，想起他当时的狼狈样，终于还是没忍住大笑出来，“来，开始测体能吧。”

我猛然加快速度朝前跑去。程建邦愣了一下神：“秦川，我跟你说，你要给我说出去，我就把你在监狱看见我哭鼻子的事说出去。”

我说：“无所谓，我还知道你抢劫被截和呢，直接从行动的一把手降成一个菜鸟的助手了，哈哈哈。”

程建邦真急了：“我跟你拼了！”

当清晨的第一缕阳光穿透云层，透过薄薄的晨雾照在我们身上时，我和程建邦还没有走出这片树林。这没有半点凉风的茂密丛林，崎岖不平的路和大量的出汗使得我们疲惫不堪，谁也不想多说一句话。

程建邦找了一棵歪脖子树，攒了半天劲才爬上去。他双手扶着树枝，站在树杈上朝前面张望着。我摸出周亚迪给我的指南针看了眼，说：“还有十几公里吧，赶到得晚上了。”

程建邦摸出一只小巧的单筒望远镜，四下观望了一圈，从树上下来。“我到的话真得晚上了，你解放了，周亚迪来找你了，还有两三公里就到了。”他拍着我的肩膀说，“保重。”

说完程建邦正要往树林里钻，我忙说：“等等。”

他站在一棵树下转过身疑惑地看着我。我却不知道跟他说什么，不由自主地摸摸身上，除了那个指南针，就只有周亚迪给我的那把枪，除此之外，我能给他的，只有我的生命了。我拿着指南针和枪冲他晃了晃说：“留着吧，可能有用呢。”

他笑着拍拍自己随身的小包说：“我都有，比你那……”话说了一半就停了下来，点点头上前从我手中将东西接了过去说，“正好缺这东西，这下不用担心迷路了。”他冲我龇牙一笑，笑容很快又凝固了，沉默了几秒钟后，指了指前面说，“他们快到了。”

“保重！”我和他异口同声道。

6

程建邦离开后，我拼着最后一点体力爬上了刚才那棵树，朝前一看，果然在不到两公里的地方，有几处玻璃的反光，的确是有几辆汽车正在往我这边开过来。这里距离寨子大约十多公里，毫无疑问已经是周亚迪的地盘了。

我扶着树杈放眼望去，试着在郁郁葱葱的枝叶中寻找程建邦的踪影，却怎么也看不到，就好像他从未出现过。但我知道，他就在我的左右。

很快，两辆越野车一前一后进入了我的视线。我以为车内一定是洪林，在我的印象里只有他对这里的地形了如指掌，可以把车在丛林里开得如履平地。

结果从车内跳出的竟然是苏莉亚。她抬头看着树上的我，眼里噙着眼泪，兴奋地一边对着我不停地比画，一边快步跑到树下示意我下来。跟随着这两辆车的其他车也陆续围了过来，而且全部穿着统一制式的军装，配备着统一型号的自动步枪。我想，我必须得重新评估周亚迪的实力了，我救周亚迪的决定是正确的，之前我对周亚迪的了解连皮毛都算不上。

苏莉亚扶着我上了车，车上凉爽的空调顿时让我有一种浑身解放的舒适，我长长地松了口气，靠在椅背上大口地喘着气。除了我乘的这辆车掉头准备朝寨子的方向走以外，另外的车和人并没有返回的样子。我注意到所有人不仅身上挂满了手雷，子弹袋也都鼓鼓囊囊的。

我探着头想看看另外一辆车上是谁，那车被士兵围得严严实实，看不到车内的状况。苏莉亚递给我一瓶水，又拿着条毛巾蘸着水小心地擦拭着我的脸。我拦住她的手说：“迪哥呢？”

没等她比画，开车的司机说：“老板交代我们，不论谁遇见你，就告诉你，幸亏有你，他才没事。”

“他不在那辆车上吗？”我摇下车窗去看那队整齐离去的士兵，顺便将拿着水的胳膊伸出窗外，确定司机和苏莉亚没注意到我的动作，将手里的水瓶丢在了地上。程建邦身上也没有水了，希望这瓶水能帮到他。

“老板在家等你。”司机说。

我把手收回车内，对苏莉亚说："我的水掉了，再给我一瓶。"

车子很快驶离了我和程建邦分别的地方，我再一次感到无比的失落和无力。这种无休止而且完全不属于我的日子实在是太让人厌烦了，突然袭来的情绪让我变得非常烦躁，我一把打开苏莉亚拿着毛巾的手，也无心去理会她的感受，将脑袋靠在座椅靠枕上，呆呆地看着车窗外千篇一律的景象。

今天这里一定会发生大事，我担心的不是周亚迪和胡经谁输谁赢，而是宁志的安危。

我问苏莉亚："有吃的吗？我饿了。"

苏莉亚摇摇头，小心翼翼地看着我的脸。我又说："有烟没？"

司机忙丢给我半包烟和一个打火机。我点着烟摇下车窗，举起水瓶仰着脖子灌了一气，晃晃瓶子对苏莉亚说："再给我拿一瓶。"

趁着苏莉亚找水的空当，我把手里这半瓶水拧紧瓶盖丢出车窗外。苏莉亚又递给我一瓶水，像是突然想起了什么，从包里找出一小袋糖果，兴奋地举到我面前，示意我吃。我假装生气，抓起那包糖果"嗖"的一下丢出车窗外说："我肚子饿，我想吃饭，这东西能顶什么用？"

苏莉亚低下了头，缩在一边不敢再看我。不盯着我最好，我趁着整个车一颠的空当，把打火机塞进烟盒里一起丢了出去。

抽完烟，我摇上车窗斜靠在座椅上，闭着眼想象着程建邦一边喝着水一边吃着糖果抽着烟赶路的情景，心中略微一松，不觉竟然昏昏沉沉地睡着了。

等我再次睁开眼时，车子停在了一个哨卡前，几个全副武装的士兵正端着枪朝车内张望。我心说，不好。浑身一怔，下意识地朝腰间摸去，才想起我的手枪已经给了程建邦。苏莉亚在我的手背上轻轻地拍了拍，冲我微笑着摇摇头，我才放松了神经。

很快，我就见到了周亚迪，他和一个穿着军装的男人从哨卡内向我们走来。我仔细分辨过刚才那队士兵军装上的标识，跟这里守哨卡的军装是一样的，但始终没搞清楚这是属于哪个国家的军服。跟周亚迪走在一起的那个男人大概五十岁，他肩上的四颗星成了最吸引我的亮点。我揉了揉眼睛，盯着那人的肩章，心中默数道：一、二、三、四。没错，是四颗。

这人是一位大将级军官，不论他来自哪个国家，都应该位高权重至极。

里里外外的所有士兵见到这位将军，顿时立正站好朝他行礼。他挥了下手，示意士兵抬起拦车杆。

苏莉亚拿着毛巾朝我嘴边擦来，我一把将她挡开。她笑着指指我的嘴角，我一摸才知道，刚才睡着了居然流了不少口水。

从车上下来后，周亚迪向那人介绍道："秦川。"

那人瞥了我一眼，微微一点头，带着身后的一队警卫继续朝前走去。周亚迪示意司机、我和苏莉亚跟着，他仔细打量着我说："你没事吧？"

"看到你没事，我就没事了。"我用下巴指了指前面那个扛着大将军衔的人，轻声问道，"我们要去哪？那是谁？"

周亚迪故意慢了几步，拉大了我们与那人的距离，轻声对我说："丹雷将军。"

"丹雷？"我回忆了一下，没听过这么一个人，于是问道："这，算是哪国的？"

周亚迪笑了笑，说："我和将军谈点事，你只管听，不要多话。"

我说："要是不方便，你们谈你们的，我在外面等你。"

周亚迪低着头笑了下，手搭到我的肩头上说："秦川，你又救了我一命，从今天起，你我之间没有秘密。"

我们沿着小路走了不到二百米，拐进一片被荆棘和铁丝网包围着的空地，地上支着几顶巨大的军帐。大概有两三百名士兵，分成几拨躲在树荫下抽烟聊天。见到丹雷来后，全都笔挺地站了起来。丹雷径直走到一顶军帐前停了下来，他身后的一个警卫上前撩开军帐的门帘，丹雷一低头带着四个警卫钻了进去，其余警卫端着枪分散在帐外警戒。

周亚迪示意司机和苏莉亚留在外面，带着我跟了进去。

军帐中央摆着一张大桌子，桌上堆着地形沙盘。一个身材瘦小的人正背着手弯着腰，像个老头一般似懂非懂地在研究那个沙盘。见到我们进来，那人直起身子，他的脸上扣着一副大墨镜，整个脸几乎三分之二都被墨镜挡住了。他跟丹雷握了握手，就那么站在原地看着周亚迪，脸上渐渐泛出笑意，张开了双臂。周亚迪上前与那人紧紧地拥抱在一起，彼此拍打着后背，看上去他们的关系非比寻常，这次是久别重逢。

他们拥抱了很久才松开，周亚迪拉着他的胳膊转身介绍我："秦川。"

那人的眼睛藏在墨镜背后，我看不到他的眼神。他看了我几秒，才伸出手说："洪古。"

当"洪古"这个名字从自称是洪古的人嘴里说出的瞬间，我宛如失足掉进一个万丈深渊，身子忍不住地朝后仰去，不得不向后垫了半步才站稳。我看着他伸出的手，握了上去。那只手居然格外柔软和细滑，怎么都不像一个男人的手。

我有些害怕，怕他就是那个洪古，怕他曾经看清过我的脸，虽然这种可能微乎其微，但我还是怕。而我，即使到现在，也不知道他到底长什么样。

就在我握住那只手的瞬间，他开始用力，我不动声色地与他较上了劲。刹那间，郑勇和孙强的样子在我脑中风似的快速飞闪起来，我暗暗地咬着牙克制着自己内心的情绪不表现在脸上。

"疼疼疼疼疼。"洪古连着说了好几个"疼"，脸上扭曲得变了形，整个身体也缩了起来。我急忙松开了手。

周亚迪走过来正想说什么，洪古揉着被我捏得失去了血色的手说："真有劲。"他甩了甩手，问道，"怎么，你以前知道我吗？"

我努力控制着内心的激动，盯着他说："早就听过你的名字，如雷贯耳，我的一个小兄弟因为听到了你的名字，差点被人打死。"

他疑惑地望向周亚迪。周亚迪低头笑着摆摆手，一副愧疚的样子。洪古似是明白了什么，咧着嘴一笑，拍了拍的我胳膊说："亚迪看重的人，没问题。"然后转身对丹雷说，"将军，我们谈正事吧。"

丹雷眼皮也没抬，拿着一只雪茄钳，嘎巴一声，将手里的雪茄修好，说："这么快就叙完旧了？"

洪古笑着走到桌边，用脚踢了踢桌下的一个麻袋说："点点数吧。"

那破麻袋鼓鼓囊囊的，不知道装着什么。我将目光从洪古身上移开，努力使自己的注意力重回到周亚迪和丹雷身上。我已经为这个任务死过不止一次，洪古的事在此时是私人恩怨，我不能因为私仇懈怠了我来此真正的目的。

丹雷给身后的警卫使了个眼色。一名警卫将枪往身后一背，上前拖出麻袋解开口，拽住麻袋底向上一提，花花绿绿成捆的美元从里面滚了出来，在地上堆成一个小山。

丹雷看着那堆钱笑了，抬眼对周亚迪说："真是虎父无犬子。"

周亚迪说："将军客气了，按照您的要求，这是三成定金，剩余部分也按您的要求早就准备好了，您受累。"

丹雷呵呵一笑，说："你的事，我照办，这钱就当成我入你一股。"

周亚迪脸上的笑容僵住了，缓缓地看向丹雷说："怎么，将军对我们这买卖感兴趣吗？"

丹雷摇摇头说："不是对你们的买卖感兴趣，而是对你的事感兴趣。"

周亚迪的笑容更生硬了："我不太明白。"

丹雷走到那堆"钱山"跟前，围着慢慢地转了一圈，说："我在俄罗斯也有不少朋友，都是有头有脸的人物，我觉得，还是帮得上忙的。"

周亚迪仰头哈哈一笑说："我是往俄罗斯那边发了点货，将军如果有兴趣，还不是一句话的事。"他指了下地上那堆钱说，"哪至于这么大排场？"

丹雷低着头围着那堆美钞又转了一圈说："我是个粗人，不会兜圈子，我明说吧，这个地方我待够了，前景怎么样你比我清楚。我也不年轻了，也不想没完没了地当山大王。打打杀杀到现在，也没打出什么名堂来，知道了你在俄罗斯和蒙古的事后，我真是佩服你，回想自己做了这么多年的井底蛙，真是可悲啊！"他长长叹了口气，"所以，我打算把棺材本拿出来，再加上我和令尊这么多年的交情一起入你一股，你给个痛快话吧。要是同意，我一周内帮你搞定胡经。要是不同意，我也不为难你，只怪自己为人不好，你拿着你的钱带着你的人走，从此大家老死不相往来。"

我听得就觉得有点糊涂了：很显然，他们谈的不是毒品生意。听丹雷话里透出的意思，周亚迪在干一件很大的事。这是一个很大的局，我直觉这件事跟我的任务范围差出去了十万八千里。

我看了一眼洪古，他一直没有摘掉墨镜，周亚迪和丹雷谈事的时候，他若无其事地研究着那个沙盘，好像他只是负责将那麻袋钱带来，除此之外，这屋里的一切都与他无关。

我现在必须也只能集中精力关心一点：胡经的毒品什么时间，以什么路线过境。其次才是这个洪古，是否就是我关心的那个洪古。

周亚迪背着手低着头沉思了很久，最后走到丹雷面前，缓缓抬头看着丹雷，说："将军，我等你的好消息。"

丹雷拿起他之前修好的雪茄，塞进周亚迪上衣的口袋里，说："那我就不留你了，你去给我准备庆功酒吧。"

周亚迪伸出了手，丹雷抓住周亚迪的手用力地握握，对身后几个警卫说："帮周老板把钱装车上。"又对周亚迪说："我就不送你了。"

丹雷从桌上拿起一面小旗，狠狠地插在了沙盘中心三座山之间的一片空地上，与周亚迪相视而笑。

7

丹雷插旗的那个地方估计正是胡经的地盘，我想，周亚迪和丹雷刚才已经达成了某种协议。

临走前，我默默地将那个沙盘所罗列的地形尽可能全地印在了脑子里。我必须将周亚迪和丹雷的合作告知宁志，因为丹雷说过，他愿意用自己的全部身家换取与周亚迪的这次合作，他们合作的内容到底是什么，我早晚会搞清楚。丹雷才是这里真正的实力派，他说能荡平胡经，那么他刚才插旗的地方必将成为一片焦土。

胡经一完，周亚迪必然将接管他的一切，有丹雷做靠山，包总那边又能撑多久？如此一来，他们往内地运毒的事自然会泡汤。

眼下只有两个问题：第一，宁志的安危；第二，我这任务还有意义吗？

我现在最需要的是能和上级直接对话，但显然很难实现。程建邦现在应该还在丛林里赶路，不知何时才能再见到他。此时我才明白，我能左右的事太少了，周亚迪有多信任我已经不重要了，我听到了他这么大的秘密，就算他不杀我，也一定不会再让我离开他的视线范围。如果这个洪古就是我要找的那个，并且认出了我，那我更是在劫难逃。

我扫了一眼一旁的苏莉亚，不由自主地看了一眼她那细白的脖子，或许在关键时刻，我可以将她挟做人质。但这个想法随即被我放弃，我不认为周亚迪会为了她向我妥协什么——在他不信任我的时候，他把苏莉亚安排在我左右，很显然就没有把苏莉亚的生死看得多么重。除非苏莉亚自己也身怀绝技，对我的威胁根本不当回事。

一种虚弱又无助的茫然顷刻化解了我所有的智慧和力量，我像是一具行尸走肉一般，跟在周亚迪和洪古的身后上了车。

“我听说，你是北方人？”洪古坐在副驾上回过头问我。

我应付地点了点头。

他又问：“东北？西北？华北？”

我抬眼看他：“你对中国很熟吗？”

他笑了笑说：“马马虎虎吧。”

我说：“都去过哪里？”

他仰着头像是在回忆着，慢慢地说：“东北我去过黑龙江和内蒙古，西北嘛，去过甘肃和陕西。”

我用余光扫了一眼周亚迪，他还是像以往一样，侧头盯着车窗外发呆。“甘肃？你跑那里去干吗？”我貌似漫不经心地问道。

可能他真的就是那个洪古，如果他真的认得我，无论如何我也逃不过这一劫了，绕再多弯子也无济于事。他要是露出认识我的痕迹，我宁可主动提及我曾经去过平凉，不论怎么说，我们是为了私制枪械的案子，与毒品无关。

洪古却转开了话题，对周亚迪说：“亚迪，刚才丹雷给你那根雪茄，你要不抽就给我抽吧，别浪费了。”

周亚迪从衣袋里摸出雪茄来丢给他，洪古将雪茄拿在手里端详了一下说："嗯，好货色。"他转头问我，"要不你抽？"

我说："我抽不动那东西，迪哥送了我不少，我都没动。"

洪古点着雪茄，抽了几口说："他是真疼你，我给他卖了这么多年命，也不见他送雪茄给我，还让苏莉亚照顾你。"

周亚迪依旧盯着车外发呆，听洪古这么说，嘴角微微扬起笑了笑。

我见洪古避开了关于甘肃的话题，心里更是七上八下了。避开这个话题无非有两种可能，要么是那件事确实不能跟我说，如果是这样，说明他可能不认识我。要么就是他故意在卖关子，想看看我的反应，说明他要么不确定自己认识我，要么就已经埋藏了杀机。在这车里，我不知道有几个人有武器，除了周亚迪，也不能确定其他人的战斗力，包括坐在我和周亚迪中间的苏莉亚。至于洪古，我到现在连他的眼睛都没有看到过。

周亚迪说："秦川，你怎么也不问问我和丹雷到底想干什么？"

"我知道肯定是大事，我不懂那些，你就告诉我做什么就好了。"我岔开话题问，"对了，洪林回来了吗？"

周亚迪轻轻地摇摇头说："还没有，不过你得明白一件事……"他大概在组织着语言，停顿了几秒后，接着说，"我找你，可不是单纯地为了让你干什么打手或者杀手的活，我现在缺人手，只有你们几个我信得过，我希望你能帮我，在这之前我可以告诉你，事成之后，我们可以过上安生和富贵的日子……"

他再一次停住了话头，看着我的目光中已经满是焦虑和期盼。我当然知道他想和我说什么，我也知道他在焦虑和期盼什么。在车厢这狭小的空间内，我已经嗅到了周亚迪因为紧张和害怕所散发出的气味。这种气味让我兴奋，一种似曾相识的冲动在我体内蠢蠢欲动。

我斜了副驾上的洪古一眼，对周亚迪说："我明白迪哥的意思，可我觉得我一直都像是个外人，你们在做什么想做什么，我都不知道。这里每个人都对我了如指掌，可我除了他们的名字之外，什么都不知道。我不知道能帮你什么，所以你需要我做什么，直接告诉我就好，我想多做点事，总会慢慢赢得大家的信任，也不用互相猜来猜去的了。"说完当着周亚迪的面，我又看了一眼洪古。

周亚迪看看我，又看看洪古，像是明白了什么，满脸歉意地笑了，说："回去再细聊吧。"

这事要搁在几天前，他的这个表情一定会让我觉得他对我的防备都是我多心，是他的无心之举。可现在，我只觉得恶心。如果我的判断没错的话，周亚迪现在正面临着一场巨大的变故，使本来就危机四伏的局面更加复杂凶险。就在刚才，又多了一个叫作丹雷的军阀，他需要倚靠丹雷的势力去解决胡经，不承想丹雷给他开了一个相当于天价的交换条件。周亚迪很显然乱了阵脚，或者说，他认为尽在掌握的计划开始失控了。他刚才说了那么多，只有一句是真的，就是"缺人手"。

一直以来，他都在选择有能力帮他完成这个大计划的人，小到我这样的助手，大到联合军阀的势力。现在却慢慢变成了别人占据了主动性，人人都想摆布他，只能等着别人来选择他。本来这对我是一个绝好的机会，可惜这个机会对我已经不重要了，不管他要做什么大事，只要不参与往内地运毒，就偏离了我的任务目标。倒不如借这个机会一举成为他的一线心腹，到时候再通过程建邦，随机应变地配合宁志获取情报。说不定还能得到额外的情报呢。

主意一定顿时觉得轻松了许多。我说："迪哥，我们现在去哪儿？"如果是从前，我必然不会问出这样的问题，现在我必须通过这样的问题来验证他对我的亲密度。

周亚迪说："先回去。"

谁知洪古插了一句："去扫墓。"

我向周亚迪投去充满疑问的一眼，周亚迪点了点头说："嗯，一起去吧，你认识的。"

"鹏哥？"我脱口而出。

周亚迪说："嗯，振鹏和洪古也是多年的兄弟，这次回来听说振鹏不在了，想去看看。"

"为什么鹏哥下葬的事我不知道？我好歹也是跟过鹏哥的……"我假装出几分气愤和委屈，抿着嘴很不满地瞥了周亚迪一眼，将目光投向车外。这时苏莉亚轻轻地拍了拍我的胳膊，我猜是周亚迪的意思，让她出面安慰我。

周亚迪说："你别多想，是临时的，忙完手头的事，我会把他迁走的，毕竟他也是这里的过客，落叶还是要归根的。"

我转过头没有吭声，偷偷瞟了洪古一眼，他的脸上竟然流着两行眼泪，很快又被他抬手抹掉了。他的这个小动作让我略微有些痛快的感觉，看来洪古和赵振鹏关系确实非同一般，不然怎么会眼泪失控。我想等我证实了他就是那个洪古后，在解决他之前，一定要亲口告诉他，他的兄弟赵振鹏是如何死在我手里的。我幻想着他得知真相后的表情，一股复仇后的快感迫使我忍不住地笑了出来。要不是我急忙用手捂住嘴，假装因哽咽而咳嗽，我几乎就要笑出声了。

"别太难过了。"周亚迪的手越过苏莉亚拍着我的肩膀。我挥手示意没事。洪古转过头来，摘了墨镜，看着我，眼眶红红的，随时都会有眼泪涌出的样子。这时车子一转向，阳光从后车窗投射了进来，洪古忙伸手挡住阳光，匆忙戴上了墨镜说："不好意思，我的眼睛受不了光。"

我随口问道："怎么了？"

他苦笑着摇摇头说："在甘肃平凉，被闪光弹伤了眼睛。"

凶猛的记忆像是一巴掌扇了过来，把我抽回了平凉那个矿场的晚上，回到了我和宁志上屋顶想为郑勇报仇的那一刻，我被宁志撞下屋顶的瞬间，一颗闪光弹被引爆的场景。

我胸口一沉，无法抑制的颤抖慢慢地蔓延至全身，为掩饰我的失态，我忙说："鹏哥当初就说我像个闪光弹。"我索性放任眼泪伴着苦笑大滴地流出，我一边笑一边哭，一把拽掉洪古的墨镜，看着他说："你看看我，你眼睛难受吗？"

洪古感情的阀门就这么被我猛然打开了，他一把勾住我的脖子，放声痛哭起来。我拍着他的肩膀，手放在他的脖子上，指尖触到了他的动脉，我试着捏了一下，他没有丝毫防备，与我一同沉浸在悲痛中不能自拔。

余光扫见苏莉亚拿着毛巾递过来，周亚迪伸手拦住她说："随他们吧，他们都是死过好几次的人了。"

哈哈哈，我扬起头流着泪大笑着。洪古也哭着大笑，笑够了，他抹了一把眼泪说："好兄弟，振鹏和亚迪没看错，有情有义。"他用力地拍着我的肩膀说，"有空，我们一起喝两杯。"

我用力地点了点头说："一定！"

赵振鹏的坟坐落在寨子东边半山腰的一处天然的平台上，四周野花烂漫，蝴蝶飞舞。若不是回头远眺山下那大片的罂粟田，我几乎要忘记这里就是臭名昭著的金三角。即便是临时的墓地，周亚迪也着实花了不少工夫找到这样一块好地方，崭新的墓修建得很是气派。

我和洪古一左一右抱着腿坐在碑前，抽着烟看着碑上赵振鹏的照片。照片中的他比我见到他时要年轻一些，穿着西装，打着领带，微笑着看着我。

周亚迪蹲到我和洪古之间，左右手各搭着我们的肩膀，对着赵振鹏的照片说："振鹏，看看你的好兄弟们，他们来看你了。"他又拍了我说，"秦川，好样的，没有他，我早不知死在哪了，洪古也回来了……"周亚迪抹了一下眼角渗出的眼泪，别过脸看着山下的罂粟花田。

我不知道有没有另外一个世界，如果有，我很好奇赵振鹏此刻在九泉之下，看着亲手解决他的我，正与他的兄弟称兄道弟是怎样的一番心境。我早晚会将他的这些兄弟，一个个地送到他那里去，至少洪古是无论如何跑不了的。我搭着洪古的肩膀，对着赵振鹏的照片说："鹏哥，你放心，我们会像亲兄弟一样的，迪哥要带着我们去做大事了。我得谢谢你，要不是你，我现在可能还在吃牢饭呢。"

洪古一直呆呆地看着赵振鹏的照片，好一会儿才站起身对我说："是你帮振鹏报的仇，我谢谢你。"说着恭恭敬敬、规规矩矩地给我鞠了一躬。我赶忙起身扶他，他倔强地把我推开，坚持给我连着鞠了三个躬。他摘下墨镜抹了把泪水，对周亚迪说："走吧，正事要紧。"

周亚迪点点头，又看了一眼赵振鹏墓碑上的照片，转身朝山下走去。一路上，洪古指着山下的罂粟花田说："这里以前没人的，是周叔叔带人开的荒。"

我看了一眼周亚迪，明白洪古口中的周叔叔一定是周亚迪的父亲。

洪古语气中满是自豪，说："叔叔不爱和人争，地不够，就带人开荒，附近所有人都很尊敬他的。"

我说："对了，咱们不是不向内地发货吗？你跑去平凉干吗？"

洪古下意识地看了一眼周亚迪，见周亚迪没什么反应，才说："想守住家业，就得有人有枪，树一大呢，肯定招风。我们不能明着买那么多军火，正好内地有些地方能仿制军火，我就去谈点买卖，结果被人截了。"

我说："被发现了？"

洪古说："是啊，好几千人，也就是我命大，借着当地乱七八糟的地势才跑脱了，不然非死在那破地方。"

"好几千人？"我假装惊讶地追问道。

"对啊，我真没见过那种阵势，喊杀声震天啊。"好像语言已经不能形容他所经历的场面了，索性手也比画起来，"那帮村民一见那阵势，全慌了，投降的投降，跑的跑，我趁着乱才溜出来。"

我说："什么时候的事？"

他说："去年年底。"

"哦，那你真是福大命大。"我看了一眼他的眼睛，他似乎还沉浸在自己编造的大场面里不能自拔。我说："可是就算平安无事，在那么远的地方买那么多军火，怎么运过来？"

洪古一下卡住了，看看我，又看看周亚迪。

周亚迪走过来说："不往这边运。"

我想了想说："哦，难道迪哥还做军火生意？"

"差不多吧。"周亚迪挠了挠头皮，像是做了个什么决定，"秦川，我不想做毒品这买卖了，当然，我对军火什么的也没兴趣。一个人想在这个世界上光明正大地立足，光有钱是不够的。"

他伸了个懒腰说，"其实去平凉不是为了买什么枪，我买设备，造枪的设备。"

我扭头看了一眼洪古，他冲我不好意思地笑笑："这个，还是亚迪和你说比较好。"

周亚迪说："你别怪他，其实他和你很像，是个简单的人，讲义气。

本来我有个计划，带着大家从黑走到白，以后不用再偷偷摸摸的。我们现在的生意看起来好像很威风，其实到哪都是过街老鼠。刚才你也听丹雷说了，连他都腻了。”

我说：“我听到他说想入一股什么俄罗斯什么蒙古的事，其实我真的不想知道到底是什么事，知道的多，我脑子转不过来。”

周亚迪摇了摇头说：“好吧，也不急，先专心把胡经灭了再说。”

我说：“那个包总才是咱们的敌人吧？”

周亚迪看着我点点头，笑着说：“没错，但是现在多了一个。”

“丹雷？”我说。

周亚迪“嗯”了一声：“灭了胡经，包总自然会站到我们这一边的。”

我说：“既然丹雷愿意帮忙，为什么不索性先把威胁最大的包总灭了，反正我看那个胡经也没什么大不了的。”

周亚迪说：“没错。他现在的确对我们构不成什么威胁，那是因为他缺钱，所以不能让他把货发出去，他这次集中的货可不是小数目，一旦让他收全了货款，咱们就麻烦了。”

顿时我明白了周亚迪之所以不想往内地发货，并不是为了什么规矩，而是担心自己的对手壮大了，影响了自己的势力。他自己不向内地发货，仅仅是因为他志不在此，或者他没有现成的网络，必须依赖胡经和包总建成的毒品网络才可以。他宁可耗死胡经，也不吃这口肉，那他所谓的大事才是他真正想做的事。而他想要做成那事的前提，是先要彻底统治金三角。

一个大胆的想法出现在我的脑中，我快速仔细地在心中将这个想法斟酌了一番，说：“如果我们由着他发货，在发货的路上来个黑吃黑，让他既收不到钱，也损失了货，他岂不是再也没有翻身的机会了？再说，那些货在他手里，他发不了内地，也会发到别的地方，你刚说他现在就是缺钱，如果只是堵死一条我们知道的路，让他再找一条我们不知道的路子，那我们岂不是更被动了吗？”

周亚迪听我说完，愣在了原地。他伸出一只手示意我们不要打扰他，站在那里独自思量起来。我装作不知所谓地看向洪古，只见他冲我竖起大拇指，笑着对我点了点头。

周亚迪突然哈哈一笑，走过来捶了我一拳，说："我就说有个什么更好的办法一直在我脑子里晃来晃去的，就是看不清。没错，就是你说的这个，你看看我，最近被搞得神志都不清醒了。哈哈哈，秦川，你果然是有勇有谋，回去我们仔细想想这个，也省得欠丹雷什么。"接着他对洪古说，"你现在立刻去找丹雷，告诉他计划有变，先不要动，具体行动的时间等我计划好再说，再联系已经出去的咱们的人，全部回来。"

周亚迪猛地加速朝山下走去，走出几步回头，对我说："秦川，咱们抓紧下山，聊聊这个事。"

周亚迪眼里闪着光，看起来异常兴奋。我看了一眼洪古，他满脸笑容地说："那晚上见了，我们各忙各的。"说着也在我胸口捣了一下，"你真行。"

8

周亚迪带着我直接回了小楼。苏莉亚迎了出来，到我跟前忽然一皱眉头，指了指我，捏了下鼻子。我这才意识到自己身上已经快被汗水泡馊了，我对她抱歉地笑了笑。她像是想从我们的脸上读出些什么似的，仔细地观察着我和周亚迪的神色。周亚迪说："准备点饭，我和秦川要谈事。"苏莉亚开心地点了点头，出了门。

阿来站在他的屋门口欣喜地看着我，目光落到周亚迪身上时，脸色显出一丝畏惧，怯怯地和我们打了个招呼："迪哥、秦哥，你们回来了。"

周亚迪对他点点头，急匆匆地进了我的房间。我知道，他对我提出的计划产生了浓厚的兴趣，迫不及待地要跟我聊这事。我也明白了一件事，相对而言，要把毒品运进内地对他们而言并不难，难的是那张看不见的运售网络，而掌握那张网络的恰恰是胡经。想要完全扼制住毒品进入内地是不可能的事，唯一能最大力度地打击毒品最有效的办法，就是摧毁他们已经建成或者正在组建的贩毒网络。只有这样才能真正地震慑这张网络上的所有人，也能最大规模地摧毁他们丧尽天良的金钱梦。

所以，必须把这里所有人的毒品当作诱饵，引诱出那张网络上的所有人，再一举歼灭，这才是胜利。这么做的风险是一旦得到的情报不准确，让大批毒品流入内地，我们却无法跟踪，后果就真的不堪设想了。也正因为这样，周亚迪必须跟胡经合作，而且必须让周亚迪知道并掌控整个运送计划的每个细节，那时候我会不惜一切代价从他口中获悉全部信息。当然，最好的办法还是百分之百地得到他的信任，让他指派我成为整件事的骨干。目前他一来缺人，二来急于实施他自己的计划，正是我最好的机会。

周亚迪自顾自地坐在藤椅上，点了根烟陷入了沉思，似乎忘记了我的存在。我见他并没有要和我商量什么的意思，就踱到窗边推开了窗户，夕阳余晖淡淡地洒进屋子，一阵微微的凉风迎面吹来，只觉得浑身都松弛了下来。

周亚迪说："你先去洗个澡，苏莉亚应该很快就回来了。"

我应了一声，拿了一套衣服走出门去。阿来正蹲在他的房间门口抽烟，看到我出来急忙站起来，小心地朝我身后张望了一下，上前认真打量着我说："秦哥，你没事吧？"

我捶了一下自己的胸口说："你看呢？"

阿来笑着连连说："没事就好，没事就好，我和苏莉亚担心你们，都一夜没睡。"

我扫了一眼苏莉亚的房门，说："我去洗澡。"

当温热的水冲刷到身体上时，几处刺痛分别从后背和胳膊以及腿上传来。那一瞬我想起了程建邦，心头隐隐作痛。不知他有没有安全地走出丛林，有没有一个地方可以歇脚，可以像我一样洗个澡，换身干净衣服，然后吃顿饱饭。

我想我应该给周亚迪留足时间做出抉择。我们彼此的时间都不多了，不论是他的那个计划，是我的任务，都已经把我们逼到了极限。老实说，我真的不知道自己还能为这个任务经历多少挫折。

我闭上眼，将头仰起在喷头下，任由水流喷溅着我的脸，陶醉其中，好想一直这么下去。若不是阿来敲门，我可能真的就站在水流下睡着了。

阿来站在卫生间门口，担心地问："秦哥，你没事吧？"

我懒得说话，摇摇头。

他说："我见你进去好半天……对了，秦哥，我能求你点事吗？"

"你说。"我擦着头发，见他紧张兮兮地看着我。

阿来清了清嗓子，说："我想你在帮迪哥做事的时候，能带着我，你放心，我不会给你当累赘的，我能帮得上忙的。"

我将毛巾搭在肩上，说："你知不知道都是些会要命的事？"

阿来点了点头："秦哥，我在这里白吃白住的，真的不安心，我也不敢问迪哥，我想做点事，我知道我这辈子可能已经由不得我自己了。既然打算留下，我希望能帮得上忙，卖力也好，卖命也好，攒点苦劳就行，我还是想和我老婆在一起。"

他眼圈一红，眼泪跟着就淌了出来。我见不得他婆婆妈妈的样子，不耐烦地说："你说话就好好说，动不动掉眼泪干吗？"

阿来用胳膊抹了下眼睛说："不了，我再也不掉眼泪了。"

我叹了口气："你要想好，跟迪哥做事可不比在监狱里，监狱至少还有狱警在墙上站着看，人家想把你怎么样，多少还是会顾虑一下，这里……"我摇摇头，"我觉得你待着挺好，至少安全。"

阿来连连摆手说："不不不，我还是想帮忙，你就当我想在迪哥那里攒点苦劳，然后能早点和我老婆团聚吧，我就这么点盼头。"

"好吧。"我想了想说，"但我有一个条件。"

阿来赶紧道："你说。"

我看着他，说："你得明白一个道理，无论如何我都不会害你的，所以什么时候都不要怀疑我，我要你做什么，你就按我说的做。"

阿来把胸一挺："那还用说？"

我又补了一句："你不这么做，必要的时候我只能把你当累赘，给你一个痛快。我不是吓唬你，也不是威胁你，真到了那个地步……"

"我明白！"阿来打断了我的话，"你本来就是为了救我才坐的牢，是我连累了你。我想过了，像我这种小人物，没什么本事，又在这种地方，命本来也不是我自己的，反正都一样，不如跟着你做事。"

我见他语气诚恳，心中反而一软："你一直在这里吗？没有亲人？"

阿来低下头，轻声说："我爷爷是缅甸华侨，后来因为局势一直不好，全家人东跑西走的，就剩下我一个。后来我父亲的一个老朋友到泰国开酒吧，他也没有亲人，就认我当了干儿子，后来帮我娶了老婆，把酒吧也留给了我。"他说着把脸撇向一边，苦笑了一下。"秦哥，我长这么大，除了我干爹和我老婆，就是你真的对我好。"

这阿来也是一个苦命的人。我想安慰他几句，又不知道说点什么好，只好拍拍他的肩膀："你也别秦哥秦哥的叫我了，我没你大。"

阿来说："不一定比我大，但我从心底尊敬你，你就让我这么叫吧，我也习惯了。"

我点点头："回头再跟你聊，迪哥还在等我。"

阿来"嗯"了一声，回了自己房间。

我推开房门的时候，周亚迪双手抱在胸前靠在窗边，苏莉亚正往桌上摆放菜肴，见我进来冲我招手示意我过去。周亚迪的脸上恢复了从前那种熟悉的带着自信的笑容，我想他已经有了主意。

苏莉亚摆完桌，朝我和周亚迪点点头，轻手轻脚地带上门出去了。我见周亚迪并未让她留在这里伺候，更加确定他要跟我商量的事很重要。

周亚迪拿起酒瓶倒了两个满杯，递给我一杯。这一桌的饭菜让我想起了洪林，昨晚周亚迪在分别时，曾约他今天一起吃中饭，现在已经黄昏，想必洪林凶多吉少了。一时间心里不知道是该悲还是喜，我端着酒杯站起来，迟疑了一下，说："洪林一直没有消息吗？"

周亚迪垂下眼皮看着杯里的酒，轻轻地摇摇头说："我一定要他们付出代价。"他指指桌上的饭菜说，"你先吃点，一天没吃东西了吧？"

我的肠胃好像刚醒来一样，腹内顿时叽里咕噜乱叫起来。我放下酒杯，刚胡乱塞了几口，就想起了程建邦。放下手中的半只鸡，我叹了口气，拿起酒杯默默地喝了一大口。

周亚迪说："两个，他前后杀了我两个最好的兄弟，如果这次我不把他弄死，我以后也没法在这里待下去了，谁还愿意相信我，跟着我呢？"

他大概以为我在为洪林难过，索性将计就计，我说："嗯，鹏哥对我有如再生父母，洪林虽然认识时间不长，其间还交过手，可昨天要不是他，现在我就不能坐在这里吃东西了。”

周亚迪举起杯说：“我们两个还没坐在一起正经吃过一顿饭，这杯我敬你，谢谢你，秦川。”一仰脖干了那一大杯酒，他的脸和眼睛跟着就红了。我干了杯中酒，又为他添了满杯。他说：“这就是为什么我要实施那个计划，我一定要让我的兄弟们都过上安生富贵的日子，我不想再看到自己兄弟死在自己的身边，我受够了。”他一仰脖将第二杯酒干了。

我不知道他是真难过，借酒浇愁，还是确实有海量，只是他的这一番话，触动了我心底最脆弱和柔软的那一块，我随着他将酒干了，阵阵的悲痛随着酒劲一下全部涌了出来。

他放下酒杯说：“明天我就派人去和胡经谈合作。”

我说：“可是，之前他还那么对你，现在你突然去谈和，会不会……”

周亚迪笑了，说：“这就是我和他的不同。当年他的两个亲叔叔就是被包总亲手打死的，现在有了共同的利益，还不是照样和包总站在了一起。在他们眼里，只要有钱，其他的都可以忽略不计。”

我说：“我也不见外了，有个问题，你总提起的那个能让我们过上富贵安生日子的计划是什么？”

“不是我不相信你，现在谈这个有点早，你知道了反而会成为你的累赘，你太年轻了，还是容易冲动。”说着，他用手做了个枪顶着太阳穴的动作。

我担心他继续那个话题，忙假装不好意思地笑笑说：“你说的是，我现在就专心对付胡经。鹏哥是他杀的，这个仇一天不报，我一天睡不踏实，我总梦见鹏哥临死前看我的眼神。”

我说的是真的，赵振鹏被我解决前的眼神，不论是清醒时，还是在睡梦中，总是时不时地出现在我眼前。每次我总是马上努力地转移注意力，如果我与记忆中他的眼神对视下去，汗毛就会一根根地竖起来。我手撑着额头闭着眼，平息着被酒精点燃的情绪。

我想，压抑在我心中的噩梦迟早会爆发，对那个时刻，我隐隐有些期盼，又无比害怕。

周亚迪说："少喝点，酒入愁肠，会死人的。"我点了点头。他又说："很快就有很多事要做，你要好好休息。"

这个机会不能随便错过，我忙说："要是跟胡经谈妥了，运货的时候算我一个吧。"

周亚迪坐回椅子上，说："秦川，不是不信任你，那个活计太危险了，我可不想你有什么闪失，你还有更重要的事做。"

我说："可是你也说了，不把胡经打死，我们什么事也做不了。让我去，我有把握在路上把他们的货和人全毁了。你要是需要，我全带回来也行。"

周亚迪笑了笑，说："就算是发货，也肯定不是一次发完，那么做风险太大，一旦被中国那边的边防武警碰到，会伤元气的。"

我说："他们不是有一条运货的路线吗？要是能碰到边防武警，还叫什么安全线路？"

周亚迪想了想，说："所以我要看到他的那条路线图才能决定，如果确实很安全，我可以考虑让你去。"

我继续争取道："我一定不会让你失望的，保证那些货有去无回，让胡经倾家荡产。"很多时候，我真的不知道自己说的话是真还是假，这种如梦如烟的恍惚让我总忍不住想打自己几个耳光，才好确定自己真的是在现实中。

周亚迪站起身说："我还是回去，我总觉得洪林能回来的。"

"对了迪哥，能不能让阿来帮我？"

周亚迪皱起眉头："他能帮你什么？"

"总会有用的，而且他不会害我。"

周亚迪笑着点点头说："我是怕他给你添麻烦。"

我说："身边有个信任的人，总会踏实点，哪怕是个残疾。"

周亚迪想了想，"嗯"了一声："叫他们过来陪你吃饭吧。这两天好好休息，抽个空让苏莉亚带你去医生那里复查一下……"他停住话头，突然笑了，像是自言自语道，"我好啰唆。"然后满脸笑容地离开了我的房间。

第十章

我是战士，我叫秦川

1

临睡前，我让苏莉亚帮我查看一下身上的伤口，果然她拿来了一堆外伤药品和纱布。我想收拾一下丢出窗外给程建邦，但拗不过苏莉亚，她坚持要亲手帮我处理，我只好跟阿来闲聊着天，趴着让苏莉亚给我消毒抹药。

背上怎么有热热的水滴的感觉？阿来的表情也怪异了起来。我一回头，苏莉亚正低头抹眼泪，原来之前热热的是她落在我背上的泪水。看见她哭我一下没了主意，冲阿来使了个眼色求助。谁知阿来假装没看到，站起身说："秦哥，你这儿有烟没？"话音未落一包烟就丢到他的怀里，他拿着烟看着苏莉亚，嘿嘿一笑，说："秦哥，要不你早点休息吧，我也困了。"假模假样地伸着懒腰打哈欠。

我说："你去睡吧。"他像是接到圣旨一样转身就往外走。我又说："我给你安排的事，就是天天待着睡觉，哪也别去。"

阿来刚走到门口，为难地抓抓头说："对了，秦哥，你教我两招吧。"又走了回来坐在椅子上。

我从床上爬起来，整好衣服活动活动了四肢，对苏莉亚说："没事了，你早点休息吧，我跟阿来说点事。"

苏莉亚收拾好药品和纱布放在我的床头，始终低着头没有看我一眼。临出门的时候，她抬起头，眼睛红红地看着我，指指我做了个睡觉的姿势，默默地离开了。

我回过头见阿来还盯着门口发呆，说："好看吗？"

阿来笑着指了指门口，说："秦哥，有句话我不知道该不该说。"

我知道他想说什么，斩钉截铁地说："不该说。"

阿来没想到话到嘴边被我堵了回去，噎了一下，说："不是，我觉得……"

"你想说就说吧，不过后果自负。"我冷冷地看着他。

他想了想，一咬牙说："没事了。对了，迪哥真的同意你带着我了？"

看着坐在我对面的阿来，我不禁有些心酸。如果我是他，我真的不知道该怎么样才好。我很想和他谈谈心，毕竟在这段日子里，他是陪在我身边最多的人，可是，我又不能放下警惕。我说："对了，要是有的选，你想过什么日子？"

阿来显然被这个问题惊呆了，张着嘴巴看了我半天，说："这个，我真没想过。"

我说："我觉得就算你跟着我出去做事，攒点苦劳，也未必就能如你所愿。"

"秦哥，这是我唯一的机会了，不管行不行，我都得试试，不然……"他看了看我，低下头不再言语。

不然什么？为什么是唯一的机会呢？我学着周亚迪的思维模式，站在阿来的位置想了一遍后，我明白了他的顾虑，虽然可气，倒也是事实。我说："不然如果我死了，你随时都会被当作炮灰，因为这里除了我之外没有人可能会给你任何机会。而且你也回不去，你也不会把你太太接来，你的命运就全都掌握在别人的手里了，是这样吗？"

阿来的脸"唰"一下红了，支支吾吾地说不出话来。

我笑了笑说："所以你很担心我的安危，因为我身上寄托着你的全部希望。"

阿来低着头一言不发。我说："你应该直接告诉我，我可以帮你一起想办法，你这样给我的感觉是你在利用我，你对我的所有好都是为了你自己。"

阿来抬起头，红着脸说：“秦哥，你说得对，我的全部都寄托在你身上，因为我根本没有办法，我是个小人物，在哪里都是，我们这种人的死活谁会在乎？我只想和我老婆在一起，过我们自己的日子，平时受点气没关系，至少我们还在一起，还活着。我是打心眼里敬佩你，我长这么大没交过什么朋友，从来都是被人看不起，只有你把我当朋友，还救我的命，一直照顾我，不然我早死好几次了，秦哥，我想跟你做事不光是为了我自己，我想为你做点什么，哪怕替你死都行，我知道我没资格求你什么，但我真的求你一件事，不管我发生什么事，你能不能照顾下我老婆，她是个苦命的人……”他再也说不下去了，蹲在地上，捂着脸呜呜地哭着。

我从来不会安慰人，也不懂怎么能让一个痛苦的人快乐些，就像蹲在我面前的这个被命运折磨的痛哭的男人，让我一时间手足无措。与他相比，我是幸运也是幸福的，至少我知道我该做什么，至少我不会将自己的命运依赖在某个人身上。我不知道该怎么帮他，我迟早会离开这里，而他还将继续这么活下去。

我说：“你如果觉得跟着我，在迪哥面前攒点苦劳管用，那么就按我下午和你说的做。”

阿来一边哭，一边拼命地点头。

我说：“回去睡吧。”

阿来抽动着肩膀，低头抹着眼泪说：“秦哥，谢谢你。”他给我鞠了一躬，转身出了门。

我把床头那堆药品和纱布尽量包紧，从窗户顺着墙丢了出去。站在窗口待了很久，也没有什么动静，心头有些烦闷，抓起桌上的酒大大地灌了几口。

第二天我睁开眼时，天已经大亮，我一激灵从床上弹了起来，第一时间爬到窗口朝下一看，我笑了。我扔下去的纱布包不见了，那车的帆布上多了一个几乎被切成碎渣的榴梿。程建邦来过了，这么恨榴梿的这世上恐怕没有第二个人了。他还有空闲将一个榴梿碎尸万段，说明他没有大碍。看来，晚上我得再扔些烟和食物下去。

下午，周亚迪来了，身后跟着洪林。我见到洪林的时候愣了好一会儿，直到他凑上前捶了自己的胸口一拳，笑着对我说“活的”，我才反应过来。对于洪林还活着这件事，周亚迪比洪林自己要高兴。这让我更加佩服周亚迪，他的确笼络了不少能人，而且这些人个个愿意为他卖命。

我围着他打量了一圈，问道：“没有受伤吧？”

洪林摇摇头说：“没事。”

周亚迪上前揽着我和洪林的脖子说：“这下好了，哈哈哈。”

洪林说：“老板，也和秦川兄弟打过招呼了，我去办事了。”

周亚迪点点头说：“去吧，路上小心点。”

洪林拍了拍我的肩膀，转身出了门。不等我问，周亚迪说：“我让他去找胡经，你路不熟，再一个你和胡经有点过节，我怕他羞辱你两句，彼此再翻了脸。你要不翻脸吧，我又替你委屈。算了，让洪林去吧。”

我说：“你想事真周全。”

“都是兄弟们的命，能不想得详尽点吗？”周亚迪往门外走去，“洪古应该快回来了，我先走了。你记得跟苏莉亚去医生那里复查。”

送走了周亚迪，我开始感到莫名的兴奋，眼下的所有氛围都让我觉得很快就要展开决战了。周亚迪自信满满的微笑，让我肯定他已经胜券在握。

我以为苏莉亚会带我去找医生复查，谁知她直接把上次为我手术的那个医生带到了我的屋里。我以为至少需要些仪器什么的，谁知他只是将手指搭在我的腕上，把了一会脉，叹口气说：“你年纪轻轻的，为什么心事那么重？”

我反问道：“到底怎么样？”

他说：“没有什么大碍，但还是抽点时间去休养一下吧，不然将来会落下很多毛病的。”

将来？听到他说这个词，我有些恍惚，又觉得好笑，笑了笑说：“忙完这一段，我会的。”

他点点头，起身对苏莉亚说：“放心吧，没什么事。”

苏莉亚笑着将医生送出了门后，回头对我竖起了大拇指，看上去比我还高兴。

我说："我想出去走走。"

这短短的两天里发生了太多事，我必须见到程建邦，或者我根本不能让自己的大脑有丝毫空闲。我一直有意无意地刻意避开关于宁志的一切，哪怕是预感到将要想起他的什么，都强迫自己立刻转移开注意力。唯一能让我有些许安慰的，是我知道程建邦安然无恙，而且我们所执行的任务似乎也看到了曙光。

快点结束吧，我可能再也无力继续下去了。如果说，有生以来最让我期盼的人和事是什么，那么无疑是周亚迪以及他运毒计划的消息。

我们走到屋外不远处的一片竹林边时，我对苏莉亚说："你回去吧，我想自己走走。"程建邦一定就在这周围，我得尽快支走苏莉亚。

苏莉亚固执地摇摇头。我有些不耐烦地说："我想自己待会儿，可以吗？"

她看了我半天，终于极不情愿地点点头，用手比画着让我早点回去。

我就地坐了下来，看着苏莉亚的身影消失在视线中。我站起身佯装散步，朝竹林深处走去，寻找着相对隐秘的地方。确定四下不可能有人后，我找了块裸露在地面的青石坐了下来。可是，连着抽了三根烟后，除了偶尔掠过竹林的风会吹得竹叶"唰唰"响外，没有一点动静。我不禁有些心慌，难道程建邦遇到了什么麻烦？还是他受了很重的伤？那天与他分别后，有一队周亚迪的人马是朝着我们来的方向去的，难道他遭遇了那些人？我不敢再继续想下去了。

"出来吧。"我像是在安慰自己一般，假装已经看到了正躲在某个死角看着我出洋相的程建邦。

果然身后响起了窸窸窣窣的声音，我忍不住笑了，说："好玩吗？"我故意没回头，程建邦愿意跟捉迷藏似的出现就由着他吧。

那窸窸窣窣的声音变成了清晰的脚步声，而且不止一人。我警惕地转过身去，来人果然不是程建邦。我愣住了，那两个人冲我鞠了一躬说："秦哥，是苏莉亚要我们跟着你保护你的，真的没有别的意思，苏莉亚也是担心你遇到什么意外。"

那两个人的确眼熟，以前在周亚迪的身边见过。我顿时气不打一处来，无奈地叹了口气，轻轻地说："滚。"

那两个人相互对望了一眼，还有些迟疑。我说："我用得着你们保护吗？"

其中一人慢慢地从腰间摸出一把枪，枪柄对着我递过来，说："你带着这个吧。"

我点点头，接过那把枪拉开枪膛看了一眼，随即用枪对着那人，没好气地说："滚。"

那两人不约而同猛地将手举过头顶，扭头跑了。怪不得半天不见程建邦，原来他早就发现了有人偷偷地跟在我后面。我不由得背后一阵冷汗，如果换我是他，我真不敢想象是否能够每次都如此安全、及时地出现在搭档的眼前。

"不错嘛，警惕性很高啊。"程建邦的声音从前方传来。他的身形一晃，三步并两步地跑到我的身边。

我当然不会坦白刚才我根本没发现有人跟着我，那句"出来吧"根本就是无心之举，只能笑笑算是跟他打招呼。

他穿着一身当地老百姓的衣服，而且不太合身。他见我打量他，扯扯衣角说："好看吗？"

我笑着摇摇头，知道他这么打扮是为了便于隐藏，要不太容易引人注意了。我想起周亚迪说这寨子没有他们不认识的人，那程建邦一定没法混进当地人中去。我问他："你晚上睡哪儿？"

他嬉笑着说："那不能告诉你，回头万一你暴露了，被人严刑拷打，再把我供出来，我多冤得慌？"不等我反驳，他表情一变，严肃地说："你还是别知道了，怕你内疚，说吧，找我什么事？"

我拣要紧的跟他说了一遍，他听着听着就皱起了眉头，最后就像看一个陌生人似的盯着我说："你胆子也太大了。"他连连点头说，"不过确实牛，以前是顺着周亚迪走，现在是指挥着他走，牛！"

我说："你真的这么想？"

他低着头，嘴里碎碎念叨着好像在思考什么问题，一会儿才说：

“如果这个洪古真的是平凉那个，那么我必须找老徐汇报一下，可是那样的话，我明晚之前就不在这里了。他们要开始行动的话，我就跟不到你了。”

我说：“应该没什么问题，他们不可能那么快，派去的人上午才走。”

“这样吧，我这就走。你保护好自己，宁可什么都不做，也不能冒险，明天我回来会在你楼下做记号。如果有什么变故，你要离开这里的话，一定要用密文把情况写在香烟盒上，丢在你窗外，我看到就会去接应你。”程建邦抬头看了看天色，“千万记住，尽量别冒险，一定等我回来。”说完他转身跑了两步，大概发觉不对劲，停下脚步转过身说：“你连个再见或者一路顺风也不会说吗？”

我看着他站在夕阳中，极不合身的衣服紧紧地“绑”在他身上，裤脚高高地吊在脚踝上，看上去甚至有些滑稽。我忍不住眼圈一热，说：“帮我给老徐带个话，就说这是人干的活吗？还不如当初把我开了呢，一个字也不许落下。”我猛地转身朝着来时的路，头也没回地丢给他一个字，“滚！”

“话保证带到，我滚了。”他没有立刻就走，安静了几秒后，才听到他离去的脚步声，越来越远。

自始至终，我没有回过一次头。夕阳融化在我的眼中，模糊成一片。

2

当晚，我躺在床上辗转反侧，久久不能入睡，那些说不清道不明的思绪似是被煮沸了一样，不停地在我的胸中翻滚，越来越剧烈，越来越沉重。就像有无数条头绪迫切地需要我去理清楚，而我一条也捉不住。

折腾到第一缕阳光透进窗户照在屋内床边的地面上时，我烦躁地将身上的毛毯扯开，一骨碌从床上坐起来，站在窗边，望着远处低低的压在树林上的薄雾，心情由慌乱烦躁变得沉重不堪。我从没有像今天这般静不下心来，哪怕是我的生命悬于一线的时候。时间像是慢得令人无法忍受。

中午的时候，我躺在床上抽烟，苏莉亚跑来用手势告诉我周亚迪在楼下等我。我心中一顿，他不上来，那必然是要带我去其他地方。我这一走不知道去哪里，也不知道什么时候回来，程建邦会和我失去联络的。

看来只能下去试探着问问周亚迪，再找借口上来给他留信息了。我故意脱下一只袜子丢在床上，然后装作急匆匆地跑出屋子。路过阿来门口的时候，本来正蹲在门口抽着烟的阿来赶紧站了起来，眼巴巴地看着我。我走到楼梯口，想了想，对他使了个眼色。他如获至宝地用力点点头，将烟头往脚下一丢踩灭了，快步跟了来。

门外停着一辆越野车，司机正是洪林。我跟周亚迪点头打招呼，对洪林说："回来了？"他笑笑没说话。周亚迪冲我摆摆手示意我上车，看他的样子似乎心情格外好。我想大概他又得到什么好消息了，我问："迪哥，是不是有消息了？我们去哪儿？"

周亚迪笑着说："嗯，走吧，到了你就知道了。"

他看到我身后跟来的阿来时，僵硬了一下，很快又恢复了笑容。上车时我假装突然发现自己少穿了一只袜子，忙对阿来说："你先上车。"我一边往屋里跑一边对周亚迪说："刚才跑得急，少穿了一只袜子。"不等他说话，赶紧钻进门上了楼。

我摸出香烟盒，用匕首尖在上面给程建邦刻了一封密信：随周亚迪与胡经会谈。走到窗边仔细看了一圈，确定外面没人后，将烟盒揉成一团丢了下去。

我穿好袜子快步跑下楼，上了车。周亚迪看着阿来说："只要你认真帮秦川，我不会亏待你的。"

阿来连连点头说："迪哥，你放心。"

车子转了个弯，从我窗下的那条路驶去。我不由自主地回头看，看到苏莉亚站在那里，一手搭在额前遮挡着阳光朝这边张望，黑色的长发被微风吹得有些凌乱，慢慢地消失在我的视野里。

阿来有些紧张，坐在车里不停地抖腿，想说什么又不敢说，左顾右盼。周亚迪看着我，瞥了阿来一眼，嘴角微微一翘。我伸手在阿来后脑勺拍了一把。"你抖骚呢？"阿来捂着脑袋吃惊地看着我。我指了指他的腿说，"这车里漏电了？"

阿来脸一红："对不起，秦哥，我有点紧张。"

我说："是不是还有点尿急？"

阿来刚"嗯"了一声，后脑就又挨了一下，我说："要不你回去吧。"

阿来看看倚在座椅上看着车窗外的周亚迪，又扭头看着我说："秦哥，我错了，再也不会了。"

周亚迪没搭理阿来，径直对我说："胡经说是给我们送了个礼物，为前两天在林子里追杀我的事赔罪。就是他们的路线，他说第一次合作，线路和时间都由我们选，你怎么看？"

我说："这次要运多少？"

周亚迪冷冷一笑说："多下点本钱，才能多赚点。"

"嗯，让他出一百公斤。"我试探性地说，因为我不知道他所谓的多是多少，在我所了解的贩毒案件中，上百公斤就是特大案件。谁知周亚迪不屑地笑了一下说："一百？再翻十倍还差不多。"

我愣住了，周亚迪不再说话，继续望向车窗外发呆。

一千公斤！这在全世界范围内，都是罕见的巨案重案。而这个数量只是金三角的两个毒枭初次面和心不和的合作而已。一旦这种数量的毒品流入中国，将有成千上万的人被其毒害，也就是说，需要有成千上万的家庭来消化这个恶果，所造成的直接或者间接的影响不是我能想象的。

我想象不出一千公斤的毒品堆在地上会有多大一堆，更无法想象换成钱堆在地上会有多大一堆，总之不管是毒品还是钱，堆起来都是触目惊心的。突然我有点害怕，这个计划一旦失控，那么我必将成为一个十恶不赦的罪人。我是来阻止毒品流入国内的，可现在却撺掇两大毒枭组织了如此巨额的一批毒品堆在仓库中，对国内的百姓虎视眈眈。如果我不能控制这批毒品的走势，恐怕就是死一万次也无法洗刷自己的过错。

坐在我一旁的阿来经过刚才的警示，现在看上去十分安静，我心中的慌乱却开始翻江倒海。一支烟出现在我的面前，我一转头，周亚迪正看着我，说："不是想跟我做些事吗？这些只是开始，慢慢来，别着急，一口吃不成胖子。"

我接过烟点燃抽了一口，心想，周亚迪大概是"嗅"出了我的慌张，故意说反话安慰我，或者是激我。我笑了笑说："迪哥，这次送货你派我去吧，我保证把货全部给你带回来。"

周亚迪没有答应，也没有反对，只是呆呆地看着车窗外不说一句话。他的平静让我有些按捺不住。这一次我真的怕了，我怕他拒绝我，我怕我对这次运货的事一无所知，我怕那批货通过胡经花费大量金钱和精力费尽心机开辟出的那些通道，悄然避过国内的边防缉毒警的眼睛，涌入祖国的城市乡镇。想起当我把这些告诉程建邦时，他那惊讶的表情……我越发怀疑自己是否太过鲁莽。曾几何时，我已经不是被这件事情主宰的人，而是开始慢慢地主宰起这件事的走向了。

车子停在一个山坳里，两边都是田埂。罂粟田应该已经被废弃了，除了一些稀稀拉拉东倒西歪的罂粟枯秆外，荒草丛生。靠山脚的地方有一排低矮的砖石混合材料筑成的平房，有几间连门都没有，黑漆漆的门洞看着甚是可怕。

从车上一下来就像跨进了一个蒸笼，闷热得让人喘不上气来，整个人就像烈日下的冰棍，马上就要慢慢融化。周亚迪揪起领口扇着风，抬起头朝四周的山坡看了看，对洪林使了个眼色。洪林点点头，开着车朝另一头驶去。不等我问什么，周亚迪说："这里没人知道，我让他去接胡经的人。"

我警惕地四下看看说："有枪吗？"

周亚迪指了指其中一间有门窗的平房说："进去说。"

房门没上锁，两扇门的锁眼用一截锈迹斑斑的铁丝穿过，简单地拧着。阿来不等周亚迪说话，上前将那铁丝扯下，推开了门。几只黑色的东西扑棱着从我们头顶飞过，吓得我们急忙蹲下身子避让。我顺着那黑色的东西看去时，已经不见了踪影。阿来吓得嘴唇发白，哆嗦着说："蝙……蝙蝠吧。"

我踢了踢那扇破门，故意弄出点声响，见没了其他藏身的动物，才迈进那间屋子。适应了一下里面阴暗的光线，发觉并没有我想象中那么不堪。竟然有一张桌子和几张板凳，墙角有堆东西，用绿色的帆布遮盖着。

周亚迪指了指那个角落说："枪在那边。"

我上前掀开帆布，有几箱瓶装水，还有用蜡纸包裹的几把手枪和一堆压满子弹的弹夹。我取出一把检查了一下，将弹夹装好别在后腰，又拿出一把装好子弹递给周亚迪。周亚迪笑着摇摇头："你跟着，我还用得着那东西吗？"

阿来看了一眼他，又看看我手里的枪，有些犹豫。我见周亚迪一副胸有成竹的样子，就知道这里必定很安全。我是见过他害怕的样子，他是个很谨慎的人，有任何不安全的因素都会让他害怕。于是我把两把枪都别在身上，拿了几瓶水放在桌上说："你们先休息，我去外面看看。"

周亚迪叫住我说："秦川，放松点，没事的，坐下来喝点水，外面那么热。"不等我说话，他坐下来冲我摆摆手说："坐坐坐。"

阿来小心翼翼地拧开一瓶水，毕恭毕敬地递给周亚迪。周亚迪拿起水咕噜咕噜灌了几大口，心旷神怡地"啊"了一声，说："阿来，如果这次我让你陪秦川一起去运货，你有没有意见？"

阿来紧张地看看我，见我并没有给他意见的意思，拿着一瓶水放也不是、喝也不是，半天才说："迪哥和秦哥要是看得起我，我没什么说的，我想帮忙做点事，不然总是白吃白喝的……"

我知道周亚迪在考虑把我列入运货的人选了。周亚迪对阿来说："这趟回来，我给你一笔钱，够你和你老婆下半生用的。酒吧你也别开了，走远一点过你们的日子去吧。"

阿来激动得膝盖微微打着颤，半天说不出一句话。我说："还不谢谢迪哥？"

阿来忙连连对着周亚迪鞠躬："谢谢迪哥。"

周亚迪笑了笑说："前提是你能活着回来，这事很危险。"又对我说："秦川，我真的不想让你去，太危险了。可是不让你去吧，你不甘心，总觉得我不信任你。我真的很为难，其实，让不让你去，我都可能会失去你这个兄弟。"说着他叹了口气，眼神中有些落寞，这种眼神很陌生，我从来没见过。他又说："那么就去吧，但是你一定得活着回来，豁出去这批货都不要，豁出去这次咱们玩砸了，你也得活着回来。在这上面送命，不值。”他抬起头，眼眶红红地看着我。

我有点被他这突如其来的感慨迷惑了。或许，他真的需要我跟他去做更大的事；或许，他知道这次凶多吉少，我的利用价值也到此为止。我不确定哪一种才是他真正的想法，不过不重要，只要让我跟着这批货就好。我说：“迪哥，跟了你这么久，我就在等这么个机会，不然跟着你，我也不踏实。”

“我知道，我知道，我知道你一身的傲骨。”周亚迪不让我说下去，顿了顿，又对阿来说：“不要给秦川添麻烦，他有什么三长两短，你也不用回来了。你要是能为他挡子弹，就算残了、死了，只要他没事，我用我周亚迪的名誉向你保证，我送你老婆去澳洲，一辈子衣食无忧。”

阿来慢慢地伸直了一直微微弓着的腰，眼里闪着光说：“迪哥，你放心，我宁可死，也不会让秦哥有一点事，我相信迪哥。”

周亚迪点点头说：“等下你们两个，还有洪古，跟着胡经的人一起去中缅边境，我的货都在那里，六百公斤。阿来，你知不知道六百公斤值多少钱？”

阿来摇摇头。周亚迪又看向我，我说：“我不管值多少钱，我就知道那是迪哥的东西。”

周亚迪说：“见到胡经的货以后，洪古会验，再然后该怎么做怎么做。”

我追问了一句：“要拿回来吗？”

周亚迪说：“能拿就拿回来，不行就全毁了。秦川，你一定要记住，这次，你的命才是最宝贵的。”

听他的语气和表情，我隐约回忆起每次从徐卫东那里接到任务出发前，徐卫东都会一再提醒我，要活着回来。此时见周亚迪不知是因为炎热还是疲劳，无力地坐在那里的样子，我竟然有些恍惚自己到底身在何处、身负何物。

3

不多时，一阵汽车的引擎声由远到近地传来。我从腰间取出一把枪正要出门，周亚迪说：“秦川，放松点。”

我将双手背在身后，将头探出屋门，见洪林刚把车停在门口，从车内跳下笑着冲我摆摆手。接着，车的后门开了，一个提着皮包的人缓缓下了车，这人穿着件跨栏背心，露出肩膀和胸口上缠着的雪白绷带。他抬脚将车门关住，慢慢地抬起头来，居然是宁志。

洪林对宁志做了一个请的动作。宁志没搭理洪林，瞥了我一眼，面无表情地四下看了一圈，才踱着方步，跟着洪林进了屋。他经过我的时候冷冷地扫了我一眼，喉咙里“哼”了一声，用肩膀重重地撞了我一下。我心中一热，赶紧垂下眼皮，生怕流露出一点破绽。

周亚迪起身朝宁志热情地打了个招呼，给宁志挨个介绍道：“秦川，上次你见过的，接你的是洪林，这位是阿来。”

宁志还是那副爱答不理的样子，打开皮包取出一张折叠起来的塑封大地图丢在桌上，说：“我老板让我把这个给你，一共两条线。”

我不敢再看他的脸，生怕控制不住自己的情绪会被别人注意到，只能低下头去，摆弄着手里的枪。

周亚迪没有急着看那张地图，而是对我说：“秦川，坐下来，把枪收起来，这里很安全。”

他这话显然是说给宁志听的。当然了，宁志代表着胡经，他要向胡经展示自己最大的善意和诚意。宁志冷冷笑了一下，说：“周老板先看看地图吧，我在外面等你们回话。”

他起身走出屋子，路过我的时候，又狠狠地撞了一下我的肩膀。我双手背在身后跟在他后面，周亚迪压着嗓子说：“秦川。”

我转身看他，他冲我摇摇头。我把枪别回后腰：“我出去透透气，放心吧，没事。”

我跟着宁志走了出来。宁志大摇大摆地走到屋前那片废弃的罂粟田边，停了下来。我跟在他身后，尽量自然地看了看四周，并没有人跟来，赶紧用只有宁志听得到的声音说：“你没事吧？”

宁志头也没回，声音很轻地说：“胡经还有一条线，他已经开始运货了，将近三百公斤。情况都在这里。”他从裤袋里摸出烟盒取出一支烟，点燃后就把烟盒揉成一团丢在地上。他转过身，一摇三晃地走到我身边，喷了我一脸烟，大声说："不服啊？"

我用余光扫了一眼屋门，见洪林站在门口正朝这边看。我往前跨了一步，瞪着宁志。洪林赶忙说："兄弟，我老板请你过来聊两句。"

"来了。"宁志走到门口伸出一条胳膊，一把揽住洪林的脖子说，"那就进屋聊。"

他是在挡住洪林和屋内的视线，给我机会去捡那个烟盒。我迅速蹲下捡起烟盒来攥在手里，站在田边一边小便，一边打开烟盒来看。那上头记录了胡经运货的详细时间和过境的界碑号，以及过境后的中转地等详细信息。

小便完的时候，我也记住了那烟盒上的所有信息。我快速地将烟盒撕得粉碎，转身回屋时，一路走一路将浸满我汗水的纸屑丢撒在两旁的草丛中。我们没时间聊聊彼此都经历了些什么，但看到他如此谨小慎微，我多少能料到他都吃过哪些亏。每当回顾起自己所经受的那些炼狱般的磨难时，再看看依然生龙活虎的自己，只觉得庆幸自己还活着。可是当我把那些磨难的经受者换成自己的战友时，心里竟然刀剜一般地疼痛难忍。

我伸出手，按在胸口，想按住那怦怦直跳的不安的心。只见周亚迪从屋内走出，看着我的脸，关切地问道："你怎么了？不舒服吗？"

我摇摇头，不想说话。

他走过来，搭着我的肩膀，在我耳边小声说："君子报仇十年不晚，再说，他的胸口不是还挨了你一枪吗？"

我猛然怔住，脑子里迅速过了一下，周亚迪怎么知道宁志这枪是那晚挨的？我要确定一下，我装作吃惊地问："那晚是他在追我们？"

周亚迪把我拽远了几步，悄悄说："胡经给我来了一封信，把那晚的事全部推到了他的这个小弟身上，说他完全不知情。这不，把人送到这来，意思是任我处置，想表示一下他的诚意。"

我的脑袋"嗡"的一声，就手把枪摸了出来。事情到了这个份上，我只能等周亚迪对我发出解决宁志的号令，然后冲进屋先一枪解决了洪林，再干掉周亚迪。至于后果，我想凭着我和宁志足以收拾完这里，联络上程建邦，然后混回胡经的地盘，解决他。

这一瞬间的想法让我兴奋了起来。如今的我已经不是当初在平凉的那个秦川，宁志固然也不是在医院里弹琴的宁志，何况还有一个程建邦。

“收起来！”周亚迪轻声喝道，“君子报仇十年不晚，要顾全大局，记得我跟你说过的吗？要站得高一点，胡经可能是拿他的这个小弟来试探我们的。”

我见周亚迪一脸严肃，说得极其认真，立刻松了一口气，假装一万个不情愿，愤愤地收起枪。我说：“他知道吗？”

周亚迪摇摇头说：“不知道。”

我说：“难道你真的打算放过他？”

周亚迪摊开双手说：“你看看我，什么事也没有。你也没事，洪林也没事，中枪的是他自己，我们没什么仇可报的。”

我说：“那你打算怎么办？”

周亚迪说：“让洪林看着他，你跟我去仓库那边安排人把货运到胡经那里。等到和胡经碰面的时候，我们把他的这个小弟活生生地带过去，我们的诚意还用怀疑吗？到时候还怕他不上当？”

我点点头说：“你和洪林去吧，我在这儿看着他，这小子有两下子，万一知道他的老大把他卖了，我怕洪林有事。”

周亚迪想了想说：“可以，我想带你去仓库，也是想要你看看我的实底。”

我说：“迪哥，我知道你信任我，所以我得对得起你的信任，我真的怕自己兄弟有事。”

周亚迪拍拍我的肩膀说：“嗯，那你注意安全。”

几分钟前我还在打算为宁志拼命，为与战友一起战斗的想法兴奋，几分钟后我开始为能够和宁志单独叙旧而欣喜若狂。我再次伸手揉了揉自己狂跳的心说：“你放心去吧，我不会动他的一根汗毛的，就算他对我动手，我也肯定不要他的命。”

周亚迪“嗯”了一声：“走，进屋。”

他侧开身子给我让开了路，突然，我不记得之前他是否也有走在我身后的习惯。我的神经机械式地绷紧了。难道我和宁志刚才的交流被他识破了？他知道在这荒山野岭的，说什么也不是我们的对手，故意设计先稳住我们？然后找机会将我和宁志除掉？我看了一眼周亚迪，他又对我使了个眼色，示意我进屋。我见那屋子黑洞洞的屋门里，什么也看不到，而且刚才一直没有半点动静，我更加相信了自己的判断。难道宁志已经被他们控制了？

我伸手拍了拍周亚迪的胳膊，做了个“请”的姿势说：“走，回屋。”实在不行，我就只能先拿周亚迪当人质了。

周亚迪微微一笑，走到我前面朝屋内走去。我跟在他身后，随时准备拔枪射击。在他的脚步跨进门的一瞬间，我几乎就要拔枪了，却见宁志出现在门口，对着周亚迪点点头，然后还是一副看我不顺眼的样子，瞥了我一眼。我提在嗓子眼的心这才稍微放了下来。我进屋见洪林正一条腿踩在凳子上和阿来闲聊。我抹了把额头不知什么时候渗出的汗，对阿来说：“给我来瓶水，真热。”

半瓶水灌下肚，我瞟了眼宁志，心彻底放了下来。我和宁志刚才的所谓交流，就算是有人站在身边看，也不会有任何破绽，而我后来捡那个烟盒时，也确定不会有人看到。看来我真的有点神经过敏了。周亚迪说：“洪林，跟我去提货；秦川，你和阿来留在这里陪这位兄弟。”

我故意瞪着宁志，应了周亚迪一声。

周亚迪临出门又回头对宁志说：“这位小兄弟有没有什么特别爱吃的？晚上一起吃饭。”

宁志指了指自己胸口的绷带：“周老板不用客气了，医生让我忌很多口，得清淡点。”

周亚迪点点头，又对我说：“那秦川呢？”

我把自己胸口拍得山响：“我没事，好酒好肉、山珍海味统统消受得起。”说完我不怀好意地对宁志笑笑。

周亚迪对着宁志苦笑了一下，与洪林一起出了门。我溜达到门口，看着他们的车走远后，我背着手走到桌前，看着一直蹲在角落里的阿来，正想怎么把他打发出去，屋外又传来一阵汽车引擎声，一声急刹，有人从车内跳下，“咣”的一声关上车门。

难道他们落下了什么？我朝那个藏枪的角落瞥了一眼，起身一边摸着后腰别的枪，一边朝外走去。一个身影拿着枪背着光站在门口，我迅速摸出枪对着他。那人看到我，收起枪说：“迪哥呢？”

是洪古。他进到屋里，目光扫了一圈，当看到宁志身上时，我明显看到他浑身一颤。我意识到不妙，转头一看宁志也瞪着眼睛直直地看着洪古。糟糕，在平凉那个矿场的屋顶，洪古没有看清我，可跟宁志面对面地交过手！

我立刻抬起枪对准洪古，在我开枪的同时，洪古对准宁志的枪也响了。

洪古捂着脖子，几个趔趄靠到身后的墙上，慢慢地出溜到地上。他的墨镜耷拉在脸上，直愣愣地瞪着我。我上前一脚将他落在地上的枪踢飞，转身见宁志已经躺在了地上，手笨拙地摸索着将我刚踢过来的枪抓住。我的大脑一片空白，想喊他的名字，却怎么也喊不出来，只是张着嘴任由眼泪从眼睛里、鼻孔里疯了似的往外流。

宁志眨了下眼睛，像是想对我说什么，微微启开的嘴巴却一动也没动。他抓住那把枪，勉强对准洪古的方向扣动了扳机。他头部中的那一枪已经严重影响了他的动作和判断。子弹从他手中的枪里射出，却打在他自己的腿上。他像是感觉不到疼痛似的，一下又一下继续扣动扳机，接着又有一枪打到了他的脚上。直到枪里的子弹全部射出，他还在不停地扣着扳机。

我嗓子眼里的那口气，在我开枪后就像是被一块巨石压在身体里，任我怎么努力也无法喘上来。就在我将要窒息的那一刻，我使足了浑身的力气，喊了出来。那声嘶喊刺破了我自己的耳膜和心脏。我站起身，从墙角里拎起还在挣扎的洪古，疯了似的一拳又一拳地砸在他的脸上。我一边喊一边打，一直将他打到宁志旁边。洪古不知什么时候已经咽了气，临死前，头歪在一边，眼睛睁着，看着宁志。

我见宁志又眨了下眼，大概想看看我，最终眼珠也没能动一下，盯着死在他一边的洪古的脸，瞳孔突然一闪，整个眼睛失去了光泽。

我的眼泪在宁志牺牲的一瞬间就再也流不出来了，我的嗓子无论怎么努力也发不出一点声音。瘫坐在牺牲在自己面前的战友的遗体旁，我连拿起枪自尽的力气都没有。

如果当时能有力气在自己头上开一枪的话，该有多好。

不知过了多久，有人在摇晃我的肩膀，那感觉就像另外一个世界有人想把我叫回一般。我想回应，却不知怎么办。

“秦哥！”那个声音终于像是从遥远的外太空清晰地传到了我的耳边。我猛地回过神来，阿来正战战兢兢地看着我。

“打死我吧。”我几乎是在乞求他，一直跪在地上的我笑了，“求你了。”

阿来看了看地上的洪古和宁志，又看看我，带着哭腔说：“这到底是怎么回事？”

我说：“你求我那么多次，我只求你这一次，把枪拿起来，打死我。”

当我的理智一点点地恢复过来后，我知道，如果阿来不打死我，我就必须得打死他，就像最初我曾担心的那样：我怕有一天，当阿来的生命与我的任务发生冲突时，我会怎么样。答案现在很明了，他看到了这一切，就必须得死。可此时的我，只想和自己战友一起死在这里，洪古对宁志开的那一枪几乎粉碎了我所有的信仰和希望。

阿来拼命地摇着头说：“秦哥，你告诉我，我该怎么做，我该怎么说？你教我。”

我说：“拿枪打死我，不然我会杀了你，快一点。”

阿来不停地摇着头说：“秦哥，是不是我看到了不该看的？如果是那样，你打死我吧。”

我伸手揪住阿来的领口，站起身将他推到墙角，用枪抵住了他的额头。他闭上了眼，浑身颤抖着说不出一句完整的话，眼泪鼻涕流了满脸：“我老婆，求你了，照顾她，秦哥。”

我扳开了枪的击锤，我只需轻轻动一动食指，眼前这个阿来就会离开这个世界。我可以跟周亚迪随便编一个没有人会怀疑的故事，然后继续完成自己的任务。

阿来紧紧地闭着眼，极度的恐惧让他发出了奇怪的呜呜声，他绷紧了全部的神经等待着我开枪。我的脑海中却满是他在监狱里唯唯诺诺跟着我的样子，我迟迟下不了手。我知道，他不死，极有可能暴露，后果也是我无法承担的。

“阿来，”我说，“要怪就怪你自己不好好待着，非要跟我出来。”我不知是在对他解释，还是在安慰我自己。

阿来说：“秦哥，我答应过你，出来什么都听你的，我的命是你救的，你要，就拿去吧。”

最终，我还是松开了他。对于阿来，不论杀或不杀，后果都是我无法承担的，但是做出的这个选择至少能让眼下的我稍微好受一些。阿来瘫软在地上，浑身不停地发抖。我说：“胡经的人和洪古打了起来，然后我打死了胡经的人，记住了吗？”

阿来用力地一下一下点头：“胡经那个兄弟和洪古哥打了起来，秦哥出手打死了那个兄弟。”说着，又哭了起来。

我说：“去，拿水帮洪古哥洗洗脸。”

阿来应了一声，几乎是爬到桌子上拿了一瓶水，又爬到洪古尸体边，帮洪古洗脸。我始终不敢朝宁志那里看一眼。我坐回凳子上，背对着阿来说：“你不好奇是怎么回事吗？”

阿来说：“那人打洪古哥，秦哥把那人打死了。”

我笑了笑说：“无所谓，你把我卖了，我最多就是一死，我早够本了。”

阿来沉默了片刻，起身站到我旁边说：“秦哥，你觉得你死了我能好吗？你为什么不相信我？为什么你们每个人都不相信我？”

对于他的质问，我无心理会，摇头笑了笑没有吭声。

屋外再次响起汽车引擎声的时候，我已经懒得去理会，或者说对于阿来是否会按照我交代他的去说，我也根本不在乎了。甚至当周亚迪和洪林走进屋，看着满屋的血腥大惊失色时，我都懒得扭头去看他们一眼。

周亚迪和洪林大惊失色，再三确定，发现洪古已经死了后，周亚迪走到我身后，问道：“怎么回事？”

他这么一问，我不知从哪里蹿出一股火，“腾”的一下站起来，揪住周亚迪的衣领几乎歇斯底里地喊道：“你为什么不让我杀了他，为什么？现在我的兄弟又死了一个，我还没和他喝顿酒呢！”我一边骂着他，一边揪着他的领子把他按到墙上。

周亚迪失魂落魄地任由我推搡着，没有丝毫反抗。站在一边的洪林抹了把眼泪说：“秦川，你别冲动，你先放开迪哥。”

我扭头骂道：“滚，老子就不放，我兄弟死了你知道吗？我们连顿饭都没吃，连杯酒都没喝，人就死了，都是因为你们这帮混蛋。”

“秦川，骂吧，骂我一顿，打我也行。”周亚迪失声哭了出来。站在一边的洪林也凑了过来，我们三个人站在宁志和洪古的尸体旁抱头痛哭，宣泄着彼此截然不同的悲伤。

洪林抹了把眼泪，拔出枪对准阿来的头说：“到底怎么回事？”

阿来吓得睁圆了眼睛，举着双手往后退，一边退一边说：“是那人突然朝洪古哥开枪，要不是秦哥开枪把他打死，恐怕我们就见不到你们了。”

洪林一直把阿来逼到墙角无路可退，枪抵在阿来的额头上，喘着粗气说：“你敢骗我？”

阿来浑身发抖，还是坚持直视着洪林：“我没有。”

洪林慢慢把枪的击锤扳起，阿来吓得脸已经扭曲得变了形。我低下头，看着地上宁志的尸体，准备只要阿来一揭穿我，我就立刻拔枪把在场的所有人全部打死，一个不留。我冷冷地说：“你要干什么？”

不等洪林说话，周亚迪用手臂弯着洪林的肩膀，看着他说：“事情弄成这样，冷静一点，还有事要做。”

洪林愣愣地看着地上的洪古，好一会儿才回过头，对还缩在墙根的阿来说了声“对不起”，走过来蹲在我旁边说“谢谢你”，说完狠狠地瞪向宁志的遗体。

周亚迪抹了把脸咬牙切齿：“胡经，我迟早要把你锉骨扬灰。”他看着洪古的尸体说：“马上人就要来了。把我们的兄弟抬回去，葬在振鹏旁边。”

洪林指着宁志问：“那这个呢？”

周亚迪狠狠地说：“扔到外面去。”

洪林正要动手，我喝道：“你别动，我来！”我对阿来说：“阿来，过来帮忙。”

我和阿来抬着宁志正出门时，洪林上前踢了宁志一脚。我腾出一只手指着洪林喝道：“人死了你来劲了？你现在逞什么能？你再动一下试试？”

洪林显得很委屈，正想解释什么，却被周亚迪拦住，他对我说：“快点，别太远了，人就快来了，我们就该出发了。”

“阿来，走。”我对抬着宁志腿的阿来说。

我们将宁志抬到屋后的树林中，我选了一个视野相对较好、乱石堆积的地方放下宁志。我拒绝阿来帮忙，亲自将石块一块块地搬开，不多时，地上已经有了一个足够容纳宁志遗体的大坑。我折了些树枝铺满坑底，将宁志的遗体放在上面，又用树枝和野花将他掩盖上，最后才用石块堆出一个坟头。自始至终，我没有说一句话，也没有流一滴泪。阿来很识趣地在一旁默默地看着。

“转过去！”我说。

阿来赶紧转过身背对着我。

我向后退了一步，对着宁志的坟头，立正、敬礼。

4

我终于知道，为什么生者把亲友的逝去称为“走了”。那始终蕴含着生者对逝者无穷的思念，以及对未来的希望。走了，总会回来的，或者总会再遇到的。我强迫自己把记忆调回到在机场与宁志分别的那一刻，在我的印象里，他只是去执行自己的任务了，执行一个不能告诉所有人的任务，很机密。

所以，我想再次跟宁志见面的时候，我要问问他：你到底哪里比我强，为什么总会得到组织更大的信任，也因此分配给你最紧要的任务，告诉我为什么？另外，如果见到郑勇，请代问好，总有一天我们会重逢。

我坐在洪古的尸体旁摆弄着手里的枪，用最快的速度拆解，将零件凌乱地摆放在洪古身上，然后用最快的速度装好，举起来对准了洪林的眉心。不等他脸色有变，我将枪收起，再次拆解，再次安装，这一次又对准了周亚迪。周亚迪被我这一惊一乍的动作搞得有些心神不宁，又无法发作。整间屋子里，只有手枪零件接触发出的金属撞击声，处于一种临近死亡的沉寂中。

当我第三次组装起来，对准阿来的时候，周亚迪的人来了。他们走进屋子看到我正举着枪，下意识地举起手往外退。看到他们的样子，我笑了。周亚迪脸上有些挂不住，喝了一声："都给我进来。"那几个人才试探着一步步地往屋里挪。

我收起枪，站起来对周亚迪说："迪哥，我不会让你失望的，走吧。"

周亚迪狠狠地瞪了来人一眼，转头对我说："秦川，胡经那里你不要出面了，你和洪林直接去边界，那里还有我们的仓库。"

我说："然后呢？"

周亚迪说："我和胡经带着这里的货去跟你们碰头。"

我问道："什么时候出发？"

周亚迪说："现在，我故意把时间安排得这么紧，是怕夜长梦多，也让胡经没那么多时间耍花样。"

我说："我和洪林都不在，你怎么办？"

周亚迪笑笑说："放心吧，丹雷将军现在可不想让我有一点事。"

事情发生得太突然。周亚迪把时间安排得这么紧，不仅是胡经没有时间开小差，我也没有机会和程建邦取得联系了。我说："我想回去跟苏莉亚打个招呼。"事到如今，我只能用这样的借口来争取一个给程建邦留点情报的机会了。

"不用了，出来前我跟她说过了。"周亚迪笑了笑说，"顺利的话十多天就回来了。"

我想起今天出门后，苏莉亚站在车后的样子。想必她是知道我这一去可能再也回不来了，我看了看阿来，转瞬就把让他帮我带信的念头取消了。既然是我把局面弄成这样的，也只能再由我独自继续走下去了，对于一个生无所恋的人而言，还会惧怕什么呢？我说："迪哥保重。"冲阿来使了个眼色，随洪林上了车。

周亚迪跟了出来，站在车外，双手搭在车窗上。我们都以为他要叮嘱点什么，谁知他若有所思地沉默着，好一阵才松开手说："保重，人没事就好，其他的不要看得那么重，算我求你们，一定要活着回来。"

洪林说："活着回来也行，我有个条件，你得请我们去拉斯维加斯度个大假。"

周亚迪说："你又不是没去过。"

洪林指指我说："秦川肯定没去过，这次我给他当向导。"

周亚迪看着我说："有兴趣吗？有兴趣的话，我这就去给你们订酒店。"

我扭头问后座的阿来："你呢？"

阿来没想到会问到他头上，愣了一下赶紧说："秦哥去哪儿，我就去哪儿。"

周亚迪看了一眼阿来："你也得好好地回来，我可没有那么多闲工夫照顾你老婆。"他叹了口气，似乎有些自责，又说，"以前我有做得不对的，所以你更要活着回来找我报仇。"

阿来有些受宠若惊，张着嘴巴一句话也说不出来。周亚迪又对洪林说："这次你们听秦川的，他的意思就是我的意思。"

洪林点了点头说："放心吧。"

周亚迪看着我说："洪林跟了我很多年，差不多知道我所有的事，时间来不及了，你要有什么问题就问他。"

我点了点头。

周亚迪把手搭在反光镜上，依次不停地看着车内的我们三人，迟迟不愿松手。洪林抓抓头说："再晚怕来不及了。"

周亚迪这才松开手，脸上强挤出一丝笑容，往后退了几步，把头扭向一边，对我们摆摆手，示意我们出发。洪林将车子开出很远，还不时地扫着反光镜。我转身一看，周亚迪还站在原地，向我们张望着。

周亚迪已经做出了放手一搏的姿态，能让他这样拼命的事，一定不是小事。对于一个爱才如命的人来说，赵振鹏的离去给他造成的损失难以估量，他跟丹雷将军所说的那个计划还没有开始，洪古又死了。他身边除我之外的三员猛将，只剩下了洪林一个。

关键在于这些人都死在一些莫名其妙的事上，换句话说，赵振鹏和洪古死得太不值得。看着周亚迪慢慢从后视镜中消失，我突然想，如果他知道赵振鹏和洪古都死在我的手上，会做何感想？这个想法让我奇怪地兴奋起来，这种兴奋伴随着切肤的痛楚，我甚至能听到自己心头滴血的声音。

“你笑什么？”洪林问道。

我这才意识到不知什么时候我笑了，而我自己居然全然不知。我就势索性哈哈地笑出声来，洪林的脸色跟着紧张起来，“你没事吧？”

我摇摇头说：“你说，这次有没有机会把胡经杀了？”

洪林咬着牙说：“杀了他？我要让他生不如死。”

我装作很好奇的样子问：“怎么个生不如死法？打算怎么做？”

洪林从后腰抽出塑料袋丢到我怀里说：“这是这次运货的地图，一共两条线。迪哥说碰了头再决定走哪趟线，怕胡经提前知道了耍花样，所以我们要每一条都熟悉才行。”

看着怀里那个塑料袋，百感交集。我仿佛经历了几个世纪从肉体到精神无休止的被碾轧才得到这个。此刻，它就那么乖乖地躺在我的怀里，似是在嘲弄我，不时随着车轮的颠簸在我怀里微微地跳动着。

我用力甩了甩手，抑制住手指的颤抖，慢慢打开塑料袋，摊开了那张地图，上面用红笔赫然标注着两条曲折路线。我把我的脑海中宁志给我提供的那条路线假想到图上后发现，这三条线均通过中缅边界进入云南，随后从三个方向分别走向广西、贵州和四川，再由这三个地方分散到全国各地。宁志给我的线路是往四川方向的。也就是说，已经有一批毒品正运往中缅边界，然后直奔四川。这批货连周亚迪都不知道。眼下我要做的是将这份情报尽快送到徐卫东手中，完成我的任务。

这听起来似乎很简单了，可是我总觉得有些不甘。因为周亚迪在酝酿的事远远不止通过这批毒品打垮胡经。我说："迪哥说的那个计划是什么？"

洪林一只手把着方向盘，一只手摸出烟递给我说："帮我点根烟。"

我点了根烟塞到他嘴里，洪林美美地抽了一口，不紧不慢地说："迪哥不想没完没了地这么做买卖了。"

我看着他说："什么意思？不想做毒品了？"

洪林笑笑说："不是不做这买卖，是不想这么做买卖。迪哥说，现在我们都见不得光，他想带着咱们堂堂正正地活。"

我叹了口气说："算了，不说我不问了，拐弯抹角的。"

洪林呵呵一笑说："迪哥想和政府合作。"

我有点意外，"想开海洛因全国连锁店？"

不光洪林，坐在后面的阿来也扑哧一下笑了。洪林笑够了说："货能变成钱，钱能干很多事，具体我也不懂。反正迪哥说只要控制了金三角，垄断几个地方的买卖，就有的谈。"

我说："我上次和迪哥在丹雷将军那听到俄罗斯和蒙古什么的，难道想去那里？"

洪林摇摇头说："那倒不是，你说的这些都是洪古帮着他做的，目的只是交点用得着的朋友罢了。"

我说："我也不懂这些，但我总觉得好悬。"

洪林说："迪哥是外国长大的，路子很野，他说行就一定行。"

我点点头说："这我信，算了不说这个了，咱俩也聊不出个所以然来，先把胡经解决了再说。"

洪林"嗯"了一声，不再言语。

看来，周亚迪的野心远比我想象中更大。我摊开那张地图，将那两条红线途经的所有地方依序记牢，见一些边境上标注着不同的数字，我指着其中的一个数字问洪林："这个数字是什么意思？"

洪林扭头扫了一眼，说："界碑号。"

我又问："我们为什么要相信胡经的这个路线？真有那么安全？"

"胡经为了这几条线花了血本，差不多要倾家荡产了，尤其是上次为了买通监狱里的人杀你们，更是给了天价。”洪林看了我一眼，“迪哥说得没错，从监狱出来那次，如果不是你，恐怕……”

“还是说这个地图的事吧，我担心他耍我们。”我打断了他。

洪林说：“其实之前我们使了手段拿到过几次，但是每次版本都不一样，而且拿到的都是三条线，迪哥不敢确定哪个是真，哪个是假。”

我追问：“既然以前没有大量地运过货，那胡经的这些路线又是从哪来的？”

洪林说：“咱们没运过而已，胡经一直都没闲着，为了这个，他损失了不知道多少，所以我说他是花了血本的。如今路线有了，他却没多少本钱了，才急着找人合作运货翻身。”

我说：“这次你打算怎么干？迪哥一直没有给我明确地说过。”

洪林扭头看我：“刚才迪哥不是说了吗？听你的。”

我说：“听我的，就索性把胡经的货全吞了，拉回去给迪哥。”

“哈哈哈，”洪林笑着说，“我真的太佩服你了，胆子够大。但是迪哥说了，要我们无论如何活着回去，意思就是不要冒太大风险，他的那些货就是干掉胡经的成本。”

我说：“据我所知有好几百公斤，这可不是小数。”

洪林说：“对胡经来说，这的确不是小数，但对我们来说，出得起，为了干掉胡经，值得。不过既然迪哥说了要听你的，那就按你说的办。”

我看了看天色，问道：“多久能到？”

洪林说：“得后半夜了，你累了就休息。”

我调好座椅打算歇会，就听到洪林说：“秦川，你还是跟我聊天吧，什么都行。”

我以为他累了，怕犯困打盹，于是说：“开累了？要不我来开。”

他摇摇头说：“不是，静下来我老想着洪古，心里不好受。”

“你和洪古认识多久了？”我故意问道。

洪林深吸了口气，说：“我们一起长大，他是我哥哥。”

“嗯。”我顿了一顿，“我应该猜到的，洪林、洪古。”说话间我回头看了一眼阿来，他的目光与我碰到后，迅速躲闪到一边，朝车窗外看了看说："可能要下雨了。"

"我们不是亲生的，但都是周叔叔养大的，名字也是他给我们起的。"洪林猛地一脚将车刹住，双手扶着方向盘，喉头抖动着，看得出他在极力忍住眼泪。

如果在几天前，遇到这样的事，我会自然而然地将自己切换成那个逃犯秦川，与洪林一起沉浸在失去兄弟的悲痛中不能自拔。可是现在，我像是在听一个与我完全无关的故事，甚至总有一种想告诉他，他的哥哥是死在我手里的冲动。

我很想看到他听到这些之后的表情。

洪林咬了咬牙，又发动了车，紧闭着双唇，死死盯着前方的路，时不时吸一下鼻子。

我本想继续用这些话刺激他，好像看着他痛苦的样子能够缓解我的悲伤一样。谁知他突然说："秦川，谢谢你，你帮我哥报了仇。"他说得很诚恳，诚恳得让我有一种被自己的谎言欺骗的幻觉。我再次回头看了一眼阿来，这次他学精了，专心致志地趴在车窗上看着天边的乌云。

我说："我早就想杀了他。"

洪林感激地腾出一只手拍了拍我的胳膊，看着他的样子，我突然觉得他好可怜。我将地图折好装进塑料袋，丢到了驾驶台上，看了一眼前方被乌云遮盖的青色的天空，转头对阿来说："那边就是中国，你去过吗？"

阿来愣了一下，忙摇头。

洪林接道："我去过，到处都是人。对了，你想家吗？"

我苦笑了一下说："我恐怕再也回不去了，被抓住就是死。"

洪林说："放心吧，不到边界就把他们全干掉。"

5

日落时分，洪林把车停下，从后备厢拿出一个油桶给车加油。我转身小声对阿来说："你有什么打算？"

阿来看看我，摇了摇头，不说话。

我已经踏上了归程，对于脚下这片土地，除了噩梦般的回忆之外，没有半点眷恋。如果说还有什么牵挂的话，可能就是坐在我身后的这个阿来了。明天，整件事会发展成什么样，恐怕没有人知道，连我也不知道该如何既不打草惊蛇，又能成功脱离他们把情报递回去。这情形就像是一场赌博、一场豪赌。

最坏的打算就是把所有的货都毁了。

“下来活动活动吧，小路很颠。”洪林一边加油一边冲我说。

我打开车门，跳下车伸了个懒腰说：“还有多久？”

洪林指着路边说：“快了，从这里下去。”他收起油桶说，“开始我真不明白为什么迪哥认识你没几天，就那么相信你。”

我说：“嗯，那会儿你还想跟我动手。”

洪林将汽车油箱盖锁死，把油桶丢回后备厢说：“没办法，信错人，随时都会死的。”

他们就是因为信错了我，先后死了赵振鹏和洪古。我点点头说：“我明白，但是被人怀疑的滋味不好受。”

洪林点了支烟，抽了一口说：“每次这条路，都是我和我哥一起走，迪哥也安排过别人，我都没同意，因为我不相信他们。”

我想了想，说：“谢谢。”

洪林突然摸出一把枪，“咔嗒”一下上了膛，指着正准备下车的阿来说：“但是我不相信他。”

突然被一把枪指着脑袋，阿来脚下一软，一跟头摔倒在地上。洪林将嘴里叼着的烟吐掉，往后撤了一步，说：“阿来，对不起。”

我一个箭步冲上去，一把抓住他握枪的手往上一抬。“嗒”的一声，那枪打到了空中。

阿来筛糠似的跪在地上，双手抱着头缩在车轮边。洪林没有就此罢休，他的手劲极大，很快挣脱了我的控制，再次对准了阿来。我想去扭他的胳膊已经来不及了，只能往后一撤，想用身体拦住洪林。谁知道我慢了一步，在我挡在枪口前的同时，洪林已经开了枪。我的左肩像是被什么狠狠地撞了一下，只觉得一麻，整个身体被子弹的冲击力撞得连着向后退了好几步，绊倒在阿来身上。

洪林惊呆了，瞪着眼睛喝道："秦川！"

我的整条左臂已经失去了知觉，麻木的感觉以中枪的弹孔为中心迅速扩散。我看了一眼伤口涌出的血，说："这枪我替他挨了，行吗？"

洪林举着枪，见没有伤到我的要害，似乎松了一口气，低声喝道："秦川，你让开。"

他的神色很是坚决。我死盯着他的眼睛，咬牙说："赵振鹏是我的兄弟，我愿意为他去死。迪哥是我的兄弟，我愿意为他去死。洪古是我的兄弟，我愿意为他去死。现在，你是我的兄弟，阿来也是我的兄弟，你觉得我会看着你杀他吗？"

这是我的真心话。不管我愿不愿意，承不承认，我已经把阿来当作了朋友。就算是我口袋里的那根我在监狱里磨出来的小铁棒，我都有了感情，何况是一直陪伴在我左右的人。

一瞬间我脑子里飞转，才想到另一个可能性——阿来会不会因为求生的本能，供出亲眼见到我杀了洪古？

是的，我只需让开，洪林一定会开枪。阿来差不多知道我全部的秘密，他一死我就彻底安全了。任务进行到这里，是最关键的时刻，容不得一点错失。这是最安全的做法。如果因为我的一时义气，将这么大的事毁于一旦，我将百死莫赎。

洪林目光坚定地举着枪说："我宁可杀错，也不想将来后悔。"他上前一步抓着我的手腕，一把将我从阿来的身上拽开，随后反手制住我的胳膊说，"秦川，忍一忍。"他的枪口再次对准了阿来。

阿来本来脸色苍白地缩在那里发抖，这时却平静了许多，说："等等，我就几句话，说完你再打。"

洪林点了点头。

我后悔莫及，刚才应该让洪林杀了他。现在，他一定要为保命而出卖我了。臂膀的枪伤从麻木蔓延成了剧痛，洪林的身手本来就不输我多少，此刻在他强力的钳制下，我再也动弹不得。我真是蠢透了，就算周亚迪不完全相信阿来，保险起见也会和胡经联手彻查我跟宁志的关系，上级在这里布的局恐怕要全盘暴露了。我的心顿时提到了嗓子眼儿，冷汗直冒。

阿来怯怯地看了我一眼，跪倒在地开始磕头。

磕吧，我受得起，我救过你的命，还不止一次。尽管我刚才还在纠结为什么把你当了朋友，但我知道，我在你的眼里，不过是一个值得利用的工具而已。

阿来冲我磕了三个头说："秦哥，我不能帮你，反倒给你添了麻烦，谢谢你照顾我这么久，这里的规矩我懂，记得你答应我的事，帮我照顾我老婆。"说完就转头对洪林说"开枪吧"，闭上了眼睛。

这完全出乎我的意料，我已经无暇去分辨心里现在是内疚还是惊异，挣扎着大声喊道："洪林，你打死他后就把我也打死，不然我一定会杀了你，我说到做到！"

阿来说："秦哥，你让他开枪吧，我死了你也踏实，没有累赘可以安心地做你的事，我这辈子能交到你这样的朋友，死了也值了。"

我只觉胳膊一松，洪林放开了我。我浑身脱力似的坐到了地上，洪林也无力地垂下了胳膊，叹了口气，将枪别到身上，走到后备厢对阿来说："过来帮忙，秦川还在流血。"

我这才感觉到我的衣服已经被血浸透，中枪的地方爆裂般地疼痛。

洪林检查了我的伤口，拿出两支止痛针。"肩膀打穿了，给你上点药，用止疼吗？"

我摇摇头说："我不喜欢那些东西。"

洪林说："那你忍着点。"

我忍着疼痛由着洪林帮我处理好伤口，头晕目眩地靠着车轮坐下，喘着气对阿来轻轻地点了点头。阿来说："又害得你为我挨了一枪。"

洪林把枪塞到阿来手里说："对不起，你打我一枪，算我赔罪。"

阿来抱着手里的枪不知所措地看着我。我说："洪林，你们这都是什么规矩？没事自家兄弟用枪互射？我们出来是干掉胡经的，还是自相残杀的？"

洪林被我训得一愣一愣的，"哎呀"一声蹲在地上，双手撕扯着自己的头发说："我真的怕了。"

我说："闹够了没有？闹够了就接着赶路吧。"

洪林和阿来把我扶到车后座上。大概是因为失血有点多，车下了公路没多久，我就昏昏沉沉地睡着了。其间阿来把我叫醒，喂了我一些药片。不知过了多久，我迷迷糊糊地睁开眼，发觉天已经亮了。我挣扎着坐起来说："不是说后半夜就到吗？怎么天都亮了？"

阿来说："洪林哥怕太快了颠，影响你休息，所以开得慢。"

洪林从后视镜看着我说："受伤后的第一觉很重要，等和迪哥碰了面，和迪哥说一声，不行这次就别去了，回去休养吧。"

一听这话我顿时急了："你知道我费了多大劲才争取到迪哥给我的这次机会吗？就你们这动不动怀疑人就要杀了的习惯，我再不干点事，早晚把我也打死。"

洪林被我噎得半天没说话。我就着沉默的空当仔细回忆了那三条运货路线的资料，以便加深记忆，不要在关键时刻忘记了什么。

洪林说："那怎么办？迪哥肯定会看到你的伤。"

我说："就说……车开得太快，弹进来的树枝扎的。"

洪林在后视镜连着看了我好几眼，勉强点点头说："好吧。"

快到中午的时候，洪林把车开上了公路，路越来越宽，依稀还能在路上看到过往的车辆和驮着货物的牲口车。不等我问什么，洪林说："到了。"说着车头一转，拐进了路边一个红砖围墙围着的院子。锈迹斑斑的铁门被一条大铁链紧锁着，院子里有三排平房，正中间那排的正门上，一个红色的"十"字格外显眼。

"医院？"我问道。

洪林连着按了几下喇叭，说："是迪哥的父亲建的，不过已经废了。"

"为什么废了？"

"镇子里建了个更好的。"

说着话就见院内的平房中出来个人，对着门口张望了一下，跑回屋内拿了串钥匙，朝我们一路小跑而来。

洪林等那人打开门，打了个招呼后，将车开到正中那排平房前停下，对平房里迎出来的两个人说："准备饭，快点。"他下车打开我这边的车门，与阿来一起把我扶进了屋。

我活动了下左胳膊，还是不能很自如地动弹，不由得心里暗暗叫苦。万一周亚迪看到我这个样子，不让我去，我也没什么话说了。就算他让我去，我的状态也是个问题，而且在这样的气候下，伤口极易感染。我说："帮我找件干净衣服。"

洪林叹了口气说："我让他们去找医生了，秦哥，对不起。"

我说："要是迪哥因为这个不让我去，我跟你没完。"

洪林连连点头说："好，对了，我马上要去仓库，你要不要一起去？"

我想，这应该是周亚迪的安排，不论去哪里都带着我，以证明他对我的信任。这时屋子里的电话响了，刚才给我们开门的那人过去接起电话，"喂"了一声，随后看了我们一眼又对电话说："到了……好。"他对洪林说："老板找你。"

洪林走过去接起电话，听了几句，扭头看了我一眼，表情越来越怪异。我心里不由得警惕起来，但洪林从头到尾除了"嗯"和"是"之外，什么也听不出来。

我直觉周亚迪打来的这个电话和我有关系，而且事情出乎了洪林的意料。想到周亚迪此时应该正和胡经在赶来的路上，我不由得倒吸一口凉气。难道宁志已经暴露了？如果不是，还有什么要紧的事是跟我密切相关的？

如果宁志暴露了，我自然就暴露了。以我现在的身体情况，固然无法和洪林交手，阿来更不可能在此事上帮什么忙。幸好我身后还有把枪，可是这里没有一个值得绑架的人质——把洪林这种人当人质无异于在身边放一头老虎。

洪林挂了电话，低着头站在那里好半天没动，从他慌乱又想掩饰的表情来看，他所犹豫的事很紧迫，需要他在很短的时间内做出决定。或者，只是执行周亚迪给他发布的命令而已。

我假装镇定地往前走了几步，看着他的脸色问："没事吧？"

洪林还是那么低着头不说话。许久，他猛地抬起头说："你们跟我走。”他拨开面前的人，匆匆走到门口，推开门，回头见我和阿来还愣在原地，他有些着急地说：“跟我走！”

6

洪林把我们带到院子里，打开车门说：“上车。”

我见他神情凝重，意识到事情不妙，看这样子他显然是站在我这边的，况且眼下的情形我已经没有什么选择。待我们上了车，洪林就猛地一踩油门，将车驶出院子上了公路，拐向朝北的一条公路。

一直走出十多公里，他把车驶下公路，走了不到五十米，一脚急刹把车停住，自语道：“走错了。”把车倒上公路，又往前走了不到一公里，再次驶下公路。

车子在林间急速地穿梭，颠得我们根本没法安稳地坐一下。我问：“洪林，出什么事了？”

洪林说：“秦川，不论发生什么事，你千万别恨迪哥，他一定有他的苦衷。”

一定是周亚迪对洪林下达了什么对我不利的命令。我点点头：“嗯，我答应你，你告诉我，出了什么事？”

洪林将车往北开出好几公里，又不说话了。我意识到事情可能比我想象的更严重，我转脸看阿来，他却出奇地淡定，紧紧抓着车内的把手，紧闭着嘴看着车外。

洪林说：“胡经想杀你！”

我心里一松，原来胡经并没有怀疑宁志，反而因为宁志的死恨上了我，要我给宁志偿命。我假装落寞地苦笑，问：“迪哥同意了？”

洪林没有正面回答我，沉默了一下，说：“迪哥一定有迪哥的难处，不然他不会打电话来。”

我冷冷地笑了一声：“是打电话让你杀我吗？”

洪林的沉默无异于默认，周亚迪同意了胡经的条件，杀了我给宁志偿命。也就是说，周亚迪为了彻底打垮胡经，不仅愿意搭上几百公斤的毒品，也愿意搭上我的命。那么，临别时他一而再，再而三地叮嘱我，这件事中我能活着最重要，也是个谎言。

一切的一切对他而言，不过都是可以利用的工具而已，而且必要的时候，可以牺牲。

我闭上眼，再次回顾了一下脑中那三条清晰的运货路线，心中反倒轻松了起来。之前或多或少的一点负疚感灰飞烟灭，我想，我不必再为任何所谓的仁义道德而有所顾虑了。我说："你想帮我们跑？"

洪林说："秦川，活着，等过了这一段，来找我。"

我说："你这么做，迪哥那边你怎么解释？"

洪林说："你别管了，我自有办法。前面不远就是边境，那里地方大，人又多，我有朋友在那边，你去找他，在他那躲一段，等我们把胡经收拾了，你再回来。秦川，你千万别恨迪哥。"

我还是想最后确认一下，继续追问洪林："迪哥为什么要杀我？只是因为胡经想要我的命？"

洪林点点头，说："迪哥本来没打算杀胡经的那个兄弟，我们去了以后也当面和他说清楚了。谁知回来发生了那样的事，胡经听说是你动的手以后，就说迪哥言而无信。"

我说："我明白，我和胡经有过节，他找借口趁机除掉我。"

洪林刚想说什么，眼睛愣在后视镜上，猛地回头朝车后看了一眼。"他们追来了。秦川，你们下车，我引开他们，你们就往北走，过了境就去一个叫打洛的镇子。"他四下在车里看看说，"给我找张纸，我给你写个电话号码，是我的兄弟。"

"你说，我记得住，打洛镇，找谁？"我也朝车后看了一眼，果然在密林间隐约看到有车快速追来。

洪林说了一串电话号码，我自己记了一遍，又对阿来说："记住了吗？"

阿来点点头说："洪林哥，我们这一去不知道什么时候回来，求你照顾我老婆。"

"你放心吧。"洪林把头伸出窗外朝车边一个陡坡看去，说，"你们抓好，我们从这里下去，一般人追不来。"他把车往后倒了十多米，慢慢地把车头对准了那个陡坡。

我往外一看，只觉得脚有点发软，整个坡像口大锅，不仅陡，还非常深，目测从上面到坡底足有上百米。我伸出手，紧紧抓住把手，只觉车头一仰，随即一沉，我立刻绷直双腿几乎是站在了车内。

洪林驾着车慢慢地顺着坡壁滑了下去，其间几次打滑，整个车身横了起来，他不仅不减速，反而加速，硬是把车头调正往坡底冲了下去。

到底有一条清澈见底的小溪，在阳光下泛着耀眼的粼光。我扭头看了一眼阿来说："你怕吗？"

阿来摇摇头。

我说："你真的长出息了，我都怕，你居然不怕？"

阿来说："其实我也怕。"

我没好气地叹了口气说："你呀……"

阿来不好意思地看了我一眼说："秦哥，跟你在一起，踏实，所以不会怕。"

我伸出头朝上看去，五六个人正站在坡顶朝我们张望着。洪林把车开到溪边，拐进山脚凸出的一块巨石下说："你们下车，爬上这座山，一直往北走，没多远就到边境了，我把他们引开。"又对阿来说，"你去后备厢拿点药和纱布，照顾好秦川。"等阿来下了车，他从腰间摸出一把枪塞给我说："兄弟，保重。"

我接过枪说："谢谢你，你自己小心。"

"我谢谢你才是，是你帮我哥报的仇。"洪林顿了一顿，语气里莫名有些落寞，"不然迪哥为了大局，一定会留下那人的命的。"

我见阿来抱着一堆药品和纱布站在车后，说："都绑在身上，赶紧走。"转回来对车内的洪林点了点头，带着阿来朝巨石边的山坡爬去。那个山坡看着不高，地势却异常陡峭，我的半侧身子已经使不上劲，基本上是往上爬三步，朝下滑两步，没爬多远，血就渗了出来，刚刚粘合又绷裂的伤口带来撕裂般的痛楚，几乎耗尽了我的全部体力。正当我着急的时候，就见一个身影蹿到了我前边，一把拽住我的胳膊说："我拉你。"

我抬头一看是洪林，任由他连拖带拽地把我拖到坡顶。他喘了几口气，拍拍我的肩膀说："保重！"说完斜着身子，几乎是出溜到坡底，没等他上车，就听到几声枪响。洪林身上的枪给了我，他只能弓着腰低着头躲避着子弹，摸索着拉开车门钻了进去，很快将车往小溪的另一边开去。

枪声越发紧密，好几枪打在了车身上。我刚对阿来说了声"快走"，就听到坡下一声巨响。我转身望去，见洪林的车像是失了控，连着碰到好几块溪边的石块，直直地朝小溪另一边山脚下的一块巨石撞去。

又是一声巨响后，车再也没有了动静。我想，洪林一定是中了弹，就算他没中枪，如此剧烈的撞击也会要了他的命。心里一阵难过，想起第一次跟他见面的时候，颇有点惺惺相惜的感觉。如果我们不是在这么残忍的环境下相遇，会真的坐在一起敞开心胸喝顿酒吧。

我见阿来目瞪口呆地看着洪林的车，抬脚踹了他一脚说："快走。"

阿来应了一声，说："哪边是北？"

我带着阿来踉踉跄跄地在满是石块的树林中狂奔，开始还算安静，没多久身后就传来了枪声。我一阵阵头晕，脚下像踩在棉花上一般，呼吸也一阵比一阵急促。阿来说："秦……秦哥，我……我跑不动了，我……我帮你挡着，你跑吧。"

我说："不行，你还得帮我换药，我拿不动。快到了，过了边境，他们就不敢再追了。"

阿来张望了一下："还……还有多远，到边境？"

我指着前面说："就那里。"

"哪里？"

"你别那么多废话行吗？"

我一边跑一边回头看了一眼，远远见远处有三四个人，移动速度明显比我们快，照这样下去，不出十分钟，他们就会追上我们。关键是，我不知道边境距离我们现在的位置还有多远。已经一天没有进食的我又因为受伤流了不少血，无论如何也无法坚持多久了。

我摸出枪，把阿来拽到一棵树下说："把烟给我。"

阿来傻了一样："啊？"

我说："烟给我。"

阿来摸出烟，抽出一支递给我。我一把将烟盒抢过来，眼前已经开始一阵阵地发黑。我强忍着眩晕，将烟盒展开，就手折了一根树枝，蘸着身上的血，将记忆中那三条运输路线的所有情况用密码详尽地写在烟盒上，然后抬起头看着阿来："阿来，你想不想过安稳日子？"

阿来吃惊地看着我的脸说："秦哥，你的脸好白，你坚持住，我们能跑掉的。"

我有气无力地说："回答我。"

阿来用力地点点头。

我说："信不信我能让你和你的老婆在一起，过安稳日子？"

阿来含着眼泪用力点头。

我把烟盒塞给他说："往北走，去北京……"没说完我眼前一黑晕了过去。也不知过了多久，我被阿来晃着唤醒。我四下看了看，幸好失去意识的时间不长，追兵离我们还有一段距离。我赶紧对阿来说："找徐卫东。"

"徐卫东是谁？"

"专门，专门抓那些欺负你们的坏人的。"

阿来并没有被吓到，急切地问："你是警察？我去哪里找他？"

我的意识已经陷入了混沌状态，阿来还不停地在追问。我必须告诉他去哪里找徐卫东，我死撑着说了总部的地址，告诉阿来："最大的，徐卫东是最大的……"说着我就再次昏迷了过去。

再次醒来时，我是在阿来的背上，他一边哭一边反复念叨着："北京，徐卫东，警察，最大的。"

我正想回头看看情况，就觉得阿来往前一扑，我和他一起摔倒在地上。他慌乱地爬到我跟前说："秦哥，对不起，秦哥，我们走。"

阿来拼命地想把我拉起来，可怎么也拉不动。我侧躺在地上，使尽全力地想看看追我们的人离我们有多远，一抬头，却看到一个一米左右高的界碑就在前方一百米左右的地方。我扭头见追来的人已经距离我们不到四百米了。"走，快走！"我用仅存的力气冲阿来喝道。

阿来还想把我扶起来，我举起枪对着自己的脑袋说：“走，不走我就开枪。”说着就把枪的击锤扳开。

阿来大惊失色，忙摆手说：“秦哥，我走，我走。”就朝界碑的方向跑去，眼睛还不舍地看着我。

我仰面躺在地上，努力喊道：“阿来，拜托了，秦哥求你了。”

阿来满脸不知是汗水还是眼泪，望着我大喊了一声，扭头就拼命地朝界碑跑去。

我支撑着从地上坐了起来，用枪对准了已经跑进射程内的人，颤抖的手臂和模糊的视线使我无论如何也无法瞄准目标。来人已经开始对着我开枪，还好没有打中我，或者从我身边擦过，或者打在我周围的地上。我狠狠地捣了一下自己的伤口，撕心裂肺的疼痛让我顿时清醒了过来。就着这个空当，我抬起手，迅速对准最前面的几个目标扣动了扳机，立刻就有三个人倒了下去。

祖国与我只有不到一百米的距离，如今在我眼前却是那么遥不可及。我大喊了一声，然后翻过身，忘记了伤口的痛楚，朝着界碑的方向爬去，每一寸似是都耗尽了心力，距离界碑每近一寸，好似又得到了新的力量。

当我再次抬起头时，界碑就在我的眼前，我伸出手再次朝着自己的伤口狠狠地捅去，希望能刺激出最后的力量，让我回到我的祖国。但这一次，任凭我怎么捶打伤口，都不再觉得疼痛。

“程建邦，你死哪儿去了，过来扶老子一把。”我在心里大喊，渴望奇迹再次降临，希望程建邦能“嗖”的一声出现在我的面前。

可这一次，他没有出现。

身后一声枪响，我的大腿随之一麻，整个身体跟着抽搐了一下，肩膀的伤口让我感觉到了疼痛。我猛地一用力，往前一拱，伸手够到界碑，一把抠住，那冰凉坚硬的质感仿佛有丝丝电流，涌入我的体内。我扶着那块界碑终于站了起来，还没有站稳，腹部又是一枪，我的身体顿时像一根柱子，直挺挺地向后倒去。

倒地的瞬间，我看到了界碑这一边上鲜红的国徽。

算了，除了腿，上半身已经回来了。我再也没有力气移动一分一毫了，甚至没有力气去呼吸，去眨一下眼了。脚步声已经靠近，朦胧间我看到几个人影遮住了太阳，气喘吁吁地站在我的面前，其中一人举起枪对准了我。

就这样吧，至少我活着回来了。

我闭上了眼睛，等待着死亡的降临，不管我愿不愿意，此时必须相信阿来能够完成我的遗愿。我想起他在洪林的枪下坦然的样子，心中第一次感到一种安慰，那种安慰足以让我现在死也可以瞑目。

“嗒嗒嗒”连着三声枪响从头顶处传来，我勉强睁开眼看到刚才追杀我的人四散逃窜。头顶一队人快步跑到我的身边，一脚踢开我手里的枪，然后将我围了起来，用枪指着我。我的眼皮像是被两坨铅块坠着，任我怎么努力也不能全部睁开。在即将睡去的瞬间，我看到一个人低头问道：“你是什么人？”那一刻，他帽檐上的一抹鲜红让我热泪满眶。那是我再熟悉不过的、有着麦穗和国徽的帽徽。

“到家了。”我在心里默默地念着这三个字。

之后，我陷入了一片黑暗，彻底失去了知觉。

7

一个多月后，1997 年 5 月中旬的一个下午，初夏的北京，阳光明媚。

车子驶到总部门口，远远就看见徐卫东双手抱在胸前站在大楼的门前。司机将车停稳后，跑步绕到我这边，准备给我开门。我不等他动手便自己打开车门，拒绝了他的搀扶，自己扶着车门下了车。

徐卫东走上前，仔细打量了我好一会儿，低沉着嗓音说：“行，挺全乎。”又看看我的腿，用下巴指了指阶梯上大楼的大门说：“上得去吗？”

我看了他一眼，说：“带路。”

他对司机说：“待命。”说完走在我的前面。看得出他刻意放慢了步伐，我尽量跟紧他，随着他来到他楼上的办公室。

他等我进了门，将门关紧，指了指沙发说：“坐。”

看着这个熟悉的地方，不禁心头一热，我故意淡淡地说：“你这儿怎么还这样？”

他从办公桌抽屉里拿出一包烟，拆着烟说：“变了，怕你们找不到。”拿出烟来丢给我一支，又指了指茶几上的一杯茶说：“喝水。”

“医生说不让喝茶。”我一边说一边端起那杯茶。发现温度正好，应该是他下楼接我前泡好的。我一仰脖子咕嘟咕嘟全灌了下去，抹抹嘴，学着周亚迪的样子说：“嗯，好茶。”

他冷冷地瞥了我一眼，端起他自己的陶瓷茶杯，用茶杯盖拨了拨水面上的茶叶，轻轻吹了吹，然后呷了一口，咂咂嘴，将茶杯放下。

我俩跟傻子似的对坐着，一时屋里静悄悄的，好像谁都不知道从哪里找话来说似的。沉默了一阵后，他给我讲起了一个月前发生的事：

一个月前的一个下午，一个形容枯槁、衣衫褴褛的人，混在熙熙攘攘的游客里，沿着长安街一路往东走，他看起来就是个沿街乞讨的乞丐而已。当他看到路边一栋建筑挂着醒目的国徽，牌子上写着“公安部”和“国安部”字样时，竟然泪流满面，抬脚就往大门里冲。一旁一辆警车里跳下两个执勤的民警，上前将他拦住，问他有什么事。

此人哆嗦着嘴唇，只一个劲地说要找徐卫东。

执勤民警问他找哪个部门的徐卫东，找他什么事。

他说要找这里最大的官报案。

民警见此人目光迷离，神志好像不太清楚，便提醒此人报案要去派出所或公安局，这里不接受报案。

此人却奋力挣脱开两个民警，快步朝大门内奔去，大喊着“徐卫东”这个名字。

警车内又跳下两个特警，三步并两步上前将此人按住。

这时一辆黑色轿车从门内驶出，此人疯了似的使出浑身的力气，竟然生生将按着他的两个特警挣脱开，不顾危险地扑倒在那辆轿车前，嘴里大喊着：“我找徐卫东，秦川临死前让我来的。”

若不是那辆车司机刹车快，此人很可能被轧到了。轿车后座一个四十多岁模样的中年男人听到此人喊出“徐卫东”这个名字，向司机交代了几句。驾驶室车窗缓缓降下，司机对两个特警说，带他从侧门进，去六号会客室等着。

轿车离开大楼向东驶去，后排的中年男人拿起车内电话拨了一个号码说："卫东，你认识秦川吗？"

跟徐卫东短暂的通话后，中年男人将电话一挂，对司机说："回去。"

司机左右看了看，说需要在前面路口处掉头。中年男人说："来不及了，就在这里，逆行回去。"

大楼六号会客室内的桌上放着一份饭菜、水果和一杯水，但一点没动。之前那个拦车大喊的乞丐模样的男人不停催问着对面的中年男人："徐卫东怎么还没来？再晚就来不及了。"

此时会客室的门被推开，来人正是拦车人要找的徐卫东。徐卫东环顾了一圈，对那个中年男人使了个眼色，中年男人点点头离开了会客室。

等中年男人出去后，他问拦车人："你找我什么事？"

拦车人反问："你是不是徐卫东？不是就别耽误时间，我是来替秦川传话的。"

徐卫东说："是你在耽误时间。"

拦车人盯了徐卫东一会儿，说："我叫阿来，秦川死了，他临死前让我来找你，让我告诉你路线和时间。"

徐卫东面无表情地看着面前这个脏兮兮的自称是阿来的人，大脑飞速运转着。如果他信任了这个阿来的话，那么一次至关重要的缉毒行动即将展开，会有近千名蓄势待发的缉毒干警被布控出去。一旦这个阿来的消息有假，而导致行动扑空，那么这不仅是公安部门最大的笑话，也将会使自己亲自领导的行动彻底流产，整个特案组将处于完全的被动状态下。如果是那样，后果将不堪设想。

阿来这时才哆哆嗦嗦地从身上摸出一个折叠得整整齐齐的香烟盒，递给了徐卫东。

此后，依据阿来带来的情报，一次至关重要的缉毒行动——"中华之剑"打响。

行动先后出动公安、武警数千人，成功截获毒品海洛因一千六百公斤，抓捕境外武装运毒人员、境内毒品走私贩卖人员数百人。此案涉及毒品数量之巨、抓捕犯罪分子数量之多，在全球都属于罕见，再次向世界展示了中国打击毒品案件的决心和力量。

我张着嘴巴听完了徐卫东的讲述，半天没有回过神来，就像是在听一个故事，一个与自己毫不相干的故事。突然手指一阵灼痛，我忙将已经燃到手指的烟头丢掉。

徐卫东皱皱眉，不等我说什么，他一摆手说，“无所谓了，另外，你托程建邦转告我的话我也收到了，我代我大爷向你问好。”说着在我受枪伤的肩膀来了一拳。

我咬着牙忍着隐隐传来的酸痛，说：“程建邦他人呢？”

他说：“没事，你也回去养伤吧。”

我问：“这次任务，我算是成功的吗？”

徐卫东看着我说：“周亚迪还在，胡经还在，金三角也在，你现在就想功成名就吗？”

我说：“你不是还打算让我去吧？”

徐卫东说：“你还想去吗？”

我想了想，点点头说：“我想把宁志带回来。”

徐卫东沉默了一下，只是点点头：“先休息休息吧。”

我又问：“阿来呢？”

他起身从办公桌上拿过一个没有任何图案的硬纸盒和一张纸，递给我：“配给你的。”

纸盒里是一部手机以及配件，再打开那张纸，是一个地址，想必是阿来的，于是问道：“对了，他还有个老婆。”

徐卫东说：“知道，见过了。”

我有点感激地说：“谢谢，那我先走了。”

徐卫东说：“楼下有车送你，对了，给你的手机不准关机，二十四小时待命。”

我摆弄了一下那部手机，起身看着他说：“那我走了。”

“等等，”他绕过茶几，一把握住我的手说，“辛苦了。”

走出总部大楼的门口，见台阶下停着一辆轿车，司机戴着墨镜冲我招了招手。我走下台阶，钻进车里。司机回过头，摘下墨镜说：“去哪儿啊？”

听这熟悉的声音，果然是程建邦。我和他相视一笑。笑够了，我把那张写有阿来地址的字条递给他。

夕阳斜斜地照着大地，拉长了地面上所有的影子，马路上的行人匆匆地赶着路，各自烦恼着自己的烦恼、快乐着自己的快乐。我将手伸出车窗外，感受着初夏自由清爽的凉风。

我想，需要抓紧时间享受这份难得的惬意和重逢，因为一定还会有新的战斗等待着我们。

我是战士，我叫秦川。

第十一章

混迹黑帮的女人

1

徐卫东将一个厚厚的卷宗袋丢到我和程建邦面前时，一直盯着我的脸。

我打开文件夹，一张熟悉的面孔赫然跳到眼前，我听见自己的心脏突地一跳。记忆深处紧闭的某道闸门，被照片上的那个名字猛然推开，心里一股血被那闸门里喷涌而出的沉痛一下冲到头顶——照片上正是当年我和宁志的任务目标人物：刘亚男。

我知道，徐卫东在观察我的反应。我暗暗吐了一口气，悄悄放松一瞬间咬紧的后槽牙，快速翻阅着手里的资料。

1996 年底，我曾跟宁志一起执行抓捕刘亚男的任务，结果照面都没打就被她溜了，只抓到一个没多大用处的小喽啰。

之后，差点被开除出队伍的我被派往泰国做程建邦的助手。资料显示，在那段时间，宁志顺着一些线索，已经成功接近了刘亚男。但刘亚男像一条危险狡诈的鲇鱼，多次从缉毒大网边上滑过，时隐时现，屡屡漏网。

刘亚男生于 1964 年，四岁的时候，她母亲因为父亲的家庭成分问题与其离婚，第二年就病逝了。刘亚男是跟着父亲在极其恶劣的环境下长大的。1980 年，她父亲得到一笔可观的赔偿，开始经商。

1982 年，她高中毕业，没有考上大学，成天与社会上的一些待业青年厮混，很快在全国展开的严打行动中因流氓罪被捕，被判有期徒刑十六年。1994 年，她被提前释放，自此跟随父亲在中俄两地往返经营服装，生意做得很大。渐渐地，与俄罗斯当地的黑帮有了瓜葛，开始涉及毒品走私。1995 年，她父亲在俄罗斯遭遇车祸，尽管是以交通意外结的案，但我们都很清楚，她父亲与俄罗斯黑帮做交易时发生了摩擦，是被俄罗斯黑帮杀害的。

刘亚男从此独闯江湖，靠着她父亲多年打下的人脉基础，很快在俄罗斯黑帮中有了一定的名气，并得到一个绰号，叫作“二锅头玫瑰”。

1997 年底，消失了近一年的刘亚男又进入了缉毒局的视线。情报部门跟踪了一段时间后发现，刘亚男干的事远远不止毒品走私这么简单。

随后，她的案子正式移交特案组。

我特别想知道宁志是怎么到的金三角，是不是因为这个刘亚男？但这不是我该知道的事，我不能问。现在，刘亚男的卷宗摆在我面前，宁志的名字出现在她的案子里，这中间一定有关联。

我躲避着徐卫东刀子一般的眼神，仔细地翻着资料，看完后面又翻过去看前面。

“要不再给你放半年假？”徐卫东试探着说。

我连连点头：“好啊好啊。”我说的是真心话，“如果能让我回家休养就完美了。”

徐卫东低声喝道：“刘亚男的案子你别碰了，家你也别想回。”

我心里一凉，知道刚才强装的镇定失败了，被徐卫东看出了我真正的意图。“为什么？”我几乎是拍案而起，瞪着徐卫东说。于情于理这个任务都该交给我来办，我愿意付出全部去完成宁志没能完成的任务。

徐卫东却在第一时间看穿了我的心肝脾肺肾，他料到我会不惜一切代价只为回到金三角。因为我曾对他说过，我想把宁志带回来——我知道我是一个特案组的探员，我不能被个人感情左右。但我太想把宁志带回来了，我不能让他孤零零地躺在异乡的国土上。

“你再嚷大点声，我就告诉你为什么。”徐卫东慢慢地说着，眼睛里闪出凌人的光芒，那道光像匕首一样刺穿了我的身体。

我像只漏气的气球，顿时瘫软了下来，悻悻地坐回椅子上。

徐卫东说："怎么不问了？"

我咽了口唾沫，没敢吭声。

他说："不问了就回去待命。"

我赌气地起身扭头往外走。就听徐卫东对程建邦说："你还坐着干吗？"

程建邦说："行了，别装了，秦川也不是外人，有什么秘密任务不用支开他，你就说吧。"

我双手抱在胸前靠在门框上，见徐卫东抽了口烟，眯着眼睛往烟缸里弹弹烟灰，对程建邦轻轻地说："滚！"窗帘缝里透进的阳光正好照在他的脸上，嘴和鼻子里喷出的淡蓝色烟雾随着那个"滚"字快速飘散在空气中。

程建邦叹了口气，嘟囔着："老徐，你也太不给面子了，给个台阶下，真的，这让我以后还怎么混？"

他的话还没说完，就见老徐抄起桌上的烟缸，一副要砸到他脸上的样子。程建邦一手挡着脸："我滚，我这就滚。"赶忙站起来退出徐卫东的办公室。

我和程建邦"滚"出了徐卫东的办公室后，很长的一段时间里主要待在国内西部的几个城市，执行了几个涉及毒品和枪支的小任务。之所以说那些任务小，是因为经历了金三角的洗礼后，那几趟差事与其说是外勤任务，不如说是休假。

至于金三角和刘亚男，徐卫东再没有对我们提过。

经常在午夜梦回间，躺在舒适干净的大床上，看着城市里灯火阑珊的不眠之夜。我开始怀疑曾经的经历只是刚刚做过的一个梦而已，清晰得痛彻心扉，遥远得不可触及。

1999 年 2 月，我刚执行完一个任务，还在回京路上就接到了徐卫东的命令，让我火速前往总部报到。电话里他的口气有些急切，认识他这么久以来还没有见过他这样。

赶到徐卫东办公室的时候，程建邦已经到了，我们还顾不上打招呼，徐卫东便抄起外套带着我们来到地下的一间小会议室。一进门，徐卫东就丢给我们每人一份资料，说："抓紧时间看。"

我翻开一看，是刘亚男的案子！心里一阵狂喜，为避免再一次被徐卫东察觉自己的真实心情，我赶紧埋头翻看资料。看完后我一抬头，见徐卫东正看着我，我对他勉强地笑了笑。

"时间比较紧，把人全部给我带回来。"徐卫东说"全部"两个字的时候，说得很重。

我自然明白这其中的分量，见徐卫东一直盯着我，我扭头看了看程建邦，用胳膊肘捣了捣他说："跟你说话呢，让你把人全部带回来。"

徐卫东低声对我喝道："你给我严肃点。"

他这一个"严肃点"让我的肩头顿时沉重起来，我点点头。

"根据情报，刘亚男明天下午到天津，你们回去准备下，明天出发吧。"徐卫东顿了一下。我们等着他说下一句，他却一副欲言又止的样子，一直跟着我们走到停车场，看着我们上了车才说："刘亚男非常聪明，做事比较极端，你们不要轻敌，还要谨防她自杀，一定要完好无损地带回来。这次是秘密抓捕，除了咱们，连公安部门都不知道，所以一点动静都不能有，一旦刘亚男被捕的风声走漏了，在场的几位谁也担不起。"

我点了点头。徐卫东沉默了一会儿，抬头看着我和程建邦说："你们还有什么问题吗？"

从他火急火燎地把我和程建邦叫来，交给我们这个貌似一般情况的任务，到现在他一再提醒保密的情势来看，这次恐怕不仅是抓一个刘亚男那么简单了。换句话说，这可能只是个序幕，很难想象之后会怎样。我想了想，试探着说："能让我回家看看吗？"

徐卫东嘴里啧了一下，不耐烦地左右看了看，居然破天荒地同意了。他点头说："去吧，不过情况你知道，自己做好心理准备。"说完转身走了。我对着他的背影咬着牙，无声地做了个攻击的动作。徐卫东突然说："别背后做小动作，我后脑勺有眼睛。"说这话时，他一直都没有回过头，径直走进楼梯间。

程建邦在一旁哧哧地笑。

我不知道有多少人和自己家里的关系搞得很僵，但每个和家里关系很僵的人都有个共同点，都会觉得自己很委屈。我也不例外，也很委屈。

当我消失了两年多以后，第一次出现在家人面前时，站在门内的母亲看到我，愣了好一会儿，才一把抓住我的手把我往屋里拉，张了张嘴还没说话眼泪就落了下来。这时父亲拿着电视遥控器，伸着脖子走了过来，认清门外站着的是我后，微笑的脸瞬间变得铁青，一把将母亲拽到身后，指着我的鼻子，嘴唇哆嗦了半天，喝了一个“滚”字，就“咣”的一声将厚重的防盗门重重地摔上。

我站在家门外，隐约听到母亲的哭声和父亲的呵斥声。在他们眼里，我毁了他们寄托在我身上的所有梦想和希望——我是一个因为屡次严重违反校规和条例而被开除学籍的军校生，并且在被开除后失去了踪迹，不知道去哪里鬼混了，今天才想起来回家。

不多时楼道里的声控灯灭了，四下里黑漆漆的，偶尔会有一股早春的小风掠过，很冷。我想，这两年多，他们一定为此伤透了心，对我也从最初的失望渐渐变得绝望。徐卫东曾很正式地告知过，为了安全和保密，对我们的家人都将有另一套说辞。我曾经觉得，那对我年迈的父母而言有些残忍。但一想起宁志的父母，在伤心和绝望后，到现在连自己儿子的一捧骨灰都不曾见到。相比之下，我应该知足。

在黑暗中，我给紧闭的防盗门内伤心的父母敬了一个礼，然后点了一根烟，慢慢地走下楼去。走出楼门口时，不知从谁家的厨房里传出一阵“刺啦”声，一股葱花炝锅的香气弥漫在楼道里，接着是铲子在锅里翻炒的声音。看了看表，到晚饭的时间了。看着暮色中的万家灯火，闻着空气中飘散的油烟味，心里涌起一种凄凉的温馨。

路灯下停着一辆车，大灯冲我闪了闪，随即启动了引擎。我默默地走到跟前，坐在车里的程建邦看看手表说：“行，比我强，我是被我们家老爷子用菜刀一直撵到小区门口的，你还悠哉悠哉地走出来。”

我懒得理他，拉开车门坐了进去，又朝自家的阳台看了一眼，窗帘还是我熟悉的那款花色。程建邦接着唠叨：“我得问问老徐他们到底跟我家里说我什么坏话了，这差距怎么这么大？”

程建邦将车驶出小区，我呆呆地看着车窗外的街景，又点了第二支烟。程建邦说：“老徐不让你回家是对的。”

我说：“你又回过家吗？”

程建邦笑了笑，没说话。我们彼此都有个默契，所有与任务无关的话题，一旦谁沉默了，另一个绝对不会追问。

程建邦说：“你也不用太沮丧，当年我被我们老爷子用菜刀追出来后，我当时的搭档就带我去喝酒了，管用。”

“你的哪个搭档？现在在哪儿？”问出这句我就后悔了，赶紧转过脸去看着窗外。

程建邦收起笑容，朝另一边转过脸去，揉了揉鼻子。

2

第二天下午，我们的车驶上京津塘高速公路时，我满脑子还是母亲那令人心碎的眼神，耳边还是父亲那一声“滚”。我努力想使自己回到任务中来，刘亚男的名字闪现在我的脑海中，我又想起了宁志，胸中憋着的一股闷气压迫着五脏六腑，连呼吸都变得困难起来。

程建邦扭头看了我一眼说：“这个刘亚男，你跟她打过交道？”

我回了回神，点点头说：“没见过，上次任务她跑了，其余的和你知道的一样多。”接着，我把上次在宁志的任务里跑龙套的经过大概说了一遍。

程建邦想了想，说：“这我倒知道，宁志一直都在跟她的案子，一直跟到金三角。”他见我脸色不太好，忙说：“你知道，我们都是小角色，知道的也都是些片段，一个案子关联着多少案子，我估计老徐也未必知道全部。”

我说：“我没想知道那么多，给我什么任务，我就做什么，只是刚才想起了宁志。”

其实我们都明白，每次执行的任务都只是一条线而已，这些线彼此交叉却又独立，最终会织出一张什么样的网，根本无从想象。我们只知道，如果剪断其中一条线，这个网就少一分力量。所以做的事越多，就越觉得自己渺小与虚弱。

总想找个地方去证实自己，想来想去似乎只有自己的家了，偏偏那个全天下最温暖的地方，反倒成了我们最遥不可及的地方。

大约两个小时后，我们到达了位于天津河西区的目标酒店，将车子在停车场停好后，我看了看表说："你说，咱们什么时候抓人能带着一大队人马，大摇大摆地抓人？"

程建邦伸了个懒腰："那样的话，你能有问话的机会吗？"他朝我诡异地一瞥，我心领神会地一笑，点了支烟，一边等一边开始盘算起稍后逮到刘亚男后要问哪些问题。

我们估摸时间差不多了，便走进酒店大堂吧，点了两杯咖啡。不多时，一个身着棕色过膝风衣，蹬着高跟皮靴，脸上扣着一副大墨镜的漂亮女人只身走进大堂。一时间，我不敢确认她是否就是目标人物刘亚男，只好对程建邦使了个眼色。程建邦大大咧咧地歪过头直勾勾地盯着她看，全然没有半点掩饰。

我悄声说："你悠着点，别被注意到。"

程建邦不屑地"哼"了一声，眼光还是没有离开那个女人，轻声说："放心吧，这种女人早就习惯了男人的眼神，你不看她，她才会怀疑你。"

果然，那女人在门口站定，摘了墨镜，轻蔑地斜了程建邦一眼。墨镜一摘，我顿时分辨出她就是目标人物刘亚男。程建邦不失时机地对刘亚男笑了笑，随手还敬了一个美式军礼，他这一番大胆的举动着实让我开了眼。

刘亚男对程建邦优雅地一笑，将肩上的皮包取下提在手中，不紧不慢地走到前台办理入住手续。

程建邦的眼光还在刘亚男身上，头也不回地说："看见没，这就是见过世面的女人。"

我只当他是无聊瞎逗，扫了一眼略显冷清的酒店大堂，说："咱什么时候动手？"

程建邦说："这女人出门连个随从也没有？而且就拿这么一个小包？"

我扭头看了一眼门口，的确没有人跟来，也没有行李员跟着。我说：“而且酒店房间也是用她自己的名字订的。”

程建邦说：“抓她简单，难的是谁也不惊动。”

我说：“我们时间不多了，再这么待下去，该被人怀疑了，一会儿等她回了房间，我们进去控制住，直接带回北京。”

事实上，我有点厌倦这种畏首畏尾的任务，相对而言我盼着是将她带回北京后的事。我有种预感，这个女人一定会将我再次带回金三角。

曾经在金三角那炼狱似的经历，几乎将我从肉体到精神彻底毁灭。当时我曾无数次幻想，只要能待在国内，只要不去为自己的生死和战友的离别担忧和痛苦就好。这两年来，生活在相对安逸的环境中后却发现，金三角的任务只是一个开始，是使命的开始，也是梦魇的开始。

既然有开始，就必须有结束，平淡安逸的生活并没有缓解心中的伤痛，反而让我越发觉得愧对宁志和郑勇，还有所有为此牺牲的战友的英灵。

宁志的尸骨还掩埋在异国他乡的荒山野岭中，我又有什么资格每天穿干净的衣服，每顿吃香热的饭菜，每晚睡宽大舒适的床呢？

这些纠缠第一次混在一起在黑夜里向我袭来时，我的胃里抽搐翻滚起来，我从午夜的被窝里爬出来，三两步冲进卫生间痛苦地呕吐着，最后无力地坐在冰凉的地面上，泪流满面。这种煎熬渐渐变成一种疯狂的冲动，一种恨不得即刻起身追回金三角的冲动。

所以，当初徐卫东没有把刘亚男的案子交给我时，我冲他拍了桌子。

所以，当我知道此次任务的目标人物居然是刘亚男时，内心时刻跳跃着莫名的兴奋。

“老徐派我们来，就说明这次不是单纯抓人那么简单，也说明这个女人所牵扯的事有多重要。如果我们稍有差池，我想损失的可能不单是我们能从她嘴里获得的那些情报那么简单，搞不好会死人，会死很多人。”程建邦说着话，端起咖啡呷了一口。

我只觉得胸口有些闷，不觉地叹了口气。“我明白，她身边有咱们的人，很可能这次她的行踪只有有限的几个人知道，如果被人知道她是被官方抓走的，那咱们潜伏在她身边的人就会有生命危险。而且，整套网络都会被他们清理。”抬眼见程建邦一副胸有成竹的样子，于是问道：“你有主意?”

程建邦看了我一眼，说：“试试吧。”他站起身，整了整身上的西装，用手理了理头发，全然不顾我的茫然，径直朝前台走去。

他走到刘亚男身边，将接待台上的一盘糖果挪开，侧身靠在前台上，微笑着不知道对刘亚男说了句什么，冲她伸出了手。刘亚男与他握了握手，随着他的手势转头朝我这边看来，对我笑着点了点头，我木讷地也冲她点点头。不多时，程建邦走了回来。

刘亚男已经办好了手续，手里拿着票据和房卡朝电梯间走去，见我和程建邦都在看她，她挥了挥手，又指了指电梯间，做了一个打电话的手势。程建邦伸手做了个 OK 的手势，得意扬扬地坐回沙发上，继续拨弄他的头发。

我好奇地问：“你跟她说什么了?”

程建邦神秘兮兮地一笑，甩了一下头发：“说什么不重要，关键是……”

我实在懒得理他这副德行，不过看他一副志在必得的样子，心想，只要能神不知鬼不觉地把刘亚男带回去完成任务就好，管他是不是靠出卖色相骗目标人物呢。

程建邦到前台把我们事先订好的房间换到刘亚男房间的斜对面，刚打开门，刘亚男的房门也开了，我下意识地低下头，拨开程建邦钻进房间。

如果程建邦打算用这种方式带刘亚男回去，那么我必须做好最坏的打算，一旦计划失败刘亚男逃脱，我们的身份暴露，那么我将不会再有机会重返金三角。目前，我不确定刘亚男和周亚迪等人有多深的关系，是不是有往来，也不知道两年间那边发生了什么变化，但她和胡经的关系非比寻常是肯定的，不然宁志不会追她追到胡经那里。

当然，这是我自己的计划，至于上级是否再派我去还两说。过去了这么久，谁也不知道周亚迪知道了多少事，就算他什么都不知道，再见到他我也得面对他曾派人杀我的事实。对此，我早已做好了全部准备，所谓的准备，其实就是谎言。如果与周亚迪重逢，不论他对我有什么质疑，我都做好了应对准备。

我已不是两年前的秦川。

程建邦和刘亚男在门口寒暄了几句后，回屋关好了门。他走到窗边看着天空的薄云，幽幽地说："要是事先不知道她的来历，你就是打死我，我也不信她是个大毒贩。"他叹了口气："我觉得我和她还挺聊得来的。"

我没有心思听他胡扯，问道："她刚才是要出门吗？"

程建邦回了回神："开门透透气而已。"

我走到门后想透过猫眼看看对面的情况，又担心刘亚男如果正注意着我们，就一定会留意到猫眼后面是不是有人在看她。我扭头对程建邦说："能别光顾着显摆你的能耐好吗？咱先把正事办了吧。"

程建邦没好气地白了我一眼："你放心，我肯定能把人带回去，你得允许我感慨下。"

要放到平时，任务中他说出这样肯定的话，我不会有丝毫怀疑，因为他一直用实际行动证实了他的每一个承诺。但这次的成败，乃至每个细节都关乎我自己额外的计划，所以我不禁有些紧张。

程建邦大概看出了我的反常，歪过头看着我问："你今天怎么了？"

我说："资料上也没说她这次来干什么，会不会跟什么人会面，待多久，然后去哪里，不定因素太多，我心里不踏实。"

程建邦将床边的椅子拉到我跟前坐下，低下头沉默了一会儿，问我："你是不是还想去？"

我心头一激灵，不动声色地抬起头看着他。思考了一下，我还是决定不对他有所隐瞒，点了点头。他伸手搭在我的肩上拍了拍，叹了口气，刚想说什么，床头的电话响了。

"喂，你好……没什么……休息休息准备下去吃饭……是吗？好啊……那怎么好意思，我请你才是……好的，门口见。"程建邦挂了电话，对我打了个响指说："主动约咱吃饭呢，还担心她跑了？"他走到衣柜镜子前整了整衣服，从镜子里看着我说：“我们，尤其是你，不适合再去那里了，面孔太熟了。我知道你想干什么，如果有机会去，这次你看我的，我帮你把你的事办了。”不等我说话，他拍了拍手：“走，赴宴去。”

程建邦拉开门，见刘亚男也正开门往外走，刘亚男笑着跟我们打着招呼。

我走在程建邦和刘亚男前面，朝电梯方向走去。没几步就见迎面过来三个男人，他们都穿着深色的夹克衫、西裤、皮鞋，统统留着板寸，其中一人手臂间夹着一个黑色的手包。他们三人并排将过道挡得严严实实，犀利的目光在遇到我的瞬间，右手不自觉地朝腰间探去，目光越过我望向了刘亚男。

我心想不好，这三人肯定不是普通房客，八成是警察，不是刑警就是缉毒警，多半是来抓刘亚男的。我假装心虚地停下脚步，慢慢地后退。果然，那三人一边摸枪一边对我喝道：“别动！”

我一脚将走廊边的一个垃圾桶踢了过去，那三人已经将身形错开，最前面一人离我只有两三步远，起身跳过滚过去的垃圾桶。他刚落地，就被我冲上去一把锁住了脖子，夺过了他腰间的手枪。我一看，果然是警用手枪，赶忙用枪抵住他的下颌，把他当人质一边退一边对另外两人喝道：“谁动一下，我就开枪。”

我手里挟持着一个警察，慢慢往后退，装成一个重案在身被警察追来的罪犯的样子，路过程建邦时，我狠狠地剜了他一眼，故意说：“接着显摆啊！这就叫越危险的地方越安全？”说话间，我瞥了刘亚男一眼，她本来正在打量我，见我看向她，忙移开了眼神，换了一副惊恐的表情，双手捂着耳朵缩在墙边瑟瑟发抖。这女人不愧是老江湖，真会演。

我控制的这个警察猛地头一偏，一把攥住我握枪的手朝外扭去，我习惯性地正要扭他的脖子。理智告诉我，他是个警察，是我的同志，我不能对同志下杀手。我手下一松，被他反制住。另外两个警察见势都拔出枪一边对着我们，一边呵斥着我们。

我无奈地松下劲来，心想这下完了，任务搞砸了。就觉得后脑勺一痛，被狠狠地砸了一枪托，我眼前一黑，闷哼了一声，死撑着没有晕倒，双手就被一副冰冷的手铐反铐起来。那警察揪着我的头发狠狠地朝墙上一撞，我浑身一软跪在地上。

3

朦胧间觉得我头上被套上了个袋子，跌跌撞撞地被拖到酒店地下的停车场，塞进了一辆汽车。

头上袋子摘掉后，我注意到这是一辆七座的商务车，除了刚才那三个警察外，车内还有两个人。程建邦和刘亚男跟在我身后，被人塞进车里铐在车内的把手上。之前被我挟持的那个警察钻进车后，二话没说狠狠地抽了我一个大嘴巴，骂骂咧咧地说："你本事真大。"

我甩了甩头，狠狠地瞪着他。

副驾上的一人扭过头扫了我们一眼，摸出警官证在我们面前一亮说："我们是宁夏公安厅的，现在怀疑你们和一宗枪支买卖案有关，带你们回去调查。"又对刘亚男说："刘眉，你几个人来的？"

我和程建邦一对视，心里有了数，看来刘亚男是因为别的案子被人盯上了，而且她有个化名叫刘眉。

刘亚男说："我不知道你什么意思，我要打个电话。"

那警察冷笑了一声："咱们就不要装了吧，问你呢，你几个人来的？"

刘亚男冷冷地说："我一个人。"

那警察用下巴指指我和程建邦说："睁着眼睛说瞎话。"

刘亚男看看我俩说："我不认识他们。"

"那就换个地方说。"那警察下车对旁边一辆车内的人不知说了些什么，坐回车内关好车门对司机说："走，回。"

程建邦说："回？回哪儿啊？我干什么了？你们凭什么抓我？"

那警察说："有没有事到地方慢慢说，要是我把你抓错了，我们给你道歉，赔偿你。"

我说："你们把我打得满头是血，是不是先带我去医院？"

警察说："没一枪把你打死就算你捡了一条命，开车。"

我瞟了一眼程建邦，他也被这个意外搞得有点蒙，一时间也不知道该怎么办。看情形他们是要把我们带到宁夏去，这一路上天知道会发生什么。只要刘亚男没有被带到总部，我们就不能贸然暴露自己的身份——我们的身份一旦暴露，在刘亚男这里挂上了号，那么我和程建邦基本上就可以退出这个圈子了。

程建邦也意识到了这一点，事情已然这样了，我们也只能不动声色地等待时机。

车子驶出市区后就开始加速。程建邦说："能慢点吗？这么快太危险了，我们不赶时间。"我估计了一下，时速少说也有 160 公里。不等警察说话，刘亚男"扑哧"一下乐了。一个警察说："你废话咋那么多？用不用我把嘴给你堵上？"

程建邦说："别，你们车开得这么快，我有晕车的毛病，把我嘴堵上等下想吐怎么办？嘴里吐不出来，还不得从鼻子和耳朵里往外喷……"他话没说完，就被一个警察用胶带把嘴给封上了。

我忍着笑把目光投向车窗外，倒是刘亚男坐在后座上一直在笑，最后干脆弯着腰把头埋在两膝间笑。我不由得开始佩服起这个女人来，身上背着那么多案子，被警察抓住没有半点惧怕和慌乱，还能笑得出来，还笑得这么没遮没拦的。真替这几个警察惋惜，千里迢迢跑来将人抓住，而且还有我和程建邦这两个意外的收获，最后可能一个都留不下。

那警察见程建邦老实了，说："我把你嘴上的胶带去掉，你别再那么多废话。"

程建邦"嗯嗯"地点头。等警察把他嘴上的胶带撕掉，他说："报告政府。"

那警察说："又咋了？"

程建邦说："饿了，今天没吃饭呢。"

"我们都没吃。"话是那么说，那警察还是从座位底下掏出一个塑料袋，里面装着些火腿肠、矿泉水和面包。他撕开食物的外包装，不由分说就往我们嘴里塞，又对副驾那个警察说："冯队，你吃上点不？"

那个冯队看来是他们的领导，回过头看了看我们，又看了看塑料袋，摇摇头。这几个警察的眼睛都布满了血丝，满脸的倦容，看来是接到情报连夜赶来的，成功抓住了目标人物让他们很高兴，又有点紧张。很显然，他们并没有预备我和程建邦这两个“意外收获”的干粮。我断定，他们出于谨慎，这一路上除了加油根本不会去做别的事。起初是五个人来抓一个女人，现在五个人抓了三个，还有两个年轻力壮的男人，这趟路程换成是谁都不敢掉以轻心。

这时，坐在后排那个一直在翻我们东西的警察笑了，拿着几张身份证对我和程建邦说：“你们俩还记得自己有几个身份证不？好人谁有这么多身份证？北京的、浙江的，还有内蒙古的。对了，把你内蒙古的地址给我重复一遍，我看你记得住不？”

程建邦吊儿郎当地说：“做来玩的，又没干什么坏事，再说我做我自己的，犯什么法了？”坐他对面的警察晃了晃一直在手里把玩的胶带，程建邦赶忙闭了嘴不再吭声。

车子驶入内蒙古的时候，天色暗了下来。我们三个“犯罪嫌疑人”待在一起，为了避免串供，从一开始到现在警察都没有问我们任何重要的问题，也不允许我们相互说话。车内除了引擎和车外传来的风声外，没有其他动静。

这期间，我注意到刘亚男一直在偷偷地观察着我和程建邦，她似乎一点都不为自己被捕担心。我有些明白程建邦的感慨，因为我也不太愿意把她和一个大毒贩联系起来。她看起来聪明而不狡诈，美丽而不妖冶，眼神清澈而平静，丝毫没有在江湖上摸爬滚打过的流氓气息。

冯队把车窗摇下一道小缝，摸出香烟点了一根，抽了两口，转过身拿着烟盒对程建邦晃了晃。程建邦双手反铐着，噘着嘴探着身子去够那烟盒。一旁的警察白了程建邦一眼，抽出一支烟喂到程建邦嘴里，帮他点燃。程建邦点头致谢，眯着眼睛抬起头靠在椅背上美美地抽了一口，还不忘侧过脸对我和刘亚男挤挤眼。我满脑子都是该想个什么办法既不伤害这几个警察，又能安全地把刘亚男带回去复命的事，没理会他。

几个小时后，天已经完全黑了。我看了一眼驾驶台上的电子表，已经是夜里十一点。刘亚男突然说：“我要解手。”

冯队前后看了看，这正是公路上前后不挨的地方，他对司机说：“靠边儿，跟她去。”

那司机把车靠路边停下，打开双闪，跳下车急速走到车后，将后车门“唰”的一声拉开，从后腰摸出一副手铐，在月光下闪着冰冷的光泽。那司机迈进一条腿，手铐的一头铐住刘亚男的手腕，另一头铐在自己的手腕上，说：“下车。”她这么一说话，我们才注意到这是个女警，看上去不到三十岁，动作干净利索，看起来训练有素。

我对程建邦使了个眼色，我想知道他有什么打算。现在无疑是一个绝佳的机会，我们只需制住这几个警察，借着逃命把刘亚男带到北京，然后偷偷给徐卫东发信号，让他派人来把我们一起抓走，那么不仅我们的身份不会暴露，任务也算成功。

至于这几个警察来抓捕刘亚男时搞出的动静，我们也无能为力。这种各部门之间因为情报不对称而发生的意外也不是没出现过，这就是任务过于机密的弊端，别说你的敌人不知道你要干什么，就连你的同行也不知道，谁也怪不了谁。

程建邦看着我，轻轻地摇了摇头，慢慢将铐在背后的手偷偷从腰的一侧露了出来，伸出了大拇指。他的眼神安静坚毅，又隐隐透着一丝悲伤。我想起在那片丛林中，我们和宁志彼此做过这样的动作，不禁心如刀绞。同时我也明白了程建邦的意思，他想将计就计。毕竟这是老天赐给我们的接近刘亚男的机会，这也算是同生共死了。当事情发展到上级的计划之外，我们就是整件事真正的主角，那么将有很大的机会跟随刘亚男重返金三角。

想到这里我不禁有些激动，朝车窗外望去，一轮皎洁的明月挂在天空，似是想告诉我这都是冥冥中注定的。我更愿意相信，那是宁志的英灵在召唤着我。

程建邦和我一样，都认为刘亚男绝不可能乖乖就范，只不过我们都不知道将要发生的是什么。相信徐卫东已经知道了我们的情况，到现在为止，这辆车路过那么多地方，居然没有见到一个临检站，可见他也默认了我们继续隐藏身份跟随的行动。

程建邦看似无所谓地坐在那里，其实很紧张地观察着车外，直到刘亚男被那个女警押回车内，他才显露出只有我能看得出的轻松。

刘亚男被重新铐回座椅上，车子又在公路上飞驰起来。眼看距离目的地越来越近，刘亚男依然不动声色，仿佛这只是她生命中很平常的一段旅程。她的冷静让我有点坐不住了，如果她是这么束手就擒的人，那犯不着我们特案组为她出动。

就在我心里打鼓的时候，“嘭”的一声巨响，急速行驶的车子猛地一倾，瞬间失了控，直直就要朝着路基冲下去。开车的女警吃力地控制着方向盘，轮胎与路面摩擦出的刺耳声音刺得耳膜生疼，我们三人又是保险带又是手铐的，被稳稳地固定在座椅上。倒是那几个警察在巨大的惯性作用下，被甩得东倒西歪。

车子爆胎了。这条路的路况不是很好，路面上的碎石非常多，这辆车一直保持着这样的高速行进，爆胎也是正常的。当车子横在公路中间停下来时，除了我、程建邦和刘亚男，所有的警察脸色都变得煞白。这种事对于我和程建邦来说不算什么，但对于一般人而言，无论有多大的反应都理所当然。刘亚男只是整理了一下坐姿，用肩膀蹭了蹭额角凌乱的头发，脸色一点没变。

冯队说：“赶紧靠边，这条路车少，现在视线也不好，万一来辆车很容易出事。”

女警将车慢慢地停靠在路边，擦了擦额头的冷汗，靠在座椅上调整着呼吸。冯队说：“下来两个人换胎。”

女警从后视镜里扫了我们一眼：“冯队，你们在车上看人，我去换。”说完跳下车，绕到车后掀开后备厢。一股凉风“呼”的一声从敞开的车尾灌了进来，我忍不住打了个寒战。好半天只路过了一辆车，车内的几个警察都紧张地将手探向腰间，直到那辆车走远，才松下劲来直起腰。

“你们给这位女士盖点东西吧。”程建邦说。

我抬头望向刘亚男，她是穿得太单薄了。一个警察瞪了一眼程建邦：“你哪那么多废话？”

又是“嘭”的一声巨响，连我和程建邦都吓得一激灵。循声望去，见一辆正常行驶的卡车正驶过我们之前爆胎的地方，卡车在减速，缓缓停到了前面不远的路边。我们车上的那几个警察又不约而同地将枪摸了出来，双手握着。

大卡车上跳下两个披着军大衣的人，嘴里都叼着烟。两人挨个查看车轮，用脚踹了踹前车胎，嘴里骂骂咧咧的。其中一人朝我们这边张望了一眼，拿出手电筒像在路上寻找什么，往回走了几步，蹲下来从地上捡起个什么凑近看了看，操着口音大声说："爷就知道有人使坏了，路上净是这钉子，肯定是这附近补胎的干的。"那人说着往我们这边走来："你们也爆胎了？"

冯队打开车门，拿着枪的一只手背到身后，另一只手对那人摆摆手说："没事没事。"

那人看了一眼冯队："咋能没事了？我刚看见有个小女女往下卸千斤顶，你说你，一老爷们咋让一女女换胎呢！"那人没有理会冯队，朝我们车后走过去说："来，哥帮你。"说话间就已经走到了车后。

女警往后撤了一步，手摸着腰间喝道："别过来！"

那人愣了一下说："这是甚世道，学个雷锋都把你当贼了。"摇摇头转身准备离开。

正当所有人都放松下来的时候，那人猛然一转身，大衣一抖手里竟然多了一把枪，对着那个女警"嗒"的一声。枪声刚落，那人一个箭步蹿到女警跟前，弯起胳膊将肩部中枪的女警脖子锁住挡在身前，枪口对准女警的头说："谁动我打死她，车门打开，一个一个下来。"

大家都被这突如其来的一幕震惊了，我看了一眼刘亚男，见她目光中终于露出了惊讶的神色。我和程建邦交换了一下眼神，打算见机行事。这时，那辆卡车上的另外一个人也走了过来，手里的枪对着站在车外的冯队："趴下。"

那个女警肩部中弹，忍不住发出了痛苦的呻吟。大家谁都不知道这伙人到底什么来路，我本来第一反应是他们应该是奔刘亚男来的，但从刘亚男的神情来看，她似乎对这些人的出现也很诧异。

"快着点，想死了是咋？"车后那人说着抬手朝车内又开了一枪，子弹穿过车厢打碎了前挡风玻璃。这下可以确定，这两人和刘亚男确实没关系，不然不可能这么随意地放枪。好在那枪没有打中任何人，但是那一枪的威慑力是实实在在的，大家都明白，这两个人是亡命徒，根本不在乎谁的生死。

冯队赶忙说："别冲动，别冲动，我们照做，你们赶紧都下车，把他们也放下来。"说着话，他冲车内的一个警察使了个眼色。那警察借着昏暗的光线，一边往车外挪，一边飞快地打开了我们的手铐，悄声说："想活命就少废话。"

我们跟着警察下了车。我发现那两个人站的角度很刁，我们所有人的任何动作几乎都不会逃过他们两个的枪口。我不禁有些着急，若是只有我和程建邦，对付这两个人绰绰有余，偏偏这里还有几个警察和刘亚男，一旦动起手很难保证他们的安全。我更担心的是这些警察会轻举妄动，好不容易逮到像刘亚男这么重要的人，却被半路杀出来的劫匪搅了局，换谁都会暴躁。

果不其然，一个警察刚把手伸到后腰，就被站在车头的那人发现，"嗒"的开了一枪，子弹擦着那个警察的耳朵打在车厢上："把枪扔过来，使着劲，我接得住。"

此时，我隐约觉得不对。我们这些人都是刚下车，彼此距离非常近，这样的光线下发现那个警察有小动作没那么容易。更何况抬手就能对人群中开一枪而不伤到其他人，这肯定不是一般的劫匪。程建邦显然也意识到了这一点，对着我微微地皱了下眉头。

那个之前想要摸枪的警察伸手摸了摸耳朵，摸了一手的血，那一枪打豁了他的耳朵，血点甚至溅到了我的脸上。这是一种莫大的耻辱，那警察显然不服，脖子上凸显出青筋，梗着脖子狠狠地朝向他开枪的那人望去。冯队瞪圆了眼睛轻轻叫了声："小刘。"那警察这才愤愤地将枪丢了过去。

开枪的那人说："谁还不听话，下回打的就不是耳朵了！全部趴在地上，手抱在头上。"

我和程建邦交换了一下眼神，这两个人虽然身手不凡，但看起来并不想伤人性命。也许只是劫财？我俩慢慢地抱着头，跟那几个警察一起趴在地上。我再次看向刘亚男的时候，她正站在我的前面，背对着我，呆呆地站在原地，看着刚才中枪的那个警察瑟瑟发抖。我轻声说："照他们说的，赶紧趴下。"

刘亚男扭头看了我一眼，眼神里全然没有我想象中该有的慌乱和惊惧。原来，她刚才的发抖不是因为害怕，而是因为冷。她对我们微微一笑，一挺胸抬腿跨过趴在她脚下的一个警察，走到车门处探进身子，将她的包拿了出来，甩甩头发挎在肩上。那一刻我只觉得一阵恍惚，她悠闲的样子好像一个化好妆准备出门购物的普通女子。在我们诧异的注视下，刘亚男走到了那两个劫匪的身边。

这时我们恍然大悟，这些人的确是来救她的。

4

我想，事到如今必须采取行动了，不然竹篮打水一场空，搞不好还要搭上几个警察的命，尤其是现在已经有两个警察受了伤，那个肩部中枪的女警需要赶紧救治。我和程建邦对了下眼神，决定我对付车尾的那人，他对付车头那个。

就当我们打算起身制敌的时候，一直挟持着女警的枪手带着女警一起钻进车内。他摸出女警身上的手铐，把女警铐在后排的座椅上。车外的另一个枪手指了指冯队说："你，上车。"

警察一个个地上了车，一个个地坐到后座，全部被铐起来固定在车里。刘亚男身边的那个枪手对着我和程建邦周围的地上连着开了四枪，子弹溅起的碎石和沙砾打在脸上，火辣辣地疼。刘亚男对我们说："你们两个起来吧。"

我和程建邦慢慢地举着手站了起来。刘亚男站在几米远的地方打量了我们一下，目光落在我们的腿上，说："我看，你们也不是省油的灯，腿还站得这么稳。经过刚才贴身的几枪，还能神色不慌、腿连摆子都不打的人，肯定也不是普通人。"

我正准备想个话来应对，程建邦两腿就颤抖起来，好像站都站不稳随时都会瘫倒似的。“刚才被吓住了，忘了害怕了。”

就像刚听人讲了一个很好笑的笑话似的，刘亚男很愉快地笑了。她示意那两人放下枪说：“你叫程建邦，你呢？”她看着我问道。

“我叫秦川。”

我抬手想用袖口将脸上的血污和尘土擦掉，刘亚男忙抬手拦着说：“别，多脏啊。”她打开包从里面摸出一包纸巾丢给我，对身边那人说：“给秦川弄点水洗洗。”

另一个枪手问：“那这里咋办？”

她想了想说：“收拾干净。”又自言自语若有所思地念叨了一句，“秦……川……”意味深长地瞥了我一眼，低头朝那辆卡车走去。

看来，刘亚男并不打算把我们和那几个警察塞到一起，那么对不起，我们得执行我们的任务了。谁知她走了几步又回过身来，对我说：“总听迪哥提起你。”不等我有什么反应，又说，“走，上我们的车，带你们一段。”

她的这一句话像是一记闷棍迎头打过来，把我本来还算整齐的思绪瞬间震得凌乱不堪。一时间，我判断不出这句话对我是算福还是算祸，呆呆地愣在那里，只觉得嘴唇阵阵发麻。

程建邦指了指那辆警车，问那两个枪手：“这怎么收拾？”

其中一人走过去关车门，看样子打算就这么一走了之。

程建邦瞪了我一眼说：“把咱的东西拿出来。”

我在一个枪手的监视下，钻回车内把我们之前被警察搜去的东西找齐，笑着说：“完事了，走吧。”

一个枪手用枪指着我们说：“你们两个上我们的车。”

我们一前一后走到卡车门前，刘亚男说：“委屈你们先坐后斗里吧，到前面我们换车。”我们点点头爬到后车斗，看着那个枪手围着那辆塞满警察的车转了一圈，像是在检查车门。我看了一眼程建邦，他对我努努嘴，示意先跟着刘亚男走。那两个枪手检查完便往回跑，边跑边说：“快走快走。”

卡车很快启动了，见警察那辆车就要消失在夜色中，程建邦长长地舒了口气，两只手往袖筒里一插，脸上露出了轻松的神情。他刚要说什么，就听震耳欲聋的一声巨响，公路上一团火光瞬间照亮了半个夜空，夺目的火焰在浓烟的包围中直冲九霄。

我们被这一下震得目瞪口呆，张着嘴巴看着那团火愣住了。接着又是一声爆炸，更强烈的火焰把各种碎片一样的东西掀到了空中。显然，两个枪手在我们离开后对那辆车做了手脚，安装了爆炸物，并在这辆卡车驶离到安全距离后引爆了。

我们都不敢相信眼前发生的一切。这里不是城镇中心，但也绝不是荒山野岭，有人敢在这种地方如此明目张胆地劫持警察，还敢把五个警察捆在一辆车内制造这么大的爆炸……试问还有什么能驱使他们做出如此丧心病狂的事来？更令人不敢相信的是，这一切就是半个小时前，我还觉得她的气质是那么脱俗，那个叫刘亚男的女人所为。

每个人都会或多或少地迷信这世上会存在“如果”这个东西。如果我们知道会是这样，会毫不迟疑地宁可亮明身份也要将刘亚男带回去；如果我们知道会是这样，宁可出手让那几个警察暂时失去行动力，再将刘亚男带走；如果，我是说如果……

两声巨响之后的火焰撕裂了黑暗，也将我们内心的愧疚和悲痛引爆，而我们居然连那几个警察的名字都不知道。只知道那个队长姓冯，还有一个叫小刘。转过脸，我看到程建邦眼里的泪水闪着光。

卡车往前驶了几公里，拐到另外一条路上。我抬起头，顶着风在路边快速掠过的干巴巴的树枝后看到一块路牌，这条路是往榆林方向去的。

程建邦阴沉着脸说：“把那两个收拾了，带上刘亚男回北京。”

他的眼里闪过一丝令人不寒而栗的光芒，我想了想说：“请示下老徐吧。”

程建邦说：“咱俩打一个赌，就算问他，他也是这个意思。”

看他肯定的样子，我也猜出他打算怎么和老徐汇报。站在老徐的角度，决定这种事全凭听到的说辞是什么，因为他不在现场，只能根据我们的描述做判断。程建邦如果想让老徐下达马上带刘亚男回京的命令并不难，如实汇报刚才发生的事，不添加任何个人感情的如实陈述就好。

之前在车内，我们用眼神交流时，他的意思明显是希望借助刘亚男的路线，与我一同追回金三角。此刻一百八十度大转弯，要直接带刘亚男回去，是因为他觉得事情的发展超出我们的预计太多。刘亚男要比我们想象中更加危险，如果这么下去，再发生类似的事，我们不可能坐视不理，必然就会横生出更多的枝节。

刚刚牺牲在我们面前的那几个警察不能白死，我不能放过这个刘亚男。我说："要带她回去早干吗去了，现在搞成这样，是不是晚了点？"

程建邦扭过头狠狠地瞪着我说："你只想着去金三角，可你和周亚迪分开快两年了，你知道他这两年知道了些什么吗？你怎么敢确定你在他眼里还是以前那个秦川？这两年我们哪次任务和毒品没关系？你怎么确定你没有在他那里暴露？"

他一连几个问题把我噎得半天说不出话来，我没法回答他的问题，只好说："赌一把。"

"不行！"程建邦厉声喝道。

"那咱们打个赌，我和老徐汇报，看他怎么说。"我摸出手机准备用我的汇报方式编辑密码信。程建邦伸手想要抢我的手机，我躲了过去，说："怎么？你怕？你要是怕就回家过年去，我自己去。"

程建邦冷笑了一下："你不用激我，你听我说，刘亚男远比我们想象的更难对付，她和周亚迪之间的关系我们都不知道。而且她刚才突然提到周亚迪，有必要吗？明摆着是在试探你。"

我说："就算周亚迪听说了我的真实身份，那也只是听说，他能听别人说，为什么不能听我说？况且当初是他为了和胡经合作想杀我，表面上看我没对不起过他，要有委屈，也是我有委屈。只要把离开他之后的故事编圆满，咱俩配合好，不是没有机会重返他左右。"

程建邦犹豫了，眼珠四下转了转，最后还是一咬牙说："不行，太危险了。"

"快两年了，每天我都睡不好觉，每天的梦里，宁志都会拿着打火机一下下地打火，问我为什么不去看他，他想抽根烟。他还问我是不是任务失败了，不然国内为什么还有人为了毒品送命。我不知道怎么回答他，只好在自己口袋里摸，希望能给他摸出烟来，可就是摸不到，每次都会被急醒……”我伸出一只手抓着程建邦的肩膀，看着他的眼睛说，“建邦，再这么下去我会疯的，我想回去，把他带回来，逢年过节能给他送烟送酒，就算我死在那里，好歹也能和宁志做个伴。”

程建邦盯着看了我很久，深深地叹了口气，点了点头。

我们缩在冰凉的卡车后斗里，用密码给徐卫东发了一条信息，汇报了此次任务到现在的情况，着重强调了刘亚男跟我提到了周亚迪，现在正带我们前往榆林方向去。

在等待徐卫东回复的空当时间里，我和程建邦设计好了前年我被追杀至国境线后一直到现在的境遇，统一好口径，准备应付金三角的人。

不多时，徐卫东回了信息，翻译过来大概的意思是：见机行事，分开行动，明暗呼应，保持联络，随时撤退。

我给程建邦看了信息，问他：“咱俩谁明谁暗？”

“该轮到我在明处了，你和周亚迪已经有过节，不妨继续把他当成追杀你的不义之徒。我尽量留在刘亚男左右，你暗中照应我，随时和上级保持联系。”他见我不说话，又说，“你想想看，刘亚男和周亚迪他们能有什么情意？为了利益还不是随时喝交杯，转眼又倒戈。到时候，你可以根据情况选择站在哪一边，任务需要你去周亚迪那里，你就大度一回去他那里。任务需要你和他翻脸，你也理所当然。前提是我们的故事他们都信，不然都是扯淡。”说完看着我，见我半天没动静，他用胳膊肘捣捣我说：“你怎么了？”

我往紧裹了裹衣服说：“你不冷吗？”

“怎么不冷？这女人不会让咱俩在这后面自生自灭吧？”他抬起头看了看天，说，“不行，咱得问问她是什么意思。”

程建邦站起身照着驾驶室“咣咣”砸了几拳，卡车减了速，慢慢停在了路边。程建邦探着身子对着车窗喊：“什么意思？去哪总得给句话吧，要这样我宁可被抓住吃枪子，也好过冻死在这破车上。”

一个枪手跳下了车，气势汹汹地拿枪对着程建邦正要说话，就被程建邦一把抓住手腕制住，猛地往前一拽，趁那人身子跟着往前时又猛地一推，只听“咔嗒”一声，那人的肩膀就被程建邦拽脱了臼，枪自然落在了程建邦的手中。司机位置的另一个枪手见势打开车门，身子还没钻出来，就被在驾驶室一侧准备好的我一脚踹了回去。我跳下去把车门用力往回一关，将他在车外乱蹬的两条腿狠狠地夹了一下。我拽着那人的腿，把他拖出车厢摔在地上，将落在地上的枪捡起别在腰后说：“你脾气太大，枪跟着你容易走火，我先替你拿着。”那人只顾着抱着腿在地上打滚，连哼都哼不出来，哪还顾得上跟我抢枪。

我跳上卡车的司机座，关上车门，没有理会坐在一旁的刘亚男，双手伸到暖风出风口搓了搓说：“真冷。”程建邦从那头也跳了上来，凑近他跟前的暖风出风口，牙齿打着架说：“明天非得感冒。”

刘亚男被我俩夹在中间，不惊反而笑了，扭头看着我说：“怪不得迪哥老提你，身手果然利索。”

我“哼”了一声说：“他提我是因为我没死，他睡不好觉吧，你见到他就替我转告他，我和他两清了。”

刘亚男饶有兴趣地问道：“看来你们有误会？”

我看了她一眼说：“这个和你说不着。”

程建邦像是从寒冷中缓了过来，摸出根烟点上，说：“你这太不够意思了，出了这么大的事不给交代一句，现在去哪也不吭声，由着我们哥俩在外面快冻死也不理。”

“怎么？你们还需要人照顾吗？这不是都解决了吗？”刘亚男用下巴指了指车外哼哼的那两个人。

程建邦抽了口烟说：“你认识迪哥？”

刘亚男说：“我当你们一直不问这个呢，现在也不是说话的地方，你们先把我那两个不懂事的弟兄弄上车吧。”

我们抽完烟，出去把那两个人扔到后车斗，又把驾驶室里的两件破大衣丢过去。程建邦说：“你们跟这儿凉快凉快，别总是那么大火气。”

程建邦钻回驾驶室，我把车驶到路中央问：“去哪儿？”

刘亚男朝前指了指说：“往前开。”

程建邦找了一个舒服的姿势坐好，说：“你不怕我们？”

刘亚男脸上带着微笑，有些轻蔑地“哼”了一声，扭头打量着我说：“看来，你离开迪哥这两年混得不错。”

我看看身上的名牌行头，这次出来的目的地是一家五星级酒店，我们自然选了身适合那种场所的衣服。“你和周亚迪很熟吗？”我没搭理她的试探，侧脸瞥了她一眼。

她点了点头，盯着我的眼睛说：“很熟。”

我又问：“我跟你很熟吗？”

她看了一眼程建邦，笑着对我说：“你别误会，只是总听迪哥提起你，他一直在找你。”

“找不到我的尸首，他不安心？还是刚才那句话，既然你跟他那么熟，就麻烦你转告他，我和他两清了，谁也不欠谁。如果还是不放心，非要我的命，那我就要开始给他记账了。”

刘亚男特别干脆地说：“没问题，那你现在在哪儿发财？”

我说：“混口饭而已，总比跟着随时想杀你的人好。”

她立刻说：“我想和你合作，有没有兴趣？”

我听着“合作”这俩字就反胃，不耐烦地说：“你们都是一个师父教出来的？想找个跑腿的，还非要说成是合作。”

她并不介意，正色说：“我说的合作是真正意义上的合作，我不和你谈交情，只谈钱。我和迪哥不同，我是有正当生意的人，我可以给你我的公司的股份。都是脑袋别在裤腰带上的人，为什么不多赚点钱，早赚早享受，免得哪天突然有什么不测，还不知道这个世界好在哪儿。”

听着听着我就笑了，她见我笑，也跟着笑。等笑够了，我才说：“你有什么资本跟我谈合作？这辆破车外加后斗上那两个饭桶？你别忘了，现在你的命还在我们手上呢。”

她说：“对啊，所以在现在这种情况下谈最能表达我的诚意，至于资本……周亚迪有的我有，周亚迪没有的我也有。而且只要你同意，除了西欧和北美以外，其他国家的护照你随便选，我能给你的未来不仅富贵，而且稳定。”

我抓着方向盘，欠起身来，目光越过刘亚男看着程建邦说：“听起来不错。”程建邦皱着眉说：“你到底是什么人？”

刘亚男说：“所以连人家是什么人都不知道时，不要随便搭讪。”

“宁夏的警察为什么要抓你？”

“何止宁夏。”

“真看不出来……”程建邦啧了一下嘴，“那你还敢明目张胆地住酒店？”

刘亚男反问道：“不然住哪里？”程建邦一下被噎住，不再言语。刘亚男回头问我：“怎么样？考虑一下我的提议。”我说：“这世界上同名同姓的人多了，我们以前没见过，你凭什么判定我就是周亚迪和你说起的那个秦川？”

刘亚男说：“叫秦川的可能很多，敢和警察动手的可不多，被警察抓了还能面不改色的更少，子弹擦过脑袋还能站起来和没事人似的，恐怕只有一个了。”

路两旁的地势渐渐平坦，借着皎洁的月光隐约能看到平缓起伏的沙地，黄土堆积的土山连绵不绝。放眼望去，除了偶有几棵钻天杨直刺天空外，几乎看不到什么别的植物。右前方的远处盘着一条若隐若现银色丝带般的小河，没有完全冻住，接近岸边的地方结着白色的冰层，泛着淡蓝色的光泽，小河在月光下波光粼粼。从后视镜朝后看去，卡车经过后卷起的尘土像是一团浓雾紧紧裹住公路，连同车厢内弥漫着的呛人的土腥味一起告诉我们，我们已经驶上了黄土高原。

第十二章

最新配方

1

按照刘亚男指的方向，又行驶了大概二十公里，地势险峻起来，公路两旁常有一眼望不到底的深沟，我不得不放慢了车速。坡上那些废弃的窑洞，缺了门框的土洞，在夜色中像黑漆漆的嘴朝我们张着。

我看了一眼手表，快凌晨五点了，正是一天中最冷的时候，想起车后斗上还有两个活人。“后面那两个没事吧？”

程建邦见刘亚男一副漠不关心的样子，不禁有些好奇起来，问她：“对了，他们是怎么知道你被警察抓了，而且上了这条路？”

“我到哪儿都有人知道。”刘亚男指着前面的一条岔路说，“从这里拐下去。”

从岔路拐下去没多远，进了一个不大的镇子。天色太早还没有行人走动，零星有几盏灯亮着。镇子中间的路不宽，路边歪歪斜斜地栽着木制的电线杆子，两旁的商铺多半都是土坯砖建筑，在这样冰冷的冬季里看着更加荒凉。

我照着刘亚男的示意把车停在一家小饭馆门口，那饭馆紧挨着一个摩托车修理铺，都关着门。窗户上雾蒙蒙的玻璃残破不堪，屋内黑漆漆的没有半点亮光，几层发黄的挂历堵着玻璃上的破洞，窗框上横七竖八地钉着些木板，算是防盗窗了。

我们刚跳下车，摩托车修理铺的门就从里面开了，一个四十岁上下、面色黝黑的男人披着军大衣，警惕地看着我们。我见他的手藏在军大衣里面，八成是握着枪。那男人见到刘亚男，忙从脸上挤出几分笑容，冲刘亚男点头哈腰地打着招呼。刘亚男微微一点头说："给我朋友弄点热乎的吃。"

那人狐疑地打量了一下我和程建邦，小心翼翼地问："老……老三他们呢？"

刘亚男朝卡车后车斗看了一眼，那男人赶忙攀上卡车马槽，伸着脖子朝里看了一眼，扭头问刘亚男："这都是咋了？"刘亚男冷冷地看了他一眼，他抻着脖子把后面的话咽了回去，爬进车斗将那两个枪手扶下车。那俩领口处结了一层白霜，鼻涕糊在冻得发青的脸上，浑身筛糠似的哆嗦，连抬头看我们一眼的力气都没有，一瘸一拐地被那男人搀进屋内。刘亚男扭头看着我和程建邦，我耸了耸肩膀，程建邦一只手摸着下巴上的胡茬子，避开了刘亚男的眼神遥望着天边。

不多时，那男人从屋内出来，面带敌意地瞪了我和程建邦一眼，想必是那两个枪手跟他说了之前的事。他走到旁边那家小饭馆门口，双手缩在袖筒里，猫着腰用脚在铁皮包着的门上轻轻踢了几下，等了几秒钟，见没有动静，又用力踢了几脚。"咣咣"的声音撕破了清晨这条街的寂静。饭馆老板披着一件油光锃亮早已辨不清本色的棉大衣，不情不愿地打开门，嘴里骂骂咧咧地不知嘟囔着什么。刘亚男说："你们愿意走也行，不过昨晚你们也看到了，警察肯定在到处找我们。我劝你们还是先凑合着随便吃点，我去办点事，马上回来。"说完她竖起衣领，对那男人使了个眼色，朝街的另一边走去。

"老板，有啥吃的？"程建邦大大咧咧地走到火炉边的椅子上坐下，拿起炉边的烧火棍，将火炉下面的通风盖打开捅了两下，灰白的煤灰跟着几块红亮的炭掉在地上。他又挑起炉盖，朝炉子里捅了两下，一股幽蓝的火苗从煤炭缝隙间钻了出来。

饭馆老板眯着眼睛拿起火钳子夹了几块煤丢进炉膛，将炉边早被油烟浸染得油黑的烧水壶放到炉子中央说："这会子甚也没有。"

我拉了把椅子坐在炉边，伸手烤着火说："没有就做。"从口袋里摸出一张面额五十元的纸币，不由分说塞给他。

老板没有接钱，为难地说：“那你们就得等了。”

程建邦说：“剩的也行。”

老板钻进后厨，不多时拿出一盘蒸得开了花的馒头和两只海碗摆在我们跟前的桌上，又端出一碗油泼辣子和两根剥好的大葱，说：“那你们就凑合下吧。”

程建邦看了我一眼，说：“知道怎么吃吗？”

过了这么久，他还是没改掉有事没事就跟我臭显摆的毛病，到哪里都喜欢摆出一副对当地风俗很熟的样子。我拿起一个馒头狠狠地咬了一口，使劲嚼着说：“我就喜欢这么吃。”

他无奈地摇摇头说：“糟践东西。”拿起馒头掰开来，在里面抹了一层厚厚的油泼辣子，再把馒头一夹，活动了一下腮帮子，大大地咬了一口，一边嚼一边眯着眼摇着头，嗓子里满足地哼哼着，又拿起大葱脆生生地咬了一截，对饭馆老板说：“水开了，赶紧倒水啊。”老板应了一声，往碗里放了两勺白糖，将开水浇进去，就算把菜上齐了。

见老板钻进后厨叮叮当当地忙活去了，程建邦给我使了个眼色，示意我赶紧吃。我们有个不成文的规矩，只要能坐下来吃饭，不论吃的是什么，都要当成是山珍海味一样吃饱。因为谁都不知道将要发生什么，也不知道下一顿饭是什么时候。

我学着他的办法，狼吞虎咽地吃了几个馒头，辣得直吸凉气，最后把那一大碗热白糖水大口地灌了下去，出了一身的热汗，一夜的饥寒顿时驱散得无影无踪。程建邦递给我一支烟，轻声说：“刘亚男和周亚迪关系应该不一般。”

我拿着烧火棍挑开炉盖，故意弄出很大的声响，往里加了几块煤，说：“正好一勺烩。”

程建邦看着我，许久才轻叹了一口气说：“看来老徐也是这个意思。”

从徐卫东发来那条信息开始，我就知道我们这次遇到的突发状况引起了上级的重视。一个是金三角的毒枭，一个是活跃在中俄两国的大毒贩，这两个人交集在一起除了更大宗的毒品买卖，还能有什么别的事？

而且照现在的情形来看，将要发生的事很可能上级得到的情报也极其有限，不然怎么会临时改变我们秘密逮捕刘亚男的任务呢？

这时门外传来了一阵汽车的引擎声，那车到门口停了下来，响了一声短促的鸣笛。我和程建邦对了下眼神站起身来，饭馆老板闻声从后厨走了出来看着我们。我摸出刚才那张五十元的纸币，问："够吗？"老板搓着手说："太大了，我找不开。"

"不用找了。"我把钱给了老板，和程建邦走出饭馆。

一阵风卷起地上的沙土吹过，刚出的一身热汗立刻就被吹没了。刘亚男坐在驾驶座上示意我们上车，我朝车内看了看，没发现有其他人，便与程建邦钻进了车内。

刘亚男半天没有说一个字，也没有开车，只是从后视镜里看着我们。我用余光瞥了眼程建邦，他也是一脸茫然。三人都等着对方先开口说话。终于，刘亚男扭头四周看了看，语气一沉问："你们想干什么？"

我笑着说："这话得我们问你吧，你想干什么？"

"我的事你们两个问不着，也没有资格问。"她顿了顿，神色一正，"秦川、程建邦，徐卫东给你们的任务是把我带回去，你们一路跟到这里来，想干什么？"

我的脑袋"嗡"的一声，努力控制着神色不要因为情绪而引起变化，假装疑惑地扭头看着程建邦说："她说什么？"

程建邦盯着刘亚男的眼睛，说："动一下我就开枪。"他的眼皮稍微一垂，我和刘亚男不由得都顺着他的眼神看去，不知什么时候，程建邦已经将之前从枪手手里缴的枪握在手里，枪口正对着刘亚男。

我感觉自己像是随着车内的空气一起凝固了，稍微一动，身体就会随着这冰冷的空气一起四分五裂。一种强烈的挫败感拽着我的心脏不停地往下坠落，我自认为已经修炼到只要自己愿意，就永远不会被人发现真实身份的地步。哪知这一次还没做什么，就被人家识破了，甚至连上级的名字和任务的内容都了如指掌。事到如今，我已经没有时间去回想到底哪里出了问题，脑子里一片空白，耳朵里"嗡嗡"直响。

刘亚男把遮挡在眼前的刘海甩到一边，笑着对程建邦说："上次在金三角的丛林里对着宁志开枪，这次又想在这黄土高原上对我开枪？”

我明显看到程建邦浑身一震，从衣襟下露出的幽黑枪管也跟着微微颤抖了一下。如果我们的身份被识破，那八成是我们自己的隐蔽工作没有做好，可是程建邦曾开枪误伤宁志这种事怎么可能泄露？程建邦眉头一皱：“你是什么人？”

“跟你们说不清，但是宁志去金三角是我派去的。”刘亚男眼中闪过一丝黯淡，很快又恢复了平静，“我是你们特案组的上级部门。”她横了程建邦一眼：“把枪收起来。”

程建邦犹豫了一下，苦笑道：“对，你要是想把我们怎么样，也不会叫我们上车了。”他把枪收起别在后腰，看着我笑了下说：“我就知道这女人没那么简单。”

刘亚男接着问：“还没回答我呢，你们想干什么？”

程建邦说：“既然你是我们的上级部门的，难道不知道我们要干什么？”

“你们接到的任务我知道，但你们想干什么我不知道，显然你们现在已经超出了任务范围，为什么不按命令带我回去？”刘亚男从包里摸出自己的手机丢给我，“不说就用这个给你的上级打电话，你们正好鉴定我的身份，再说我也懒得管你们，丢给徐卫东也好。”

我拿着她的手机一时不知所措，刘亚男伸过手来在键盘上按下一串字符，手机界面切换成了我熟悉的联络总部专用界面，而且权限明显比我和程建邦的都要高。我拨通了总部的总机，电话那头传来了话务员熟悉的暗语，我不知如何应答，把手机还给刘亚男，扭头看着程建邦对他撇撇嘴，叹着气点了点头。刘亚男接过电话说：“碰到家人了，给家里报个平安。”说完挂了电话。

我把脑海中关于刘亚男的所有记忆全部倒了出来，快速地整理了一遍，尽管很多事情看起来怎么都说不通，但如果她真的在执行另一条线的任务，那么那些说不通的地方都不算什么事。

唯独昨晚她的那两个手下将那五个警察炸死的事是一个疑点，我问：“来救你的也是咱们的人？”

刘亚男说："不是。"

不等我继续追问，程建邦问道："昨晚那几个是假警察？"

刘亚男说："不全是。"

我压制住猛然蹿出的怒火："那就是还有真的？你为达到你的目的不择手段，宁可牺牲警察？"

刘亚男斜着眼打量了我一下。"只有那个他们叫冯队的是警察。不过能给毒枭带路的，你觉得会是什么好警察？"她有些不耐烦地伸手打断了我接下来的问题，"你还没回答我，你们想干什么？"

我看向程建邦，他对我微微点了点头。我长舒了一口气说："我想去金三角。"

刘亚男冷笑了一声不说话了。车内恢复了宁静，静得能听到彼此的呼吸声，我像个等待考试结果的学生似的紧张起来。我可以肯定，只要刘亚男一点头，凭借她的资源、势力和级别，我大可大摇大摆地重返金三角。这个女人太不可思议了，连特案组掌握的有关她的情报都是假的，从她的假档案来看，她所背负的使命远远不单是缉毒这么简单。这些判断让我不由得兴奋起来，而这个人也令我自愧不如，肃然起敬。

"不行，这不是你的任务。"她轻轻地说。

这个回答我并不意外，换我是她，也不会贸然答应这样的事。本来以为把握这次机会可以重回金三角，谁知这次的目标人物刘亚男居然是自己人，而且级别远高于我和程建邦，很可能还高于徐卫东，那么现在已经不是智慧和勇气的博弈，而是简单的权力。这不是动动脑子、流血流汗就能改变的事，至少在时间上就不允许。

我见她没有丝毫通融的迹象，沮丧地叹了口气，无奈地对程建邦摇摇头，摸出手机说："算了，那你只能跟我们回去了，我得执行完这个任务。"

刘亚男眉头微微一皱："你们回去，我会和徐卫东解释。"

我双手抱在胸前，往椅背上一靠："那你现在跟他解释吧。"

刘亚男有点不耐烦了："听不到我说的吗？你们先回去，我会和他解释。"

她说这些的时候，眼神中掠过一丝一般人根本无从察觉的慌乱。我猛地觉得自己看到一丝曙光，很可能刘亚男目前所做的事也超出了她的任务范围。

这对我们来说很正常，毕竟都是有血有肉的人，就算是我，也想超出任务范围去金三角，只为完成宁志的任务，并把他的遗骨带回来，更不要提这个如此神秘莫测的女人。她刚才说，宁志是她派去金三角的……不然为什么上级要我们把她秘密带回去?

我试探地说："那可不行，我说去金三角，你说那不是我的任务。那我服从命令，执行好我的任务好了。"

她挺起胸，抬高了一点声调："你是什么职务？什么级别？中尉还是上尉？我肯定比你高，现在你只需服从我的命令。"

她开始拿级别压我，让我更加肯定自己的判断是对的。我笑着说："我还真没有级别，入行就被销了所有档案。"我对程建邦使了个眼色："走，回去交货。"

程建邦早看出了我的小心思，伸着懒腰搓搓手说："得嘞。"

刘亚男再怎么厉害，始终是个女人，眼下大家又彼此亮明了身份，她对付毒贩的那些手段在我们跟前完全失了效。现在拼的是体力，我和程建邦要带她回去简直易如反掌。她忙说："等等，你先说你为什么要去金三角，上回你可是在那里丢了半条命的。"

我说："那你为什么怕跟我们回去？我没猜错的话，你的任务重心在境外，这几年都没怎么在国内露过面。这次突然一个人回来干什么?"

程建邦在一旁忍不住哧哧地笑了。

刘亚男此时已经完全放下了伪装，跟着程建邦笑了起来，笑着笑着眼眶红了，将额前的一绺头发别到耳后说："刚才确认了你们的身份后就像是见了亲人。"她转过脸，深深地吸了几口气，声音有些哽咽。"如果我没有猜错的话，你去金三角是为了宁志。"

我"嗯"了一声。她又说："我也是。"

"是什么？"我追问道。

刘亚男轻叹了一声："去金三角。"

我问："也为了宁志？"

她点点头，又摇摇头说："是，也不全是。"她转过脸来，眼里满满地噙着两汪泪水，像见着失散已久的亲人一样看着我和程建邦。"上个月，我的第六个兄弟把命丢在了那里。"说完，她又补了一句，"宁志是第一个。"

我的脑中浮现出宁志牺牲时的场景，心中猛地一抽，眼里涌起了一层泪雾。

2

刘亚男转过身，抓住我和程建邦的手说："听姐姐的话，回去。"她的这个举动顿时把我们搞蒙了，一时间张口结舌，不知该说些什么。她的手冰凉而柔软却有力，目光温情而恳切却毅然决然。

我低下头避开她的眼睛道："不行，我们不能让你一个人去冒险。我看得出，你明显是在违抗上级命令。"

程建邦突然说："既然这样，为什么我们不制订个计划，向上级申请任务呢？"

刘亚男看着我们沉默了一会儿，脸一板："这辆车给你们，你们回去吧。"说着就伸手去开车门准备下车。

程建邦说："我没猜错的话，你制订了计划，申请了任务，而且上面也批准了。"我和刘亚男听了这话，全愣住了。程建邦顿了顿又说："但是上面要你带两个帮手，你拒绝了。"程建邦看着我："我俩就是上面派给她的帮手。"

我有点没回过味来，问道："有必要瞒着我们吗？"

程建邦笑了："不是瞒，只是没亲口告诉我们而已。"

我说："废话，这有什么区别？"

程建邦说："现在看来，老徐只是在遂我们三个人都想去金三角的愿。"

我扭头看刘亚男，见她并没有反驳，我还是有点没明白："什么意思？"

程建邦狡黠地一笑，眼睛亮亮的。“你和老徐不止一次说过想去金三角吧？这次亚男正好申请了任务，上面要派帮手给她，她担心再次牺牲自己的兄弟，就拒绝了，简单地说，她是觉得帮手累赘。”程建邦笑了笑，又说，“当年我也嫌你累赘，这我能理解。”

我说：“你少废话。”

程建邦说：“我没估计错的话，亚男只想自己一个人去，她在金三角那帮人中早就是大腕了，她的资源和能量不仅是组织的宝贵资源，也是她敢和组织谈条件的筹码，她不要帮手，利用自己的反面身份去金三角很简单。老徐接到的任务肯定是把她带回来，但老徐派了我们两个，他料定我们一旦知道亚男的真实身份，一定会琢磨着跟她去金三角，这就遂了亚男和我们去金三角的愿。再有，以咱俩的情况是不会轻易被亚男哄回北京的，势必会跟在她左右，这也遂了老徐能有自己人和亚男相互照应的愿。”

刘亚男默默地点了根烟，独自抽了起来。程建邦问她：“你和老徐是老战友了吧？”

刘亚男不置可否地笑笑，接着抽她的烟。我说：“老徐有必要瞒着我们吗？”

程建邦说：“我问你，如果哪天上面就这个事问你，你接到的任务是什么，你怎么说？”

我想了想说：“很简单，就是带刘亚男回去。”

程建邦问：“如果老徐告诉你，明的任务是把刘亚男带回去，实际要想办法配合刘亚男去金三角，等事情过了，上级问下来，你怎么说？”

我张了张嘴，无言以对。很明显，我照直说就会出卖徐卫东，而瞒着说就会欺骗上级，这里面孰重孰轻我根本无法掂量。程建邦说：“老徐是不想将来万一有什么差池，造成你对上级撒谎。”

我整理了一下思路，不由得咂巴咂巴嘴：“老徐心思确实缜密。”

“废话，不然人家坐在办公室里运筹帷幄发令箭，你就只会认准一个死理不撞南墙不回头。要换你坐在老徐的那个位子上，什么事也干不成，小学生都能买到海洛因了。”程建邦看向刘亚男，话锋一转，“我们也不可能回去的，咱别辜负了老徐的这番苦心。”

刘亚男抽了口烟，叹了口气说：“知道我回来的不光是上面，这太危险了，稍一不小心……”

我想起之前的那几个假警察，打断了刘亚男的话：“那你就更不能孤军奋战了，我不觉得我们两个大男人会给你添麻烦。”

刘亚男看了我一眼，没有说话。程建邦用胳膊肘捣了我一下，很严肃地说：“这和性别没关系，人家一个人这么多年做了多少事，你我很难想象。”

我点点头，看着刘亚男：“说计划吧。”

刘亚男说：“我的计划里没有你们两个。”

我被她噎了一下，求助地看了看程建邦，程建邦说：“那说任务，说目标。”

刘亚男想了想说：“帮金三角改朝换代，我们现在完全失去了对那边的控制。”她打开车门，对我们说，“你们来个人开车吧，咱们出发。”

听到“改朝换代”这个词，我心中觉得不快。这无非是灭了周亚迪又来个张亚迪，灭了张亚迪又来个王亚迪的事。在两年前，我的抱负还是要将那里夷为平地，但现实的确如刘亚男所说，我们所做的只是尽量多地掌握那边的消息，因为只要有贪婪的物欲存在，那里就不会消失，毕竟那不是我们自己的国土。

我正准备下车，就见车后有几个人向这边赶来，跑得很急。我忙问刘亚男：“那是你的人吗？”

刘亚男转头看了一眼，说：“不是。”她关了车门，猛踩一脚油门，车子向前冲去。我和程建邦被巨大的惯性晃得东倒西歪，还没来得及抓稳，就听到后面“嗵”的一声巨响，车尾已经被急速喷射出的钢砂击中，一阵噼里啪啦乱响。刘亚男没有停止加速，车轮在沙石混合的路面上不停地打滑。这时又是“嗵”的一声，这次声音明显比刚才远多了，也听不到钢砂打到车身的声音了。

我挣扎着扶着座椅坐了起来，赶忙伸手上下摸了摸自己的身体，检查是否有穿过车体的钢砂打中自己。

“你怎么样？”程建邦扶着座椅问刘亚男。

我这才注意到刘亚男的脸上有血，血顺着鬓角的一缕头发淌到肩膀上。她目不转睛地盯着前方的路，一手紧握着方向盘，另一只手搁在变速杆上，轻轻地说：“算他们走运，打到的是头不是脸，不然我非回来亲自要了他们的命。”

一时间，我分辨不出她到底是有事还是没事，如果没事，但她说打中了头，而且满脸的血；如果有事，从她的口气来判断，似乎她并不在意。我向车后看了看，见没有人追来：“找个地方停一下，换我开，你到后面来检查下伤口。”

刘亚男侧脸看了眼自己肩膀上的血，眉头微微一皱。“刚买的大衣。”鼻子里重重地哼了一声。“不行，你们路不熟，他们一会儿就追上了。”说着手伸进自己包里，摸出一包没开封的纸巾，一丢正好落在程建邦的手中，“取纸巾给我。”

车后窗和前挡风玻璃上有一个绿豆大小的洞，应该是一颗钢珠打穿的，也正好擦过了刘亚男右耳上边的头皮。程建邦翻坐到副驾上，小心地帮刘亚男将脸上的血擦掉，一边轻轻地拨开她的头发查看伤势，一边看着她的表情。她稍一皱眉，程建邦立刻停下动作，手指明显轻微地颤抖着。

刘亚男拨开程建邦的手，将车一拐，开下一个陡坡。下了坡看清是个大坑，四壁都是废弃的窑洞，门窗和有用的东西都被拆走了，黑洞洞的空无一人。我打开车门跳下车，摸出腰后的手枪，检查了每口窑洞，里面凌乱地码放着一些土坯，窑洞里的土炕早已坍塌，只有破损的烟道处裸露出的被烟熏黑的砖块能证明曾经有人在这里住过。

刘亚男摇下车窗说：“这里待不了多久。”

我走回车边，四下看了看，有些不耐烦地说：“你是不是给我们解释下这到底是怎么回事？”

“秦川。”程建邦显然对我的态度很不满意，轻声对我喝道。

刘亚男拉下车内的镜子，对着镜子认真地拨开自己的头发，从包里拿出棉签和酒精处理伤口，并没有理会我们。再看程建邦丝毫不为刚才以及将来可能发生的事担心，我不由得气不打一处来，伸出手指，指了指程建邦的鼻子，又指了指车内的刘亚男，踹了一脚轮胎，找了个背风的角落，点了根烟抽起来。

我承认自己不如他们聪明，很多事我看到一点，最多分析判断到背后三点就到了头。程建邦不一样，他看到一点，差不多就能判断出整件事的来龙去脉，就像之前他凭借刘亚男的一些话就判断出徐卫东派给我们这次任务的真实用意，而且事后都证明他的判断八九不离十。我不知道这是一种天赋还是他曾参加了什么特殊的训练，反正每当遇到类似这种情况时，我的逻辑不如他们严密和完整，看不到他们看到的，听不到他们听到的，像个傻瓜。偏偏在这种时候，每个人都变得那么不可捉摸，不愿和人明明白白地说话。这对他们可能是一种享受，对我却是一种煎熬，一种同生共死却还宛如局外人的煎熬。

一低头，我见裤脚上沾了一些尘土，伸手想拍掉，手指碰到了口袋里的手机，我灵机一动，或许是时候请示一下徐卫东了。因为情况显然又超出了刘亚男的掌控，刚才追来的那些人，明显不在刘亚男的预计之内。

刚摸出手机，就听到程建邦低声喝道："秦川，你干什么？"

我看了看手机，又看了看程建邦盯着我手机警惕的样子，不由得有些委屈，难道他们担心我给追杀我们的人通风报信吗？我无奈地笑笑说："打 110 报警。"

程建邦骂了一句，扭头不知和刘亚男说了句什么，打开车门下了车，一边四处张望，一边走了过来，看着我的手机说："你是要和老徐汇报吗？"

"嗯。"我点点头。

"如果你不想去金三角，那么你现在就汇报；如果你想去，那我明确地告诉你，我们已经在路上了。"他看看疑惑的我，说，"你不是宁愿把命搭上也要去吗？怎么现在只是一支钢砂枪就把你打蒙了？难道你的血是只有过了国境，到了金三角的地界才流吗？"

"已经在路上了？"我喃喃地重复着。

“嗯，任务开始了。”他用下巴指了指车内的刘亚男，拍拍我的肩膀说，“还不明白吗？”

我想了想，轻轻地摇摇头。

他摸出烟点了一根，抽了一口指着脚下说：“现在在这里，就是通往金三角的一条绳索，我们在顺着过去。”

我说：“我不明白的不是这个，而是为什么现在不能和老徐汇报进展？他发来的信息你也看了，其中一句就是保持联络。”

程建邦笑了笑，侧着脸像是在想怎么跟我解释，然后他说：“现在刘亚男和我们的愿望是一样的，她把她的资源利用起来，我们可以一起大摇大摆地回金三角。如果汇报了现在的情况，正常情况下老徐肯定得召我们回去，那么你觉得还有多大机会重回金三角？就算老徐丢给你一个任务，让你回金三角，你告诉我，你打算怎么做？和上次一样？从和小混混打架开始？我估计你可能连周亚迪的面都没见到，就被干掉了。”

我想了想，说：“所以我们不必向老徐汇报，等到了金三角再说也不迟，那时候老徐也好对上面交代。”

程建邦笑着点点头：“不然以你我的经历，面孔在那边那么熟，无论如何上面是不会派你我前往的。”

我说：“你的意思是，这次是一个赌局，我在赌自己在周亚迪那里有没有暴露本来的身份，老徐也在赌这个。”

“对。”程建邦说，“如果赌赢了，那么我们就是去金三角执行任务的最佳人选，比派过去的新人都有分量。”

我恍然大悟，心头即刻一松，对刚才在心里埋怨程建邦的事隐隐地内疚。不过，有一个假设我们谁都没有提，那就是：如果，我们赌输了呢？

3

刘亚男处理完伤，坐在车内用手机不知跟什么人在通话。我还是无法打消心里的那点不爽，对程建邦低声说：“她的水太深，什么都不跟我们说，这么下去怎么合作？”

程建邦也看了一眼刘亚男："她不是不说，是没有机会，而且换作你也不知从哪里说起吧，再说路还长呢，沉住气。"

我点了点头说："我懒得和自己人费神。"

他笑着拍了拍我的肩膀。

这时一阵汽车引擎声由外传来，听上去速度很快，至少有两辆车。我和程建邦一对视，不约而同地朝刘亚男望去。她显然也听到了动静，眉头微微一皱，对我们伸出手做了个往下按的动作，示意我们隐蔽。

程建邦对我使了个眼色，把我拽到墙边废弃的牲口圈里，揭起墙角的高粱秸秆："你在这儿，我躲那边的井里。"

我有点吃惊地问："井里？"

他不耐烦地说："你别管了。"

我看了看刚才抽烟的地方说："把那个处理下。"

"别废话。"他朝我屁股上轻轻蹬了一脚。

我摸出枪上好膛，蹲下来由他用秸秆把我隐藏好，扬起的灰尘掺杂着一股干牛粪的气味被我吸进了鼻子，我担心咳嗽会抖落他帮我搭好的伪装，只好努力用闭气的方法忍住。透过秸秆的缝隙，见程建邦抱着一捆秸秆丢在之前我们抽烟的地方稍作伪装，正想往院中央的枯井处跑，回头看了看像是改了主意，裹紧身上的衣服扭头钻到车下，仰面抓着底盘把自己吊在了车底。

两辆越野车呼啸着冲进院子，车还没停稳车门就打开了，跳下来四五个端着半自动步枪的男人，将刘亚男的车团团围住。另一辆车径直开到院子的最里面，猛地掉过头，车头正对着院门口。两个男人跳下来，端着枪挨个巡视了每口窑洞，甚至探头朝那口枯井里张望了一下。其中一人顺着墙走到我藏身的牲口圈外，站在柴门边朝里面张望着。

我屏住呼吸死死盯着那人的脚尖和垂在膝头的枪口，只要他稍微显露出发现我的动作，我就只能先用最有效的办法制住他，绝不能让他出声。

可恶的是刘亚男对这里的情况介绍得非常有限，我不知道这些人是什么来头。这些拿枪的人是便衣缉毒警？是普通的喽啰还是受过专业训练的杀手？是黑吃黑的毒贩还是来追杀大毒贩刘亚男的正义人士？……什么都不知道，我枪里的子弹却一触即发，很有可能最后我死都不知道死在什么人手里。

这时，院子深处那辆车边的枪手对着这边喊："有事吗？"

那个与我就在咫尺之间的人忙说"没事没事"，一路小跑了回去。我悬在嗓子眼的心稍稍放了点下来。

车上又下来一个人，看来是这帮人的头目。他穿着棉大衣，戴着棉帽子，厚围巾蒙住了口鼻，扣着一副大风镜，整张脸被遮挡得严严实实。那人与身边的人耳语了几句，点点头，大步流星地走到刘亚男的车外，对车内的刘亚男招了招手。

刘亚男缓缓地打开车门下了车。那人打量了一下刘亚男，伸手端起她的下巴左右看了看，对手下挥了挥手。两个枪手上前一左一右挽住刘亚男的胳膊，将她拖到院中央的枯井边，将她的头压在井沿上，另一人从腰间摸出枪对着刘亚男的后脑就要开枪。

我心里一惊，确认了这帮人不是警察。只听"嗒"的一声枪响，枪口顶着刘亚男的那人应声一头栽进枯井。刘亚男手一翻，将按住她的另一个人掀开。其余人顿时乱起来，循着枪声朝程建邦藏身的车底看去，朝着车乱开了几枪。两只轮胎被击中，车身往下一沉。就算程建邦有三头六臂，要被压在车底也施展不开了。我从藏身的秸秆后蹿了出来，一边对着拿枪的几个人连开了四五枪，一边三步并作两步冲到那个头目身边。

所有人的注意力都被车底的程建邦吸引，没有防备我这个方向有人冲出来，当我向他们的头目扑过去时，几乎没有人反应过来。为了十拿九稳地擒住那头目，我朝他大腿上开了一枪，趁他中枪将要倒下的同时，我伸手一把将他的脖子锁住，拖着他朝后退了十来步靠在墙上，对剩下还站着的三个人喝道："都别动！"

那三个人站在那里愣了一下，借着这个空当，程建邦从车底爬了出来，举着枪，慢慢地朝井边的刘亚男移动。

刘亚男脸上平静如水，拍了拍身上的土，用手指梳理着被揪乱的头发，大概是遇到了一个死结，捋了半天没有捋开。刘亚男脸色一变，手指间夹着一缕头发，对刚才揪她头发的那人晃了晃，一言不发地看着那人。那人看了看我臂弯里锁着的头目，又看看其他几个举起手的同党，不知所措，见没人给他个示下，竟然伸着哆哆嗦嗦的手摸向刘亚男手里的头发，像是要帮刘亚男的忙。刘亚男将他的食指和中指一把攥住，向上一别，那人“啊”的一声，把手缩进怀里蹲在井边惨叫。

我隐隐觉得被我控制的这个头目很有些力气，加了把力锁紧臂弯。那头目挣扎着让自己的脖子稍微宽松了些，轻轻地说：“你是秦川？”

听到那个似曾相识的声音，我的心猛地一颤。

“你还活着？”那人试着想转过头，“你把我的围巾和眼镜摘掉，看看我是谁。”

洪林！当我在记忆中搜索到这个声音的所有信息时，我的心都快跳出嗓子眼儿了。我努力克制着内心的兴奋，将枪交到另一只手里，伸手快速搜了一遍他的身，摸出两只手枪、几个弹夹和一把匕首。我将他往前一推，在他膝盖后的腘窝猛踹了一脚，他扑通一下跪在了地上。

“趴下别动。”我将搜出来的武器收了起来，又对其余三人说，“全趴下。”

等他们全部趴在地上后，我冲刘亚男叫了一声“姐”，丢给她一支枪。我不知道洪林为什么会在这里，为什么会来杀她，也不知道刘亚男在金三角那边叫什么。只知道刘亚男还有一个名字叫刘眉，但不知道洪林要杀她是因为生意的事，还是因为识破了她的真实身份。我叫她一声姐，如果她没暴露，这一声姐足以证明我在跟着有毒枭身份的她干；如果她暴露了，那么我可以解释我是不知情的——反正不论她在金三角那边用了什么名字，我叫她姐都不会叫错。

“先别开枪，我是洪林啊，秦川！”洪林趴在地上歪着头说。

我端起枪在他脑袋边开了一枪，咬牙切齿地说：“我再听到一次我兄弟的名字从你嘴里说出来，我就要你的命。”子弹溅起的沙土迸进了他的嘴里，他也顾不上擦，拼了命地一把扯掉脸上的围巾和风镜。一张丑陋得有些可怖的脸顿时映入我的眼帘，尽管跟我记忆中的样子相比较已经面目全非，但那的确是洪林。

他的样子在别人眼里跟鬼一样可怕，在我看来却是扎心的痛楚——当年他是为了帮我摆脱掉胡经和周亚迪的追杀，才变成这样的。那辆撞在河床巨石上的越野车燃起熊熊烈火的场景，仿佛就在昨天。

今天，这个不惜付出自己生命也要救我一命的人，竟然挨了我一枪，被我撂倒趴在地上，求我别对他开枪。他的口水混着被子弹溅到嘴里的沙土，从残缺的嘴唇边淌了出来，仅剩的一只左眼噙着泪水看着我，眼神中却没有丝毫恐惧，满满的全是惊喜和期盼。看得出，那惊喜是因为我还活着；那期盼是他希望我前去相认，就像曾经在境外危机四伏的丛林里与他相互拍着肩膀互道珍重。

我垂下了拿着枪的胳膊，装作才认出他的样子，激动地将他搀扶起来，一边警惕地绷紧神经，防备着一切突发的情况。我有些不敢看他的眼睛，抛开一切不说，他眼里的真诚让一直对他防备着的我觉得卑微。

“洪林，我……”我看着他腿上还在往外淌血的伤口很是羞愧。

他丝毫没有理会自己的伤，双手抓着我的肩膀说：“活着就好。”话没说完眼泪就滚落了出来。

这人这景这话，宛如死神手中的那把铁钩，一把将我拽进回忆的旋涡，那些熟悉的却再也不能再见的脸庞一个个从我脑海中掠过。我拼命地挣脱回忆，忍着令人窒息的心痛对他点了点头说：“我先帮你处理伤口吧。”

他的眼神越过我，朝我身后他的那几个手下扫了眼：“没事，我那边有医生。”他正要招呼他的手下，又停了下来，像是在征求我的许可。我赶忙说：“我扶你上车。”趁他不备，我偷偷摸了摸腰后的那把枪，因为我手中的枪只剩下一发子弹了。

洪林半躺在车后座上，由他的手下帮他处理大腿的枪伤。我问：“你为什么要杀她？”

他看了一眼站在车外的刘亚男和程建邦，苦笑着摇摇头：“天意。你在迪哥身边的时候，迪哥干什么都顺，从你离开那天开始就死的死、伤的伤，这次面还没见到，又死了几个。”

我明白了，这次又是周亚迪。我假装恨恨地说："不是我离开他，是他要杀我。"

洪林咬着牙忍着痛呻吟了一下，说："记得当时我跟你说，别记恨他，他有他的苦衷。"

我转过脸看了一眼刘亚男："他的苦衷就是杀我以及和我有关的人吗？"

洪林也看了一眼刘亚男，显得有口难言的样子。见我一直盯着他被烧残的脸看，洪林说："捡了条命就不错……现在就是找女人贵了点，哈哈哈……哎哟，轻点。"

洪林包扎完伤口，穿好衣服，擦了擦头上的汗，看了一眼程建邦说："你朋友？"

"不，是兄弟。"我正要给他介绍。洪林伸手一摆说："不想认识那么多人，我现在什么都不问，只是接活，干活。"

我说："那你这次怎么交代？"

"有什么交代的？我就说……"洪林像是想起了什么，迟疑了一下，看着我说，"你不想让迪哥知道你还活着？"

我不知怎么回答，想了想说："我想回去。"

程建邦上前一步说："秦川，那个周亚迪想杀你，你还回去干什么？"

我看了一眼程建邦，知道他是在做戏，假装犹豫了一下："咱们在国内成天东躲西藏，没有一个小时是安生的，我受够了。"

洪林眼里闪出一丝期盼，问："你想回去再跟迪哥？"

我摇摇头说："我想自己干，我们兄弟这两年弄了些钱，也认识了一些人。"我明显看到洪林眼里一亮，他想对我说什么，显然又不知从何说起，着急地支支吾吾了一下，拍着我的肩膀说："用得着我的时候说一声，跟你一起干点事，我踏实，就是死也踏实。"

我看出来洪林这两年过得并不好，以周亚迪的性格，不会因为他放走了我还会对他委以重任。就像他刚才所说，什么也不问，只是接活干活。不是他不想追问我到底想干什么，追随周亚迪的生活使他麻木了，与其被骗，不如索性不问。而以我现在的情形，硬要回到周亚迪身边未免太过牵强，他也不会像过去那样信任我。所以与其跟着周亚迪，不如跟周亚迪变成合作关系，我最大的资本是刘亚男，或者说，是赌注。

刘亚男双手抱在胸前，面无表情地叼着一支烟，默默地望着窑洞顶的天空，仿佛眼前的一切都与她无关。

我说："洪林，你是迪哥的人。我要干的话是跟他合作，怎么能找你帮忙？那样不合道义。"

"道义？"洪林冷笑了一声，低下头"哧哧"地笑了。他的这个反应给了我几分自信，我偷偷地看了程建邦一眼，他向我投来赞许的一瞥，转头看着刘亚男。

刘亚男将手中的烟头往地上一丢。"既然你是秦川的朋友，回去转告周亚迪，这笔账我很快会去找他算清楚。"她看了一眼被打爆了轮胎的车，"你现在用不着那么多车了，我开走一辆，后会有期。"

刘亚男跳上另一辆完好的越野车，掉转车头，按了几下喇叭。我拍拍洪林的肩膀，正准备下车，洪林一把拽住我说："有笔吗？我给你留个电话。"

"不用，你说，我记得住。"

洪林左右看看，凑到我耳边说了一串号码。我点点头说："记住了。"

刘亚男一言不发，把车开得飞快，颠簸的路面加上越野车硬朗的悬挂，颠得我和程建邦在车厢内东倒西歪，觉得全身的骨节都抖松了。我见她一时半会没有减速或者停车的意思，忍不住问："咱这是去哪儿？"

刘亚男从后视镜里看了我一眼说："找个地方洗澡换衣服，我还得补个妆。"

我压着火气扭头看程建邦，希望他能把我心中的不满说出来，至少应该问问今天发生的一切究竟是怎么回事。谁知程建邦眼里满是欣赏的神色，呆呆地看着刘亚男。

刘亚男又补了一句："就算是聊天也得找个舒服的地方坐下来吧。"

我挖苦道："用不用再给你来杯咖啡？"

"嗯！"刘亚男一点头说，"那当然，意大利浓咖啡，到地方你记得帮我点。"

我正要发作，程建邦拽了拽我的衣袖，示意我冷静。也是，现在除了冷静也没别的办法。这时口袋里的手机微微一振，我摸出来一看是徐卫东的密码信息，示意我做好准备，晚上安顿好立刻向他汇报情况。我拿给程建邦看，他摸摸下巴说："他怎么知道我们今晚会安顿好？"他故意看了一眼刘亚男，是她告诉我们要找个地方休息的，怎么徐卫东就知道了？

刘亚男扭过脸很无奈地看了我们一眼说："看我干吗？有你手里那个玩意，不管你到哪里上面都知道，连着走了这么久，地图上一画就能猜出我们要去哪儿。"

我忙问："去哪儿？"

"延安。"程建邦淡淡地说。

4

傍晚时分，我们到达了延安市区，刘亚男轻车熟路地把车开进了市中心的一家酒店。我们开了两间房，各自返回房间休整。突然从人迹罕至的黄土高原下来，走进这满是文明气息的酒店房间，多少有些觉得手脚没处放的局促。

程建邦大大咧咧地脱光衣服钻进卫生间，哗哗地洗起澡来。我给自己泡了杯茶，端着坐在窗口，眺望着远处灰蒙蒙的夜景，恍如置身于梦中一般。我有点怀疑之前与洪林的偶遇是真实的，还是只是一个梦。也说不清自己希望那是现实，还是梦境。

洪林那一半正常、一半残缺的脸就像是我对金三角的记忆，想要去怀念，记忆中却总有锋利的刀刃刺出；想要去忘记，却总有些人无法淡忘。那是一种这世上最美好与最丑陋的事物混在一起的感觉，丢不开也握不住，在你的思绪里萦绕，永无止境。

我想起自己今天无形中拟订的那个计划。是的，我要借助刘亚男的资源去金三角找周亚迪，仿佛如有天助，意外相遇的洪林明确表达了愿意跟我站在一起的愿望，这是多么宏伟的一个计划。可是，然后呢？难道转行去做毒枭？做金三角最大的毒枭，然后一把火将那个地方烧成灰烬？……我不由得笑了，苦笑，就像头天夜里喝醉酒说了一通大话，等到第二天酒醒后回忆起那些大话后有些茫然。

抽了几根烟，听卫生间里没了动静，走过去推开门，见程建邦四仰八叉地躺在浴缸里已经睡着了。正想叫醒他，就听有人在轻轻叩门。刘亚男站在门外，递给我两个袋子："换上吧，红色袋子是你的，蓝色是建邦的。好了咖啡厅见。"

等我回过神来，刘亚男已经转身离开了。我拎着袋子愣了好半天，打开一看，竟然全是崭新的衣服。我看了一眼程建邦丢在床上的那些早已落满尘土的脏衣服，心说，这个女人倒真是心细。我关好门将衣服丢在床上，叫醒在浴缸中酣睡的程建邦。他揉着眼睛，打着哈欠裹上浴巾光着脚走了出来，就手将蓝色的袋子打开说："蓝色是我的。"

我说："你不是睡着了吗？"

"难道你睡觉，耳朵也会跟着睡着吗？"他这一句把我问住了。这些年来，何止是耳朵，手指头好像都是随时醒着的。他往身上套着衣服，对我摆摆手说："赶紧洗澡，她不是约咱们去咖啡厅吗？你还不赶紧跟她商量你的宏图大业？"

我一时不知他说这话是认真的，还是在取笑我，只好拿着衣服钻进了卫生间。洗完澡穿衣服时我才发现，刘亚男给我们准备的衣服非常全，连内衣裤、袜子都包括在内，最让人难以接受的是尺码正合适。程建邦瞄了我一眼，得意地吹着口哨，站在穿衣镜前整理着发型，他似乎看出了我的疑惑，笑笑说："那女人厉害吧，看一眼就知道咱们的斤两。你啊，还是好好听听她的意见吧。"

我横了他一眼："我怎么有种被偷窥的感觉？"

程建邦停下了所有动作，一皱眉，扭了扭肩膀："你这么一说我也有点别扭。"

到酒店咖啡厅门口的时候，我习惯性地站在门外四下看了看，侧过身子，将整个出口都纳入自己的视线内。程建邦试探着用迎宾的身体挡住自己，朝里探了探头，又往里走了几步，大概是看到了刘亚男，扭头对我使了个眼色，我跟在他身后走了进去。

我观察了下整个咖啡厅，人不多，也没人特别在意我们。刘亚男换了一身衣服，坐在一个角度相对安全的位子上，垂着眼皮，轻轻地搅动着咖啡。我和程建邦坐到她的对面，各自点了杯饮料，等饮料上来服务员刚一离开，她就问道："你有多少钱？认识多少人？"

我和洪林说的那番关于要去金三角的话，她都是听在耳里的，所以问出这样的问题。我想此时也没必要再有什么隐瞒，硬着头皮说："钱，没有；人，也就认识你。"

刘亚男头都没抬，继续搅她的那杯咖啡。我有些不耐烦："你有什么话直说。"

她轻轻说："那就够了，干吧。"

程建邦正在喝饮料，听了她的话一口呛住了，捂着嘴咳嗽起来。我无心理会程建邦，本来我已做好准备，大不了被他们挖苦一番。这事肯定得费点周折，没那么容易办成。谁知道她答应得如此爽快，完全出乎了我的意料，反而让我不知何去何从。我最担心的问题还是来了，她抬起眼皮说："说说吧，你的计划。"

我想了想，心一横说："事情太突然，我的决定也很草率，除了今天和洪林说的那些，具体计划我还没有想。"

刘亚男抬眼看着我，微微一笑："那就现在想。"

我抓抓头说："我不知道我掌握的情况有没有过时，我发现那边分为好几个势力，彼此能够缔结在一起的唯一因素就是利益。我们有钱，又有网络，他们为什么不和我们合作？只是现在我不知道……你的情况。"

"我？"刘亚男说，"你没见他们都想杀我？"

刘亚男补充了些细节，原来在路上救走她的枪手，是她养着给她卖命的一帮职业打手。洪林能追到那里去，说明这帮人已经被金三角的人买通了，能让这帮人不计后果地出卖她的行踪，可想而知花的钱是多大的数目。

我想了想说："他们费这么大劲想杀的，一定是能够给他们造成威胁的人，说明他们怕你。如果他们怕的势力站在他们一边，又有什么理由拒绝呢？"

刘亚男端起咖啡轻轻地啜了一口，问程建邦："你觉得呢？"

程建邦看看我，说："我能有什么看法？我跟班。"

"不，这次你是主角，他跟班。"刘亚男用下巴指了指我。

"我是主角？"程建邦瞪着眼睛问道。

"嗯。"刘亚男点点头，拍了拍自己身边的位子说，"坐这儿来，现在开始咱俩是一对，秦川是你的兄弟。"说着从烟盒中取出一支烟叼在嘴上。

程建邦满脸疑惑，看看我，又看看刘亚男，慢慢地站了起来，眼睛陡然一亮："我明白了。"

我心领神会地一笑，举起饮料杯，程建邦和刘亚男也举起各自的杯子，三只杯子在空中正要碰上……就见一个人影一晃，一屁股坐到了刘亚男的旁边，丝毫不顾及我们的诧异，对站着的程建邦说："不用起立，坐吧。"

我定睛一看，居然是徐卫东。

他的突然出现，连一向泰山崩于前都面不改色的刘亚男都惊呆了。她和我们一样张着嘴巴，看着穿着一件黑色皮夹克、竖着衣领的徐卫东，忘记了嘴上还叼着一支没来得及点燃的香烟。

我不由得说话都有点结巴了："你……你怎么来了？"

"我没来，我不在这里。"徐卫东扭头对赶来点单的服务员说，"什么都不要，谢谢。"看着服务员走开后，他瞪着我说："你知不知道你在干什么？"

我鼓起勇气说："知道。"

我正想向他汇报我的计划，却被他用眼神打断。他死死地盯着我的眼睛，目光从怀疑，到信任，再到些许鼓励，足足看了我一分钟，才开口说："你知道就好，反正我什么都不知道。"他扭头又打量着刘亚男，摸出打火机将火苗凑到刘亚男面前帮她点燃烟。"你果然一回来就是大手笔，又是爆炸又是枪战。"顿了顿，想再说点什么，最终什么都没说，只是冲刘亚男点了点头。

徐卫东站了起来，目光缓缓地掠过我们三人，看了一眼桌上的三只杯子，脸上浮现出难得一见的笑容，点点头："我没来过这里，你们也没见过我。"徐卫东收起笑容，看到我们都点头后，他转身朝外走去，走了两步又停下，转过身子说："对了，我也什么都没和你们说过……嗯，活着回来，这句除外。"

他的叮嘱像一记重锤，重重地落在我的肩头，最后砸在我的心坎上。看着他的身影匆匆地闪出了咖啡厅，我的心头百感交集，一时鼻子有点发酸，喉头有些哽咽。

刘亚男和程建邦的眼神从徐卫东离开的方向转移到了我的身上，他们像是在等待我的决策，又像是等着我给他们下命令，他们马上就会无条件地去执行，就那么静静地看着我。

原来关于命令，无声的远比掷地有声的更加有力。我深知今天在这家西北城市的咖啡厅，是我人生的一个十字路口，一旦走出去就没有回头路。

徐卫东的意外到来，更让我明白事态有多严重。上级极有可能不会承认我们的行动，甚至不会承认我们的身份，任务一旦失败，别说没有荣誉和奖励，我们就是将命丢在某个山谷或是某片潮闷的丛林中，任由尸体腐烂，化成一堆白骨，连个烈士都追认不了。而徐卫东也将被我们拖累，不知道会面临怎样的困境。

我突然理解了徐卫东曾经说过的话：他的责任是在两难时做出决定，而我的责任是执行命令。

目前为止我们还有退路，只要我放弃那近乎疯狂的想法，跟程建邦若无其事地带着刘亚男回去复命就好。但我确信，那样的话，从今往后我将踏上洪林现在的路，简单地接活，干活。

不，宁志死不瞑目，我怎能就此退缩？

沉思良久，我缓缓举起面前那杯饮料，悬在桌中央的半空中，不等我说什么，另外两只杯子几乎同时碰上了我的杯子，清脆的声音穿过了咖啡厅稍显混浊的空气，犹如一道闪电瞬间照亮了我内心每一个灰暗的角落。

我们三人将杯中的饮料、咖啡一饮而尽，相视而笑。

“老徐以前就这样吗？”程建邦问刘亚男。

刘亚男一脸茫然地问：“谁？”

程建邦愣了一下，低头笑笑，绕过桌子坐到刘亚男身边，伸开长胳膊揽着刘亚男的肩膀说：“没谁，过去的事就让它过去吧，我只在乎咱俩的以后。”

刘亚男就势往程建邦肩头一靠，甜蜜一笑。我无心看他们做戏，说：“咱们是不是充实一下计划？”

“好啊。”程建邦笑嘻嘻地说，“开始吧，充实吧。”

我按捺着火气说：“你能正经点吗？先让你女朋友说。”

刘亚男坐正身子，一本正经地看着我：“你问吧。”

她这个态度，我反而不知从哪里问起，想了想说：“你有多少钱？你认识多少人？”

她问：“你想要多少？”

这时我才发现，我和她远不是一个量级的，根本无法平等地对话。我们之间除了来自同一个部门外，几乎没有任何共同点……不，还是有共同点的，我们都是削尖了脑袋无论如何也要去金三角。我眼前一亮，换了种口气说：“我一定要去那里，是因为我的一个兄弟还在那里不曾瞑目，你呢？”

刘亚男眼神一暗，垂下眼皮说：“那里我有些事要处理。”她把这事说得如此轻巧，就好像要去金三角办理些日常小事，而且是在一个对我而言如此重要的节点时说出这样的话，让我不由得有些烦躁。

我不耐烦地叹了口气，站起身说：“你可能觉得我没资格坐在这里和你讨论什么行动计划，也可能你早有你的打算，如果是这种态度，我觉得根本没有合作的必要。”我瞥了一眼程建邦说：“大家各玩各的吧。”我整了整衣服大步走出咖啡厅，回了房间。

或许我需要从洪林那里打开缺口重返金三角，退一万步，我只需回到那里把宁志带回来就好，会遭遇到什么样的危机已不是我现在能计划到的。我在心里默念了一下洪林告诉我的那个号码，竟然觉得轻松。

既然上级不会承认我的这次行动，那么我的肩头也不会背负什么使命，只是单纯地带宁志回来就好，至于在那里搞什么破坏，都算是赚的。

5

程建邦回到房间时，我已经做好了独自前往金三角的心理准备。我正想埋怨他为什么敞着门时，见刘亚男双手抱在胸前，正倚在门框上看着我。相对沉默了一阵，见他俩没有要说什么的意思，我迈步朝外走。

刘亚男站直了拦住我的去路，用脚将门关住，连着往前走了几步，生生把我逼退回了屋，斜着眼问我："你想干什么？"不等我回答又问，"你能干什么？"

我看着她的眼睛正想反问她几句，她说："别拿以前那点事显摆，凭你赤手空拳就想去金三角和大毒枭谈合作？"她"哧哧"地笑着又往前走，我感觉到有种莫名的压力以她的眼睛为中心，形成一股强大的气场生生逼着我退到窗边的椅子上，一屁股坐下。

她说："上级那么信任你，你却拿自己的生命开玩笑。"

我猛地站了起来，想夺回刚才失去的主动，谁知她眼都不眨一下，就站在距离我不到二十厘米的地方与我对视着。我再次被她的气场打败，只好摸出根烟点上，以此掩饰自己内心的不安。

"他们早已经开始玩可卡因了，你以为还像过去一样苦哈哈地种罂粟吗？"刘亚男朝后退了一步，坐在另外一张椅子上，"你开始说只是想去把宁志带回来，我以为你是开玩笑。我真没想到，你这么个大男人居然打算干这么幼稚的事……你闭嘴，坐好听我说，你有的是机会反驳我。"

我悻悻地将烟点着，坐回椅子，跷起二郎腿。

她接着说："现在的情形，恐怕你见着周亚迪，说不上三句话就会被他干掉，你以为以周亚迪的头脑，反应不过来你杀洪古的事吗？当初你能逃脱只是个侥幸。你被边防武警救起，一直送到北京，这一路那么多人经手过你，你知道都是谁吗？你知道这些人现在都在哪，都在干什么吗？你以为只有咱们的人卧底到金三角，就没有金三角的人卧底到咱们这边？你的事，随便有一点消息走漏，你就是个死。你还有什么不服的？"

一向言语不多得让我上火的刘亚男，一连串的问题连珠炮似的打得我晕头转向。等我仔细地把她的话在脑子里过了一遍后，终于不得不面对这样一个事实：对这件事，从头到尾都是我自己的一厢情愿。我有些虚弱地靠在椅背上："那你呢？"

"你这个想法到现在为止计划多久了？"刘亚男问道。

我转过脸，看着窗外，不由得有点含糊："两天。"

"我计划了快两年。"她淡淡地说，"从得知宁志牺牲的那一刻起开始。"

程建邦把外套脱下，坐在床边看着我说："我们一起生生死死了这么久，从来没有发生过谁丢下谁的事，刚才你竟然丢下我们自己走了。"他的眼神中露出我从未见过的落寞，让我开始为刚才的冲动而自责。本想解释几句，又觉得说什么都是那么苍白无力，我叹了口气，低下了头。

"我知道你觉得我总和你们藏着掖着，换你是我你能怎样？拉着我的手，端杯热茶跟我促膝长谈吗？我的确没和你们共过事，但当我知道你们和我是一条战壕里的战友时，我就再没有怀疑过你们半分，哪怕有人用枪指着我脑袋的时候。"刘亚男用手指做了个枪的手势，对着自己的太阳穴。

我回想起之前洪林的手下粗暴地揪着她的头发往枯井边拖的情景，以她的身手完全可以放倒对方，她却没有动手。我耳根一热，越发觉得惭愧起来。刘亚男继续说道："因为我知道，我的战友一定不会眼睁睁地看着我被人打死，也只有你们动手，才能让对方觉得你们是我的手下，也证明了你们在我这里的价值，就算传回周亚迪的耳朵里，你秦川现在也是我的人，我信任你。既然要回去，就要不放过任何一个机会证明我们是一伙的。他们可能会怀疑你，但目前为止绝对不会怀疑我。"

我呆呆地看着她，忘记了手中的香烟早已燃尽。我回过神来，将烟头丢进烟灰缸，深深地吸了口气："对不起。"羞愧之余，同时也意识到徐卫东之所以敢把我放去金三角，并不是因为信赖我，而是因为有刘亚男。

"刚才的话我不会再说第二次了，我只希望大家记得刚才在咖啡厅里，我们碰过杯。如果之前我们三人之间还有什么隔阂或者嫌隙，在那之后，我们就是生死与共的战友。”刘亚男眼里闪出一丝亮光，看着我，唇角也微微地翘了起来，“明天，我们出发去找一个人，这个人有最新的可卡因配方。只要有了那个配方，我们用不着多少钱，也用不着多少人，就能让周亚迪敞开欢迎我们的大门。”

程建邦插进来说：“你别怪我多嘴，这个配方那么牛，你怎么确保他只给你？还有，难道我们真的把配方给周亚迪？那他岂不是如虎添翼？那我们的目的是什么？”

刘亚男狡黠地一笑：“目的就是让金三角的几股势力把所有身家都押到那张配方上。”说着，她将拳头攥起来，轻轻地往茶几上一砸。

程建邦拍了拍手说：“懂了，让他们自相残杀。”

“自相残杀只是序幕，我要让最后的赢家死在这张配方上。”刘亚男看了看我和程建邦茫然的脸，说，“因为这张配方加工出来的毒品，在小剂量的试验时绝无问题，一旦大规模生产堆在一起多放几天，就会发生反应，全部变成工业垃圾。”

我有个疑问：“你说的那个人这么厉害，为什么还没有被人抓去？”

刘亚男眼里闪着自信的笑意：“因为他是我的人，我自然有办法让他听话。不然，你以为我都在忙什么？”

我仿佛看到了金三角的毒枭们为了一张假配方打得头破血流的惨象，又好像看到了最后所谓的成功者对着一仓库的垃圾时那张扭曲的脸。我兴奋得不由自主地站了起来，忍不住笑了出来，鸟瞰着窗外这座不大的城市，只觉得心里从未有过的畅快，激动得眼泪差点流出来。我俯身紧紧握住刘亚男的手，说：“谢谢你，真的。”

刘亚男回握住我的手也笑了，然后站起身说：“现在都清楚了，就好好睡个好觉，明天我们出发。”

事到如此，我也不想问明天出发的目的地是哪里了，这种感觉像是找到了家一般温暖和踏实，若不是程建邦和刘亚男在跟前，我真想放肆地仰天大笑一场，将心底积攒的所有阴霾通通倒出去。

程建邦显得也很高兴，目光落在我的脸上时，眉头一皱：“你刚才不是闹着要离家出走，自己一个人去金三角吗？怎么不走了？”

我鼻子里“哼”了一声说：“不知道当初是谁因为害怕想当缩头乌龟。”

程建邦脸色一变：“你别不识好歹，我怕你死都不知道是怎么死的，臭在哪里都不知道……”他的目光掠过刘亚男时闭了嘴，自己打了自己嘴一下，低下了头。

刘亚男狠狠地瞪了他一眼，扭头出了房间，那情景像极了当年郑勇在徐卫东办公室外胡说八道后，徐卫东生气的样子。

程建邦小心翼翼地看着刘亚男的背影，龇着牙，为刚才说的话后悔不已。

我看着他长长地叹了口气，摇了摇头，正想挖苦他两句，还没张口，他就说：“秦川，你住口。”

第十三章

最讨厌别人和我比个子

1

第二天我们随刘亚男从延安出发，辗转了一周后，在一个清晨到达了昆明。

连着好几天都挤在火车狭小的车厢内，忍着混浊的空气，我们三人几乎接近崩溃的边缘。等火车慢悠悠地进了站，车门一开，我迫不及待地冲下火车，拖着僵硬的身体找了个稍微宽敞的地方抻了抻筋骨。当云南温热又潮湿的空气被我吸入肺里，那熟悉的气息一下压得我心情沉重起来。我抬头看着满天的乌云，摸了摸脖子上的汗，把外套脱了拿在手里。刘亚男说："扔了吧，一时半会儿用不着了。"

程建邦立刻将口袋里的东西掏干净，把外套卷了卷，塞进了出站口的一个垃圾桶里，舒展着肩膀看看四周说："你说的那人应该也到了吧。"

刘亚男领着我们走出车站，站在广场上四下看了看，说："走，先把大事办了。"

大事？我和程建邦相互一对视，会意一笑，打起精神跟着刘亚男，走进了广场对面的一家商场。刘亚男皱着眉头在摊档间穿行，来回转了好几圈也没有要停步的意思。我压低声音凑到她耳边问："怎么？难道那人换地方了？"

刘亚男踮起脚眼睛快速地搜寻着什么，忽然眼前一亮，嘴角微微一翘，打了个响指说："有了。"

我跟在她身后，暗自活动身体的各个关节，只等稍后一旦发生什么状况，就立刻出手。刘亚男走进一家店面，示意我们在门外等，我和程建邦立刻在店门口找好合适的角度，各自站在了最佳位置上，确保里面不管出来几个人都能把店门封死，一个都跑不掉。

一个女店员满脸是笑地走上前招呼着，刘亚男点头微笑着，慢慢在衣架上翻看起来。我轻声对程建邦说："大隐隐于市，料那帮毒贩也想不到这么重要的一个人物居然藏在这种地方。"

程建邦摸着下巴说："我怎么觉得不对劲？"

我警惕起来："怎么？"赶紧朝店内看去，已经不见了刘亚男的身影。我不禁倒吸一口凉气，侧身对程建邦说："人呢？怎么不见了？"

程建邦呆呆地望向店里，也不答话。我东张西望一通，再转回头时，见刘亚男已经换了一身清爽的衣服，背对着我们站在柜台前不知和店员说些什么。等了一会，她走了出来，对我们说："走吧。"

我赶紧问："人呢？"

刘亚男看了我一眼："什么人？"

我压低声音说："配方。"

刘亚男一边伸手从衣架上拿下一套衣服看着一边说："急什么？再坐七八个小时的大巴就到了。"

我有点不可置信地问："那我们这是……"

刘亚男说："不得换身衣服吗？我们这一身冬装像什么样子？"

我一口气没捯上来，噎得半天没回过神。程建邦摸着下巴晃到刘亚男身边也去看衣服，经过我时斜了我一眼，脸上露出鄙夷的笑。我本想发作，又一想，或许是我太过紧张了。刘亚男带着我和程建邦继续买衣服，连着又进出了好几家店后，她才满意地朝外摆摆头，而我几乎将所有的耐心都耗尽了。

出了商场，我们打了一辆出租车直奔长途大巴站。往车站大门口走的路上，刘亚男说："等会儿上了车，就没那么太平了。有没有什么想干的事？趁现在还有时间，抓紧去办。"

我和程建邦茫然地对视了一眼，摇摇头。我问："你呢？"

“我刚才已经办完了，逛街嘛。”刘亚男的目光落在程建邦裤腰上的标签上，皱起眉头，伸手将那个标签扯掉，“真丢人，居然跟你一起在街上走了那么久。”

程建邦一头雾水地看看刘亚男手里的标签，说：“没留意，不好意思。”

刘亚男扭头看我，我下意识地低头检查自己的裤腰。刘亚男说：“我去买票，你们去买点吃的喝的。”刚要走，又说，“算了，你俩坐那边等我，别乱跑了。”

刘亚男朝售票窗口走去。我和程建邦面面相觑，尽管觉得别扭，还是顺从地在刘亚男指定的座位上坐了下来。不多时，刘亚男买好了票，拎着一个装满食品、饮料的塑料袋，站在不远处的人群中冲我们招手。一缕阳光透过清亮的玻璃窗正好落在她的脸上，她好像一个要带着孩子出去郊游的普通少妇，表情特别安静从容，那情景竟让我想起儿时母亲的样子。我不禁眼睛一热，低下了头。

我低着头走过去，刘亚男看出了我的异常，搭着我的肩膀问：“怎么了？”

程建邦说：“他想家了。”

我转过头看他，他忙说：“我也是。”说着接过刘亚男手中的袋子问，“几点的车？”

刘亚男将目光从我脸上移开，看了看电子显示牌上的时间说：“还有十五分钟，不然应该带你们正经吃顿饭的，老这么对付身体怕是要废了。”

我看了一眼她手中的车票上目的地的名字，名字有些眼熟，应该是位于云南最南端边境的一个县城。那里肯定有边检站，这种地方武器和毒品走私必然泛滥，检查一定会仔细，我们身上的那几把枪就有问题了。我问道：“这地方会有边检，我们身上的武器怎么办？”

“留一把，其他的拆散，在到达边检站之前分开丢掉。”她看了一眼程建邦，问道：“做好计划中咱俩关系的准备了吗？”

程建邦脸上居然浮起一层红晕，低着头小声说：“没有。”

刘亚男好奇地问：“前几天喝咖啡的时候不是都入戏了吗？怎么到关键时刻掉链子了？”

程建邦咬着下唇，垂着眼皮说：“亚男姐，对不起，我觉得我还是把你当姐姐自然点。”

刘亚男笑了，转头看向我。我忙叫：“姐！”

她笑着白了我俩一眼：“姐就姐吧。”

听着广播通知，我们朝进站口走去。刚到大巴车门口准备上车时，我回头在刘亚男身后看到一个熟悉的身影。那人同时也看到了我，稍稍一愣，快步朝我走来。我努力收起在刘亚男面前的局促，叫道“洪林”，绕开刘亚男向前迎了几步。

洪林只身一人，戴着一副墨镜，但那墨镜再大也遮挡不住他脸上的伤痕，在人群中显得很扎眼。他上前拍拍我的肩膀，显得有些惊喜，看了看我身后的刘亚男和程建邦，对我说：“这么快又见面了。”

我一时无法判断在这里遇到他真的是巧合，还是他一直在跟踪我，于是说：“你来这里是……”

他晃了晃手中的车票：“回去，你呢？”

我看了一眼他的车票上目的地的名字，居然和我们的目的地一样，心头一紧，忙说：“去看个老朋友。”

洪林四下看看，压低声音说：“你真想回去干？”

我点了点头：“我本想和迪哥合作，不过他好像更愿意杀了我，那我只好去找别人了。”

洪林看了一眼刘亚男，不好意思地干笑了一下，叹了口气说：“他们的事我不懂，也不想懂了，但我真的很想和你做点事，跟你做事我踏实。”

我笑笑，故意说：“我可是迪哥做梦都想杀的人。”

洪林低下头，有些无奈地说：“上了这条船，随时都会被人出卖，稍不留神死都不知道怎么死的，怎么可能不多疑……对了，你……你们打算怎么和他合作？不如告诉我，我回去帮你们探探口风……当然，如果你还信得过我的话。”

我正迟疑该怎么回答这个问题时，大巴司机连着按了几下喇叭。我忙说："上车再说吧，人家催了。"

我侧过身子把刘亚男和程建邦让进车，刘亚男经过我面前时，轻轻地对我点了点头。我想这是她在示意我，可以对洪林放出关于我们有一个配方的消息。我转头问洪林："你的座位在哪儿？"

洪林说："无所谓，等上去找人换一下。"

上车找到座位坐好后，我见洪林的座位在靠前四排的地方。车缓缓地驶出站台，乘客不多，空着好些座位，一些空位上堆着大包小盒的行李。我轻声问刘亚男："我觉得他应该不是跟踪我们来的。"

刘亚男不动声色地说："有人跟踪他。"

她的语气果断得让我差点开始四下张望，立刻意识到一旦真有人跟踪他，那我的举动必然也在那人的视线内，要是露出察觉的举动定然会引起那人的警觉。我硬生生地控制住自己的动作说："那周亚迪应该已经知道我们来了。"

坐在刘亚男另一边的程建邦抬起手将手表凑到我的面前，指了指表盘，手表时针指在八点半的方向，而现在已经快十一点了。我立刻明白他的意思：跟踪者在我的八点半方向。

那么那人应该坐在我的左后侧，我们和前面的洪林，所有的动作都会被他尽收眼底。我只觉得后背起了一股凉气，就好像有人正用枪对着我，随时准备扣动扳机，而我之前却茫然不知。

刘亚男从袋子里摸出一个苹果，手一滑，苹果掉落到地上，骨碌碌从我脚下向后滚去。我立刻会意，起身去捡那个苹果的同时，余光瞄到了跟踪者。我捡起苹果坐回座位，心里踏实了许多，只要我确定了对方的位置和后面的环境就好，只要我愿意，我可以在三秒内冲到那人跟前将他控制住。

眼下这种情况只能先靠近那人，解除他的武装，把他换到我的视野内并且是触手可及的地方。我轻声对刘亚男说："我去后面。"

刘亚男说："动作别太大，小心点。"

我在脑中计划好了全部动作，慢慢地调整着呼吸，集中了所有注意力，就在要起身的时候，洪林从前头走了过来，对我说："你……你不会以为我在跟踪你们吧？"

他的贸然出现就像一声炸雷将我从酣睡中惊醒，浑身不由得一颤。我呆呆地看着他，反应了一下，说："要不我们两个到后面找个空位坐下聊？"他朝后看了看说："好，最后面没人坐。"

洪林朝车后座走去，我起身随他朝后走。在路过我八点半方向的那人时，我抓紧座椅背上的横杆，腰部用力一屁股将那人挤到了里面靠窗的位子。不等他再有更多的动作，我一把抓住他摸向腰间的手，另一只手摸出枪抵住他的腰眼。我的动作不大，大巴还未驶出市区，乘客们都在看着窗外，没人留意我们的这点动静。

那人见形势完全被我控制住，只能松下劲，苦笑了一下说："说吧，要多少钱？只要别伤我。"

洪林返了回来，吃惊地看着我。我用眼神示意他坐下，压低声音问："你认识吗？他在跟踪你。"

洪林挤坐在我身边，探头仔细在那人脸上端详了一下，摇摇头说："不认识。"

我从那人腰间摸出一把枪说："那你认识这个吗？"

"警枪？"洪林脸色一白，"他是警察！"

我心里微微吃惊，低头一看那枪果然是警用枪械，枪柄还系着一根绳子拴在腰带扣上。不等我确认，那人又是一笑说："你们跑不掉的，不如跟我合作，我让你们当线人也不是不可能。"

洪林咬着牙冲我使了个让开的眼色，轻声对那警察说："你信不信我现在就弄死你，有这一车的人陪葬，我也够本了。"他等不及我让开，伸手扯掉那警察的枪，一把拽着我的胳膊把我拉离了座位，坐在那人身边用枪抵着他的腰说："你跟多久了？"不等那人回答，洪林又对我说："兄弟，不好意思，我惹来麻烦了，你放心，我来解决，你坐着等我。"

我只能点点头说："别闹大，这还是境内。"我坐了回去，对刘亚男说："是个警察。"

刘亚男眉头一皱，叹了口气说："怪我。"

我想了想说："要不我们服个软，先被他们带走，然后挑明情况……"

刘亚男果断地截住我的话："不行，这边的缉毒形势太复杂，你根本不知道警队里谁黑谁白。"

我有点吃惊她的态度："你什么意思？你怕警察出卖我们？"

刘亚男见我语气加重，并没有直接回答我，慢慢侧过脸看我。跟她一对视，我想起之前把我们抓住的那几个假警察，想起刘亚男曾说过警队里也有卧底的事，自知理亏，低下头说："那怎么办？"

刘亚男说："把洪林扔给他们，我们跑。"

我下意识地想反驳她的计划，在我的潜意识里，洪林是我的兄弟和救命恩人，把他丢给警察，难免一死。但当我理智地一想，他还是大毒枭的得力干将，犯下的累累罪行就算是枪毙都不能弥补。我一时愣在了那里，胸口被一团闷气堵着，半天舒缓不开。

"看得出他是个仗义的人，你就算不说，他也会为了你把自己折进去的。"刘亚男冷冷地说出这番话时，我突然觉得她好陌生，怎么也无法和刚才阳光下那个让我温暖的影子联系起来。我越过她看向程建邦，他眼神游离地避开我的眼睛，低下头一言不发。

刘亚男放缓了语气说："不然的话，那个警察很可能会死，还有可能搭上更多无辜的性命。"

我知道，她说这些是在安慰我。也正因为是我，她才会安慰几句，若是初识没什么交情，恐怕这些话她都不会说。我回过头瞥了一眼戴着墨镜的洪林，努力在脑中将他的样子想象成洪古，那个杀了我两个战友的死敌，似乎只有这样，我才能狠下心按照刘亚男所说的去行事。

果然，洪林冲我做了个"过去"的动作。我走了过去，见那警察双手背在后面，估计是被洪林用手铐铐在了座椅上，耳朵里塞着个耳机，耳机线连着一个随身听，离着这么远我都听得到耳机里嘈杂的音乐声。

"到下一站你们先下车，这里交给我，我惹来的麻烦我解决，只是这次拖累你了。"不等我说话，洪林又说，"别犹豫了，不然谁也跑不了。"

我纠结了一下，说："我没事，让我大姐和我兄弟走，我留下来和你一起。”

洪林吸了吸鼻子：“兄弟，有你的这句话就行了，我死也值了，这两年再没人和我说过这样的话，你和他们一起走。”

我按着他的肩膀说：“行，我答应你，但你也得答应我一条。”

洪林看着我“嗯”了一声。我说：“活着，哪怕给他们当线人，只要活着，就算整个金三角都要你的命，也得先过了我这关。你把我供出去，千万别冲动，别在内地杀人。”说完这些，我凑近他的耳朵，给他留了我的电话号码。

他看着我，混浊的眼泪从墨镜边缘下滑出，狠狠地点点头说：“我答应你，秦川，这辈子认识你，我值了。”

大巴驶出了市区，在山路上盘旋，刘亚男选了一个站点决定提前下车。

走出车门时，我回头看洪林，他咧开嘴对我笑了笑，半边脸显得越发狰狞。我急忙转过脸，跳下车，头也没回地跟着刘亚男和程建邦走下公路。

2

我们跟着刘亚男，沿着公路朝前走。一路上，他俩在商量绕路前往目的地的路线，我始终埋头赶路没有插一句话。一直走到一个丁字岔路口，刘亚男停了下来。我抬头看了一眼路牌，没有一个地名是认识或者熟悉的。刘亚男朝路两边张望了一下，说：“现在黑白两边都在找咱们了，三个人目标太大，我们得在这里分手了。”

“什么？”程建邦有点急了，“越是危险我们越不能分开，不然万一发生什么状况，彼此连个照应也没有，我不同意。”

刘亚男像是没听见程建邦的话，蹲下身将那个装满食品和水的袋子打开，把里面的东西分成两份，自己只拿了一瓶水，然后站起来对我们说：“你们俩一人一份，不许抢。”她脸上带着温暖的笑意，像母亲又像老师在叮嘱两个春游的小朋友。

我心里说不清是担心还是难过，也对分开走的建议不赞同，但理智告诉我，这时候我必须服从她的决定。我点点头说："我们在哪里碰头？"

刘亚男说："我会把地址发到你们的手机上。"

程建邦上前一步冲我说："你忘了当年你在泰国越狱出来差点被人打死的事了？现在这种情况，我们怎么能分开？"

我不知怎么回答他，避开他的眼睛："我相信亚男姐。"我又问刘亚男，"是不是怕我们的警队里有他们的人？"

刘亚男看了我几秒钟，点点头："总有人挡不住钱的诱惑。"

我一挺胸，说："我。"

"那是因为你还不知道钱好在哪儿，不过要想让你听话，这样就行了。"刘亚男掏出枪抵在程建邦的胸口。我顿时愣在了那里。她笑笑又说："或者这样。"她又用枪口抵住自己的下巴："如果握着枪的是周亚迪，你会不会低头？"

这些话，她说得很轻松，我和程建邦却张口结舌，傻愣愣地站着不知说什么好。我们愣了好一会儿，程建邦说："那你呢？"

刘亚男把枪塞到程建邦手里说："任务最大，我不会为了谁而牺牲任务的，我们的命不是自己的。所以我希望，有一天你们遇到这样的事也要果断，因为真到了那个时候，相信主动权已经在对方手里了，你不要以为变了节他们就真的会遵守承诺放过谁，人要死得其所。"她摸出一沓钱，分成两份塞到我和程建邦手里。"买东西时该多少钱要算好，普通人没有不找零的习惯。这些小习惯不注意，总有一天会坏事。"

她又叮嘱了一些细节后，用手指揉着太阳穴，像是在想还有什么遗漏的。程建邦看了看手里的枪说："这个还是你拿着吧。"她说："我用不着，三条路，你们自己选，选好了我发路线给你们。"

我随手指了左边，程建邦随即指了右边。刘亚男看了一眼中间那条路："怎么？两个人一左一右护着我？"她说的是玩笑话，但正好说中了我们两个选择这两条路时潜意识的想法，我们就是想守护她。

刘亚男走上前，拍了拍我和程建邦的脸，说："别光顾着赶路，按时吃饭，多喝水，我在那边给你们接风。"说完扭头大步朝中间那条路走去。走出十几米，她背对着我们伸出手挥了挥。一阵山风掠过，吹起了她的几缕头发。

我和程建邦对视一眼，点点头，拎起自己的东西迈上了征途。

我的心头不知被什么沉甸甸地拽着，每走一步都坠得难受。像是一个被母亲抛弃的孩子，心中满是委屈、孤单，又有些伤心。很多次我想停下来朝他们的方向眺望，看看他们的身影，却总鼓不起勇气，任由他们的脚步声在这寂静的山路上渐行渐远，带走了我灵魂中全部的温暖和柔软。

我摸出手机，那上面显示出刘亚男发给我的路线和目的地，突然感觉好像和他们分别了很久，这条信息就像是一封家书。我翻来覆去地看了很多次，一咬牙狠心删掉了。

根据刘亚男给我的路线，第一个站点距离我现在的位置还有三十多公里，而终点距离现在还有四百公里，时间是后天中午前必须到达。这一路走来，我好像已经习惯了刘亚男安排时间和行程，突然让我自己决定行进计划，不禁有些茫然。

一阵柴油机的“突突”声从身后传来，我回头一看，后面驶来了一辆四轮拖拉机。我忙伸手想拦住，谁知驾车的老农见状不仅没有减慢，反倒加起速来。黑烟从车前的烟囱里滚滚地冒出，一股刺鼻的柴油味扑鼻而来。我想大概是人家怕遇到坏人，不愿意管我这闲事，于是退到路边给他让出路来。

那拖拉机驶到我身边时却慢了下来，老农推开驾驶室的门一边对我招手一边大喊：“快上，快上。”我不明白是什么意思，以为后面有人在追他，忙朝后看，并没有发现什么异常。他催得紧，我只好抓住门边跳进满是油污又窄又小的驾驶室里。

坐好后我又朝后看了看，四周还是没有什么异常。老农说：“我这个机器有毛病，不留神就会熄火，再发动好难的，对不住你。”

我笑笑说：“谢谢你。”

他打量着我问：“你被抢了？”

我想我这身打扮，出现在这种前不着村后不着店的地方，的确是怎么看都觉得奇怪。我假装尴尬地干笑着，含糊地点点头。

老农又问："你去哪里？"

我说了路线中最近的一个相对较大的城市的名字，他点点头："那我把你捎到前面的一个镇子，那里有邮局，你可以给你家人打电话。"

我问："有车站吗？"

老农说："没火车，只有汽车站。"

我道了谢，张望了一眼前面的路，心想也别问多久能到了，这小柴油车也就这个速度，急也没用。老农从身后摸出一个烟袋："你抽烟，我自家种的烟叶。"

我接过烟袋拈了些烟叶填进烟锅，用拇指压瓷实了，拿打火机点着，小心翼翼地吸了一口，还是被呛到了，忍不住咳嗽了几下。老农呵呵笑着说："你家里有老人抽这个吧，我见你好熟练。"

"小时候总给我爷爷装烟。"说到从小把我带大的爷爷，我不禁有些伤感。爷爷去世的消息是在去年执行完某次任务回京后徐卫东告诉我的，我回不了家，只偷偷去墓地祭拜过一次。此刻握着这杆旱烟枪，闻着那熟悉的味道，内心中某处又开始隐隐作痛。我赶紧岔开话题："您老这是去哪儿？"

老农收起笑容说："卖烟。"

我随口说："原来烟草也是在这个季节收获。"想起罂粟的收割期，想起周亚迪带我看的那大片的罂粟田，恍如隔世。

老农看了我一眼，说："不是。"

我觉得他的眼神和之前有些不同，于是问道："不是什么？"

"不是大烟。"老农笑着看看我，"你不像是被抢过的。"

我见他还是想问我出现在这里的原因，只好说："嗯，是被骗了。"

老农说："世道不好，骗子多，日子久了都分不清好人坏人了。"

这话中有话的深意，口气口音都不像个普通农民。我把后腰的枪摸了出来，一边在手中摆弄，一边观察着他的脸色。他看到了我手中的枪，脸色没有半点变化，这更让我肯定他没那么简单。

"你到底是什么人？"我问道。

"迪哥让我来接你。"老农淡淡地说出这句话时，我开始担忧起刘亚男和程建邦的安危来。很显然，周亚迪一早就在跟踪我们，他既然派这样一个人来接触我，必然早已做好了准备，在沿途有着妥当的安排。

真是神通广大。我低着头笑出了声：“迪哥这么多年，老习惯还是不改，杀我不敢露头，接我还是不敢露头。”

老农呵呵一笑：“你们这些个年轻娃娃，别人说啥，你们就信啥。据我所知你跟他也不是一天两天了，也是共过生死的人，你觉得他是那样的人？”

我点点头：“是！”

老农摇头叹了口气，看向前方不再言语。我看着他满是皱纹的脸，不禁有些感慨周亚迪那无所不在的触角和事无巨细的渗透力，在这乡间公路上，这样一个不起眼的人都会是他的耳目，我不由得从心底升起一股寒气，顿时也明白了刘亚男做任何事都谨小慎微的原因。这让我不得不开始反省这一段时间以来，自己到底出了哪些疏漏，因为这些疏漏随时都会要了自己甚至战友的命。

老农拐过一个急弯将车头打正，说：“迪哥在前面等你，我觉得你们之间有些误会，两兄弟有了误会不要紧，谁对谁错推心置腹说清楚。不过迪哥交代了，绝对不勉强你，你不愿意见他，前面还有辆车，你可以开走。”他朝前方努了努嘴，我顺着望去，路边果然停着一辆车。

眼看着拖拉机渐渐驶近了那辆车，我选择的时限也慢慢接近。我看着老农那看上去憨厚的脸，开始怀疑洪林，一时间我还不能将所有的线索理顺，但有一点可以肯定：周亚迪如果想杀我，在我踏进他的视线和势力范围后，到处都是机会。他没有动手，只有两个可能：一、洪林一开始就在撒谎，毕竟我没有亲耳听到周亚迪说要杀我，而且那时候在国境线上追杀我的人也没有一个是他的人；二、他大概听到了我想要回金三角干一票的消息，故意设计挑拨我和洪林，以便近水楼台。

“想好了吗？”老农问道。

如果见了周亚迪，不是又回到了起点？我现在的任务和计划是要跟刘亚男和程建邦一同去找那个拥有配方的人，我擅自先一步接触周亚迪，是否会对刘亚男的计划造成影响？这个假设很快就被我否定了，倒不是我自认为有多么能干，而是我觉得刘亚男似乎能够应付一切变化。更重要的是，事情发展到现在，我不得不担心刘亚男和程建邦的安全。况且我不信我这样离开就真的能摆脱周亚迪的监视，与其敌暗我明，不如和敌人在一起。

我说："他最近怎么样？"

那老农微微一愣，很快呵呵笑着说："那你们两兄弟就有的聊了。"他猛踩了一脚油门，拖拉机"突突"地冒着黑烟往前奔去。

3

拖拉机又拐过一个弯后，就见前方紧挨着路边停着一辆车，后灯打着双闪。一个熟悉的身影靠在车的后备厢上，微笑地看着我，那正是周亚迪。

尽管之前我已经做好了见他的心理准备，但在看到他的一瞬，还是心潮起伏，千万种滋味在心里翻滚起来。时间仿佛退回到两年前的那些日日夜夜，或许曾经觉得煎熬，现在回忆起来，竟然是那么美好——至少那时宁志还活着，至少那时他曾与我咫尺对望，至少那时我还能幻想着有一天能和他把酒言欢。

"你准备下车，我的机子不能停，一停就会灭火。"老农将拖拉机放慢了速度。

我打开车门，等他速度稍微一减便跳了下去。不等我与他告辞，那神奇的拖拉机已被老农猛踩着油门，冒着黑烟朝下一个急弯处驶去。我慢跑了几步稳住身形，拍了拍手上的灰尘，在离周亚迪还有四五米的地方站了下来，看着他却忍不住笑了出来。他也笑着对我点点头，张开了双臂。我慢慢地走过去，没有与他相拥，伸出一只手说："好久不见。"

这稍显冷漠的言行让他有些尴尬，他一把攥住我的手，一拽，还是将我拉了过去，抱着我用力地拍拍我的后背："好兄弟。"

我不知该如何应对，打开手中那个塑料袋说："喝点水？"

他愣了，看了我一眼，呵呵一笑，从塑料袋里拿出一瓶水，拧开盖子咕噜咕噜灌了一气，喘着气说："真热。"

我朝他车内看了一眼，没有其他人。我有些奇怪，以他的身份和地位，怎么可能只身一人跑到这种地方来与我会面呢？这是在中国境内，这么做太危险了。我又向四周看了看，发觉他在观察我，索性直接问道：“就你一个人？”

周亚迪摊开手冲我耸耸肩：“你以为我会带多少人？难道你还保护不了我？如果你想杀我，死在你手里我也认了。”

确定这四周没有其他人之后，我反倒被他的坦率反衬得有些不好意思。我干笑了两声：“你没什么变化。”

“你憔悴了不少。”周亚迪叹了口气，“很多事我是后来才知道的，怪我所托非人。”

没想到他会主动提及当年的事。我说：“哦？你是说洪林？”

他急忙摇摇头，摆了摆手：“你我是同生共死过的，你救过我的命，我周亚迪能到现在还喘气不是靠出卖兄弟，恰恰是靠兄弟们的帮衬。我只想说，我从没想过或做过伤害你的事。”他说完这些话，看了看我，叹了口气，低下头从口袋里摸出烟递给我一支。

我帮他点燃香烟后说：“我真的搞不懂你们，觉得和你们打交道好累。”

“秦川，我说过我欣赏你的简单，但是简单不代表懒惰。”周亚迪用手指戳戳自己的脑袋，抬头看着我，似乎是想说什么又没找着合适的词。我们相对沉默了几分钟，他说：“我知道你带着枪，我今天到这里有两个目的，我听说你还活着，就立刻叫人把摆在家里的你的牌位撤了。我想来看看你，现在看到你真的活着，我真的很高兴。”说着话，他脸上居然流下了两行热泪。他抹了把脸又说：“二来，我知道是有人在你我之间作梗，让我们之间有了误会。我想来想去，如果我这条命还是不能解除你我的误会，那我活着也是多余。”

我拿着他递过来的烟，陷入了无尽的旋涡中，无数的场景掺杂着生与死、血与火，在我脑里飞速地旋转。按周亚迪的意思，洪林从一开始就是在骗我说周亚迪要杀我，制造我和周亚迪的矛盾？可这对他有什么好处呢？但从现在的情况来看，周亚迪似乎也没有必要骗我。

我想，我还没有值钱到让金三角两个如此重要的人物为了争取我而相互栽赃的地步。

这些疑问在我脑中像一群苍蝇“嗡嗡”作响。周亚迪拿着一个金光闪闪的打火机按亮火苗送到我面前，我才从混乱的思绪中抽身出来，点着烟抽了一口，说：“谢谢。”

周亚迪的手明显地抖了一下，叹了口气，摇着头苦笑着说：“你要是不杀我，就开着这辆车走吧。”说完呆呆地垂着双臂，显得非常无力地擦着我的肩膀，朝我身后走去。

我心里有个声音叫我拦下他，叫他一声迪哥，然后让他把所有的事娓娓道来。我的理智却告诉我，他是一个毒枭，不论他做什么都是注定要被我消灭的敌人。他是不是因为得知我要带着资本去金三角干一票，才说出这样的话？

时间不允许我在这个当口磨叽那些没用的事，情急之下我只能问道：“你怎么知道我来了？”

果然，他停下脚步，缓缓转过身：“有些亏吃一次就得长记性，一些伎俩不是我不会，而是我不屑。”

我摇摇头：“我不明白。”

他哈哈一笑：“你明白，但是两年前的你可能不明白。”

他说得对，我的确不明白——按他的说法之前是洪林坑了他，那么他想掌握洪林的一切固然不是什么难事，当然也包括洪林见到我的事。这样一来，我反倒觉得轻松。至少在这之前，我对洪林为了掩护我而被警察带走的事还一直纠结着。或许，那人根本不是警察，只是洪林或者周亚迪的手下又在我跟前演戏。

当如此复杂的阴谋编织在一起，让你无从分辨对错的时候，你只能选择随机应变。我想到了刘亚男，她好像一直都是在应变，从未有任何突发的情况让她慌乱，就好像一切都在她的预料之中一样。不知她是否预料到我会在途中遭遇周亚迪。

我抽了口烟说：“换你是我，你会怎样？”

周亚迪笑着说：“秦川，我没看错你，你不是小聪明，是真聪明。”

我不知道他是否是因为我把难题丢回给他而故意这么说，只好也笑笑说：“我只是想说服自己。”

他走回来说：“我要是你，我就一枪杀了面前的人，从此天下太平。”

我没想到他会这么回答我，竟然愣住了。这的确是个办法，杀了他整个任务都变得简单了，而且灭了金三角一大毒枭，那里少了一股强大的势力，就必将失去以往保持的平衡，局面会立刻混乱起来，那么刘亚男的配方无形中会让天平越发地向我们倾斜。

一阵山风拂过了我的脸，我回了回神让自己冷静了下来，眼神越过了周亚迪的头顶望向天空的几朵浮云，在这难得的湛蓝的天空映衬下，那些云朵显得洁白无瑕。再次看向周亚迪那张熟悉的脸时，我觉得自己有些可笑，幼稚得可笑，因为他的几句话，竟然忘记了彼此的身份，忘记了曾经的教训。或者说周亚迪就有这本事，总能用几句话就让人相信他，甚至明明知道是谎言也愿意自欺欺人地去相信他。

我假装犹豫着，无力地低下头说：“当初我听洪林说，是你为了能和胡经合作而杀我的时候，我真的恨不得一枪解决你。可是现在，我不知道该相信谁。”

“我也是，当初我听别人说是你杀了洪古时，我恨不得把你千刀万剐了，但我还是选择相信你。”周亚迪将话截停在了这里。

不用抬眼看他，我也知道周亚迪此时一定在观察着我的反应。看起来在这里我占有绝对优势，要他的命易如反掌。但我不信他真的会只身前来见我，甘愿任我处置。我没有追问是谁告诉他是我杀的洪古，也没有摆出一副吃惊的样子来，只是冷冷地笑了笑，做出一副不屑辩解的样子。大脑飞速地判断着眼下的境况，我需要尽快做出正确的反应，不然很有可能把命丢在这里。

我叹了口气，苦笑着抬起头看着他。他的眼神在我抬头的瞬间从我脸上移开了，这个小动作更让我确定他之前的确在观察我的表情，那么只能说明一点：他根本不确定是不是我杀了洪古。

由此我有了某种自信：关于洪古和宁志的死，当年我在现场的解释破绽百出。后来我曾无数次回想当时的场景，我确认当时他们被突发的事情弄蒙了，才会那么轻易放过深入追查。但直到现在周亚迪还不确定，说明不是我的谎话编得圆，而是他宁愿相信我，就像我刚才突然愿意相信他一样。我太理解这种感受了，人不愿意面对事实的时候，就会这么逃避，就会这么自欺欺人，甚至替对方找理由、找借口。

只不过，我知道他是谁，他却还不知道我是谁。在我眼里，他是个子承父业、十恶不赦的毒枭；在他眼里，我不过是个亡命徒。所以换成我是他，也根本想不出我杀洪古的理由。

周亚迪大概是等了半天，都没有等到他意料之中的反应，一时间显得有些茫然。或许他没想到我会跳出他设计的局，没有按照他预计的情节往下走。我想我占据主动的时机到了，清了清嗓子说："你来这里接我，不会只是想找我叙旧吧？"

到底是谁杀死了洪古，这件事困扰了周亚迪很久，也很深，可能他做梦都在等着这一天，想得到答案。但我不想给他这个机会，至少现在不行。只有两种人才会急着替自己的冤屈辩解：一种是说谎者，一种是承受不了委屈的人。前者不言而喻，说的多错的多，我不想被他发现我在撒谎。至于后者，我想，周亚迪已经不再是两年前的周亚迪了，他不缺为他拼命的亡命徒，他缺的是与他一起共过事、经历过生死，关键是要有胸襟、有智慧的亡命徒。所以我不能急于辩解，那会让他觉得我浮躁，没有什么雄辩能胜过事实，我只需做几件事出来，比说一万句都管用。当我成为他的左膀右臂或者能在金三角叱咤风云时，鬼才会在乎洪古是不是我杀的。

周亚迪抽了几口烟，将烟头丢在脚下用鞋底踝碎。"我想你能回来。"他顿了顿，又说，"你想自己干也好，和我一起干也好，回来就行。"

我淡淡地说："我现在不是一个人，不然我也活不到现在。"

周亚迪说："听说了，你的兄弟就是我的兄弟，不论你们想来做什么，我周亚迪都欢迎。"

我朝他一笑："你不怕我抢你的生意吗？"

周亚迪不屑地说："你们不就是想要货吗？如果你们知道我做的事，恐怕根本不在乎那里的那点海洛因了。"

我果然猜的没错。他的确有更大的计划在实施，而且他的计划早已超出了毒品的范畴。两年前我就听他模棱两可地讲过他所谓的抱负，当时没听懂，也就没当回事。回去后我向上级详尽如实地汇报过，徐卫东好像也不太关心细节，或许上级的工作重点只是毒品吧。

如今周亚迪再次提及那个比毒品更重要的事，我不禁开始斟酌，但眼下这种情况也容不得我有太多时间去细想。我说："你是有抱负的人，我不同，我只想赚够钱，能尽量平安富足地过下半辈子。"

"哈哈哈……"周亚迪突然大笑起来，笑得我心里有点发毛。

等他笑够了，我歪着脑袋看着他，问道："好笑吗？是不是觉得我特别没出息？"

周亚迪慢慢地摇摇头："我是在笑我自己，我们见面到现在你都没有叫过我一次迪哥，而我却一直自认为是你的哥哥。"他看着我，眼里居然噙满了泪水。这让我不由得又产生了错觉，觉得自己是否过于小人之心。

"算了，你走吧，你和你的朋友们到了那边，如果有需要帮忙的，如果你还看得起我，就吭声，我在所不辞，保重！"周亚迪像是如释重负般呼了口气，冲我点点头，转身要走。

我叫住他说："迪哥，没有你，我可能已经死在那座监狱里了。"

周亚迪的背影明显轻轻一震，停下了脚步，肩膀抽动了几下，抬手抹了抹脸，转过身大步朝我走来，不由分说一把将我抱住。"秦川，跟我回家，苏莉亚让我转告你，她很想你。"他拽着我的胳膊走到车边，拉开车门说，"上车。"

"对了，通知你朋友一声，让他们一起走吧。"他坐进车内，把着车门说。

我点点头，摸出手机。不管他说这话是出于什么目的，我都有必要告诉刘亚男，我已经与周亚迪碰了头，并且直接跟他去金三角。我相信，刘亚男和程建邦会巧妙地应对这个变故的。

4

周亚迪将车启动，车轮一打上了公路。看得出他在努力克制着内心的情绪，我还是能看得出他的兴奋，这让我更加自信：我在他的眼里还是有重要价值的。这点很重要。

我拨通了刘亚男的电话，第一句话就告诉她我遇到了迪哥。刘亚男出奇地默契，随便与我寒暄了几句，便说："知道了，等我们取完东西到那边再见。"说完挂了线。

我心领神会地收起手机，刘亚男透露了两个信息：第一，让周亚迪知道他们去取一样重要的东西；第二，要我先去。

这样的话即便周亚迪中途有什么变故，想对我不利，也不会轻举妄动。刘亚男在圈内何许人也，周亚迪不会不知道，我现在自诩和刘亚男是一路，周亚迪自然不敢对我下手。还有一点，周亚迪知道我们这次是带着本钱来的，刘亚男放出这样的信息，无非是通过我提醒周亚迪，本钱不在我手里。这无疑为我提供了双重保障，同时也告知周亚迪，她去金三角，根本不惧他。

周亚迪看着我把手机装进口袋，问道："怎么样？我们去哪里接他们？"

我说："我先和你回去，他们去取点东西，然后来找我。"

周亚迪愣了一下，眼神有些黯淡，看上去很失望，半天没有吭声。他这个小动作引起了我的注意。难道他的重点并不是我？

车驶出好几公里，还是没有看到有其他车跟着，这让我很困惑。我是真不信周亚迪敢只身一人来见我。

"你既然来接我，为什么一开始不连我的朋友一起接了？"我摸出一支烟，点燃递给周亚迪。

他干笑了一下说："你那个朋友和我之间有点误会，有些事必须先找到你，和你说清楚才行。"

"嗯，洪林说，你要杀我的朋友。"

"嗯，他还说，我想杀你。"周亚迪抽了口烟，夹着烟的手伸到车窗外，"我认识你那个朋友比认识你早。"

我才发现，我俩说了半天刘亚男，却没有提及她的名字。我是因为之前被那几个来路不明的假警察押往宁夏的路上时，听他们叫刘亚男为

“刘眉”。这一路我忘了问刘亚男这个名字的来历，当遇到周亚迪时，我不知该怎么称呼她才安全，谁知道这个女人到底藏了多少秘密。偏偏周亚迪也一直不提及她的名字，只是称呼为“你的朋友”，难道他也知道刘亚男有两个名字？

我试探地问道：“你说的是我的哪个朋友？这次和我来的有两个朋友。”

“我说的是那个女中豪杰。”周亚迪还是避开了刘亚男的名字。

“她在外面混有很多名字，我怕我叫错了犯她的忌讳，所以一般叫她大姐。”我看了看周亚迪的脸色说，“但我觉得在你跟前这么叫她不合适。”

周亚迪嘴角牵了牵，说不上是笑还是怎样的表情，很快恢复了正常：“刘亚男，她还有什么名字？”

我放下心来，随口胡诌了几个名字：“什么刘眉、刘丽……反正好多，刘亚男这个名字我也知道，这女人多疑得很……”我故意顿了一下，扭头看着他：“迪哥，我说她的坏话了，回头见到她，你可不能出卖我。”

“哈哈哈，”周亚迪笑起来，“她没和你说过和我的过节？”

我摇摇头：“我从来不问这些，不过她知道我跟过你的事。”

“那当然，认识我的人都听我提过你。”周亚迪扭头看了看我，“我一直以为你……想不到你命真大，被中国边境巡逻队抓住还能出来。”

“别提了，你知道我当过兵，那时候看见穿军装的还真下不去手。谁知道，是他们救了我的命，当时我可是差点被打成了筛子。”我故意提起被胡经的人追杀差点丧命的事，绝口不提自己是怎么跑掉的。

周亚迪脸上显得有些不自然，尴尬地笑笑，不再说话。

结束了好久不见的寒暄之后，我和周亚迪彼此有意无意地避开核心话题，有一句没一句地聊着一些不痛不痒的话。小车比大巴快很多，傍晚时分就到达了边境。周亚迪说：“秦川，前面马上要到边境检查站了，把枪丢掉。”

我摇下车窗，摸出枪来拆散，一路走一路将零配件丢进路边的草丛中。“迪哥，这两年你过得怎么样？”问完后，我发觉这话说得有些晚。

他笑着慢慢地摇了摇头："你走后，我和胡经发了一批货。"

我冷笑了一声："听说了。"

"呵呵，那一趟差点害死我。"周亚迪苦笑着说，"总之这两年不怎么好，你呢？"

我正在想怎么回答他，就见前方的车辆渐渐多了起来。我们的车跟着减了速，很快看到公路上设的路障，几个荷枪实弹的武警战士正在查车。看样子，这是一个临时的检查站，想不到周亚迪对临检站都了如指掌，我不由得想起刘亚男曾对我说起金三角在这边的眼线无处不在的事，暗暗地吸了一口凉气。

周亚迪主动开门下了车，把证件递给武警。

"同志你好，请出示您的证件。"一个稚气未脱的小战士背着枪站在我这边，隔着车窗对我敬礼。他的钢盔压得很低，脸上都是汗水，我掏出证件，拍拍自己的头顶说："垫块毛巾在里面，不然不出几个月，你头顶的头发就全磨掉了。"我把证件递给他时，他还呆呆地看着我。我笑了笑说："退伍几年了，呵呵。"

小战士恍然大悟，憨厚地对我笑笑，又对我敬了个礼。"班长你好。"他接过证件去核对了一下，"请您下车接受检查。"

我和周亚迪站开几米，点了支烟，看着两个战士牵着一条警犬仔细搜查着我们的车。周亚迪压低声音说："要是有一天要你把枪口对着他们，你怎么办？"

我冷冷地"哼"了一声："我记得你曾对我说，枪口永远不要对着自己，可没教过我不能对着他们。"

周亚迪愣了一下，拍着我的肩膀说："你记性真好。"他打着哈哈朝车走去。我跟着说："当然记得，当时要不是你拦着我，我恐怕真的会给自己来一枪。"我是故意提起当年因为他怀疑我，我拿着枪对准自己的头向他证明自己清白的事。我的目的很简单，不管这两年发生了多少事，影响了多少他对我的判断，我必须扰乱他，尽量让一切接近过去的样子。或者说，我得让他对我有所愧疚。

查车的战士对我敬了个礼："同……不，班长，谢谢您配合我们的工作，请您上车。”他做了一个请的姿势。我向他回了一个礼：“麻烦你了。”随后和周亚迪上了车。在这之前，我观察了一下四周的车，有几辆载客的中巴和几辆货车，根本无从判断哪些和周亚迪有关。看来也只能走一步看一步了，反正我不信他会独自出现在这里。

车很快驶下公路，在一条林间的土路上穿行了四五公里。周亚迪将车速缓缓降了下来，我想应该是到了要步行的路了。车还没停稳，就从林中蹿出四五个人来，我下意识地绷紧了神经。周亚迪拍拍我说：“自己人。”

我下了车站在车边四下看了看，那几个人纷纷上前跟周亚迪打着招呼。这时，一个五大三粗的壮汉凑到我面前，他几乎高出我一个头来，目光挑衅地瞪着我，一步步靠近几乎贴到我的身上。我见周亚迪似乎并没有阻止他的意思，料定这又是下马威。我猛地往边上一撤，一脚踹到他的膝盖处，那人哼都没哼一声就单膝跪在地上。我一把揪住他的头发，啪啪两巴掌结结实实地拍到他的眼睛上，他呻吟了一声，捂着眼睛跪在了地上。

我冷冷地看着其余几个跃跃欲试的人说：“我最讨厌别人和我比个子，比过了还瞪我。”说话间我的目光扫过那几个人的眼睛，那些人喉咙动了动，看看跪在地上的那人，又看看我，最后看向周亚迪。周亚迪这才说：“一点规矩都没有，叫秦哥。”

“秦哥。”那几人纷纷对我点着头。我“嗯”了一声，算是回应，扭头看着跪在地上揉眼睛的那人。那人扶着受伤的膝盖拐着站起来，泪眼婆娑地叫了声：“秦哥。”

我抬头看了一眼天色：“天快黑了。”

周亚迪抬起头看了看，指着其中一人说：“你开车回去，其余人跟我走。”

我看了一眼那几个人的后腰，料定他们都带着枪。我冲他们说：“给我把枪，你们拿着都是浪费。”

那几个人愣住了，看向周亚迪。

“把你们的枪拿出来让秦哥挑。”周亚迪说。

这些人的武器五花八门，其中有两把警用手枪，这种枪肯定是杀了警察抢来的。我暗暗深吸了口气，心里一阵咬牙。与其他人手中的几把美制手枪相比，警用手枪口径小、威力弱，我就手拿了一把警用手枪，拉开枪膛检查了下弹夹，说：“走吧。”

之前被我踹了膝盖的那人一瘸一拐地抹着眼泪，跌跌撞撞地跟着一行人钻进了树林，没走两步就一跟头栽倒在一丛灌木中，被凌乱的树枝扎得没忍住，“哇”地叫了一声，惊起一群飞鸟。周亚迪眉头一皱，上前照着那人刚刚撑起的腰上就是一脚，将那人结结实实地踩进了灌木：“再出一点声，我要你好看。”

那人头埋在灌木中，呜呜地不敢出声，缓了缓挣扎着滚到平地上。我心头一软，上前一步向他伸出手。他看了看我的手，又看看我的眼睛，拒绝了我的好意，一咬牙站起身，怯怯地对周亚迪说：“迪哥，对不起。”

这么看来，周亚迪身边确实无人可用了。这种偷偷越境的大事，随身带的应该是左膀右臂才是。而他至亲至近的人，不是被我杀了，就是分道扬镳。眼前的这几个人，对周亚迪有着绝对的畏惧，但对他只有怕没有敬。一路走来，他们也没有太多的交谈，那种氛围比起曾经有我和洪林、洪古在他身边的时候是截然不同的。

怪不得他不惜冒险也要来找我，怪不得他也不愿深究洪古的死。他宁愿相信我，也不愿把我想象成敌人。

我跟在队伍的最后，时不时瞥一眼前面的周亚迪，他前额的几缕头发被汗水贴在额头，一边喘息着赶路，一边努力辨认着方向，像头在猎人的重重陷阱中逃亡的伤痕累累的独狼。这和他之前留给我的印象简直天壤之别。

我们在林间一口气行进了三个小时，周亚迪明显力不从心，已经上气不接下气了，脚底下时不时地踩空。那几个人也疲惫不堪，却都不敢提休息的事。我跑了两步追到周亚迪旁边：“迪哥，歇会儿吧，这么个走法会毁了身子的。”丛林里又闷又热又潮，瘴气也很重，他选的这条路地势不算凶险，偶尔还会有微风拂过，但长时间这么下去，人难免中暑脱水。

周亚迪停下脚步，脸色苍白地看着我，好半天才将气喘匀，点了点头。我扶着他靠着一棵树坐下，对其余几个人说：“别扎堆，散开休息。”那几人对我投来感激的一瞥，各自散开。

周亚迪看着那几个人的背影，无力地摇了摇头。“不是我不休息，是我不敢，你看看这些人，哪一个能让你放心？进了这种地方一旦被巡逻队发现，没事都得问出点事来，多停留一分钟，就多一分钟危险。”他接过我递过去的水喝了两口，舔了舔嘴唇，苦笑着说，“要都和你一样，我就省心了。”

我做出不可思议的样子问：“迪哥，你亲自冒险跑来就是为了见我？”

“怎么？你不信？”周亚迪抬头看着我说。

看到他这个样子，我不知是该高兴还是该失望。曾经自称是金三角的国王的那个意气风发的毒枭，如今沦落到身边没有可用之人，我是否应该高兴？可问题也出在这里，周亚迪现在好像混得并不好，那么他在金三角还剩多大威力？刘亚男的配方到了金三角，他有没有资本去和其他人抢都是问题，又怎能帮我掀起太大的风波呢？如果是这样，我为什么不去找一个势力相对较大的去合作呢？我是来剿灭他们的，不是来帮助他们的。

刘亚男说过，金三角的势力出现了变化，从我们的控制中脱离了，这对国内的禁毒形势可不是什么好消息。偏偏金三角周边的那几个国家时局动荡，毒枭与军政之间有着千丝万缕的关系，想要做到一锅端是不可能的。就算一时被端了窝，没多久又会有新的组织继续加入，继续制毒贩毒。所以国内想要截获由金三角运往内地的毒品，必须得时时掌握那里的信息才行。

见我不说话，周亚迪叹了口气：“你不信也不怪你。这事谁看来都反常。但是你我都明白，我必须得亲自见你，把误会消除了才能说别的。我随便派个人来，恐怕刚提我的名字就被你解决了。”

我不置可否地岔开了话题：“到底发生什么事了？你还跟胡经有合作吗？”

周亚迪摇了摇头：“两年前那批货被查，让整个金三角乱成了一锅粥，倒是便宜了你的那个大姐。”他见我一脸迷惑，问道：“你不知道？”

我表示没听说过。周亚迪笑了：“不是我背后说人，刘亚男背后水很深。”

这下倒不是装的了，我有点好奇地问：“她会有什么便宜可占？”

“物以稀为贵，那批货可不是小数，关键是那几条黄金线路全死了，有货也运不过去。刘亚男在俄罗斯那边囤的货，翻着跟头就出了。”说完若有所思地看看我，一副欲言又止的样子。

我假装没有觉察到他的这个变化，略一沉思：“所以你们怀疑是她走漏了风声？”

周亚迪也不否认，撩起衣襟擦了擦头上的汗：“起初他们怀疑过你。”

“怀疑我什么？”

“怀疑是你出卖了我们，因为你是逃犯，又被这边追杀，这么大的功劳足够抵掉你的所有罪过，说不定还能赏你一大笔钱。”

我后背上一凉，以前我以为他们最多会怀疑我是警方派来的卧底，哪知从这个角度看，我还是那么可疑。

“后来呢？”

“后来……胡经派人去找你。”周亚迪说了这么半天，从来都把自己摘得很干净，一直在用“他们”，显得这些都与他无关。现在又说是胡经派人去找我，当时损失的可不止胡经一家，他怎么撇清也说不通这一层。

“找我？”这是我万万不曾想到的，还没有仔细琢磨，就觉得背后一股凉气蹿到头顶，差点打了个冷战。我担心的并不是他们找到我本人，而是怕他们嗅到一点气味，顺藤摸瓜找到我的亲人。以那些人的手段，我不敢想象会发生什么，这才是对我最致命的，比杀了我都可怕。

周亚迪笑着摇摇头：“嗯，疯了似的四处撒人去查你。”

此次出发前，我回过一次家，看上去我的父母都平安无事，那么他们应该还没有查到什么。但这并不能表示胡经的人已经住了手，我“腾”地站了起来，牙齿咬得直响：“我后悔当初没宰了他。”

周亚迪拍拍我的腿，示意我坐下：“当时我看出胡经想杀你，我打电话给洪林，让他护送你到我内地的一个朋友那里避避。当时情况特殊，我也没别的办法，如果是你去胡经那里被他杀了，我想我也会拼命找出凶手解决的，谁知洪林来了这么一出……”

他现在说什么我都不是很在意了，我关心的是胡经派人去内地查我的事。我抬手打断了他的话，说：“这些都是过去的事，再说洪林为了救我差点送了命。而且你我之间的误会也没了，没必要怪他了。”

周亚迪点点头，“嗯”了一声：“不光查你，那件事后，几乎所有后来的人都查了，结果查出两个卧底。”

“卧底？”我又是一惊。周亚迪突然对我说了这么多，而且是选在这种偏僻的地方，不由得让我怀疑他是否要对我下手。我环顾了一下四周，他的几个手下刚才被我分散到四周休息，此时一个人影都看不到。换句话说，现在是不是有枪口正对准我，只等周亚迪一声令下就开枪，我都不知道。

“别紧张，早处理了，是泰国警方派来的。”周亚迪长长地舒了口气，我也跟着在心里松了口气。我从未听过有我不知道的内地缉毒警在那边卧底，也因此将那里所有的人都视为敌人，下手的时候从未留过余地。要是万一错杀了自己人，余生除了愧疚还能剩下什么？这一下，我才真正理解了刘亚男的话，金三角比起两年前复杂了许多。

我按捺住心中的波动，问：“迪哥，洪林现在还跟着你吗？”

“算是吧。”周亚迪语气有点含糊，望向了远处暮色笼罩中的树林，似是陷入了某种回忆中，脸上挂着一丝含混的微笑，说，“他也有自己的事要忙，想自己做点事，我能理解，不管怎样，都是一起经历过生死的兄弟。”

“那，你这次有什么打算？”我想是该直奔主题的时候了。

周亚迪说：“想和你联手翻盘。我知道，你这次不是空手来的，以刘亚男的性格，没有看家的东西，是不会也不敢亲自来金三角的。你帮我牵线，我们合作。”

我没想到他说得这么痛快，直接得让我不太适应。我站起身，向周亚迪伸出手说：“走。”

周亚迪看着我的手怔了一怔，很快笑了，用力握住我的手站起身，拍了拍身后的枯枝烂叶，指了指前方说：“五公里，五公里之后就是边境，我们两个联手，那边就是我们的天下。”

我微微一笑：“是你的。”

周亚迪呵呵一笑，摆了摆手，搭着我的肩向暮色中的丛林深处走去。

第十四章

穿越边境线

1

一行人又在密林中穿行了一个多小时，来到了一座山下。周亚迪放缓了脚步，扶着身边的树喘了气，指了指不远处说："去拿枪。"

他的几个手下顺着那个方向摸了过去，一阵窸窸窣窣的声音后，每人背着一支 M-16 回来了。我看看那些枪说："要干仗吗？"

周亚迪皱着眉头说："前面可能会遭遇边境巡逻队，武器差了可打不过。"

我心头一沉，但还是接过了一支枪，又有人丢给我几个压满子弹的弹夹。握在手里的枪冰凉沉重，我默默地祈求着千万不要碰到边境的巡逻战士。不然，在关键时刻，我只能将枪口对准周亚迪，那么整个计划一定会受损。我若死了则罢，万一我活下来，风声走漏了，整个计划都会泡汤。更重要的是，那会将刘亚男和程建邦置于无比危险的境地。

"怎么了？"周亚迪敏感地侧过头问我。

"没事，没玩过这个。"我晃晃手中的 M-16。

紧张的情绪随着与国境线距离的缩短，慢慢地消散了。我集中精神将注意力放在每个人的动作上，确保自己站的位置能随时掌控局面。

"看到那几棵特别高的树了吗？"周亚迪悄声说。

顺着他指的方向望去，是有几棵树格外高，我点点头。

"那就是边境。"

目测了一下，顶多五百米的距离了。“别慌，慢慢走。”我话音没落就听“嗒嗒嗒”几声枪响从左侧传来，我头皮一麻，赶忙抓紧枪朝那个方向望去。分辨了一下，那枪声好像与我们无关，一定是附近还有别人。

我一把拽着周亚迪俯低身子快速朝前奔去。谁知周亚迪的那几个手下慌了神，端起枪对着开枪的地方开始胡放。这一下整个林中枪声此起彼伏，我顾不上训斥那几个菜鸟，拖着周亚迪只顾往前窜。只要过了边境，只要别让我和巡逻的战士交火，什么都无所谓。

刚才远处打枪的那些人发现了这边还有人，枪声明显就朝我们的方位过来了。很快，身后周亚迪的那几个手下已经有人中枪倒地。这丛林地面上的腐殖质极厚，每一脚踩下去都是虚的，时而还会有树根和草根的羁绊，带着个周亚迪，加上暮色笼罩，视线不好，刚跑了不到五十米，我们就连着摔了几个大跟头。

这时周亚迪的两个手下跟了上来，只顾自己跑，在与我们只差一步的时候，有人一个跟头摔在我和周亚迪身上。我脚下一滑，手下一松就栽倒在地，谁知身边是一个斜坡，我的身体失了控，朝坡下滚去。我不知后面追来的是巡逻战士还是其他偷越境者，不敢贸然开枪，低沉着对周亚迪吼了声：“迪哥快跑。”眼下只希望能和周亚迪分开，越远越好，那样一旦来人是巡逻队，我就算跑不掉也不用开枪。

这斜坡有七八米长，我控制不住地往下滚，连着撞了两次树根，在落底的瞬间，我的头不知撞到了什么，“嘭”的一声，眼前一黑，朦胧间又听到一连串枪声，心中又惊又急，失去了知觉。

不知过了多久，迷迷糊糊地感觉到有人在触摸我的颈动脉。我一激灵睁开了眼，见一个黑影蹲在我身边，四周满是凌乱的脚步声和枪声。我稍微一动就觉得浑身上下到处都在疼，忍不住呻吟了一声。

“别动！”那人低声呵斥着，一把将我的身体翻过去，把一副冰凉的手铐铐在我的手上。

我扭过头辨认了一下，铐住我的竟是一个武警战士。不等我多想，又是几声枪响，一颗子弹从我和那个战士之间“嗖”地飞了过去。那个战士端起枪对着前方扣动了扳机，枪连响了三声，只听到短促的“嗒”

的一声，那战士将枪背到身后，摸出了手枪。

我知道他的子弹打光了，而敌人正从四面朝我们这里围来。他单枪匹马是顶不住那些亡命徒的，我一边挣扎着想要坐起来，一边对他说：“同志，把手铐给我打开，我掩护你，你赶紧撤。”

“别动！”那战士举起手枪朝前方开了几枪，看到了我手边落下的M-16自动步枪，一把抄起来对着四周就是一梭子。我听到有几个人中枪倒地，可来人显然不止那几人，有更密集的脚步声往这边逼近过来。“快点，来不及了。”我催促道。这时候已经顾不得什么任务不任务了，这样下去这个战士凶多吉少，我可不愿意看到自己人倒在自己的面前。我低声喊他：“同志，我也是警察！”

不知道他是没听清，还是听过太多偷渡分子的谎言，他没搭理我，瞅准两米开外的一块巨石，一个前滚翻滚了过去，用那块巨石当掩护，继续与周围来的人对射。

没打几下，那把枪的子弹也打光了。我扭动着身子往他的身边滚动，我必须尽快让他相信我不是敌人。

他拿着手枪看着四周的人越围越近，整个人颤抖起来，像个被野兽围住的绝望的孩子，喉咙里时而发出几声呜咽声，我看他都快哭出来了。他又朝前开了一枪后，取下了弹夹。这时，我也爬到了他的身边，正好看到他手里的弹夹只剩下一发子弹。

看到我出现在他身边，他快速将弹夹插好，双手握着枪对准了我的头，枪口随着他的双手不住地颤抖。看着他那双在暮色中噙满眼泪的眼睛，我屏住了呼吸，生怕他手一哆嗦扣动扳机，把那颗子弹射进我的头。我尽量平静地说：“同志，别冲动，打开我的手铐，我掩护你，你听我说，我跟你一样……”

我还没说完，他大喊了一声，掉转枪口对准自己的太阳穴，开了枪，歪着头栽倒在我的面前。我用力闭上眼，咬牙压抑着几乎要从胸腔喷涌而出的心痛，跪在地上，用额头在石板上一下又一下地磕着。

四周的枪声停了，几道强光照在我的脸上，那些人窸窸窣窣地走了过来将我围住，一人上前在我脖子上一脚将我踹翻在地。强光照得我睁不开眼，那人揪着我的头发凑近看了看，突然哈哈大笑起来，那笑声在此刻显得格外刺耳，犹如指甲抓玻璃的声音："是不是秦川啊？"

我心头一惊，转过脸避过强光定睛一看，竟然是胡经。"真的是秦川，这么巧？"胡经招呼四周的人说，"大家快来看，这就是我老跟你们提起的秦川。"

人呼啦一下围了上来，争先恐后地凑近看我，像是在动物园围观什么奇怪动物一样，对着我指指点点。一人"唰"地抽出一把寒光闪闪的匕首，对准了我的脖子。胡经嬉笑着说："你真敢捅他？知不知道他很能打的？"

那人阴笑着说："哥，你别吓我，你看我手抖得刀都抓不住。"他假装发抖，锋利的匕首很快在我的脖子上划了几道口子。

胡经四下看了看："带回去，今年咱们吃肉还是喝粥可就全仰仗他了。那本黄历谁给我买的？一点都不准，还说我今天不宜出行，差点漏了这么大一块肉。"胡经扭脸看了一眼那个武警战士的遗体，啐了一口唾沫："老规矩。"回头见我在瞪他，猛地往后一撤，抬起胳膊护着脸说："别把我瞪骨折了。"

拿着匕首的那人看了看地上的武警战士，面露难色："哥，要不算了吧，每次弄完好几天吃不下饭。"

胡经白了那人一眼："你知道这秦川为什么那么能打不？因为人家迪哥老教导，说做事要讲规矩，既然定了规矩就要办到。"

那人应了一声，竟然上前拿着匕首打起了那个战士遗体的主意。我飞起一脚正踹到胡经的腰眼上。胡经哼都没哼一声，"嗵"的一声被我踹得栽倒在几米外的土坡上，半天没爬起来。不等其他人反应过来，我一头撞到正对面一人的面门上，只听一声骨节的断裂声后，那人直挺挺地朝后仰着倒在地上。

我刚站稳，就见一人抓着一支枪的枪管，抡圆了朝我的头砸来。我就势一低头，只听头顶"呜"的一声，算是躲了过去。后腰却重重地挨了一脚，那一脚踹得很结实，我整个身子跟着飞出一米多远，痛得无法呼吸。

胡经歪扭着被人扶起来，一把夺过手下的枪拉了下枪栓，一手扶着腰吃力地走了过来，把枪口对准了我的脸。我忍着疼，静静地笑着看他。他端着枪，胸脯因为剧烈的呼吸，快速地起伏着。

我躺在地上，望了一眼金三角方向的天空，心说：宁志，如果今天我在这里倒下，只能说抱歉，我尽力了。

我收回远眺的目光，轻蔑地看着胡经："开枪，不然你早晚得被我打死。"

胡经想了想还是没开枪，抄起枪，在我身上、头上连着砸了几枪托。

我用肩膀擦了擦从头上淌进眼睛的血，轻描淡写地说："哎呀，好疼。"

当他们带着我跨越国境的时候，我看到了一块界碑。碑上的国徽在微弱的天光下泛着暗暗的红光，我忍不住停下来观望，却被身后的人在腰上踹了一脚。

双手反铐在背后，脚下一空，一个趔趄一头撞到界碑上。我看着碑壁上的血慢慢地往下淌，缓缓爬起来的时候，将口袋里的手机丢在了界碑下，拖着沉重的双腿，越过了国境。

2

出了国境没多久，就遇到了来接胡经的几辆车。他们把我的腿也绑住，塞进了后备厢。在那黑暗颠簸的空间里，我努力想整理下思绪，却怎么也静不下来。我无心去计算时间，也无力去判断方向，甚至连接下来会面对的是什么都懒得关心。不知过了多久，车停了下来。当后备厢被打开时，刺眼的阳光照得我睁不开眼。

我被喽啰们拖到后院的一个机井旁的水渠里，他们打开抽水机，冰凉刺骨的井水几乎将我冲走，一人急忙拿来一把铁锹将我拦住。

冰凉的井水瞬间将我激醒。我是战士，我的任务是战斗，不是在悲伤中绝望地死去。

看我冲得差不多了，他们又把我拖出水渠。我甩了甩头上的水，冰冷的刺激还是有用的，我想起刚遭遇胡经时，他说今年吃肉还是喝粥就靠我了。这也正是他没有杀我的原因，我对他有很大的价值。

我对胡经的价值是什么呢？

他们把我拖进院子西侧的一间库房，结结实实地绑在了一把破椅子上。胡经打着哈欠走进来，看了我一眼，叹了口气：“我累了，你也累了，我们好好谈谈，聊好了都能睡一觉。”他的眼神落在我被反铐的双手上，那副手铐还是那个战士给我戴上的。胡经说：“把手铐打开，两只手分开绑，别让他两只手凑在一起。”

胡经的手下很快拿着钥匙回来，将手铐打开丢在一边，把我的双手分开重新绑紧。

“你那么怕我？”我看着身上的绳索说。

“怕！”他瞪圆了眼睛，“当然怕，这两年没找到你，我连觉都睡不好。”

周亚迪曾说过胡经派人在内地找我的事，看来周亚迪没有骗我。我笑了笑说：“那你怎么不给我写信？”

胡经愣了一下，哈哈笑起来。“你走得那么急，连个地址也不给我留……”他走了过来脸色一变，恶狠狠地说，“你少跟我废话，告诉我那个配方在哪儿，别让大家都不痛快。”

我心里一惊，刘亚男有配方的事他怎么也知道？原来我的价值在这里。我心里也有了底，笑得更开心了：“怎么现在不做生意了，改抢了？”

胡经“哼”了一声：“我这个人是很有自知之明的，我知道你瞧不上我，昨天幸亏我赶得及，不然还真被周亚迪抢了先。”

“你消息可真灵通。”我试探地想套套他的话，“我有配方你知道，周亚迪找我你也知道。”

“呵呵，这里的事还真没什么是我不知道的。”胡经似乎很得意，看来他应该安插了不少眼线。

我盯着他的眼睛说：“哦？既然那么厉害，你干吗还问我配方的事？不如你告诉我好了。”

胡经嘴角抽搐了几下，说：“两年不见，你这嘴上的工夫见长。”

我想我没有必要硬撑，也没有必要和他兜圈子，这么下去少不了又得受罪，如果能和他合作的话也没什么不好。我说：“配方不在我身上，不过你要是想和我合作，那就对我客气点，我是来做生意的，不然你除了我这条命，什么也落不着……不对，你会多几个仇家。”

“不知道为什么，我第一次见你就觉得你这个人不可靠，我信不过你。”胡经认真地说，“你教教我，信不过怎么合作？”说着他自顾自笑了，“无所谓，有了配方固然好，要是注定我得不着，我也认了。你告诉我，配方在哪儿？”

等我逐渐清醒下来，仔细斟酌眼下的情形时，他这样的反应让我不知如何是好。按照约定，明天就是跟刘亚男和程建邦会面的日子，不知道他们见不到我会做出怎样的决定，不知道他们的行踪是否在周亚迪或胡经的监视内，也不知道那份配方的取得是否顺利。

在踏上这片充满罪恶的土地时，我的精神就开始莫名地恍惚。一半是因为伤痛，另一半是因为回忆。仿佛掉进了一条时光隧道回到了过来，我以为可以去弥补些什么，去争取些什么，到了这里却发现连灵魂都像是被什么束缚了起来。

或许是觉得无力吧。两年前，我以为拼了自己一条命换回的情报，能够让这里的一切不复存在。当看到那个年轻的战士为了不落到毒贩手里而选择自尽时，当发现胡经等人依然无法无天地干着杀人越货的勾当时，那种无力的虚脱感几乎把我打倒。突如其来的厌倦感让我想放弃，我想要回去，彻底摆脱这蔓延着无尽罪恶的金三角。

“你知不知道你在干什么？”徐卫东在延安问我这句话时的眼神，闪电一样在我的脑海里掠过。同时想起来的，还有我们此次行动不被组织承认这个事实。

我想我找到了真正束缚我的绳索，其实就是这个“不被组织承认”。上一次，我背负着光荣的任务和使命，为祖国和人民的安康而战。这一次，引领我走回来的，是个人的情感，不管结果会怎样，我申请任务的初衷，是要了却自己的遗憾。

我终于明白师出有名有多么重要，那是一种无形也无穷的力量。一旦失去了这种力量，一遇到凶险，意志力就会莫名地薄弱。我低头看了看满身的绳索，不禁苦笑起来，我没有时间去整理心绪，我必须独自面对。

胡经见我默不作声，从裤袋里摸出一样东西，竟然是我在界碑那里丢掉的手机。我的心头又是一沉，这手机有两个系统，用来和总部联络的系统需要密码才能开启，当初丢掉它，就是担心这部手机一旦落入敌人手里会不安全，谁知他居然捡了回来。

胡经应该不懂怎么切换系统，但它落入别人手里，终究还是不踏实。胡经一边摆弄着手机，一边观察着我的脸色。

我说："那是我的东西。"

胡经不屑地"哼"了一声："我最后问你一次，配方在哪？"

我灵机一动，说："我给周亚迪了。"

胡经意外地一手扶着腰，围着我慢慢地走了一圈，最后站在我身后说："看来你非要惹我生气。"他对站在一旁的手下打了个响指，那人会意地点点头出了门。胡经说："我知道你厉害，不怕疼，所以我打算让你爽一下，你试试我的配方，试过之后，你作为第一个客户，一定会想帮我改进的。"

"你什么意思？"听他的意思是要强迫我吸食毒品了，回想起曾经见过的瘾君子的模样，我不寒而栗。

"你怕了？"胡经睁大了眼睛，似是想在我脸上找到什么。

"把电话给我。"事已至此，我只能试着和程建邦联系，把我的现况告诉他，让他和刘亚男商议对策。我能忍受痛苦，笑对死亡，唯独不敢尝试对抗毒品，那是一种生不如死、完全丧失尊严的煎熬。

胡经看了看手中的电话，说："不用，你就告诉我你们约好的时间和地点就可以了，其他的事情我自己来办。"

我看着站在对面得意扬扬的胡经，恨不得冲上去揍他，可眼下我连动一下都难。这时，一人拿着一支盛满液体的注射器走了进来。胡经拿过注射器，张开嘴伸出舌头，从针管里推了一点到嘴里，咂了咂嘴："真小气，这么尊贵的客人才给加这么点料……不过算了，第一次量小点好，不然不健康。"

胡经举着注射器冲我走了过来，我的心脏随着他接近的脚步怦怦乱跳，呼吸越来越重，我说："你是想自己知道，还是想整间屋子的人都知道？"

"你猜猜看。"胡经伸出一根手指按在我的胳膊上找血管，嘟囔着，"没洗干净。"

情急之下，我编了一个地址，把时间往后推迟了一天。这样即便等胡经赶去，刘亚男和程建邦也已经离开了，也为自己争取了两天时间。事情到这一步，只能走一步看一步了。

胡经扭头对身后一个手下说："记住了吗？"那人点了点头。胡经蹲下身子，把针头对准我的血管说："那就吃了这一顿，要是后天我白跑一趟，再请你吃第二顿。"

针头刺入了我的静脉，只觉胳膊一凉，一阵麻痒蹿了上来。我挣扎着破口大骂，觉得心脏在剧烈地跳动，越来越快，胸腔像是无法容纳那狂跳的心脏，就快要爆炸似的，浑身的肌肉失控地抽搐起来。眼前一阵阵地发黑，刚才喝下肚里的水一股股地从口中涌出，呛到了气管里。那些绑在身上的绳子像是越收越紧，一根根勒进了我的肉里，让我无法呼吸，更无法咳嗽。不知道过了多久，我身子一挺，将整张椅子掀翻，重重地摔到地上，不省人事。

当我再次睁开眼时，已是深夜。我保持着跌倒时的姿势，半张脸贴着地面，淌出的口水将脸下的尘土浸湿，变成了黏黏的泥水，压在身下的胳膊完全没了知觉。

两个喽啰坐在门口的藤椅上，抽着烟正闲聊。我不动声色地用下巴把最近的一股绳子慢慢地挑了起来，猛地张大嘴将那股绳子咬住，用牙齿慢慢地咬着。我必须自救，不然一定会死在这里。胡经这么对我，是没打算在我这里给他自己留一点后路，就算配方真的在我手里，他得到也会毫不犹豫地把我解决掉。他比我清楚，一旦我活着离开，他将死无葬身之地。

我把嘴里绳索脱落的碎末混着牙床和嘴唇磨破流出的血一起咽下肚里，只为不留下一点痕迹，不发出一点声响。我想这是我最后的机会，如果被他们发现，一定会换另外一个禁锢我的方式，很可能是用药物，也可能是打断我的手脚。

不多时就感觉到两腮的酸痛，毕竟这绳子不是酱肉。我含着绳子，张开嘴休息了一下继续咬，这一次真切地感觉到了嘴里的刺痛。

我终于明白了，为什么周亚迪始终要比胡经稍逊一筹。

周亚迪想要的太多，他不想人恨他，他愿意让别人尊敬他、崇拜他，所以，我在他身边才有生存的空间。以他的身世和所受的教育，有这样的做派也不足为奇。

而胡经只要人怕他，他根本不在乎别人是不是恨他。只要他觉得谁不对，就会直接解决掉，而不是像周亚迪那样花时间和精力去琢磨。两年前，如果我在胡经身边，恐怕早已被他杀了。宁志居然能成为他的心腹，以至于他死后，胡经歇斯底里地为他报仇，不远万里冒着巨大的风险跑去内地查我、找我。

当与胡经接触这短暂的一天多时间后，我更加无法想象宁志是怎么做到这一切的。在他曾经战斗过的地方想起他，我心中又是一阵痛楚。突然嘴里“嘣”的一下，浑身一松，我心中一阵狂喜，绳子终于断了。

我摸着手边的绳子，挨个揪动，终于揪到一根活动的，慢慢往外抽，刚被我咬断的绳头一点点地被揪了下去。我盯着门口的那两个人，手嘴并用，慢慢将绳索解开，将身体下压着的那条早已失去知觉的胳膊腾出，瞬间那条胳膊犹如千万只虫蚁啃噬一般麻痒难忍，我几乎能听到血液重新流过每一条毛细血管时发出的哗哗声。

等到我侧躺在那里，将浑身的关节活动开后，门口的那两个看守懒洋洋地软在竹椅上打盹。所幸这是深夜，人最犯困的时候，外面除了虫鸣几乎听不到别的声音。在我听来，我的每一个细微的动作所发出的声响，都显得格外清晰。而这间屋内，只有地上的那把椅子和一堆绳子，没有任何能让我拿在手里防身的东西。屋外是什么情况现在还不得而知，按照胡经的性格，绝不会在任何时候放松警惕。

我蹲在地上，一点点地朝门口挪去。现在的情况对我来说，如果能侥幸逃脱固然好，就算被发现，拼个鱼死网破、同归于尽，也是胜利。

那两个人发出阵阵鼾声，看来是睡着了。我蹲在他们身后朝院内张望，每个墙角都有一盏瓦数不低的电灯，从四个角度照射着整个院子，算不上灯火通明，但有个风吹草动还是不难看到的。唯独看不到有站岗的，难道胡经安排的都是暗哨？

那两个人的手里、腰里都是空的，既没有枪也没有刀，这倒出乎我的意料。可是这里距离我能看得到的院墙至少有十五米的距离，而且院墙接近三米高，就算冲过去，也没法爬那么高。我想了半天还是找不到能安全离开的办法，不觉有些心慌，加上连着两天没吃没喝，还被胡经注射了毒品，身上冒出一阵虚汗。

我回过头借着微弱的光线观察这间屋子，联系起白天见到的样子，我所在的这边应该是一排房子，都没有窗户，说明平时这里不是住人的，八成是存放东西的。突然，我的眼睛被右边墙上的一块东西吸引了，仔细看那里有一道门，大概是用不着了，所以封了起来。说是封住，其实就是把门一关，刷墙的时候一起刷成了白色。

不管怎样，这两个人不能活。我打定主意后，先挪到其中一人身后，双手从那人脖子两边伸过去，解决了他。我见另外一人还在酣睡，赶紧摸了一遍这人的口袋，除了一包烟和一个打火机外一无所获。我将烟和打火机装进口袋，慢慢地摸到另一人身后，用同样的方法结果了他。同样，他的身上也没什么有用的东西。

我平稳了一下呼吸，退回到屋里，轻手轻脚地走到那扇被封的门前，见是一个普通的弹锁，而且锁头正好朝着我这边。轻轻扭了一下，发现是可以扭动的。我慢慢扭动锁头，扭到尽头时，晃了晃门，把耳朵贴到门上听，没发现另一面有什么动静。我加大了力度继续晃，晃一晃，听一听，听一听，晃一晃，那扇门渐渐被我打开，一股浓重的汽油味扑鼻而来。

3

我不敢用打火机照亮，只能将门拉开，侧着身子钻了进去。适应了半天光线后，发现黑暗中竟然停着一辆越野车，墙角堆着一些修车的工具、废旧的配件和几个油桶。我顺着墙摸到最里面，同样的位置有同样的一扇门，那么这里应该是个车库。我心中一喜，既然是车库，就一定有出口。

左边位置上还有一道门，这道门没有上锁。确认没有窗户纸后，我摸出打火机点亮一看，竟然是成堆的毒品，看样子足有两三百公斤。

我差点“扑哧”一声笑了出来。胡经，看来你这辈子注定要死在我手里。我不来，你风生水起；我一来，你轻则破财，重则丧命。

我摸回车库，将那辆车仔细检查后，大致确定车可以开，顺着墙上摸了一圈，终于摸到了一扇铁门。我不知道外面是什么，但不管外面多凶险，都比在这里等死强。我拉开车门坐上去，转动插在上面的钥匙，仪表显示正常。如果能够正常启动，那就彻底完美，如果实在打不着火，那只能劳烦我的这双腿了。

我摸索着墙角的那堆油桶，靠鼻子找到一桶汽油，把它们在隔壁屋的那堆毒品上洒了个透，然后跑回车库摸到铁门的铁闩，慢慢地拨开。此时，我已经不太在意动静大会惊醒其他人了，只要我点起火来，整个院子必将一片混乱，那时候就算大摇大摆也能逃出这个院子。

当门打开后，新鲜的空气迎面扑来，我来不及享受这份惬意，扭头跑到隔壁屋，将燃着火苗的打火机凑到那堆毒品上。火苗“呼”的一声蹿到屋顶，我躲闪得有点慢，以至于闻到了自己的头发和睫毛被烧焦的味道。

我跑回车内发动车子，引擎的轰鸣就好似自由的赞歌，我兴奋得忍不住浑身颤抖，手心里全是汗地挂上了倒挡。这时听到院内有人大声地呼喊起来，我将车倒出车库，看见了一条歪歪扭扭的小路。我顾不得分辨哪边才是正确的方向，一脚油门朝着远方狂奔而去。

在将要拐进一个急弯前，从后视镜里看了一眼胡经的那个院子，已经成了一片火海。想象着胡经发现这一切都是我的杰作后那咬牙切齿的模样，一种痛快淋漓的感觉让我忍不住哈哈笑了起来。

没高兴多久就发现这条路在丛林中慢慢地越来越窄，越来越颠簸，到最后整条路在林间彻底消失。问题的关键在于我根本不知自己身在何处，要去哪里，看着面前这片无尽的丛林，不知道何去何从。我打开后备厢，翻了半天也没找到一样能用的东西。我不能在这里停留太久，胡经的人随时都会追来。如果之前他还会因为那个配方留我一条命的话，那么现在落入他的手里，他一定会毫不犹豫把我杀之而后快。

我围着车转了一圈，夜色中看不清林中的地势，心想，这时如果洪林在就好了，他对这边丛林里的地势特别熟，总是在里面开着车还能如履平地。不论怎样，往北是没错的，如果幸运的话，我甚至可以赶上与刘亚男和程建邦的会面。

我把车头掉转到朝北的方向，用车灯照亮前方，下了车往向北的丛林里走了几步，借着车灯向前眺望了一下，看上去似乎勉强可以通过。我回到车上，小心翼翼地将车启动，擦过路边的几丛灌木，车轮轧上了因厚厚的腐殖质覆盖而显得虚浮的地面，缓缓向北驶去。

车子像一只笨拙的狗熊一样在灌木横生的丛林里爬行了一个小时，才走出不到两公里的样子，只听“嘭”的一声巨响，方向盘应声朝一边偏去。我暗暗咒骂了一句，下车一看，果然爆了胎。

弃车后，我又往前走了不到五十米，迈出的左脚下猛然一空。我忙一把拽住手边的树枝，谁知另外一只脚跟着一滑，手中那几根树枝无法承受我的体重，全部断了。我的身体随着几块碎石朝下滑去，慌乱中我伸手想抓住些什么，抓到的却全是锋利的岩石。

我一边往崖底滑，一边伸出一条胳膊尽力护住头，足足滑了二十多米，脚下才踩到地面。在巨大惯性的作用下，我无可奈何地朝前栽去，正扑到一堆石块上，整个身体才停了下来。我扭头啐了一口嘴里的泥土，浑身像是被撕裂成好几块一般疼痛。刚才滑落时，崖上凸出的岩石和荆棘条在我身上割出数十道伤口，我活动了一下四肢，庆幸没有伤到骨头。我咬牙忍着疼慢慢地翻过身，躺在那堆石块上，大口地喘息。

仰头借着微弱的天光朝上一看，才发现那竟是一座崖壁，头顶不觉冒出一股冷汗。幸亏车爆了胎，不然连车带人从这里栽下来，肯定车毁人亡。

现在没法回头了，即便爬上去也不知道往哪里去。这里应该还没有逃离胡经的地盘，就算离开了他的控制范围，也不知是不是会走进另一个毒枭的地盘。更要命的是，我不知道胡经是不是已经追来，他的手下装备精良，而我手无寸铁，又满身是伤，极有可能再次成为他的俘虏。

我四下张望了一下，一边聆听周围的动静，一边检查着身上的伤口。口子太多，已经不知从哪里包扎才好，幸运的是没有流血不止的伤口。我扶着石块慢慢站起身来，活动了一下腰和肩膀，突然发现眼前的景物有些眼熟。不远处几间破旧的房屋，一看就废弃了很久，屋顶还敞着几个洞，没有一堵墙是完整的。再远些是一大片一人多高的杂草，若不是那若隐若现的田埂，根本看不出那是一片废弃的农田。

我在记忆中搜索着这个场景，心脏开始擂鼓般跳动，太阳穴突突地几乎要爆炸似的难受。如果我没有记错，我身下这堆石块正是两年前我亲手堆起来的，而这堆石块下，正是我朝思暮想的战友——宁志的遗体。

我忙伸手将自己的嘴捂住，忍着将要从喉咙喷涌而出的呐喊，夺眶而出的泪水顺着脸庞流下，冲刷着我身上带血的伤口。泪水流过的那些伤口，疼痛变得如此清晰，一丝一毫都无法隐藏地牵扯着我的心脏。

那一刻，我再也按捺不住内心的苦闷和悲伤，跪倒在宁志的坟前，任由眼泪潮水般涌出，忘记了身上的伤痛，忘记了这里是危机四伏的金三角。

宁志，我知道是你正在天上看着我，庇护着我，指引着我回到这里。

你知道我不会把你丢在这里。那么，我亲爱的兄弟，请让我放一把火将这罪恶的地方化为灰烬，让熊熊的火光照亮我带你回家的路。

来之前，这里是我的目标。当无意中回到这里，这里成为我的坐标。有了这个坐标，我可以找到任何我想去的地方。

我擦干眼泪，在宁志的坟头添了几把土，退开几步，立正站好，敬了一个军礼。

第十五章

投名状

1

凭借着两年前依稀的记忆，我在枝叶横生、狭窄崎岖的山路上穿行。我开始期盼着能找到周亚迪和那所房子，还有房子里的苏莉亚。

回忆起那所房子里的点点滴滴，此刻竟然觉得很温暖，甚至有些怀念那里面略有些潮湿又带着一丝木头腐烂的气味，还有窗外的阳光暖暖地照在脸上的感觉，以及苏莉亚披着一头乌黑的长发，倚在楼梯扶手旁，端着食物对我微笑的样子。

我的脑袋发沉，脚下的步伐凌乱无力，每一步都仿佛踩在松软的棉花堆上一般，随时都会摔倒。我不停地将胃里翻到口中的酸水吐掉，呼吸越来越困难，眼前一阵阵地发黑，闪出一片金星，耳边嗡嗡作响。我不知道这是因为那些伤口，还是因为胡经给我注射的那些毒品，也不知道自己是否能坚持下去。我只知道在这里倒下，很可能就再也站不起来了。这里似乎就是我的劫数。不论在这之前我自认为多么强大，一旦踏上这片土地，呼吸到这里的空气，现实总是让我显得那么脆弱，生命好像随时都会被这片丛林吞没。

按照记忆中的方向，不知道跑了多久，发现身边的植物好像变了样子。我停下来仔细一看，已经进入了一片竹林。这片竹林像是给我打了一针兴奋剂，我顿时精神起来，如果我没有记错，穿过这片竹林就到了当年我住的那栋小楼。我记得曾在这里和程建邦告别，然后只身越过了边境。

眼前的场景越来越熟悉，我的脚步也越来越快。脚下被我踩过的枯萎的竹叶发出沙沙的声音，仿佛奏响了回家的乐章。

我慢慢停下脚步，拨开面前的竹叶，那栋熟悉的小楼依然如故，一切都是从前的样子。此时正是凌晨，苏莉亚曾经住的那个房间里，居然亮着灯。一时间千百种滋味涌上了心头，我仿佛看到了苏莉亚在灯下的身影。

我四下看了看，小心翼翼地摸索到门口，想了想还是决定偷偷进去先了解下里面的情况再说。我解下皮带，用皮带扣上的扣钉，足足花了十几分钟才将门锁一点点打开。我缓缓将门推开一道小缝，心脏开始抑制不住地狂跳，见里面没有半点动静后，又将门缝推开一些，侧身挤了进去。

屋内的光线很暗，我将门关好后，眼睛适应了很久才勉强看到里面的景物。一切都还是从前的样子，就好像我昨天刚从这里离开一般。

我屏住呼吸，看着苏莉亚紧闭的房门缝隙中露出的灯光，轻手轻脚地朝楼梯走去。突然，苏莉亚的房门从里面打开了，我一下愣在了那里，抬起头看到那个熟悉的身影站在门内，她的轮廓被身后的灯光镶了一圈金色的边。这像梦境一样的情景，让我头晕目眩，我喃喃地念了一句“苏莉亚”后，整个身体朝后倒去。着地的那一刻，我没有觉得痛，说不清是该悲哀还是该庆幸，因为我竟然有一种到了家的踏实感。

苏莉亚一手抓起裙角，一手扶着楼梯栏杆“嗵嗵”地跑下楼，眼睛急切地在我的脸上像是在寻找什么。她几次想触摸我，想把我扶起来，都被我身上的伤痕吓得将手缩了回去。我看到她的眼里瞬间噙满了泪水，长长的睫毛只那么一眨，大滴的眼泪就坠落到我的脸上。她轻轻地扶起我的脖子，颤抖的双手在抚摸着我的脸，过了好一会儿，又将我的胳膊绕在她的脖子上，吃力地想把我扶起来。

我想要自己站起来，却再也使不上丝毫力气。眼皮越发地沉重，昏昏沉沉地想要睡去。苏莉亚轻轻地拍着我的脸，我努力地睁开眼，她指了指楼上。我费力地抬起眼皮，看了看楼梯，一咬牙抓住栏杆，颤颤巍巍地站了起来。苏莉亚将我的胳膊搭在她的肩上，一步一步地将我扶上楼。

或许是冥冥中早已注定吧，每次遇到她，我都是伤痕累累，不省人事。躺在她松软的床上，我迷迷糊糊地睡去，朦胧中感觉到她给我喂了一些水，用温热的毛巾小心翼翼地擦拭着我身上的血污。

不知道睡了多久，我再次睁开眼时，是一个下午。苏莉亚坐在床边看着我，见我醒来，神情显得有些兴奋，又有些担忧。她拿过一只水杯，将吸管递到我嘴边示意我喝水。我叼住那根吸管，吸了一口水，这才觉得好渴，一口气将杯子里的水喝干还是觉得渴。我放开吸管说："还喝。"

苏莉亚笑着摇摇头。

我看了看她，觉得应该说些什么，又一时不知从何说起。好半天，我才清了清嗓子，说："你，好吗？"

苏莉亚笑着用力地点点头，转过脸去强忍着眼泪。她站起身端过一个小瓶盖，里面是几粒药片。我张开嘴，她把药喂到我嘴里，我赶忙吞了下去。

相对无言了一会儿，我想起正事，问："迪哥呢？"

苏莉亚用手势告诉我，是迪哥让她在这里等我的。

我接着问道："什么时候的事？"

她比画着，是我来的前一天。

我舒了一口气。看来周亚迪安然无恙地回来了，而且料定我会来这里找他。我放松下来，问："我睡了多久？"

她伸出两根手指。我暗暗叹了口气，看来还是没赶上，不知道程建邦和刘亚男在碰头的地方没有看见我会怎样。我环视了一圈屋里，还是老样子："你一直一个人在这里？不怕吗？"

她轻轻地摇摇头。正说着，响起了几声敲门声，苏莉亚起身开门，周亚迪快步走进来，坐在床边关切地打量了一下我："感觉怎么样？"

我伸了个懒腰："感觉像是回了家，你没事就好。"

周亚迪笑着说："你又救了我一命，我欠你的怕是这辈子都还不清了。"

我坐了起来，站在地上舒展着身体，说：“是胡经。”

周亚迪皱起眉。“我知道，我以为再也见不到你了，你受苦了。”他一拍脑门说，“对了，你的朋友应该已经到了。”

“你怎么知道？”我叹了口气，“我的手机落在胡经那里了，联系不上他们。”

“不过他们好像并不关心你，到了之后直接去找了包总。”周亚迪说这些话时，眼神总是有意无意地从我脸上瞟过。我的身体没大碍，精气神恢复后，判断力也跟着灵敏起来。细想之下，自我回到这栋小楼起，一切都有些怪异。这里并不是什么清净之地，也毫无治安可言，他居然让苏莉亚一人留在这里等我，难道就不怕出什么意外？而他的样子看上去混得并不好，就连越境这样的事都把脑袋别在裤腰带上，这次若不是我，他不是被边防巡逻的战士擒获，就是被胡经乱枪打死。

在没有彻底弄清楚我自己的处境之前，我还不能把注意力集中到刘亚男和程建邦身上。他们既然已经和包总接了头，也就是说他们进行得很顺利，我说：“走上这条路，本来就是有今天没明天的，生意做成了才有资格谈条件。让人家帮忙救我，事都没做成，担心我有什么用？”

周亚迪说：“你很向着你的朋友啊。”

我做出无所谓的样子说：“换成是他们其中的一个掉队，也是一样的。”

周亚迪从口袋里摸出一部手机递过来：“用我的联系他们试试，报个平安。”

我丝毫没有犹豫，接过了电话。我不想让任何人怀疑我那部手机的秘密，如果按周亚迪所说，刘亚男和程建邦已经过了境，那么任何差池都会要了他们的命。

我拨通了刘亚男的电话，将话筒贴在脸边低下头，响了两声后悄悄用拇指按了一串字符，那几个数字会转化成加密的信息发送到她的手机里。我想传达的信息很简单：我是秦川，活着，平安；我在用别人的手机。

等了十多秒，我挂了线，说：“她没接电话。”刘亚男收到我的信息，拟订好计划一定会给我回过来。“等下可能会回过来。”我把手机还给了周亚迪。

他拿着手机在手里摆弄了一下，递还给我：“你留着用吧，能联系上你的朋友最好。”他扭头看着苏莉亚说：“今天给你秦哥做什么好吃的了？我能蹭顿晚饭吗？”

苏莉亚微微一笑，做了一个等待的手势，退出了房间。

我走到门口四下打量着这栋小楼，说：“没什么变化嘛。”说着就朝我之前住的房间走去。周亚迪跟在我身后。到门口后，我停下了脚步，毕竟这里不是我的地方，无论如何都该请示下主人的意见。我转身看周亚迪，他点点头，示意我开门。

推开门后我惊呆了，屋内的一切都是我当时住过的样子，就连椅子的位置、桌上的灯都完全没有变化，收拾得一尘不染。周亚迪上前搭着我的肩膀与我一同站在门口，说：“都是苏莉亚收拾的，她自己不搬走，执意要住在这里，里面的东西也不让我们动。”

想起当晚我人事不省地闯进来，苏莉亚看到我时的眼神，心中不禁五味杂陈，说不清是什么滋味。

周亚迪在我身后问：“胡经给你打了针？”

我撸起袖管，看着那个黑紫色的针眼，点点头：“差点要了我的命。”

周亚迪说：“放心吧，你昏睡的时候已经给你用了中和的药，不会有什么影响。”

“谢谢你，那我还是住这间吧，这两天苏莉亚一定没休息好。”我扭头看着周亚迪说，“我一直没好意思问，苏莉亚是你的……”

“养女。”周亚迪拍拍我的肩膀说，“对了，我帮你把电话拿过来。”

周亚迪朝苏莉亚的房间走去，我见他好像并不想深聊这个话题，也只能作罢。走进这间不能再熟悉的房间，想起两年前住在这里的那些日子，竟然有些恍惚，仿佛看到了当年那个彷徨又无助的坐在墙角不知所措的自己。一切都好像是从前的样子，只是那时我一心想着完成任务回去与战友重逢，而此时我想的是如何把战友的遗骨带回去。如果能够回到从前，我似乎又什么都阻止不了。

身后的那道屋门似乎隔开了两个世界，我好像更愿意沉溺于此不想回头。身后传来的周亚迪的脚步声将我从恍惚中惊醒，我长长地呼了口气，退出了房间。周亚迪正好站在阿来住过的那间屋子门口看着我："你的兄弟呢？"他指了指那间的房门。

我冷笑一声说："不知道。"

周亚迪将手机递给我："要不要再试着联系一下？"

我接过手机看了看："不急，他们会拨回来的。"我理了理头绪说："对了，胡经好像很清楚我回来干什么。"

周亚迪眉头微微一皱，小声地问："你什么意思？"

我刚想说话，却被周亚迪反常的样子截住了。难道我刚才说得不够清楚吗？我试探性地说："我能有什么意思？我是说，胡经好像很清楚我来这里是为什么。"

周亚迪摸了摸下巴，笑了笑说："连我也只是知道你来做生意，具体怎么做、和谁做都一无所知。"

看到他的样子，我笑了。他明显是在往外摘自己，生怕我怀疑是他将我来此的目的告诉胡经一样，看来这两年他过得是惨了些，就像一只惊弓之鸟，稍有风吹草动都会让他有一种处在危机之中的反应。我索性就把话说明了："我们有一个最新的可卡因配方，是颠覆性的，这就是我们这次来的本钱。但是据我所知，我们没和谁提过，我只是奇怪胡经怎么会知道。"

周亚迪像是松了口气："有些话我还是不说的好，免得伤了你和你朋友的和气，不过你说的那个配方是怎么回事？"

我把配方的事大概和他说了说。事到如今没有必要再隐瞒什么，既然是要用那个配方挑起他们几个毒枭的内斗，那么从一开始就得让他们之间的信息对称才行。所以，胡经知道的，周亚迪也得知道。现在看来，那个包总应该也知道了。

周亚迪听完，略一沉思，说："你的朋友现在在包总那里，应该已经开始谈了，等你联系到他们，一见面，胡经知道不知道也就不重要了。"

我摇摇头，说："迪哥，那个配方，你有没有兴趣？"

周亚迪明显愣了一下："你知道我还是做老一套，靠天吃饭的，可卡因我一直没插过手，而且我也没有本钱和你们合作。"

我说："你觉得我们之间过命的交情算不算本钱？"

周亚迪看了看我，叹了口气："秦川，你还是老样子，意气用事。你们冒着杀头的风险跑到这里来恐怕不是来和谁讲义气的，就算你是，你的朋友们可不这么想。做生意就要有做生意的样子，你知道我这个人最讲规矩，我不想占人便宜，尤其是自己兄弟的便宜。我如果有实力，一定会争一把，可是你看我现在……"周亚迪摊开手苦笑着。

我拦住他："迪哥，如果包总他们真的拿到那个配方，以后你的日子恐怕更难过了。不如你帮我和我的朋友见面，我和他们说说，让他们拿配方和你合作，这样大家都放心。"

其实傻子都知道，那张配方所能带来的利益足以让任何一个毒枭眼热。周亚迪之所以这么说，无非是以退为进，因为自己势力羸弱，没有信心与别人争，他也看得出，我并不是说了算的人。

我必须激起周亚迪的斗志，只要他愿意掺和这件事，那么我们的计划就成功了一大半。到时候只需挑拨他、胡经以及包总之间的关系，让他们为了那张配方倾力而战，我们就可以大摇大摆地凯旋了。

这时苏莉亚走了过来，对我们做了个吃饭的手势。看到她，我突然觉得有些内疚，她可能是这里唯一真正在意并且关心我的人，同样，她极有可能成为此次任务的牺牲品。

我避开她的眼神，低着头与周亚迪进了屋。

周亚迪显然被我说得有些心动，半天一言不发，独自点了支烟坐在那里沉思着。我上前拍拍他的胳膊："给我来根烟。"

周亚迪微微一愣，笑着摇摇头，将口袋里的香烟递给我。我点了支烟，狠狠地抽了一口，说："迪哥，你现在到底是什么情况？能和我说吗？不然，我不知道怎么说服我的朋友。"

"你的朋友除了刘亚男，另外一个叫什么？"周亚迪问道。

我想起两年前他曾经因为程建邦去狱中探望我而怀疑过我的来历的事，想了想，笑着说："是我的一个发小，咱俩坐牢的时候，他来看过我。”

“哦！”周亚迪装作恍然大悟的样子，“想起来了，因为他，你还误会过我。”

我说：“不是误会，而是因为他，你有点不信任我。”

周亚迪大概是想顺着话解开当年的那个疑问，说：“我记得那时候他好像背弃了你，见你落难连点小忙都不帮。”

“谈不上背弃，当时大家都有难处。”我不等他多问，叹了口气，“一言难尽，说来话长了，以后有机会慢慢聊这个。”

苏莉亚端着托盘，将饭菜一样一样地摆满桌子，在我们面前安放好碗筷，安静地坐在我的一边。我举起筷子说：“我不客气了，好几天没正经吃饭了。”说完也不让周亚迪，一阵风卷残云地把食物往嘴里扒拉。这一吃，才觉得真的好饿。

缓过了饿劲，我仰起头，咀嚼着嘴里的食物，才看到周亚迪正端着酒杯看我。我忙端起面前的酒杯与他碰了一下，正要喝，见他没有动静，而是看着苏莉亚。我扭头一看，苏莉亚也举着一杯酒看我。我不好意思地笑笑，擦了擦嘴与她碰了一下：“好吃！”苏莉亚笑得更甜了。

放下酒杯，苏莉亚帮我们添满，我抬头发现周亚迪的眼眶居然有些发红。他的眼中全然没了过去那种锋芒毕露的神色，而是充满了一种长辈的慈爱。

我再次举起酒杯：“迪哥！”

周亚迪吸了吸鼻子，碰了碰我的杯子，说：“秦川，你看看我们像不像一家人？”

他这一句话似是一记重拳，正好打中我心底最柔软和脆弱的地方。好半天我没有回过神来，思绪脱离我的控制，放肆地飞舞起来。那些熟悉又遥不可及的关于家的场景，一幕幕地在我脑边萦绕。

“秦川！”周亚迪拍拍我的胳膊。

我一口将杯中酒干掉，喝得有点猛，只觉得嗓子里似有一股滚烫的铁水流淌过。我龇着牙舒缓了一下酒劲，竟然流出了眼泪。我抬起肩膀擦掉就要流出的泪水，拿过酒瓶看着标签上的外文说：“这酒真烈，多少度？”

周亚迪笑了，亲自帮我倒满酒。“你要是不嫌我现在势单力薄，就把这里当你的家，我相信我们联手一定能干成大事。”

我放下酒杯：“那时候我已经把这里当成了自己的家，可是有人容不下我。”

周亚迪举起了杯子：“人各有志，我不勉强你，但我敢拿我的命向你保证不会再发生那样的事。”

苏莉亚拽了拽我的衣袖，恳切地看着我，做了个留下来的手势后，端起了酒杯。

我看看一旁的周亚迪，心想，如果我答应了周亚迪，无非是为了完成我们的计划，到时候说翻脸就翻脸。可如果我答应了苏莉亚，我不知道最后是否还有勇气去面对她，或者说，我不知道是否有勇气去背叛真诚。她生长在这样的环境中，有些事是注定的，我改变不了什么，问题是我打心底里不愿意她生命中最痛苦的事是因我而起。

每个人都会做很多让自己后悔的事，那些事所造成的阴影会伴随着你的生命一直折磨你。但真正让你痛不欲生的，往往不是大家都知道的。除了自己，别人都无从知晓，你不能和别人说，也不知道怎么说，那些阴影就如幽灵一般潜伏在你的灵魂深处，夜夜都会出现在你的梦里，撕开你虚伪的面皮，唾弃你，践踏你所有的尊严。而你却毫无还手之力，只能用你的生命去忍受，直到死去。

我知道，如果我欺骗了苏莉亚，我此生将彻底告别安宁。

我举起面前的酒杯，轻轻地与苏莉亚手中的酒杯一碰，看着她的眼睛，将杯中酒一饮而尽，呵呵一笑说：“迪哥，如果不是你，我可能已经死在牢里了。你说吧，你有什么打算？”

周亚迪看着我，连着说了几声“好”，哈哈一笑：“我听你的，我们就用那张配方翻身。”

2

那夜我一直无法入睡。当酒精渐渐散去，我点了一支烟，看着红亮的烟头在黑暗中忽明忽暗，思路却越发凌乱。徐卫东那句“你知不知道你在干什么”一遍又一遍地在我的耳边回响，而我对这个问题的答案越来越迷茫。

辗转到天微微亮，我突然明白了我的困惑所在：这次来到这里，从头到尾我都没有接到明确的命令。一切的一切都是巧合，刘亚男从目标人物变成了同行，然后变成了领导，徐卫东的出现似乎只是为了证明刘亚男的领导地位。我们的计划渐渐清晰明朗，所有人都准备大干一场的时候，大巴车上的那个便衣导致我们三人不得不分开行动。而周亚迪和胡经的相继出现又让我在生死间游走了一回。事到如今，我是按照最初的计划行动着，但是我所知的全部信息是来自目标人物之一——周亚迪。

是他告诉我，刘亚男和程建邦已经到达了金三角，并且与另外一个目标人物包总接上了头。他说的这些是否属实？为什么我拨通刘亚男的电话留下了密信，到现在都没得到回复？我们的目标人物究竟都有谁，刘亚男还没来得及告诉我们。

我摸出枕边周亚迪留给我的那部手机，摆弄了一下，头上渗出一层冷汗。如果这部手机被周亚迪做过手脚的话，那么我通过手机与任何人联系的内容，恐怕都会被周亚迪掌握。

他们的武器都从过去的杂乱无章换成了统一的美制自动步枪，其他装备必然也跟着更新换代了。毒品从过去农民辛勤劳作变成了现在的全工业化，还有什么不能改变的？或许刘亚男正是考虑到这一点才没有回复我，她担心我在电话里多嘴坏了事。

当务之急还要想办法先和他们取得联系。我将手机放到床边的桌上，翻身睡去。

刚沉沉睡去，就听到屋外有脚步声。我起身推开门，见周亚迪正站在苏莉亚的门口不知和她说些什么，见我出来冲我招招手，快步走过来：“我们去包总那里见你的朋友。”说着把我推进卫生间，“我在外面等你。”

我说：“可是，我还没和我的朋友联系上。”

周亚迪对我笑笑：“直接见面说不是更好？”说完快步转身下了楼。

目送周亚迪出了门，一转脸见苏莉亚正站在她的房门口看着我，她的神情完全没了昨天的那种愉悦。我心里一沉，问道："怎么了？"

她抿着嘴垂下眼帘，用手势对我说：早去早回。

我点点头，钻进卫生间。

看周亚迪胸有成竹的样子，难道刘亚男和程建邦真的和包总在一起？既然周亚迪能去，那么胡经呢？我拧开水龙头，撩起水洗脸，立刻就被脸上的伤口痛得差点叫出来。我抬起头看到镜子中的自己，鼻青脸肿，鼻梁上到处都是口子。想起遭遇胡经之后的一系列事，我气得攥紧了拳头，狠狠砸到洗脸池边的墙上，发出"嗵"的一声。

我想，如果有任何人要我为这张配方提出什么条件的话，我的第一个条件就是要胡经的命。

洗漱完，我跑下楼，天已微微亮，一开门见外面停着两辆越野车。车边站着七八个荷枪实弹的男人，见到我不约而同地对我鞠躬："秦哥。"

周亚迪指了指一辆车敞开的后备厢说："自己选。"

打开的大皮箱里，赫然摆放着各式长短枪。我选了两把大口径的手枪，检查了一下，插到后腰上："这点儿人够吗？"

周亚迪上前搭着我的肩膀说："没你，多少人也不够；有你在，带多少人都是充门面。"

这一次车子没有走丛林中的小路，而是一直在大路上飞驰，一口气奔出七十多公里。我望着包总的那个院子，这里跟两年前没什么变化，只是上次来的时候是黄昏，这次是大白天。进到院子里，我发现里面多了几间房屋，人来人往的不知在忙些什么。看到我们进来，他们没有什么大的反应，只是抬头看一眼，继续忙自己的事。

没见到刘亚男和程建邦的踪影，我问周亚迪："我的朋友呢？"

周亚迪用下巴指了指屋门，包总从里面迎了出来，老远就朝他伸出手："亚迪，好久不见。"

周亚迪上前与包总握了握手，转身正要介绍我，包总主动上前握住我的手说："见过，见过。"

我的目光越过包总的肩膀，朝屋内张望，又问道："我的朋友呢？"

包总说："里面请。"

想起上次来进门要交枪的事，我停下脚步问包总："不用交枪吗？"

包总脸色有些怪异，转头看周亚迪。周亚迪一摆手说："规矩还是要守的，我们自觉点，也省得包总难做。"

周亚迪摸出自己的枪塞到门口站着的一个人手中，我也摸出一把枪塞给那人，叉开双腿举起双手，示意他来搜我的身。那人看看我，又看看包总，最后目光落在我身后的周亚迪身上。我不知道周亚迪是不是给他使了什么眼色，他忙应了一声，草草搜了一下我的身，甚至连后腰都没有摸。

到处都不太对劲，这里景物依旧，人却好像有了很大变化。进门搜身交枪这种事，并不是一般走过场的程序，他们不可能是忘了。一时间我搞不清这种变化是什么原因，但有一点可以肯定，包总不再像当初那么嚣张跋扈，至少在对周亚迪时客气了许多。那么，周亚迪的势力很可能已经超过了包总，不然不会事事都看周亚迪的脸色。

为了确定我的判断，我假装一惊："哎呀，我差点忘记了，我带了两把枪。"我戏谑地看着刚才搜我身的那人，慢慢地从身后又摸出一把枪在他面前晃了晃，塞到他手里。我一边往里走，一边扭头用余光观察周亚迪，果然看到他对包总微微皱了皱眉头。

趁他们的注意力还没收拢，我快步走进屋内，见刘亚男坐在茶海前，正悠然自得地泡着茶。她微笑着抬起头，看了看我，眉头一皱，笑容骤然消失，将手中的茶杯"啪"的一声摔碎在茶海上，"腾"的一下站起身："你的脸怎么回事？"

不等我说话，包总赔着笑脸走进来，看了看我的脸，说："刘小姐，息怒，我听说秦川兄弟在这里受了委屈，你放心，我一定会给你们一个交代的。"

我顿时明白了这间屋内食物链的排列顺序，心里有了底气，四下看了看，问刘亚男："大姐，建邦呢？"

刘亚男看着包总和周亚迪，冷冷地"哼"了一声："建邦拿着咱的护身符呢，怎么能在这里？不然，我哪还有命坐在这儿？"她的目光停留在周亚迪身上，绕过茶海，幽幽地说："迪哥，别来无恙？"

周亚迪嘴角微微抽动了一下，挤出些笑容："劳烦刘小姐挂念了。"

刘亚男目光冷冷地从周亚迪和包总身上扫过，落在我身上："秦川，过来坐。"

我坐到她身边后问道："昨天我用迪哥的电话联系你，你怎么不接？"

刘亚男"哼"了一声，伸出手说："电话给我。"

我摸出周亚迪给我的那部手机递过去，刘亚男轻车熟路地将手机电池盖掀开，把电池抠了下来，然后看向周亚迪。周亚迪忙转过脸，干咳了两声，一脸的尴尬。刘亚男在手机里抠了几下，揪出一个纽扣电池大小的玩意，托在指尖问我："认得吗？这叫窃听器，以色列的。"

周亚迪慌得眼神都不知往哪里搁，脸上红一阵白一阵。

刘亚男把窃听器往茶海里一丢。"跟我玩这套把戏？"

周亚迪低头不知想了些什么，像是下了什么决心，表情淡定了下来，走到我身边坐下。"秦川，我不是不相信你，我是不相信这个女人，我怕你上她的当。"他话锋一转，指着刘亚男说："刘小姐，你不要以为你拿着个什么配方就在这里耀武扬威，这里不是俄罗斯，大不了这生意我不做。"

刘亚男呵呵一笑："好啊，你不做我就和包总做，包总不做我去找胡经，你们都不做，我自己在这里做。"

"哈哈哈。"周亚迪也跟着一笑，"你做？你打算跟我租地盘，还是打算找胡经买块地？"

刘亚男手里没停，将壶里沏开的茶倒进公道杯里，淡淡地说："我想，丹雷将军一定愿意给我个容身之处的。"

周亚迪顿时噎在那里，半天没说出一个字。包总此时竟然站在一边，一副手足无措的样子。

这让我不得不对刘亚男另眼相看，我终于知道这个女人真正犀利在哪里了——她的做派完全颠覆了我对自己工作的认知。一直以来，我都是通过从底部慢慢向上渗透的方式靠近目标人物身边，顺着看得见的路线，尽量试着去控制局势。而刘亚男一出现就掌控了局面，所有目标人物都像她手里的茶杯，想摆在哪里就摆在哪里。我也懂得为什么在来之前她痛斥我的草率，也知道了她所谓的为了这次行动准备了两年的意义。那一刻，我竟然有种翻身做主的快感，刘亚男偷空扭头看了我一眼，面对我敬仰钦佩的崇拜眼神，她对我扬了几下眉毛，我忍不住笑了。

周亚迪抬起头来，几乎是在用祈求的目光看着我。我明白了昨晚那顿饭他花费的苦心，不禁对他产生了一丝怜悯。这点怜悯很快被我的理智冲散，他希望我施舍给他的不是一顿饭，也不是几个零钱，而是毒品的制作配方。先不论那张配方的真假，光说他想得到那张配方的居心，就足以千刀万剐。

我再次为自己那看似坚定、实则总在飘忽的信念所担忧。就在昨晚，我几乎再次被面前这个毒枭感动，只因为他虚情假意地给我营造了一个所谓的家。事到如今可以确定，那一切都是伪装，包括他说自己的势力被削弱，都是谎言。

从现在的情形来看，当年不可一世的包总，极有可能如今也成了他的跟班，至少他们俩现在平起平坐。他俩很可能是被胡经压得抬不起头来，所以联合在了一起。

如果是这样，我也明白刘亚男为什么一来就找到他俩。如果胡经拿到那张配方，无异于如虎添翼，这会成为压倒周亚迪和包总的最后一根稻草。到那时，以胡经的残暴和狡诈，被他一人独霸的金三角恐怕很难再插进一根针来。想起他曾派人去内地查我这件事，就足以让我背后一阵阵地冒凉气。

反之，如果配方落到周亚迪和包总手里，他们一定会得到丹雷将军的支持，到时候胡经自然不会眼看着自己就要只手遮天的金三角，再飘起周亚迪和包总的旗子。不用猜也知道，胡经为了打垮周亚迪和包总，花费了多少时间、精力和金钱。

我干咳了两声，对刘亚男说："大姐，我跟迪哥是过命的交情，既然把误会都说清了，是不是该谈谈生意了，毕竟我们来这里不是来斗气的。"

周亚迪和刘亚男二人都对我投来满意的一瞥。周亚迪那么看我，不言而喻，我帮他化解了尴尬。而刘亚男是满意我在适当的时候唱了红脸。

刘亚男的下马威也耍够了，借着我这个台阶就下来了。她摸出一支烟，点燃抽了一口，将烟徐徐地喷在空中，那泰然自若的样子让人感觉仿佛这屋里的两大毒枭，以及将要进行谈判的足以影响金三角格局的生意，都不如她要抽的那支烟重要。她慢悠悠地说："带我去看看你们的工厂。"

周亚迪与包总紧张地对视了一下，周亚迪说："包总，你有工厂吗？"

包总忙说："什么工厂？"

刘亚男将烟头往地上一摔，溅起一串火星，起身拽着我的手腕："跟这种一点诚意都没有的人，谈什么合作？"刘亚男硬生生地把我往外拽，走到门口时，她突然飞快地低声说："胡经马上要来，他一直怀疑你的身份，见机行事。"

我快速反应了一下，轻轻"嗯"了一声。身后传来周亚迪的声音："刘小姐请留步。"他快步走到我们面前，脸上堆着笑说，"怎么好好的说走就走？"

刘亚男冷笑了一声："我看你们也没什么诚意，就别浪费时间了，我怕再聊出火来，你们二位一着急再把我……"她用手指在自己的头上比画了一个开枪的动作。

"哎哟。"周亚迪满脸委屈地看向我，"秦川，我是那样的人吗？只是我也有我的难处，大家互相体谅一下。"

看着周亚迪的嘴脸，我哭笑不得。为他的悲哀而哭，为我曾经的幼稚而笑。

说话间，就听院外一阵嘈杂的引擎和脚步声。周亚迪和包总顾不上我们，奔了出去。刘亚男转过头，神情凝重地看着我，轻轻地点点头。我想，应该是胡经到了。

我拍了拍她的手背，大步走了出去。

3

走出屋门，就看到数十个穿统一军装的士兵三步一岗地站满院子的四周。院门大敞着，外面黑压压地停着几辆越野车和两辆卡车。胡经和丹雷出现在院门外，朝里张望了一下，大摇大摆地走了进来。

我一见胡经，气不打一处来，若不是眼下的情形还不明朗，我真想冲上去狠揍他一顿。他看到了我，表情夸张地指了指我：“你命真大。”

我用手指点了点面前的空地：“你站过来再说一次。”

胡经笑着摇摇头，往丹雷身后退了一步：“我不，你会打死我的。”他凑在丹雷耳边，指着我和刘亚男不知嘀咕了两句什么。丹雷对他摆摆手，走到刘亚男面前握住刘亚男的手说：“刘小姐，久违了。”

刘亚男微笑着说：“将军，新账户还满意吗？”

丹雷哈哈一笑：“有机会的话，代我向你的老板问好。”丹雷的目光落到我身上，打量着我问：“秦川？”

我点头应道：“丹雷将军，你好。”说着我伸出手。他像是没有看到我的手，转身对周亚迪和包总点点头，随后对身后的胡经说：“你不是有话说吗？趁现在人这么齐，说吧。”

胡经挺起腰板，往前迈了一步，指着我和刘亚男一字一顿地说：“奸细！”

不等其他人有什么反应，丹雷一咂嘴说：“小胡，别乱说话。刘小姐和我合作了很多年，这个秦川我见过，是周老板的老朋友了。”

胡经冷冷一笑：“他们两个是中国的警察。”

我用余光明显看到周亚迪浑身一震，我扭过头去看他，他像是第一次见我似的，瞪大了眼睛看着我。

我脑子飞速地过了一下，没发现任何漏洞，或者就算有我也不曾知道。胡经派人到内地查我，很可能这种调查还在继续，难道真查到什么了？前两天他抓住我时，还没有怀疑我是什么警察，不然他不会执意要我交出那个配方。那么，一定是这两天发生了什么事，改变了他的看法。我想到了那部落在他手里的手机，但那手机的加密级别是特级，就算解密，里面的内容没经过内部特殊培训也根本看不懂。如果他因此产生了什么怀疑，倒是有点难对付。

胡经一副志在必得的样子，从他刚才语气来看，他一定是掌握了什么关键证据。我叹了口气，将双手抱在胸前，只等着看胡经下一步怎么办。谁知他被我的这个动作吓得往后连退了两步，脸色都变了。我不禁哈哈笑了起来："你看看你那个德行，我有时候真不明白，在这遍地英雄的地方怎么会有你这种人？"我说"英雄"一词时，故意指了指在场的所有人。

胡经"嘿嘿"地笑了笑："我手里可有你们的几个同志哦。"

我的头皮一阵发麻，难道是程建邦出了纰漏落到他们手里了？我按捺住内心的波澜，说："怎么？我在你仓库放的那把火把你的脑子烧坏了？"

胡经脸色一变，正要发作，周亚迪从旁边站出来："胡经，你不要欺人太甚，见我兄弟回来就挑拨离间。"

胡经指了指周亚迪："什么兄弟啊，你当年还和我称兄道弟呢，现在怎么样？恨不得一枪崩了我吧。我总说你，做事要务实……"他颇有些不耐烦地摆摆手："改天再教你。"说完他转身对一个手下说："去把秦川的同志带来打个招呼吧。"

我心里吃惊，不知胡经葫芦里卖的什么药，但又不能表现得太急切。正不知道该怎么应对的时候，刘亚男上前几步到胡经面前，左右开弓抽了他几个响声清脆的耳光。胡经被这突如其来的一顿耳光抽得差点摔倒，捂着脸又是惊诧又是茫然地瞪圆了眼睛。刘亚男指着他厉声喝道："当年要不是我给你碗饭，你怕是死都不知道怎么死的吧。现在缓过劲来了，就敢往我身上栽赃。"说着话，她从后腰摸出一把手枪，拉开枪栓对准胡经的头："不如一枪崩了你。"

丹雷一把压住刘亚男的胳膊："刘小姐，别那么冲动，是对是错让他把话说完，到了这里还用得着你亲自动手吗？"他给手下人使了个眼色，一个穿军装的人上前下了刘亚男的枪。

胡经躲到了丹雷的身后，见危机解除后，他指着我对刘亚男说："姐，我主要是说他。"

刘亚男瞪了他一眼："主要是说我的朋友，其次就是说我喽？"

胡经冲门外喊了一嗓子，只听一阵嘈杂，胡经的两个手下拖着一个浑身血污的人进来，那人耷拉着脑袋，也看不清脸。隔着老远，我就闻

就朝那战士又开了两枪，一枪打到了腿上，另一枪打偏了，子弹射进了那战士身边的泥土里。

我回过头对刘亚男大声说："大姐，我是来做生意的，不是来看他们杀人玩的。来之前你没告诉我，要想入伙还得乱杀人。"

刘亚男一直低着头，此时慢慢将头抬起，咬着牙瞪着胡经说："你玩够了没有？"

"这就够了，马上就好。"他对着那战士的头又开了一枪。那战士顿时停止了挣扎，睁着眼停止了呼吸。

胡经嘻嘻一笑："大家是不是觉得我胡闹？没关系，我手里还有一个，这人可认识秦川。"

难道程建邦真被他们抓了？不等我多想，就见胡经的手下从门外带进来一个头上套着头套的人。那人穿着便装，形态却并不像程建邦，也不像我记忆中的任何人。我正要舒口气，转念一想，难道他们真的抓了一个来执行秘密任务的缉毒警？这两年因为毒品形势越来越严峻，各职能部门不断加大对毒品犯罪的打击力度，也不乏把人派往制毒贩毒集团内部的事。我心里一阵发紧，我知道我的忍耐已经到了极限，我宁可暴露自己与胡经同归于尽，也无法容忍胡经在我面前杀戮军警了。

我迅速扫了一眼这院里的情形，想要突围是绝不可能的，四周至少不下四十支枪口正对着我们，唯一的机会就是挟持丹雷和胡经了。不过那样一来，不光是我，刘亚男的身份可能也会暴露，那将会给整个组织带来不可估量的损失。

能否全身而退也是个未知数。我偷偷瞄了一眼刘亚男，她的注意力也在那个戴头套的人身上。我试图与她做眼神的交流，她却一直不朝我这边看。我只好深深地吸了口气，死死地攥紧了拳头，压制住内心的翻滚。

那人被带到院子中央，被按着跪了下来。胡经上前揪着那人的头套看着我说："有没有一点点小期待呢？"

我咬着牙说："有，我只期待你早点演完，我好解决你。"

胡经笑着说："你又吓我。"一把将那个头套拽了下来。

那是一张完全陌生的脸孔。我扭头看刘亚男，她冷冷地看着那人，摸出一支烟点上。

胡经从口袋里掏出一把警用手枪递到我面前说："这把枪是从他身上搜出来的，真正的警枪，我想没人愿意跑到这里来冒充警察吧，如果他是来陷害你的，那你亲自处理他吧。"

看着胡经，再看看地上那两个战士的遗体，我心中的血气又剧烈地翻涌开来，一时间所有理智都被愤怒和仇恨掀翻。我将一直紧攥的拳头慢慢舒展开来，判断着胡经和丹雷的距离，脑中盘算着用什么顺序的动作在第一时间夺过胡经手里的枪，然后挟持丹雷……

"秦川。"刘亚男低沉而有力地叫了我一声，将正全神贯注准备发动攻击的我吓得一哆嗦。她说："把枪拿来给我看看。"

这一声断喝好似一瓢冷水将我浇醒，我提溜着那支枪，走到刘亚男面前。

刘亚男拿过枪看了看，贴在我耳边快速地轻声说："假的。这人是胡经在内地的心腹，胡经派他去查你，身上背着我们几条人命。"她将枪还给我，眼里掠过一丝令人胆寒的杀气。

我惊呆了，几乎不愿相信自己的耳朵，呆呆地看着刘亚男，她又对我微微地点点头。我看了一眼手里的枪，将枪在手中轻轻掂了掂分量，枪里果然没装子弹。这更肯定了刘亚男刚才的那番话——此人根本就是胡经的手下。

"你们两个商量够了没有？"胡经不耐烦地催着。

我转过身走了过去，围着那人转了一圈，仔细看了看他破烂的衣服和伤口，再回头看看地上躺着的那两个战士的遗体，问道："你是警察？"

他抬头看了我一眼，点点头。

我又问："你认识我？"

那人说："来之前上级怕我误伤你，给我看过你的资料，你是秦川。"

他这么一说我就确定了，这是胡经的一个局，只是这个局未免太过幼稚。可见这些年他并没有与真正的缉毒警打过交道，或者，他根本没有机会。这倒不是说缉毒警是神，而是每个缉毒警都知道，一旦落在这帮人手里，定然是生不如死，所以他们宁可选择自尽也不愿落到敌人手里，就像那个边防战士一样。那么刚才那两个应该也是胡经抓来的不知道什么人，给套上了武警的衣服而已。

他这兄弟的命明显金贵，连破衣服下的伤口都是假的。他学着我们的语调说话，看来之前是做过功课，怕也是看电视剧学的吧。想到这里我笑了，指着刘亚男问他："那你认识她？"

他抬头看了一眼刘亚男，点点头："刘亚男，来之前上级也交代过。"

我冷哼了一声。刘亚男的身份有多机密我不好判断，就连徐卫东都一直避讳和我们谈起，别说是一般的缉毒警，恐怕整个公安部门知道的都没几个。

那人又装模作样地说："首长，对不起，我真的扛不住了，他们给我注射了毒品，我已经上了瘾……"

我转身对胡经说："你随便找来这么个人说我是警察，我就是警察？那我也可以随便找个人来说你是。"

胡经笑笑，说："那我就把他的头拧下来，就像你前两天见到的一样，又或者……"他指了指地上那两个穿着武警衣服的尸体。

"你的意思是我把他杀了才能证明我的清白？"我和丹雷、胡经近在咫尺，他们如果在这种情况下允许我拿着一把枪，只有两种可能：第一，他们忘了我不仅会开枪，而且很会开枪，我的枪口能对准任何人；第二，那枪里没有子弹，如果我有丝毫迟疑，或将枪口转向他们，我就会第一时间变成筛子。

4

我手中的枪里没有子弹，看来胡经真的很担心他这个兄弟的安危，生怕我这个浑不吝的亡命徒真的打死他。他们的算盘是万一我开了枪，既证明我不是警察，又保住了他兄弟的命。到时候，胡经一定会找借口把这人拖出去，反正是出戏，戏里的人是他抓来的警察，他有权力处置。

"好吧！"我转过身说，"这的确是一把警枪，看来你真的是个警察，而且是一个专程来挑拨离间的警察。"我将枪凌空丢给胡经，上前一步，双手一左一右扳住那人的头，看着胡经说："不就是要他的命吗？不过，你那种做法太下等。"

胡经的眼神瞬间慌乱起来，脸色变得非常难看。那人也像是感觉到我的杀气，在我的手肘间扭动挣扎起来。就在胡经张口喊了声"住手"的同时，我双手左右猛一用力，那人整个人的身体瘫软了下去。

"你刚说什么？"我将已经气绝身亡的假警察丢在地上，一脚踩着他的脑袋，拍拍手摊开，假装疑惑地问胡经。

胡经一个箭步冲过来把我推开，跪在地上看着已经气绝身亡的心腹，像是不敢相信自己看到的一切，张着嘴巴愣了好久，伸出颤抖的手指在那人的颈动脉上摸了一下，抬起头用血红的眼睛瞪着我，久久说不出一句话。

我轻蔑地一笑说："还有吗？就抓了这一个认识我的吗？好久不练，我的手都生了。"

胡经果然被我激怒了，举起了刚才我丢还给他的那把没有子弹的警枪对着我的头，嘴唇哆嗦着，半天也没说出一个字。

"小胡！"丹雷厉声喝道，"怎么回事？"

趁胡经愣神的瞬间，我头一歪避开枪口，一手攥住他的手腕往上一拧，使枪口朝上，猛地朝反方向一扭，警枪掉落在地上，我使足了浑身力气，用另一只胳膊肘狠狠地砸到了他腋下的软肋上。胡经嗓子里发出"嘶"的一声，瘫倒在地上。

我捡起警枪，反转枪口将枪柄递到丹雷身边的一个随从手中。那人接过枪，熟练地卸下弹夹，将空弹夹给丹雷看了一眼。丹雷看看空枪，又抬起眼皮看了看我，嘴里不知嘟囔了句什么。

胡经的人赶上前来试图搀起胡经，我估计刚才那一下至少捣断了他的一根肋骨，打算任由那些人去搀扶他，这样断裂的肋骨就会立刻刺进他的内脏要了他的命。

"想让你们老大活命，就先别动他。"刘亚男突然发了话。

我诧异地朝刘亚男看去，她看了我一眼，抬起头望了望天，又看看我。我立刻明白，她是要我看远一点，不要为了一时的私仇而影响了大局。

毕竟我们的计划是掌握并控制这里的局势，慢慢使其消亡，任何一方势力的变更都要在我们的控制范围之内，所以任何一个人的死活都要在我们的计划中。胡经该死，但不能是现在，我们还需要他的势力制衡周亚迪和包总。他活着，我们手中的那张配方才更具效力。

丹雷的脸青一阵紫一阵，主动走到我面前，斜眼看了下地上还不时翻着白眼的胡经。“这么好的身手就跟着刘小姐好好干。”他指了指周亚迪和包总，对我说，“有什么需要帮忙的，来找我。”

丹雷跟我握了握手，又走到刘亚男面前：“你们的个人恩怨我不管，不过手底下都有人要吃饭，别耽误正事。”

刘亚男微微点了下头，说：“将军，等忙完这一段，我会登门拜访，我的老板专门嘱咐过的。”

丹雷临走时站在胡经身旁，像是想说什么，最后骂了一句：“干！”背着手转身扬长而去。

胡经这时大概稍微缓了过来，顶着一头的冷汗，在手下的帮助下，龇牙咧嘴地站了起来，咬着牙瞪着我。

我冲他一笑：“怎么？我证明了自己的清白，你好像很失望。”

胡经捂着腋下，小心地喘了半天气：“对，我就是想干掉你。”

我又问：“我不记得我们有什么深仇大恨。”

胡经恶狠狠地瞪着我，一字一顿地说：“你杀了我的兄弟。”

我看了一眼地上的尸体：“这是你的兄弟？”

胡经脸上的肌肉抽动了几下，说：“你杀了宁志。”

当那个名字从他嘴里说出时，我只觉得心脏猛地一抽。但这个时候并不允许我宣泄任何情绪，我低头抓抓头发，假装想不起来：“谁是宁志？”

胡经足足瞪了我一分钟，突然换了一副表情，平静的脸上冷冷地笑了一下，朝地上啐了一口带血的唾沫，对刘亚男说：“我这次来，不是为了惹什么麻烦的。”

刘亚男摇摇头：“是吗？”

胡经抬起头看了一眼周亚迪和包总："若不是丹雷将军陪我来，恐怕你们早动手了吧？"

周亚迪面无表情地看着胡经，说："可笑，你摆这么大场面来诬陷我兄弟不成，又冲我来了？"

胡经苦笑着摇摇头："我不和你们斗嘴，我只想和我姐谈生意。"他看着刘亚男说："姐，既然他不是警察，那我们可以合作。他们出什么条件，我都出得起，而且会比他们出得还高。你随时可以去我的工厂看。"

"你们跟这两个土包子没什么前途，就知道躲在山沟里欺负农民，现在都什么时代了，还拿锅熬大烟。"胡经有些激动，若不是他强忍着，恐怕就咳起来了。他那几根断裂的肋骨恐怕不允许他咳嗽，胡经忍住倒呛的气息，喘着粗气说："姐，你考虑好了联系我。"他给手下使了个眼色，有人上前递给刘亚男一部手机。

胡经被几个人护着朝门外走去，临出门他慢慢转过身，看着我对刘亚男说："姐，你防着点他，这小子不是好人。"

看着胡经离去的背影，我对刘亚男说："我的手机在他那儿。"

刘亚男淡淡地说："我担心的不是这个。"

我无心去猜测刘亚男这句话的含义，呆呆地看着胡经的手下将地上的三具尸体抬出了院子，心如刀绞。那两个是不是真的武警战士？我很想知道，又怕知道真相。

周亚迪走过来，对着胡经离去的方向朝地上啐了一口，说："他说对了，要不是丹雷在，我一定不会让他活着离开。"

我问道："刚才他说我是警察的时候，你信了吗？"

周亚迪忙说："怎么可能，我就是要看看他演哪一出。"

"是吗？"我回过头冷冷地看了他一眼，擦着他的肩膀走到刘亚男面前说，"谈生意吧。"

刘亚男伸手轻轻地拍了拍我的脸颊，看着我的眼睛，缓缓说："在这里，如果有人把你推下悬崖，你要做的不是等着摔死，而是要学会飞。"

高处传来几声鸟鸣，我抬起手遮住刺眼的阳光，一群鸟儿朝北方飞去，慢慢变成几个黑点消失在蓝色的远空。我快速地呼吸着，将马上就要流出的眼泪逼了回去。

包总走过来说："真是不好意思，在我的地盘上让二位受了委屈。"

刘亚男说："我们谈完生意就走，对你们之间的过节没兴趣。"

周亚迪也走上前来："好，里面请，谈正事。"

"那你们先好好想想，拿出点诚意来再谈。"刘亚男对我使了个眼色，"我们走。"

周亚迪一听刘亚男要走，三步并作两步拦到我们面前。"刘小姐，你提条件吧，只要合情合理我都答应。"

刘亚男抬起头看着足足比她高半个头的周亚迪，微笑着说："怎么？迪哥今天不打算让我出这个门了？"

我急忙上前护在刘亚男面前，对周亚迪说："迪哥，别急，我回去和我大姐谈谈。"

周亚迪没有说好，也没有说不好，只是看看我，又看看刘亚男。院子里骤然安静下来，我却在这平静中隐约闻到了一股杀气，而且这种味道随着时间的拉长，变得越来越浓烈。整个院子像个填满了火药的木桶，只等哪里迸出一点火星，就会引发惊天动地的爆炸。

我一把搭住周亚迪的肩膀，拉着他往外走，笑着在他耳边轻声说："迪哥，放心吧，给我点时间，我一定会说服她的。"

周亚迪被我揽着脖子，也不好挣脱，只好随着我往外走。我回头对刘亚男招招手："大姐，走吧。"

刘亚男扭头对包总说："包总，借辆车用用。"不等包总点头，她就打开就近停着的一辆车的车门，跳了上去。

"秦川，你不跟我回去吗？"周亚迪问道。

"你不想要配方吗？"

"能得到固然好，得不到也不必强求，生意什么时候都有的做。"

我看了一眼已经启动的汽车。"那不行，我大老远来到这里，不能空着手来。"

我们说话的这点时间，刘亚男已经把车开出院子，停在了我身边。我正考虑要不要把周亚迪带上车"送"我们一程，刘亚男下了车走过来说：“我们先走一步，迪哥请留步。”她冲我摆摆头，示意我上车。

包总带着几个人，气势汹汹地端着枪赶了出来。我冷冷地看着包总：“这么客气？”

周亚迪看了我一眼，也不表态。

“知道这路上不太平，所以有朋友来接我，不过我那个朋友有点腼腆，怕生，就不出来和大家见面了。”刘亚男手搭在车门上，笑着说，“但是，可以和大家打个招呼。”

刘亚男看向远处，抬手挥了一挥。只听“嗒”的一声枪响，一颗子弹从几百米外的树林中飞了出来，“嗖”地贴着周亚迪的耳朵飞过，将他身后墙上的一块红砖“啪”的一声削去了一半。所有人都目瞪口呆，包括我在内。我不由得张了张嘴，朝子弹飞出的地方望去。

包总第一时间身子一矮朝门内退去，他的手下也慌乱起来，端着枪一边四处张望，一边往门里挤。周亚迪的额角渗出了豆大的汗珠，喉头剧烈地抖动着，一副惊魂未定的样子。

我明白了，一定是程建邦埋伏在那里，心中顿时踏实了下来。我放开搭着周亚迪肩膀的手：“迪哥，等我的好消息。”

我拉开车门跳上车，车子启动时还朝周亚迪笑了笑。

第十六章

活着回去

1

刘亚男将车开出第一个弯道，离开了周亚迪的视线后，猛地加油朝前冲去，巨大的惯性作用把我重重地贴到了椅背上。我拉过安全带系好，扭头看刘亚男，她紧抿着嘴唇，眉头微微皱起，双眼死死盯着前方的路，看起来有些紧张。我从后视镜里朝后看了一眼，问道："刚才是建邦吗？"

刘亚男点点头，又连着驶过几个急弯，看了眼后视镜，确定没人追来，这才将车猛地一脚刹住，长长地舒了口气。她望了望路边，又看了看手表，手指在方向盘上快速地敲打着，像是在焦急地等待着什么。

不多时，路边的草丛中发出一阵窸窸窣窣的声音，一个矫捷的身影跳上了公路，手里提着一支长枪。果然是程建邦，我隔着刘亚男冲他说："你怎么才来？"

程建邦看了我一眼："我以为见不到你了！"说着上了车，伸过两只手在我的头上一顿胡乱拨拉："你以后能让我省点心吗？害得老子白白难过。"

我嘻嘻一笑："是不是骗了你不少伤心的眼泪？"

刘亚男回过头冷冷地看了我们一眼，不用她说话，这一眼就足够让我们安静下来。程建邦坐到后座上，擦着汗说："什么情况？"

刘亚男将车开动起来："胡经要对丹雷下手。"

程建邦呵呵一笑："这还没见着东西就打起来了？那我们还费劲找什

么配方？直接放个假消息出去不就得了？”

刘亚男说：“丹雷不能有事。”

这里面怎么又加进一个丹雷来，我有点不太明白：“为什么？我看没了他，咱们在这里反而能玩得开。”

“丹雷才是这里的规矩。”刘亚男紧紧盯着前方的路，“这么多年他和他的军队平衡着所有毒枭之间的力量，刚才我发现包总、周亚迪和胡经现在已经是穿一条裤子了。他们想联手把丹雷干掉，那时候他们在这里就可以横行无忌，而我们在这里就没有立锥之地了。到时候我们连活路都没有，还谈什么计划！”

程建邦猛地一拍大腿，“这三个人还能联合起来？”

刘亚男说：“如果联合起来能获取更大的利益，为什么不联合？”

“我明白了，以前他们越境运毒最多就是拿一把刀刺进你的身体，而现在他们要把工厂扎进去，就相当于在你体内培养了癌细胞。”我说到这里停了下来，等着他们的反应。

程建邦只是呆呆地看着我。而刘亚男看了我一眼：“说下去。”

我说：“以前他们靠烟农种植鸦片，产量都是有限的，可是现在，为了一张配方，他们三人都能联合起来，足以证明这种配方的便利程度和利润远远超过了海洛因。在那么大的地方，隐藏几个加工毒品的厂房太简单了。一旦他们的销售网络和人脉关系铺开，对于我们来讲是致命的打击都不为过。之前胡经派人去查我，虽然没查到什么，但那不是因为我们隐蔽，而是他们的人脉有限。如果他们的人遍布各个城市、各个行业，你觉得我们和我们的家人还能隐蔽多久？”

程建邦点了支烟抽了两口，问刘亚男：“会有他说得这么严重吗？”

刘亚男点点头：“你记得去天津抓我的那几个人吗？”

程建邦说：“不是假警察吗？”

刘亚男说：“什么身份不重要，重要的是他们做的是什么事，跟谁一起做事。任何部门都是人组成的，有人就有变数，有变数就不会是铁板一块，你们进特案组那么久，认识几个同行？你们不会以为特案组就你们几个人吧？”

我接过话头：“这我理解，单位比较特殊，单线联系比较简单。”

刘亚男说：“除此之外就是为了预防有人开小差，你们认识的人越少，造成的损失就越有限。”

听她这么说，我心里隐隐有点难过：“你的意思是组织不信任我们？”

“你别那么敏感。”刘亚男大概觉得语气有些硬，换了个声调说，“你敢说你从来没有动摇过？”

我沉默了，程建邦也沉默了，车内就那么跟着安静了下来。那种安静让人觉得尴尬，大家都清楚彼此在想什么又不能说出来的那种尴尬。

“我动摇过。”刘亚男平静地说，“我手中的钱和资源，足够让我隐匿起来，过上几辈子你们想都不敢想的生活，但我挺过来了。”她摸出一支烟点燃，眯着眼睛吐了口烟。“我坚持下来不是因为我的立场有多坚定，而是我所承受的压力没有突破我的极限。我不敢想象那些压力突破了我的极限后我会怎样。”她将刚点燃的烟从嘴唇上取下来，擦了擦悄然滑落的泪水，“秦川，刚才胡经杀了那两个穿着武警衣服的人，你为什么能忍耐？”

我心里一阵难过，将头撇向一边，看着车窗外。

“如果刚才要杀的是程建邦和我呢？你还能忍受吗？”刘亚男顿了顿又说，“也许你以为你不能忍，也许你以为你能忍。我可以告诉你，只有真实发生了你才知道答案。刚才那样的事，绝不是最后一次，你只要还在任务中，那种事就永远不会停止。也许有一天，跪在那里等待处决的是你。你一直说你准备好了，你准备好了什么？你准备好的只是自己随时可以去牺牲，你准备好面对战友的牺牲了吗？”

刘亚男的这番话震得我哑口无言，我以为刚才在包总院子里的事会为我换来一些安慰或鼓励，哪怕能有人说一声：秦川，不要难过，勇敢起来，继续去战斗，用你的勇气和智慧去粉碎这里的一切。

哪知这一切只是序幕，甚至我所经历过的一切都不过是一个热身。真正的战斗并不是在血与火中的拼搏，我所要承受的不只是肉体的伤痛、鲜血和死亡，还有内心的折磨。偏偏这是我一直逃避的，哪怕是这次来这里的初衷，也只是为了缓解上一次心中的痛苦而已。原来，那种磨砺自从我踏上征途的第一天起，就注定是永无休止。

程建邦一声不响地埋头坐在后座上抽完了一支烟，又点了第二支。

刘亚男对我说："你明白了吗？"

我认真地点点头："明白了，就像你说的，如果有人把我推下悬崖，我要做的不是等着摔死，而是要学会飞。"

刘亚男"嗯"了一声："你们要知道，你们从接到第一个任务开始，就永远不会有结束的那一天。就算金三角将来变成了旅游景点，还会有银三角、铁三角。就算周亚迪、胡经、包总的集团全部覆灭，还会有李亚迪、张经和王总。海洛因之后是可卡因，可卡因之后还有别的毒，别的毒之后谁知道还有什么东西。我们不可能让毒品全部消亡，但我们可以让毒枭永远睡不好觉，永远活在恐惧中，让他们为此付出血的代价，这才是我们的使命。"

我和程建邦久久回味着她的话。好一会儿，程建邦打破沉默问："姐，我们是去救丹雷吗？"

刘亚男说："到时候还是老规矩，你和秦川在暗处掩护我，记得拿好配方。"

程建邦说："如果我说我不让你自己靠近他们呢？"

刘亚男愣了一下，从后视镜里看了一眼程建邦："不用担心我，我不会有事。"

程建邦看着后视镜中刘亚男的眼睛："可是，你已经做好了有事的准备，不是吗？"

刘亚男不说话了。我立刻意识到此行的危险性，也明白了刚才她为何对我们说那么多，那沉甸甸的话语既浅白又厚重，那是她从心窝深处掏出来的话。那么，她已经做好了回不来的准备，想透了这一点，我们怎么能让她去孤身犯险呢？我说："姐，会有更好的办法，实在不行我们先撤，重新计划。"

刘亚男看了我一眼，笑了："我们的计划只是大局中的一部分，我们不能让他们三个在这个时候、在没有丹雷的情况下联合起来，不然会有更多的战士流血、牺牲。"

我有点急切地说："那你告诉我，我们大的计划是什么？总能找到别的办法的。"

刘亚男说："以你们现在的资质，知道那么多只会带来压力，影响你们的判断，没好处。"

"我觉得我能把你拦下来。"程建邦慢慢抬起头，嘴角带着一丝笑意。

我觉得程建邦过于自信了，以刘亚男的性格跟她来硬的是不行的。我对刘亚男说："万一你判断错了呢？如果胡经并不打算现在对丹雷动手呢？如果他们并没有打算联合起来呢？"

刘亚男冷冷地"哼"了一声，侧过脸，目光扫过我和程建邦，说："如果我指挥不了你们，只能怪我没那个本事，可以在这里分道扬镳。"

"那你要是甩不掉我呢？"程建邦说着双手托着腮，把脖子伸到前面，眼巴巴地看着刘亚男。

刘亚男正要发作，就见前面路上扬起的尘土，忙放慢车速说："你们俩从这里下车，直线往南走，看到公路后隐蔽，我会在下一个弯道处截停他们。"

她慢慢将车停了下来。见我和程建邦没有要下车的意思，焦急地拍了下方向盘，转过身分别拉着我和程建邦的手说："建邦、秦川，你们听姐姐的话，如果你们真的为我好，就赶紧去找一个好的伏击点，用你们手中的枪保护我，而不是把我挡在身后，任由整个计划在我们手中破产。"

看着她恳切的目光，我和程建邦对视了一下，无奈地点点头。临下车，程建邦摸了摸刘亚男的头发说："你要有一点事，我们俩豁出这条命也要把这里砸个稀巴烂，管他什么计划不计划。"

刘亚男无奈地笑了笑，说："去吧。瞄准一点。"

我回头看了看车内的刘亚男，不知该说些什么，正要扭头走，刘亚男叫住我说："秦川，记得我跟你说的话。"

我正想问是哪句，她已经一脚油门开着车冲向了前方。

程建邦抱着枪瞅准方向，迈开大步朝前狂奔，我空着手居然一直追不上他。翻过一道小小的山梁后，一条蜿蜒的公路出现在我们面前。我和程建邦不约而同地指向不远处的一块岩石，中间恰好有一个豁口，岩石前有一丛杂草，疏密度能很好地挡住我们的身形，又不会影响视线。而且从那个伏击点到公路之间，将近两百米距离没有任何树木或岩石的阻碍，是个绝佳的狙击点。

程建邦找好位置趴下，为枪找了个可靠的支点，调了调瞄准镜，瞄了一会儿，对我一招手说："你来，我是按照咱俩的习惯校的，你瞄准点，到时候别手软。"说完就要往下跑。我一把将他拽住："你干什么去？"

他甩开我的手，说："咱们两个人，只有一支枪，我不能闲着，我埋伏到公路边，如果有什么情况，可以出手。"

"那我去。"我又伸手想去拉他，"这枪你开过，你比我熟。"

他压低声音说："别啰唆了。"一猫腰朝山下的公路奔去。

我朝公路的另一头望去，见尘土已经越来越近，只好俯下身子检查枪和子弹。瞄准镜中，程建邦像一只山猫，敏捷地在草丛和岩石间飞快地往前蹿，最后选了路边的一丛灌木，在后面蹲了下来。

我调整着呼吸，尽量使自己平静下来，只等目标的出现。

2

阳光透过头顶浓密树叶间的空隙，星星点点地洒在我身上和周围的草地上，将湿气蒸腾上来，每呼吸一次都呛得只想咳嗽。我拉过衣领蒙在口鼻上，慢慢地适应着又潮又呛的地气。

不多时就见一队车飞驰而来，压在车队最后的是一辆蒙着帆布的卡车。刘亚男的车从公路下的草丛中猛然蹿了出去，横在路边将那队车截住。我被她这个疯狂的举动吓得差点叫了出来，要知道她拦截的是丹雷的车队，每辆车里都有荷枪实弹的士兵，他们随时都会为了保护丹雷的安全而向突然出现的目标射击。程建邦显然也惊呆了，差点从隐蔽的灌木后站起来。

刘亚男没等丹雷的车队停稳，就从车上跳了下来，双手举过了头顶。

我将枪口转至丹雷车队的第一辆车，屏住呼吸透过瞄准镜观察着将要发生的一切，手指紧扣在扳机上，随时准备将子弹从枪膛射出，打穿想要攻击刘亚男的人的脑袋。

丹雷车队的车上跳下几个人，举着枪将刘亚男团团围住。我不停地调整着呼吸，压制着因过度紧张而引起的手指颤抖。

丹雷不紧不慢地下了车，走进了包围圈，也走进了我的射程内。我听不到刘亚男在跟他说些什么，但两个人的神情都相对平静。人群中没有看到胡经，我将枪口慢慢转到车队里，连着扫视了好几圈也没见到胡经的踪影。

丹雷与刘亚男聊了两分钟，狐疑地转过脸朝身后的一辆车看了一眼，接着对身边的一个军官耳语了几句。那军官的表情显得有些吃惊，迅速指挥士兵护送丹雷上了车，继续朝前驶去。有几个士兵端着枪，拦住了车队中的一辆车，我想那应该就是胡经的车。一直到丹雷的车走远，那几个士兵才上了最后一辆车，慢慢地压在最后。

被他们拦下的那辆车停在刘亚男的身前，等丹雷的车队离开后，刘亚男正想上车，就听一声枪响，刘亚男应声朝前扑去撞到车门上，随即倒在了地上。

有人向她开了枪!

没有看到有人下车，那开枪的人一定就在胡经乘坐的那辆车里。我克制住内心的震颤，迅速用瞄准镜搜寻着目标。

这时就见程建邦的身影像头豹子一般，从灌木中跳到公路上，他一头钻进那辆车的车窗内，从里面生生拽出一个人拖到路面上。他双手中多了一对寒光闪闪的匕首，嘴里明显在叫骂着，疯了似的朝那人身上扎去。

我知道程建邦已经彻底失去了理智，现在我能做的只能是尽量保护他的安全。胡经的车上跳下了两个人，我没等他们把枪端起来，就扣动了扳机先放倒了一个，另一个刚将枪口对准程建邦，我再次扣动扳机正中那人的脑袋。不等那车内再有什么反应，我又将一颗子弹射入那辆车的后座车窗内。那辆车见势不妙，开足马力朝前驶去。我一连朝那车后窗开了三枪，直到它拐进了一个弯道，从我的射程中消失。

我顾不上在丛林里蜿蜒的公路上追踪那辆车的影子，站起身提着枪朝公路狂奔而去，嘴里不由自主地念叨着“姐姐、姐姐、姐姐……”泪水模糊了我的双眼，那两百米的距离竟然变得如此漫长。那一刻我能感觉到耳边呼呼的风声和划过我脸颊的树枝，我一次次地被脚下的灌木和石块绊倒，又一次次地爬起来。

当我踏上公路坚硬的路面时，腿居然一软，整个身体重重地扑倒在刘亚男的面前。她紧闭着苍白的嘴唇，目光呆滞地看着前方，任由我和程建邦大声呼喊，也丝毫没有反应。

程建邦站起身一脚将我踹了一个跟头，将刘亚男拦腰抱起，瞪着血红的眼睛冲我怒吼，“开车门！”

我赶紧爬起来拉开了后车门，程建邦抱着刘亚男钻了进去，对我喊道：“找医生救人，不然我要你的命！”

我抹了把脸上的泪水，钻进驾驶座，掉转车头朝周亚迪的那栋小楼的方向狂奔而去。

“姐，你挺住。”程建邦在后座带着哭腔给刘亚男止血，嘴里语无伦次地反复念着这句话。

见刘亚男已经能眨眼，我冷静了一下，说：“等快到了的时候你下车，我带她去找医生，我们三个不能同时出现在他们的眼皮底下。”

“秦川，你是不是傻？那么近你能让人对着她开枪？”程建邦满脸是泪地冲我喝道，“一会儿老子哪也不去，我倒要看看能把我怎么着。”

“听……听秦川的……”刘亚男攒足了劲，只吐出几个虚弱的字，再也无力说话了。

“姐，我听你的话，我在外围接应你们，你不能有事，那么多大风大浪都闯过来了，哪能这么栽了。”程建邦哭着说。

刘亚男喘着气，虚闭着眼，轻声说：“我……真的累了，你们要……好好的……”

离我住的小楼还有两三公里的时候，我说：“建邦，准备下车，我一定会想办法救她的。”

“我不信你！”程建邦喊出这一声时，已经变了音。

我没有理会他的疯狂，将车停稳说：“别耽误时间，带着枪，还是我以前的那个房间。”

我回过头看着程建邦，他用袖口抹了一把脸上的汗水和泪水，拿起枪推开车门跳下车。

我开动车子，在后视镜中看到他无力地站在公路中央，慢慢地消失在路的尽头。

来到那栋小楼门口，我没有看到其他车。除了上午我和周亚迪离开时留下的车辙，也没有发现其他痕迹。我下车将血泊中的刘亚男抱起，一脚将楼门踹开，往楼上跑。苏莉亚从房间出来，惊恐地看着我，手足无措地站在那里。

“叫医生。”我尽量克制着颤抖的声音，“快，我朋友中枪了，快点！”

我从来没有这么对苏莉亚说过话，她吓得呆愣着一动不动。我将我的房门踹开，将刘亚男平放在床上，对苏莉亚喊道：“发什么呆？开车去把医生接来！”

她这才反应过来，小跑着下了楼。

我找出绷带和药，手忙脚乱地给刘亚男处理伤口，却被她一把拽住手：“秦川，这次任务，我死了，你……一定要继续……周……周亚迪把所有……希望都……寄托在你的身上了，你……要好好利用。”

我咬着牙，看着面无血色的她，轻轻地点点头。

她示意我把她的手机拿出来，吃力地解开密码锁，输入好密信将手机屏幕对着我。密信的接收人是程建邦，内容是：服从秦川指挥。

刘亚男当着我的面将那条密信发了出去，看着我的眼睛说：“照做，记住，老徐的话，活着……活着回去。”

和她一起待了这么久，我什么都不曾为她做过，此时突然想为她做点什么。我抹去脸上的眼泪：“姐，你有没有没解决的敌人？”

“有……”她想了想笑了，“有两个，一个是脂肪，一个是皱纹。”

我的眼泪流了满脸，她微笑着晕了过去。

3

苏莉亚把两年前那个给我治过伤的医生叫来的时候，刘亚男已经处于休克状态了。我蹲在门口，抱着自己的肩膀，静静地看着医生站在床前紧张地忙碌。苏莉亚坐在我一旁的地板上，低着头不敢看我。

两个多小时后，楼下的门一阵响动，响起了一阵脚步声，来人不止一两个。苏莉亚起身朝楼下看了看，推推我的胳膊，我无心去理会，呆呆地看着床上生死不明的刘亚男，心如死灰。

“秦川？”周亚迪看到我后显得很兴奋，很快就看到了地上的血迹，快步走过来，蹲下身子看了看我的身上，“你受伤了？”

我呆呆地看着他，说：“我大姐。”

周亚迪顺着我的目光往前走了一步，朝屋内看了一眼，当他确定床上躺着的是刘亚男后，一丝光芒在他眼中一闪而过。他垂下眼皮，问：“怎么回事？”

“你不知道吗？胡经想杀丹雷将军，被我大姐发现了，她赶去提醒了丹雷。胡经就对我大姐下了毒手。”我平静地说着这些，就像是在说别人的事，但我的目光一刻也没有离开周亚迪的眼睛。

他的眼神从闪烁到害怕，很快显示出愤怒和担心。“他真是疯了。”他摇着头说，“那么，刘小姐现在怎么样？”

我摇摇头不想说话。周亚迪眼珠一转，说：“吉人自有天相，对了，你的另外一个朋友呢？”

我说：“我们不在一起，不管怎样生意还是要谈的。”

他表面的平静已经渐渐掩不住内心的焦躁，或许是因为他们想杀害丹雷的计划落空，或许是因为其他什么他没有料到的事情已经发生。他看了看表：“这里条件不好，刘小姐也不适合奔波了，我再去找几个医生来。”他拍拍我的肩膀说：“等我。”又朝屋内探了探头，转身下楼走了。

又过了一个多小时，医生走了出来，我“腾”地一下站了起来盯着他。医生看着我，叹了口气：“她没你命大。”

我脑子“嗡”的一声，只觉一阵阵头晕目眩，若不是苏莉亚赶紧上前扶住我，我差点一头栽倒在地上。

“去看看她吧，没多少时间了。”医生举着满是鲜血的手走进了卫生间。

苏莉亚送走医生后本想进来陪我，我将她拦在门外，默默地关上门。我坐到床边，看着脸上已经没有半点血色的刘亚男，居然流不出一滴眼泪。

程建邦就在窗外焦急地等待着刘亚男的消息，但我没有勇气打开那扇窗。

凌晨四点，周亚迪带着几个人，抱着几个医药箱急匆匆地赶了回来。他们推开门，打开灯，我正蜷缩在墙角。周亚迪看着空荡荡的还沾满血迹的床说：“刘小姐呢？”

我说：“我把她埋旁边的竹林里了。”

“什么？”周亚迪摸出手机拨了一串号码，“是我，刘小姐为什么没有救过来？……哦，嗯。”他听着电话，叹了口气，最后说：“打扰了。”

周亚迪挂了电话，对他带来的那几个人挥了挥手：“你们回去吧，咱们来晚了。”

等那几个人离开，我看着周亚迪说：“迪哥，让我一个人安静地待两天，我有点累。”

周亚迪叹了口气，蹲下来拍着我的胳膊说：“节哀。”

我平静地说：“我没事，过两天该谈的生意还是得谈，谈完了，我还得把她的尸骨带回去，到时候还得麻烦迪哥帮忙。”

“你太客气了，既然这样，你先休息，我还有点事要办。”

“辛苦了。”

周亚迪起身准备离去，走到门口又回过头说：“虽然我和刘小姐过去有点误会，但我很敬佩她的为人。她走得这么突然，我也很难过，本想做点什么，但我想你们有你们的规矩，我也不便过多插手，不过只要是关于她的身后事，有需要尽管提。”

我点头说：“不用麻烦迪哥了，我的朋友会处理。”

“嗯，那你早点休息吧。”周亚迪转身出了我的房间，帮我关上了房门。

我听到他敲开了苏莉亚的门，低声跟苏莉亚说着话，八成是在问刘亚男去世的详情。我起身打开门朝卫生间走去，周亚迪看到我出来，表情有些不自然，冲我点点头打了个招呼，又对苏莉亚说："照顾好你秦哥。"下楼离去。

第二天上午，我跟苏莉亚说要出去走走。出了小楼，转了几圈确定没有人跟踪后，走进了屋前的那片竹林，找到上次和程建邦碰面的地方，坐了下来。没多久，一阵轻微的响动后，程建邦出现在我的面前。

他显得格外憔悴，目光中满是焦虑。见我呆呆地坐在石头上，他蹲下身来，在我脸上搜寻着什么似的，看了好久，才小心翼翼地问："大……大姐呢？你昨天晚上开车出去干什么？"

我看着他说："大姐给你的手机发的密信，你看到没有？"

"嗯。"程建邦用力地点点头，好像生怕怠慢了我就会受到什么惩罚似的。他舔了舔嘴唇，更加小心地问："大姐呢？"

他的眼眶里一直浮着满满的一层泪水，像是只要一听到我的命令，那些眼泪就会夺眶而出。我用手搓了搓脸，说："我带你去找她。"

程建邦左右看了看："哪里？你要带我去哪里找她？"

我深深地吸了口气，说："建邦，跟我来。"

我朝竹林深处走去，他却站在原地一动不动。我扭头看他，他对我摇摇头："不，我不去那里找她，她不在那里。"两串大大的泪珠已经夺眶而出，滑过脸庞，落在地上。

我想，他已经猜出了事情的真相，只是不情愿去接受这个现实罢了。我不知该如何安慰他，只想这一切快点过去，快点，再快点。因为他又站在了一个崩溃的边缘，而我更像一个残忍的成人，对刚刚失去了母亲的孩子似的程建邦说：就在昨晚，你的妈妈已经死了，过来看看你妈妈的遗体。她再也不能睁开眼看你，再也不能和你说话，再也不会因为你饭前不洗手而责备你，再也不会在你摔倒后扶你起来……

我不忍再看他，扭头走进了竹林。我知道他一定会跟来，就像那个失去母亲的孩子，就算再不愿意接受现实，还是会跟着你去看看母亲的遗体。

“秦川，昨天我不该骂你，我错了，你别折磨我了。”程建邦跟在我身后说。

“秦川，求你了，我再也不拿你菜鸟时的事挤兑你了，要不我给你说说我当菜鸟时犯的白痴错误，只要你这次别整我。”他的声音颤抖着，带着哭腔。

“秦川，咱俩也不是一天两天的，你不至于那么小心眼儿吧。”

“秦川，你别逼我。”

“秦川……”

他跟在我身后穿过竹林，来到一个小山坡上，当几道新鲜的车辙和一座新起的坟包出现在眼前时，他不吭声了，再也不愿往前多走一步了。

我回过身看他：“建邦……”我话音未落，就听他低沉地吼了一声，猛地朝我扑来，一拳打在我的脸上。这重重的一拳打得我满眼金星乱飞，不等我反应，他狠狠一脚踹到我的肚子上，“你要我没耍够吗？”我的脸上又挨了他几拳，这下我再也撑不住，摔倒在地上。

他紧握着双拳看了看那个坟包咆哮道：“你自己堆了这么个破玩意耍我？”

程建邦扑到坟包上，用手拼命地挖着土和石块，嘴里嘟囔着：“你耍我，看我怎么揭穿你。”挖着挖着，他停了下来，转过头看着我说，“你为什么不拦着我？我要揭穿你了，你为什么不拦着我？”

我强忍着心里的那份痛，蜷缩在地上，静静地看着他。

“我弄死你！”程建邦吼叫着，从地上搬起一块和我的脑袋差不多大的石块，高高举起来瞪着我，像是马上要砸我的脑袋。

“扑通”一声，他跪了下来，将头埋在胸口，许久才发出一声长啸，抽泣着再也抬不起头来。哭到后来，他索性抱着那块石头仰面躺在地上放肆地号哭起来，被淌进嗓子的眼泪呛得咳嗽几声，然后接着哭。

“秦川。”他哭着说，“你变了，你真是够狠，我佩服你。”

我从地上爬了起来，坐到刘亚男的坟前，任由程建邦躺在一旁哭着、骂着，直到他累了、哑了，再也发不出声。我说：“把配方和样品给我，我去找周亚迪谈谈。”

程建邦对着天空哈哈哈地笑了起来，笑够了，他坐起来用异样的眼神看了我半天，才说："秦川，你真的变了，变得越来越像老徐。好像这世界对你而言，除了你要执行的任务，就没有别的值得你去在意了。"

我看着坟包说："我们只有把这次任务做得漂亮，才对得起亚男姐。"

"行，你确实行。"程建邦擦了把眼泪，对我竖起大拇指，"我总算彻底明白老徐为什么那么看重你了。"

我扭过脸看着他说："怎么？你看不起我吗？"

"我就是看不起你，我现在恨不得一枪毙了你。"他咬着牙说完，又笑了。

我也跟着笑了，笑着笑着，我俩一把拉过对方，抱在一起痛哭起来。

天空中下起了毛毛细雨，青灰色的云连着山上淡淡的薄雾，像是层层纱帐掩饰着这里的悲伤和远方的期望。发生的一切就像一个真切痛苦的梦，就算梦醒后你知道那一切都是虚幻，也难掩心中的痛和酸涩，以至于让你怀疑到底哪里是梦境，哪里是真实。

"我哪里都不想去了，就想待在这儿。"程建邦看着坟包说，"就这里，让我觉得很踏实、安全……要不我把配方和样品给你，你一个人去吧。"说完又笑起来。

"那我要是死了，你岂不是见不着？那多不解恨。"

他板起脸，狠狠地瞪着我说："你给我闭嘴。"

我说："明天你我就拿着样品分别去和周亚迪、胡经谈，告诉他们，我们翻脸了，如果问你要配方，就说在我身上。"

程建邦想了想，问："你要我和胡经谈什么？"

"他在内地的所有工厂，最好你挑两个实地看看。"

"就这些？"

我点点头："我会随时和你联络。"

他看了看我，一个立正，对我敬了一个军礼："是。"不等我说什么，他从口袋里摸出一张纸递给我。"这是大姐在这里的落脚点，很安全。"

我记住了那上面所画的地图和坐标点，将图交还给他，说："这期间我们尽量不要联系，我的手机在胡经那里。"

程建邦问："大姐的手机呢？"

我看了坟包一眼，说："被子弹打坏了，我怕不安全，跟她埋一块了，以后一起带回去。"

"她……"他又问，"都跟你说了什么？"

"她让我们活着回去。"

他迟疑了一下，说："有没有提起我？"

"有，她担心自己有什么不测后，你会不理智。"

"她是明白我的。"程建邦眼中又浮出一抹泪光，欣慰地笑了。

程建邦扎了一束野花放在刘亚男的坟前，我俩默默地并肩站在一起。他摸出一个装有白色粉末的小塑料袋和一张电脑软盘说："这是样品和配方，你自己当心，我走了。"

我伸手去接，头一下却因为他手捏得太紧而没有接过来，我微微愣了一下。他将样品包先丢给我，手里捏着那张软盘，似乎在迟疑什么。我问道："怎么了？还有什么问题？"

他像是犹豫了一下，有些不情愿地将软盘丢给我，看着我把软盘塞进口袋，才依依不舍地将眼神从我手里挪开。

程建邦面对着刘亚男的坟包默默地又站了几分钟，转身正要离去。我把他叫住，说："谈判桌上见。"

他意味深长地看了我一眼，很快消失在竹林那头。

我看了一眼坟包边被程建邦挖开的一个小豁口，将已经露出来的刘亚男的衣角往土里塞了塞，又搬来一些石块将那个豁口填满。

我在那里坐了一会儿，将样品包装进另一个口袋，揉了揉被程建邦打得有些发沉的脑袋，起身钻回竹林，找了一个地方将软盘藏好。

4

我溜达着回到小楼前，见门口停着两辆车，上前摸了一下引擎盖，还是热的。

推开大门见楼梯上站着几个人，周亚迪正在楼上跟苏莉亚说着话。他看到我，眼睛一亮，"噔噔噔"走下楼，看着我的脸说："发生什么事了？”

我将那包样品掏出来丢过去，他伸手接住，已经顾不上问我脸上的伤势，像一个饿了几天的人见到了粮食一样，迫不及待地打开袋子，凑到鼻子前仔细地闻了闻，紧皱的眉头顿时舒展开来。他把袋子递给身边的一个手下，说：“验验。”这才上前搭着我的肩膀：“怎么回事？”

“那是样品，至少在一年内没人能做出比这个更好的。”我装出闷闷不乐的样子，低头朝楼梯上走了两步，回头又补了一句，“迪哥，别在这里待着了，有了这个配方，我们可以随便开工厂。”

周亚迪迟疑了一下，拉起我的手腕，把我带到一个僻静处说：“我有工厂。”

我有点不屑地说：“这里？”

“我知道你看不起这地方，觉得闭塞，环境又复杂，投钱在这里开工厂风险太大。那你告诉我，在内地有谁能保护我们？难道我们缴税给中国政府，再申请个专利，有人针对我们，我们就报警吗？”他见我低着头不说话，又说，“水至清则无鱼，越是乱，对我们越有利。胡经以为把工厂开到内地就可以省去运费，但他不想想，不出事就好，一出事就全完了。我宁可花点成本让自己多活几年。”

我还是觉得哪里不对劲，说：“可我觉得丹雷好像自身都难保。”

周亚迪诡异地一笑，正想说什么，他刚才叫去验样品的那人走了过来。周亚迪问：“怎么样？”

那人凑到周亚迪耳边低语了几句，周亚迪听完，哈哈地笑着摆了摆手将那人打发走，对我伸出手说：“秦川，虽然你我兄弟相称，但这件事我不能占你便宜。我要和你合作，你出配方，其他都我出，只要是你这个配方出的货，你我四六分，你四，我六。”

我看着他伸出的手，说：“大姐待我不薄，虽然她不在了，但最后这件事我一定要帮她办得漂亮。既然是合作，我希望能看看迪哥的实力。”说完我将他的手握住。

周亚迪明显地愣了一下，表情就有些不自然，但很快恢复了正常，笑着说：“没问题，只要你有配方。”

“迪哥，你不要误会。大姐为了这件事……所以我希望能找一个绝佳的合作伙伴告慰她的在天之灵。而且我觉得四六分对我也有点多，只要迪哥的实力能够把大姐这个配方做好，你给我口饭吃就行。我呢，只有一个条件。”我从口袋里摸出烟，还没等我把打火机找出来，周亚迪已经把火送到了我的面前。

他小心地帮我把烟点燃：“什么条件？”

“我要胡经。”我一字一顿地说，“活的。”

周亚迪足足愣了一分钟才回过神来，避开我的眼神，干笑了两声：“有些事你不明白。”

我问他：“你的买家都在哪儿？”

周亚迪呵呵一笑，一摊手说：“东南亚、俄罗斯、北美，哪里都有我们的客户。”

“我记得你说过周叔叔定的规矩，从不把货卖到内地的。”

我的这一连串问题显然都不在周亚迪的预计中，他又愣了一会儿神，才摸着下巴说：“秦川，我们是生意人，自然是谁出的价高就把货卖给谁。就像你一样，不也是要看看我的实力才决定要不要和我合作吗？”

“那就好，这个地方最大的优势不是没有哪个政府管得了，而是紧挨着内地。如果迪哥要恪守家族的规矩，不往内地出货，我还真的有点犹豫要不要把配方给你。”说完我装作毫不在意地抽了口烟，背着手走到楼梯边看着楼下。

我知道，如果不是我提醒他，他可能都忘记了曾如何义正词严地说过他父亲不愿意往内地出货的事。对于一个金三角的毒枭来讲，说他日理万机一点也不夸张，他所操劳的事不单是毒品的生产和销售，还要担心金三角势力的均衡以及自己的安危。这样一个人，忘记什么都理所当然。这次要不是因为我是跟刘亚男一起来的，他可能已经忘记我这个人了。

我看了看不远处周亚迪的那几个手下，他们相貌各异，神色各异，没有一个是我以前见过的。这些人换过多少拨，死了多少个，周亚迪自己心里到底是怎样一本账，又有谁知道。

周亚迪走过来，站在我的面前说：“没问题，你开个价。”

“你知道，这种配方讲的是时间，过一两年肯定会有更好的出现，我只想尽早让这个配方开始生产。虽然我和程建邦闹翻了，但我还是得为他准备一笔安家费。”

“那么配方还在你这里吧。”周亚迪好像对我和程建邦翻脸的事并不感兴趣，这让我一时不知怎么应对。我迅速在脑中过了一下计划，点了点头。

“把配方给我，你想要多少钱，只要你说得出。”周亚迪双手抱在胸前，站在距我一步之遥的地方，冷冷地看着我。

我从未见过他这个样子，他的表情陌生得让我不寒而栗。我几乎能听到另一边他的手下偷偷扳动手枪击锤的声音，空气在那一瞬间凝固了——我突然意识到，我们是不是都高看周亚迪了，或者我们都过高地估计这里的毒枭了。

相对而言，两年前的周亚迪还显得单纯些，就像当初他眼里的我一样。我们不知道彼此这两年经历了多少生死一线的存亡抉择，所以还把对方看成是曾经自以为熟知的那个人，这不就是刻舟求剑吗？我想起刘亚男曾严厉地问过我相同的问题，当时我不以为意，此刻透彻地明白这个道理时，已经有些晚了。

我的面前是周亚迪，几米开外的楼梯另一边是他荷枪实弹的手下。苏莉亚似乎还没有感到现场气氛的变化，站在房门前安静地看着我和周亚迪。

周亚迪不是不知道我的身手，如果他敢赤手空拳地站在我触手可及的地方，只能说明他早已准备好了如何应对眼下的一切。

“苏莉亚，给我杯水。”我对苏莉亚招招手说。

周亚迪脸色略微一变，笑了：“还是你打算让我和胡经比比价？招标？”

我刚想说什么却被周亚迪挥手打断，他显得有些不耐烦：“既然你一直叫我迪哥，有了麻烦还愿意到我这里来，说明你还把我当个可以信任的人，既然是这样就不用有什么不好意思，直接告诉我，你想要多少钱。”

苏莉亚走过来，分别递给我和周亚迪一人一杯水，然后站到了我的旁边。我接过水，拉住了她的手，把她拽到我的身边：“陪我和迪哥一起聊聊。”

我拉她过来，无非是想给自己多加一个筹码。既然周亚迪做什么都不避讳她，证明还是把她当作自己人，她是这两年来周亚迪身边唯一没有换过的人。

周亚迪似乎识破了我的心思，冷笑了一下：“这个配方我宁可毁了，也不容许传出去落在别人手里。”

我看着因为手被我拉着而满脸绯红的苏莉亚，替她将前额的一绺长发别到耳后。她一直看着我的脸，似乎此时对她最重要的就是我脸上的那些伤。而我在计划着一旦有突发情况，该怎么用她保护我的安全。

“迪哥，如果我想要苏莉亚呢？”我看着他说，“你能给我们多少安家费？”

周亚迪正在喝水，一下被我的话呛住了，捂着嘴咳嗽起来。苏莉亚忙上前帮他拍着后背，周亚迪擦了擦嘴角的水：“秦川，有时候我真看不明白你。”他看了看我和苏莉亚，又说，“三百万美元，配方给我，等我按着配方做出来，你就可以带她走。”

我笑着对苏莉亚说：“你愿意吗？”

不等苏莉亚回答，周亚迪苦笑着说：“秦川，我觉得，这桩生意我们可以趁着你我还是兄弟的时候谈妥。”

“迪哥的意思是，我现在的本钱只有那张配方和你我的兄弟情了？”

周亚迪点点头：“多个朋友多条路，可能现在你觉得不舒服，但过些年你会意识到我的苦心。”

“那你的本钱呢？”我问道。

周亚迪摊开双手：“你觉得呢？”他一边说一边往后退。

“迪哥，别乱动，你乱动我也忍不住乱动，到时候你的那些手下恐怕也会乱动，他们枪里的子弹没长眼睛。”说完我又补了一句，“配方我没带在身上，而且你刚才说要给我三百万美元，这对我来说就像假的一样，假的就好像我现在还活着。我老觉得我早就死了，所以钱和活着对我来说都像是假的，既然是假的，我不怕丢。”

周亚迪停下脚步，斟酌着我的话。许久，他叹了口气：“这么说，你一定要看我的工厂？”

我说：“不是我，是我大姐活着的时候说过，想要看看你们的实力。她不在了，这单生意最终做成什么样不重要，但我得按照她想要的方式办。”

“好，够义气，配方给我，我现在就带你去看。”

“你先带我去看。”顿了顿我又说，“看完我就给你配方，到时候你就可以去找丹雷。如果我估计不错的话，程建邦现在已经和胡经谈得差不多了，他没有配方，但他有样品，而且也知道配方在我手里。你觉得胡经会袖手旁观吗？”

他正想说话，突然停了下来扭头看着楼下的门。我也听到了汽车的引擎声，周亚迪像是顾不上别的，就朝楼下跑去。

我看着周亚迪惊慌失措地跑下楼，不知将要发生什么，正想跟着下去。苏莉亚的手还放在我不知什么时候已经摊开的手掌里，我心里一软，对她说：“回你房间躲着，别出来。”

我抓着楼梯翻身跳下楼，几步跨到门口，站在周亚迪身边说：“迪哥，怎么了？”

周亚迪一边挥手指挥其他人分散开来，一边说：“你那个叫程建邦的朋友去找胡经了？”

我朝外张望着，说：“如果我是他，就去找胡经，他有样品，论本事也比我强，到哪里都会有人欣赏他。”

“你们为什么闹翻？”

“因为刘亚男……”我心里一时有点乱，“一言难尽，但这不重要。”

周亚迪上下打量了我一下：“你为什么现在才说？”他几乎是歇斯底里地朝他手下喊道：“马上叫人，把所有人都叫来，带着枪。”他又看了看我：“你第一天认识胡经吗？”

周亚迪从腰间摸出一把手枪，坐在门口的墙根下，想了想，对他的手下说："给你们秦哥拿支枪。"

一个人递给我一支自动步枪，我正要检查枪，就听外面一阵嘈杂，杂乱的脚步声混着汽车开门关门的声音。

胡经一定是已经见到了程建邦，然后以最快的速度赶来了这里。局面可能已经脱离我的掌控，就像周亚迪所说，他宁可毁掉那份配方，也不会让它落在别人手里。

我赶忙检查了下弹夹，拉好枪栓，隐蔽在门口的墙根下准备迎战。

第十七章

我又会牺牲在哪里

1

屋内算上苏莉亚一共九个人，外面什么情况我一无所知。状况出现得太突然，突然到我根本来不及计划：他们有多少人？又是什么素质？带着什么装备？目的是什么？甚至来人是不是胡经都不确定。如果是胡经，是不是因为程建邦？如果程建邦来了，他是不是被迫的？

“迪哥，这里不是你的地盘吗？”我问道。

周亚迪那几个手下，端着枪在屋内乱蹿，紧张地号叫着，甚至一连换了几个藏身点都觉得不合适，仿佛死神就在门外随时要进来索命似的。他们的老大周亚迪此刻不比他们强多少，紧张得满脸是汗，不停地吞咽着口水，紧紧地抱着枪死死地盯着门。

“秦川，你害死我了！”他哆嗦着嘴唇说。

我问道：“你的人什么时候能到？”

周亚迪的头微微抖着：“不……不知道。”

我站起身说：“想活命就听我的，都跟我上楼。”我猫着腰冲上二楼，周亚迪蹲在墙根几次想动又不敢挪窝。而他不动，其他人更不会动。如果所有人猫在一楼那种没有什么掩体的地方，胡经只要往里丢几个手雷就能把他们全部解决掉。我站在楼梯口对他说：“迪哥，你不信我？”

周亚迪抱着枪犹豫了一下，闷哼了一声，猫着腰闭着眼冲上了楼。我一把将埋头胡乱找地钻的他拽住，说：“爬到我屋门口，枪口对着下面，进来人就开枪。”我又对楼下他的手下说：“你们不愿上来，就在下面等着他们往里丢手榴弹吧。”

那几个人这才醒过神来，相互一对眼，争先恐后朝楼上拥来。我将他们按人数分成两组，一左一右在二楼对着楼下。

我打开苏莉亚的房门，没有见着她的人影。我轻轻叫了一声：“苏莉亚。”就见她从床底下钻出来半个身子。我跑过去站在窗边，试探性地快速探出半个头朝楼下一看，果然有两个人举着枪对着窗口。看来从窗户脱险的计划可以放弃了，就算我将守在楼下的那两个枪手打倒，也很难在其他人赶来之前从窗户跳下逃脱，而且还得照顾周亚迪和苏莉亚。

情急之下，我看到苏莉亚床头的手机，赶紧拿起直接拨通了程建邦的号，响了两声后他接起了电话：“秦川?”

“是我，外面是你?”

“哈哈哈。”他在电话那头笑道，“这个时候我一猜就是你，给你五分钟，拿着配方出来，不然别怪我无情。”

胡经一定在他身边听着他接电话，我稳了稳心神，说：“你真的投靠了胡经?”

程建邦说：“还有四分半钟，对了，提醒你一下，你那点能耐我清楚，所以别不自量力。”

“我死了，你也得不到配方，你以为胡经会和你讲义气？你忘了大姐是怎么死的?”

“我自认为还是有点价值的，大姐已经不在了，我也没什么在乎的了，与其没完没了地打打杀杀，不如找个好出路。”

“那你也不该去找胡经!”

“你跟了周亚迪那么久，得到了什么？要钱没钱，要信任没信任，我倒宁愿跟一个明算账的，干完这一票我拿到我该得的就走，大家互不相欠。你还有四分钟。”

程建邦的语气第一次让我觉得异常陌生，我几乎就要相信他是真的心灰意冷打算跟胡经赚一笔了。可是刚才那些话我听不出任何隐喻的意思，甚至没有对我透露一下外面的人数这样简单又有用的信息。这样下去，几分钟后一旦开火，我根本不知道该怎么做。想起昨天程建邦确定刘亚男已经牺牲时的种种反应，我不禁有些慌乱。

“你还记不记得大姐临死前对你说过什么？”我试探性地问。

“她让我听你的。她已经不在了，我听了你的又能怎样？不如你听我的，我们和胡经合作，我见识到他的实力了，事成之后足够你我下半生逍遥的。这次我想听自己的，就算天王老子来了也拦不住我！”他越说越激动，最后半句几乎是喊出来的，和昨天在刘亚男坟前激动时的语气一模一样。

我在脑子里一遍又一遍，迅速地过着程建邦与刘亚男从第一次见面之后的所有细节，惊诧地发现，他从第一次见到刘亚男开始，就开始不知不觉地变成了另一个人。

刘亚男被胡经的人开枪击中后，程建邦更是疯狂到完全不顾身后是否有人会对他开枪，将所有的注意力都放在杀死刘亚男的那个枪手身上，那根本就是一个大忌。他因为刘亚男的死而对我出手，给我几下，这我能理解，在刘亚男坟前他举起那块石头想要砸我时，我只当是他需要发泄心中的悲愤。但现在想起他那时的眼神，充满了从未有过的强烈的杀气，竟然让我不寒而栗。

我跟他合作了两年多，一起出生入死经历了无数的事，我们像对方肚子里的蛔虫，一个眼神就知道彼此在想什么。但这两天他的变化让我隐隐地感觉又惊诧又震动，什么时候发生了什么事，是引发这种变化的节点？

这期间只有一个空当，就是我们三人分开后，我遇到了周亚迪，又被胡经擒住的那几天。他俩没人对我提起那几天发生的事，包括他们是怎么找到那个配方的研制者、怎么来的金三角、又怎么出现在包总那里。而刘亚男似乎也一直有意无意地隐瞒着什么。

这一切像条带刺的锁链，从我脑中滑过的那一瞬间，我心头突然冒出一种冰冷的恐惧感。我怕自己对战友有了这样的臆测，更怕这些臆测成为事实。当时间如同洪流反复冲刷着你对这世界和自己最初的认知时，仿佛一切都变得那么弱不禁风，不论你曾付出怎样的代价捍卫那些理想中的美好，此刻是否要向现实投降，都只是一个时间问题。

现在，我不能一厢情愿地去选择一个自己愿意接受的答案，哪怕理智此时是那么残忍，残忍得宛如一把钢刀戳穿了我的心脏，我也要面对程建邦可能变节的现实。

变节！

当这个字眼出现在脑海中，与自己浴血奋战的战友放到一起时，我几乎就要软倒着跪下。那种熟悉的孤独与脆弱再次将我紧紧包围，让我无法呼吸，喘不上气来。

“建邦，你知不知道你在干什么？”我拿出徐卫东曾对我们说过的话，想要最后一次探探他的口风。

“说实话，最早我以为我知道，后来我觉得我不知道，现在我是真的知道了。秦川，听我的，拿着配方出来，我们像从前一样搭档，只不过换一个大方的老大而已。你放心，我们会给周亚迪留一口的。你如果一意孤行，那么对不起，我只能把枪口对准你。”

“你不要逼我，大不了鱼死网破。”到了这个份上我只能提醒他，我们的身份和使命。

我最不愿听到的话，终于被他刻意压低了嗓音咬着牙说了出来：“秦川，那对你我都没有好处，把我逼到那个份上，我只能把我知道的一切拿出来充当本钱了。”

程建邦决然地挂断了电话。可是，他明明知道那个配方是个假配方，制造出来的毒品达到一定的数量暴露在空气中会发生化学反应，最终变成一堆垃圾。

要么，程建邦此时有难处，故意这么做。我怎么忘了这一点？我心头一松，正想答应他，转念一想，配方里埋下的瑕疵必定刻意为之，添加了什么不该添加的物质。去和配方的发明人见面的只有程建邦和刘亚男，现在刘亚男不在了，是不是这其中有什么我不知道的事，或者这配方还隐藏着什么秘密呢？难道程建邦知道将配方以假变真的秘密？

一念至此，我心里一寒，顺着墙根一屁股坐到地上。

苏莉亚从床底钻了出来，跪在我的身边，静静地看着我。从我见她第一次开始，她的长发就一直黑亮笔直得像匹黑缎子，此时凌乱地到处飘着，我忍不住帮她理了理头发。她对我甜甜地一笑，用手比画着问我怎么了？

我轻轻地摇摇头，说："我如果不来多好，就不会有人拿着枪在门外准备冲进来，害得你钻床底。我也不会和我最好的兄弟翻脸成仇人，我的大姐也不会死……我为什么一定要来这里？"

我将头埋在两臂之间，难道这一次我真的不该来吗？

楼下"咣"的一声，顿时枪声大作。我一把按住苏莉亚的头将她推到床下，然后匍匐着爬到房间门口，拉好枪栓就地一滚趴在地上，对准楼下闯进来的人连开了三枪，对方有两人中枪倒地。楼上两个周亚迪的人也被对方击中，惨叫着捂着中枪的部位。

我正要准备再次射击，就见一个巨大的黑影随着轰鸣的引擎声冲了进来。那竟然是一辆军用的大悍马，撞破了门后直冲进一楼，车的每个窗口都伸出一支枪管，对准两边疯狂地扫射起来。木质的楼梯被打得碎屑横飞，子弹穿过楼板击中了周亚迪的手下，而门外还有七八个人端着枪准备往里冲。

我知道反攻已经没有希望了，就算周亚迪的手下都是身经百战的职业士兵，面对如此强大的火力和这狭小的空间也难逃一死。

此时，我最关心的是周亚迪的生死。按照刘亚男的嘱托，他不能死，至少不能死在这种乱枪下，他就算死也得死得对我们的计划有价值。

我趁乱躲在屋内的墙后，喊道："迪哥，你没事吧？"

"你还是顾你自己吧。"胡经的声音从屋外传来。

战斗还没开始就已经结束了，如果胡经已经走进了这幢小楼，只有一个可能——这里除了我藏身的这间小屋，其他地方已经被他们完全掌控。

"秦川，认了吧。"这是周亚迪的声音。

我看了一眼躲在床下抱着头的苏莉亚，心中一阵酸楚。我闭上眼冷静了一下，对外喊道："程建邦，你在吗？"

"我在等你。"程建邦说。

“我答应你，但你要保证迪哥和苏莉亚的安全。”

“哪那么多废话？我们要的是配方，要你们的命干吗？都说了是想找你们合作，是你非要弄成这样的。”

“那我出来了。”我把枪从门口丢了出去。

我会记得今天，会记得这一刻。这是我第一次向敌人缴枪，向曾经是战友，现在变成敌人的人缴枪。

我站起身，先探出一只手朝外面晃了晃，慢慢地走了出去。这栋小楼经过一场短暂的枪战，破乱得惨不忍睹。胡经和程建邦在一群持枪随从的簇拥下，站在我房间的门口，看着我的样子很是得意扬扬。周亚迪垂头丧气地站在他们前面，见我举着双手出来被数十个枪口围住，眼中尚存的一线生机转瞬不见了。就是神仙在这种情况下恐怕也无能为力，只能任人宰割了。周亚迪叹了一口气，面如死灰般低下了头。

一人上前将我浑身摸了个遍，这才从后面推了我一把。我假装没站稳，就势往前跑了好几步，到胡经和程建邦面前不到两米的地方停了下来。

胡经捂着之前被我攻击过的腋下，往程建邦身后一躲，说：“你让他离我远点，我怕他。”

我看了一眼胡经，对程建邦说：“你以为丹雷会放过他吗？”

程建邦微微一笑：“为什么不会？大姐当时明告诉他胡老板会对他不利，你也看到了，他不是灰溜溜地自个儿跑了吗？”

我回想起当时的场景，我们都没听到刘亚男当时对丹雷说了什么，但那个场景的确如程建邦所说，丹雷并没有顾及刘亚男的安危就自己走了。

胡经从程建邦身后探出头对我笑了笑。程建邦接着说：“你恐怕不知道胡老板的背景吧，相信我，跟我们一起干，而且你现在也没的选择了。”

丹雷之所以强势就是因为手底下有一支军队，不管算是杂牌军还是正规军，那也是一支强大的武装。这种优势在金三角就是一股强大的力量，这股力量一直充当着这里“维护治安”的角色。如果胡经的背景能让丹雷低头，只能说明胡经背后有一支更强大的武装力量。

不论是以前的所见所闻，还是我们的情报显示，这里好像没有这样的一支势力。我说：“说说看，什么背景？”

程建邦扭头看了看周亚迪，将胳膊搭在周亚迪肩上说：“迪哥，不如你来给他介绍介绍？”

周亚迪对程建邦挤出一丝笑容，看着我说：“他的伯父现在是军方的人。”

“军方？哪个军方？”我问道。

“这问题重要吗？”程建邦嘴角一扯，露出个鄙夷的微笑。

我一直以为包总会有这样的背景，没想到是胡经。这也难怪为什么一直以来他如此嚣张跋扈，不把任何人放在眼里了。

我不屑地瞥了一眼胡经，对程建邦说：“你说的这些唬唬他们还行，对我好像不大管用。”

程建邦平静地说：“我知道你不怕死，也知道你怕什么。”

我环顾了一下四周，不禁心如刀绞。此时此刻在这楼里，本来我最在乎的不是我的生命，而是对面的程建邦。那么现在，好像已经没有什么让我太牵挂的事了。想到这里我才感觉到一股寒气凝结在心里，越来越沉、越来越凉地从心底散发出来，仿佛就要把我整个人冰冻起来。如果还有什么遗憾，就是……

我抬眼看着程建邦，想从他的眼睛里找到哪怕一点点我熟悉的光泽。或者，他能闪避开我的凝视，那都证明他心有愧疚。可惜，他的眼睛让我觉得好陌生，那里面闪动的冷漠和不屑几乎让我怀疑自己的生命中是否真的曾和他有过交集。

不觉间，一滴眼泪从我的眼角滑出。我低下头，眼泪坠落到地板上，在薄薄的尘土上溅得粉碎。“为什么会这样？”我再也压制不住内心的痛苦，任由它们在我体内蔓延，卸掉我所有的铠甲和尊严，慢慢地跪倒在程建邦的面前，泪如雨下。

突然，我好像明白了程建邦，也深深地理解了他的选择。曾经，我们一旦提起某人某事就立刻转开话题；曾经，我们的谈话无数次在一声叹息后的沉默中结束……那是因为我们心中都隐埋着太多的伤痕，只要我们还信守着誓言，那些伤就永远不会结痂，永远不会愈合，永远都在流血。

所以一开始他坚决地反对再次来到这里。因为他知道这里考验的不是勇气，不是生死，也不是智慧，而是再一次的炼狱。就像凤凰涅槃，每五百年就要带着满腔的愤怒和怨念浴火重生一样，无休无止。

但凤凰是神鸟，我们只是人，一个丢在人群中就会被淹没、有血有肉的凡人。刘亚男出现后，我早就该察觉到他那不寻常的兴奋与依恋，只是一直没有往深处想。现在看来，刘亚男的牺牲是压垮他所有信念的那座大山，沉重得让他能断然扔掉自己的心和灵魂。

当一个人坚守的信念瞬间就塌了、碎了，还有什么不能发生呢？

没有硝烟，没有流血，我可能又把自己的战友丢在战场上了。

虽然他还活着，但到了这一步，跟他已经死去一样不可逆转。有些事是没有回头路的。而就在这黑与白、生与死的边缘，我连痛快地拉他一把都做不到。

恐怕宿命中早已注定，我的一切从这里开始，就必须在这里结束。在他做出那个决定的同时，我也没有机会堂堂正正地踏上祖国的土地了。

原来最痛苦的事，不是眼睁睁看着曾经浴血奋战的兄弟死在你的面前，而是他就站在你的对面，与你为敌。

2

我像一摊烂泥，瘫坐着靠在楼梯扶手上，抬起头看着他，骂了他一句，骂完心里也没痛快哪怕一点点。我含着泪笑了，不知道是在笑他还是在笑自己，甚至分不清自己到底是在笑还是在哭。

“好了，骂也骂过了，把配方给我。”程建邦用手里的枪撑在地上，蹲在我面前冷冷地看着我说。

“我给谁都不给你。”我挑衅地看着他，然后对胡经说，“你信任一个背叛自己兄弟的人？”

胡经伸出一根手指摇了摇：“不不，你们都对我有点误会。我只信任平等的交易，我是用他需要的东西换我需要的，从来不讲那些虚头巴脑的义气。”他一拍周亚迪的肩膀：“不信你问问迪哥，我跟他说了很多次，他就是不听，现在怎么样？钱没了，兄弟也没了。”

程建邦拍拍我的脸：“你是不是以为你不怕死，我就拿你没办法？”他站起身，对周亚迪说，“他的确不怕死，不过不知道怕不怕你死。”程建邦一把扼住周亚迪的喉咙，周亚迪就像只被捏住了脖子的鸭子，张大了嘴。程建邦把枪口塞进周亚迪的嘴里，将他的脸顶出一个包。

我冷冷地看着这一切。程建邦将枪口从周亚迪嘴里抽了出来，自言自语地摇摇头。“不对，一个刚被兄弟背叛的人是不太在乎兄弟的。”他朝胡经一个随从打了个响指。很快，苏莉亚被人揪着头发拖了过来，丢在我的旁边。

苏莉亚满眼惊恐地看了看周围那些凶神恶煞的陌生人，很快在人群中找到了周亚迪，目光更加慌乱起来，最后将目光落在我的脸上，才稍稍平静了一些。她的头发被那些人揪扯得好像一丛杂草，被汗水和泪水胡乱地贴在煞白的脸上。鞋子也丢了一只，光着一只脚，被木刺扎得到处是小口子，流着血。

乌黑发亮的枪口慢慢地抵到了苏莉亚的太阳穴上，她下意识地向后躲，那枪管却始终不肯放松，一直到把她的头抵到楼梯栏杆上，无法再退让一寸时才停了下来。

“秦川！”周亚迪“扑通”一声跪在我的面前，“我求求你了，钱没了可以再赚，人没了就真的没了。看在她照顾过你的情分上，看在她这两年苦等你的情分上，我求你了！”

周亚迪对着我连连磕头，磕了几下又示意苏莉亚跟他一起求我。苏莉亚看看我，像是在看一个陌生的人，慢慢往远处挪了挪身子，学着周亚迪的样子面对我跪好。

我一把将她拦住。“你救过我，真心真意地照顾我，为什么要给我磕头？”苏莉亚茫然地朝周亚迪望去。我对周亚迪说：“迪哥，你别这样，万一我给了他们配方，他们还是要杀我们怎么办？”

周亚迪抬起头朝胡经望去。胡经正捂着腋下的伤皱着眉头不知嘟囔什么，见事情出现了转机，他慢慢直起腰。“我早说过了，我是个真正的生意人，我要你们的命有什么用？我要的是钱。我想了想，你是有资本继续活下去的，不过就得听我的了。”他指指自己的鼻子，“秦川，迪哥那边好办，不过你……我这个人说话直，我就直说吧，我老觉得你不是好人，一定会害我，所以现在我很为难。”他扭头看向程建邦问道：“对了，你有什么建议吗？”

程建邦看着我，说：“你把我问住了，他还小，很多道理讲不通，打又打不疼……”

“别为难了，动手吧。”我抬起头看他，“我只有一个要求，你亲自动手。”

“好，先把东西给我。”程建邦眼里闪过一丝冰冷的杀气，“我答应你，留着那个哑巴的命，再给你个痛快。”他咬着牙捏住我的脖子说：“你是不是以为我不敢动手？”

看到他瞪着眼睛、脖子上青筋暴露低吼的样子，我心中一震，好像在黑漆漆的夜里看到了一线曙光。是的，他在告诉我，他不会对自己的战友动手，他害怕了。无论他是被我的要求吓到了，还是想变相地告诉我他还是那个程建邦，总之我仿佛看到了一线希望。

从他之前的言行来判断，我不相信这一切只是他设计的一个局。哪怕他这时突然掉转枪口对着胡经，然后与我一起杀出重围全身而退，从此我再也不提，甚至佯装这一切就是他布置的一个局，我也无法自欺欺人——我必须面对他变节过的事实。

我一把攥住他的手腕，与他较上了劲，想把他的手掰开。我很清楚他的力量和耐力，在这方面我不是他的对手。我不想向他表达什么不屈或无畏，而是想试探，试探程建邦胸腔里那颗摇摆的心最终会偏向何方。

时间一分一秒地过去，整栋楼里人都安静了下来，好像在围观一局无关紧要的比赛。在场的所有人都被我俩的这种较劲吸引了注意力，只有我和他明白，我们彼此的抉择，将在这一刻做出。

我一点一点地加力，他也很默契地一点一点地抵抗。当我使出了八成力气时，他明显犹豫了一下。或许他只记得我不如他有力，却忘了到底差多少。我看到他眼里的那一丝踌躇后，毫不犹豫地使出了全部的力气。我的眼神自始至终没有离开他的眼睛，而他已经有意无意地躲避着与我对视。

这场比赛的胜负没有标准，我知道我要赢了。他想赢我只需使足全力，不出半分钟我就会被他制住，但是他没有。我想，他明白，这是最后一次机会，最后一次继续与我成为生死与共的战友、不离不弃的兄弟的机会。

错过了，就再也没有回头路。但不错过，真的有回头路吗？

就在我力气用尽就快要被制伏的一瞬间，他突然将目光从手腕移到了我的眼睛上，我看到了他眼里那熟悉的狡黠的笑意。那一刻，我的眼泪几乎就要夺眶而出。我知道，他回来了。

程建邦手腕一松劲，整个身体随着被我扭住的手腕侧倾到一边。我攥着他的手腕说："好，能给我多少钱？我把这条命卖给你。"

刚才还紧张得紧绷着脸的胡经笑了："我之前答应给建邦二百万，既然你愿意帮我的忙，我给你们两个五百万，怎么分，你们自己看。"

程建邦丢给我一个只有我知道具体意思的眼色，我知道，一场新的计划就要开始了。

我追问道："美元？"

胡经一摊手："除了美元，我手头没别的，哈哈哈。"他有点得意忘形，忘记了自己腋下肋骨的伤，这一下笑得有点猛，疼得龇着牙直吸凉气。

"建邦，你们两兄弟合作多年了，我信得过你们，你们继续搭档，等拿到配方，明天我就得开始麻烦你们了。从现在开始，你们考虑两件事就好，一是怎么把活干得漂亮，二是那笔钱怎么花。"胡经高兴地摸摸下巴，又说，"不过以我的经验，最后你们会发现两三百万可能不够，没关系，等你们觉得不够用的时候，可以继续找我。"

胡经在随从的簇拥下一边往外走一边对程建邦说："等我电话。"走到门口，他回过头看着还站在楼上的周亚迪："迪哥，还要我请你吗？他们的事谈完了，咱俩的生意还没谈呢。"他对周亚迪招招手，示意他下楼。

周亚迪看看我，好像希望我能帮他一下，不等我说什么，就感觉衣角被人拽了拽。我低头看了看苏莉亚，对周亚迪说："去吧，现在大家都是自己人了。"我故意抬高声调："我觉得胡老板是个好生意人，生意人只要谈好生意就好，不会无端让谁吃亏的。"

"没错，谈生意，我最喜欢谈生意。"胡经在楼下高兴地大声说。

周亚迪冲我点点头，临走前摸了摸苏莉亚的头，踩着倒塌在地的门板碎屑跟胡经出了门。

片刻间这里就剩下了我、程建邦和苏莉亚三人，要不是屋内一片狼藉，以及一楼中央的那辆悍马军车，我几乎不敢相信这里刚才发生过的事。我跑下楼，站在破败的门口，看着胡经的几辆车卷着尘土渐渐在公路上消失，恍然间觉得刚才是一场梦。

一回头，见程建邦站在我身后，他说："走，去拿配方。"

胡经如此放心地把那张他梦寐以求的配方丢在这里，并没有让我觉得轻松，反而让我真切地感觉到一种无形的威胁就在四周。此时我的旁边只有两个人，一个是苏莉亚，另外一个就是程建邦。到底是什么让我还如此不安？

"你想怎么样？"我问程建邦这个问题，无非想看看他到底站在哪一边。如果他还是我的战友，那么他应该告诉我他为完成这次任务而制订的计划，否则我只能重新审度刚才发生的一切。

这种不安感久久不散，让我不禁有些烦躁。曾几何时，在执行任务的时候，要开始防备自己的战友了？我宁可怀疑自己，也不愿意去揣测任何一点别的事。

"边走边说。"程建邦搭着我的肩膀往外走。

我一把将他的胳膊甩开，指着破损的大门说："你没看到这所房子没有门了吗？你没看到这里还有一个女孩吗？"

程建邦摸出手机拨了一串号码，叫胡经的人过来。打完电话，他问我："现在可以走了？"

我摸出烟点了一根，狠狠地抽了几口，把他拽到一边，心平气和地说："告诉我你的计划。还有，为什么胡经突然这么信任你？你有什么短处被他捏在手里了？"

程建邦看了一眼站在远处的苏莉亚，清了清嗓子，压低声音说："你怀疑我？"

我盯着他的眼睛："怀疑你什么？"

他搓了搓脸，说："我必须赶在胡经到达之前得到他的信任，和他站在一边，然后一起来这里。不然，就凭你和周亚迪手下那几个人，会是胡经的对手吗？"

"你是说，你找到胡经的时候，他已经在往这里赶了？"

"嗯，周亚迪和他抢的生意，和那个配方给他带来的利益差不多，所以他的计划是能拿到配方就拿，拿不到就把你们全收拾了。是我跳出来说服他的，不然现在倒在地上的，可不单是那扇门。"

我看着他想，不论是他的神情语气，还是他所说的逻辑，都没什么问题。我问道："那么短的时间，你用什么方法说服他的？"

程建邦笑了笑，说："这些不重要了，总之你只需要知道一点，这里的局面已经白热化了，一触即发。结果也显而易见，胡经必将一统金三角，成为整个东南亚的毒王。到那个时候，以他的作风和实力，你觉得我们能有多大胜算渗透他？你觉得那时候再来这里，我们需要付出多大的代价？"

程建邦看了看手表，显得有些焦急，好像是为了顾及我的感受并没有催我，叹了口气，又说："时间不多了，大姐不能白死，我们要全力以赴得到胡经的信任，得到他在内地的那些工厂和贩毒网的情报，然后向上汇报。"他用手指微微指了指上面。

我闭上眼，尽量让心绪平静下来。事情变得越来越复杂，我必须快速厘清这里面的曲直对错。就算按照程建邦刚才说的计划继续这次任务，也得做好随时出现变化的应对准备。可是，我能想到的变化，每一个都是致命的，都会给我、给整个任务，乃至给整个缉毒战线造成巨大的损失。我的一个不小心、一次错误，就有可能造成一万个我都无法承受的后果。毫不夸张地说，我站在象征着英雄的那座湿滑的独木桥上，桥下就是滔滔不绝、湍急的罪恶之河，一旦失足，必将万劫不复。程建邦虽然就在我的身后，但我已经不敢肯定，在关键时刻他到底是会扶我还是推我。

这时一辆破旧的卡车急速驶来，“吱”的一声停在程建邦的面前。车上跳下来几个光着膀子的人，其中一个像是带头的走过来说：“老板让我们来干活。”

这些人应该是胡经派来修门的，说话的这人正是刚才在屋里揪着苏莉亚的头发将她拖到我面前的人。我上前一步，指着他的鼻子说：“屋里屋外给我收拾得和从前一样，我回来如果看到有一片木屑、一滴血、一个子弹壳，有你好看的。”

那人刚下车还没反应过来，就被我劈头盖脸一顿训，顿时脸一红，硬起脖子就要抓我指着他的手指。我的手稍稍一偏，躲开他的手掌，使了三分力在他的喉咙上。他捂着脖子，张着嘴，翻着白眼，身子往后一仰，我就势将手中没抽完的半支烟塞到他嘴里，左右开弓扇了他两个脆生生的大嘴巴。他缓了半天，才开始一边咳嗽一边惨叫着，低下头不停地往外啐口水。

我扭头看向其他几个蠢蠢欲动的人，那几个人一下站在原地不敢再动。程建邦忙出来打圆场：“好了，去把活干好。”

那几个人不敢再看我，唯唯诺诺地点点头，扛起工具和材料朝屋内走去。

3

我走到苏莉亚跟前，说：“盯好他们，我去去就来。”

我冲程建邦使了个眼色，朝竹林中走去。路上，我对他说：“从你打电话到他们准备好东西过来不到二十分钟，看来这里已经不是周亚迪的地盘了。”

程建邦说：“现在，你还觉得我的计划有什么问题吗？”

我低着头故意绕了一个大弯。当程建邦发觉我带着他没有走直线时，停下了脚步，刚想发问就被我打断，我站在一块石头上，双手抱在胸前问他："建邦，你记得这个地方吗？"

程建邦四下看了看，默默地走到一丛灌木前，点了点头说："记得，当年和你分开行动的地方，我向老徐汇报完回来才看到你留给我的密信，当时的情形下，我以为再也见不到你了。"

"我也是。"我笑了。看他疑惑地看我，我越笑越大声，捂着肚子说："你还记得我窗户下的那车榴梿吗？"

程建邦下意识地摸了摸屁股，"扑哧"一声也笑了，上前照着我的屁股踹了一脚。"你知道那伤我养了多久吗？"

我止住笑，说："我突然好怀念那时候，虽说都是脑袋别在裤腰带上，但至少很单纯，不像现在这样，要想那么多乱七八糟的事。"

程建邦有些不自然地抓了抓头发，干笑了两声："是啊，这里的情况也越来越复杂。"

我拍拍手，说："走吧，我们去拿大姐留下的配方，那是大姐为了这个计划筹备了两年的东西，我当然得藏得好一些，到时候发挥出最大的效力才对得起她。"

这些话我是故意说给程建邦听的，我没有看他的反应，就转身朝藏配方的地方走去。走出去十多米了发现他没有跟来，我停下来回头看去，见他还呆呆地站在那块石头边，不知在想些什么。

我没有催他，摸出根烟点着抽起来。抽到一半时，他赶了过来。我正想继续赶路，却见他两眼通红，满脸都是泪水。我看看他的脸，问道："你怎么了？"

他摇摇头，吸了吸鼻子，用袖口抹了把脸上的眼泪："那时候她还活着。"

他又想起了刘亚男，我不知该怎么安慰他，闷头走了好久，才说："我只当她是去执行一个你我都无权知晓的任务了。"

程建邦长叹一声："我可能不适合继续干这行了。"他从我手中将那半支烟夺过去抽了一口。"如果这次能活着回去，我就申请离开特案组，随便给我个文职，或者把我安排到派出所都行。"

程建邦加快了脚步走到了我的前面。看着他的背影，一种酸涩的滋味在我心头回荡。孤独，又是孤独的感觉再次塞满了内心。

我这才发现我们都是孤独的——当与至亲的战友生离死别成为家常便饭时，谁也不敢再随意敞开心扉去感受温情。我不敢想象如果有一天我牺牲在他面前，或是他牺牲在我面前，活着的那个人将会怎样面对。那是一种让人连想一下都觉得心如刀割的残忍。

当这个念头刚在脑中冒了一点头，我竟然感觉到自己一直引以为傲的那坚韧如钢铁一般的勇气和信念，像是被针扎透的皮球，迅速地放着气，马上就要变成一团面目全非的废物。

我的脚步越来越沉重，连呼吸到的空气也变得苦涩起来。一个问题突突地跳着，想要从我的意识中挣扎而出。我知道，那个问题一旦清晰地出现，就一定会迅速占领我的脑海，我也必将为之苦恼甚至退却。

“然后呢？”我不由自主地将那个问题从口中吐了出来。

“你说什么？”程建邦转身问道。

我轻轻地摇摇头。

“这方向对吗？”他又问。

我木讷地点点头。

如果我死了，那么自然不必去考虑然后的问题，可是如果我活着执行完这次任务，然后呢？

刘亚男说得对，犯罪永远不会消亡，毒品也在随着科技的进步不停地推陈出新，我们付出生命所换来的并不能将它们彻底消灭，只是有限地控制。那么，这次之后又将有什么样的任务等着我？又将有谁会牺牲在我的面前？我又会面临什么？又会……牺牲在哪里？

不觉中，我们走到了我藏那张软盘的地方，程建邦觉察到我放慢了脚步，看了我一眼，四下搜索了一遍，毫不迟疑、准确无误地朝我藏配方的那个角落走去。是的，好像没人比他更了解我了。我说：“建邦，那个配方真的能有那么大的效力吗？”

程建邦停了下来，朝我藏配方的角落看了一眼，扭过头说：“至少在两年内，它能改变整个东南亚制毒贩毒集团的格局。”

我并不怀疑他所说的这些，但我担心这配方里有什么秘密，就像我猜测的那样，我担心如果改变那个配方里的某些细节，那么依照它制造出的毒品将丧失自我销毁的能力。我故意说："大姐临死前说，这个配方的技术并不完美。我担心胡经拿到以后发现里面的秘密，那样不仅你我性命堪忧，而且会坏了大事。"

程建邦愣了一下，说："那张配方是真的。"

"什么意思?"我三两步走到他面前问道，"什么叫配方是真的?"

程建邦说："配方的发明者实验失败了，所以那张配方是一张真正的毒品配方。"

"怎么会这样?那为什么你们还把它带到这种地方来?还布下这么大一个局?这不是羊入虎口吗?"

"本来我们再等两天，实验就会成功了。但在我们和配方的发明者见面后，他被人暗杀了。带着配方来金三角，是大姐决定的事，谁知道……"

"那你们为什么不告诉我?"我心急如焚。事情的变化远远超出了我的意料，将这样一个配方给了胡经，对他来说简直如虎添翼。而成全他的人居然是特案组，这真是滑天下之大稽。

"你觉得这次在这里碰头后，我们还会有机会聊这事吗?"他转过身看着我说，"秦川，就算我有什么瞒着你也不奇怪，你要明白，我们的确都有一个共同的使命，但是我们每个人又都有自己的使命，我有不能告诉你的事，你也有不能告诉我的事，这种隐瞒是善意的，你我心里有数就好了。"

他这一番话说得我哑口无言，的确，我是有事瞒着他，也正如他所说，那是我的使命。我说："可是，现在怎么办?"

"配方是我们和胡经合作的本钱，样品他已经拿到，我们只要想办法获得我们需要的情报，就可以把配方毁掉。"

"你不把配方给他，他凭什么相信我们?"

"秦川，你现在就算把配方给他，他也没有精力去生产，而且配方被大姐改成了只有你才知道的密码，只有你才能看得懂。换句话说，你照着软盘里的内容，就可以配制出可卡因。"

听完程建邦的话，我惊呆了。刘亚男在最后一晚的确告诉过我一个密码的计算方式，当时我问她这个计算方式的用途，她只说我早晚会知道。当时她气息奄奄，我根本不能继续追问。我们用的密码本都是一样的，但通过不同的计算方式，破译出来的信息可以是完全风马牛不相及的内容。很多谜团似乎迎刃而解，却又有更多新的谜团扑面而来，一时间，我无法厘清这其中的头绪，索性一屁股坐到了地上。

程建邦看看我，转过头蹲下身子，伸手在我藏软盘的地方摸索了几下，将东西取了出来，拿在手里摆弄了一下，塞到我手里："所以你和这张软盘加起来才是配方，没有你，这张软盘落在别人手里一文不值。"他看了我一会儿，又说，"你在这里是出了名的不怕死，能打开你这个缺口的恐怕只有我，胡经清楚这一点，他没有别的办法，只能信任我。反正这个配方现在在他的地盘上，也只有在这里才有最大的价值，他根本不用担心我们拿着配方跑到别处。与其玉石俱焚，不如赌一把，让我来试试，成功了不用多说，就算是失败了，他也损失不了什么，这里已经是他的天下了。"

"你等等。"我冲他摆摆手说，"你让我静一静。"我用力揉着太阳穴，低下了头。

程建邦起身拍拍我的肩膀，从我口袋里摸出烟，独自走到一边点了支烟抽了起来。

我坐在那里，足足半个小时才勉强将整件事理出头绪，晃了晃隐隐作痛的脑袋，站起身见程建邦的脚下已经丢了三四个烟头。我说："胡经会为了这个配方把他所有的工厂都让我们知道吗？"

程建邦反问道："如果你是他呢？"

我想了想，说："如果我是他，就算这配方真的像传说中一样神奇，我还是会藏起一两个只有我自己才知道的工厂，这样就算有什么变故，也不至于倾家荡产。"

"我也是这么想，所以我们就做好这个心理准备。"

"你觉得有多大胜算？"我问道。

他果断地说："一半！"

我固然知道失败就意味着我和他生命的结束。如他所言，胡经有了这张配方，那是锦上添花，得不到的话，只要把我和配方毁了，也没有多大损失。事情还有一个关键，就是这次我们的行动一旦失败，就不会被组织承认。我觉得就算成功了，也未必会被承认，毕竟这种跨境作业涉及并影响的层面太多、太广。我把软盘递给程建邦："你拿着，只要我和它不在一起，安全系数就多一些。"

程建邦没接，看着那张软盘说："怎么？你就不怕我刚才说的都是骗你的？就不怕这张软盘一打开，里面是谁都看得懂的信息吗？"

我笑了笑说："如果一定要死，我愿意死在你手里，如果死在你手里，我认了。"

"没我，你两年前就死了。"程建邦接过软盘装进口袋，想了想又说，"不过那时候你要死了，我肯定也活不长。"他看看手表："走吧，回去看看你的小哑巴。"

程建邦不等我回嘴，扭头钻进竹林。我跟在他后面说："她叫苏莉亚。"

"嗯，"他头也不回地说，"我们两个和名字里带'亚'的有缘，周亚迪、苏莉亚，还有……"他最终没把"刘亚男"的名字说出来，只是加快了脚步。

4

我们穿出了竹林，就见苏莉亚蹲坐在屋外的一根横木上，双手托着腮看着地面发呆。她听到动静抬头看到我们，眼中一亮，站了起来。

我朝屋内看了看，那几个人还在忙活，屋内凌乱地堆满了木料和工具，看来今天是完不了工了。我站在门口冲他们说："先把门修好。"回头对程建邦说："你联系胡经吧。"

程建邦点点头，当着我的面拿出手机拨通了胡经的电话，只说了一句"搞定了"，然后"嗯"了几声挂了电话，正想对我说什么，却见苏莉亚走过来。她怯怯地看了一眼程建邦，拽了拽我的衣袖，用手语问我周亚迪的下落。我说："迪哥没事。"

我避开她追寻的眼神，假装查看房子的破坏情况。不知道从什么时候开始，她的眼神总会让我觉得软弱，怎么都硬不起心肠来面对她。我指了指程建邦，对她说："他是我兄弟，刚才是没办法，我让他跟你道歉。"我对程建邦使了个眼色，我实在不想让苏莉亚成天活在恐惧中。

程建邦拍拍我的肩膀，对苏莉亚使出他的招牌笑容。"刚才冒犯了你，你别介意。"

苏莉亚看看我，又看看他，对程建邦微微地鞠了一躬。程建邦拦也不是，不拦也不是，尴尬地站在那里看我。我扭头看到他手里的手机，把他拽到一边说："我的电话被胡经拿去了。"

程建邦点点头："我看到了，他就带在身上，没事就拿出来看。"

我叹了口气："我有点担心。"

"应该不会有问题，技术的事我不懂，但我相信我们的装备。"他对我挤挤眼，示意我安心。

"胡经是什么意思？"

他皱起眉头，说："让我们在这里等，说会有人来接我们走。"

"我们？"我指了指我和他，又指了指苏莉亚说，"还是我们？"

程建邦看了一眼苏莉亚，笑着对我说："你的心事好像越来越多了。"

我知道他说的是什么意思，扭头看了一眼不远处的苏莉亚，她孤零零地站在落日的余晖里，在夕阳下显得格外柔弱和无辜。她唯一可以依靠的周亚迪现在像个自身难保的泥菩萨，在这里，我已经成为她唯一的亲人。可是，我可能什么都为她做不了。当我踏上征途，或许也只能将她丢在这里，至少在这里比在我身边更安全些吧。

"胡经派来的人什么时候到？"我问程建邦。

"不知道，也许明天，也许随时。"

我"嗯"了一声，走到苏莉亚身边。她抬起头看着我，挤出一丝微笑，尽量使自己显得安然，但她掩饰不住眼神里的惶恐和无助。我想，她应该比我更清楚，我不会在这里停留多久。我突然有一种想拥抱她的冲动，我将手背到身后，一只手紧紧地攥住另一只手的手腕，指甲几乎嵌进了皮肉里。

苏莉亚打量了一下我的脸，用手语问我：肚子饿不饿？我摇摇头，转过脸将目光投向远处的山峰，良久，我回过头说："我马上要去办点事。"

她的手僵硬地停在胸前，满眼落寞地望着我。她慢慢地垂下眼皮，一滴晶莹的泪珠滑到她的睫毛梢上，在夕阳的金红色光芒里一闪。

我摸遍全身，将随身带着的打火机递到她面前："送给你。"

她抬起头，看了我一眼，接过那只打火机，紧紧地握在手中。

这时，程建邦在身后拍拍我的肩膀，用下巴指了指远处。我朝他指的方向望去，见一辆车从公路上快速驶来。我知道，我得走了，只是不知要到哪里去，也不知还能不能活着再见到她。

那辆车很快驶到楼前，"吱"的一声几乎是贴着我和程建邦停了下来。我们猛地往后退了一步，正想发作，就见车门打开跳下来一个人。那人抬起头的一刻，我惊呆了，竟然是洪林。我打量着他，走了过去："怎么是你？"

洪林笑着迎上来在我肩头捶了一拳。"还能是谁？"他呵呵一笑，对苏莉亚说："苏莉亚，迪哥让我转告你，他很好，你别担心，在这里等他。"

苏莉亚用力点了点头。

洪林冲程建邦一仰下巴，算是打了招呼，对我们说："胡经让我来接你们，上车吧，路上聊。"他走到屋门口，那几个干活的人纷纷恭敬地对他点头致意，洪林把头探进屋内看了看，问道："什么时候能修好？"

那几人赶紧说："大概得到明天。"

洪林皱了皱眉扭头对苏莉亚说："苏莉亚，你还是回去住吧，等这里修好了你再回来。"说完看看我，耸了耸肩，显得很无奈。

苏莉亚想了想，点点头用手语表示同意。

洪林"嗯"了一声，转身上了车。我走到车门口，迟疑了一下，又猛然回头走回苏莉亚面前，摸了摸她的头发说："保重。"

我不等她有回应，便与程建邦一前一后钻进车内。

一直到洪林把车开动，我都没敢回头看一眼。洪林在后视镜里扫了车后一眼，对我指了指后面。我扭头朝后一看，苏莉亚正跟着车在跑。毕竟是赶不上车轮快，很快离车越来越远。我说：“她不会有危险吧？”

洪林说：“如果有，你们谁也帮不了她；如果没有，你们谁也害不了她。”

我心里一阵发紧：“你是说，这都得看胡经的脸色？”

洪林点点头。

洪林提醒了我，我陡然发现苏莉亚已经成了我在这里唯一的弱点。不管他们是不是已经看出这一点，我都得掩饰住。我问洪林：“你是怎么摆脱长途大巴上的那个警察的？”

洪林从后视镜里看了我一眼，阴笑着说：“你觉得一般的警察能是我的对手吗？”

我曾与洪林交过两次手，当时要不是我反应快，恐怕一条胳膊已经被他撅断了。我假装平静地问：“你把那个警察杀了？”

“没有，不到万不得已我不会要人的命。”洪林从后视镜里看着我说，“你就不一样。”

我笑了笑说：“什么意思？”

洪林说：“你这次又杀了胡经的两个手下。”

我知道他说的是我杀看守烧胡经货的事，一笑说：“我要不跑恐怕得死在胡经手里。”

我下意识地摸了摸胳膊上胡经给我注射过毒品的地方，我想我本该仔细追问洪林逃脱那个警察的经过，但是满脑子都是刚才苏莉亚跟在车后跑的情景，任凭我怎么努力，也找不到什么话题来分散注意力。一直没有说话，缩在座位上呆呆地看着车窗外发呆的程建邦问我：“你很担心她？”

我快速地瞥了洪林一眼，对程建邦说：“我更担心你。”

程建邦抓抓头，活动了一下脖子，叹了口气，轻轻地摇摇头。

洪林说：“你们不问要去哪里吗？”

我反问道：“难道不是胡经那里？”

洪林笑笑说：“你怎么对我突然跟了胡经一点也不好奇？”

我说："你自然有你的道理，我不想问你们的事，我现在只关心我的生意。"

洪林回过头看了我一眼："秦哥，那件事你考虑得怎么样了？"

我愣了一下："什么事？"

"我想跟你干。"洪林若有所失地叹了口气，"我看出来了，你一直都没变，和两年前一样。"他停了停，见我没有答复，又说："你是不是觉得我三心二意，本来跟着迪哥，又跟了胡经，现在又提出要跟你？"

我加重语气，慢慢地说："你救过我的命。"

我盯着洪林的脸，看不到什么破绽。周亚迪一直不承认两年前是他打来电话要洪林解决我的，这个时候我能相信谁呢？我不由看了看程建邦，他还是望着车窗外，看起来心思好像完全不在这里。我接着说："我的情况你是知道的，除了那张配方，一无所有，现在大姐也不在了，我没有想法了，就想用那张配方弄笔钱，然后找个地方过完下半辈子。"

说完这段话我微微一愣。本来那只是一个谎言，可一旦说出口，却觉得像是在和洪林掏心窝子。甚至我已经开始想象自己拿到一大笔钱，告别这种非人的日子，从此平静地躲在一个谁也找不到的地方……程建邦扭过头看了我一眼，露出一丝含混的笑容，又将头转向车窗外。

洪林说："我也腻了，所以希望你能给我个机会，我不会让你觉得我不值。"

我说："你多想了，只是你打算怎么和胡经交代？他那个人不太好说话吧，搞不好会害得我们没安生日子过。"

我从后视镜中看到洪林眼睛一亮，他说："你能和我说这样的话，说明你没把我当外人。他那边你不用担心，我会把事做圆，我又不欠他什么。"

我想我的确需要洪林这样的帮手，至少他对这里的情况了如指掌，相比周亚迪，我更愿意信任他的话。周亚迪在我这次来了之后的种种表现，只是将我越推越远。如果不是苏莉亚，恐怕我对他早就不客气了。我说："好，可是我有几件事不明白。"

"我知道你想问什么。你们那个配方的消息，这边早就知道了，当时我在内地帮迪哥找地方建工厂。"他顿了顿，继续说道，"说是工厂，其实两间民房就可以。他很清楚以他目前的实力，根本没有能力和胡经争。可是一旦胡经有了那张配方，这里恐怕就都得姓胡了，所以迪哥让我先去解决掉刘亚男。"

程建邦听到刘亚男的名字，身体微微颤了一下。我也觉得有点突兀，赶忙问道："他是怎么知道刘亚男行踪的？"

洪林说："你记得被你们在路上干掉的那几个警察吗？"

我大概有点明白了："难道他们是你的人？"

洪林点点头："是迪哥的人。"

怪不得刘亚男在解决那一车人的时候那么肯定，眼睛都不眨一下。再一次确认了那几个人的身份后，我还有点小疑问，索性一下问了出来："然后你们又买通了我大姐手下的人，总之就是不能让我大姐跟胡经联手？"

洪林点点头。"洪古生前一直在西北一带帮迪哥做事。他死了，那边的朋友多少都会给我点面子。所以迪哥派我去，诸事都顺手。"洪林从后视镜里看了一眼程建邦，"抱歉，不知道这么巧你们跟了刘姐。"

前后的事厘清了，我回到最重要的问题上来。"那迪哥在内地到底有没有工厂？"

"据我所知，没有，至少我在那边还没找好合适的地方。"

"那你一直在那边干什么？"

洪林叹了口气。"他的大客户都在西北，他需要有人在内地常驻，不过……"他苦笑了一下，"现在看来，他生意的重心应该已经转移了，不然以他对我的信任度，是不会把那么重要的地方交给我的。"

还有些事我们不清楚，我本想继续追问，又担心会引起洪林的怀疑，毕竟我之前的表现是对这些都不感兴趣的。而且现在我确定了要和胡经合作，那么周亚迪的一切都与我无关了。想了想，我换了个方向问道："你知道胡经的工厂吗？"

"去过几个。"

"在哪里？"

“很多地方。”

“有很多吗？”

“嗯。”他点点头，“所以他缺人手，也缺资源，你的配方可以说帮了他的大忙。”

“你知不知道他的军方背景是什么情况？”

“不是很清楚，只知道丹雷都怕他三分。不过不重要，只要离开了这里，那些影响不到我们。”洪林问道，“他开价多少？”

我说：“五百万。”

“问他多要一百万，就当是帮我要的。”不等我说什么，洪林又说，“放心，他会出的，他喜欢花钱解决事情，如果花了六百万，我们交出配方从此再不来这里，他乐意得很。”

“好！”我答应道，“到时候一人二百万。”

其实我知道，我这辈子也不可能自由支配到这样一笔巨款。若不是置身于这样一群人当中，这么说出来就跟酒后胡言乱语一样。在钱这个问题上，我不是个不食人间烟火的人，只是回头去看，不论周亚迪、胡经还是包总，我从他们眼里看不到丝毫快乐。也许我所见到的他们都是在钩心斗角、尔虞我诈，甚至时时生死一线，没有看到他们享受金钱时的样子。但我曾无数次想象过如果自己真的走上这条路的情形，穷极所有的想象力，还是找不到点滴快乐的可能性。

所以当我开口就答应分给洪林两百万美元的时候，我忍不住笑了。洪林见我笑，忍不住回头看我。我对他摆摆手说：“没事，突然想起些事来。”

第十八章

对不起，我信不过你

1

一路上，我和程建邦都有些三心二意，以至于洪林几次从后视镜里用异样的眼光看我。我意识到自己应该集中注意力，以应对将要面对的人和事。胡经是个极度危险的人物，稍有不慎就会让我们全部丢掉性命。

刘亚男、徐卫东、苏莉亚……像一本被拼接错乱的相册，在眼前反复重叠闪现，我沉浸在一种慌乱又焦躁的环境中无法自拔，又好像根本不愿自拔。这种自暴自弃的情绪让我始终无法集中注意力，只想把命运再次交付给运气，走到哪里算哪里。

车子猛然颠了起来，我和程建邦都不由自主地被对方撞了一下。在与他无意中对视的那一瞬间，我好像明白了，我的焦躁与慌乱是来自他，来自与自己朝夕相处、肝胆相照的战友的退缩。

当“退缩”这个字眼从我脑中闪过时，我所有的消沉情绪骤然沸腾起来。我怎么能够说自己的战友背叛了我们的誓言和使命呢？多少次在我命悬一线的瞬间，他及时出现把我救下；多少次我在任务与现实中迷失了自我，是他几句话将我唤醒。如今他遇到了同样的困惑，我怎能草率地给他下一个“背叛”的定义就将他抛弃？

“停车！”我低喊了一声。

“什么？”洪林顾不上回头，双手牢牢控制着方向盘，紧张地盯着前方崎岖的山路。我喝道：“停车。”这一声将洪林镇住了，他猛地一脚刹车将车速降下来。我不等车停稳，伸手推开程建邦那边的车门，不顾他惊恐地瞪着我，一把将他推下车。他在惯性作用下就地连着打了好几个滚，我跟着跳下车，没等他停稳，我冲上去揪住他的衣领照着他的腮帮子就是一拳。

我啐了口唾沫，甩了下手腕，“起来，你不是很能打吗？当初是谁说我是菜鸟来着？”

程建邦侧过脸吐了口带血的唾沫，活动了一下腮帮子，喘着气看着我。他不仅没爬起来，反倒顺势躺在了地上，紧绷着嘴唇看着天空。

“怎么回事？”洪林将车停稳跑了过来。

“车里待着去，没你的事。”我头也没回地喝道。洪林的脚步声戛然而止，返回了车内。

程建邦慢慢地爬起来，跪在那里，脸上带着挑衅的神情看着我，用拳头在自己脸上比画了几下：“接着来。”

我走到程建邦身边，蹲下身在他耳边轻声说：“建邦，站起来，我们去把他们欠我们的血债全部讨回来，回去就让老徐跟咱回家，跟咱爹娘解释清楚，咱要跪也得跪在自己父母脚下。”

程建邦浑身微微一颤，眼中的挑衅立刻就不见了，慢慢地低下了头，将脸埋在胸前无声地抽泣起来。我垂下头去，我俩头对头地顶着彼此，我能感觉到他努力地克制着，始终没有发出一点声音，膝前的地面被泪水打湿了一大片。

不知过了多久，他站起身来，对着天空长长地呼了一口气，快步朝车子走去。“你还想再给我来一下吗？”见我没有跟上，程建邦冲我叫了一声，弯腰钻进车里。他腰间别着的那两把匕首，露在刀鞘外的刀刃闪过了一道刺眼的寒光。

洪林没有多问一句，很快将车的速度重新提了起来。等车开出去好几公里后，我和程建邦几乎是同时扭头看向对方，对视不到三秒钟，我明白，程建邦又回来了。

程建邦扯着嘴角一笑，揉着脸颊，磕了磕牙齿，指着我说：“算你走运，敢把我牙打掉，我就镶你脑门上。”

我正想回嘴，从后视镜中看到洪林眼睛红红的，正抬手偷偷地抹眼泪。我往前探了探身子，问他："怎么了？"

"看到你们，就想起我以前的那些兄弟，也和你们一样。"他伸手将马上就要从眼角流出的眼泪擦掉，叹了口气，"都死了，呵呵。"

我轻轻拍了他肩膀一下："我不是还活着？没把我当兄弟？"

洪林扭头看着我，丑陋的脸上挂着一丝苦笑。"我和洪古，从开始跟着周亚迪的父亲出生入死，后来又跟着他，到现在一个死了，一个跟鬼一样。"他指指脸上的伤，"现在什么都没落下，有钱都不知道怎么花，在这里和野兽一样，到了城市里又提心吊胆的，每天晚上一闭眼，满脑子都是我那些死去的兄弟，稍有点动静就摸枕头底下的枪。"

我突然觉得他说出了我心底一直没敢去面对的状况，我何尝不是每天夜里在梦中见到失去的战友，何尝不是时时防着敌人从背后给我一枪……又或者本来我们就是一类人，像在黑夜里只能独自舔伤口的狼一样孤独。我摸出一支烟，点燃塞到他嘴里，正准备再给自己点一支时，烟盒已经空了。正有点怅然的时候，就见程建邦已经摸出一支烟递到我面前。我接过来点着抽了一口，想说点什么，想了半天不知从何说起。如果洪林知道，他的兄弟洪古是死在我的手上，不知要作何感想。

"你们以后有什么打算？"洪林调整了一下情绪，问道，"我是说，要去哪儿？做什么？"

我说："没想那么多，干完这一票再说吧。"

"我想，跟你们一起。"洪林像是终于鼓足了勇气说出这句话，"我现在无亲无故，唯一的兄弟就是你了，这次我不要钱都行，我自己有点积蓄。我只想踏踏实实地睡个安稳觉，这种日子，真过腻了。"

我没想到他这时候提出这样的请求。本来我大可满口兄弟情谊地答应他，让他心甘情愿地协助我们完成这次任务。但他最后那句话让我心头鼻尖都一酸，更加不愿意、不忍心欺骗他。

他见我不说话，以为我在犹豫，忙补了一句："没关系，都过的是刀头舔血的日子，你就当我没说……"

"我同意！"程建邦插进来说，"虽然我没和你共过事，但过去总听秦川提起你，他的兄弟就是我兄弟。”

我知道他是为了任务顺利做出的决定，他还是那个理智果断的程建邦。他自然是知道我的情绪波动原因，才站出来替我决定的。我感激地看了他一眼，说：“好！”

“谢谢。”洪林在后视镜里看着我们笑了，丑陋的脸显得格外狰狞。我却觉得有些酸楚，避开了他的眼神问：“你说什么？”

洪林微微一怔，打了一下自己的嘴，说：“一高兴又和自己人客气了，呵呵。”他尴尬地咧嘴笑了，烧伤的嘴角流出了口水，随后熟练地抬起肩膀擦了一下。

程建邦问道：“这么说，其实你跟胡经的时间并不长，为什么他这么信任你？”

洪林说：“可能他料定我们不能把他怎么样吧。”

“难道他不担心我们三个拿着配方自己干吗？”

“除非你有工厂，还得有销路，这东西又不是榴梿，摆在那里就会有人闻着味道来买。”

听见榴梿两个字，我忍不住就乐了。程建邦白了我一眼，说：“我觉得没这么简单，他那么在乎那张配方，却敢让我们三个拿着配方到处跑，就说明他确定我们根本逃不出他的手掌心。”

洪林点了点头：“现在这里还很难找出他办不到的事来。”

“也包括他得逞后再杀了我们吗？”程建邦语气很平淡，却让我背后蹿起一丝凉气。洪林也眼神一凛，不论那配方是真是假，实验成功与否，我都找不到胡经能放过我们的理由。五百万美元足以买通成百上千的人来要我们的命。除非我们都傻到坚信他是一个规矩的生意人。

洪林慢慢降下车速，问道：“那你的意思是？”

程建邦说：“他让你带我们去哪儿？”

洪林说：“他家。”

程建邦冷笑了一下，伸手按在腰间说：“先下手为强，不然我们难逃一死。”

我看了眼他腰间的匕首问：“你什么时候改玩刀了？”

"大姐把它们送给我的时候。"程建邦看了我一眼，微微一笑，"怎么样？我玩刀帅不帅？"

我想起程建邦前些天那疯狂失态的样子，至今还不寒而栗，忙岔开话题说："你刚说得对，你和我都杀过他的人，和他有过节，按他的个性，是一定不会放过我们的，更不要说会给我们钱。之所以能留我们到现在，就是我们手中的那张配方，所以那张配方才是我们的护身符。"

洪林说："看来以后胡经要在这里做皇帝了。"

"如果我们自己干呢？"程建邦始终观察着洪林的反应。

他是在试探洪林，我立刻补了一句："我也觉得就算我们全身而退，恐怕也摆脱不了胡经。"

洪林似乎不愿意再解释什么，轻轻地说："我们干不了。"

车已经拐上了一条相对宽阔平整的公路，我看了看路两旁的树，不像之前那么矮小，路边有不少砍伐的痕迹，看样子这地方是不久前刚被开发出来的。如果我没有判断错，胡经所谓的家已经快到了。果然，又拐过一个弯，就见前方路两旁每隔大约五十米就停着一辆悍马，每辆车上都驾着轻机枪，车下还有三五个人端着枪溜达。

见到我们的车，那些人紧张地端起枪示意停车。洪林一边减速一边说："看到没有，防卫森严。"

程建邦冷笑一下说："看样子还真的是想在这里当皇帝了。"

车被拦停后，围上来两个人，凑近看了洪林一眼，没说什么就冲他摆摆手。接下来的几道岗都没有多问什么，甚至连检查都没有就放了行。

车开到一个路口处，洪林放慢了车速，拐上一条林荫道，两旁全是参天大树，路的尽头是一幢石青色欧式三层建筑。洪林说："想好怎么做了吗？"

程建邦看了看我："看情况，风向不对就先制住胡经。"说完对我使了个眼色。

我顿时明白他不信任洪林，这么说也只是试探洪林：一旦有危险的兆头出现，以我和他的素质，可以等待危险最大的时候再动手。但对于普通人来说，肯定会比我们先出手，到时候洪林不管是先出手还是后出手，我们都有足够的时间来判断他是不是真的打算站在我这一边。

程建邦做出这样的决定，意味着随时都可以把洪林舍掉。

车厢内安静了下来，缓慢的车速下，引擎的声音几乎都可以忽略，只听到车轮碾在石子上的轻微脆响。不知道洪林是因为紧张还是别的什么，神色显得分外凝重，眼睛直直盯着前方的建筑。

程建邦不动声色观察着周围的环境，离那大房子还有大约三十米的时候，他用胳膊肘捣了捣我，用眼神指了几个地方。我也看到了那三处狙击点，隐约还能看到埋伏着的狙击手。我扫视了一圈，找出了所有可以埋伏狙击手的地方，发现胡经的布局略有瑕疵，那些狙击手的素质也稍显逊色。至少换作我，不会那么容易被人发觉：一个狙击点被受过专业训练的人找出来很正常，但狙击手如果被人发现行踪，只会引起敌人的警觉，让敌人事先做防范或者上来就下狠手，这是大忌。

车子停在大门口前，门内出来几个荷枪实弹的枪手，他们枪口冲下，脸上挂着虚伪的笑容冲我们点点头，示意我们下车。胡经在几个随从的簇拥下从偏门走出，老远就对我们张开了双臂："可来了。"

他做了一个"请"的姿势，带着我们绕到房子后面。一片修饰整齐的草坪上，摆放着几张躺椅，十多个端着枪的男人看似不经意地围在四周，眼睛却一刻也没有离开过我们。周亚迪正坐在其中一张椅子上看着我们，从他的神色上看不出什么异样，或许他根本也不想提醒我们什么。

胡经把我和程建邦分别安排坐好，对洪林说："要不要和你的前老板打个招呼？"没等洪林回答，他快步走到周亚迪旁边说："迪哥不介意吧？"

周亚迪脸上挂着苦笑，一言不发。胡经对附近几个枪手打了个手势，那几个人冲上来将洪林团团围住，四五个黑洞洞的枪口抵着他的头。站在洪林身后的那人照着他的膝盖上就是一脚，洪林闷哼了一声跪倒在地上。那人抬起枪托朝洪林后脑就是一下，洪林翻着白眼侧身躺倒。那些人抖开绳子，将洪林结结实实地绑好，这才四散退开。

难道胡经知道洪林想另谋出路的事了？我心里一惊，或者洪林身上、车上被装了窃听装置？我们在车里的话都被胡经听到了？我下意识地绷紧了肌肉，只等胡经对我们有任何不利时，第一时间扑上去制住他。程建邦将身体靠后贴在椅背上，摊开双臂绕过扶手，双手垂下，指尖随时都能碰到腰后衣服里藏着的匕首。

2

胡经背着手，围着洪林转了一圈，鼻子里“哼”了一声，这才走到周亚迪身边，说：“我在帮你清理门户，你以为我真的稀罕他？”

周亚迪紧闭着双唇，静静地看着洪林，还是一语不发。胡经脸上挂着笑，扭头对我和程建邦说：“我最恨吃里爬外的人了。”又对周亚迪说：“迪哥，人我交给你了，你看着办吧。”

胡经慢悠悠地走到一张躺椅前，坐下来闭上眼养神。

胡经想在这里演一出当着主人的面打狗的戏——的确没有什么比这更能践踏对手的尊严了。一个曾经与他抗衡了多年的家族的颜面，此刻就像躺在地上的洪林一样狼狈不堪。

我没问过周亚迪父亲与胡经之间的恩怨，但我知道周亚迪父亲的死跟胡经有直接的关系。当年周亚迪背负家族遗命重返金三角时，的确让胡经头疼不已，想尽办法要周亚迪的命。

周亚迪当初何等的豪情万丈，短短几年下来，竟然落得这般田地——我永远忘不了他站在监狱的破床上，张开双臂像是拥抱整个世界一般说出“我是这里的国王”时的样子。

我眼见他痛苦地闭上眼睛，仰起头深深地吸了一口气，紧咬的后槽牙让他的脸颊一跳一跳的。我心中一软，毕竟是我在他倾尽全力翻身的那一仗中让他损失惨重的，他走到这一步，我“功不可没”。与此同时，一种从未有过的成就感像一股滚烫的铁流，从我的心脏里流出，遍布浑身每一条血管。

我有些急于想要分享这些得意，不由得扭头看向一旁的程建邦。他冲我使了个眼色，示意我朝下看。我低头见他藏在扶手后的手，对我竖了下大拇指，又看了眼地上的洪林，轻轻对我点了点头。我想，他是希望能够得到洪林的支持的，周亚迪此时不论对洪林做什么，都是更损面子的事，所以这个时候我要是站出来做点什么，的确是最合适的。

我一拍椅子站了起来，快步走到洪林身边，对周亚迪说，“迪哥，他做了什么让你不能原谅的事吗？”

周亚迪呆呆地看着我，不知道是说不出话来还是不想说话。我走到洪林身边，俯下身去要给他松绑，就听胡经说：“秦川，我觉得还是让迪哥定夺吧。”

洪林已经清醒了过来，咳嗽了几下，抬起头看了眼四周，然后苦笑地看着我，眼中满是绝望。我知道他对这些已经麻木了，麻木到都懒得去思考为什么，就像他之前说的，他已经厌倦了这种日子，或许继续这样无休止地活下去，生命对他而言就是纯粹的折磨。

见洪林费力地用肩膀够着去擦嘴角的口水，我心里又泛起一阵的酸涩，他的今天也是我造成的。但这一次，我没了刚才的成就感，只觉得满满的愧疚。我固然明白对他的愧疚就是对自己使命的玷污，但不论怎么说，他干的是十恶不赦的犯罪活动，就像他的哥哥洪古一样。谁知道有多少一线的警察死在他手里？谁知道又有多少无知百姓毁于他经手的毒品中？正是他这样的人活跃在阴暗的角落里，我才会远离亲人、远离朋友，来到这里忍受最痛苦的折磨，甚至迷失自己，失去战友。

可现在，这样的人就在我的面前，可能随时会被处死，我一点都痛快不起来，反而为他难过。

每当有这样的想法出现时，我都会觉得惶恐。生怕自己有一天分不清善恶，分不清是非对错。因为这一切都取决于我站在哪里，显然一次次类似经历总会把我拉偏，让我在路口徘徊迟疑，如果在危险的生死一线时刻，出现这种迟疑是会要了我的命的……我不由得看了一眼程建邦，他能看穿我的心，可这次没有给我任何眼色示意，硬生生避开了我的眼神。

我走到周亚迪面前，对他说：“迪哥，他们两兄弟跟了你那么多年，死的死、伤的伤，就算犯了什么错，也不至于这样。你们不信任他，我信，让他帮我的忙吧。”

周亚迪好半天才慢慢地抬起眼皮看着我，许久又笑了一下，盯着我的眼睛，一字一顿地念出一个名字："洪、古。"

周亚迪目不转睛地盯着我，眼神平静得如一潭死水，我看不出他的真实情绪。但有一点可以确定，他提起"洪古"这个名字是故意的，所以他死死地盯着我的眼睛——他要趁这个机会审判我。

这里没有法制，也没有法庭，不是什么事都要讲证据。此刻如果我有丝毫的迟疑、胆怯或异样被他察觉，他就会认准我有问题。在洪古这件事上，胡经也一直对我存疑，过去碍于周亚迪，他没有明目张胆地为难我罢了。

周亚迪也始终在权衡我的利用价值，所以此前一直避讳这个问题。现在不同了，周亚迪已经落魄，完全失去了对我的控制，就算我现在有什么价值，对他也没用。所以他索性把这个问题摊开，公开和我翻脸。那么胡经宁可相信他，也不会相信我，如此一来，我和程建邦只有死路一条。

我一直都在盘算如何能利用配方搞清他们工厂的分布情况和最新的销售网，唯独对这件事考虑得太少，也许我也一直都在有意无意地回避这件事。我根本没有勇气去回忆洪古死时的那些细节，甚至每次想起洪古这个名字，宁志临死前的样子都会像一根挥舞的狼牙棒狠狠地砸在我的心尖上。就像现在，我竟然无法克制自己的情绪，在周亚迪那双准备判决我生死的眼睛的注视下，流出了眼泪。

周亚迪眯起眼睛，站了起来拍拍我的肩膀说："你的确是个重情义的人，在你面前我觉得惭愧。"他搓搓脸，对洪林说："人各有志，我不怪你。"又转过身对胡经说："胡老板，算了。"

胡经哈哈一笑，站起身说："你真是大人有大量。"冲那几个手下摆摆手，那些人随即从我身边退开。

我走过去解开了洪林身上的绳索，拉他起来。他起身揉了揉被绳子勒出血痕的手腕对我点点头："又捡了一条命。"

程建邦也站了起来，说："既然没事了，是不是说说正事？"

胡经看了我一眼说："给我们展示一下你配方的风采吧。"

"好。"我丝毫没有迟疑地答应了。

“既然是合作就要有合作的样子。”胡经笑了笑，搭着周亚迪的肩膀说，“样品我验过了，没问题。最近我正好接了一个大单，可是我的那几个工厂最近不太方便，所以正好放在你的工厂里做。”

周亚迪微微一皱眉：“我那儿的工厂太偏了，放在这里做。”

“再偏也比在这里做好，现在运一批货成本太高，在这里做不划算。”胡经把手从周亚迪肩膀上拿开，指了指面前那座建筑，“大家每年发的货卖的价也都差不多，可是我却住在这里，你看看那个老包，还是那个破院子，你猜是为什么？”

周亚迪脸色微微一变，显然胡经表面上是在说包总，实际上是在挤兑他。他只好点点头，扭头看看我，又看看程建邦，不知盘算着什么。胡经上前对周亚迪说：“放心吧，你还不相信你自己的兄弟吗？”

这时程建邦走过来，问胡经：“答应我们的钱什么时候兑现？”

胡经说：“到了工厂，成功做出第一批货，然后把配方交给我，我实验成功就给你们钱。”

我心头一紧：“随便找个地方实验不就可以了吗？为什么还要做一批？”

“有什么好实验的？样品我已经验过了，再说在这里做实验，你不怕实验成功了我得到配方后和你们翻脸吗？你知道五百万在这里能发挥多大作用吗？”胡经没等我表态，一步跨上躺椅站在上面，对我们张开双臂说，“能发动一场战争！”

我不禁看了一眼周亚迪，他也正好扭头看我，脸上写满了尴尬。

胡经从椅子上跳下来。“说好了合作，当然要让合作方吃第一口，这也是我的诚意。”

我不禁佩服胡经的狡猾，狡猾到我无法准确猜出他这么做的真实目的。但可以确定的是，他根本谁都不信：从我进来到现在，他没有问我要配方，甚至好像根本不关心的样子。这让我来之前做的所有准备都白费了。

现在他提出让我去周亚迪内地的工厂制造第一批毒品，这本是我应该高兴的事，至少我马上就要接触到周亚迪的制毒网了。可胡经的呢？

所以，胡经根本是在用在场所有人的资源做实验。现在揣测他的实验目的还为时过早，但有一点我必须搞清楚，他的自信到底源于哪里？

在金三角，他有怎样的背景、能发挥出怎样的作用我都不奇怪。可现在谈的是要去内地的事，难道他不知道在那里只要打个 110 就可以将他一举拿下吗？

看得出周亚迪也在疑虑着什么，他低着头，脸上带着僵硬的笑容。

胡经抬头看了看天色。“忙活一天了，正好我家新来了两个厨子，今天大家帮忙验验成色。”他转身对身边的一个手下吩咐，“摆在外面，今天天气不错。”

夜幕降临的时候，屋前的空地上已经摆好了几张桌子，美酒佳肴堆得满满当当，胡经的手下们已经围坐着开始吃喝了。

胡经把我们安排到正中的一张桌前坐下，像个好客的主人一样殷勤，一再劝我们千万别客气，多吃东西。“好几天没正经吃饭了，想客气也难。”程建邦直起身来，餐具也不用，上手抓起一只鸡腿提起来就往嘴里塞，大嚼着含混不清地嘟囔“好吃好吃”，一个劲地示意我赶紧吃。

洪林举了三杯酒走过来：“我们喝两杯？”

我接过酒杯，环视了下四周没有发现周亚迪，问：“迪哥呢？”

这时不知从哪冒出来几个衣着暴露的女人，扭动着腰肢朝我们走来，其中一个走到程建邦身边，一屁股坐在了他的大腿上。我还没来得及笑出来，就见他脸色骤然一变，眼睛圆圆地瞪着，好像钻进他怀里的不是女人而是榴梿。他松手将半只鸡丢在地上，站起身将嘴里的东西吐了，大喝了一声：“滚！”抬脚就要踹那女人。我急忙一把拉住他说：“算了。”

程建邦看了我一眼，悻悻地收回已经抬起的腿，对着那女人逃去的方向啐了一下，拍拍自己的大腿说：“这地方是她坐的？”

其他几个女人一见这里的阵势，站在那里走也不是，留也不是，怯生生地看着我和洪林。我冲她们摆摆手，她们赶紧冲我鞠了一躬，转身朝大房子跑去。

程建邦是真怒了，估计是又想起了刘亚男。我也不好说他什么，只能拍拍他肩膀说：“洪林找我们喝酒呢。”

程建邦拍拍手，扯过一条餐巾擦了擦手上和嘴上的油，端起面前的酒杯："是该喝一杯。"举起杯跟我和洪林一碰，将杯中酒一饮而尽，咂摸咂摸嘴，低声说："这是茅台啊，这地方还有这酒？"

洪林用下巴指指大房子。"那些女人可都是胡经花了不少钱养在这里的，而且一周一换。"他一仰脖将酒倒进嘴里，龇着牙咽了下去，"不然你赚钱干什么？这房子都是有事的时候才来住，平时谁愿意待在这里？"

"临时住？"程建邦回头又看了一眼胡经这所一看就造价不菲的房子，"我有钱也不这么糟蹋。"

"那干什么？"洪林"哧哧"地笑起来。

程建邦四下看看，凑过来轻声问洪林："他们不住这儿的时候都在哪儿？"

洪林也不由得放低了声音说："很多地方，不过我只知道曼谷。"

"聊什么呢？"胡经端着酒杯走了过来，身后还跟着两个保镖。

我高声说："我们在聊赚多少钱才能过上这样的日子。"

胡经哈哈一笑举起杯："我来和你们碰杯酒，我喝不了酒，但这杯是祝你们明天一路顺风。"

"明天？"我问道。

胡经点头说："我急着要这批货，你们不急吗？"

"我的手机能还给我吗？"那手机落在他手里，始终让我感到不安。

"哦？"他歪着头想了想，"好像是……可是，你杀了我的人，又烧了我的货，怎么算？"他不等我应声，哈哈一笑说："跟你开个玩笑，你的手机我也不知道丢哪里去了，找到的话还给你。要不我送你一个先用？"

我估计要回来的可能性不大，如果我一再追问，恐怕他会更在意那部手机。我只好说："那就谢谢胡老板了。明天我们出发？"

胡经"嗯"了一声，说："你放心，迪哥和那个……苏……苏莉亚我会帮你照顾好的。"他举起酒杯与我们挨个碰了一下，把酒干了。

胡经明知道我和周亚迪已经形同陌路，故意提起苏莉亚无非是让我心里有所顾忌。当然也只是有所顾忌而已，如果有我与他针锋相对的一刻，只要足够分我的神，哪怕是一分一秒，对我无疑就是致命的。这招很卑鄙，但很好用。我一仰脖将杯中酒干掉，说："那有劳胡老板了。"

胡经哈哈笑着带着两个保镖走了。程建邦看着胡经的背影，窝在椅子上闷闷地来了一句："这人活不长了。"

我不知他冒出这么一句是什么意思，又怕人多耳杂，忙朝四下看看，拉把椅子坐在他旁边说："你有什么计划吗？"

程建邦冷笑一声说："他太狂了，这地方我没见过一个吃素的，在这地方狂，活不长。"他一仰脖又干了一杯酒，咂咂嘴看着我语重心长地说："吃饱，喝好！"

我满腔的心事，说："我没什么胃口。"

他用下巴指指正坐在桌前狼吞虎咽的洪林，说："学学人家。"我这才注意到，除了我以外，几乎所有人都在毫无形象地胡吃海塞。联想到刚才胡经的那些话，我意识到这顿吃完之后，怕是一场恶仗就要开始了。我拿起筷子夹了点菜放进嘴里，食不知味地嚼着，说："我还是喜欢家里饭菜的味道，哪怕是咱食堂的都行，我有点想咱食堂的肉包子了。"我端起酒杯，抿了一口酒，又说："对了，等完事了，请你去我家吃饭。"

程建邦正埋头猛吃的脑袋顿了一顿，一伸脖子将嘴里的食物咽进肚里，直起腰拿过餐巾，将嘴和手上的残渣油渍仔细擦干净，往自己的酒杯里倒满酒，举起来说："说定了！"

我和他相视一笑，将杯中酒喝干。他看着空空的酒杯笑着摇摇头："老徐真没挑错人，你有两下子。"他点了支烟，抽了一口，仰起头将烟雾喷向已经暗下来的天空，说："谢谢你。"

我放下酒杯又拿起筷子："咱俩扯平了，以后别再动不动拿我从监狱出来差点被那监狱长打死又被你救了的事说事。"

程建邦一怔："这是一回事吗？"

我点点头："去把洪林叫来喝两杯。"

3

那晚，我们各自喝了不少酒，但都没醉，对于身处狼窝中的我们来说，已经是极限了。

我整晚都在想，如何找个空当，把宁志的遗骨带走。名义上我们在这里似乎是自由的，实际上每一个动作都难逃胡经的监视。

天快亮时，我刚要睡着，就被程建邦的手机提示音吵醒。程建邦被电着了似的从床上弹起来，看了眼手机屏幕，又用满眼不可思议的神色看向我，指了指手机。

这种时候，能够直接给他打电话的只有我。在任务进行过程中，徐卫东也不可能直接跟他用这部手机通话，那太危险了。那会是谁？程建邦接起电话，“嗯”了一声，就再没说话，一直安静地听着。大约一分钟后，他挂了电话呆呆地坐在床上，许久才竖起两个大拇指。

这个动作代表任务结束。

我满脑子糨糊，呆愣地跟程建邦面面相觑。直到洪林坐起来问：“你们怎么了？”

程建邦忙说：“没事。”

洪林搓搓脸坐了起来，看看我和程建邦：“你们有话说，我到外面去睡。”他抓起枕头被子就要去外屋。我担心他会多想，又有些过意不去，正想拦他一下，谁知走到门口，他又回过头说：“没关系，我习惯了。”冲我笑了笑，走出里屋将门带上。

胡经本想给我们一人一间客房休息，为安全考虑我们还是决定住在一起。胡经对此似乎也不介意，给我们三人安排了一个套间，卧室外面的客厅有套沙发。我和程建邦搜过整个屋子，没发现窃听器。

“不是老徐打来的。”程建邦压低声音说。

“那是谁？”

“不知道，但是暗号和号码都没问题，的确是总部来电。”

这样的情况我以前从没遇见过，我们跟老徐从来都是单线联系。我问他：“你以前遇到过这种事吗？”

程建邦紧锁着眉头，摇摇头。

我说：“我担心我的那部手机。”

“放心吧，我已经给总部发了密信，你的手机已经作废了。”

“那你不早说，害得我一直担心。”

程建邦看我一眼，说："你先别惦记那破手机了，我刚接到的是任务结束的命令，这意味着我们要赶紧回去复命。"

看着他急切的目光，我不知如何应答，慢慢走到窗前，透过窗帘的缝隙朝楼下看去，几个看守正背着枪巡逻。暗处几个狙击点被黑暗笼罩着，不知那里此时是不是还埋伏着人。如果有，枪口又指向哪里？

原来我们都太轻视胡经这个对手了。一直以来，我以为他是一个靠耍狠玩命才混出一片天地的亡命徒，这两次接触下来发现他才是我们最可怕的敌人。这也难怪在两年前，刘亚男就已经在渗透他了。如今看来，我明白了为什么会派我和程建邦两个人，在没有后备支持的情况下去接近周亚迪。与胡经相比，周亚迪简直是个涉世未深的孩子。可惜，打入胡经集团的宁志却枉死在洪古的枪下，看得出胡经的确很看重宁志，不然他不会在宁志死后有那么大反应。

这一次，刘亚男带着我们来到这里，说是为了打乱金三角的势力分布，说白了，就是打击胡经。可事情还没有开始，刘亚男就离去了。若不是我及时反应过来伸出手，恐怕程建邦也将离去。好不容易走到现在，却又收到上级结束任务的指令。按照指令，我和程建邦应该立刻撤回，这种撤退对我们来说再简单不过。但我不甘心。而不甘心也得执行命令，不然就是抗命，抗命就意味着背叛。这对我们而言是最不可恕的罪行。

我想了想，说："你撤吧，接到命令的是你，又不是我。"

程建邦咬牙说："我就知道你会来这一出，要我撤也行，我一把火把这儿烧了，再把胡经宰了就撤。"

"你知道后果吗？"

"知道，我就完了，可我要这时撤了，我也完了，我永远过不了自己那一关。"

"你完了是小事。你就算死了，除了我和少数几个人，这世上不会有人记得你。但不按计划行动而把这里搅乱，你知不知道会坏多少事？"我冷冷地看着他，"我记得你和我说过，我们做的事只是整个计划中的一条线而已，我们的任务就是把这条线牵好，协助上级布下整张网络，你一冲动会毁了整张网。"

程建邦哑口无言，憋了半天，点了支烟狠狠地抽了几口：“要撤一起撤。”

我说：“我刚说了，我没接到撤退命令。”

程建邦眼珠子一转。“哦，怎么说都是你有理，等等，你是不是有什么主意？”他突然回过闷来，坏笑地看着我说，“你小子几时学会玩心眼了？我就觉得哪里不对劲。”

我看看他，说：“被你逼的。”

他愣了一下，脸一红，不再言语。

我说：“你比我资历老，你告诉我，为什么这次不是老徐联系你？最大的可能是什么？”

问出这样的问题，是因为我回忆起在延安那家酒店的咖啡厅里，徐卫东突然出现后的种种细节。徐卫东一再提醒我，上级和他都不会承认我们这次行动，甚至根本不承认与我们会面过。种种迹象表明，他从一开始派我们去缉拿刘亚男，就是他计划中的一部分。或者说，是他和刘亚男计划的一部分。以前，我一直认为他这么做是因为这次行动涉及的事太多，现在看来似乎没那么简单。

程建邦皱着眉头又抽了几口烟：“最大的可能就是老徐出事了。”

他这句话好像一道晴天霹雳，震得我半天没回过神来。

最初，我所有的精神支柱都源自自己认定的誓言和信仰，不知从什么时候开始，这些都具化到了徐卫东这个人身上，无形中他已经成为我最后的防线和最坚固的壁垒。每当我将被困难和绝望打倒时，脑海中都会浮现出他的样子和言语，从而鼓起勇气继续战斗。不觉中他已经成为我的榜样，我曾反省过这种狭隘的个人崇拜，但现实中我需要摸得着看得见的具体的人。现在，他可能出事了。

他能出什么事？什么事让他无法继续指挥我？我不敢往深处想，因为害怕。我已忘了上一次像这样害怕是什么时候的事，也许我从未这样害怕过。

“秦川！”程建邦见我神色不对，忙拍拍我的脸说，“你听我把话说完。”

我急忙回过神，像看着一个博古通今的大师一样看着程建邦，希望他能给我一点好消息，我在这方面的知识几乎是零。

“大家都是有血有肉的人，都会犯错误，老徐也不例外，我不认为他会犯什么原则性错误，也许只是例行一些程序上的……检查。”

他想说的一定是“审查”。以老徐的级别和职务，他一旦犯错就是大错。我的手指开始发抖，我下意识地掩饰着慌乱的内心，将十指交叉在一起搓了搓，说：“撤。”

程建邦问道：“这里怎么办？”

我摇摇头，攥起拳头想在墙上砸一拳以解心头的郁闷，又怕声音会惊动旁人，只好比画了一下，最后落在了程建邦的腹部。程建邦闷哼了一声，没敢叫出来，忍着疼蹲在地上。我有些后悔刚才出手可能有点重，赶紧蹲在他对面说：“你试着联系下老徐。”

程建邦龇着牙抬起头：“我刚也想过，但我担心老徐那边已经被监听了。”

我说：“你联系他又不违反纪律，探探他的口风。”

他琢磨了片刻，说：“也只能这样了。”

程建邦站起来一边找手机一边指指我说：“你欠我一拳。”他拨通了徐卫东的电话，对完口令后，他压低声音一字一顿地说：“是要我们回去吗？”我将耳朵贴了过去，只听徐卫东在那边沉默了一下，低沉地“嗯”了一声。程建邦接着问：“可我们的行动正在关键时刻，你再给我们几天，我们就能成功，现在回去太可惜了。”老徐在那边沉默了好久，突然提高了音量说：“哪那么多废话，干你们该干的事，相信你的上级。”不等程建邦再说就挂了电话。

程建邦收起手机，看着我说：“你听出什么了？”

我看了一眼他的手机屏幕：“你的手机马上没电了。”

程建邦目光没有离开我的眼睛：“嗯，已经没电了。”他从枕边摸出匕首，三下五除二将手机捣成一堆碎片，然后与我相视一笑。

我们都知道，以徐卫东的个性，他发火前绝对不会沉默，如果沉默，只能证明他在考虑应该用怎样的语气和措辞，在最简短的情况下向我们透露最多的信息。尽管他的那句话抬高了声调，但明显是故意在提醒我们。

“干你们该干的事。”什么是我们该干的事？你可以理解为执行撤退命令，也可以理解为完成此次行动。“相信你的上级。”在没有接到调动命令前，我们的上级是他，他是在告诉我们让我们相信他。只有最亲密的战友才有这样的默契，他太了解我们每个人了，所以太懂得如何与我们在各种环境下沟通了。

可以确定的是，他一定遇到了什么麻烦，但还不至于影响到他的威力。因为我没从他的语气中听到丝毫颓势，那句话也赶走了我之前所有的忧虑。

程建邦将手机的碎屑分成两堆，分了一堆给我：“咱俩分开丢。”

我将碎片装进口袋，笑了。外勤的特点就是你可以随时找到方法联系上级，上级想要找你恐怕就得费点功夫了。

“这次我们得干得漂亮，不然老徐的麻烦更大。”程建邦停了一下，问道，“你知道我们要干什么吗？”

我点点头。对于我们而言，只有把任务执行得漂亮才是对上级，也是对徐卫东最大的帮助。老徐的那些麻烦事我们无权了解具体的内容，我唯一能坚信的是，他不会辱没我们共同的使命，我坚信。

“是什么？”他追问道。

我说：“不管怎么样，我们现在知道国内有几个甚至更多的工厂在加工毒品，不论发生什么事，剿灭这些工厂都是我们分内的事，这错不了。”

程建邦又问：“可是看情形，你可能办不成你自己的事了。”

他是在提醒我宁志遗体的事，我看了他一眼，说：“我有个问题，不知道怎么问你。”

他看看我：“你是想问我和刘亚男的关系吧？”他不等我开口，丢给我一支烟，看着我点着，才说：“你也就刚学会抽烟而已，大人的事少问，不过下次你要是为了宁志再来这里，记得叫上我。”

我眼睛一热：“如果你找到机会来，也要叫上我。”

4

我和程建邦各自回到床上躺下，却再也无法入睡，不停地翻着身。一直到天亮，他半坐起来问道："要是有一天你听说我遇到像老徐那样的麻烦，你会觉得我犯了什么错？"

他一定是在纠结自己之前险些酿成大错的那些行为，此时我背对着他，还是能感觉到他的愧疚与悔恨。我该怎么回答他呢？我不想因为这件事在他和我之间建立一道屏障，更不想高高在上地俯视他。每天面临着这样的环境，又有谁能没想过退缩呢？我们不怕流血、不怕疼，也不怕死，怕的是生离死别、阴阳相隔。

求生的技能可以让我们最大限度地保护自己的生命，可总是看着战友牺牲在面前，自己无能为力之余，甚至无法宣泄心中的悲痛和愤怒。那种无助的绝望总是有意无意地缠绕着我，像一根坚韧纤细的钢丝，看似微小却总能轻易地割伤你以为已经愈合的伤口。那些伤口仿佛很小，小得难以觉察，疼痛却如此真切，让人无法忍受，只能在深夜独自一人缩在被子里用泪水冲洗。

我第一次去程建邦的单身宿舍时，发现他的卫生间里没有镜子，问他，他只是笑。后来终于有一天，我再也无法忍受每次洗澡时看到自己身上的那些伤痕，我也把镜子拆了。第二天抱着镜子往垃圾桶丢的时候，遇见了程建邦，他还是笑笑，什么都没说。

是的，那些伤痕就像一本抹不去毁不掉的记事本，记录着你想要忘记的一切噩梦般的经历。如今，刘亚男离去了，她却把痕迹留在了程建邦的心里。看不到，只能感受，除了疼还是疼，永远无法愈合。

我很想告诉他，他永远是我的兄弟，不论发生什么我都不会离他而去。可我知道他想听的不是这个，他宁可我告诉他，要付出什么样的代价才能获得原谅。这种事一旦发生就没有回头路，不论别人怎么看怎么说，都不会原谅自己。

"八成是作风问题。"话说完，我就后悔了。我本想插科打诨地混过去，偏偏又弄巧成拙。程建邦久久地沉默着，整个房间的空气凝固了，我甚至希望自己的心脏暂时停止跳动，以免发出声音来。"我呢？如果是我，你觉得会是什么麻烦？”我赶紧转移话题。

“不知道。”程建邦叹了口气，“我以前真的小看你了，你比我想象中更强大。”他说得很严肃，我就知道他一定以为我刚才是故意挖苦和讽刺他。可我不能反驳他，这种事越描越黑。他又说：“你转过来行吗？没脸面对人的是我，不是你。”

我装作不耐烦地转过身，见他满脸流着的泪水。

很长一段时间我都以为自己已经麻木，或者说已经学会了面对这些难以忍受的悲伤，可事实证明我可能永远都学不会。

胡经派人来叫我们三人吃过早餐，顺便丢给我们一本笔记本，上面记录着周亚迪在内地设立的四家工厂的详情。看着地图上的那些标注，我和程建邦目瞪口呆：我们一直以为他们的工厂会设在人烟稀少的偏僻地点，现在看来，我们把周亚迪想得过于简单了。那些工厂分布在二、三线城市的郊区，挂着化工厂或制药厂的牌子，明面上在生产化工或者药品原料，实际上都在偷偷加工毒品。这对我们而言，不仅是触目惊心的毒品制售，更是赤裸裸的侮辱。

“还是迪哥有诚意，说是合作，就把实底都亮出来了，剩下的事就看你们了。”胡经叼着牙签，指指那本笔记本说，“记下了吗？记下了我得把这个收走。”

我点点头：“我们什么时候出发？”

胡经抓抓头：“现在。”他看看程建邦和洪林，一抱拳：“这次就拜托三位了，以前咱们彼此之间都有不少误会，希望这次合作能有一个全新的开始。”

我笑着说：“我们只在乎那笔钱。”

“我只在乎那张配方能造出什么。”胡经破天荒地向我伸出手。

我看看他的手，说：“希望合作愉快。”站起身，握住了他的手。

胡经说：“我给你个向导，保证你们安全到过境，为防不测，再派几个人跟着你们……当然，纯粹是为了你们安全，你要是觉得碍手碍脚就提出来。”

我看了一眼他身后：“如果向导带的路没问题，就不要带那么多人了。”

胡经说：“好，车停在外面，武器和向导都在车里。”

我顺着他的眼神朝外看了眼：“就刚才那几家工厂吗？”

胡经说：“不急，慢慢来。”

我有点明白胡经为什么这么痛快了：那些工厂都是周亚迪的，在内地设立一家工厂需要多少钱我不知道，但要花费多少精力、冒多大风险是大家都能想象的。如果我没有猜错的话，周亚迪很可能把全部身家都押在了那几个工厂上。如今却被胡经拿来当赌注去博——如果配方是真的，他是庄家拿走配方，我们拿走钱，周亚迪分一杯羹，算是皆大欢喜；如果配方有问题，或者我们人有问题，周亚迪将倾家荡产、人财两空。而胡经既借此铲除了周亚迪，自己也不会有任何损失。

胡经从头到尾就不信任我们，这很正常，问题是他的工厂又隐藏在哪里？如果连周亚迪这样失了势的毒枭都可以在内地开四家毒品加工厂，那么胡经掌控的数量恐怕足以令人胆寒。

现在我没有别的办法来获取更多的情报，也找不到任何借口继续留下来拖延，就算留下来，无法获取胡经的信任也是白费功夫。那份配方对他是很重要，但他并不在乎配方能带给他多少财富，只要不落到别人手上就一切都好。他算准了我们冒着生命危险跑来这里，就足以证明只有和这里的人交易才有价值。现在他主动放我们走，如果出任何差池，就证明我们的人和配方都不可靠，趁机将周亚迪最后的本钱付之一炬，他还没有一点责任。因为整个金三角都知道，我是周亚迪的人。

“走吧。”程建邦自然知道我在想什么，开口催促我是在提醒我尽快做出决定。我活动了一下脖子，说：“走。”大步朝外走去。

胡经在我们身后说：“对了，你的卫星电话哪里买的？我怎么没见过这个牌子？”

我扭头看着他说：“是大姐送我们的，怎么？你找到了？”

胡经故意迟疑了一下，眼睛一眨不眨地看着我的脸色说：“没有，不过早就没电了。”

我“哦”了一声：“别忘了你答应我的事，照顾我的朋友。”

胡经歪着脖子点了点头。看着他脸上挂着的一丝邪笑，我意识到此次如果就这么离开，恐怕就再也没机会查知他那些工厂的下落了。这就意味着，他的工厂即使有一天暴露出来，也是已经造成极大危害之后的事了。

一个大胆的计划在我脑中浮现，只是那么短短的几秒，那个计划就已经呈现出了一个轮廓，虽然还模糊不清，却足以让我心跳不止。时间太紧迫，容不得我去做详细的风险分析和评估，如果要实施，必须就在下一个五秒内动手。结果只有两个，要么抱憾终生，要么完成任务。

我不知道是不是我的眼神泄露了内心的兴奋，胡经的脸上渐渐收起笑容，现出一种警惕的紧绷。在他意识到可能会发生什么的瞬间，我一个箭步冲上前，伸手张开虎口在他咽喉上猛地一探，他立刻翻着白眼朝后仰起脖子。在所有人都还没有反应过来时，我一步绕到他身后，一手卡着他的脖子朝身后墙根的射击死角退，另一只手迅速摸出他腰间的手枪，单手扳开保险，在枪口对准他的下颌的同时，用掐着他脖子的手拉好了枪栓。

这一系列动作很顺利，几乎一气呵成，其间没有遇到任何的障碍。“都别动。”我冲周围举起枪的人喊了一声，然后咬着牙对胡经说，“对不起，我信不过你，只能麻烦你送我们过境了。”

胡经有点慌乱，却还不失冷静地问道：“秦川，你这是干什么？”

我眼睛盯着四周对着我的枪口，说：“让你的人放下枪，我不想要你的命，只要你送我过境。”

胡经果然是经过事的人，枪口抵在他的下颌也没有使他失了镇定，他下意识地朝屋顶看去。我跟着他的眼神很快找到了三个伏击点，于是对程建邦使了个眼色，示意他：小心。

程建邦也顺着朝屋顶望了一圈，给我回了一个眼神示意我集中注意力控制胡经。我凑在胡经的耳边沉声说：“我再说一次，让你的人放下枪。包括屋顶那三个，我给你三秒钟。”

胡经沉默不语，看来那几个狙击手给了他不少自信。我默默数到三，枪口朝下向左稍偏，对着他的肩膀开了一枪。胡经浑身猛颤，发出一声惨叫。我说："再给你三秒。"这次不是他不听话了，而是疼得说不出话。我默数到三，对着他肩膀中枪的地方又开了一枪。

"秦川，啊……"胡经惨叫着喊道，"枪放下，放下，你没听见吗？"

"不，是让你的人把枪放下，不是我把枪放下。三、二、一。"数完，我照着他连中两枪的伤口开了第三枪。

"啊……"胡经惨叫着，带着哭腔说，"都把枪放下……听见没有，秦川，谁不放你替我打他的头，啊……"

眼看着胡经的手下们都将枪放在了地上，我给程建邦使了个眼色，示意他检查安全状态。他先朝屋顶看了一眼，指着那几个狙击点说："都下来，跳下来，不然我数到三，你们老大还得挨枪！"

胡经赶紧对地面上那几个人说："全部抱头趴在地上。"接着又对洪林说："把车开进来。"

我用力卡着胡经的脖子，控制着他颤抖的身体，不时将流在我手腕上的眼泪和鼻涕抹回到他衣服上。洪林很快将车开到大门前停下，程建邦举枪正掩护着我，我看了一眼地上趴着的众人，揪着胡经上了车。程建邦又从地上捡起一支长枪，将停在院子里的所有车的车胎打爆，敏捷地跳上车："开车。"拉上车门的同时，他回过头看了我一眼，脸上因强忍笑而憋得有些扭曲。

"那人是谁？"洪林指着车前几十米外狂奔的一个人说。

我揪住胡经的头发，问他："那是谁？"

胡经痛得直哼哼，缩作一团，脸色煞白，汗珠成串地哗哗往下淌，他朝前看了一眼，说："向……向导。"

我问洪林："我们需要向导吗？"

洪林想了想，说："如果只是越境的话，不需要。"

胡经用颤抖的声音问："你们到底什么意思？"

看着那向导已经蹿进了树林，我说："我刚说过了，就是想安全过境。"

胡经咬着牙说："我给你们备了车，备了向导，甚至给你们备好了那五百万，你们就这么对我？"

我微微一笑："对不起，我不放心你，我也怕你，你上次把我折腾得太惨了。"

胡经喘了几口气说："那你就朝我开枪？"

我说："你当时快点让他们把枪放下，不就没事了？你一迟疑，我以为你打算让狙击手打我们。"

胡经看了一眼鲜血直冒的伤口："开三枪？"

我摸摸眼角，说："因为你慢了三次，一次一枪。"

胡经忍无可忍了，含着眼泪喊道："那你三枪往一个地方打？"

我一把将他的脸压到车后的地板上，枪口指着他的太阳穴咬着牙说："胡经，你再嚷嚷，我要你好看。"

胡经终于不敢再出声。我将他松开，他有些虚弱地说："你想要我的命？"

我摇摇头说："我说了，只要你送我们安全过境。"

胡经说："如果不要我的命，能不能帮我止血？"

我扫了一眼车内："你不会在给我们准备的车里还准备了急救包吧？"

胡经狠狠地瞪着我说："在扶手箱里。"

程建邦打开扶手箱一看，对我点点头："挺齐全的。"

我装作有些不好意思的样子，干咳了几下，说："胡老板，不好意思，我可能小人之心了。可已经闹成这样，我就更不能放你了，不然你不得带人抓住我扒了我的皮？"

"能先帮我止血吗？"胡经扭头看着我说。

我点点头，在程建邦的帮助下，扯开胡经上身的衣服，那三枪已经把他的肩膀打得稀烂。我们给他的伤口消毒止血，都有点故意下重手。胡经为了保命也不敢说什么，除了惨叫就只能趁我们不注意狠狠地瞪我们几眼。我和程建邦也不回避他，时不时对视着哈哈一笑。程建邦自然知道我这么做的目的，无非是想把胡经活捉回去。

洪林是不知内情的，我们这么做让本来就紧张的他有些不知所措，连着看了我们好几眼，终究忍住了什么都没问。

胡经头靠在后座上蹲坐着，紧闭着眼，忍受着颠簸触动伤口带来的疼痛。看着刚才还耀武扬威的金三角头号毒枭，此刻像只病猫一般蜷缩在自己的脚下，我心中涌出一些难以形容的感慨。只是在还没有过境之前，我们的处境还很危险，我也只能独自思量我这个计划的优劣。

事情到了这一步，我只能带个活口回去，从他嘴里撬出他的那些工厂的信息了。我知道这么做有些冒失，甚至隐隐觉得非常不安，但除此之外我找不到其他更好的方法。刚才也是我最后的机会，一时间我也想不出可能带来哪些恶果，这是我有生以来做过的最大胆的事了。

程建邦拍拍我的肩膀，对我微微地点点头，肯定了我的做法。我不知他这是不是在安慰我。我看了一眼洪林，既像是给洪林一个说法，也像是对程建邦一个解释："咱的命不值钱，只能带个护身符了。"

程建邦说："说实话，你比我快了几秒钟，你再不动手，我就动手了。"

听他这么说，我一直悬着的心稍微放了放，看来我的做法至少得到了一个人的肯定。

胡经翻起眼皮看了我们一眼，脸上抽搐了几下。洪林说："怎么？这不是你们商量好的？"

我和程建邦相视呵呵一笑，洪林也没多问，左右看看说："我们准备下公路了。"减慢了车速，向右碾过路边的灌木驶下了公路，开始在丛林中穿行。

5

我朝前张望了一眼："要走多久才能到边境？"

洪林略一沉思，说："不出意外不下雨的话，天黑就能到。"

我觉得他好像有些隐隐不安的感觉，问道："会出什么意外？除了车坏了。"

洪林回头扫了一眼胡经，眼里闪出一丝杀气："不知道，他在车里我就不踏实。"

程建邦呵呵一笑："他又不是狗，难道还能一路走一路给同伙撒尿留记号？"

“你们搜他的身了吗？”洪林对程建邦说。

我心头一惊，我们居然在这一点上大意了。我一把揪住胡经的头发，将他生生拽起来按在后座椅背上，顾不得他哇哇惨叫，把他由上到下地摸查了一遍，竟然搜出两部手机，其中一部正是我的那部，另外还有一把迷你手枪和一把匕首。

看着搜出来的这堆物件，我气不打一处来，一脚将胡经蹬了下去，拿起匕首从刀鞘里拔出来看看刀刃，恶狠狠地对他说：“我再在你身上发现一件不是你娘胎里带来的东西，小心你的命根子。”

程建邦坐在副驾上扭过头指着胡经，不知嘴里默默念着什么。见我看他，程建邦说：“衣服、裤子、鞋，还有袜子和内衣，这就至少七件。”

我将匕首抛在空中又接住，说：“那就切成七片。”

胡经不知是气的还是吓的，呼哧呼哧地喘着气说：“秦川，你别逼人太甚。”他话音未落，脸上就挨了程建邦响亮的一巴掌。“你怎么和秦哥说话呢？秦川是你叫的吗？”程建邦指着胡经的嘴说，“再让我听见一句不顺耳的，我就掰你一颗牙。”

胡经大概是从来没有受过这种从肉体到精神的折磨，脸上的肌肉抽搐得更加厉害，在行进的车厢内，依然能听到他牙齿咬得咯吱响的声音。

“大家都别出声。”洪林突然将车停下，摇下车窗将头探到外面，竖起耳朵仔细听着什么。外面除了偶尔一两声鸟鸣，寂静得让人有点发慌。他停了半分钟，缩回脑袋重新将车开动，眉头始终紧锁着。

程建邦莫名地看看四周：“是不是太紧张了？”

我凑到洪林耳边说：“是不是还有别人知道这条路？”

洪林摇摇头没说话，加快了车速，这使得车子更加颠簸了。

我拿起我的手机试了试，的确如胡经说的没电了，心知胡经一定没少“研究”这部手机——这手机是特制的，电量在开机情况下至少可以维持二十天，而算起来从上次充满电到现在，还不到十五天。我用手机敲敲胡经的头说：“我的手机好玩吗？”

胡经气鼓鼓地想说什么，大概想起之前程建邦的警告，咽了口唾沫没敢吭声。我又拿过他的手机翻看着，余光扫到他有些紧张地偷瞄了那手机几眼。难道这部手机里存着什么秘密？金三角头号毒枭的手机里，存着什么信息都不过分。我不动声色地继续翻看着信息和电话，没找到什么有用的内容。心想：难道这部手机也有另外一个隐藏系统？如果是这样，那就不难解释胡经为什么拿着我的手机琢磨个没完了。

对这些高科技产物，我一直弄不太明白，几个月前总部曾组织过类似的培训，我临时有任务没能参加，倒是程建邦参加过那个培训。我将手机递到程建邦面前，给他使了个眼色，程建邦接了过去摆弄了一会儿，回头对我轻轻地摇头，看来也是一无所获。

看来只能回去以后找专家研究了。我把两部手机塞进口袋，对胡经说："我一直在犹豫我们过境前，是不是要信守承诺留你一条命，我觉得你如果活着，一定不会放过我。"

胡经冷笑了一声："哼，是你们先违约的。你撕毁了我们之前的约定，重新定了一个，现在又想违背你自己定的了？"

他这话说得我不由得有些惭愧，的确是我违背了彼此的约定，不管他的阴谋是什么，在我没有十足的证据或是他还没有实施前，都是我的猜测而已。程建邦大概是猜到我的心思，插进来接道："命都保不住，还要什么承诺？你不是个生意人吗？那就从你生意人的角度考虑，你是不是付出的代价不够，才走到这一步的？"

胡经看都没看程建邦一眼，说："现在我的命在你们手里，你们说什么就是什么，有必要问我这么多吗？如果我说只要你们放过我，这件事就一笔勾销，你们信吗？"

就在我们还在思量的空当，洪林突然冒出一句："不信。"

胡经呵呵一笑："那还有什么好说的，到时候能给我个痛快也行，技不如人，我认了。"

他仿佛被自己的慷慨赴死感动了，脸色淡然起来。我趁他不备，猛地大喝一声："你的手机里藏着什么？"这一嗓子喊得很突兀，别说胡经，连程建邦和洪林都被吓得一哆嗦。

"不是在你手里吗？"胡经咽了口口水，舔了舔嘴唇，明显在掩饰着内心的慌乱。

他的反应让我更加确定了，这部手机里一定藏着什么不可告人的秘密。只是洪林在这里，我实在不便多问什么。引起胡经的怀疑没什么，反正他早晚会被我们带回去，按他的罪过不死都难。可我实在不想把洪林拖进来太深，他如果知道了我们的身份，我只有两个选择，或者杀了他，或者把他交到总部，不论哪种结果对他而言都算是一种结束。

我不知道程建邦心里是否也有这样一个名单，上面的某些人始终列在心中的灰色地带，不忍手刃。至少我现在有了这样的一份名单，洪林就在其中。洪林为虎作伥，参与杀人贩毒的勾当，在法律面前死不足惜，但我对他仍然存有私心，我总能在他身上看到自己的影子，不想看着他死，至少不能死在我的手里。这种卑微的同情与我心中的信念始终矛盾存在着，而且随着我所执行的任务越来越多，这样让我矛盾的人也越来越多。久了，这个灰色地带会时不时地让我觉得恐慌，就像一个有洁癖的人，却不得不接受有一些灰尘就飘在你的世界里却无法清除，这样越积越多，生怕有一天自己会被那些灰尘埋没掉。

车厢内特别安静，每个人都在想着自己的心事，但谁都不好奇对方在想什么。时间一分一秒地过去，边境也在一米一米地接近，我却没有丝毫兴奋，心情反倒越发沉重和复杂起来。

程建邦大概也有同样的感受，他几次回过头想说什么，看到旁边的洪林和角落里的胡经，又把话咽了回去。在任务没有结束前，在我们还没有安全越境前，在我们没有完美摆脱洪林把胡经带回总部前……还有太多的不确定因素。眼下明明是最紧张的时候，却如此安静，还不能和自己的搭档做基本的沟通，这些时间全都浪费在途中，这个时候浪费时间无异于在悬崖边打盹。

洪林猛然减速将车停住，又摇下车窗探出头侧耳听四周的动静。这一次他不像上次那样镇定，眉头越皱越紧，神色紧张起来："有人追来了。"程建邦也把脑袋探出去听了听动静，说："听见狗叫了。"

洪林快速缩进车内启动了引擎，说："你们下车直走，一定要直走，过了境就有一个山谷，我先把人往一边引，我们在山谷碰头。"

"什么？"两年前他就是为了救我而撞了车，才把自己搞成现在的样子，我一把抓住他的胳膊说，“不行，你开着车目标太大，太危险了。”

他回头说：“来不及争了，他们想逮住我没那么容易。只要胡经在你们手里，他们就算逮住我也不敢把我怎么样……对了，如果明天天亮我还没到，就别等我了。”他看了一眼胡经，又说，“你们小心他。”

我实在也想不到更好的办法，只好下了车，从后备厢拿出了枪和几瓶水。洪林将车头往西一掉，探出头说：“保重。”

千言万语堵在嗓子眼儿，我选不出一句合适的，只好看着他点点头。他对我咧嘴一笑，脸上红褐色皮肤越发显得牙齿白森森的。一般人看到他的笑一定会起一身鸡皮疙瘩，此时我一点都不觉得他难看，只觉得胸口有些堵。

洪林的车一头扎进了西边的丛林深处，很快消失在密密匝匝的树叶之间。我拽起胡经，让他走在最前面，朝北边赶去。我想起胡经那串从不离手的佛珠，现在被我丢在了那堆战利品里。我对他说：“他要是有事，你也活不了，你最好念念佛，保佑明天天亮前能见到他。”

程建邦问他：“什么人来救你了？”

胡经说：“你们怎么确定来的人是来救我的？”

程建邦看着他说：“要不我们打一赌？如果那些人是冲你来的，我把你的一只手砍了。”

“就算是冲我来的，我也不知道是谁。”胡经有意无意地躲着程建邦的逼视，“不如你让我打个电话问问？”

我想起胡经的手机还在我的口袋里，赶忙翻出来查看，信号是通联的，没有显示有任何来电和信息，不禁有些疑惑：难道找人不得先打个电话吗？除非追来的那些人也不知道胡经这个电话。转念一想，这个可能性很小。再就是那些人有十足的把握追踪到我们，打电话反而容易被我们要挟。能在这么短时间内发动人来追踪我们不算什么本事，可在这么短的时间内追踪到我们的方位就不是一般人所为了。我猛然想到在幕后给胡经撑腰的那个军方人物，不由得出了一身冷汗。

若是一般人，我们尚可应付一下。如果是一支受过正规训练的军队，那我们的处境就太危险了。洪林选择的路线怎么会那么容易被追踪到？

我刚想到这一点，就听程建邦自语道：“这种路也能被追踪？”我们几乎是同时望向了天空，能办到这事的只有侦察机和卫星了。但就算是侦察机和卫星也需要一个目标，不然在这茫茫森林中要找一辆车无异于大海捞针。

我再次把注意力回到胡经的手机上，意识到可能又低估胡经的装备了。我把手机翻来覆去仔仔细细地检查了一遍，还是没什么头绪。就在这时，一阵“呼啦啦”的扑棱声伴随着鸟鸣声响起。我回头张望，一群飞鸟出现在我们身后不远的丛林上空，这意味着追兵并没有被洪林的车吸引过去，而是目标明确地冲我们来了。

程建邦也明白过来，一把夺过手机就要往地上摔。我赶紧拦住他，夺回手机将电池直接抠了下来，说：“先找个地方躲起来。”

我把胡经推在前面走，他越来越吃力，枪伤让他脚底下没有一步迈得利索，好几次差点左脚绊着右脚摔倒。护身符现在成了我们最大的累赘，只能先找个地方避开追兵，实在不行……我下定决心后，停下脚步四下观望了一圈，指着一个草木茂盛的凸起高地，对程建邦说：“那边怎么样？”

程建邦瞥了一眼胡经：“怕他跟不上，咱们扛着他也上不去。”

我扫了一眼摇摇晃晃不停犯迷糊的胡经，说：“我把他的腿和胳膊卸了是不是轻点？”

胡经吓了一跳，猛地怔住了定定地看着我，意识到我只是在吓唬他后，狠狠地剜了我一眼。我微微一笑说：“走。”

我们的真实意图是把他带回总部，我要他所有工厂的分布图，不是真的需要他当护身符保护我们越境，所以不能让他和前来救他的人碰面。碰面就需要谈条件，最多让我们在边境处放人，到时候如果不放，对方就会怀疑我们，甚至猜出我们的图谋。

胡经对谁都很重要，又不能让胡经自己知道，至少现在不能。但此刻除了伤害他，我想不出别的能威胁到他的办法，重要的是我得把他活着带回去。我再次仔细搜了胡经一遍，确认他身上不会再有电子产品，才和程建邦连拖带拽地将胡经拖到那个高地脚下。我抬头看了眼坡度，心底一沉：这种地势别说是受了伤一只胳膊用不了的胡经，就算是一个健康的成年人爬起来也费劲。

程建邦抓住坡上的一条树枝，说："咱俩把他提上去吧。"也只能如此了，我和程建邦一左一右为胡经开出一条路，这条路不是让他走上来，而是被我俩抓着他的腰带提上来的。我左手揪着一把藤条，右手拎住胡经的裤腰带，猛地一用力，连拽带甩地将他拽到我的旁边。对面的程建邦稍微往上爬一些，右手攥住藤条，左手揪着胡经的腰带，用同样的方式再把胡经往上拽到他跟前。周而复始，我们拽着胡经往上爬了十分钟就上气不接下气了，潮闷的空气带着腐殖质腐败的腥臭味，大口地吸进肺里，让人一阵阵恶心，往下一看才往上爬了十来米，距离顶端还有至少二十米的样子。我眼前已经开始一阵阵地发黑，喘着粗气看了眼程建邦，他的脸色也很难看。我短促地喘了口气说："歇……歇会儿吧。"

程建邦竭力调匀着气息："不行，赶紧上去，有瘴气。"他将我身上背着的枪和包取下来挂在自己身上。

我低头看了一眼胡经，他两手揪着衣领捂住了口鼻，两条腿蜷缩着悬在空中，整个身体完全依靠我和程建邦拖拽，好像一点不在乎自己的生死，一副把自己的性命全部交到我们手中、听天由命的样子。说不清他是相信我们不会松手，还是真的无所谓。

我朝远处张望了一下，暂时还没有看到有人追来，但按照现在这个进度，没有半个钟头根本不可能爬到顶。这附近也实在没有更适合避险的地方，一旦追兵到了附近，胡经只要喊一嗓子就全完了。我缓了口气，左右甩了甩头，将眼前乱冒的金星驱散，对胡经说："你要不想死就自己使点劲，不然我们哥俩手一滑……大不了全完蛋。"我用下巴指了指距离此处十来米的碎石杂草遍地的地面。

胡经慢慢扭过头朝下看了一眼，歪着脖子直咽口水，赶紧将脚踩到山壁上。我手里顿时觉得轻松了许多，紧接着一使劲将他又往上送了一层。这一下透支了我的全部体力，腹内好似一股电流一直蹿到我的嘴唇，连带舌尖一同麻木了，身上的虚汗瞬间大把地流淌出来，连呼吸都觉得费劲。

我迟钝得像个笨拙的木偶，够着头顶的藤条树枝，脚下毫无目的地乱蹬着又往上爬了五六米，就见程建邦猛地将胡经抡了起来。我正担心他是不是用力过猛，胡经“嗵”的一声掉到了上面的一堆杂草中。程建邦喘着气说：“那有块平地，歇会儿吧。”我的身体顿时松懈了下来，浑身的肌肉像是被灌了混凝土，僵硬得根本没有力气再动一下。程建邦在上面低声催着：“快上来。”

我看着程建邦向我伸出的援手，眼前却一阵阵发黑，脚下跟着虚浮起来，仿佛感觉不到膝盖以下小腿和脚的存在。我意识到自己处于昏迷的边缘，这时候只要意识稍一松动就会掉下去，我努力挣扎着瞪大了眼睛想要振作起来。我看到自己的手紧紧攥着一根树藤，却怎么都不能指挥自己的手做出其他动作。那一刻，好像我的手脚都不再属于我了。

程建邦不停地催促着我，不知是他把声音越放越低，还是我的听力越来越弱，渐渐地，我只能模糊地看到他的嘴在动，却听不到一点声音。我的头也越来越重，不听使唤地朝后仰去，铅色的天空像是一块铁板向我压来，我一口气没喘上来径直朝后栽去。

在往下栽的一瞬间，恍惚中只觉得杂草丛和嶙峋的石块位置都变了，我下意识地想要调整姿势，不让脑袋先着地。如果我死了，在这种情况下，程建邦没有时间和条件掩藏我的尸体，那样就成了追兵的引路牌；就算我不死也是重伤，留下血迹就会暴露程建邦的行踪。无数焦虑的问题在我的脑中冲撞引爆，我猛然清醒过来，这看似漫长的时间，原来在现实中还不到一秒钟。在我回过神的瞬间，就感觉到胳膊一紧，一双有力的大手抓住了我，程建邦的脸出现在我眼前，他用肩膀擦了擦淌到眼角的汗水，说：“坚持一下。”往下一缩将我推到头顶，我两手胡乱抓住一根藤条，配合着程建邦往上爬。

我伸手抠住上面那个平台的一块山石，突然就看到了胡经，他正吃力地要举起双手，正面目狰狞地看着我。顺着他慢慢举起的双臂看去，他双手竟然抱着一块脑袋大的石块，眼看就要朝我们砸来。千钧一发之际，我身后的程建邦“噌”的一下蹿上前，挡在我面前。

这样的距离和地势下，我们根本没有闪避那块石头的空间和时间，程建邦只是想为我挡住那一下。我咬着牙从喉咙里发出一声怒吼，使尽全身力气将程建邦推到一边的树藤中，自己朝另一边避去。那块石头已经被胡经扔了下来，在程建邦的肩膀上狠狠地撞了一下，险些将他攥着藤条的手撞开。

程建邦肩膀上渗出了血，那鲜红色像一剂强心针扎得我浑身一震，愤怒转换成了一股不可思议的力量。我骂了句娘，将摇摇欲坠的程建邦扶稳，猛地翻身上去，在胡经中了三枪的伤处上猛砸了十几拳。

胡经开始还在拼命挣扎，通红的脸很快一片惨白，求饶的眼神也变成了恐惧之下的绝望。我停下手，将他丢在脚下。回过头见程建邦正往上爬，我抓住他的胳膊将他拽上平台，见他站稳，我心里一松，觉得浑身脱了力，眼前一黑，直挺挺地朝后栽倒，失去了知觉。

第十九章

你是战士

1

当我醒来时，漫天星斗仿佛一个高远的穹顶悬在眼前。周围一片暗黑，空气依然潮闷，比起白天来却要清凉许多。我扭过头，就看到胡经被自己的衣服绑得一动也不能动，嘴被堵得严严实实，正坐在离我两米开外的地方看着我。

我猛地一激灵坐了起来，见程建邦背着两条长枪，正坐在另外一边一根粗壮的树杈上眺望着暮色笼罩的丛林。他见我醒了，从树杈上跳了下来，摸出一瓶水递给我，说：“含一会再咽。”

我依言慢慢喝了几口水，问道：“你没事吧？”

程建邦看看已经包扎好的肩膀，摇摇头说：“有那一车榴梿垫底，这点伤不算什么。”

他肩膀上包扎的地方还有血渗出来，我鼻子一酸，四下看了看，岔开话题说：“他们没追来？”

程建邦指着东南方说：“他们从那边过去了。”他看了一眼胡经，说：“你醒了就好，那些人靠近的时候，要不是我反应快掐住他的脖子，他就喊出来了。”

胡经目不转睛地盯着我手中的水，喉结不停地动着。看来程建邦一直没给他喝水，我拿着水走过去蹲在胡经面前说：“看来你也不怎么懂合作。”我故意将瓶子举过他的头顶，慢慢地将一股清水从瓶中倒了出来，水流贴着他的脸流到地上。他恨恨地瞪着眼睛，好像我糟蹋的不是水，而是黄金，眼里几乎喷出火来，被堵着的嘴里发出“呜呜”的声音。

我将剩余的水一股脑浇在头上，甩了甩头发上的水，水珠雨点般溅到胡经的脸上，看着他懊恼的样子，我只觉得越发神清气爽，拍拍他受伤的肩膀说：“还疼吗？”他“嗯”了两声，翻着白眼差点晕了过去。我将沾到手掌上的血抹回他的衣服，问道：“来救你的是什么人？”他“呜呜”了两声。“你确实嘴硬。”说着话我就用指头在他的伤口上捅了两下，又问：“你到底说不说？”他接着呜呜，疼得眼泪鼻涕一起下来了。

程建邦走过来说：“你没见嘴堵着吗？怎么和你说话？你还没完没了地这么捅人家的伤口。”他一边说一边学着我的样子在胡经的伤口上捅了两下。

胡经这次彻底撑不住了，身子往前一倾，跪在我们面前，头像捣蒜似的给我们磕头，嗓子里带着绝望的呜咽声。

我站起身把程建邦拉到一边，轻声问：“怎么办？这么耗下去不是事。”

程建邦咂咂嘴，说：“没办法，来的人挺多，我们两个人倒好办，可带着这么个累赘……”他用下巴指了指还在那里使劲磕头的胡经。

“明天天一亮目标更大。”我看了一眼手表，这里天亮得特别早，还有几个小时天就亮了。

程建邦若有所思地看着我，把我往远拽到一边，压低声音说：“我刚才仔细想了一遍，只有一个办法。”他摸出根烟叼在嘴上，摸出打火机看了看，还是怕点火会暴露，又把打火机装回口袋。“在这里把他的嘴撬开，得到我们需要的信息就把他干掉。”

我想了想，说：“不行，万一他骗我们呢？”

程建邦有些不耐烦：“那你说怎么办？”

我看了一眼胡经，也有些烦躁，手不由自主地也摸出一根烟叼在嘴上，习惯性地去摸打火机时，手指触到了口袋里的手机，眼前忽然一亮：“我有个想法，有点冒险。”

程建邦说：“咱们冒险也叫事？”

我仔细将临时想出的计划在脑子里大概过了一遍，压低声音凑到他耳边将计划简略说了。程建邦瞪着眼睛足足看了我一分钟，说："那先撬开他的嘴。"

程建邦一把将我推开，大步跨到胡经面前说："我问你几个问题，你愿意答我就让你舒服点，不愿意答我让你生不如死。"

胡经抬起头看着他，点点头。

程建邦接着说："我松开你的嘴，你敢发出一点我不愿意听的声音，我不杀你，我让你下半生都生不如死。"

胡经拼命地点头。我走到他身旁蹲下，准备着他一旦有想耍花招的动作就一招制住他。程建邦说："你在内地有几个工厂？都在哪儿？"

胡经明显浑身一紧，眼睛里的恐惧和绝望一下就消失了，死死盯着程建邦的眼睛，足足沉默了一分钟，又侧过脸看看我，像是要在我们脸上找出什么答案。相视片刻后，他像是陡然间想通了什么，释然地一屁股坐回了地上。

程建邦与我对视了一眼，问胡经："你说还是不说？"他从后腰将匕首拿了出来，锋利的匕首尖在月光下闪过一道暗暗的冷光。他将匕首尖探到胡经的裤裆处，轻轻一挑，便将胡经的裤子划开一个三寸长的口子。

胡经吓得又忙连连点头。程建邦将他嘴上的布条拉开一道缝隙。胡经立刻像一条被丢到岸上的鲇鱼，张着嘴贪婪地呼吸着空气，喘够了气才说："给我口水喝。"

程建邦正要把水给他，我上前一把拦住，恶狠狠地对胡经说："这瓶水是你的，你先说，问题的答案只要我满意，我就往你嘴里倒一口，我要不满意就往地上倒一口。"

"我早看出来了，你们根本不在乎钱，好像更在乎我的工厂在哪儿，我应该相信自己的直觉。"胡经垂头丧气地苦笑着说。

现在，最担心我们身份暴露出来的不是我们自己，而是胡经。我们的真实身份是个不能说的秘密，尤其在这种地方，知道的人必须得死。所以我们也不需要再掩饰什么了，我们想要得到的情报根本不是两个毒贩在这种情况下迫切要知道的，如果需要的话，很快我会向他表明身份，他则必死无疑。

“我还没问，你的话有点多。”说着我将瓶子一斜倒了些水在地上。胡经看着那股水舔舔嘴唇，费力地做了个吞咽的动作。

“你在内地有几个工厂？”我晃了晃瓶子，用手指在瓶子上比画了一个刻度给他看，“这个问题值一口水，应该到这儿。”

“你们是缉毒警。”胡经抬起头看着我说。

“答案错误。”我将瓶子大幅度斜着咕嘟咕嘟往外开始倒水。胡经挣扎地张开嘴，将舌头伸出老长向水流凑去。在他舌尖刚刚要触到水流的时候，我把瓶子收了回去。“回答我。”

“就算我告诉你们又有什么用？你们跑不掉的，到头来还是什么都得不到，不如你们放我一马，我可以给你们一笔钱，从此老死不相往来。”

我冷笑了一声，举起瓶子还没倒水，胡经就低声喝道：“别倒了！”他嘴一咧带着哭腔说：“别倒了，求你了。”

我又往外倒了一些水：“回答我，你有几个工厂？”

“秦川……我不知道你是不是真的叫秦川，还有你，程建邦。我就算说了，你们也跑不了，就算把我杀了然后跑了又怎样？你们以为扫了我的几个工厂天下就太平了？你们以后还来吗？跟谁来？我没猜错的话，你们有人死在了我们这里，而且不止一个吧？难道你们打算以后自己来？”

我再次举起瓶子，这次没等我倒，胡经忙说：“别倒了，我说！”他突然又笑了。“我知道了，那个宁志，是你们的人。”

听到宁志的名字从他嘴里说出来，莫名的愤怒猛然从心底蹿起直冲大脑，我有种被戏弄的屈辱感觉。我一把掐住他的脖子将他按在地上，咬着牙说：“我再听见那个名字从你嘴里念出来一次，我就有本事让你求我杀了你。”

胡经张着嘴，一阵阵地干呕着，不知是口水还是胃里翻出的酸水从他嘴里冒了出来。若不是程建邦在一旁咳嗽了一下提醒我，我宁可放弃一切看着胡经这么慢慢地死去。

“六个！”胡经咳着说。

我追问道："什么？"

胡经静静地躺在地上望着夜空："我在内地有六个工厂。"

"在什么地方？我要详细的地址！"

"水。"

我拧开水瓶对着他的嘴泼了一点，他赶忙伸出舌头贪婪地将嘴边的每一滴水都舔净，陶醉地咂巴着嘴，将他六个工厂的位置全部说了出来。

我闭上眼将那些工厂的位置和相关信息一一刻在脑中，又泼了一点水在他脸上。等他舔完，我揪着衣领把他拽起来，死死地盯着他的眼睛问道："你那工厂多长时间了？制造了多少？卖了多少？卖给了谁？还有，你派了多少人在内地？警察里有多少是你的人？名单、地址、电话我都要。"

我恨不得砸开他的脑袋看看里面到底有多少东西。从他能在内地建起六个工厂来看，他的触角可能已经伸到我们想都不敢想的地方。这是一个物质的世界，只要有钱就能制造出你无法想象的光怪陆离的诱惑，胡经这样的人恰恰最不缺的就是这点小钱。他以及听命于他的人，还有他们掌控的网络只要多存在一天，就会有更多的人和家庭陷到毒品的旋涡中灰飞烟灭，更多一些战士流血牺牲。眼前的胡经对我乃至整个缉毒战线就像一个绝佳的机会，但机会总是喜欢和人开玩笑，偏偏在这种地方被我逮住，注定会有遗憾。

正常的预审需要详细的准备，你得为你想知道的内容根据嫌犯的个体情况设计问题圈套，一步一步引着他走进你的陷阱，让他在不知不觉中供出你想知道的答案。对于胡经这样的人物，更像是开发一个宝藏，没有几个月的准备工作根本不可能成功。但我们的时间只有一夜甚至更短，就连说话都得注意音量。最重要的是，这不是我的长项，我也没有机会重审。

胡经长叹了一声："看来我得死在这里了。"

我说："要怪就怪那些来找你的人吧，不然我们可能已经到边境了，你还能留条命回来。"

胡经笑笑，说："我又不傻，你根本就没打算放我。他们来，我死在这里；他们不来，我会死在你们的监狱里，或者被你们枪毙。”

一直在一旁放哨的程建邦轻手轻脚地走了过来，对我打了个手势，提醒我山下有异常。我赶忙将胡经的嘴重新堵上，按倒在地上让他看不见我和程建邦的眼色。我死死盯着程建邦的身影，侧耳听着山下的动静。

几分钟后，程建邦对我打了个响指，爬上他藏身的树杈。我问：“什么情况？”

程建邦说：“应该是来找他的其中一小队人，离我们有些距离，没事，你继续。”

我刚把按着胡经的手放开，就感觉他浑身乱颤起来，喉咙里发出一阵呻吟。不等我问什么，他拼命地冲我眨眼，我将他嘴里的布挪开一点，他说：“我的手被蛇咬了。”

2

程建邦从树杈上快速跳下来，一把将胡经翻过去，低头看了看他反绑的双手，骂了句娘，将胡经的鞋带解下来低着头忙活起来。“严重吗？”我凑上去查看。

程建邦埋头用鞋带将胡经的无名指指根紧紧地勒紧，又解下另一只鞋的鞋带将胡经的手腕勒紧，这才擦了擦额头的汗问胡经：“你看清是什么蛇了吗？”

胡经摇摇头。

程建邦鼻子里“哼”了一声，对我一笑说：“五分钟后他该求着你割他的手指头了。”俯下身子在附近的草丛中不知在找寻着什么。

我看了一眼胡经的那只手，除了被鞋带绑得像个小粽子外，没看出有什么异常。时间紧迫，我也不想细问，揪起胡经说：“回答我的问题。”

胡经没理我，瞪着眼睛扭头对草丛里的程建邦说：“你会治这伤，是吧？”

程建邦头也不回地说：“什么时候轮到你提问了？”他在草丛中翻着找着，不一会手里多了几株不知名的植物。他伸手在胡经面前晃了晃，把那些草掖进衣服里说：“这下你的奖品丰富了，不仅有水，还有药。”

程建邦对我挤挤眼，返回了他的那根树杈上。胡经哭丧着脸看着我，我微微一笑说：“听见了吗？现在你只能自救了，你的命在你手里，你瞧着办。”

他呆呆地望着远处夜幕下的森林，许久叹了口气说：“还不都是一死……给我口水喝吧。”

“那不一样，自杀有吞枪的，有跳楼的，还有割手腕的，我没听过谁把自己活活渴死或是被毒蛇咬死的。”我拿起水瓶在他面前晃晃，“你说得对，就算你告诉我一切，我们也可能根本走不出去，既然这样不如我们交交心，你告诉我我想知道的，我告诉你你想知道的。”

胡经苦笑着说：“我可没有奖品给你。”

“你已经给了，我觉得能让你生不如死，最后再亲手杀了你就是我这一辈子最快乐的事。”我对他展露了一个天真的笑容，他已经没有力气和心情来跟我生气了，只是呵呵地笑，接着慢慢地讲述起来：他是如何在内地铺下那张从生产、销售，再把钱洗干净的毒网的。或许是人之将死，他的口气从未有过的平缓，像极了一个在讲述自己年轻时英勇事迹的老人。

如果之前我还对那些被我用水骗来的情报的真实性有所怀疑的话，那么现在我完全相信他的每一句话。说到紧张的地方，就连树上放哨的程建邦都忘了自己的职责，伸着脖子听得津津有味。

听到那些毒品黑幕下盘根错节的关系网时，我忍不住背后一阵阵地渗出冷汗，好几次竟然打了冷战。胡经好像一个坐在主席台上做报告的英雄，我和程建邦的这种反馈就如同台下热烈的掌声一样，激励着他继续说下去。

我明白了一件事，我和胡经就像是生活在两个完全不同的世界里一样，又或者我们站在这个世界的黑白两极。看似我们头顶着一个太阳，所做的、所想的、所看的、所感受的却是天壤之别。很多次，他说到与毒品完全无关的事上，我和程建邦都没去打断他。

直到他停了下来，整个世界都跟着安静了，静得我们都不忍打破这种宁静，像看一个外星人一样看着他。他说：“能给我口水喝吗？”

没等我做出反应，程建邦就催我："赶紧给他口水喝。"说完将怀里的那些草放在嘴里嚼起来。

我慌忙给胡经嘴里倒了一些水。他留下一口在嘴里含了很久，才依依不舍地咽了下去，惬意地舒了口气，笑着说："从没觉得水这么好喝过，也从来没这么痛快过。"他皱皱眉头，问我："你刚说的那个词叫什么？"

我疑惑地看着他，茫然地摇摇头。

"对，交心。"他仰起头闭上眼睛，深深地吸了口气，"你说我们现在要是躺在躺椅上，抽着雪茄，再来点酒多好？"

我默默地垂下头，让自己有些兴奋的情绪慢慢冷却，说："要不是毒品，咱们可能真能成为不错的朋友。"

程建邦跳下树走过来，将嘴里嚼烂的植物涂抹在胡经被蛇咬伤的手指上，包扎了一下，又坐了回去。

胡经看着手指头，微笑着说："你是不是觉得你比我高尚？我是杀过人，你没杀过吗？凭什么你觉得你杀的那些就该死？呵呵，大家不是一条路，今天我栽了，也认了。"

胡经低下头，悄声啜泣起来。不知为什么，看到他这个样子，我竟然觉得一阵心疼。对周亚迪我从来没有过这样的感觉，或许是因为他比周亚迪活得纯粹：一个纯粹的人不论干什么总会或早或晚地获得些成就。所以今天差点一统金三角的是胡经，而不是周亚迪。周亚迪的野心太大，想要的太多，而胡经只想着将他的毒品帝国做强做大。

没等我再问什么，胡经又开始讲述他自己的故事。他的童年跟大多数人的童年一样美好，因为有钱有势，所以童年生活比大多数人还要单纯美好。在知道自己的家族做的竟然是众人唾弃的毒品生意时，他也彷徨过。但他父亲告诉他，正是毒品让他们过上了这样富足的生活，哪怕是他吃的每一口奶粉，都是用毒品换来的。家族的生意和地位需要有人继承，不然损失的不仅是钱，可能还有全家人的命。

你的势力一旦达到某种强度，就一定会让很多人怕你、恨你。所以一旦你的势力显出颓势，那些曾经因你的家族势力强大而沦为踏板和垫脚石的人就会来找你算账。那么，这个家族就必须为稳固自己的势力继续打拼。明白了这个道理的他，也成为众多兄弟姐妹中最被父亲看好的人，自此他毅然决然地继承了父亲的衣钵。

他真的做到了，凭借自己过人的头脑、敏锐的直觉和毒辣的手段，很快他就将周亚迪的家族打倒。若不是周家多年经营，根深蒂固，笼络了一些能人，周亚迪就算跑到牢里去恐怕也逃不出胡经的手掌心。

说到这里，他很得意地笑了，眼里闪着骄傲的光。他说："如果你们晚来一个月，我就能把这里彻底掌控了，那时候别说是你们，就算是飞过只不姓胡的蚊子，我都能把它闻出来，找出来，消灭掉。"他顿了顿又说："一个月，我只需一个月就成功了，真是天意，天要灭我。秦川，你就是老天派来灭我的。"他低下头"哧哧"地笑起来，笑着笑着又开始哭上了。

我忍不住拍拍他的肩膀想要安慰他，他浑身触电般一颤，抬起头时满脸的狰狞，我赶忙缩回手诧异地看着他。他咬着牙说："我的肩膀！"

我这才意识到刚才没注意拍到了他受伤的地方，赶紧抱歉地笑笑说："真不好意思，忘了。"

这时候东边的天空隐隐泛出白光，虽然微弱得几乎可以忽略，但谁都知道那抹白光不久就会将这漆黑的长夜撕得粉碎。

我将瓶口塞进胡经的嘴里，看着他像个吃奶的婴儿一样幸福地吮吸着那瓶水，不觉眼眶有些湿润。我假装打了个哈欠掩饰住自己的情绪，等他喝完，我说："天亮了。"

胡经打了一个嗝，扭头看向东边的天空，久久不愿回头。他做了个深呼吸，说："这应该是我看到的最后一次日出了吧。"

我有些不忍面对他，站起来伸了个懒腰，低下头看着自己的胸口，却发现不敢正视自己的心。

这一夜好长，长到足够看完一个人的一生；这一夜又好短，一个人过了这一夜，只剩下死亡。我知道等待死亡的滋味，就像是将身体的每一块都切下来均匀地放在煎锅上煎一样残忍。如果要我安慰胡经的话，我只能告诉他，至少在他等待死亡的时候，还有人在他身边陪着他，要知道我曾经等待死亡的时候，只有孤独。

程建邦从树杈上跳下来，将我拉到一边说："我想过了，你走，我留下。"

"为什么？"我问道。之前我们制订的计划是得到情报后，我在这里守着胡经，由他回去向上级汇报，还要立刻查证这些情报的真伪。如果是假的，我还需要在这里进一步从胡经嘴里榨取信息；如果是真的，我就将胡经解决掉，赶紧越境回国。在此期间，为了避开胡经手机里的GPS追踪，我会在约定的时间点，拿着胡经的手机找一个地方与总部联系，然后迅速关机返回这个高地。现在，程建邦提出要我回去报信，他留在这里，为何要做这样的改变？

只身一人留在这里，守着一个毒枭，四周不时会有追兵出现，只要遇到必定九死一生。并不是我有多高尚，想把更艰难的任务扛在身上，更不是我不信任程建邦，而是我无法再次承受身边的战友离去了。程建邦脱身而去，就至少能保住一个。

"别犹豫了，你的丛林生存技能我早看出来了，菜鸟都算不上，一看就是密云山里练出来的，这可是东南亚。我估计你连这里的动植物都认不全吧？你待在这里吃什么？喝什么？被毒蛇毒虫咬了知道怎么办吗？何况还带着一个人，到时候我怕人家还没找到你，你自己就先挂了，没准还是胡经给你收的尸。"他瞥了一眼胡经，又说，"而且，我发现你好像开始同情他了，这会要了你的命。"

程建邦最后的这句话戳中了我的软肋。仅仅是一夜的长谈，我对胡经的印象已经开始变得复杂不堪，我得承认现在如果让我去解决他，我可能会迟疑。我当然知道这种迟疑是要命的，更要命的是我的这种改变有可能胡经也意识到了，那么他就可以充分地利用我对他的同情。这种同情一旦出现，就像一个对着你的枪口射出了子弹，你明明知道，却防不胜防。

程建邦庄严地将一支步枪双手递到我的面前，说："往北走，我相信，徐卫东的那些麻烦只有你带回去的消息才能解决。"

我看着面前那支枪，左右为难。他说的句句在理，我如果再反对就是不理智，这个时候决不允许有任何不理智的行为出现。

第一缕阳光终于迫不及待地从云层中射出，整片丛林仿佛都为这缕阳光而感动得哗哗作响，两旁树叶上一夜结成的露珠争相滚落，在空中滑过一道七彩的光，落在脚下的土地中消失不见。我点点头，接过枪说："你比我更需要它，我有把手枪，够用了。"

我将步枪放在程建邦脚下，从口袋里掏出胡经的手机塞给他说："我哪怕把脑子里所有的记忆清除，也会记得这个电话的号码和我们约定的时间。我等你回国就带你去见一个人，一个绝对值得你死也要去见的人。"

程建邦冲我摆摆手："你这算哪门子激励法？别啰唆了，赶紧走吧。"

我走到胡经身边对他说："本来说要和你交交心的，可没时间了，如果有机会，下辈子见。"

我没有理会胡经诧异地看我的眼神，回过头看着晨曦中的程建邦，挺起胸，与他不约而同地抬起手来，互敬了一个军礼。

程建邦点头说："再见，兄弟！"

我猛然扭过头，拨开蔓藤和杂草朝坡下挪去。程建邦赶上来，站在我头顶问道："你说的是什么人？值得我死也要见？"

我想了想，说："我！我活着就是对你最大的奖励。"

在蔓藤杂草丛生、崎岖不平的丛林中奔跑就感觉遍地都是毒蛇，你无法确定哪一脚踩下去会被什么伤到，现在的情况不允许我受伤，这种从精神到体力的高度集中让行进速度大受影响。

一路朝北，哪怕被荆棘割破皮肉鲜血直流，我也不敢放慢脚步。快一点，再快一点，我早一点跨过那道边界，我的战友就能早一点从狼群中脱险。

每走三四公里，我就停下来歇十五分钟补充水分，然后继续往北跑，三四轮下来，我就发觉自己的体力已经完全跟不上了。心脏剧烈快速地跳动着，像胸口里埋着一桶随时会爆炸的炸药，任由我大口地呼吸，还是不能让胀痛的胸腔有半点舒缓的感觉。

我扶着一棵树，弓着腰大口地喘着气，四周繁茂的枝叶不仅遮住了阳光，也将外面的世界隔绝开来。空气像是被油浸湿了一样黏稠，我抓起衣领想擦擦脖子上的汗，衣服却比我身上还要湿。

这次足足歇了二十分钟，才将呼吸调匀，双腿却像灌满了铅一般沉重，身体所有的肌肉都泛着难以忍受的酸痛。刚跑了两步，膝盖一软竟然扑通一下跪倒在地上。回想起从前，我的体力好像从来没有如此糟糕过，难道这片丛林会是我的坟墓？

我一边振作精神，一边将袖口又往上挽了挽，胳膊上那个刺眼的针眼跳进我的视线。那是胡经给我注射毒品的地方，针眼已经变成了青紫色，格外扎眼。我找到了体力和身体反应如此剧烈的根本原因：毒品。

我顿时气不打一处来，急怒之下狠狠扇了自己几个耳光，我就算为了自己也得把情报送回去，把那些毒品工厂全部捣毁，让那些毒枭倾家荡产。

我双手撑在地上，慢慢地站起来，闭上眼，往事一幕幕快速闪过，当宁志的样子出现的那一刻，世界就此定格了。我猛然睁开眼，回头望着来时的方向，一时间百感交集，欲哭无泪。我试着再次挪动脚步，可眼前这片丛林好像故意和我作对似的，显得格外稠密。向远处看去，仿佛根本没有路可以走，只有走到跟前才能勉强找到容纳一人穿过的空隙。

在长满青苔和菌类的树藤间向北足足穿行了两公里，眼前豁然开朗，脚下踩上成片的草地，白色、蓝色的野花开得星星点点，简直就是风景挂历上的情景。一条蜿蜒的小河像条丝带飘落在草地上，静静地流淌着。我强忍住内心的兴奋四下看了看，没发现什么人，这才三步并作两步奔了过去，一头扎进水中，任由清凉的河水拂过我的脸。

大口地灌了几口水后，我刚把头抬起，就听到一声枪响，子弹擦着我鼻尖上的水珠飞了过去。我只觉浑身的汗毛一下竖了起来，容不得去寻找那枪手的位置，朝前扑进水里想先避过这轮点射。谁知那河水太浅，我趴在最中央，居然都没有淹过我的身体。

我急忙撑起身体，朝前一个前滚翻到河对岸，与此同时又一声枪响，这枪还是没打中我，看来枪手没有受过正规的训练。我一边连滚带爬地继续朝前快速移动，一边寻找可以隐蔽的地方，目光一扫，竟然看到前面赫然立着一块石青色的界碑。与此同时，界碑那边几个全副武装的武警战士出现在我的视线里，他们隐蔽在一块巨石后，端着枪对我吼道："这里是中国领土，请立刻停止前进，否则一切后果自负。"又对着我身后，向冲我开枪的那枪手藏身处喊道："马上停止射击，不然我们将采取行动，一切后果自负。"

我身后的那把枪停止了射击，但我能感觉到那枪口还对着我。如果我不动，他就有足够的时间瞄准我，就算是再普通的枪手，只要再开两枪，就算打不中我，也足够调整方向在第三枪击中我。如果我动，国境线那边的战士会鸣枪警示，总之只要我朝着国境线移动，他们就会在我越境的瞬间将我击毙。

比较起来，对面的战士是可以沟通的，但我背负着太多太大的秘密，绝对不能暴露身份。不然一旦有任何风声传到金三角来人的耳中，让他们怀疑内地工厂和贩毒网络有可能暴露，他们会在最短的时间内撤离，那么一切的一切就全白费了。

就在我趴在地上一筹莫展的时候，就听对面的丛林中一串骚动，抬头一看，那三名武警战士已经全部倒在地上。接着，我听到一个熟悉的声音喊道："秦川，我掩护你，你赶紧过境。"

3

那是洪林的声音！

又是几声枪响，全部打在我身后那个枪手藏身的地方。我顾不上许多，连滚带爬地越过了边境，躲到之前那三个武警战士藏身的巨石边。见那三个战士身上没有伤口也不见血，洪林手里提着枪站在一旁，树荫下，他的脸越发狰狞。我刚叫了一声"洪林"，就听一声枪响，洪林像是被脚下的什么东西绊倒了，整个人凌空朝我飞过来，足足飞出两三米，面朝下结结实实地栽倒在我的面前。他的背后赫然有一个弹孔，鲜血流了出来。

"不许动。"东边的丛林中蹿出一个武警战士，端着枪一边跑一边喊道。

我举起双手，看着倒在地上的三个战士和洪林，目瞪口呆。这一切发生得太快，快到我根本来不及反应是该悲伤还是该庆幸。他们不论谁死谁伤，都是我不愿意接受的现实，但现实就把这样一个残忍的场景血淋淋、活生生地摆在我的眼前。

那个边防战士探着虚步，一步步朝我移动过来，枪口快速地在我和地上的洪林两个目标间移动。他稚气未脱的脸上满是惊恐，嘴唇上的绒毛上糊着一层黏稠的液体，我想大概是来不及擦去的鼻涕。他握枪的手在微微地颤抖着，他看了一眼地上倒着的自己的战友，眼神中立刻喷射出一股骇人的火焰，瞪圆了眼睛，猛地抬起枪对准我的额头，我看到他扣着扳机的手指开始慢慢地往回扣。

就在我打算向他挑明身份的瞬间，洪林突然翻过身，举枪一枪打在那战士腿上。边防战士重重地向后仰着倒在了地上，洪林挣扎着用枪撑着地站起来，摇摇晃晃地走过去，枪口对着那战士的头。我顾不上别的，大喊着让他住手。洪林将枪掉转过来，用枪托在那战士的脸上给了一下，那战士彻底晕了过去。

他做完这些，“扑通”一声跪在了地上，背后的弹孔又开始流血。我赶紧伸手探了一下那几个武警战士的颈动脉，所幸都还活着，包括之前那三个战士也只是昏迷状态，我心里松了口气，看来洪林刚才也没对那三个战士下死手。

四下看了看，我必须尽快做个决定：马上就会有其他战士循着声音过来，而我绝不能被他们抓走。

我将洪林扶到石头边靠着，拍着他的脸说：“洪林，你坚持住，等下武警来了你别再还手，保命要紧。”

洪林慢慢撑开眼皮，一把抓住我的手腕，问道：“刚才那个武警没死吧？”

我不知道他为什么会先关心这个问题，愣了一下，说：“应该没事。”

他舒了一口气，虚弱而急促地喘着气，说：“秦川，我给你个号码，你去找他，他会帮你。”

我说：“我不需要谁帮忙，你坚持住。”

“你一定要去找他。”他显得有些激动，挣扎着抬起头，“你听我说，他是个警察。”

我惊呆了，看着他的眼睛：“什么意思？”

他虚弱地提了一口气，说：“我是他的线人。秦川，别干了，把你知道的告诉他，他会帮你，你可以堂堂正正地做人，不用再东躲西藏。我们干的都是损阴德的事，一辈子都不会安宁，死了都不会安宁的。”

我不可置信地看着他，终于明白了在那辆大巴车上，他是怎么摆脱那个警察的了。他只需亮明自己的线人身份，自然就能做到在不杀人的情况下全身而退。

所以刚才他不用枪，徒手制伏了那三个武警，对后头那个战士也没伤其要害。我也猛然明白了在胡经家的时候，胡经对他的态度为什么突然变得那么恶劣——要么胡经已经开始怀疑他；要么胡经已经查到洪林反水当了警方的线人，所以才故意派洪林跟着我们去周亚迪的工厂。这样一来，周亚迪的工厂不用胡经出手，就会被警方摧毁，到时候周亚迪有苦说不出。胡经这招借刀杀人果然狠毒又厉害。

还有，当年在边境临别的时候，他给阿来的那个电话号码，想必就是这个警察的，是那个号码帮阿来顺利地到了北京。

最让我最惊愕的是，洪林居然在劝我弃暗投明。为什么他有胆量做到这些？而我却从来没想过让他弃暗投明？看着他焦急等待我回应的眼神，我心里酸痛难当，觉得自己是那么卑微。

洪林抓住我的衣服，说：“别再东躲西藏了，黑，你黑不过胡经他们，不要让自己连个立足的地方都没有。我比你入行早，我早看明白了，你听我的，你知道得多，他们一定会给你个好结果的。”

我看了一眼他的伤口、他满脸的虚汗和越发灰白的嘴唇，知道现在就算有神仙在，也无法阻止死神的脚步了。我用力点点头，说：“好，我答应你。”

他挤出一丝笑容，又抓紧我的手腕说：“他是个好人，你就算不打算给他做事，也不能害他，我最后求你的就是这事了。”

“你放心。”我使劲地点着头，眼泪再也忍不住，滚落下来，滴到他的脸上。

他努力憋着一股劲，说了一串号码，又来回不停絮絮叨叨地重复着。我急忙点头说：“我记住了，我记住了。你放心。”

“我只想堂堂正正地过一天人过的日子……秦川，这次逃出去一定好好活着，别走我的老路，下辈子我还和你……”洪林的声音越来越弱，脑袋慢慢地歪到一边，再无声息。

“下辈子我们还做兄弟！”我看着他瞳孔已经放大的眼睛，将他没有说完的话一字一顿地说完，伸手合上他的双眼。

我以为我的泪水只会为战友和亲人而流，或者为自己而流，从没想过我会为一个毒枭的帮凶流泪。对他，我只觉得亏欠，那种亏欠超越了国籍和立场、信仰和信念。面对他，我只是一个人。战友的牺牲，让我悲愤欲绝，让我充满勇气和力量去与敌人战斗，因为我知道仇人在哪里，他们是谁。洪林死了，我却连一个痛恨的人都找不到，甚至连掩埋他遗体的时间都没有，连放声哭泣都不能，只能这么呆呆地坐着，看着他。

他的脸，因我而变得丑陋可怖。这一次，他连生命都因我而失去。至死，他连我的真实身份都不知道，我连一句实话都不曾和他说过。

悲伤第一次变得如此绵长，随着眼泪缓缓流出。

密林深处又传来一阵响动，我擦干眼泪最后看了一眼洪林，藏身到了不远处一片相对平缓的草丛中，远远地盯着洪林的遗体。

不多时，一队武警战士提着枪寻了过来，他们发现地上的战友和洪林后，迅速四散拉出一道警戒线。两个战士上前确认了洪林已经死亡，分出几个战士背起受伤的战士往回走，其余人按照他们判断的路线继续搜寻追去。

我在草丛中慢慢地举起右手，对洪林敬了一个军礼，心如刀割。

等那些战士都走远了，我慢慢爬起来，就听身后有人喝道：“不许动。”

我心头一惊，暗暗连叹了几声大意，自以为选择了一个看似最不可能藏人的地方，以为会骗过巡逻战士的眼睛，结果连自己身后几时多了人都不知道。

我趴倒在地上，脸贴着草地一动不动。最先走近我身边的是一双军绿色胶鞋，再往上是橄榄绿的裤脚，他利索地把我身上摸了一遍，缴了我的械，往后退了两步说："自己转过来。"

我翻过身，见一个二十出头的战士正端着枪瞄准我的脸，锥子一样的目光透过准星恶狠狠地看着我。我下意识地侧过脸避开黑洞洞的枪口，发现不远处还站着另外一个战士，枪口对着我的胸口，脸上没有一点表情。

"你们一共几个人？"远处的那个战士问道。

"两个。"我用余光扫了一眼他从我身上搜出的那堆东西，那张软盘被压在最底下。

这是我最担心的事：如果被胡经的人抓住，我大可放手一搏，不用顾及对手是生是死、是伤是残。可眼下我面对的是边防战士，大家岗位不同，职责不同，背负着不同的任务，我既不能向他们解释，也没有时间等他们去判别真伪。我要是亮明身份，就得等他们层层上报，万一哪个节点出现纰漏，损失的可是一次将金三角毒枭在内地的制贩毒品网络打掉的最佳机会。这个机会有太多人的期许，一旦因我失去，我根本负不起这个责。

我偷偷扫了一眼四周的地形，盘算着逃跑的可能。用不了多久，就算他们不带我走，也会有更多的战士赶到，如果此时的机会只有百分之一，到那时就是零。

这两个战士不再发问，只是一远一近地死守着我，他们正是在等其他人过来会合，再一起把我押回去。两人站的角度和位置非常刁，就算我使尽浑身解数，也不可能在他们开枪击中我之前挟持住其中一人。

我以为过了境，一切就会变得简单，却忘了边境这边到处是训练有素的军人，我贸然闯来，就是他们的敌人。我无法按捺住心中的焦急，忍不住长叹了一声。这拉得长长的一声叹息让我注意到，靠近我的那个战士表情有些变化，他往后退了一步，紧张地重新调整了一下握枪的姿势，同时回头看另外一个战士，像是在询问什么。

换作我看到一个刚被制伏的人突然长叹一声，我心里也难免会犯嘀咕。我灵光一闪，心生一计，不论管不管用，只能先试试。

我张大嘴巴，拼命地往后仰起头，做出一副喘不上气的样子，嗓子里故意发出气管被堵塞的窒息声音，浑身没有规律地抽搐起来。

这一招果然让那两个年轻战士有点含糊了，他们一边观察我，一边频繁地对视。我假装在和已经失控的肌肉对抗着，费力地伸着脖子，伸出舌头去够那堆从我身上搜出的东西，翻起眼珠去看那个战士，嘴里含混不清地念叨着“药……药……”

“心脏病？”离我远些的那个战士开口问道，“那堆东西里有药吗？”

被问到的战士愣了一下：“不……不知道，啥样啊？”

“你退后。”远一些的战士舔了舔嘴唇，一步一步试探着朝我走近。在距离我还有一米的地方，用枪管去翻弄我的那堆东西。我扫了一眼另外一个战士，他的注意力不像刚才那么集中，眼神不住地在我和那堆东西之间快速地移动着，瞄准我的枪口也渐渐偏离了我的要害部位。

我慢慢放缓了抽动的四肢，将脸憋得通红，快速地一下一下地吸着气，装出一副马上就要咽气的样子。

我由强变弱的动静反倒让那两个战士有点慌乱，身边的这个战士手指已经离开了扳机。就在他们一筹莫展的时候，我猛地伸出手一把揪住正在翻东西的那支枪管往自己的怀里一拽，那战士就势一个趔趄朝我栽来。我另一只手攥住他握枪的手腕一扭，弹起身的瞬间从他腰间的枪套中摸出了他的手枪，快速打开保险拉上枪栓，在将他挡在我前面的同时，枪口也对准了他的太阳穴。

一个看似垂死的俘虏，突然变成一个威胁他们的人，稍远一点的那个战士明显没从这种反转中回过神来，足足愣了两秒钟才举枪大喊道：“你别动！”

我腾出一只手，食指竖在嘴前“嘘”了一声示意他安静：“把枪放下，趴在地上，不然我打死他。”

我反手掐紧被我制住的这个小战士的喉咙，不让他发出一点声音。“快点，我没什么耐心。”说着我扳开击锤，枪口用力顶了顶那个战士的太阳穴，“我不想杀人，就想给自己争条活路，我不是坏人。”我一边说一边慢慢地朝那个战士靠近，在距离他不到两米的地方停了下来。“我数三声，大不了一起死。”

“一！”我刚喊完一，双手撑住被我制住的这个战士的肩膀，腾空飞起一脚背踢到了那个战士的后脑。那一下不重，不会要人性命，也不会留下什么重伤，但足够让他昏睡半个小时。

那战士哼都没来得及哼一声，抱着枪一头栽倒在地上。我扭头一拳打在另一个战士的胃上，他“嗯”了一声蜷了起来，我就势在他后脑给了一胳膊肘，他也“扑通”一声栽倒在地上。

我只留了一把手枪在身上，将地上其他的枪整理在一起，丢到旁边的草丛中，捡拾起自己的东西，一头扎进丛林中。我像是一只搁浅的鱼儿挣扎着钻回了水中，又有小时候做了什么坏事后逃脱的感觉，一边狂奔，一边只听得到擂鼓般的心跳和耳边掠过的风声，好像脚下有着使不完的劲。

我必须得先到有人的地方，第一时间联系上级，把我掌握的所有情报如实上报。程建邦还在狼窝一般的丛林中等候着我的消息，我必须抓紧时间了。

一路上，我避开了两支边防巡逻队，在天快黑的时候才看到一条公路。我不照镜子也知道自己现在的样子，被枝叶撕扯过的衣服几乎是一缕一缕地挂在身上，裸露的胳膊和腿上，除了污泥就是树枝划过时留下的绿色汁液。一只鞋已经张开了嘴，鞋里塞满了混在一起的黑色淤泥和各种草根树叶。这个样子出现在任何地方，都难免会引起人注意，而我现在最怕的就是被人注意到。在这种毒品走私泛滥的边境地区，一旦遇到警察就会耽误更多的时间。

我沿着公路，在灌木和杂草中摸索着前进，不由得想起了阿来。当我自己走到这一步时不禁非常吃惊，以前我也没仔细琢磨过，他到底是怎么做到从这里一路辗转到北京的？

正想着这些，就觉得脑门上一凉，不等我抬头看天，豆大的雨点就“噼噼啪啪”地落了下来，砸在身上麻酥酥地疼。望着这突如其来的大雨，我心中一喜，接起雨水搓起身上的污迹来。

衣服破点没关系，只要干净点就不会太让人嫌弃。可是我花了两个小时，来回洗了四五次，身上的皮肤都开始疼了，这雨还是没有要停的意思。

4

天已经黑得伸手不见五指，我站在泥泞中，刚想迈步找棵树避避雨，脚下一滑，顿时摔了个四脚朝天，灌了一嘴的泥汤。还没等我抹去脸上的泥水，就又被雨水冲刷干净了。看来不能再在这里等下去了，我吐掉嘴里的泥汤，伸手在身边摸了摸，用脚试探着一步一步下了公路。

找了个硬地坐下，我将鞋脱下来利用瓢泼大雨冲了冲里面的泥浆，正要穿上，就见对面来了一辆车，看车灯的高度，应该是辆卡车。因为雨大，那车行驶得很慢，我心中一喜，忙蹲在地上缩起身体，当那辆卡车缓缓驶过我时，我就地一滚，到了车尾后的公路中央，爬起来三步并作两步追了上去。刚跑了两步，一只鞋就掉了，我顾不上找鞋，追上卡车去够那后车斗。这卡车的车斗比一般的要高出四十厘米左右，第一次居然没有够到。我抹了把脸上的雨水，加快了脚步再次跳起来，这次我一把抓住后车斗用力一撑，脚蹬住车尾的拖拽钩翻进车斗里，刚一蹲下就闻到一股刺鼻的腥臊的臭气。

正好一道闪电将漆黑的夜空撕裂，像颗闪光弹将大地照得亮如白昼。就在那一瞬间，在我面前触手可及的地方，一张丑陋的动物的脸正对着我，吓得我差点叫了出来——这车拉的是整整一车活猪！

一声震耳欲聋的雷声在耳边炸响，我急忙往里面被帆布遮着的地方挪了挪，和猪凑在一起。

看来刚才的澡白洗了，现在行进的速度是快了，但等雨停了，到了地方，就我这造型在人群中，上第二天的本地新闻都不奇怪。这事是万万不能让程建邦知道的，跳进猪圈比跳进榴梿堆好不到哪里去，想起那个情形，我不由笑出了声。

雨渐渐地停了，我裹了裹衣服又爬回车尾。为了避免被人看到，必须找一个方便随时跳下车的地方待着。我刚在车尾坐稳，卡车就减了速，慢慢朝路边靠去。我伸出头看了看，发现这是个前不着村后不着店的地方，正在犹豫要不要跳车，卡车已经“吱”的一声停了下来。没时间多想了，在司机打开车门的同时，我翻身跃下车斗，钻进了车底。

车上下来了两个人，他们光着脚，只穿着一条内裤，赤条条地小跑到路边小便起来。我趁这个空当三两下爬到车的另一边，见卡车门敞开着，我贴着车斗走过去，快速往驾驶室内瞄了一眼，里面空着，看来这车上只有他们两个人。我攀着门把手将身子探进驾驶室，一把将堆在座椅靠背后面的一堆衣服搂进怀里，就手拿了扶手箱上的一包烟和打火机，转身回到车尾。

司机和副驾撒完尿，伸着懒腰舒展了一下身体，打着哈欠返回驾驶室。在他们启动卡车的同时，我又翻回了车斗里。

我脱下破衣服擦了擦身上，然后垫在屁股下坐着，拿了根刚偷来的烟点着，美美地抽了几口。尽管还是身在猪群中，但此时已经觉不出半点腥臊味，反倒觉得很是惬意。

抽完一根烟，天上的乌云渐渐散开，一轮皎洁的明月金灿灿地挂在天空中，一时间我不愿意再低下头，呆呆地望着月亮，思绪潮水般在心中起伏跌宕。记忆中的无数人和事争先恐后地想要出现在我的眼前，他们乱哄哄地争抢着，激烈却模糊，让我突然觉得混乱起来。我晃了晃脑袋，把目光从月亮上收回，重新落到身边的这群猪上。它们此时早已不再怕我，挤在一起酣睡着。

借着明亮的月光，我把偷来的衣服分拣了一遍，把没用的拿出来将身上擦擦干净，将能穿的挑出来套在身上，现在只差一双鞋了。我看了一眼还光着的一只脚，有些后悔，刚才为何不看看他们的鞋是不是放一起了，哪怕是双拖鞋也好。

路两旁开始出现了建筑物，公路边的低矮平房前挨家都放着巨大粗糙的广告牌，红色的颜料涂抹着些“加水”“补胎”的字样。此刻正值半夜，很多屋子都黑着灯，不远处有一家拉着几串红绿相间的彩灯，外面挂着一块牌子，写着“停车休息，公用电话”。我被“公用电话”四个字吸引了注意力，正准备跳车，发觉这辆卡车慢慢地调整着方向正朝那个方向驶去，还鸣了几声笛。

我赶忙从车上跳下来躲在路边，把换下来的衣服丢在脚下，默默地观察着前方。那两个司机已经发现自己的衣服不见了，两个人光溜溜地站在车旁不知在说些什么。这时从屋内迎出来一个满脑袋大卷发的肥胖女人，她穿着一件连衣裙，手里拿把蒲扇，一边扇一边指着那两个司机笑得前仰后合。

司机围着车转了一圈，检查了一下轮胎，又站在驾驶室的踏板上，用手电筒照着车斗里的猪数了一遍，最后从车里提出个大概是装着衣物的包，和那胖女人相互嬉笑着进了屋。

我想，这应该不是干净地方，无非是路边的野店。我四下看了看，避开那间屋子的正面穿过公路，绕到屋子的侧面，顺着墙根摸到后窗底下。屋内传出一阵男人女人的说笑声，我双手抠住窗沿，胳膊用力将身体牵了上去，就看到屋内除了那两个司机和之前的那个胖女人外，还有两个浓妆艳抹的女人。

我仔细扫视了一圈，也没在这间屋找着电话，只好慢慢溜回地面，顺着墙根又摸回屋前。这屋子门前的那几串彩灯此时成了最碍眼的东西，时间紧迫，必须立刻和上级联络汇报情报。这里人生地不熟，不知道下次见着电话会在什么时候，索性就在这里打吧。我主意一定，从后腰摸出枪背在身后，大摇大摆地朝正门走去。

门虚掩着，堂屋正面挂着一幅巨大的美女图。左右各摆了一张沙发，摞着几本早已翻烂的杂志。扫视了一圈，终于看到靠墙的小桌上放着红色的电话机，心中不由得一阵狂喜。

另一侧的墙上有一排电闸，每个闸门上都贴着一个小标签，上面标明了每个闸门控制的电路。我先找到门外的彩灯，将电源切断，院外立刻陷入一片黑暗。我舒了一口气，就手关上了门。里屋的嬉笑声低了下来，一个女人的声音高声问："谁啊？"脚步声就朝外走来。我急忙迎了上去，在她撩开门帘的瞬间，将她推了回去。

那两个司机"腾"的一下从床上坐了起来，虎视眈眈地瞪着我。他们身边的两个女人尖叫了一声，坐在床上惊恐地捂着脸。

“都别吭声，不然就是个死。”床边小桌上的塑料袋里有两张半烙饼，我的眼睛再也不愿从那上面移开了，暗暗咽了口口水，说：“都坐下。”

“啊……你你你……”其中一个司机大概认出了我身上穿的衣服，指着我支吾了半天，说不出一句完整的话来。

“我让你闭嘴，听见没？”我沉声喝道。

胖女人壮起胆子问：“你知不知道这是谁的生意？”

“不知道。”我伸手把藏在背后的手枪亮在她的面前。

一声女人的尖叫声后，屋里瞬间安静了。我伸手从塑料袋里拿出一张饼狠狠地咬了一口吃起来，另一手拿枪指指那个胖女人，示意她过来。

“大哥，你要钱拿钱，要人给你人……”胖女人哆哆嗦嗦地说，“你别杀我，我们这买卖也不干净，也不会报警的。”

我一伸脖子，将嘴里的饼咽了下去，说：“你过来。”

胖女人怯怯地看了我一眼，应了一声，一边往我跟前挪，一边伸手去解连衣裙的拉链。

我说：“转过去。”

胖女人极不情愿地慢慢扭过身子，眼睛还看着我。我将门后挂毛巾的铁丝一把扯了下来，把她的手扭在背后绑了起来，又撕了些床单拧成绳子，依次把所有人绑好手脚。绑完他们，我把枪别回后腰，撕下一块饼塞进嘴里，擦了擦嘴角的饼渣含混不清地说：“别瞎咋呼，出点声就是个死。”

在他们诧异惊恐的目光下，我跨出里屋将门关好。拨通了徐卫东的电话后，我压抑住狂跳的心，想象着他接到我电话后的惊喜，不由得笑了出来。谁知电话通后，他在那边低沉又急促地只吐了一个字：“说。”

我顿时觉得有些沮丧，只好走程序似的告诉他，我得到了一些关于内地毒品制造工厂的情报。

“嗯。”他应了一声。我以为他有什么指示，等了好几秒，就听他不耐烦地说：“你说不说？还打算让我等你下回分解吗？”

我长长呼了一口气，把之前准备好的汇报词中的感叹词和形容词全部摘除干净，一口气将从胡经那里得到的所有情报用不到两分钟的时间倒了个干净。说完我突然觉得轻松了许多，更多的却是泄气，这让我感觉我们冒着生命危险，受这么大罪所换回的，不过是一段不到两分钟的话而已。

那边还沉默着。

我忙补了一句："汇报完了，您指示吧。"

徐卫东说："最重要的你还没说呢。"

我一下愣住了，仔细把刚才的汇报回忆了一遍，又把脑中所有关于这次任务的记忆翻出来快速而仔细地过了一遍，没有发现什么遗漏。我有些胆怯："没了，还有什么？"

他提高了音调怒喝道："人呢？你带走的人呢？"

我忙把和程建邦相关的情况又重复讲了一遍，并强调了两次和程建邦联络的时间和号码。他听完又问："刘亚男呢？"

我知道只要我活着，总会面对这件事，只是时间和方式的问题，或者是现在，或者是回去后，或者是电话里，或者是当着徐卫东的面。我沉默了一会儿，还是没找到面对的方式和语句。徐卫东前所未有地几乎是歇斯底里地喝道："你最大的本事就是把老子的人一个一个地带出去，然后再一个一个地扔在外面！老子不管你在天涯海角，限你三日内滚到我面前报到，不许暴露身份，尽量不要跟任何人接触，不然后果自负！"

徐卫东挂断了电话，留下我站在那里浑身发抖，好半天才用颤抖的手把电话听筒放回座机，直到不知不觉地把手中那块烙饼塞进嘴里，差点噎住才回过神来。

三天，徐卫东让我三天内不暴露身份返回北京，一定有他的道理。反过来想，我向正处在麻烦中的他汇报了如此重要的情报，他没有显出半点喜悦，又给我下达了这样的死命令，就说明，我在三天内赶回去一定对某些事起着至关重要的作用。三天就三天。我一脚将里屋的门踹开，冲那几个人问道："哪有火车站？"

"一……一百公里。"一个司机看看我的脸色，忙又说，"我送你去。"

"好。"我把他揪起来解开绳索，对其他人说，"不瞒你们说，我是南边过来的，遇到了巡逻队，货丢了……"

我的话没说完，胖女人就抢着说：“大哥，我不听，我什么都不想知道，求你了。”她居然哭了起来，刚才见着枪都没这么害怕。她这一闹，其余人都反应过来，叽叽喳喳地叫起“大哥饶命”来。

我只好把枪拿出来。这招果然好用，屋内又恢复了平静。“我刚给我兄弟打了电话，我没事，你们都没事，我要有事，你们全家都得死。”我对那个司机说，“你送我去火车站，帮我买张票，给我留个账号，我会把钱还给你。”

“不用不用，能帮到大哥我高兴还来不及。”他强挤出笑脸凑了过来，被我身上的味道一熏，皱起眉头揉了揉鼻子。

我这才注意到自己身上猪圈的味道，问那胖女人：“你们家能洗澡吗？”

那几个女人一起摇摇头。

5

我草草用水抹了一遍身上，找了双鞋穿上，叫那个司机开车上了路。一路上我不停地抽烟，眼看车驶近一个城市的边缘，才问：“这里的火车都通哪里？”

“你就说你去哪里吧。”司机闷了一路，见我愿意说话，顿时兴奋起来。

我看了他一眼：“你真想知道？”我从扶手箱里翻出他的驾照，缓缓地将他驾照上的信息都念了出来。

他忙摇头：“不是。”

“这是哪里？”

“玉溪。”这一下他一个字也不敢多说了。

公路两旁的建筑越来越密集，路上也依稀有了行人。我看了一眼车内的电子表，居然已经是六点了，我说：“天快亮了。”

“还早呢……”说完他马上意识到不对，忙改口，“快亮了，快亮了。”

我笑了笑，将他的驾驶证丢回去，朝车外看了一眼，凭经验估计快到市中心了。问司机："还有多远？"

"快了，快了，十分钟就能到。"

我见路上有一些出租车，又问："你能借给我多少钱？"

"二百……"他小心翼翼地看了我一眼，"三百……"

"那就给我。"我从司机那里拿了三百块钱，让他路边停车。他看了我一眼，咽了咽唾沫，将车停下。我说："立刻掉头回去，钱我会还你的。"

他应了一声，刚把车头掉向来时的路，便加足油门，逃命似的飞驰而去。

我举手拦下一辆出租车，出租车司机捏着鼻子把我送到长途汽车站时，脸都憋青了。

搭上最早一班前往昆明的大巴车，我之前已经将枪拆成了零件，一路走一路丢，抵达昆明时，正好丢掉最后一根弹簧。

在昆明火车站，我买了一张中午发车直达北京的火车站票后，就几乎身无分文了。上了火车，我身上这股味道才真正地发挥了作用：每一个靠近我的人，几乎都用同样的动作和表情毫不掩饰地表达了对我的嫌弃，甚至有几个小伙子指着我的鼻子让我滚远些。我自知理亏，最后找到一个四处漏风没什么人的车厢连接处缩了起来。

看着车外的景色越来越萧瑟，旅客们身上的衣服越来越多，我知道这条路算是走了一半了。刺骨的寒风从各个缝隙蹿进来，我收集着每站下车的旅客丢下的报纸和杂志，垫在冰凉的车厢地板上，蜷缩在上面瑟瑟发抖。

第二天晚上，我摸出最后一根烟，刚想抽，想到还有十几个小时要熬，又悻悻地放了回去。连续三天，除了那一块烙饼，我没有吃任何东西，饥饿使得寒冷更加难挨。

午夜时分，一个七八岁的小女孩走了过来，手里拿着袋蛋糕，一边吃着一边好奇地东张西望。她发现我正盯着她的蛋糕看，忙将拿着蛋糕袋的手缩到身后去背着。我尴尬地低下头，舔舔早已干裂的嘴唇，裹了裹身上的衣服，紧紧咬着牙以防牙齿打架发出声音。

一股浓郁的蛋糕香味直冲进我的鼻子，我吞了口口水，又使劲裹紧身上的衣服把自己缩在臂弯里。感觉到有人在轻轻碰我的胳膊，抬起止不住发抖的脑袋，见那小姑娘将一块蛋糕递到了我面前，睁着圆圆的眼睛好奇地看着我。

我吸吸鼻子，不知所措。

小姑娘又从袋子里掏出一个，两只小手捧着蛋糕送到我的面前。我四下看看，见没有别人，一把从她手里接过那两个蛋糕，想说声谢谢，怎料张了张嘴什么声音也发不出来。这时车厢那头走来一个女人，对那小女孩说："你瞎跑什么？"她一低头看到我，捏起鼻子赶忙一把拉住小女孩的手往车厢里走去，一边责备着那个女孩，一边越走越远。

那口蛋糕恐怕是我有生以来吃到的最香甜的东西，入口即化，容不得我过多品味就像是被身体吸走了一般，没有半点踪迹。当我把第二个蛋糕吃下时，鼻子有点酸，想起还在金三角丛林中的程建邦，此刻不知有没有吃到什么熟的食物。

靠着回忆取暖，我坚持到凌晨时，连回忆都没有力气了，只觉得身体已经完全冻透了，不论用什么方法都已无法取得半点暖意。但我不能回到车厢内，以我现在狼狈的模样，在车厢内必然会引起所有人的注意，当然，也包括乘警。我已经没有精力再和警察去周旋什么了，所以宁可当一个流浪汉，蜷缩在这里。

好在乘警来回转了很多次，并没有过多留意我。大概像我这样的，他们见得太多了，只要不偷不摸，老老实实到站下车，他们也不愿在我这样的人身上花太多的精力。

天亮了，我伸着脖子望了一眼窗外，干巴巴的树枝在寒风中颤抖，树影下时而还有没融化的积雪。估计还有两三个小时就要到站了，我摸出最后那支烟颤抖着塞到嘴里，点燃吸了一大口，忍不住打了一个喷嚏。路过的乘警被我的动静吓了一跳，停下来打量了我几眼，蹲下身问道："你怎么穿这么点？你去哪儿啊？"

我抽了口烟，清了清嗓子说："北京。"

"带身份证了吗？"

我揉了揉鼻子说："能跑出来就不错了，哪还顾得上身份证。"

"哟嗬，"他似乎对我有了兴趣，"怎么？被传销的骗了？"

我点点头："别提了，还不知道回去怎么和媳妇儿交代呢。"

"照我说，你活该，哪那么多一夜暴富的好事，有那好事我还在这儿陪你聊天？"他说着啧了一下，"你这样会冻坏的。"他想了想又说："等我给你拿件大衣去。"

我鼻根一酸，赶忙吸溜了一下鼻子："您怎么不早拿啊，这都快到站了，不然我真得记您一辈子。"

"瞧瞧，都这德行了还贫呢，等着吧。"不到五分钟，他丢给我一件蓝色的棉大衣，"甭还我了，都是车上旅客丢下的。"

我赶紧将大衣裹在身上，顿时觉得踏实了许多。他又递给我一碗方便面问："多久没吃东西了？再泡会儿趁热吃了吧，暖和暖和。钱没了可以再赚，正路上发财的多了，别老琢磨那歪门邪道的，这身体毁了可就真完了，有多少钱也得买药吃。"

我端过那碗烫手的泡面，顾不上泡好没泡好，掀开盖子抄起叉子就往嘴里扒拉。

"你慢着点……真是的，平时怎么教育你们的，有困难找民警啊，还用闷在这儿忍冻挨饿的……"

我没等他说完，抬起头看着他的眼睛说："谢谢你。"

他把没说完的话咽了回去，摇摇头叹了口气走了。

裹着棉大衣吃完面，我像是连着干了两天的重活后突然歇了下来，身体一放松，很快迷迷糊糊地睡着了。朦胧中，我仿佛置身于冰天雪地中，寒风小刀子似的从我身上割过，让我喘不过气来，我的双脚在过膝的积雪中冻得失去了知觉，不论我怎么努力都无法再移动一步。敌人好像就在身后，我听到了他们急促的脚步声离我越来越近，我却连脖子都扭不回去。就在我打算放弃时，程建邦从天而降，他狠狠地在我脚上踢了一下……我一激灵醒了过来，见车门已经打开，一个五大三粗的人正拖着拉杆箱竖起眉毛瞪着我："让让。"

我擦了擦口水站起来，腿已经压麻了，完全找不到重心，我身子一歪一头栽到车外，在结着薄冰的站台上滑出几米远，引来一阵惊叫和几声嘲笑。我坐在地上揉了揉腿脚，等它们恢复了知觉后，找着甩落的鞋套上，裹紧大衣随着乱哄哄的人流出了站。

我一路小跑着挤出人群，钻进一辆出租车。不等我说话，那司机推开门跳下车嚷嚷着："这什么味儿啊？赶紧下车，我等人呢。"

我把总部的地址告诉他后，说："给你一百，开车。"

他捂着口鼻伸脖子朝车内打量了我一下，笑着说："别逗了，你现在能拿出张十块的，我就把车送你。"

多日来的委屈和愤怒"嗡"的一声涌上了脑门，我跳下车将车门用力摔回去，绕到车前，挥起拳的时候，见他缩起脖子双手挡在脸上的样子，我把那股气又忍了回去。我骂了一句，将身上的大衣扯下来往那司机头上一套，乘他大喊着手忙脚乱地对付那棉大衣时，我飞快钻进车内，打着火朝总部的方向驶去。那司机跳脚大喊着："警察！抢车了！那个要饭的抢我的车了！"

我从后视镜里看到两辆执勤的警车拉响警报，正要掉转车头朝我追来。那一刻我有点后悔刚才的冲动，但现在只能将计就计，不然肯定会耽误时间，这时候我绝不能给徐卫东添一点麻烦。

我开着车在马路上横冲直撞，开到总部大门外，猛地将车头一掉，避开前面拦截我的两辆警车，钻进总部旁边的小路。当我准备转向总部后面的特勤通道时，身后的警车才追来。我一脚刹车，猛地转了把方向盘，将车横在路上，正好挡住了整条路，我下了车，甩开膀子跑到特勤门口。门口执勤的警卫见怪不怪，后撤一步做出一个攻击动作，见我直奔密码门，警卫立刻又恢复常态站回原位。

等我输入个人密码验证了身份，特勤通道的门"咔嗒"一声打开，正准备进去时，那警卫突然一个立正，对我敬了一个军礼。我见自己这副样子也没法回礼，只好对他点点头，指指后面追来的警察，说："麻烦你处理下。"

"是。"他干脆地答道。

走进办公楼，一股暖意将我包围时，我竟感动得差点叫了出来。我擦了擦鼻涕沿着楼道一路奔到徐卫东办公室门口，发现门口多了一个警卫，正以跨立的姿势站在那里。他看到我明显一惊，没等他做出什么反应，我已经跑到门口，对他点点头，伸手就要去开门，他伸手拦住我："你找谁？"

"徐卫东。"说着我又要往里走。他一把揪住我的衣服，动作虽不算猛，竟然将我本来就单薄的上衣扯开了一个豁口。即便如此，他依然没有松手的意思，重新抓住我的胳膊把我往外拽。

这时我才看到，他衣袖上戴着的红袖章上是"纠察"两个字，这两个字扎得我眼里心里都是一怔，不由得冲口问道："徐卫东怎么了？"

他松开我的胳膊，又将我往后推了几步，说："他在接受上级调查，请你不要打扰。"

"我有急事，我要见他。"我拨开他的手。

"请配合我们工作。"

"老徐！"我索性站在门口喊了起来，"秦川向你报到。"

里面传来徐卫东有些沙哑的声音："进来。"

"他不让我进。"我看了一眼那个警卫。

"放屁，你是废物吗？连个门都进不来？门口有坦克吗？"徐卫东的声音是从未有过的洪亮，语调中充满了挑衅。

我立刻明白了他的意思，也知道此刻他把我当成战友。我不知道他遇到了什么麻烦，但有一点很明确，他现在需要我。我对足足高出我半个头的警卫冷冷地说："让开，你打不过我。"

他看了我几秒，叹了口气，往旁边横迈了一步。

6

我推开门，见屋内拉着窗帘，只开了一盏小灯，显得很昏暗。屋里烟雾缭绕，若不是闻到香烟的味道，还以为是着火了。坐在沙发上的两个男人见我进来，"腾"的一下站了起来，手里拿着文件夹，充满敌意地看着我，说："谁让你进来的？"

徐卫东跷着二郎腿说："我。"他对我摆摆手："秦川过来。"

我经过那两个人时，他们皱着眉头偏了偏头，揉着鼻子说：“这什么味道？”

“猪圈味。”我故意放慢脚步，让那股味多弥漫一些出来。

一人忍不住好奇地问：“你跑去猪圈干什么？”

我本想说是“为了执行上级给我的任务”，但一想他们来此的目的，立刻说：“为了保卫祖国和人民的利益不受侵犯。”我偷偷瞄了徐卫东一眼，见他紧闭的嘴角抿了又抿，一看就是在忍着笑。我知道我的做法没错，走过去正对着徐卫东一个立正：“我有情况要汇报。”说完故意斜眼看了那两人一眼。

徐卫东将手中的烟头掐灭在烟缸里，冲他们说：“对不起两位，请回避。”

那两人有些不服气地看看我，又看看徐卫东。在保密条例面前，他们别无选择，一人悻悻地看了我一眼：“我们会再来。”

“不送。”徐卫东做了个请的动作。等他们走到门口时，徐卫东突然说：“等等，秦川你们见过了，他是我们特案组的探员，如果他身份泄露，从内部查起的话，还请你们，还有门口那位兄弟配合一下。”

他说得很轻松，却把正要出门的那两人吓得脚下一软差点踢到门上。我就势对着那两人挺了挺胸，一人回过头憋了半天，一个字也没说出来，红着脸出了门。

徐卫东眼含笑意地看了我一眼，转过身“哗”的一下拉开窗帘，阳光顿时填满了整间办公室，晃得我急忙挡住眼睛。徐卫东转过身，张了张嘴又把话忍了回去，把窗帘拉上了一层。我不等他说什么，忙问：“和程建邦联系上了吗？”

他把目光慢慢地从窗外移到我的脸上，朝门外努了努嘴：“怎么？你也是他们派来的？”

我丈二和尚摸不着头脑，愣了一下赶忙摇摇头。他抬起眼皮看着我说：“不是你一来就提问？”

我急忙低下头避开他的眼神。

一阵相对无言后，他忽然开口说：“秦川，谢谢你。”

这让我有些受宠若惊，像是被点了穴似的站在那里一动不动地看着他。徐卫东皱皱鼻子说："是臭了点……给你二十分钟，去浴室洗完澡换身衣服跑步来见我。"

"唉！"我高兴地应了一声。在他桌上找了支笔，将送我去玉溪的那个司机的姓名和地址写在纸上说："我借了这人三百块，你帮我还了。"见他呆呆地看着我，我又说，"不拿群众一针一线。"

我迫不及待地冲进浴室，痛痛快快地洗了一个澡，换上徐卫东派人送来的衣服。再次回到办公室时，屋里的烟雾早已散去，他正站在办公桌前打电话，见我进来，捂着听筒对我说："先休息下，我给你接风。"

他显得很兴奋，而我还在琢磨怎么和他交代刘亚男和程建邦的事。

我酣畅地睡了一觉起来，到徐卫东办公室报到。

"我有一个问题，你曾经给程建邦的手机打了一个电话，我想知道你们那么对话是不是因为当时情况特殊，所以你们故意设的局？"他递给我几页纸，我仔细一看，竟然是几天前程建邦和胡经的人围攻小楼时，我和程建邦的那次电话的通话内容：

程建邦：秦川？

秦川：是我，外面是你？

程建邦：（笑）这个时候我一猜就是你，给你五分钟，拿着配方出来，不然别怪我无情。

秦川：你真的投靠了胡经？

程建邦：还有四分半钟，对了，提醒你一下，你那点能耐我清楚，所以别不自量力。

秦川：我死了，你也得不到配方，你以为胡经会和你讲义气？你忘了大姐是怎么死的？

程建邦：我自认为还是有点价值的，大姐已经不在了，我也没什么在乎的了，与其没完没了地打打杀杀，不如找个好出路。

秦川：那你也不该去找胡经！

程建邦：你跟了周亚迪那么久，得着了什么？要钱没钱，要信任没信任，我倒宁愿跟一个明算账的，干完这一票我拿到我该得的就走，大家互不相欠。你还有四分钟。

秦川：你还记不记得大姐临死前对你说过什么？

程建邦：她让我听你的，她已经不在了，我听了你的又能怎样？不如你听我的，我们和胡经合作，我见识到他的实力了，事成之后足够你我下半生逍遥的。这次我想听自己的，就算天王老子来了拦着我，我也和他玩命！

秦川：建邦，你知不知道你在干什么？

程建邦：说实话，最早我以为我知道，后来我觉得我不知道，现在我是真的知道了。秦川，听我的，拿着配方出来，我们像从前一样搭档，只不过换一个大方的老大而已。你放心，我们会给周亚迪留一口的。你如果一意孤行，那么对不起，我只能把枪口对准你。

秦川：你不要逼我，大不了鱼死网破。

程建邦：秦川，那对你我都没有好处，把我逼到那个份上，我只能把我知道的一切拿出来充当本钱了。

……

记录非常详尽，忠实地还原了那场对话的全部内容。我低着头，假装慢慢地翻看着，脑子里飞速地旋转起来。我不敢抬头，因为我知道只要对着徐卫东的眼睛，哪怕我有一个不诚实的眼神就会被他识破。

我以为这件事只要我不说，就会神不知鬼不觉，却忽略了总部系统会记录我们电话内容的细节。如果我承认这些只是一个局，算不算欺骗上级和组织？如果我如实汇报，程建邦会不会被抛弃？

徐卫东似乎并不急于得到答案，他悠闲地端起茶杯呷了口茶，吐掉嘴里的茶叶末，又点了根烟抽起来。

一边是对组织必须的忠诚，这忠诚是绝不容亵渎的；一边是我同生共死的战友，虽然他曾开过小差，但概率谁都懂，谁敢拍着胸脯说自己从未动摇过。

问题是这样的劣迹一旦被敲定，根本无法想象他会受到什么样的处分。

我该怎么办？

我低着头伸手去够茶几上的烟，徐卫东把烟往我手边推了推，始终沉默着，没有催促我的意思。我点着烟，抽了一口后，突然明白徐卫东只想要一个他希望得到的答案，至于这个答案的真实性，他根本不在意。不然以他的经验和技巧，根本不会给我这么多时间去思考，第一时间就会把我问个底掉。

对，一定是这样。

我把记录丢在茶几上。“那是当时环境特殊，我们故意翻脸，才不会被人怀疑。”我抬起头，看着徐卫东的眼睛说。

他盯了我几秒，起身拍拍我的肩膀说：“走，喝酒去。”

总部餐厅的包厢里，徐卫东点了满满一桌菜，双手抱在胸前坐在对面，看着我狼吞虎咽。直到我再也吃不下时，他指了指桌上没怎么动的红烧肉和排骨说：“你什么时候开始挑食的？”

我打了个嗝，说：“我这辈子再也不想吃猪肉了。”

他给我倒了一杯酒：“那也不够，来，喝酒，把刚吃的全喝吐了，再给我重吃一遍。”

我又打了个嗝，举起酒杯一口干了，说：“你早说我就不吃辣的了。”

“问吧。”他一边倒酒一边说，“我可以回答你所有的问题。”

我是有太多的问题想知道答案。尤其这次任务中，有太多让我无法理解的事，但我从没想过有一天会有机会直接问他。这么久以来，我好像已经习惯了不再发问，只是被动地自己寻找或等待答案。他猛地让我敞开问，我还真不知从何说起。我举起面前的酒杯：“还是你自己说吧。”

徐卫东举杯和我碰了一下，将杯中酒一饮而尽，点了根烟向我徐徐道来：

原来，在这次行动之前，他就已经通过一些线索察觉到金三角在内地有地下工厂。但苦于一直没有更确切的情报，也就无法立案。这就意味着一旦他的判断属实，等到掌握了足够的情报，恐怕那些工厂已经造出了骇人听闻的毒品，造成的危害必然难以估量。与其坐等不如主动出击，在得不到组织认可的情况下，他只好秘密联系了老战友刘亚男，请她帮忙。谁知刘亚男因为别的案子也准备去金三角，同样因为条件不成熟得不到组织批准，毕竟出国办案不是出国旅游。

他和刘亚男将彼此的信息共享之后，一致认定不能再等，否则国内的缉毒战斗将处于被动的趋势。面对决定只身前往的刘亚男，他知道无法劝阻，为了任务能顺利进行，也为了她的安全，老徐决定派有在金三角执行任务经验的我们一同前往。为了保护我们，他没有告诉我们实情，以便一旦失败，上级调查下来的时候，他可以一人承担，而我们可以免责，毕竟我们不知内情。

听到这里才发现，不觉中一瓶白酒已经快见底了。想起他出现在延安的那一晚，他是把压箱底的家当，包括自己的前途都交到了我们手里。我举起杯说："你不信任我们，有事自己扛，不够意思。"我有点不胜酒力，说话舌头也变得不利索起来。

我帮他倒满酒，问道："那些工厂的情报对吗？"

"不对。"他举起杯又干了。

我手一哆嗦，一杯酒洒出去半杯。

"所以，"他说，"我接到你的电话的第二天联系了程建邦，又从胡经嘴里把实底撬了出来。"

"那就是说，我们用实际行动证明了你的正确。"我将瓶里最后的一点酒倒进他杯里说，"那，这福根儿你得自己干了。"

我又问："建邦他怎么样？"

徐卫东把酒干了，咂咂嘴放下杯子说："是不是该我问问你了？"

我打开第二瓶酒，把两个杯子都添满，一挥手说："随便问。"

"刘亚男呢？"他淡淡地说。

这恐怕是进入特案组以来，我唯一瞒着他也是唯一和他卖关子最久的事。大概是因为酒精的刺激，那一刻，看着他满脸的期待，我体会到莫大的成就感，这种成就感甚至胜过我圆满地完成任何一个艰难任务。我忍着得意说："你自己干三个，我就告诉你。"

他脸色一沉就要发作，看到我嬉皮笑脸的样子又算了，黑着脸哼了一声，拿了个大杯子倒了三杯酒进去，一口气灌进肚里，将空杯重重地扣在我面前。

我慢慢地从烟盒里抽出根烟，点着美美地抽了一口。他有些不耐烦："你知道在我面前得寸进尺的后果吗？"

我忙收起嘴脸，讲了刘亚男被胡经的人用枪击中那晚的事：

那晚，苏莉亚接来的医生向我们宣告了刘亚男的死亡，让我进去最后看一眼，便离开了。实际上是刘亚男用重金买通了那个医生，让他对外这么说。周亚迪失势，这医生早就想拿一笔钱走人了。

我跟苏莉亚要来车钥匙，将刘亚男抱上车，告诉苏莉亚，我要独自去埋葬刘亚男，不许她跟着。苏莉亚猜到了多少真相我不得而知，但她没跟周亚迪透露一星半点，是周亚迪没有产生怀疑的重要原因。

苏莉亚的车在周亚迪的地盘内，就是天然的通行证，我开车绕过竹林，把刘亚男送到她的落脚点，有个她熟识的医生在那里。在路上，她嘱咐我不准向任何人泄露她还活着的事，包括程建邦和徐卫东。

我不解，她说有三个原因。第一，她觉察到程建邦的情绪极不稳定，她知道程建邦对她有了超出同事关系的好感。这种好感对于一对生活在安宁环境中的正常男女来说，未尝不是一场浪漫故事的开始，但这里是金三角，每一个错误的动作、错误的反应，甚至错误的眼神都会导致轻则失去生命，重则让整个任务失败。她希望自己的死讯能激励程建邦，将所有的注意力都投入任务中。

我没有告诉徐卫东，刘亚男的这番苦心不仅没有激励程建邦，反而让程建邦疯狂而至绝望，差点自暴自弃毁了整个任务。徐卫东也并没有追问，我想他或许猜到了几分。

第二个原因，是刘亚男发觉金三角几大毒枭势力的变化完全超出了她之前掌握的情报，她认为眼下金三角最大势力的根源，是胡经那个有军方背景的伯父。她只要挺过受伤这关，就会尽快返回俄罗斯，在另一条线上查清胡经伯父的底细，然后切断他的资金链，只有这样才能给予金三角从内到外的致命打击。这样，就算我和程建邦在金三角的计划失败，她的行动成功，也相当于给了胡经这个即将一统金三角的毒枭一次致命的打击。

至于第三个，就是不知道她通过什么途径得知徐卫东开始接受纪律审查，她不想在关键时刻扯到这种她认为无聊的事上来，所以想先避开这阵，无论如何等她执行完她的计划再说。

徐卫东听完，给自己倒了杯酒，脸上露出罕见的笑容，看着酒杯自言自语："我就知道，她哪有那么容易死。"他一仰脖将酒倒进嘴里，喝完低着头嘿嘿一笑，似乎才意识到我正诧异地看他，忙收起笑容。毕竟喝了不少酒，这些掩饰的小动作显得有些刻意，他又赶紧清了清嗓子坐正，指了指桌上的一副空餐具："那副碗筷是留给程建邦的。"他看了看手表说："差不多应该到了。"

只听有人在敲包厢的门，我兴奋地站起身来，起得太猛，腿蹭到了桌面上，"咣当"一声，将桌上的一只酒杯掀翻摔到地上。

"进。"徐卫东对门外说。

进来的却是一张陌生的面孔，那人走进包厢，对徐卫东一个立正："首长，手机弄好了。"递给徐卫东一部手机。那人见我呆呆地看着他，冲我笑着点点头，转身离开了。

徐卫东白了我一眼，将手机递给我："你的。"

我接过手机看了看，塞进口袋，问道："他什么时候到？"

徐卫东看了我一眼没吭声，将那副空餐具摆好，往那只酒杯里倒满酒说："先一起干一个，这一次你们比我牛。"

我看着他的表情和那副空碗筷，顿时一种不祥的感觉随着酒气翻涌上来："老……老徐，你别吓我……"我说着胃里就开始翻涌，急忙捂着嘴向外跑，一转身却一头扎进一个人的怀里。

那人急忙让开门口，说："你们就这么给我接风啊？"

我一听那声音，抬起头一看正是程建邦。

胃里翻涌得越发汹涌，我顾不上和他打招呼，捂着嘴一边往外跑一边说："程建邦，你等着我，老子把肚子清干净就来和你喝。"

在洗手间趴着吐完，我给刘亚男打了一个电话，然后洗了把脸，重返另外一个只有酒肉和兄弟的战场。

那天我们三人从下午喝到晚上十点，直到餐厅管理员过来催了才散。我从没见徐卫东喝多过，那天他真喝多了，临走前塞给我们一沓钱说：

“别高兴，这是你们这几个月的工资，我帮你们领出来了。我忘了谁是谁的了，你们自己分吧，无所谓，不用省着花，可劲地糟践，都是你们应得的。”

7

几个月后的一天，我和程建邦又从徐卫东的办公室里“滚”了出来。我拍拍程建邦的肩膀说：“我心情不太美丽，你请我喝酒。”

“好，走。”他伸手拦了辆出租车。上了车，他正要跟司机说地方，我把他拦住，对司机说了一个地址。

程建邦闭着眼琢磨了一下，说：“你说的这个地方耳生。”

“去了你就知道了。”我看了一眼望着车窗外发呆的程建邦，凑近他的耳朵轻声说，“我一直没问，胡经你是怎么处理的？”

他做了个抹脖子的动作。

我又问：“怎么解决的？”

他做了个开枪的动作。

“抽根烟都怕被人发现，你还敢用这个？”我学着他做了个开枪的动作。

他脸上显露出一丝不易觉察到的迟疑，很快又恢复了平常，伸出手将开枪的动作稍微变了变，扣动扳机变成扭动的动作。他好像生怕我看不明白，将手比在脖子上做了一个扭断的动作说：“是这样。”

我摸出手机看了一眼，说：“记得上次我说你要是活着回来，我要带你去见个人吗？”

“少废话。”程建邦瞪眼说，“什么重要人物？”

我看向窗外说：“急什么？快到了。”

出租车拐进一条酒吧云集的街上，一路上红男绿女成群结队分外显眼，我指挥着司机在一家酒吧门口停下。

我站在门口观察了一下酒吧里的环境，对着吧台里忙活的老板挥手打了个招呼。老板一惊，放下手中的活，兴奋地跑过来站在我面前说：“秦哥，来了。”又客气地和程建邦打了个招呼。

程建邦眯着眼睛看着他，转着眼珠想了一会，说：“好眼熟，一定见过，你让我想想……”

“这是阿来。”我哈哈大笑起来。

“哦！想起来了，你胖了。”程建邦不可思议地退开两步，仔仔细细地打量着阿来。不等他们寒暄，我拉了拉程建邦，指指吧椅上坐着的一个女人的背影：“那个就是我说的，你死也要见的人。”转身又揪住阿来说：“你先陪我喝两杯。”

阿来满口应承着：“没问题，没问题。”

程建邦伸着脖子看看那女人的背影，疑惑地看看我，一步一步地朝那边走去。阿来把我引到一个座位上坐下来，见程建邦走到那个女人的旁边，伸过脖子去看的同时，那个女人也侧过脸看向他。

程建邦像是见了鬼似的，“啊”的一声蹦起老高，把周围人都吓了一跳。我不由得站了起来，见程建邦扑上去，一把将刘亚男从吧椅上抱起来转了几圈。刘亚男也不挣扎，由着他兴奋够了放下，站在程建邦面前，歪着头笑盈盈地看着他。

看着他们的样子，我忍不住也跟着笑了。阿来把酒拿来，摆好倒满说：“秦哥，看见你，我高兴，我先干三个。”举起酒杯自斟自饮一连干了三杯，面不改色地笑着。我喊了声“好”，说：“果然是开酒吧的。对了，你老婆呢？”

阿来抓抓头，嘿嘿笑着说：“和她朋友去做美容了。”

正说着话，程建邦拉着刘亚男晃着走过来，一屁股坐在我对面的位子上。刘亚男还是那副安静的表情、安静的眼神，这种安静的气质立刻将我们这张桌子从酒吧内的喧嚣中隔绝出来。

我心中一时百感交集，冲她点点头：“大姐。”

“干得好。”刘亚男拍拍我的脸，她的手有点凉。

“我斗胆提个议，我们一起干一杯，算我敬几位大哥大姐，我尊敬你们、佩服你们……感激你们。”阿来眼睛一红，闪着泪光说，“尤其是我秦哥，他救了我的命……”

“好了。”我劝道，“你怎么每次都这几句，没点新鲜的？白受保密教育了？哪天再说漏了，我可真帮不了你。”

“来，干杯！”程建邦举起杯说，“今天不醉不归，谁知道下一次再聚一起喝酒是什么时候的事了。”

不知不觉两瓶酒就空了，我的胃里被搅得天翻地覆，来不及去最里面的卫生间，直接跑到酒吧外的马路边，抱着一棵树干呕了半天，直到眼泪都出来了也没再吐出半点东西，也的确没什么好吐的了。

我扶着树在马路沿上坐了下来，呼吸着带有汽车尾气的空气，看着大冷天也不舍得多穿衣服的一群姑娘嬉笑着从我面前走过，看着站在老远对着那群姑娘目瞪口呆的几个小伙子，看着一个环卫工人将地上的垃圾扫进簸箕，看着满街耀眼的霓虹灯和被霓虹灯染得暗红的天空……不禁泪如泉涌。在这里，我不用担心会有人从背后用枪瞄准我，也不用担心会有人突然跳出来指着我说“来，杀了这个人，你就是兄弟”，更不用担心不知道自己下一个小时将身在何处，身边是什么人。

马路对面一对小情侣不知在争执着什么，他们的语调越来越高。我眯着醉眼看去，见那小伙子拦下一辆出租车绝尘而去，女孩顾不得脚下的高跟鞋，朝飞速离去的出租车追去，呼喊着那个男孩的名字。女孩飘起的长发让我猝不及防地想起了苏莉亚，在我离开的时候，她也是这个样子在车尾跑着……她要是能说话，声音会是什么样子的呢？可怜她喊不出声来。

这辈子我可能再也不能去金三角了，或者他们已经知道了我的身份，苏莉亚要是知道我隐瞒她那么多，又会有怎样的反应？她会不会恨我？想到这里，我赶忙搓搓脸，想让自己从这令人心慌意乱的情绪中逃离出来，可思绪这东西像极了一把沙子，一旦把它拿出来攥在手里感受它，它就会源源不断地从你的指缝间滑出去，任凭你使尽浑身解数也于事无补。就像一旦想起宁志还掩埋在异国他乡的荒山野岭中一样，那切身的痛楚是绝不会淡忘的。

我抹了一把眼泪，就听身后有人走来。我下意识地又绷紧了神经，很快又放松了下来，故意不回头看，也不去猜测，只等那脚步声在我背后停下，一只手搭上我的肩膀。“这就不行了？进去接着来啊，刚谁跟我说要换个地方接着喝的？”程建邦一连说了好几句，才觉察出我不大对头，把我脸扭过去，看着我说，“你没事吧？”

我扯着嘴角笑笑，站起来搭着他的肩膀说：“走，这点酒还能把我放倒？”

站起来的那一刻，见刘亚男就站在程建邦身后看着我，眼神中有一些担忧，有一些怜爱。她上前拍了拍程建邦，对他使了个眼色。程建邦看了我一眼，轻轻叹了口气，转身走回酒吧。

刘亚男用她冰凉的手拍拍我的脸。“你能活着回来才是他们最大的心愿。”她抬头朝苍茫的夜空望去，“他们看得到你的。”

我顺着她的目光望向天空，久久没有说话。

“你知道你是谁吗？”她问道。

“当然，我是秦川。”我笑了一下，想打破悲伤凝成的寂静。

“你是战士。”她搂着我的脖子，一边往回走一边将手里的烟头弹到地上，溅起一串红亮的火星。

孤鹰 上

产品经理｜李欣爱　　责任印制｜刘　淼
印制助理｜陈　杰　　技术编辑｜刘世乐
装帧设计｜王　易　　出 品 人｜于　桐

邵雪城 著

孤鹰

Solitary Eagle

江苏凤凰文艺出版社
JIANGSU PHOENIX LITERATURE AND ART PUBLISHING, LTD

果麦文化 出品

目录

第一章

请求处分

1

在我的人物资料库里，周亚迪是金三角的大毒枭，但他从来不亲手杀人。所以当他突然从袖子里抖出一把短刀，“噗”的一下扎进大军的心窝时，我惊得呆住了。寒光在幽暗的船舱里一闪即没，而我来不及反应，来不及阻止。

大军茫然地看着周亚迪，张开了嘴却发不出声音。他吃力地想看看是什么扎进了自己的心脏，头还没有低下，就轻叹一声闭上了眼睛。

“迪哥？”我和胡纬异口同声地叫。

“好了。”周亚迪闭着眼喘了几口气，慢慢松开了手，沾满鲜血的手指在裤子上擦了擦，“这下，任何事都不会走漏了。除非你们，连自己也不信。”

大军歪倒在地上，胸前染出一大团鲜红。

我脑子里一片空白，只觉得有团火一样的东西烧着了我的脖子、我的脸、我的眼睛。我猛然转身抬腿，使足浑身的力气朝周亚迪踹去。周亚迪像个女人一样惊叫起来，尖叫声把我从怒火中叫醒，急忙往回收了收劲。尽管只剩下三四成力气，他还是被踹得飞了起来，倒在一堆空塑料桶里滚作一团。

“谁让你在我船上杀人的！”我指着他喝道。“知不知道这是大忌？”胸口那团悲痛怒火不受控制又无处宣泄，已经超出了我的承受能力，我要为我的失态找个理由。

周亚迪胡乱扒拉着想要站起来，我扑上去掐着他脖子将他按在地上。那一刻，我恨不得用牙齿一口一口把他撕扯成碎片，以告慰大军的英灵。但理智告诉我，我不能那么做，我的任务还没有结束，周亚迪还得活着。

“秦……秦川……”周亚迪强忍着痛，喘着粗气说，“我，不……不懂规矩，你原谅我，原谅我这一次吧。”

我闭上眼做了几次深呼吸，让心里那股火尽量不要烧到外面来。我慢慢凑近周亚迪的脸，淡淡地说：“人死在海上，冤魂找不到去处，就会一直留在船上。他会生生世世缠着我，或者你。”

周亚迪带着哭腔说：“秦川，我错了，你说，怎么做才可以？一定有办法，对不对？”

我死死看着周亚迪的眼睛：“把他送回家厚葬。如果他能超度，就算我们幸运。如果他做鬼也不放过我们，我只能杀了你烧给他。”

“厚……厚葬，厚葬，我出钱……”周亚迪看了一眼大军的遗体，苦着脸说，“秦川，他老家是山东的，我也不懂规矩，这件事能不能……拜托你？”

我松开他：“要让外头知道这条船上出了人命，还有谁敢上我的船？”

胡纬凑上来拽拽我的胳膊说：“是我们不对，是我们不对，差不多就行了……”

我一低头，见胡纬另一只手已经攥成拳头，好像我要不饶过这事，他就要跟我动手的意思。这让我心头一惊，刚才被愤怒烧蒙了心，竟忘了这狭小的空间里还有胡纬这么一个活生生的精壮男人。我瞥了一眼他的拳头说：“怎么？想比画比画？”

胡纬神色尴尬，朝周亚迪看去。周亚迪赶紧说：“胡纬，这事怪我，怪我，秦川做得对。”

胡纬忙换了一副笑脸，对我点点头。

他俩的这种微妙互动，让我更加警觉了。

2

五年前，我和程建邦第二次到金三角执行任务，我想把宁志的遗骨带回来，但没能做到。

所幸的是，我们的任务很圆满——胡经死了，一时间树倒猢狲散。周亚迪人财两空，伤了元气，在金三角几乎失去了话语权。而且，周亚迪直到今天还不知道我的真实身份。

胡纬是胡经的弟弟，现在接管了胡家的生意。按理说，他跟周亚迪是不共戴天的对手，但从刚才的情形来看，这两人的关系已经变了。

由此可见，金三角这些年发生的变故远远要比我掌握的情报更精彩。

我一边琢磨着一边扯过一块帆布，盖在大军身上，暗红色的一摊血还没有凝固，在昏暗的灯光下闪着耀眼的光，像一柄尖刀直扎进人的心窝。

我不能悼念牺牲的同志，甚至没有多余的时间悲痛，只能把这一切默默压制在心底。能够告慰他们在天英灵的，恐怕只有接过他们手中那支无形的枪，继续战斗。

外面下着瓢泼大雨，风雨大浪撞击着船体发出巨响，更衬出船舱内诡异的平静。周亚迪和胡纬落汤鸡一样裹在棉大衣里发抖，连呕吐都没力气。我冷冷地看着他们，知道他们心里其实有道能毁灭这世界的闪电，只不过现在不是他们发作的时候。因为到达港口后，他们需要我的帮助。

我很满意自己现在的身体状态，哪怕在这样的风浪中漂上一个月也不会有什么不适。而在不久前，出海对我来说还像是个噩梦——望着茫茫的大海，那种未知的恐惧感总会让我天旋地转，只能趴在甲板上不停地吐酸水。现在每每想起那种痛苦，还会忍不住打几个寒战。

俗话说大海好像小孩儿的脸，说哭就哭说笑就笑。一阵突来的暴风雨后，船又渐渐平稳下来。

周亚迪放开抱着的柱子，往我身边挪了挪，看了看我的脸色，说：“秦川，你……还好吗？”见我只是冷冷地看着他，周亚迪低下头长叹了一口气，笑着摇摇头，眼里竟然闪出了点泪光，嘴唇哆嗦着又问：“有没有想过成个家？老这么漂着，什么时候是个头？”

我冲他一笑，丝毫没有跟他叙旧的意思。从再见到我那刻，他就有些小激动的样子，这会终于找着空隙说说话，还是老一套。上一次的事不清不楚就那么过去了，彼此心里存了太多的芥蒂和疑惑。他这样装作什么都没发生过的样子，我没兴趣配合他演戏。

来之前我就知道，大军是放在周亚迪身边的警方卧底，而且他也知道我的真实身份。想着他就那么死不瞑目地逐渐冷却僵硬，一股怒气加闷气堵在胸口，吞不下去，也吐不出来。

“迪哥，我要是成了家，咱们今天也遇不到了。”我看着大军露在帆布外的腿说：“是迪哥新收的兄弟吧，看见他就想起当年的自己。”

“你可真会开玩笑。”周亚迪呵呵笑着，强装出笑容把话扯开，“你说得对，谁成了家还会玩命呢？要不是你，我今天真就死无葬身之地了。”周亚迪顺着我的目光也看着大军说：“他可比不了你，你是出息了，我这个大哥当之有愧，想不到这条海路上大名鼎鼎的塔哥居然是你。”

我站起来踱了几步，俯看着周亚迪说：“我水性不好，很少走海路，这次还真是巧，本来是帮朋友护送一批货去日本，没想到回来的时候竟然遇到你们被抢。在我地盘上连声招呼也不打就抢船，换作谁我都不会不管的。”

“我好命，没有落个人货两空。”周亚迪瞟了胡纬一眼，“折腾了一圈，最后还是我以前的兄弟靠得住。”

胡纬闷声闷气地说：“这次迪哥的损失，我一定加倍赔偿。”又扭头对我说：“秦哥，这次谢谢了，我知道我哥以前有对不住你的地方……”

“唉，”我打断他，“人都没了，多大的仇也解了，说起来还要感谢你哥，我从他那里学到不少东西。”

胡纬盯着我的眼睛说：“秦哥，我想问一个人。”

我笑着说：“程建邦？”

胡纬听见这个名字，脸上的肌肉抽动起来，发狠的样子像极了他哥哥胡经。我说：“我再没见过他。当初我们跑路的时候，我嫌带着你哥累赘，他又非要带着。我担心最后谁也跑不了，就跟他各走各路了。这一晃四五年了吧。这也不能怪他，你哥杀了他的女人，换了是你恐怕也不能就那么算了吧。程建邦是我的兄弟，别说我不知道他的下落，就算知道也不会告诉你，我知道你们胡家一定会要他的命。”我看向周亚迪：“搞不好，迪哥也会帮你们忙。”

周亚迪说：“秦老弟，这件事我真的很为难，如果我被人杀了分尸，你会怎么样？”

我一字一顿地反问道：“你觉得呢？”

周亚迪躲避着我的眼神：“听我一句，这件事大家在一起的时候就不要谈了。”又对胡纬说：“当年你哥有错在先……”

“不用说了，我都知道。我还是那句话，天大的错也不至于那么个死法。”胡纬不耐烦地打断周亚迪，“现在大家同坐一条船，等下上了岸，你们打算怎么处置我，给个痛快话。”

我看了一眼周亚迪，对胡纬说：“劫你们船的是你的亲叔叔。至于是不是你们叔侄联手干的，我不知道。反正那船上没我的人，也没我的货，你们两个商量吧。”

胡纬却冷哼了一声不说话了，似乎不屑于跟谁解释什么。

这时头顶的舱门被人从外打开，冷风夹着冰凉的海水泼进船舱里，舱门口伸进一个脑袋说：“塔哥，快到了，已经和咱们的人联系上了。”

我冲那人摆摆手，舱门“咣”一声又关上了。

周亚迪站起身抻了抻腰：“秦川，你又救了我一命。只要你把我们连人带货送到地方，这次收的钱，我分你八成。”

胡纬接过话头说：“这次我收的钱，全送给迪哥压惊，回去我再备一份送过去。另外，往后三年，我的货全最低价给迪哥，算我赔个不是。至于我那个叔叔，我一定会给迪哥一个交代。”

周亚迪一听这话，抑制不住地笑了起来，揽着胡纬说：“你太客气了。”

胡纬毫不掩饰嫌弃的表情，周亚迪干笑着把手拿开，胡纬反手弹了弹肩头的衣服，淡淡地说：“应该的。”

周亚迪试探似的说：“好，那……我们两个人的收入，分八成给秦川？”见胡纬点了点头，周亚迪才接着说：“要不是他，我们别说货，人都已经喂了鱼了。”

这情形实在是太古怪。周亚迪被胡家的人劫了货，还险些丢了命，可对胡纬不仅不问罪，还要看胡纬的眼色行事？这可不是周亚迪的做派，他们之间一定是达成了什么交易。我笑着说：“迪哥，你教我的，做事要讲规矩。那这批货我该要一半。可你是我大哥，所以我最多要三成，我得给我手下的弟兄们有个交代。而且我只能把你们送到港口，你们说的那个地方我去不了，我手头还有事，都是答应好的，不能失了信。”

周亚迪低头不说话，眼光却瞟向胡纬。胡纬说：“秦哥，你帮帮我们，我知道拿钱是请不动秦哥的，不过我想每个人都有需求，秦哥不妨说说看，只要我胡纬能做得到，一定答应你。”

周亚迪见我不说答应，也不说不答应，走到我跟前说：“我已经没什么理由再让你帮我了，你帮我太多了，到现在我还是什么都没给过你。临出门苏莉亚还让我打听你的消息……秦川，这次你不帮忙，我也不怪你，我只有一个请求，帮我照顾苏莉亚，如果我出了事，她一个人在那边不好过的。”

当“苏莉亚”三个字从他嘴里说出来时，我不由自主地攥紧了拳头，想一拳打烂他的嘴。

这人罪大恶极，判多少次死刑都不过分。但我个人并不恨他，他只是一个目标人物，是任务的一部分。对他这个人本身，我更多的是怜悯。

这一次，他的嘴脸终于让我觉得可恶起来。

他在这当口提起苏莉亚，是抱着侥幸，提醒我念着旧情拉他一把吗？不。这是赤裸裸的威胁和恐吓。他是在告诉我：秦川，你必须保证我的安全。我出了事，苏莉亚也不好过。我死了，苏莉亚也得死。

我按捺住情绪，佯装无奈地笑笑：“我不明白，运货这种事你们为什么要亲自出马？你让我帮你们带着这么大一批货，这不是开玩笑吗？”

周亚迪忙说：“货我可以送你，你只要把我们两个人送过去就好。”

胡纬微微地点了点头。

我心里暗暗地舒了一口气。正如徐卫东所说，他们的真正目的并不是运货，他们要在指定时间赶到俄罗斯，这批毒品只是捎带手的买卖而已。

哪知道半路杀出个程咬金，船被胡纬的叔叔劫了。幸亏我们掌握了情报，将他们救下，不然他们一死，线索就断了。我的任务是跟随他们，找到他们不惜一切代价要亲自去碰面的人。

“那算什么？传出去说，我秦川乘人之危吞自己大哥的货？”我一摆手，“不行，要么你们把货扔了。”

“秦川！”周亚迪惊讶地叫了起来，“那是上千万的货啊，丢海里？”

“迪哥，”我搭着他的肩膀说，“这次能活着就是赚的，别再为身外之物把命搭进去。”

原本想躲在幕后的胡纬沉不住气了，说：“秦哥，货都运到这里了，丢了太可惜，送给你吧。你救了我们，大恩不言谢，这点货就当是谢礼，收下吧。”

我坚决地摇头：“不行，我不能要。”

周亚迪说：“秦川，要不这批货你先帮我们保管着，你送我们两个人走，将来我们再来取。”

我假意迟疑着犹豫着，最后为难地点点头，算是勉强答应了。周亚迪和胡纬如释重负，高兴地一左一右搂住了我的肩膀。

船进港口的时候天刚好蒙蒙亮，我带着周亚迪和胡玮把货搬进库房，那是我事先在港口预备好的一处地方。码好货，我把一车涂满机油的机器零件堆在上面，边干活边说：“我可以把你们送到边境。但这批货我最多帮你们保管三个月，过了时间你们不来取，我全部丢海里。”

“好。可是我们不能让你白跑这一趟，你开个价吧。”周亚迪说着话，几乎是习惯性地试探着看了胡纬一眼。

胡纬点了点头。

我对胡纬说：“那我提条件了。程建邦的事，算了吧。”

“什么条件我都答应，唯独这个我做不到。就算我放过他，我们家其他人也不会罢手。”他低头躲着我的眼神，想了想只好抬起头说，“我只能答应你，他如果落到我或者我们家谁的手里，我一定会知会你一声。至于别的，恕我无能为力。对不起，秦哥。”

看来程建邦这次的麻烦的确有点大。毒贩重金悬赏仇家人头的事经常有，但像程建邦这样，被金三角一个背景深厚的毒枭家族合族追杀的，恐怕没几个。

“好。”我对胡纬说，“你们只要有了程建邦的消息，一定要告诉我。如果我保不住他，那是他的命。如果他被我保住了，你们也要认，不许再主动找他麻烦。要是这一点也不答应，那我只能在这里和各位别过，从此就是陌路人。”

胡纬咬着嘴唇看了周亚迪好一会，狠狠地点头：“好，我答应你。”

我拍拍他的肩膀说：“我相信你。”

我带着他们拐进距码头不远的一处平房，胡纬伸着脖子朝院门内张望：“来这里干什么？”

我说：“你们这副样子走出去，像话吗？先在这里洗个澡，换身衣服。”

周亚迪迈步走进院子：“胡老弟，秦川不会害我们的。他要害我们，我们也不是对手。既来之则安之，听安排就是了，不要问那么多问题。”

胡纬连忙打哈哈说：“说的是，说的是，秦哥，对不起，我话多了。”

“动作快着点，千万别乱跑，我出去一下。”见胡纬伸手想要拦我的样子，我看着他的手：“怎么？怕我叫警察来？”拨开他的手出门进了旁边的车库，那里面停着一辆越野车。

反锁好车库门，在墙缝里摸到钥匙打开车门钻进去，从扶手箱里拿出一部手机，开机，拨号：“人货都接到了，现在在我这里，他们要我送他们到边境。”

电话那头徐卫东问：“哪里的边境？”

“中蒙，二连浩特一带。”我顿了一顿，说，“另外，大军牺牲了，就在我的船舱里，能不能安排人来把他接回去？”

徐卫东沉默了几秒钟，轻声说：“知道了。”又过了好一会，他才接着问：“他们信任你吗？”

“应该是信任的，他们没别的办法。”不待徐卫东发作，我赶忙纠正道，“信任，没有应该。”

听筒那边“嗯”了一声，隐约听到翻阅地图的声音。“看来这两个还是菜鸟，人家根本不让他们进巢。”我没有接话，静静地等待着徐卫东的抉择。大约过了三分钟，只听那边一拍桌子：“把人盯死，这次可是中俄两国联手办案，不能在咱这头掉链子，这面子丢不起。”

“明白。”

“行动吧。”

我犹豫了一下，还是鼓起勇气说：“老徐，能不能问你个事？”

“不能。”

我“哦”了一声，正要挂电话，就听那边补了一句：“想知道建邦的情况，完成任务回来我告诉你。”

我兴奋地应了一声，心里的一块石头落了地。

收好电话，把车开到院门口。待周亚迪和胡纬草草洗完澡换好衣服，做贼似的上了我的车。通往市区的十字路口站着个交警，周亚迪身子往下一缩，伸手去摸上衣口袋。我知道他是在找墨镜，心里暗暗一笑。车混进密集的车流后，周亚迪的神情才放松了一些。

我放下车窗想透透气。周亚迪像怕见光的吸血鬼，抬手遮着脸连说：“关窗，关窗，被人看到了。”

我忍不住笑了：“迪哥，外面都是老百姓，他们没有枪，也不认识你。”

胡纬也跟着挖苦他：“你以为你是周润发吗？”

和暖的风撩着他没有干透的头发，周亚迪慢慢放松下来，叹了一口气，扭过头对后座的胡纬说：“好舒服啊。”我从后视镜里扫了一眼，见胡玮也微笑着闭眼靠在座椅上，享受着清风拂面的爽快。

周亚迪终究还是不太自在，自己摇上了车窗。车里安静了一会，周亚迪也不知是没话找话，还是终于找着了机会聊这个事，开口问道：“秦川，你的案底……销了？”

“那个秦川已经死了，我现在有全新的身份，钱只有在这种地方才有价值。”我斜着看了他一眼，“你看看你们，随便拔根毛都比我腰粗，从金三角出来，连光都不敢见。”

周亚迪低声说："我们也总去曼谷啊、拉斯维加斯啊消费的。"

我淡淡一笑，将车拐上了出城的国道。周亚迪和胡纬都呆呆地看着外面，不知在想些什么。

中午时分，我把车靠边停在一间小饭馆外。"停车加水风炮补胎"的牌子前，停着几辆大卡车。周亚迪见那些车装得满满当当，车牌都是云南的，感慨道："从云南开到这里？拉的是什么货？"说着就走上前，像是想掀开帆布看个究竟。

我说："别多事。"

周亚迪压低嗓子开着玩笑说："要是我们的货拉这么一车过来，啧啧……"又跟胡纬相视一笑。

饭馆里人不多，靠门边的一张大圆桌坐满了人，应该就是外面那几辆卡车的司机。我往里找了张靠墙的桌子坐下，扯着嗓子对后厨喊："老板！"

没想到周亚迪和胡纬吓得脸色都变了，他们左右四下看一眼，压着嗓子说："你小点声。"

他们这副德行让我心中泛起一些莫名的自豪和痛快。说不清是因为这里是我的地盘，是我的祖国，我可以光明正大地想大声吆喝就吆喝，想吃什么就点什么，还是因为我就喜欢看到阳光照在身上，他们那副惊恐畏缩的样子。

我又扯着嗓子喊了两声，老板拎着茶壶从后厨跑了出来："师傅们吃点啥？炒菜米饭馒头包子面条，都有。"

我问："什么快？"

"牛肉面，十八一碗。"

"三碗。快点。"

见老板回了后厨，我慢悠悠地喝着茶，故意大声对周亚迪说："我挺佩服你们，把生意都做到蒙古国去了，内地这么大市场还不够吗？"

周亚迪皱皱眉头，回头看门口那桌，见那些大车司机埋头吃饭，才笑了，低声说："去那里也是没办法，我们本来打算去俄罗斯开会的，结果你看到了，路上出了事，只能去蒙古。"

我忍不住乐出声来："莫斯科可卡因高峰论坛？"

胡纬跟着笑了："秦哥真会开玩笑，现在光盯住一个市场风险太大，鸡蛋不能装一个筐子里。东北亚的中国、日本、韩国和俄罗斯靠近这边的地方都是我们的市场，所以想和大家坐一起协调一下，免得不必要的误会。每年因为这些误会不知道要损失多少货、多少人，最后都让警察钻了空子。"他越说声音越小，最后几个字几乎是捏着嗓子说出来的。

我埋着头，听着笑着，一抬头见周亚迪正看着我。见我看他，他说："秦川，几年不见，你变化不小。"

"迪哥没什么变化，还是那么风度翩翩。"

"你取笑我啊，秦川，呵呵呵，那天你救下我们的时候，不知道我有多狼狈……说真的，你变化很大，很想和你像过去那样聊聊天，不晓得还有没有这个荣幸。"他叹了口气望向窗外，眼神中满是惆怅。

我知道他说这话倒不是演戏。尽管我还叫他"迪哥"，但彼此都清楚，我们之间的关系已经完全变了。如果此时此刻我扑上去叫他一声"迪哥"，说他永远是我的大哥，我们同舟共济开出一条路然后共享荣华……别说是他，连我自己都会吐的。

想到这里，多少也有些伤感。那种用生命入戏、用鲜血去演绎的年华已经一去不复返了。

我也叹了口气。

3

三碗热腾腾的牛肉面摆上了桌，我往碗里放足了辣椒油和醋，冲对面还愣着的两人说："吃，吃完还得赶路。"

"真的很怀念那个时候。"周亚迪摇头笑笑，扭头对胡纬说，"要不是你哥，我跟秦川也不会像现在这样生疏。"

周亚迪终于找到了一个排水口，要把这一切全都推给胡经。胡纬闻言惊了一跳，想想没什么理由和资本回嘴，只得苦笑着说："迪哥请放心，亏欠迪哥的，我一定会补偿。"

周亚迪低声呵斥道："你以为这是钱能解决的事吗？"说完暖暖地看

了我一眼，好像我是他失散多年的亲兄弟，被奸人所害，而他要为我出头报仇似的。

换作过去，我一定会顺着他的情绪重新走进他的世界，去探探他的目的。但现在，我已经懒得那么做了，或者说已经不需要再那么做了。我淡淡地转移开话题："迪哥，你们去见的那帮人靠得住吗？会不会有危险？"

周亚迪愣了一下，悻悻地说："都是一个碗里吃饭的，只是大家胃口不同。应该没什么危险，不然我也不会冒这么大风险跑这么远。"

"你叔叔这次恐怕不只是为了劫那批货吧，他跟这事有关系吗？"我笑着问胡纬，"别误会，我对你们的事不感兴趣，但现在所有人都知道你俩的人和货都在我这里。万一，我是说万一你们有什么差池，我担心别人说是我乘人之危杀人抢货。我到现在能混出点名堂，靠的是名声，吃饭的招牌我不想毁了。"

周亚迪扭头看胡纬，低声说："真是的，你们家到底在搞什么？自家人也下手？"

胡纬只管埋头吃面，就此中断了话题。

回到车上胡纬四处踅摸，我拉开扶手箱拿出几包烟分别丢给他们，胡纬帮我点了一支，自己又点上抽了一口，才接着刚才的话茬说："迪哥，你知道的，我哥在的时候，家里没人敢乱来。他死了谁都想主事。后来大家一合计，就我对大家最没威胁，才推我出来撑个局面。你以为我愿意当这个出头鸟吗？"胡纬指着我："听说当年秦哥跟着你的时候，你如虎添翼，好不威风。最后为什么秦哥离开，你应该最清楚。说白了就是你贪心。"

周亚迪被噎得有点急眼，胡纬伸手拦住他说："你先让我把话说完。后来秦哥回来了，那时候你失势，就把秦哥卖给我哥，为什么？也是贪心！洪林、洪古跟着你，最后什么下场，还用我说？你不也对自己兄弟下手吗？你有什么资格说我？你这样的人配有什么兄弟？"看着脸色苍白的周亚迪，胡纬笑了："迪哥，我们现在是去和俄罗斯人谈合作，大家一条船上平起平坐，有话好说。别因为当年和你一起的那些人都不在了，就在我跟前充老大。”

吃饱的人总比空着肚子的人自信一些，那碗面不仅让胡纬红光满面，还口齿伶俐，一番话噎得周亚迪哑口无言，倒是让我对胡纬刮目相看。我不由得笑出声来。

周亚迪满眼落寞地望着我说：“秦川，你也是这么想吗？”

我冷哼了一声：“重要吗？”见他讨了个没趣，扭脸朝窗外看去，我又说：“迪哥请放心，我答应你的事一定会做到，保证把你们安安全全送出边境。如果你实在不想欠我什么，就给我笔钱，多少是个意思。”

我打这个圆场是想暂停他俩的这种小摩擦。别看他们落水狗一样坐在我车里，等过了今天，他们依然是金三角最大的毒枭。他们之间有点小矛盾，对我而言是个好事，我乐意成为他们矛盾冲突的缓冲带，只有这样我才能稳妥地与他们一同往前走。

“怎么，你觉得救了我和胡纬两个人的命，就是随便给你笔钱的事吗？”周亚迪愤愤地说。

若是过去，我会细心听他接下来的一段慷慨陈词，默默在心里分析他的意图。现在我实在没兴趣也没耐心看他演戏，我一脚刹车把车停下，看着他吃惊的脸说：“不然呢？金三角我是不会再去了，你们的生意我也没兴趣，我帮忙就是还念着旧情。是你非说不让我白跑这一趟我才说给我点钱好了，现在你又不乐意了，你到底要怎样？”我推开车门跳下车，对周亚迪和胡纬一甩头：“都下车。”

胡纬听话地下了车。周亚迪有些茫然又有些害怕地看着我。我假装怒气冲心，转过身看着路基下的群山。

真是受够了这帮毒贩子！无论他们满嘴多少顺溜的道理，有着怎样道貌岸然的外表，都逃不开凶手的本质。这些年我失去了太多，他们夺走了我的战友，吞噬了我的青春，数次几乎夺走我的生命。如今那些最亲密的兄弟和战友，或者与我阴阳两隔，或者干脆杳无音信，这一切都是拜他们所赐。

不知从何时起，这些毒贩从“目标人物”慢慢变成了跟我个人势不两立的仇敌。要不是为了完成整个任务，我恨不得现在、立刻，把这两个人解决掉。

同时我也明白，这种事不该是我该想、该做的。伪装的愤怒一旦触及隐藏的仇恨，就像微弱的炭火被泼了汽油，火焰“腾”的一下冲上了脑门。我转身冷冷地看着一脸呆愣的周亚迪，说：“下车。”

周亚迪“哦”了一声，在门里摸了半天才找到把手，哆哆嗦嗦地下了车。

“迪哥，这次你出来带的都是最亲近的兄弟吧？”我问。

周亚迪转了转眼珠，点头说：“是啊，我的人没有问题，都是因为他叔……”他用下巴指指胡纬。

我盯着他的眼睛笑了，他也赶紧附和地笑笑，我突然一把抓住他小臂，摸到他衣袖里的刀鞘，那是他杀死大军的刀。周亚迪脸色一变，想把手抽回去。我手上加劲让他动弹不得，从他袖子里取出一把三棱刀，举在他面前转动着，让刀刃上反射的寒光刺进他的眼睛。周亚迪转过脸去，说：“杀我那个小兄弟也是没办法，不然你信不过我啊。”

“当年我杀了胡经的兄弟，胡经疯了一样派人到处找我，就是为了要替他兄弟报仇。如果不是因为这件事，他可能也不会死。”我扭头看了眼胡纬，胡纬赞许地冲我点点头。周亚迪的眼珠随着刀尖转动着，脑门上渗出了汗珠。我说：“现在这三个人，你还信不过谁？”

周亚迪努力挤出一丝笑，说：“现在都是自己兄弟，我还能信不过谁？”

我把刀举到离他眼睛更近的地方定住：“那你带着这玩意修脚吗？”

周亚迪身体绷得笔直，一动不敢动，僵着脸说：“我……我习惯了，再说万一过了境，有什么不测，也好防身。再说以你的身手，别说我带着刀，就算带着枪又能怎样？至于胡纬，我这趟是跟他合作的……”

我把刀倒转过来，刀柄塞进他手里：“我的意思是，这一趟不想欠我呢，就给我笔钱，大家两清。不用承诺我什么，更别跟我谈感情。”

“好好好，你说，多少？”

我瞟了眼他手里捏着的刀：“你这么一说好像我在讹你钱似的。”

周亚迪这才反应过来，忙将手里的刀丢开，刀在水泥路肩上弹了几弹，滚进路边的草丛里。“对，看着给，你放心我不会亏待……”他看看我的脸色，几近谄媚地笑着问，“我们可以走了吗？”

我想了想说：“我不想掺和你们的事了。这辆车送你们吧，车上有点钱，够你们到地方了。”

“秦哥。”胡纬上前一步站在我面前说，“跟我们一起吧。”

“接下来的路没什么人，也不远，车上有地图。你们应该有办法跟那边接应的人联系，没了我，你们自在些，不然一路上大家防来防去的，没劲。”

胡纬赶紧说：“我不是这个意思。秦哥，咱们一起干吧，我们这次去谈好了，运货的事还得仰仗你，每批分两成给你。”看我低头犹豫，他又补充道：“是成交额。”

4

我想，我的目的达到了。

胡纬对周亚迪的信任度一直在冰点那里上不去，和这样的人共事，就像跟一头饿极的狼共处一室。对周亚迪的了解程度，我比他只多不少。在这之前，胡纬担心的是我站在周亚迪那一边。现在我亮明了态度，一切都合情合理，前后吻合，这让胡纬彻底放了心。

再加上这两年组织为我打造的“塔哥”的名头，让他们觉得我有资格入伙。至于能耐，能从胡纬叔叔的枪口下救他们出来，就是最好的证明。我假装考虑着他的建议，点了根烟靠在车上抽了起来。

周亚迪走过来说：“秦川，答应了吧。这趟出发前，我可是和胡纬提过‘塔哥’的，我说如果能联合起来一起做就好了，我们现在就差运货的人了，不信你可以问胡纬。”

我扭头看胡纬，他冲我重重地点点头。

“我得考虑考虑，而且我也有我的兄弟，单枪匹马可做不了这事。”我伸了个懒腰，“这里风景不错，休息休息再走吧。”事情到了这一步，条件又允许，我有必要向徐卫东汇报一下进展，毕竟是要过境，我需要上级和边防单位协调。

周亚迪说："事不宜迟，我看这路程最多一天半天就到了。要不你给你的兄弟们打个电话商量吧。"他看向胡纬，胡纬把手里的卫星电话递了过来。

"我有，别人电话打过去他们不接的。"我钻进车拿出电话，拨了一串号码。

"说。"三声过后，徐卫东接起电话。

"知道我那个大哥周亚迪吗？"

"说。"

"他们想让我帮他们运货，成交额分两成给我们。"

"那咱们不发财了？正好改善一下总部的伙食，最近净是肥肉片子，我胆固醇都高了。"徐卫东自然知道我这个电话是为了敷衍周亚迪，索性闲扯起来。

"还有胡纬，就是我和你们提过的那个，胡经的亲弟弟。"

"那正好，跟他们去谈，谈完了一勺烩。"

周亚迪和胡纬都眼巴巴地看着我，无非是想拼凑出我和电话那头的完整对话。见火候差不多了，我说："那行，我再想想吧。"

徐卫东说："既然是老朋友，可别怠慢了人家，应酬完早点回来。"

"明白了。"我挂了电话，对周亚迪和胡纬说："我送你们过境。你们去谈吧，谈妥了来找我。"

胡纬忙说："秦哥，我们得一起去。有你坐镇，我们有货又有路，筹码更大。"

周亚迪补充道："是啊，不然光靠我们说，人家也不信。你塔哥的名号可不是虚的。"

他们的样子真是好笑。曾经在我心中那么神秘莫测的大毒枭，如今看来就像是棋盘上的棋子，而我就是操控着他们世界的神。

"要是你们谈不成怎么办？要是他们设了个圈套就是为了引你们入局，然后……"我做了抹脖子的动作，"对方什么来头？你们约好的地点在哪儿？"

这两个问题才是我此行任务的关键。

“我们有上等的货，不存在谈成谈不成的问题。把我们杀了对他们没什么好处，况且……”周亚迪犹豫着看向胡纬。

胡纬接过话说：“况且他们那边有我们的人，怕走漏风声，所以具体的时间、地点要等人都快到了才定。你知道的，警察要是知道我们这些人凑在一起，眼睛都得红了，这可是天大的立功机会。”

我拉开车门说：“上车，到了边境我先会会你们接头的人，再决定去不去。”

一路除了加油、上厕所，几乎没有停过车。第二天傍晚到了二连浩特，我疲惫不堪，想休息一晚第二天再走，但这个提议被周亚迪和胡纬异口同声地否决了。

“不能再拖了。”周亚迪说，“已经迟到了，过了境就算一切顺利还要至少一天才能到那边。”

“是啊。”胡纬说，“秦哥，马上就到边境了，在这里我始终觉得不踏实，感觉到处都是警察，再说我们已经迟到了，夜长梦多。”

我搓了把脸，揉揉身上的旧枪伤：“每次跟你们干点事，都跟催命似的，不光催命，还要命。现在一提要过境我就掉头发。”

周亚迪赔着笑脸：“没办法，谁让你能耐大呢，这种事有你在，我真踏实。”

“我不踏实。”我瞥了一眼周亚迪，“边境哪一段？总不会是从口岸过吧？”

周亚迪看向胡纬，胡纬拿出地图仔细地看着量着，最后用指甲在二连浩特与蒙古国的边界线上掐出个印子：“这里。”

看着他们两个时而矛盾重重，时而又配合默契的样子，我总觉得哪里不对，但又说不上来哪里不对。经验告诉我一定是哪里出了问题，只是连日的奔波，再加上和金三角两大毒枭同船同车，我的体力和脑力都出现了严重的透支，影响着我的判断，延迟着我的反应。

“天黑了，你说的这个地方连条路都没有，没法走。胡乱撞的话，万一碰到边境巡逻队，那耽误的可就是一辈子了。”

“那我来开。”胡纬说。

我一拍方向盘说："爱谁开谁开，反正我得找地方睡觉了。"我正想开门下车，脖子突然一紧，只听胡纬说："秦哥，帮帮忙吧。"他一条胳膊紧箍着我脖子，有力的手指锁着我喉头最要紧的位置，不用使太大的劲，轻轻一捏我就会立刻断气。

我斜眼看周亚迪，他打开扶手箱翻出了我的手机，熟练地查看着，又扭脸看看外面，抬手将手机丢了出去。扑通一声轻响，手机应该是掉进了水坑之类的地方。

周亚迪冲我一摆头："下车。"我刚要挣扎，太阳穴上重重地挨了一家伙。"秦川，下车。"他冷冷地说。

我眼前一黑，脑袋嗡嗡直响，只觉额角一阵麻痒，血顺着脸滴到了肩头。我始终看着周亚迪，他避开我的目光，低头叹了口气。

胡纬说："秦哥，我知道你的能耐，也知道你不怕死，遇到你这样的还着实有点费神。"胡纬伸过另一只手来解开我的安全带，把我从座位上拽到后座上。我想反制他，却发现关键的关节都被他扣得死死的。

不知道他哪来的绳子，三下两下就把我反绑了起来，整套动作干净熟练，要不是经过专业的训练，不可能有这样的身手。

5

周亚迪坐到了主驾的位置上，车飞快地一头扎进夜幕中。

这突如其来的变故让我一时间陷入了混乱。有一点可以确定，这些都是他们早计划好的。到底谁是谁的棋子，还很难说。想到这里，我不禁苦笑了一声。

周亚迪回头看了我一眼，像是准备好听我说些什么，停了一下见我没说话的意思，也跟着笑了笑。他这一笑，我心里有了几分底。

我最担心的是自己身份的暴露。

我不是一个生面孔，跟周亚迪的关系全部建立在无数个谎言之上。既然是谎言，就到处都是漏洞。只要某一个环节被拆穿，整个链条就会随之崩塌。我曾想过，如果有一天他指着我的鼻子说"秦川，你是个骗子，你出卖了我"，然后一枪把我打死，对我来说，也算另一种解脱……

是我暴露了吗？

从他刚才的神情来看，不像。

他想要看看生命受到威胁时，我会说些什么，或者试探些什么。

而我也想听听此刻他会说点什么，来印证我的判断。

对成天都在死亡边缘游走、绝大多数战斗都无声又无形的战士来说，很多时候，需要的未必是强健的体魄和矫捷的身手，而是一颗坚不可摧的心。就像此时这车内的沉默，就是这样的一场战斗——我们彼此心里都有太多问题想知道真实答案。周亚迪曾试图打感情牌，而胡纬选择用暴力手段逼我露怯。这种情形下，谁先说话，谁就输了。

周亚迪克制住想跟我说话的冲动，但他喉头几次微微的滑动出卖了他，他已经快撑不住了。而且他喉头滑动的频率随着距离边境线越来越近，也越来越频繁。那么边境线极有可能是一个节点，在到达那里之前，他必须说点什么、做点什么。

要么，攻破我的心理防线，得到他想要的信息。

要么，杀了我。

我闭上眼睛，慢慢将呼吸调整平缓，让自己看上去像是睡着了一样。

“哈哈哈。”胡纬大笑着说。“秦川，你真是有种，这样都能睡着？”

我眯缝着眼睛说：“我说我累了要休息，你非逼我赶路，能合一会眼是一会，路这么颠哪里睡得着？”我活动了一下脖子，换了个姿势，又闭上眼。

胡纬说：“你不好奇我为什么这么对你吗？”

我冷哼了一声，表示我不想说话。

“我不明白，像你这种性格的人，他们到底给了你什么，让你替他们卖命？”这种模棱两可的问题，任何答案都是多余。就算我的身份暴露，我也不可能就这个问题多说一句，他们不配。我的不屑刺激了胡纬，他激动的气息全都打到了我脸上，恶狠狠地说：“你出卖我们！”

我不耐烦地睁开一只眼瞥着周亚迪，说：“迪哥，念在过去的交情上，我给你们指两条明路。要么把我杀了，找个地方躲起来；要么把我放了，找个地方躲起来。你记住了，一定要躲好，只要露出一根汗毛，一定会有人顺着那根汗毛把你揪出来。”我自顾自笑起来，又闭上了眼睛。

车子一个急刹车停了下来，我和胡纬都跟着惯性朝前栽去。周亚迪疯了似的下了车，拉开后车门对胡纬使了个眼色。

胡纬锁着我的喉头把我拖下车，按在车尾上说：“你搞清楚现在是谁的命在谁手里！”

“是吗？”我冷冷地看着他，“那试试吧。”

“我胡纬可不是吃素的，要不你试试？”

“胡纬，现在农业都现代化了，怎么你还在玩这一套？既然这样，你可能就要像找你哥那样，漫山遍野地找你一家妻儿老小的尸首了……不好意思，我也是一不小心就知道你家人的事的。”我看着他脸上抽动的肌肉，顿了顿，又说，“你说最后，你的尸首谁来找呢？”

胡纬慌乱地看了周亚迪一眼，又狠狠瞪着我说：“秦川，既然你这么想死，那我成全你。”

我不屑地冷笑一声，抬头看向天空。

“哈哈哈！”胡纬又大笑起来，松开我的头发说，“翅膀硬了，有俄罗斯人给你撑腰果然不一样。”

我暗暗松了一口气。基本上确定，我是安全的。

他们不知道从哪里得到了一些关于我的信息。可惜那些情报是错误的，或者根本就是假的。我之所以那么威胁他，只是一场普通的心理战，他还真以为我是有俄罗斯势力撑腰才底气十足呢。

我不置可否地扯着嘴角笑了笑。

“秦川，”一直没吭声的周亚迪这时候说话了，“我就是想你给我句实话，你现在到底是哪一边的？”

我垂下眼皮看了看胡纬掐着我脖子的手。周亚迪犹豫了一下，对胡纬稍稍摆了摆头。胡纬显然不太想这么容易就放开我，周亚迪说：“你以为你真能弄住他吗？他一直都在陪你玩而已。”

胡纬是真的制住了我，我的命真就在他手里攥着。周亚迪这么说，无非是还有用得着我的地方，他得找个台阶下。胡纬只得解开了我手上的绳子。我甩甩胳膊，揉着发麻的手腕对周亚迪说："我劝你不要知道那么多，从金三角出来这些年，我才知道这个世界很大。你们不也一样吗？在金三角你们是皇帝，一出了自己的地盘，连件像样的衣裳都没得穿。"我笑着摇摇头，想起他当年站在高处指着大片罂粟花田指点江山的样子，又补了一句："更别说站在山头看风景了。"

周亚迪满脸尴尬地低下了头。

胡纬也泄了气："秦川，你设身处地地为我想想，你明明和那边是一起的，有什么不能说的？你这么做让我们怎么想？换你是我们，你怎么做？"

我没有搭理胡纬，扭头对周亚迪说："迪哥，我们之间可能有误会，我不知道你那些消息是从哪里听来的……"

"秦川，你要不想说就别说了，不用把我们当白痴一样哄。"胡纬看了眼周亚迪，说，"我可不是迪哥，说吧，你到底想怎么样？"

"我本打算送你们到边境，然后回去忙我自己的事。是你们非要我跟你们去俄罗斯开什么会，我答应了，你们又要掐断我脖子……我倒是想问问迪哥，你们想怎么样？"

周亚迪见我从不正面回答胡纬的问题，有什么话都冲他说，显得有些慌乱，下意识地往后退了一步，说："我们这次出海的航线和时间只有那边知道……"说着话目光又不由自主地飘向胡纬："就那么巧，我们被人劫的时候你出现了。"

"胡纬他叔叔不也知道吗？"

胡纬抢着说："他和我一家的，整件事他都知道，所以才反对。他只是不服我来当这个家，想借这个机会把我解决掉……"

"别说了。"我摆手制止了胡纬，"我对你们的豪门恩怨没兴趣。"我对周亚迪说："他们不是召你们去谈合作吗？就算按你们说的，我是他们的人，有必要救了你们又捣乱吗？对我有什么好处？"

"所以我才奇怪这里面是不是有什么阴谋。"胡纬着急抢话说，"说实话没想把你怎么样，就是想等那边接应的人来了问问清楚，要是有什么不利的，也好借你的面子留条活路。"

我笑着对周亚迪说："说得真好听，借我的面子，不就是人质吗？"

周亚迪见我笑了，忙也赔上笑脸："秦川，你刚也说了，我们在自己的地盘上待惯了，这一出门人生地不熟的，心里就没底。"

"现在你有底了，你只剩一条路了。"我依然笑着说。

"秦川，刚才的事怪迪哥，迪哥给你赔个不是。"周亚迪居然对我深深鞠了一躬，抬起头来的时候眼圈都红了。"我们也是没有办法，连他亲叔叔都想要我们的命，我们还能相信谁呢？"他扫了一眼四周，"时间不早了，我们还是赶紧赶路吧，那边接应的人已经到了。"

"请便。"我钻回车里拿了一包烟，"车送你们了，完事了记得回来拿你们的货。"我跳下车，冲他们摆摆手："两位保重。"

周亚迪急忙用身体拦在我面前："秦川，你不原谅我吗？"

我冷冷地看着他说："原谅了你，以后是不是随便什么人都能打我的脸？"

他们无非还是不放心，想利用我又怕我跟他们不一条心，如果不是之前给徐卫东打了个电话，搞不好刚才胡纬就对我下死手了。

见我坚持要走，周亚迪真的怕了，他怕我这么走掉，他从此被追杀过上亡命天涯的日子。他拽着我的胳膊哀求着说："秦川，我累了，这次谈妥以后，我把我的生意全部送给你，怎么样？"

我笑了，做出认真的样子问："怎么送？是做股权变更，还是换法人代表？"

周亚迪低头想了想，像是做了什么决定，重重地叹了口气，从口袋里掏出一个 U 盘举到我面前说："这个是我们接头的凭证，他们只认这个不认人，你拿着这个，你就是金三角的供货商。"

"迪哥，"胡纬不紧不慢地说，"这可是你最后的机会了。"

"算了，命数如此，希望你们两位以后能合作愉快。"周亚迪对胡纬摇摇头，把 U 盘塞到我手中说，"可以放迪哥一条生路了吗？"

我拿着 U 盘看了看，试探着问："迪哥，金三角是不是已经容不下你……不，应该是容不下你们两个了？"

周亚迪像是冷不丁被人抽了一耳光，眼神中闪出一丝被人抓住痛脚的惊怒。他下意识地想争辩，但很快放弃了，苦笑着点点头，眼泪就跟着落了下来。这眼泪不像是假的，我才注意到他的鬓角已经有了很多白头发。

周亚迪长叹了一声："可以这么说。但你放心，那些烟田还是我的。我不行了，我相信你会在那里打出自己的一片天地的。苏莉亚你要是不嫌弃，就让她跟着你吧。如果你不信任她，那我就带她走。"

看来我们掌握的情报是准确的。在利益错综复杂、风云变幻的金三角，没有谁能够成为永远的强者。如果有，那只能是钱和枪。

从我几年前初次接触到周亚迪那会，他就没有枪。他一心想要打造一支属于自己的武装，但兵强马壮的丹雷是决不允许自己的地盘上有另一只老虎的。

胡经时代的胡家也嫌周家碍事，一直想将他排挤出局，吞掉他的地盘。胡纬这次居然会跟周亚迪联手，是因为胡家内部出现了分歧：一派想守着自己的烟田，占着绝对主导地位就满足了；另外一派则想联合丹雷把金三角所有资源整合，然后二一添作五。

胡纬的那个叔叔是后者。

所以现在的周亚迪在金三角，反倒成了一个彻头彻尾的外人。或者说，他从来都是一个外人，当年因为他的父亲突然去世，才硬着头皮顶上的。

一个外人在那种地方，即便有再大的能量也是没有根的，很快就会被缠死。周亚迪的可笑之处还在于，他居然是带着"梦想"去继承家业的。——我知道深圳梦、香港梦还有美国梦，那些梦想给普通人力量，凭自己努力可以获取财富和世人的尊重。可谁听说过"金三角梦"？那富可敌国的财富上沾满了鲜血，见不得阳光，睡觉都要睁着一只眼，防着警察或仇家的子弹打爆他们的脑袋。

所以在金三角怀揣梦想，无异于躺在一张豪华大床上，做着一个永远也不会醒来的噩梦。想到这里，我不禁越发同情起周亚迪来。我知道这点怜悯会让我忘了对方是条毒蛇，但当年那个意气风发的他，此刻落得如此田地，多少让人有些唏嘘。

我把U盘丢还给周亚迪："照顾好苏莉亚……"他要觉得苏莉亚是我的软肋，就让他那么认为吧。

我知道U盘的重要性。

如果可以，我恨不得立刻拿这个U盘回去复命。

但理智告诉我，这个U盘离开了周亚迪和胡纬便没有价值，周亚迪壮士断腕似的说要送给我，就像当年给我一把打不死人的枪一样，只是想让我觉得他是真心对我。我在心里冷笑了一声。

那我就将计就计吧，把它也当作一个道具，一个证明我对他们生意没兴趣的道具。只要他们信了我，真心想利用我的海路资源运毒，我就可以大大方方地和他们一同去参加那个神秘的聚会，到时候我只需将地点和时间发回总部便可大功告成。

我关了车灯，放慢车速，车像一条大蜥蜴尽量不发出声音地在草丛里滑行。地面渐渐泥泞起来，轮胎不停打滑，看样子车是不能再往前走了。我停车拿出地图算了算，说："不远了，走过去吧。"

周亚迪害怕地说："不远是多远？秦川，你知道我跑不动的。"

"这里不是丛林，不能跑，动静太大会招来解放军。"

一听"解放军"三个字，周亚迪就更紧张了，声音发颤："军……军队啊……"

我下了车，对跟在后面的胡纬说："我在前面探路，你照顾好迪哥。"

胡纬看了眼正提起裤脚用脚尖探面前的水坑深浅的周亚迪，点点头。周亚迪眼巴巴地看着我："秦川，你当过兵，会过这种沼泽的吧？"

"练过，还有口诀呢，只要按照口诀，八九不离十。"我试了一下脚下泥浆的滑浮程度，带头往前走去。

多亏今天晚上有月亮，地面有水的地方反出点点亮光，放眼望去到处都是水，草皮黑乎乎的东一片西一块，只有踩上去才知道虚实。我深一脚浅一脚地在前面探着路，碰到用脚探不出虚实的地方恨不得趴地上用手摸。

起初周亚迪和胡纬很紧张，紧紧跟在我身后。走了一阵，发现远没有他们想象的艰难，慢慢就放松了下来，甚至有一句没一句地闲聊起来。

“我没说错吧，秦川真是人才，没他，我不知道死多少回了。”周亚迪感慨道，“当年，你哥大晚上的派人追杀我，就是秦川拖着我在林子里跑，最后引开追兵我才跑脱的。这一晃都好几年过去咯。”

周亚迪总是时不时提起胡经曾经如何对付他，如何千方百计置他于死地。以我对他的了解，无非是想让胡纬感觉胡家欠他点什么。——胡纬要真有了这种负罪感，不管是生意上还是别的事上，就总会让着他些。这是他惯用的伎俩。

胡纬直接把他的后半句抹了，冲我说：“秦哥是厉害，过这种沼泽地，我们都害怕的。秦哥，你教教我这个过沼泽地的诀窍吧。”

我正想让他们别瞎聊了，就见前面有几道微弱的银光。我蹲下来判断好距离，伸手一摸果然是铁丝网，赶紧低声叮嘱他们：“到了，小心着翻，别弄出动静。”将铁丝网撑开一个可容人钻过去的洞，三人换手相互照应都钻过去之后，我说：“过境了。”

胡纬扶着膝盖喘了会气，回头看看身后那片湿地，对我竖起大拇指：“秦哥，有两下子，那个口诀教教我吧。”

“什么口诀？”

“你说过沼泽地有口诀的。”

“我记错了，过冰河有口诀，过沼泽地哪来的口诀？”

“啊？”周亚迪停步问，“那你带我们安全过来了，靠的是什么？”

我摸了摸受伤的额角：“运气吧……刚才到底用了多大的劲？怎么还在流血？”

周亚迪愣在那里。胡纬哈哈一笑揽过我的肩膀朝前走去，把周亚迪落在后面也没管他。

6

过了湿地之后地面慢慢坚实起来，往前走了不到两公里，前面出现一道两边看不到头的大深沟。胡纬按亮了手表上的夜视灯，仔细看手表上的经纬度，说：“就是这里了。”

“装备够先进的。”我看了眼他的多功能手表，“他们人呢？不是说早就应该到了吗……”

我话还没说完就觉得后腰被一股大力击中，面朝下往深沟栽了下去。那一刻只觉得耳边满是风声和土石滑动的声音，不等我把身子蜷起来，便重重地跌到了沟底，一连打了好几个滚才定住了身体。我使足劲终于喘上来一口气，扯动了腰背剧烈的疼痛，却连一点声音都发不出来。我反弓着身体侧躺在沟底，一动也不能动，只听到顶上周亚迪的呵斥声："胡纬，你干什么？"

"我给你使半天眼色了，你看不到吗？你还真想带他去啊？"胡纬一改之前那种忍气吞声，只听他啐了口唾沫骂："敢威胁我？还塔哥？"

周亚迪说："你疯了？那……那可是我的兄弟啊……"

"迪哥，对不起了。"这是胡纬的声音，"今天他必须得死。对了，你介绍来的那人是个缉毒警的事，我还没和你算账呢。"

周亚迪的声音低了下去："我真不知道那是个公安的卧底……"

"公安的卧底"几个字让我暂时忘记了浑身的疼痛，头皮一阵发麻。——原来他们早就知道了大军的真实身份。

胡纬哼了一声："我让你杀他的时候，你好像很不愿意？"

周亚迪急忙说："我那个时候真不知道，我以为你是为了让秦川安心才要杀他的。"

心里像是被刀剜了一下的疼，腰上的剧痛又重新袭来，我忍不住哼了一声。一个大土块从上面滚了下来，在我头边摔得粉碎，扬起的尘土呛进了肺里，我忍着气没咳出声。胡纬继续在上面叫骂："给你三分颜色就开染坊？还俄罗斯后台……你等我下，我下去看看，亲眼见他死了才安心。"

远远一阵汽车的引擎声在黑夜里显得特别清晰，很快声音就近了。周亚迪说："他们人来了，走吧……要让他们知道我们带了外人过来，麻烦就大了。"

不多久就听有车停了下来，还不止一辆。咣咣几声车门响、引擎发动声之后，车渐渐走远了。整个世界又陷入黑暗，恢复了死一般的宁寂。

我试着慢慢地活动身体，但每动一下，整个后背都像是被针毡碾过一般地疼痛，肺里一股气冲上来让我剧烈咳嗽起来。

原来他们两个一直配合做戏给我看，让我以为他们不和，却又都要倚重我。他们的目的达到了，我疑惑、猜测的重点都错了，全然没往这个方向上想。

他们只是想利用我平安越境，本来过了境就要立刻解决掉我，正如胡纬所说，他对周亚迪使了眼色。是天色太黑周亚迪没看见，还是畏惧我的身手不敢轻举妄动？周亚迪没响应他，胡纬只好亲自动手。幸好我扔了周亚迪的刀，不然以胡纬的身手，真要从背后一刀捅过来，我多半躲不过一死。

胡纬敢把事做这么绝，更证明了他们这次要见的人，不仅仅是个毒品大买家，还是个可以让他们横行无忌的大靠山。

现在好了，他们得逞了。汗不断冒出来汇聚成水流，冲刷着我眼里和脸上的泥沙，却冲不掉内心的屈辱感。周亚迪给我那个 U 盘时就知道，我是不会收的。我以为我看透了他们，殊不知他们也早已摸透了我。

我试着一遍又一遍地从脚往上活动着关节，一阵阵钻心的疼痛像是有把榔头在轮番敲打着全身。我眼前一黑，朦胧间似乎又回到了几天前的船上，漆黑的天空与大海混在一起，没有界限，没有边际。海浪摔打到船舷上，像碎石子一样扑在我的身上、脸上。我睁不开眼睛，想要抓住面前的一段绳索，双手却总也使不上劲。被绝望和恐惧折磨着，我丢掉最后一丝尊严，使出浑身的力气嘶吼着、哭号着：“程建邦、老徐，救我！”这声音马上被暴风雨吞掉，任凭我怎么用力，力气还是一点一点从身体里溜走。一个大浪打来，我被颠得飞了起来，身体重重地砸到了栏杆上，像是被拦腰截成了两半，朝着漆黑的大海落下。

“啊！”我大喊一声，从噩梦中惊醒，喘着粗气，浑身早已被汗水浸透，耀眼的阳光像针一样扎进眼里。

看了眼手表，意识到这已经是第二天的中午了。我挣扎着用双手撑起僵硬的身体，蜷起腰勉强翻过身时，已经筋疲力尽。好在腰的情况比我想象中要好得多，至少还能动。我靠坐在沟底再一次昏昏沉沉地睡去，脑中却像被千军万马踏过一般混乱。想梳理一下事件找出一些头绪，每一次精力的集中，脑海中就仿佛打开了一扇窗，窗外只有周亚迪那张脸，对着我，轻蔑地谩骂着，羞辱地吐着口水。几次在半睡半醒间，我伸手想抹去脸上的口水，手心里全是自己的泪水和汗水。

到底是从什么时候开始，我的噩梦总是离不开漆黑翻滚的海水和暴风雨？也许一切都是从我第一次出海执行任务开始的吧。

两年前，徐卫东把我召回总部，交给我一个穷尽我的想象也没想到过的任务。

过去，金三角占着地利之便，毒品生产和运输成本相对低廉，基本掌控着亚洲市场的定价权。近年来随着中国警方在缉毒方面的经验越来越丰富，打击力度也越来越大，使他们的运输成本大幅上涨，失去了价格优势。而且频频出新的新型毒品也挤压着金三角毒枭们的生存空间。终于，他们坐不住了，想开辟海上运毒路线，直接向日本、俄罗斯等地发货。茫茫大海，鱼龙混杂的渔船、商船，给缉毒工作带来了前所未有的考验。

我接到的任务便是尽可能地掌握海上运毒线的情报。

几经斟酌，上级选中了一个经常在天津附近海域活动的走私团伙。

他们最早是一批不守法的渔民，走私些高档手表、汽车配件什么的，慢慢形成自己的运货线路后，开始偷运利润更高的违禁药品。普通老百姓不知道，所谓进口特效药也是一大害。这些药临床时间大多很短，在国外都属于试验阶段不允许正式上市的危险品。而走私的药绝大部分根本就是假货——国内不少患者有的是一味迷信进口药，有的是病急乱投医，殊不知这些假药造成的伤害丝毫不亚于毒品。

缉私部门曾多次展开专项行动，抓捕了一些走私分子。但这些人害怕遭到货主的报复，宁愿选择自己坐牢，也不交代完整的利益链条和幕后老板。

我们的计划刚启动的时候，情报部门截获了这个团伙要偷运一批药品的情报。上级部门决定放长线钓大鱼，既要摸清整个利益链条，为一网打尽做准备，又可以借机打入并掌控该团伙，成为我们在海上的移动情报站。

上级的计划是“收编”这个团伙，假造几次海上安全护航的实例，就能吸引贩毒集团主动上门求助。

我的代号是“塔哥”，灯塔的塔。

这是一次跨国联合行动，当他们的船进入公海时，日本警方假扮的几艘海盗快船就把他们围住，一句话不喊强行登船。

这些人以前干的买卖小，很少到公海，海盗这种事只是听说而已，哪承想自己第一次干大买卖就碰上了。一看“海盗”们一副要钱也要命的阵势，吓得顾不上许多，抱着宁可被警方抓住坐牢也要保命的心态用无线电求救。

我们见时机差不多了，便回应了他们的无线电请求。我表示我有武器，可以帮他们逃过这一劫，然后开了一个可以说他们无法承受的天价。他们没敢还价，一口答应了下来。

于是我们跟日本警方演了一出海上火拼的对手戏，经过貌似激烈的战斗，我们“赶”走了日本“海盗船”。

轮到“塔哥”正式闪亮登场的时候，我还在晕船。之前我一直趴在栏杆边吐酸水，这时不得不挣扎着站起来，几个人簇拥搀扶着我上了他们的船。出场前我强撑着喝了几口白酒，又往身上洒了些，显得是喝醉了才站不稳。

问他们船长要之前说好的钱，他们哪里拿得出来？船长姓郭，外号郭疤瘌。这人身材魁梧，渔民特有的黝黑粗糙皮肤上，一道骇人的刀疤从额角一直延伸到下巴，那真不是一般的面目狰狞。

郭疤瘌点头哈腰地满口江湖客气话，却话里话外探着我的底。

我身边的兄弟把我早年在金三角的事迹添油加醋地吹了一遍，再三强调我是五六个国家的通缉犯。我跟郭疤瘌说，如今我自立山头，带这帮兄弟干海上保镖的营生，除了钱什么都不认。

郭疤瘌把胸脯拍得山响，说半年内肯定付清。

我不同意，拿不出钱来就只能用船和货抵账。当然，如果船上的人愿意的话，可以跟着我干，收入比过去只多不少。

这是海上江湖所谓的规矩，郭疤瘌只能答应下来。

郭疤瘌引路，两条船停到了一个僻静的湾港里。他大概觉得看清了我的实力，无非一条破船加七八个人而已，进港前就收起了谄媚的嘴脸，时不时拿斜眼瞪我。

船还没有停稳，他一声招呼，他的十来个手下就亮出铁棍、短刀把我团团围住。我无奈地叹了口气，摇摇头："本来想带你一起玩，想不到你竟然是个恩将仇报的小人。"我环视了一圈，冲那些人说："你们跟着这样的老大不丢人吗？"

他们并不是亡命徒，大多拖家带口，麻起胆子干走私也就这两年的事。你让他们为钱偷偷摸摸走私违禁品可以，让他们杀人放火，他们还真没见过什么血。况且不管哪个行当，总有些不成文的规矩，他们内心深处对所谓的江湖规矩还是有敬畏的。这事郭疤瘌不占理，被我这么一说，有些人就更含糊了。

"愿意跟我干的，把你们手里那些小孩打架的玩意扔了在一边等着。不愿意跟我的现在就走，我跟郭疤瘌算账不关你们的事。"我头实在晕得慌，顺着船边坐下来，摘下手表，放在船舷边绑着的救生艇上，特意将表面对着他们，缓缓说，"如果非要和我对着干，我给你们三分钟，给家里打个电话安排后事。"

一圈人像中了定身法，愣愣地站着，场面静得出奇。我甚至能听到手表秒针嘀嘀嗒嗒走动的声音。不到半分钟，叮叮当当的一阵响，三四个人丢下手里的武器走了。再半分钟过去，又是一阵叮当声，五六个人扔了武器，对我鞠了一躬站在了一边。

郭疤瘌和剩下的几人还紧紧攥着手里的家伙，瞪着血红的眼睛一副要扑过来撕了我的架势。我看了眼表，说："别着急，还有不到两分钟。你们应该抓紧时间给家里打个电话。"

郭疤瘌不信邪，迈步朝我逼近过来。我手指塞嘴里打了一声呼哨，岸边冒出十几个人，他们都是上级派来协助的特警，穿着便装蒙着脸，身手敏捷地跳上船来。

郭疤瘌陡然被十几支枪指着脑袋，吓傻了，低头看看自己手里的铁棍，下意识地还想反抗。不等他们有动作，郭疤瘌的后脑就挨了一枪托，眼看着他翻着白眼就要瘫倒，便衣特警下意识往后退了一步。谁知郭疤瘌在倒地的一瞬间，“噌”的一下从特警的胯下蹿过，一个猛子扎进了水里。跟随他的那批人学着他的样子纷纷往海里跳，这些人常年在船上讨生活，动作又快又麻利。便衣特警们连扑带踹，还是漏网了两个。我给带队的特警使了个眼色，他用眼神点了几个人，把枪交给身边的同事，从腰里摸出匕首叼在嘴上，纵身一跃跳进海里去追。

剩余几个没跑得了的人，扑通一声全跪了下来。我扶着船舷站起来，探头朝混浊的海面看了一眼，说：“真是有骨气。”

跪在地上的其中一人说：“大哥，郭疤瘌再不仗义、再不对也是我们老大，我们背叛他就是不仗义……不过事情到了这一步，我们认栽，怪就怪自己瞎了眼跟错了人，现在认清楚也不算晚，你要杀要剐我绝无二话，死在这里总比被鱼吃了要好。”

跪着的那几人都满怀期待地看着说话的这人，我细细看了他一眼，面对着数十个黑洞洞的枪口还想搏一把的人，胆子都不小。我笑着说：“当时你们说大家都是中国人，求我救你们。被我从日本人手里把命救出来的是你们，完事反咬我一口还跟我扯义气讲血性的还是你们。”说到这里我脸色一沉：“闹了半天，你们这点血性都是给我准备的？”

他原本一脸要慷慨陈词的样子，听了这话有点蔫了，低下头说：“明白，您今天要是不办我们，将来您的话就没人听了。”

我问：“你叫什么？”

“我就是个小人物，薛五。”这个薛五大概早已看出我不会把他们怎么样，不然根本不会废这么多话。他出头说这些无非是想引起我的注意。稍微有点脑子的人都明白，他们这个团伙面临着一次大洗牌，过去的格局将彻底被打乱。金字塔的塔尖肯定是我，那仅次于塔尖的是谁？现在就是争取二把手的最好机会。薛五想在新格局里占据最好的位置。

幸运的是他猜对了，我确实需要保留他们的一部分骨干，才能在最短的时间内真正了解和掌控这个团伙。我对身后的一个便衣特警说：“全部带到船上，到了公海扔了，是死是活看他们造化。”

薛五是有些城府，但当性命捏在别人手里把玩太久时，那点定力就不够用了，眼神慌乱起来。那还跪着的几个干脆就不断磕起头来。还是那句话，这些乌合之众，比起我往日在任务中打交道的那些毒枭，简直可以用单纯来形容。

薛五脸色惨白，哆哆嗦嗦地说："大……大哥，知道您瞧不上我们，但是海上的事我们哥几个还算熟，汽车配件、手机什么的我们都有门路，给您赚点零钱还是没问题的，再不济也得有人出力气不是？您有什么货要出手，我、我也都有下家。"

我冷笑着说："你们老大郭疤瘌也不知道死了没有，我把你们这些忘恩负义的人留下，那跟留几只狼在身边有什么区别？"

一个便衣特警从船舱里搬出一个箱子搁在我脚边，箱子上印的都是外文。不等我问话，薛五抢着说："大哥，这是英国的特效抗癌药。这批货我有路子，能出手卖个好价钱。你给我个机会，就当是将功赎罪。"

我走过去蹲在他面前，递给他一部手机："给你五分钟把这批货出了，每多一分钟，你们几个就得死一个。"

薛五连连点头，一把拿过手机，哆哆嗦嗦地拨号，拨错了好几次才打出一个电话。对方在问价格，薛五抬头看着我想问我的意思，被我用眼神挡了回去。他口气一变，呵斥着电话那头的人，说这批货很抢手，眼下有好几个买家，一分钟内决定要不要，不然立刻换买家。很快他们谈妥了。薛五挂了电话，擦着脸上的汗说："搞定了。"

"你把这个叫搞定了？"我伸出手，"钱呢？"

薛五说："这得见了面交易啊。"

我呵呵一笑："你是说我不懂规矩？"

"不不不，我绝没这意思，这不是等您吩咐什么时间、在哪收钱嘛。"

我看了眼手表说："还有两分钟，再找两家，价高者得。"

薛五又打了几个电话，联系了三四个买家。对于药品走私这件案子，我的任务算是完成了。剩下的事就可以让那些伪装成我手下的同事，带着药品去和那些走私犯周旋了。

我满意地点点头，抬起一只脚踩在药箱上，目光缓缓扫过或站着或跪着的这群人。这里，将是我全新的战场。

他们呆呆地望着我，好像在等我的一纸判决书。我笑着说："我姓秦，海上的朋友给我起了个诨号，叫灯塔。"

安静了几秒之后，薛五带头举起胳膊说："秦大哥收下我们了！以后我们就跟塔哥混了！"

呆滞的人群终于回过神来，他们相互兴奋地对视，一起振臂高呼，那是一种劫后余生的亢奋。我冷冷地看着他们，只觉得有些心酸。

说不上是同情还是悲哀，这种突如其来的低落只会让我觉得孤独，站在远处冷眼看着这一切，也包括我自己……

7

剧烈的疼痛将记忆的闸门骤然冻结，就像从一个热闹的美梦里猛然惊醒，那些人的容貌、喧嚣一下都不见了。我躺在沟底，望着被深沟夹成长条状的天空，那是一整块纯净的蔚蓝色，没有一丝云彩。要不是一股带着细沙的风吹进眼睛里，我以为时间已经停止了前行。

又试着活动身体，确认自己没有致命伤，但干渴和饥饿耗尽了体力，我懒得动，宁愿就那么躺着，像一个真正的死人那样躺着。

我在心里对自己说：塔哥，多么不可一世啊。这才多久，就被那些走私犯捧晕了头，真以为自己无所不能了？被自己看不起的人弄死在这荒无人烟的戈壁滩上，你可真出息啊。

我忍不住笑了起来，嘴唇迸裂出的血流进了嘴里，腥咸，还带着一丝淡淡的铁锈味。我伸出双臂，盯着手掌慢慢地攥成拳头，暗暗说：你可不能生锈啊。

太阳快落山的时候，气温明显下降，要再这么待一晚上就真死定了。我咬着牙活动开浑身的关节，扶着土壁站了起来，一边往前蹭着一边找，终于找到了一个缓坡，手脚并用地爬到了地面上。一阵凉风吹透汗湿的背，才感觉到自己似乎离死亡稍稍远了那么一点点。

我坐在沟边，看着夕阳慢慢地消逝在辽阔的地平线，那股屈辱激起的愤怒在心里发酵、膨胀，一直到整个胸腔都无法承受，开始猛烈地咳嗽。

当第一颗星星在夜空中开始眨眼时，我系紧了鞋带，忍着伤痛，猫着腰，朝着来时的方向跌跌撞撞地跑去。伤后的低烧让我开始产生幻觉，好几次觉得是踩在了棉花上，走走停停，速度比来时慢了许多。大概到半夜才看到前天夜里扔在这里的汽车，这是远离乡镇的湿地，方圆百十公里没人烟，所幸一天一夜后车还保持着原样。

从车里翻出些水和干粮塞了几口，掉转车头返回到周亚迪丢我电话的那段路边，从水坑里捞到了手机。手机是防水的，应该还能用。我正检查手机的状况，就觉得后脑勺被硬物顶住了，身后一个低沉的声音说："别动。"

对面的树丛中走出一个人，双手握着手枪探着步子走过来，一看就知道受过专业训练。手电的亮光晃得我眯起了眼睛。那人问："是秦川吧？"

"是。"

身后那人收起了枪，伸手来扶我。"我们在这附近执行任务，临时接到上面命令，要我们到这附近找你。"对面那人指指我的手机："定位显示，你手机在这里没了信号。"

我拍拍两位同事的肩膀："辛苦你们了，我没事，你们复命吧。"他们对我行了一个简易的军礼，将枪插进后腰，转身钻进了树丛中。

我看着他们消失的方向发了会呆，终于攒足了向徐卫东报告的勇气。

电话接通后，听到他那有些沙哑的声音，一下把之前准备的说辞全忘了，沉默了几秒后，我说："线索断了。"

徐卫东出奇地安静，我那些挨顿臭骂的思想准备全白做了。他语气平和地说："先回来吧。"

一个月前，徐卫东将我召回总部布置任务。情报显示金三角与境外大毒枭达成意向，要组成横跨多国的超级贩毒集团，周亚迪和胡纬作为东南亚毒网的核心人物，要前往俄罗斯参加会议。徐卫东命令我组建行动小组，不惜一切代价要拿到该会议的准确时间、地点以及与会人物的详细资料。

说到"建组"，我眼睛不由得一亮，但徐卫东一句"除了程建邦，其他人你随便挑”把我想说的话打了回去。

那一刻我想，我要再不争取，可能这辈子就再也见不到程建邦了。我还没有资格为程建邦担保。想想又不死心，硬着头皮问徐卫东，他能不能为程建邦担保？

徐卫东说：“胡家悬赏三百万美金要程建邦，不论死活。”

有些战友，你失去就永远失去了，你们阴阳两隔，只能在梦中把酒言欢。你知道他们永远也回不来了，倒也容易接受现实。

还有些战友你没有失去，在生死一线的时候，你一个眼神、一个动作就能得到他相应的反馈。哪怕隔着山隔着海，你都坚信他会在你最需要的时候出现。这样的一个战友，却不能与你并肩作战。你明明知道他就在离你不远的某个地方，只是不知道他会不会再出现、什么时候出现。这只会让你面对新的搭档无所适从。

默契这东西，不可取代也无法复制。

很快，潜伏在金三角的特案组探员发回来另一份情报，说周亚迪和胡纬已经出发，而胡纬的叔叔安排了人，打算在海上把他俩一并干掉。完事后就说是海难，以后金三角胡家就只能听他的了。

没时间再犹豫了。搭档这事不能有丝毫勉强，否则会成为彼此的拖累。我只能只身前往完成任务。

他们的船果然刚进公海就被一群来历不明的海盗袭击，我“及时”出现，救下了周亚迪和胡纬。故意放走了胡纬的叔叔，让他进了日本警方的缉捕圈。

就在我自以为掌控全局，能顺利地跟着他们前往俄罗斯的时候，残酷的现实一巴掌又把我扇回到徐卫东的办公桌前。

事已至此，要么继续这个任务，要么去执行下一个任务，想多了都是自我烦恼。无论是哪一种，都需要一个良好的状态。想通之后，我在二连浩特的酒店里痛快睡了一觉起来，开车连夜赶回总部。

“有件事我想问下你的意见。”徐卫东见我进门，不等我喘口气就说。

这可是太阳打西边出来了，他居然问我的意见？这么多年来，我还不知道我的任何意见在他这里什么都不是吗？

徐卫东指指桌上一个东西说："送你嫂子的生日礼物，怎么样，好看不?"

我伸脖子一看是条亮闪闪的项链。既然他不想提我这次失利的事，那我就别较劲了。我收起心里的失望和沮丧，提起项链对着光看："好看。这是玻璃的还是钻石的?"

徐卫东一把夺了过去："你懂什么，这叫水晶。"

我说："水晶没有钻石值钱吧?"

"少废话。"徐卫东脸一沉，把项链收进抽屉，"说正事，有个事和你商量。"

"我哪懂这个？你要我说，那肯定钻石的好。"

"少废话。"徐卫东板起脸指了指一旁的沙发，"坐。"

我知道该挨的那顿打，来了。

"我看你气色不太好，怎么样？想回去接着当你的海盗，还是给你换份工作换换心情?"老徐脸上没有任何表情，眼睛平静得像是一潭池水，这让本来就摸不透他的心思的我更加含糊起来。他点了支烟："怎么想就怎么说。"

我试图避开他的眼神，磨叽着说："我……我愿意服从组织安排。"

他嘴角一扯好像是笑了一下？我心里正打着小鼓，徐卫东"腾"的一下从沙发上站了起来，指着我的鼻子说："大风大浪闯过来了，最后收网的时候你给我撂挑子？让日本人和俄罗斯人站在一旁看我们笑话？你不要脸，我还要呢！你丢的是特案组的脸、中国军警的脸！"他几乎是吼着说完最后半句，一把揪起我。"还有心思换新衣服，头也是刚理的吧?"

我耷拉着眼皮，看着他手腕上一条条凸起的肌肉和血管，大气也不敢出。

徐卫东松开手把我扔回到沙发上，自己坐在对面狠狠地抽了几口烟，将半截烟按在烟缸里揉了个粉碎："说话，不吭声能过得了关?"

我知道这次他是真的怒了。我也不知道是害怕他生气，还是害怕他失望，总之我从没像这样害怕过。被亡命徒用枪抵住脑袋的时候，在子弹乱飞的丛林里狂奔的时候，在惊涛骇浪中像一片树叶随时都可能被大海吞没的时候……我都没有这么害怕过。我舔了舔干裂的嘴唇，蚊子哼哼似的挤出一句："请求处分。"

徐卫东一拍茶几，喝道："秦川！"

内心的畏惧和憋屈混合在了一起，被这一声爆喝点燃了似的，耳根被烧得火辣辣地疼。我站起来整了整衣服，大声说："请求组建行动组，继续完成任务。"

徐卫东狠狠瞪了我一眼，走回办公桌前拉开抽屉，翻出几页纸和一个封好的信封，提笔不知在纸上写了些什么，最后盖了个戳。见我眼巴巴地看着他，老徐把那张盖了戳的纸揉成一团，和信封一起丢到我怀里，用他一贯低沉的声音说了一个字："滚！"

我赶紧打开纸团，那是一份写给某哨所的介绍信，只听徐卫东说："信封直接给他领导，你不准打开。"

老徐口中的"他"一定是程建邦！

我激动地转身朝徐卫东一个立正敬礼，"滚"出了门。

第二章

海上成了我的地盘

1

一百公里的荒滩过去，又是一百公里……一条笔直的黄土路直通天际，仿佛永远走不到尽头。两边荒芜的戈壁滩让人不由得怀疑，人在这样的地方怎么生存？

路边终于出现一块标着地名的牌子，远处有一丛杨树围着的建筑物，在空旷的沙滩上小得像丛西洋花菜。我喊了声：“师傅，我在这里下。”

司机扭头看看我说：“在这儿当兵？你们辛苦了。”“谢谢。”我背起包往前走。司机慢慢地减着速，看得出他是刻意想让车停在更近些的地方。

车门打开的瞬间，像是有人站在车外往我脸上撒了一把沙子，阳光凶猛得把黄土照得灰白，刺得人眼睛生疼，地面上时不时刮起一个个盘旋上升的小旋风。风缠在脚边像是被人抱住拖住了腿，我望着远处飘扬在白杨树林里的红旗，干脆小跑起来。

到岗亭前站住，里面小战士肯定老远就看到了我，绷着脸表情严肃地问：“干什么的？”

我将证件夹在介绍信里递给他：“我找人。”

小战士认真地核对完证件，冲我敬了个礼，回身指着一排砖瓦房说：“我们队长在那。”

迎面从屋里走出一个中等身材、面色黝黑的军官，问：“你找谁？”

我扫了眼他的肩章，把介绍信和信封一起递过去：“找你。”

队长撕开信封看了一遍，抬起眼皮打量我，嘴角翘起来轻蔑地笑了笑，一甩头说：“跟我来吧。”进了办公室，他既不让座也不倒水，把信封和介绍信丢进抽屉里上了锁，说：“怎么样？查出什么了？”

我有些不明所以，只好说：“我是来接人的，其他的事我不知道。”

队长呵呵一笑：“你们这些坐机关的，成天没事就知道琢磨我们这些基层的，一根筋不对，脑门一拍就派个人过来监察我们。我们边防单位是跟走私的打交道多，别的哨卡我不知道，反正我是问心无愧。回去告诉你们那些端着茶缸子、叼个笔杆子的大爷，有能耐来这儿待个一年半载试试？别成天站着说话不腰疼，想起一出是一出。”他越说越生气，嗓门也越来越高，看那意思好像如果可以，立刻就能大棍子撵我出去。而我不知道他在说些什么，听得一头雾水。

这时一个又高又瘦的军官端着茶杯进来：“嚷嚷什么呢？”

队长余怒未消，但声音倒是明显小了下去，对我介绍道：“这是我们指导员。”

我冲指导员打招呼：“你好。”

指导员问队长：“怎么回事？”

队长打开抽屉，将我的介绍信和信封拿出来丢到桌上，说：“上面派人来拔钉子了。”

“什么拔钉子？这不是要调李铭走吗？”指导员看完信，笑呵呵地对我说，“你别介意啊，这戈壁滩上待久了，脾气都有点糙。”他抬起手腕看了看手表说：“这个时间李铭应该在饲料房里，我带你去吧。”

我愣住了：“李铭？”

指导员大声对外面喊：“小刘。”

“到。”一个小战士跑过来直挺挺站在门口。

“晚上弄几个肉菜给首长接风，顺便给李铭送行。”

“报告，补给车还没到，没有鲜肉，只有罐头。”

“那……”指导员沉吟了一下，说，“就杀头猪。”

“是！”小战士高兴得一溜烟跑了出去。

看着小战士欢快的背影，“李铭？”我茫然地也不知是在问谁：“信里说让我接李铭?”我一直以为我要接的人肯定是程建邦，必须是程建邦……没想到徐卫东费这么大事，派给我的是一个新人。

指导员笑了:“怎么，你连接谁都不知道吗?保密工作这么严格?”

我按捺不住满心的失望，摇摇头不想说话。

从院子西边的角门进去，靠墙有一溜黄土坯房，木头门窗一看就有些年头了。一阵阵“叮叮当当”的乱响从里面传出来，在这空旷安静的戈壁军营里回响着，显得特别不和谐。指导员指指一扇敞着的木门说:“人就在那。我去安排一下晚上的活动。”

门很矮，我低头钻进去。屋里满是鼓鼓囊囊的麻袋，靠门边的几个泔水桶散发着特有的酸味。麻袋和泔水桶都码放得特别齐整，要不是这种军营特有的整齐劲，这儿跟个普通西北农家没什么区别。

屋子中间有个巨大的菜墩，一个穿着迷彩服的人面朝里蹲坐在个小板凳上，一手一把大菜刀，叮叮当当地剁着菜叶。随着他双臂大幅度的挥舞，他方圆两三米内全是密集翻飞的菜叶，有的都飞到了顶梁上。

我对那背影喊了声:“李铭!”

那人丢下菜刀站起来:“到!”几片菜叶飘落下来，挂在他肩膀上、耳朵上。

“向后转!”我故意压着嗓子喊道，慢慢走过去。

那人一个标准的向后转动作完毕时，我与他只有一米的间隔距离。“李铭”看到我，愣了片刻，使劲摇了摇头，挤了挤眼。当看清确实是我后，眼眶一下就红了:“你……你舍得来了?”说着话就低下头去，一副就要哭出来的样子。

这个李铭，正是程建邦。

上级专门为了他做了一套新档案。也就是说，是一直做着再次起用他的准备。

我伸手将他耳朵上挂着的菜叶摘下来，扔到他脚边的橡皮桶里，那里面装着半桶麸皮。我垂下眼皮淡淡地说:“还没吃呢?”

“你，是来接我的吧?”程建邦揪着身上的围裙问。我知道如果我说是，那么这围裙一定会被他扯飞。

"小程……哦不，小李同志啊。"我低着头，用语重心长的口气说，"你的问题你是知道的，组织上派你到这里，是希望你能静下心来反省自己的错误。我在北京听说，你在这里的表现不错。"

"秦川……"程建邦显然被我的官话吓住了，小心翼翼地看着我，"你到底是来……"试探地等着我把他的话接下去。

我背着手在这个简陋的工作间里转悠起来，见正面土墙上挂了一张全幅中国地图，国境线上有一圈明显的灰黑色，像是被手指多次摩挲的结果。我想问问程建邦，回头见他还站得笔直，满眼期待地看着我。

我忍住笑，问："喂了多少头猪？"

程建邦一个立正："报告，喂了十头，打算明年增加到十六头。一来保障部队供应，富余的还可以拿出去卖，改善基层连队生活。"

我点点头："很好嘛。"

程建邦见我再没别的话，有些着急："还行，然后呢？"

"什么然后？"我弯腰看完麻袋看菜叶，才扭头说，"这里环境恶劣，你能安心扎根边疆是很大的胜利……你来这里多久了？"

程建邦低声说："两年了。"

"是两年零三个月又十天。"我补充道，"老子脑袋别裤腰带上和毒贩拼命，你躲在这里享清闲，还打算要喂十八头猪？"

"是十六头。"他严肃地纠正道。

我照着他的大腿就是一脚，把他踹了一个趔趄："赶紧收拾东西跟老子回。"程建邦也顾不上还手，咧着嘴，神情复杂得半天没有说出一个字。我绷不住笑了："去办手续吧，给你半个小时。"

"唉……"程建邦抹了把脸，埋头就往屋外跑。

"把那围裙摘了。"

"唉！"他脖子一缩，把围裙从头上取下来放在窗台上。走了两步又停下来，转身看着我说："秦川，我等你等得好苦啊，我就知道老徐一定会让你来接我的。"

刚才屋里暗，这时站在大太阳下，我才发现他额头上竟然已经有了皱纹，眉宇间那股英气几乎都看不到了。我心里一酸，轻轻说："抓紧时间，不然该错过班车了。”

“要不抱抱吧。”他张开双臂，“我太激动了。”

我一甩头，没好气地说：“滚！”

程建邦吸了吸鼻子，一个箭步冲上来，双臂像两根钢管紧紧箍住我的肩膀。

程建邦很快收拾出一个背包，在队长的办公室里办完了手续。指导员说：“要不，吃了再走吧。”

“不用了，我们还要赶着回去报到呢。”程建邦看着我，“是不是？”

我知道他是一分钟也不想在这里待了，点点头。

“那也不急这一天半天的，这会班车也没了吧。”指导员往窗外张望着说，“而且我都让他们去杀猪了。”

程建邦脸色一变，骂了一声娘丢下包就往外跑，一边跑一边喊，“我看谁敢动我的猪！你们这些王八蛋欺负老子不够，还要杀老子的猪，我和你们拼了。”

“糟了！”指导员赶紧追出去。

我看着莫名其妙，也只好跟着指导员跑过去。

猪舍边一口大铁锅里水已经烧得滚开，长条凳上绑着一头肥猪，声音凄惨地哼叫着。几个小战士围着那猪正忙活。

程建邦看着血泊里的肥猪，气得嘴唇都抖了起来，在猪身边蹲了下来，摸着猪头又去看猪脖子上的刀口，嘴里不知在低声说着些什么。

我上前说：“程……李铭。”

程建邦猛地站起来，恶狠狠地看着那几个一脸茫然的战士，眼里竟然闪出我再熟悉不过的杀气。他指着一个拿刀的战士大声说：“我的猪跟你有仇吗？”

那个二十出头的小战士生生被吓得退了一步：“没……没有啊。”

这时队长也跑了过来，大声叫：“李铭。”程建邦扭头瞪他，队长被他恶狠狠的样子也吓到了，吃惊地问：“你搞什么？”

我上前揽着程建邦的肩，轻声说：“你刚不是说喂猪就是为了给战士们改善伙食吗？不杀怎么改善？”

程建邦指着队长，对我说：“从我来的第一天起，就热脸贴着他们的冷屁股。两年多了，就没有一个人给我一个好脸色，我欠他们钱吗？非说老子是上面派来监视他们的。你说说，监视他们这群人还用我？他们也配！”

我看了一圈众人，程建邦和这个边防哨所的官兵们，一定有着很深的误会。他们怀疑程建邦是上头派下来监视他们的？那程建邦的确无从解释，也无法解释。

“这也配我来卧底？”程建邦甩甩手上的猪血，指着自己的鼻子还想说什么，被我用眼神狠狠地拦住。我抬脚往院外走，扔了一句：“你还走不走？不走就接着喂你的猪。”

程建邦坐在办公室的长椅上，盯着地面发呆。

队长和指导员对我说起这事的缘由。原来最近几年，发生了几起边防军警参与走私护私的案件，上级指示严查严办，又向这些单位派驻了大批调查员。对有问题的单位来说，这是强大的震慑。但对纯洁无私奉献的单位来说，这让他们感到委屈和难受。

程建邦凌空被扔到这里的时候，上级没给他委派具体岗位。他很明显不是新兵，也没有什么专业特长。所以这里的人就误以为是上面派下来监察他们的，对他自然没什么好态度。程建邦整天连个能说话的人都没有，又没正事可干，就主动养起了猪，愣给自己弄了个饲养员的差事。

说到这里，指导员叹了口气，屋里的气氛很是沉闷。

我理解边防官兵们的复杂心情，也能想象程建邦待在这种环境里的憋屈。程建邦的真实身份是绝密，没法跟任何人解释。他毕竟在这里待了两年多，跟这个哨卡的官兵是战友。既然是战友，无论如何也不能用这样的方式告别。

思前想后，我说：“如果你们信得过我，我以我介绍信上的印章向你们保证：他担负着更为特殊的任务，所以很多事只能保密。请你们相信，你们真的误会他了。”

指导员和队长对视了一眼，满是愧疚地同时叹了口气。队长脸憋得通红，走到程建邦面前低头说：“这事怪我，我就是没脑子，你……打我一顿吧。”

“责任主要在我，是我的工作没做好。别说不是，就算是又怎么样？还不都是为工作。”指导员也赶紧说，“你打他的时候留点力气，完了也打我一顿，这样我们两个都好受些。”

程建邦抬头看着两人，许久才长长呼了口气，说：“指导员，有酒吗？”

指导员忙说：“有，有。”打开柜门从最里面掏出一瓶白酒，那酒瓶上的标签都发白了，看来是放了很久没舍得喝的。

办公桌上放着两人的茶缸，程建邦把水泼掉，咚咚咚往里倒上白酒，一缸递给指导员，另一缸给了队长：“兄弟们轮班巡逻，人凑不齐，我也不方便跟他们道别……我没什么别的事，我那些猪就托付给你们了。”说完将手中瓶子里剩的酒一口气喝光。

队长和指导员点点头，喝完酒放下缸子的时候，两人眼睛都红了。指导员说：“抱歉的话我就不说了。将来有空时，回来看看我们。”

“饭我就不吃了。一会应该还有一趟长途班车路过。”程建邦放下酒瓶，“我们先走了。”

出了办公室的门，程建邦还要回猪舍跟他的猪们道别。

那些猪一听他的脚步声，就争先恐后往前挤，他挨个拍它们的头，叫着它们的名字。——他居然给每头猪都起了名字！

忽然像是听到个熟悉的名字，我忙拦住他说：“你刚叫那头黑猪什么？”

“老徐啊。”他头也没回地说。

我扑哧一下乐了：“这要让老徐知道，还不得废了你。”

“他要是能亲自来这把我废了，我也认了，我还以为我这辈子就待这了……”他亲热地对一头白猪叫：“亚男，过来过来。”

我看看他，又看看那群猪，问：“这里头是不是还有我的事呀？”

程建邦扫了一眼我攥紧的拳头，连连摇头：“没有，没有。”叹了口气，从猪舍的台阶上走下来说：“走吧。”

见他溜得飞快，我猛地回头对着猪圈喊了声：“秦川！”只见一头黑白花的肥猪扇着耳朵哼哼着跑上前来。

“程建邦！”我挥拳朝他打去。程建邦已经扛着包，一溜烟朝营房大门跑去。

当初在学校的时候，我最怕的就是被分到这种地方来。好像一旦扎到这里，满腔的雄心壮志和伟大抱负就此终结了。

经历了血与火的洗礼，在痛苦和绝望中挣扎的时候，又是那么羡慕甚至嫉妒这样的生活。再后来我才明白，是我还远没有高尚到成为一块哪里需要哪里搬的砖——身为一个战士，难免要流血。那我愿意在万众瞩目下，轰轰烈烈地流血牺牲，好像那样才能体现我的价值。反之，再壮烈的牺牲也会让人觉得委屈——这是一种虚荣，也是一种私心。

一旦看清了这一点，再见到这些坚守荒漠的战士，看着他们被烈日风沙吹裂的脸时，我才知道自己是如此不堪。

我回头看向哨所，队长和指导员都站在岗亭里目送我们。我端端正正对他们敬了一个军礼，程建邦将行李丢到地上，也遥对着哨所立正敬礼。

“走吧，再不走我就真的走不了了。”程建邦站在风中眯着眼睛说，“我连招呼都不能和他们打。”

2

我们顺利地搭上了最后那趟班车。

车晃晃悠悠开到半夜，在一个叫四道河的地方停了下来，一个乘客喊道：“师傅，您辛苦下一脚油直接走吧，我们一人给你加十块。”其他人也跟着喊：“师傅，这里住宿条件不好，我们加些钱直接走吧。”

司机站起来按着后腰说：“加多少钱我也走不了了，我这腰疼得坐不住了。”他把车开到一扇大铁门前按了几下喇叭。里面跑出个人来开了门，殷勤地招呼司机把车停到院子里去。

乘客们不情愿地抱着行李陆续下车，小声抱怨着：“肯定是收了这家旅馆的钱了。”

“就是。”有人说，“一碗破面条卖二十，通铺上的被褥都是黑的。”

见车上司机乘客都下了，程建邦站起来伸个懒腰说：“走吧，这里条件就是这么艰苦。”

“艰苦？”我看了眼院子里的一排瓦房，“门窗齐全，水和吃的都有，哪里艰苦了？”我凑他耳边低声说：“当年在金三角的林子里，你可是风餐露宿，虫叮蛇咬。”

“往事不堪回首啊。”程建邦将包往肩上一甩，往车门走去。

见他那包轻飘飘的，我问：“你混了几年就挣了这点东西？”

“军装也穿不着，放宿舍了，其他的嘛……你说我连个窝也没有，留那些杂七杂八的也没用。”他反手揪起衣领说，“我这可是名牌，叫个什么来着。你帮我看看，我老记不住。”

旅馆老板直接把众人带进了餐厅。说是餐厅，不过是个摆了五六张桌子的屋子，简陋的吧柜上摆着几瓶劣质白酒。有乘客说：“我们困了，想睡觉。”

“吃上些吧，赶了一天的路吃点热乎的舒服。”老板不由分说地让厨房给每人煮一碗面，说：“太晚了，没啥吃的，大家凑合下吧。来先把账结了，一人三十。”

这一下人群炸窝了。

“上个月还二十，这怎么又成三十了？你们去抢吧。”

“这就是讹人！”

老板冲门外大声喊：“老六、老九，招呼下客人。”

应声进来两个五大三粗的壮汉，眼睛里的凶光让整间餐厅立刻安静了下来。老板嘿嘿一笑，钻进里间招呼司机吃喝去了。

我和程建邦对视一笑，我说：“这是你的地头？”

“过瘾吧？”程建邦眼里已经露出了挑衅的神色，不屑地看着门口那两个大汉。

来的时候我就观察过，这戈壁滩动辄几百公里没人烟，而这种旅店乱糟糟地戳在公路旁，就是专为挣过路旅客黑钱的。我们还有更重要的事，和这些流氓动起手来事小，万一事情搞大，耽误任务才是要命。我忙笑着说：“那你尽下地主之谊吧，这顿你请。”我想缓和一下气氛，不让程建邦跟他们起冲突。

“请客没问题。”程建邦紧紧盯着那两人，咬着牙说，“三十也好，八十也罢，那都得我乐意，我兄弟还没逼我，他们算哪根葱。”

“那可不行，你欠我个大人情，可不能在这种地方敷衍了事，回北京你得请我顿大的，这顿我来。”我摸出一张百元整钞，对门口两人晃了晃：“两碗。”

其中一个走上前来接了钱，对着灯光辨了一下，歪嘴笑着说：“没零钱找，你们两个大男人还不得一人两碗？给你们算便宜点，就一百吧。”也不管我答不答应，把钱往口袋里一塞，得意扬扬地对其他乘客说，“抓紧把单买了，我们后厨大师傅等着下班呢。”

我见程建邦脸色不对，忙对他使了个眼色。程建邦没理会，对那人的背影喊了声：“喂，那个老九还是老六来着？”

那人猛地回过头：“老九，怎么了？”

程建邦跷起二郎腿，晃着脚尖说：“我们两个饭量小，吃不了那么多。”

老九一瞪眼：“那你是啥意思？”

程建邦悠悠地说：“我也看出来了，你揣口袋里的钱，是倒不出来了。”

老九笑了：“真是个明白人儿。”

程建邦说：“剩下的钱你帮找个女人来陪陪我。”

老九哈哈笑着说：“我们这儿还真没女人。”

程建邦一拍桌子说：“没女人？骗谁呢？”

我知道说什么也晚了，只好站起身将程建邦拦在身后：“九……九哥是吧，我这个兄弟喝多了，钱我们不要了，面也不吃了，你给我们安排个房间，我让他醒醒酒。”

老九不屑地瞟我一眼，冷笑着说：“我在门口等他。”将外套脱了狠狠地摔在桌上，露出了胳膊上的腱子肉和刺青。

程建邦看着老九的背影，站起身拍拍我肩膀：“你待着等我……一分钟。”

我一把拽住他，低声说：“你别忘了你是干什么的。”

程建邦的倔劲上来了：“这种脏活我干多了，不用你插手。”

我抓着他胳膊不放：“我们还有更重要的事，别耽误时间。”

程建邦挣了几下都没挣脱，转头凑到我耳边轻声说：“秦川，我们最重要的事就是守护这块土地。谁在这里造次，谁就得付出代价。今天你要么跟我一起去让这帮垃圾长长记性，要么乖乖坐着闭嘴。”

程建邦猛地加劲甩开我的手，一摔门帘出去了。我像是被人迎面泼了杯水，脸上火辣辣地难受。再回头看着那些跟我们同了一路车的乘客，有老有少，像一群误入狼窝的羊，看着他们惶恐地缩坐在一起，我觉得很惭愧。

刚跟出去，就听一声惨叫。老六和老九捂着胳膊倒在后院地上打滚，程建邦背着手站在对面台阶上，面无表情地俯视着两人。见我出来，抬手看看表说：“一分钟多了，十五秒就够。”

见那两人的左臂已经被摘脱了臼。我说：“那我干什么？白来了？”

“都排到老九了，那肯定不止这些人。”程建邦笑着冲我身后努努嘴。我一回头，见旅馆老板嘴里含着一口米饭，目瞪口呆地看着地上哀号的两个大汉，手里的筷子上还夹着一块肉。

我对那老板勾勾手指：“你过来。”老板连连摇头往后退着。我换了副笑脸：“听话，你过来我问你点事。”

老板把碗和筷子一丢，想退回屋里去，却被里面拥出的几个乘客挡住了道。他猫起腰想往人群里钻，门口又多了几个乘客，生生将他卡在了那里。

我过去抓着他的脖领子将他拎到空地上，他索性往下一蹲双手护住脸，号起来：“别打别打，有话好说。大哥别打，今天我请客。”

“我不打你，你站起来，我问你几句话。”我松开手让他站起来，好言好语地问他：“你做生意就好好做，这里就你一家，客源又这么稳定……”没等我说完，只听身后一阵风声，程建邦冲过来对着那老板一个窝心脚，没等他倒地，又一拳打在他右腮帮子上。那人痛得叫都叫不出声，栽倒在地上直哼哼。程建邦一把揪住老板的头发，拖到老六和老九的身边一扔，回过头一副不可思议的神情对我说："你跟他们讲道理？"

我啧啧嘴说："人民内部矛盾，教育为主，你这上来就……"

程建邦笑起来："你等等。"他摸出烟点了一支，抽了一口才说："来来来，既然你觉悟这么高，就讲讲道理，顺便把我也讲通了。"

我说："我就是想劝劝他们做生意要讲规矩。我以前跟的那个老板最讲规矩，从来不玩这些下三烂的手段，人家现在身家已经不能用亿来计算了，都把生意做到国外了……"

程建邦对旅馆老板说："我这兄弟说的话你听见了吗？"

老板捂着脸哼唧着说："听……听见了。"

程建邦又问："以前不知道做生意要讲规矩吗？"

老板摇摇头，意识到不对，赶忙又点头："知道知道……"

他话没说完腰眼上又挨了一脚。程建邦转过脸对我说："你看，这些道理他知道，所以说了没用，来，你接着讲。"

我对已经没力气哼哼的老九说："货币是流通的，而且该流通多少在你的手里，是依靠商业规矩和头脑，怎么能落你口袋就倒不出来呢？你那不是抢劫吗？"

老九眼泪汪汪地说："大哥我错了，我这胳膊快废了，你让我去医院吧。"

我赶紧抬手捂住了耳朵。果不其然，程建邦对着他肩膀就是一脚，老九叫得太惨，捂住耳朵也没用，听得真真的。

程建邦说："我兄弟跟你讲的道理里头，有去医院这事吗？你到底有没有听？"

老九哀求着："大哥，真的，真的疼，疼得受不了了。"

程建邦叹了口气，对我说："你看，我就说讲道理没用。"

我白了他一眼："你把他胳膊弄脱臼了，他能听得进什么？再不接上怕是真废了。"

老九挣扎着爬到我脚边说："大哥，我一家人指着我这手吃饭，您大人有大量，救救我。"

我把他扶起来："以后别这样，多不好，来我帮你接上。"老九连连点头，我双手抓住他胳膊使劲一拉，又是一阵杀猪似的惨叫声。我偏过头躲着那刺耳的尖叫，说：“对不起对不起，时间长了不玩这个，手有点生，再来一次，一定行。”

老九脸色惨白，满脸的鼻涕汗水，看起来神志已经不太清醒了，嘴里叨叨着：“哥，我妈都六十多了，我到现在还没让她过过一天好日子……”

“明白明白。”我安抚地拍拍他说，“这一次一定行，要不你让他给你接吧。”我用下巴指了指程建邦。老九急忙摇头。

我一手拽着他的手腕，一手握着他的胳膊肘，将他手臂放在灯光下仔细看，问道：“你这个文身是老虎还是豹子？”手上稍一使劲，老九眼睛一翻直挺挺地晕了过去。我举起双手看着满眼惊恐的老六说：“不好意思，他胳膊上的文身让我走神了，要不我先帮你……”

“哥饶命，饶命，再也不敢了，哥啊……”老六砰砰地磕着头，已经顾不上胳膊上的痛了。

我看了眼程建邦：“解铃还须系铃人。”

程建邦把烟头往地上一丢，老六吓得蹬着腿拼命往后躲，使劲摇着头，居然哭了出来。程建邦上前一把揪住老六的头发，另一只手抓着他的胳膊，只听关节咔嗒一声响，老六一声惨叫后安静了下来。缓过气来的老六试探着活动了肩膀，松了口气，说了声：“谢谢哥。”

程建邦又走到老九身边，刚蹲下还没碰到人，那老九突然号叫起来，挣扎着往大门方向爬去。程建邦吓了一跳，又不由得笑了。他追上两步按住老九，利索地帮他接好胳膊，揪着头发又拖了回来。

“差点忘了还有一个。”程建邦见旅馆老板缩在地上，一拍脑门说。上去就把老板的胳膊给搞脱臼，老板张着嘴巴半天没叫出一声，程建邦又一拍脑门：“哎呀不好意思，我忘了你的胳膊是好的，不好意思。”再一用力，又给接了回去。那老板一直就那么张着嘴，眼泪汪汪地望着天空，像是在用心电感应和诚意召唤来自外太空的帮助。

“大半夜的去哪啊？”程建邦突然扭头说。

司机正蹑手蹑脚地朝大门溜去，见躲不过去，僵着笑说道：“我，撒个尿。”

这时外面响起一阵汽车引擎声，两道大灯的强光透过铁门照进来。司机像见着救星一样赶紧打开门，把一辆大排量的高档越野车放进院来。我跟程建邦对视了一眼，并肩站在了一起。

车上下来一个四十多岁的男人，留着整齐的中短发，衣着得体，看上去斯斯文文的。那人下车后舒展了一下身体，扫视了一圈，问：“老板在吗？”

旅馆老板从地上爬起来：“沈哥，你来了。”拍着身上的土，殷勤地迎了上去。

那人打量着问：“出什么事了？”

老板干笑着说：“没事，哥几个喝了点酒高兴，摔跤玩。”回过头喊：“老六、老九，沈哥来了，还不招呼？”

沈哥看看站在后院门口的那群旅客，又看看满身满脸是土的老六和老九，最后目光才落在我和程建邦身上。他叹了口气，对程建邦伸出手：“你好。”

程建邦跟他握了握手，他又跟我握手，说：“是不是他们又讹人了？”

旅馆老板赶过来抢着说：“哪能呢？我们……”

“闭嘴。”沈哥低声喝道，冲着众旅客说，“今天晚上我请客，给大家赔个不是。”对那老板吩咐道：“给每个客人封六百块钱红包赔罪，回头我再和你算账。”

旅客们小声嗡嗡议论起来。见我和程建邦都不出声，那沈哥笑着对我们说：“你们教训得对，这荒滩上几百公里连个影子都没有，就这么一家旅馆，不知道张罗着让大家舒舒服服吃顿热饭睡个踏实觉，一天到晚老想着发那些不义之财……”抬手指着旅馆老板的鼻子说：“这两位兄弟是手下留情，不然你们三个下辈子炕上过都是轻的。如果你们非要把生意做成这样，我保证你们挣的钱不够下半辈子买尿布。”

老板连连鞠躬，满口“是是是”。那沈哥冲我们礼貌地笑笑，又吩咐老板：“去把我后备厢装的箱子卸了，我还有事得走。”

“这怎么刚来就走？”旅馆老板说完就意识到不对，轻轻地打了一下自己的嘴，低头说，“知道了。”

见我和程建邦还是不动声色地看着他，那沈哥从手包里拿出名片，恭敬地双手递给我们一人一张：“谢谢两位小兄弟，我想这次他们能长点儿教训。你们要是经常路过这里，有什么需要帮忙的，尽管联系我。”

我见那名片正反都是素纸，只有“沈子雄”三个字和一个手机号码，倒是对这人生出了几分好感。我冲他微微一笑，把名片装进上衣口袋。

沈子雄看着车后备厢的几个箱子卸下来，对我们说：“我还有事先走了，下次有缘见面的话，一起喝两杯，后会有期。”又走到乘客们那边，拱手说：“各位受惊了，我代这几个不识好歹的给大家赔罪。今晚的酒菜算我沈子雄请，红包大家千万要收下，算是压惊，各位告辞了。”

目送沈子雄上了车开出大门，红色的尾灯很快消失在黑夜里，我看了程建邦一眼，程建邦笑着摇摇头。

旅馆老板张罗着大家回到餐厅，不多时桌上摆满了酒菜。老板带着老六和老九挨桌道歉发红包，每发一个，就自罚一大杯白酒。三个人撑到中间就已经站不稳了，还是坚持着发完，这才相互搀扶着跑到后院去吐。

旅客们纷纷热情地劝酒，我们不敢喝，推说太累了，找老板要房间休息。

老板拉开客房走廊的灯说：“我们这里条件不好，确实没有单间了，二位凑合一下吧？”推开一间客房，屋内黑洞洞的，一股汗酸味迎面扑来，一个男人声问：“谁？”

老板从墙上摸到灯绳拉开灯，屋内一共四张床，两个年轻人眯着惺忪的睡眼欠起身来。我一眼便看到他们床边椅子上叠放整齐的军装和军帽，顿时觉得亲切，忙说：“不好意思打扰了。”

他俩含糊应了一声，翻身躺了回去。将老板打发走，我们赶紧关了灯摸索着和衣躺下，很快就睡着了。

后半夜时分，外面走廊上突然响起一阵急促的脚步声。我和程建邦立刻惊醒，坐起来穿好鞋，竖起耳朵听着外面的动静。那两个年轻的武警战士还打着鼾，睡得挺沉。

脚步声在我们的门口停了下来，砰砰敲起门来。我故意延迟了几秒，假装不耐烦地大声问：“谁啊？”

门外一男声说：“警察查房。”

同屋的两个小战士也醒了，嘟囔着：“这还让不让人睡觉了？有完没完了？”

门外来的绝不可能是警察，极有可能是旅馆老板或者是那个沈子雄找来的帮手。我冲程建邦扬了扬下巴，他对我点点头。

我正要起身去开门，就听“嗵”的一声巨响，门被人踹开了，呼啦啦冲进来好些人。带头的那个拉亮灯，打量了我和程建邦一眼，说：“没你们事。”看着椅子上的军装，阴笑着说：“嘿嘿，还真有。”一挥手，五六个壮汉冲了过去，将那两个还没醒利索的战士围了起来。

带头的走过去，拎起军装看了看：“武警？”

那战士伸手要去夺军装，围着他们的几个壮汉一起动手，把两个战士按了个结实。看那军服上的肩章，应该是刚入伍的新兵，我跟程建邦交换了一下眼神，慢慢地站到了屋内最有利发起攻击的位置上。

“边防的？”那人接着问。

战士看着那人问：“你们什么人？”

那人熟练地从军装口袋里翻出证件看了一眼，说：“今天算你们倒霉，以后记着点，别管那么多闲事。”说着他回过头看了我俩一眼：“说了没你们事，出去。”他们其中一人手里端着一支长枪，对我们晃了晃，那是一把自制的霰弹猎枪。如果现在冲上去夺枪，拿枪的人要是一慌，走了火，那枪的脾气和威力恐怕只有开过了以后才知道。正犹豫时，带头那人笑起来：“哟嗬！你们这是想看热闹还是想管闲事？”

程建邦说：“我们想睡觉。”

那人脸色一沉，眼睛里闪出一股杀气。我想起沈子雄留下的那张名片，这人应该在这一带有点势力，多一事不如少一事，不如试试看。“我们是沈子雄的朋友。”我从上衣口袋里摸出名片递过去。

那人接过去仔细看了看，眉头微微一皱，目光移向了程建邦：“你也是？”

我对他使了个眼色，程建邦不情不愿地翻出名片晃了晃。那人摸出盒烟来给我们，见我们都不接，自己点上火抽了一口，说："你们要不嫌吵，就睡。我们很快，也就是十分钟。"轻轻地向身后说了声"打"。

那些人熟练地从袖筒里溜出一根木棍，抡起来便对着那两个战士打去。一时间，屋内只有棍子快速抡过空气发出的"呜呜"声和打在肉体上的闷响，而两个年轻的战士没有发出半点声音。

程建邦往前踏了一步，我们正准备动手，就被那支火枪顶住了。那人吐了一口烟，说："我劝你们别管闲事，不然下场就和他们一样。"

程建邦冷冷地问："他们怎么了？"

"半个月截了我们两次，还让不让我们吃饭了？边境又不是他们家的。"那人笑着说，"放心，死不了人，就是让他们长个记性。"

程建邦说："他们只是当兵的。"不等那人回话，突然又指着窗口惊叫起来："那是什么？"

别说这些人，连我都下意识地朝窗口看了一眼。程建邦立刻下了面前那人的火枪，顺势用枪托给了他太阳穴一下，那枪手没来得及吭一声就晕了过去。

我一把锁住了为首那人的脖子，喝道："都住手。"

屋里所有人都呆住了，那些打手停了手，有些茫然地看着我们。手背上突然针扎一样地痛，低头一看，被锁着脖子的那人居然还拿着烟头。我将那人嘴捏开，夺过还亮着红光的烟头丢了进去，合住他下巴紧紧捂住他的嘴。他"呜呜"挣扎着，鼻涕口水糊了我一手。

"跪下。"程建邦用枪指着那群打手说。

那些人迟疑了一下，程建邦照着最近一人的膝盖处就是一脚，那人扑通一声跪到地上。其他人赶紧扔了棍子跪下去。程建邦捡起一根棍子，空抡了几下，对我使了个眼色。我松开手，顺便在那人的衣服上擦了擦手，退到一边。那人赶紧张嘴把烟头吐掉，咔咔地咳着。没等他站稳，程建邦的棍子就挥了过去，一阵乱棍，打得那人抱着脑袋直往床下钻。

我伸手拦住程建邦，冲他摇了摇头。他恶狠狠地瞪着我。我捡起一根棍子说："你老盯住一个干吗？"攥紧木棍朝之前下手最凶的一人的腰间捅去，那人吭都没吭出一声，瘫倒在了地上。

我问那两个战士："你们伤得严重吗？"

一个战士抹了把脸上的血，做了个扩胸运动说："一根破木棒子能有什么事？"我看向另外一个战士，他活动了一下脖子和肩膀，站了起来。我忙说："这种事我们来吧，你们不方便。"我照着其余人的软肋或腰眼，一人捅了一棍，地上瞬间被几个无声蠕动的人体"铺"满。

程建邦学着我的样子空比画了几下，啧啧称赞："我以为你这两年心软了，没想到……你这也太狠了，这多疼啊！"

地上一个弓着腰挣扎着想要往起爬，我一棍子朝他软肋戳过去，看着那人重"铺"回了地面。"我最看不上你那雷声大雨点小的花架子。"我指指缩在墙角的那个为首的说，"你招呼了半天，人家还不是蹲那闲得发呆玩。"

程建邦骂了声，过去对着那人头上使了个假动作。那人赶紧抱住脑袋，程建邦照着他小腹重重捅了一棍，那人翻着白眼就昏了过去。

"你太狠了，人晕了哪记得住疼，应该这样……"我正准备用离我最近的人给他做个示范，就听身后有个人哀求。"两位大哥，我求你们了。"旅馆老板站在门口又是作揖又是鞠躬，"求你们了，这么一闹我这买卖没法干了，搞不好小命都得丢，我这一家老小的……"

程建邦喝道："闭嘴，你们开黑店是统一培训过的吗？怎么从古到今都这么一套话？"

老板苦着脸说："大哥，求你们了，你们痛快了走了，我还得在这儿养家糊口……"想想程建邦刚骂过这句，他赶紧打了下自己脸不敢再说。

程建邦拿着木棍，在手心里一下一下地拍着："那你说怎么办？"

旅馆老板见有商量余地，忙说："我刚跟你们司机师傅说了，车上的客人都同意，现在就赶路。"

我看着程建邦说："你还睡吗？"

程建邦使劲踹了脚下那人一脚："挺好一觉被你给搅和了，换个没王法的地方，非把你解决了。赶紧滚。"又问那两个战士："兄弟，你们什么情况？"

不等那俩战士说话，旅馆老板赶紧抢着说："两位放心，我派车送他们。"

程建邦也知道我们再待下去，会有更大的事出来。他再出一点岔子，搞不好我都得一起被留在这戈壁滩上，便说："那我们就不给老板添麻烦了。"

临别跟那两个战士聊了几句，我们才知道这里是边防官兵出差、探亲的必经之地。近些年打击走私的力度越来越大，走私分子就开始在这里堵截落单的军警，堵住了就是一顿毒打。想用这种手段来恐吓，以期在巡逻的时候如果碰上，战士们会因为害怕他们疯狂报复而放过他们。

"有用吗?"程建邦问。

两个战士笑着挺了挺胸，看着他们年轻而又坚定的眼神，我和程建邦同时点了点头。

3

第二天，我们上了开往北京的火车。

我都准备好怎么应付他的各种问题了，但这一路上他居然没什么话，只是盯着窗外发呆，哪怕深夜了，外面漆黑一片，他也还那么呆着。我开始有些担心这两年多的喂猪生涯，是不是把他消磨垮了?这次叫他回去面对的可不是他那些有名有姓的猪，而是无恶不作的毒枭。

"咳咳。"我想该跟他聊聊了。

没等我起话头，"瞎咳嗽什么"?程建邦还是盯着黑漆漆的车窗外。"我知道你在想啥，不要以为老子喂了两年猪一事无成。告诉你，老子现在多了一门技能，将来退下来就去养猪，继续为国家为人民做贡献。你说你，除了骗人杀人，还会点啥?"他转过脸来忧虑地看着我，"真替你发愁。"

我从他眼里看到了那再熟悉不过的痞气，心底的担心化了一大半："那我就跟着你混呗。"

他上下打量着我，笑着说："你肯定栽跟头了，然后哭着喊着跑老徐那求他要我出山吧。"我转过脸看向另外一边。他接着说："所以你得搞清楚，是你来请我出山帮忙，别一副救命恩人的德行，还盘算着让我欠你个人情？”

我撇嘴说：“不知道谁眼泪哗啦地要我带他走。”

程建邦很快地接：“不知道谁当年坐牢见到我跟见着亲爹似的哭。”

“不知道谁被我们骗得守着一个假坟头哭。”话说出来我就后悔了。把刘亚男假死那事拿出来开玩笑是很戳程建邦心的事，他因为这个几乎丢掉了他用命换来的所有荣誉。

他叹了口气：“所以你这个人很无趣。我之前为爱情落泪，现在为自由落泪，都是有价值的，也是高尚的。而你是因为害怕。”他把“害怕”两个字说得又慢又重。不得不承认，他戳中了我的软肋。

程建邦搭着我的肩膀说：“这两年在这戈壁滩上，我思考了我的整个人生，包括做过的事、说过的话和认识的人，感悟颇丰。你别看我待的那地方风沙大，动不动就黄沙漫天、伸手不见五指，可我的心，越来越透亮。”

“是吗？那你跟我说说，都有些什么新感悟？”

“我发现我以前的格局太小了，所以才会犯错误……”他自己提到当年那件特殊的敏感事件，我反而不知道该怎么面对。程建邦拍拍我说：“小时候老师说人要有理想、有目标，简直就是真理。我现在就有三个梦想，你想不想听听？”

“说。”

“三个愿望。”他伸开手掌，把大拇指掰了回去，“第一，我要去真真正正地谈场轰轰烈烈的恋爱。”

我打断他说：“我都两三年没听到过刘亚男的消息了……”

“你听我说完。第二，我打算写本回忆录，要把我的精神财富留下来。”

“那你得跟老徐申请间书房，猪圈和毒窝里可完不成这事。”其实他说的这两件事对一个普通人来说，只要肯花时间和精力就能成，根本都算不上什么梦想。但对我们而言，简直就是痴人说梦。

他掰回第三根手指：“第三点是直接影响到我上两个愿望的关键。”

看着他像煞有介事的样子，我还是没忍住，笑了："你不会是想跟老徐申请个女助理吧？要是那样，你谈恋爱和写回忆录的事就可以同期进展了。"

他认真地说："我知道，只要还有人在咱的地盘上捣乱，我就永远不可能去谈我的恋爱，写我的回忆录。所以在这之前我要穷尽我的所有，送他们下地狱。"

我仔细回味着他的这句话，觉得很有意思，他也不像在开玩笑。我也认真起来，问："哪块是咱的地盘？"

"国境以内。"他用手指在大腿上草草地画了一个图形，那是中国地图的公鸡形状。画完公鸡，他手指又在下方点了九下，那是南海九段线。

我呆呆地看着他大腿上不存在的那个图案，想起了他剁猪食的那间土屋，想起土墙上那地图，想起那条被他摸得发黑的国境线……一时间心里说不清是激动还是难过，那些在这块土地上捣乱的人，在我们有生之年是不可能消失的。那就意味着他可能永远都没法去谈那场向往已久的恋爱，也没法动笔写他的回忆录。

程建邦一笑，起身说："走，抽根烟去。"

我好像明白他为什么要跟开黑店的那帮人较劲了。

之前我以为他是在戈壁滩上待久了，憋了一肚子委屈要找地方发泄。后来又想他还不至于，他在这条战线上战斗了这么久，分一分事情的轻重缓急，忍一忍无关紧要的小事，应该不是什么问题。所以八成是想用这点事来试试我与他之间的战斗默契还在不在。

现在看来，我还是把他想复杂了。他是为他的三个愿望开始付诸行动了：阳光下的哪怕一点的罪恶，都像揉进他眼里的沙子一样，一分一毫都不要指望他忍受。

这让我觉得如今的程建邦既陌生又熟悉。陌生的是，这不太像是他的做派，以前他是不屑为几个流氓动怒的；熟悉的是，我仿佛看到了几年前的自己，第一次前往金三角执行任务时的秦川，把阿来从毒枭的手下救出来的秦川。

我俩想着各自的心事，直到列车到达北京。

我俩挤在人群里下了车，往外走的路上程建邦问了好几次：“是老徐说要来接我吗？”

我朝出站口张望了一眼，外头挤满了接站的人和各种纸牌子，没有一张熟悉的面孔。我也有点不确定了：“该不会不来吧，你哪有这么大面子。”

程建邦嘿嘿一笑：“我还真有这么大面子。”朝一个方向快步走了过去。

我跟着他走出十多米，才看到徐卫东站在一个垃圾桶边抽烟，在熙熙攘攘的人群里毫不显眼。我诧异地问：“你是怎么发现他的？”

程建邦耸耸鼻子：“闻到的。”他拍拍我说：“所以你离开我没戏，只有被人家牵着鼻子耍的份。”等到了徐卫东跟前，立刻换了一副笑脸：“老板，您看您那么忙，这点事还用您亲自来接，这怎么好意思？”

徐卫东将烟头按灭到垃圾桶里，说了声“走”，然后朝路边一辆轿车走去。

我们早已习惯了徐卫东的少言寡语，三个人坐在车里没人主动开口说话。发现车行进的方向不是总部，我跟程建邦对视了一眼，也终究没敢多问。

车拐进一个有卫兵站岗的小区，在一栋楼下停了下来。徐卫东说：“到了。”

我们下了车，张望着四周。我还是没忍住，问：“这是什么地方？”

徐卫东打开车后备厢拿出一个纸袋：“我家，今天是你嫂子生日，总部几位首长给她准备了一个小小的庆典，你们跟我一起去。”

程建邦吃惊地看了我一眼，说：“这个合适吗？”

“就是借这个机会聊聊天，高兴高兴，现在咱组里在北京的就你们俩了，怎么？不肯赏我这脸？”徐卫东斜眼看着程建邦。

程建邦忙笑着拍拍自己的脸：“哎哟，您这是给我脸了。”

徐卫东朝一个单元门口走去：“还有点时间，上去待会儿。”

我追上去问：“这是嫂子多少岁的生日？”

“十八！”徐卫东和程建邦同时回头说。

我们坐在徐卫东家的客厅里，就像小时候进了老师的家一样，手脚都没处放。徐卫东也不管我们，简单地把我们介绍给他妻子后，就钻进里面房间里去了。

嫂子姓张，给我们倒上茶，又端过水果来，见我们腰板笔直、双手按膝地坐在沙发上，笑着说："你们喝水。我去换身衣服，这就走。"

徐卫东手里拿着一个盒子出来，正是上次我在他办公室见到的那个项链盒。张姐意外地接过盒子说："这是给我的礼物？"

徐卫东像是想给他妻子一个温馨笑容，看了我和程建邦一眼，干咳了两下。我们赶紧识相地一起端起水杯，看着杯子里的水。

张姐拿出项链在灯光下仔细地看："想不到你还会买这种东西，不会是钻石吧。"乐滋滋地回屋换衣服去了。

想象着徐卫东脸上的表情，我一下没忍住笑了起来。程建邦用胳膊肘捣了捣我，我把笑又硬生生地憋了回去。

几分钟后张姐从屋里出来，摸着项链问徐卫东："行吗？"

徐卫东"嗯"了一声。

张姐紧张地对着客厅的镜子看了一眼："不好，不太衬这条项链。"又转身进了里屋，换了条裙子出来问："这个呢？"

徐卫东又"嗯"了一声。

张姐左看右看还是不太满意："不太合适。"说着就又要回屋。

徐卫东有点无奈，快速地看了我们一眼。我假装没懂他的意思，转脸看向窗外。"嫂子，让我看看。"程建邦站起来说，"哎，嫂子真会挑衣服，这件就特别好。这款式、这颜色，啧啧啧，关键是配这项链，特别衬您高雅的气质。"

张姐高兴地说："是吗？等等我去拿包。"

"奸臣！"我和徐卫东同时剜了程建邦一眼。程建邦"嘿嘿"笑着坐了回去。

4

我们正鱼贯出门的时候，徐卫东的电话响了。他走到阳台上接完电话，回到门边眼神复杂地看着妻子。

张姐微笑着说："没事，我自己去吧，反正人家是为我设的宴。"

徐卫东点点头："这次，会久一些。"

张姐脸上僵了一下，但仅仅是那么一瞬间又恢复了笑容："去吧。"

徐卫东对我俩说："回总部。"

"你们等等。"张姐转身进屋，很快出来塞给我和程建邦一人一个饭盒，软布包着的饭盒温温热，沉甸甸的。我说："谢谢嫂子。"

"自己家包的饺子，就是皮有点厚，他擀的。"张姐笑着白了徐卫东一眼。徐卫东咳了两声，转过脸背对着我们。

张姐目送我们进了电梯，门快要闭合的时候，突然说："老徐，我等你回家……"

我偷偷瞟了徐卫东一眼，只见他喉头一动一动的，脸上却依然没有半点表情。

徐卫东飞快地开着车，把我和程建邦晃得东倒西歪，到了总部大楼后门，他一脚将车刹住，钥匙都顾不上拔，跳下车说："快。"三步并作两步跨上楼梯冲进了大门，站在地下通道入口处回头瞪着我们说："磨蹭什么呢？"

从来没见他这么急过，一定有万分紧要的事。我们钻进紧急通道门，进到地下四层的小型会议室时，见已经有十几个人在那里了。

人数超过了座位的数量，所有人都站着。我们三个火急火燎地进门，也没人多看我们一眼，所有人的注意力都在对面的三个人身上。那三人浑身鼓鼓囊囊的，显得很臃肿。仔细一看才明白，他们的便装外套里都穿着制服，从露出一点的衣领来看，应该分别是陆军军装、警服和武警制服。

其中一个五十来岁、里面穿着武警军服的首长看到我们进来，眼里一亮，对徐卫东招招手"小徐"，分开人群朝我们走来。

徐卫东正想迎上去，却见那人对他微微摇摇头。徐卫东回头见身后的墙角有个比较宽松的空地，退了几步靠着墙，对走过来的那人打了声招呼："首长。"

首长点点头，左右看了我们一眼，垂下眼皮想了想，随即一笑：“金三角回来的勇士。”指指我说：“秦川。”又指了指程建邦，说：“程建邦。”

我们赶紧点头：“首长好。”

首长神色郑重地对徐卫东说：“情况紧急，现在召集外勤来不及了。也好，都算经验丰富，你们三个都上吧，要配合好二部的人。”说完转过身，对衣领处露出陆军军装的人扬了扬下巴。那人会意地点点头，清了清嗓子，整个会场立刻肃静下来。

“不等了，我们开始吧。”那位首长缓缓地扫视了一遍会议室里所有的人，“今天来的都是各部门的精英，大家彼此都不认识，想认识的稍后去飞机上聊吧。五分钟后，你们从这里出发到指定机场，飞十号机场，押送一名人犯去境外第三国交给接收方。具体的接手时间和位置，会在你们到达后由……”他目光穿过人群落到了徐卫东脸上，稍一沉思：“你们这次行动的指挥徐同志告知。”

我回头看了眼徐卫东，见那首长正在跟他耳语。见所有人看向他，他一一点头致意。

“我最后强调一句。”首长接着说，“拿出你们的本事来，谁掉了链子，就和你们全部门的人，我不管他们有没有参加这次行动，全部回家陪老婆抱孩子去。废话不多说了，出发。”说完挥挥手，在警卫员的护送下从侧门离开了。

一直和徐卫东站在一起的那位首长与我们依次握握手，看着我叮嘱道：“不可轻敌大意。”

他一定是知道我最近一次跟丢目标人物的事，我臊得耳朵像是被火点着了一样。“请首长放心。”我看着他的眼睛说。他点了点头，拍了拍程建邦的肩膀，转身快步向侧门走去。临出门又回头看了我一眼，离开了会场。

徐卫东轻咳了一声，所有人注意力落到他身上。他说：“跟我来。”

我们上了一辆中巴车，门还没关好，车就像箭一样飞了出去。等车驶上大路，所有人开始左右看自己附近的人，都想看看和自己一起执行任务的都是谁。但很快大家都发现，每个人都既想知道别人是什么样，又不想让别人看清自己的模样。

这车上的人都在隐秘战线上工作。职业的危险和敏感，迫使我们养成了随时洞悉周围一切，又不想被任何人注意到的习惯——每个人都自以为很隐蔽地向某个人看去，但目光总会被对方的目光截获。两个人快速果断地将目光投向另一边，殊不知车厢就那么大，不论你看向哪里，都会有一双眼睛等着你。

当这狭小空间内的每个人都这样时，车厢里就透出一种诡异又可笑的气氛。

不知是谁开始第一个“噗”地闷笑了一声，很快全车的人都笑起来。没有任何顾忌和避讳，大模大样地、四目相对地笑。和陌生人在这么近的距离放下防备，开怀大笑竟然是如此痛快的一件事。这笑像烟雾一样在车厢内弥漫开来，直到所有人面红耳赤、捂着肚子连连摇手。一人擦着笑出来的眼泪有气无力地说：“哎嘛，这痛快……”

一人仰头靠在椅背上，咧着嘴说：“不行了，肚子疼。”

一人笑着摇头说：“真像一群神经病。”

这又引得大伙的一阵大笑，一群人真像一群白痴一样，随便一句话就能笑上半天，气氛欢快得像一群头次出门春游的小朋友。

我看了眼徐卫东，他双手抱在胸前，好像睡着了似的。

二十分钟左右，中巴开进了西苑机场。守卫看样子一直在等我们这辆车，早早地打开了停机坪的门，车没有减速，连喇叭都没鸣一声“嗖”的一声冲了进去。

我将窗帘撩开一道小缝，见停机坪上只有一架小客机，引擎已经发动，正朝着跑道的方向慢慢滑行。我说：“这次待遇不错，有正经座位。”

徐卫东像是刚从梦里惊醒，疑惑地看着我：“是吗？”他拨开窗帘朝外看了一眼：“还真是。”

我见他脸色还好，指指程建邦，问：“头儿，这次你真跟我们一起吗？”

徐卫东说：“怎么？你害怕？”

我点了点头。

徐卫东像是来了兴趣："怕我给你丢人？"

我愣了一下，赶紧说："不不不，我怕我紧张。"

这时车"吱"一声停了下来。徐卫东呼了一口气，起身第一个走下车："所有人，登机。"

"哎呀！"程建邦走到车门边，一拍门说，"嫂子的饺子！"

大家又哄笑起来："到底是嫂子还是饺子？"

徐卫东看了眼手表："还有三十秒。"

众人也顾不上嫂子还是饺子，脸色一正迅速朝飞机奔去。堵在车门前的程建邦被撞得东倒西歪，徐卫东照着他屁股就势一脚，眼看挣扎着快站稳的程建邦被这一脚踹得展展地趴在了地上。

徐卫东跨过程建邦快步朝飞机跑去，我忍着笑跟在后面，学着他的样子跨过去时，不忘回头说一句："还有十五秒。"

程建邦灰头土脸刚跑进机舱，机舱门就关闭了。他双手抓着座椅背，上气不接下气地指着我说："你……你给我等着。"

夜里十一点整，飞机准时降落。

刚走到机舱门口，一阵微风卷着细沙就迎面扑来，我闻着这有些熟悉的味道，眯着眼睛见远处一片星星点点，正纳闷什么灯光这么密集，就听有人低呼："看天上。"

我抬起头，顿时被浩瀚的银河惊呆了，星空晶亮璀璨，仿佛伸手就能摸到。程建邦在身后推了我一把，嘟囔着说："走啊。真是没见过世面，有什么大惊小怪的。"

我想起他之前的驻地离这里应该不远，问："你和你的那些猪，在这星空下没少掏心窝子吧？"

程建邦远眺一眼，说："这才离开，就又回来了。"

我们的脚刚踩到实地上，就见五辆涂装军用迷彩的越野车飞驰而来，并排停到舷梯前。车上的司机迅速跳下车，看都没看我们一眼，转身列成一队，朝来时的路上跑去。

"五人一车，自行组队。"徐卫东对我和程建邦说："你俩跟我一个车。”我俩赶紧跳上车，门还没拉好车就蹿了出去。徐卫东头也不回地说：“他们的情况我不了解，所以最重的担子我们挑吧，让人犯坐我们车上。”

程建邦好奇地问：“到底什么人这么大排场？”

徐卫东抬起眼皮从后视镜里看了他一眼。我赶紧用胳膊肘捣了他一下，程建邦忙扭脸看向窗外，不敢再吭声。我见不远处矗立着一个导弹发射架，心里大概明白这是什么地方了。如果没判断错，任务中所谓的第三国应该是蒙古国，另外两个国家只能是中国和俄罗斯。

会有什么人需要用这种方式，而且还一定要在第三国交接呢？

今天参加行动的，明显都是从各部门临时抽调的。保密级别如此之高，时间又迫切到来不及让队员磨合……能“享受”到这种“待遇”的人犯到底是什么人？犯了什么事？由不得我们不好奇。但不该问的不问，在徐卫东这里是铁打的纪律。

我回头看了眼，其他四辆车紧紧跟在我们车后面，时速七十公里的情况下，每辆车的间距没有超过三米。见徐卫东在黑夜里熟练地左转右拐，我忍不住赞叹：“老徐，你对这里的路这么熟，不知道的还以为你总来呢。”

徐卫东指了指操控台，原本装收音机的地方现在是一面电子显示屏，上面不停地有红色的箭头标志和一些数字出现，原来他是按照这个东西的指示在开车。

程建邦拍了下我的后脑勺，嘲笑说：“土货，这叫导航。你怎么还不如我一个喂猪的？”

徐卫东从牙缝里蹦出几个字：“还想去喂猪？”

程建邦缩了缩脖子，坐了回去。

这时显示屏上跳出四个红字“抵达三号”，远处有一些零星灯光，朦胧间一座梯形的山平地而起，与周围的地貌极不和谐。我说：“这怎么突然多了一座山？”

“这是人工山，是工事。”程建邦叹着气说，“没事多学习学习，你说你这样的，将来到了社会上怎么活？”

徐卫东从后视镜里看着程建邦："懂得挺多。"

程建邦抓抓头，没敢应声。

对面一辆车亮起了大灯，冲着我们晃着灯。徐卫东回应了几下灯光，减慢车速，缓缓地溜了过去。

我们下车站在车前，对面迎上来一个穿着便装的中年人，对徐卫东一个立正，侧身指着远处一排亮着灯的房子说："一号让你接个电话。"

徐卫东回头看了眼另外四辆车，问道："我的人呢？"

那人说："一起进屋休息吧。"

徐卫东说："我们不是赶到这里休息的。"

那人为难地说："计划可能有变，具体情况你还是接个电话吧，我们级别不够，不方便问。"

徐卫东对着身后那四辆车招招手，带着我们进了屋。徐卫东对那人说："灯光调暗。这间屋子周围不要有人，哨兵保持一百米。"

"是。"那人一个标准立正向后转，跑步离开了。

屋子正中空荡荡的大桌子上只有一部电话，徐卫东示意我们坐下，背过身去端起电话按了一串密码。一会就听他跟那边在对话："我是……""不行……一旦有什么问题我负不起责……""既然是政治问题就让他们用政治去解决，我们不是政客，没那嘴皮子……如果是这样，那我只能带我的人去。"

听他这么说，除了我和程建邦之外的人坐不住了，有些人交换着眼神，有些人站了起来，有个人嘀咕说："什么意思？信不过我们？"

徐卫东一手捂住话筒，回头冷冷地看了那人一眼。见众人安静下来，徐卫东才回过头接着对那头说："那里不是我们的地方，再周密的计划，再充分的准备我也信不过……我只信我的人。"说到这里他扭头看着在场的所有人，这次没人再发出一点声音。

"好的……等等……"看样子徐卫东已经准备挂电话了，又还想跟那边说点什么，沉默了几秒钟，他说："没事了，再见。"

挂断了电话，他没有马上转身，低着头像在艰难地思考着什么事。

程建邦轻轻捣了下我，冲徐卫东努努嘴，悄声对我说了两个字，看口型应该是“嫂子”。我愣了一下明白过来，徐卫东跟电话那头没说出的话是想跟自己的妻子交代两句。

想起从徐卫东家出来时，跟妻子道别时两人的神情，心中涌起一股令人心酸的温暖。又想到了自己的家，记忆中那些关于家的样子刚冒出来，我急忙晃了晃头，不敢让那些影像更清晰起来。

徐卫东转过身说：“计划有变，我们暂时在这里休整，有问题吗？”

一人站起来：“首长，我有问题。”

徐卫东摸出烟点着抽了口：“说。”

那人看了我和程建邦一眼，说：“我刚听首长打电话的意思，好像这次行动只想带你自己的人。”

徐卫东点点头：“嗯，下个问题。”

那人犹豫了一下，又说：“首长是看不起我们，还是不信任我们？”

徐卫东看看桌上没烟灰缸，又看看地上。这是个简易房，地面直接就是沙地，徐卫东把烟灰弹掉，说：“嗯，下个问题。”

我们早已习惯了徐卫东的风格，提问的那人显然没见过这个类型的，情绪有些激动起来。没等他再接着问，徐卫东说：“第一，从接到任务开始，你对我只有服从，这个用我提醒吗？”他扫了眼其他人：“第二，有什么能耐行动上见，别耍嘴皮子。”

徐卫东盯着提问那人的眼睛，低声说：“第三，取消你这次的行动资格。”说完他重重地吸了口烟，把烟头往地上一丢踩灭了，朝门外走去。走到门口丢下一句：“乌合之众。”

5

屋里再没人吭声，大家相互看着，眼神和心情一样复杂。

这时接我们的那人抱着两个大盆走了进来，一股饭菜香引得所有人伸直了脖子。那是满满一盆花卷，和满满一盆猪肉烩粉条白菜。来人从兜里掏出一把筷子：“都饿了吧，这里条件不好，凑合吃点。”

从闻到饭菜香起我的肚子就咕噜乱响起来，才想起来这一天没怎么吃东西。我刚想去拿双筷子，就见其他人的手全都伸向了盛花卷的那个盆，我这才反应过来，急忙冲向花卷。当无数双手从盆上挪开的时候，只剩下粘在盆边的几块花卷皮了。等我再回头找筷子，发现筷子只剩下一根，我拿着一根想找到另外一根，程建邦背着手走过来说："我早就说，你这样的到了社会上就是个死。"手从背后拿出来，他手里有三根筷子，每根上面都插着三四个花卷。他递给我一根插满花卷的筷子说："愣着干什么？连菜都没了。"

我刚要接那筷子，有人在我肩膀重重地拍了一把。我一回头，见徐卫东冲我狡黠一笑，一甩头示意我们跟他走。我俩举着插满花卷的筷子跟徐卫东到了隔壁，屋子中间的桌上摆着几大盘饭菜。

徐卫东把门关好，看了眼程建邦手里的花卷，坐下来抄起筷子就开始吃。吃了两口见我还在发呆，用筷子指指桌上的肘子，"唔唔"了两声。

我直接用手抓起一大块肉塞进嘴里，酥嫩鲜香的肘子肉入口即化，胃液兴奋地在肚里擂起了战鼓。我拿起筷子对徐卫东连连点头，含混不清地说："好吃好吃。"

徐卫东伸脖子将嘴里的东西咽下，看着还傻愣在那里的程建邦说："要不一起吃点？"

程建邦应了一声，坐下来撸起袖子刚要动筷子，又说："那我把花卷给他们送回去吧。"

徐卫东说："好啊，去吧。"

程建邦屁股离了一下凳子，想了想又坐下去说："得了吧，我还是先顾我自己吧……秦川，你给我留点。"筷子直奔盘子里最后一块肉。

一顿风卷残云之后，徐卫东起身说："现在这个只是临时委派的任务，完成后还有件事要你们做。"

程建邦打了个嗝，往椅背上一靠："我就知道这顿饭没那么便宜。"他赶忙笑笑，对面无表情的徐卫东说："开个玩笑，活跃气氛。"

"本来想腾出时间专门和你们谈，但突然多了这么个任务，回去恐怕没有多少时间准备了，那就在这先说说吧。"徐卫东点了支烟说，"知不知道为什么公安部门有那么多缉毒单位，还要你们去和金三角那些人打交道?”

我想了想，说：“特案组负责一些公安部门解决不了、军方又不便出面的特殊案件，金三角那边都是境外了……对了，这次任务也是境外，难道……”

“因为毒品走私只是某些案件的初级阶段。”程建邦坐直了身体，说完这句停了下来看着徐卫东。

徐卫东点点头：“说下去。”

程建邦得意地看了我一眼，站起身伸了个懒腰，拿起桌上的烟点了一支，悠哉地抽了一口，嘬着牙花说：“不知道了。”

“没关系，畅所欲言。”等了片刻，见我和程建邦不说话，徐卫东指着地图上金三角的位置说：“这里的气候、地理环境适合罂粟生长，这里的政治环境为犯罪开绿灯。你们见识过他们的人力、物力和财力，为了地盘和生意，他们养得起军队。即便如此，毒品比起另外一种犯罪也不值一提。”他顿了顿，看了我们很久，才接着说：“情报显示，俄罗斯境内的一些非法武装正在勾结世界各地的毒枭，大量收购毒品，这不是普通的贩毒行为。他们的目的也远远不是买卖毒品那么简单，上级命令我们以他们这次集结的所谓会议为切入点，查清他们的目的，并配合俄罗斯警方实施打击。”

程建邦听得连手里的烟都忘了抽：“什么势力这么厉害?”

“恐怖组织。”

我和程建邦面面相觑，我轻声问他：“什么意思？要我们去反恐?”

程建邦咧咧嘴：“专业也不对口啊。”

徐卫东说：“一直以来，毒品和军火走私都是恐怖分子主要的资金来源，我们这些年的行动为反恐提供了大量意义非凡的情报，包括他们的性格品行、人脉关系、资金去向，等等……”

“我想起来了。”程建邦眼睛一亮，“亚男姐曾经说过要在俄罗斯切断他们资金的事，是吧秦川，我没记错吧?”

“是听她说过那么两句。”我们都想趁机问问刘亚男的近况，看看徐卫东脸色，我壮起胆子试探着问：“亚男姐现在……怎么样?”

徐卫东默默地抽着烟，一支烟快完了才说："不清楚。"

我"哦"了一声："那还是说正事吧，当初周亚迪提过和俄罗斯那边有什么合作，这次又跑去那边，难道是为了你说的资金的事？"

徐卫东说："他们的钱可都是拿自己身家性命换的，不会白白送人。起初他们只是想在恐怖分子控制的地区走他们的货，也为给自己找个靠山，要个保障——他们跑到哪里都是通缉犯，被抓住就是死。但是，如果有了武装和所谓的政权的支持，就有了跟各国政府谈判的资本，最起码也能换条活路。"说到这里他脸色一沉："所以这次回去之后，我们的任务绝不是和几个毒贩打打交道那么轻松，失败了也绝不是一些毒品流到境内这么简单。"

原来我们自认为在毒窝里和毒枭们打交道就算出生入死了，现在才知道，比起有些任务，那算是轻松。我也明白为什么之前他发那么大火了，我的失误绝不是放走了两个毒枭那么简单，我跟丢的线索影响到的也绝不仅仅是一桩毒品走私案。

这一次失误造成的损失恐怕远在我的想象之外。我无地自容，低下头说："谢谢你能给我这个翻身的机会。"

"我本来犯的是死罪，现在还能坐在这里接受任务……"程建邦接过话说，"谢谢组织和你都没放弃我，这次我绝不会让你失望。"

"少说些没用的。"

程建邦说："我说真的。"

徐卫东不耐烦地瞪了程建邦一眼，缓缓地说："这一次我们的任务极为特殊，也更加残酷……"

"我们？"我也听出来徐卫东的话中有话，程建邦盯着徐卫东手里的三个文件夹，问："这次你也要去？"

徐卫东点点头。

"不行。你得在家里待着，我们在外面怎么样都无所谓，只要想起你在家里就踏实，这一下都出去了，我这心里没着落。"程建邦"噌"的站了起来说，"老徐，多大点事还值得你亲自出山？信不过兄弟们？"

徐卫东抬眼看着程建邦："你说呢？"我们都知道他在指上次金三角

任务中程建邦意志动摇的事。尽管程建邦早已认识到错误并为此付出了代价，但这是一壶永远也烧不开的水，徐卫东说提就提了出来。

徐卫东哼了一声说："没少在挂着我名的那头猪上撒气吧？打算什么时候杀？"程建邦扭过脸瞪我。徐卫东说："你不用看他，我还犯不上从他那打听这些事，你是不是以为躲在戈壁滩上就能为所欲为了？告诉你，你在那里一天吃几顿、拉几趟，我比你自己都清楚。"

我本以为程建邦听了这话多少会有些惶恐，谁知他嘴一瘪，苦着脸说："我就知道你一直都惦记我，怎么可能把我扔了就不管了呢……可你这心也太狠了，一扔就两年多，我心都快凉了……"

徐卫东冷冷地说："我在问你，叫老徐的那头猪什么时候杀？"

程建邦又恢复了嬉皮笑脸的样子，说："那头可是种猪，不能杀，顿顿最好的饲料，全圈的母猪都伺候它一个……"

见徐卫东一言不发死死盯着自己，脸上没丝毫缓和的意思，程建邦连脖子都红了，不敢再说。我想说点什么给他解围，又知道这事不是我能解决的，甚至老徐为重新启动程建邦扛了什么都无从想象。徐卫东黑着脸说："你也知道叫你回来干什么了，要不是秦川非和你搭档不可，我暂时是不会考虑你的。程建邦，我问你，换你是我，你觉得你值得信任吗？"

程建邦感激地看了我一眼，羞愧地点了点头。

"你们成功了，没人会知道，包括你们的名字。但你们失败了，就会有人把你们的失败归于国家的无能。"徐卫东站起身来，走到地图前，"如果你们觉得自己能担得起这担子，受得起这委屈，就接着干。"

我走过去与徐卫东并肩站在地图前，程建邦也跟着站到了徐卫东的另一边。我们三人盯着墙上的那张巨大的中国地图，谁也没说话，沉默了很久。

徐卫东伸出手指从中国地图最东头与俄罗斯接壤的国境线，一直划到西北处中蒙交接处，对我说："塔哥，这次看你的了。"

程建邦惊讶地看着我："塔哥？"

我顾不得跟他说详情，对徐卫东说："塔哥这杆旗是海上的，你指的这些地方全是陆地，而且……而且这些地方是亚男姐的地盘吧。”

程建邦说：“你们先等等，什么时候你们把地盘都分了？”

徐卫东没理他，对我说：“她有她的任务，你手头不是有一批周亚迪的货吗？现在就放出风说要出手，代价就是周亚迪的命，目标是接触到一个俄罗斯人，他叫列夫。”徐卫东用手指在地图的空白处画了两个字的笔画：“除了这个不知道是真是假的名字以外，我们对这个人一无所知。这个人掌控着俄罗斯四成的毒品生意，同时也在为一些非法武装提供资金，这次周亚迪他们要去开的那个会，就是这个人组织的。”

我默默地念了声：“列夫。”

“这次我们和俄方共享情报，属于两国联合行动，因为这个列夫的货源大部分来自金三角，他和中国人打交道比较多。目前最成熟的条件就是周亚迪和胡纬，这就只能靠我们去制造机会了。你已经跟丢了一次，这次换个思路，我会从另一条线上想法接近列夫，不论我们两个谁先接近到他，都要第一时间把消息发出来……只要一个坐标就好。”他将拳头重重地砸到墙上的地图上，发出“嗵”的一声。

我说：“明白了。回去我就安排薛五放出话去，我有批货要出。”

徐卫东赞许地点了点头。

程建邦着急地坐到了桌子上，看看我又看看徐卫东：“薛五？薛五又是谁？”

我说：“我新收的小弟。”

徐卫东接着说：“回去以后，后勤的人会来给你们发装备，情报部门的人会给一些资料……记住，那边可不是金三角，列夫不是周亚迪，他们的目的也不仅是钱。这个任务千万不要勉强，到时候你们可以用命去拼，但决不允许用生命去赌。你们最重要的目标还是得活着回来，只要还活着，就还有机会。明白了吗？”

我说：“明白了。”

“等等……”程建邦从桌子上跳下来，指着自己的鼻子，“说了这半天，那我呢？”

徐卫东说：“你听塔哥的。”

“塔哥？”程建邦上上下下看我，“你什么时候成塔哥了？那海上什么时候成你地盘了？周亚迪的什么货在你手里？你们什么时候又打交道了？你又去金三角了？”他问题越问越多，多得连他自己都觉得有些乱，索性把我和徐卫东按回椅子坐下，“我觉得你们有义务把这些都跟我说清楚，我也有权利知道自己到底在和什么人搭档吧，合着这两年我在戈壁滩上喂猪，你们都在外面大闹天宫？”

看程建邦气急得抓耳挠腮的样子，我忍不住笑了。是啊，海上什么时候成我的地盘了？

6

应该是去年秋天的事。

那天的天空真的是万里无云，鱼在水面跳跃，海鸟在空中飞翔，海风吹在脸上酥麻麻的。那是我第一次觉得大海的确是美丽迷人的，是令人向往的。

之前我们出海，都会刻意选有风浪的晚上，风雨海浪加上暗夜，能让我们最大限度地隐蔽起来。那一次不同，对方要求必须在一个晴好的天气情况下出海。因为他们要偷运的是珍贵文物，里面的瓷器、字画经不起潮热和风浪。

为等这个机会，我们精心准备了一年之久。尽管有如此长久的准备，我掌握的情况也不多，只知道对方是个女人，叫古听云，是个文物走私界里的大鳄。除此之外，她的相貌、年龄、来历这些重要信息都是空白。

当她第一次通过中间人联络到我，要求我们为她的货护航的时候，我当时都不知道她的重要性，只是按常例把情况报上去。电话那头的徐卫东一连说了三个“咬住”。我很意外，从没见徐卫东为一个目标人物激动过。原来，这个古听云早已成为特案组情报部门的一大耻辱——查了她好几年，关于她的情报却一个字都没有更新过。

这不由得让我想起了当初的刘亚男。

徐卫东明确告知我，古听云不是自己人，之所以一直无法掌握她更多的情况，大概是因为这人有职业病似的，奉行“一切都是越老的越好”，比如她不用现代科技的通信工具，互联网、手机一概不用，甚至几乎不跟人通电话。就说她这次联系我，是先后派了四个人来，且不说这四个人与她之间又隔了多少人。这四个人分别告诉我的信息是残缺的，而且方式不同，先后用了甲骨文的符号、莫尔斯密码、指定版本的《康熙字典》以及另一本字典指定的页数里指定的字。我把这四份信息转换拼凑后，才得出一句简单的话：想跟古听云做生意，正午前在每艘船上挂三面红旗。

我照她的意思布置好，却再也没了她的消息，薛五嘀咕说我们这是被人耍了。

我知道这种可能性很小，他们那样的人不可能花这么多时间精力跟你开玩笑。那么，基本可以确定：要么是古听云还不信任我，要么是她正在暗处观察我。

就这么耗了一个多月，果然等来了她派来的人。来人话不多，直接打开一个大皮箱放在我面前，说是三成的订金。我估量着扫了一眼，应该是一百万，也就是说，这趟活古听云愿意付三百万美金作为酬劳。如果我收下这笔钱，或者多问一句就代表我同意了，到那时别说对方让我运毒品、枪支，就算是要运核弹头，我也不能反悔。

我想了一想，伸手将皮箱合住，刚想往回推，薛五伸手将我拦住，冲我使眼色。来人也不急，示意让我们尽管去商量。

我们走进隔壁房间，门还没关严，薛五就说："大哥，你容我多句嘴，我知道这趟是玩命的事，可咱的船再不换，不论什么活，只要出海就是玩命。"我扫了一眼屋内其他人，所有人纷纷点头表示赞同。薛五拍着胸脯说："我是为了咱大家伙，这趟下来我一分钱不要都行，只要能把咱那几条船换了就行。"

我们对古听云一无所知，这么大的一笔钱也超乎常理，干这么高风险的事，是很可能全军覆没的。

可薛五这些人被那箱花花绿绿的美金晃瞎了眼，我知道他们已经算好了能分到手多少，甚至已经开始计划怎么挥霍那笔还没有到手、即使到手也不知道有没有命花的钱了。而其中一些人则在打算干完这一票就洗手不干。

我再次看向其他人，他们还是使劲点头。薛五跟我也有一阵了，知道我是个在钱上很大方的人。我让他管着钱，每次拿到手的酬劳怎么分，我从不过问。他们如此齐心而热切，正是我想要的局面，但还不够。

“不行，对方什么来路没人知道，白天出海也太危险，我得为你们的性命负责。”我转身就要出去。

薛五挡着门说：“塔哥，自从跟了你，这日子比以前好过多了，到了外面和人一说是在您手底下干活，大家都觉得有面子。兄弟们知道你是真心为我们好，可我们都是大老爷们，不能什么事都老躲在你身后。这一次给兄弟们个机会干一把，是死是活我们都认了……除非你……”

我笑着说：“说下去。”

薛五鼓足勇气说：“除非……你怕了。”

“我是怕，我怕自己无亲无故死了连个收尸的都没有，也怕把下半辈子交待在牢里。”我看了一圈众人，“但我更怕的是你们，我怕你们死无葬身之地，怕你们妻儿老小无依无靠。钱赚不完，命只有一条，跟我提玩命？你们还没有那个资格，你们玩不起。”

说完我就要往外走，薛五站在门口不肯让开：“大哥的话太重了。不管他们运的是什么，那东西又不是咱们的，就算被抓住，罪也不至死吧。如果说出海的风险，咱哪一次不是大风大浪的？我们知道塔哥是为了我们好，还是那句话，给兄弟们一个机会，让塔哥看看兄弟们绝不是吃素的，个个都是上得了台面、干得了大事的汉子。”

我见时机差不多了，叹了口气，沉重地点点头，带着他回到那张放着一皮箱美金的桌前，说：“老五，把钱按老规矩给大伙分了。”

“哎！”薛五脸上泛着兴奋的潮红，两手哆嗦着抱走了皮箱。

来人从口袋里摸出个笔记本和一个铅笔头，写了几行字，撕下来对折了，毕恭毕敬地双手递给我：“一切拜托了。我们会准时到。不然还要劳烦塔哥等等我们。”

那是一组经纬度数字和一个时间，我不禁有些佩服这个叫古听云的女人，做事如此讲究与缜密。同时心里也隐隐地担忧，她在从未打过交道的情况下，就敢把这么一大笔钱留下，足以证明她的自信。我相信，这种自信不是盲目的，那么，她的实力和能力到底是多深多厚呢？

一个特案组情报部门都搜集不到多少资料的人这么干，倒也不稀奇。我只是好奇一件事，她不是第一次走私文物出境，在这之前她找的都是谁？为什么一点信息都没有透露出来？为什么这次换成了我？

没多久手机上收到了情报部门的信息，说古听云派来的那人反侦察能力极强，为避免打草惊蛇，只能放弃跟踪。

我笑着心说：遇上对手了。

古听云定的接头地点并不在任何航线上，是一个方圆上百海里不会有渔船或货船经过的海域。这意味着我得不到任何及时有效的支援，按古听云的行事风格，只要有任何风吹草动，她立刻就会消失，再要等这么个机会就不知道是猴年马月了。

在她定的时间段里，那片海面还真是风平浪静。而她迟到了整整十二小时。——这么长的时间，足够她用任何办法把这一片来回侦察好几遍。

她的船终于出现在雷达里时，我正躺在甲板上晒太阳，薛五跑过来说："塔哥，应该是他们了，可是无线电呼叫他们没回应。"

我伸个懒腰坐起来，摸过手边的啤酒："给我拿个凉的去。太阳怎么这么厉害？这酒都煮开了。"

"给塔哥拿个凉啤酒。"薛五冲身后喊了一声，蹲下身说，"他们就一艘船，胆子真够大的，就不怕我们黑吃黑？"

我看着海面，等人送过啤酒来，接过新开的凉啤酒一口气灌下大半听，才说："当初你们被日本海盗劫的时候，我也是一艘船。"

薛五赔着笑脸说："他们哪能跟您比，您那家伙多全啊……对了，大哥，怎么后来不见您用那些枪了？还有，当时您手底下有不少兄弟，怎么都不见了……别误会，我就好奇，这不是没事嘛，随便聊聊。"

"我那些兄弟都不是内地人。我这里就当是他们的一个港湾了，遇见个大风大浪的可以过来避避。平时就由着他们吧，这样将来在海上彼此有个照应。"我意味深长地对薛五笑着说，"最重要的是，怎么也不至于被人一锅端了去。”

薛五尴尬地干笑了几声：“我再给您拿罐啤酒去。”他起身往舱里跑，脚下一滑差点摔倒，赶紧攥着一根缆绳站起来：“太……太滑了。”

我看着薛五的背影，轻轻地朝甲板上啐了一口。

我拿出望远镜朝海面望去，远远一艘渔船模样的快船正朝这边驶来。我发现自己居然有些兴奋，对这个古听云也很好奇。算起来，我已经很久没有对一个人好奇，更没什么事能让我兴奋了。

我爬上眺望台坐下来，见那船已经减慢了速度。薛五站在甲板上对我喊：“联系上了，暗号对。”

我说：“你给我拿的酒呢？”

薛五迟疑了一下，钻回船舱，不多时拿着几罐啤酒爬上眺望台上。我接过啤酒说：“你刚才问我那些枪为什么不用了。实话告诉你，我的枪只能给我的兄弟用，你现在还不算，所以只能给你钱。干完这一单你们手里有了钱，我就安全多了，那时候可以给你们枪。”不等薛五表忠心，我冲下面抬抬下巴说：“叫人放小艇下去接人接货，都机灵着点，别让人家看笑话。”

薛五赶忙溜下甲板，吩咐手下人忙活起来。对方只有三个人，把两大一小三口木箱往小艇上搬，看那样子都不是很沉。这是我护送过的货物里最少的一次，但凭对方出的价格就知道，这三箱货的价值是最高的一次。

那三人看着箱子上了船，回身从渔船上恭恭敬敬迎下一个人来。那人从头到脚包裹得很严实，能看出是个女人。如果没什么意外，这个人就是古听云了。

我不屑地“哼”了一声，你再了不起最终不还是上了我的贼船。

我戴好墨镜下了眺望台。还没站稳，薛五就带着古听云上前，殷勤地介绍：“这就是我们塔哥。”

那人抬手拉下裹着头的纱巾，又摘下挡住了半张脸的大墨镜，露出一张笑盈盈的女人脸，主动伸过手来：“塔哥，久仰久仰，不好意思，让你们久等了，我是古听云。”没等我说话，她看着我夹在胳膊下的啤酒说："我在内蒙古的时候喝过上马酒和下马酒，想不到你这里还有上船酒。"她不客气地从我胳膊下抽出啤酒"啪"的一声打开，举起来对着我手里的啤酒罐碰了一下，猛灌了几口，说："真舒服。"

我一看也不需要客套了，直接问："我们什么时候起锚？目标位置是哪里？"

古听云晃了晃啤酒罐："不急，初次见面总得认识认识。"

我指了指事先搭好的遮阳棚："坐吧。"

古听云见我始终没摘墨镜，就又重新戴上墨镜，歪头看着我："塔哥不爱说话？"

我看着那三口木箱问："就这些？"

"看来是真不爱说话。"古听云走到最小的木箱边说，"这箱不是。"

我对薛五说："找个稳妥地方放好。"

薛五带着几个人小心翼翼地抬起两个大木箱朝船舱搬去，我见古听云和她的手下都没有要跟过去的意思，问："古小姐不派人跟着看看吗？"

"看什么？"

她这下还真把我问住了，我笑着摇摇头。茫茫大海上，一个女人带着一批价值连城的宝物，身边只三个随从，就敢对一帮初次见面的亡命徒如此信任，真不知道这个古听云是真的用人不疑，还是自信得过了头。

等薛五等人回到甲板上，古听云指指脚边的小箱子说："打开。"

那箱子封得不是很严，古听云的随从徒手就轻松地掀开来。古听云俯身拨开上面的一层软纸团，露出一排排整齐精致的小木盒。她笑着问我："塔哥的兄弟都在这里了吧？"

我扫了一眼，点点头。

古听云拿出一只木盒打开，仔细解开金丝绒布袋上的丝绳，拎出一条黄灿灿的项链，翻到吊坠后看了一眼，满意地点点头，双手捧到我面前说："初次见面，一点小小的心意。"

项链在阳光下闪着耀眼的金光，看那分量就不轻。见我不接，古听云轻声说："我亲手刻的字，塔哥看看刻得对吗？"

我接过项链，吊坠正面浮雕了一头下山猛虎，非常精美。翻到背面，见那上面竟赫然刻着我的名字：秦川。

薛五也从古听云随从手里拿到了一条项链，高兴地叫起来："嘿，老鼠，我正好属鼠，嘿，这背面还有我名字呢。"

不多时，所有人都拿到了自己的那份，惊呼那吊坠的正面花纹是自己的属相，背面刻着自己的名字。有的已经戴到了脖子上，相互欣赏着，低声讨论着是不是纯金的……浑然不知道自己身处怎样的险恶境地：这个女人掌握了这船上的一切信息，所有人的名字、生日，可能还有他们妻儿老小的全部情况。

而我对这个女人的认知几乎为零。我头皮一阵阵发麻，古听云这已经不叫示威了，根本就是赤裸裸的恐吓。

古听云扫视一圈众人，说："怎么？塔哥不喜欢？"

我对薛五说："你们去船头吧，我和古小姐谈点事。"

薛五兴高采烈地端出水果和啤酒饮料摆满桌子，对古听云哈腰笑着说："那塔哥、古小姐你们聊，我们就在前面，有事招呼一声就是了。"古听云对三个手下说："你们一起过去吧，有事我叫你们。"

7

"礼物有点重。"我晃着那条项链，把星星点点的金光反射到古听云的脸上。

古听云说："塔哥可能误会了，我没有刻意打听你们的名字和生日。当时我找朋友帮忙运这批货，朋友跟我推荐了塔哥。他那个人比较仔细，顺带给了我这些资料。我拿着有什么用？想着要送你们见面礼，就用上了，只是想让你们高兴，大家高高兴兴地做完这单生意。"

"什么朋友？"

"这个我不方便说了，总之事实就是这样。我没必要得罪你们这些路神，没有你们，我就是有三头六臂也没用。"古听云说着话，将外套脱下来丢到一边。她里面穿着件白色的无袖 T 恤，衬得她小麦色的皮肤油亮油亮的。我瞟了眼她的手背和手指关节，回想之前和她握手的感觉，基本可以确定她没有经过格斗训练，那结实的上臂应该是健身房里练出来的，感觉稍稍放下些心。

古听云喝着啤酒，闲闲地说：“塔哥以前在金三角混？”

我点点头。

“听说跟那边人有误会？”见我侧头看她，忙说，“我没别的意思，女人嘛，就是八卦了些。”

“跟过一个大哥，他不信任我，要不是我跑得快，怕是早没了命。”

她笑了：“说实话我最看不起毒贩子，净干些下三烂的勾当，一个个都六亲不认、穷凶极恶的嘴脸，吃相太难看。”

我淡淡地说：“还不都是为了钱。”

她摇摇头说：“我对钱没什么感觉，我说这个你不要笑，都说我是文物贩子，我可不倒卖文物，我只是收藏，让文物展现它们真正的魅力。它们对我来说是一种信仰，是我的精神图腾。”

“我知道干你们这行的都是有文化的人。我不懂古董，也没兴趣。”听她说得跟真的似的，我觉得可笑，“只要来回倒腾的都是为了钱。”

她并不生气，认真地说：“它们见证了历史，历史是人记载的，可有时候颠覆历史的不是人，而是区区一件东西。跟这些东西接触久了，才发现很多历史并不是书本上的样子，所以我想让文物开口说话，告诉我们一个真正的、不曾被人掩盖的、不分国家种族涵盖全人类的历史，我需要把它们集中起来重新排列……”她似乎意识到自己扯得太远，伸过罐子来碰了碰我手中的啤酒罐。“你提到文化，文化在某种程度上一定是超越国界和种族的，不然只能叫风土人情，满足人们的猎奇心而已。”

我喝口酒说：“都说了我不懂，我是个粗人，就知道拿人钱财替人消灾。”

古听云坐直了，摘下墨镜看着我：“我不信，难道塔哥就没什么个人爱好？总不会天生就喜欢保驾护航吧。”

“保驾护航？”——这词还真是新鲜，“我是第一次听到有人这么形容我干的这行当。”

“当然。对了，你还没说你有什么爱好呢。”古听云看着我手里把玩着的项链说，“我除了琢磨老玩意，还有很多别的爱好。你们项链上的生肖和名字全都是我亲手刻的。”

“是吗？”这事的确让我有些惊讶。想想每个人收到的图案和字都不一样，那还真有可能是她自己做的。出手大方的人多的是，这么用心送礼的，她倒是独一份。

古听云看了看日头，拿过外套掏出一张卡片递给我：“麻烦塔哥，这个地点。”

卡片上也是手写的一个经纬度数字，大概判断一下，应该是日本以南的公海区域。于是叫来薛五，把卡片交给他让他安排。

薛五刚走开，古听云又接着刚才的话题追问：“喜欢音乐吗？”

“音乐？”我的人生里跟音乐相关的事，好像只有当初在学校里唱过的那些军营歌曲。每到开饭前全体列队在餐厅前唱歌，唱得不够响亮就不准进去吃饭，所以每次大家都扯着嗓子大声喊。我摇摇头：“不懂。”

“那，喜欢看书吗？”

我不由得笑出声来，摆摆手。

“就是嘛，聊聊天，笑一笑多好，不要成天板着脸，怕别人不知道你是塔哥吗？”古听云笑得特别灿烂，露出一口雪白的牙，“那你喜欢旅游吗？哦，你成天都在旅游，我重猜……你喜欢……”

“不用问了。”爱好？我几乎忘记了这世界还有爱好这件事，我所能想起关于爱好的事，就是当年宁志喜欢拨拉的那把吉他，在我们眼里那是骚情。现在想想，那是爱好。我叹了口气说：“我喜欢和我的兄弟们喝点酒。”我想起平凉一战之后，与同生共死的战友们醉倒在街头；我想起在泰国的监狱里喝着阿来偷带进牢房的白兰地过年；我想起与徐卫东在包厢里喝得天昏地暗一头撞见赶回来的程建邦；我想起喝多了蹲在阿来酒吧门口吐，刘亚男拽起我时丢在地上的烟头溅起的一串火星……“我喜欢和自己兄弟喝酒聊天，不怕说错话，不怕喝醉了有人会背后给你一刀……”我心里一酸，立刻意识到自己的失态，尴尬地笑笑不想再继续说。

古听云认真地倾听着，一仰脖把啤酒干了，缓缓地念道：“五花马，千金裘，呼儿将出换美酒，与尔同销万古愁。”

这个我知道，是李白《将进酒》中的句子。我打交道的人里头，不是贩毒买卖军火的，就是杀人越货的，想不到还有会吟诗的，不由得对她有点另眼相看。

古听云又打开一罐酒："反正没什么事，你要不嫌弃，我们可以喝一点，当然，你不能喝多，不然说了不该说的话，我不是得被你灭口？"她伸着舌头做了个鬼脸，这下把我也逗笑了，我摇摇头说："不能喝多，不是怕说错话，是怕误了事，你费了那么多周折找到我，又出了这么大的价钱，我必须给你一个满意的结果，不然就算你放过我，我恐怕也没法混了。"

古听云微笑着躺回沙滩椅上，不停地喝着啤酒，断断续续地哼着歌，一副放松度假的样子。

而我竟然无心去揣测她的心思，沉浸在一种近乎撕裂般痛楚的思念中不愿自拔。曾有很长一段时间，我总是刻意地逃避那些痛苦的记忆。时间长了，我以为我已经习惯了。刚才我才发现，封存回忆也就封存了力量。我不能封存它们，我需要那一张张遥远且熟悉的脸庞，那一幕幕模糊且触手可及的回忆来给自己力量和方向，将自己从麻木中唤醒，投入下一场战斗。

我们的船快要驶到指定位置时，薛五一帮人已经跟古听云的人相互搭着肩膀称兄道弟了，怎么看都不像是一艘载着走私文物的黑船，倒像是一群好友出海游玩。

我抽空回船舱向上级汇报了最新的进展，想着马上又要圆满地完成一项任务，心情也像这蓝天碧海一样舒朗起来。

古听云端着酒，看着我从驾驶舱走出来，醉眼惺忪地说："不管我出多少钱给你，都是你应得的，只少不多。费那么多功夫找你，也是为了节约了解的时间。你看，我们像朋友一样轻松地相处，多好？"

我点点头算是回应。

"人一遇见高兴的事，时间就过得特别快，真想就这么一直在船上醉着漂下去。"古听云悠悠地说，"只可惜天下没有不散的筵席，今后也没机会和塔哥同船共饮了。"

我正想说，只要她还愿意找我运货，我分分钟等候召唤之类的客气话。可转念一想，以她的罪过，被捕后就算不是死刑，下半生也交待在监狱里了。于是笑着说："跟你做事真是轻松，度假一样就把钱赚了。恐怕以后也遇不到你这样的好主顾喽。"

"那是塔哥你面子大。"古听云垂下眼皮想了想，像是做了个什么决定，坐正身子说，"好，我还有份薄礼给塔哥，还请塔哥不要客气。"我见她死盯着我，只好点点头。古听云说："有劳塔哥叫你的弟兄把我那只小木箱拿出来。"

我对着船头喊了一嗓子，薛五很快带着几个人一身酒气地跑了过来。我让他们把古小姐的小箱子抬出来。目送薛五带人欢快地跑进船舱，古听云说："快到了吧。"

我看看手表："不出意外的话，半小时吧。"

古听云叹了口气："真有点舍不得。"

"想不到叱咤风云的古小姐还是个性情中人。"

古听云看着天边的云彩，轻轻说："是啊，女人嘛都感性，我早晚得在这上面吃大亏。"

见薛五把那个小箱子搬了出来放在座椅前，古听云说："劳烦兄弟把我的人叫来吧，跟大家告个别。"

不多时，所有人都聚集到了甲板上。古听云站起身说："真的很感谢塔哥能给我们这样一趟愉快的旅程，上船没多久我就在想，到底塔哥有什么秘密武器，能把这样一件上不得台面，甚至是要掉脑袋的事干得这么轻松自在，你可以问问我那几个兄弟，我们什么时候运货能这么顺当又舒服了？"那三个随从笑着对我说："塔哥确实名不虚传。"

"所谓隔行如隔山，我在这行这么久能平安无事，也有我的秘密武器。"古听云扭头问我："塔哥，你猜猜是什么？"

我本想说她处事谨慎，但见她和她的手下都一摇三晃的，从上船他们就都没停过地喝酒，看来传说终究是言过其实。我半开玩笑半认真地晃了晃手里的金项链说："因为古小姐够豪气，一见面就送这么重的礼。"

古听云哈哈笑起来，将一条胳膊搭在我的肩上竖起大拇指，对随从说："那我就豪气到底，再送兄弟们份厚礼。"

她的三个随从上前将那只小木箱打开，取出几只长木匣子。古听云手里那只尤其精致，木色光滑油亮，一侧镶着一只虎符模样的东西，光这个就像是件很值钱的古董。古听云轻轻按上去，"嗒"的一声盒子开了，原来还真是个虎符，两片一分，是匣子的锁扣。

里面的东西上盖着一层粗糙的白布。之前她送我们项链时也是装在木盒里，外头包的是金丝绒布，如今说这是一份更重的礼，怎么倒成了粗布包装？而且这种白布怎么看也不适合包东西，倒更适合……擦枪！

我吓得一激灵。古听云的手下已经人手一支乌黑的 MP5 冲锋枪，三个人全然没了之前微醺的样子，飞快地分散开来，站到三个最佳的位置上，端枪对准了我们。

薛五扶着栏杆看着那三人，神情迷糊地说："这……这枪是送我们的……礼物？"

我冷冷地看着古听云。她不慌不忙地从虎符匣里掏出两把银光锃亮的大口径手枪，举起来对准我的脸。那居然是两把"沙漠之鹰"。我没有用过这种枪，但深知这枪的威力，这个距离能把我的半个脑袋轰掉。

我问她："你想要什么？"

古听云说："平安。"

我低头看了眼手表："按这个航速，还有十多分钟你就到了。"

"谢谢塔哥这一路把我们照顾得很好，但我想要的是永远的平安。"古听云顿了顿，又说，"不好意思，我赶时间。"

只听"嗒嗒"两声枪响，离那三人最近的两个船员应声栽倒在甲板上。所有人都被吓傻了，纷纷举起了双手跪了下去，有几个人害怕得呜呜哭出声来。

我忙喝道："住手。"

我终于知道为什么古听云能把自己保护得那么好了——她每次运货之后，不留活口。

在杀人灭口之前，她会想尽一切办法迷惑对方。谁会想到一个精心给你准备厚礼的人，笑眯眯没话找话跟你聊天的女人，转眼就会对着你的脑袋开枪呢?

现在距离指定的地点还有一段距离，也就是说准备抓捕古听云的行动小组还在十几分钟航程以外的地方。古听云的这几个随从都是经过专业训练的职业杀手，而我的手下是一群渔民出身的混混。至于我，面对着远近不同角度的五支枪，除了喝一声“住手”外，实在想不出还有什么别的办法。

“秦川，对不起。”古听云的眼神特别安静，在跟我对视的一瞬间却快速地闪躲了一下。如果她继续坚定地把船员们挨个打死，我可能就彻底绝望了，可就是她的眼神这么一闪躲，让我看到了一丝希望。

之前我说她是个性情中人，她说自己早晚会在感性上吃大亏。不论之前她做了多少戏，但那句话一定是真的。她一定曾经是一个性情中人，也一定因为这个吃过大亏，所以养成了如此决绝毒辣的行事风格。换言之，如果她不论什么情况都选择不留活口，这本身就是不理智的。她只是从一个极端，走向了另一个极端。

我的大脑飞速旋转着，想把跟她见面后的每一个细节捋一遍，看从哪里找突破口。但在这种情形下谈何容易，也许下一秒她突然决绝起来，一旦动手就不可能再停下来，那什么都晚了。

我必须争取更多一点的时间。我苦笑着叹了口气，一低头，看到旁边桌上的空啤酒罐，心说：顾不上那么多了，死马当作活马医吧。我说：“你不是一直问我有什么爱好吗?”

古听云“嗯”了一声，对着我头的枪口朝下偏了一寸。对她来说这枪太沉，端久了很难保持平举，她索性垂下了胳膊，把枪口大概对着我。

一个枪手提醒她：“古小姐，时间有点紧。”

古听云没回头，说：“我知道。”

“本来我想让你放他们一条生路，他们都有妻儿老小，可是一想还是算了，因为我不能给你一个保证，保证他们今生都不会再对任何人提及这件事。至于我，我记得跟你说过，我唯一的爱好就是和我的兄弟喝点酒，但我话没说完。”我故意停了下来，试探地问，“耽误古小姐时间吗?”

古听云迟疑了一下："没关系，你说吧。"

我悬着的心稍稍往回放了一些，只要她还愿意听，那说明我的心理攻势起作用了。我指了指桌上的烟说："可以吗？"

古听云说："坐着抽吧。"

我坐到椅子上，点了根烟，抽了一口将烟雾喷向空中，说："其实我的兄弟都死了，有的死在警察手里，有的死在毒贩手里，跟你一样，我也很难再去相信别的人，所以可能再也不会有什么兄弟了，那我唯一的爱好……其实就是没爱好了。"我想起些往事，深深地吸了口气，眼角渗出了些眼泪。我摘下墨镜，抬头看着她："刚才和你喝得很高兴，自从我的那些兄弟死了以后，再也没有这么高兴过，没有说过这么多话，谢谢你，今天能死在你手里，死在这个海阔天空的地方，我知足。"我打开一罐啤酒，闭上眼仰头往肚里灌酒，心里默默地数着：一、二、三……

一直数到十，我喝完了那罐酒。也就是说，我刚才那些话至少让她犹豫了十秒。我打了个嗝，把空酒罐放回桌上，望着远处的天边默默地抽着烟。时间一秒一秒过去，枪没有响。

"古小姐，差不多了。"那枪手再次提醒她。

古听云说："去把船停下吧。"

一个枪手钻进驾驶舱，很快船开始减速。可这里距离她指定的目的地还有一段距离，他们把船停在这里，难道是为了方便抛尸？

只听古听云说："我就说，我迟早会因为感性吃大亏。"

我转过头，见她的枪口已经垂下对着甲板。我说："人，尤其是你我这种刀尖上舔血的人，死在什么上面都不奇怪。"

古听云脸上浮起一丝苦笑："我有种预感，将来有一天我一定会死在你手里。"

一个枪手往船体左侧下方看了一眼，说："他们到了。"

我顺着那方向看过去，风平浪静的海面忽然像开锅了一样，一个乌黑的大家伙浮了上来——居然是一艘微型潜水艇！

原来这里才是古听云和下家接头的真正地点，超出我想象的是，接应他们的竟然是艘潜艇。

潜艇靠着船边停好，顶盖打开钻出两个人来。古听云的两个手下用枪指着我们，另一个用接好的传送缆绳依次把两只大木箱送上潜艇，完事后扭过头看着古听云。

古听云用枪指指脚下的小木箱说："秦川，尾款在箱子底下，后会有期。"她在几个枪手的护送下登上了潜艇。

看着潜艇消失在海面上，而天空依然蔚蓝，海鸟依然飞翔，就好像什么都没发生过一样。我呆站了半天，轻轻说了句："牛。"

那次行动让特案组的重犯古听云潇洒地漏网，我沮丧了好久。

徐卫东难得地安慰了我几句，一再强调我能从她手里活着过关就是胜利，组织上因此掌握了她的不少信息。

我心里的感受很难找到合适的词汇来描述：第一次有些期待能与一个目标人物再次过招，我也很好奇到那时自己会做出什么抉择。

这种期待让我觉得不安，更多的是兴奋。

我接了古听云的货且平安无事的事迹很快传遍江湖，"塔哥"的名号就此在海上成了一块响当当的招牌。

我想就是从那时起，海上成了我的地盘。

第三章

只要允许我去战斗

1

程建邦见我笑而不语，指着我的鼻子说："你现在还学会跟我卖关子了？你当我多爱听一样。"

徐卫东瞪了程建邦一眼，对我说："时间紧迫，这个问题等我们把人送到那边，你们在回的路上慢慢聊吧，我去那边看看。"

徐卫东离开后，程建邦终究还是按捺不住好奇心，换了副笑脸，给我递了一支烟，恭恭敬敬地帮我点上，看着我抽了一口，"秦……不，塔哥，给我说说吧，这两年都是怎么过的？干了些什么惊天动地的大事？让我也长长见识。"

我咂咂嘴，说："也没什么，就是跟二部的同僚一起执行过几次任务。"

"哪个二部？"

我白了他一眼。程建邦赶紧说："我不多嘴了，你说。"

我说："这不咱们国家要建航母嘛，美国人、英国人不乐意，派出中情局和军情六处的人捣乱，我就奉命出马了。"

"然后呢？"程建邦眼巴巴地问。

"当然被我全灭了，现在咱的航母也下水了，而且一次就下水两艘，其中一艘就叫秦川号。"

程建邦一把猛地推过来，我连人带椅子差点倒地。"秦川，两年没见你怎么变成这样了？又是中情局又是军情六处的，你拍电影呢？老子是去喂猪了，那也是去当兵，不是坐牢。就算坐牢也有电视、报纸看的好吗？航母下水这么大的事我能不知道？还秦川号，我呸！”他朝地上啐了一口，“不愿意说别说，老子还不稀罕听，遇到事咱再看看你嘴头上的功夫能不能救你命……你别忘了，你是在谁的教导下从一个菜鸟变成现在这样的，怎么？现在出息了，就敢和师父耍花腔了？”他一把把我还没抽几口的烟抢了回去，坐在一边气呼呼地抽起来。见我没接着跟他闹，扭过脸又问：“你干吗呢？”

我说：“我们来这里是送一个人去境外吧。”

程建邦眼珠子一转：“对啊，这人还没送到，怎么老徐就安排起下一个任务了？”

“上面为了送这个人，搞了这么大排场，只能说明这个送人的事没那么简单吧。”

程建邦看了眼紧闭的屋门：“看样子老徐根本没拿这趟活当回事，这不像他的作风，而且上面把他亲自派出来说明什么？说明这事还真就没那么简单，你听他刚才打电话的语气了吗？不太对劲。”

我俩正大眼对小眼地琢磨着，就听徐卫东的声音在门外响起：“准备出发。”

徐卫东手里提着几部对讲机，给每辆车发了一部。走到一辆车前时，指着其中一个人说：“你的行动资格已被取消，回屋待命。”

那人愤愤地看了徐卫东一眼，极不情愿又无可奈何地回到了屋里。“还有谁想留下？”徐卫东发完对讲机说。安静了几秒钟后，徐卫东说：“一会货在我车上，其他车听我命令行动，哪辆车违令，我不管是谁的主意，全车人回去领处分。”说完对我和程建邦使了个眼色，拉开车门跳上车。

整个车队关了大灯，在浓墨般的夜色中向北疾驰了一个多小时，操控台上的导航屏幕闪了闪，出现一个停车的标志。我们的车速刚降下来，前方几束大灯亮了起来，漆黑的天地间仿佛被捅开几个口子，对面应该至少有四辆车。

“全体车上待命。”徐卫东跳下车走过去。

对面那几辆车的大灯齐齐地全部关了，周围又恢复了灰暗。不多时，好些人影朝我们小跑过来，待他们跑近才看清，是几个尽管穿着便衣但一看动作就是军人的战士，架着一个臃肿的人。那人双手双脚都戴着镣铐，裹在一身没有任何标志的迷彩服里，脑袋上戴着头套，别说模样，连性别都看不出来。

程建邦啧啧说：“这人得多大的罪过啊？”

徐卫东拉开车门，对我们做了一个分开的手势，又伸出食指竖在嘴唇前，示意我们不要说话。我们会意地点点头，两下分开腾出地方，一起伸手接过那人按在中间坐好。

车队继续向北开去，我和程建邦不约而同地看向坐在我们中间的人，这人就连手上都戴着手套，怎么也看不出个所以然。头套内还隐约传出音乐声，应该是给戴了播放着音乐的耳机。

这时候，对讲机中传来一个人的声音：“请问我们在哪里领装备？”

徐卫东说：“没有装备。”

“枪也没有？”

徐卫东说：“我们要出境，换你你能让外国人带着枪入境？”

“收到……那么我们，就什么都不带？”那边又问。

“对。”徐卫东补了一句，“带着能耐。”

大约又过了五分钟，车速降了下来。前面是一道铁丝网，不远处竖着一块界碑。铁丝网上已经打开了一个豁口，两边分别站着中蒙两国的持枪守卫，他们对我们招手示意我们快速通过。徐卫东晃了下大灯，带着车队驶过了边境。

从导航上看，在距离目的地还有二十公里的时候，徐卫东停了下来。

我正想问为什么在这里停车，就见徐卫东示意我们不要发声。他又指了指自己的耳朵，我才注意到那人耳机里的音乐好像已经停了。徐卫东下了车，站在几米开外的地方用对讲机跟后面的车说了几句。

车再次启动的时候，我见最后两辆车停在了原地，一定是徐卫东命令他们在这里留守待命。徐卫东紧锁着眉头，眼睛不停地在导航屏幕和黑洞洞的车窗外来回移动着，时不时还从后视镜观察后座的情况。我不由得攥紧了拳头，全部注意力都放到了身边这个神秘的人身上，做好了随时应对任何突发情况的准备。我瞥了眼程建邦，他已经将神秘人的胳膊箍在手中。

没多久，徐卫东又停了车，下车走远用对讲机跟后面的车通话。这一次明显不如上一次痛快，他对讲时的情绪显得有些激动。如果我没有猜错，他是让剩下的两辆车也留在这里待命。我看了眼程建邦，他对我点了点头。

徐卫东气冲冲地回到车上，猛地一脚油，车飞快地蹿了出去。我回头看了看，那两辆车果然没有跟上来。想起他在基地休整时跟上级打的那个电话，多半是在跟上级争取携带武器的事。当没有争到这个保障之后，他决定将其余人留在尽量安全的地方，只带着他最熟悉的人前往目的地。

正如他所说，这里是别人的地盘，我们又在明处，发生什么变故都有可能，真到那个时候我们没有任何支援，只能靠手无寸铁的自己。靠人多是没用的。

我抬起头，正好看到徐卫东正从后视镜看着我们，目光坚定又带着些温暖，像是有话对我们说。我知道他想说什么，是每次我们出任务前他都要叮嘱的那句：活着回来。

这一次，我们连可能遭遇的敌人是谁、在哪里都不知道。

2

本来这样一个任务看起来好像没什么危险，但有了之前因为我轻敌，被周亚迪和胡纬摆了一道的教训，我再也不能也无法对接到的任务分出三六九等。换言之，上级交给我们的任务都是极其危险的，任何轻敌的大意，都是将有限的生命和无限的荣誉暴露在魔鬼面前的幼稚行为。

导航屏幕上向前的箭头闪了闪，伴随着嘀嘀声，提示还有五十米、三十米、十米……

徐卫东将车停下，灯光之外的地方都黑洞洞的。徐卫东看了眼手表，摸出烟丢给我俩一人一支，挡位保持在前进挡的位置，踩着刹车靠在座椅背上抽了起来。不一会车厢内就满是烟雾，神秘人被呛得咳嗽起来。这人克制着自己不发出声音，只能感觉到身体动了几下。

突然几道强光从前方和左右两边射向我们的车，眼前顿时就白花花一片，我急忙一把挽住神秘人的胳膊，另一只手挡在眼前透过指缝向车外看去。

几个高大的身影朝我们的车走来，他们举着双手示意没有武器，一直到徐卫东下了车才放下手。等眼睛适应过来，才看清那是几个典型的俄罗斯人，穿的是全套西装。带头的人拿出一个文件夹给徐卫东，徐卫东也递过去一份，双方仔细查对完文件后，徐卫东对我们招了招手。

我和程建邦将神秘人搀下车。那边过来一个俄方的人，拿出一个便携式 DNA 检测仪，隔着那神秘人的手套将针尖刺了进去。见显示屏上的数字飞快地从零跳跃到一百，扭头对他的同事做了个手势。拿着文件的俄罗斯人签了字，笑着跟徐卫东握手，手还没松开，只听“嗒”的一声，那人脑袋上喷出一朵血花，倒了下去。

徐卫东立刻朝前扑倒，喊了一声：“隐蔽。”我和程建邦已经按着那个神秘人扑倒在地上。

四下里的枪声有条不紊地响了起来，一听就知道这群枪手不仅实战经验丰富，准备还非常充分。我们无从判断他们的方位，而他们的每一枪都有目标，每声枪响后，都会有人流血。好在我们就在车边上，至少有一面挡住了枪手的视线。看来那些人好像对俄罗斯人更感兴趣，至少第一枪的目标不是徐卫东。

这时我也发现，我们和俄方的人都没有武器。这太残酷了，我们就像狩猎场里的兔子一样，凭着本能躲避着根本不知从哪里射来的子弹。

“别管他，离他远点。”徐卫东大声吼道，“把他踹开！”

来人的目标肯定是这个神秘人，这个时候谁距离他最近，谁就离死神最近。我们赶紧从那人身上爬开，一连几脚将那人蹬开。

那人滚了好几圈才停了下来，枪声果然就此停了。那些受伤的俄罗斯特工的呻吟声，夹在呜呜的风声里灌进耳朵，让人浑身发紧。随着枪声重新响起，那些呻吟声也没了。我抬头看向程建邦和徐卫东，三人相互交换着“自己安全”的信息。

谁也不敢离开自己隐蔽的位置，尽管我们知道所处的位置一点也不安全。

一阵轰隆隆的声音从远处传来，慢慢地，声音越来越近，一道强光从空中射下来笼罩着我们，居然是一架巨大的军用直升机。

直升机在空中盘旋了几圈，观察清楚地面状况后才缓缓落下。几个荷枪实弹的枪手先后跳下来，四下检视了一圈，将一个穿着风衣的男人从机上扶了下来。

那是个中年俄罗斯男人，目光一下就落到离我们几米远的神秘人身上。他脸上露出笑容，对枪手们指了指，在众人的簇拥下走了过来。

面对着数十个黑洞洞的枪口，还要做出一副“我在隐蔽”的样子，我觉得自己特别傻。既然如此，何不站着死呢？我撑起身想站起来，就见徐卫东剑一样的目光正盯着我，他对我重重地摇了摇头。我犹豫了一下，只好继续抱着头趴在地上。

俄罗斯人冲一个枪手抬抬下巴，那枪手将神秘人从地上扶起来，扯掉了神秘人的头套。因为是背对着我，我只看到一头蓬松的长发露了出来。

“女人？”我心里暗暗惊呼。

3

枪手不知用什么工具打开了神秘人手脚上的镣铐，那人舒展了一下身体，伸手去掉了脸上的口罩，侧过脸吐掉堵嘴的塑料球，仰头对着天空做了几个深呼吸。待她回过头看我们时，那一刻，我的心脏几乎要从嘴里跳出来——竟然是刘亚男！

我不敢相信自己的眼睛，拼命地挤了挤眼，甩了甩头，没错，的确是刘亚男。

我扭头看程建邦，见他瞪着眼，张着嘴，一动不动，已经石化了。我又朝徐卫东看去，他的表情没有那么夸张，但很明显也被眼前的事实震惊了。

刘亚男侧头取下耳机，顺着耳机线拽出一个小播放器，把耳机线细细缠在播放器上攥在了手中，又脱掉那套臃肿的迷彩服，换上了枪手递上的大衣和皮靴，才走到那个俄罗斯男人跟前。两人贴了贴脸拥抱了一下，然后交谈起来，其间他俩的目光一直看着我们，像是在商量什么事。

此情此景让我觉得自己的大脑停转了，明显跟不上眼睛看到的一切。

刘亚男和那俄罗斯男人交谈了几分钟，就朝我们走了过来，那俄罗斯男人突然从上衣内袋里掏出了一把手枪。

程建邦大喝一声，一下从地上跳了起来。我的心瞬间提到了嗓子眼，张嘴想叫住他，却紧张得什么声音也发不出来。

一个枪手抬起枪对准了程建邦，眼看就要扣动扳机，我大喊了一声，几乎是从地上“弹”了起来扑向程建邦，余光瞟到刘亚男一把按住了那枪口，但子弹还是射了出来。我的肩头像被一股大力推了一把，踉跄了一下最终还是没有站稳，倒在地上。四五个枪手端着枪将我和程建邦团团围住，枪口指着我们的头。另外几个枪手将徐卫东围在了中间，趴在地上的徐卫东透过那些人腿间的空隙看了看我的受伤的位置，神情稍微一松。

“秦川！”躺倒在地上的程建邦完全不顾头顶的枪口，对我喊了一声，眼睛瞪得血红。

幸亏刘亚男在枪上按了一下，不然那一枪一定打中我脑袋了。我挣扎着动了动，确定子弹只是从肩膀擦过而已，我扭过脸朝程建邦看去，他瞪着通红的眼睛按住我中弹的肩头，嘴唇哆嗦着几乎是歇斯底里地喊：“秦川！”我对他摇摇头：“没事，擦破点皮。”

刘亚男左右开弓一连扇了那开枪的人四五个耳光，打的那个枪手晕头转向，在原地倒了好几下脚才站稳。刘亚男接过了那俄罗斯男人手里的枪插在后腰上，原来那人只是要把枪递给她而已。她怒气冲冲地用俄语跟那人说着话，那人淡定地微笑着，等刘亚男发完了飙，才轻声回了几句。

我见场面似乎尽在刘亚男的掌控中，暗暗松了口气，对程建邦说：

“你疯了！”他歉疚地扯着嘴角。我说：“还了你一条命。”

俄罗斯男人走到了徐卫东跟前，满脸笑容地弯下腰查看。看起来刘亚男对他非常重要，但我们都明白，那人如果真想要谁的命，这里没有人能拦得住。

我和程建邦对视了一眼，眼神交会的一瞬，我知道他也一样在盘算是不是能夺下身边这几个枪手的武器，不然我们全军覆没只是顷刻之间的事。之前他们离得远，现在这样的距离近身夺枪是有可能的。

我们交换了一个眼神。曾经一起出生入死的默契，只需这一眼的交流便已足够。我暗暗吸了口气，判断着几个枪手的位置，计划着动手的顺序和夺到枪后的第一个目标。

俄罗斯男人伸手从徐卫东口袋里抽出交接文件翻了翻，又低头去看徐卫东，那神情像是挖到了一个大金矿，高兴地仰头哈哈大笑起来。他冲手下摆了下头，上来一个枪手拿出手铐将徐卫东反铐起来，套上头套后，一枪托砸到他后脑上。徐卫东用力晃了晃头，挣扎着没有晕过去。

没时间犹豫了，我冲到离我最近又正对着我的枪手跟前，用脑门狠狠朝他鼻梁砸去。我使足了劲攥着他的枪用力一扭，那枪却像是嵌在了水泥墙里，纹丝不动。我心里一惊，抬头见那人虽半边脸糊满了鼻血，但一动不动、面无表情地看着我。

我迅速看了程建邦一眼，他已经被两个枪手制住了。我咬牙一拳捣向对面那人的软肋，谁知还没击中目标便被他的胳膊夹住，随后身子一扭，我肩膀上的枪伤刀剜一样地痛起来。我倒吸了一口凉气，再也动弹不得。他不等我再有什么动作，一脑门朝我的面门砸下来，我知道一旦挨上的严重性，但手臂被制住，我完全无法躲闪，这一击像迎面临空飞来了一块大石头，重重地砸到了我脸上。我眼前一黑，耳朵“嗡”的一声就什么也听不到了。

完了。我心说，这下激怒了那些俄罗斯人，老徐和程建邦被我的无能连累，今天就要把性命断送在这里了。我又惊又怕，不由得咳了一下，口鼻中的血跟着喷了出去。

朦胧间见对面一个枪手举起枪对准了我的脑门，刘亚男大声地喝住了他，我使劲睁开眼睛，见她跟那俄罗斯男人说着什么。

那人侧耳听着刘亚男说话，眼睛看向我和程建邦，频频点着头，随即对枪手们招了招手。

枪手押着徐卫东、程建邦和我三人往直升机走去。一个枪手探头往机舱里看看，凑到俄罗斯男人耳边说话。

那人看了眼靠在舱门前的刘亚男，她正摆弄着手里的播放器。见俄罗斯男人看她，刘亚男往直升机里也看了一眼，从后腰抽出手枪对着我胸口，说："对不起，飞机装不了那么多，只能带两个人走。你太不幸了。"她用枪口戳着我往后退到飞机螺旋桨之外的地方，那把枪非常小巧，口径小到我从没见过，那一瞬不知为何突然想起了古听云的那对大口径"沙漠之鹰"。

"嗒嗒嗒"三声，刘亚男朝着我的胸口连开了三枪。每一枪都像是挨了一记重拳，推着我又连退了好几步，重重摔倒在地上。我只觉得心里空荡荡的，好像有什么东西从我胸口里飞了出去。我努力歪过头睁着眼，草与草的空隙间，正好能看见直升机的舱门位置。枪手们将拼命挣扎着的徐卫东和程建邦往上拖，老徐被蒙着头，而程建邦好像在疯狂叫喊，看口型知道是在叫我的名字。但我耳朵里被嗡嗡声填满，什么也听不到了。

刘亚男俯下身，我分明看见她眼睛里蒙着一层朦胧的泪光，那熟悉的光芒，没错，她的确是我的亚男姐。我要感谢她，用我的一条命换了程建邦和徐卫东两个人的安全，我相信，她一定会让他们安全的。

能倒在徐卫东、程建邦和刘亚男的面前，我感觉到从未有过的满足和欣慰，甚至觉得自己死得有些奢侈。

刘亚男重重地在我脸上拍了一下，我的神志稍微清醒了一些，她动作飞快地将耳机塞进我的耳朵里。临站起身前，又摸了摸我的脸，就像那年在酒吧街边那样，手还是那么冰凉。我呆呆地看着她的眼睛，好想叫一声"大姐"，动了动嘴却没法出声。她对我微微一笑，抿起嘴角压制着嘴唇的抖动，转身朝直升机走去。

我坚持着不让自己闭上眼睛，直升机敞着的舱门那里，还能看见程建邦的长腿在乱蹬，能想象他是怎样被几个强壮的俄罗斯枪手按住殴打，还要拼命挣扎，只为最后再看我一眼。

那一瞬我觉得好疼，那疼痛来自心脏却不是中枪的地方——多少次我也像他们现在一样，眼睁睁看着战友倒在自己面前，自己却无能为力。每每想起那一刻的痛，都恨不得让自己投身炼狱，只怕是灰飞烟灭，那种痛也不会消失。

当倒在地上的那个人是我自己时，我才明白当年宁志临死前看到我的样子，该是多么难受。让他死不瞑目的，不是敌人，是即将永别战友的悲痛。

我的大脑前所未有地清醒和冷静，像一阵清风将那块沉沉地压在我心头多年的石头吹走了。我不想徐卫东和程建邦为我的倒下而悲伤，那么宁志和郑勇也一定不想我因他们的离去而悲痛欲绝吧。我突然觉得自己太不应该了，如果他们在天有灵的话，该是多么难过。

耳机里传来一首熟悉的旋律，一个女声深情地唱着："一条大河波浪宽，风吹稻花香两岸，我家就在岸上住……这是美丽的祖国，是我生长的地方，在这片辽阔的土地上，到处都有明媚的风光……"

我一动不动地躺在地上，在歌声中看着直升机缓缓升起，慢慢地消失在空中。只有留下的几辆车还亮着大灯，那些灯光明知不可能将这黑暗驱散，还是那么毅然决然地亮着，倔强地向黑暗宣誓自己永不屈服，将光柱射向茫茫的夜色中，又像是……为我照亮回家的路。

我好像看到了那些逝去的战友的脸庞，那么清晰，那么鲜明。

4

初秋的北方有着这世界上最壮丽的风景，湛蓝色的天空下，绵延千里的群山像油画一样五彩斑斓。一阵秋风吹过，烈士陵园边那几排松柏像整齐列队的卫兵，发出"唰唰"的响声。

四个礼兵对着墓碑敬了一个军礼后，两人一队笔直地站到了两旁。三位首长缓缓举起右手对着墓碑上的遗像敬礼。我认识他们其中的一位，就是当初把我们紧急召到总部地下会议室布置任务时，称徐卫东为小徐的那位。我不知道他的名字和具体职务，只知道他是老徐见了都要敬礼叫首长的大领导。

三位首长脱了帽，低下头默哀。

我站在不远处的一棵树后，静静地看着这一切，一直到礼兵列队离开后，才从树后走出来。

踩在松软的草坪上，耳边只有偶尔一两声鸟鸣声，仿佛世界一直都是这么安宁，从来没有人流血，从来没有人牺牲。两旁整齐的大理石墓碑上，镌刻着一个个寄托着父母希望的名字。看着那一张张或严肃或微笑的脸庞，我丝毫不觉得陌生，我和他们就像一群久别重逢的兄弟，跨越时间和空间重聚到了这里。

这里的每块墓碑下，都伴随着一个使命。我心里默默对他们说：兄弟，你们不但没有辱没自己的使命，而且用自己的事迹激励着战友继续战斗。

我走到刚刚举行完葬礼的那块墓碑前停了下来，向三位首长敬了军礼。没有人回礼，我故意咳了两声，他们还是视而不见、听而不闻。是的，某种意义上说，我的确已经不存在了。我看了眼墓碑，上面写着我的名字：秦川。那相片还是几个月前增加档案照片时新照的，想不到用到了这里。

我苦笑着扭头看三位首长，他们低声说着话，即使目光无意中扫到我，也不做停留。我不由得低头看看胸口，看自己是不是真的透明了。

“我的意见是，秦川牺牲这件事的保密期就不要规定时间了，还是按照具体事件来定吧。”

“我不同意，如果你所谓的具体事件一直没有下文，是不是就永远向他的家里人保密？我们得对烈士家属负责。”

“两位，我们在烈士的英灵前谈论这个，是不是太不近人情了？”说这话的正是老徐的那位老领导。

……

我无心再听他们的谈话内容，躬身摸了摸自己的“遗像”，从口袋里掏出根烟叼在嘴上，摸遍了全身却没找到打火机。

我站起身叹了口气，又回头去看那三位首长。他们对我的墓碑低头致哀，戴上帽子，转身离开了。剩下我一人孤零零地站在那里，一低头，见地上多出个打火机来，我捡起来点燃了烟，坐在自己的墓碑前抽了起来。

身后有脚步声，是老徐的老领导走了回来。我正要起身，他对我做了个“坐下”的手势，四下看看，揪起裤腿坐在了我旁边。

我把那个手感滑润的钢质打火机递给他：“谢谢首长。”

“有人送我个更好的，这个淘汰了，送你了。”他摸出烟，从口袋里掏出个模样精美的打火机，掀开盖时发出清脆的一声钢音。他动作潇洒地搓了下金属转轮，嚓嚓的响声中打火石飞溅出一朵火花，却并没有燃起火苗。他皱着眉头一连又搓了几下转轮，还是没打着。我有些尴尬，干咳了两声，扭脸看向别处。

“中看不中用。”他嘟囔着捅了捅我胳膊。我转过头来见他伸着手，忍着笑把手里的打火机递过去。他点燃烟抽了一口，用下巴指了指我的墓碑，说：“刚才那两位没见过吧？都是这个。”说着竖起大拇指：“出席你的葬礼，够排场吧……对了，我姓姜，你可以叫我老姜。”

当初徐卫东自我介绍时也差不多是这口气，我不禁有些感慨地看向他的眼睛，他脸上，尤其是眼角处有着像刀刻出来的皱纹。想起刚才他们假装我不存在时的样子，我笑着说：“不愧是首长……对了，您要不回来，我还以为我真死了。”

“做戏做全套嘛，也是给你提个醒。上级决定你假死，是出于很严肃的考虑，一切都得按真的来。另外我们几个老家伙刚商量了下，你暂时还是不要露面，现在有些情况我们还没摸准，你还得回去继续休养待命。”不等我反驳，他又抢着说，“服从命令。”见我低下了头，他缓和了一下语气说：“小秦，这是一个很好的机会，你是徐卫东一手带出来的，和程建邦也是出生入死的战友，我们把你牺牲的消息放出去，你想想他们知道了会是什么反应？要知道，你可是被刘亚男在他们眼皮子底下打死的。”

我知道刘亚男对我开枪的本意是为了尽量减少损失，可上级对我的报告并不完全认可，他们对刘亚男的动机持怀疑态度。我鼓起勇气说：“可实际情况是我没有死，当时的情形我在书面和口头的报告里都说得很详细，要不是亚男姐掌握主动权，换其他任何一个人动手，我都死定了。是亚男姐救了我啊。”

刘亚男那三枪打得很准，避开了我的重要脏器和大血管，加上那把枪口径小、火力弱，这些因素加在一起才没有要了我的命。被徐卫东留下的那两队人听到枪声后便飞速往前赶，他们车上没导航指挥，先后陷在了沙坑里。当他们徒步狂奔到现场的时候，只看到引擎还在转动的车，还有奄奄一息的我，和另外几个受重伤的俄方特工。

我想，他们看到那样的场面，一定明白了徐卫东的苦心。不知当时的徐卫东是事先预感到会有事情发生，还是仅仅凭经验判断临时做出决定，才保住了这么多人的性命。我内心深处希望这一切其实是另外一个秘密计划，但每当回忆起徐卫东见到刘亚男那一刻惊讶的神色，就明白这个可能微乎其微。

事实就是，我们这次交接行动遭遇了埋伏。刘亚男在万般无奈的情况下，只能出此下策尽量保我的命。她出手，我还有活下来的可能；她不出手，我必死无疑。

“但是她连开了三枪啊，三枪！”老姜竖起三根手指强调道，“还都是胸口。你活下来，那是你命大，就按你说的，她是为了救你，冲着这三枪，我们也有理由怀疑你能活下来到底是她刻意为之，还是偶然。”

“反正，我相信亚男姐，她不会害我。”我低声争辩着。

“感情用事是大忌。内部变节的人我见多了，在某些极端情况下，我连我自己都不敢保证能忠贞不二……你能吗？”老姜斜睨着我说，“以你现在的状态，回去休养是最紧要的任务。”

我想了想，说：“我多嘴问一句，老……老徐是您一手带出来的吗？”

他点点头。

“就像他带我一样？”

“嗯。”

“您现在担心他变节吗？”

他沉重地点点头："所以，希望你牺牲的消息能给他敲个警钟。"

"那年在金三角，那么复杂的情况，他没有怀疑过我，就是因为他的信任，再苦再难我都能撑得住，他如果知道一手把他带出来的您在怀疑他……"我叹了口气，再也说不下去了。

老姜一口接一口地抽着烟，都快烧到过滤嘴了才掐灭了烟头。"这不是游戏，不是赌博，不能有任何侥幸心理存在，只要没有百分百的把握，我们就必须持怀疑态度。"他把按灭的烟头装进口袋，站起身双手撑着腰，眯着眼睛眺望着远处的墓碑幽幽地说，"我们今天一个错误的决定，明天这里就会多添几座新坟。你应该知道，那一抔黄土下面埋葬的不仅是我们战士的英灵，还有他们妻儿老小的希望和未来，谁能担得起这样的责任？"他回过头看着我问道："你能吗？他徐卫东再三头六臂，你觉得他的命能比普通战士的贵一些吗？"

面对老姜的质问，我无言以对。正如当年徐卫东对我说：你们负责执行命令完成任务，我负责在两难时做出决定。

事到如今，我对他所谓的"两难"又有了更深刻也更沉重的理解——那该是怎样的一种煎熬啊。战友的牺牲就差点让我一蹶不振，那么在两难时做出决定的他们，又身处何等深重的炼狱？这些，我无法也不敢去想象了。

"他们现在怎么样？我是说，有……他们的消息吗？"说完我觉得可能问多了，忙改口道，"我是说，我牺牲的消息，他们知道吗？"

老姜深深看了我一眼，微笑着说："只要他们还活着，我就有办法让他们知道。"

他的回答很严谨，我还是无法知道徐卫东和程建邦的情况。

我没有资格否定或质疑老姜他们做出的决定，我也不敢想象我牺牲的消息一旦传到了徐卫东、程建邦和刘亚男那里，将会给他们带来什么样的打击。尤其是刘亚男，说生不如死都不为过。

我更没法安心休养了，我恨不得现在就出发，为了一个确定的目标不顾一切地一路狂奔。不论最后自己是否能有幸真的睡在这里，战斗，只有战斗能让我忘记悲伤，也只有战斗能让我心安理得地活着。

我想，我可能永远成不了老姜这样的人，因为就在此刻，我身处这片和平之地，心却已经燃烧着飞向了属于我的战场。

老姜留给我一个能直接联系到他的内部电话号码，说："只能打一次，一次就作废。"

我仔细回味着他的嘱咐，他的级别高出我太多，如果我在执行任务的时候寻求他的帮助就属于越级。他给我这个号码就是允许我越级向他求助。对一个普通探员来说，这简直就是一支金牌令箭，在生死攸关的时刻，他给我开的这个小灶足以救我一命。

5

我回到了医院，我已经在这里待了小半年了。其实早在五个月前，我就该搬离重症监护室，但不知医院接到了什么命令，一直把我留到现在。我的身体早就恢复了正常，不仅没任何问题，由于医生、护士的重点监管，连以前一些旧伤落下的毛病都养好了。可我要求出院的报告打了一个又一个，每次得到的都是同一个答复：调整休养。

慢慢地，我有些明白上级是有意这么安排的，那我只好把这当作一个任务来无条件地执行。与其说是服从，不如说是忍耐。在这里的每一天、每一个小时、每一分钟对我来说都是煎熬。

从参加完自己的葬礼回来，我就坦然了。我学会了沉默和等待。我知道从上级决定让我假死的那天起，我就已经成为一张重要的牌，重要的牌就不会轻易打出。一旦打出去，必将决定整场牌局的输赢。所以，不论等待的日子有多么难挨，我都必须坚持。

又是一个月后，护士让我坐上轮椅，推出了重症监护室。上级一直把我留在重症监护室，是因为那里的保密级别最高。今天护士破天荒地把我带出了门，那只能说明一件事：我这张牌该出了。

一出门，我就从轮椅上跳下来，舒展着筋骨蹦了几下："憋死我了，这哪里是住院，简直是坐牢。"

"这是命令。"护士紧张地四下看看，"你还是坐回来吧，要是被领导看到该处分我了。"

“这算什么混账命令？还有逼着人坐轮椅的？”我假装没好气地说，却按捺不住激动而狂跳的心脏了。

护士说：“你先坐回来吧，等到了疗养病房你再下来。”

“你们这是形式主义……”我本想跟她开开玩笑，舒缓一下兴奋的情绪。见她可怜兮兮的样子，又怕兴奋过了头说出些不该说的话，只好坐回椅子上，仰起头闭着眼任由她推着走。

轮椅东拐西拐了好久才停了下来，听到她开门的声音，然后说：“好了到了，这下你可以下来了。”

我叹了口气睁开眼，一下愣住了。这间病房正是当年平凉一战回来，宁志养伤的那一间。那一刻我只觉得疼，我分不清是心在疼还是身上的哪处旧伤在疼，急忙仰起头做了个深呼吸。一阵微风吹进来，带着些许植物的清香，耳边仿佛又响起了宁志胡乱拨拉那把破吉他的声音。

护士俯下身看我，问：“疼？”

“嗯。”我吸了吸鼻子。

“用不用给你打一针睡一觉？睡着了好点。”

“不用了。”我看了眼小推车上的针管，闭上眼连连摇头，“我担心副作用。”

护士在屋里忙活了一阵，又不放心地问：“还疼吗？”

我调匀了呼吸，说：“好多了。”睁眼见护士抖着肩膀，躲在口罩后面笑。

我正想说我可不怕打针，有人推门进来：“转过来了？”

护士忙说：“转过来了。护士长。”

来人拿起床头挂着的病历翻开看了看，侧头看了我一眼，眉头微微一皱：“我怎么看你那么眼熟？”放下病历，又问护士：“针打了吗？”

“打了。”我和护士异口同声地说。

“嗯，注意病人的血压和体温。”

我刚松了口气，护士长出去了又折返回来，她摘下口罩指着我：“我想起来了，那年你战友也住这里，你一来就勾着他抽烟的那个。”边说边笑盈盈地用手做了个弹吉他的动作。

她正是当年照看宁志的那个护士，几年不见已经升护士长了。我看着她就感觉格外亲切，忙连连点头，激动地说："是啊是啊，好几年没见了，你还好吗？"说完我就后悔了，我跟她连认识都谈不上，我尴尬地笑了笑。

"你这是……"她指着我的病历说，"差点犯错误，不该我问的。你那战友，他还好吧？"

她是在问宁志，我们在这里都是数字编号，她不知道我们的名字。我心里又是一阵痛，转过脸看向了窗外。

平凉那个矿场外小刀一般的北风此刻好像还在脸上飕飕地割着，很疼。宁志在这里养伤的时候是冬天，我记忆里窗户外的花木却很茂盛，好像还有很多蝴蝶在飞。我总在想为什么会有这种明知错误的记忆顽固地刻在脑子里，怎么努力都无法抹去。

护士长不知什么时候离开了病房，我回过神后满眼触到的都是些无数次出现在梦里的东西：木质的窗棂，窗外的植物，甚至地板上的裂缝都还是记忆里的样子。

我像是被人抽去了筋骨，无力地瘫坐在床上，心如刀绞。

把我从重症监护室调到疗养病房，看样子上级还是没打算让我立刻离开。巧合的是居然调到了宁志曾经住过的病房里，刚做好的坚持等待命令的心被搅得重新开了锅。

前些天看护士拿来的一本杂志，上面有一段话大意是说：心情不好的时候，就想一想曾经快乐的事，美好的回忆是生活的良药。可我回忆中的每个人、每件事都混着血和泪，怎么都没法美好起来。所以我只能向前看，不能让大脑停歇，不然它总会残忍地把我拖回地狱。

烦乱的心绪让我没法正常呼吸，起身想要到外面透透气。护士瞪圆了眼睛伸开双臂拦在我面前，说："首长专门交代的，你只能在这里静养，如果你离开规定范围，我们这个护士组全体都得受处分。"

我说："那你帮我联系首长，我想和上级见面。"

"我只是个护士，你让我去哪里给你联系首长？"

"那你让我自己去找，所有责任我来担。"我拍了拍胸脯，捶得嗵嗵作响，“我还要怎么养，我伤好没好你还不知道吗？他们一定是把我忘了，你觉得呢？”

“那也不行，我接到的任务就是让你待在这里，一直到接到让你离开的命令为止。”她两只手抓住了门框，急得眼睛周围的皮肤全红了。

我被她的样子逗笑了：“算了，你叫你们护士长来。”

在这里住了小半年，我也大概知道了她们的规矩不比我们松多少。这种名为疗养的病房其实就是专门为我们这种人准备的，每个护士都有自己专属的护理对象，彼此不允许闲谈，也严禁串岗。别说我出院的事她做不了主，我擅自离开指定范围她都得担责任，再多说就是刁难她了。

也许护士长能接触到更高层的领导，我想在她那里侧面打听一下，是从哪里接到把我调到这里的命令的。如果是医院的最高领导直接对一个护士长下达这样的命令，就说明我这张牌的确很重要，也间接说明徐卫东和程建邦多半还都活着。如果这命令是层层下达，那极有可能说明徐卫东和程建邦已经牺牲，那我的生死就不需要保密了。

她看看手表说：“反正护士长也要查房，最多，最多还有半个小时她就过来。”

我推开窗户坐到了窗台上，小护士又紧张起来：“你……你要干什么？”

我摸出头两天她偷偷带给我的烟盒、打火机晃了晃，点了根烟，抽了一口：“放心吧，我不会为难你一个小姑娘的。”

她朝外看了一眼：“你快点抽，烟吐到外面去，要不我们护士长来闻见怎么办？”

我一边抽烟一边肆无忌惮地打量着她，从头到脚，从脚又到头。渐渐地，她被我盯毛了，下意识地低头看自己：“你在看什么？”

我还是那么盯着她看，眼见她口罩后的耳根变得通红，不由得笑了。

“你笑什么？”她低头又看自己，却忘了观察病房外的情况，护士长已经悄无声息地站在门外了。

我吐了口烟说：“我想出去抽根烟，你不让，我只能坐这儿抽了。”那小护士还是没有察觉到护士长就在她身后，一脸茫然地看着我。我又说："你瞪我干什么？你们护士长来了我也是这话。"我抬抬下巴示意她，她一回头，吓得"呀"地叫了一声。

护士长看看小护士，又看看我："怎么回事？谁让你抽烟的？烟哪来的？"

我掐了烟，用手扇了扇："我正找你呢。"

护士长说："你先说烟哪儿来的？"病区是封闭的，我是不可能溜出去买烟的，所以这烟的来路只有一种可能，就是能出入这病区的人带进来的。

我指着小护士说："她，她给我的。"

小护士狠狠地瞪着我。"她？"护士长果然上了当，"她又不抽烟，哪来的烟？就算她有，她哪来的这胆子？"

我装作被识破谎言，干咳了两下："哦，之前首长来看我，偷偷留给我的。"

护士长似乎对这个理由还算满意，点点头："找我什么事？"

我问她："我的事你们哪个领导负责？"

"院长。"

我见她上了钩，接着问："那我如果有话跟院长说的话，需要找谁？"

"我可以转告。"

我假装不屑地笑笑："你？你能跟他直接对话？"

她眼珠子一瞪："怎么？你还瞧不起我这个护士长？关于你的所有护理命令都是院长亲自给我下达的，你的所有情况也是我直接向院长汇报的。"

果然是未经世事的小姑娘，两句半便被我套到了想要的答案。我假装不可思议地看着她，诧异地说："你们院长级别很高的，想不到这么平易近人。"

护士长警觉起来，冷笑了一声，走到床边翻着我的病历，凑到我耳边说："不用跟我弯弯绕，你这样的我见多了。不过根据我的经验，只要调到这里，差不多就该离开了。半年都熬过来了，还差这一天半天的吗？"说完放下病历出去了。

小护士走过来指着我的鼻子，眼泪都快掉出来了：“你这个叛徒！再也不相信你了。”

我拨开她的手指：“你冷静点，要不是我提醒你，你们护士长在你身后，你自己就全招了，我越是那么说，她越是不相信，这叫声东击西。”

“哦。”她有点不好意思起来，“谢谢你。”歪头想了想，又横我一眼：“真是一只狡猾的屎壳郎！”

我点点头：“身为一个军人，一定要随时随地准备战斗，因为战斗本身就无所不在，这点儿觉悟都没有，怎么为人民服务？”

她“哼”了一声，白我一眼想要说什么，大概是想起了纪律，低下头不再言语。

不多时护士长又回到病房，对小护士摆摆手说：“去泡杯茶来，有首长要来。”我一听她这话，顿时兴奋起来，眼巴巴地看着护士长，看她后面还有没有要补充的话。护士长又催：“快去。”见小护士出了门，护士长才说：“来探病的首长给你的烟？哪个单位的首长？你以为首长都跟你们似的不遵守规章制度吗？”

我嘿嘿笑着说：“我不是怕她受处分吗？你行行好，别难为她。”

“没事。我就是告诉你一声，别老以为我们后勤的都是废物。”

“不敢不敢。”我赔着笑脸说，“你刚才说有人来看我？哪位首长？”

“我只知道有首长要来看你。”她叹了口气，“虽然我的任务就是让你们健健康康地离开这里，早些回到岗位上去，但说实话，我真不盼着你们走。”

我心里一酸，说：“我的兄弟们是生是死我都不知道，哪里躺得住？不论怎么样，我都想跟他们在一起。”

“理解，我还是希望你能多休养一段。”

“你不理解，你理解就不会这么想了。”

“我们不在一个岗位上，但你们都是我的战友，也都是我的兄弟，我经历过的牺牲太多了。你知不知道有多少人没能从手术台上下来，不是每个人都像你这么幸运的。”说着她眼里泛起了泪光，“当初你那个战友，是我照料的第一个病人……”她转过身去不想让我看到她的眼泪，“我知道不该问，可还是想知道他是什么时候……”她说不出“死”“去世”“离开”或者“牺牲”这样的字眼，吸了吸鼻子：“他葬在哪里？我想去给他扫扫墓。”

看着她伤心的样子，我不知道该如何回答她的问题。就算纪律允许，我也没法说出口宁志就在我的眼皮底下牺牲了，至今遗骨还草草掩埋在异国他乡。不能，那样对她太过残酷了。我又无法编一个听上去还算不错的谎言去欺骗她。想了很久，我说：“对不起，我不能违反纪律。”

她点点头：“你们都好好的，活着，我不希望在这里再见到你……我，不知道怎么说了。”

“护士长，茶来了。”小护士端着茶杯小心翼翼地放在床头柜上，“一会首长来了，会不会放凉了呢？”

“没关系，反正他们也不喝，这就是做个样子。”我端起那杯茶，掀开盖子吹了吹浮在水面的茶叶，小啜了一口。

护士长对小护士说：“跟你照料的第一个病人说再见吧，他今天可就要走了。”

小护士高兴地应了一声，对我说：“那恭喜你康复出院了。”

“谢谢你照顾我这么久。”我点点头，“再见。”

“那我先出去了。”小护士走到门口，又犹豫着回头看我。

我问：“还有话跟我说？”

她抬手摘了口罩，我才第一次看清她的样子，小巧清秀的五官，鼻子两边有几颗俏皮的小雀斑。她冲我一笑，露出两颗小虎牙，说：“再见。”

我忙端起杯子喝了口茶，被热茶烫了舌头，却也只得生生咽了下去。

这时从外头走进来一个四十来岁、体形魁梧的男人。他大步走到病房中间，环视了一下屋内：“环境不错，怪不得养得这么快，听说还把脾气养大了？”我一时还回不过神，那人从口袋里摸出一个证件，单手打开举在我面前。他的证件跟徐卫东一样，叫欧阳刚，想必就是来接我出院的首长。我忙站起来给他让座。

欧阳刚对护士长说：“辛苦你了，人交给我吧。”

“是。”护士长端起茶杯递过去，“您请喝茶。”

欧阳刚接过去掀开杯盖，看了一眼发觉不对，举着茶杯对护士长的背影说：“福根儿？这得干了吧。”

护士长忍着笑回头说：“茶满送客，所以就半杯。”

欧阳刚“哼”了一声，把茶杯放回柜上，从口袋里摸出烟丢给我一支，不等护士长发话，他说：“没你事了。”

护士长无奈地看看我们，反手拉上了门。想着她刚才的话，我不禁有些难过，呆呆地目送着她。欧阳刚双手抱在胸前，眯着眼睛也看着门，咂咂嘴说：“嗯，不错，有眼光，皮肤好，脚踝也漂亮。”

她们穿着长裤和白大褂，哪里看得见脚。我疑惑地问：“脚踝？怎么看出来的？”

他拍拍我的肩膀：“冷静点。”

我听话头不对，忙说：“不是，首长，那什么……”

“好了好了，都是男人，理解，理解。”欧阳刚把点着的打火机递过来，我赶忙凑上去点着了烟。他走到窗边伸出头去看外面：“这儿多好啊，干吗老闹腾着出去？”他看了东边看西边：“那棵梨树都长那么大了？我上次来的时候还是个树苗呢。”

我只觉得一肚子的话抢着往外蹦，选了一句最重要的问：“他们有消息吗？”

“秦川，他们的事交给我，你现在的任务是好好休息，当然，如果你信得过我的话。”他又笑着摇摇头，“也对，我们才第一次见面，谈信任草率了点。”

“首长，我不是不信任你。半年了，一点消息都没有，我怎么安心休息得了？”

“那你想干什么？”

“我想继续执行我没完成的任务。”

欧阳刚连着抽了几口烟：“你们组的情况你知道，老徐下落不明，你连个搭档都没有，怎么给你任务？”

我见他级别和徐卫东一样，也称徐卫东为“老徐”，顿时感觉亲切许多，比和老姜在一起时轻松了不少。抱着最后一线希望，我试探着问：“上次的事真的是意外，而不是事先计划好的吗？”

欧阳刚看了我几秒，说：“我不知道。刘亚男级别高你是了解的，你们的任务就是押送她过去交接，没有额外计划。你们遭遇袭击的事，俄方承认是他们出了纰漏，他们那边的损失更大。”

想起那些非死即伤的俄方特工，那才是真正的全军覆没。我点点头说：“那老徐他们现在……”

“我们在追查他们的下落。”

“有进展吗？”

“暂时没有。”

过了这么久，不知道组织上是否已经就刘亚男对我开枪的事做出了定论。我说：“是不是可以问问上面刘亚男的情况？如果她在执行任务，一定能联系到的。”

“你在境外执行过任务，联络这种事的利害你不清楚吗？这么大的事，上级自然有考量。”欧阳刚神色严肃起来，“我的意见，你还是继续静养。一旦有新计划，我一定第一个通知你，而且让你参与制订和执行计划，怎么样？”

我失望地坐回到床上：“原来你不是来接我出院的。”

他点点头。

我有点着急地说：“可老徐之前交代过的，要我顺着金三角的线索追查他们给恐怖组织提供资金的事，那是我还没完成的任务。我伤已经好了，可以继续了，而且……而且，我认为这个案子极有可能会与我们遇袭的那件事重合。”

欧阳刚认真地听着，低头思考着，见我停了下来，抬眼看我说：“把话说完。”

“我刚听你说，你们那边也没什么进展，为什么不兵分多路？而且我不会给上级添麻烦，我有我的资源可以用，就算立军令状也没问题……”

欧阳刚抬起手打断我：“军令状倒不必。我和老徐二十年的战友，一起搭档也有小十年，你觉得我比你轻松多少？”

他问得我哑口无言，惭愧地把剩下的话咽了回去。

欧阳刚说：“我能给你的，只是一些很有限的资料。而且这些资料极有可能跟你掌握的重叠，换句话说，我帮不了你什么。”

我眼前一亮：“首长，你愿意帮我了？你同意我继续任务了？”

欧阳刚像是做了什么决定，把烟掐灭了说：“跟我回总部，我带你见几个人，你赢了他们，我就让你去。”

只要让我出去，哪怕有一线希望可以继续执行这个任务，什么条件我都能答应，更别提只是跟人比武这种小事了。我激动地跳下床，活动着脖子，冲空气重重地挥舞了几拳。

6

病房外围是一片茂密的杨树林，阳光透过繁茂的枝叶星星点点地洒下，随风闪动，清甜的空气中混着淡淡花草香气。我站在石阶上闭上眼深深地吸了口气，我要记住这里的气味和恬静，我要把这些印在大脑深处，在我与死神博弈时，这些记忆能给我力量。

照管了我半年的小护士和护士长身着军装站在不远处的小径边，整齐地对我敬了一个军礼。一时间我有些慌乱，连先迈哪只脚也不知道了。欧阳刚捣了我一拳：“发什么愣？”

我忙上前一步，对她们俩回了一个礼。她们脸上带着微笑，眼睛亮晶晶的，我终究还是不敢跟她们对视，低头想跟着欧阳刚赶紧往外走。谁知欧阳刚没动，我一头撞到了他身上，逗得两个姑娘咯咯笑起来。

欧阳刚低头拍了拍被我踩脏的皮鞋，悄声说：“不好意思我刚误会你了，我以为你看上他们护士长了，原来是那小护士。”

我不想解释，埋头往外走。欧阳刚说：“你不跟人家道个别吗？”

“道过了，你来之前就道过了。”

“你看你那点出息！”欧阳刚以为我害羞，冲她俩挥挥手大声说：“既然人被你们修好了，那我就带走用，感谢的话就不说了，有空一起联谊。”

护士长说：“一言为定，说话要算话。”

“我这么大个子说话能不算？走了啊。”欧阳刚推我一把说：“没出息！”

我想起欧阳刚之前的话，不由得朝她俩的脚上看了一眼，确实看不到脚脖子。欧阳刚照着我后脖颈子拍了一下：“瞎看什么呢？她们站在那哪能看得出来。”

我知道怎么说也解释不清，干脆不吭声算了。一直到欧阳刚把我带出医院，我都没再回一次头看她们一眼。

欧阳刚直接领着我进了总部的四号资料室。

资料陈列架边的椅子上端坐着一个人，见我们进门，他“唰”的一下站了起来，接着又“唰”的一下给我们敬了一个军礼。动作快到吓了我一跳，下意识地绷紧手臂做了一个防卫动作。

那是一个二十出头的年轻人，穿的是便装，军姿却跟示范教官似的，笔挺而标准。

欧阳刚抽出两支烟，递给我一支。那小伙子不敢接，看看烟，又扭头看了看墙上禁烟的牌子。欧阳刚走过去将那牌子反扣了过去，再次将烟递给小伙子，他这才接了烟。我打着火机凑到他面前，他“哎哟”一声，恭恭敬敬双手捧住我的手，点着了烟还要护着火要我点。我轻轻推开他的手，自己点上了烟，抽着烟打量他。

欧阳刚指着我，对小伙子说：“等下你跟老大哥好好请教请教。”

“是！”小伙子双眼平视前方，又站得笔直。

欧阳刚皱起眉头看着他，问：“你在队里排名第几？”

小伙子一挺胸：“第五。”

“混账。”欧阳刚一瞪眼说：“第五名也敢跟老大哥请教？”

“我们队长说，要是把第一派来再输了，会打击整队士气，我个第五输了也就输了。”

欧阳刚笑着拍我的肩膀说：“看见没，老天都帮你。”

我只想赶紧过了这一关，应付着笑笑说：“那开始吧，在哪？比什么？”

“别着急，我去安排。”欧阳刚说着站起身，把烟盒装进小伙子的上衣口袋，拍拍他肩膀，“你们聊，我去看看这管事的人跑哪去了。”

目送欧阳刚出了门，我问那小伙子：“你们队里多少人？”

他又是一挺胸：“五个。”

全队五个人，派来个老末和我比画，就算是欧阳刚故意放水帮我，这也太看不起人了吧。我“嗞”了一声正要发作，又想起自己来这里可不是为了争金牌的。再说我跟个后辈较什么劲，我问：“出过外勤吗？”

他眼里闪出一丝兴奋：“还没有，但已经有任务等着我了，跟您请教完就去。”

“以后不能再有任何军姿出现了，不然你还是回去出操吧。”说完这话，觉得怎么那么熟悉，想起这正是徐卫东当年训我们的话，为这个他没少和我们生气。一时间有些走神，当年徐卫东去学校选出我们的每个细节我都记得，又特别恍惚，好像是很久以前的事了。我回了回神，对站得笔挺的小伙子说：“从现在开始。”

他低头看看自己的腿脚，想了想，做了个稍息的动作。我往椅背上懒懒地一靠，跷起二郎腿，晃了几下脚尖，眯着眼睛对他说：“这个都做不到，还出什么外勤？”

他吸了吸鼻子，看看我晃动的脚尖，坐了下来，一只脚踩到椅子上，拿烟的手搭在膝盖上，眯着一只眼，抽了口烟，将烟缓缓地喷到暗红的烟头上，烟头忽的一下变得红亮起来。他扭头看着我说：“你们平时都抽这牌子？”

我既高兴又失望。高兴的是，他转换得如此自然，让我几乎忘了几秒钟前他傻大头兵的样子；失望的是，我再没有踹他一脚纠正他类似错误的机会了。

这时，欧阳刚带着个人又推门进来，那人年纪跟欧阳刚差不多，戴着黑框眼镜。小伙子习惯性地就要往起站，我照他脚弯上踹了一下，他立刻意识到不对，赶紧放松下来坐回椅子上。没等我们说话，来人指着小伙子喝道：“你哪个单位的？谁让你在这里面抽烟的？这里都是绝密资料，要是失火了把咱俩全毙了也不顶事，你知道吗？”

那小伙子愣住了，拿着烟又不敢丢，见我和欧阳刚都不吭声，他想对来人说点什么。欧阳刚下巴一扬，眼睛一瞪，那小伙子只好又把话咽了回去。

“哟嗬，掩耳盗铃？”那人走到禁烟牌前，“欧阳，是你的人吧？”

欧阳刚指着我们：“你们怎么回事？知道这是什么地方吗？那口烟不抽会死吗？关七天禁闭，记大过处分一次。”

“欧阳……”那人拽了拽欧阳刚，“至于吗？抽根烟的事，说两句得了，至于这么大罪过吗？”

欧阳刚推开那人，说：“那不行，这是资料室，情报都是血和命换来的，万一被这俩臭小子一把火着了，谁负得起这个责？记大过都是轻的。”

“欧阳！这就是你的不对了，这小兄弟是外勤的吧，那也是提着脑袋的活，抽根烟怎么了？就算一把火把这儿点了，那也算是我请的。”那人对我们摆摆手，“小兄弟，没事，今天这事算我的，给我也来一根，我倒看看你欧阳刚能把我也关了禁闭？”他冲小伙子伸出手：“给我来根。”

小伙子看看欧阳刚又看我。那人自己动手从小伙子上衣口袋里拿出烟和打火机，点着一根对着欧阳刚说：“你自己的人你不护着，就知道让人家在外面拼命，有你这么当老大的吗？”说话间烟全喷到了欧阳刚脸上。

欧阳刚瞪我们一眼说：“这次饶了你们，没有下一次。过来我给你们介绍一下，他是这次配合咱们行动的，情报组李铭。”

我一听这名字，差点笑出声来，忍着笑没忍好，弯着腰咳嗽起来。这不是程建邦喂猪时的假名吗？

李铭看看我，又疑惑地看向欧阳刚。

我赶紧摆手，清了清嗓子：“没事，我们以前干掉的一个毒枭也叫你这名字。”

“哦。这世上同名同姓的人多了。不耽误时间了，这是你们这次行动需要的资料副本，你们只能在这里看，看完我要收走销毁。”李铭从口袋里拿出一个文件夹递给了欧阳刚，就转身出去了。欧阳刚对那小伙子比画了一个转圈的手势，那小伙子会意地转过身背对着我们。

翻看完那些资料，果然如欧阳刚所说，基本没什么我用得着的。

有一个人的名字给我留下了印象，资料显示这个人叫双喜，他干的营生跟我在海上做的差不多，常年在中蒙俄三国边境帮走私分子护运货物。如果此人真如情报里说的这么神通广大，那他一定跟俄罗斯的贩毒组织有着千丝万缕的关系。要是能接近这个双喜聊一聊，凭着我塔哥的身份和资源，与他合作也不是难事。由此就可以通过他跟俄罗斯贩毒组织挂上钩，那么顺着线去追查徐卫东和程建邦的下落还难吗？

想到这我不禁有些激动，仔细将资料前后翻了好几遍，再没有更多有价值的信息了。我指了指双喜的名字，将文件夹合起来推到欧阳刚跟前说："看完了。"

欧阳刚收起资料，说："好了。"小伙子转过身来，见我看他，咧嘴一笑，露出一口整齐洁白的牙齿，灿烂而无邪。那一刻我理解了当年程建邦初见我时的心情。

欧阳刚起身拍拍我肩膀说："走，赶紧比画完该干吗干吗去。"看样子跟这小伙子比武只是个形式，欧阳刚对这种走过场的事好像也有些不耐烦。

我们跟着欧阳刚来到一间会议室，桌上整齐地摆着一排电脑。欧阳刚走到一台电脑跟前开了机，说："一人选一台。"

小伙子对我做了个"请"的手势："老大哥先选。"

进门我就意识到，这次比试不仅仅是射击、格斗那么简单，后悔之前没问清楚到底比什么，现在措手不及，只能随便选了台电脑坐下。

欧阳刚公布比赛内容：要我们根据他提供的 IP 地址，攻破他面前那台电脑的防火墙，并获取里面指定的加密内容，然后破解出来。

见我们都坐定了，欧阳刚看着手表："开始。"

会议室里只有小伙子噼里啪啦飞快敲击键盘的声音，我伸着两手悬在键盘上空，不知道该如何下手。我往座椅后背上一靠，想趁早认输算了，就见欧阳刚食指竖在嘴前，对我轻轻摇了摇头。我只好硬着头皮坐正。几分钟过后，那小伙子双手离开了键盘，喊了声："报告。"

欧阳刚过去在他电脑屏幕上扫了几眼，满意地点点头。又走到我对面，轻声问："你没有集训过这个？"

我闷声说："每次这种训练，我要么在出外勤，要么刚学了一半被派出去，所以……"

"那我帮不了你了。"

这哪里行？我想站起来争辩几句，却被他一把按住肩膀。欧阳刚把小伙子打发走之后，才松开手，说："这是最基础的技能了。"

"这不是田忌赛马吗？"我按捺住情绪，尽量放缓语气说，"我要对付的是毒枭，不是黑客，用不到电脑，你这是为难我。"

"这半年的院没白住，文化课补得不错。"欧阳刚呵呵笑了，"随你怎么说，给你条路自己选吧。第一，回去疗养……"

不等他说完，我"腾"的一下站起来："首长，我再回那地方待下去就废了。"

欧阳刚竖起第二根手指头："第二，去当你的塔哥。"

看来怎么说都说不通了，我想抬出老姜出来试试。谁知他抢先一步说："我执行的是老姜的命令。"

我心里一沉，最后一个指望都没了，只好点点头。塔哥就塔哥吧，好歹也算在行动中，比关医院里强。我还藏有周亚迪的一大批货，这是很重要的筹码，能干的正事也不少。只是这段时间一定发生了很多事，有点担心周亚迪已经腾出手来把货拿走了。我说："我这么久没有出现了，那边现在什么情况？"

"你海上那帮弟兄还挺仗义，疯了一样到处找你。你要再不回去，搞不好还真会出大乱子。"

"那，我的任务是……"我试探着问。

"当好你的塔哥。"欧阳刚意味深长地看了我一眼，说："同时别忘了你的身份。"

7

欧阳刚走了，留下我独自站在空荡荡的会议室里，心里乱糟糟的：

什么意思？我白假死了？如果让我回到原点，那半年的煎熬岂不都是白费？

以前我特怕这种模棱两可的指令，让你找不到方向，不知道轻重，每走一步都要再三衡量，每时每刻都在问自己，你做得对吗？那种困扰像裹了张蛛网一样难受。

但有些特殊的时候，比如现在，我爱死了这种口吻下达的含糊其词的命令。这意味着自由，意味着我可以按照自己的理解去解构他的命令。至于前面是鲜花铺地，还是万丈深渊，我不在乎。

那天，我在会议室里坐了很久也没人进来打扰，我想这是欧阳刚特意给我留出的空间。我也的确用这段时间下了一个决心：只要允许我去战斗，我就会一往无前，无怨无悔。

出门的时候路过刚才那小伙子用过的电脑，见屏幕还亮着，上面闪着几行大字，正是他攻破防火墙获取的信息译本：为祖国和人民而战，为信仰和使命而战，为父母而战，为战友而战，为自己而战！

第四章

你到底是什么人

1

我只身一人到达天津塘沽港时，是几天后的黄昏。

霓虹灯着急忙慌地抢在太阳落山前闪亮起来，这样繁华的夜色对我来说像是一个虚幻的梦境，我身在其中却永远无法真正融入它。开着车在马路穿行，就像是走进了另外一个时空，自己也成了另外一个自己。

我停了车摸出手机，想想又放了回去，正重新启动车子要走，就听副驾的车窗被人敲得咚咚响，一个男人张着双手扒在车门上，看样子像是喝多了。我摇下半截车窗想让他闪开别伤着自己，那人竟然飞快地伸手进车内打开车门，一屁股坐在副驾座位上，把门一摔重重关上，说：“快，快走。”

这人个头不小，坐在副驾上脑袋都快顶到车顶了。见他动作利索地摇上车窗又落了锁，我说：“我这不是出租车。”

他慌张地朝后看了看，掏出一沓钱塞进我衬衣口袋里：“帮帮忙，不然我得被打死。”

我看了眼后视镜，几十米外有三五个人正气势汹汹地往这个方向跑，原来这人是被那些人追打到这里的。我可没工夫管小混混之间的闲事，抓起钱塞回给他：“哥们儿，别坑我。”我伸过手去要开副驾的车门赶他下去。

他一把拽住我的胳膊，瞪着眼睛说：“你知不知道我是谁的人？塔哥听说过吗？我是他兄弟，你今天帮了我，以后你就是我兄弟，不然……”

说话间追上来的那些人已经把车围住了，嚷嚷着拍打着车门和前机器盖子。

“塔哥？”陡然听到这两个字，我又惊讶又觉得好笑。我打量着这个年轻人，他理着一头非常时尚的短发，用英俊已经不足以形容他的相貌，如果是在大街上见着，我一定会认为是某个明星。说起明星，这人还真有些眼熟，但绝不是我认识的人。我说：“好眼熟，咱们见过吗？还是电影上见过？”

“眼熟吧？”他听见人夸他，居然就完全不顾车外那些人，坐直了摸了摸自己的头发，“别说你了，妹子们看见我都是这句。”

只听“咣”的一声，车外那些人在砸车窗。接着又是一声巨响，副驾那边的玻璃碎了，有人伸手揪住他的头发往车外拽。我赶紧开车门下了车，一人冲上来掐住我脖子把我按住，指着我的鼻子吼：“没你的事，别管闲事。”

我举起双手，赔着笑脸说：“别激动，我不认识他，你们随便。但得把修车费给我，不然我只能报警了。”

“报警？拿警察吓唬我？”说着话挥拳就朝我面门打来，我偏头一躲，拳头结结实实地砸在了车门框上。那人赶紧松开我，抱着手弓起腰冲其他人喊：“打，往死里打！”

刚坐上我车的那个年轻人已经被他们拖出车外，他招架不住那些人的乱拳乱脚，用小臂护着脸缩到了墙角。其中一人掏出了把弹簧刀，我见这是要弄出人命了，几步赶过去把人群扒拉开一个缺口，指着墙角的年轻人，恶狠狠地说：“你坑我，你不是塔哥的人吗？塔哥呢？你到底叫什么？”

那些人停了手，哄笑起来。一人说：“这小子叫徐明。借着塔哥的名头到处坑蒙拐骗。今天好不容易逮住他。今天算你倒霉，以后出门看看皇历。”

我挤出些笑脸，转身对他们说：“几位大哥我错了，我认倒霉，你们忙，我先走了。”

“走？”之前拳头砸到车门框上的那位甩着手走过来说，“可以，把医药费赔了。”

我知道遇到这种人没法讲道理，只好说：“好，多少钱？”

那人伸出一个巴掌：“五千。”

“大哥，我身上没带那么多，谁出门带那么多钱？少点儿吧。”

那人呵呵一笑：“那把车押着，到时候带着钱来取。”

对方一共四个人，我已经半年多没有回来，这帮人什么来头我也不清楚，在没有和我这边的人联系上之前，我还不能轻易报出名号，万一吓不退这群人，反倒把事弄大就麻烦了。想要尽快脱身，恐怕只能动手了。

我暗暗地活动了一下肩膀，只见那个叫徐明的年轻人猛地从角落里蹿了起来，一把抢过对方手里的弹簧刀，将那人的脖子用胳膊锁住，刀比在那人的脸上喊：“都别动，不然我捅死他。”

其他人被这逆转的一幕搞得有点蒙，傻傻地愣在那里看着他。徐明伸脖子咽了口唾沫，说：“不信是吧？”飞快地就在那人肩膀上扎了一刀。那人惨叫了一声，鲜血濡湿了一大片衣服。

那几人愣了片刻，却没有被吓到，反而狰狞起来，有再围上去要撕了他的意思。徐明见适得其反，慌了神地又大喊一声，照着那人肩膀上已经挨过一刀的位置又来了一下。那人杀猪似的嘶喊着：“你们这群王八蛋，别动了，是打算把我豁出去吗？”

我见徐明的这一招，不由得想起了当年和程建邦一起在胡经身上同一处连开三枪的事来，忍不住笑了。

徐明拖着那人退到车边上，拉开车门冲我喊：“大哥，开车。”

趁着这份乱赶紧脱身倒也未尝不可，我上车启动了引擎，徐明坐到副驾上，还不敢放开那人，对那群人喊了声：“都趴地上。”

我心说：上道，这才能争取时间。

见那群人听话地趴了下去，徐明举着刀，在挟持着的那人背上犹豫着，好像要找一个既能再扎一刀拖延对方，又不至于要人性命的地方。大概心里还是没底，索性一刀又扎到了之前的刀口里。那人痛得叫都叫不出声了，徐明一脚将他踹出好几米，飞快地缩进车内，关上车门连声说："快快快。"

我笑着看了他一眼，把车开上了大路。

"你笑什么？"车开出很远，徐明确定没有人追来后问。

我摇摇头不说话。"我知道了，你是害怕吧。"他掏出烟来点着了，我瞟了他一眼，那火苗跟着他的手一直在抖。我脑子里还是当年和程建邦挟持胡经的画面，忍不住笑得更厉害了。

徐明"哼"了一声说："至于吗？怕得笑成这样？"

我说："你为什么冒充塔哥的人？"

他扭头看着我："什么叫冒充，他们是揣着明白装糊涂……对了，你认识塔哥？"

"认识。"

他小心翼翼地问："真的？"

我点点头。

他发了会呆，说："刚才那种场面，你居然还敢问人家要修车费？我看你不是见过的世面多，就是太少。"

我心里一动，这种成天到处瞎混的小流氓，消息其实挺灵通的。于是问他："你用不用找个诊所看看？"

他拉下副驾的小镜子照了照脸，按着瘀青的地方龇牙吸了口凉气说："不用。"

我又问："你去哪？"

"前面。"他诡异地笑笑说："想不想赚点小钱？"

"我不缺小钱。你还没告诉我，你为什么冒充塔哥的人呢。"

"什么叫冒充，都说了那些人胡说，我就是塔哥的兄弟。"见我不为所动，又加了一句，"真真的，十足真金。"

我淡淡地说："听说塔哥不见了大半年了，有人说八成已经……"

"呸！那是那些盼着塔哥死的人造谣。塔哥是不在家，那是去谈大买卖了，俄罗斯人。"

他说得颇引以为傲似的，我却心里一惊。——我没跟薛五他们提过任何关于俄罗斯人的事，当初只是交代要出趟门而已。怎么连个小混混都知道我的去向了？

我看了徐明一眼，说：“我就知道他说要出趟门，然后再也没回来……对了，你以前跟他做什么？”

徐明叹了口气，说：“鞍前马后呗，我把他当我亲大哥，偶像。”

“是吗？那到底是当大哥，还是当偶像？我以前没听说过你的名字。”

他支吾了一下，脖子一梗：“你和塔哥什么关系？我以前也没见过你。”他指着一个路口：“这边拐。”

“我和他嘛……”我话没说完，他指着前方路边的霓虹灯招牌说，“停这里。”

这地方我认识，酒吧老板姓吴，是个刑满释放人员，出狱后开了这个酒吧，想正经过日子做生意。架不住之前的“老朋友”们慢慢又聚拢过来，把他这地界当成了非法买卖的集散中心。他心里终究害怕，主动联系警方当了线人。吴老板江湖经验丰富，警方又把他隐蔽得很好，所以一直没人怀疑过他。

“你接着说？你和塔哥什么关系？”徐明看着我说，“对了，还没请教大哥，怎么称呼？”

“也没什么，对了，他不在，他的那些生意怎么办？”

徐明一耸肩：“全都停了，塔哥的兄弟仗义吧，只要塔哥不在，什么活都不接，宁可吃老本。”

我点点头。其实我能在海上叱咤风云，靠的是几国警方的情报支持和武力掩护，每一次都是在我们的计划中，无一例外，这才保证次次马到成功。我不在的话，的确没人敢干，也没人知道怎么干。

徐明说：“走吧，既然你不缺小钱，那我带你去搞点大钱，搞好了你能换辆新车。”

我一边找车位，一边问他：“你总是在大街上随便拽一个人去办事吗？”

他眼睛一瞪：“开什么玩笑，我是看你人不错，而且今天害得你车被砸了，才打算报答一下你的。”

我停好车，看着酒吧招牌说："我可听说这里面没一个好惹的，你把我带来这种地方叫作报答？"

徐明下了车，站街边整理着自己的衣服和头发："你瞧你吓的。放心吧，有我在。"

"那我总得知道我进去后干什么吧？"

"什么都不用干，你跟着我就行了，今天看我谈笔大买卖。"他一连发了好几声卷舌音，见我看他，得意地说："要跟俄罗斯人谈判，好久没说俄语了，我热热身。"

"俄罗斯人？"我心头一动，"什么买卖？"

他神秘兮兮地一笑，指指酒吧的霓虹灯说："你不是知道这里没一个好惹的吗？你说还能是什么？"

"你就不怕我是警察？就算不是，你不怕我报警？"他的这个草率劲实在让人替他捏把汗。正如他刚才说的，要么是见过太多世面，要么就是没见过世面。看他流里流气的样子，我看更像是后者，八成是个不知深浅的初生牛犊，把我捎上无非是多个人帮他撑撑门面。

"我一闻就知道你不是那种人。"他不耐烦地摆摆手，"走吧。对了，你到底叫什么？……无所谓。进去你也不用吭声，跟着我就行了。"他潇洒地一甩头，推开了酒吧的大门。

昏暗的酒吧里放着英文老歌，座位都空着，只有吧台前坐着几个人。我定睛一看，居然是薛五和几个小弟。他们看到我进来也愣了好一阵，齐刷刷地从吧椅上跳下来，又惊喜又恭敬地叫了声："塔哥。"

徐明身体明显一晃，我以为他被惊到了。谁知道他误以为人家在叫他塔哥，伸手冲薛五他们打招呼："兄弟们好。"

薛五老远就伸出了双手，徐明也伸着手迎了上去。薛五莫名其妙地扫了他一眼，一把握住我的手操着天津口音说："您可回来了，让兄弟们想死了。您还好吧？"

这一别半年多，看得出他操了不少心，面容显得十分憔悴，我拍拍他手背说："我没事。"

"没事就好，没事就好。"薛五回头吩咐小弟，"把塔哥的位子收拾下。”

“我来跟个朋友谈点事。”我看向徐明，他站在那里张着嘴巴看着我，像是被点了穴似的一动不动。

薛五礼貌地问：“不知这位兄弟怎么称呼？”

徐明愣在那里回不过神。我只好替他说：“徐明。”

“徐明……”薛五想了想，抓抓脑袋笑着说，“久仰久仰。最近总听说一个叫这个名的自称是塔哥的朋友。我还以为谁闹着玩的，没当回事，真不好意思。”

徐明干笑了几声，看了看我，又看看薛五，说：“那什么，你们忙吧，我还有事先走了。”

我抓住他的胳膊，搭着他肩说：“不是要和俄罗斯人谈事吗？我们也没人懂俄语，你走了我们被人骗了怎么办？”

薛五有些诧异：“塔哥，跟俄罗斯人的事您也知道了？”

我拍拍徐明的肩膀，说：“我也是刚知道，而且只知道个大概。”

薛五面色尴尬，低声说：“塔哥，我也是没办法。你藏在仓库里的那批货……你知道我从来不会碰那种东西的，可这次俄罗斯人找上门来，说那是你帮一个姓周的先生暂存的。他们打算按市价收走，而且保证不会在咱中国卖。”

我问：“周亚迪？”

“对对，就是周亚迪。半年前咱们从海上救回来的那个。”薛五扑通一下跪在我面前，“塔哥，我错了，要打要罚你随便，我二话没有。”

要对付周亚迪和胡纬这两个金三角的大毒枭，再加上几个俄罗斯人，以薛五的成色和心智，显然已经不够用了。不碰毒品是我给他们立的规矩，当时他们不仅不反对，反而非常支持，因为贩毒是死罪。我掌控了这个团伙后，带着他们干的都是有惊无险又能挣钱的活，所以在很短的时间内树立了其他人难以达到的威望。

这一次，一定是周亚迪想要拿回那批货，让俄罗斯人出面找上门来索要。薛五他们已经半年多没有任何收益，一看有现成的钱拿，怎么能指望他们不动心。

我问薛五："他们开了什么价？"

"一千二百万。"

"市价是多少？"

薛五含糊地说："我约了一下分量，差不多就是这个数。"

"差不多是差多少？你的市价是从哪里打听来的？我以前怎么不知道你还认识毒贩子？"

"我不认识，我是跟夜店里的人打听了个大概，自己算的……"薛五低下头说，"塔哥，我错了。"

"你的算法是加上了几层中间商，包括最后在夜店那些小毒虫的利润之后的价格。那批货只值个八百来万，你觉得人家凭什么要多给你四百万？因为你长得帅？"我看了眼徐明，"你帅能帅过我这个兄弟吗？"徐明一直傻愣愣地听着，一听这话，挺起胸整了整衣领，甩了甩头。

薛五看了眼徐明，低下头去。我又问："你知不知道那批货是什么？海洛因、可卡因还是鸦片？"

薛五说："鸦……鸦片应该不可能，那玩意黑乎乎的电视上见过。咱那批货是白色的，应该是海洛因。"

我笑了："冰毒也是白色的。"

薛五擦着额角渗出的汗水，说："塔哥，我错了。"

"你哪错了？"

"我，不该和毒贩子打交道，不该碰这事……"

我上前一脚将他踹翻在地，指着他说："你拿你手下兄弟的命在玩儿，我没猜错的话，交易地点一定是海上吧。"

薛五不敢出声喊痛，捂着胸口痛苦地点点头。

"人家明摆着是要算计你的货，然后把你们全解决了扔海里！"我控制了一下情绪，问他，"这件事多少人知道？"

"就我这几个兄弟。"薛五爬起来还继续跪着，见我没说话，又补充，"还有吴老板……这可都是自己人。"

我看了眼正在吧台里玩电脑游戏，对眼前事好像看不到听不到的酒吧老板，一把揪过徐明，指着他鼻子问："那你是怎么知道的？"

徐明一边往后缩一边连连摆手："我不知道，我是听说的……哦不，我是瞎猜的……塔哥，我真的还有事……"

"你是有事，还不小呢。"见徐明不敢再挣扎，乖乖地闭了嘴，我看看墙上的挂钟，问："俄罗斯人什么时候来？"

薛五说："本来说是八点，刚才他们托人送了信，说改天再约。"

"你们什么时候懂俄语了？跟你接触的是什么人？"

"他们来的是个中国人……也不知道叫什么。"

我又气又好笑："一问三不知，就敢学人家贩毒？万一来的是警察怎么办？"

"啊？"一群人愈发慌了神。其他人愚钝也就罢了，但薛五连这层都不考虑就敢行事，不禁让我心生疑窦。

本来我打算靠那批货勾周亚迪等人出现，但我还没准备好，情况就来了，薛五嘴里的话未必牢靠，我必须先退一步看清形势再做打算。"我回去摸摸情况，看看你们到底捅了多大的娄子。"我拿脚轻轻踢了薛五一下，"滚起来吧。"

薛五拍了拍胸口衣服上的鞋印站起来："那我们……"

"你们赶紧散了，跟弟兄们交代下，消停点在家待着，你安排完了再联系我。"我给他写了一个新的手机号，掏出车钥匙来丢给徐明，"走。"

徐明拿着钥匙，犹豫着看看我，又看看薛五，终究没敢说不，缩着脑袋跟我出了酒吧。

2

开着车的徐明十分安静，时不时偷瞄我一眼，跟之前滔滔不绝的那个他简直判若两人。我打开收音机调出一个音乐频道，十来分钟后徐明放松下来，手指跟着音乐在方向盘上敲打着节拍。

现在我知道为何一个小混混都知道这事了——那些成天和毒品打交道的人个个都是人精，把薛五之流放在手心里玩简直就是小菜一碟。就算不是薛五等人嘴漏，周亚迪派来办这事的人也会故意把消息放出去搅局，水浑了，才好摸鱼。

如果我没猜错的话，周亚迪一定是急需一笔钱，但他回不去金三角。或者在俄罗斯被什么事缠住了，又或者是不敢回金三角，最大的可能是他不敢走这条我掌控的海路。我半年多没出现，周亚迪不好判断我是不是真死了。我心里一亮，一定是这样的，他想用高价买这批货来试探我到底有没有死。要是我死了，那么这批货他很容易就能弄到手。要是我还活着，他躲在暗处，胜算就总会大些。

他之所以还愿意费这么多功夫在那批货上周旋，原因只有一个，这里是大陆。换作没有王法的金三角，他早就召集人马来抢了。这真是个好消息，顺着这条线就可以找到周亚迪，找到周亚迪就有机会接触到他背后的势力。我总觉得他背后的那个势力和抓走老徐的那人有关系。反正不管是为了完成我的任务，还是为了找到徐卫东和程建邦，这都是非常有价值的线索。

想到这里我忍不住笑了，越笑越高兴，笑得肩膀直抖，笑得徐明差点把车开到沟里。我笑着说："看路。"

周亚迪，尤其是胡纬，肯定肠子都悔青了，一天看不见我的尸首，他们就一天也睡不踏实。我摸出手机给薛五打了个电话，叮嘱他要藏好那批货，除了他不能有第二个人知道货在哪里。

薛五急于立功赎罪，隔着电话都能听到他把胸脯拍得山响。这种事在这个时候交给他，我还是放心的，他还有些头脑，知道这其中的利害。

收起电话，我长长地舒了一口气，突然有点感激欧阳刚。如果他当初真的同意我继续任务，按情报走的话，我几乎是两眼一抹黑，现在真是柳暗花明又一村。

眼下我还得先搞清楚一件事，我身边这个正在开车的徐明到底是什么来头，到底想干什么，或者，他根本就不叫徐明。

带着徐明到了我在天津河西区小白楼附近的住所，打开灯见屋里干干净净的，门缝里连张小广告都没有，明白这都是薛五的功劳。

徐明站在门口搓搓手，说："那什么，塔哥你累一天了，早点休息吧，我就先回去了。"说着把车钥匙递到我面前。

我说："进来坐坐，喝杯茶？"

他把车钥匙放在门边的柜子上，说："不了，我还有事。"

我从酒柜上拿下一瓶洋酒，看了看标签："你不是懂俄语吗？你帮我看看这个伏特加怎么样。"他犹豫着还是不进来。我笑着说："我要是想办你，你根本走不出那家酒吧。"

他低头笑了笑，走过来接过我手中的瓶子，举起来对着灯光看了看，说："你这瓶是河北产的。"

我拿出两个酒杯，倒了一杯递给他："那咱尝尝咱河北的伏特加。"我自己倒上一杯喝了一大口，走到门边重重地把门摔上。随着"咣当"一声，徐明浑身跟着一颤，差点把杯里的酒晃出来。

不等我说话，他把酒杯往桌上一放，低头说："塔哥我错了，你放我一马吧。"

我举起酒杯说："我干了。"说完一仰脖将杯中余酒全部倒进嘴里咽了下去。

徐明看着手里的酒，呼了口气，一口气喝光了，张着嘴缓了几秒钟才展开了皱着的脸，亮亮杯子说："塔哥，我冒充你的朋友就是想混点小钱，绝没有毁你的一星半点的名声。"

我翻出一瓶药酒放在他面前的桌子上："有件事挺好奇，你告诉我，如果今天不是这么巧我出现了，你打算用什么办法混点小钱？"

"说实话，我没想好，见机行事吧，上千万的生意，随便拔根毛下来也够我逍遥一阵了。"他拿起药酒很仔细地看了说明书，走到门边立着的镜子前去擦脸上的伤。

"见机行事？"我跳起来，一把揪住他按到墙上，"这么说你很会随机应变？那你说你现在打算怎么脱身？你到底什么人？你的答案最好给我小心一点。"

徐明并不惊慌，反而笑了，轻轻把我的手掰开，一手举着药酒瓶，一手整了整衣领说："塔哥，那些不重要。我做这么多事就是想引你现身，我知道你手头有一批货，我能帮你把那批货卖出你想象不到的价格。"他把药酒瓶塞到我手里，背着手检阅着酒柜，选了半天取下一瓶威士忌说："这是瓶好酒。"扭头看我，意思是在征求我的意见。

我点点头。他打开瓶盖，鼻子凑到瓶口闻了闻，翻开两只大口玻璃杯各倒了一些，说："好酒被会喝的人喝了才有价值。"他抿了一口酒，咂咂嘴对我扬扬眉毛："你试试。"

"我不会品酒。我喝酒只有两种情况。要么为了应酬，为了别人高兴。要么跟兄弟，为了醉。"

"那你和我喝酒是什么？"

"我应酬的人，都是我不喜欢但暂时还没有办法，但总有一天我会加倍还回去的那种……说吧，你能帮我卖出多少钱？我可半年都没开张了。"

他把酒杯递给我，看着我喝了一口，说："无价。"

"我看你也不像一般的小混混，你想要什么？"

他冲我举起杯："我不想再冒充，我想和你成为真正的兄弟。"

我猛地将酒杯往地上一摔，没等我说话，徐明就往后跳了一步，弓着腰双手抱拳说："塔哥我错了，我错了，你饶了我吧，我真的就是想混点小钱，你大人不记小人过，饶了我这次吧。"

我彻底被他这没皮没脸的德行折服了，笑着点点头："好，好。没问题，帮我个忙，散个消息出去，就说我有批货要出手，包括我海上的那条路。"

"你要卖你海上的路？"徐明吃惊地问，想了想说，"行，你说个数，想卖多少钱？"

"我不要钱，我要一个人。有意者面谈。"

"好，没问题。"他打了个响指，放下酒杯说，"那我去忙了。"

他一直走到门口，都没有见到我的反应，脚步有些迟疑，站在门口转过身说："塔哥，您相信我，我一定把这事办得漂漂亮亮的，三天……不，一天，我保证明天这个时候，街上卖煎饼的都知道您有批货要出。"说完他自己也觉得不合适，忙改口说："不对，我是说我保证毒品圈的人都知道这事。"

这时我的手机响起来，是薛五的号码，接通后还没说话，就听对方一个熟悉的声音："秦川，别来无恙？"

我冷冷地说："托你的福，不过真不好意思，害得你好久没睡个安稳觉了吧。"

胡纬在那边呵呵一笑："开个价吧。"

"这算什么？"

"谈生意。"

"我如果说不谈，或者出的价码不合你意，我的兄弟就会有事，对吧？"

胡纬嘿嘿干笑着说："你还蛮了解我的。"

我也嘿嘿笑着说："你还真是胡经的亲弟弟，知道什么招对我最好使。不过，你怎么就确定我把你手里的人当兄弟？"

"他死也不肯说货在什么地方，恐怕不是什么人都愿意为你去死吧。"

听胡纬这么说我感到有些意外，我从没把薛五当真正的兄弟看，至多不过当他是个勉强可用的线人，想不到他倒长了一副忠义的硬骨头。只听胡纬又说："……对了，我这里有人很想你，你们聊两句？"

我心里冷笑一声，无非是周亚迪该出场了。电话那头一阵嘈杂声，我"喂"了一声，那边没动静，我不耐烦地问："哪位？"

那边传来了轻轻的"嗒、嗒、嗒"几声，像是有人在用手指叩击听筒，又隐约有女人的抽泣声。

"苏莉亚?!"我的心脏像被什么东西狠狠地戳了一下，一阵抽搐让我几乎喘不过气来，"苏莉亚，是你吗？是的话就敲两下。"

"嗒、嗒。"

我拿电话的手不由自主地颤抖起来，眼前浮现出最后一次离开金三角时，苏莉亚的长发被风吹起来，在车后追着，跑着的样子；想起那栋阳光明媚的竹楼里，她的脸被阳光镀了一层淡淡的金边，那么温暖，那么柔美……

胡纬的声音又传了过来："现在就去葛沽，到了联系我。"

不等我回应，那边挂断了电话。我无力地坐回椅子上，脑中混乱不堪，直到徐明拍打我的肩膀才回过神来。

"塔哥，出什么事了？"

“没事。”我甩了甩头，站起身说，“你忙你的去吧。”

我想我需要打几个电话。葛沽在天津南郊，是一个不太发达的小镇。胡纬敢约我去，就一定做了很周密的安排，那我也需要调集资源打个有准备的仗。他胡纬钱再厚、本事再大，我也不能在这里输给他，就像程建邦说的，这里是中华人民共和国的地盘！

我一口气联系了好几个一直依靠我搞走私生意的团伙头目，这些人一听我要人帮忙，都很痛快地答应了，还一再问我用不用动枪，如果需要，他们会想尽一切办法帮我搞几支。我知道，在内地能提出用枪来帮你，就算是天大的义气了，积攒了这么多年的资源，这是最值得用的时候了。

作为“塔哥”，我干的买卖是独一无二的，我愿意接他们的活就是对他们最大的恩情。现在我主动让自己欠他们个人情，他们自然感激涕零。

安排完人，挂了电话，发现徐明还在屋里，问他：“你怎么还没走？”

徐明小心地看着我脸色说：“塔哥，是不是出事了？”

我拿起外套往外走，他跟在我身后说：“你不能信那些人，要知道你已经半年没回来了……葛沽是吧，我倒是有些兄弟用得着。”他拿出手机拨了一串号码，小声对着电话不知道嘀咕了些什么。等他挂了电话，我们已经下了楼来到车前。

我说：“钥匙给我，你自己回去吧，我没空送你。”

他拉开主驾门说：“我送你。”

我笑了：“你知道我去哪，去干什么吗？”

“大概知道。”

“那你还不躲远点？”

“这是最好的机会了。”

“什么机会？”

“把你我是兄弟这件事从谎言变成事实的机会，不过过事，说什么都是虚的。”他跳上主驾位启动了车，拍了拍副驾的座位看着我。

我自然知道不能完全指望那帮人，他们都是唯利是图的走私贩子，他们愿意讲义气的背后都是带着利益的。他们能跟我交换利益，也能跟周亚迪、胡纬做买卖，以金三角毒枭们刀口舔血的道行，把那些人耍得团团转并为其卖命简直轻而易举。当年就连我都差点被周亚迪的伎俩动摇，更何况他们。

可是现在，我还有什么选择？

我面前是座独木桥，徐卫东和程建邦就在桥那头等着我。所以，风险再大我也得去。

我看了眼把车开得飞快的徐明，不由得对他有些好奇。我已经很久没有对一个人好奇过了。我问他：“你在社会上混多久了？”

徐明紧盯着车前的路面，说：“五六年了。”

“你多大？”

他眼睛都没眨一下地说：“三十六。”

“停车。”我叹了口气。

“怎么了？”

“我没耐心跟一个瞎话张嘴就来的人打交道。趁着我没有发火，你赶紧滚出我的视线。”

他不好意思地笑了：“我二十四，我不是怕你嫌我岁数小，不带我玩嘛。”见我看着他不说话。他急了，单手解开腰带，露出红艳艳的内裤说：“不信你看，我今年是本命年，不然谁没事穿这么风骚的内裤啊。”

我又好气又好笑：“你把裤子穿好！”

“唉！”他又单手系好腰带。

我没好气地点了根烟：“撒谎也不会，有一下谎报一轮年纪的吗？”

他嘿嘿笑着说：“我怕随便谎报几岁，万一你问我属什么，我一时算不过来，不如直接多报一轮，方便。”

我有点哭笑不得：“你说你要个儿有个儿，要模样有模样，要脑子有脑子，不找个正经事干，瞎混什么？你们家知道你这样吗？”

“知道啊。”他毫不迟疑地说。我一下还真不知说什么好，生生被噎在那里。

3

车到了咸水沽后，徐明好几次把车开到了小巷子里，我不禁对这个本来就疑点重重的人再次拉高警戒线。后来我发现他总是伸着脖子仔细辨别路牌，有些路牌看不清楚，他还会减速。难道他对路不熟？从市里去葛沽要经过咸水沽在天津是个常识，一个混混不会不知道。之前从塘沽到市里的时候他也走了不少冤枉路，当时我以为他是因为谎言被当面戳穿太紧张，现在可以断定，他对这里根本不熟。

难道他是胡纬派来的？这个想法从脑中蹿出来时，我没觉得吃惊也没觉得奇怪，这是再正常不过的事了。胡纬在这里人生地不熟，花点小钱找几个小角色探探路也是应该的。我看了他一眼，笑着说："徐明，你是叫徐明吧？"

他愣了一下："用我拿身份证给你看吗？"

"好啊。"

果然不出我所料，他浑身摸了一遍，什么也没拿出来："谁没事出门带那个啊，丢了怪麻烦的。"

我看着窗外，说："上刚才那条大路一直往前走，不要拐弯。"

他应了一声，将车掉头开出小巷，重新上了大路："好久没走这条路，有点生。"

"一会儿到化肥厂那停一下。"我故意这么说，因为那个厂子在这条路边很多年，当地人都拿它当地标。

他满口答应着，脚下的油门却踩得不那么坚决，目光在路边不停地搜寻。"别找了，那厂子早拆了。"我有些不耐烦地叹了口气，"你到底是什么人？"

他迟疑了一下，说："塔哥，我不会害你的，我真的是站在你这边的，你相信我。"

我笑着说："我要是个小女生，那你说什么我都愿意信，就算你的话里全是窟窿，我也会自觉给你补上。可惜啊，我不是。"

徐明还真挺自恋的，一听人夸他帅就绷不住，凑到后视镜前捋了捋眉毛，来回换了几个角度欣赏了一下自己的脸，说："这么着吧，我要是做了什么对你不利的事，或说了什么对你不利的话，你杀了我。”

“我会的。”我深深地看了他一眼，摸出手机拨通了薛五的电话。

胡纬接得很快：“到了？”

我说：“别啰唆了，说吧，想玩什么？”

胡纬呵呵笑着说：“塔哥确实有气魄，上千万的生意当游戏玩？”

“比起你差太多了，敢在这种地方交易这么大一批货。”

“有塔哥罩着，我怕什么？一会儿西装厂后面见。”说完胡纬挂断了电话。

“去西装厂。”我瞥了眼徐明，说：“在镇里。”

“哦。”徐明像是松了口气，“镇里我熟……”

“闭嘴。”我冷冷地说。看着前方渐渐密集起来的灯火，想到将要只身与一个恨不得将我杀之而后快的大毒枭谈判，我居然没有丝毫忐忑，反倒有些跃跃欲试的期待。

苏莉亚的样子又跳到了眼前，心脏便又微微抽搐起来，一种令人不安的情绪塞满了心里。那种情绪像是一匹野马，完全不受控制，我担心这会影响我的判断，影响我的行动。但又隐隐盼望着那种疯狂会冲出禁锢，指挥我的身体，不顾一切地去做所有我想做却又不能去做的事。我暗暗做了几个深呼吸，强迫自己的心绪平静下来，看向了车窗外。

车刚驶进了葛沽镇里，手机铃声就响了起来。不等胡纬说话，我先抢着说：“说吧，换哪里了？”

胡纬愣了片刻，哈哈笑着说：“看来塔哥没少做这种生意嘛，连换地方这种事都知道？”他见我没有接他话的意思，只好说：“去头道沟村大队食堂……哦对了，在餐具厂南边一点点。”

“你还挺熟，看来做了不少功课。”不等他废话，我挂断了电话。

我指了指前面，示意徐明往前开。我拨通了之前联络好的一人的电话，电话刚通我就说：“你们过来吧，我到了。”

对方果然上了当，说了声“马上到”后，挂了电话。

我盯着手机屏幕，好半天没有新的电话和信息进来，基本确定那些人已经被胡纬买通了。不然不会连具体地址都不问我就说马上到，我没有猜错的话，他们的人应该比我到得还早。

天色渐渐黑了下来，路不太好，路两旁的树后是黑漆漆的庄稼地。在我的指引下，徐明将车开到胡纬指定的地方停了下来。

我说："你走吧。"

徐明看了眼餐具厂紧闭的大门："他们约的地方是这里？"

"徐明，"我抓住他的胳膊说，"我对你印象还不错，所以别演了，我没心思陪你玩。"

徐明自顾自拿出手机，又仔细看了看门口的牌子，低头去编写短信，嘴上说："你以前是不是……"

我下车绕到主驾位把车门拽开，将他从车里拖出来往路边推了一把。我跳上车开走，看了眼后视镜，徐明朝我的车张望着，一手整理着衣服，一手打着电话。"对付我一个人也至于摆这么大阵势？"我自言自语地笑了。

胡纬说的那个地方在一条土路尽头，是个红砖砌成的破院子，生锈的大铁门歪敞在杂草里，看样子已经很久没有关上过了。院里已经停了两辆车，一排砖房的窗户里透出雪亮的灯光，一眼可以看到里面摆着的几张大圆饭桌。

一个系着白围裙的男人从房子里走出，手里提着两捆啤酒，扯着嗓子说："吃饭？车往里面停，别挡着门。"

食堂里靠墙的一张桌上杯盘狼藉，几个人满脸通红地大声嚷嚷着互相劝酒，听口音都是当地村民。四个挂着半截门帘的包间有三间黑着灯，如果胡纬在这里，应该就在亮着灯的那间里。

我刚摸出手机，就听到身后一阵嘈杂。五六个趿拉着拖鞋、光着膀子穿着大裤衩的年轻人走了进来，他们横了一眼挡在门口的我，进去找了张桌子坐下，也不看菜单，对着后厨的窗口要了菜和酒。从他们黑黝黝的皮肤和口音中判断，也都是这附近的村民。

胡纬是个谨慎的人，他应该清楚，从他在边界上把我踹进深沟里的那一刻起，我和他就是死敌了。如此性命攸关，他再不济也不能找几个村民来专对付我吧？

我正七七八八地想着，就觉得有个尖东西顶在了后腰上，一个声音在身后说："兄弟，对不住了。"

回头一看，是刚才那个系着白围裙厨子模样的人。他手里的一把剔骨刀正抵在我腰上，我看看那把刀，又看看他，瞪着眼睛说："吃饱了撑的？"

他紧张起来，改用两只手握住刀，咬着牙说："我不想伤人。"对后来进来的那群人使了个眼色，有人从墙角拿出一捆绳子朝我走来。

我对着带头的一个说："这绳子这么糙，捆着太难受了，不捆行不行？"

那小子摇摇头："不行。"将绳子抖开就要往我手上套。我猛地向前一步，一把攥住他的手，将绕在我手腕上的绳套倒扣在他的手腕上，与此同时把他拉到了我刚才站的位置上。

白围裙厨子握着刀就要往前冲，我手下一紧将捆人的绳子勒套在那小子的脖子上，冲他说："你过来就是个死。"白围裙停下了脚步，举着刀进也不是，退也不是。

我手下使劲，被捆的那小子惨叫着连声喊疼。其他人也不敢上前，就那么眼睁睁地看着我把他们的同伴捆成了粽子。我说："我刚就说这绳子太粗太糙，特意问你不捆行不行，你非说不行……你看看现在闹的。"说完我拍拍手，一脚踩在捆好的"粽子"身上，故意冲着包间的方向大声说："谁让你来的？他人呢？"

包间的门帘被人从里面一把扯掉，两个满脸横肉、五大三粗的男人走出来，一左一右站在门口。其中一人将门帘揉成一团丢在脚下，双手抱在胸前，虎视眈眈地看着我。

我第一眼看到的竟然是苏莉亚。

她坐在正对着门的位子上，看到我后一下子站了起来，嘴唇颤抖着，眼泪流得满脸都是。她身边站起一个男人，反手就给了苏莉亚一耳光。"啪"的一声脆响，苏莉亚整个人被打得转了个圈，顺着墙根滑在了地上，捂着脸哭起来。

我咬了咬牙，看向那个打他的男人，一下愣住了——这个人居然就是上次在戈壁滩黑店里遇见的沈子雄。

"真是些没开化的野人，一点礼貌都没有。"沈子雄指着墙角的苏莉亚骂了一句，看向我说："不好意思，让你见笑……"跟我四目相对，那一刻他也愣住了，手指着我点了几下，哈哈一笑，"是你？"

"沈哥。"我点头打了个招呼，一时心乱如麻，想不到替胡纬来谈判的是这个人，这可不是个善茬。

沈子雄绕过饭桌走出包间，四下看了看："你的那个小兄弟呢？"

"被抓了。沈哥这是……"

"帮朋友个忙。"他笑笑，转身看着我问，"你就是……塔哥？"

"胡纬呢？"我走到包间门口朝里看了看，苏莉亚正吃力地扶着墙站起来，脸上一个紫红的手掌印扎得人眼睛疼。我问沈子雄："我的兄弟呢？"

沈子雄眼珠轻轻一转，去食堂门口朝外看了看，对我招手："塔哥，既然是老相识，我们聊两句。"见我不动，又招招手，神色有点紧张，又有点迫切。

"等一下。"我进了包间。苏莉亚用袖子慌乱地擦拭着眼泪，越是擦，眼泪就越是往外流，怎么也止不住，索性低下头，长发垂下来把脸全盖住了。

包间很狭窄，我不耐烦地将挡在中间的椅子一个个踹开，想走到苏莉亚身边去。身后传来沈子雄的声音："这么聊也行。"他手里多了一把仿制的五四式手枪，黑洞洞的枪口指着我的脑袋。

我没有理会他，伸手扒拉开苏莉亚的长头发，看了看她脸上的红印，帮她把头发捋到耳后，轻声说："别捂，会肿的。"我拿过桌上的一瓶冰啤酒贴在她脸上："来，自个儿拿着。"苏莉亚接过瓶子，还是不敢抬头，一串眼泪热辣辣地滴在了我的手背上。

我扭头看了眼沈子雄手里的枪，保险是打开的。沈子雄的手有点抖，猛地又将枪口对准了苏莉亚。见我没反应，又重新对准了我。我笑了："你这样，外面那些人会瞧不起你的。"

"不好意思，今天不是你死就是我亡，顾不上那么多了。"他伸手一把搂住我的脖子，用枪顶着我的下巴，一边往外退，一边大声说，“都让开。”一直把我拖到大门口，他凑在我耳边说：“我不管你们外面埋伏了多少人，今天我必须得走，谁拦我的路我杀谁。”

“沈哥，你误会了，我一个人来的。”扫了眼屋里，一众人都傻愣愣地看着我们，我说，“他们可不是我带来的。”

“我现在怀疑他们就是你的人。”他压低声音恶狠狠地说，“你是公家的人，我见过你那个小兄弟，在俄罗斯。你是卧底。”

这四个字落我耳朵里，我不由得浑身一震，惊喜交加。惊的是我的身份已经暴露了，至少目前为止在他这里泄露了；喜的是程建邦还活着。我说：“你说的那人我不是很熟，一路坐车聊得来而已，后来再没联系过，去了俄罗斯？他是警察？”

沈子雄把我拖出了食堂，靠在车边上说：“你别装蒜了。你让我走，不然我喊一声‘你是公家的人’，这里这么多乱七八糟的人，不用半个小时这事就再也不是什么秘密了。大不了大家同归于尽。”

我脑子乱得很，一时半会没想好拿这个沈子雄怎么办才好。不管怎么说，我得先制住他，走到哪算哪吧。我正准备动手夺他的枪，就觉得脖子上一松，沈子雄手里的枪已经掉到地上了，整个人软瘫倒在我的脚下。

我回头一看，见徐明弯腰捡起那把枪，熟练地拉开枪膛看了眼，走进食堂大门，举枪对着屋里的人喊道：“都去包间里待着，谁出来谁就是靶子。”那些人赶紧抱着头往包间里钻，片刻间整个大厅空无一人，只剩一个空啤酒瓶翻在地上陀螺似的嗡嗡转着。

徐明将枪挂在指头上，枪口朝下地递给我，用下巴指了指地上的沈子雄，对我做了个“请”的手势。我没接枪，冲徐明说：“你到里面看着他们，别让他们出来。”看着他手上的枪又嘱咐了一句：“别离那门太近。”

“怎么，怕我枪被抢了？就凭那几个？”他嘟囔着进了屋。

我揪起沈子雄的衣领，正着反着狠狠地抽了他两记耳光，正要打第三下，他醒了。看了看自己悬在空中的手，想起苏莉亚脸上的红印，又重重地抽了他两下。

沈子雄苦笑着说："认了。"双手并拢递过来，一副乖乖就范要戴手铐的样子。

这种人就算抓他进去，也不会真交代什么，因为不论他说与不说、说多少，结局都是死——不是死在刑场上，就是死在那些被他供出的人的报复上。所以他说"认了"，意思是已经做好了死在警方手里的准备。

我假装没听懂，问："胡纬在哪？我的兄弟呢？"

他抬起肩膀抹了抹鼻血。"那个薛五也是公家的人？"他呵呵笑着说，"我就说最近怎么老觉得哪哪都不对劲，原来身边都是你们的人……我服了。"

我好想问问他程建邦的事，可那样就相当于承认了自己的身份。如果这个人真的跟抓走程建邦的那些人有瓜葛，那么如果得到他的信任，岂不是有更多的机会接近那些人？我越想越兴奋，兴奋到无法静下心来仔细斟酌这个想法到底是可行还是疯狂。

"我最后跟你说一次，我不是什么公家的人，我就想知道胡纬现在在哪里？他欠我一条命。"我就手捡起一块砖头在手里掂了掂，"你愿意说就说，不愿意说，我先要了你的命。"

"你……"他看着我手中的砖块，"真不是？"

我把手里那块砖头丢掉，换了一块更大的石块举起来。他赶紧说："我信我信，胡纬说带着那个女人和你谈，比他自己来更管用。"

我掂着那块石头问："跟我谈什么？"

他咽了口唾沫，说："那么大一批货在内地交易太危险了，所以我已经和双喜谈好了，让你把这批货交给他，分成几份送到地方。鸡蛋……鸡蛋不能装在一个篮子里……对了，你知道双喜吧？只要有他帮忙，不管什么货，都能保证按时保量地运到俄罗斯。"

"双喜？"我立刻想起在总部看资料时曾见过的名字。当这个名字在这种地方被沈子雄提起，我不禁有些激动，想了想说："没听过这个人，我也不想知道那么多。我可以和你做个交易，我用那批货跟你换两样东西。"

“您说，您说。”

“一、胡纬。二、你我的合作。胡纬属于私人恩怨。至于合作，我每年手里过上千万的货，你帮我出。”

他想都没想，连连点头：“没问题没问题。我和双喜是生死之交，有他帮忙就是导弹都能帮你运出去。嘿嘿，话说回来，起初我以为你是公家的人，你那个小兄弟……”他犹豫了一下，观察着我的脸色，小心翼翼地说：“塔哥，你以后也要当心身边的人，公家的人无处不在，搞不好你最好的兄弟就是最后捅你一刀的人，我可是见识过。”

我点点头说：“当初我以为周亚迪是我最好的大哥，没想到他背后捅我一刀。要不是我命大，尸首现在已经被蒙古戈壁滩上的野狼啃完了。”

就在我稍一放松的时候，他突然跳起来，将我一把推开往大铁门外狂奔。就在我挣扎着想要站稳时，徐明一个箭步从屋里蹿了出来，举起枪对准了沈子雄的背影。我忙喊：“别打死他。”

徐明嘴角一撇，断然扣动了扳机。沈子雄一头扑倒在地，被子弹的冲击力推着身体往前出溜了一两米才停下。我顾不上训斥徐明，冲到沈子雄身边将他翻过来，子弹穿透背心正中心脏，人已经断气了。

徐明拎着枪走过来，歪着脑袋看沈子雄胸口的枪眼。我起身看着他冷冷地问：“你想干什么？”

徐明平静得让我吃惊，他说：“放心吧，又不是在美国，中国老百姓有几个听过枪声的？八成以为小孩放炮仗呢。”

“我不是问你这个。”

他咬着嘴唇，反问：“你想干什么？放他走？”

我一把揪住他，却不知该说什么，难道要告诉他我的战友不知下落，线索在这个人身上吗？我有些懊恼地将他推开：“我有我的打算。”

徐明整了整衣襟，说：“他不值得信任，他知道你的身份。”

我正准备出手夺他的枪，他主动将枪柄递给我说：“他如果跑了，责任你担不起。”

我一把接过枪，想把他逼到墙角，但分明感觉到了自己的无力，我再次加了把劲将他往后推，这才将他结结实实地按在墙上。刚才击毙沈子雄的那一枪，目标距离足有四十米，他用的那把枪正常情况下的有效射程也不过如此，更别提目标还在快速移动，外面光线又昏暗。换作我，如果不是超常发挥，想第一枪就击中目标的可能性几乎为零。可他做到了。而且他当时还扭头看了我一眼，所耗时间短得惊人。

我用枪抵在他脖子上，问："你的枪法哪里练的？你到底什么人？"

徐明四下看了看，挺胸一个立正，压低了声音说："特案九组，殷望报到。"

4

我的心脏像是骤停了几秒钟，整个世界都安静了下来。望着面前这个小伙子，我的思维乃至整个身体像是瞬间被冷冻了一般，一动也不能动。殷望小心翼翼地拨开枪口，说："我也知道有点突然，换我是你的话可能反应比你还大，我这么跟你说吧，我是接到欧阳刚的命令来接应你的，随你调遣。他交代过，你对搭档比较挑，这么多年就认程建邦，其实我也不喜欢搭档，我可是独行侠。"说完对我一笑，故作潇洒地甩了甩头。

我联系欧阳刚验证了殷望的身份后，心情还是久久不能平静。来之前那场惨败的电脑黑客技术比赛，已经让我有种长江后浪推前浪的挫败感。现在更是像被一盆凉水迎头泼到了脸上，让我狼狈不堪。我明白，刚才把他往墙上按时，他只是没有反抗而已，不然被按在墙上的那人极有可能是我。殷望的确是一个喜欢独自执行任务的独行侠，之所以到现在才对我表明身份，八成是想观察我是不是够格。与其说是我选择他，倒不如说是他选择我。

"你打算怎么办？"殷望对着食堂努努嘴，"那里面还有个女的。"

我不想被任何人看出我对苏莉亚过多的关心，当然也包括他。我岔开话题说："你听说过双喜吗？"

"听过，有两种，一种是武汉产的，还有一种是上海产的，我喜欢上海产的那种。"他从口袋里摸出烟，递给我一根，"今天身上只有这个，你凑合抽吧。"

我推开他的手，耐着性子说："我说的是人，不是烟。"

"人？这人叫双喜？他爸跟他有仇才起这名吧？"大概看我脸色不对，忙换了副严肃的神色说，"知道，跟沈子雄一样，搞物流的……"

我还是第一次听人把走私犯说成"搞物流的"，我看着他说："你知道得有点多，这可不是一般的小混混该知道的。"

"没办法，出道没你早，只好多补补课……你真的不去里面处理一下吗？应该有个你在乎的人。"他点上烟，吊儿郎当地靠在墙上说，"我在这儿等你。"

我从沈子雄身上搜出一些现金、一部手机和一个U盘。手机不便宜，但属于市面上能买得到的民用版。那个U盘有些眼熟。我凑到光线下仔细看了看，对，周亚迪也有这样一个U盘。按他的说法，这是跟俄罗斯那边接触的钥匙。想不到沈子雄也有一个。

"那是什么？"殷望看着我手里的东西问。

"没什么，从沈子雄身上搜出来的，回去看看。"我将U盘装进口袋，将手机和现金递给他，"这些你拿着吧，顺便查查那手机。"

食堂那间包厢里挤得满满当当的都是人，我从人群中将苏莉亚拽了出来。她面色苍白，双手还紧紧抱着那瓶啤酒，头发胡乱地贴在脸上，眼神中满是惊恐。我轻轻从她怀中抽出瓶酒扔了，拉起她的手往外走，就听身后有人怯生生地问："大哥，我们……怎么办？"

我回过头"哼"了一声："你们多有出息啊，跟了那么威风的一个老大，居然包下了你们村大队的食堂用来谈判，现在你们问我怎么办？我哪见过这种场面？我被你们吓到了知道吗？我现在只想回家。"我顿了顿，又说："刚才你们听到枪声了吗？"

他们互相看了一眼，连连点头，大概觉得不合适，又急忙摇头。

"听到的话呢，就去外面把你们老大的尸收了，顺便报警，把你们今天看到的听到的，和以前做过的没做过的坏事都跟警察好好聊聊；没有听到的话，赶紧早点回家睡觉，明天一早起来该下地干活的下地干活，该进厂上班的进厂上班。"我指了指他们，"等我走了再出门……半小时就够了。"

殷望专挑小路，一口气将车开出老远才降下车速。从后视镜里看了后座上的苏莉亚一眼，问我："去哪？"

我想了想，转身问："苏莉亚，你没事吧？"

苏莉亚已经用手指把头发梳理整齐，安安静静地坐着，微笑着对我点了点头。

看着她的样子，我忍不住一阵阵地心疼，冒出找个地方把她安顿下来的冲动。但我知道这不太可能。阿来那样背景比较单纯，又有功的人，组织才会给予安全稳定的安置。苏莉亚不同，她从小长在金三角，又是毒枭周亚迪至亲的人，到目前为止连我都不知道她忽然出现在内地的原因。我不忍去怀疑她是来协助周亚迪的，却又不能不去怀疑。——我永远忘不了老姜看着烈士墓碑说的那句话：谁能担得起这样的责任？

时间就像一个永远不会休息的雕刻大师，一秒不停地雕琢着每个人、每件事，谁也逃不了。从刚才见到她的第一面起，我就暗自提醒自己不要停留在过去的印象里，被她的表象所蒙蔽。但是对她的任何疑问，都像是在对我自己过去的质疑，那质疑更像是对自己过去的背叛。

我不知道，也不关心时间将别人雕刻成什么样，我只知道，见惯了人间罪恶的自己，越来越多的是冷漠和绝情。

"苏莉亚，迪哥在哪里？"我的声音又冷又硬，就像在审问一个罪犯，我甚至能想象到自己现在的神情。

苏莉亚的笑容僵在脸上，眼神中有点委屈，又有点期盼，她试探着慢慢地抬起手摸向我的脸。在她的指尖距离我的脸还有不到十厘米的时候，我猛地看向她的手指。她的手像是被我的眼神烫到一般，"咻"地收了回去。她还是有些不甘心，眼睛在我脸上飞快地扫过，像是在寻找什么，不一会，她的眼神黯淡了下来，无力地往后一靠，垂下了眼帘。

"你怎么在这里？"我没有理会她伤心欲绝的神情，接着问，"你怎么到的内地？"我不太相信她能独自来到这里，也不信是周亚迪回去把她接来的。

殷望把沈子雄的手机递到我面前说："这里面没有通信录，通信记录只有一个号码，我查了一下，这部手机也只跟这个号码联系过。"

我接过手机看着屏幕上的号码想了想，拨了出去。很快电话接通了，那边没有动静，就像是在等我先开口似的。沉默了许久，我笑了。那边听到我的笑声，也跟着笑了。

我和胡纬几乎同时叫出了对方的名字。

胡纬哈哈笑着说："我就知道你不会让我失望的。谢谢你帮我摆平了沈子雄，这些日子，我可被他整惨了。"

我大概猜出了这里面的一些事——苏莉亚是被胡纬当作人质，由沈子雄带过来的。胡纬也算准了凭沈子雄那几个临时拼凑起来的人根本不是我的对手，更别提沈子雄对苏莉亚的态度，这都注定了他不会有什么好下场。而我就自然而然地成了胡纬的枪。正如胡纬所说，沈子雄一定把他整得很惨。同样，对于一个靠运货为生的中间人沈子雄来说，还有什么比自己手里掌握一大批货更痛快的呢？只不过，沈子雄不仅小瞧了来自金三角、看似落魄的周亚迪和胡纬，更小瞧了他们口中的我。

这也解释了胡纬为什么在内地还敢来找我。他权衡了一圈下来，觉得我还是相对安全的。眼下，我与他之间只是对抗还是合作的事了，毕竟，他想要威胁我的最后一张王牌——苏莉亚，现在在我的手中。

"要是别人也就算了，如果和你胡纬谈事，中间还隔着个人，我觉得有点多余。"我笑着说，"胡纬，聊聊？"

"哎呀秦川，你不知道我是多想和你好好聊聊，叙叙旧，可是你看看最近出的这些糟心事，我没脸见你啊。"

"你是个讲究的人，我是个简单的人。我想你们引荐引荐，我想和你们一起玩。"

"我不太懂你说什么。"

"当初迪哥给我看过一个 U 盘，说那边的人只认这个，现在我也有一个。"

"呵呵呵……"胡纬在电话那头干笑着不说话。

我说："我现在身上又背了一条人命，我想出去。可出去吧，又人生地不熟……只要你们愿意引荐，条件随便你开。"

那边沉默了许久，换了周亚迪的声音。"秦川啊，"他的语气还像多年前初识我时那样语重心长，“记得我和你说过，只要你好好帮我，除了美洲、欧洲，其他国家你随便选，我保你下半生锦衣玉食……”

“迪哥，”我打断了他，“你终于肯露面亲自跟我聊了，不过现在说这些有意思吗？咱们不要跟怨妇似的非要分出个谁对谁错。我不会被过去的事缠住手脚，除非迪哥觉得有必要，那咱们找个时间、找个地方，好好地聊聊咱俩之间的误会。”

周亚迪话锋一转：“秦川，我想要那批货。”

“好啊，来取。”

他答应得很干脆：“好啊。”

“什么时间，在哪里？”

胡纬接过电话说：“现在，把货交给苏莉亚就好了。别太久，我很有耐心，但我不保证别人的枪不走火。”

我回头看了眼苏莉亚，笑着说：“你威胁我？”

胡纬叹了口气：“你说是就是吧，我现在顾不了那么多，如果不这么做，大家都得死。”

我眼睛还定定地看着苏莉亚，说：“胡纬，这里是我的地盘，你有什么难处告诉我，千万别威胁我，那会让我很没有面子……”

胡纬说：“秦川，我这也是为你好，把货交给苏莉亚，大家都平安，这里不是谁的地盘。这么跟你说吧，内地最大的问题就是没有真正的黑帮，没有帮派就意味着没有主持人，没有规矩，每个人都有自己的一套玩法，今天你够狠你就是老大，明天他比你狠，你就得叫对方老大，简直无法无天。”

我忍不住哈哈大笑起来。胡纬一言不发地等我笑够了，才接着说：“我等你三小时，三小时内我接到苏莉亚和她送来的货，安全离开后，会放了你的兄弟，不然……我只能保我自己了。对了，你如果想把手里的U盘利用好，就去找双喜，他知道我在哪，再见。”

我收起电话，回过头看着苏莉亚，说：“我小看你了。”

苏莉亚低下了头，长发遮住了她的脸，也遮住了我的脑海中所有关于她的记忆。那滋味像是有什么利器在我胸腔里搅，酸一阵，疼一阵。

但是我知道，我心口那里什么也没有，一切都是幻觉。我经常会梦见自己在家里，和父母坐在那张老餐桌上吃饭，一边听着母亲的唠叨，一边触摸着破损的桌角和桌面木纹的条理，那感觉会真实得让我从梦中惊醒。每一次我都妄想闭上眼再次睡去，回到那个梦中与父母吃完那顿饭，但每次都会被火和血惊醒。

就如同现在，苏莉亚就在我触手可及的地方，却陌生得让我窒息。其实我知道只要我告诉自己，这一切都是胡纬逼的，她一个弱小女子怎能担得起这样的担子？这可是在贩毒，是要掉脑袋的事，她怎么可能是一个毒贩？我更知道，即使全世界都在骗我，我也不能骗自己，即使全世界的人这个时候都告诉我这个姑娘是无辜的，我也不能信。不论我记忆中但她是什么样子，现在的她，是一个毒贩。

我隐隐希望她能告诉我她的无奈，就算那丝毫不能影响我对她的定论，但还是希望她能告诉我她有多么无奈的理由。许久，苏莉亚终于抬起头，用手语说：对不起。

那一刻，我已经跌到谷底的心就像又被人狠狠地踩了一脚，粉碎。她毁了我唯一算是美好的记忆，尽管那是被我粉饰过的美好。

我冲苏莉亚笑了笑，扭过头长长地呼了一口气，捶了殷望的肩膀一下，将胡纬的要求告诉了他，征求他的意见。

殷望从后视镜里看了眼苏莉亚，对我点了点头。

车开到距离仓库还有一段距离的时候，我让殷望停车。车还没停稳，我推开门跳下车，一把拉开后门，将苏莉亚拽了出来。她轻飘飘的没什么分量，双脚还没站稳我便松了手，她失去了重心，重重地摔倒在路边。我指着她说："在这里等。"

我跳上车让殷望开车。终究我还是没忍住从后视镜里看路灯下的她，她坐在地上检查着胳膊肘和膝盖，然后站起身，双臂环抱着自己，朝我们离开的方向张望。

车开出去好几十米了，从后视镜里还能看到苏莉亚的身影，我才发现从上车那刻起，我不用刻意找角度就能看清苏莉亚，因为后视镜的角度格外合适。随着车往前走，后视镜嗡嗡地调着角度。我扭头看殷望，他对我扬了扬眉毛，继续拧着后视镜的调整按钮，说："放心，把货给她，我会联系上面调人去跟的。然后我们再搞批货去找双喜，双管齐下，不信找不到他们幕后的老大。"

他的想法与我的基本一致，只不过我更想亲自跟着这批货。不等我说话，他又说："你要找双喜就必须高调到让圈内人都知道才行，这样他们不会起疑。最重要的是，你的情况必须是你的人传递给胡纬才好。"他看我一眼，笑着说："你不会以为你的人格魅力大到了手下的人都百毒不侵吧？"

我知道他是在提醒我，船上好几十号人，有薛五这样一个讲江湖义气的人已经是很罕见了，而且薛五的义气也有限，胡纬他们要耍出金三角的那套手段来，连我当年都险些中蛊，更别提这些以走私为生的乌合之众了。而借他们的口，把我的目的广播出去，自然是上策。想到这里，不禁有些佩服殷望的缜密心思，我点支烟递给他，说道："这是你的第几次任务？"

他接过去叼在嘴上，竖起一根手指说："第一次。"我不信，冷哼了一声。他瞪我说："不信？真的是第一次执行正式的任务。"

我是第一次听到"正式的任务"这种名词，问道："正式？什么叫作不正式的任务？"

"嗨，就是外围……我举个例子，比如你们是警察，那我就是街道巡逻的大妈。"

"我觉得不至于，你素质很好，不出外勤可惜了。"

他叹了口气。"我也这么说，可他们说我外形不好，你说外形这种事我有什么办法？"他冲后视镜甩了甩头，不过这一次眉眼间不再是得意，满脸都是无奈的落寞。

他的外形的确有问题，帅得太扎眼，往人群里一站，极容易成为焦点，还让人过目不忘。我不由得笑了："那这次为什么让您出山了？"

他"哼"了一声说："可能上面觉得你能盖着我点吧。"

"马屁精。"我笑着扭头望向了车窗外，"以前我们组有个马屁功也很厉害的人，你俩有机会该比画比画。"

“程建邦吧？”

“你知道得挺多。”

“都说了，我干的是街道大妈的活，这点事能逃不过我的情报网……对了，还有多久到？”

“你不是情报网厉害吗，我的货藏在哪里，你不知道？”

他笑笑没回嘴，我把他指到平房小院门口停了下来。我拉开车门，见他坐在那里扶着方向盘，没有要下车的意思，我问：“怎么了？”

他干咳了两声，说：“你先进去，需要搬货的时候叫我。”

我横了他一眼，一摔车门走进小院。打开库房门立刻觉察出不对，库房门边的东西我刻意摆设过，现在东西都离了位置。我脑子一蒙：难道薛五转移了我的货？或者他已经在和胡纬合作一起算计我？

我在库房里转了一圈，确定那批货已经不在这里之后，冲出小院拉开车门。“我知道那批货在哪。”殷望见我神色不善，连忙摊开双手，“你先别急，你听我说，我是觉得直接把你带过去，太折你面子了，我还没想好怎么完美地过渡一下，尽量做到既让你……”

“你少跟我废话。”我指着他鼻子低声吼道，“什么时候搭档间也开始玩心眼了？我看你是外围混久了，忘了自己是干吗的了。”

我气冲冲地回到车上，他却下了车，帮我拉开车门，哈着腰谄媚地说：“其实就转移到隔壁了，不是我卖关子，你刚才没给我机会解释。”

我已经被他弄得没脾气了，到了隔壁院门口，他却不开门，四下看了一圈，单手撑着院墙一跃而上，身体在墙头一晃“嗖”的一声翻到了里面。停了几秒，他从墙头冒出来，露出半个脑袋说：“你在外面接。”

我哭笑不得地点点头，不多时他又扒上墙头，丢给我一个沉甸甸的油纸包：“你验验。”

我从车上拿出一把螺丝刀，扎进油纸包后抽出来凑近一闻，一股刺鼻的酸味冲得头昏，是高纯度海洛因无疑。我忍不住打了个喷嚏，对他比了个手势。

我们将那批货如数搬到车上，其间谁也没跟谁说过一句话。车开出一段距离，他终于没忍住，清了清嗓子，试探地问：“请……请教一下，你靠鼻子怎么确定纯度？万一被人兑了东西呢？”

“如果东西不对，我第一个办你。”

他干笑着说：“这……你这样不好。”

我没心思跟他瞎打岔。如果真把货交给苏莉亚，那么这条线很可能就此断了。这批货对他们如此重要，重要到不惜在内地这个他们每走一步都如履薄冰的地方得罪我，劫持我的人，甚至不惜舍出苏莉亚。那么，这批货才是他们的死穴，我必须利用好。

想到这我摸出手机，调出胡纬的号码正要拨，殷望一把将电话夺了过去，不等我发作，他说：“你必须按照他们的要求做，把这批货给苏莉亚，让她带回去。”

我伸出手：“把手机还我。”

殷望犹豫了一下，把手机递给我：“我们跟踪这批货能得到的，远比揪住一个周亚迪或者胡纬要多。”

他拿出自己的手机，按了几个键，递给我。屏幕上是一幅电子地图，一个绿色的小点正在移动，随着位置的移动，屏幕右下角的经纬度也在飞快地变化着。

“你在他们车上装了定位仪？”我有点惊讶，“你怎么确定他们不换车？”

“换了车，还有货。”他对我眨眨眼说，“没了货，还有苏莉亚。”他看着我的手机对我勾勾手指，我将手机递给他，他飞快地在键盘上按下一串密码，手机界面切换到内部系统，他又按了几下，屏幕上出现了与他的手机屏幕相同的画面，只不过标注的地标不同。我稍一辨认，正是刚才把苏莉亚丢下车的位置。他又按了一下，屏幕切换到了我们自己的位置。他把手机丢还给我。“我装了三组——车、货、人。”他嘴角翘出一个邪笑，“你给他自由，才知道他想干什么。”

我摆弄了几下手机：“你那个定位仪哪来的？这手机还有这功能？”

“你们呀，太老实，上面给发什么就用什么，小米加步枪也敢横冲直撞。什么都不发，赤手空拳也招呼。老大，现在是二十一世纪了，工欲善其事，必先利其器……”

我打断了他的废话：“那东西大吗？容易被发现吗？”

他挺了挺胸：“我内袋里有一个，你自己看看。”

我伸手到他的上衣口袋里，摸索了半天也没发现有什么，正想换裤袋再摸。他叹了口气，从口袋里捏出一个豆大的黑色小钮，放到我的手心里。我捏起那个小东西对着光看了半天，不禁有些感慨，苦笑着说：“你就是给我，我也不会用。”

“这就是你跟我的区别了，我是靠装备，你是靠属性，我没了这些装备，什么都不是，可你们……”说着看了我一眼，笑着说，“我是真佩服你们。”

想起之前与他简单的交手，知道他这是在安慰我罢了，笑着摇摇头。

我们的车回到那里时，苏莉亚正蹲在路边的围栏边，盯着脚下的路面发呆。我仔细打量了一下穿着一身休闲长裤和外套的苏莉亚，还是想不出定位仪藏在她身上哪里才合适，问殷望：“你把定位仪藏哪了？”

他笑笑没吭声，将车停在路边对我使了个眼色。我回头看了眼堆满车后座的那批毒品，还是觉得不踏实。正犹豫着，殷望从外面替我拉开车门，恭敬地说：“塔哥，到了。”

我呼了口气，下车走到苏莉亚面前。她两只手的手指绞在一起，始终低着头。一时间，我有些恍惚，说：“你跟我……”

殷望上前一步拉着我胳膊，对苏莉亚摆摆手说：“货都在车上了，你走吧，赶紧让他们把人放了。”

苏莉亚抬起头看着我，像是在等我把那句话说完。我咬咬牙，将后半句话生生咽了回去。苏莉亚眼里流出一丝失落，慢慢地低下头去。我装作不在意地望着远方，余光里看到她站在车门边，看着我，许久才钻进车内。随着一阵引擎的轰鸣，那辆车很快消失在街角。我望着茫茫的夜色，在心里说：你跟我走吧。

殷望举着他的手机屏幕递到我眼前，地图上的目标快速地向东北方向移动着。几分钟后，目标停了下来，短短几秒后，又开始迅速移动。

那是接应苏莉亚的人上了车，我说：“看来他们一直都守在这附近。”

殷望抓抓头，收起手机：“现在我们怎么办？”

我心里空落落的，只觉一种茫然的无力感迅速抽空了体内的力量，整个人像是几个昼夜没有睡觉似的疲惫不堪。我摇了摇头："不知道，我脑子有点慢，你让我歇会儿。"在苏莉亚之前蹲着的围栏边坐下，殷望递过来一支点燃的烟，我一连抽了好几口，也没抽出什么味道来。

殷望挨着我坐下来，叼着烟看着夜空说："所以我说我佩服你，出了这么多事还能没事人似的继续自己的任务，如果换作我，知道自己的老上级、老搭档变节了，早就疯了。"

"变节"这个词从他口中说出，溜进我耳朵的瞬间，像是有一枚炸弹扔进我脑袋里爆炸了。我"腾"的一下站起来，一把将殷望从地上揪起来按在围栏上："你说什么？"

殷望嘴里叼着烟，举着双手无奈地看着我："大哥，你有必要一激动就这样吗？我的衣服很贵的。你知不知道我费了多少口舌，抛了多少媚眼才从装备组的大姐那申请来的？"

"你少废话。"我没有松手，又加了几成力气，清楚地听到了他的衣服线缝崩裂的声音，"你刚说的是什么意思？谁变节了？"

殷望足足打量了我一分钟，才说："我看你对这事这么上心，以为你知道实情呢。"

"我上心是因为这是上级交给我的任务。"

"老徐、老程，还有刘亚男。"他同情地看着我，说，"这事可能就你不知道吧，上面已经给他们定了性，现在他们是内部的头号通缉犯。"

我被一道无形的命令困在医院长达半年之久，明明早已痊愈就是不允许我出院，这种特例我闻所未闻，那时的我百思不得其解。又想起我请求继续执行任务时，欧阳刚吞吞吐吐的样子，心中不觉一沉。我松开了殷望："也就是说，上面同意我继续跟这个案子不过是走走形式？所以我一到这里就遇见你根本就不是巧合，你就是他们派来监视我的，对吗？"

"谈不上监视……"殷望有些尴尬地说，"我这两下子监视你还嫩了点。其实上面不想让你再负责这个案子，派我来是希望能和你一起经营塔哥的买卖，毕竟你单枪匹马的。"

我心里发苦："你不应该告诉我这些，你这是犯纪律。"我突然明白了为什么他那么自信地放走苏莉亚。那批货的情况，还有胡纬等人的行踪，自始至终都在上级的掌控之中。如果这是个游戏的话，我想我早已经出局了。

殷望点点头，说："所以上面看人真的很准，知道你是个守纪律的人，不会乱来，所以才让我来协助你，他们知道就算我告诉你这一切，你也不会干出什么越界的事。"我苦笑着摇摇头，又坐回地上。他凑过来挨着我。"而且他们知道我不是你这种人，与其说是派我监视你，不如说是让你来管着我。"他黯然地低下头，"我是真羡慕你们，一出来就能接那么大的案子，你看看我，一直都在外围混，再这么混下去，我都不知道自己是混混还是……"

我没心思听他的抱怨，脑海中那些新的旧的信息像决堤而出的洪水，彼此激烈地碰撞着，凌乱间又仿佛看到一道亮光，顽皮地在那些狂跳的浪花里快速游动，任凭如何努力都很难将它抓住。

"秦哥，你没事吧……"殷望有些担心地问。

"别说话。"我抬手打断他，凝神沉住气，集中所有精力，终于将那道亮光按住！是的，这一幕多么熟悉，当年刘亚男不也是以通缉犯的身份在我们的对手那边卧底了多年吗？若不是徐卫东的刻意安排，恐怕现在我也不知道她的真实身份。既然刘亚男可以，为什么徐卫东和程建邦不可以？我担心自己在潜意识里替他们开脱，于是将整件事拆开重新组合了几种可能，结果每一种答案都在告诉我：他们变节是假，完成任务是真。一定是这样的！

想到这，我才发现自己不知什么时候出了一身冷汗。我想，我可能无意间知悉了本案的最高机密——既然他们三人已被内部定为通缉犯，就足以证明，他们在敌方那边已经获得了足够的信任和地位。他们一定在策划着一场大戏、一场好戏。而我要么成为台下等着喝彩的观众，要么成为这场戏幕后不起眼的一个小人物。显然，我选择后者，对我而言，只有与他们并肩作战的生命才不算虚度。

"你知不知道被内部定为通缉犯意味着什么？"我问在一旁看着我发

愣的殷望。

他观察着我的脸色，小心翼翼地说：“意味着他们已经背叛了组织和自己的使命……”

“不是这个。”

他犹豫了一下，又小心地说：“如遇到，在不能保证逮捕的前提下，允许击毙。”

我点点头：“他们三个都是和我一起出生入死比亲人还要亲的战友，出了这样的事，我觉得我有义务和责任铲除他们。”

殷望低下头，轻声说：“你也不问问上面具体怎么回事吗？你真的信他们变节？”

我冷笑一声：“我信不信不重要，如果让我遇到他们，他们愿意束手就擒，我可以给他们一个跟上级解释的机会，否则……”

他被我的目光吓到了，避开我的眼神，说：“你……你想要我做什么？”

“搞辆车，我们回去一趟。”

5

徐卫东、刘亚男和程建邦愿意顶着内部通缉犯的帽子，就说明他们做好了死在那些不明真相的战友的枪口下的准备。我清楚地知道，如果真的有那么一天，为了不让向他们开枪的战士有心理压力，也为了将来还能在其他任务中继续利用内部通缉犯这个名头，他们注定会背负着变节者的罪名埋葬在人们的唾弃声中，他们的家人也会在屈辱的阴影下煎熬地度过余生。因为这样的机密，没有解密时限。他们已经做好了牺牲的准备，这种牺牲是彻底的、绝对的。

我意识到这一次的局面太大，大到连它的边际在哪都不敢想，我第一次不敢拍着胸脯向谁保证能把他们活着带回来。我也不知道自己舒舒服服地躺在医院里的这半年，他们到底经历了什么，承受了什么。不论他们做好了多么坚决的牺牲准备，也一定想活着回来，回来看看自己的战友、亲人和朋友。我太明白那种感受了，甚至稍稍一想起，心头就像有一盆炭火在炙烤一般难挨。此时此刻，从我脑子里蹦出来的第一个念头与任务无关，我想回去，想回去替他们看看，看看那些可能要随着他们的牺牲一并牺牲掉自己一切的人。

其实，我也只能是看看。

第二天，从天津到北京的这一路，我心里出奇地平静，没有说一句话。这种平静也让殷望一直安静到进了北京市区，才忍不住问："你就不好奇我从哪搞来的车吗？"

"你就是搞来几支 AK-47 也没什么好炫耀的吧？这点事还指望我夸你几句？"

他不好意思地抓抓头："你要对你的赞美之词那么吝啬，我也不强求，可是这已经到了北京，你好歹得告诉我去哪吧？"

我看了眼车窗外说不上熟悉还是陌生的街道，一时间有些迷茫，觉得心里空荡荡的。这种感觉与以往出征时有着天壤之别。我的前方一片迷雾，而我背后，没有了后援。

我理解了徐卫东当初要和我们一起出外勤时的感受。我们只希望徐卫东能在总部坐镇，知道他就在后方注视着我们，我们死在外面都觉得踏实。如今我的身后一无所有。他当初跟妻子道别，离开家门时，也是这样的感觉吧？

我只是简单地告诉殷望左转或右转，他并没有多问，按照我的指示，把车开到了徐卫东住的小区门口。我只想在那里碰碰运气，希望能看到徐卫东的妻子，只是看看就好，不知为何我觉得这样会让我踏实。

正想让殷望靠边停车，就见门卫朝我们车内扫了一眼，竟然就示意放行了。上一次来还是半年前，我和程建邦坐在徐卫东的车上匆匆而过，没想到他竟然记得，太了不起了。如此一来，就可以把车停在徐卫东家的楼下了，这样见到他妻子的概率会更高一些。当然，我也只是远远地看看就好，我根本没有勇气去面对她，也不知道她见到我后问起她的丈夫，我该怎么回答。

殷望照我说的地方将车开到路边停好。我把车窗摇下一道小缝，点了根烟，盯着楼门发呆。时间一分一秒地过去，徐卫东的妻子始终没有出现。我也觉得自己很有可能无功而返，但还是不愿放弃。我想，远在天边的徐卫东如果知道他的部下在出征前曾替他探望过他的亲人，一定会稍感欣慰的。

当夕阳挂在小区花园里的一棵玉兰树上时，终于看到了一个熟悉的身影。那正是徐卫东的妻子。她骑着自行车，车把上挂着一个女包，车前的筐里装着几样蔬菜，一捆绿莹莹的芹菜随着车轮的颠簸颤动着。她经过我们的车的时候并没有留意到车内的我们，和每一个下班后回家的女人一样，脚步匆匆，目光恬静。在楼门口，她停下来支好自行车，一边在背包里找钥匙一边走进了楼门。没多久又快步跑出来，从车筐里拿出那些被遗忘的蔬菜，侧着身走进了虚掩的楼门。

我看着她消失的背影，在心里默默地说："我们一定会活着回来。"鼻子不觉就有些酸，我转过脸揉了揉眼睛，说了声："走。"

车没有动，扭头见殷望盯着那楼门口发呆，眼里居然有点泪光似的。我诧异地问："想什么呢？"他目光依旧呆滞。我用胳膊肘捣了他一下："喂。"

殷望一怔，四下看看说："去哪？"说着启动了汽车，挂了挡刚起步便熄了火，车子朝前蹿了一下没动窝。他嘟嘟囔囔骂了句娘，接着打火，车子又朝前一蹿停了下来。

他开了这一路肯定是犯困了，我拍拍他肩膀说："我来开吧。"下了车绕到驾驶室外要去开门，他再次发动，这一次车着了。他长舒了口气，说："我来吧。"

我用下巴指了指地面，示意他下车。他犹豫了一下，不情不愿地下了车。我将车缓缓驶出小区的大门，一路朝东开去。

"对不起，我刚才走神了，不在状态，我保证以后不会再犯。"见我不搭理他，又说，"老大，你不信？我可从来没跟人保证过什么，我……"

我狠狠地瞪了他一眼，他生生将后面半句话咽了回去，想了想，说："当然，国旗面前宣的誓不能算……对了，这是要去哪？老大，你能不能把你的计划跟我说说，哪怕一捏捏也行。"说着用大拇指掐在小拇指上在我眼前晃了晃。

我拨开他的手："我的计划是，等我回家看看，然后咱俩商量个计划出来。"我见他张着嘴巴一脸不可思议的表情，接着说："我家不远，再有……差不多十分钟就到了。"路两边停满了车，本来就不宽，还不知什么时候被挖得坑坑洼洼的。我不得不降下车速，小心地让着对向来车和右侧的施工设施。"可能得二十分钟了。"我对还在盯着我发呆的殷望纠正道。

殷望伸着脖子，看着我的脸，说："老大，你们以前执行任务就是回家看看，然后坐一块现商量计划的？"

"不是。"

他犹豫了一下，又问："那为什么这次和我就得这样？"

我扫了他一眼，一字一顿地说："因为给我制订计划的人，和跟我一起完成任务的人都变节了。"

经过了那片工地之后，前面竟然是光秃秃的一片瓦砾，我家所在的小区楼像是被整个挖走了一样不见了。一阵风起，把个破塑料袋刮过来缠在了脚上，我甩开那袋子，又有几块碎石灌进鞋里，硌得生疼。

我的家呢？

一种被整个世界抛弃的感觉，像是被施了魔法的藤蔓，从脚底这片瓦砾中长出来，瞬间就爬到心脏那里缠绕着，越来越密，越来越紧。我张了张嘴，想要吸口气缓缓。又是一阵风吹来，卷着些许沙土扑到我的脸上、眼里和嘴巴里。我眯起眼睛，啐着嘴里的沙土，觉得自己像一条被撂到岸上晒干的咸鱼。

有人拍了拍我的肩膀，将一包纸巾塞进我的手中，说："这里地面还没做硬化，稍微起点风就特别容易被沙子迷了眼。"

我说："你去车边等我，我马上过去。"

他又拍拍我的肩膀，拽起裤腿踮着脚朝路边走去。我擦了擦脸上的沙土，平缓了一下情绪，走回路边，脱掉鞋子清理里面的石子。

一个老人牵着一条已经串得不知道是什么品种的狗，朝这边溜达过来。殷望迎上前特别亲昵地打招呼。"大爷，遛狗哪，您这狗真漂亮。跟您打听个事。”殷望指着那片空地说，“这小区拆迁到什么地方去了？”

“漂亮不漂亮的，就是个伴儿。”老人笑眯眯地说，“你们找朋友？”见殷望点头，又呵呵一笑：“别找了，找也没用。”

“为什么？”

“刚拆完，谁家手里没个几百万，你现在上门，人家以为你们借钱呢。”老人见我愣愣地看着他，忙笑着摆摆手，“我多嘴了。你们还是问问工地的人吧，我一老头子哪知道这些。”

“谢谢您。”殷望对着老人的背影微微鞠一躬道谢，转过身对我说：“你等我，我去打听一下。”

“别打听了，走吧。”

“不回家看看了？”

“又不是回不来了，等我们回来再去找吧。”

“嗯，我们现在去哪？”

我摸出从沈子雄那里搜到的 U 盘递给他：“你电脑比我强，看看这里面是什么。”

殷望拿着 U 盘想了想，问道：“那个薛五是什么来头？”

“怎么突然想起他来了？”

“这几年我一直到处混，总觉得他眼熟，没记错的话，这人以前是个无赖吧？”

“差不多。”

他皱起眉头：“你那盘子也不小，你不在的时候就交给那么个人？”

我指了指车说：“走吧，边走边聊。”

薛五的确姓薛，薛五是外号。农民出身，读过高中，20 世纪 90 年代初领着同村的几个人进城承包些小工程。那时候到处都是工地，大大小小的建筑公司良莠不齐，拖着工人不发钱，完工后老板携款跑路的大有人在。所以揽工程干特别容易，但是干完活后，能否能够讨要到工钱才是那行最大的攻坚战。也就是说，你这个施工队是否强大，很大程度上取决于你能不能按时按量地要回工钱。他在当地算个地头蛇，从没担心过这些事，也没人敢招惹他。久了，越来越多的农民工愿意跟着他，他也越来越嚣张，对手下的工人特别粗暴，动辄拳脚相加。终于有一次因为口角，一拳把个五十多岁的工人的一只眼睛打瞎了。那工人是和几十个老乡一起出来打工的，出了这事后，一帮老乡分了两拨人，一拨堵在他家要赔偿，另一拨成天耗在公安局要说法。那一次折腾得他几乎倾家荡产。

施工队自然是没法继续干了，他又想出了新点子：逢年过节便召集几个兄弟拉一车烂苹果，随便找个民营工厂，开到人家厂子里二话不说就卸车，逼着工厂的小老板买下那些苹果给工人分福利。那些小老板只想安心做买卖，哪有闲心和他较劲，再说得罪了薛五这种人无异于癞蛤蟆跳到脚面上，不咬你也恶心你，所以一般情况都给钱打发他走。他倒也讲道理，只有国家法定节假日才去，平时绝不烦你。你说不要苹果直接给他钱，他还不干，一定要你收下苹果。而且只要你买了他的苹果，如果再有人来强行推销福利，一个电话，他肯定会在半小时内赶来帮你摆平，也不会再问你要钱，那些小老板就这样忍了下来。

另一方面，苹果贩子如果手里的货积压了，也会低价处理给他，所以他卖的苹果成色也越来越好。发展到最后，抛开强买强卖不说，基本算是物美价廉。

随着法制的健全，地方也加大了对私营企业的保护，他的买卖就做不下去了。在我打入那个团伙之前不久，生意失败的他经人介绍上了郭疤瘌的船。这个人脑子比一般人活泛，为人算是仗义，而且很懂得取舍，加上他跟当地的三教九流极为熟悉，很快就从一群人当中脱颖而出，升格为团伙内的中层。

我在组织的协助下成为“塔哥”后，为了尽可能省心地完成任务，清理了团伙内那些无法无天、成天惦记着做蛇头和毒品走私赚钱的人，招来了很大一部分人的不满，毕竟合法的买卖没有非法的来钱快。薛五在这个时候起了很关键的作用，人前人后表示无条件支持我，用他们听得懂也愿意听的话将底下人说得口服心服。我见他确实有些能耐，征得上级同意后，让他做了“塔哥”的副手。但他再有能耐，终究是个地痞，见过的世面有限，对我能轻松处理海上的那些事，他极为佩服。这也是我愿意重用他的最主要原因，这样的人不会做出太出乎我意料的事。换言之，我还算玩得转他，正好他也玩得转底下那些人，我倒是也轻松了不少。

我把薛五的情况介绍完，殷望撇嘴不屑地一笑，摇摇头说："我觉得这个人不靠谱。"

"我眼里就没有几个靠谱的人，所以用谁对我来说都差不多。"见他歪着脖子瞪我，我忙补了一句，"咱们自己人除外。"他满意地点了点头。

殷望带着我来到天桥附近的一个防空工程改造的地下室。推开大门，一股霉味迎面扑来，我屏住呼吸闭上眼适应了一下里面的空气和光线。一条黑黝黝的通道看不到头，一边是墙，一边是密集的房间，门与门之间最多也就五米的样子。到处堆着杂物，中间只能容一人通过，我跟在殷望身后七拐八拐地走着，他对这里很熟悉，根本不用看脚下，敏捷地避开那些杂物大步往里走。

那些房间的每扇门下都有一个通风口，有些隐约透出灯光，有些能听到里面轻微的声响，还有几声劣质吉他的破音在回荡。出于职业敏感，我一路寻找着出口，但拐了好几个弯才发现，没戏。

殷望在一扇门外停了下来，左右看看，从墙角的砖缝里抠出一把钥匙打开门。他摸索着走进黑黢黢的房间，打开了一盏台灯，对我摆摆手："请进。"

我站在门口看了眼，屋内有一张单人床，寝具简单但收拾得极为整洁。一张小桌子紧挨着床，桌上只有一个烟缸。

"进来啊。"他对我甩了甩头。

我走进屋子，在他示意下坐在床上。他一手扶着床头，一手从床底拖出一只箱子，箱子上堆放着几双鞋和几本书，他挪开那些杂物，从箱子里取出一台笔记本电脑，抬头得意地笑笑，小声说："别看我这窝小，设备可全。"

这时就听门外有人在大声说话，是个男人在打电话："喂，刘总吗？我是冯总……呵呵呵，那块地有戏，现在对方想验资……哎呀不是我不相信你，毕竟是上亿的生意，对方还是想看看您的实力……"

我忍着笑跟殷望对视了一眼。就听另一边又传来另一人激情高亢的声音："真不好意思，您提出的修改意见我不！能！接！受！你们这种收费模式会影响到整个网站的客户体验！完全违背了当初构想这个项目的初衷……喂……喂……"

"我的邻居厉害吧。"殷望小声说。

"嗯。"我认真地点点头，"看出来了，您这里卧虎藏龙，都是干大事的。那能不能麻烦先处理下我们的小事？"

"欲速则不达。"殷望打开电脑说。

趁他电脑开机的空当，我又打量了一下屋子，问："你平时住这儿？"

"都说了，我是混外围的，下到北京的地下室、东北的窝棚，上到西湖的高档公寓汤豪斯，处处都是我的家。身在江湖漂，心向党中央。"他越说越高兴，站起身将手放在胸口上，"一颗红心永不朽，牛逼闪闪放光芒……"他一低头，见我冷冷地盯着他，忙嘿嘿一笑坐回床上，拿出U盘接到了笔记本上。

屏幕上跳出一个全英文的窗口，殷望皱了皱眉头说："这是一个需要连接互联网的程序。"

我扫了一圈墙角："这里没通网络吗？"

"有。应该欠费了……"他从床下摸出一根网线甩了甩，"好久没来了。"他将笔记本屏幕冲着我，弯腰插上网线接口说："要不你等等？我去缴个费。"

网络连接图标闪了两下，显示连接成功，我不太有把握地指着屏幕说："这应该是连上了吧？"

殷望歪着脑袋扫了眼屏幕："咦？奇怪，我都两个月没来了。"他快速地敲击着键盘，眉头跟着皱了起来，那神态像极了一个人。我正盯着他的脸，回忆他到底像我记忆中的哪个人时，他猛地扭过头说："这是列夫的邀请函。"

"列夫？"我一把将他推开，凑到电脑屏幕前，屏幕上显示着一段英文，我看了半天找不出几个眼熟的单词，只好求助地看向殷望。他正咧着嘴揉脑袋，我刚才太激动用过劲了，硬是让他的头撞到了墙上。

我抱歉地说："你还好吧？我刚才有点着急了。"

他揉着脑袋说："老大，你这样真的不好。再这么下去，我可能得死在你的手里，还是意外。这种死法连个烈士都评不上，你说到那个时候我得多冤。"

我自知理亏，只能赔着笑脸看着他。他没好气地瞥了我一眼："你笑得真假。"他看着屏幕，说："就是一封会议邀请函，需要填些资料传回去。"又敲了几下键盘，他眉头再次锁在一起。"看来在我们之前，这份资料已经经手了三个人，第三个就是沈子雄。"

"那前面两个是谁？"我凑过去看着满屏的英文问。

"没留下信息，看样子这东西最初并不在沈子雄手上，它先后被换了三次手。到他手上后他上传了自己的资料，之前两个人的详细资料被自动清除了，只剩下编号。如果我们现在再上传一份资料，沈子雄的也会被清除掉。"

"那沈子雄都留下了什么信息？"

殷望摸着下巴说："只留下名字，详细资料他加过密，我搞不定。"

我问他："你听说过列夫吗？"

殷望点了点头："据说是俄罗斯最大的毒枭。但是没人见过他，这个人和俄罗斯的黑手党、车臣的恐怖分子以及很多非法武装都有瓜葛。"他又揉着脑袋看我："那你也不用那么激动吧？"

"因为我之前任务的目标人物就是他。"

殷望扑哧一下笑了："我说说我的看法，幼稚的话你别笑话我。我觉得这事真的不用认真，中俄两国起码有十多个特工部门每年的目标人物 TOP10 里都有他，一直就没出过前三，而且……"他用下巴指了指屏幕。"这东西传出来以后，你看看多少人卷了进去？沈子雄丢了命，他之前那两个肯定早成了孤魂野鬼。我没猜错的话，周亚迪那儿应该也有一个，你等着瞧吧，他这关是过不去了。我觉得列夫放出来这东西，就是为了先让沈子雄、周亚迪这些人自相残杀。说好听点，这些人是列夫的合作伙伴；说白了，都是他的竞争对手。毒品这东西从来不缺产量和市场，只有垄断并取得定价权和销售渠道才是王道。就算最后有些幸运的毒贩没有丧命，拿着这东西美滋滋地去列夫那里领赏，到时候人家一收网，全灭了，整个东半球的毒品市场都在列夫手里了。”他一口气说完，又嘿嘿笑着说，“我就是随便一说，也不知道对不对。”

“对。”我轻轻点头，“他们争夺的一直都是运输和销售网络。”我叹了口气，低下头用力揉着太阳穴，明显觉得脑子不太够用，我一边琢磨着他的这番话，一边权衡着一旦利用起这个U盘后的利弊，不禁觉得有些孤单：除了面前这个没有正式执行过任务的殷望之外，连个可以商量的人都没有。

殷望见我认可了他的想法，点了根烟继续说：“如果你按照提示，把你的信息全撂了，列夫那边收到以后有的是办法坑你。况且这东西流出来这么久，搞不好上面已经掌握并监控了，估计现在我的IP地址已经被盯上了，马上就有特警或者便衣来踹门了。”

他话音刚落，只听“咣”的一声，房间门真的被人从外面打开了，门重重地摔在墙上，又是“嘭”的一声巨响，惊得我和殷望同时“腾”的一下站了起来。

只见一个穿着西服套装、蹬着高跟鞋、大概二十出头的女孩子大步跨了进来。她戴着一个胸卡，因为逆着光，一时间看不到上面的内容。她扫了我一眼，就瞪向了殷望。我全神戒备着，只等着策应殷望的任何动作。哪知殷望像只猛然见到猫的老鼠，慌张地四下乱看，恨不得找个出口逃走一样。那一瞬我明白了，殷望是认识这女孩的，而且是很熟很熟的那种。

唯一的出口就是那道门，被那女孩封死了。殷望换了副笑脸迎上去，还没说话就见那女孩抬手扬臂，“啪”的一声脆响，给了他一个大嘴巴。殷望的脸被那一记耳光抽得偏到我这边，我感同身受地咧了咧嘴，给了他一个同情的眼神。

“徐明，你没死啊？”那女孩子怒目圆睁暴喝道。不等殷望回答，她又说：“一声招呼不打，就玩失踪？”

殷望上下看了那女孩一眼，歪着嘴赔笑说：“你胖了。”不等第二个嘴巴过来，忙正色说：“不是，我有正事。”瞬间又换了副哀求的笑脸求着："你还在上班吧？要不你先回去工作，等忙完我马上去找你。"

"正事？"女孩看了眼殷望的笔记本，一把扭住他耳朵，殷望龇牙咧嘴地喊起疼来。女孩冷笑着说："你能有什么正事？"又冷冷斜了我一眼，"我看你也不是什么好人，就是你们这些乌七八糟的人渣把他带坏的。"

"不是……这位小姐，你看……"我正想解释几句。就听她说："看什么看？你叫什么？干什么的？"

"我叫秦川，我是……"我也不知该怎么介绍自己，眼巴巴地看向殷望。

殷望弓着身子，捂着被揪住的耳朵挣扎着抬起头说："我们真有事，正经的大事，涉及国家安全的……"话没说完，就被那女孩"呸"的一下啐了一口。

殷望擦着脸，嚷嚷着："你给我松开，不然别怪我……"

"别怪你什么？怎么？你还想打我？"见殷望闭了嘴，女孩说，"我就知道你会回你的狗窝。"她松开了殷望的耳朵，指着笔记本电脑，"你的网费是我给你交的，我就看看你什么时候上，你忘了我是干吗的了？"

"你是你们公司的年度金牌员工，年终奖都比别人多一倍……"殷望揉着耳朵，用懊恼的眼神看了看我。

"你少给我转移话题，你跑哪儿去了？你不是答应我要找份正经工作的吗？我又没嫌弃你没工作没学历没钱也没房，你至少要上进吧？你现在这个样子，让我怎么跟我父母说，你让他们怎么放心把我交给你？你知不知道我的好多小姐妹都在等着看我的笑话？"她连珠炮似的说完就转过脸哭起来。

我无奈地看了眼殷望，知道自己此刻非常多余。我拿起桌上的烟和打火机，指了指门外："我去抽根烟，你们聊。"出门的时候，我扫了眼那女孩子戴的胸卡，她笑盈盈的大头照片下面有两个字：白杨。

6

门外两边站着三四个人，都竖着耳朵一脸幸灾乐祸的表情。见我出来，他们装作路过，各自散开回了房间。我伸手把门关好，靠着墙站在阴暗的过道里点了根烟，回想着殷望刚才说的那番话——列夫出于利益考虑，完全有可能做出这样的布局，那么这个U盘不仅没什么价值，而且会给我带来杀身之祸。眼下老徐、建邦和刘亚男都上了内部的黑名单，上级又不愿让我继续这个任务，如今我只有两条路——要么服从欧阳刚的命令继续以“塔哥”的身份活动，保持随时待命的状态；要么服从徐卫东的命令，继续目标人物为列夫的案子。

思来想去，还是理不出头绪，越想越烦，将烟头狠狠地摔在地上，用鞋底使劲踝了几下。粗糙的水泥地上，未燃尽的烟草、烟灰、烟纸被踝成了一片黑灰色的残渣，混在一起分不出彼此。我眼前陡然一亮！老徐他们上了黑名单的事，欧阳刚并没有对我提及，按道理以我和他们的关系，不仅要彻底回避此案，哪怕是有间接联系的任务都要回避才是。欧阳刚却让我继续以“塔哥”的身份出现，这种稀里糊涂的安排根本就不像是欧阳刚这样级别的重要领导做出来的，那么我可以理解为他顶着压力默许了我继续跟进列夫这个任务的事。就像当年徐卫东顶着压力让我重返金三角一样，只不过，这一次欧阳刚的压力更大。

我想起徐卫东的一句话，他负责在两难时做出决定，而我们只需服从命令并执行就好。

那么，欧阳刚做出的艰难决定就是给我一个相对自由的空间，让我去决定做什么。我要做的就是从混乱中理出头绪。我慢慢地蹲了下来，盯着那团黑灰色的残渣，昏暗的光线下，只要你愿意去辨认，还是可以辨别出哪个是烟灰、哪个是烟丝的。我吹了一口气，残渣飘散开来，一片漂浮的渣灰扎进了我的眼睛，我下意识地闭上眼，对自己说：不能急。

渣子刺激着眼球，随之分泌出眼泪，我眨眨眼，异物挤出来了，眼前和心里都一片雪亮。

听见一声门响，我忙抬头，见白杨抹着眼泪走了出来。她看了我一眼，还撇着嘴，却掩藏不住眼睛里的笑模样，娇嗔地回过头朝屋内瞪了一眼：“你真讨厌。”说完噔噔噔朝外走了。

殷望站在门口吃惊地看着我，不等他让，我自顾自走进屋。他一边去关门一边说：“厉害吧，连你都感动哭了吧？所以人的变数是最大的，你别看她来的时候气势汹汹的跟个悍妇一样，这才几分钟，还不是恢复成一个沐浴在爱河里的小姑娘了吗？”

我擦了擦眼角：“我对你的私事没兴趣，也不知道你刚才和人家说了些什么，我这是……”

“知道知道，风吹沙子眯了眼。”

“不是沙子，是烟灰。”

“你说是什么就是什么。”他指着电脑屏幕问，“这个你打算怎么处理？用不用问问上面的意思？”我摇摇头。他看看我脸色，说：“你要是想跟这条线，我无条件服从……对了老大，你到底想怎么干？”

“我想找到他们，把他们带回来接受处罚。”

殷望眼睛一瞪：“你一个人想把他们三个带回来？那三位随便挑一个出来你都……”

我接着他的话说：“你想说我不是他们对手吧？没关系，带不回来，我就亲手解决他们，要么就被他们解决。”说完瞥了他一眼，眼神接触的一瞬，他浑身微微一颤。

我见气氛变得有些冷，扯开话题说：“那女孩不错，你说你一天到晚吊儿郎当的连个正经工作也没有，还住在这种地方，人家都没嫌弃你，我都被感动了。”

他很快恢复了小混混的样子，一甩头说：“还不是贪图我的美色！”见我只是静静地看着他，他低下了头：“我知道这事违反纪律，可有些事机缘巧合，我也没办法不是？”

我说：“我补充一下，于私，我对你的私事没兴趣；于公，你的思想政治工作不归我管。”

他定定发了会呆，垂下眼皮说：“我知道她是个不错的姑娘，可那又能怎么样？我能怎么样？你想让我怎么样？”

我愣了一下，才反应过来他把我的玩笑话当了真，不禁有些懊恼。换作程建邦，遇到这样的事，几句玩笑就过去了。可现在对面的是殷望，我们没共过什么事，贸然拿这事开玩笑确实有些过头，我赶紧解释：“你别误会，我就是……”

他神情落寞地说："也许她爱上的只是那个不务正业叫徐明的人。你知道徐明是什么人吗？是个还讲点哥们义气、无亲无故的混子。说是爱也许不准确，可能是同情呢？我接触她也是为了任务，我和她发展到这一步也是因为任务，现在那个任务完成了，可是我呢？"说着说着他呼吸急促起来。"你们的任务都是境外，真刀真枪干脆利索。我们这种外围是什么情况，你知道吗？说让我去接触一个女孩子，我就得去接触。说让我和她发展恋爱关系，我就得发展。说任务完成，我就得结束一切去接受下一个任务，可真的能结束吗？你们经历过这些吗？你们知道伤了别人还不能解释一个字的那种无奈吗？"

我看着他潮红的脸，只见他的嘴巴张张合合地说话，却什么也听不到。我的思绪好像飞行在与这里完全平行的另一条航线上，一张张熟悉的面孔和现在想起来还依然清晰的感觉像是迎面的风一样，凶狠地、不停地拍打在我的脸上。

"你没事吧。"殷望拍着我的肩膀，把迷失在记忆中的我唤醒。我回过神来看了他一眼，摇摇头。他有些不好意思地低下头："对不起，我没控制好情绪。老大，给我说说你们的事吧，我知道我刚才说的那些你一定也经历过，我相信我的这些事和你的比起来，根本就是小儿科，不如你教育教育我？"

我笑着摇摇头，指了指屏幕："把我的资料传上去吧，无论如何，我不想放弃这条能和列夫联系上的线。"

殷望有些失望，犹豫了一下，还是坐回到电脑边按照我的指示，将我"塔哥"的身份资料传了上去。

不是我不愿意告诉他那些事，只是人的有些经历就是厚重到无法言说，每一个字、每一次停顿都能渗出血。

和殷望拟订接下来的计划时，我才发现我和他的信息极不对称。他掌握的大多是类似江湖传闻的信息，其中不乏他片面且主观的解构。而我这边，哪怕跟他解释周亚迪和胡纬的关系都费了好大周章。当我们的情报整合再一次陷入僵局时，他提议我们找个地方一边喝点小酒，一边深度"勾兑"。我想那大概是他最舒服的沟通方式了，只好表示同意。

我拿着 U 盘说："不如把这个毁了，丢了也不怕被人替换了。"

"上面说得很清楚，这个才是你的实物入场券。"

我无奈地笑笑："俄罗斯人是有点儿死心眼。"

等殷望锁门的工夫，薛五打来了电话："塔哥，我没事了，姓周的把我放了。塔哥，我对不起你，给你添麻烦了。"

我安慰他说："人没事就好。"

薛五在电话那头迟疑了一下，说："塔哥，不管怎么说，这次因为我让你损失那么多钱，还丢了面子，我一定帮你争回来。我记得姓周的样子，就是追到天涯海角也一定抓到他，让他把吞了你的东西加倍吐出来。"

"你踏踏实实在家等我，我忙完手头的事就回去，还有正事要办。"这时从过道那头走来一个人，我尽量靠近墙给他腾出过道。

薛五带着哭腔在电话那头恳求："塔哥，我听你的，但你一定要给我机会补偿，不然我没脸面对你。"

"你千万别冲动，其实只是损失个几百万而已，都是身外物，你一定要等我回去再说，明白吗？"过道里那人几乎蹭着我的身体往前走，听到我口中说出"几百万"三个字时，那人上下打量了我一眼，嘴角不屑地撇了撇，终于蹭过我，走出两步还不忘回头冲我嘲讽地笑笑。

"好。"我应付完薛五，殷望也终于将他的屋门锁好，临了又用力推了几把，四下看看，找了道墙缝把钥匙塞好，一挥手："走。"

7

我跟在殷望身后往外走，问："刚才的资料确定上传成功了？"殷望"嗯"了一声。

这时手机在口袋里无声地振了一下，我摸出来见屏幕上提示有一条没有号码显示的信息，心中一惊，通常这种情况多半是内部人员用普通电话加密之后发送的。这时殷望推开了地下室的大门，一股清新的风迎面扑来，顿觉神清气爽。

我刚打开信息，就见门口站着一个人，居然是欧阳刚。

“首……”我四下看了看，确定没有其他人之后，轻声说，“首长。”

欧阳刚面色凝重地看看我，又看向殷望，问：“你们怎么在这里？”

殷望嘟囔着：“这是后勤批给我的众窝之一，应该我问您怎么在这里才对吧。”

这个殷望真是什么时候都没个正形。趁他们说话，我低下头去看那条信息，只见手机屏幕上显示：

“不要信任何人，执行你的任务。——老徐。”

我按捺着狂跳的心脏盯着屏幕愣了一秒，定了定神，余光发现殷望也在看我的屏幕。我将信息删除，抬起头与殷望一对视，他快速地避开我的眼睛，对欧阳刚说：“我们……”

欧阳刚面色阴沉地说：“跟我回去。”走了两步，见我们都没跟上的意思，转过身说：“怎么？还让我请你们？”

时间在那一刻似乎停止了，我和殷望静静地站在地下室的门外一动不动，欧阳刚就在距离我们几步远的地方看着我们。凭借着这些年锻炼出的敏锐嗅觉，我闻到空气中有一股非同寻常的紧张气息，这种味道不仅来自我们三人，还来自藏匿在这四周暗处的数十个同样紧张的人。那是欧阳刚安插在这里准备“带”我们回去的帮手。

“有什么新的指示吗？”我试探地问。

欧阳刚用下巴做了个示意：“嗯，回去再说。”

既然首长这么坦诚，我想我就没有必要藏着掖着了，笑着指了指最可能埋伏人的几处方向，说：“让我们回去还不是您一句话的事，用不着摆这么大排场吧？”

欧阳刚扯着嘴角笑笑，说：“大家都是一个部门，没什么说不清的。就别麻烦别人了，一来让外人看笑话，二来……性质就变了。”

殷望冷笑着说：“变成什么了？变成内部通缉了？”

欧阳刚眼皮微微一垂，脸上依然带着微笑：“看这意思，非得撕破脸皮了？”

我问：“我们做错什么了？”

欧阳刚叹了口气：“你们跟我回去，我们可以坐下来慢慢研究这个问题，否则你们会被禁毒局的特警缉拿归案。”

我的心一沉：“禁毒局？你的意思是我们贩毒？”

“你们没时间了。”欧阳刚抬起手腕盯着手表。我和殷望同时往后退了两步，大约十秒的时间里，我刚点出的几处地方猛地蹿出七八个身影。令我心里一震的是，这些人都穿着缉毒特警的制服，手里都端着微冲，枪口对着我们扇形包围上来。包围圈快速地收缩着，眼看离我们最近的只有不到十米了。

“飞碟！”殷望突然指着远处的天空大声喊了一嗓子。这一下别说正准备包围我们的那几个缉毒特警，包括欧阳刚都下意识地朝空中望去。就这么一瞬间的空当，殷望飞快地打开了地下室的铁门，一把把我拽了进去，迅速把铁门“咣当”一声关住，放下铁杆反锁了，一招手说：“跟我走。”随后像只猫一样朝昏暗的过道深处钻去。在我们拐过第一个弯道时，就听到那道门被暴力拆解的声音，凌乱的脚步声跟了进来，听上去离我们也就十几米的样子。

殷望对这迷宫一样的地形非常熟悉，三下两下就将身后紧追的缉毒特警甩出一段距离。我问他：“你知道多少出口？”

我们拐进一条房屋间隔更加密集的过道时，殷望停了下来，摸出电话来迅速地发了一条短信，才喘了口气说：“我们要找个他们不知道的出口。”他对着一排屋门摸着下巴琢磨了片刻，自言自语：“应该就是这其中一个，赌一把。”上前握住其中一扇门的把手，前后一晃猛地一推，门锁“啪”的一声被拽开了。我跟他冲进屋，尴尬地转过了脸，那是一对光着身子的男女。那女的一把将那男人推开，捂着脸，用我辨不出的方言哭着说：“老公我错了，是他逼我的……”

殷望四下看了看，说：“不是这间。”我先退出了房间，听他还对屋内的男女说了句“不好意思，你们继续”，说完还把门给他们带上了。

他又走到另外一间门口，正要踹门，我一把拽住他：“你认清没有？别再弄错了。”

“错不了了。”他一脚将门踹开钻了进去。一个也不知道是男是女的长发青年正盘腿坐在地铺上，怀里抱着一把吉他，左手还按着弦，右手捏着支笔，张着嘴茫然地看着我们。

这个几平方米的房间里除了地铺、一个煤气炉和一个锅之外，就是堆在墙边足有一人多高的“挂面墙”和“榨菜墙”了。殷望哈腰笑着说：“大哥，作曲呢？您忙您的，我们找点东西，马上就走。”伸手将那堵“榨菜墙”推倒，只听“哗啦”一声，上百包榨菜撒了一地。殷望用拳头在露出的墙面上敲了敲，听到一声空响后，扭头对我一笑：“就这儿了。”我上前对着那个点就是一脚，墙上“哗啦”出现一个大洞，外头竟然是个挺大的停车场。

殷望对我一甩头：“你先出，我断后。”

我钻出去刚站稳，迎面停着的那辆车的车门开了，下来的人竟然是白杨。她困惑地看看我，又看看那个洞，一把推开我朝洞口看去。殷望正拿着一沓钱塞给那个长发男，说：“不好意思，我这有几百块，您别嫌少，拿着换个装修风格吧。将来您红了记得给我签名啊。对了您叫什么？在下姓……”

“徐明！”白杨喝道，“你干吗呢？”

殷望朝外张望了一眼，用一副不可思议的神色对我说：“这么巧？”又回头跟那位艺术家告别：“兄弟再会，真是对不住，你看我女朋友催我，我就失陪了。都不容易，找个女朋友更不容易。”

“徐明！”白杨又大喊了一声。

殷望低头钻出来，拿起被我踹掉的那块板子想装回去，刚一松手，板子就掉了下来，屋里那长发男的脸色更茫然了。殷望将头伸过去还要说什么，耳朵已经被白杨一把揪住：“我问你，你又出什么幺蛾子呢？”

殷望弯着腰，咧着嘴说：“工作，工作。”

我四下看看，缉毒警还没有追来，想起之前老徐发给我的那条短信，让我不要信任何人，那么这个“任何”当然也包括殷望。我对殷望说了声“再见”，正想找条路逃离这里，殷望甩开白杨一把抓住我，另一手揉着耳朵，说：“你这样是出不去的。”

“我想试试。”我甩开他的手。

殷望再次抓住我的胳膊：“我看到老徐那条信息了，不让你信任任何人。你别把我当人，当我是条导盲犬，帮你离开这里以后，你把我一扔就行。”他对白杨一偏头说：“开车送我们出去。”

“凭什么？”白杨瞪圆了眼睛往后退了一步。

殷望放开我，走过去紧紧贴着白杨说：“帮我个忙，可以吗？”

白杨被逼得靠在车头上，整个身子都向后仰去，脸通红地喘着气。我叹了口气：“咱能中断一下，换个地方腻歪吗？”这时艺术长发男已经站了起来，跟个北京猿人一样佝偻着腰，扒着洞口看着他俩。

白杨一把推开殷望，摸了摸自己的脸：“上车。”又啐了一声，嘟囔着：“老天瞎了眼，怎么让我摊上这么个玩意？”

我和殷望趴在车后座上，白杨开着车驶离了停车场，在殷望的指引下朝北驶去，一路竟然没有遇到任何阻碍。殷望拿出手机设置了几下，重启后又对我说：“把你的手机给我。”见我疑惑的眼色，他压低声音说：“得取消定位，不然开着机跑到哪他们也找得到。”我才想起这茬来，赶忙把手机交给了他。他设置的动作很快，而且打开的界面是我以前不曾见过的，这让我多少有些尴尬。我想起出院那天由欧阳刚主持的那场比赛，与其说我是输了，不如说是被人蹂躏了一顿。

挫败感再一次涌上来，觉得自己像是一部老旧机器，笨重、迟钝，而且单一，马上就要被淘汰了。

殷望摆弄完把手机还给我，大约看出了我的失落，压低声音说：“这个我是经过特训的，加上自己没事也爱琢磨。你别觉得是个人都会，我天赋异禀来着。”

“搞定了？”我晃了晃手机说。

“放心吧。”殷望对我扬扬眉毛，猫着朝外看了看，“嘿，要出城了，真顺。”

我也抬起头来朝外一看，见车已经上了八达岭高速，问白杨：“刚才出停车场，没看到有人查车吗？”白杨从后视镜里白了我一眼，继续盯着车前的路。我讨了个没趣，看了眼殷望，说：“找个地方把我扔下就行了。”

殷望朝车后窗不知在看着什么。我回头一看，大概五百米外有两辆车正灵巧地避闪着车流，飞速朝我们追来。我和殷望对视了一眼，几乎同时对白杨说："靠边停车。"

白杨从后视镜里看了我们一眼："怎么了？"

我正想说话，被殷望拦住，他说："没听见胎压报警吗？右后轮胎亏气了，不换的话容易爆胎。"

白杨连忙减速靠边，殷望见她下了车，手在座椅上一撑伸出大长腿一下往前蹿蹭到驾驶座上，他顾不上坐正就松了手刹。没想到白杨反应极快，敏捷地在车启动的那一刻一把拉开后车门，不顾车正在往前蹿，硬是钻了进来。殷望只好减速，低声喝道："你不要命了？"他在后视镜里对我使了个眼色，我会意地点点头，在他加速的同时，伸过手帮白杨扣上了安全带。

白杨狠狠地在我手上打了一把，伸头对殷望说："徐明你个王八蛋，你到底想干什么？刚才出停车场我看到了，地下室门口全是警察，都拿着枪。你们到底犯了多大的事？至于人家搞出那么大排场来？"

殷望微微转了一下头，那两辆车已经追上来了，其中一辆与我们并排疾驰的车上，副驾坐着的是欧阳刚，他狠狠地"钉"了我一眼。主驾上开车的是个身着便衣的人，那人扭过头与我对视了一下，我只觉眼熟，一时又想不起在哪里见过。形势危急，容不得我多想，我回过头看了眼后面的车流说："保持这个速度，你有七秒时间脱困。"

"五秒就够。"殷望猛地朝左一打方向盘，在车身就要碰到欧阳刚那辆车头的瞬间，又猛地朝右打方向，车尾便重重地朝欧阳刚的车砸去。那辆车急忙向左避让，这正中了殷望的圈套，殷望猛地一脚刹车，那辆车的车头不偏不倚地撞到了我们的车尾，瞬间失了控，转了几个圈才蹭着隔离带停了下来。

殷望猛加油，快速驶离了欧阳刚的那辆车。我回过头，见另外一辆车也停了，下来几个人一面指挥后面的车辆避让，一面查看着欧阳刚车内的情况。

殷望指着前面一个弯道说："拐过前面那个弯，有山挡着他们看不到，你们俩找机会下车，我负责把他们引开，等甩了他们再联系。"不等白杨嚷嚷，他扭头对白杨喝道："你闭嘴。"白杨吓愣了，生生把到嘴边的话咽了回去，吃惊地看着殷望。眼看着就要拐过那个弯，她说："好，但你总得告诉我那些警察为什么追你吧。"

殷望将车速降下来，瞥了我一眼，说："因为我们贩毒。"他将车靠边停了下来。"下车，快。"他看着我，用下巴指了指白杨。我明白他是要我照顾好白杨，于是对他点点头。

我伸手打开白杨那边的车门，解开她的安全带，把她推下了车。她还没站稳就想回身打我，我跟着跳下车，一把把她扛起来丢到护栏外。回头见殷望从车窗伸出一只手对我挥舞了几下，车子轰鸣着朝前蹿去，很快消失在下一个弯道。

"警察就快来了，你知道什么如实告诉他们就好，他们不会为难你。"我观察了一下地形，拨开树枝朝树林深处钻去。跑了几步听后面有动静，见白杨一步不落地跟在了后面。她见我停了下来，喘着粗气说："你告诉徐明，这次他别想把我甩了。我不管你们是毒贩子还是人贩子，我要他当着我的面说清楚。"她低头将鞋跟塞进脚下的一道石缝用力一别，生生将鞋跟别断，把两个鞋跟都弄断后，看着我说："跑啊，姑娘我单人独步穿越德拉肯斯山的时候，你们别说贩毒，抽根烟都得背着大人呢。"

"德什么斯？"

"说了你也不知道。"她不耐烦地一摆手，"快走啊，我告诉你，见不到徐明别想把我甩掉。"

眼下不是一个讲道理的好时机，而且她只是个无辜的痴情小女生，把她打晕丢在路边实在不合适，我只好扭头朝树林深处继续狂奔。白杨的确不一般，但在林子里跟着我快速跑了两三公里之后，她就吃不消了。听着她破风箱一样的呼吸声，我知道她体力已经到了极限。

如果徐卫东没有给我那条短信，此时我恐怕已经被控制了。要是真像殷望说的那样，组织已经给老徐他们三人定了性，那我现在跟欧阳刚回去，上级一定会暂时把我隔离起来，一直到一切的一切水落石出。但没人知道那是多久以后的事了。

被人困在荒山野岭追这种事对我简直就像家常便饭，只是这一次我感受到了从未有过的惶恐和害怕，因为追我的是我的上级。我要去继续的，是一个已经被内部定性为变节者的人交给我的任务。

第一次，我分不清敌我，甚至认不清自己到底处在什么位置。我不敢去想象自己宁可相信徐卫东的一条短信，也不愿意相信代表着组织的欧阳刚这种事。因为我知道，我只要那么想了，答案就会毫不留情地把我击毁。这是我从未面临过的危机，不论我选择相信哪一边，都面临着永不超生的毁灭。我突然发现自己如此无力，就连保持身体平衡都变得艰难，那是一种连呼吸都想放弃的绝望。整个世界像是被我内心的孤独和绝望所感染，变成一块无边无际的巨石黑沉沉地压了下来。

我强迫自己大口地呼吸，想让昏昏沉沉的大脑保持着基本的清醒，但越是使劲，头脑越是混沌。就在这时只听“嗡”的一声，一根树枝抽到了我的脸上，差点就扎进了眼睛，火辣辣的疼痛让人清醒起来，我放慢了脚步，四下张望着。

天色已经暗了下来，这样的光线下，在这样的地形上再快速移动是非常危险的，我看了眼几米外的一道深不见底的山沟，不由得倒吸了一口凉气。刚才若是一味地昏昏沉沉地跑下去，随时都有可能失足跌落下去。

好在后面并没有人追来，只要我自己没问题，远离了公路暂时就算是安全的。我看了眼上气不接下气的白杨，说：“歇会儿吧。”

白杨弓着腰，一手撑在膝盖上，一手捂着肚子大口喘着气，说：“不……不用，我跟得上……”

“我想甩你早甩了，趁着现在你还没有卷进这件事，上前面找个村子，你去报警，他们会送你回家，保险公司会赔你的车。我答应你，等过了这一段，一定会带着徐明来见你。”

白杨摆摆手，说：“不行，我信不过你。要么，你把我杀了。”说完，她绷紧了脸直起腰往后退了几步，摆出跆拳道的开场动作原地跳了几下，做了个标准的下踢动作。我赶忙说：“好厉害好厉害，我怕了你。”

白杨审视地看着我，暂时放松下来，说：“徐明怎么样了？你联系一下他。”

“他安全了会联系我的。”我摸出手机看了一眼，“你不回家，家里人不担心吗？”

“我打过招呼了，今天可能不回去了。”

我点点头：“嗯，那你家里人知道你和两个毒贩在一起吗？”

白杨赶紧纠正：“是一个！徐明不可能做那种事，他好到什么程度我不知道，但是他能坏到哪，我心里有数。”她抬手一指我鼻子：“他就是被你们这些人带坏的。”

我避开她的手指，笑着说：“你很了解他？”

“他是个好人。”白杨望着山脚下村庄亮起来的灯光，幽幽地说，“你们这些人就是想利用他的善良和义气才靠近他的，他就能招来你们这些人。”她扭头看着我：“你笑什么？如果我说错了，你告诉我刚才为什么引开警察的是他不是你？他就是那种愿意为认识一天的人不要命的傻瓜，你们凭什么这么利用他？”白杨激动地吸了吸鼻子，双臂抱住自己蹲了下来。

“你挺了不起的，现在这么注重内涵的姑娘不多见，他连个正式工作都没有……”

她抬起头愤愤地说：“内涵？善良仗义的人多了，我看你也挺仗义的，看得出也很善良，可那又怎么样？你没他帅，所以你这样的长相就算比他善良一千倍、比他仗义一万倍，我都懒得多看你一眼。”

我忍不住地就想笑，见她一副想哭又好强硬着脖子的样子，又憋了回去。对她，我很是同情，同时又实在无话可说。难道要告诉她：你的男朋友其实不叫徐明，他是秘密部门特案组的探员，他一直都在执行组织交给他的任务，就连当初与你结识也是因为任务需要吗？

我叹了口气摸出烟，将头埋在外套里挡住打火机的火光将烟点燃，蹲在一边抽了起来，心里说不出是什么滋味。不得不承认，我又在想念苏莉亚，只是那美好的记忆就像这香烟燃烧飘在空中的烟雾，我还来不及看到它那优美的线条，就被不知从哪里来的一股风吹散了。

“我休息好了，我们走吧。”白杨站起身说。

“光线不好，看不见，安全起见还是别动。”

“难道我们要在这儿待到天亮吗？”

我就势坐在地上，说：“对。”

“天亮就天亮。”白杨一副既来之则安之的样子，蹲在我对面摸出MP3把一只耳机塞进耳朵，偏头的时候看看我，说，“徐明他……他不会被警察抓住吧？”

“难说，高速路全封闭，警察想设卡很简单，就算他弃车和我们一样徒步，有他丢弃的汽车当坐标，警察也很容易找到他。”我抽着烟不紧不慢地说。其实我知道以殷望的素质，想要摆脱警察的追踪并不难，我只是想让白杨放弃那些少女才会有的不切实际的幻想，乖乖回到父母身边去。不料她说：“不可能，他那么聪明，既然他说要帮我们引开警察，就一定知道怎么办。”

我轻叹了口气，说：“他真的是毒贩，而且是他拖我下的水。他想让我帮他运毒，因为我在天津的港口有几艘船。不信你可以去天津打听打听‘塔哥’，那就是我，所有人都知道，我不碰毒品。”

“塔哥？”白杨不屑地撇撇嘴，“既然这么厉害，你能被他这样一个小角色拖下水？”

“你不是说他特别好吗，那么好的人我哪能怀疑？我也是刚知道，他在贩毒。”

白杨被噎住了，赌着气说：“我不管，反正我不信……你是不是和他联系一下？”

“你没他的电话号码吗？”

“他老换号，记不住。我的手机落车上了。”

我把手机递给她：“也好，如果他被警察抓了，你打过去后，手机就会被警察盯住，他们很快就能找到你的位置。”

她看着手机犹豫着：“那我觉得不对就关机，我看他们上哪找我去。”

“找不到你就会去你家里，去你单位了解情况，那时候就热闹了。”我幸灾乐祸地笑起来。

“你……”她气鼓鼓地瞪我。我忙说：“你放心吧，我心里有数，我保证会让你见到殷……徐明的，前提是你要听我的。”

“好，但是见到他之前，你不能甩掉我。”她黯然地低下头去，“不然我不知道什么时候才能见到他。他每次说消失就消失，短的十多天，长的几个月。他不能再这么混下去了，不然这辈子就真毁了，就算他真犯了法，坐了牢，五年、十年我都愿意等他。”

她如此痴情，我知道说什么也没用了，也没有心思和耐心再劝她什么，只好说：“随便你吧。”

山里的晚上气温骤降，静夜里听到了几声她牙齿打架的声音。我脱了外套丢到她身上，又点了根烟。

“我觉得你不像是坏人，你们是被冤枉的吧？”她的声音有些抖，“对了，你贵姓……哦，好像跟我说过，不好意思，我忘记了，都怪徐明把我气得够呛。”她不停地絮叨着，言语中也越来越客气。我想她是真的怕了。这姑娘太虎了，之前见到殷望时的激动，在时间、夜幕、寒冷和饥饿以及我这个来路不明的男人面前渐渐地变成了恐惧。

我闷头抽着烟，想着自己的心事。她见我并不打算跟她聊天，将另外一只耳机塞进耳朵，靠在一棵树下安静下来。

眼看着时间一分一秒地过去，殷望还是没有消息，我心里不由得打起鼓来。徐卫东的那条信息无疑是一桶油浇到了我冒着火星的心上，剧烈燃烧起来的火焰让我异常兴奋。用那种方式发送信息给我，除了他不会有第二个人了，由此可以肯定，他还活着，只不过活得不那么轻松，连大大方方地联系我都做不到。除了内部的通缉，还有什么能束缚他呢？程建邦呢？刘亚男呢？他们都还好吗？为什么不让我信任任何人？殷望把我的资料通过那个 U 盘上传之后，欧阳刚和徐卫东的短信几乎同一时间出现，这是巧合还是这之间根本就有什么联系呢？

无数疑问在我脑中盘旋，仿佛飘在风中的柳絮，看似轻盈曼妙伸手就能抓住，却又让人烦躁不安，挥不去也躲不开。

一阵嘤嘤声传来，是白杨在小声哭。她一个涉世不深的小姑娘，一时任性跟着我这个被警察追的嫌疑犯跑进这深山老林里，又大半夜的被冻得发抖，没号啕大哭就算淡定的了。我问她：“害怕了？”

白杨吸着鼻子摇摇头，取下一只耳机说：“我想他了，每次一听这首歌就会想起他，就特别难受。”

“那你还听？”我心里一软，心说陪她聊会天吧，“我听听是什么歌？”

她把耳机递给我，说：“别走。”

“不走，现在看不见，没法走。”

“我是说那歌，歌名叫《别走》，‘Don't Go’。”

“哦。”我戴上耳机，里面唱着“……挺着胸，勇敢地面对呼吸的风。伤心总是带不走痛。有时候我觉得自己很没用。沉默，完完全全把你放在心中，有太多的话想对你说面对你都说不出口……”

不知道他们之间是如何开始，又是如何走到今天这一步的，我被这歌词弄得心里酸酸的。以前宁志老摆弄他那把吉他时说过：如果这世上有神，他们一定是用音乐在交谈。那时候他总是有一句没一句地冒，我觉得太酸了还老嘲笑他。此时在这种环境下听到这首歌，就想起他的那句话，不禁有些感慨。

半年前，刘亚男对我连开三枪之后，给我戴上了耳机，放的是《我的祖国》，当时我只感觉到生命随着血不停地流失，而那歌声就像将另外一种更强大的能量源源不断灌进我的身体。后来我一直在想，如果没有那首歌，我是否还能坚持到最后？

可能我陷入深思的样子让她误会了。“你有女朋友吗？”白杨忽然问道，见我浑身一下紧绷起来，她忙低声说，“对不起。”

我摘下耳机把 MP3 还给她。白杨将耳机塞到耳朵里，裹紧了身上的衣服。整个世界又恢复了安静，我的头脑也跟着冷静了下来，内心深处一个无比坚定的声音告诉我：你要相信与你同生共死的战友，无论如何他们也不可能变节。除非……没有除非！

我站起身，对着开始泛白的东方舒展着筋骨，做了一个深呼吸，沁凉的空气清甜透彻，瞬间将我体内那些混浊的东西一扫而光。

“走，下山！”我对蜷缩在树下发抖的白杨说。

太阳升起来之前，我带着白杨来到了山脚下的一条人工水渠旁。我在水渠里洗着手，四下张望。水渠对面的栅栏里是一片果园，偶尔传来几声狗叫，有人烟的村庄一定就在附近。我们必须赶在天亮之前离开这里。我扭头看了眼白杨，她把外套裹了裹紧说：“你别想打发我走，你答应过我要见到徐明的。或者……我让一步，你现在联系他，只要和他通了话，我走也行。”

我拿出手机想了想，拨了殷望的号码，对方没有任何提示，就是打不通。发生这种情况只有两种可能，要么手机突然受损，要么是殷望故意为之。这两种可能都会发生，但我更倾向于后者，那至少证明他是安全的。但是如果是手机受损……我不敢再往下想。

我捧起水往脸上泼，想让麻木的大脑清楚一点再清楚一点。冰凉的渠水把思绪刺激得活泛了起来，我想起前去找我们的是欧阳刚，可包围我们的是身着缉毒特警制服的人。到了高速公路上追我们的那两辆车上，又都是身着便衣的人。这不合理——欧阳刚属于特案组，就算请求缉毒特警支援，把我和殷望当毒贩缉拿，那也没道理在我们逃脱之后又换一批人来追。

再仔细一想，我们的逃脱过程未免太过轻松，轻松到了停车场后，殷望居然还有心情和时间跟破了屋子的主人道歉赔钱，跟白杨打情骂俏。就算是他吊儿郎当惯了，可欧阳刚何许人也？能漏掉停车场那么大一个出口？欧阳刚在追上我们的时候，主驾开车的那人我觉得眼熟，此时脑中无数的面孔像是失控的幻灯片，一帧帧快速地翻动着。白杨小心地看着我的脸色，问：“你怎么了？”

我忙一抬手示意她收声，不料幅度有些大，口袋里的手机蹦了出去。看着落在地上的手机，就像是在黑暗中闻到了目标的气味，并且能确定目标近在咫尺，但就是看不清摸不到。白杨蹲下去想帮我捡起手机，就在她手碰到手机的瞬间，我低声喝道：“别动。”

白杨吓得愣在了那里。对了！是他！欧阳刚主驾上的那人，是上次我在边境被胡纬踹下山沟爬起来后，回到当初周亚迪丢我手机的地方捡手机时，埋伏在附近的两个特案组探员之一。当时他们说是奉了上头的命令来找寻我的下落，确定我是否平安。我一直以为下命令的是徐卫东，没想到他们是欧阳刚的人。更重要的是，如果是特案组的探员，绝不可能在高速路上被殷望那两下子把车别翻。那么可以判断，他是故意放了我们!

我正想得入神，手机一振，屏幕亮了起来，白杨兴奋地凑过来盯着手机说：“是徐明吗?”

是薛五。我刚接通，电话那头的薛五便迫不及待地说：“塔哥，出事了。”

“嗯。”我对守在一旁眼巴巴的白杨轻轻摇摇头，“慢慢说。”

薛五说：“我们护的两艘船昨天晚上全丢了，现在那边派人来要我们给个说法，我快撑不住了。”

以前我带着他们护送的走私货船，都是在上级那里备过案，为放长线钓大鱼有计划放过的。如今，我刚刚被追缉仅一夜就传来这样的消息，只能证明一件事：上级取消了对“塔哥”的支持。那么，我要是不回总部接受调查，将面临腹背受敌的绝境。我更担心的是，我可能和徐卫东、程建邦和刘亚男一样，上了内部通缉的黑名单。

“塔哥，塔哥，你说话啊，塔哥。”薛五在电话里焦急地催促着。

我回了回神说：“出了点事，让大家回去避一避，等我处理完这些再联系你。”

“塔哥，大家兄弟一场，不管出了什么事，我要和你一起扛，我现在就在北京，你在哪儿?我去找你。”

此时此刻薛五的出现，对我未尝不是一件好事。我需要一个帮手。但我首先要弄清楚一件事：他有没有与胡纬和周亚迪站在一起?

“塔哥!”薛五急切地说，“一下出了那么多事，弟兄们都糊涂了，也确实被货主吓到了，所以都暂时散了，你别埋怨他们。但你放心，只要你回来，以后咱还得接活不是?弟兄们还要跟着你，跟着你踏实。”

我看了眼天色，这里不是人烟稀少的地方，要还带着一个固执的白杨，我很难利索地离开。

“塔哥，你是不是不相信我?”薛五几乎是带着哭腔说，“天地良心，我要是做什么对不起你的事，天打五雷轰。”

我用手机地图查看了一下我所在的位置，又安慰了薛五两句，约了他到附近的一座桥边碰头。我只需提前赶到那里，找个有利地形躲在暗处。他要是一个人来，那就再说以后的事。如果还有别人跟他一起来，那正好，瞅准机会制服他们，还能把他们的车夺过来用用。

我试着再联系殷望，他的手机还是没动静。清晨的露水早已打湿了我的衣服，冰凉的衬衣紧贴着后背，稍微一丝微风吹过就透心凉。我看了眼白杨，她坐在几米外的一块石头上，裹在外套里的小脸冻得发青，眼睛却骨碌碌一直在我脸上打转。我答应过殷望要照顾好她，可不能把她牵扯进这种危险的事里来。在薛五到来之前，我得想办法先送走白杨。

我看了看时间，薛五要是在市内，至少一个小时后才能到。我还没打好腹稿，白杨就猫着腰凑到我跟前："大……大哥。"

"我叫秦川。"

"秦大哥。"她脆生生叫了声，"我想道个歉，是我太任性，胡搅蛮缠的，给您添了不少麻烦。"

饥饿、寒冷和恐惧这三样东西加在一起，是最容易消耗掉一个人的激情的，我想白杨已经意识到了这一点。"你放心，我答应你的事一定会办到，我一定会带着徐明去找你的。"我想临别还是安慰她两句吧。

谁知她一本正经地看着我说："秦大哥，我刚才一直在想，徐明总是躲着我，一定是因为我平时太蛮横、太任性了。我也看出来了，你不像坏人，你们和警察之间一定有误会。"

我笑了："这好人坏人还能看出来？你见过坏人吗？"

"见过，我爸就是坏人。"

我有些诧异："哪有这么说自己父亲的？"

她指指我手里的烟说："能给我根烟吗？"

我拿了根烟给她，她笨拙地抽了一大口，眯着眼睛吐出烟来。"我不会抽烟，觉得能暖和点。"她一只手悬在点燃的烟头上像烤火似的晃了晃，"我爸开着一家夜店、一家 KTV……所以你说你们贩毒我才不信，我爸成天和毒贩子打交道，我知道他们什么样。"

"人在江湖身不由己，做那么大的生意，难免要和那些人打打交道过过招，但也不至于是坏人。"

她轻轻地摇头说："毒贩子是什么人？好人能和毒贩子相安无事吗？

那些人在他的场子里卖摇头丸，卖K粉，他能不知道？没好处，他能让那些人那么干？”

我现在是塔哥，当然不能夸她是好姑娘说得很对。这姑娘也挺可怜的，生错了家庭。我随口说：“做生意嘛，谁没事愿意招惹那些人，人家都是在暗处，你的父亲也不是孤家寡人，他还有你要保护……”

“好了，我就说你不是坏人，不仅不是，还有点老好人。我说这些的意思是我知道错了，我一直好强，我吃的住的都是自己赚的，工作也是我自己找的，从没靠过家里。我总觉得自己什么都行，可是徐明真的让我不知道说什么，本来说得好好的要结婚的，连我爸爸都见过也同意了，他还在我爸爸的夜店里做经理，谁知道他动不动就玩失踪，我就是不明白，有什么你跟我说清楚……”她说着说着眼泪就要流出来了，揉了揉眼睛，“不说了，麻烦秦大哥把我送到能拦到车的地方，我回去了。有些事不能强求，我现在想不明白的事，没准过两年就想明白了。你见到他，如果他愿意回来见我把这些说清楚就来找我，要是不愿意……就算了。”终于还是没忍住，眼泪啪啪地就掉下来了。

我大概明白了，殷望多半是为了执行某个任务需要接触到她父亲，从她这里想办法。结果突破口是找到了，由此而来的纠葛却没有斩断。

又是这该死的毒品。我心里暗暗地咒骂着，却再也找不出一个字来安慰伤心的白杨。我不能代替殷望向她承诺些什么，给她越多的希望，对她就越残忍。希望是一种力量，一种能够让你坚强面对困境的力量，同时这种力量也能将你彻底粉碎。这就好比信任像是一把刀，交给了别人，别人既能拿起这把刀与你并肩作战，也能在背后要了你的命。如果信任了白杨，把实情告诉她，我不担心她会在背后捅我一刀，而是担心这把刀过于锋利，她没有能力掌控，会伤到自己的性命。

“我送你到大路上，等我办完了手头的事，我让他找你去。”我不知道为什么会向她做出这种保证。说起来有些无厘头，我即将踏上一个连自己的性命都无从保证的征途，出征前竟然要答应一个女孩子，说我会带着她的心上人回来和她解决感情问题。这太滑稽了，我忍不住笑了。

8

正在这时，远处驶来了一辆黑色的轿车，我赶紧拉着白杨在个浅坑里蹲下。那辆车像是在减速，到桥头就停了下来。我和白杨藏身的位置距离那座小桥并不远，大概二十米，在草木遮挡下，人站在桥上很难发现我们。

“是你等的人吗？”白杨低声问。

我示意她安静。远远见车门打开，薛五从驾驶室下来，四下张望着摸出手机看了看，靠在车上点了根烟。我看了下时间，距离刚才挂断电话仅仅过了半个多小时，比我预估的时间提前了二三十分钟。

“是，走吧，我送你去大路。”见白杨还蹲着不动，我问她，“不舒服？”

白杨蚊子哼哼似的，说：“你先下去吧，我想在这里……”

“哦，哦，好。”我赶紧站起来，拨开草木朝桥上走去。

快走到桥头的时候，薛五看见了我，把烟头往地下一丢，迎了上来：“塔哥，塔哥。”

我冲他点点头算是打了招呼，朝车内张望了一眼：“你怎么这么快？”

“我着急啊，不见到你，这心里没着没落的。”他左右张望了一下，问，“就你一个人？”

我见他这话问得没头没尾，不由得留了个心眼：“怎么？有人告诉你我和谁在一起吗？”

“没有没有。”他连连摇头，“忘了塔哥喜欢独来独往了。对了，你有什么打算？我们去哪？”

这时一辆拖拉机突突冒着黑烟从土路开上大路来，拖拉机上的两个村民好奇地看着我们。我假装刚从车上下来，对着远山舒展着筋骨，深深地吸了口气大声说：“就得是这儿的空气好啊，城里那憋屈的。”

薛五愣了一下，忙附和着：“是啊是啊。”

村民冲我笑着点点头，我也笑着打了个招呼。拖拉机擦过薛五的车朝桥那头开去，我看着拖拉机走远，问薛五：“你听说过双喜吗？”

“双喜……是帮人运黑货的那个吗？”

“没错，你认识？”

“当然听说过，这个人总是在北边的边境上活动，传说太多，不知道真的假的。塔哥，你没听过‘海上灯塔秦，陆上跟双喜’吗？”薛五给我点了根烟，“灯塔秦说的就是塔哥您。意思是在海上得仰仗你，陆地上运货，得跟着双喜走。”

我笑了：“这么说，我和他齐名？”

“据说这人对北边的边境比对自己家还熟，哪有沟哪有山，什么时候过巡逻队他都知道，黑货找他，从来不会栽。这人……”

见他说得天花乱坠，大有打算把他听过的关于双喜的传说都给我讲一遍的架势，忙拦住他的话头说：“能找到他吗？”

薛五为难地咧咧嘴：“这个我只能找道上的兄弟打听打听了，至于找不找得到我不敢打包票，我只知道他大概会在哪出现。”他钻进车里从扶手箱里翻出一张地图，在车引擎盖上摊开，在东北的中俄边界、西北中蒙边界处画了两个圈。

我仔细查看着薛五画圈的地方，一边用手指测量着那些区域与俄罗斯之间的最佳路线，正在入神的时候，只听“嘭”的一声闷响。我猛地回过头，见薛五正直挺挺地往一边栽倒，手里拿着一把半尺来长的短刀。白杨站在他的身后，双手举着一块大石头，看着倒地的薛五，手直发抖。

“他……他想害你。”白杨哆嗦着嘴唇说，“我……我走过来看见他拿着刀想扎你，我……”

我上前从她手里取下石头丢在一边，见她双手还举在空中，抓着她的胳膊放下，我轻轻拍了着她说：“放松，没事了。”她放下胳膊，还在不停地抖着。

“去车上等我，我处理一下。”我看了眼地上的薛五。

白杨吓坏了，光是答应，就是不见挪步。我只好拉开车门，把她扶到车上坐好，拍拍她肩膀说：“谢谢你，你救了我一命。”她呆呆地看着我，好半天才僵硬地笑了一下，裹紧了身上的衣服。

我关好车门，把昏倒在地上的薛五揪起来，让他后背靠在车轮上，重重地抽了他两个大嘴巴。他一下睁开眼，很快醒过神来，惊慌地说：

“塔哥，我这是……”伸手摸了摸后脑，沾了满手的血。

我叹了口气，从地上捡起他的刀，在手里掂了掂，把刀柄塞到他手里：“拿好，刚才不算，重来一次。”

他的手在接触到刀柄的瞬间，像是被烫着了一样，举起双手说：“塔哥，我是被逼的，他们说……”

我把食指竖在他嘴前，让他收了声。我说：“我知道，他们逼你害我，不然你就该倒霉了。理解。动手吧。”我重新把刀往他手里塞，他躲着那把刀，带着哭腔说：“塔哥，你饶了我吧，求你了，我说实话，他们说你有一个U盘，只要……只要拿到那个U盘，我就可以加入他们。”

“他们是谁？”

“胡……胡老板。”

“我以前怎么不知道你懂电脑？”我从口袋里摸出那个U盘，“想要这个你直接跟我说，我像是小气的人吗？人为财死鸟为食亡，说实话我饶你一命，敢漏一个字……”我将那把刀抛起来，在空中一把翻握住刀柄猛地朝薛五大腿间扎下去，薛五脸色苍白，张着嘴又不敢叫唤出声，黄豆大的汗珠一滴一滴落了下来。

“他们说我只要把你……拿到U盘，就扶植我当老大，以后他们的货全都交给我运，分我三成。”薛五一口气说完，竟呜呜哭起来。

“没说清楚，是要把我杀了才行，还是拿到U盘就行，或者，要把我杀了以后再拿到U盘呢？”薛五低下了头没敢回答。“那就是说刚才你的确想杀了我。”不等他狡辩，我说，“帮我找到双喜，我放了你，不然……”我拨了拨钉在他裤裆里的那把刀，刀颤巍巍地倒向他的大腿，他吓得闭上了眼睛。

“塔哥，我真不知道双喜在哪儿，我知道他，他也不认识我啊。”薛五一把眼泪一把鼻涕地说。

只听突突声又起，刚才过去的那辆小拖拉机又回来了。我站起身斜靠车头处，背对着路，脚踩在刀柄上轻轻地晃着，薛五自然不敢有半点动静。

那拖拉机快到近处时，我回头去看，谁知拖拉机上除了刚才那两个农民之外，多了一个熟悉的面孔——胡纬。胡纬跳下拖拉机，一手对村民挥手道了谢，另一只手上搭着一件外套，一把手枪藏在外套下正对着我。他目送着那拖拉机拐下公路往远处的田里开去，歪着脑袋对我笑了笑，飞快地拉开车门钻了进去。我心说不好，朝车内一看，白杨已经被他用胳膊锁住了脖子，枪顶在白杨的腋下。白杨被勒得满脸通红，拼命地挣扎也拧不过胡纬。我正想去拉车门，胡纬轻轻地对我摇摇头。我知道这个人心狠手辣，没什么他做不出来的，一条人命对他而言根本不算什么，只好站在原地看他有什么要求。

这时远处一辆越野车飞快地驶了过来，“吱”的一声停下。车上坐的居然是周亚迪和苏莉亚，副驾上的苏莉亚在看到我的一瞬间，低下了头。周亚迪双手握着方向盘看了我一眼，叹口气也低下了头。

胡纬将白杨挟持到车外，塞到了他的车上，自己上车坐好关上车门，隔着车窗对我勾了勾手指，等我走过去，他却对着薛五喊道：“兄弟，谢谢你带我们来。”

薛五扶着车站起来，伸脖子看了胡纬一眼，忙对我说：“塔哥，我不知道他们跟着我，你别信他，塔哥我错了……”见我不动声色，薛五抄起刀恶狠狠地瞪着胡纬就要往前冲，嘴里念叨着：“我跟你拼了。”

胡纬笑着对我努努嘴。我只好喝住薛五：“滚！”

薛五愣了好一阵，狠狠抽了自己两个耳光，扭过头抹了把眼泪蹲在地上。

我说：“让你滚，没听到吗？”

薛五起身面对着我，扑通一下跪在地上磕了个头，爬起来头也不回地走了。

见薛五走远，我对周亚迪说：“迪哥，你的气色比我上次见你时好多了。”

周亚迪脸上强挤出一丝微笑。我又看了眼始终不愿回头看我一眼的苏莉亚，对周亚迪说：“你还是把她拖下水了。”

周亚迪长叹了一口气，对胡纬说：“有什么话，你快点说。”

胡纬一直饶有兴趣地看着我们三人，又扫了眼薛五的背影，哈哈一笑："我真是多此一举，早知道这么容易就能让你的兄弟对你下杀手，我就不费这么大劲了，看来我还真是高看你们了。"

我说："让你见笑了。"

"我很好奇，薛五好歹也算你的左膀右臂，你的其他那些手下岂不是别人给块肉就能反咬你一口？"他满眼鄙夷地上下看我，"所以我好奇，你一个孤家寡人，是怎么在海上横行霸道的？"

胡纬问到了重点，这正是我这个"塔哥"假象最薄弱的环节。我哪有时间和精力去经营那个团伙，更别提仔细琢磨团伙里的每个人了，所有成功都归功于上级几个部门的配合，甚至动用了韩国、日本警方的协助。其实只要稍稍了解这个团伙的内部情况就能很容易产生疑惑，因为这种事没有几个与你生死与共的帮手，一个人是根本做不了的。之前胡纬以为薛五是我的心腹，捉住他就能钳制我，顺便可以通过跟踪薛五找到我，所以安排了这么一出。没想到，薛五对我也就那么回事，稍微仗义了一下，看见点甜头立马就把我卖了。

不能让胡纬在这事上有更多的时间去琢磨，我淡淡地说："兔子都知道多刨几个洞，免得一不留神就被人端了窝，更别提我这都是玩命的事。说吧，找我什么事？"

胡纬转了转眼珠："有道理，其实也没什么大事，想和塔哥借个东西。"他回头看了眼满脸惊恐的白杨。我装作并不在意白杨，说："货你们不是已经拿走了吗？"

胡纬脸上一阴，看向周亚迪。殷望在那批货里藏了一个定位器，八成没多久就被行动组截获了。那，只是截了货，放过了胡纬和周亚迪，只能说明他们在外面的价值会更大。我忍不住笑了："不会被人洗了吧？哎，你不会是怀疑我洗的你吧？"

胡纬朝车外啐了口口水，恶狠狠看着我，咬着后槽牙说："你是个讲究的人，这点我还是有信心的。"

我说："这次又想要什么？不会是想要那个 U 盘吧。"

胡纬指了指我，笑着说："真是痛快。"

我脸色一沉："胡纬，你当这里是什么地方？你当我是什么人？要不是为了生意上的事，你以为你还能活到现在坐在车里问我要东西？”

胡纬也不示弱：“秦川，你看看你现在的样子，就别打肿脸充胖子了，这里是内地，我不想惹太多事，不然你早躺那儿了。”他冲我摊开手掌：“你站着别动，慢慢地掏出来丢给我。”

“U 盘不在我身上，在我一个兄弟那里。不过刚才出了点事，现在联系不上，不如我们找个地方等等，我再试着打打电话。”

“你别逗我笑好吗？”

我举起双手：“不信你来搜？”

胡纬换了副嘴脸说：“秦川，那东西对你没什么用，你堂堂塔哥的名号就是最好的通行证。不如你借给我，等我和迪哥拿下了供货商资格，全都交给你来运。你想想，除了你，别人也没这能耐，我就是想绕开你，也绕不过去。”

“我记得是你跟我说，你只要拿到 U 盘就去找双喜，怎么变卦了？”我嘲讽地看着他，“所以跟你这种说出去的话什么都不算的人真的没什么好聊的，别说那东西真不在我手里，就算在，我也信不过你。”

“给你看点东西。”他把手伸进口袋里，紧攥着拳头伸出车窗，慢慢地摊开手掌，只见他的手心里竟然有两个 U 盘，跟我们从沈子雄那里得到的那只一模一样。胡纬说：“俄罗斯人一共放出来四个，其中两个是供货的，两个是运货的。”他曲起手指点了点其中一个：“这个是迪哥的，他已经同意跟我合作了。这个是我的，我家里的事我已经摆平了。本来我只想老老实实供货就好了，但我想来想去，运货方面不掌控的话，我睡不着觉，我们以前在这上面吃的亏太多了，所以现在只能向你和双喜借了。要不是沈子雄这个废物在你那里彻底栽了，你手里那个已经是我的了。”

见胡纬这么看重这 U 盘，我不由得有些怀疑自己是不是并没有看清这东西的真正价值。毕竟 U 盘不是列夫直接给我的，很多信息难免有缺失。我想了想说：“我不懂电脑，只是见大家都这么看重它，自然觉得它一定很值钱。既然我在你们眼里这么厉害，为什么俄罗斯人只给了你们，没给我？据我所知，双喜、沈子雄和我是同行，只不过我是在海上，他们是在陆地上罢了。”

“也不能这么说，双喜和沈子雄虽然是运货为主，但是常在河边走，多少也会沾点泥。每年因为一些意外，他们的手里囤了不少无主的货，加起来可不是小数。至于为什么没给你，说句你不爱听的，你在这行里还是个生面孔，太嫩。”

“可是我现在也有了，到目前为止，俄罗斯人没有拒绝我的意思。”

“那就是不打算借我了？”胡纬慢慢地收起笑脸，瞥了身边的白杨一眼。

“胡纬，我说你除了绑个人质威胁我以外，就没别的本事了吗？换个花样，成吗？”

胡纬嘿嘿一笑，说：“你别说，还真没有。”

“所以你凭什么和我谈合作？你和胡经不愧是一家人，做事都是一个路数，要么就全都得依着你们，要么就是下三烂的招式。我怎么看你都不像是谈大事的人，不如你把你那些 U 盘给我，我来告诉你怎么玩。”

“哈哈哈。”胡纬笑了一阵，说，“你又逗我笑。”

“我没跟你开玩笑，东西给我，你我的恩怨一笔勾销，我不仅饶你不死，还能带你一起玩，不然我让你们的人和货统统烂在金三角。”

胡纬眼里闪出几丝杀气，咬着牙说：“秦川，你口气不小。”

我看了眼周亚迪。“你可以问问周亚迪，我从来是能干十分的事，只说三分话。让你们烂在老窝里不是气话，如果你非要把我逼到火气战胜理智，那我倒是很有兴趣把金三角变成一堆废墟。”不等胡纬发火，我接着说，“你刚才不是问我有什么本事在海上横行霸道吗？当然不是靠你看到的那几个饭桶，那是我摆在外头给外人看的。你们这几年在海上黑吃黑那些烂事，我这里都有一笔账。你黑过迪哥两次，一共让迪哥损失了几千万，还有二十多个弟兄。”一听这话胡纬紧张起来，他看了眼周亚迪，正想说话，我拦住他说：“你往日本运了两次货，不过全都杳无音信，这件事……迪哥最清楚。”我也笑着看向周亚迪。周亚迪喉头动了动，慌乱地四处张望起来。

胡纬冷冷地笑了下：“秦川，你用不着在这挑拨离间。”

尽管有了之前的教训，我一再提醒自己不要轻敌，但是遇见胡纬和周亚迪，不超过十分钟，那种从心底泛起的蔑视就会往外翻。同样的人，几年前每次出现在我的面前，都会让我如临大敌。而现在，看着他们，就像是在看舞台上的小丑在表演一样。

我说："我没那闲工夫破坏你俩的友情，只是想告诉你别指望我和你们合作，想活命就把 U 盘给我，乖乖回去盯着你们的烟农把地种好，多加工些上好的货给我。至于金三角以外的世界，你们还是忘了吧。当然，我可以保证，只要你们保质保量地把货供足，我会让列夫做一块金牌供货商的匾额给你们。"

气急败坏的胡纬已经忍到了极限，眼看就要爆发。但听到我说出"列夫"这个名字后，他瞪圆了眼睛，惊讶地看着我："你认识列夫？"

口袋里的手机振了起来，我伸手去掏电话，胡纬抬起枪压着嗓子喝道："别动！不然别怪我不客气。"我细细看了眼那枪，枪口边缘有些毛糙，原来是一把仿真的塑料枪。我忍住笑，拿出手机一看，居然是殷望。我不由得扫了一眼白杨，她满眼期盼地看着我的手机，全然忘记了自己的处境。我清了清嗓子接起电话，那边却不是殷望，而是一个带着西北口音的男人："秦川吧？"

我不屑地看着举着枪不住地四下张望的胡纬，"嗯"了一声。只听电话那头说："哦，我是双喜啊。"我心头一惊，故意抬高语气说："双喜啊，有事吗？"

双喜说："你等下。"短暂的停顿之后，终于听到了殷望的声音："塔哥，是我，你……你听双喜的。"不等我说什么，电话那头换成了双喜的声音："见一面吧。"

我瞥了眼竖起耳朵的胡纬，说："好，哪里？什么时候？"

"就现在吧，地址我发你手机上了，见了再说吧。"双喜挂了电话。

我收起电话对胡纬一摊手："没办法，我有急事得先走，你们想好给我打电话。"我大步朝薛五留下的车走去，拉开门后假装刚想起来似的，回头说，"这小姑娘你们愿意留就留着替我照顾吧，我忙完了来接。"

胡纬伸出脖子喊着我："你认识双喜？"见我不搭理他，大概猜到我已经看出了他手里的是把假枪。他扔了枪从怀里掏出一把弹簧刀按开，揪住白杨的头发往自己怀里一揽，刀尖对准了白杨的颈动脉。白杨吓得大气也不敢出，一动不动地看着我。

我冷冷“哼”了一声，低头钻进车内，手上打着方向盘掉头，眼睛盯着胡纬车内的动静。希望自己刚才做的戏能把他们骗过去，让他们觉得白杨对我不重要，把白杨放了。以我对他们的了解，胡纬和周亚迪也在纠结留下白杨到底是一张牌，还是一个累赘。

调整好车的方向，他们还在犹豫。我告诉自己，这个时候我只有毫不迟疑一脚油门离开，才是对白杨安全最大的保障。但真让我那么做，我又不敢去赌那个万一：万一胡纬识破了我的意图，万一他们一不做二不休，万一……太多万一了。当车靠近他们的车时，我还是减了速，伸出头对白杨说：“我去处理点事，你先跟他们玩几天。”

胡纬脸色阴沉，一副若有所思的样子。就在我稍稍迟疑要不要再多给他几秒时间时，一抬眼，只见胡纬眯着眼死死地盯着我的眼睛。就在那一瞬，我知道坏了。他嘴角微微一翘，说：“好，那就让这位小姐跟我们一起玩几天。”

白杨尽力往后躲着刀尖，僵硬地挺得笔直，紧闭的双唇没有一点儿血色，努力控制着包在眼里的泪水不流出来。我又看向了苏莉亚，在她避开我的目光之前，我扫了眼白杨。她下意识地随着我的目光看了眼白杨，像是明白了什么，用只有我能觉察到的细微幅度点了点头。

我冲胡纬努努嘴，冲周亚迪说：“迪哥，你现在……跟他了？”见周亚迪转过了脸去，我说：“你救过我的命，没有你，我现在还在泰国监狱里。你带我出道，还教了我很多东西，我是真的把你当我大哥，也是真的想和你闯一番天地出来，可你就是不给我机会，可能你想要的就是现在这样吧。”我摸出烟，一边点一边观察着周亚迪的神色，见他一副欲言又止的样子，我心里有了底。我把点着的烟隔着车窗递给他，周亚迪抿着嘴吸了吸鼻子，接过我的烟点点头。

我又点了根烟，对胡纬说：“既然迪哥都跟你了，我自然尊重他的选择。但是你记住，只要有一天，迪哥说让我晚饭的时候解决了你，我绝不会拖到宵夜。”这话我是说给周亚迪听的，单凭苏莉亚一人的力量，很难保证白杨的安全，只要让周亚迪开了小差，胡纬就不会对白杨下狠手。

周亚迪面临什么样的窘境我可以想象，但我绝不相信他会甘于听凭胡纬的摆布。他做梦都在想东山再起，只要让他缓过一口气，他一定会和胡纬决一死战。我太了解人在困境甚至绝境时的感受了，任何一个能给你一口热粥的人，都会影响你做出的生死抉择。而我刚才那番话，就是周亚迪在困境或者绝境时的一口热粥。那是一个希望，哪怕缥缈到无迹可寻他也会抓住不放，而白杨就是让他抓住这希望的一根稻草。末了，我又对周亚迪说：“迪哥，滴水之恩当涌泉相报。你的事，只要用得着我，一句话，我秦川眼都不会眨一下。”我冲他一笑：“希望还能有机会，让苏莉亚烧几样小菜，我和你在一起喝几杯，聊聊天。”

眼见周亚迪眼泪就要出来了，我知道我的心理战算是打赢了一大半。只要接下来我显得并不那么在乎白杨，那么胡纬八成会放了她，不然白杨将是胡纬身边最大的隐患。这里不是金三角，他要不是疯了，绝不会轻易对白杨下黑手。退一万步讲，如果他铁了心要把白杨留在身边当人质，那我还可以选择报警。他们一定在警方的监控范围内，警察设个临时检查站解救白杨并不是什么难事。相对来说，为白杨这个他都不知道具体来历的姑娘栽跟头，胡纬的代价太大了。

我冲周亚迪挥挥手，一脚油门将车开了出去。果然，没过五分钟，胡纬打来电话说：“我想起最近还有很多事要办，而且我们人生地不熟的，要是怠慢那位小姐也没法跟你交代……所以还得麻烦你原路返回接一下那位小姐。”

我不禁笑了，说了声“行”，掉转了车头原路往回返。胡纬接着说：“秦川，你和那个程建邦杀了我哥哥，我在蒙古背后捅了你一刀，我觉得我们之间可以扯平了。”沉默了片刻见我没有回话，又说：“我和迪哥最近遇到难关，那批货就算是跟你借的，上次你带我们过境许诺你的钱，我迟一些一定会给你……我说这些是想大家以和为贵，并不是我怕了你。我想过了，你那个U盘我不借了，大家都是说中国话的，这一次最好能联手对付洋鬼子，别让人家看我们笑话。”他又停了下来，等了一会儿见我还是没有回应，他不耐烦地说："是和是打，你给个痛快话。"

我说："胡纬，从我们两个第一次见面以来，一直都是你在说，我在信。可每一次都是你反悔，然后我倒霉，现在你又跟我说这些……"

胡纬打断了我，说："秦川，不要像个女人一样抱怨那些过去的琐事。我觉得我已经说得很清楚了，还是那句话，是和还是打？"

我不紧不慢地问："怎么个和法？"

"你不是要去见双喜吗？找机会把他摆平，以后我出货，你运货，我们合起来一家独大。"

"哦。我以为什么好事呢，原来是让我给你当枪。"

"秦川，难道你就想一辈子都在上不着天下不着地的海上混吗？你我不管怎么说，也算是知根知底的熟人。尤其迪哥和你也算是过命的交情，你信我总比信那些生人强，况且将来还是跟洋人合作。"

"你不怕我把你这些话告诉双喜？"

胡纬哈哈一笑："这些话除了你之外，任何人问我，我都不承认，你考虑考虑吧，我会再联系你。"说完便挂断了电话。

我一抬眼，见白杨正沿着路边走着，缩着脖子抱着双臂，我的外套还披在她身上，那样子像极了一只刚刚被人丢进水里又捞起来的小猫。我按了声喇叭，她眯着眼睛仔细辨认了一下，嘴一咧哭起来了，朝我的车跑来。

我下了车正想安慰她几句，就见她高高地扬起了手，看那情形是打殷望打习惯了，也想给我一个耳刮子。我冷冷地盯着她，她的手被我的目光"钉"在半空中，迟疑了片刻收了回去。她抓起外套袖子擦了擦眼泪，质问我："我救了你的命，你居然那么对我？"

我懒得解释，说："上车，我送你到车站。"

她往后退了一步，看着我手里的手机说："刚才是不是……他？你带我去见他，我和他说几句话就走。"说着眼泪又流了出来。"我也看出来了，我和你们真不是一路人，我玩不起。"

殷望在双喜那边具体什么情况我根本不清楚，仅从刚才电话里的口气看，多半他受制于双喜，这个时候我怎么可能带着白杨过去？但白杨的倔强我见识过，眼下只能先把她稳住，再找合适的时机把她甩掉。哪怕报个警，相信不出一个小时就会有人帮她送回家。

我说："他刚才只是报个平安，之前出了点状况，所以手机一直不通。等他找好了落脚点通知我具体位置，我带你过去。"

"真的？"

"咱可说好了，你见了他，说完你想说的，就得回家去。"

她神色黯淡了下来，垂下眼皮点点头："嗯，我跟着你们也是累赘。我也经不起你们那么折腾，而且……而且我还要上班。"

我见她从河东狮吼沦落到这副楚楚可怜的样子，不由得有点心软，安慰她说："你放心吧，他的确不是什么坏人。只是惹了点小麻烦，等处理完我让他去找你。"

"嗯！"她用力点点头，可眼泪又要出来了。我有些吃不消，哄小孩似的哄她说："你看看，怎么好好的又哭？"

她忙擦了擦眼睛，换了副笑脸："我能上车坐会吗？"我帮她打开车门，护着她上了车，关好车门落了锁。

我在路边找了块石头坐下，摸出手机无意识地翻看着，等候着双喜的消息。突然，我想起老姜曾留给我一个号码，眼前顿时一亮。这一天来发生了太多事，多到我根本没有时间和精力去细细琢磨其中的联系，太多的疑惑织成了一张网，把我捆得无法呼吸。

握着手机，却迟迟拨不出老姜的号码。徐卫东让我不要相信任何人，那我到底要不要跟老姜请示或者汇报一下呢？这个想法一旦出现在脑海中就越发强烈。我想，我还是没有足够的魄力去决定整件事的走向，待会和双喜碰了面，一切极有可能将朝着完全预料不到的方向发展，我太清楚那种不愿随波逐流却又无力回天的感受了。那是一种悬在天堂与地狱之间的虚浮，一个错误的决定就会让我带着所有的信念和尊严坠入无底深渊。不觉中，我的手臂上泛起一层鸡皮疙瘩，背后渗出一层冷汗。

我深吸了口气，拨出了老姜的号码。很快，电话通了，老姜在那头"嗯"了一声。我犹豫着不知该怎么说。他有些不耐烦地说："说话。"

这熟悉的口吻，要不是声音不一样，我真会以为电话那头是徐卫东。难道这种事也代代相传的吗？老姜语气冷漠，却让我放松了下来：“首长，我是……”

老姜低声喝道：“我知道你是谁，你再等我五分钟。”不等我反应，他挂了电话。

一个昨天还被追捕的人，今天主动打电话过去怎么也算投案自首吧，居然让我等。这是什么道理？我嘟囔着摸出烟，还没点着，就见一辆黑色轿车出现在前方弯道处，那车开得飞快飘忽，到我车边却一下稳稳停住。车门打开，下来的竟然就是老姜。

我“腾”的一下站了起来，心里一阵高兴一阵担心。老姜探头朝我车里看了眼，白杨缩在后座上已经睡着了。老姜走到我身边，轻声埋怨着：“这个殷望，每次干活都拖泥带水。”看来，白杨的情况他是了解的。

我上前迎了一步：“首长，你知道我在这儿？”

他摸出那只上次在我的“葬礼”上没有打出火的打火机，“叮”的一声掀开盖，打出火凑到我面前。我这才意识到手里的烟一直忘了点，忙凑上去将烟点着。他从我手里拿过烟盒，抽出一支自己点着，抽了一口说：“说吧，找我什么事？”

找你？谁找谁还两说呢。我心里这么想，嘴上可不敢那么说，憋了半天说了句：“我想知道……我该怎么办？”

老姜沉默了几秒钟，说：“这么跟你说吧，欧阳去抓你是我的意思，把你跟丢也是我的意思。因为我也不知道该怎么办，这要你自己决定。”

不知道是不是我的错觉，我觉得老姜的语气里有些伤感。我鼓起勇气问：“为什么抓我？”

“抓你？真想抓你，我坐办公室里给你打个电话，你自己就来了，还用派那么多人去找你？”老姜深深地看我一眼，“那么做一来给人做做样子，二来就是让你跑啊，秦川。”

我越听越糊涂了，嘀咕着说：“不明白。”

他背着手，看着公路下的庄稼地，缓缓地说：“我是特案组组建后第一批报到的人，也可以说我是特案组的组建者之一。我是看着这支队伍从无到有，建功立业，一步步走到今天的。这条路是你、你们、咱们一起用血肉蹚出来的。”他微微一笑，像是陷入了久远的回忆中，许久，长长叹了口气说：“那个时候没办法，跟国外的同行差距既大，又缺乏沟通合作，很多事情只能用这种方式干。现在不一样了，你看看你这个塔哥当得多威风就知道了，那是几个国家的同行联合起来的力量。”

我说：“这是好事啊！可是这和抓我有什么关系？”

老姜回身看着我笑笑，说：“是好事，局面好了，人还是老样子。远的不说，就说你最初到国外做事用的是什么？不就是一条好汉、好汉一条吗？现在呢？各种高科技装备我都不认识，随便分来几个探员，动不动就懂几国外语，什么飞机、电脑使得比我用筷子都熟……对了，你从医院出来那天不是去比武了吗？你也见识到了。”

我沮丧地点了点头。

“所以，我们这个队伍要撤编，要重编。”老姜接着说，“大势所趋，是好事。”

我像是被人照头给了一闷棍，脑子嗡嗡响，呆呆地看着老姜。老姜抽了口烟说：“本来是打算把你直接召回来的。结果情报组发现有新朋友在盯着你，所以我多派了些人去撑撑场面，别让那些新朋友小看了你。”

“什么新朋友？”

“双喜。”见我吃惊的样子，老姜微微一笑，“既然双喜盯上你了，说明他想和你接触，我们把戏做足，才能让他彻底放弃顾虑，只要你能和他牵上，一定能挖出宝贝来。这种事，靠什么高科技装备都没用，就得靠人，战斗经验丰富的人。”他重重地在我胸口上拍了拍，说：“其实我也有私心，一方面我想让你证实一下，不论科技发展到哪一步，人永远是关键。这支队伍不能说撤就撤，说重编就重编。另一方面我又担心你单枪匹马的万一有个闪失，我不能拿你的命当儿戏。所以我来找你，就算是现在的这一分钟，我还是没想好到底该带着你回去，还是放你杀出一条血路。当然，不用你说我也知道，你肯定是要杀出去的。”

我用力点点头：“所以……安排我假牺牲，其实也是在为这件事做准备吗？”

老姜看着我，说："假牺牲会给你很大的自由，但这也意味着要承受相同的风险。"

我扫了眼车里的白杨，见她睡得正沉。我一挺胸对老姜说："首长，您让我去吧，保证完成任务，一定不给您丢脸。"

老姜眼里流露出些许慈祥的暖光，说："我的考虑是，我们的队伍不能撤，只能是加强装备，加强素质。这是个长远的事，但那么多案子可不等你，所以就算你完美地完成了任务，我也不能向你保证什么。这些事无论如何都要和你讲清楚，我这次来不是给你下命令的，我想以你战友的身份，咱们聊一聊。"

我把心静了一静，将那个 U 盘以及这段时间发生的事向老姜做了个简单的汇报。听完，老姜迟迟没说话，只是静静地看着我，像是在等我继续说下去。沉默了好一会，他说："你好像漏了点什么吧？"

我想了想，说："大概就这些了。"

老姜问："小徐没联系你？"

我一下子噎在了那里。我可以耍弄金三角的大毒枭周亚迪，能糊弄神龙见首不见尾的古听云，唯独做不到对上级说半点假话。老姜笑了，说："你不用纠结那条短信了，那是我发给你的。我们到现在为止还没有小徐他们的任何确切消息。我跟你说这些是不想你有什么心理包袱，而且要做好他们已经变节或者牺牲的心理准备。你刚才说的事，让我对这件案子心里有了底，这是一个很好的契机……"他停住了话头，看得出，他还是在犹豫要不要我继续跟进这个案子。

我想换作谁站在他的角度，此刻都无法立刻做出一个有把握的决定来。因为不论怎么选多少都有些自私，甚至会有背叛。在这个岗位上，最不能容忍自己犯的错误无非就是这两点。可眼下的情形中，自私是为了不自私，背叛恰恰是为了不背叛。我想，这世上没有人能比我们更理解我们对这支队伍，以及战友之间的那份钢铁热血铸就的执念和情怀了。

老姜像是下了决心，拍着我的肩膀说："秦川，有些情况不妨给你交个底：这件事极有可能会在俄罗斯境内造成影响，而我们还没有先例可以参考。在政策上我们很难把握，搞不好会惹出一些大麻烦，那会拖缓今后两国在这方面深度合作的进程。我们再三考虑后，打算把所有情报共享给俄方，可是那样我们就成了观众，很多有价值的资源根本得不到发挥，比如你的人脉。最重要的是，那里还有我们的人，他们的确是上了内部的黑名单，但在感情上谁也不愿相信他们真的变节了。就算是真的，他们犯了杀头的罪过，我也希望他们死在家里。功抵不了过，同样，过也抵不了功。在你给我打电话之前，我是打算带你回去的，特案组撤编或重编都还有很多工作需要你这样的人来做。你主动给我打了电话，说明你是有正确的主心骨的，这打消了我不少顾虑。这一次或去或留你自己决定，我要提醒你的是，在内部你是已经牺牲了的，那么一旦你打算继续，只要有一点纰漏，官方都不会承认你的身份。”

我低头抠着手指甲，说：“没关系，反正我已经睡在烈士陵园里了。几位大首长都参加了我的葬礼，知足了。”

老姜沉重地点点头：“你还有什么要求？”

我轻轻地说：“我要是成功了，特案组能留下吗？”

老姜叹了口气，没有回答我的问题，低头摆弄着他的那个打火机。我安静地看着他，其实这个答案已经不重要了，我相信只要允许我去战斗，就会有希望。

“胡纬和周亚迪已经被缉毒那边盯死了，是故意放的长线。你跟他们接触要提防别被自己人抓了——到时候如果只有你没事，他们就该怀疑你了。”老姜把打火机塞进我的口袋，说，“我收拾好了，挺好用的，借你玩几天。记得还我啊，这可是我老伴送我的，很贵的。”

我挺起胸，轻轻地说：“是！”

“只要人在，什么都好办。”老姜看了看手表，“我得走了，回来记得把打火机还我。”走出几步又停了下来，转过头问：“对了，你还有什么问题吗？”我轻轻摇头。他露出一丝笑容说：“没问题我就走了。”

老姜的车即将在弯道消失的时候，车窗里伸出一只手挥了挥。我看着车消失在视线里，用只有自己才听得到的声音说：“我想问我家搬哪去了？”那一刻，只觉得胸腔里空荡荡地难受。想对老姜离去的方向敬个礼，却终究没有举起手，毕竟这里是公路。

第五章

为自己出征

1

我失魂落魄地不知在那里站了多久，直到一阵汽车引擎声从身后传来。我定了定神，回头见远处开来一辆依维柯小巴，车正在减速，驾驶室探出一个脑袋张望着，慢慢将车溜到我身边停了下来。我一步跨到我的车跟前，敲着车窗叫醒白杨。

这时那小巴车上一人，伸头叫着："塔哥，塔哥，是我。"

竟然是殷望。我心说，糟糕，刚才双喜不是说发地址让我去找他们吗？现在怎么自己找上来了。刚才只顾着和老姜谈话，还没来得及打发白杨呢。

果然白杨猛地尖叫了一声，就朝小巴车扑了过去。我一时没防备，被打开的车门撞着往后退了一步。白杨已经站在车下抬头看着殷望，说："你给我滚下来。"

殷望也没料到白杨居然还在这里，满脸埋怨地看着我说："塔哥，这……"

我抱歉地笑笑："一言难尽。"

这时从车上下来一个男人，不太看得准年龄，说四十多到五十多都行，穿着一身皱巴巴的深蓝色西装。他捋了捋有些凌乱的头发，歪着脑袋看着我，说："你就是塔哥吧？"

我听他口音和之前电话里的一样，想必正是双喜，点点头，问：

"您是？"

"我是双喜。"他右手伸出来跟我一握，左手做了个"请"的手势，"上车吧，边走边聊。"见我没有要移步的意思，他暗暗使劲猛地拽了我一把，笑着说："走吧，由不得你了。"

他的西装敞着，不知是不是刻意让我看到了他腰间的手枪，我不由得心中一凛。他拍拍枪把说："我车上还多得很。"

我朝车里看了一眼，两个三十来岁的男人，一人正面无表情地看着我，另外一人双手抱在胸前看着白杨。他们的右手都藏在衣服里，一看便知两人手里都有枪，一人盯我，一人盯白杨。我又看向殷望，他无奈地对我使了个眼色。我顺着双喜拉着的方向走了一步，当觉得他的手劲稍微松了一点后，手往他腰间一探，将那把枪夺了过来，快速地打开保险上好膛对准了他的脑袋，说："别动。"

双喜松开我的手。"哎呀，东西都拿走了还不让动？不就是个枪嘛，想要了送你一把，要子弹不？"他全然不顾顶着他脑袋的枪口，从裤兜里掏出一把子弹伸到我面前，"给，装上试试。"

坐在殷望身边的那个男人不慌不忙地双手持枪，一把顶着殷望的下颌，另一把伸出车窗，枪管塞进了白杨的嘴里。白杨吓得一点声音都不敢出，眼泪哗哗地流了一脸。

双喜说："你看你，说和你好好谈一谈正事，你这一来就拿枪弄我，你们海上跑的都是这样？"

主控权在双喜手里，而我手里这把枪可能没子弹。我把手举起来，枪挂在手指上，龇牙对双喜一笑："今天还不到中午，已经有两拨人想要我的命了，你们陆上坏人太多。"

双喜下了我的枪又塞回腰里，说："你看我们是上车谈呢，还是戳在这儿等警察呢？"

我假装慌乱地四下看了看，小心地问："警察在追你？"

"这话是不是该我问问你？你被警察断在沟子后面满山跑成这个样子了，还嘴硬呢？赶紧上车吧，别再废话了。"双喜又对瑟瑟发抖的白杨说，"姑娘，上车不？不上就拿枪把你打掉扔在这。"

白杨赶紧点头，拿枪的那人把枪收了回去，我看白杨浑身都在抖，赶紧过去扶住她。双喜嘿嘿一笑，说："你看吓成那么个样子了。呵呵，你的车就别要了，只要咱们两个谈对路了，我送你辆好车。"

我把白杨扶上车，她扑到殷望的身边，一把抱住殷望的胳膊，闭着眼，泪水一个劲地往下淌。车里除了刚才那两个枪手外，最后面还坐着一个人，那人脸上扣着一顶棒球帽，懒懒地靠在座椅上似乎睡着了。双喜最后上来，吩咐司机开车，指着那两个枪手对我说："这是我的两个小兄弟。"又指着我对那两人说："这是塔哥，你们都客气些，人家是海上混的，以后你们想去海上玩就找他。"

那两人点头打招呼："塔哥。"双喜指着最后那人刚想说话，那人取下扣在脸上的帽子说："不用了，我和塔哥是老相识了。"

我不可思议地看看殷望，又看看双喜："古小姐？"

古听云笑盈盈地站起来，展开双臂一把将我抱住，双手在我后背拍了拍："塔哥，好久不见。"

此时此刻遇到她，我竟然有种他乡遇故知的感觉，心中居然涌出些许喜悦和激动。双喜愣住了，说："你们认识？"

古听云笑着对我说："塔哥，你看这个老狐狸，自己明明知道的事，还装得跟第一次听说似的。"转过头对双喜说："喜子，我就不信我找塔哥帮我带货的事你不知道。"

双喜在座椅上拍了一下，说："我真不知道你们认识，我骗你我是牲口，你咋能连我也不信呢？我要是知道你们认识，我能那么对塔哥？"

古听云白了一眼双喜："别说了，别再把自己感动哭了，所以我最烦你。"她一手搭住我的肩膀说："我就爱和塔哥这样的打交道，省事省心。"

双喜干笑了两下，神色尴尬地抓抓头说："又被你看穿了，我这装的，又把自己装进去了。你还说我是老狐狸，我看你才是千年狐狸精，啥事都瞒不过你。"

我看了眼车窗外，问："我们这是去哪？"

古听云用下巴指了指双喜，说："去他的狐狸窝。"

双喜说："你别听她胡说，去内蒙，主要是有些事想找你帮个忙。"

我回过头对殷望说："是他们找咱帮忙吗？"

殷望立刻明白我的用意，耸了耸肩膀说："不知道，你没见刚才我脑袋上还顶着枪吗？我没怎么见过世面，不知道还有这么找人帮忙的。"

"哦。"我看着双喜说，"你客气了，我看不像是你找我帮忙，倒像是我欠着你什么。"

"塔哥，我的小兄弟刚才可能不礼貌，我给你赔罪嘛。"双喜对那两个手下招招手，"你们俩过来。"指着刚才那个拿双枪的人说："你刚才是不是拿枪捅到人家姑娘嘴里了？"

那人点了点头。

"哪只手？"双喜问。那人伸出了左手。双喜又问："你的刀呢？"那人从腰后摸出一把匕首递给了双喜。双喜一手接过来，一手将他的手一把按在一张空座椅上，"噗"的一声，匕首钉穿了他的手掌。那人紧咬着牙，任由大颗汗珠往下滚，竟然硬是没吭一声。

双喜对一旁吓得傻愣的白杨说："姑娘，我这小兄弟没见过个世面，不会说话，我替他道个歉。"

白杨这才"哇"的一声把头伸到车窗外开始吐。殷望轻轻拍着她后背，回头说："我刚才说的是他拿枪指我头的事。"

"我知道，事情要一件一件地办，你不要着急。"双喜对手还钉在座椅上的那人说："你刚才哪只手拿枪指人家了？"那人一言不发地伸出右手。双喜冲另外一个枪手说："你的刀给我用下。"接过匕首来又将那人的右手钉到座椅上。那人脸上的所有肌肉都在抽搐，牙齿咬得咯咯直响，还是一声不吭。饶是我心肠再硬，也不禁背后一凉。

双喜问殷望："咋样？这个道歉接受不？"

殷望冷冷地看了一眼那双血手，回身继续安慰白杨。但我还是看到他眼神中闪过的一丝恐惧，我想殷望之所以不吭声，大概是担心被人听出他的声音在颤抖吧。

双喜又扭头问我："行不行啊？给个痛快话。"

我对殷望说："要不就这样吧，算是给我个面子。"

殷望点点头。我正想从口袋里摸烟，双喜紧张地说："你别动。"

他手下人过来把我从头到脚仔仔细细地搜了一遍，将搜出来的手机、烟盒、打火机悉数摆在双喜面前的座位上。双喜拿起手机摆弄了一下，说："你这个过时了，我给你换个新的，现在这个东西也用不上。"不等我说话，双喜拔出枪来，用枪托三两下把手机捣了个粉碎，又往碎片上浇了半瓶矿泉水，完事了一并扔出窗外。又拿起烟盒、打火机仔细翻了翻，确认没有问题才塞回我的手里。我看着烟和火机，淡淡地说："你不是急着找我说事吗？说吧。"

"事情要一件一件地办，我的小兄弟不礼貌，冒犯了你们，这个事情算是过了吧？"见我点了头，双喜说，"那你刚才抢我的枪，指着我脑袋这事咋算？"

我抽了口烟，说："说句实话你别生气，我上了你的车，被你搜了身，毁了我的东西后还让你坐在这儿喘着气和我说话，你就已经欠了我天大的人情了。"

双喜脸色陡然一变，古听云忙拉住他，说："喜子，没完了是吧？"

双喜看看古听云的手，又看看我，恨恨地点着头说："行了，秦川，这事就算过……"

我伸手拦着他的话头，把抽了一半的烟递给古听云："你帮拿一下。"猛地起身照着双喜的嘴正中就是一拳，双喜整个人向后"嗵"的一声躺倒在座椅上。我上前揪住他的头发将他拽起来，左右臂错开抱住他的头，对他那两个手下说："动，动一下你老大就是个死。"我手上稍稍一用力，就听到双喜的颈椎咔咔的响声。双喜挣扎着，含混不清地说："别……别动。"

我说："我再在你嘴里听见那些不该说的话，你嘴里的牙一颗都剩不下，信不信？"

双喜喉咙里发出"嗯"的一声，我这才将他松开。他坐在那里缓了半天，慢慢地活动了几下脖子，照着手心啐了一口，脱落的假牙混在血沫里。双喜苦笑着说："秦川，你牛。"

我手上还沾着他的血水，伸手到他衣服上蹭干净，才从古听云手上拿回刚才抽了一半的烟："现在能说正经事了吗？"

双喜拉开窗把嘴里的血吐掉，又灌了几口水漱了漱口，"嗯"了一声。

我走到手还钉在座椅上的那人身边说："忍着点。"将那两把匕首猛地拔了下来丢到座椅下。"收拾下，我那个朋友是个小姑娘，见不得血。"

我问双喜："跟你打听个事，你是怎么找着我的？"

双喜脸露得意之色，忘了自己的嘴还是肿的，咧嘴笑了，这一笑又疼得吸了口凉气，捂着嘴缓了缓："胡纬告诉我的。"他说话漏着风，逗得古听云扑哧一下乐了，捂着嘴转过脸看向了车窗外。

我说："你跟胡纬很熟啊？"

双喜不屑地白了我一眼，从包里又找出一副假牙塞进嘴里，腮帮子左右活动了一下，咯嘣一声装好，才说："一个毒贩子，我跟他有啥好熟的？"

古听云忍着笑说："最近很费假牙吗？随身带着备用的。"

我掌握的资料里，这个双喜是做过境护航生意的，帮毒贩运毒也是其中一项。但听他的口气，好像他很是瞧不起毒贩。还不仅仅是不屑，我总觉得他说到毒贩时，言语间多少透出一种隐约的恨意。也许他在毒贩身上吃过大亏？

该言归正传了，我说："说吧，你找我什么事？"

双喜问："你帮胡纬带过货？"

"他的货，我抢过、烧过、带过。他的人，我也打过、杀过，你还想知道什么？"

"早听说过你，金三角混出来的，现在在海上数你最生猛。U 盘的事你知道，我们两个合个伙，你看咋样？"

我看了看古听云，对双喜说："你我一个水上、一个陆上，完全不挨着，怎么合作？"

"话不能这么说，每年找我带货的人不少，能接的也就占个三四成。其他的陆上没法跑，以后再有这种买卖我让给你，你给我分个汤汤水水的就行。这都是次要的，我可能有些货也得麻烦你。"说到最后他眼光往古听云那边一瞟。我大概明白了，他要说的事跟古听云也有关，于是问道：“怎么？这里面还有古小姐的事？”

古听云始终面带微笑不说话。双喜说：“你别看她，要不是她帮你说话，你杀了沈子雄，我早就把你弄死了。我早先怀疑你是公家的人，那天在城里我就是去弄你的，结果看见你被特警追……不过你确实有两下子，那么多特警追你，你都能跑脱，厉害。”

双喜的眼神中颇有几分欣赏之意。我终于明白了老姜的良苦用心，他让欧阳刚带着缉毒警来抓我，然后在高速路上放了我，都是做给双喜看的。我不置可否地笑笑，说：“这么说我还得谢谢你，看样子我又把我的命捡回来了。”我拿出老姜留给我的打火机，随着一声清脆的金属音，应声闪出一朵火苗，我点了根烟抽了口，说：“你们说这捡回来的命到底值不值钱？值钱的话，我自己好像无所谓；不值钱的话，好像是个人都想要。”

双喜也摸出根烟，伸手示意要借我的打火机一用。我把老姜的打火机装回口袋，把手里的烟递给他。他斜了我一眼，推开我的手，掏出自己的打火机把烟点燃：“别人我不知道，反正你的命值钱，得值个百八十块的。”

我笑着说：“那你说这命是贵一点儿好，还是贱一点儿好？”

古听云斜插进来说：“有时候我真恨自己不是个男人，可每次看到你们这些男人凑一起动不动就玩命，觉得真幼稚。这才见多一会儿，就搞得血稀呼啦的，还能好好谈点儿正事吗？”不等双喜反驳，她看着双喜说：“尤其是你，你眼里有好人吗？”

双喜说：“你看看，咋还躁了？这不是在谈嘛。”

古听云不耐烦地摆摆手，朝我这边坐了坐，搭着我的肩膀说：“你不想我吗？”这问题生生把我问住了，也不知她葫芦里卖的什么药，一时间愣在那里不知说什么。“我就挺想你的，和你打完交道，看他们谁都不顺眼，一个个心怀鬼胎，没一个好人。”说着瞪了双喜一眼：“对啊，我眼里你就没有痛痛快快说话的时候。”转过头看着我，说：“我想找你帮个忙。”

我说："你太客气了。"

古听云把我手指间的半支烟拿过去抽了一口，指指坐在前面的殷望和白杨说："是你朋友吧。"

我说："是我兄弟。"

她点头："那就好，不用背着了，我想让你以后只给我运货。"

"你想包养我？"

古听云笑得拿手捂住了眼睛，连连点头："你这么理解也行，我们合作过，算是半个熟人，我能保证你不会比过去赚得少。"

"好啊。"我一口答应下来。

古听云和双喜大概没想到我这么痛快，愣怔片刻快速地对视了一眼。我说："怎么了？还有什么问题？"见他们还没回过神，便对双喜说："对了，那得跟你说声抱歉了。"

双喜想抽口烟回回神，举起来发现都烧到过滤嘴了，这才觉出来烫，赶紧扔地上踩了踩。嘴上说："这是咋说的？不是……这得有个先来后到吧。"

古听云拍拍我的肩膀坐了回去，鄙夷地对双喜说："我说什么来着，你那套对付你这样的人行，在我秦川兄弟这样的敞亮人面前不太灵光。"

双喜说："秦川，你先别急着答应她，你不是有U盘吗？我们一起去和俄罗斯人碰个面，看看啥情况再定也不迟。"

我看向古听云，她耸了耸肩说："我无所谓，你去看看再答应我也行，万一有更赚钱的机会，也别错过了。"

我朝外望了望，车一路向北已经驶离了北京："现在能告诉我，咱们是要去哪了吗？"

双喜说："去和俄罗斯人碰头。"

我看了眼前座上的殷望和白杨。白杨缩在殷望怀里还在发抖，从我这个角度看去，像是一对受了惊吓的小动物依偎在一起。不管殷望是装的还是真被吓到了，作为一个与我搭档的战士，此时不该是这个样子。想起他之前的豪言壮语，我不禁有些恼火，扶着椅背弓着腰走过去拍了一把殷望的肩膀。他猛地一激灵抬起头看着我，目光中满是惊恐，甚至还有些无辜。我顿时气不打一处来，问："饿了吧？"

殷望愣了一下急忙摇头，白杨连连点头说："饿了。"说完两人对视了一眼，白杨大概看出我是在挖苦殷望，怯怯地看了眼殷望，低下了头。我又问："累了吧？"这次白杨昂着头，努力睁大通红的眼睛说："不累。"殷望却连连点头，怜惜地看向白杨："嗯，她肯定累了。"

我无奈地笑笑，说："那一会找个酒店休息一下，房间你们两个开一间还是两间？"

"一间。"他俩异口同声地说。说完白杨自己臊了，吐吐舌头低下头，偷偷地掐了殷望一把。殷望忙说："我……我是担心她的安全，顺便劝她回家去。"

双喜扫了一眼古听云，呵呵笑着说："你说晚了吧，她知道那么多，现在把她放了，不大合适吧。"

古听云说："秦川，这事我同意喜子，现在除了咱们四个，谁离开都不合规矩。你放心，没人敢动你的朋友。"双喜跟着附和说："对着呢，不让她走不是想把她咋样，确实不踏实，换作我的人要离开，你也不能答应吧。"

我听双喜这么说，是不肯放殷望走的意思，带着这么两个人明显是累赘，那只能说明殷望对他有价值。我想了想，指着双喜凑近殷望，咬着牙一字一顿地说："我怎么觉得这里面就我知道得最少，我记得你跟我说过，你不认识双喜。"

殷望喉头动了动正想说什么，双喜抢着说："这你不能怪他，你们被公家追的时候，我一直跟着的，谁知道等我追上的时候，车上只有他了。"

我扭头问双喜："就你这破车？特警都没追到，你能追到？我看你们是事先约好的吧。"我一把捏住殷望的后脖颈，稍一用力，痛得殷望眉头紧紧皱了起来，但他扛住了没出声。

"有话你好好说，别动手啊。"白杨半站起来，用她的两只手来掰我的手指。

双喜急忙猫着腰走过来拉住我："秦川，兄弟，有什么话坐下来聊……要不说那些警察是公家的人呢，都是领工资的，人家凭啥给你玩命，跟咱们不一样。”

我松了手，任双喜把我拉到后排坐下。我盯着殷望的后脑勺，说：“我就纳了闷了，这小子平时能说会道的，怎么这会儿跟变了个人一样，要说还是你双喜本事大。”

双喜一拍大腿：“嗨，你看看，这事怪我，我小人之心了。古小姐说你是个痛快人好说话，我一直不信，弄出这么多事……这事怪我。”

他扯了半天也没有消除我心底的疑惑，再回想殷望今天的表现，越发觉得可疑。我冲开车的司机喊了一嗓子：“麻烦停车。”一把拉起古听云说：“就按你说的，以后你的货我全包了。”

古听云倒也痛快，冲双喜挥手道别：“喜子，我可是仁至义尽，是你自己搞砸的，你不能埋怨我了。”

双喜急忙扑上来拽着我的胳膊：“秦……不，塔哥，你总得给我个机会赔罪吧。”

大名鼎鼎的双喜此刻几乎是在哀求我，我明白这里面多半是古听云的功劳。毕竟我在海上折腾出大天来，双喜也没有亲眼见过，这种老江湖对没有亲眼所见的传闻有着超强的免疫力。可古听云何许人也，她一个谨慎到动辄杀人灭口的人，在跟我合作一趟后，不仅没有杀我，反倒决定以后把所有的货都交给我运，这种事双喜恐怕之前从没听说过，或者连他自己也做不到。他主动来找我，甚至不惜低三下四，这种人比动不动就想把竞争对手干掉、一家独大的胡纬要高深老辣得多。难怪他能稳坐内地黑货运输的第一把交椅这么多年。想起他之前对胡纬等人嗤之以鼻，轻飘飘一句“一个毒贩子”就给叱咤金三角的大毒枭下了定义，这绝不是虚张声势的自大，而是彻头彻尾的蔑视。

即便我的这些揣测全不成立，也还有古听云。看得出他们两个很熟，以古听云的做派，想要靠近她都难如登天，更别说与她同车同船走这么远的路。换言之，古听云一人既在双喜那里证明了我的实力，也为我证实了双喜是此次任务中一个绝不能轻易放过的重要目标人物。

见车速没有降下来，我微笑着对双喜说：“不好意思，你的人还得麻烦你来说一声，我们想下车。”

双喜一咬牙喊了声：“塔哥让你停车，你耳朵里塞驴毛了吗？”

司机这才缓缓地将车停在路边，打开了车门。临下车前，我对殷望说：“祝你们旅途愉快。”又对白杨说：“就当蜜月吧。”

2

我拉着古听云头也不回地朝前走去。此刻我表现得越坚决，将来双喜对我就会越重视。至于怎么找到台阶重新搭上双喜的车，那是双喜要考虑的问题。我相信以他的本事，一定会找到一个我无法拒绝的条件，高高兴兴地与他合作的。

因为在这一刻，这方圆几十米的地方，有三个招牌响当当的人物聚集在一起，就注定了要么三败俱伤，要么联手干出一票足以震惊整个东北亚黑白两道的大事来。

我放开古听云的手，问：“你找我还要通过他吗？”

“没办法，他张了这个口，多少得给点面子。要是你也一样，都是朋友。”

“他向你张了什么口？杀我？”

“他说是杀你，无非就是想躲在暗处看看你的借口。他和你不一样，眼里没好人，所以也没朋友，至少我没见过。”

“我以为你也不会有朋友。”

古听云将手伸到我臂弯里，轻挽着我说：“我还没到连朋友都不需要的境界。”

很奇怪，她这个动作并没有让我有任何不自在，那不是男女之间的亲昵，而是种朋友似的随意。其实刚才在车上我就已经观察过了，她那合身的小外套和长裤短靴，根本藏不住枪，更别说她那两把大口径的“沙漠之鹰”了。我问她：“你出门不带人也不带枪？”

古听云淡淡地说：“知道我的人不敢把我怎么样，不知道我的人也很难把我怎么样。”

这时车开到了我们身边，保持着慢速行驶。双喜从车上跳下来，走到古听云那边对她说："你帮我说说话，我这次是玩砸了，这不是好些年没见过痛快人嘛，这猛一下看到吧，不习惯了。我这次真的得好好麻烦你们两个，你放心，多少钱你们随便开。"

古听云横了双喜一眼："你真以为人干点什么都是为那几个钱？"

双喜低头嘟囔着："还有不吃麦子的驴？"

古听云猛地站住了，冷冷看着双喜。双喜咳了一声急忙说："我这破嘴……不管咋说，你们总得有想要的东西吧，你们说说，看看有没有我能干成的。"

我说："你等等，我倒是好奇了，你到底想让我帮你干什么？"

双喜面露难色，磨叽着："这个嘛……"

我接着问他："沈子雄是你的人？"我突然转了话题，双喜没回过弯来，愣了一下，点点头。我说："你也不问我为什么杀他？"

双喜嘿嘿一笑："这应该你跟我说吧。"

双喜脸上很平静，这反倒证实了他一定知道很多事，这其中就包括他在俄罗斯见过程建邦。既然沈子雄是双喜的人，那么他一定会把我和程建邦曾一起出现在戈壁滩上的事告诉双喜。而双喜一直到现在都没有谈及此事。我说："你在俄罗斯见过我那个兄弟了？"

双喜点点头。

幸福从天而降，来得有些猛烈，我只觉得嗓子发干，我需要静一静。我问："车上有水吗？"

双喜忙朝车上比了个喝水的动作，有人很快拿了三瓶矿泉水下来递给我们。我拧开瓶盖猛灌了几口，歇了口气，说："他就是你所谓的公家人。同时，他也是我的兄弟。"

双喜喝完水用袖口抹抹嘴，说："嗯，我知道。"

"你知道还跟我谈合作？"

"我也有很多朋友和兄弟是公家的人，难道我有那样的朋友，我就是官？他们有我这样的兄弟，他们就是匪？又不是小娃娃玩游戏。"双喜看了看我的脸色，说，"秦川，你那个兄弟现在可不好过，我见他的时候已经是大半年前了，现在是死是活都不一定。但是你放心，只要你和我去跟俄罗斯人碰头把事情谈妥，我出面作保，让你带你兄弟回来。话说在前头，这得看他的造化。俄罗斯人跟咱们不一样，一个个都野得跟大牲口似的，根本不把人当人，只要他能活着撑到现在，我双喜一定帮你把他带回来。”

话说到这份上，我没理由再掩饰内心的情绪了。我停下脚步转过身看着他：“好，不论他活着还是死了，你都要帮我把他带回来，这就是我的条件。”

双喜哈哈大笑起来，重重地拍着我的肩膀，对古听云说：“你真没看错人，这行当里居然还有这么重情义的人，我算踏实了。”他眼神有些落寞，叹了口气：“秦川，你那个兄弟是你战友吧？我也当过兵，明白这里面的事情……我当年一个连的战友，除了我，全把命丢在老山了。我是半条命躲在猫耳洞的死人堆里熬了半个多月才被人救出来的。”他吸了吸鼻子，仰起头抑制着骤然冒出的眼泪。

古听云刻意与我们保持着一定的距离，装作一副什么也没听到的样子，饭后散步似的在路边慢慢地走着。

双喜转过脸用袖子擦了把脸，说：“秦川，我答应你。另外只要事情办妥，该给你的钱我一分不少，我双喜在社会上混了这么久，靠的就是说话算话。”

这一次我真切地感受到了他的诚意。我不管他说这些是为了博取我信任，还是真的性情流露，只凭他见过程建邦，他指的路我就必须试着去走走，哪怕前面是万丈深渊。

尽管我一再提醒自己，我只是一部用鲜血做燃料去战斗的机器，我面对的都是些无所不用其极的罪犯。但有些软肋注定是藏不住的，一旦有人触动，我就愿意把胸口亮出来，不管扎过来的是刀还是枪子儿，我都愿意接着。

我和古听云又上了双喜的车。这一次大家沉默了很久，除了沉闷的引擎声之外，车厢里再没有别的声音。

双喜递给我一支点燃的烟，拍拍我的膝头说：“我跟你说实话吧，俄罗斯人早就注意到你了，放出话来，只要我和你谈妥，以后所有的货必须通过我们运，别家运的他们不收。成天甄别来甄别去的，他们也烦，他们输不起。”我“嗯”了一声。他接着说：“这几年南边和西边的收成好得很，货有的是，难的是运送。只要我们把这个和俄罗斯人谈妥了，大大小小的毒贩子都得围着咱们转，你明白了没？”

我闷闷地抽了一口说：“明白。”

他朝古听云努努嘴：“你出面让我把这事谈妥，以后出力出命的活我来干，你和古家丫头爱咋合作都随你，你看咋样？”

我看向古听云：“你介意不？”

古听云皱着眉：“有点介意。怎么感觉自己成了第三者。”说着自己先笑了。“不过我记得我说过，我可能迟早得死在你手里，我认了。”

一个很小的声音从车前面传来：“我看我也迟早死在你手里。”循声望去，说话的正是白杨。我心里一阵恼火，这是什么场合，还有心思打情骂俏呢。

双喜刚才不许他们离开，现在估计不会再坚持。那么我得跟殷望聊聊，看能不能把他们留在境内。我本想叫他名字，一想他在白杨那里叫徐明，谁知道在双喜这边又叫什么。我问双喜：“我和我的小兄弟聊两句悄悄话，你介意吗？”

双喜说：“都是自己人，你随便。”

我起身走到殷望身边，对白杨说：“我和他说两句话。”

白杨识相地起身坐到了后面。殷望朝里挪了挪，我坐下低声说：“我该叫你什么？”

“徐明吧。”

我微微摆摆头指了指白杨，问他：“你觉得你适合继续跟我吗？”

殷望垂着眼皮说：“是不太适合，但我等这个机会很久了，可能以后再也没这样的机会了。”

他疯了一样想执行一次真正的、不再是外围的外勤任务，事实也证明他是非常优秀的。如果没有白杨在，我是没理由把他退回去的。我说：“你见过谁出门干活还带着女朋友的？你这样会害死她的。”

殷望抬起眼看着我说：“可是你刚听他们说了，谁也不能离开。”

“我去和双喜谈谈，让你们俩留在境内，不出他的地盘他总说不出什么了，等我完事回来，再接你们。”不等他答应，我又问，“你和双喜达成了什么协议？为什么他一定要带着你？”

“不知道。”

我一把揪住他的衣领，在他耳边狠狠地说：“都什么时候了，你还跟老子玩这套？想耍酷滚回城里的夜店去耍。”

他看了眼我的手，叹了口气说：“我跟你说过多少次了，这样不好。我真不知道他为什么要带着我，还有……你为什么不把白杨打发走？”

我气不打一处来，一把将他推回座位，一连做了几个深呼吸才平息下来。我扭头问正吃惊地看着我的双喜：“你能告诉我为什么要带着他吗？”

双喜说：“这个事你依我一回吧，到时候我肯定给你个交代。”

“我要是不依呢？”

“秦川，咱们刚才挺高兴的，别为了点小事红了脸，这以后还咋处？”

“我办事最怕累赘。”

双喜看看殷望和白杨，说：“那简单。”说着直起身，手里不知什么时候多了把枪，对着白杨的同时上了膛。眼看他就要扣动扳机，我猛地一把抬起他握枪的手，“嗒”的一声枪响，子弹擦着白杨的头皮把车窗打了个窟窿，射了出去。

这一切来得太快，我攥着双喜的胳膊正要使劲，车猛地一个急刹，我朝前一栽头撞到前面的椅背上。我起身重新扑向双喜，一只手刚要攥住他握枪的手，手背突然一麻，一阵剧痛让我不由自主地把手缩了回来。我捂着手扭头一看，见司机手里拿着一个弹弓瞄着我。我一看手背，已经像个馒头一样肿了起来。司机面无表情地说：“哥，别乱动，头上挨一家伙，我就成杀人犯了。”

双喜不耐烦地咂咂嘴，骂了一句：“你不好好开车，咋又玩上你的弹弓叉子了？”反手将枪随手丢到了我怀里，看着我的手说：“来我看看，没事吧？我的这些个兄弟，一个个都没脑子。”又对其中一个手下喝道：“看什么看，还不赶紧把药箱拿来！……哎呀，秦川，你看你干啥呢，你说是累赘，我帮你解决一下，你咋又拦上了？你到底咋想的？你要是不想帮我就明说，咱们又不是不讲理的人，大不了你给古家丫头在海上运古董，我继续在这儿拉我的货，大家还是朋友嘛。”

双喜说话的时候，我的目光一直没有离开他的眼睛。他左顾右盼地张罗着，那看似漫不经心的关心和唠叨却让我明白，当我不久前把软肋亮给他的那一刻，我就已经输了。如果他讲的那些当过兵的历史都是真的，那么他太懂我这种人的死穴在哪里了。而我不能反抗，因为反抗可能造成的任何后果都会让我后悔，让我生不如死。

由着他帮我包扎，我看了眼怀里的那把枪，按了下弹夹扣，弹夹滑了出来，果然没有子弹。我淡淡地问：“你枪里就一颗子弹？”

“嗯，不一定。我也不记得，有些一颗，有些两颗，有些没子弹，一天忙的哪记得这些事。”双喜说得特别诚恳，就跟真的一样。他身边到处都藏着武器，只有他知道在哪里，怎么用。装有一颗子弹的，正好应对刚才的情况：如果枪被夺下，我无法用它再伤人；如果我没有夺枪，也没人知道枪里已经没了子弹，那么枪还有着它该有的威慑力。

在他面前，我还是嫩了点。

白杨不知什么时候已经坐到了殷望旁边，头扎在殷望怀里抖作一团。殷望与我眼神一接触，对我轻轻地点点头，似是对我的遭遇在表示理解。难道双喜也攥住了他的软肋？

双喜还在絮叨：“一会儿找个地方给你找些冰，骨头应该没事，你试着动动看。”

古听云站在后面，手撑在座椅上，冷冷地说：“老喜子，这是最后一次。再有一次，哪怕是秦川指甲劈了，我就要你全家好看。”

双喜神色有些慌乱，强挤出笑容说：“多……多少年的交情了，你跟我开这玩笑？”

古听云轻轻吐出两个字：“试试？”

双喜深吸了一口气，把脸转到一边，扯着脖子对司机喊：“车开稳些！你们这些人，成天给我找麻烦。”

“一会儿找个地方看看，别落下毛病。”古听云看看我的手，在旁边坐下说，“刚跟你说了，他们没好人，除了生意，没事别和他们闲聊。”

我苦笑着说：“这车上有好人吗？贩毒的、走私的，还有倒腾文物的，哪一个丢出去都是枪毙的罪过。”

古听云微微一笑，往窗外望去不再说话。这时才听白杨“哇”地叫了一声大哭起来，合着她刚从那一枪中回过神来。

3

车快驶出河北时，在国道边一个加油站停了下来，我以为是要加油，就想下车溜达溜达。双喜说：“秦川兄弟，时间紧，咱得接着赶路。”就见一辆七座商务车慢慢开过来停在一旁，司机下来跟我们车上的司机换了位置。双喜指指那辆商务车说：“换个车吧，这个舒服些。”

双喜那两个手下没上车，我正想质问他为什么放人走，如果可以放人走，那么我也要让白杨离开。双喜抢着说：“那两个都是我的人，这一趟不管出了啥娄子，我都负责。”他看向古听云。古听云对我点点头，意思是她也愿意为双喜的言行担保。既然如此，我也不好再说什么。双喜又说：“再说你们都没带人，我带两个人也不合适。”

我举起包着纱布的手对双喜晃了晃。双喜指着司机说：“总得有人开车吧，他路熟。等到过境的时候，连他也用不着了。你放心，从现在开始他就是司机，就算你们把我活活打死在车里，他那双手也绝不会松开方向盘。”

我见自己的心思被双喜摸得透透的，索性就不跟他费这个脑子了，我说：“你别那么敏感，我是说折腾一天了，大家饭都没吃一口，尤其我们三个。我昨夜在山上猫了一宿，什么都没吃呢。你这车上咋啥都有就是没吃的？”

双喜竖起大拇指说：“秦川兄弟，你确实沉得住气。我要是在沟子后面被特警追，豁出命也得先跑出千八百公里再说，哪还有吃饭休息的心思，你确实牛。”

也不知他这是在夸我还是试探我。“习惯了。比当年在深山老林里一头被杂牌军扔着手雷追，一头被边防武警端着枪堵，要好多了。”我边说边解开了衬衫上的几颗纽扣，“你说我这命还值钱不值钱？”

双喜凑近了来看，震得连竖起的大拇指也忘了收，说话都结巴了：“这……都是枪打的吧。”

我低头看了看自己惨不忍睹的胸口，那里光靠近心脏的枪伤就有三四处。我正要重新把扣子扣好，见古听云伸过手来，我想拨开她的手，她低喊了一声：“你别动。”双手一分扯开我的衬衫，我身上的疤痕都露了出来。她小心地用手指轻触着那些伤疤，轻声数着：“一、二、三、四、五……”

像是眼睁睁地看着人乱翻我紧锁的记忆抽屉，我猛地打开她的手，直起身将衬衫穿好。扭过脸去的时候正好碰见殷望的目光，他眼里包着一汪泪水仰头看着我。我狠狠地瞪了他一眼，他立刻把头低了下去，回身在位置上坐好。我扫了一眼双喜和古听云，幸好他们都没有注意到殷望的异样。

“难怪当初我拿枪对着你，你那么冷静。也难怪你这性格还能在这行当里混这么久还活着，原来已经死了这么多次了。”古听云呆呆地看着我，怜惜地说，“死了这么多次，你都不长记性？”

“什么记性？”

“我没猜错的话，这些枪不都是为自己挨的吧。”

我把头仰靠在椅背上闭上了眼睛。很长一段时间，我都不敢看镜子里的自己。后来，我想学着去面对，就刻意去细数每一道疤痕的来由。起初还能记得它们相关的时间和地点，是因为什么事。渐渐地，记忆就像被水汽蒙住的镜子一样模糊，哪一处是来自哪次任务，已经完全混在了一起。

古听云又问：“那些你替他们挨了枪的人，现在过得好吗？”

我望着窗外公路边安详的村庄，妇女们聚在一处织着毛衣聊天……一条黑狗懒懒地趴在一堆碎砖上……大树下几个小孩子抱着煮玉米，咧嘴大笑的时候露出正在换牙的缺口……看着这一切，我轻声说：“挺好的。”

“那就好。”古听云说，“那也算值得。”

“当然值了。如果一枪是一条命的话，那我这些枪挨得太值了。”

双喜伸手拍拍我的膝盖，叹了口气。我说：“对了，你上过前线，也算是捡了条命回来的人，那会儿你觉得值吗？”

双喜看看我，又看看古听云，低下头笑了笑，没回答我的问题。

日落后，车在内蒙古锡林郭勒盟的一个小镇里停了下来。车刚停稳，一辆随处可见的金杯车便驶了过来，和刚才在加油站一样，金杯车司机与我们的司机换了位子，我们也换上了金杯车。

这一次车刚驶出镇子，便下了公路开到一条没有铺装的小路上，很快进了一个村子。这个村子在一大片草场中间，周围很空旷，随便站个高处就能看到每个方向的情况。凭着职业的敏感，我刚瞅准一个既能观察四周情况又相对隐蔽的砖窑的屋顶，就见双喜的司机已经攀爬了上去，手里拿着一个军用的夜视瞄准镜。双喜对他喊了声：“机灵些，我们稍微拾掇下就出发。”

双喜带着我们走进村口的一家小饭馆，饭馆屋顶绑着一个高音喇叭，正大声地放着民歌。刚撩开饭馆门帘，便迎上来两个人，一人点头哈腰地打招呼：“喜哥来了，怕是有半年没见了吧，你看看喜哥这身体……”

双喜不耐烦地说：“赶紧别废话了吧。”

那人嘿嘿笑着。

双喜回头对我们说，“随便坐，今天我们简单些，一会儿到了地方，我好好招呼你们。”

那两人很面熟，我正在想肯定是在哪里见过。那两人像是也认出了我，指着我“哎呀”了半天，像是在想我的名字。我顿时想起来了，这两人正是当初我接程建邦回京路过那家黑店时，被我们修理过的那两个——老六和老九。

我抢先叫他们：“老六、老九？”

“对了，你们应该见过，小沈的人。”双喜对老六说，“一人一碗面，赶紧的。”

见老六进了厨房张罗，老九凑到双喜身边，悄声问：“我们……沈……沈哥呢？”

双喜大大咧咧地坐了下来，用下巴指指我："小沈脑子不灵光，被你秦哥解决了。"

老九惊得吊着下巴，满眼惊恐地看看我，不知该怎么接双喜的话，愣了半天才慌忙低下头，说："我去里面忙活了，你们稍微坐一下。"

不多时他们端出几碗面来，大家都饿了，各自埋头吃起来。

这时一个七八岁的小孩从外面进来，蹭到旁边的一张桌前坐下，眼巴巴地看着我们。双喜看那孩子一眼，冲他招招手。小孩抹了把鼻涕，凑到双喜身边，踮起脚去看他碗里的面。双喜说："你想吃？"小孩用力点点头。双喜把半碗面推到小孩面前说："吃吧。"小孩顿时两眼放光，从筷筒里抄起一双筷子正要吃，后脑勺便被双喜拍了一把，小脑袋差点栽到碗里。双喜说："还装上讨吃货了，你爸是不是姓蔡？"那小孩吓了一跳，扭头就要跑。双喜一把抓住他的后脖子："你个小孩是不是又偷你爸酒卖挨打了？"小孩挣扎得更用力了，双喜将他的小手腕一扭："你还给我动？"扭脸朝后厨喊着："老六，把蔡家的小儿子给送家去。天都黑了还在外面瞎浪，跟前几个泡子全是烂泥，再把这小孩给陷进去。"

老六闻声跑出来，从双喜手里接过那小孩，骂骂咧咧地扭出了饭馆。双喜看了我们一眼，接着吃他那半碗面，说："以前我在这儿开过矿，这几个村子都熟得很。"

老九从厨房出来，站在双喜身后小心地说："刚刚才知道您今天来，本来羊拉来了，正准备杀你们就到了，您要不急，我保准一小时内让你们吃上。"

双喜正捧着碗喝汤："这就走了，下次吧。"他突然愣了一下，把碗往桌上重重一摔，站起身说："你咋知道我要来的？谁跟你说的？"

老九吓得哆哆嗦嗦地说："听……听说您今天要走这条路，我估摸着晚上咋也得跟这停一下。"

双喜正要追问，就听外面"咣"的一声。双喜跳起来一把推开老九，瞪着眼睛对我们说，"公家来人了。"只听外面一阵汽车引擎轰鸣声，双喜的司机从外面冲了进来，喘着粗气说："走！"

我们赶紧往外跑，临出门，双喜指着老九说："把人给我拦半小时，不然我送你们去见你们沈哥。”对我们挥手催着：“快上车。”他自己坐到了驾驶座上，对司机摆摆手说：“你回去吧。”

我们刚上车坐下，就听屋顶的那个喇叭发出一阵刺耳的电流声，老九扯着嗓子高喊着：“政府派人强征草场啦，有一个算一个都出来啊！”

我坐到副驾上，惊讶地向双喜看去。果然没过多久，就见土路上聚了好些扛着各式农具的村民，齐齐朝那家小饭馆拥去，嘈杂的骂声闹哄哄的，把警笛声都盖住了。

双喜把车开上了草场，左拐右拐很快进了一人多高的草甸子里。我试着去看前面的路，黑乎乎一片的什么也看不到。我想起了洪林，在丛林里，洪林也有同样的本事，在几乎没有光亮也没有路的情况下，把车开得飞快而不会有任何闪失。

我说：“你慢点，刚才吃得急了，别给我颠吐了。”

“哎呀，你确实牛。”双喜哈哈一笑，从后视镜里看了看古听云，“你问问大伙，是不是都恨不得我把车开得飞起来。”可不，这车上最怕警察的除了我和双喜之外，就数古听云了。

双喜把车停了下来，脱了鞋卷起裤腿，说：“你们别下了，全是泥。”他下了车，蹲下身摸了摸地面，又蹦了几下。我眯起眼睛看了半天，才借着些许天光的反射看见前面是个大水泡子。双喜试探着往水里蹚了几步，张望了一会，光着脚又上了车，说：“坐好啊。都把安全带系上。”

车往后倒了一段，换了一个方向慢慢朝水里开了进去。朝里走了十多米，又慢慢转了方向朝更深处开了十多米。我能感觉到车轮在湖底划船似的漂浮感，这种水泡子里一旦发生倾翻，人是逃不出去的，只能眼睁睁看着自己被烂泥吞没。全车人都屏住了呼吸，生怕一个小动作会让车失去平衡。我不由得也紧张起来，伸手拉住了把手。

不知走了多久，只觉车头朝上一仰，双喜猛地加大了油门，车像一头脱困的野兽怒吼一声蹿上了岸。从来没觉得剧烈颠簸是这么让人踏实的事，我欣赏地看了双喜一眼。双喜像是感觉到了，瞟着我笑了笑。

古听云扶着座椅上前来捣了捣我的胳膊：“给我根烟，大江大浪都过来了，被一个小泥坑搞得我紧张了。”

我递给她一支烟，帮她点燃，说："就是因为大风大浪闯过来了，才会怕这种小泥坑，真在这儿栽了，死不瞑目。"

"你老哥我就是在这种你们眼里的小泥坑里刨食吃的。"双喜从后视镜里斜了眼殷望："你们俩黏了一天了，还没黏够？可惜了，这地方白天可好看了，最适合你们搞对象的。"

我丢了支烟给殷望："还没适应？你不是一直念叨着要跟我在外面跑吗？怎么一出来就怂了？"

殷望自然明白我话里含着的意思。"话少就是怂？"他懒懒地白了我一眼，那种玩世不恭又略带挑衅的眼神，是我再熟悉不过的了。这让我稍稍安下心来，因为一个人在险境中依然保持着你熟悉的样子，是最让人踏实的。只希望他能用他那身本事照顾好自己和白杨，能活着走再活着回就好。

不知为什么，车内沉寂下来，每个人都看着车窗外茫茫的夜色发呆，大概是都想起了各自的心事吧。双喜回头看了一眼："咋都不说话了？你们说说话，弄得我怪心慌的。"

"你车上为什么不准备点吃的？"自上了双喜的车起，我就发现他的车上从不预备干粮，熬了一天一夜只吃了碗面，已经又觉得饿了。

双喜说："饭当然要踏踏实实地坐在桌子前热热乎乎地吃，我一年有大半年都在赶路，我得对得起自己的身体，不然挣再多钱还不都看了病了？再说干这个也不能得病，万一在节骨眼上头疼脑热的，丢的可就是命。"

我说："总得预备些，万一耽误了，也踏实。"

双喜手底下熟练地转着方向盘："那就不要耽误，啥都预备齐了，人容易犯懒。"

见他几乎没有刻意看前方，就算他有一双夜视眼，这也有些不可思议。我指指黑漆漆的夜色说："你看得见路？"

双喜指指自己的脑袋说："都在这儿呢。"

我赞叹道："不愧是双喜，名不虚传……你让我想起我以前的一个朋友，在深山老林里也是你这种开法，好几次把我的命从枪口下救了出来。”

双喜来了兴趣：“深山老林？那确实厉害，什么时候给我介绍一下，我也学习学习。”

“死了。”我说。见古听云关切地听着，我知道她想起了我身上的那些枪伤，于是说：“他替我挡了子弹。”

古听云点点头，喃喃地说：“龙交龙，凤交凤，一个愿意为朋友挡子弹的人，果然能交到也愿意为他挡子弹的朋友。”她歪着头问我：“你说真有那么一天，你会为我挡子弹吗？”不等我回答，她又说：“我想我会为你挡的。”她似乎并没想要我回答她的问题，探头又问双喜：“喜子，你有这样的朋友吗？”

双喜叹了口气：“有过。”他好像不愿意继续这个话题，咳了一下说，“你们累了就睡会吧。”

我问：“还有多久？”

双喜看了眼仪表盘上的电子钟，说：“两个半小时。”

这时听白杨轻声对殷望说：“我会给你挡子弹的。”殷望尴尬地看了我一眼，对白杨说：“你见过子弹吗？”他在自己后背上点了点。“如果子弹从这里打进来，穿到前面，胸口会有这么大一个洞。”他用拳头在胸口上比画着。白杨说：“多大我也不怕。”殷望想了想，说：“而且子弹不一定会打在身上，如果打在头上，搞不好半个脑袋就不见了。”白杨愣了一下，立刻坚定地说：“我不怕。”殷望搂住白杨的肩头说：“我怕。”白杨欣喜地抬头看殷望：“你怕我死吗？”殷望摇摇头：“我怕见着你半个脑袋，以后睡觉做噩梦。”白杨哧哧地笑着捶了殷望一拳，两人嬉笑着同时看向我。

我从后视镜里冷冷地盯着殷望。相持了几秒钟之后，殷望意识到自己的不妥当，对白杨说：“别胡说八道了，我们是去谈生意，又不是去打仗，哪来的子弹？”说完小心地看了我一眼，揉了揉鼻子。

沉默了很久，我问：“你缓过来了？”

殷望低下头不敢再说话。车厢内再次陷入了沉寂，而我在这种氛围中却感到难以名状的不安和兴奋。说不清不安是来自哪里，但能肯定兴奋是来自这飞转的车轮——我坚信驾驶座上把握着方向盘的双喜，一定会让我见到阔别已久的战友们。

连日的奔波已经将我的体能逼到了极限，疲惫正如这沉沉的夜色一般将我包围，使人无力抗拒。渐渐地，我放弃了抵抗，在不知道是谁发出的鼾声中沉沉地睡去。朦胧中，我看到刘亚男被人吊在空中……我正着急又感觉浑身无力时，程建邦出现了，站在高处对我嘶吼着：你怎么才来？我惊恐地抬起头看他，只见他只剩下……我猛然从噩梦中惊醒，不知道自己是不是叫出了声，衣服已经被汗水打湿冰凉地贴在后心上。

古听云默默地递了一瓶水过来，我抹了把头上的汗，接过水咕噜咕噜地灌了下去。古听云伸手搭在我的肩膀上拍了拍。我平静了一下，没话找话地问："到哪了？"

"快到了。"古听云用下巴指指殷望，"你看看人家。"

顺着她目光看过去，殷望和白杨相互依偎着睡得正香。我扭过头，却见车窗外是程建邦那半张脸，我又是一激灵，程建邦的半张脸不见了。我把头埋在双手里，撕扯着头发试图让自己清醒一些。我问古听云："你也要出境吗？"

"嗯，在那边有事要办。"

"我们什么时候能到那边？"

"正常的话明天就能出境了，最迟后天能到，你很急吗？"

我摇摇头，将头靠在头枕上闭上了眼睛。

"刚才你睡着以后，我想了想，觉得挺没劲的，以前觉得要赚钱，赚到了觉得也就那么回事。想想你身上的那些伤，又想了想自己这些年的生活……"古听云幽幽叹了口气，像是自言自语地说，"得不偿失。"

我问："想回头？"

她苦笑着说："回不了了。"

我想了想，说："你要是不干了，我也不干了。"我不知道怎么会冒出想劝她金盆洗手的念想。这种念头虽然荒唐，但一旦冒出来就无法再把它按回去。想起洪林在临死前曾劝我堂堂正正地做人，心里不由得像刀绞般难受。

“哈哈哈！”双喜大笑着说，“都醒醒吧，快到了。”

我忙朝前方望去，远处依稀有几盏灯火，忙搓了搓脸打起精神对古听云说：“我刚才说的那个为我挡了子弹的朋友，临死前劝我收手。”

“我每天都劝自己收手，我认识的每个干这行的人，哪个不是每天早上一睁眼就想收手的事。哈，谁做得到？谁敢？尤其是小古，手里那么多人命，白的黑的都放不过她。”双喜在座位上直了直腰，拍着方向盘说，“我说你个娘们家怎么老把事情做得那么绝？”

古听云有点强词夺理地说：“不然我能活到现在？”

双喜说：“说句你不爱听的，你把祖宗的东西卖给外国人，这营生就缺德。”

古听云没理会双喜，对我说：“你刚说的当真？”见我一脸茫然，又补了一句：“我不干，你也不干了？”

我点点头：“嗯。”

古听云定定地看着我，撇嘴一笑：“我可能真的得死在你手上。”

双喜瞪着眼说：“不是……你们两个啥意思？我千辛万苦地把你们拉过来，是打算跟你们干票大的，你们咋开始商量退休的事了？”他正说着，就见远处那几盏灯火灭了。双喜把车缓缓停下，有节奏地对着前方闪了几下远光灯，很快那边一道大概是手电筒发出的光柱对着我们闪了几下，双喜这才开了大灯，继续朝前驶去。

双喜指着那边说：“这是我开的煤矿，现在国家不让干了，停了。”大灯照见一座砖瓦院落，两个人正吃力地将大铁门朝外推开。双喜把车开进院内停好，拉住手刹，对我说：“今天好生歇缓下，你别看这破破烂烂的，可啥都有。”

不远处站着几个人朝这边张望，双喜冲他们喊：“钥匙呢？”一人答说：“门上呢。”双喜又喊道：“把车给我拾掇一下。”

双喜摆手让我们进去，等我们全都进了屋，他检查了下窗帘，才打开灯。我眼前一亮，这房子外面看着破败，里面的装修不亚于星级酒店的总统套房，实木家具、羊毛地毯、新款的电器电脑一应俱全。他见我们都傻了眼，笑笑说：“随便一点，放心吧，没我的话没人敢过来，洗澡啥的都有热水。你们先选房间，我去安排些饭。”他哼唱着浓重方言的小曲出去了，“面对着大青山啊我光棍发了愁啊……”

我四处转了一圈，除了客厅、餐厅和厨房以外，共有六间客房。房间都打扫得一尘不染，没有半点异味。拧开洗手池上精致的水龙头，清亮的水哗哗往出流，没多久便热了。古听云打开电视机翻着台，竟然全是国外的频道，看样子还私架着卫星天线。

古听云随手拿起边柜上的花瓶，在灯光下正细细看着，双喜抱着一堆东西进来了。我帮他把门关好，他将手上的东西往沙发上一堆，原来是一包包全新的衣物。双喜说：“褂子、裤子、裤衩子、奶罩子都有，挑好了就洗个澡换上。”他看了眼古听云和白杨：“我不知道你们的尺寸，你们试着看，不合适我再去拿。”

古听云伸手拨拉那堆衣服：“嗬，都是名牌。喜子，都是帮人运货顺来的吧。”

双喜白了古听云一眼：“说啥呢？你老哥是那手脚不干净的人？都是些找不到货主的，有些是抵了债的。”他哼着小曲走进套间，拉开大衣柜门，从挂满的衣物中翻出一套抱着，探头对我们说：“我得先拾掇一下。”不多时便听到了哗哗的流水声和他五音不全的歌声。

我们各自选好客房，洗完澡换好衣服再出来时，客厅的灯光已经调暗了，餐桌上摆满了食物。西装笔挺的双喜正摆弄一个精美的烛台，见我出来，他上下打量了一下，满意地点点头：“嗯，人靠衣裳马靠鞍，这话对着呢。”

他的目光越过我，落在我身后呆住了，顺着他的眼神回身一看，是古听云。她上身穿了一件修身白衬衣，外罩着淡色薄毛衣，下身是一条深色的长裤，亭亭玉立地站在那里。见我们那么看她，也不扭捏，就势踩着猫步走到我和双喜之间摆了个造型。双喜直愣愣地咽了口口水，呆呆地说：“我……我库房里应该还有超短裙，你要不要试试？”

“得了吧，穿这身就是陪你们吃个饭。”古听云绷不住笑了，看看满桌子的菜说，“喜子，够讲究的。”

双喜呵呵一笑：“都是贵客，哪能怠慢？对了，那对鸳鸯呢？”他话音未落，就见穿着一身深色西装的殷望从房里走了出来，一边关门一边整理着衣领嘀咕：“牛，确实不一样，我头二十几年白活了。”

古听云看着殷望轻轻摇头，说：“怪不得那姑娘命都不要地跟着你，啧啧啧……”

“好了好了，就座吧。”双喜问殷望，“你那小女朋友呢？不会是还化妆吧？我没拿化妆品啊，对了，我仓库里是有化妆品，要不你去看看……”就见白杨也从她的房间里走了出来，奇怪的是她没换衣服，从头发上来看她连澡都没洗，双手背在身后，显得很紧张。

所有人不约而同地看向了殷望。就在这时，白杨大喊了一声：“都别动！”双手举起了一把枪：“都别动！”这一次声音已经颤抖得走了样，举枪的两只手更是哆嗦个不停。“都别动！”最后这声几乎有些歇斯底里了。

双喜说：“没人动。你说你这个丫头，好好的不洗澡换衣服吃饭，你玩的哪门子枪？来，把枪给我，赶紧洗澡去。菜都要凉了，赶紧吃上些喝上些，一起聊一会儿，明天还有正事要办呢。”

白杨好像这才找到了目标，把枪口对着双喜说：“你别动。”

双喜无奈地叹了口气：“我没动。”

白杨冲殷望说：“你拿他车钥匙，我们开车走，快点。”

殷望这才回过神来，他合起张开的嘴巴，扶着额头说：“你把枪放下，赶紧去洗澡换衣服吃饭，听话。”

“你怕什么？枪在我手里。”白杨大声说，“真跟他们出国去俄罗斯吗？你不想活了？”

双喜看了眼殷望，说：“这个事你看是我办，还是你办？”

殷望忙说：“我来，我来。”他正要往白杨跟前靠，不知是紧张还是什么原因，白杨居然扣动了扳机，“嗒”的一声，子弹射进了双喜身后的墙角。双喜脸色瞬间沉了下来，眼神中掠过一丝杀气。

古听云嘟囔了句“这叫什么事？”，坐到餐桌前给自己倒了杯红酒，举起杯子来冲着烛光晃了晃，嘬了一小口。

“滚开。”双喜上前一把推开殷望，径直朝白杨走去。白杨尖叫着闭上眼，一连开了三枪。这八成是她这辈子第一次开枪，三枪都不着边际地不知道打到哪里去了。双喜眼都没眨一下，一把拿过白杨手里的枪，反手就是一个大嘴巴。白杨被那一耳光打得转了个圈，扑通一声栽倒在墙角。

“老板！”门外有人喊。

“没事，都滚远。”双喜冲门外吼了一声，就冲墙角的白杨走去。

殷望一把将他拉住：“双喜哥，她不懂事，你别跟她计较。”

我见双喜正在气头上，也见识过他的狠劲，担心他真的发了狠对白杨下死手，也赶过去拦在跟前说：“算了，她一小姑娘见过什么？跟着我们这几天也吓糊涂了……”

双喜扯着嘴角一笑，说：“她没见过世面？没见过世面能找着我放车上的枪掖起来？你们都不知道她啥来头吧？”

我说：“她一网络公司上班的能有什么来头？”

双喜问白杨：“白俊生是不是你爸？”白杨缩在墙角捂着脸只顾呜呜地哭。双喜对我说：“全国开的七八个夜场，一天出多少货，你们知道不？”

我心里顿时明白了八九分。殷望当初接近白杨，多半是为了某个案子需要接近她那个开夜店的爹，哪承想走到了今天这步。我看了眼殷望，他可能没想到双喜掌握了白杨的家世，愣怔住了。我在心里暗叹了口气，对双喜说：“他爸的生意，跟她也没啥关系。”

双喜咬着牙说：“这些毒贩子就该全家都死绝。”他把枪里的弹夹卸了装进口袋，气冲冲地把枪丢在一边，指着白杨骂道：“今天要不是秦川，我非把你废了。”

双喜的愤怒是理所当然的，但我怎么觉得真正激怒他的并不是白杨对他开了枪，而是因为白杨的父亲参与贩毒这件事？一个帮毒贩运货的人，怎么对毒贩如此深恶痛绝？这逻辑不通。我看了眼古听云，显然她也很意外的样子，正端着酒杯诧异地看着双喜。

双喜一屁股坐到餐桌前，倒了满满一大杯红酒一口气灌了下去，打了个嗝，拿起酒瓶皱着眉看看瓶上的标签，对地上的白杨啐了一口：“真酸。”

殷望上前把白杨扶起来，细声安抚了几句，送进了客房。

“菜都凉了。”双喜骂骂咧咧地把面前的餐具推到一边，“跟这些毒贩子，沾一点边就没好事。”

古听云笑了：“我以前见你和毒贩子勾肩搭背、称兄道弟的，什么时候又成仇家了？”

双喜斜着眼看了古听云一眼，阴阳怪气地说：“我勾肩搭背、称兄道弟的那些毒贩子，你再见过吗？”

古听云说：“我上哪见去？不是一路人。”

双喜手指在桌子上点了点，说：“想见我现在就带你们去见，都在这儿。”

我的第一反应是其他屋子里还住着一些毒贩，忙问：“你是说这次一起出境的人不止我们几个？他们在哪？”

双喜“哼”了一声说：“都在我的矿坑里面喂老鼠呢。”他这话说得跟拉家常一样，我后背却起了一层鸡皮疙瘩。古听云把酒杯往桌子上一蹾，说：“你的话能说得痛快点吗？”

“本来吧，准备这顿饭，就是想摊开了把话和大家说明白，谁知道……”他恨恨指了指白杨的房门，平息了一下情绪才接着说，“前面我听你们商量退休的事，小古嘛，我们打交道不是一天两天，我知道你不是个好钱的人，你到底好个啥，我也不知道。你是个文化人，脑子跟我们不一样，所以别说你想退休，你就是把自己活活掐死我也不奇怪……开个玩笑。但是秦川也说要退休，我就寻思这事有点耍头。”他看看我，给我倒了杯酒：“随便先吃些吧。”

我扫了一眼桌面，拿起餐具切下一块牛排塞进嘴里嚼起来。双喜举起杯和我碰了下：“我以为你就是好个钱，后来发现我是狗眼看人低，你身上那些个疤，我一眼就能看出有几枪是近距离打的，离得那么近还没把你打死，恐怕不是你命大吧。”他呵呵笑起来。“我只能说那几枪你是心甘情愿挨的，你是这个。”他对我竖起了大拇指，“俄罗斯人放出去那些U盘说是为了找些靠谱的合作伙伴，说白了就是为了让国内干这些营生的自相残杀，最后剩下的就是最牛的，他们要这些人除了替他们供货以外，其实是想招兵买马。”说着拍了拍我肩膀。“秦川，你我这种人就是他们想招的人马。你想想，你一个秦川在海上呼风唤雨，我双喜虽然算不上什么大人物，可在北边这条边境线上，绝对比你在自己家都熟。我们这种人不用多，凑上三五个啥事干不成？”他说着想了想，纠正道，“应该是啥坏事干不成才对。”

结合双喜的这些话，再联系老姜说过的关于俄罗斯那边的一些情况，我差不多看出这件事的一些眉目了。我说：“那他们到底想干什么？”

双喜笑着摇摇头：“不知道，真的不知道，我也懒得想，反正我玩不起。不管你干啥事，只要干到极致就要小心了。山顶风景好，可是雾大风也大啊。我本来想花点钱让你塔哥出个面，只要让我得到俄罗斯人支持，成了这趟线上做主的就行。”

我见他停了下来，便追问：“然后呢？”

双喜喝了口酒：“然后就不用我费劲，毒贩子自己就得来找我……”他话没说完，古听云突然接道：“再然后，你就把毒贩子都扔到你的矿井里喂老鼠了吧？”

双喜看了眼古听云，露出一丝令人不寒而栗的笑容。我见他默认了古听云的话，不觉有些好奇，笑着问他：“你是缉毒的？”

双喜将面前盘子里的牛排切下一大块，塞进嘴里随便嚼了几下囫囵吞下，舔了舔嘴角说：“秦川，你帮我这一次，钱我不会少给你。你的兄弟只要活着，我保证给你活着带回来。如果……尸首我也给你带回来，然后你退休还是休假随便你。”他瞟了古听云一眼，嘿嘿一笑：“我看你们两个挺合适的，要不这次回来你们凑一块算了，我给你们封个你们搬不动的红包咋样？”

古听云垂着眼皮看着杯里的酒，幽幽地说：“毒贩你是杀不完的，你打算一辈子就耗在这上面？”

双喜眼睛突然一下红了，低头把剩下的一大块肉切也不切地塞进嘴里。我有些茫然，求助地看向古听云。古听云叹了口气，说：“看来我知道的那些事是真的了。”

双喜扔了刀叉，抓起餐巾捂在眼睛上抹了抹，说：“我知道你的能耐，谁能躲得过你的耳目。一起干点事，要先把人家查个底朝天。”

这时殷望从房间里出来，走到我们跟前低着头说：“不好意思，替她给大家道个歉，我保证不会再发生那样的事了。”然后拿了个空盘子，往里拣了些沙拉水果糕点。古听云一直目送着殷望一手端着盘子一手端着饮料送进白杨的屋里，非常不屑地说：“他倒真没浪费他那副好皮相，什么时候都不忘女人，你看中他什么了？”不等我回答，她又问双喜：“你又是看上他什么了？”

双喜问我：“他跟你多久了？”

“没多久。”我担心他们对殷望过于关注，殷望经验欠缺，万一被他们看出什么破绽非得坏事，忙转移话题，“不过说来可笑，那姑娘昨天救了我一命。”我把白杨如何从薛五的刀下救下我的事大概说了一遍。古听云看着我叹了口气：“你说你身边怎么连个靠得住的人都没有？你看双喜，有的是愿意为他去死的。”

双喜大概是想起之前在村里吃饭时警察追来的事，脸上有些挂不住：“放心，那事我一定给你们个交代，多少年没出过这种丢人的事了。”

殷望出来坐回餐桌，倒了满满一大杯酒举起来说：“我借花献佛吧，敬三位。”三两口干了那杯酒，又倒满对着双喜举起杯：“双喜哥，这杯给你道歉。”正要喝，被双喜拦住：“你叫我啥？哥？”

殷望点点头。双喜放开殷望的手，说：“我们明天出境，最多五天把事情弄利索。这几天你把你女人看好就行，你要看不好别怪我心狠。”

殷望说：“那就别让她出境了，就在这里待着，有什么事我们回来再说，你还怕她跑了？”

双喜很干脆地说：“不行。”

殷望干了杯中酒，说：“明天能带我去你的矿坑里看看吗？”

“小伙子，我的矿坑里没有你要找的人。”双喜的这个矿已经停产，他说的要是真的，那么矿坑里都是被他干掉的毒贩。

殷望非要去亲眼看看，八成是想确定他的某个目标人物的生死。我担心他过于心急引起双喜怀疑：“哪天我不见了，你再去看吧。”我刻意哈哈地笑起来，想缓和一下气氛。谁知殷望和双喜像是没有听到我的话，两人对峙了几秒，相视一笑，同时举起杯碰了一下，各自喝了杯中酒。我举杯对古听云说：“我怎么觉得我在这里有点多余？”

古听云说：“都早点休息吧，都累了。”起身进了自己房间。双喜拍了拍我的肩膀，也回了房。餐桌上只剩下我和殷望，他正大口大口地往嘴里塞肉。我点了根烟，等他吃得差不多了，问他：“你有话跟我说吗？”

他喝了一大口酒将嘴里的东西送进肚里，抓起餐巾擦擦嘴，站起身说：“没有。”

4

第二天一早，我从房间出来的时候，见所有人都已聚在餐厅吃早饭了。经过了一夜的休整，大家的气色明显比昨天要精神多了，白杨也换了身新衣服。屋内的气氛多少有些诡异，每个人的表情都有些凝重，见我出来只是点点头算是打过招呼。双喜说：“我问个事，有人介意露脸吗？”见大家不解，他补充道：“我这矿上虽说都是我的人，可对你们来说都是外人，你们要是不想被人看见，我让他们回避。”

古听云说：“你想得真周到，我无所谓，看他们了。”

我说：“古小姐都无所谓，我就更没事了。”

双喜的仓库外表看着也不起眼，门边却装着先进的密码锁，他嘀嘀嗒嗒输了一串密码，厚重的大铁门无声地收进了两旁的墙壁里。待适应了里面的光线后，所有人都惊呆了：库房里货物堆积如山，包装箱上虽然印着不同国家的文字，从图案上也能认出有电器、手表、汽车配件……还有衣物、化妆品、药品、烟酒等等一应俱全，几乎只有你想不到的，没有这里没有的。双喜见大家目瞪口呆的样子，不禁有些得意：“看上啥随便拿，现在拿不走回来再取也行。”又对我说：“只要这次顺利，这些东西全送你。不要也行，我西边还有两个煤矿，手续都全的，你们退休了拿去养老，咋样？”

我感叹道：“喜哥果然财大气粗，我听过送钱送东西的，第一次听见直接送人煤矿的。”

双喜一摆手：“嗨，我也是捎带手的搞个副业。”他招呼我们搬了几箱矿泉水和一些应急装备装到车上。末了，他站在最里面一个角落里的几只大木箱前，眉头紧锁着好像在为什么事情犯难。我走过去便闻到一股再熟悉不过的枪油味，那些箱子里应该都是武器。双喜一定是被昨晚枪落到白杨手里的事困扰着，此去千里迢迢，说是闯狼窝虎穴也不足为过，不带武器一旦遇到危险就会非常被动。可带武器的话，显然他对我们这些人不是百分百的信任。不过我佩服他的直率，他对此丝毫没有掩饰，叹了口气看着我说："知道我愁啥不？"

我笑而不语。他问古听云："枪要不？"

古听云不屑地看了眼那些箱子："我可不是什么枪都用。"

双喜眼睛一瞪："哎呀，你真以为你那个枪是个啥稀罕物？在我这儿什么都不算。"他抄起墙角的撬棍，三下五除二撬开其中一个箱子，拨开表面的一层枯草，拿出一个油纸包"刺啦"一声撕开，赫然露出一把崭新的"沙漠之鹰"手枪。

"飞机、坦克、大炮、导弹、核武器啥的我没有，这东西多的是。"双喜把枪递过去，古听云连忙摆手："都是油。"

双喜又从箱子里拿出一把同型号的枪，找了块擦枪布蹲在地上开始擦，一边擦一边对我说："你也挑个拿上，这一次就你们两个把枪带上。"扫了眼殷望和白杨："我也不带了，公平吧。"

殷望手插在裤袋里说："跟双喜哥出门还带什么枪？"

双喜有些不耐烦地咂了下嘴，看了我一眼，笑笑说："毕竟不是咱的地界，小心驶得万年船，对不？"

看这情形，双喜是在忍耐着殷望的屡屡挑衅。他这是碍于我的面子，还是被殷望捏住了他的什么把柄？总之于情于理，殷望对他的态度都有些莫名其妙。这一路走来虽说开始出了些状况，但双喜已经用那种方式道了歉。尤其是昨天到了这里以后，双喜对我们都客气周到得很，就按所谓的江湖规矩来说，之前有再多的不快也都过去了。殷望一副咄咄逼人的架势，而双喜一再忍耐，确实让人费解。

我决定在双喜把我带到目的地前，不去掺和他们的那些恩怨。我选了一把称手的枪，拿在手里掂了掂："有枪，很多事就省得拌嘴了。"跟双喜一起蹲在地上把枪擦好，又拿了些子弹上了车。

殷望一直没作声，偶尔看我一眼，也是一副欲言又止的样子。他很想和我说些什么？或许只是想解释什么？我故意没有给他机会，他和双喜之间的过节对我并不重要，不知道还好，要是知道了反倒会影响我的决断，无法保持现有的这种我还算满意的平衡格局。这里距离边境没有多远了，我们五个人不论是否愿意，无形中都已成为一个团队，既然如此，任何裂痕都有可能是致命的因素。我不想冒这个险。

双喜开着车绕过后面堆成山的煤场，只见草场上到处是坍塌的矿坑，远远望去就像是被重型炸弹轰炸过一样。好好的草原像鬼剃头一般，绿一片，秃一片，时不时有巨大的又深不见底的坑出现，不仅与蓝天白云极不协调，还有些恐怖。

古听云说："怪不得人家不让你干了，你瞧你把这地方祸害的。"

我看着那一个个深不见底的黑洞洞的巨坑，背后一阵阵地发凉，如果杀了人扔进这里面确实是神不知鬼不觉。我扭头看了眼殷望，只见他也盯着那些深坑，眉头越皱越紧。

车外的草越来越高，几乎没过了半个车身，我拉开贴着深色车膜的车窗，远处湛蓝的天空上飘着白云，形态各异的白云跟苍茫草原在天际汇集在一起，就像明信片一样漂亮。微凉的风轻轻地拍打在脸上，一股混合着青草和泥土的清香扑面而来，我伸出手垂在车外，任掠过的草叶滑过手指，痒痒的，浑身的肌肉和紧绷的神经都跟着松弛下来，不由自主地闭上双眼，那一瞬忘记了自己何去何从。

双喜在一棵树下将车停下，下车伸了个懒腰说："下来歇歇再走，上了岁数，我这腰吃劲得很。"

我下了车才留意到这车的车轮比一般车都大，整个车身也高出一截："我说一个破金杯这么能干，原来是改装过。"

双喜双手反叉着腰，照着前车轮踹了一脚，得意地说："你以为呢？我这个车有人出二百万我都不卖。"

殷望四下看了看，把白杨扶下来安顿在树下坐好，自己双手抱在胸前靠在树上说："这还真是个杀人藏尸的好地方。"

我知道他这话是说给双喜听的，我见双喜脸色一变，担心两人为此起了争执影响日程，正想找个由头把话岔开。双喜把刚叼在嘴里的烟吐到地上，几步逼近殷望，冷冷地盯着殷望的眼睛说：“你是不是想跟我闹事呢？从昨天晚上忍你到现在了，你别蹬鼻子上脸的不识好歹。”

高出半个头的殷望没有丝毫惧色，不屑地俯视着双喜：“哟，想把我弄死也扔你矿坑里？”

“你是不是以为我不敢？”双喜伸手朝殷望的脖子抓去，殷望一把将双喜的手腕攥住，两人四手相较，额头和脖子的青筋都暴了出来。古听云见两人相持不下，表情都越发狰狞起来，冷哼了一声，甩甩头发，轻轻吐了两个字：“幼稚。”蹲到白杨身边问：“你爸是毒贩子？”她这一问，让正较着劲的殷望和双喜都分了神，两人同时朝白杨看去。白杨低下头说：“我只知道有人在他场子里搞这些，他是不太乐意的。”

“胡说！”双喜骂道，“他是不乐意便宜了别人。”说话间他的手腕被殷望按下了几寸。殷望咬着牙说：“你嘴巴干净些，信不信我再让你换副假牙？”

古听云抬起头瞪了双喜一眼：“你们要打滚远些去打，我和小姑娘聊会天，关你们什么事？”

殷望和双喜都闭了嘴，却还是没放开手。我见他二人虽然看上去互不欣赏到极致，但彼此好像也没有要对方性命的意思，不禁有些疑惑二人的矛盾到底因何而起。于是问道：“你们两个到底什么情况？属蛐蛐的吗？两句不对就掐，有完没完了？”

“你放手。”双喜说。

“你先放。”殷望毫不妥协。

双喜说：“我数一二三我们一起放，一、二、三……哎呀，你敢使诈？”

古听云没了耐心，站起身上前照着双喜的屁股就是一脚，双喜一下扑到了殷望的怀里。殷望急忙躲开，让双喜一头撞到了树上。他一手扶着腰，一手揉着脑袋，连吸了几口凉气，猛地一扭头瞪着古听云：“哎呀，我……”古听云指着他的鼻子：“说，说完。”

双喜嘴里含糊了半天，冒出句：“哎呀我的腰。”他扶着树缓了缓：“小古，你把我腰伤着了。”额角真的渗出了大颗的汗珠，脸色看起来很痛苦。看情形这不像是装的，古听云也有些后悔，上前去扶着他：“你真的假的？真伤了？”

双喜叹了口气：“我五十多的人了，跟你们比得了？”

古听云检查着他的腰：“你也知道你五十多了。来我看看，是这儿不？”

双喜摆摆手，撑着腰慢慢地活动了一下：“你们不知道啥情况。”他指了指殷望，却没了下半句。

“我看这里面就我不知道是什么情况。”我举起还有些红肿的手对双喜晃了晃，“这还没到地方，四成的人就受了伤，照这么下去，恐怕俄罗斯人影子还没见到，我们就得有几个瘫痪的。”

殷望脸上有些歉意，凑到我跟前，说：“塔哥，我……”

“你别叫我塔哥了，我看你翅膀也硬了，就跟他们一样叫我名字吧。你们的事我没兴趣知道，我只是想去把我的兄弟接回来，其他的事我一概不管不问。我把丑话说到前面，谁要是耽误了我的事，我第一个先废了他。”我冷冷地扫过殷望和双喜，最后落在白杨的脸上，“包括你。”

双喜反手撑着腰，看了眼天色说：“走吧。”他拉开车门，一手托着腰，一手拉住方向盘，使了几次劲愣是没爬上去。我只觉得不妙，古听云刚才那一脚我是看在眼里的，踹得并不重，但双喜的样子的确不像是在装。我上前扶住他问：“你没事吧？”

“扭到了，可能得歇缓一阵。”

“你这一阵是多久？”

双喜撑着腰稍稍活动了一下：“怎么也得半天。”古听云看了看双喜的脸色，叹了口气正要说话，被双喜截住：“没事，不怪你。这几年净开车了，把腰毁了，老毛病，歇缓歇缓就没事了。”古听云面露愧色，拍拍双喜的肩膀。我说：“还有多远？”

双喜说：“夜里十二点前必须得过境，今天两支巡逻队十二点以后在我们过境的地方碰头，十二点前最清静，迟了不行。”

我问："巡逻队的巡逻路线和时间，你都知道？"

双喜说："我就是吃这口饭的，干啥就要有干啥的样子嘛。秦川，这个车你来开，我给你指路。"

我看了眼站在一旁不知所措的殷望，他脸上的那股傲气终于不见了，低着头小心翼翼地说："塔哥，对不起。"

我把双喜扶上副驾的座位，又照他的要求将座位调到他最舒适的角度。我启动了车子，在双喜的指挥下开得还算顺利。这里的太阳落得很早，当咸鸭蛋黄一样的夕阳掉下山丘后，视线就相当差了。我自然明白不能开大灯，不要说遇见边防或者森警，边疆的地方老百姓都受过教育，发现野跑的可疑车辆都会报警。眼看着车速降了下来，双喜一个劲地催："别减速，敞开来跑，怕啥的？"

我硬着头皮踩着油门，手心很快渗出汗水，只得时不时在裤子上蹭蹭，以保持手掌与方向盘之间的摩擦力。古听云和殷望都紧紧抓着把手，瞪圆了眼睛，目不转睛地盯着前方。

黑暗终于吞没整个草原，我实在受不了了，说："我们不停下来加油吗？"

双喜说："这车两个油箱，一趟八百公里没问题，这一半还没到。你走你的，别松油门，不然今天过不去就得往回返，今天这种空当再过半个月才有一次。"

我往前伸着脖子，说："我什么都看不见了。"

双喜不耐烦地松开安全带甩到身后，说："你走你的，我看着，不能停，已经晚了。"

我心一横，咬着牙猛地一脚油加速朝前方的黑暗中冲去。双喜伸手或朝左或朝右摆手指挥我转向，就这样在夜色中行进了三个多小时居然连大的颠簸都没有出现。我是打心底佩服双喜的本事，也慢慢地习惯了这种虽然看不见路却一直安全的状态，整个人也稍稍轻松了一些。这一放松，感觉小腹有些沉："停一下吧，我想方便方便。"

"现在不行，再往前走走，这个速度嘛……"双喜看了眼时钟说，"五分钟以后再停。"

他成功的指挥已经在我心中树立起某种权威，我二话没说又加了速朝前冲去。没多久，双喜让我打了个方向，说：“停吧，男的左边，女的右边。车后面别去，掉到沟里铁脑袋也得摔扁。”

众人也被双喜这一路的神迹镇住了，赶紧下去透了口气，舒展了一下身体便乖乖钻回了车里。我方便完后，试探着往车后走了几步想看看双喜说的那条沟有多深，双喜一把按住我肩膀：“你干啥呢？”

我做了个扩胸运动说：“活动一下。你腰怎么样了？”

双喜抽了口烟，将烟头弹到向右侧，一点红光直直朝下落去，直到彻底消失了都还没到底。我惊出了一身冷汗，原来我一直开着车贴着这条沟在走。双喜朝沟里啐了口唾沫：“咋说？”我只觉背后汗毛一根根还竖着，愣愣地看着双喜。他朝车上看了一眼，压低了声音说：“不让你们到后面来，一是怕你们踩差了掉下去，二是怕你再不敢开了。别吱声，他们还不至于不敢坐你的车。你稳住听我的，没事的。”他拍拍我的脸，把我从惊愕中打醒：“喂，你还好吗？”

我回了回神，赶紧摇头：“没事。”

“没事就赶紧走，时间来不及了……喂，你今天晚上耽误了，就要耽误半个月，你的战友就要多受半个月罪，你听明白了吗？”

这是最有效的强心剂，除此之外几乎没有什么能燃起我的斗志了。我深深地吸了几口气，一咬牙说：“走。”

我努力控制着颤抖的双腿，一丝不苟地照着双喜的指示开车，竖起耳朵想听双喜的更多提示，而他说得最多的只有三个字“再快些”。我只能咬着牙猛踩油门，反正前面也是乌黑一片，要不是怕吓着后座的人们，我甚至想干脆闭上眼睛只靠耳朵开车算了。

当双喜破天荒地说出“稍微减下速”的时候，我下意识愣了一下，等反应过来的时候，只觉车前轮“嗵”的一声，整个车身猛地一晃，剧烈的颠簸让所有人都失声叫了出来。双喜喝道：“方向盘把紧别乱动。”很快车身恢复了平衡，双喜松了口气，“让你减速，你踩着点刹车呀。”

我老半天才从牙缝里挤出一个字：“哦。”

又驶出大约五百米。“慢点。”双喜盯着转速表说，“别过一千五，不然声音太大了。”只见车右侧大约三百米的地方突然一道强光朝我们这个方向射来，我的眼前顿时白花花一片什么也看不见了。

双喜喊：“油门到底，加油，马上就过境了。”

我猛地将油门一脚踩到底，引擎顿时轰鸣起来，车“嗖”的一下朝前蹿去。与此同时，车的左侧也亮起几道强光，那应该是几辆车的车灯。想起双喜说的，是巡逻碰头的边防战士。

“停车，开枪了。”外面传来边防战士喊话器的声音。

双喜喊了声：“趴底！”枪声同时从我们左右两侧响起，子弹嗖嗖地击穿了车窗的玻璃。我俯下身子死死踩着油门不敢松劲，只觉得车头猛地一抬，整个车身悬空而起，足足三秒之后，“嗵”的一声巨响，车身重重地栽回了地面，像一头猛兽继续咆哮朝前冲去。

那一刻，我所有的注意力都集中在踩着油门的脚上，忘记一切，包括那些擦着我头皮飞过的子弹，整个世界都像是被我抛在了身后。一直到双喜疯了似的一连大喊了好几声“停车”，我才回过神来。我松开油门，用颤抖的腿踩住了刹车将车停下。不知过了多久，双喜擦了擦额头的汗：“哎呀，出国了。”

“双喜，你这个混蛋。”古听云在后面用发抖的声音说，“要不是我腿软站不起来，我非把你那老腰踹断了不可。”

双喜哈哈一笑：“只要过了境，别说把我腰踹断，你就是把我头踏掉，我也没二话。”

古听云瞪圆了眼睛：“亏你还笑得出来！你的命不值钱，别把我们的搭上。”

我往后一靠，喘了几口气，歪着脑袋问双喜：“没事了？”

双喜拍拍我的肩膀，坐直身子，活动了几下腰。“怪了，我腰好了。”他推开车门跳下地扭了几下，嘿嘿一笑，“还真好了。肯定是让你刚那几下颠的。”

我气不打一处来，指着他说：“早知道中午那会儿应该把你打一顿，没准也能打好，也就不用玩命了。”

双喜说：“嗨，这就是我的营生，这路，我一个月至少跑两趟，这都算轻松的。”

我擦了擦脑门上的汗，回头看了眼殷望：“都没事吧？”

殷望做了个无奈的表情，白杨趴在他怀里一动不动。我不解地问：“这是……睡着了？”

双喜扒着车门说：“不可能吧？这得多宽的心？”

殷望尴尬地笑笑：“没，吓晕了。”

我说：“她哪经过被人拿枪追着打的事，正常。”

殷望看我一眼说：“不是被枪吓的，比那还早。”

“你什么意思？她是坐我的车吓晕的？”再早就是我开车的时候了。

殷望点点头。

双喜笑嘻嘻地丢给我一支烟：“这不算啥，你把鼎鼎大名的古听云吓得腿软得站不起来才牛，传出去绝对是个大段子。”说完自顾自哈哈大笑起来。我笑着想看看古听云的表情，只见车门敞着，她人已经不在那里了。只听“啊”的一声，双喜扑通一下栽倒在地上，古听云拍拍手，对地上的双喜说：“断了没有？”

“没有，娘们就是娘们，差点意思。”双喜趴在地上嘴里还不饶人。古听云拿他也没办法，指着他说：“没断就赶紧开车走，待这儿算怎么回事？”

双喜撅着屁股爬起来，把已经断了的烟吐到地上：“不急，到这儿就安全了。”他看了看手表，叫我打开了车灯。“我好几年没遇到过边防了，现在这火力这么猛？”

我看着车前那两道雪亮的灯柱，就像是看到了能把狼群招来的羊群。想起押解刘亚男那次，出了境之后就遭遇了埋伏……我忙拿出枪上好膛四下张望着说：“还是别大意了。”

双喜白了古听云一眼，拍着身上的土说：“放心吧，约好的中午，列夫会派人来接，我们等着就行了。唉，展展的意大利行头，生生让你给糟蹋了，本想穿周正些在俄罗斯人跟前长些脸，这下弄成讨吃货，中国人这点脸全让你……哎呀，这裤子上破个洞，古家丫头我……”

古听云不耐烦地打断他：“老喜子，你早晚死在你那张臭嘴上，又想换假牙了？再别啰唆了，现在什么情况？”

双喜整了整衣领说：“不知道咋办，就都对我尊敬些，境内你们都是风云人物，出了境是龙得盘着，是虎……”

没等古听云说话，站一旁一直没吭声的殷望这时冷冷地说：“境内我贱命一条，境外我一条贱命，既然都到这儿了，那么我和你打听个人，你老老实实跟我说清楚，不说我就弄死你，有一句假话我还是弄死你，说不清楚我照样弄死你。”说着看向我和古听云：“塔哥、古小姐，这事是我和双喜的私人恩怨，你们最好别插手。”

双喜还是笑嘻嘻地说：“磨还没卸利索你就急着要杀驴，太性急了吧。”

只要还没到列夫的地盘，就没法得知程建邦、徐卫东和刘亚男的下落。双喜的重要性是不言而喻的，他愿意按自己的节奏来，我也只能无条件依从。而殷望这时候跟他叫板，让我很是意外，也有种节外生枝的不安感。换言之，殷望这个人早已彻底摆脱了我的指挥，在我盘算着利用双喜达成自己目标的同时，殷望也有自己的一套计划。

我有些后悔，当初不该同意跟他搭档，可现在再说这些已经太迟了。搞了半天，我最大的敌人不是金三角的毒枭胡纬、周亚迪，也不是内地的走私大鳄双喜，而是我的新搭档——殷望。

“你想干什么？”我平静地问殷望，同时想从他的眼睛里获取些信息。我想知道，此刻组织在他心目中的位置到底有多高。或者，是否还存在。

他似乎明白了我的潜台词，微微一笑：“放心塔哥，我的事和你们的事无关，只要他把我的疑惑解答了，不会影响你们的生意。”又低头对白杨说：“现在你还是什么都不知道最好，将来回去我会跟你解释清楚的。”白杨经过这一路的惊吓，之前那副刁蛮性子早已灰飞烟灭了，乖得像一只小羊羔，眼巴巴地仰头看着殷望。殷望说：“去车上，把眼睛闭上、耳朵捂起来等我。”白杨立刻捂起耳朵、闭上眼睛就往车里走。殷望怜爱地苦笑道：“是让你上车以后闭眼，你现在闭上眼睛怎么上车？”白杨“哦”了一声睁开眼，头也不抬噔噔噔跑上车拉住了车门。

殷望温情脉脉的目光离开车的同时，瞬间变得阴冷。他朝双喜走过去，在和我擦肩而过时，突然“嗖”地一猫腰。我下意识伸手去按他，只觉后腰一空，后腰别的那把枪已经在他手上了。他身形飞快，蹿到双喜身后紧贴着双喜的后背，枪顶在他后脑上，冲着左前方说：“出来，我数三声，一……二……”

一阵窸窸窣窣的声音，一个黑影从暗处慢慢地走了出来。古听云抽出她的两把枪，一把对准那个黑影的同时，另外一把丢给了我。我接过枪快速上膛往后撤了几步，四下张望了一圈。

双喜叹了口气对那黑影说：“良子，没事。”

那人又走近了一些，我才看清他的脸，正是之前用弹弓打伤我手的司机。此时他手里还拿着弹弓，正对殷望虎视眈眈。双喜说：“这娃娃不用枪，跟着我们也是担心我有个三长两短的，这么多年都没人知道，居然被你发现了，真是虎父无犬子啊。”他口中这个“你”显然指的是殷望，但是这个“虎父无犬子”是什么意思？

我和古听云对视了一眼，相信她也暗自心惊。如此险峻的路上，有人一直偷偷跟着我们，我俩这么警醒的人居然都没知觉。我不知道是该为自己的大意自责，还是该佩服双喜和这个良子的本事。或者，应该对殷望刮目相看。

双喜说：“你不叫徐明吧。”

殷望说：“你也不叫双喜。”

“有啥事我们坐着好好说，这个样子大家都不舒服，枪在你手里，还怕啥？”双喜对良子摆摆手，“大人说点事，你找个地方望望风。”

良子犹豫了一下，还是服从了双喜的命令，说：“叔，你小心。”他用恶狠狠的眼神扫了我们一圈：“我叔要是有一点事，我要你们好看……”双喜怒喝道：“废话咋那么多？赶紧望你的风去。”良子不服地吸了吸鼻子，转身没几步便消失在夜色中。

殷望盯着良子消失的方向想了想，松开了双喜，不等双喜回身，一脚照着双喜的后腰踹了过去。双喜闷哼一声跪倒在地上，良子“嗖”地又从暗处跳了出来。双喜紧皱着眉对良子摆摆手，一手撑地，一手扶着腰缓了好一阵，才舒了口气就地坐下，拍拍手上的土，苦笑着摇了摇头。

殷望面无表情地问："他的遗体在哪儿？"

"遗体？"双喜抬眼看着殷望，"咋的，你也觉得他死了？"

殷望追问着："没死？那他人在哪？"

双喜低下头，叹了口气说："不知道。"

殷望嘴角微微一翘，上前用枪托照着双喜的后脖颈就是一下。双喜忍着疼对良子喝道："没你的事，你给我边上待着。"

古听云看不下去了，用枪指着殷望说："你过分了吧，再动他一下试试。"

双喜揉着脖子活动了一下，说："没你事，把枪收起来。"古听云愤愤地扭头看向我，希望我能制止殷望。不等我说话，双喜又说："你们都别管了。"古听云举枪指着殷望说："我不管他怎么得罪你了，你要一枪把他打死，只要别把血溅我身上，我绝不过问。杀人不过头点地，你这左一脚右一拳的也太糟蹋人了吧？我还是那句话，你再动他一下试试。"

我将手里的枪扔还给古听云，在没有弄清事情原委之前，我不想干涉殷望的行动。程建邦对待胡经的手段远比殷望更加残忍，那种刻骨的仇恨让人发疯，让你对敌人能多狠就多狠，我太理解那种感受了。而且听他们刚才的对话，双喜身上背着的数条人命之一，是一个对殷望很重要的人。联系双喜的那句"虎父无犬子"，那么……那个人极有可能是殷望的父亲。

我理解殷望的心情，但他此时的举动的确有太多不妥的地方。他没有完全控制住场面，不说良子在侧，还有古听云手里的枪正对着他。我摊开双手举起来对殷望说："我能动吗？"

殷望脸上露出羞愧的神色，忙说："塔哥，你这不是打我脸吗？"

我说："现在大家都拴在一根绳上，有些事我觉得我们有必要了解一下。我有事要仰仗双喜帮忙，你是知道的，你现在这么对他，是在断我的后路。不如你把你们的恩怨说来听听，如果他真的该赔你一条命，我也不想跟他有任何瓜葛。"古听云也跟着补了一句："包括我。"

殷望垂下枪口往后退了几步，用下巴指指地上狼狈不堪的双喜说："照他的话说，他是公家的人。"大概他以为他的这句话一出，一定会有人惊慌，不承想所有人都静静地看着他，想听他把话说完。殷望说："至少曾经是。"

"这有什么，我曾经也算是公家的人……"我想起双喜说他的矿坑里有不少毒贩子的尸体，不禁头皮阵阵发麻，"等等，难道你父亲……贩毒？"

"没错。这都不重要，我父亲也是公家的人。"殷望摸出根烟点燃抽了几口，说出了事情的原委：

双喜本名梁四喜，殷望的父亲叫殷浩江，他们曾是活跃在中俄缉毒隐秘战线上的战友。后来梁四喜变了节，开始帮毒贩运毒，被殷浩江发现后，梁四喜假意认错。毕竟是多年同生共死的战友，殷浩江对梁四喜放松了警惕，梁四喜找了个机会将殷浩江杀害了。

殷望简要说完这些，咬着牙狠狠地瞪着双喜说："你我之间不是什么恩怨，是不死不休的仇人。"

古听云见双喜没有反驳，失望之余哧哧地笑着耸了耸肩膀："这要是真的，老喜子，你不只不地道，简直不是人，过命的兄弟都下得了手。"

双喜像是静静地在等大家对他的宣判，听完古听云的结论，又看向了我。我上前拍了拍殷望的肩膀："你随意吧。"

双喜看着殷望笑了，轻轻地摇摇头说："知道我咋把你认出来的不？你长得像你娘，活脱的。"

殷望举枪指着双喜说："你见过我母亲？"

"当然，我和你爹比兄弟都亲，他们结婚是我接的亲。"双喜平静地说，"你刚说的有两点不对，第一，我是在你父亲失踪以后才开始干这行当的；第二，我没有杀害他，他是失踪，我一直在找他。"

殷望上前将枪顶在双喜的头上，说："我要你的命。"

双喜放声大笑起来，那种笑里带着哭的笑声，在这异国荒芜的草地上显得格外苍凉，笑着笑着眼泪便流了满脸。大笑变成了哀号，哭声中的绝望和悲切让人鼻子忍不住发酸。我们各怀心事地看着他，好一阵后他平静下来，满眼包着混浊的泪水看着殷望说："我没本事，这么多年没有找到他，我对不起他。我们以前说好的，不管谁死了，另一个只要还有口气，就得把尸首带回去，绝不能留在境外。这些年干这个就是想打听他的消息，现在你看看我这人不人、鬼不鬼的样子……你信也好，不信也罢……你把我弄死吧，死在殷浩江儿子的手里，也算死得其所。”他仰头往后一倒，呆呆地望向漆黑的夜空，像是在寻找什么。

古听云走到双喜身边蹲下，擦着他脸上的泪水：“我以为你只是为了你家人，没想到还有这么回事。”她抬头看看我说：“我信他说的。很多时候，你们是一类人，不然当初我不会放过你，也不会只身一人跟着他过境。”她说着站起身，面对着殷望说：“他全家都被毒贩子害了，他老婆，还有孩子。”

殷望双手无力地垂了下来，扑通一下半跪在双喜旁边，愣愣地看着他。双喜忙坐起身，伸手想拍拍殷望的肩膀，犹豫了一下没有拍下去，手空悬了片刻，收了回去，缓缓地说：“我和你父亲一起出任务，我暴露了身份。毒贩子不动声色地稳住我，暗地里派人去我老家，骗我那个刚刚十四岁的女儿染上了毒瘾……”双喜闭上眼睛，泪又下来了，抹了把泪继续说：“染上那个东西，你知道的，再后来她就离家出走了……这些都是后来我回去后乡亲们告诉我的。我老婆就去找，结果被他们抓来威胁我，要我供出其他卧底的战友，我死不承认……要不是你父亲及时赶来，就算他们不杀我，我也打算跟我老婆去了。我们两个杀了那些毒贩之后，你父亲要我回总部休养。你想想，我要是不报这仇去休养了，还是个男人吗？但这违反纪律，你父亲了解我，苦口婆心地劝了我十几天，我也想通了，至少得先把我女儿找到。回国后才知道我女儿已经自杀了，我当时就疯了一样申请出任务，上面说我情绪不稳定，怕我去拼命再出事。再说我身份已经暴露了，上面要我休养至少一年。我表面上同意了，私底下带着枪到了边境，靠着那几年卧底攒下的关系开始折腾自己的事，我发誓决不饶过任何一个毒贩。上面知道，最了解我的人就是你的父亲，所以派他来找我，想劝我回去，可我一直没见到他。我真不知道他在哪，我到处找他，大冬天雪太厚开不了车，就骑着摩托在野地里跑，找了整整十天，饿了打只黄羊，渴了吃口雪，冻得剩下半条命，就是没找到。但我敢肯定他没有死，他的本事你不知道，你想都不敢想……这一晃，十四年了……再后来，我估计上面把你们家隐蔽起来了，反正我再也没有打听到你和你母亲的消息。”

殷望呆呆地听双喜说完，沉默了很久，轻声说：“我爸没了消息以后，我妈得了严重的抑郁症，在我十多岁的时候，她就自杀了。”

我心里就像起了一场风暴，彻底惊呆了。

这里有两代隐秘战线上的战士，我们为了国家和信仰，无论多苦多难，做着常人无法想象的牺牲，承受着常人不能背负的悲伤，仍屹立不倒，因为我们所捍卫的一切已经融入我们的血液里、骨髓里。双喜为了家人彻底舍弃了生命和名誉，用他自己的方式战斗着；殷望从少年时代便失去了父母的呵护，忍受着悲痛，为了一个目标奋斗着；而我，细想之下，此次也是为自己的兄弟和战友踏上了征途。

我想，从此以后，我的每一次出征都将是为了自己，因为那些妄图侵害我身后那片国土的恶人，已经成了我个人的死敌。

是的，为自己出征！

5

阳光撕裂天边的乌云洒满大地，无垠的草原泛着耀眼的金色光芒，世界仿佛从沉睡中清醒了过来。微凉的风轻轻拂动着古听云的长发，她手搭凉棚眯着眼睛欣赏着这片美景，脸上却挂着苦笑。见我们看她，她轻轻地摇摇头。“想不到我千防万防，最后却和两个警察混到了一起。”她看了眼殷望说，“我没猜错的话，你也是个卧底吧。呵呵，秦川，这里只有你我是恶人了。”

我看了殷望一会，问：“你是公家派到我身边的卧底？”

殷望说：“那不重要，我没心思管你们的事，我只想找到我爸爸，我要给九泉之下的妈妈一个交代。”

古听云说：“你胆子确实大，敢公开承认你的身份。”

“我的身份好像没什么见不得人的吧，倒是你们……”殷望坦然地看着我和古听云说。

古听云对殷望点点头：“帅气。我明白为什么秦川能让你跟在他身边了。就算他一开始就知道你是警察，没准也能和你成为朋友。”

殷望冷笑了一下：“我怎么可能跟一个走私犯成朋友？我说过了，我就是为了找到我爸爸，除了毒贩子和挡我路的人，其他人我没兴趣。”

我笑着对古听云说：“听见没有，人家只是想利用我找双喜罢了。”

双喜说：“我的名字可在公家的通缉令上挂着。还是开始说好的，秦川，你露面帮我把俄罗斯人搞定，我就想把国内的活全包下。小古，我知道你打的什么主意，俄罗斯人看上了你的钱，你相中了俄罗斯人的古董。”古听云脸扭到一边，没说话。双喜对着冉冉升起的朝阳扶着腰扭了几下，对殷望说：“值了，看见你都长这么大了，我真是高兴。”他眼神一黯：“我姑娘要是活着，和你差不多大，当年还给你们定的娃娃亲，呵呵……”

殷望举起枪对准双喜，面无表情地说：“你猜我信不信你说的？”

双喜淡然一笑：“我的命你随时拿去，需要的话把我抓回去我也绝无二话。不过，就算你现在打死我，我也坚信你爹还活着。”

殷望突然枪口一转对着古听云扣动了扳机，准确无误地击中了她刚举起的枪，子弹“嗡”的一声反弹着飞进了草丛。古听云浑身一颤，枪也跟着脱手飞了出去。殷望说：“再动？”

古听云吓得脸都白了，看了眼左手上还没举起的枪，手一松，枪丢落在脚下的草地上。殷望的枪口对准了古听云的心脏，对双喜说：“你是我爸爸的战友，塔哥待我如兄弟，抛开黑的白的，我们一起做点事未尝不可，可这个女人是不是有些多余？”

眼看着殷望的眼里杀气越来越重，双喜忙说：“她的关系网遍布全国，帮得上忙的。”

殷望冷笑着说：“古听云，最出名的就是杀人灭口，还有什么关系网？”他的担心不无道理，以他现在的处境，除了车里躲着的白杨，任何一个人冷不丁对他下死手都合情合理。如果他父亲真的还活着，那么双喜是最有可能帮他找到的人，所以不管他是不是真的信了双喜的话，现在都只能权且跟双喜合作。

至于我，几小时前还把他看作一个临阵乱了手脚的年轻战士，现在一切都变了。这么多年来，他默默无闻地在特案组里执行外围任务，原来最终目的就是为了能接近双喜，找寻他父亲失踪的真相。现在双喜就在眼前，他的努力就要收获成果了，这种关键时刻，所有拦住他或者可能拦住他的人都将会成为他枪口下的目标。

我见他扣着扳机的手指越来越紧，想必是真的动了杀机。古听云也明显意识到这一点，眼神里闪出难得的慌乱。——双喜通过她千方百计找我，是为了稳稳拿到中国境内的运输权。而双喜的目的也只是为了吸引更多的毒贩上钩，然后干掉他们，为亲人和战友报仇。在双喜见到战友的儿子之前，这些都是他毕生的“事业”，可现在……还有什么能比他战友的儿子更重要呢？双喜可以眼睛都不眨一下地把性命交给殷望，又怎么会护着她古听云？

我跟她虽然没那么近，好歹也算生死之交，她求助地看了我一眼，但倔强的个性也只是让她看了我一眼而已。见我苦着脸没反应，她轻轻地舒了口气，扯着嘴角笑笑望向远处。她大概想明白了，此时别说是她，就连我的性命是否能保得住，也得看殷望的心情。

我承认有那么一刻我是想要护着古听云，但那等于是在向殷望表明：在他和特案组追缉多年的古听云之间，我选择了站在敌人一边。想到这里，我恨不得抽自己一记耳光。——在我的身份没有暴露之前，我就是塔哥，是那个护送走私货船纵横大海的塔哥，也是古听云的朋友。此时我要是犹豫，正是在毁塔哥的名声。

我一步跨到古听云面前，让殷望的枪口顶在了我胸口上，说：“古小姐是我的朋友，今天你要杀她得先放倒我。”我一把扯开了衬衫，露出伤痕累累的胸口。我想以此警示殷望：你有血海深仇，但在任务面前我们不是谁的儿子、谁的朋友，只是一名战士。我们的敌人是那个囚禁着我们战友的魔窟，无论什么都不能让我们改变方向。古听云如果死了，我们和列夫谈判的筹码就轻了一大块，这意味着我们的胜算将大打折扣，我不允许这样的事发生。

殷望扣着扳机的手指在我挡在枪口前的一刹那，立刻伸展开来，他将枪口歪向一边，吃惊地说：“可是她……”

“那是你的事。”我不屑地轻轻“哼”了一声。我本想说他活该，若不是殷望不分轻重缓急地去找双喜报仇，事情就不会发展到这一步。我没法朝欧阳刚抱怨给我分配了一个这样的搭档，只能用这种方式表达我的愤怒。我说：“你可以和你的女朋友待在这里，等我们把事情办完，你们随意。如果在这之前要挡我财路的话，你不打死我，我就会弄死你。”我指指自己的胸口。话也只能说到这个份上，如果殷望心里还把自己当作一个战士的话，希望他能明白，这是我给他留下的一个台阶：和白杨一起离开我们，就不用担心有人会把他的真实身份泄露出去，等我事成之后，古听云自然就不是问题了。

见殷望犹豫不决的样子，我的另一个担心出现了。我担心殷望混淆了自己的身份，只有我知道，他那几个身份把他推进了一个错综复杂的迷宫：一头是他父亲的召唤，一头是白杨的身影，一头是我布满伤痕的胸口……而在这一切之上的，是悬挂在总部大楼上的那枚国徽。他选择任何一个方向走下去，我都有方法处理，怕只怕他在这几个路口之间徘徊，时而左，时而右，时而上，时而下。如果是那样，纵使我有三头六臂也应付不过来，结果必然是我的身份一同暴露，最终大家同归于尽。

殷望失了魂魄一样往后退了几步。我整理好衣服，“本来我该一枪崩了你，我把你当兄弟，拿命对你好，你却是个卧底，我想得最多的是带你发财，你想的是怎么送我上刑场，哈哈哈……”我仰头大笑的同时用余光看他，见他神色果然慌乱起来。趁他走神，我一个箭步冲上去钻到他拿枪的胳膊下，用后背将他胳膊往起一拱，收拳攒力对准他腋下软肋猛击了一拳，就势用肩膀推着他后退，紧接着伸出脚一绊，他直挺挺地仰面朝后倒去。我顺着他手臂摸到枪夺下，在他刚倒地的时候，枪口抵住了他的下颌。

殷望没料到我会来这么一手，躺在地上惊恐地看着我，哆嗦着嘴唇说不出一个字。我看着殷望的眼睛，喝道：“双喜，我本来不想再杀人了，可你这大侄子逼人太甚，卧底到我身边把我像猴一样耍，现在还想坏我的事，看来我得破个戒了，不然以后无论是谁都敢蹬着我的鼻子上脸了！”

双喜本来有些蠢蠢欲动的样子，又怕我一激动开枪，始终不敢上前，连连摆手说：“别别别，秦川兄弟有事好商量，我保证他坏不了咱的事。我们把他捆起来，让良子送他们走，就当老哥我欠你条命，你说咋弄我全答应你。”

听他这么说我放心了，至少证明他是真的关心着自己战友的孩子，同时也证明他对殷望说的那些是真的。我脸上做出恶狠狠的样子，凑到殷望耳边轻声说：“他怕你死，说明没骗你，你和白杨安心等着我。”我站起身对着他的后背猛踹了一脚：“今天要不是双喜，我非把你打死在这儿。”又对古听云说：“对不起，我的疏忽。”

古听云点着头拍拍我的肩膀，回头对双喜说：“你的家事完了的话，是不是该办正事了？”

双喜对远处打了个呼哨，良子像一头独狼似的从半人高的草丛中蹿了过来：“叔，啥事？”

双喜指着殷望说：“把他跟车上那个女的绑起来，扔你车上去，送到矿上好吃好喝招呼上，等我回来。”良子应了一声，扭头朝回跑。双喜想喊时，人已经跑远了，只好对我们尴尬地笑笑。没多久，良子拿着一捆绳子气喘吁吁地回来了。双喜问：“你干啥？”

良子举起手里的绳子：“你让我捆人，我拿绳子去了。”

双喜抬腿照着良子的屁股就踹，良子也没躲，挨了一脚，委屈地看着双喜。双喜指着身边的车说：“你问一声能死吗？我车上有绳子……你车停了多远？”

良子回头张望着想了想：“两百米有了。”

双喜又是一脚：“你不会把车开过来……好了好了，赶紧绑人送回去。”

良子蹲下身三下五除二把殷望捆了个结实，我把枪别回后腰，看着良子麻利地打着“猪蹄扣”，反正这种绑法如果用在我身上，没三五个小时别想挣开。良子绑好殷望又钻进双喜的车内，还没动手就听白杨叫嚷起来，大概是声音过于尖利，良子被硬生生逼出车外。他站在车门外看了眼双喜，往手心啐了口唾沫，卷起袖子正打算发起第二次冲锋，被殷望喝住："你敢伤她一根汗毛，我把你皮扒了做弹弓。"又换了副口吻对车内喊说："没事，你让他绑，别闹，我在呢。"他这一声果然管用，白杨立刻消停了下来。没多久，双臂被捆好的白杨跟着良子下了车。良子把两人拽到一起，站在原地左看一眼，右看一眼，不知在纠结什么。

双喜瞪眼问："又咋了？"

良子说："我在想是我回去开车过来，还是把他们拽到车跟前去。"

双喜气得倒抽了口气，撑着腰咳嗽起来。良子见状不妙，赶忙拽着殷望和白杨朝他的车走去。见他们消失在草丛里，双喜突然一拍大腿："哎呀，我得交代几句去，这个愣娃不会以为我说的好吃好喝招待是拳打脚踹吧。"

我和古听云对视了一眼，说："我看很有可能。"

双喜撑着腰，一瘸一歪地朝追过去，嘴里喊着，"你给我站住。"

草丛一阵梭动，良子钻了出来："啥？"

双喜说："我说的好吃好喝招待他们两个，你知道啥意思不？"

良子狡黠地一笑，原地踮起脚步做了个散打的动作。双喜冲上去就是一脚："我说的好吃好喝招待，就是每天好酒好肉，让伙房的马师傅做给他们吃，顿顿都是，记住了吗？"

"哎，你这么说我就清楚了，好酒好肉嘛，还非说好好招呼。我还正想你要是半个月不回来，我把人招呼死了咋办。"不等双喜再踹他，良子一头钻进了草丛中。

双喜长出了一口气，回身见我和古听云都在笑："笑啥笑？别看这娃娃脑子木，办事利索，对我忠心耿耿的。"他看了我一眼，大概是怕我对忠心耿耿这句多心，忙招招手说："我估摸着那边的人快到了，我们是不是合计合计？"

我说："还合计什么？你要变卦吗？"

双喜脸有愧色地说："我是觉得有些对不起你们两个，因为我的事，让你们受惊了，我心里有些过意不去。"

我说："我想问你个问题。"

"随便问。"

“当初你说去北京想弄死我，到底是因为怀疑我是公家的人，还是因为我贩过毒？”

双喜僵住了，好一会才说：“说实话，两样都有。”

我更好奇了：“那你怎么可能因为缉毒警追我，就放过我？就算我不是公家的人，也贩过毒。如果我没有猜错，你想杀我就是因为我贩过毒，我看你对公家的人没那么狠。”

双喜看了眼古听云，笑着抓抓头说：“第一，你是小古认准的朋友；第二，我看你对我那个战友的儿子不赖……对了，他叫个啥？我忘了问了。”

“你战友的儿子你不知道叫什么？”我笑着说。

双喜说：“小时候叫殷名，他爹出了事之后，估计上面会让他改名。”

“现在叫殷望。”说完我立刻意识到不对，殷望对外一向用的是“徐明”这个名字，我是他卧底的目标，怎么可能知道他的真名真姓？我后背一阵发寒，只得强装镇定地做出恍然的样子说：“原来这个才是他真名。”

双喜接着刚才的话茬说：“第二，就是觉得你对殷望不错，我就相信只要是对自己兄弟好的人，不成大事都难，也难怪连小古都夸你。”

“就因为这个，你就打算放过一个毒贩？”我把话题拽了回来。

“小古从来不给我推荐贩毒的，她知道我的脾气，既然推荐了你，我多少得换个标准，这一路上下来嘛，觉得你是这个。”双喜对我竖起大拇指，“现在能让我说是这个的，除了殷望他爸，剩下的都在这儿了。”他扫了我们一眼，又说：“我们不办点大事出来也不合适。”

古听云忙说：“你少拉我入伙，我是杀过人，不过我杀的都是可能害到我的人，让我一门心思去和你杀毒贩子，我干不了。”

“等你发现他们害到你头上就晚了。”双喜又看向我，“你躲得了吗？胡纬他们能放过你？还有那个周亚迪……算了，不勉强你们，但我真有个事想麻烦你们。”

古听云说：“你放心，以后我会留个心，帮你问你那个战友的事，是叫殷浩江吧？”

双喜一拍古听云的肩膀说：“小古就是个聪明人，哈哈哈。”他笑着看向我。我只能点点头：“放心，不管怎么说，我也当过兵，战友之间的情谊嘛，多少也知道点。”

古听云斜眼看看肩头上双喜的手，说：“我看你早晚被你那张欠嘴和这双欠手害死。”双喜忙把手缩了回去：“对不住对不住，习惯了。”

我心里总还是有些疙瘩，接着问：“你是什么时候认出殷望是你战友的儿子的？”

“他小时候我是见过的。你们从地下室出来被围住的时候，我看着他眼熟。后来把他堵住以后，两句话就确定是他，我估计他也认出我了，从他眼睛里就能看出他有事问我。”

我想了想，说：“我只是奇怪你为什么一定要把他带到这儿来。”

“本来我是想把他身边的那个丫头带过来，那丫头的老子是贩毒的……后来发现殷望不只是有事问我，干脆就是想把我弄死。我一想，万一要是说不通死在他手里也成。他爸爸就是在这附近没了音信，我如果死在这儿，还是死在他手里，也算圆满。”

我笑了，说：“而且，如果他为了私仇杀人，在境内是要被法办的，到了境外，只要这边的人不发现……”双喜呵呵笑着拍拍我的肩膀，望着远方不再说话。

这一轮谈话下来，我就放心了，至少确定双喜对殷望的确没有恶意。那么这段时间，殷望可以安全舒适地在草原上休息了。

第六章

有些事，没有如果

1

快到中午的时候，东边隐隐传来一阵轰隆隆类似打雷的声音。我们循声望去，天边一片蓝天白云，不像有雨的样子。那声音越来越近，当一个黑点出现在视野中时，双喜忘了腰疼，一下子跳起来兴奋地说："来了，飞机。"

我想起上次在境外遭遇伏击的事，不由得多了个心眼。把外套脱了下来说："怎么开始热了？"

双喜顾不得看我，说："早晚温差大，也该热了。"

我"哦"了一声，从后腰上拔出枪，把外套搭在手上盖住。检查着保险和枪栓时，觉得古听云在看我，我抬眼朝她看过去，见她的外套也在手上搭着。见我看她，她笑着对我挤了挤眼，我不由得也笑了。

直升机在我们上空盘旋了一圈，引擎声震得人耳朵全聋了，螺旋桨旋出的大风卷起地面上的草叶不停地打到人的脸上，让人睁不开眼。双喜不断地朝空中挥手呼喊，只见他嘴巴张合，根本听不到他在喊些什么。

我将半张脸埋在手臂挂着的衣服后面，抬头细看，这是一架苏制米-8运输机。面对着这样一架钢铁巨兽，心头不由得一沉：列夫盘踞在这种地方，能号令差不多半个地球的毒枭和走私团伙，这本身就足以让人头疼。现在只是接几个人而已，居然就派出这样的装备，别说区区几个金三角的毒枭，就是手里操控着一支军队的丹雷与其相比，也是小巫见大巫。我攥着枪的手掌不觉中渗满了汗水。

双喜冲我们挥挥手，朝飞机跑去，我跟在最后，死死盯着缓缓打开的机舱门。两个白俄男人出现在舱门口，领头的一人朝下张望了一圈，跳下飞机冲双喜张开了双臂。我假装脚下一绊，故意走了一个蛇形，顺势朝机舱里张望了一眼，前座上有两个机师。那么这架直升机里，至少有四个人。

他们寒暄完，双喜转过身想向他介绍我和古听云。我点点头算是打了个招呼，一眼就认出，这人正是交接刘亚男那晚，跟在那个俄罗斯男人身边的人之一。看来今天一场血战在所难免，只要让他看清楚我的样子，他也会想起我就是那个押送刘亚男过境，又被刘亚男连开三枪的中方探员。

那人迟疑地看了我一眼，微笑着伸出手。我刚把手伸出，他一把揪住我胳膊上挂着的衣服猛地往下一扯，我的脸连同那把枪一起暴露在他的面前。显然那把枪比我的脸更有吸引力，他大喊了一声伸手朝后腰探去。我早算准了方位，抬手一枪将机舱口站着的那个枪手干掉，又掉转枪口对准面前这男人又扣动了扳机。

两个白俄男人没发出任何声音就倒下了，我一个箭步冲上直升机，对两个机师的后背连开了两枪。见他们头一偏朝前栽去，我正准备回身检查后舱，就听身后有动静。我心说不好，这里面还有人。刚转过身，一个黑影就铁塔般压了过来，我的胸口像是被块大石头砸中一般，整个人朝后飞出了机舱，重重地跌落在地上。窒息的疼痛让我不由自主地蜷起了身子，一扭头正面对着刚才那个白俄男人的脸。他僵着脖子正抽筋似的捯气，在看到我的一刹那，像是回忆起了什么，眼睛里一亮，嘴唇动了一下，睁着眼咽了气。

两个身影从我头顶的机舱口跳下，"嗵嗵"两声落在我身边，朝目瞪口呆的双喜和古听云扑过去。古听云甩开手上的外套，双手举枪同时对两人开了枪。那两人像是被车撞了一样，齐刷刷地向后飞去，硬生生地撞到了机身上。我正准备松口气，只见其中一人不知摸出个什么朝古听云丢去，只听"噗"的一声，一道白光锥子一样扎进了眼睛，眼前一红，便什么都看不到了。

"闪光弹！"我喊了一声。赶紧凭借记忆中的方向朝那人刚刚跌落的地方摸索过去，心想就算古听云那两枪没打中要害，只要能摸到人，跟他们纠缠一阵，也能给双喜和古听云赢得时间。谁知刚翻过身，耳边一阵风声，后脑就重重地挨了一下，我眼前一黑，瘫倒在原地动弹不得。我心说：这下完了，这两人穿了防弹衣。古听云那两枪顶多打断他们几根肋骨，而他们还能使出这么大的劲踢我，说明他们伤得没那么重。

对方是两个训练有素、装备齐全的雇佣军模样的杀手。我们三个人，一个动不了的我，一个古听云，是个女人，还有一个二十年前或许是条好汉，可现在腰动一下都费劲的老男人双喜。我们在劫难逃了。

我心里没有丝毫的惧怕，对生死这种事我早已无所谓了，我的血洒在这异国他乡，化作一抔黄土在这草原上随风飘散，也没有任何遗憾。我已经把最美好的年华，献给了我身后的那片热土。只是那一刻，我想起了程建邦。他不知多少次在紧要关头及时出现为我解危难，而今他需要我去救他的时候，我却连他人还没见到就倒下了。

隐约间听到不知是谁的一声惨叫。我心头一紧，还没来得及辨认那声音到底是谁的，又是一声惨叫灌进我耳朵。我忍着针扎般的痛和止不住的眼泪强睁开眼睛，模糊一片的景象渐渐会聚成无数的线条，随着每一次光影的变换牵扯着一阵又一阵的刺痛，光影中一个身影朝我奔来。

“塔哥！”是殷望的声音，“你能动吗？”

我慢慢活动了下脖子，确认颈椎没有太大问题后，轻轻地点了一下头。他把我扶起来，拍拍我的脸说：“眼睛怎么了？”

我张张嘴让下巴恢复了知觉，说：“闪光弹。”

“啊？那你先别睁眼。”他脱下外套蒙在我脸上，只听他喊：“良子，别让他们睁眼，把眼睛给他们蒙上。”

我靠在殷望的膝盖上笑了，想不到救我于危难的还是我的搭档。

殷望和良子将我们三人扶上了直升机，休息了足足十多分钟，我才试着睁开眼。良子手持弹弓绷着弦守着机舱门口，警惕地盯着外面。殷望坐在驾驶台前调试着那些我看着都眼晕的按钮。白杨坐在我对面，睁着大眼睛有点害怕地看着我，见我看她，她噘着嘴低下了头。

古听云披着衣服走过来说：“你没事吧？”

我摇摇头，问："双喜呢？"

"这呢。"双喜从后舱走出来说，"咋回事啊？咋一见面就打起来了？"

我说："我哪知道，我看见他拔枪就先把那人干掉了，再晚点死的就是我了。"

"你跟人一见面就举着个枪，换谁不紧张？这下咋交代？"双喜愁得连连叹气。

古听云说："我觉得秦川没什么错，宁可误杀他们，也不能拿自己的命冒险。"

"对，你们都有理，现在咋办？"

"你告诉列夫，碰上了他们国家的巡逻部队，打起来了。"

"哦，他们国家的巡逻队枪里子弹都长眼睛了？专挑自己人干？"双喜竖起眉毛看良子，"你们咋跑来了？"

良子听双喜叫他，回过头说："老远听见动静我就把车停下想看看飞机，结果又听见枪声了。"

双喜说："这么大动静，你能听见枪声？"

良子拿眼睛看了眼殷望："他说听见枪声了，让我们赶紧过来帮忙。"

这下除了良子，其他人都明白了，一定是殷望设计骗了良子。他知道良子对双喜上心，故意说有枪声。良子那脑子多直，听了这话哪能不急，肯定是拼了命地往回赶，又松了殷望让他帮忙。

殷望回身对我们摆了一个胜利的"V"字，说："不用谢，这下你们一人欠我一条命。"

良子不服气地说："啥就欠你的命了？那两个人都是我用弹弓打蒙了，你才有机会下手，不然就你那个身体能打得过人家？"

殷望正要回嘴，见我看他，把话咽了回去，说："带着我一起去吧，多个人多个帮手。那边也没个好惹的，你再看看你们，都是些老弱病残。"他的"老弱病残"统统指向了双喜。双喜正要发作，就听殷望手边的大耳机传出一阵嘈杂声。殷望拿起来贴在耳边听了一阵，一脸茫然地看着我们说："你们……谁懂俄语？"

大家的目光全都落在了双喜身上，这里面只有他总跟俄罗斯人打交道。他整了整衣领，走过去拿起耳机说：“哈拉少。”殷望赞赏地连连点头，向我们翻译：“这是‘你好’的意思。”

只听双喜接着说：“是列夫吗？我的双喜，我们的遇见了巡逻队，你们的人统统的死啦死啦的。”

我们全傻愣住了。我问古听云：“我脑袋刚被俄罗斯人踹了一脚，他是说‘死啦死啦’的吗？”古听云疑惑地看着我，似乎不太确定，又看向了殷望。殷望把食指竖在嘴边：“嘘！”继续凑过去听耳机里的动静。

耳机里安静了大约两分钟，传来一个讲汉语的男声：“喂。”

双喜忙接腔：“喂，我是双喜啊，你是翻译吧，列夫在你跟前不？”

那边说：“在的。”

双喜说：“那麻烦你让他说话。”

那边换了个讲俄语的男声，一上来叽里咕噜说了一通。双喜又傻了眼，嘿嘿一笑：“那啥，还是让翻译说吧。”他拍拍脑门对我们笑笑：“晕了。”

两边来来回回地说了好半天，听那意思开始对方非常愤怒，但听到我和古听云都在机上时，态度来了个 180 度的大转变，大有那几个白俄人死了就死了，只要双喜能带我们迅速赶到就行的意思。双喜放下耳机拍拍胸脯说：“搞定了。”

古听云淡淡地问：“你会开这东西吗？”

双喜的笑容僵在了脸上。殷望凑过去说：“放心吧，这个我会。”双喜从上到下打量了一下殷望：“那你负责把我们安全送到地方，你心里有数？”殷望笑着点点头。双喜一咬牙说：“好吧，那就走。”他环视了一圈机舱，最后把目光落到良子身上，走过去踹了良子一脚说：“你在这干啥呢？站在这么高级的飞机上，举着个弹弓叉子东张西望的想干啥？丢人现眼的，赶紧回去把家看好。”

良子磨蹭着说：“叔，你把我带上呗，刚才要不是我的弹弓，你可能都死了。”

“死啥呀死。”双喜照着良子的后脑勺就是一巴掌，“嘴里就涮不出个人话，赶紧回去看家，我三五天就回来了。”

“那行呢，我回去，你们自己留神。”良子抬头张望了一下机顶，“这个东西我看没有车踏实。”把弹弓别在腰里，跳下了飞机。

双喜追上去站在机舱口，无意中朝下看了一眼，像是看到了什么脏东西忙捂住了嘴。他朝着良子喊：“把这收拾一下，恶心死了。”

我朝他看的地方张望一眼，也头皮发紧。我不由得摸了摸手背，心想当初良子还真是手下留情，不然我的手骨非碎了不可。

“又不是我打死的，是他把人家干掉的。”良子指着殷望说，用脚踢了下那俄罗斯人的尸体，“这么重，我哪搬得动？这得有三百斤吧。”

“你少废话，搬不动就拿车拖到草垛子里去，赶紧去。”安顿完良子，双喜看了眼白杨，又看看殷望，对白杨说，“你真要跟着去？”

白杨点点头。

殷望扭过头说：“走吗？”

双喜举起手在头顶做了个旋转的手势，殷望兴奋地大声喊道：“都坐好抓紧，咱起飞了。”机尾猛地一翘，飞机晃晃悠悠挣扎了好几下才拔地而起，在空中又打了几个转，慢慢地平稳了下来，朝着东方飞去。我心中感叹，想起老姜的那番话，或许从某种程度上我们真的要被淘汰了。一种难以言表的失落和惆怅再次涌上了心头，久久不散。

我见殷望紧绷的后背松弛了下来，看来他已经彻底熟悉了这架飞机。我凑到他脑袋边，看着操控台上令人眼花缭乱的仪表盘说：“你……开这玩意……有多少小时的飞行经验了？”

殷望左右看看，指着仪表盘上的一个大概是显示飞行时间的屏幕说：“快一个小时了。”

古听云听到这里，一下子扒开我，瞪着仪表盘问：“你以前没开过？”

殷望说：“没开过这个型号。”

古听云放下心来：“哦，那你以前开的是什么型号？”

殷望说：“飞行模拟器，跟这个差不多，这种机型全球都很普遍。”

古听云还想接着问，双喜伸进脑袋说：“小古、秦川，咱能不能别招他说话了？让他专心开飞机吧。”

这里头只有白杨的眼里没有丝毫恐惧，一脸崇拜地痴痴地看着殷望。

我碰碰她的胳膊，用下巴指指殷望问："帅吗？"白杨低下头羞涩地笑。我又问："你知不知道我们去哪里？"

她收起笑容严肃地说："我不会给你们添麻烦的。"我知道一准是这个答案，我说："都上了这趟机，不是兄弟姐妹也胜过兄弟姐妹了，说麻烦就见外了。危险肯定会有，丢了命也没什么大惊小怪的。你救过我一命，我会记得。"

白杨有点迷茫又有点感激地看着我，坚定地点了点头。

天南海北的几个人，为着不同的目的聚在一起。前路未知，生死难测，这个为爱情一往无前的姑娘，倒是比我们任何人都纯粹。我很想对白杨说：你是一个战士，是一个为自己出征的战士。

直升机平顺地一路向东，双喜和古听云斜倚在舷窗边，呆呆望着外面，一言不发地想着自己的心事，时而皱眉，时而微笑。这情景倒像一帮朋友要前往海滨度假，每个人都暂时不去想前方的凶险，贪婪地、尽情地享受着此刻的恬静，一秒钟都不愿浪费。

要按以前的习惯，我会利用这段空闲去审度他们每个人的内心世界，一而再、再而三地思量自己该说什么做什么，争取每一步都做出正确的选择，成为他们眼中最有价值的人，以便能顺利地达成愿望，完成任务。

现在我更深地明白了一个道理，与其见招拆招、火中取栗，不如掌控全局、先发制人。

我能感受到他们每个人对我的好感远大于忌惮，倒不是我这塔哥扮得多完美，而是因为在某种层面上，我、双喜和古听云属于一类人，我们不用动心眼就能轻易地洞察彼此的内心。比起没底线的胡纬和周亚迪，双喜和古听云要上等得多。现在的我，需要防范的不是真实身份被揭穿，而是避免和他们成为朋友。那会影响我需要抉择时扣动扳机的决心。

作为一个战士，有些事，没商量。

2

列夫那边有人一直在给殷望导航，直升机飞越了一片密林后，正前方是连绵不绝的群山。山下有一个深蓝色的湖泊，湖边修筑着成片的木制房屋。这个地方如果没人指路，就算开着火箭也找不到。

殷望摸着下巴，看着头顶的一排仪表口中念念有词，我们几个不禁又把心提到了嗓子眼上，眼巴巴地看着他。好半天，他咬着牙自言自语地说："赌一把。"

双喜警惕地问："赌一把？拿啥赌？输了能咋样？"见殷望没回应，双喜有些急眼地看着我们："你们说话呀！"

古听云倒是很淡定，走到中舱把二郎腿一跷，笑着说："这一路都过来了，你还没习惯把命交给他吗？"

直升机在殷望的操控下，像一只被杀虫药喷中的苍蝇，左摇右晃前栽后仰地在一片空地上盘旋了好半天，踉踉跄跄地落了地。

停机坪边上，远远地站着几个俄罗斯人。还会有那晚出现过的人吗？要是在这里被认出来那也是没办法的事，只能随机应变了。大多数人看老外觉得外国人都长得一个样子，老外看东方人也大致都觉得长得差不多，要是他们也有这种脸盲症该多好。想到这里我自己都觉得可笑，伸手去摸腰间的枪。见古听云也在掏枪，双喜瞪着眼睛说："你们想干啥？你们又想干啥？把枪给你们，我肠子都悔青了，你们知道这是啥地方吗？明告诉你们，就你们手里那两个铁疙瘩在这儿甚都办不成。一会人让交枪，就把枪交了，说要搜身，就乖乖让他们搜。我们是来办正事的，不是来找事的。"

古听云扣上外套盖住枪，不耐烦地说："咱还下吗？"

殷望打开了机舱门，一股清凉的风夹杂着青草香气顿时扑了进来。古听云深吸了一口气跳下飞机，伸开双臂闭着眼原地转了一圈："这地方真不错。"看向我说："适合退休哦。"

我站在舱门口环视四周，不远处停着几辆装载着重机枪的军用越野车，黄灿灿的子弹夹在阳光下格外引人注目。"不见得吧。"我笑着跳下了飞机。

一个穿着西装的俄罗斯人远远地迎上前来，笑容可掬，优雅地对我们点头致意。他身后的随从捧着台笔记本电脑，紧赶了几步走到我面前，做了个请的手势。我从口袋里拿出那个U盘递过去，他不接，将电脑的U盘插口对向我。我将U盘插了上去，他看了一眼快速闪动的屏幕，对那俄罗斯男人点点头，退到了一边。

那俄罗斯男人笑着伸出手，用一口流利的汉语说："秦先生，久仰久仰，我是列夫先生的助理，我的中国名字叫有德。"

"有德？"我笑着说，"你好。"

"这一路还顺利吗？"

我握着他的手说："遇到点麻烦，多亏你们派去的人帮我们解了围，我很过意不去。"他拍拍我肩膀，对双喜说："双喜，好久不见。"

双喜指着身后的古听云："这就是古小姐。"

有德有些吃惊的样子看着古听云，说了几句客套话。话锋一转，看着殷望和白杨说："这两位是？"

我说："他们是我的朋友，本来没打算来，但是我们没有人会开飞机，所以只好……"

"没问题没问题，只要是秦先生的朋友，就是我们的朋友。列夫先生在等着各位，请各位跟我来吧。"有德对随从打了个响指，说了几句俄语。

我们上了一辆车，驶向上山的一条小路，十分钟左右，车在半山腰的一个平台上停了下来。这是一个天然的朝外凸出的岩石平台，四周围了一圈木制的栏杆。一栋三层的欧式建筑倚山而建，巨大的白色大理石露台正对着山下的湖泊。

看来这列夫也是个善于享受的人，在密林深处居然搭建出这样一栋建筑。他会把程建邦和徐卫东关在这里吗？我往外走了几步，站在平台边缘鸟瞰列夫的这个窝点，目光所及能见到的人不超过十个，武装越野车也不多。不知道是人都在屋内，还是列夫自信，这种规模的据点只配备了这么点人和武器。

有德站在大门口彬彬有礼地说："各位请吧。"

我们依次上了台阶，有德将最后的殷望和白杨拦了下来："不好意思，我给二位另外安排了休息的地方，二位请上车吧。"

我对殷望使了个眼色，他正打算牵白杨的手上车。我走过去将他拉到一边，轻声说："你要是为她好，就别在人前表现得那么关心她。"

殷望感激地看了我一眼，对白杨甩甩头："走。"

在荒山野岭间建出这么大的别墅原本就很不容易，屋内的豪华精致更是让人叹为观止，而且那些金碧辉煌的灯具、家具都显得很有些年头，丝毫没有暴发户的气质。古听云被墙上的几幅油画勾得挪不开步，有德轻声介绍着画的背景来历，听得古听云两眼直放光。双喜不耐烦地说："赶紧走，先把正事办了，一见着这些画片子和瓶瓶罐罐的就走不动路。"

有德带着我们上到三楼，在一扇足有两人高的门前停了下来。有德轻轻地敲了两下，躬身推开门。只见一个穿着暗红色衬衣、头发灰白的中年俄罗斯男人坐在一张小茶桌前，窗外透进来的阳光正洒在他手里的瓷茶杯上。见这人是我不曾见过的人，我心里松了口气。他抬头看了我们一眼，微微点点头，喝了口茶放下杯子，对有德说了句俄语。有德将我们让进屋，上前在那人耳边说了几句后，向我们介绍道："这位是列夫先生，一直在恭候几位大驾。"

双喜小声嘱咐我们："都别乱说话。"

我说："也没交枪，还是他们忘了搜身了？"

双喜说："说了让你别乱说话！"

我故意大声说："我们是来谈合作的，不是来觐见皇上的。既然是谈合作，那么前提是大家平等，不然还叫什么合作？"

列夫脸上露出笑容，指着茶桌前的几张椅子冲我们招招手，用生硬的汉语说："各位请坐。"等我们就座的工夫，他低声对有德说了几句。有德笑着说："列夫先生汉语不太好，他想知道各位为什么搞得这么狼狈？"

"不好意思，来之前遇到点麻烦，真不好意思。"我啪啪地拍身上的土，双喜和古听云也跟着拍起来。呛人的土腥味立刻弥漫开来，阳光中满是飞舞翻滚的灰尘。列夫没忍住咳了两声，将摆满茶具和点心的茶桌往旁边推了推。

拍完上衣，我又跷起脚去拍裤脚，一边拍一边说："列夫先生确定我们是谁了吧？”

有德微微闪躲着灰，保持着礼貌的笑说：“没问题，虽然以前没有和秦先生见过面，但是……”

我打断了他：“那好，请问我怎么确定这位就是列夫先生？”

有德指指双喜说：“双喜先生和列夫先生是老朋友了。”

我说：“我跟双喜刚认识没几天。我是问你，我该怎么确定对面这位就是列夫先生。”

有德凑到列夫耳边正要说话，他一摆手将有德拦开，站起身用餐巾擦擦手，笑着对我伸出手，叽里咕噜说着俄语。有德赶紧同步翻译，列夫说的是：“很荣幸见到秦先生，很早以前就听说过秦先生在海上的事情，本来是打算派专人去邀请秦先生的。没想到，秦先生得到了我们的U盘邀请函，我觉得我很幸运。”

“您客气了。”我从他的茶桌上捏了块巧克力，递给古听云，“你来块？”

古听云憋着笑摇摇头。我又让给双喜，见他满脸不自在，只好丢进自己嘴里，嚼了一下只觉得满嘴的苦，我自己动手倒了杯茶，咂摸了几口说：“红茶？”

列夫忍了忍气，缓缓说：“秦先生是一个谨慎的人，我很欣赏，这说明我没有看错人。至于怎么向秦先生证明我的身份……我受本国的通缉多年，列夫只是个代号。所以迟一些我会带秦先生参观一下，相信秦先生只想和有实力的人合作，而绝非一个代号吧。”

不等我说话，门外响起一阵急促的敲门声。有德出去应门，不一会快步回到列夫耳边轻声说了几句，列夫胸口剧烈地起伏着，看样子是被外头发生的什么事气着了。他对有德吩咐了几句，冲我们点点头，匆匆地离开了。

有德说：“很抱歉，列夫先生有急事要去办，我先安排几位休息。”

我说：“我们冒着掉脑袋的风险到这里跟你们谈事，你们就是这么对待生意伙伴的？”

有德挤出笑脸来：“实在是这两天出了大事，有两个奸细跑了……”

他立刻觉出说漏了嘴，把后半句硬吞了回去。

我心里一震：“你等等，什么奸细？这种地方还能混进来奸细？”

他犹豫了一下，说：“几位放心，这里方圆几百公里没有人烟……”

“两个奸细？”我追问道。

有德点点头：“我们会为几位的安全负责，绝不会有事。”

难道是程建邦他们跑了？我按捺不住内心的激动，快速地看了眼双喜。双喜自然明白我的意思，说：“咱们还是先听安排吧。”

我们住进了湖边的木屋中，联排的几栋房子紧挨着，外面看着是粗大原木搭起来的，里面设施却比五星酒店还豪华。推开窗满眼的湖光山色，这列夫的确实力雄厚，把这里弄得无处不齐全。我问有德：“我能随便走走吗？”

“这里是大家谈事的地方，又不是监狱，请随意。”他阴阴地笑道，“说不定还能碰到老朋友呢。”

目送有德离开，我琢磨着他的话，问双喜：“你来过这里吗？”

“没。他们贼得很，打一枪换一个地方，你看看这里多新，我估计他们也刚搬过来。”

“你觉得那两个奸细会是什么人？”

双喜压低了声音说：“说不好，你那战友没准在里面。这一搬家纰漏多，跑的机会也多。”

我在屋里转了一圈：“这屋里会有窃听器吗？”

“不会的，列夫这人还算讲究，不然也成不了这么大的事。再说来这的哪有好惹的，也都见过世面，个把窃听器还搜不出来？”

我打量了一下双喜，说：“你好像挺崇拜这个列夫的，对了，你不是专灭毒贩子吗？有没有想过把他灭了？”

“我不知道海里面咋抓鱼，反正在河里，你知道鱼啥时节从哪走，只要河不改道，每年到时节拿着网就在那守着，肯定满网收。而鱼，是抓不完的……好了，我得去洗个澡躺会，不然我的腰就真废了。”

双喜的话让我想起了刘亚男，她也说过：罪恶是不会消亡的，我们的存在是为了让他们流血，让他们睡不着觉。站在这里想起刘亚男、徐卫东和程建邦，一种想大声呼喊他们名字的冲动就在胸口涌动。我相信，只要我喊出来他们就能听到，甚至怀疑他们中的某一个现在就在暗处正默默地看着我。想到这我忍不住笑了：老子来了，来救你们这些混蛋了。

我走到窗口想呼口气平息一下心情，就见湖岸拐角处的一栋木屋里走出个人来，那身形异常熟悉。他站在门口点了根烟，散着步走到湖边，呆呆地站在那里望着西南方，若有所思的样子居然与湖面远山构成一幅挺美的画卷。

胡纬在这里，那么周亚迪和苏莉亚一定也在。想不到他们居然成功地到了这里，我心里冷哼了一声，这局，我搅也得搅，不搅也得搅了。

我沿着湖边，轻手轻脚地朝胡纬走过去。他一副心事重重的样子，丝毫没察觉有个人在向他靠近。我做好了一招置他于死地的准备——他们如果在这里见到了程建邦，那么我的身份也就暴露了。就算列夫还不知道，只能说明他们暂时不想出这张牌。他们不外乎是要找个合适的时机，既能一举把我灭掉，又可以为自己换来更大利益。

胡纬叹了口气，抬起头看着天上的云彩，看样子还是没发现我。

“干什么呢？”我从树后走出来问他。

胡纬吓了一跳，回头见是我，惊讶地笑了：“秦川，你确实厉害，你是幽灵啊？我怎么到哪都甩不掉你？”

我顺着他的目光朝天空望去：“你干什么呢？”

胡纬叹了口气：“出来太久了，有些想家。”

“哦，我还以为你等雷劈呢。”我伸出手指对他晃晃，“给我来根烟。”他递给我一支烟，我拿着左右看：“你这烟没加料吗？”胡纬打着了火机递过来说：“我自己不沾那东西。”

我故作轻松地说：“什么时候到的？”

“刚到半个小时，你来多久了？”

听他这么说，我放下心来，既然如此，就没必要在这个时候解决他了。我说：“没多久。对了，迪哥呢？”

胡纬朝身后的木屋努努嘴，叼着烟打量我，说：“我就奇怪了，我现在见到你都恨不起来，怎么还觉着有点亲呢？”他的确是离家太久了，久到已经分不清仇人和朋友了。他自己笑着摇摇头："你见到列夫没有？"

我点点头。

他苦笑着说："大老远跑到这儿，差点把命丢了，来了告诉我忙，让我们等，这算什么待客之道？我有点后悔来了，你说我们守在金三角那一亩三分地上，再怎么说也是地头蛇，跑来这里掺和这干什么？"

我淡淡地说："迪哥也这么想吗？迪哥可是有大抱负的人。对了，他人在吗？"

"在里头休息。"胡纬嘿嘿笑起来，"你小子是惦记苏莉亚了吧，都在屋里，去看看吧……对了秦川，我想明白了，觉得斗来斗去的没意思，你要是还瞧得起我，咱们握手言和吧。以后我回金三角卖我的货，你在海上当你塔哥，有机会碰面，一起喝喝酒聊聊天，你觉得怎么样？"

我看看他伸出的手，又看看他的眼睛，倒也相信他此刻的这份诚恳。他这一路必定遭了不少罪，说九死一生大概也毫不为过。如今身处万里之遥的异国他乡，身家性命一样都没掌握在自己手中，这份凄凉丧气让他见着我这张熟面孔都觉得亲热起来。可以肯定的是，他一旦回到那片罂粟花盛开的土地上，一定会后悔今天的言行，然后以最快的速度恢复本来面目，再杀个回马枪。

不过无所谓，我的目标有二：第一，发送这里的坐标给总部；第二，找到我的战友。为了这两件事，暂时和胡纬结盟是有好处的。我与胡纬握握手，相视一笑。他说："这就对了，大家都是中国人，联手对付洋人嘛。"

我不屑地上下打量了他一下："你算什么中国人。"

我跟着胡纬朝周亚迪的住处走去，远处树林里有一道光倏然闪过，职业的敏感让我警觉那绝不是普通的玻璃反光。我放慢了脚步，做出欣赏四周风景的样子，扫了几眼之后心里有了数。那位置是一个绝佳的狙击点，闪光来自一支枪上没有经过处理的瞄准镜。我的心怦怦直跳：难道是程建邦？狙击埋伏可是他的拿手好戏。

胡纬问我："秦川，列夫他都跟你说什么了？"

"没什么，随便聊了几句。"我眼睛没闲着，又找出五六个非常适合狙击手埋伏的制高点。然后发现那些点与周围的景致有少许差异，植被的颜色明显深一些。那是人为覆盖了折断的枝叶，那些枝叶因为水分流失颜色起了变化，他们应该每隔几个小时就会换一批树枝，否则色差会越来越大，很容易被人看出来。

“你们聊得怎么样？”胡纬接着问。

“嗨，没说正事，尽瞎客套了。”

胡纬说：“算了我也别问了，问了也没实话。”

我在心中画了张地图，确定了那些点有狙击手埋伏。这让我又失落又失望，刚才那道闪光是某个狙击手无意间动了身形的结果，那不是程建邦。也难怪没人搜我们的身，看出我们带着枪也没人过问：人家根本不用担心，谁要敢造次，不等你把枪端稳就会被狙击枪爆了头。而且我们住的屋子都是木建筑，狙击枪上肯定装备了热感应仪器，只要算准角度，隔着墙也能要了你的命。

“你这个人就是太多疑。”我回了胡纬一句，几步登上阶梯，抬手敲门。

一张再熟悉不过的脸出现在门口，见到我先是一惊，立刻露出了灿烂的笑容。我轻轻叫了她一声：“苏莉亚。”

苏莉亚用力地点头，拉着我的手把我让进屋内。周亚迪正斜躺在沙发上，几日不见他又消瘦了，形容憔悴，看上去苍老了许多，比起当年金三角那个意气风发的他，简直判若两人。他见我进来，忙挣扎着坐了起来：“秦川，真的是你吗？”

我见他行动很是吃力，问：“你受伤了？”

周亚迪说：“能把命捡回来就不错了，受点伤怕什么。”

我仔细打量了下苏莉亚：“你没事吧？”

苏莉亚摇摇头。

周亚迪笑着说：“来，坐坐坐，秦川啊，迪哥真的……”

“迪哥，不用说了。”我拦住他的话，“人没事就好。”

“不不，有些话我得说，说实话我以为再也见不到你了。”周亚迪一把抓住我的手，眼圈一红，竟然流下了眼泪。

苏莉亚倒了杯茶放在我面前，拉拉我的衣袖，指了指那杯茶。我端起来抿了一口，她才满意地笑了。周亚迪低头沉默了一会，说："秦川，我想退休了。"

"嗯。"我应了一声，垂下眼皮喝茶。我想，此刻他和胡纬的心情差不多吧，离开自己的地盘太久，过着近似于颠沛流离的逃亡生活。这样的日子几乎磨光了他们所有的锐气和戾气，生命的意义大概第一次搬上他们的字典。周亚迪的"退居二线"也好，胡纬的回家"安居乐业"也罢，在我看来不过是身心疲惫后的胡言乱语。

周亚迪见我冷冷淡淡的，拿出了他的U盘："这个我送给你，我在那边有多少土地多大生意，你是知道的，我全部送给你。至于和列夫怎么合作，你决定吧，在这里，权当我是你的一个跟班吧。"我正想应付他几句，他伸手按住我。"你先听我说，除此之外还有件事想拜托你。"他长叹了一声，拉过苏莉亚的手塞到我手里按住，"我一直把苏莉亚当亲生女儿，这些年她跟着我成天担惊受怕，没过过一天安生日子，我欠她太多了。我是看着你们两个认识的，你们有什么瞒不过我的眼睛。秦川，我只想拜托你照顾好苏莉亚，让她也过过正常的日子。金三角那个地方太不适合她了，你在内地给她安个家，有没有名分都没问题，只要别再让她见着这些打打杀杀就好。"

我见周亚迪说得动情，不像是做戏。扭头看了眼苏莉亚，她低着头，垂下的长发遮住了脸，像是在哭。我说："迪哥，只要苏莉亚愿意，我可以帮她安顿下来，这你尽可以放心。但你的生意还是你来做，再说我也干不了那么大的事。"

周亚迪点点头，抽回自己的手，说："只要你答应帮我照顾苏莉亚，那我就没什么牵挂的，可以安心退休了。这些年我也存了笔钱，足够我下半生过活了。至于我金三角的生意，你愿意做就做，不愿意做把它卖了也行，你决定吧。等离开这里，你带些靠得住的兄弟跟我回去，交接完我就走。"他见我还是淡淡的，挣扎站起身说："秦川，你还是不相信我吗？我只是不想苦心经营多年的生意无端地落到外人手里，你如果不要，我这就叫胡纬过来，把生意卖给他。"

我起身扶他坐回沙发："迪哥，我记得你曾说过要一统金三角的，我一直钦佩你是个有抱负做事又讲规矩的人，现在你这样，我替你不值。"

周亚迪呵呵笑了："抱负？我那种生意做得再大也是上不了台面的过街老鼠，我一直想和列夫合作，把毒品生意当成一个辅助，去干点真正的大事。可来了以后才发现，人家看上的只是我们的钱，对我们的人一点兴趣也没有……你知不知道列夫是干什么的？"

我假装迷惑地说："他不是收你们货的吗？"

"收货卖货能搞出这么大动静？这个人的名字可是在俄罗斯总统的案头上的，你说他是什么来头？"不等我回答，他说，"知道车臣吧？"

"叛军？"我假装诧异地瞪大了眼睛。

"胜者为王败则寇。从前败了就是叛军，将来要是赢了那就是英雄。"周亚迪有些激动起来，说，"我本想借着他和大点的势力挂上钩，万一金三角毁了，也有个安身之处。现在才知道，人家根本没把我们看在眼里，既然这样我还有什么奔头？就算混成了东南亚最大的毒王，那不就相当于混成了各国的头号通缉犯吗？……思前想后，我还是退休吧，不然将来一颗流弹把我解决了，那算我祖上积德。要是被官方抓了，那就真是罪有应得喽。"

周亚迪这番话倒是我没想到的，我一直觉得这些事作为一个毒贩是应该早想到早准备好面对的，却从来不见谁担忧过，至少明面上每个人都避而不谈。现在周亚迪毫不掩饰地说了出来，说明火已经烧到了眉毛上，不能再装作看不到，要赶紧找退路了。

"迪哥，你怎么能这么想呢？"我装作激动，却忘了还攥着苏莉亚的手，我一使劲，只觉得苏莉亚浑身一颤，忙松开手说，"不好意思，忘了。"苏莉亚羞涩地进了里间。

"好了，你也不用劝我了。总之我决定了，老家的生意我给你了，就当是苏莉亚的嫁妆。生意你做也行，卖了也行，外面就有个买家。"他用下巴指了指窗外湖边站着的胡纬。

话说到这个份上，我也不想辨别他的真假了。只是现在不论我拒绝或接受，都显得有些草率，于是说："我考虑一下吧。"临出门我把我住所的位置指给他看，问道："迪哥，你有手机吗？"

"有。"周亚迪从口袋里摸出一部手机递给我，"在这里就是砖头一块。"

我拿过来一看才知道他说的是什么意思，手机显示没信号。我说："这是卫星电话，难道这里被屏蔽了？"

周亚迪苦笑说："你说在这里跟我们当年在牢里有什么分别？他们根本没把我们放在眼里。"

我想了想，说："电话借我用用吧。"

周亚迪摆摆手："拿去吧，送你了。"

3

出了周亚迪的房门往回走，一路又找出两个新的狙击点，部署得又专业又刁钻。这只是我这么走着发现的，整个山谷里一共有多少这样的点，恐怕只有列夫本人知道。这样的布置再加上屏蔽信号，周亚迪说这里是牢房毫不为过。有德说，这里方圆几百里没有人烟，那么就算程建邦他们逃离了禁锢，也没法回去，一定还在这附近寻找机会与外界取得联系。

远远看到有德站在我的房门外，脸上挂着那种得体礼貌的笑，他迎上来说："怎么？碰到老朋友了？这里风景不错，最适合和老朋友叙旧了。"

我瞥了他一眼，说："你们跑了的那两个奸细抓住了吗？如果没有确定的消息，麻烦送我离开，我大风大浪都过来了，可不想栽在这山沟里。"

"秦先生请放心，他们跑不远的。"

"到底是什么人？"

有德犹豫了一下，说："小人物。"

我冷笑着说："小人物值得你们列夫先生动那么大气？算了，我宁可穷死也不想在这里屈死。你还是送我走吧。"

有德语气有些急切地说："真的是小人物，也是中国人，再说他们是中国警察……”

我心中一喜，基本可以断定那两人就是程建邦和徐卫东了。而且我一说要走他就这么紧张，证明列夫对我这个塔哥能给他带来的东西还是比较看重的。我假装意外地问：“中国警察？中国警察跑到这里干什么？”

“不是他们跑来的，是我们抓来的，一句两句说不清，不过我拿我的性命担保，这里绝对安全。”

“好。我只在这里停留二十四小时，二十四小时后不论什么情况，我必须离开。”

有德面露难色，斟酌了半天，一咬牙：“好，就二十四小时。”

“等等。”见他要走，我上前抓起他的手臂亮出手表，说，“现在是下午四点四十，我送你们二十分钟，明天下午五点，我要准时离开。”

有德看着手表上的指针说：“好的，我去安排。稍后晚餐会送到您房间，我先告辞了。”

有德的车一路疾驶上山去了，看样子是去列夫的别墅。我站在屋门口，看了眼已经开始西沉的太阳，无数经历过的战斗的画面在脑海中飞一般闪过，最终定格在徐卫东、程建邦和刘亚男的脸庞上，顿时心如止水。

“塔哥。”一个声音从身后传来。我转身见殷望正拿着一支烟递过来，我摇摇头说：“刚掐了。”他自己点着了烟抽着，四下看看，满脸歉意地说：“我来跟你……”

我不耐烦地打断他：“废话少说。”

他低下头：“怎么干，你下命令吧。”

“你知道有一种技术能屏蔽卫星电话的信号吗？”

“知道点。”

“这里被屏蔽了。有什么办法在不离开这里的情况下解除屏蔽，几分钟就好。”

他看了看四周，说：“这种地方至少需要五台机器实施屏蔽干扰才有效，解除几分钟的办法我没有。你要让我办，就是搞坏一台设备，把屏蔽网撕开个口子。”

“注意安全。”

他愣了一下，很快反应过来，低声说：“是。”摸着下巴开始四处踅摸，过了会走过来说：“那几台设备全部找齐全可能费劲，但找出一台两台还不是什么问题。现在光线太亮不好隐蔽，我晚上搞定了就来汇报。”

我说：“你的十二点、两点、六点、九点和十一点方向都有狙击手，可能还有更多……”

他抢着说：“我在飞机还没降落时就注意到了，还有一处你没发现呢。放心吧，除了在夜店、酒吧我光芒万丈无处藏身，这种地方只要我想藏，嘿嘿……”

见他又回到了那个我熟悉的样子，我说不上是欣慰还是心酸。再听他说这些大言不惭的话，也不再觉得反感和可笑。想起他的身世，似乎能看到隐藏在吊儿郎当、玩世不恭的表皮下，那颗敏感又倔强的心。

我回屋坐在餐桌前，手指蘸着茶水画出了这片区域的简要地形图，思前想后也拿不出一个把握稍微大一些的突围方案来。不知道徐卫东和程建邦跑到哪一步了，一想到他们处于这样危险的境地，就静不下心来，心里乱麻似的扎得慌。

我正盯着桌上的“地图”发呆，就听有人敲门。开门见苏莉亚扶着周亚迪站在门口，我赶紧把他们让进屋，问：“迪哥，你没事吧？”

周亚迪看起来有些魂不守舍，说：“想跟你聊聊天。”

我给他倒了杯热水，回身发现他正看着桌上那幅干了一半的“地图”，心中不由得有些懊恼：刚才一走神忘记擦了，现在虽然已经看不出什么端倪，但这种大意还是让我有些自责。

周亚迪缓缓说：“秦川啊，你考虑得怎么样了？”

“你那么大一摊生意，说给我就给我，就算我干得来，怕是那边也没人容得下我。”

“你还年轻，有的是时间和精力去闯，再说就凭你海上的那条路，就足够震住他们了，他们需要你的那条路。”

我把水送到他手上：“迪哥，你脸色不太好，来，喝点热水。”我故意把他的话截停，他见我始终不答应他，自然就会打出更多的牌来说服我。信息越多，越有助于我判断情况。

周亚迪握着水杯，看着我说："你是跟双喜一起来的吧?"

"嗯。他想跟我合作。"

"合作? 那他有没有告诉你，不少同行都死在他手里了?"

"听说过，他们有些过节，他弄死了对方几个。"

"几个?"周亚迪把杯子蹾到桌子上，激动地说，"列夫的人跟我说了他的一些事，恐怕事情没那么简单。在他们眼里，双喜比我们更重要，过去有货的是老大，现在能把货运到的才是真正的这个。"他说着跷起大拇指："你和双喜一个海路、一个陆路，就连列夫这样的人都敬你们三分。金三角那些人也不知道看明白没有，没了你们，他们的货怕是要烂在田里了。你也不用担心干了这行以后双喜会对你不利……"

我笑着说："哎，迪哥，你不会以为我是怕双喜，才不敢接你的生意吧?"

这时又响起一阵敲门声。周亚迪紧张地轻声问："谁来了?"不等我发声问，门外传来双喜的声音："秦川，是我，双喜。"

"这怎么办? 列夫的人打了招呼让我别见着他。"周亚迪脸色一变，张皇地在屋内转了一圈，推开卫生间的门说，"我回避一下。"

"迪哥，不至于吧?"

"如果不重要的话，列夫就不会派人专门交代了，我还是回避一下吧。"他拉着苏莉亚躲进了卫生间里。

打开门，双喜叼着烟，一手撑着腰上下打量我，也不等我请他，便诡笑着挤进屋内。我有点莫名其妙："怎么了?"

双喜示意我关门。见我关好了门，他端起刚才周亚迪没喝的那杯水，喝了两口咂咂嘴，突然说："你是公家的人。"

我冷哼了一声："你想好了再说。最早说我是，后来又说我不是。现在又改口?"

"不然你咋知道殷望的真名? 你们两个……"双喜笑眯眯地说，"是搭档。"

我知道，当我放松警惕，说漏"殷望"这个名字的时候，他就已经在怀疑我的身份了。作为一个曾经的卧底探员，后来又混迹于狼窝虎穴多年，凭蛛丝马迹看穿一个朝夕相处好几天的人的真实身份，对他来说，不是本事而是本能了。

如果双喜的摊牌像一记耳光狠狠抽在我脸上的话，那么卫生间里周亚迪的那双耳朵，就将是一枚击毙我的子弹。

“我不会跟别人说的，我说这个的意思，是求你，在我的事办好之前……”双喜的目光落在桌上那幅已经残缺不全的“地图”上，眉头一皱，接着说，“我只求你在事情办好之前别捅娄子，不然大家一起捅。”他一把将那地图抹去，指了指我，转身出了门。

双喜用这种方式来胁迫我，我已经不在乎了。我呆呆地看着他摔住的门，脑子里像是炸了窝一样沸腾了，整个身体僵硬又麻木，动也不能动。

不知过了多久，我长长呼了口气，看了眼卫生间的门，说：“出来吧，他走了。”

好几分钟后，卫生间的门才缓缓打开，周亚迪佝偻着腰，被苏莉亚搀扶着颤颤巍巍地走了出来。他一直低着头，每一步看起来都那么沉重。离我还有几步的时候，他看了眼门的方向，停下了脚步。我想在这短短的几分钟里，他脑子里关于我的所有谜团已经一一解开了，这本该是多么痛快的一件事啊。可我只闻到了空气中弥漫的恐惧气味，就像他，此时闻到的，一定只有杀气。

每个人都会有后悔的事，如果几分钟之前我问他此生最后悔的事是什么，他一定会说出一个足以让我也扼腕的故事来。可现在，他此生最后悔的一定是他刚才敲开了我的房门。

我往左迈了一步，切断他盯向门的视线。他浑身一颤，缓缓抬起不住颤抖的头，眼泪汪汪地看着我：“秦……秦川，苏……苏莉亚，我交给你，我放心，你……”他将苏莉亚的手拽到我手边。“不管、不管你……干什么的，我们都是人，是人就有感情，我不信你对苏莉亚没有感情……”他扑通一下跪倒在我面前，一把抱住我的腿说，“我什么都没听到，我要退休了，只想安安稳稳地过下半辈子。秦川，你放过我吧，我这就走，保证再也不会出现在你面前。”

苏莉亚赶忙与周亚迪一同跪下，一手扶着周亚迪，一手去擦脸上的眼泪。我慢慢转到周亚迪身后，蹲下身，手臂箍住他的脖子，掰着他的头，轻轻地说：“迪哥，对不起，我信不过你，你放心，不疼，很快的。”我清晰地感受到他剧烈跳动的颈动脉，和拍打在我手背上的滚烫的鼻息。无数回忆就像坏掉了帧数的电影胶片，乱闪着雪花碎片，飞快地在眼前乱放着，瞬间我竟然也被眼泪模糊了双眼。

怎么会这样？我用肩膀擦了擦流下的眼泪：他是我的敌人！就因为他，因为他这样的人，我失去了那么多至亲的战友。我曾发誓要将他们的人，连同他们盘踞的罪恶地方碾个粉碎。而今他的性命就在我手中，我只需轻轻用力就能结束他罪恶的一生，为宁志报仇，为大军报仇。金三角也必定会因为他的死而再次发生混战，那将成为缉毒战线更深入渗透那里的一次良机……

苏莉亚扑上来掰我的手指，眼泪大滴大滴地落在我手上。可她那纤弱的手指就如同她的命运一般，那么无力，那么苍白。当她意识到自己的无助时，开始撕打我，甚至用牙齿去咬我箍着周亚迪脖子的手臂。眼看着手臂上渗出了鲜血，我竟然觉不出丝毫疼痛。她察觉到我流血之后，惊慌失措地瘫坐到一边，看看紧闭着双眼等死的周亚迪，又看看我，不住地摇着头，双手合十满眼泪水地向我祈求着。见我没有要松开手的意思，她跪下去磕头，一下接着一下，一下比一下快，一下比一下用力，直磕得地板嘭嘭直响。

周亚迪看着苏莉亚笑了，恢复了往日的镇定。“为了活着，我不敢相信任何人，包括我自己的亲人。但是因为你，我又相信这世上还有能与我生死与共的兄弟，为此，我放弃了全部。”他挣扎着大声说，“因为我觉得值得。”感觉到我稍稍松了点劲，他哭喊着说：“结果，你是警察。”他费劲地想扭过头来看着我的脸，他嘴角那绝望的笑容几乎让我想放开他。我像是迷失了方向，我不知道该如何面对他，内心的愧疚像决堤的潮水一般翻滚着，眼看就要将那个一直支撑着让我活到现在的信念摧毁了。“哈哈哈……”他大笑起来，那笑声令我毛骨悚然。

“动手吧，动手杀了我吧，求你了，不然他们来了，我一定会揭穿你的。动手啊，秦川！”他歇斯底里地大叫起来。

我一把将他从地上拽起来，死死掐着他的脖子，双手忍不住地发抖。这时门外传来敲门声，有德等了片刻又喊：“秦先生在吗？列夫先生让我来接你了。”

再也没有时间容我逃避了，我的身份可以暴露，我也可以死去，但不能是现在。我闭上眼，一声骨节断裂的声音后，周亚迪浑身一软往下坠去。我松开手，他直挺挺朝后倒下去，“嗵”的一声闷响，重重地摔在从窗口照射进的一柱夕阳下。他的眼睛还来不及闭上，眼神就涣散开来。

苏莉亚停止了哭泣，睁大眼睛呆呆地看着周亚迪，手膝并用地爬到周亚迪身边，张着嘴无声地惨笑着。突然，她发出撕心裂肺的一声惨叫，那嘶哑的声音像是一把飞速旋转的刀，瞬间把曾经无数次晃动在我眼前的笑容撕成了碎片。

我曾想象过她如果会说话，会歌唱，将会是怎样的声音。记得有一次在梦中我们聊天，她笑靥如花，声音宛若银铃。梦醒后我想如有机会一定带她去医院看看，或许能让她发声。没想到，我唯一听到她嘴中发出的声音，是这样的让我肝肠寸断。

我定了定神，抹了一把脸，正要开门去迎有德。苏莉亚疯了一样扑上来，在我的头上、背上抓着打着，就在我闭上眼睛去忍眼泪的那一瞬间，就感觉到她碰到了我腰后的枪，我心里一惊，她已经抽走了枪。我转过身，见她披头散发，双手紧紧握着枪，一双通红的眼睛死死地瞪着我，手指颤抖着扣着扳机。原来不是所有悲伤都能给人力量，此刻我只想放弃，放弃抵抗，放弃生命，放弃一切的一切，甚至希望此刻能够死在她的枪下。因为我不知道还有没有勇气和力量活下去。

“开枪吧。”我无力地垂下头。

门外的有德听着动静不对，紧张地问：“秦先生，你没事吧？秦先生，你说话……那么我要进来了！”接着听到古听云的声音：“出什么事了？刚才是枪栓声吗？”

“嘭”的一声，门被撞开了，有德举着枪闯了进来。几乎在门开的同时，苏莉亚朝我扑来，一口咬住了我的肩膀，我只觉肩头一阵剧痛。我下意识地抱住了苏莉亚，只听一声枪响，她的身体在我怀中猛地一颤，咬着我肩膀的牙齿也松了下来。

“苏莉亚……”我含混不清地反复呼唤着她，像是多叫几声她就能从甜梦中醒来一样。可她的身体还是越来越软，我只好扶着她慢慢地倒在地上，跪在她身边。我知道一切都结束了，那种再熟悉不过的残忍的无助感再一次将我紧紧包围。她的呼吸一下比一下短暂，目光却始终没有离开我的眼睛。我喃喃叫着她的名字，她嘴唇翕动了几下，像是想对我说什么。我急忙将耳朵凑过去，却只听到了她的最后一次呼吸。

有德一边往里探着步，一边用枪不停地指着周亚迪和苏莉亚。走到我跟前，用脚拨拉了一下周亚迪，确认他已经死了，他这才收起枪：“秦先生，你没事吧？”他又用脚去拨拉苏莉亚。

“没事。”我甩了甩手上的血，帮苏莉亚合上眼睛，站起身说，“谢谢你。”

有德耸耸肩，把枪别进后腰，说：“应该我向你道歉才是，让最尊贵的客人遭遇这样的事……太遗憾了。”

胡纬不知什么时候站在门口，瞪圆了眼睛看着地上的周亚迪和苏莉亚，张着嘴巴还没叫出来，就被有德的手下按到了墙上。他吓得大叫起来：“别杀我，我是胡纬，我有货，上等的货……秦川，你和他们熟，你帮我说说啊。我只是个供货的，谁要就供给谁。秦川，你说句话啊！”

列夫站得远远的，用手帕掩着鼻子扫了眼屋内的情况。有德翻译着列夫的话：“我知道你们有些私人恩怨，现在解决了吗？”

胡纬挣扎得更厉害了：“秦川，当初是我不对，可那也是周亚迪的意思。你想要什么尽管开口，来之前周亚迪就说想把他的生意给你。现在他死了，你来接手他的生意正合适，回去后我来给你作保，我把我的也送你，我胡纬从此绝不再回金三角……”有德的手下把他拖了出去，杀猪般的号叫声越来越远。

我看着亲手杀死苏莉亚的有德，无论如何也恨不起来。我问：“距离我们约定好的时间还有多久？”

有德说：“我来就是想加快这件事的进程，没想到……”

“谢谢你。”这句“谢谢”可能是我有生以来说得最沉重的一次。陷入某种扭曲情感纠葛中的我，对苏莉亚是绝下不了死手的，这就意味着暴露身份是随时会发生的事。理智告诉我，我必须解决掉苏莉亚，她会写字，会打手势，只要她愿意，就有无数方法告诉列夫：秦川是一个卧底。为周亚迪报仇。但要我亲手杀了苏莉亚，对我而言其残忍程度不亚于让我杀了白杨、殷望甚至程建邦。有德做了我死也不可能做出的事，我得向他说声“谢谢”。

我知道只要是战斗，就会有死亡。尤其是和列夫这样的恐怖分子战斗，可能牺牲的不仅仅是生命，还有灵魂。我只是从没想到这场战斗会如此残忍，残忍到让我彻底崩溃。

有德又恢复了那种礼貌的微笑，说：“为了解除各位的担忧，我们决定马上开会，争取天亮前商讨出一个大家都满意的结果来。”

我看着地上的苏莉亚和周亚迪，说：“我想把这里收拾一下。”

有德说：“这里交给我们处理吧。”

我看着窗外降临的暮色，没有理由也没有力气拒绝有德。我知道，他所谓的处理极有可能就是在山林中将他们草草掩埋。我甚至能想象到他们的身体会被一群觅食的野兽发现，那无情的撕扯、咀嚼和吞咽的声音，就在此刻已经灌满了我的耳朵。我无法再控制眼泪，低着头钻进卫生间，拧开水龙头冲着手上还没凝固的血。

等我走出卫生间的时候，周亚迪和苏莉亚的尸体已经被人搬走了，甚至地板上的血都已经洗干净了。古听云看着我的眼睛，轻轻地说：“走吧，你还有事要办的。”

我努力地对抗着悲伤，却力不从心，身体被抽空了一般漂浮着，无暇顾及旁人的目光，愣愣地站在门口看着外面，什么也不想说，什么也不想做。这时列夫走了过来：“秦先生，我有个礼物送给你。”他见我还呆呆的，回身打了个响指。他的两个手下打开不远处一辆车的后备厢，从里面拖出一个麻袋来。那麻袋被他们重重地摔在地上，立刻便有血渗出来，一看就知道里面装着一个人。我的心终于恢复了知觉，只想跪下来对天祈祷，希望那里面不是我认识的人。

殷望从他的屋子里走了出来，还没下台阶就被几个人拦住。有德走过去对他说："不好意思，今晚的会议你不能参加。请留在屋内，有什么需要尽管吩咐他们就好了。"

我和殷望对了下眼神，想起自己口袋里的那部卫星电话。如果晚上他成功地破除了这里的信号屏蔽，那么便能够利用这部电话和总部取得联系了。我对有德说："他一直跟着我，我跟他交代几句行吗？"

有德征得列夫点头同意之后，对拦住殷望的那两人挥挥手。我双手插进裤兜，装作轻松地走到殷望面前，从口袋里取出电话就势双手抱在胸前，将电话藏在腋下。"你留下来等我。"我对殷望使了个眼色。他好像没有留意我的眼神，往我跟前靠近了一步，警惕地扫了眼有德和他的手下。"塔哥，你自己要小心。"他指了指有德身边的人说，"我怎么看这些人都像是不怀好意的。"

"住口。"我假装生气地说，"列夫先生请我们来是谈生意的。"

殷望不服气地点点头："好吧，塔哥，这一路我做了不少糊涂事，现在很后悔……"他张开双臂抱住我的肩膀，我只觉手心一松，电话被他抽走了。他躲在我脑袋后面，避开所有人的目光对我挤了挤眼，退到一边对有德说："什么时候开饭？"

"很快的，请回屋里等吧。"

有德对我们做了个"请"的手势，他们那十多个手下簇拥着我们朝西边山脚下走去。列夫始终与我们保持着一定的距离，六个全副武装的保镖护着他。那六人非常专业，以列夫为要点，分别守在不同的位置，看似松散随意，实际上把列夫护得密不透风。更别提暗处还有那么多支狙击枪。也就是说，任何人都没机会挟持列夫，一切只能随机应变了。

一行人到了西边的山脚下，迎面被一层从山腰一直垂到地面的藤蔓植物挡住。从那些植物后面，散发出阵阵腐殖质特有的腥臭味，稍微有一丝风过来，就更加令人窒息作呕。古听云转过脸去捂着鼻子说："这是什么味道？"

那藤蔓后面隐蔽着一道山体自然断裂开的峡缝，大约能并排通过两个人的宽度。我想起卫生间里的水龙头，问有德："你们这里修建了多久？这里面不会是处理污水的吧？"

"秦先生果然见多识广。这样的地方我们在俄罗斯有十多处，而且在不断增加。废物的确都在这里处理，当然，发电机、燃料这些也都在这里面，所以非常安全。几位可以放心大胆地和我们合作，将来如果不巧被警察盯上，也可以来这里，他们是找不到的。"

"废物？"我看了眼那个不断有血渗出的麻袋，"那你把我们带到这来，是打算把我们当废物处理了吗？"

"秦先生误会了。"有德忙连连摆手，对双喜和古听云解释道："几位千万不要误会，因为出了奸细逃跑这种事，为了各位安心，临时决定今晚就在这里开会。这里很隐蔽，还有一条暗道直接通到山的另一边，一旦发生什么紧急情况，我们可以保证安全地把各位送离这里。"

古听云捏着鼻子说："一直听说列夫先生是个很好客的人，想不到……"

"古小姐请放心，到里面就好了。"有德指挥着他的人先往里走。

拖着麻袋的那两人经过我身边时，麻袋磕到地上的声音格外刺耳，每一下都敲着我的神经。我不敢去细想那里面究竟是谁，或者说我根本不愿去面对。现在我只盼着殷望能顺利打开信号屏蔽的缺口，尽快把信息发送出去，除了总部的支援以外，我找不到任何突围的方法了。我看了眼正往裂缝里探头看的古听云，隐约替她不值。如果列夫发现了我的身份，或者当麻袋里的人露出真面目，我需要以死相拼的时候，我们三个人都会成为列夫的攻击目标。他可没什么耐心去甄别我们到底谁黑谁白。

双喜凑近我小声问："刚才我去你房间时，那个周亚迪在你屋里？"

我冷冷地看着他："你怕过吗？"

"啥意思？"

"我不怕，就算今天死在这里，我也对得起自己的良心。如果能活着回去，晚上我能安安稳稳地睡觉，白天能大摇大摆地和兄弟们喝酒，你呢？"我看向那个麻袋，"你猜里面是谁？你猜下一个被他们装进麻袋的人，你我谁的可能性最大？我觉得是我，因为我不会靠出卖别人来和他们做交易，而你会。”我一把抓住他的衣领，凑到他耳边低声说：“烈士陵园里的一块墓碑上有我的名字，是烈士。我死了以后，我的战友和亲人可以带着鲜花去那里祭拜我。我的名字和我做过的事会被我宣誓保卫的祖国记住，你呢？”

有些话只要不说出来，就总留着自欺欺人的空间。可一旦说出来，就成了摆在面前的事实，无法逃避。就像现在这番话从我口中说出来之后，心底那些找不到出口倾泻的悲痛与愤怒，像是火星溅到汽油里，“砰”的一下燃烧起来。理智告诉我，不该将苏莉亚的死迁怒于双喜，毕竟他和我并不是一路人，甚至可以列为我的敌人。我现在最不缺的就是敌人。

我固然明白现在必须联合一切可以联合的人帮自己走出困境，尤其是双喜，在这个时候与他为敌，无疑是加速了自己的死亡。也许很快我就会后悔现在的所作所为，可还是不愿往后退哪怕一步，那让我感觉像是一种哀求，为了能活着而向自己的敌人下跪，对我而言是比死更难以接受一万倍的事。

双喜任由我揪着他，面无表情地听着，一言不发。我放开他朝前走去，发现列夫带的人好像少了几个似的，正疑惑的时候，见又有两人停了下来，藏进了茂密的藤蔓中。原来他们一路走来一路分开隐蔽着，这是为了防着后面有人跟来。

列夫要带我们去的地方如此隐秘，按照常理，他们应该给外人戴上头套，至少也要蒙住双眼。他们没有那么做，这更让我确信，我们可能再也回不来了。我领教过这些俄罗斯人的本事，要动起手来，十个我捆一起恐怕也很难近列夫的身。

我看了眼走在前面的古听云，她喘着粗气吃力地辨认着脚下的路，我往前赶了几步走到她旁边说：“你扶着我点吧。”

古听云感激地看了我一眼，将手搭在我肩膀上说：“这是什么破地方？”

一行人七拐八拐，足足绕了半个小时，到了一个三米见方的山洞前。

洞里迎出来四五个荷枪实弹的壮汉，每个都有两米左右高，看上去足有二百多斤重，两人一列差不多就把挺宽敞的一个洞口堵死了。他们见到列夫后，抬起头对着山腰上打了个呼哨。我顺着他们的目光朝半山腰望去，漆黑一片什么也看不见。有德走过来说："不用担心，只是和上面的警卫打个招呼。对了，这里面不允许带武器。"

我扫了眼他们手里端着的枪。有德弹了一下身旁一个保镖手里的枪："这不是武器，是AK-47。"又笑着对古听云说："是艺术品。"他愿意让我们主动交出枪，而不是派人来搜身，就算是给足了面子。我拔出枪丢给了他的一个手下，撩起衣角转了一圈。他满意地点点头。古听云不吃这一套，双手抱在胸前挑衅地看着有德。"让他们给你擦擦，带在身上多沉啊。"我对古听云使了个眼色。她不情不愿地白了有德一眼，将两把枪交了出去。

双喜在一边举起双手说："我来你这儿从来不带那东西，用不上。"

有德笑嘻嘻地走到双喜身边，搭着他的肩说："老朋友就是老朋友。"

4

山洞里也被人工修整过，地面平整，四壁没有特别突兀的岩石，每到拐弯处还有汽油灯照明。越往里走，冰冷的潮气越直往人骨缝里钻，我忍不住打了个寒战，见古听云缩着脖子，牙齿咬得咯咯响。"冷吧？"我脱下外套披在她身上。她没有多余的客套，笑着点点头，眼里好像蒙上了一层泪光。我正要问怎么了，她仰起头深深地呼了口气："还是退休退晚了，这下可好……"她一定也闻到了死亡的味道。我问双喜："一会儿你打算怎么办？"

双喜大声朝前面说："列夫，你带我们来这种地方到底啥意思啊？"

列夫回头看看我们，指着一个三岔洞口停了下来。拖着麻袋的那两人拨开我们，进了最右边的洞口。列夫微笑着说："请。"然后率先钻了进去。

一股臭味扑面而来，双喜说："这咋一股猪圈味？"那的确是农村畜圈特有的气味，里面还真有猪在哼哼。古听云抓起外套袖子捂着口鼻，对双喜闷声说："这怕是你这辈子带的最好的一条路了。"

又往里走了大约二十米，眼前豁然开朗起来，面前是块小半个篮球场大小的空地，中间陷进去一个五六米见方、足有三米多深的深坑。我探头一看，泥浆里挤着七八头黑猪，猛一看以为是野猪，却没有野猪特有的獠牙，体形巨大，毛特别长。这里养猪干什么？

那些猪听到人声靠近，立刻就兴奋起来，互相拱着朝上张望着，哼哼声更大了。有德站到坑边，对手下人轻轻摆了摆头。那两人解开麻袋口的绳子，揪着麻袋底猛然一提，一个浑身赤裸的人从里面滚了出来。有德用脚将人翻了过来，能看出是个男人，辨不清模样。有德对手下招招手，立刻有人提来一桶水，对着那人的头冲了下去。有德说："秦先生，送你的礼物，过来看看眼熟吗？"

我心里突突直跳，不由自主地攥紧了双拳，腿像是长在了地上，想动又无法往前迈一步。古听云拍拍我的肩膀轻声说："秦川，大不了鱼死网破。"她斜眼看着有德，也不在乎有德是不是听见了她的话。

我慢慢地走过去弯腰细看，简直不敢相信自己的眼睛："薛……薛五？"我的声音不由得颤抖起来，我努力控制着，又叫了一声"薛五"。薛五已经肿得不成样子的眼皮动了动，睁开一条缝，看清是我后，眼里闪出一丝亮光，虚弱地叫着："塔……塔哥……我错了……救我……"

有德呵呵笑着说："这个人背叛了你，后来跟着胡纬来到这里。我们这里最恨的就是背叛者和奸细，那么就按照我们的方式来处理吧。"不等我说话，他一脚将薛五踹下了那个坑，转瞬间就传来令人毛骨悚然的惨叫声。

古听云扶着我手臂，转身弯下腰干呕起来。我惊得目瞪口呆，脚下阵阵发软，一阵阵剧烈的痉挛扯得胃疼。我忍着恶心再次伸头朝坑里看时，那些黑猪凶狠地互相挤着拱着，薛五的叫声已经没了。

双喜一连往后退了好几步，用手指着列夫骂："这还是人？简直是些牲口。"

"这种人，只配喂猪。"有德朝坑里啐了口口水。

我咬着后槽牙说："我的人我处置，关你们什么事？"

有德说："背叛者就是这个下场，这是我们的传统。对我们内部也是一种震慑。所以这么多年来，就没有发生过背叛这种事。"

要再没有程建邦和老徐的下落，我觉得我就要疯了。我沉下声说："放屁，早上还说出了奸细。"

有德看着坑里深处一个黑漆漆的角落说："是。所以我们绝不允许这种事出现第二次。"

我见他的眼神很是复杂，也顺着他的目光朝那里看去。坑里光线很暗，我沿着坑边绕到一个合适的角度，仔细朝下望去，居然是一个赤身裸体的人靠着山壁贴挂在那里。

那群猪还乱挤着，一头猪着急地在外围转着钻不进去，就掉头朝壁上那人奔去。在离那人还有段距离时，黑猪像是在犹豫似的停住了，伸着长嘴试探着缓缓靠近那人。在只剩一米间距的时候，那人猛然蹿起来，手里握着一块石头，照着那头猪的鼻子砸了下去。黑猪惨嚎了一声，连滚带爬地退了回去。那人举着石头看着猪群，确定再没猪敢靠近后，转过身抬起头看向我。

与那人目光接触的一刹那，我脚下一软手撑到了坑沿上，晕头涨脑往前一栽差点掉了下去。那双眼睛我再熟悉不过了，那是刘亚男啊。她站在坑底，手里握着石头，昔日瀑布似的长发被泥糊得一缕缕、一条条地戳在肩头，糊满黑色污泥的身体靠在山壁上，像一尊肃穆的雕像一动不动，就那么仰着头，看着我。我不忍再多看她一眼，可只能低着头不动，因为我一抬头别人就会看到我眼里包着的泪水。

有德站在坑的那头，背着光，整张脸隐藏在黑暗里就像一个死神，他说："要不是她，那两个奸细怎么可能跑得了？不过这也是我们的幸运，不然只有上帝知道什么时候才能发现她竟然是我们这里最大的奸细。"

事情很清楚了。刘亚男为了救徐卫东和程建邦，不惜暴露了自己身份才落得这般田地。在这吃人的猪群中，她竟然靠着那块不知从哪里抠下来的石头坚持到现在。而列夫和有德很享受刘亚男用这种方式苟延残喘地活着。我咬紧牙将眼泪逼回去，问："她这样多久了？"

有德想想说："没多久，一个星期而已。"

"不吃不喝一个星期？"

"那谁知道她有没有抢吃猪食呢？"有德拍拍手打了个哈哈，"好了，清理完垃圾，我们可以去开会了。"

我直起腰身，说："我怎么觉得这是要给我们个下马威呢？"

有德对一直站在远处抽着雪茄的列夫用俄语不知说了句什么，两人相视一笑。我有种想扑上去将他们的那张笑脸打成稀泥的冲动，但我知道不等我靠近他们就会被制伏，或者被枪打成筛子。

这阴暗的山洞内，我被一系列的事震得心神俱裂，古听云蹲着哇哇地吐，双喜脸色煞白地瘫坐在地上发呆。而那帮俄罗斯人欣赏着自己的杰作，得意而满足地看着我们，像是收获了某种久违的快乐。尤其是列夫，他一直在观察着我们三个人的反应。我应该仔细分析分析他为什么要这么做，但无论如何也无法集中注意力。我恍惚，我所有的精气神都飞出了身体，我无助的心不停地往下坠，久久落不到底。我无法思考，又无法逃避……当"逃避"在我意识里滑过的那一瞬间，仿佛一股电流猛地击中了我的心脏。我猛然一怔，睁开眼看向了坑底的刘亚男，脏臭的污泥没有遮住她的双眼，那目光中闪动的坚定力量在黑暗中依旧光芒万丈，让我羞愧难当。

秦川，你要振作，这正是你的战场，战斗已经打响，不要让炮火和鲜血吓破你的胆子。只有流尽最后一滴血，你才有资格倒下。

"哈哈哈哈！"我猛地仰头大笑，轻蔑地对刘亚男说，"我这辈子最恨两种人，一种是奸细，另一种就是我自己。再撑撑，看看到底能撑多久。"

刘亚男平静地说："撑？你下来，我们比比？"

我和她目光相接，都笑了。我说："不用客气了，我闻不惯这味道。"

双喜扶着地站起来："我怎么听这声音这么耳熟？"他趴在坑沿眯着眼细细地看了好一阵，结结巴巴地说："你……你是……"又看向有德："她是奸细？她不是刘亚男吗？"

我瞟了双喜一眼，说："你人脉够广的。"我朝坑里啐了口唾沫，转身走到有德面前，看着那群猪，咂咂嘴说：“我饿了。”

我们又回到之前那个三岔洞口前，钻进了另外一个山洞，只拐了一个弯，眼前陡然一亮。这里头温度适中，灯火通明，穹顶离地面足有二十多米，地上居然修平铺了石板。中央摆了一张巨大的欧式餐桌，餐布、烛台、全套银制餐具一应俱全，这里的明亮舒适跟那个猪圈相比，简直是一个天堂、一个地狱。

石壁上突兀地挂着一幅巨形地图，图中涵盖整个俄罗斯和中国。我走近一看，山地、草原、森林、戈壁、沙漠、湖泊、河流等各种地形地势标注得十分清楚，甚至还有一些警力和军营的分布点，好几处加了俄语注释。这绝不是一张普通的地图。

这里距离刚才那个坑最多也就五十米的样子，我的思绪不断地在这几十米的距离间飘忽着，以至于稍听到一点声响，神经立刻绷紧起来，忍不住想去分辨那声响是否来自刘亚男。我意识到自己的这个错误后，狠狠地掐了一下自己的手背，用力搓了搓脸，转过身笑着说：“你们这是要贩毒走私，还是打算攻城略地？”

有德哈哈一笑，说：“各位请坐，这就是找各位来的原因了。”

众人入座后，我仿佛又听到那坑里猪的嘶叫声，心头不由得一紧。我想，不管刘亚男还能撑多久，我是撑不住了，我没心思去猜度列夫的内心世界，也没有精力去控制场面，只盼着一切赶紧结束。不等有德说话，我问道：“难道列夫先生只请了我们三个人？”

有德一直没落座，手持一瓶葡萄酒为我们一一添酒。听到我这问题，不等列夫说话，有德说：“为了避免下午的事再次发生，我们觉得大家彼此还是少打交道为妙。双喜先生和秦先生的渠道，加上古小姐手头掌握的一些资源，是我们最看重的，恰好三位又是朋友……”

我担心自己的精神会因为他的话太多而再次分散，急忙挥手将他的话打断：“说正事吧，我饿了。”

有德跟列夫快速地交换了一下眼神，说：“我们有我们神圣的使命，但任何一个使命的完成，都需要耗费许多人力、物力还有时间，人力就是像诸位这样的佼佼者，至于物力其实就是钱……”我大概估算了一下时间，从被带进这个山洞到现在，至少已经过了一个小时。既然列夫在这儿，那么外面的警戒重点一定在这个山洞周围。如果是这样，殷望就可能有更多的时间和空间去解除信号屏蔽，与总部取得联系。而在此之前，我必须让自己的内心沉静下来，至少不能让别人看出我的焦躁，对，要放松。我再次打断他："我们是一群被通缉的走私犯，到这里是谈点非法的买卖，赚点黑钱。如果你非要用这种方式谈事，我就觉得我好像忘了带律师。"

双喜和古听云都笑着点了点头。有德愣了一下，摸着下巴斟酌了着说："好，那我直说吧，你们需要的钱，我们有的是，但我们希望几位能提供更多的……服务。"

"服务？"我不禁笑了，对一旁的古听云说，"原来我们属于服务行业。"

古听云若有所思地点点头："应该是，你和双喜是物流，我……属于咨询？"

"听说这行税很高的。"我嘻嘻哈哈地掩饰着自己的慌乱。

双喜一拍桌子，瞪着我们说："胡扯啥？能不能正经点把事情谈完赶紧走？你要是觉得待着好玩，那等正事办了，你自己留在这儿慢慢过瘾，老子回去还有事呢。"

我笑嘻嘻地看着双喜，对古听云说："这种脾气能干得了服务行业？"

古听云乐了，拿餐巾捂着嘴笑。双喜瞪我说："秦川，你故意的吧？"

我猛地从椅子上站起来，盯着他的眼睛："你假牙带多了吗？"

有德忙伸出手劝道："是我们招待不周影响了两位的心情，希望稍后我们提出的优越条件能够弥补这个遗憾。所以能不能坐下来耐心地听我说完？"

双喜愤愤地瞪着我坐了回去，古听云哧哧笑着冲他举了一下杯。

列夫一直没说话，对着灯光专注地晃着杯里的酒，好像这里发生的一切都与他无关。即便刚才我跟双喜发生争执的时候，他也没多看我们一眼。他似乎觉察到我在看他，放下酒杯，站起身走到大地图前，背对着我们看了好一会，说："我挂这幅地图在这里，是希望能与真正有远见的朋友探讨一下除了钱以外的事。现在看来我可能高看了各位，但这不影响我们未来的合作，友谊和理解是需要经历时间和风雨的洗礼的，我期盼着那一天早日到来。但是现在我有几个问题……几位有没有考虑过当你们风头越来越大，钱也越来越多，却没有条件去享受自己用生命换来的财富时该怎么办？”

我大概明白了他们的路数：先抛出一个神圣使命来，如果我们听进去了，接下来无非是一系列洗脑，让你死心塌地地为他卖命。如果这招不好用，他会提出优厚的交换条件，这对于一个被几个国家通缉的重刑犯来说是极具诱惑力的。最后一招也是最下策就是花钱收买。之所以说花钱收买是最下策，是因为纯爱钱的人不值得信任，一旦有出手更大方的人出现，他们就会随时背叛。

综合我掌握的情况和一路走来的见闻，我看出了列夫不过是负责为幕后大老板选拔人才的角色。他作为台前人物就已经这么大阵势和手笔了，我想象不出他背后的势力是如何可怕了。这事太大了，他们可不是金三角那些唯利是图的毒贩子，他们是要颠覆一个国家政权的恐怖分子。这大大超出了我的职责和能力范围。

我的心思全在几十米外的刘亚男身上，她是那么爱干净、爱打扮的一个女人，一个多星期时间里，过着那样的日子。每一秒过去，对她是煎熬，对我则是加倍的折磨。我没本事立刻把她救出来，还要为外面的殷望拖延时间。这种撕扯着心肺的痛苦不停地蜇咬着我的每一条神经，任凭我耗尽所有的力量也无法按捺住贲张的血脉。我不得不一遍遍在心里对自己说：你的任务只是把这里的位置汇报给总部，把徐卫东、程建邦和刘亚男带回去。

在我分神去克制内心沸腾的时间里，有德飞快地翻译着列夫的话，我都只是听了个大概，他说只要我们安心为他做事，将来会帮我们妥善安排移民和洗钱。我假装思量了一下，便答应了他。

古听云以她女人特有的敏感感受到了我的烦躁，她拍拍我的手背说：“出什么事了？”列夫也给有德使了个眼色，有德走过来关切地问：“秦先生，不舒服吗？”

我强装的镇定已经突破了极限，我端起酒一口喝光，将空杯往桌上一丢：“我饿了，你们就是这么对待你们的朋友的吗？”

双喜诧异地看着我，说：“我还以为你毒瘾犯了。”

古听云递给我一杯水，看着我一口气喝光，狐疑地看着我，想说话又忍了回去。列夫把有德叫过去耳语了几句。有德叹了口气说：“对不起，请问秦先生吸毒吗？如果是这样的话……”

我不知道是不是自己的幻觉，耳边又传来一声猪叫声，刘亚男满身污泥站在坑底的样子把我的眼前填得满满的，让我什么都看不见，什么都听不清。无法克制的眼泪一下子全涌了出来，我看着列夫哈哈大笑起来。列夫和有德对视了一眼，起身像是要离开。我意识到，由于我情绪失控引发的这一系列反常，让列夫对我们，尤其是对我彻底失望了。

有德说：“既然这样，我们还要赶去另外一个地方，那边还有些人要见。”

我正想叫住有德，在殷望没成功之前，我必须想尽办法拖住他们。就在这时只听闷闷的一声巨响，整个山洞跟着微微震颤起来。隐约传来一阵“嗒嗒嗒”的枪声，从声音判断应该就在洞外，火力还不小。我心中一阵激动，我们的支援来了。

列夫迅速看了我们一眼，对手下微微做了个抹脖子的动作。就在那些保镖抬枪的一瞬间，我一把拉住古听云趴低，一梭子子弹擦着我们的后背飞了过去。双喜一脚踢起一把椅子凌空朝对面那四个枪手飞了过去，枪声暂时停了一停。双喜骂了句娘，猛地将餐桌掀起来挡住了那几个枪手的视线，大喊一声：“跑！”

我拽着古听云连滚带爬地钻进了最里面的一个小洞口，双喜在我身后骂着：“秦川，你把老子的事全搅了。”他话音未落，洞口处又是一阵枪声，杂乱的脚步声朝我们这边追来。双喜抱着头一边往里跑一边骂：“秦川，你害死老子了。”几颗打在石壁上的跳弹“嗡”的一声擦着他肩膀飞了过去。双喜也顾不上骂我，猫着腰左闪右避地往里跑。

我们三人没命地在昏暗的洞穴里跑着，好在两边既没有埋伏，每到转弯处又有汽油灯照明，不至于两眼一抹黑。可谁也不知道这条路通往哪里，前面又有什么在等着我们。身后的脚步声时远时近，但没有叫嚷和胡乱的枪声，这更证明那些追兵个个训练有素，绝非普通的枪手，这更让我心急如焚。突然前面出现了一条岔道，左右两边看上去没什么不同，我无助地看了眼古听云，古听云喘着气回头去看双喜。双喜眉眼都扭在了一起："这走哪边？"

左边的洞里传来一声口哨，我们三人像是听见了猫叫的老鼠，不约而同地就要往右边的洞里钻。"塔哥，是我。"殷望的声音从左边那个洞里传来。我拽住古听云，探过身子一看，只见殷望拿着一把枪冒了出来。我也来不及问他怎么在这里，身后那催命的脚步声已经很近了。殷望抬手一枪打灭了右边的汽油灯，压低声音说："跟我来。"掉头朝左边那个洞深处跑去。我心里暗暗佩服殷望的反应速度，希望这招声东击西能把追兵引到右边那条路上去。

我们四个人埋着头一连跑了五六分钟后，殷望停了下来，屏住呼吸静静地听了听，这才舒了口气。我们几乎同时开口问对方："你怎么在这儿？"

殷望看了看古听云和双喜，把我往里推了几步，悄声说："他们设备附近防范太严，不好下手。后来我发现一个山洞，洞口有三四个人把守，就把人清了，钻进来想看看有没有别的办法，结果找到了他们的机房，然后我就软破解了。"

最后这句我没听懂："什么叫软破解？"

殷望做了个敲键盘的手势说："就是用他们的电脑操纵他们的设备。"

我忙问："成功了吗？"

他笑着点了点头。

"行啊。"我捶了他的肩膀一下，"这你都会？"

他不好意思地抓抓头说："这还真不是我的功劳，是……白杨，她是这方面的专家。"

这太让人意外了："她不是网络公司的什么小职员吗？"

"刚进公司，多大本事也得从底层干起。社会上的事，说了你也不懂。"

“那赶紧先带我们出去，后面的人早晚得追来。”

“那边可能出不去了。”殷望大概给我说了下情况：殷望和白杨无意间摸到的那个山洞，大概就是有德说的通往外面的暗道，基地的机房和枪械库也都在这附近。白杨很快解除了这一带的信号屏蔽，成功地给总部发送了信息。他们准备撤退的时候，洞外已是一片火海，不知从哪来的两拨人打得热闹，子弹横飞，根本出不去。他只好找了个相对安全的地方把白杨安顿好，自己跑过来探路，正好发现了我们。

“火都燎到球上了，你们两个还在那说悄悄话？”双喜朝我们嚷嚷了一句。我回头狠狠地瞪了双喜一眼：“想活命就给老子闭嘴。”我看着殷望手里的那把手枪问他：“你刚说里面有枪械库？”殷望点点头。我说：“带我们去，拿上枪杀回去清个场，等外面打明白了再说。”

“是。”殷望稳稳地应了一声。对我们招招手，带着我们拐了几个弯，钻进左侧一个仅容一人通过的洞口里。进去一看，这个半天然的山洞大概有五六十平方米，十多排枪架上整齐地码放着有德口中的“艺术品”——AK-47。墙角的一个平台上还有几把手枪，平台下堆着子弹箱。

我四周看了看，问：“白杨呢？”

殷望说：“放心吧，被我藏好了。”

大家拿足了武器弹药正准备出去，我指着殷望手里的手枪说：“你就带这个？”

殷望得意地一甩头：“我习惯用这个，再说这山洞里这么憋屈，长枪太碍事。”他要这么着，我也只能由着他，带头朝来时的路摸去。刚到第一个转弯处，就听迎面传来了脚步声。我们四人立刻停下脚步贴着石壁屏住了呼吸。殷望轻轻地摸到我的前面，探出头观察了一下，缩回脑袋小声说：“三个人……你们先顶会儿，我去去就来。”说着就往回溜。我用肩膀挡住他问：“你干什么去？”他晃了晃手里的枪：“我去换支枪，好家伙，他们那块头，我怕这手枪根本打不死。”古听云扑哧一声乐了，见我看她，赶紧忍住笑朝前方举枪警戒。

我正回忆着进来这里一共见了多少列夫的人，双喜凑过来说：“外面算上列夫和有德，一共二十五个人。不算刘亚男。”

听到刘亚男的名字，我猛地回头盯住了他的眼睛。他这时提起刘亚男是为了打乱我的阵脚，还是在威胁我？双喜笑着摇摇头，说：“没机会的。”

我说：“不一定，你把枪举过头顶走出去跪下，没准他们会饶你一命。”

双喜想了一下，说：“嗯，有道理。”说完他真的双手举起枪，对外面不知用什么语言喊了一嗓子。在我和古听云诧异的注视下，他慢慢朝外走去，刚露出头，一串子弹打了过来，他反应极快地扑通一下跪在了地上，躲过了那些子弹。双喜举着枪不停地卷着舌头喊话，对方果然停止了射击。

正如殷望所说，对方这一拨人只有三个。他们端着枪小心翼翼地走到双喜身边，先头一人一脚踢开了双喜的枪，照着双喜的后脑勺就是一下。双喜闷哼了一声，一头栽倒在地上。那三人留下一人看着双喜，另两人一前一后探着步朝里走来。就在我举枪准备迎敌的那一刻，“嗒”的一声枪响，不等我辨清枪声的来源，接着又是“嗒嗒”两声，那两个枪手一头栽倒在我们脚下。

双喜提着一把手枪跳过那三人奔了回来，原来刚才在枪械库里他还拣了把手枪。双喜揉着后脖子龇牙咧嘴地骂着：“这些混蛋，都说了投降，还下这么狠的手，一点规矩都没有，老子还不投降了！”照着地上的尸体狠狠踩了一脚。抬头看看我和古听云：“愣着干啥？”

古听云打量着双喜说：“你是真的假的？”

双喜反问：“啥真的假的？”

我好奇地问：“你刚说的是俄语吗？”

双喜嘿嘿一笑：“‘我投降’‘我有重要情报我要见你们长官’‘缴枪不杀’，我会用七八国的语言说这三句。好使。”

外面又由远到近地传来了急促又凌乱的脚步声，我说：“又来了，这次人不少，你再降一次试试。”

“这次该你了。”双喜叽里咕噜说了几句俄语，催我，“你赶紧学。”

外面传来一阵激烈的枪声，我们赶紧缩了回来。但那枪声听着密集，却不像是冲着我们这个方向来的。我想起殷望说，山洞外列夫的人正和不知什么来头的人打得如火如荼，不禁有些烦乱。这里人生地不熟，各方势力错综复杂，也不知道列夫的对头是谁，如今混战在一起，相当于每一边都要面对两方敌人。尤其是我们，只有区区四个人，简直就是鸡蛋在石头堆里滚。一时间我有些沮丧，想要办的事一件没办成，再也不会有比现在更糟糕的情形出现了。我抹了把额头的汗，说："这叫什么事？"

外面的枪声渐渐停了下来，整个山洞恢复了令人心慌的寂静。我尽量压抑着内心的烦乱，问双喜："除了列夫和我们，还有谁？"

"这我真不知道，我要知道这里这么乱，打死我也不来。"双喜一把揪住我的衣领，恶狠狠地说，"刚才你好端端的发什么神经？"

经过这一折腾，我也后悔之前因为刘亚男分心而招来列夫翻脸，不然现在怎么也不至于腹背受敌。双喜手上的劲越来越大，勒得我呼吸困难起来，我挣扎着往后靠了下："松手。"

双喜瞪眼说："我不松，你把我弄死？你跑来是来做事的，还是来自杀的？"

这时外面又传来了脚步声，不过这一次脚步声很轻，而且很慢。这个时候，洞外任何声响的接近都像是死神在逼近，大家都知道自己与洞外力量悬殊。刚才双喜的那一招侥幸杀了三个人，也只是侥幸而已。列夫的人装备有多全我们是见识过的，凭我们手里的武器，只能是能扛多久算多久。

"松手！"我被外面的动静搞得心烦意乱，耐心到了极限。古听云鄙视地白了我们一眼，扭头端起枪朝外全神戒备着。

"我不松，秦川，我你弄死我吧。"双喜全然不顾别的，越说声音越大，到最后几乎是喊出来的。

脚步声到了洞口处戛然而止，只听一个声音说："你刚听到没？有人在叫秦川？"

我一下听出那正是徐卫东的声音，顾不得许多，大声朝洞口处喊："老徐，老子来救你了。"我要将双喜推开，他还死死揪着我的衣领，脚下一绊，我们两人同时摔倒在了地上。

的确是老徐那熟悉的声音在叫一个我再熟悉不过的名字：“程建邦！”

“在这呢。”程建邦的声音异常兴奋。

徐卫东的声音还是那么低沉：“把那个嘴上没把门的给我干掉。”

“是……等等，我怎么又闻到猪圈的味道了。”

“程建邦！”徐卫东呵斥道。

“不是，你别急，你听我说，我对这个味道敏感。”

一阵急促的脚步声后，一个身影出现在我的眼前，不用看正脸我也认得出，是程建邦。看到他矫捷的身影，本来躺在地上的我感觉像是躺在了宽厚舒适的床垫上，整个人顿时放松下来，甚至忘记了身处何地，长长出了一口气，闭上了眼睛。

程建邦用脚拨拉了一下我的脑袋。“真是他，还活着呢。”他喊了一嗓子，又耸着鼻子上下左右闻了一圈，“这一定有猪圈，不过闻这味道……饲料不对……”

我站起身拍了拍身上的土，程建邦上下看我，连连地摇头咋舌：“你有九条命啊？”

我一扭头看到双喜定定地看着我身后出神。顺着他目光看去，见徐卫东双手各端着一支自动步枪，正眯着眼睛看着双喜：“梁四喜？”

他们认识？

徐卫东走到双喜面前，仔仔细细看了看，说：“老了。”

双喜笑着点点头：“老了。”

这时洞外又是一声巨响，山洞内被震得嗡嗡作响。我躲着从洞顶上掉下来的几块拳头大的石块，看了眼双喜，说：“你的人脉确实广。”然后问徐卫东：“你们认识？”

徐卫东抬着头确定不再有石块掉落后，吸了吸鼻子，上下打量我一眼，欣慰地点点头，说：“嗯，老相识了，一起共过事，不过他被开除后就再没见过。”

双喜抢着说：“啥开除？我是辞职。”

徐卫东纠正道：“是开除！”

双喜无奈地叹了口气说："我觉得我们在这个事上有争议，但目前这种情况，我们应该暂时搁置争议，先保住命再说。你们怎么在这？"见徐卫东不说话，双喜识趣地换了个问题："刚才你们干掉几个？"

"四五个。"徐卫东低头看了看地上刚才被双喜打死的三个人，问，"一共有多少人？"

双喜正要说话，想起什么似的看了我一眼，往后退了一步，说："不知道。"

我不知道他是不是在变相地告诉徐卫东，他已经不具备从前的那些专业素养，让徐卫东不用过于在意他。无论他是哪种情况，都可以肯定他在刻意回避着什么。我想大概是羞愧吧。我说："还有十七八个。"

徐卫东难得地笑了一下，问我："这洞里是什么情况？"

"我们进来时间也不长，你们来之前，外面枪声一响，这里面都乱了套……"我朝洞外看了眼说，"刘亚男在里面。"

程建邦顿时像筋被人抽住似的，整个人猛地一挺，端起枪就要往里冲。我伸手去抓住他，他愣是把我带了一个趔趄，瞪着眼睛问："你拽我干吗？"

我犹豫了一下，说："你不知道路，我带你去。"

程建邦用力地点点头："带路。"

我低头检查了一下枪，程建邦一把揪住我按到石壁上，指着我的鼻子，咬着牙一字一顿地说："把路带对了。"他的神情让我想起当年在金三角，刘亚男假死后他的反应，跟现在一模一样。我忙说："她活着。"程建邦松了口气，松开手笑着帮我整了整衣领，说："走啊。"

我硬着头皮往外走，担心程建邦见到刘亚男处境之后的反应，在心里组织着语言，想铺垫一下，让他有个心理准备。不多时来到了之前徐卫东他们与敌人交火的地方，地上胡乱躺着五六个被他们干掉的保镖。列夫用来开会的洞穴里已是一片狼藉，早已空无一人。徐卫东看着石壁上那幅地图，对我们摆摆手："还是分散开吧，万一遇到麻烦不至于堵在一起……对了，你们就别拿枪了。"他的枪口对准了双喜和古听云。程建邦上前卸下了他俩身上的武器背在身上，搭着我的肩说："咱俩去就行。"

基本上是架着我往外走。古听云并没有怕徐卫东的枪口，跟在了我们身后，我不得不回头问：“你跟来干什么？”

古听云静静地看着我，说：“我就想知道我到底信了一个什么人。”

程建邦大概觉察出我和古听云的关系不一般，笑嘻嘻对古听云说：“他这个人我最了解，能不能先让他带我把人找到，然后我给你一份详细的报告，图文并茂都没问题。”

古听云定定地看着我的眼睛，我几乎就要被盯得低下头时，她用下巴指了指那个三岔洞口的方向，对程建邦说：“最右边那个。”

程建邦端起枪冲了出去，我顾不上古听云，紧跟着进了那山洞。程建邦歪着脑袋站在坑边，嘴里叨叨：“果不其然，隔着三里路我顶着风都能闻到这里有猪圈……可是，可是这也太不科学了？这么养出来的猪没法吃啊……这是什么品种啊？一看就不好吃，肉太糙……”他一边说一边上下左右地在洞内环视了一圈，又看向我：“人呢？刘亚男呢？”

我抬枪瞄准，一枪一个爆头打死了圈里的黑猪，顺着山壁跳进坑里，走到刘亚男藏身的那个角落，对蜷缩在污泥里的人伸出手说：“手给我。”

程建邦趴在坑沿上迷惑地说：“别都打死啊……我还想研究一下这品种……你跟谁说话呢？”他说着话也跟着跳了下来。几块白骨从死猪底下露出来，巨大的颜色反差让那画面更加恐怖。程建邦掩着鼻子弓下腰，突然明白了那群猪刚才在干什么，脖子一伸一口污物吐了出来。他指着已经辨不出模样的刘亚男说：“那是什么东西？”

刘亚男扬起头对我说：“给我件衣服。”我暗骂了自己一声该死，这个怎么都没想到，我赶紧脱下外套递了过去。她丢下手里的石块，将衣服裹在身上缓缓地站起身，在衣服上蹭了蹭手上的泥，擦了擦眼睛，说：“我上去以后，会杀你们灭口的。”

“好。”程建邦不知什么时候已经站在了我身边，他脱下自己的外套递给刘亚男说，“你一定要杀了我灭口，不然我一定会说出去的。”他垂下头捂着眼睛，拼命克制着自己。

我抠着凹凸的山壁三两下爬上去，伸手去接应程建邦，很快程建邦护着刘亚男也上来了。程建邦把枪丢到我怀里，一把抱起刘亚男，嘴里不知念叨着什么朝外走去。走到三岔洞口前，他扭头向我们之前开会的那个洞里张望了一下，钻了进去。我顺手从地上的几具尸体上扒了几件衣裤，一声不吭地跟在他身后。

程建邦抱着刘亚男在洞里面转了一圈，钻进了地图边的一个小洞，不多时传来哗哗的冲水声。看来他找到了能够清洗刘亚男身上污泥的清水。我端着枪四下查看了一圈，找了个能监控每一个出口的位置，搬了把椅子坐了下来。

我知道，古听云就站在我身后不远的地方看着我，只要我回过头就得面对她的眼睛。此时，我宁愿面对的是她的枪口。我背对着她，假意与徐卫东一起看着那幅巨大的地图，只想程建邦和刘亚男能快点出来，结束这令人窘迫的场面。

双喜对徐卫东的背影说："没啥事我先走了，还约了几个兄弟喝酒。"我端起枪说："别动。"双喜笑着说："这里是俄罗斯，你没有权力弄我，除非你想报私仇。"他冲古听云使了个眼色，向洞口走去。

徐卫东还在全神贯注地盯着那张地图。我说："老徐，他是双喜。"

徐卫东头也不回地说："我知道他是谁。"

我走到徐卫东对面，挡住了他看地图的视线，说："你要放他走吗？"

徐卫东瞟了眼双喜，说："我没权力在这里抓他，就算抓了，也没有能力把他带回去。"

这时古听云出声问我："你是政府的人？"我无言以对。古听云低着头无声地笑了："你要抓我吗？"

我端着枪咬了咬牙，将枪口对准了她："是的。"

她从背后抽出一把匕首，那正是列夫保镖身上配的，一定是刚才从哪个尸体上摸来的。

"把刀放下。"我轻轻说。

她拿着匕首在手里掂了掂："我要是不放呢？"

我动了动枪口说："你不怕我杀了你？"

她将匕首往上一抛，匕首在空中旋转了几圈。"不怕。"她轻轻吐了两个字，熟练地接住刀柄脱手而出，一道白光"嗖"地朝我飞来。

我心里一惊，侧身闪了一闪，就听“嘣”的一声，匕首扎在了距离我的脸不到二十厘米的地方。我稍稍转了一下头，见那刀刃的三分之一已经没入了地图后面的木板，细长的刀柄发出“棱棱”声，颤动着。那一瞬间我意识到，古听云并没有想杀我，如果她真想要我的命，我那一闪也躲不开。

古听云眼里滑过一丝伤心失望，很快又恢复了安静，默默地看了我一眼随后转身朝双喜走去，在钻进那个洞口前，停下脚步，背对着我摆了摆手。

我目送着他们朝通往枪械库的那条路走去，对着她的背影喊：“退休吧！”

他们消失在转角处，只听双喜的声音传来：“你还见他不？”

古听云说：“见他干什么？自首？”

双喜大声喊着：“秦川，听见了吗？你再也见不到我们了，我们回去就退休了，你接着玩吧。”

他俩的声音越来越小，最后那个方向终于再没有任何动静。我只觉得心里发空，是一种从未有过的空洞。我从地图上拔下匕首，拿在手里出神，尖薄的刀刃泛着寒光：我好像看到眼前有一片披着金色晨光的大草原，一辆车疾驰而过，车轮卷起耀眼的露珠。车厢内，双喜鹰一般的眼睛盯着前路，一旁坐着的古听云望着车窗外的景色发呆。那辆车越来越远，渐渐地消失在天边的彩霞中……

5

不知过了多久，我回过神来，见徐卫东正看着我，我将匕首收好冲他笑了笑。他走上前掀开我的前襟，朝里看着我胸口的枪伤，点了点头。我回头看着双喜和古听云离开的方向，说：“列夫很有可能是从某一个洞口逃跑的，他说这里可以直接通到山的另一边。”

徐卫东似乎并不关心那些，从地上扶起一把椅子坐了下来，伸出两根手指对我晃了晃。我会意地摸出烟递给他一根，又帮他点火。他的目光落在我的打火机上，对我勾勾手指，我把打火机递给了他。他拿在手上摆弄了一下，嘴角一翘："老姜让你来的？"见我摇头，他又问："那谁派你来的？为什么来？"

我说："是你派我来的。'列夫'两个字是你告诉我的。"

他点点头，抽了口烟说："你本事不小，搞出这么大动静，硬是把列夫的一个据点给捣了。"

这时外面响起了脚步声，我看了眼徐卫东，他对我使了个眼色，我端起枪对准了洞口。"塔哥，你在里头吗？"外面传来殷望小心翼翼的探问声。我答应了一声，殷望跑了进来，边跑边解下身上背的枪，擦着额头的汗说："可找到了……"他抬头看到我身后的徐卫东，愣了一愣，脸上的表情一下变得极不自然，叫了声"爸"。

"爸？"在我失声惊呼的同时，正扶着刘亚男走出来的程建邦也惊诧地问着。

"唉。"徐卫东倒也不客气，对我们几个叫出"爸"的人一一点头答应着。

程建邦四处看看，墙角放着一把宽大的软椅，将刘亚男搀扶过去坐下。徐卫东沉重地走到刘亚男跟前，几次欲言又止，好半天才问出一句："你没事吧？"刘亚男直直地看着徐卫东一言不发，愣是把徐卫东盯得有点发毛。徐卫东没话找话地问程建邦："你们在哪里找到她的？"皱起眉头，鼻子四处闻了闻，"这是什么味？怎么这么臭？"

殷望也耸着鼻子说："是有个什么臭味，我老远就闻到了，不会有毒气吧？"

刘亚男闭上眼睛靠到椅背上。程建邦说："哪有什么味？你们爷俩鼻子有毛病吧。"徐卫东看看身上裹着各种乱七八糟衣服的刘亚男，像是明白了什么，低下头说："是，是我的鼻子有问题了。"殷望虽然不知道发生了什么，但很识趣地说："是湿气，这里头太潮。"刘亚男突然开口说："老徐，你什么时候多了这么大个儿子出来？"

徐卫东爱惜地看了眼殷望说："他是我战友的儿子。"

原来，殷望的父亲与徐卫东、双喜都是战友。双喜擅自离开组织去寻私仇，殷望父亲奉命去找他，没想到莫名失踪了。没过多久，殷望的母亲也自杀离开了人世。徐卫东收养了殷望，按例给他换了个名字叫徐明，所以倒也不是假名。殷望加入特案组后，一心想要追查他父亲的下落。徐卫东觉得他这样容易犯错误，一直将他安排在外围工作，希望他历练得成熟理智后再担大任。半年前，徐卫东带着我们一起出任务时遭遇了埋伏，徐卫东被俘失联，殷望再也忍耐不住，不等组织批准就展开了工作。因为诸多不利因素，本来上级原则上不同意派人前往俄罗斯执行这项任务。面对我和殷望执着坚决的请命，老姜和欧阳刚做了个大胆的决定，安排了我的假死，以不存在的身份带着殷望一同出动。

难怪我总觉得殷望的某些神态、动作特别眼熟，他虽不是徐卫东亲生的，但在一起生活十几年，难免被徐卫东传染了。我问殷望："这事有必要瞒我吗？"

殷望说："也没刻意瞒，但也没必要刻意去提吧。"我照他肩膀捶了一下，对徐卫东说："来之前，都不确定你们是生是死，是……"我不知道怎么说下去了，总不能告诉他们上级已经将他们作为变节者列入黑名单了吧。谁知徐卫东说："是不是说我们变节了？"

提起"变节"这个字眼，我们都不约而同地瞥了眼程建邦，一下觉得有些尴尬，顿时安静了下来。

刘亚男这方面，当初在交接现场的变故她也始料未及。俄罗斯人劫了刘亚男，活捉了徐卫东和程建邦。正如他们说的，"列夫"只是一个代号，我们见到的那个列夫只是个前台人物而已，那晚去劫刘亚男的才是真身。

徐卫东和程建邦被关押在这个据点里，一关就是大半年。在我来之前的一周，刘亚男跟有德等人来到这里，有德等人跟徐卫东和程建邦又谈了几次话，见始终不能收服他们二人为己所用，列夫动了杀心。刘亚男见实在拖不过去了，只得冒险硬闯监区把他们放走，这下暴露了自己，被列夫丢进了猪圈。没想到，她倔强地活了下来，列夫想借此震慑我们，打算开完这次会以后再用别的方式解决她，幸好我们赶来及时，再过几天不知道会是怎样的情形。

程建邦说："我们在山里藏了好几天，没有通信工具，既找不到出去的路，也找不到他们关亚男姐的具体地方。正商量着只能硬拼了，把列夫抓了再说。我们也不知道是你来了，见大队人往这边走，本想跟着碰碰运气，结果到这山底下才发现到处都是岗哨，根本没法靠近。挨到半夜，外头居然来了更狠的，把这儿一通连轰带炸。我和老徐趁乱抢了枪杀了进来，才遇见你们。”

“外面那些人如果不是咱们的支援，那会是谁？”我回头问殷望，“你那边确定成功了吗？”

“确定。我已经成功地把信息发出去了。”

“总部没有回复吗？”

“没。”殷望拿出那部卫星电话说：“没电了，但信息一定送达了。”

徐卫东说：“这个你可以放心，这方面是他的强项。”

我问：“白杨呢？”

殷望偷眼看了看徐卫东，说：“我让她换了个地方，外面太危险。”

徐卫东问：“什么白杨？”

殷望含糊地说：“没什么，一个朋友。”

我侧耳听了听外面的动静，枪炮声还没停：“大家一起安全一些，她在哪？我跟你一起去吧。”

“我自己去吧，很快。”殷望不敢看徐卫东，转身朝洞外跑去，不一会领着白杨进来了。白杨小心翼翼到徐卫东跟前叫了声：“叔叔好。”徐卫东打量着白杨问：“白俊生的女儿？”白杨点点头，怯怯地缩到殷望身后。

“这叫什么事。”徐卫东嘟囔了一句，叹了口气，看了一圈我们几个，“咱们的人好久没这么齐了吧？”我想起初见刘亚男那次，徐卫东出现在我们逃亡的路上，四个人在咖啡厅里短暂的一聚，那已经是好几年前的事了。今天居然在这种地方重聚，恍如梦中，一时间也不知是该高兴还是难过。

程建邦找了些吃的想喂给刘亚男，可不管什么送到嘴边她都是一阵干呕，只能不停地喝水，喝几口，吐了，接着喝，又吐……我难过地转过脸去，不忍心再看她一眼。

“秦川，你过来。”听到刘亚男轻声唤我，我过去半蹲在她面前。她看着我的胸口说：“我看看你的伤。”我握住她的手，拍着她的手背说：“没事，早好了。”她伸出颤抖的手摸了摸我的头：“知道我为什么撑那么久吗？就是想看你一眼。不管哪里来的消息说你死了，我都不信，就算你真的死了，我也要撑着活下去，到你的坟头去赔你的命。”见她眼泪流了满脸，我忙说：“姐，我这不是好好的吗？我也不信你们死了，我相信一定能再见着你们。”刘亚男微笑着点头，我给她擦了擦眼泪：“现在都没事了，很快就能回去了。”

程建邦伸手在我肩膀上按了按，说：“以后叫你老猫。普通猫九条命，你十九条都不止。”

我也不想让虚弱的刘亚男再多费神说话，对程建邦说：“我看你红光满面的，俄罗斯的伙食不错吧？这半年怎么过的？”

程建邦伸了个懒腰，点了根烟盘腿坐在刘亚男的椅子边，说：“这个说来话长，得从高中那年说起。”

徐卫东白了他一眼，也点了根烟，轻声嘀咕说：“又来了。”

“你们听过，秦川还没听过呢。”程建邦夹着烟的手指凌空一点，一副说书的架势道：“我上高中的时候，有一年暑假去五台山考察人文风光，在山下遇见一位高人。那高人鹤发童颜、仙风道骨，见着我就把我拦下，他说我这辈子有不少于十二个节气的牢狱之灾。我一想，十二个节气不就是半年吗，心里就含糊了，人这一生有多少个半年呢？我就求高人给我化解，高人给我一个护身符，我千恩万谢，不知怎么报答。高人说给两个香油钱就行，我说多少，他说随缘。我一听这话，把我的全部家当留了个回程的车马费，剩下的都给他了，足足四十五块啊。没想到高人拒绝了，他说这缘随得太浅，一点儿风吹草动就散了，恐怕这牢狱之灾也难解。我说，那可能缘分不到，是福不是祸，是祸躲不过，既然有这一劫，那也随缘吧。我给高人鞠了三躬准备走，高人一挥手，树后蹿出两个彪形大汉拦住了我的去路。我一看这情形，当时就服了，又给高人鞠了一躬，我说大师确实厉害，刚算出我有牢狱之灾，就见了苗头。然后我就把那俩彪形大汉全打趴下了，石头上太凉，我怕落下关节炎，我就坐在高人的脸上等衙门的人来拿我。足足等了半个小时，高人实在坚持不住了，求我。我一看，算了，可能这灾祸得延后了，于是拜别了高人，从此踏上了茫茫江湖路。”说着站起身搭着我的肩：“记得那年在金三角吗？本来是该我去坐牢的，我想趁着年轻赶紧把这趟祸背了，别等老了再受那罪。没承想我那么周密的计划，还是被搅黄了，最后你帮我坐了牢。后来我一想，当初高人给我的护身符，我一直戴了一两年，难道是那护身符的法力在护着我？这么一想，我也放松了，谁知道我命中还真就躲不过这一劫，不仅没躲过，而且还变本加厉跑到这种鬼地方坐牢了。你知道这破地方冬天有多冷吗？如今终于出来了，以后再也不用担心了。”他叉腰哈哈大笑两声，对徐卫东说：“老徐，我这段说的是不是比以前有进步了？”

徐卫东没搭理他。殷望说：“我觉得关你的人不算是官府的，所以你这也不能算是坐牢。”程建邦故作深沉地想了想，问殷望：“你什么意思？你是说我这一劫还没过去？”殷望煞有介事地点头：“理论上是。”

程建邦瞪起眼睛，指着殷望说：“这谁家孩子？有人管没人管？会不会说话？”

刘亚男终于笑了，咳了两声说：“行了，别贫了。”程建邦蹲在刘亚男面前说：“你可缓过来了。”刘亚男摸了摸程建邦的头，说：“外面还不知道什么情况，我估计是俄方反恐部队打来了。咱们现在没法和外面联系，他们的行事风格我很清楚，我担心真遭遇到，我们会被误伤。”程建邦说：“所以你更要吃东西才行，就算是吐也要强逼着吃，胃伤了，回去可以慢慢养，命要是没了……”刘亚男点头说：“你再给我拿点，我试试。”

我说：“我还是没听明白，他们一直把你们关着干什么？”刘亚男说：“列夫想换俘虏，老徐是他们近年来抓到的最大的中方军官，他们看得很重。他们在中国境内有活动，被我们抓的人不少。”

“那……咱们同意了吗？”

刘亚男看着我说：“他们是恐怖分子。让你决定的话，你会同意吗？”这个问题沉甸甸地坠在了我的心上，一时让人喘不上气来。刘亚男说：

“或者能收服了为他们效命也行。前些天可能知道了两条路都走不通，就决定下死手了。”

程建邦拿过一个面包来，撕碎了一点点递给刘亚男，看着刘亚男开始慢慢地进食，程建邦才接着说：“然后亚男姐就冒死把我们放了，再然后的事，你都看见了。”

我低头说：“我来晚了。”

6

洞外一阵嘈杂，凌乱的脚步声、人的吼叫声混杂着猛烈密集的枪声逐渐清晰起来。程建邦一把抱起刘亚男，对我说：“掩护我，我马上来。”一个箭步蹿进了后面那个小洞。徐卫东静静地听了几秒钟，指了两个易守难攻相对隐蔽的位置给我和殷望：“干活了。”他端起枪，对白杨说：“你愣着干什么？跟上建邦。”白杨“啊”了一声回过神来，赶紧朝程建邦钻进去的那个洞口赶过去。

殷望说：“对了，我刚来的时候碰见了双喜和古听云，他们说去取弹药，怎么还没回来？”

我说：“不用等了。”

殷望急了：“什么意思？你是说双喜跑了？我还有事找他！”

徐卫东低吼了一声：“徐明！”殷望看了眼徐卫东，又看看刘亚男藏身的洞口，一咬牙，回过头拉下枪栓，全神贯注地对准了洞外。

这时枪声已经就在不到二十米的地方了，山洞里拢音，每一声枪响都震得耳朵生疼。两个俄罗斯人背对着洞口，一边开枪一边撤了进来，稍后又退进来几个。看着装是列夫的人，他们凭借洞口不规整的岩石隐蔽着，跟外面的人对峙。外面那拨人的火力极猛，子弹密集地射进洞内，打得洞壁碎裂，流弹和碎石混在一起胡乱飞，分不清擦过身边的是子弹还是石块。

“打！”徐卫东低喝了一声。我们三人一开枪，洞口那批人腹背受敌，慌乱中甚至有人端着枪转圈扫射，把几个自己人撂倒在脚下。剩下的那几个因为先退进来，隐蔽在岩石缝里暂时没事，左右开着枪还抵抗着。

而我们隐蔽的位置相当有利，只需引着他们不停地开枪，等到子弹打完，那些人能幸存下来自然就会丢枪投降。

没想到就在这时，外面陡然亮起一片强光，一条火龙呼的一声飞了进来。几个“火人”惨叫着从隐蔽点里跳出来，其中一个一头撞上石壁没了声息。剩余的没扑腾几下，也很快扑倒在地上。看来俄方反恐部队用了火焰喷射器，要是这样的话，很快我们也在劫难逃。

我们正愣神的时候，程建邦背着刘亚男跑了回来。徐卫东更急了，冲他们喝道：“你回来干什么？”

刘亚男说：“你懂俄语吗？”徐卫东被噎了一下。刘亚男说：“不懂就闭嘴，不然全都变烤猪。”她说完“猪”字，就干呕起来。程建邦忙说：“以后大家都不许提那个字。”

刘亚男从程建邦的背上溜下来，冲外面用俄语喊了几句话。外面安静下来，回了几句。刘亚男忙双手抱头，对我们说：“全部放下武器，学着我的样子趴在地上别乱动，别乱看。”我们照着她的样子趴好，她又对洞外喊了几声。

不多时一个举着枪的人侧身贴在洞口往里看了看，确定洞内的情况后，朝外喊了几句。一下拥进来好些人，光听声音足有七八个。我偷偷瞄了一眼，十多双粗大的高帮军靴围在我们四周，不用说，我们每个人的后脑勺上至少顶着一支枪。

刘亚男跟他们交涉了几句后，我们被依次捆好，跪在地上等候发落。

“白杨呢？”这是殷望的声音。“嘭”的一声闷响，殷望应该是挨了一枪托，一头栽倒在地上没了动静。刘亚男急忙说了几句俄语，然后听她喊：“白杨，听姐姐的话，双手抱头，慢慢地出来，别睁眼，别害怕。”

过了好一会，只听白杨尖叫了一声喊着殷望的名字，不用看我也知道，她一定是睁眼看到了被打晕的殷望。然后是刘亚男怒吼着俄语的声音，想必是俄方军人又要用枪托砸白杨，被刘亚男喝住了。白杨不住地喊着殷望，哭得上气不接下气。

我有点嫉妒殷望，我无数次被人用枪托砸得不省人事，没有一次被人关心过、心疼过。苏莉亚要是在这里，可能也会像白杨这样吧，但我明白有些事，没有如果。

山洞外的半空中悬停着六架俄罗斯军方的武装直升机，探照灯将整个山谷照得亮如白昼。上百名俄军士兵散在各处，那些成排的木屋和半山腰的别墅，几小时不见已是一片火海，刺鼻的硝烟让人忍不住咳嗽起来。据说那个列夫的替身和有德都没跑掉。

程建邦看着眼前这一切，对刘亚男说："我怎么看着那么过瘾、解恨？"

殷望喃喃自语："他们是狠。"

俄方军人让我们上了一架直升机。他们正在联络总部，等待最终确认我们的身份。刘亚男坐在我和殷望的对面，微笑着说："你们没来晚，也没白来。他们是接到了我们提供的情报，按照坐标赶来的。"

我望向远处，那里还有几架直升机在往这边赶。

地面上燃烧的木屋从这里看去就像是欢庆的篝火。对俄方来说，这是一场胜仗。对于我们，这只是一次生离死别后的重逢，是比一场胜仗更值得兴奋的事。

而我，把一些很重要的东西，留在了这里，永远也带不回去了。

几天后一个阳光明媚的下午，我们一行六人连同驻俄大使馆一个工作人员分别搭乘三辆车，在俄军方车队的护送下，向着中俄边境的某处疾驶。

天空湛蓝如洗，大朵白云不断地变换着形状。我摇下车窗，微凉的秋风混着青草的香气迎面扑来，我忍不住笑出了声。开车的俄罗斯战士在后视镜里看了我一眼，回了我一个微笑。一旁的程建邦也笑了，我们越笑越大声，到后来整个车上的人都大笑起来。副驾的俄罗斯战士吟唱起一首歌，听着他低沉而悠扬的歌声，看着远处色彩斑斓的群山，我不禁热泪盈眶。

7

车队停下来的时候，我拍了拍刚才唱歌的那个俄罗斯战士，对他竖起大拇指。他下车帮我拉开车门，微笑着说了句什么，在我胸口捶了一拳。我们抬起手臂握了握手，算是告别。

界碑的那头停着几辆没挂牌照的军用越野车，车前站着一排中国军人，老姜正在其中。

我们站在车旁，心急火燎地看着双方隔着国境线做完交接工作。使馆工作人员与我们一一握手："辛苦了，祝你们一路顺风。"他退后让开一步，对我们做了一个"请"的手势。

我们几乎是一路小跑地朝过境线奔去，就在要跨越国境线的时候，听到身后有人喊了句什么。刘亚男先停下脚步，我们回头见俄方的指挥官站得笔直，对我们敬了一个军礼。就在我们发愣的时候，他身后的十来个士兵齐齐抬手向我们敬礼。我们五人转身立正，向对方还礼。

送别了俄方的人，老姜走过来冲我伸出手："我的打火机呢？"

我摸出打火机递给他："完璧归赵。"

老姜掀开盖打着火，笑了："幸好没弄坏，不然回去没法向老婆子交代。"他将打火机装进口袋，对所有人一摆手："回。"

一个月后，我和程建邦刚进徐卫东办公室，坐在沙发上的老姜一拍茶几站起身说："给你们授衔都敢迟到？"

我们齐齐看向了徐卫东，他避开我们的眼神，看了眼窗外说："怎么是个阴天？"

程建邦走到老姜面前说："报告首长，我希望留在特案组继续外勤任务。"

我一挺胸说："我也是。"

老姜愣住了，扭头见徐卫东在玻璃上哈了口气，擦了擦，自言自语地说："好像要放晴。"

老姜咬着牙不知骂了句什么，对程建邦说："不是你们一天到晚闹腾着要级别的吗？特案组的外勤连户口都没有，更没有军籍。"

程建邦说："我知道，我考虑好了，请首长批准。"

我说："我也是。"

老姜一屁股坐回沙发上，愣了一会神，抬起头怜惜地看了我们一眼，叹了口气。

我和程建邦高高兴兴地出了总部。

路边一辆车的车窗摇了下来，车内是殷望的笑脸。我手撑在车门上看了他一会儿，拍了拍他的肩膀，不知道说什么好。他因为在执行任务的过程中严重违纪，受到严厉处分，这意味着他再也没机会出重要任务。最终他选择了辞职。

殷望做了个深呼吸，拍着方向盘说："明天哥们就走了，我挑了个地方，专程来接你们赴宴，一来给我送行，二来帮我买单。"

我对程建邦说："这小子怎么比你还不要脸？"

程建邦摸摸自己的脸，说："我才跟老徐几年，人家可是从小跟着老徐长大的。"

"说什么呢？"徐卫东低沉的声音从身后传来，我们吓得一激灵，回头见徐卫东手里提溜着两瓶酒，正黑着脸瞪着我们。

徐卫东走进酒店那金碧辉煌的大堂，看着前方足有十多米高的水晶吊灯，居然脚下一软差点踩滑一个台阶。他瞪了殷望一眼说："你这刀磨得够快的，连老子也不放过？"

殷望嬉皮笑脸地说："咱不能搞特殊化。"

领位员推开包厢门，刘亚男正坐在一把金色大靠背椅上，翻着菜单对身边的服务员说："这个……这个……还有这个……"徐卫东赶紧扑过去一把抢过菜单："什么就这个这个的？眼里还有领导吗？"又严肃地对服务员说："她刚说的不算，都划了。"抱着菜单研究起来，看一页咝一声吸口气，再看一页咝得更长。

我和程建邦忍着笑，挤在一张宽凳上挨着刘亚男坐下。我问殷望："你要去哪儿？"

殷望偷瞟了眼徐卫东，笑着说："你说呢？"看来他是要继续找他的亲生父亲了，我不禁为他担忧起来。他一拍我的肩膀说："放心吧。"

程建邦凑过来问道："你的那个女朋友呢？"

徐卫东咳了两声打断我们，把菜单塞给服务员让他们赶紧上菜。等服务员出了门，才低声说："白杨正在准备接受训练。"

程建邦有些惊讶："他爸不是贩毒的吗?"

徐卫东说："你爷爷以前还是土匪呢。用人的事组织上自有考虑，不用你们操心。"

程建邦想起什么似的猛一拍桌子，说："哎呀，你没点那什么吧？亚男姐可吃不了。"话音刚落，后脑勺就挨了刘亚男一巴掌："就你话多。我没那么娇气。"

徐卫东打开他带来的那两瓶酒，亲自给我们斟满，举起杯说："第一杯我敬你们。"一仰头干了杯中酒。殷望二话不说跟着把酒干了。程建邦端着酒皱眉说："菜还没上呢就灌人酒，这明摆着不让我们见热菜啊，我不喝。"

徐卫东举着空杯看向了我。我闭着眼把酒干了，就听程建邦嘟囔："叛徒!"

刘亚男不等徐卫东看她，举杯将酒干了。程建邦这下坐不住了，举着酒杯想和徐卫东碰一下，徐卫东一屁股坐回椅子上开始倒第二杯。程建邦只好独自把酒喝了。

徐卫东举起第二杯说："秦川、建邦，你们想回家看看的话，组织上可以出面帮你们解释。"

"真的?"我和程建邦同时眼睛一亮。

徐卫东点点头："嗯。"

刘亚男走到我俩中间，左右揽着我和程建邦的肩，摸了摸我俩的头，叹了口气，拿起酒杯高高地举起，说："干杯!"

菜没上两个，我已经喝得有点晕了。殷望端着酒杯说："虽然不太理解你们的决定，但还是打心眼里佩服你们，我自愧不如。"

我看着他喝完那杯酒，就低下头盯着酒杯发呆，不知在想些什么，心中不觉百感交集。

胡纬、双喜、古听云……这些人是抓不完的，这么多年，我对这些人的了解比对自己亲人的了解都多。我知道总部的某间会议室为了给我们授衔已布置好了，折叠整齐的军装、军衔静静地放在那里，那是即将授予我们的荣誉。

这一刻，我们不知道等了多久。

当初为践行誓言，我们脱下了军装，多少次做梦都想把它重新穿回身上，站在领奖台上对着军功章堂堂正正地敬个礼。当这一刻真的来临时，我可以想象未来的日子里怎样坐在办公室里研究地图、看资料，却无法想象夜深人静时如何面对九泉之下战友的英灵。

曾经我梦想着自己能成为一柄闪光的利剑，在阳光照不到的阴暗地方斩妖除魔。当我真的成为那一柄剑时，我明白自己存在的意义只有战斗，如果停歇，必将慢慢失去光泽，最终腐朽消逝。战斗，只有不停地战斗才能将妖魔鬼怪逼到阴暗的角落里瑟瑟发抖；战斗，只有不停地战斗才能让自己在阳光下熠熠生辉；战斗，只有不停地战斗才是我最终的宿命。

我不再向往鲜花和掌声，甚至不再渴望重新穿上魂牵梦萦的军装。

信念就是我的戎装，窗外的万家灯火就是我的军衔。

借着小区路灯那不甚明亮的灯光，我辨认着面前这幢高楼的楼号，一层一层地数到了属于我家的那层。阳台上的窗帘已不再是我熟悉的花色，隐约能看到屋内电视机屏幕变换闪动的荧光，闭上眼，却无论如何也勾勒不出父母坐在沙发上看电视的画面。一股淡淡的酸楚伴随着些许暖暖的慰藉在心中纠缠不清。爸爸妈妈，对不起，为了你们的平安，我还是决定不来看你们了，这夜色中斑斓的万家灯火，是我心中最美的景致。儿子即将出征，为了你们，也为了自己。

我是战士，我叫秦川。

（全文完）

扫一扫
分享你的读书心得，看看同爱这本书的人都在聊什么。
关注“果麦麦的好书博物馆”，每天推荐一本好书，
90秒体验阅读快感，看编辑大大各显神通，
为你定制专属书单

孤鹰 下

产品经理 | 李欣爱　　责任印制 | 刘　淼
印制助理 | 陈　杰　　技术编辑 | 刘世乐
装帧设计 | 王　易　　出 品 人 | 于　桐

图书在版编目（CIP）数据

孤鹰：全 2 册 / 邵雪城著 . — 南京：江苏凤凰文艺出版社，2019.8
ISBN 978-7-5594-3901-7

Ⅰ . ①孤… Ⅱ . ①邵… Ⅲ . ①长篇小说 – 中国 – 当代
Ⅳ . ① I247.5

中国版本图书馆 CIP 数据核字 (2019) 第 146968 号

孤鹰（全 2 册）

邵雪城 著

出 版 人	张在健
责任编辑	王　青
出版发行	江苏凤凰文艺出版社
	南京市中央路 165 号，邮编：210009
网　　址	http://www.jswenyi.com
印　　刷	河北鹏润印刷有限公司
开　　本	710 毫米 × 960 毫米 1/16
印　　张	56
字　　数	900 千字
版　　次	2019 年 8 月第 1 版 2019 年 8 月第 1 次印刷
书　　号	ISBN978-7-5594-3901-7
定　　价	99.00 元